HEYNE

Die Bücher:
England im Jahr 1471. Die blutigen Rosenkriege zwischen den Häusern York und Lancaster haben mit dem Sieg Edwards IV. geendet. Die hochgebildete Apothekerin, Heilerin und Ärztin Kathryn Swinbrooke schlägt sich ohne Mann durchs Leben. Kein leichter Stand für eine Frau im Canterbury des 15. Jahrhunderts. Doch als in der berühmten Pilgerstadt immer wieder von weither angereiste Gläubige heimtückisch vergiftet werden, wendet sich der Erzbischof hilfesuchend an Kathryn. Mit der Lösung dieses Falles begründet sie ihren Ruf als brillante Detektivin. Bei jedem Verbrechen ruft man sie jetzt zur Hilfe. König Edward, der Sieger der großen Schlacht von 1471, bittet sie, das »Auge Gottes«, ein seit der Schlacht verschollenes Amulett aus irischem Druidengold mit einem kostbaren Saphir, wiederzufinden. Denn in dessen Innerem verbirgt sich ein hochbrisantes Geheimnis. Im Winter des selben Jahres wird sie beauftragt, eine Reihe mysteriöser Morde, die die Bürger von Canterbury in helle Aufregung versetzen, aufzuklären. Auch als das Buch des Hexers verschwindet, wird sie zu einem Wettlauf mit dem Tod gerufen. Wer hat das unersetzbare Buch gestohlen? Die Zahl der Verdächtigen ist groß. War es der Diener des Hexenmeisters, sein letzter Besucher, oder sogar die Kaiserin …?
Kathryn Swinbrooke steht für viele eigenwillige und begabte Frauen, die im Mittelalter als Ärztinnen und Apothekerinnen ein relativ unabhängiges Leben führen konnten. Dennoch begegneten sie vielen Vorbehalten und mußten ihre Fähigkeiten – wie Kathryn – unter schwierigsten Bedingungen unter Beweis stellen. Durch die Heilerin Kathryn macht uns Celia L. Grace auch mit dem Frauenalltag im 15. Jahrhundert vertraut.

Die Autorin:
Celia L. Grace ist das Pseudonym einer englischen Historikerin, die sich bereits in ihrer Dissertation mit dem Thema »Frauen und medizinische Berufe im Mittelalter« beschäftigte. Bei Heyne liegt außerdem vor: *Die Heilerin von Canterbury und die Bruderschaft des Todes* (01/13964).

CELIA L. GRACE

Die Heilerin von Canterbury

Vier mittelalterliche Kriminalromane

WILHELM HEYNE VERLAG
MÜNCHEN

HEYNE ALLGEMEINE REIHE
Band-Nr. 01/14050

Umwelthinweis:
Dieses Buch wurde auf
chlor- und säurefreiem Papier gedruckt.

Taschenbuchausgabe 05/2004
Copyright © dieser Ausgabe 2004 by
Wilhelm Heyne Verlag, München,
in der Verlagsgruppe Random House GmbH
Printed in Germany 2004
Quellenverzeichnis: siehe Anhang
Gesetzt aus der Berkeley
Umschlaggestaltung: Nele Schütz Design, München,
unter Verwendung des Gemäldes BILDNIS EINER
JUNGEN FRAU von Bartolomeo da Veneto (Anfang 16. Jhdt.)
Satz: Buch-Werkstatt GmbH, Bad Aibling
Druck und Bindung: GGP Media, Pößneck
http://www.heyne.de

ISBN: 3-453-88105-2

Inhalt

Die Heilerin von Canterbury
7

Die Heilerin von Canterbury
sucht das Auge Gottes
225

Die Heilerin von Canterbury
und das Buch des Hexers
453

Die Heilerin von Canterbury
und der Becher des Todes
665

Die Heilerin von Canterbury

Dieser Roman ist dem verstorbenen Gelehrten Dr. William Ury gewidmet, der mit leidenschaftlichem Eifer die Geschichte des mittelalterlichen Canterbury erforscht hat. Mein Dank gilt auch Dr. Urys Tochter, Mrs. Elizabeth Wheatley, die mir freundlicherweise Zugang zu den Aufzeichnungen ihres Vaters über das mittelalterliche Canterbury gewährte. Fehler, gleich welcher Art, habe allein ich zu verantworten, nicht der große Gelehrte.

»Daß abends lange dort im Gasthof an
Wohl eine Schar von neunundzwanzig Mann
Verschiedenen Volks, durch Zufall nur gesellt;
Auf Pilgerfahrt war aller Sinn gestellt,
Nach Canterbury reisen wollten alle.«

Die Canterbury-Erzählungen von Chaucer, »Der Prolog«

»Im Mittelalter gab es Ärztinnen, die auch in
Kriegswirren und während großer Epidemien
unbeirrt weiter praktizierten, wie sie es immer
schon getan hatten, einfach weil man sie brauchte.«

*Kate Campbellton Hurd-Mead, »Geschichte der Frauen in der
Medizin«, London, The Haddam Press, 1938, S. 306.*

Bemerkungen des Autors

Die Geschichte ist mit ebensovielen Irrtümern wie Tatsachen gespickt. Man geht im allgemeinen davon aus, daß Frauen im Mittelalter nur eine unbedeutende Rolle spielten, daß ihre Stellung sich erst in den nachfolgenden Jahrhunderten allmählich verbesserte. Das ist allerdings falsch. Ein berühmter englischer Historiker hat bereits darauf hingewiesen, daß Frauen um 1300 mehr Rechte besaßen als um 1900. Und bei Chaucer wird die »Frau aus Bath« als eine Frau beschrieben, die sich in einer vornehmlich von Männern bestimmten Welt durchsetzte, durch ganz Europa zu den großen Heiligtümern reiste und als gewiefte Geschäftsfrau stets bereit war, lautstark für das »schwache« Geschlecht einzutreten.

Im vorliegenden Roman vermischt sich Erdachtes mit Tatsachen, und das dem Titel vorangestellte Zitat faßt in wenigen Worten zusammen, wie wichtig Frauen als Ärztinnen, Heilerinnen und Apothekerinnen waren. Zugegeben, die Person der Kathryn Swinbrooke ist frei erfunden. Doch immerhin war es eine Frau, Mathilda von Westminster, die im Jahre 1322 den besten medizinischen Ruf in ganz London genoß; Cecily von Oxford war Leibärztin von Edward III. und seiner Frau Philippa von Hainault; in der Arbeit von Gerard von Cremona (die in diesem Roman erwähnt wird) werden Frauen im Mittelalter ausführlich als Ärztinnen beschrieben. Speziell in England, wo die medizinischen Fakultäten an den beiden Universitäten Oxford und Cambridge relativ schwach besetzt waren, arbeiteten Frauen als Ärztinnen und Apothekerinnen, in Berufen also, zu denen ihnen erst in späteren Jahrhunderten der Zugang verweigert wurde.

Geschichte verläuft nicht linear, sondern häufig in Zyklen; eine Behauptung, die zumindest für die Medizin im Mittelalter ihre Gültigkeit hat. Es gab zwar damals wie heute Scharlatane, die versuchten, mit sogenannten Wunderheilmitteln »schnelles Geld« zu machen, aber die Ärzte im Mittelalter besaßen ein erstaunliches Können, vor allem, was die Diagnose betrifft. Einige Arzneien aus jener Zeit, die später als unwirksam abgetan wurden, werden heute in Europa und Amerika wieder mit großem Erfolg in der Alternativmedizin verwendet.

Historische Persönlichkeiten,
die im Text erwähnt werden:

Im Jahre 1471 erreichten die »Rosenkriege«* zwischen den Häusern Lancaster und York ihren Höhepunkt in den Schlachten bei Barnet und Tewkesbury. Das Ergebnis war die völlige Vernichtung des Hauses Lancaster; das Haus York kam an die Macht.

EDWARD IV., König aus dem Hause York 1461–1470; 1471–1483.
ELIZABETH WOODVILLE, Gemahlin Edwards IV.
GEORGE, Herzog von Clarence, Bruder Edwards IV.
RICHARD, Herzog von Gloucester, der jüngere Bruder Edwards IV.

HEINRICH VI., König aus dem Hause Lancaster, wurde 1471 im Tower ermordet.
MARGARETE VON ANJOU, genannt die »Wölfin«, Gemahlin Heinrichs VI. und wichtigste Vertreterin des Hauses Lancaster.
BEAUFORT, Herzog von Somerset, Hauptbefehlshaber von Margarete von Anjou (und, wenn man Gerüchten Glauben schenken will, der Geliebte der Königin).
LORD WENLOCK, General des Hauses Lancaster.
RICHARD NEVILLE, Graf von Warwick, General des Hauses Lancaster, mit dem Spitznamen »Königsmacher«.
THOMAS FALCONBERG, General des Hauses Lancaster. Er war der letzte, der nach dem Sieg des Hauses York bei Tewkesbury dem Feind noch Widerstand leistete und versuchte, London zu halten.
EDWARD, Sohn von Margarete von Anjou, wurde bei Tewkesbury getötet.

Dynastenkriege (1455–1485) zwischen den Häusern Lancaster (rote Rose im Wappen) und York (weiße Rose im Wappen) um die englische Krone.

HEINRICH IV., 1399–1413, König von England.

JOHN WYCLIF, englischer Kirchenreformer im letzten Viertel des vierzehnten Jahrhunderts.

NICHOLAS FAUNTE, Bürgermeister von Canterbury und leidenschaftlicher Anhänger des Hauses Lancaster.

THOMAS BECKET, Erzbischof von Canterbury. Geriet mit Heinrich II. (1154–1189) über die Rechte der Kirche aneinander und wurde von Heinrich ergebenen Rittern in Canterbury ermordet.

GEOFFREY CHAUCER (ca. 1340–1400), Dichter, Diplomat und Höfling. Der berühmteste englische Dichter des Mittelalters und Verfasser der *Canterbury-Erzählungen*.

Die wichtigsten Straßen in Canterbury, um 1471

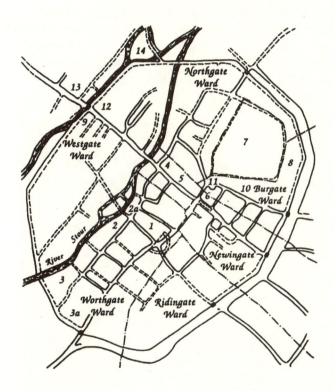

1	= Ottemelle Lane	7	= Christchurch Cathedral Buildings
2	= Hethenman Lane	8	= Queningate
2a	= Poor Priests' Hospital	9	= Holy Cross Church
3	= St. Mildred's Church	10	= Burgate
3a	= Canterbury Castle	11	= Buttermarket/Bullstake
4	= High Street	12	= Westgate
5	= Guildhall	13	= Fastolf Inn
6	= The Mercery	14	= Kingsmead

Prolog

Hexenmeister und Zauberer kündeten eine Zeit des Mordens an. Die Schreiber unter den Mönchen hockten in ihren feuchten Zellen, tunkten Federkiele in Tintenfässer aus Horn und schrieben die Chronik ihrer Zeit nieder, in der sie fein säuberlich alle Verbrechen verzeichneten: Mord und Totschlag, Treuebruch und Landesverrat. Die guten Mönche glaubten in der Tat, das Böse würde obsiegen. Gerüchten zufolge habe schließlich der Geisterbeschwörer John Marshall am Vorabend zu Allerheiligen sieben Pfund Wachs und zwei Ellen Tuch zu einem verlassenen Herrenhaus außerhalb von Maidstone getragen und dort grobe Puppen angefertigt, die den König, die Königin und alle großen Adligen des Landes darstellten. Marshall habe sie alle in Blut getränkt, mit Dolchen zerstochen und über einem lodernen Feuer geröstet. Tief in den Wäldern außerhalb Canterburys warfen sich andere Zauberer lange Tierfelle mit riesigen Schwänzen über; sie schwärzten ihre Gesichter und riefen Herodias, die Königin der Hexen, um Hilfe an. Wieder andere Hexenmeister, so schreiben die Chronisten, brachten der Königin der Nacht Blutopfer und beschworen die Ghouls. Seltsame Dinge wurden beobachtet: Scharen von Hexen flogen in dunkler Nacht durch die Lüfte und führten stumme Leichenkolonnen zu Teufelsmessen.

Gerüchte dieser Art drangen sogar nach Canterbury. Ein Mann mit einem Totenschädel und einem Buch voller Zauberformeln wurde beim Westtor festgenommen, und jenseits der Stadtgrenzen fuhr man einer Frau, die ihren Mann umgebracht hatte, mit Peitschenhieben über den Mund und schlug ihr eine Eisenspitze in den Kopf; doch als sie begraben war, zuckte ihre sterbliche Hülle noch immer. Das Frühjahr wich allmählich dem Sommer, und damit stellten sich weitere Übel ein. Das teuflische Schweißfieber brach aus, dessen Opfer schon nach wenigen Stunden starben: ob im Schlafen, im Gehen, ob beim Fasten oder Essen. Die Krankheit begann immer mit Schmerzen im Kopf, die dann auf das Herz übergriffen; ein Heilmittel gab es nicht. Alle möglichen Arzneien waren ausprobiert worden: das Horn eines Einhorns, Drachenwasser und Engelwurz. Man sprach Gebete, brachte Reliquien herbei, flehte den Himmel um Hilfe an, aber der Tod schritt unbeirrt durch die stinkenden, engen Gassen und Straßen von Canterbury. Auf der Jagd nach Opfern blickte sein Totenschädel gierig grinsend durch die Fenster, seine knochigen Finger klopften an Türen oder klapperten mit den Fensterflügeln.

Dann endlich kam der Sommer. Das Schweißfieber verschwand, nicht aber Gewalt und Blutrausch. Man hörte, daß Menschen auf merkwürdige Art gestorben waren, von mysteriösen Todesfällen unter denjenigen, die in Scharen nach Canterbury zogen, um die Hilfe des Heiligen Thomas Becket zu erflehen, dessen zerschlagener Leichnam mit gespaltenem Schädel unter Goldplatten vor dem Hochaltar der Kathedrale von Canterbury lag. Natürlich ignorierten die Lebenden die Toten, und zunächst blieben die Morde unbeachtet. Immerhin war es Sommer geworden. Die Straßen waren trocken, das Gras stand hoch und saftig, das Wasser war süß und frisch. Eine Zeit für Reisen und Besuche bei Freunden. Man traf sich unter Obstbäumen, schlürfte kühlen Wein oder leerte Krüge des während der Wintermonate selbstgebrauten Ales. Man sprach über die blutrünstigen Prophezeiungen, die Fehler der Höherstehenden und vor allem über den erbitterten Bürgerkrieg, der zwischen den Häusern York und Lancaster tobte.

Im Westen saß die Wolfskönigin Margarete von Anjou mit ihren Generälen zusammen und heckte Pläne aus, wie sie den Thron für ihren geisteskranken Mann, König Heinrich IV., und für ihren Sohn, ihren Goldjungen Edward, an sich reißen könnte. Von ihren Feinden wurde sie verspottet. Es hieß, ihr Mann sei so heilig, er habe weder den Verstand noch die Mittel, einen Erben zu zeugen, und der junge Prinz sei ein Sproß ihrer heimlichen Liebe zu Beaufort, Herzog von Somerset. In London traf sich Edward aus dem Hause York mit seiner silberhaarigen Gemahlin Elisabeth Woodville und seinen kriegshungrigen Brüdern Clarence und Gloucester im Geheimkabinett des Königs in Westminster und schmiedete raffinierte Pläne gegen die Absichten der Wölfin. Sie besuchten dreimal täglich die Messe, sangen Frühmette und Vesper und hatten dabei nichts anderes im Sinn, als Margarete, ihren Mann und das gesamte Haus Lancaster zu vernichten. Wahrlich, es war eine Zeit des Mordens, und denjenigen, die sich daran erinnern konnten, fielen die düsteren Zeilen Chaucers ein, in denen es hieß:

Der lächelnde Schurke, das Messer im Mantel versteckt;
Brennende Scheunen, das Haus von Ruß schwarz bedeckt.
Verrat und Leichen, im Bett ermordet gefunden,
Der offene Kampf, die blutenden Wunden.

Ein paar Wochen später saß Robert Clerkenwell, ein Arzt aus Aldgate in London, unweit der Lagerhäuser im Zentrum von Canterbury in der Schenke »Zum Schachbrett« und schwafelte eifrig über die Vorteile eines solchen Krieges. Robert war reich; das Heilmittel, das er während des Schweißfiebers verkauft hatte, Rosenwasser mit Honig, hatte den meisten seiner Patienten zwar kaum geholfen, aber es hatte dem guten Arzt eine Börse voll klingender Gold- und Silbermünzen eingebracht. Robert blickte zufrieden auf ein erfolgreiches Jahr zurück.

»Der Herr hat's gegeben, der Herr hat's genommen«, pflegte er fromm vor sich hin zu murmeln, wenn er seinen Lohn einstrich und seine Patienten dem sicheren Tod überließ.

Nachdem es nun Sommer geworden war, hatte Robert beschlossen, einen angenehmen Ritt nach Canterbury zu unternehmen, um an Beckets Grab Gott dem Herrn für seine Gnade zu danken. Die Reise war ohne Zwischenfälle verlaufen, er hatte die Ruhe der lieblichen Landschaft genossen. Es war, als hielte das Land den Atem an, während Könige und Prinzen sich auf den Kampf vorbereiteten. Clerkenwell war seit drei Tagen in Canterbury; zweimal war er in der Kathedrale gewesen, hatte in den Garküchen und Schenken der Stadt gut gegessen, hatte sogar für die Dienste einer hübschen Dirne bezahlt, die ihm oben, in der geräumigsten Kammer der Taverne, ganz nach seinen Wünschen gefällig war. Morgen würde er abreisen; seine Reisetaschen waren gepackt, und der gute Arzt hatte gerade seine letzte Mahlzeit in Canterbury zu sich genommen, seine letzte Mahlzeit überhaupt: eine saftige, goldbraun gebratene Wachtel, die auf der Zunge zerging, frisches Gemüse und klaren Weißwein, der in den geräumigen Kellern des Wirtshauses gekühlt wurde. Jetzt lehnte sich Robert zurück, rülpste leicht und strahlte seine Tischgenossen an, die rechts und links von ihm im Schankraum saßen.

»Ihr werdet noch an meine Worte denken«, sagte er, kniff die verwegenen Lippen zusammen und tätschelte sich den umfangreichen Bauch. »Königin Margarete wird siegen: Sie hat starke Bretonen im Gefolge, und Somerset und Wenlock sind fähige Generäle. Edward von York wird es schwer haben, wenn er behalten will, was er sich genommen hat.«

Clerkenwell stierte mit seinen wasserblauen Augen in die Runde, aber die anderen Pilger waren wohl zu müde oder zu betrunken und reagierten nicht auf seine Worte. Hinzu kam, daß ihr Tischgenosse, der Arzt, knauserig war. Sie alle hatten gehofft, daß er noch vor Ende des Abends den Wirt bitten würde, ein neues Weinfaß anzuzapfen oder zumindest noch mehr Fleischplatten oder Früchte zu bringen, die er mit seinen immer noch hungrigen und weniger begüterten Tischgenossen teilen würde. Der Arzt schmatzte laut und schaute sich um. Er nahm seinen Becher, schwenkte umständlich die Hefe, die sich auf dem Grund abgesetzt hatte, und leerte ihn in einem Zug. Mit starrem Blick beugte er sich nach vorn.

»Mehr Wein! In drei Teufels Namen! Wo steckt denn dieser Bursche?«

Ein Diener mit von Essensresten und Weinflecken übersäter Schürze eilte herbei. Die verfilzten Haare hingen ihm ins Gesicht, so daß man ihn nicht erkennen konnte.

»Du bist nicht der Kerl, der mich beim letzten Mal bedient

hat!« schrie der Arzt ihn an. »Teufel noch eins, ich will mehr Wein!«

Der Diener nickte, nahm den Becher und eilte davon. Kurz darauf kehrte er mit dem randvollen, überschwappenden Kelch zurück und stellte ihn vorsichtig vor dem Arzt auf den Tisch. Die anderen Pilger warfen sich vielsagende Blicke zu, und einige wurden unruhig. Allem Anschein nach würde der Arzt sich nicht als ihr Wohltäter erweisen. Robert schlürfte den Weißwein und genoß das kühle Naß auf der Zunge und im Rachen. Er nahm noch einen Schluck, leckte sich die Lippen, nicht ahnend, daß jetzt ein tödliches Gift in seinen Bauch drang, das wie ein Pfeil auf sein Herz und seinen Verstand zielte. Der Arzt stutzte; er fühlte sich unwohl, sein Magen verkrampfte sich, sein Herz begann zu flattern, sein Atem kam in kurzen Stößen. Er stand auf, riß verzweifelt an seinem Kragen. Sein ganzer Körper schmerzte nun, als würden unsichtbare Flammen an ihm lecken. Die anderen Pilger sahen mit unverhohlenem Entsetzen und offenen Mündern zu, wie diesem redseligen Arzt die Augen aus dem Kopf traten, wie sein Gesicht hellrot anlief, wie er nach Luft schnappte, würgte und um sein Leben rang, bevor er tot umfiel.

Mit Clerkenwell in Canterbury starben auch seine Prophezeiungen über den Krieg bei Tewkesbury im Westen des Landes. Der Kampf hatte den ganzen Tag gedauert, und Edward von York war als Sieger daraus hervorgegangen. Das Heer des Hauses Lancaster war geschlagen, und die Rotröcke der Königin Margarete und des Herzogs von Somerset verließen fluchtartig das blutgetränkte Schlachtfeld. Sie hetzten vorbei an der Tewkesbury Abbey über die Weiden und suchten verzweifelt nach einer Furt oder Brücke über den Severn. Die Yorkisten in ihrem Rücken heulten wie die Wölfe, denn sie hatten unter den wehenden blauen Bannern mit der Goldenen Sonne von York oder dem Roten Wilden Eber von Richard, Herzog von Gloucester und Bruder des Königs, die Verfolgung aufgenommen. Fluchend und schimpfend drängten die Lancastertreuen in den Fluß. Im Nu sammelten sich Leichen an den Untiefen, und die Lebenden stapften in der Hoffnung auf ein Entkommen über sie hinweg. Sie waren umzingelt von ihren Mördern, die unter lautem Gejohle mit ihren Speeren zustießen oder mit Schwert, Knüttel oder Streitkolben um sich schlugen und niemanden ausließen, bis sich die seichten Flußstellen und das Röhricht vom ausströmenden Blut hellrot färbten.

Colum Murtagh stand auf der Kuppe eines Hügels und beobachtete das Massaker. Er wendete seinen Fuchs, nahm seinen Helm ab und warf ihn zu Boden, wobei er lautstark den Schweiß verfluchte, der seine dunklen Haare durchtränkte und ihm in die Augen lief, so daß er kaum noch etwas sehen konnte. Er hielt sich wohlweislich von den Kämpfen fern. Er trug ein Lederwams, war mit Schwert und Dolch nur leicht bewaffnet, und es gehörte, deo gratias, nicht zu seinen Aufgaben zu töten. Der König hatte Wert darauf gelegt. Er und die anderen königlichen Boten sollten jederzeit bereit sein, Befehle zwischen den verschiedenen Kampfschauplätzen hin und her zu befördern, und, falls der Feind geschlagen würde, herausfinden, wohin seine Anführer fliehen würden. Murtagh starrte auf den Fluß, der im Sonnenlicht glänzte, und klopfte leicht den Hals seines Pferdes.

»Da sterben sie, die Armen«, murmelte er. »Die armen, ausgebeuteten Bürger!« Er blickte prüfend auf das Gemenge und versuchte, Banner, Farben und Livreen der adligen Vasallen von Lancaster auszumachen, aber er konnte nichts erkennen. Er wandte sich um und blickte zurück auf die große Abteikirche. »Wo sind Somerset und die anderen?« Er strengte seine grünen, katzengleichen Augen an und versuchte, die verschiedenen Bewegungen auf den gewundenen Landstraßen zu unterscheiden. Plötzlich wurde seine Aufmerksamkeit auf Farbtupfer gelenkt, die er aus dem Augenwinkel wahrgenommen hatte. Ja, jetzt sah er sie: Es war eine kleine Gruppe von Reitern, die weder Banner noch Vasallentracht trugen, sich ihrer Helme und Waffen entledigt hatten und jetzt über das Gelände der Abteikirche auf und davon ritten. Jeder andere Spion hätte sie als eine Gruppe gewöhnlicher Ritter abgetan, die ihr Heil in der Flucht suchten, aber Murtagh kannte sich mit Pferden aus, und diese hier gehörten zu den besten. Er wendete sein eigenes Reittier und trieb es hügelabwärts auf eine Gruppe von York-Befehlshabern zu, die sich an einer kleinen Kreuzung um ihren goldgelockten König geschart hatten. Sie wandten sich dem Reiter zu, der in wildem Galopp auf sie zustürmte. Murtagh sprang vom Pferd, fiel vor dem König auf die Knie und deutete auf die Hecken.

»Euer Majestät«, keuchte er, »die Befehlshaber Lancasters und ihre Gefolgsleute fliehen nach Westen, weg vom Fluß!«

Unter seinem mit einer Krone geschmückten Helm entspannten sich die Gesichtszüge Edwards von York, und er grinste breit. Er schnippte mit den Fingern und erteilte einem Bannerherrn seines Haushalts eine Reihe knapper Befehle, bevor er sich zu Murtagh umwandte und ihm auf die Schulter klopfte.

»Gut gemacht, Ire«, murmelte er. »Die Belohnung ist dein.«

Am späten Nachmittag fand das Morden am Fluß ein Ende. Die Befehlshaber der Lancastertreuen hatten kehrtgemacht, nachdem sie gesehen hatten, daß ihr Fluchtweg von den Yorkisten abgeschnitten war, und suchten im dunklen Kirchenschiff der Abtei von Tewkesbury ihr Heil. Aber es war, wie wir schon von den Chronisten wissen, eine Zeit des Mordens, und die York-Soldaten stürmten die Abtei. Die feierliche Stille der Kirche wurde gestört vom Klang der Schwerter, von den Rufen der Kämpfenden, von den Schreien und dem Stöhnen Verwundeter und Sterbender. Die Lancastertreuen drangen schließlich zum Hauptaltar vor, berührten ihn und beriefen sich auf den Schutz der Kirche. Der Abt erschien höchstpersönlich, das goldene Kreuz aus seinem Amtszimmer vor sich hertragend. Mit donnernder Stimme verkündete er die Exkommunizierung aller, die auf geheiligtem Boden Blut vergossen hätten.

Mit finsteren Mienen zogen sich die Yorkisten zurück, aber König Edward warnte den Abt: Entweder er liefere die Gefangenen aus, oder man werde die Abtei belagern. Schließlich kamen die Befehlshaber der Lancastertreuen heraus, abgehärmt, verwahrlost und über und über mit Wunden bedeckt. Sie baten nicht um Vergebung, denn sie wußten, daß sie ihnen ohnehin nicht gewährt würde. Richard von Gloucester, der leibliche Bruder des Königs, mit kleinem Buckel und borstigem Haar, wurde zu ihrem Richter bestellt. Er hielt direkt vor den Toren der Abtei ein Standgericht ab. Die Feinde des Königs wurden der Reihe nach vor ihn geführt und abgeurteilt, und bei Sonnenuntergang trieb man die Befehlshaber der Lancastertreuen zum Richtklotz auf einem provisorischen Schafott auf dem Marktplatz von Tewkesbury und schlug ihnen die Köpfe ab.

Colum Murtagh beobachtete die erste Exekution durch ein Fenster des Wirtshauses und wandte sich angeekelt ab. Seine Aufgabe war erfüllt. Es gab zwar noch mehr zu tun, aber weit entfernt vom Blutbad der Schlacht. Er steckte eine Hand in seine Reisetasche und fühlte die beiden Urkunden, die dort fein säuberlich zusammengefaltet lagen. Die erste ernannte ihn zum Aufseher über die königlichen Pferde auf den Weiden um Canterbury. Die zweite ermächtigte ihn, die abscheulichen Giftmorde zu untersuchen, die in der Stadt geschehen waren, und darüber Bericht zu erstatten. Murtagh legte sich wieder auf seine Bettstelle und versuchte, seine Ohren vor dem dumpfen Schlag des Henkerbeils zu verschließen. Er würde nach Canterbury gehen; er war vom Kriegsdienst befreit und vielleicht in Sicherheit vor den Bluthunden von Ulster und ihren ständigen Ränken gegen ihn.

Eins

»Was Euch fehlt, ist ein Mann.«

»Ich habe einen Mann. Ich bin verheiratet.« Zornig blickte Kathryn Swinbrooke in das runde, weiße Gesicht Thomasinas. Diese wischte sich den Schweiß von der Stirn und betupfte ihre Pausbacken mit einem Tuch. Sie legte das Messer, mit dem sie die Hühner ausgenommen hatte, zwischen die Eingeweide auf den Tisch und blickte Kathryn mit wissendem Lächeln an.

»Ich kenne Euch nun schon, seit Ihr ein Dreikäsehoch wart, Herrin. Schön, Ihr seid verheiratet, aber Euer Gemahl ist fort, ab in den Krieg, und dieser gemeine Bastard wird nicht zurückkommen.« Sie schnaubte verächtlich.

»Ihr braucht einen Mann. Eine Frau ist erst dann glücklich, wenn sie einen Mann zwischen den Schenkeln hat. Ich muß es wissen; ich war schließlich dreimal verheiratet.«

Kathryn wandte sich mit einem Lächeln ab. Es war nicht leicht, sich einen Mann zwischen Thomasinas stämmigen Oberschenkeln vorzustellen.

»Sie müssen Panzerhemden getragen haben«, murmelte sie.

»Wie bitte?«

»Nichts, Thomasina.«

Kathryn faßte ihr langes schwarzes Haar mit den vereinzelten grauen Strähnen zusammen, steckte es unter ihre weiße Leinenhaube, und damit sie nicht verrutschte, zog sie das rote Band fest. Sie blickte sich in der mit Steinfliesen ausgelegten Küche um. Thomasina mußte schon früh aufgestanden sein, denn der Raum war bereits geschrubbt, der Fußboden blitzblank, die Tischplatte samtweich, nach dem viele Eimer heißen Wassers darübergeschüttet worden waren. Sogar der Rauchfang über der Feuerstelle glänzte, und der Bronzekessel und die Fleischhaken über der Feuerstelle schimmerten wie poliertes

27

Gold. Kathryn seufzte, erhob sich und schlüpfte in ihre Sandalen. Sie hob den Saum ihres grünen Wollkleides, denn der Boden war immer noch etwas feucht, nachdem Thomasina ihn geschrubbt hatte.

»Zum Teufel nochmal!« entfuhr es Thomasina. Ihr war eingefallen, daß in dem kleinen Backofen neben der Feuerstelle noch Brot steckte. Sie watschelte mit einem hölzernen Brotschieber hinüber und rief lautstark nach Agnes, der jungen Magd.

Kathryn trat aus der halboffenen Tür ins Freie und stellte sich unter das hölzerne Vordach. Versonnen betrachtete sie den Garten. Den süßlichen Duft des Grases, die üppig wuchernden wilden Blumen und die sorgsam gepflegten Kräuterbeete hatte sie – ganz besonders an warmen Sommertagen wie diesem – einmal sehr geliebt. Im hellen Sonnenlicht verlor der Garten etwas von seiner bedrohlichen Aura. Gedankenverloren klopfte sie sich den Nacken. Ihr war warm in dem wollenen Leibrock und dem grünen, mit einer Kordel zusammengehaltenen Überkleid.

»Ihr seht aus wie eine Nonne«, brummte Thomasina. »Was würde wohl Euer Vater dazu sagen?«

»Vater ist tot«, entgegnete Kathryn. »Kalt, begraben unter den Steinplatten von Saint Mildred.«

Sie blinzelte und starrte in den Garten. Sie vermißte ihn noch immer. Seit sechs Monaten war er tot, seine Seele war bereits durchs Fegefeuer gegangen. Er hatte Kathryn, seinem einzigen Kind, sein schreckliches Geheimnis hinterlassen. Sie konnte es immer noch kaum fassen. Vielleicht würde sie mit der Zeit vergessen, wenn diese verdammten Briefe nicht mehr kämen. Kathryn griff in ihre Börse und zog ein Stück gelbes Pergament hervor, das am Abend zuvor unter der Tür durchgeschoben worden war. Es war abgegriffen, zerfleddert und schmutzig. Sie las die hingekritzelte Botschaft: »Wo ist Alexander Wyville? Wo ist Euer Gemahl? Mord ist ein Verbrechen, und Verbrecher kommen an den Strang!« Neben die Worte war in groben Umrissen ein Schafott gezeichnet. Beim Anblick der grob als Frau mit langen Haaren skizzierten Figur, die an dem Blutgerüst baumelte, gefror Kathryn das Blut in den Adern. »Schweigen ist Gold«, hieß es in

28

der Botschaft weiter. »Und das Gold ist auf Goodmans Grab auf dem Friedhof von Saint Mildred zu hinterlassen.«

Kathryn rollte das Pergament zusammen und steckte es wieder in ihre Börse. Nach dem Tode ihres Vaters hatte sie bereits zwei ähnliche Botschaften erhalten und fragte sich verzweifelt, wer dieser ominöse Schreiber war und wie er etwas vom Geheimnis ihres Vaters erfahren hatte. Bis jetzt hatte sie noch kein Geld gezahlt, aber die anonymen Briefe wurden immer bedrohlicher. Als Thomasina plötzlich neben ihr stand, fuhr sie zusammen.

»Herrin, wir müssen gehen.«

Kathryn kehrte wieder in die Wirklichkeit zurück. Sie hörte die Glocken der Kathedrale, die mit ihrem lauten Dröhnen die helleren Glocken anderer Kirchen übertönten. Der Ratsherr hatte sie für die Mittagszeit vorgeladen. Sie ging zurück in die Küche und schaute in die Ecke neben der Tür zur Vorratskammer, in der die Stundenkerze stand. Langsam ließ sie den Blick nach oben wandern. Ja, der zehnte Kreis war inzwischen erreicht. Kathryn warf der Kerze einen verärgerten Blick zu, weil sie ihre Zeit fraß, vielleicht sogar ihre Freiheit, vielleicht sogar ihr Leben. Nervös schluckte sie. Was wollte der Ratsherr von ihr? Fragen stellen? Die Vorladung mit dem offiziellen Siegel der Stadt Canterbury war sehr knapp gehalten. Sie solle sich am Mittwoch um zwölf beim Ratsherrn im Rathaus einfinden.

»Was wollen die von mir?« murmelte sie vor sich hin.

»Das weiß der Himmel, Herrin«, heulte Thomasina hinter ihr auf. »Aber Ihr kennt ja die Ratsversammlung, diese faule Bande von Bastarden. Man sollte doch meinen, sie hätten genug andere Dinge im Kopf. Immerhin ist der Bürgermeister unserer Stadt des Verrats angeklagt. Es heißt, er habe sich irgendwo versteckt. Der Rest der Ratsversammlung wird die Hosen voll haben, denn schließlich haben sie die Lancastertreuen unterstützt, und Goldjunge Edward hat ihre Hoffnungen zunichte gemacht.«

Kathryn nickte und lehnte sich gegen den Türpfosten. Thomasina hatte recht; sie konnte es nicht verstehen. Die Großen der Ratsversammlung von Canterbury hatten das Haus Lanca-

29

ster unterstützt: Nicholas Faunte, der Bürgermeister von Canterbury, hatte sogar Falconberg, dem General der Lancastertreuen, der London verteidigte, Soldaten zu Hilfe geschickt. Jetzt war alles verloren. Edward von York hatte die Lancastertreuen bei Barnet geschlagen und war dann nach Westen marschiert, um Margarete, ihre Königin, bei Tewkesbury gefangenzunehmen. Nicholas Faunte wurde öffentlich des Verrats beschuldigt, auf seinen Kopf war ein Preis ausgesetzt, und die Stadt befürchtete nun, ihre Freiheiten zu verlieren. Warum also beschäftigte sich der Oberste Ratsherr ausgerechnet mit ihr? Sie hatten doch gewiß genug damit zu tun, das Kriegsende zu bewältigen.

Thomasina ging um ihre Herrin herum, baute sich breitbeinig vor ihr auf und blickte prüfend in ihr ernstes Gesicht. Sie starrte Kathryn finster an, um die Woge des Mitleids zu verbergen, die sie bei ihrem Anblick überkam. Kathryn war nicht gerade eine Schönheit in der Blüte ihrer Jahre; unter dem tiefschwarzen Haar war ihre Miene zuweilen viel zu ernst, die grauen Augen zu hart, die olivfarbene Haut stets fahl, die Nase zu hakenförmig; und diese Lippen, die einst gelächelt und bissige Bemerkungen über die Welt geformt hatten, waren seit dem Tode ihres Vaters viel zu fest verschlossen.

»Herrin,« wiederholte Thomasina, »wir müssen gehen!« Sie reichte Kathryn den dunkelblauen Umhang, ihren besten, mit einer weiten, von Grauwerk gesäumten Kapuze.

»Wir müssen noch im Krankenhaus vorbeischauen, und Ihr dürft nicht zu spät kommen. Vielleicht braucht Ihr den Schutz der Ratsversammlung noch einmal.«

Kathryn nickte gedankenverloren, legte den Umhang auf den Tisch und ging den Korridor entlang zu ihrer Kammer. Sie mußte prüfen, ob alles gesichert war, ob die Kästen mit den Kräutern und Mixturen angekettet und mit Vorhängeschlössern versehen waren. Sie konnte es sich nicht leisten, daß jemand bei ihr einbrach und einen Trank stahl, an dem er am Ende starb, wie es Hawisa, der Frau eines Pilgers, passiert war, die dumm genug gewesen war, einen Trank aus Lorbeerrosendestillat zu sich zu nehmen, nur weil sie schöner werden wollte. Sie starb, und kei-

30

ner konnte ihr helfen. Kathryn blickte sich prüfend in der Kammer um. Hier vermißte sie ihren Vater am meisten, hier zwischen seinen Horoskopkarten, den Schüsseln, dem Dreifuß, dem Zuschneidebrett, den Messern, Nadeln und den Flaschen mit Tinkturen.

»Du warst ein guter Arzt«, murmelte sie, doch die Stille in der leeren Kammer war wie blanker Hohn. »Alles in Ordnung«, stellte sie gereizt fest, als würde der Raum selbst sie ärgern. Kathryn stellte die Mixturen, die sie zubereitet hatte, in einen geflochtenen Weidenkorb und schloß die Tür, drehte den Schlüssel herum und ließ ihn in ihre Börse gleiten. Sie fuhr zusammen, als plötzlich heftig an der Haustür geklopft wurde. Thomasina war hinten in der Spülküche.

»Ich gehe schon«, rief Kathryn.

Sie ging den mit Steinplatten ausgelegten Korridor hinunter, durch die Diele, vorbei an dem großen, offenen Laden, in dem ihr Mann Alexander früher seine Gewürze, Kräuter und Heilpflanzen verkauft hatte. Sie seufzte beim Anblick der verstaubten Regale, der Spinnweben zwischen den Tiegeln, Gläsern und Flaschen. Der Ladentisch war mit einer fingerdicken Staubschicht bedeckt. Sie hätte das Geschäft gern wieder in Gang gebracht und den Handel ihres Mannes fortgeführt. Aber sie spürte, daß es da eine Schranke gab. Nicht nur Geldmangel, sondern eine eiserne Kette versperrte ihr diesen Weg; denn wenn sie es tat, würde sie sich zur Komplizin ihres Vaters machen und wäre irgendwie mitschuldig an seinem furchtbaren Geheimnis. Wieder klopfte es an der Tür, und laute Kinderstimmen ertönten.

»Mistress Swinbrooke! Mistress Swinbrooke!«

Kathryn blickte durch das Guckloch in der Tür und sah die schmutzverkrusteten Gesichter von Edith und Eadwig, den Zwillingstöchtern von Fulke, dem Gerber, der ein paar Häuser weiter in der Ottemelle Lane wohnte. Kathryn war versucht, den beiden nicht zu öffnen, doch nach einem weiteren Blick auf die blassen Gesichter schob sie die Türriegel zurück. Die Zwillinge stürmten ohne Aufforderung herein.

»Mistress Swinbrooke! Mistress Swinbrooke!«

Kathryn ging in die Hocke und hielt die beiden am Arm fest. Mitleid überkam sie, als sie spürte, wie dünn die Kinder waren.

»Was ist los?« fragte sie.

»Vater! Er hat Häute bearbeitet und sich dabei den Arm verbrannt!«

»Wartet hier!« Kathryn stand auf. »Nein, kommt doch lieber mit.«

Sie ging in die Küche zurück, wo Thomasina gerade den Brotkorb hochzog, um die frisch gebackenen Laibe vor naschhaften Mäusen zu schützen. Kathryn setzte die Kinder an den Tisch.

»Behaltet eure Hände bei euch!« befahl Thomasina barsch und funkelte die Zwillinge verärgert an.

Sie befestigte die Kordel des Flaschenzugs an einem Wandhaken und wischte sich die Hände gründlich an der Schürze ab. Dann stellte sie sich hinter die Kinder und zwinkerte Kathryn heimlich zu.

»Ihr habt bestimmt Hunger, was?« rief sie.

Die beiden verwahrlosten Kinder sahen sie mit großen Augen an. Beim Duft des frischgebackenen Brotes lief ihnen das Wasser im Mund zusammen.

»Mit dem Vater ist bestimmt alles in Ordnung«, murmelte Thomasina und ging in die Speisekammer, um für die Kinder zwei Krüge mit Buttermilch zu füllen und einen Teller Marzipan zu richten. Kathryn ließ sie gewähren und ging wieder in ihre Kammer. Sie nahm das *Herbarium* von Apuleius vom Regal, das ihrem Vater gehört hatte, sowie das *Buch für Heilpraktiker* von Bald. Sie mußte die Ketten aufschließen, denn ihr Vater hatte die wertvollen Bücher immer mit einem Vorhängeschloß am Regal befestigt. Sie wußte, wie man Brandwunden behandelte, las aber, um sicherzugehen, immer noch einmal nach. Nachdem Kathryn sich von der richtigen Rezeption überzeugt hatte, gab sie zwei gehäufte Löffel voll Paste auf ein Stück Pergament und holte eine kleine Verbandsrolle aus einem Weidenkörbchen. Sie stellte alles wieder an seinen Platz, rollte die Paste sorgfältig in dem Pergament ein und ging zurück in die Küche, wo Edith und Eadwig sich mit Feuereifer über das Essen hergemacht hatten. Sie setzte sich ihnen gegenüber an den Tisch.

»Edith.«

Das kleine Mädchen blickte auf.

Kathryn schob das Päckchen mit der Salbe über den Tisch. »Sag deinem Vater, er soll die Brandwunde trocken halten, bis eine Blase entsteht. Wenn die Blase aufbricht muß der Verband angelegt werden. Dann soll er die Salbe auftragen, und die Wunde wird heilen.«

»Was ist da drin?« fragte Edith mit einem piepsigen Stimmchen.

»Ein wenig zerstoßenes Moos, etwas Wein, Salz und Essig.«

»Und wie heilt es die Wunde?« forschte Eadwig nach.

»Das wissen wir nicht«, antwortete Kathryn. »Wir wissen nur, daß es heilt. Wenn die Wunde sauber und trocken gehalten wird, gibt es eine hübsche Narbe.«

Edith zog ein langes Gesicht.

»Nun kommt, Kinder«, drängte Thomasina. »Ihr müßt jetzt gehen!«

Kathryn ging in die Vorratskammer, um sich dort im Bleibecken die Hände zu waschen, während Thomasina die Kinder hinausscheuchte und der jungen Magd Anweisungen erteilte. Kathryn nahm ihren Umhang und die verzierte Brosche, auf der aus Rubinen und Saphiren die Worte geformt waren: »Hier weile ich bei einem geliebten Freund.« Kathryn hatte sie einst von ihrem Mann geschenkt bekommen. In Gedanken versunken steckte sie ihren Umhang damit fest. Thomasina beobachtete sie; unter ihrer rauhen Schale machte sie sich Sorgen um ihre Herrin. Kathryns Mann war in den Krieg gezogen und wie vom Erdboden verschwunden. Ob er weggelaufen war? fragte sich Thomasina. Oder war er getötet worden und lag jetzt irgendwo in einem Massengrab? Alexander war ein gutaussehender junger Mann gewesen, ein guter Apotheker, der eine ehrenhafte Verbindung mit der Tochter eines Arztes eingegangen war. Er war mit Kathryn nur sieben Monate verheiratet gewesen, als er fortging, um sich Fauntes Truppen in London anzuschließen.

Bis jetzt hatte Thomasina ihre Meinung für sich behalten, doch sie hatte sich gefragt, ob Alexander Wyville nicht zwei Seelen in sich vereinte: die des ehrenwerten Händlers und die des Betrunkenen, der seine Frau schlug. Thomasina hatte ihre Herrin oft schreien und weinen hören.

Einmal hatte sie sogar gesehen, wie Alexander bleich und mit wildem Blick durch den Korridor schlich. Der alte Arzt hatte es auch gewußt, war aber schon zu schwach, um sich einzumischen, so daß ihm nichts anderes übrigblieb, als sich zu grämen. Drei Monate, nachdem Alexander fortgegangen war, starb der alte Arzt. Thomasina hatte gehofft, die Lage würde sich bessern, aber ihre Herrin schien bedrückt, als hüte sie ein schreckliches Geheimnis.

Bei den Titten einer Fee! dachte sie. Warum kann sie sich nicht einfach zur Witwe erklären und wieder heiraten? Ich war dreimal verheiratet. Thomasina lächelte vor sich hin. Hätte einer ihrer Männer auch nur einen Finger gegen sie erhoben, sie hätte ihn versohlt.

»Thomasina, was gibt es zu lachen?«

»Ach, nichts, Herrin. Laßt uns gehen.«

Thomasina wandte sich um und rief Agnes Anordnungen zu. Dann ging sie den Korridor entlang und trat durch die Haustür in die Ottemelle Lane. Es war ein schöner Tag, und die Sonne brannte bereits auf den aufgetürmten Unrat; wegen der Unruhe in der Stadt waren die Mistsammler noch nicht unterwegs gewesen, so daß die Gossen und das Kopfsteinpflaster mit fauligen Abfällen und stinkendem Kot übersät waren. An der nächsten Straßenecke stand Rawnose, der Hausierer, mit einem Bauchladen, den er an einem roten Band um den Hals trug. Er rief sie zu sich. Seufzend ging Kathryn zu ihm hinüber. Sie mochte den Hausierer. Er war einmal bei ihrem Vater aufgetaucht und hatte ihn um Hilfe gebeten, weil seine Ohren genäht werden mußten, von denen man ihm ein Stückchen abgeschnitten hatte, nachdem er zum dritten Mal beim Stehlen erwischt worden war. Dessen ungeachtet, war Rawnose immer noch so geschwätzig wie eine Elster.

34

»Geht es Euch gut, Mistress? Wißt Ihr schon das Neueste?«

Kathryn schüttelte den Kopf. Rawnose war besser informiert als jede Flugschrift.

»Vor zwei Tagen wurde ein Arzt in der Kneipe ›Zum Schachbrett‹ tot aufgefunden, vergiftet. Der Bürgermeister Nicholas Faunte hält sich immer noch versteckt. Er ist vom König, der inzwischen in London ist, zum Verräter erklärt worden. Ach, und habt Ihr von der Hexe bei Rochester gehört?«

Kathryn lächelte.

»Starb und ließ ihre Leiche in die Haut eines Hirsches einnähen. Man legte sie in einen Steinsarg, stellte ihn in die Kirche und ließ fünfzig Psalmen darüber singen, aber der Teufel hat sie trotzdem geholt. Er hat den Sarg mit seinem Pferdefuß aufgebrochen, die Leiche der alten Hexe herausgerissen und sie mit Haken an seinem pechschwarzen Pferd befestigt.«

»Du sollst nicht alles glauben, was man dir erzählt«, unterbrach ihn Thomasina.

Rawnose starrte dreist auf Thomasinas pralle Brüste und ihre breiten Hüften, wobei er sich genüßlich die Lippen leckte.

»Kann ich dich auf ein Glas einladen, Thomasina?«

»Eher würde ich mit dem Teufel tanzen!«

Thomasina hakte sich bei Kathryn unter und führte sie durch eine enge Gasse, vorbei an den elenden Hütten der Armen. Kathryn stieg der Geruch von gekochtem Kohl in die Nase, und durch die offenen Türen konnte sie die Frauen in ihren groben Kleidern sehen, wie sie Wolle kardätschten und sponnen. Ein paar Ziegel in der Mitte der festgestampften Lehmfußböden markierten die Feuerstelle. Ein Haufen Lumpen in einer Ecke diente als gemeinsame Schlafstatt, der einzige Schmuck bestand aus einem grob behauenen Kruzifix. Kinder hockten zwischen Hundekot auf dem Boden und kauten auf schwarzem Brot herum, das mit Zwiebelsaft getränkt war. Kathryn wandte sich ab und sandte ein Stoßgebet zum Himmel. Krankheit und Seuchen würden kommen, und sie gab ihrem Vater, einem Schüler von John Gaddesden, recht, der immer behauptet hatte, daß Epidemien, Fieber und Krankheiten in diesem Dreck und Filz und bei

35

der schlechten Nahrung einen guten Nährboden fanden. Sie bogen in die Hethenman Lane ein, die auf beiden Seiten von Verkaufsbuden gesäumt war. Hier stolzierten die einflußreichen Bürger einher: Männer in volantbesetzten Jacken und engen, bunten Kniehosen, Frauen, die ihre seidenen Unterkleider rafften, um sie nicht mit dem Unrat zu ihren Füßen zu beschmutzen. Witwe Gumple in strengem schwarzem Taft und weißer Haube rauschte erregt an ihnen vorüber. Als sie Kathryn erblickte, rümpfte sie verächtlich die Nase und zog die Mundwinkel herab. Kathryn lächelte sie freundlich an.

»Sie sieht aus«, zischte Thomasina, »als säße ihr ein Furz quer.«

Kathryn kicherte. »Thomasina, ein bißchen mehr Nächstenliebe, bitte.«

»Sie ist eine triefnasige Hexe«, wiederholte Thomasina, »der es nicht in den Kram paßt, daß Ihr als Heilkundige tätig seid und Euch nicht ihrem erlauchten Kreis von Heuchlern in der Sakristei von Saint Mildred anschließt.«

Thomasina blieb stehen und funkelte die Witwe Gumple an, die sich eilig entfernte.

»Sie ist eine Heuchlerin«, wiederholte sie. »Ich habe gehört, daß sie einem jungen Studenten schöne Augen macht, der mit Leichtigkeit bis über ihre Strumpfbänder vordringt.«

»Sch! Sch!« erwiderte Kathryn.

Sie gingen weiter und wären um ein Haar mit dem Rothaarigen zusammengeprallt, der zwischen den Buden hervorschlüpfte. Kathryn stöhnte leise und hoffte nur, daß der Marktlärm die meisten von Thomasinas deftigen Flüchen verschluckt hatte. Vor ihnen stand Goldere, der Schreiber, das aufgedunsene, pockennarbige Gesicht zu einer häßlichen Grimasse verzogen, die vermutlich ein Lächeln sein sollte. Mit seinen knochendürren, weißlichen Fingern strich er sich die dünnen roten Haare aus dem Gesicht. Mit seinen trüben Augen, der platten Nase und den verkniffenen Lippen erinnerte er Kathryn stets an ein verwahrlostes Kind. Sie fragte sich, ob mit seinen Körpersäften etwas nicht stimmte, denn es war rührend, wie er immer wieder versuchte, sich einen Bart und einen Schnäuzer wachsen zu lassen, und wie ihm stets nur ein weicher, flaumiger Milchbart wuchs, den eine Katze hätte abschlecken können, wie Thomasina immer behauptete.

»Mistress Kathryn«, sagte Goldere und lächelte sie einfältig an. »Ich freue mich so, Euch zu sehen. Seid Ihr wohlauf?«

»Wir haben's eilig«, sagte Thomasina laut.

»Guten Morgen, Master Goldere«, fügte Kathryn hinzu und versuchte, an ihm vorbeizukommen.

Der Schreiber ließ sich jedoch nicht so leicht abschütteln. Er heftete sich wie ein Schatten an jedermanns Fersen, und Kathryn bemühte sich, trotz des säuerlichen Geruchs, der von ihm ausging, nicht die Nase zu rümpfen.

»Ich möchte Euch aufsuchen, Mistress. Ich habe gewisse Beschwerden.«

»Es gibt andere Heiler, Master Goldere«, erwiderte Kathryn. »Ich bin Wundärztin und Apothekerin, nicht Euer Leibarzt.«

»Dann leistet Ihr mir vielleicht auf eine Suppe oder einen Happen zu essen Gesellschaft?«

»Master Goldere, ich bin eine verheiratete Frau!«

»Ach, und wie geht es Eurem Gemahl? Irgendwelche Nachrichten?«

Kathryn wandte sich ab. Ist Goldere der Absender der Botschaften? fragte sie sich.

»Es gibt da Gerüchte«, fuhr Goldere hinterhältig fort. »Warum tragt Ihr nicht den Namen Eures Mannes?«

Kathryn blieb stehen und funkelte ihn wütend an. Goldere trat nervös zurück.

»Master Schreiber«, flüsterte Kathryn heiser. »Ihr kennt die Gesetze. Mein Gemahl, Gott sei ihm gnädig, ist wahrscheinlich tot. Als seine Witwe kann ich auch unter meinem Mädchennamen sein Vermögen erben. Und nun, Sir, wünsche ich Euch noch einen schönen Tag!«

Sie rauschte davon, doch Thomasina trat an Goldere heran.

»Master Schreiber«, flüsterte sie.

»Ja«, schnarrte er. Vor dieser kleinen, aber gefährlichen Frau mit den stechenden braunen Augen in dem weißlichen, zu allem entschlossenen Gesicht hatte er Angst.

»Master Goldere. Seid Ihr sicher, daß Eure Gedärme in Ordnung sind?«

Der Schreiber wirbelte herum und fuhr sich mit der Hand an die Hose, die sich über sein Hinterteil spannte.

»Ich dachte nur«, fügte Thomasina hinzu. Mit einem strahlenden Lächeln folgte sie ihrer Herrin.

Sie folgten der Crimelende Street zum Krankenhaus für arme Priester, einem großen, zweistöckigen Gebäude. Pater Cuthbert, der Wächter, wartete in seiner kleinen, eichenholz-getäfelten Kammer auf sie. Er erhob sich und ergriff voll Wärme Kathryns Hand.

»Ihr seid früher da als erwartet, Mistress Swinbrooke.«

»Ich habe noch etwas anderes zu erledigen, Pater.«

»Dann kommt geschwind mit!«

Pater Cuthbert ging ihnen voran in das obere Stockwerk und betrat einen langen Saal mit poliertem Holzfußboden. An jeder Wand standen unter hohen Maßwerk-Fenstern, die mit buntem Glas gefüllt waren, aus Holz geschnitzte Bettgestelle im rechten Winkel zur Wand. Die Wände unter dem hohen Ziegeldach waren gekalkt, was den Eindruck von Geräumigkeit und Kühle noch verstärkte. Kathryn war immer wieder erstaunt über die Sauberkeit, die hier herrschte. Die Strohmatratzen hingen an Stricken, die an den vier Bettpfosten befestigt waren, damit die Luft zirkulieren konnte und der Raum seinen Wohlgeruch behielt; die kranken, alten Priester lagen auf federgefüllten Unterlagen zwischen sauberen Laken und waren zugedeckt mit schweren grauen Steppdecken.

Kathryn nahm das Tuch von dem Korb, den Thomasina trug, und überreichte Pater Cuthbert ein kleines Glas.

»Das hier ist Saxifraga und Petersilie in Ale gekocht. Es wird Pater Dunstan mit seinem Blasenstein helfen. Und was ist mit Benedikt, leidet er noch immer an Durchfall?«

Der Priester nickte und mußte über den geschäftsmäßigen Ton Kathryns lächeln.

»Er soll weiterhin guten Haferschleim bekommen« fuhr Kathryn fort, »und hiermit gefüttert werden.« Sie gab ihm ein zweites Glas.

»Was ist das?«

»Honig und Weizenmehl, gekocht in gesalzenem Fett mit etwas Bienenwachs. Das wird seinen Magen beruhigen.«

»Wieviel sind wir Euch schuldig?« murmelte Pater Cuthbert.

»Das Übliche. Ende des Monats wird Thomasina Euch wie immer die Rechnung bringen.« Kathryn lächelte. »Ich verspreche Euch, es wird nicht so viel sein. Ist sonst alles in Ordnung hier, Pater?«

Der Priester zuckte die Achseln und warf einen flüchtigen Blick auf Thomasina, die sich auffallend zurückhielt.

»Mistress Kathryn, der Tod ist unvermeidlich. Wir können nur die letzten Stunden etwas erleichtern.« Seine traurigen alten Augen betrachteten Kathryn. »Euch geht es gut, Mistress Swinbrooke?«

Kathryn sah den freundlichen Priester lange an. In seinem bescheidenen grauen Gewand erinnerte Cuthbert mit dem lustigen Gesicht und den sorgenvollen Augen immer an ein Mäuschen, das zwar die Freuden des Frühlings genießt, aber dennoch auf der Hut ist. Ob ich es ihm sagen soll? fragte sich Kathryn. Würde er mich von meiner Sünde lossprechen? Aber wie hätte sie beichten sollen? Wie hätte sie über einen Mord sprechen können, den sie nicht beweisen konnte? Und wie würden sie trotz des Beichtgeheimnisses nachher zueinander stehen? Sie biß sich auf die Lippen. Und was war mit ihrem Vater, den dieser Priester verehrt hatte? Pater Cuthbert war an das Sterbebett ihres Vaters gekommen und hatte seine Augen, seine Brauen, seinen Mund, die Hände und Füße mit heiligem Öl gesalbt. Cuthbert hatte ihm die Absolution erteilt und die heiligen Sakramente für diese letzte große Reise gegeben. Kathryns Augenlider zuckten, und sie wandte den Blick ab. Wußte der Priester Bescheid?

Auch Pater Cuthbert betrachtete Kathryn. Er spürte, wie traurig sie war, und wünschte sich, ihr helfen zu können. Aber wie? Er hatte sich zu ihrem Vater hinabgebeugt und seine letzten

39

Worte gehört. Er hatte das Entsetzen in den Augen des Mannes gesehen und ihm Worte der Erlösung gewährt, ihn an die unendliche Gnade Gottes erinnert. Pater Cuthbert dachte daran, daß er den Arzt Swinbrooke jeden Morgen in der Messe gesehen hatte, und überlegte, wie er Mistress Kathryn das Geheimnis des Toten mitteilen konnte. Dazu hätte er das Beichtgeheimnis lüften müssen.

Der alte Priester kannte Kathryn von Kindesbeinen an, doch nun standen sie sich in diesem sonnendurchfluteten Saal wie Fremde gegenüber. Sogar Thomasina, die der Priester einst geliebt hatte, schien distanzierter und zurückhaltender denn je.

»Ich muß gehen«, murmelte Kathryn abrupt. Der Priester geleitete sie hinaus.

Zwei

Als sie mit Thomasina das Krankenhaus verließ, bemerkte Kathryn, daß ihre alte Amme so still war wie immer, wenn sie bei Pater Cuthbert gewesen waren. Sie warf einen flüchtigen Blick zur Seite; Thomasina war scheu wie ein junges Ding und gab sich irgendwelchen Träumereien hin. Hatte Thomasina den Priester einmal geliebt? Liebte sie ihn noch?

Kathryn drückte Thomasinas Hand. »Eines Tages solltest du es ihm sagen«, murmelte sie.

»Was, Mistress?«

»Die Wahrheit!«

»Das habe ich schon einmal getan. Ich habe ihm gesagt, daß er wundervoll ist.« Thomasina räusperte sich, aber ihre Worte gingen im Lärm der Menge unter, als sie in die High Street einbogen, die von der mächtigen Kathedrale von Canterbury überragt wurde. Das Gedränge war hier noch dichter; Verkaufsstände säumten beide Seiten dieser Hauptdurchgangsstraße, die mit Karren, Pferden und natürlich mit ganzen Heerscharen von Pilgern vollgestopft war. Ein paar von ihnen waren allein unterwegs, andere in organisierten Gruppen. Einige trugen Alltagskleidung, andere das typische Pilgerhabit: einen flachen Hut mit Rand, einen grauen Umhang, Pilgertasche und in der Hand einen Stecken. Die meisten kamen aus den Städten und Dörfern in der Umgebung. Nur wenige waren professionelle Pilger, wie man an den Pilgermuscheln von St. Jacobus di Compostella, die sie an Hüten und Gewändern trugen, unschwer erkennen konnte, oder an der eingravierten Palme, die bedeutete, daß sie sogar schon in Jerusalem gewesen waren. Der Anblick von Menschen, die in Scharen auf das Gelände der Kathedrale strömten, um Beckets Grab zu besuchen, war nichts Ungewöhnliches. Was aber Kathryns Aufmerksamkeit erregte, waren die Bürger, die sich in ängstlichen Gruppen auf den Rathausstufen scharten.

»Wo die der Schuh drückt, muß man wohl nicht erst fragen«, murmelte Thomasina.

Kathryn nickte. »Jetzt merken die Ratsherren der Stadt, was es heißt, einen Krieg verloren zu haben«, erwiderte sie.

Sie deutete auf die Gruppen von Soldaten, von denen die meisten staubbedeckt waren, die Gesichter gezeichnet von Müdigkeit und Erschöpfung. Die Krieger Edwards von York, geradewegs von ihrer siegreichen Schlacht im Westen des Landes zurückgekehrt, konnten es kaum erwarten, diese mittlerweile in Ungnade gefallene Stadt die Autorität ihres Königs spüren zu lassen. Überall tauchte die Uniform der Yorkisten auf – Krieger, die die Weiße Rose oder den Roten Eber von Gloucester, dem Bruder des Königs, trugen. Viele Bürger der Stadt hatten zum Beweis ihrer Ergebenheit eilends in ihren Gärten weiße Rosen gepflückt und an ihre Filzhüte gesteckt. Ein paar Frauen aus der früheren Bürgerschaft trugen sie sogar im Haar. Als Kathryn und Thomasina die Stufen zum Rathaus emporstiegen, wurden sie von den herausströmenden königlichen Soldaten grob angerempelt. Die Männer trugen Kisten voller Dokumente heraus, während ein königlicher Herold eine Liste jener Bürger, die der König des Verrats beschuldigte, an die Rathaustür nagelte.

Kathryn und Thomasina traten in das muffige Dunkel des Gebäudes. Sofort wurden sie von einem königlichen Sergeanten angerufen, der unter dem rechten Auge einen häßlichen blauen Fleck und an der linken Hand eine eitrige Schnittwunde hatte.

»Was wollt Ihr hier?« fuhr er sie unfreundlich an.

Ein paar Soldaten vernahmen den Unterton in seiner Stimme und kamen näher, um sich den Spaß anzusehen.

»Ich bin Apothekerin«, antwortete Kathryn. »Ratsherr Newington hat mich herbeordert.« Sie schluckte, um ihre Nervosität zu verbergen. »Ihr seht müde aus«, fuhr sie fort, ergriff die Hand des Soldaten und drehte sie vorsichtig um, damit sie die Wunde prüfen konnte. Der Soldat war so verblüfft, daß er wie ein Kind antwortete.

»Es tut weh«, murmelte er.

»Es wird schlimmer werden«, entgegnete Kathryn. »Wenn sich die Wunde infiziert, werdet Ihr die Hand verlieren.«

»Was soll ich denn machen?«

»Reinigt die Wunde mit heißem Wasser. Gebt etwas Salz und einen Schuß Wein mit Essig hinzu. Das wird zwar furchtbar brennen, aber am Ende Eure Hand retten. Bedeckt die Wunde mit einem Verband, und wiederholt die Prozedur zweimal täglich.«

»Ist das Euer Ernst?« fragte er und riß Kathryn den Brief aus der Hand. Er hielt ihn falsch herum und tat so, als lese er ihn.

»Ich heiße Swinbrooke«, fuhr Kathryn fort, »und wohne in der Ottemelle Lane. Wenn Eure Hand in drei Tagen noch nicht verheilt ist, kommt zu mir.«

Der Soldat lächelte und entblößte sein lückenhaftes Gebiß. Seine matten Augen erwachten zu neuem Leben.

»Mach' ich doch glatt, Mistress.«

»Behalt' deine dreckigen Gedanken für dich!« unterbrach Thomasina. »Mistress Swinbrooke ist Apothekerin und Ärztin, nicht eine von denen, die hinter eurem Troß herziehen!«

Der Soldat warf Thomasina einen lüsternen Blick zu. »Sowas wie du gefällt mir«, neckte er. »Ich mag fette Weiber. Man kann sich so gut dran festhalten, wenn's hoch hergeht!«

»Ich habe mir schon größere Sachen aus der Nase geholt!« gab Thomasina gehässig zurück.

Der Soldat warf den Kopf zurück und brüllte vor Lachen. »Es gefällt mir, wenn sie frech sind«, erwiderte er.

»Oliver, sei vorsichtig!« rief einer seiner Kameraden. »Der Ire erwartet die beiden.«

Plötzlich ernüchtert, trat der Sergeant einen Schritt zurück. »Ich danke Euch, Mistress. Und jetzt beeilt Euch.«

Am Ende des Korridors, in dem sich aufgescheuchte Schreiber, verängstige Bürger und großmäulige Soldaten drängten, traf Kathryn den für ihr Stadtviertel zuständigen Ratsherrn, John Abchurch.

»Sir«, rief sie. »Könnt Ihr mir helfen?«

43

Der füllige kleine Mann wandte sich zu ihr um. »Mistress Swinbrooke. Natürlich. Ihr solltet Euch lieber nicht hier aufhalten.« Er zog seinen mit Wollstoff gefütterten Umhang fest um sich und schob sich näher heran. »Wir leben in bösen Zeiten. Daß der verdammte Faunte aber auch die Lancastertreuen unterstützen mußte.«

»Was soll nun werden?«

»Faunte wird entweder den Kopf oder die Eier verlieren. Wahrscheinlich beides, und die Stadt wird eine Geldstrafe zahlen müssen. Wir werden …« Abchurch leckte sich die Lippen. »Was führt Euch her?«

»Ratsherr Newington hat mich zu sich gebeten.«

»Kommt!«

Eifrig darauf bedacht, dem Gedränge auszuweichen, führte Abchurch sie die Treppe hinauf, einen ruhigen, menschenleeren Korridor entlang und klopfte an eine große, eisenbewehrte Tür.

»Herein!«

Kathryn stieß die Tür auf, und Abchurch hoppelte wie ein Kaninchen davon. Der Raum dahinter war kühl und, da die Fensterläden geöffnet waren, von Sonnenlicht durchflutet, so daß Kathryn nach dem Dunkel im Korridor erst einmal blinzeln mußte. Kathryn erinnerte sich daran, daß sie vor Jahren einmal mit ihrem Vater hier gewesen war. In der Regel war der Raum voll mit geschäftigen Händlern, Ratsherren, Schreibern und anderen Vertretern der städtischen Ratsversammlung, aber heute war es hier seltsam still, und der Tisch im Hintergrund war leer.

»Hierher, Mistress Swinbrooke!« ertönte eine Stimme.

Kathryn sah zu der großen Feuerstelle hinüber. Dort saßen vier Männer. Ganz vorn ein alter, ehrwürdiger Mann; flüchtig nur nahm sie ein purpurnes Gewand mit kostbarem Pelzbesatz wahr. Neben ihm saß ein Schreiber. Auf der anderen Seite der Feuerstelle erkannte sie den Ratsherrn John Newington, grau und dünn wie eine Bohnenstange. Neben ihm saß ein junger Mann; Kathryn nahm langes schwarzes Haar, tiefliegende Augen und einen einfachen, flaschengrünen Umhang wahr, die Jacke und Gamaschen eines Soldaten. Alle vier erhoben sich, als sie

44

sich ihnen zögernd näherte. Newington bedeutete ihr, sich auf einen Faltstuhl zu setzen; für Thomasina stand ein mit Stoff bezogener Hocker daneben.

»Mistress Kathryn, seid gegrüßt.«

Newington wirkte nervös, der kahle Schädel glänzte vor Schweiß, die Augen blickten wachsam, und das Gesicht war von Erschöpfung gezeichnet. Als Kaufmann von nicht geringem Stand war Newington der allgemeinen Säuberungswelle durch die Yorkisten in der Stadt wahrscheinlich entgangen, weil er sich, wie ihr Vater einmal trocken bemerkt hatte, nie entscheiden konnte, woher der Wind wehte, welcher Politik er folgen sollte. Kathryn lächelte ihn an, als er an seinem pelzbesetzten Gewand nestelte. Sie warf noch einen Blick auf den Soldaten neben Newington; er war häßlich, hatte ein längliches Gesicht mit dunklem Teint, das Kinn sprang aggressiv hervor, die Augen lagen tief in den Höhlen, die Nase war zu scharf gezogen und die Lippen ziemlich verkniffen und starr. Ein verschlossener, schweigsamer Mann. Wäre Kathryn ihm in einer Gasse begegnet, wäre sie auf der Hut gewesen und hätte ihn für einen Gesetzlosen oder Geächteten gehalten.

»Mistress Swinbrooke?«

Kathryn wandte sich dem alten Mann zu und holte tief Luft, denn sie sah plötzlich, daß sein Gewand vollkommen purpurrot war. In der Abtei hatte sie ihn einmal in vollem Ornat gesehen. Kathryn machte schnell einen Knicks, um den Amethystring von Thomas Bouchier, Kardinal und Erzbischof von Canterbury, zu küssen. Sein breites, fleischiges Gesicht war eigentlich häßlich, aber seine Augen strahlten eine Jugendlichkeit aus, als wäre er über die Gesellschaft einer ansehnlichen Dame tatsächlich überglücklich.

»Schön, daß Ihr gekommen seid«, murmelte Bouchier mit tiefer, wohlklingender Stimme. Er zupfte an einem seiner fleischigen Ohrläppchen. »Habt keine Angst. Ich bin nicht wegen einer Exkommunizierung oder einer Befragung hierhergekommen.« Seine mit Altersflecken übersäte und von hervorstehenden Adern gezeichnete Hand war warm und beruhigend, als er Kathryn erneut berührte. »Ich habe Euren Vater gekannt, als ich Mönch war. Er war ein guter Arzt, der Herr möge seiner Seele gnädig sein!« Mit feierlichem Ernst blickte er Thomasina an. »Und du bist sicher die Magd von Mistress Swinbrooke? Und Kathryns Amme? Ich erinnere mich daran, daß er einmal von dir sprach.«

Thomasina lächelte einfältig und hielt ausnahmsweise einmal den Mund.

»Setzt Euch, bitte, setzt Euch«, sagte Newington und deutete nervös auf die Stühle.

Der kleine Mann neben dem Erzbischof kratzte sich mit tintenverschmierten Fingern an der Nase und blickte die beiden Frauen finster an.

»Ja, setzt Euch!« sagte er barsch. »Wollt Ihr eine Erfrischung?«

Kathryn schüttelte den Kopf und lächelte den ungehobelten Kerl an. Seiner verstaubten Robe und den tintenverschmierten Fingern, dem Schreibtablett und dem Tintenfaß aus Horn mit Federkielen, die auf einem kleinen Hocker neben ihm lagen, konnte Kathryn unschwer entnehmen, daß er einer der Schreiber des Erzbischofs war, vielleicht sogar sein Erster Schreiber. Ein unverheirateter Mann, der Frauen wahrscheinlich verabscheute und sich durch ihre Anwesenheit gestört fühlte.

»Schsch, Simon«, sagte der Erzbischof leise. »Nicht so grob. Wir sind auf die Hilfe von Mistress Swinbrooke angewiesen.«

Kathryn fiel ein Stein vom Herzen, als sie hörte, daß sie nicht hierhergekommen war, um Fragen nach ihrem Vater oder dem Verbleib ihres vermißten Mannes zu beantworten. Bouchier lehnte sich in seinem Stuhl zurück und blickte angestrengt zur Balkendecke empor, wobei er leicht mit dem Stuhl wippte und die Hände engelsgleich über seinem breiten Gürtel faltete. Sein Schreiber hingegen beugte sich vor, hatte die Hände ineinander verkrampft und starrte zu Boden, als wolle er Kathryns Anwesenheit schlicht ignorieren. Newington war sichtlich nervös, während sich der Soldat neben ihm halb schlafend auf seinem Sitz rekelte. Kathryn sah, daß er schmutzige Hände und ein verdrecktes Gesicht hatte und seine Stiefel und Gamaschen die Spuren einer langen Reise trugen.

»Master Newington«, sie beugte sich vor. »Ihr batet mich für heute morgen zu Euch?«

Der Ratsherr fummelte an seiner Amtstracht herum. »Mit Seiner Eminenz dem Kardinal und Erzbischof« – er machte eine leichte Verbeugung in Richtung des Prälaten – »muß ich Euch wohl nicht bekannt machen. Simon Luberon«, hierbei vollführte er eine flüchtige Handbewegung in Richtung des Schreibers, »ist Erster Schreiber des Erzbischofs.« Newington lächelte dünn. »Mich kennt Ihr ja. Und dies hier«, er wandte sich halb dem Soldaten zu, »ist Colum Murtagh, Marschall des königlichen Haushalts. Und jetzt ...« Newington schluckte nervös.

»Und jetzt«, fiel Murtagh plötzlich mit leiser Stimme und leicht singendem Akzent ein. »Und jetzt«, wiederholte er, »Verwalter der königlichen Pferde, Stallungen und Weiden in Kingsmead und Sonderbeauftragter für die Stadt.«

Kathryn starrte Murtagh an. Sie kannte Kingsmead, wo die Pferde der königlichen Boten untergebracht waren. Gerüchten zufolge waren sowohl das kleine Landhaus als auch die Stallungen und Wirtschaftsgebäude wegen des Bürgerkrieges ziemlich verfallen. Die Bauern der Umgebung ließen sogar ihr Vieh auf dem königlichen Weidegrund grasen. Murtagh sah ganz so aus, als werde er diesen Mißstand schon sehr bald beenden. Sie hörte, wie Luberon ärgerlich mit der Zunge schnalzte.

»Warum bin ich hier?« fragte sie abrupt. »Warum hat man mich hierher bestellt?«

Newington verschränkte die Hände, befeuchtete seine Lippen und warf dem Erzbischof einen unruhigen Blick zu.

»Mistress Swinbrooke, in dieser Stadt sind Morde geschehen.«
Kathryn stockte der Atem.

»Schreckliche Morde, die Opfer waren allesamt Pilger.«
Kathryn öffnete den Mund, um zu sprechen.

»Habt Ihr davon gehört?« schaltete Luberon der Schreiber sich ein.

»Ich habe Gerüchte über einen Arzt gehört, der in der Schenke ›Zum Schachbrett‹ vergiftet worden sein soll.«

»Das ist der vierte Mord«, unterbrach Bouchier. »Die Opfer
waren allesamt Pilger, und alle sind vergiftet worden.«

Der Erzbischof seufzte. »Zunächst ist es uns gar nicht aufgefallen. Zu viele Menschen starben am Schweißfieber. Doch dann
erinnerten wir uns an eine Botschaft, die an die Tür der Kathedrale genagelt worden war.«

Bouchier wandte sich um und nickte Luberon zu, der Kathryn
ein Stück Pergament reichte, das verdreckt und abgegriffen war.

»Könnt Ihr lesen?«

Kathryn überhörte die Stichelei. »Natürlich, Master Schreiber.«

Sie las die hingekritzelten Worte. Es war eine verschlüsselte
Botschaft:

Beckets Grab, so grau und kraß,
Radix malorum est Cupiditas.

Kathryn machte ein erstauntes Gesicht. »Was soll das heißen:
Habgier ist die Wurzel allen Übels?«

»Zuerst«, antwortete Bouchier, »dachten wir, es sei nicht weiter
von Bedeutung, nur ein vollgekritzeltes Stück Pergament, das jemand an die große Tür der Kathedrale genagelt hatte. Doch allmählich erkannten wir ein Muster.«

Bouchier lehnte sich in seinen Stuhl zurück. »Es folgten weitere
Botschaften. Die nächste lautete:

Ein Weber den Weg nach Canterbury fand,
gen Himmel seine Seel' ich sandt'.

»Und tatsächlich wurde in Burgate ein Weber aus Evesham vergiftet.« Der Erzbischof zuckte mit den Schultern. »Es folgten
noch mehr Botschaften und Morde. Ein Zimmermann, ein
Kurzwarenhändler, schließlich ein Arzt.« Er blickte Kathryn
fest an. »Vor jedem Mord wurde eine Nachricht an die Tür der

Kathedrale genagelt, ein Knittelvers in der Art, wie Ihr ihn gerade gelesen habt, in dem der Beruf des nächsten Opfers genannt wurde.«

»Und was habe ich damit zu tun?«

»Gar nichts«, erwiderte Bouchier ruhig. »Aber Ihr müßt verstehen, Mistress Swinbrooke, Beckets Grabmal ist berühmt, es zieht Menschen aus ganz England, ja sogar aus ganz Europa an.«

»Und das bringt Geld in die Kassen«, unterbrach Murtagh.

Bouchier wandte seinen Blick unter schweren Augenlidern dem Soldaten zu.

»Ja«, gab Newington zu. »Es bringt Gewinn. Unsere Läden, unsere Verkaufsstände, Schenken, Bethäuser, ja, die ganze Stadt verdankt ihre Blüte dem Handel mit den Pilgern. Könnt Ihr Euch vorstellen, Mistress Swinbrooke, was passiert, wenn sich diese Dinge herumsprechen?« Newington machte eine vage Geste in Richtung Fenster. »Die Menschen sterben wie die Fliegen in Kriegen oder an Krankheiten, durch Unfälle oder bei Prügeleien in einer Kneipe, aber der Giftmord an Pilgern ist etwas anderes. Die Menschen kommen zu Beckets Grab, damit sie geheilt werden. Könnt Ihr Euch vorstellen, was passiert, wenn dieser Skandal an die Öffentlichkeit kommt? Daß ein Giftmörder sich an den Pilgern von Canterbury vergreift?« Er funkelte den Soldaten böse an. »Die Dinge stehen schlimm genug wegen der Zwietracht unter den Bürgern, obwohl der Sieg des Königs im Westen die Dinge sicher wieder ins Lot bringen wird«, beeilte er sich hinzuzufügen. Er beugte sich vor. »Mistress Swinbrooke, dieser Giftmörder muß dingfest gemacht werden, bevor noch weitere Morde begangen werden.«

»Es gibt noch mehr Ärzte und Apotheker in dieser Stadt.«

»Es gibt etliche Ärzte in Canterbury und drei Apotheker«, antwortete Newington. »Obwohl einer der letzteren ernsthaft erkrankt ist.«

»Versteht Ihr denn nicht«, unterbrach Luberon, »warum wir auf Euch gekommen sind? Eine Frau!« Das letzte Wort spuckte er förmlich aus.

»Master Luberon, mein Vater hat an der Saint-Cosmos-Schule für Medizin in Paris studiert. Ärztinnen sind von der Zunft in London anerkannt. Die Ärztin der Königin Philippa von Hainault war Cecilia von Oxford.« Kathryn leierte die üblichen Argumente herunter, die sie vom Vater übernommen hatte. Bekümmert schüttelte sie den Kopf. »Ich erhebe keinen Anspruch auf Vollkommenheit«, wandte sie sich an den Erzbischof. »Ich bin Apothekerin, mal Baderin, mal Ärztin.«

»Ihr hättet als Mann zur Welt kommen sollen«, spottete Luberon.

»Wenn dem so ist, Master Schreiber, haben wir eines gemeinsam!«

Thomasina hinter ihr kicherte. Der Soldat lächelte, was seinem Gesicht einen jugendlichen, beinahe anziehenden Charakter verlieh. Newington war irritiert, aber der alte Erzbischof legte den Kopf in den Nacken und brüllte vor Lachen, als er sah, wie Luberon sich wand.

»Mistress Swinbrooke«, bat Newington, bevor der rot angelaufene Schreiber zurückschießen konnte. »Seht Ihr nicht, wo unser Problem liegt? Unser Giftmischer kann Latein. Er ist ein gebildeter Mann.«

»Woher wißt Ihr, daß es ein Mann ist?«

»Es soll genügen, wenn wir sagen, daß wir es wissen. Er kennt sich in der Medizin aus. Er muß Zugang zu Arzneien und Mixturen haben. Die Menschen, die Ihr genannt habt, diese …«, er hustete, »einer dieser Ärzte oder Apotheker könnte unser Mörder sein.«

»Ich auch!«

Der Erzbischof beugte sich in seinem Stuhl vor. »Das glaube ich nicht.« Er schnippte mit den Fingern nach Luberon. »Hast du die Dokumente?«

»Ja, Euer Gnaden.« Der Schreiber reichte Kathryn eine kleine Rolle, um die ein rotes Seidenband gewickelt war. »Diese Papiere enthalten alle Einzelheiten, die wir kennen.« Luberon richtete sich auf. »Einer meiner Schreiber hat sie zusammengestellt.«

Erzbischof Bouchier stand plötzlich auf und deutete mit heftigen Gesten auf den Soldaten. »Meister Murtagh hier ist Ire. Er hat dem Vater Edwards von York als Page gedient und ist Marschall des königlichen Haushalts und Hauptmann der königlichen Boten geworden. Jetzt ist er für die königlichen Stallungen in Kingsmead verantwortlich. Außerdem ist er als Friedensrichter in Canterbury eingesetzt. Ich bat den König um Murtaghs Hilfe bei der Suche nach dem Mörder. Ich habe beschlossen, daß Ihr ihm dabei helfen sollt.«

Kathryn sah den Iren an, der ihren Blick jetzt offen erwiderte. Es lag etwas darin, das ihr mißfiel, etwas Kaltes, Abschätzendes, als sei sie eine Mähre auf dem Pferdemarkt.

»Ihr untersteht dieser Stadtbehörde und mir«, fuhr Bouchier fort. »Dafür und für alle anderen Dienste, erhaltet Ihr sechzig Pfund im Jahr, fünfzehn Pfund im Vierteljahr.«

Kathryn war so überrascht, daß sie nach Luft rang, während Thomasina hinter ihr aufgeregt hin und her rutschte. Sie brauchte das Geld, um Vorräte für den Laden zu kaufen, die notwendigen Reparaturen am Haus durchführen zu können, den Grabstein ihres Vaters richtig gravieren zu lassen und einen Priester für die Seelenmessen zu bezahlen.

»Seid Ihr einverstanden?« fragte der Erzbischof ungeduldig. Kathryn nickte.

»Gut!« Bouchier klatschte in die Hände. »Die notwendigen Briefe lasse ich Euch bringen. Wir wollen die Sache vertraulich behandeln.«

»Und wenn es mir nicht gelingt, sie zu finden?«

Bouchier lächelte dünn. »Alle Mörder werden gefaßt«, sagte er leise. »Da bildet dieser hier keine Ausnahme. Er ist arrogant genug, sich zu überschätzen.«

Er ergriff Kathryns Hand und zog sie in die Höhe. Schnell warf er abschätzende Blicke nach links und rechts, und Kathryn wußte, daß dieser schlaue alte Priester seinen Mitstreitern nicht über den Weg traute. Der Mörder konnte tatsächlich jeder sein; Newington war Gelehrter, ein gebildeter Mann, Luberon ebenso. Der Erzbischof warnte sie auf dieses Weise, vorsichtig zu sein. Kathryn beugte ihr Haupt und küßte seinen Ring.

51

»Ich werde mein Bestes tun«, sagte sie. »Meine Herren, ich verabschiede mich.«

Sie ging quer durch den großen Saal zur Tür, Thomasina hinter ihr her. Nachdem sie die Tür hinter sich geschlossen hatten, lehnten sich beide dagegen. Kathryns Augen weiteten sich.

»Angestellt von der Stadt!« flüsterte sie gespielt prahlerisch. »Vom Erzbischof persönlich begrüßt zu werden. Vater wäre stolz auf mich.«

»Auf das Geld wäre er stolz«, antwortete Thomasina.

»Aber er wäre klüger vorgegangen als Ihr.«

»Wie meinst du das?«

Thomasina nahm ihre Herrin beiseite und ging mit ihr zur Treppe zurück.

»Es heißt, Bouchier sei ein schlauer Fuchs, und zu Recht. Er ist vielleicht ein Erzbischof, aber ich würde keinen Handel mit ihm abschließen. Luberon ist ein gemeines Stück Vieh, und Newington sieht mir so aus, als hätte er Angst vor seinen eigenen Furzen.«

»Was ist mit dem Iren?«

Noch bevor Thomasina antworten konnte, hörte Kathryn, wie jemand ihren Namen rief. Sie wandte sich um. Murtagh stand jetzt vor dem Saal, die Arme verschränkt.

»Mistress Swinbrooke, auf ein Wort.«

»Es können auch zwei sein«, antwortete Thomasina, »wenn Ihr versprecht, nicht frech zu werden.«

Murtagh kam auf sie zu. Er trug seinen Kopf hoch, bewegte sich wie eine Katze, und Kathryn schauderte. Sie war auf der Hut vor diesem Mann mit seinem dunklen Gesicht und seiner seltsamen Art. Sein forsches Auftreten und die Art und Weise, wie er Messer und Schwert, die bei jedem Schritt gegen seine Beine schlugen, in die Ringe an seinem breiten Gürtel gesteckt hatte, dokumentierte, daß er ein Soldat war, ein Mörder, eine Katze unter Tauben. Ja, dachte Kathryn, und sie mußte an jene Katze denken, die sich an einen Vogel im Garten angeschlichen hatte, genauso langsam und vorsichtig. Murtagh kam auf sie zu und Kathryn stieg der Geruch von abgestandenem Schweiß, vermischt mit Leder, in die Nase. Sie bemerkte auch die dunklen Ringe unter seinen Augen.

»Ihr solltet schlafen, Ire. Kommt Ihr von weit her?«

»Aus Tewkesbury. Ich habe drei Tage gebraucht bis hierher. Der König bestand darauf.«

Kathryn wandte sich um und ging die Treppe hinunter. Der Ire folgte ihr.

»Habt Ihr das hier gelesen?« sagte sie und hielt die Pergamentrolle hoch.

»Ich bin Soldat, kein Schreiber.«

»Könnt Ihr überhaupt lesen?« spottete Thomasina.

Murtagh grinste und ergriff blitzschnell die Hand der Magd.

»Und wie ist es mit dir? Du kannst es bestimmt. Man trifft nicht oft eine Frau wie dich, Thomasina, die schön ist und auch noch Köpfchen hat.«

Thomasina entzog ihm ihre Hand.

»Woher wißt Ihr meinen Namen?« fauchte sie ihn an.

»Newington hat ihn mir gesagt.«

»Sind alle Iren Lügner?«

»Vielleicht, aber wenn ich dich eine fette alte Sau nennen würde«, witzelte er, »wäre das wahr oder gelogen?«

»Ihr seid ein elender Sumpfnomade«, keifte Thomasina, »und habt den Arsch aus der Hose hängen. Schon mein alter Vater hat gesagt, traue keinem Iren; sie raufen, saufen und huren gern!«

»Aber Thomasina!« schaltete sich Kathryn ein. »Master Murtagh, was wißt Ihr von diesen Morden?«

Bevor Thomasina es verhindern konnte, schlüpfte Murtagh geschwind an Kathryns Seite und führte sie aus dem Rathaus ins Freie und die Treppe hinab. Die Sonne brannte, und das Getöse vom Markt in der High Street war ohrenbetäubend.

»Ich weiß nur sehr wenig«, antwortete er. »Aber hier ist weder die rechte Zeit noch der rechte Ort.« Er beugte sich zu ihr, und Kathryn funkelte ihn an.

»Und wo soll das sein?« fragte sie mißtrauisch.

»Ach du Heiliger!« Der Ire spürte ihre Abneigung und wandte sich ab. »Mistress Kathryn, ich wollte Euch nicht zu nahe treten, aber ich habe nicht viel übrig für Wirtshäuser oder Suppenküchen, und das Haus in Kingsmead ist heruntergekommen.« Er spielte mit dem Heft seines Dolches. »Seht, wenn Ihr mich zum Abendessen einladet, werde ich auch für das Essen bezahlen.«

Kathryn wurde rot. »Ich wollte Euch nicht kränken«, stammelte sie. »Natürlich könnt Ihr kommen. Es ist der Apothekerladen in der Ottemelle Lane. Eine Stunde vor Sonnenuntergang, wenn die Glocken zur Vesper läuten.«

Der Ire nickte, drehte sich auf dem Absatz um und schlenderte davon.

»Das ist mir ja ein schöner Schuft«, flüsterte Thomasina. »Aber ich wette, im Bett ist er gut.«

»Thomasina, woher willst du das wissen?«

»Das sieht man an seinen Beinen«, erwiderte die alte Amme. »Sie sind kräftig und stark. So wie die von meinem dritten. Das war das erste, was mir an ihm auffiel. Er war einer von denen, die den Sarg meines zweiten Mannes in die Kirche trugen. Ich ging hinterher und dachte so bei mir, was für schöne Beine, wie Baumstämme waren sie, und ich hatte recht!«

Kathryn mußte lächeln. Sie wandte sich dem Markt zu, spürte aber plötzlich, wie wenig sie gegessen hatte und wie müde sie war, und wie erleichtert darüber, daß kein Wort über ihren Mann gefallen war. Sie war froh, den Iren zum Essen eingeladen zu haben; ob sie ihn mochte oder nicht, sie war mit Murtagh durch die gemeinsame Jagd nach einem Mörder verbunden, der jeder von den Menschen sein konnte, die sich auf dem Markt dort unten drängten.

Drei

»Sir Thopas«, wie der Mörder sich gern nannte, stand in der Zunfttracht eines Kaufmanns, einem mit Wollstoff gefütterten Kapuzenmantel, am Rande des Buttermarktes und beobachtete die Pilger, die durch Newgate über den Friedhof für Laienbrüder der Kathedrale von Canterbury strömten, um Beckets Grabmal zu besuchen. Er griff nach der kleinen Phiole in seiner Reisetasche, während er auf die Kaufleute wartete, die an der Kirche von St. Alpheges in der Turnagain Lane vorbei durch die Palace Street kommen mußten, um dann in die Sun Street einzubiegen. Er hatte zugehört, als sie sich am Abend zuvor in der Taverne an der Burgate Lane unterhielten, kurz nach zwölf, so hatte einer von ihnen berichtet, sollten sie das Grabmal von Thomas Becket besuchen, denn sie hatten sich eine Sonderführung durch einen Subprior der Christuskirche erkauft, was ein beachtliches Privileg war.

Der Meuchelmörder lehnte sich gegen die grauen Steine einer Hauswand und schaute in die Burgate Street. Ihm war unbehaglich zumute – nicht nur wegen des warmen Wetters und des Gestanks, sondern weil so viele Soldaten in den Farben Edwards von York herumliefen. Unwillkürlich mußte er schmunzeln. Ganz Canterbury war ein einziges Chaos. Der Bürgermeister war ein Verräter und die Stadtversammlung ihres Amtes enthoben; in diesem Durcheinander konnte er seine Taten nahezu unbemerkt ausführen, und er hatte sich noch viel vorgenommen. Auf der anderen Straßenseite sah er zwei Bettler, die dort im Schatten der Mauer rund um die Domfreiheit die mageren Beine ausstreckten und mit ihren Kupfertellern klapperten, um von den Pilgern ein paar Pennies zu bekommen. Eine Gruppe Gelehrter rauschte vorüber und empörte sich über einen Metzger, der versuchte, einen Bullen an den Hetzpfahl zu binden, wo er gequält und bis aufs Blut gereizt werden sollte, bevor er geschlachtet wurde, denn die Kunden mochten es, wenn das Fleisch vor Blut nur so troff. Thopas grinste; ihm ging es ganz ähnlich. Er war sehr gewissenhaft in der Wahl seiner Opfer, pickte sie heraus, merkte sie sich, heckte einen geschickten Plan aus, stellte eine Falle, brachte ihnen den Tod und weidete sich an ihrem gräßlichen Sterben. Leise summte er zwei Zeilen seines Gedichtes vor sich hin, verstummte jedoch abrupt, als ein vorbeigehender Mönch ihn neugierig betrachtete.

Thopas vernahm laute Stimmen und Gelächter und blickte über die Schulter in die Sun Street. Die Kaufleute, die er am Abend zuvor ausspioniert hatte, näherten sich. Trotz der Hitze trugen sie Filzhüte. Silberne Ketten zierten ihre Brust, Schnallen die staubigen Stiefel, billiger Tand glitzerte an Stulpen und Halskrausen. Bei Newgate, dem Eingang zur Abtei, blieben sie stehen. Einer von ihnen zog einen Weinschlauch hervor, den er herumgehen ließ, was von den anderen mit lautstarken Scherzen begrüßt wurde. Thopas beobachtete sie mit zynischem Lächeln.

»Sie sehen eher aus wie eine Gruppe randalierender Jugendlicher«, murmelte er vor sich hin, »nicht wie Pilger kurz vor dem Gebet.« Er kniff die Augen zusammen.

Warum auch nicht? dachte er. Niemand konnte ernsthaft einen Haufen dreckiger Knochen und verfilzter Stoffreste anbeten. Er warf einen prüfenden Blick auf die Kaufleute und suchte sein Opfer. Aha, da war er: Brust und Bauch wölbten sich vor wie bei einer aufgeplusterten Taube. Den Kahlschädel und das rosige Gesicht hatte er sorgfältig eingeölt, die fleischige Nase überragte wulstige Lippen, und die Augen, so hart wie Feuerstein, schienen ständig in Bewegung.

»Was hülfe es dir, Kaufmann«, murmelte Thopas, »wenn du die ganze Welt gewönnest und nähmest doch Schaden an deiner Seele?«

Der Mörder liebte diese Zitate. Er lehnte sich gegen die Hauswand und blickte zum Himmel hinauf. »Du Narr«, flüsterte er, erneut aus der Heiligen Schrift zitierend, »diese Nacht wird man deine Seele von dir fordern!« Wieder blickte er zu seinem auserkoreen Opfer hinüber, dessen dicke Lippen sich gerade um den Weinschlauch schlossen.

»Lasset uns essen und trinken«, murmelte er, »denn morgen sind wir tot. Du hättest besser im Himmel Reichtümer ansammeln sollen.«

Noch einmal schaute er verstohlen nach allen Seiten und vergewisserte sich, daß ihn niemand beobachtete. Als die Kaufmannsgruppe plötzlich still wurde und einer von ihnen durch das Tor der Kathedrale auf einen Mönch deutete, kam Leben in Thopas. Gemächlich schlenderte er über die Straße, stellte sich hinter die Kaufleute und mischte sich so vorsichtig unter die Gruppe, daß niemand ihn bemerkte. Er hatte diese Gruppe ausgewählt, weil sie sich aus Wollhändlern von überall her zusammensetzte, aus London, Rochester und Canterbury. Sie waren einander fremd und so selig über ihren Ausflug, daß sie einen Fremden mehr kaum wahrnehmen konnten. Sie würden ihn ebenfalls für einen privaten Besucher halten. Die Tore der Kathedrale öffneten sich, ein Mönch trat auf sie zu und sprach mit dem Leiter der Gruppe, wobei er flink die kleine, klingende Börse einsteckte, die man ihm reichte. Er verzog das Gesicht, das einem Totenschädel glich, zu einem Lächeln und offenbarte mehrere Zahnlücken. Er verbeugte sich, murmelte eine Begrüßung und bedeutete ihnen, ihm zu folgen. Als der Subprior sie über den Friedhof für die Laienbrüder führte, wies er sie auf zwei der großen Türme der Kathedrale hin. Am Weihwasserbecken in der Mitte des Friedhofes hielten sie kurz an und betraten anschließend durch das südliche Portal die Kathedrale. Der Subprior deutete auf die Statuen der drei Ritter über dem Eingang.

»Das sind die drei, die den schrecklichen Mord an Becket verübt haben«, verkündete er.

»Warum stehen sie hier so exponiert?« wollte einer der Kaufleute wissen.

Wieder das lückenhafte Gebiß des Mönches. »Damit nie wieder ein König oder Höfling es wagt, seine Hand gegen einen Bischof oder die Reichtümer der Heiligen Mutter Kirche zu erheben«, verkündete er mit schriller Stimme.

Er funkelte die pilgernden Kaufleute so zornig an, als verdächtigte er sie eines solchen verräterischen Vorhabens. Dann führte er die Gruppe ins Hauptschiff. Der Mörder ging auf leisen Sohlen hinter ihnen her. Man hatte andere Pilger wegen dieser Sonderführung zurückgehalten, so daß das hoch aufragende Mittelschiff leer vor ihnen lag. Der Mönch führte die Besucher schnell an verschiedenen anderen Grabmalen vorbei, die er nachlässig mit flüchtigen Gesten erwähnte, als wolle er damit zum Ausdruck bringen, daß die Größe aller, die dort begraben waren, vor der Bedeutung von Thomas Becket verblaßte. Auf dem Weg den Mittelgang und die breiten Steinstufen hinauf in den Chor bestaunte Thopas die Höhe des Gebäudes. Bevor sie das Querschiff betraten, wo sich das Grabmal des Märtyrers befand, zeigte der Mönch ihnen noch andere Wunderwerke, wie die Statue Unserer Lieben Frau, vor der Becket angeblich an jenem Abend gebetet hatte, als er ermordet wurde. Daneben lag auf einem kleinen Altar auch das Schwert, mit dem die Mörder den Erzbischof enthauptet hatten.

»Ihr dürft es küssen«, verkündete der Mönch.

Die Kaufleute folgten seiner Aufforderung, doch Thopas war darauf bedacht, daß seine Lippen auf keinen Fall das rostige Stück berührten.

Danach wurden sie in die Krypta geführt. Der Mörder folgte seinem Opfer, nahm den Geruch und das großtuerische Gebaren des Mannes wahr, seine rosige Gesichtsfarbe und die Selbstgefälligkeit, die er ausstrahlte. Schon bald, dachte Thopas, wirst du nicht mehr sein, und all das hier kann dich nicht retten. Denn, wie schon der große Chaucer sagte: »Ich kann dir sagen, während du wandelst an diesem Ort, deine Seel' schon in der Hölle schmort.«

Thopas sah sich in der höhlenartigen Krypta um. Alles Unsinn. Es hatte eine Zeit gegeben, da er an die Wunderwirkung des Grabmals geglaubt hatte. Deshalb war er mit seiner von Krankheit gezeichneten Mutter hierhergekommen. Wie ein Hund war sie die Pilgerstufen hinaufgekrochen, um vor dem Grabmal zu beten und die Heilung des in ihr wachsenden Tumors zu erflehen: Eine Zeitlang war er zum Stillstand gekommen, dann aber ganz plötzlich wieder gewachsen.

»Ist Euch nicht gut?«

Thopas zuckte zusammen und mußte feststellen, daß die anderen schon weiter in die Krypta hineingegangen waren. Er spürte Panik in sich aufsteigen, denn stets hatte er seine Umtriebe so geplant, daß ihn niemand bemerkte und er auf keinen Fall auffiel. Er versuchte, in der Dunkelheit etwas zu erkennen, und atmete erleichtert auf. Der Kaufmann, der ihn angesprochen hatte, war sein Opfer.

»Nein, nein, es ist nichts«, entgegnete Thopas. »Mich hat nur die Großartigkeit dieses Ortes überwältigt.«

Sie schlossen sich der Gruppe wieder an, der gerade weitere Reliquien gezeigt wurden. Da war zunächst der gespaltene Schädel des Märtyrers zu bestaunen, dessen Stirn man freigelassen hatte, damit die Pilger sie küssen konnten. Der Rest war mit einer dicken Silberschicht überzogen. Anschließend führte man ihnen die Haare und Hemden des Erzbischofs vor, seine Schärpen und die Lederriemen, mit denen Becket sich gegeißelt hatte. Die Führung ging weiter zurück zum Choreingang, wo auf der Nordseite ein Sarg nach dem anderen geöffnet wurde. Sie alle enthielten die Überreste von Heiligen. Die mit Silber ausgeschlagenen Kisten waren voll mit Schädeln, Kieferknochen, Zähnen, Händen, Fingern und ganzen Armen, die die Pilger küssen sollten. Die meisten folgten dieser Anweisung, doch einige wandten sich angeekelt ab, als der Mönch den Überrest eines Armes hochhielt, an dem noch Fleischreste hingen.

Der Mörder seufzte erleichtert auf, als sie zum Altar gingen, um die Schätze der Kathedrale zu besichtigen: wertvolle Gefäße und Kirchengeräte. Sie durchquerten das Mittelschiff hinüber zur Kapelle des Heiligen Andrew, die vollgestopft war mit kostbaren Gewändern und Kerzenständern aus Gold sowie einem Altartuch aus Seide und einem schmuddeligen Mundtuch mit echten Blutflecken.

»Damit war der Körper des toten Erzbischofs zugedeckt«, erklärte der Mönch. »Und jetzt kommen wir zum Höhepunkt unserer Besichtigung«, fuhr er triumphierend fort. Er geleitete sie eine weitere Treppenflucht hinauf, die zu Beckets Grab in der Kapelle der Heiligen Dreieinigkeit führte. Es wurde von der vergoldeten und mit vielen Edelsteinen besetzten Statue des Heiligen überragt. Die Kaufleute blieben ehrfürchtig stehen; ungeachtet ihres Wohlstands und ihrer Kisten voller Gold, bestaunten sie halb neidisch, halb bwundernd die Schönheit dieser Figur.

Der Subprior stieg auf eine Leiter und hob mit Hilfe eines Flaschenzugs einen Holzkasten in die Höhe, der den Schrein vor den Blicken gewöhnlicher Leute verbarg. Sogar Thopas, der an nichts glaubte und die Schätze schon oft gesehen hatte, hielt die Luft an. Der gesamte Schrein war mit Gold überzogen und sehr großen, seltenen Edelsteinen besetzt, die im Licht funkelten. Edelsteine, größer als Gänseeier, der kostbarste unter ihnen war der Stern von Frankreich, der wie loderndes Feuer leuchtete. Die Kaufleute konnten in ehrfürchtigem Schweigen diese Zurschaustellung von Prunk und Reichtum bestaunen, bis die Abdeckung wieder herabgelassen wurde und man sie nach nebenan in eine Sakristei brachte. Hier knieten sie andächtig nieder. Ein mit schwarzem Leder bezogener Kasten wurde gezeigt, der ein paar Fetzen schmutzigen Leinens offenbarte.

»Damit«, erklärte der Mönch, »hat sich der Märtyrer den Schweiß von der Stirn gewischt und die Nase geputzt.«

Den Kaufleuten verschlug es die Sprache. Einige wandten sich leicht angeekelt ab. Die Schachtel wurde wieder geschlossen, und ein Laienbruder erschien, der ein Tablett mit Weingläsern und einem Teller voller Oblaten hereintrug.

Nun schob sich Thopas vor die Gruppe, die kleine Phiole in der Linken, während die Kaufleute aufgeregt durcheinander schnatterten und tief in ihre Börsen langten, um Münzen für den Kollektenteller hervorzuholen. Thopas nutzte die Dunkelheit des Raumes und verteilte den Wein. Er gab acht, daß er sein Opfer zuletzt bediente, und als er den Becher überreichte, machte er sich das allgemeine Durcheinander der Unterhaltung zunutze und kippte das Giftpulver in den Wein. Er schwenkte den Be-

60

cher ein wenig, damit es sich auflöste. Eine Weile blieb er stehen und beobachtete, wie sein Opfer den Tod trank. Dann trat er zurück in den Schutz der Dunkelheit und verschwand wie ein flüchtiger Geist aus der Kathedrale.

Kathryn Swinbrooke saß in der kleinen Schreibkammer in ihrem Haus in der Ottemelle Lane. Sie tat so, als würde sie arbeiten, derweil die rotgesichtige, verschwitzte Thomasina in der Küche mit den Vorbereitungen für eine Mahlzeit beschäftigt war. Leise verfluchte Thomasina alle Männer, besonders aber alle Sumpf-Iren, die, so zischelte sie Agnes laut und vernehmlich zu, einem die Haare vom Kopf fressen, um einen anschließend im eigenen Bett zu schänden.

»Wäre vielleicht nicht einmal das Schlechteste«, murmelte Kathryn mit einem Anflug von Lächeln. Sie lauschte Thomasinas düsteren Schilderungen, bei denen Agnes hörbar nach Luft schnappte, Beschreibungen dessen, was irische Söldnertruppen alles anrichteten, wenn ihnen ein unglückliches Mädchen in die brutalen, rauhen Hände fiel.

»Jawohl«, rief Thomasina mit Absicht so laut, daß ihre Worte auch an die Ohren ihrer Herrin in der Schreibkammer dringen mußten. »Was ich alles über die Soldaten des Edward von York gehört habe!« Sie senkte ihre Stimme zu einem Flüstern, das, so dachte Kathryn, bestimmt noch im Rathaus zu hören war. »Und weißt du was? Sie ergreifen ein Mädchen, ziehen es ganz langsam aus und binden die Hände über dem Kopf an einen Bettpfosten. Sie stehen herum und saufen und tun dann die schrecklichsten Dinge.«

»Zum Beispiel?« quietschte Agnes hoffnungsvoll.

Jetzt flüsterte Thomasina wirklich, als sie dem Mädchen die köstlichsten Leckerbissen sexueller Klatschgeschichten auftischte, die sie in ihrem langen, wechselvollen Leben gehört hatte. Kathryn schmunzelte und blickte vor sich auf den Tisch. Jemand hatte einmal behauptet, Thomasinas Mundwerk sei so groß wie die Gosse und ebenso dreckig, aber Kathryn wußte, das sie ein Herz aus Gold hatte. Doch die Bemerkungen ihrer Amme über Iren brachten ihr die Ereignisse dieses Morgens wieder in Erinnerung. Die geheimnisvollen Vorgänge, die Grund für das Treffen waren; die Aussicht auf ein höheres Einkommen, der schmierige, bedrohliche Eindruck, den das verlassene Rathaus auf sie gemacht hatte, in dem es jetzt von Soldaten nur so wimmelte. Bouchiers schlaue Augen in dem roten, von Adern durchzogenen Gesicht; Luberon, gemein wie eine Wespe; Newington, so ängstlich, daß er jeden Moment einer Ohnmacht nahe war. Und dann dieser schweigsame, stolze Soldat mit den seltsamen Augen und dem spöttischen, bedrohlichen Gebaren.

Kathryn spielte mit der Klappe ihres Tintenfasses. Hatte sie Angst vor Murtagh? »Nein, nein«, flüsterte sie ins Dunkel hinein. Sie überlegte. Doch, sie hatte Angst, und in der Kälte ihres Herzens verfluchte sie ihren Mann. Sie mußte sich der Wahrheit stellen, die Thomasina ihr immer wieder vorhielt. Sie fürchtete sich vor Männern, und wer wollte ihr daraus einen Vorwurf machen? Alexander Wyville, der so liebenswürdig, so zuvorkommend, so aufmerksam gewesen war, als er sie umwarb. Sie dachte an ihre Hochzeitsnacht, an die Süße und Leidenschaft dieser ersten Zeit. Dann die Wahrheit. Alexander betrunken, sein Gesicht zu einer Maske des Hasses verzerrt, wenn er die Ungerechtigkeiten, die er von einem grausamen Stiefvater hatte erdulden müssen, aus seiner dunklen Seele hervorzerrte. Sein Groll wegen der fehlenden Ausbildung. Sein Versagen bei dem Versuch, ein wohlhabender Kaufmann zu werden. Er stand dann in ihrem Schlafgemach, spritzte sich Wein aus einem Schlauch in den Mund und betete ein ums andere Mal seine Haßtiraden herunter.

Zunächst hatte Kathryn geglaubt, es sei eine vorübergehende Laune. Sie hatte ihren Vater betrunken und sentimental erlebt, aber er hatte sich immer wieder beruhigt und lustige Geschichten über einen gewissen Mönch erzählt. Bei Alexander war es anders. Wenn er betrunken war, lebte er in seinem eigenen dunklen Kerker. Kathryns Versuch einzulenken hatte den wahren Alptraum erst beginnen lassen, denn Alexander betrachtete sie von nun an als Personifizierung all dessen, was ihm seiner

Meinung nach zustand und was er verloren hatte. Er wurde gewalttätig: Er schlug sie mit der Faust ins Gesicht, in den Leib; manchmal trat und peitschte er sie wie ein Schläger aus der Gosse. Am nächsten Morgen, wieder nüchtern, war er stets reumütig, doch Kathryn erkannte sehr bald, daß sie nicht einen, sondern zwei Männer geheiratet hatte.

Sie schloß die Augen und versuchte, sich auf die köstlichen, spitzen Entzückungsschreie zu konzentrieren, die Agnes von sich gab. Sie durfte nicht an Alexander denken. Denn dann sah sie wieder das Gesicht ihres Vaters vor sich. Sie atmete tief ein, lehnte sich in dem hohen Stuhl zurück und versuchte, an andere Dinge zu denken. Sollte sie sich umziehen, bevor der Ire kam? Sie spürte ein aufgeregtes Kribbeln im Bauch. Immerhin war er der Beauftragte des Königs, ein Mitglied des königlichen Haushalts: ein Junker, dem man vertraute, dem sogar der Erzbischof Respekt entgegenbrachte. Kathryn stieg der erste, würzige Geruch des Fleisches in die Nase, das Thomasina röstete, und sie schüttelte den Kopf. Nein, sie würde dem Iren ein gutes Mahl bereiten, und damit hatte es sich.

Kathryns Blick fiel auf die kleine Rolle Pergamentpapier. Sie nahm sie in die Hand und löste vorsichtig das Seidenband, mit dem sie zugebunden war. Zunächst fiel es ihr schwer, den verschnörkelten Schriftzügen einer Beamtenhand zu folgen, denn sie war abgelenkt von Thomasina, die sich immer noch lautstark über die lüsternen Absichten der irischen Sumpfbewohner verbreitete.

»Oh, sei doch still, Thomasina«, flüsterte sie vor sich hin. Sie fing noch einmal von vorn an zu lesen, und trotz des offiziellen, bürokratischen Tons des Schreibers wurde ihr allmählich das wahre Ausmaß der Bedrohung bewußt, der sie sich stellte.

Eine wahrhafte und lückenlose Darstellung der schrecklichen Morde, begangen in Canterbury an Pilgern, die das Grabmal des Heiligen Märtyrers besuchten. Das erste Verbrechen dieser Art wurde am 5. April begangen. Aylward aus Evesham, ein Weber, besuchte gemeinsam mit anderen Bürgern seiner Heimatstadt den Schrein, um am Grab des Märtyrers zu beten. Aylward war ein braver Mann, ein Pächter, sorgfältig und sauber in seinen Geschäften. Bürgermeister und Geschworene seiner Stadt haben unter Eid ausgesagt, daß Aylward ein treuer Bürger und ergebener Untertan des Königs war. Er war beliebt und geachtet. Er hatte keine Feinde oder geschäftliche Rivalen. Die Pilger aus Evesham kamen am Dienstag in Canterbury an und besuchten den Schrein am späten Mittwochmorgen. Sie schlossen sich den anderen Pilgern an, und es wurde nichts Ungewöhnliches bemerkt. Nur Gervase, ein Mitreisender des besagten Aylward, behauptete, daß ihnen ein Wasserverkäufer entgegenkam, als sie das Gelände der Kathedrale verließen. Es sei ein alter Mann gewesen, der sich die Kapuze tief ins Gesicht gezogen hatte. Er hatte den Bürgern aus Evesham Weihwasser angeboten, frisch geschöpft aus einem Brunnen in der Nähe. Der Wasserverkäufer habe erklärt, er handle aus Nächstenliebe. Die Pilger, hocherfreut ob solcher Großzügigkeit, bekamen allesamt einen Becher Wasser aus dem Faß des Verkäufers. Er habe Aylward geneckt und ihm gesagt, er sehe wie der Leiter der Gruppe aus und, wie es im Psalm heiße, »der erste soll der letzte und der letzte soll der erste sein.« Also habe Aylward als letzter sein Wasser bekommen. Der Wasserverkäufer sei verschwunden, und die Pilger seien zurück zu ihrer Herberge in Westgate gegangen, als Aylward ohnmächtig zu Boden gesunken sei und kurz darauf sein Leben ausgehaucht habe. Ein ortsansässiger Arzt, John Talbot, wurde vom Ratsherrn des Stadtviertels gerufen. Er erklärte Aylward für tot, Gott sei seiner Seele gnädig, und sagte, der Tod sei durch ein starkes Gift eingetreten. Die Pilger aus Evesham schworen, daß auf kein Mitglied ihrer Gruppe ein Verdacht fallen könne. Die Stadt ordnete eine Suche nach dem mysteriösen Wasserverkäufer an, aber man fand keine Spur von ihm.

Der zweite Mord ereignete sich zwei Wochen später. Hierüber wissen wir sehr wenig, außer der Tatsache, daß das Opfer, Osbert Obidiah, ein Zimmermann aus einem Dorf in der Nähe von Maidstone, in einer Nebengasse der Burgate Street tot aufgefunden wurde. Die Schwärze von Mund und Zunge war ein deutlicher Hinweis darauf, daß er nicht aufgrund eines plötzlichen Anfalls gestorben war, sondern ebenfalls auf schreckliche Weise vergiftet wurde.

Der dritte Todesfall folgte schon kurz danach. Ranulf Floriack, ein Kurzwarenhändler und Pilger aus Acton Burnley, aß gemeinsam mit anderen Pilgern in der Schenke »Zum geflügelten Pferd« in der Pissboil Alley zu Abend. Die Pilger besaßen nicht viel Geld und hatten Becher mit gewässertem Wein und Schüsseln mit Zwiebelsuppe bestellt, die in dieser Schenke besonders gut sein soll. Kurz nachdem er seine Schüssel leergegessen hatte, wurde Ranulf von heftigen Bauchkrämpfen befallen, und auch der Trost und Beistand seiner Freunde halfen ihm wenig – im Hof hinter der Schenke mußte er sein Leben lassen. Auch hier war eine Verdächtigung der Mitreisenden ausgeschlossen, so daß der Wirt befragt wurde. Offensichtlich war Ranulf mit Arsen vergiftet worden, dem selben Gift, das auch bei Osbert benutzt worden war. Die Schenke wurde durchsucht; keinerlei Gift oder Mixturen wurden dort gefunden. Aber der Wirt gab zu, daß nicht alles in Ordnung gewesen sei. »Seht«, erklärte er. »Ich beschäftige in der Pilgerzeit einige Schankgehilfen und Dreckweiber. Ich habe viele, oft hungrige Gäste, so daß es in meinen Küchen schlimmer zugeht als in einem Bienenstock. Eine der Schlampen hat in den paar Minuten, in denen die Pilger aus Acton Burnley bedient wurden, einen Diener in der Wirtschaft bemerkt, den sie noch nie dort gesehen hatte. Er hatte langes, verfilztes Haar, trug eine schmutzige Schürze; und sie war sich sicher, daß er die Gruppe der Pilger bedient hat.«

Das fragliche Mädchen wurde ebenfalls verhört, aber alles, was sie mitteilen konnte, war, daß sie flüchtig einen ziemlich großen Diener gesehen habe, der sich zu den Pilgern vordrängte. Sie habe ihn vorher noch nie gesehen und danach auch nicht mehr.

Der vierte Mord geschah vor kurzem, erst vor wenigen Tagen; gleich danach erreichte uns die Nachricht vom Sieg des Königs bei Tewkesbury. Robert Clerkenwell, ein Arzt aus London, war in der Schenke »Zum Schachbrett« in der Nähe der Lagerhäuser in Burgate vergiftet worden. Er hatte Rheinwein getrunken, als er plötzlich wie in einem Anfall umkippte. Sein Tod trat fast sofort ein. Geoffrey Cotterell, ein Arzt …

Kathryn blickte auf und verzog das Gesicht. Cotterell, ein geschäftiger, übler Bursche, der den Reichen diente und sich sonst um niemanden auch nur einen Deut scherte. Ihr Vater hatte immer behauptet, er sei ein Scharlatan, und sich heimlich über Cotterells hochnäsige Art und seine auffällige Kleidung lustig gemacht. Kathryn wandte sich wieder dem Schriftstück zu.

Cotterell fuhr der Schreiber fort, *war in der Nachbarschaft gewesen.* Kathryn nahm einen Federkiel zur Hand und unterstrich das Wort »Nachbarschaft«. *Er untersuchte den toten Arzt und stellte fest, daß die Haut so kalt und feucht war, daß man ihm eine ordentliche Portion eines heimtückischen Giftes, wie zum Beispiel Fingerhut, eingeflößt haben mußte, welches unmittelbar zu Herzstillstand und Tod führte. Wieder wurden die Pilger befragt. Eine Durchsuchung ihrer Habseligkeiten verlief erfolglos. Keiner konnte für die Tat verantwortlich gemacht werden. Eine oberflächliche Durchsuchung der Schenke »Zum Schachbrett« wurde ebenfalls durchgeführt und, Rätsel über Rätsel, ein ähnlicher Aufwäscher wie der, der im »Geflügelten Pferd« gesehen wurde, hatte den toten Arzt und seine Tischnachbarn bedient.*

Hier brach das Schriftstück ganz plötzlich ab. Kathryn las es noch einmal, wobei sie die Worte nachsprach. Dann stand sie auf und ging in die Küche, verblüfft über die Ruhe, die dort eingekehrt war. Thomasina und Agnes waren in den Garten gegangen, um Kräuter zu sammeln. Jetzt war Agnes gerade dabei, die Blätter von den Stengeln zu lösen, während Thomasina die Kräuter mit einem kleinen Holzstößel in einem hölzernen Mörser zerrieb. Kathryn lehnte sich an den Türbalken und sah ihnen zu. Agnes konnte sich kaum auf ihre Arbeit konzentrieren, sondern starrte mit großen, runden Augen Thomasina an, die auf der niedrigen Gartenmauer saß und das junge Mädchen noch immer mit den sexuellen Gepflogenheiten irischer Söldner erfreute. Kathryn streckte sich und beschloß, einen besseren Stuhl zu kaufen, vielleicht einen mit Polster und Bezug. Sie nahm einen Zinnbecher und schenkte sich aus einem Krug Wasser ein, stand da und sog genüßlich die Düfte des über dem Feuer brutzelnden Fleisches ein. Gedankenverloren ging sie wieder in ihre Kammer und nahm kleine Schlucke aus dem Becher. Der Ire würde mit Sicherheit Fragen stellen, aber was konnte sie ihm schon sagen? Die ganze Sache beschäftigte sie und wühlte Erinnerungen auf ... an etwas, was sie gelesen hatte – oder hatte ihr Vater es ihr erzählt? An der Tür zu ihrer Schreibkammer blieb sie stehen. Wie ging der Knittelvers noch?

Beckets Grab, so grau und kraß
Radix malorum est Cupiditas.

Dieser Vers erinnerte sie an etwas. Und warum suchte der Meuchelmörder seine Opfer nach dem Beruf aus? Sie erinnerte sich an den anderen Reim.

Ein Weber seinen Weg nach Canterbury fand,
gen Himmel seine Seel' ich sandt'.

Kathryn schüttelte den Kopf und setzte sich an den Tisch. Wie hätte Vater das Problem angepackt? Hier, in seiner Schreibkammer, spürte sie seine Nähe ganz deutlich, als würde er neben ihrem Stuhl stehen und sich über sie beugen.

»Kathryn«, pflegte er zu sagen, »bedenke stets, daß wir Ärzte nichts wissen. Wenn du einen rauhen Hals hast, gebe ich dir eine Mischung aus Honig und Kräutern. Ich weiß, es wird dir helfen, aber ich kann nicht sagen, warum. Wenn du dir den Arm brichst, kann ich ihn schienen; in der Regel verheilt er, aber ich kann nicht erklären, warum. Ein guter Arzt kann nur beobachten, untersuchen und Schlüsse ziehen. Schau auf das, was offenkundig ist. Die Augen eines Mannes, der Zustand seiner Fingernägel und seiner Haare, die Art und Weise, wie er sitzt, wie er atmet.«

Kathryn blickte wieder hinunter auf das Memorandum des Schreibers. Vielleicht sollte sie dieselben Regeln auch hier anwenden. Sie nahm ein Stück Pergament zur Hand und glättete es. Was konnte sie bisher feststellen?

Vier Männer waren umgebracht worden, vergiftet alle vier. Mindestens zwei Gifte waren verwendet worden: Fingerhut und

Arsen. Es gab kein erkennbares Motiv, keinen Hinweis auf eine mögliche Verbindung zwischen Mörder und Opfer. Alle waren als Pilger nach Canterbury gekommen; folglich haßte der Verfasser der anonymen Knittelverse offensichtlich den Schrein, hielt ihn für einen Mummenschanz und war entschlossen, sich auf eine vertrackte Art und Weise an ihm und der ganzen Idee des Pilgerwesens zu rächen. Schließlich wählte er seine Opfer nach ihrem Beruf aus. Warum?

Kathryn verfiel in einen Tagtraum. Mit halbem Ohr vernahm sie, wie Thomasina und Agnes wieder ins Haus kamen. Die Düfte aus der Küche wurden immer verlockender, während Kathryn auf ihre Notizen niederblickte. Sie nahm die Feder, tauchte sie in die grüne Tinte und schrieb vorsichtig:

»Der Mörder – ein Mann? Jemand, der sich als niedriger Diener verkleiden und unbemerkt in der Menge aufhalten kann. Dennoch muß er intelligent sein, gebildet und einigermaßen wohlhabend. Er kann Knittelverse verfassen, weiß eine Menge über Gifte und hat Zugang zu reichhaltigen Vorräten.« Kathryn hielt inne und unterstrich die letzten Worte. Träge drehte sie das edelsteinbesetzte Armband herum, als es im Licht aufblitzte. Es konnte nur eine Schlußfolgerung geben: Der Giftmörder mußte entweder Apotheker oder Arzt sein.

Kathryn ging in den Aufzeichnungen zurück und untersuchte die Einzelheiten des letzten Todesfalles, des Arztes Robert Clerkenwell, in der Schenke »Zum Schachbrett«. Er hatte Rheinwein getrunken, der hell und klar war. Sein herbes Bukett würde den Geschmack des Fingerhutes überlagern, und da dieses Gift in zerstoßenem weißem Pulver erhältlich war, würde es sich in wenigen Sekunden auflösen. Als Apothekerin wußte Kathryn genau, daß Fingerhut in winzigen Dosen dazu verwendet werden konnte, ein krankes Herz zu stärken, in größeren Mengen jedoch zu Ohnmacht und Tod führte. Nur ein ausgebildeter Arzt oder Apotheker konnte wissen, daß man Fingerhut ein paar Sekunden lang auflösen mußte, bevor er getrunken werden konnte. Sie legte die Feder zur Seite. Der Giftmörder, überlegte sie, mußte jemand sein, der in Canterbury selbst oder in der Nähe wohnte, jemand, der sich in den Straßen und Gassen auskannte, der verschwinden, sich verbergen und in einer anderen Verkleidung wieder auftauchen konnte. Aber warum? Wozu die Reime? Warum haßte er den Schrein? Aufgeschreckt durch ein Klopfen an der Tür und die barsche Stimme von Colum Murtagh, der Einlaß begehrte, sprang Kathryn auf.

Vier

Colum trat ein und blieb gleich hinter der Türschwelle stehen. Thomasina stand mit einer Schöpfkelle in der Hand neben ihm, und Agnes lugte hinter ihr hervor, als sei der Ire gekommen, um zu plündern und zu rauben.

»Master Murtagh, seid willkommen.«

Der Ire blickte Kathryn an, die plötzlich verlegen wurde. Murtagh hatte sich bei der Vorbereitung auf seinen Besuch alle Mühe gegeben. Sein Haar war geschnitten, er hatte sich gewaschen und rasiert, und sein sonnengebräuntes Gesicht sah jetzt sauber, offen und blankpoliert aus. Auch seine Kleidung hatte er gewechselt: Er trug ein steifes Leinenhemd unter dunkler Samtjoppe mit silbernen Knöpfen an den Rockumschlägen und eine frische braune Tuchhose, die in blanken schwarzen Reiterstiefeln steckte. Seinen breiten ledernen Kriegsgürtel trug er noch immer, und an einem Messingring hingen Schwert und Dolch in ihren Scheiden. Auf ihnen ruhten seine Finger, als wollte er sich versichern, daß alles in Ordnung war. Kathryn bat ihn an den Tisch, der inzwischen gedeckt war.

»Master Murtagh«, wiederholte sie, »seid herzlich willkommen.«

Er hüstelte und trat auf sie zu. Mit der einen Hand faßte er in sein Wams. Er zog ein langes Stück blauer Seide daraus hervor und überreichte es Kathryn mit hastiger Geste.

»Das ist für Euch, Mistress.«

Seine Hand fuhr wieder an den Dolch, als rechnete er damit, daß Kathryn das Geschenk zurückschleudern würde. Kathryn ließ den seidigen Stoff langsam durch die Finger gleiten. Er gefiel ihr.

»Es ist ein Schal«, verkündete Colum schroff, während er seinen Blick durch die Küche wandern ließ. »Es ist lange her, Mistress, seit mich jemand zum Essen eingeladen hat.«

70

»Wen wundert's«, flüsterte Thomasina.

Kathryn faltete die Seide sorgfältig zusammen und achtete nicht auf Agnes' bewundernde Ausrufe.

»Der gehört doch einer anderen«, brummelte Thomasina.

Kathryn funkelte ihre Magd zornig an und strich sanft über die Seide. »Er ist sehr schön.« Sie wollte gerade »Master Murtagh« hinzufügen, als der Ire leicht ihren Handrücken berührte.

»Colum, ich heiße Colum.«

»Und sie ist Mistress Swinbrooke«, unterbrach Thomasina kratzbürstig.

Kathryn schmunzelte und bat Agnes, das Geschenk in ihre Kammer zu bringen. Colum entspannte sich und war auf einmal nicht mehr Soldat, sondern ein ziemlich verlegener Mann. Er kramte wieder in seiner Jacke und zog einen zarten silbernen Armreif hervor, der an beiden Enden kleine Kugeln hatte. Ehe Thomasina es verhindern konnte, ging Colum behende zu ihr herüber und streifte ihn vorsichtig über ihr pummeliges Handgelenk.

»Und das ist für dich«, murmelte er.

Thomasina fehlten ausnahmsweise einmal die Worte. Sie öffnete den Mund, um zu protestieren, fing aber Kathryns warnenden Blick auf und stapfte unter lautem Gemurmel über das Essen, das anbrennen würde, wieder zur Feuerstelle.

Es wurde eine merkwürdige Mahlzeit. Thomasina war eine ausgezeichnete Köchin, aber Kathryn hatte schon lange keinen Gast mehr gehabt. Natürlich hatten Thomasina und Agnes auch für sich selbst gedeckt, fest entschlossen, den Iren im Auge zu behalten und jede seiner Bewegungen mit kritischem Blick zu verfolgen. Anfangs ging es um belanglose Dinge; das Wetter, die Getreidepreise. Colum warf hin und wieder eine Frage ein, über die Stadt Canterbury, ihre Gebäude, Bewohner und Bräuche. Er sah Kathryn kaum an, sondern richtete die meisten Fragen an Thomasina oder Agnes. Kathryn ließ der Unterhaltung ihren Gang, während sie den Iren verstohlen musterte. Auch wenn er mit sichtlichem Appetit aß, so fand er doch Zeit, Thomasina Komplimente für ihre Kochkunst zu machen, aß mit Messer und Gabel und benutzte sein Mundtuch wie ein Höfling. Kathryn biß sich auf die Lippe und beschloß, keine voreiligen Urteile zu fällen. Der Ire war Marschall des Königs, und er war mit Sonderaufgaben betraut, so daß er sich in der höfischen Etikette zweifellos ebensogut auskannte wie in den Gesetzen des Krieges.

Schließlich war das Mahl beendet. Agnes, die recht tief ins Glas geschaut hatte, fielen vor Müdigkeit die Augen zu. Kathryn schickte sie zu Bett und überließ es Thomasina, den Tisch abzudecken. Während diese die Teller, Tranchierbretter, Schüsseln und Platten abräumte und in die Spülküche trug, rückte der Ire seinen Stuhl ein Stück zurück und nippte genüßlich von seinem Wein. Seine dunklen, tiefliegenden Augen fingen Kathryns Blick auf und hielten ihn fest.

»Gefällt Euch die Seide, Miss Swinbrooke?«

»Ich heiße übrigens Kathryn. Ja, sie gefällt mir. Es war sehr freundlich von Euch.«

Der Ire lächelte, als wäre es nicht weiter von Bedeutung. Kathryn hätte ihn zu gern direkt gefragt, ob er die Geschenke gekauft hatte oder ob es nur Beutestücke aus einem geplünderten Haus oder aus den Zelten des Feindes waren.

»Ich habe beides in London gekauft«, sagte er ruhig, als habe er ihre Gedanken erraten. »Ich bin kein Dieb, Kathryn, und in Irland ist ein Geschenk ein Unterpfand der Freundschaft. Was ich habe, halte ich fest.« Seine Stimme wurde hart. »Und was ich festhalte, gehört mir.«

Kathryn wich seinem Blick aus. Hoffentlich würde Murtagh nicht sehen, wie sie vor Verlegenheit an Hals und Wangen rote Flecken bekam.

»Wie ist man ausgerechnet auf mich gekommen?« fragte sie schroff.

Colum verzog das Gesicht. »Warum nicht? Man hat mir gesagt, Ihr hättet einen guten Ruf als Ärztin. Noch dazu als eine, die sich sehr gut auf Kräuter und die Zubereitung von Mixturen versteht. Die meisten Ärzte, die ich bisher kennengelernt habe, sind Quacksalber oder Scharlatane.«

»Es wäre vielleicht einfacher gewesen, wenn man einen Mann gewählt hätte.«

Colum stellte den Weinbecher wieder auf den Tisch und beugte sich vor.

»Newington hat Euch empfohlen. Ich habe Nachforschungen angestellt, und obwohl dieser Hagestolz von Luberon ein hochnäsiger kleiner Pedant ist und Bouchier ein Priester, so haben sie doch beide die Aussagen des Ratsherrn bestätigt. Und bevor Ihr fragt, Kathryn: Mir macht es keine Schwierigkeiten, mit einer Frau zusammenzuarbeiten, die sich mit Heilkunde beschäftigt. In Irland sind alle Heilkundigen weise Frauen.« Er sah zur Seite, hob dann wieder den Blick und grinste. »Aber sie sind nicht so anmutig wie Ihr.«

Kathryn erwiderte sein Lächeln.

»Und wie lange seid Ihr schon von Irland weg, Colum?«

Murtagh reagierte defensiv. »Fünfzehn Jahre.«

»Ihr wart die ganze Zeit seither königlicher Marschall und Bote?«

Colum atmete tief ein. »Ich war Mitglied des königlichen Haushalts bei dem Vater des jetzigen Königs.« Er zuckte mit den Schultern. »Ihr wißt, wie es so geht. Ich konnte gut mit Pferden umgehen.«

Er schob den Weinbecher auf dem Tisch hin und her. Kathryn fiel auf, wie stark seine braunen, gedrungenen Finger waren. Sie sah, wie sich seine Muskeln anspannten, und wußte, daß der Ire den Schleier über seiner Vergangenheit nicht lüften wollte.

»Und jetzt seid Ihr Hüter der königlichen Stallungen in Kingsmead?«

Colum lachte freudlos. »Stallungen!« rief er. »Das Herrenhaus ist verwaist, die Ställe halb zerfallen und verdreckt. Die Weiden stehen zu hoch, die Zäune sind entzwei. Das Ganze sieht eher wie Ödland aus!«

»Und was ist mit der Aufgabe, den Mörder zu finden?«

Colum lehnte sich in seinem Stuhl zurück. »Davon wißt Ihr so viel wie ich. Seht«, fuhr er rasch fort, »die Haltung seiner Majestät des Königs gegenüber Canterbury ist die eines Vaters, der sein Lieblingskind züchtigen will oder zumindest seinen Bürgermeister, Nicholas Faunte, der sich für die Lancastertreuen entschieden hatte. Faunte muß um jeden Preis verfolgt werden, und wenn man ihn fängt, wird er hängen. Die Stadt muß bestraft werden, doch Beckets Grab ist ein Juwel der Krone. Der König, der Erzbischof, die Mönche der Kathedrale wollen es schützen und können keinem dahergelaufenen Meuchelmörder gestatten, nach Belieben zuzuschlagen wie ein Todesengel.«

»Warum glaubt Ihr, daß es ein Mann ist?« unterbrach Kathryn ihn. »Es könnte ebensogut eine Frau sein.« Sie beugte sich vor und stützte sich mit den Unterarmen auf den Tisch. »Ihr habt keinen Beweis, daß ich es nicht bin.«

Colum schnippte einen Brotkrümel vom Tischtuch.

»Wir haben darüber gesprochen. Ihr seid keine Mörderin, Mistress. Außerdem reden die Zeugen, die wir haben, alle von einem Mann. Seid Ihr denn mit uns der Meinung, daß der Mörder ein Arzt sein muß?«

Kathryn nickte. »Nur ein Arzt oder ein versierter Kräutersammler weiß, wie man Arsen oder Fingerhut dosiert«, entgegnete sie. »Diese Gifte sind kostbar, also ist unser Mörder ein wohlhabender Mann und hat einen reichhaltigen Giftvorrat. Außerdem kennt er sich so gut in Canterbury aus, daß er durch Seitenwege und enge Gassen schlüpfen kann, wann immer er will. Er kann sein Aussehen verändern, und die Knittelverse zeigen, daß er Bildung genossen hat. Daher gebe ich Euch recht, Colum, unser Mörder ist wahrscheinlich ein Arzt. Aber wer er ist und warum er tötet, ist ein Rätsel.«

Colum trommelte mit den Fingern gegen sein Kinn. »Ja«, sagte er leise. Er hielt inne und blickte sich um. »Wo ist denn die immer wachsame Thomasina?«

»In der Spülküche, Ire!« ertönte laut die Stimme der Magd. »Und glaubt mir, ich verstehe jedes Wort!«

Kathryn hatte Mühe, nicht laut zu lachen. Colum grinste in Richtung Spülküche. Dann nahm er, ohne zu fragen, den Weinkrug aus Zinn und füllte sowohl Kathryns als auch seinen Becher bis an den Rand.

»In vino veritas«, murmelte er. »Im Wein liegt Wahrheit, Mistress Swinbrooke. Sagt mir, was veranlaßt einen Mann, den Schrein so sehr zu hassen, daß er einen Mord nach dem anderen begeht, blind vor Rache?« Mit schmalen Augen blickte er Kathryn an. »Menschen töten aus zweierlei Gründen.« Er nahm den Weinbecher in die Hand und betrachtete ihn. »Sie töten, weil sie dafür bezahlt werden; vielleicht gehöre ich zu denen. Wild um sich schlagende Soldaten im Krieg, die für eine Sache kämpfen, an die sie nicht einmal recht glauben, nur daß es ihnen Gewinn bringt, ihre Börsen mit Silbermünzen und ihre Bäuche mit Nahrung füllt und sie ein Dach über dem Kopf haben. In Tewkesbury hingegen kämpften die Großen aus anderen Gründen, nicht nur um Macht und Wohlstand, sondern aus Haß gegeneinander.« Er blickte Kathryn scharf an. »Ich war dort, als die Adligen der Lancastertreuen sich in der Abtei ergaben. Habt Ihr davon gehört?«

Kathryn schüttelte den Kopf.

»Sie haben sie herausgezerrt«, fuhr Colum fort. »Das waren keine großen Adligen mehr, sondern geschlagene, zerstörte Männer. Der Bruder des Königs, Richard von Gloucester, saß auf einem großen Stuhl vor der Abtei und sprach sie des Verrats schuldig. Eilig trieb man sie vor sich her auf den Marktplatz, und an diesem Abend schlief ich ein mit dem Geräusch der Henkersaxt in den Ohren, die Köpfe von Körpern trennte.«

Kathryn beobachtete ihn genau. Der Wein hatte seine Zunge gelöst, denn Colum redete, als sei er allein. Ihr fiel auch auf, wie still Thomasina in der Spülküche geworden war.

»Menschen töten, weil es ihnen gefällt«, sagte Colum leise. »Und warum gefällt es ihnen? Weil sie hassen. Und was ist Haß anderes als erkaltete Liebe?« Durch eine heftige Bewegung verschüttete er Wein auf seine Hose, die er ärgerlich abwischte. Er sah Kathryn offen an. »Unser Mörder ist jemand, der den Schrein haßt, weil er von ihm enttäuscht wurde. Ein Arzt, der einmal viel Vertrauen in ihn gesetzt hat, ihm aber jetzt die Schuld für irgendein schreckliches Ereignis gibt. Was meint Ihr, Mistress Swinbrooke?«

»Aus welchem Grund habt Ihr gekämpft?« fragte sie kurz.

Der Ire lächelte, aber seine Augen blieben hart. Kathryn wich seinem Blick aus. Sie mußte sich vorsehen bei diesem Mann. War er wie Alexander? Saß ein Dämon in seiner Seele, der zutage treten würde, wenn ihm der Wein zu Kopf stieg?

»Ich kämpfte, weil ich mußte«, knurrte er mit zusammengebissenen Zähnen. »Weil man mich dafür bezahlte. Ich würde lieber die Unwahrheit sagen, Kathryn, und behaupten, daß ich nur ein Bote war, aber ich habe einmal in einer Schlacht einen Mann getötet, einen feindlichen Späher, der mich überrumpeln wollte. Er rannte auf mich zu. Ich wendete mein Pferd und senkte mein Schwert gerade so weit, daß ich ihn genau zwischen Schulter und Hals traf.« Er fuhr sich mit der Zunge über die Lippen. »Ich sehe immer noch sein Gesicht vor mir«, murmelte er, »diesen schrecklichen, völlig überraschten Blick.« Colum kniff die Augen zusammen und blickte auf, als sei ihm plötzlich bewußt geworden, daß er zuviel gesagt hatte. »Es hätte jemand sein können, den Ihr kanntet.«

Kathryn spürte die Herausforderung in seiner Frage. »Ihr meint, es hätte auch mein Mann sein können?«

»Alexander Wyville war Anhänger der Lancastertreuen.«

Kathryn nahm die Herausforderung nicht an. »Mein Mann starb lange vor irgendeiner Schlacht«, erwiderte sie halblaut.

»Wißt Ihr genau, daß er tot ist?«

Jetzt war es an Kathryn, in ihren Weinbecher zu starren.

»Ich weiß es nicht. Ich möchte nicht darüber sprechen.«

Sie spürte, wie ihr ein Schauer über den Rücken lief. Was sollte sie sagen?

Colum betrachtete sie eingehend. Während der ganzen Mahlzeit hatte Kathryn ihre Haltung bewahrt, aber er spürte, daß das Verschwinden ihres Mannes eine schwache Stelle im Panzer dieser recht spröden, selbstbeherrschten Frau war. Oh, natürlich hatte sie gelächelt und gelacht, gegessen und getrunken, aber bis zu diesem Augenblick hatte sie nicht einmal andeutungsweise ihre wahren Gefühle gezeigt.

Colum stand auf und streckte sich, klopfte sich leicht auf den Schenkel und lockerte seinen Gürtel.

»Habt Ihr einen Garten, Miss Swinbrooke?«

Kathryn starrte ihn an. Warf er einen Köder aus? Wußte er mehr, als er hatte durchblicken lassen? Der Ire lächelte entschuldigend.

»Es ist warm«, murmelte er. »Ich glaube, die Abendluft wird uns beiden guttun.«

Kathryn erkannte, daß ihr Verhalten unhöflich war, und lächelte. Sie führte Colum hinaus, wo Wärme und Dunkelheit sie wie Samt einhüllten. Die beiden standen auf dem erhöhten Gehweg, der gleich an den Vorbau anschloß. Kathryn war froh, daß es dunkel war. Im silbrigen Licht des Mondes konnte sie die Kräuterbeete ausmachen, die weißen Blumen, die das Licht aufsogen. Dahinter aber lag der kleine, dunkle Obstgarten, die Ursache ihres heimlichen Alptraums. Colum wies auf die Kräuter.

»Ihr züchtet Eure Kräuter selbst?«

»Nicht alle«, antwortete Kathryn. »Einige kaufe ich auch, aber sie sind teuer, und die Soldaten auf der Straße treiben die Preise noch mehr in die Höhe.«

Colum lächelte wie ein Wolf und blickte Kathryn wieder an. »Ich bin froh, daß der Krieg vorbei ist«, sagte er. »Und daß ich vom Lagerleben und vom Dienst bei Hofe befreit bin.«

»Also glaubt Ihr, daß es vorüber ist?«

»Edward IV., der Herr segne ihn, wird behalten, was ihm gehört. Habt Ihr die neuesten Meldungen gehört?«

Kathryn schüttelte den Kopf.

»Die Lancastrianer sind erledigt. Margarete von Anjou wurde gefangengenommen und ihr Sohn bei Tewkesbury getötet.«

»Und der alte König?«

»Ach so, das sind die Neuigkeiten. Er starb im Tower.«

Kathryn blickte zum Himmel auf und versuchte, ihre Furcht zu verbergen. Der Ire hatte damit angedeutet, daß man den König des Hauses Lancaster ermordet hatte. Der Herrscher von Gottes Gnaden, Heinrich VI., war in diesem finsternen Kerker hinterrücks ermordet worden, wahrscheinlich von Männern wie dem hier neben ihr.

»Glaubt Ihr, daß der Mörder einen Kräutergarten hat?«

»Ja, unbedingt«, antwortete sie. »Aber da ist noch etwas.«

Colum wandte sich um und sah sie an. »Was meint Ihr?«

»Ich glaube auch, daß dieser schemenhafte Mörder ein Arzt ist, ein Mann, der sich sowohl in Canterbury als auch in der Kräuterkunst auskennt, der einen tiefen Groll gegen den Schrein in sich hegt. Doch diese Knittelverse erinnern mich an etwas anderes. Und warum sucht er seine Opfer nach ihrem Beruf aus? Warum tötet er nicht wahllos? Könnt Ihr mir das sagen, Master Murtagh?«

Colum wollte gerade antworten, als Thomasina hastig aus der Tür trat.

»Mistress! Mistress! Kommt schnell!«

Kathryn folgte ihr zurück in die Küche. Der Tisch war inzwischen gesäubert, das Feuer heruntergebrannt. Thomasina hatte sogar schon Kathryns Schneidebrett für Kräuter mit dem scharfen Messer für den nächsten Morgen bereitgelegt.

»Was ist, Thomasina?«

Die Magd reichte ihr ein kleines, viereckiges Stück Pergament. Kathryn nahm es und ging an den Tisch. Schon beim Entfalten schlug ihr Herz ein wenig schneller. Die Botschaft war dieselbe: »Wo ist Alexander Wyville? Wo ist Euer Mann? Mord ist ein Verbrechen und Verbrecher werden gehängt.« Neben den wie üblich hingekritzelten Worten war ein Galgen mit dem Spottbild einer Frau zu sehen, die am Seil baumelte. Kathryn spürte, wie Wut in ihr aufstieg. Sie zerknüllte das Pergament und warf es zornig in die Glut.

»Mistress, was ist los?«

»Nichts, Thomasina. Laß mich bitte allein.«

Kathryn sah mitgenommen aus. Ihr Gesicht war weiß wie eine Wand, die Augen schreckgeweitet. Genauso hatte sie an den Vormittagen ausgesehen, die den nächtlichen Streitereien mit ihrem Mann folgten, dachte Thomasina. Kathryns Augenlider zuckten, doch sie zwang sich zu einem Lächeln.

»Es tut mir leid, Thomasina, aber geh jetzt bitte zu Bett. Ich komme schon zurecht.«

»Nicht, solange er hier ist!« Thomasina deutete mit ausgestrecktem Arm auf Colum, der Kathryn neugierig beobachtete.

»Deine Herrin hat von mir nichts zu befürchten« schnurrte er.

»Was ich von dir nicht behaupten kann! Geh jetzt, Frau!«

Thomasina funkelte Kathryn wütend an, als diese nickte. Das Gesicht hochrot vor Wut, ging die Magd rückwärts aus dem Raum und warf noch einen letzten besorgten Blick auf ihre Herrin. Kathryn hörte, wie sie den Flur entlangging und langsam die Holztreppe zu ihrer Schlafkammer hinaufstieg; sie selbst stand da und starrte in die Flammen, die diese verhaßte Nachricht zu Asche verwandelten. Wer mochte es sein, der diese bösartigen Botschaften verschickte? Und war das letzte Geständnis ihres Vaters wahr? Sollte sie doch mit Pater Cuthbert reden? Ja, vielleicht war es nun an der Zeit. Colum nahm ihre Hand.

»Kathryn, was ist passiert? Mistress, Eure Hand ist kalt. Eiskalt.«

Kathryn funkelte ihn an. »Laßt meine Hand los, Ire!«

Colum drückte sie.

»Ire, laßt meine Hand los! Glaubt mir, Soldat, es gibt noch andere Wege, einen Mann zu töten, als mit Dolch, Schwert oder Speer! Mattglas in Wein verwandelt den Magen auch des härtesten Mannes in einen blutigen Klumpen!«

Colum ließ ihre Hand los und trat zurück. Kathryn funkelte ihn immer noch wütend an. Was, um Himmels willen, hatte er hier zu suchen mit seinem Waffengürtel, seinem Dolch und seinem Schwert? Sie war müde und verwirrt und ging zu dem hohen Lehnstuhl ihres Vaters, der vor dem Kamin stand. Sie setzte sich und blickte starr ins Feuer. Was war schiefgegangen? Das Leben hatte einst so rosig ausgesehen. Sie spürte, wie sich neben ihr etwas regte.

»Es ist besser, wenn Ihr jetzt geht«, sagte sie, ohne den Blick zu heben. »Glaubt mir, es ist am besten so.«

Kathryn hörte, wie der Ire fortging, und wartete, bis die Tür sich öffnete und wieder ins Schloß fiel. Sie schloß die Augen und schluckte die Tränen hinunter. Sie war zu grob zu Thomasina gewesen, hatte sie nicht einmal gefragt, wie die Botschaft gekommen war, und der Ire hatte es nur gut gemeint. Sie hörte, wie Murtagh zurückkam und blickte auf. Er hatte seinen Umhang übergezogen, hielt aber zwei Weinbecher in den Händen. Den einen reichte er ihr.

»Trinkt, gute Frau. Um Himmels willen, trinkt. Daß Ihr Angst habt, sieht doch ein Blinder.«

Er ging neben ihr in die Hocke und starrte in die Glut, als hoffte er, die Botschaft herausholen und lesen zu können, was diese geheimnisvolle Frau so erregt hatte.

»Ich habe es nur gut gemeint«, sagte er. »Der Herr stehe Euch bei, Mistress, ich führe nichts Böses im Schilde. Aber was Euch betrifft, betrifft nun auch mich. Ging es in dem Brief um die Morde?«

»Nein.«

»Was hat Euch dann so erschreckt?«

»Das ist meine Sache.«

»Kann ich Euch helfen?«

Kathryn nahm einen Schluck von dem Wein und blickte ihn an. Er sieht jetzt aus wie ein Junge, dachte sie, mit offenem Gesicht und klaren Augen. Vielleicht könnte er ihr sogar helfen? Dann fiel ihr ein, daß auch Alexander sie auf diese Weise angesehen hatte, am Morgen, nachdem er sich rasiert, gewaschen und den Mund ausgespült hatte, wie um sich von den Dämonen der vergangenen Nacht reinzuwaschen. Sie wandte ihren Blick ab und wappnete sich. Am liebsten hätte sie Colum angeschrien, endlich zu gehen und sie allein zu lassen. Sie dachte an den Galgen im Brief, die bedrohlichen Worte und erkannte, daß sie eines Tages, wenn nicht die Freundschaft dieses Mannes, so doch zumindest seine Hilfe brauchen würde. Aber nicht jetzt! Einem Fremden gegenüber konnte sie ihr Herz nicht wie ein schwatzhaftes Kind ausschütten.

»Ihr habt furchtbare Angst, Mistress«, wiederholte er.

Kathryn seufzte tief. »Ja, Colum. Versteht Ihr, was das Wort ›Angst‹ bedeutet?«

Der Ire atmete hörbar ein.

»Als ich ein kleiner Junge war«, begann er leise, »so zehn oder

80

elf Lenze, war ich Page, eigentlich ein Lakai, im Herrenhaus von Gowran, einem großen weitläufigen Gut auf dem Lande in der Nähe von Dublin. Wart Ihr einmal in Irland?«

Kathryn schüttelte den Kopf.

»Es ist eine grüne Wildnis«, fuhr Colum fort. »Ein rauhes Land, mit Mooren, Sümpfen, Wäldern, aber auch ein herrliches Weideland, reich und ergiebig; mit murmelnden Bächen und Weiden voller Blumen. Der Herr auf Gowran besaß solches Land, und ich wurde in seinem Haushalt angelernt. Nun gab es dort einen Priester, einen weltlichen Mann. Die Jagd war seine große Leidenschaft. Er liebte seine Hunde und Pferde mehr als seine Pfarrkinder. Er las die kürzeste Messe, die die Christenheit je gehört hat, und machte sich um sein Seelenheil offenbar keine großen Sorgen, trank und hurte und scherte sich keinen Deut um Gott und die Menschen. Er war klein, hatte einen dicken Bauch, ein rotes Gesicht und die kältesten Augen, die ich je gesehen habe. Wegen seiner Jagdhunde nannte man ihn den Hundepriester.« Colum machte eine Pause und zog seinen Umhang fester um sich. »Ich haßte diesen Mann, allein seine Berührung verursachte mir eine Gänsehaut. Eines Tages erlitt er auf der Jagd einen Anfall und fiel auf der Stelle tot um.« Colum starrte in die kleiner werdenden Flammen der Feuerstelle. »Der Himmel weiß, warum, aber der Herr von Gowran weigerte sich, ihn in der Kirche beisetzen zu lassen. Statt dessen wurde er am Abhang eines Hügels unter einem Steinhaufen begraben.« Colum schwieg eine Weile und lauschte auf die nächtlichen Geräusche, die von der Straße hereindrangen.

»Redet weiter, Colum.«

»Der Priester wurde in der Nacht beigesetzt. Ich erinnere mich noch genau an die von Fackeln erleuchtete Prozession, an seinen Sarg, der auf einem hochrädrigen Karren stand und um den sich Männer aus dem Herrenhaus mit ihren Fackeln scharten. Wir erklommen einen Hügel. Ein scharfer Wind peitschte in unsere Gesichter, und wir hatten große Mühe, die Fackeln nicht ausgehen zu lassen. Wir versuchten, das ›De Profundis‹ zu singen, aber die Worte erstarben uns auf den Lippen. Der Himmel bezog sich. Das einzige Geräusch war das markerschütternde Geheul eines Hundes, der den Mond anbellte.« Colum hielt inne, wie um die Schrecken seiner Kindheit zu verscheuchen, die immer noch auf seiner Seele lasteten. »Wir kamen oben an«, fuhr er dann fort. »Der Sarg wurde ins Grab hinabgelassen und mit Erde bedeckt; dann rollten die Bauern große Felsbrocken darauf. Der Gutsherr versuchte, ein paar Worte zu sagen.« Murtagh sah Kathryn an. »Kein Priester war zugegen. Die Wolken ballten sich immer dichter zusammen, der Wind pfiff und tobte. Es fing an zu regnen, und die ganze Zeit hörten wir das schreckliche Geheul; schließlich bekreuzigten wir uns. Dann verließen wir jenen schrecklichen Hügel.« Colum ergriff Kathryns Handgelenk. »Als wir hinabgingen, hörte der Regen auf, der Sturm legte sich urplötzlich, und der Herr ließ die Fackeln wieder anzünden. Ich saß neben dem Kutscher auf einem Karren, und plötzlich sahen wir, daß vor uns jemand den vom Mond erleuchteten Feldweg entlangging. Ich dachte, es sei jemand, der das Begräbnis schon vor uns verlassen hatte. Der Kutscher fuhr neben ihn. Ich rief ›Guten Abend, Fremder‹.« Colums Griff um Kathryns zartes Handgelenk wurde fester. »Glaubt mir, Mistress. Als dieses Wesen im Kapuzenmantel sich umdrehte, grinste mich das weiße, häßliche Antlitz des Hundepriesters an, des Mannes, den wir gerade begraben hatten.«

Murtagh warf einen Blick in die Glut, dann sah er Kathryn wieder an. »Ach, Mistress Swinbrooke«, murmelte er. »Ich schrie und fiel in Ohnmacht. Als ich erwachte, war ich wieder im Herrenhaus, und die Frau des Gutsherrn beugte sich über mich und flößte mir Wein ein. Sie fragte mich, was geschehen sei, und da ich noch ein Kind war, erzählte ich es ihr. Sie machte ein besorgtes Gesicht, schüttelte aber den Kopf, sagte, das hätte ich mir nur eingebildet, und warnte mich, es nur ja niemandem zu erzählen.«

»Und, habt Ihr es jemandem erzählt?« fragte Kathryn.

»Nein. Ich behielt meine Gedanken für mich, aber ich wußte, daß auch andere ihn gesehen hatten. Furchtbare Dinge geschahen auf einmal in der Gegend. Der Herr von Gowran ließ neue

Mauern errichten und stärkere Türen einsetzen, die nachts verriegelt wurden.« Murtagh hielt inne und atmete tief ein. »Oh, ich habe die alten Frauen über die Deargdul reden hören. Wißt Ihr, was das ist?«

Kathryn schüttelte den Kopf, und Colum merkte, wie angespannt und wachsam sie jetzt war.

»Das ist ein gälischer Ausdruck«, sagte Colum. »Grob übersetzt, bedeutet es ›Blutsauger‹.« Colum sah, wie Kathryn schauderte. »Zwei Jahre später«, fuhr er fort, »verließ ich Gowran, um als Junker im Bezirk Dublin zu dienen, aber ich wollte mich vorher meiner Angst stellen. Also ging ich an einem Nachmittag wieder auf diesen einsamen Hügel zum Grab des Hundepriesters.«

»Was habt Ihr vorgefunden?«

»Die Steine waren weggerollt worden«, flüsterte Colum. »Später entdeckte ich, daß dies unmittelbar nach dem Begräbnis des Hundepriesters geschehen war.«

»Und das Grab?«

»Eine leere Grube.«

Kathryn lächelte und warf einen flüchtigen Blick auf Murtagh.

»Ein alter irischer Trick«, sagte sie, »die eine Angst mit der anderen zu vertreiben.« Sie verschränkte die Arme und schauderte. »Eine unheimliche Geschichte.«

Colum dachte an die Hunde von Ulster und ihre lebenslange Blutrache gegen ihn. »Ich glaube, ich habe in Gleichnissen gesprochen«, erwiderte er. »Meine Ängste entspringen meiner Vergangenheit. Ich vermute, dasselbe gilt auch für Euch, Mistress Swinbrooke.« Er berührte ihr Handgelenk, und diesmal zuckte sie nicht zurück. »Aber nun muß ich gehen.« Er nickte zur Decke hinauf. »Ich wette, Thomasina liegt dort oben auf dem Boden und hat ein Ohr fest auf die Dielenbretter gepreßt.«

»Nein, habe ich nicht, Ire!« ertönte die Stimme der Magd hinten aus dem Flur. »Ich kenne Männer wie dich. Ich stehe hier mit dem größten Besen, den ich habe!«

Kathryn und Colum lachten. Der Ire deutete eine Verbeugung an und ging zur Küchentür.

»Oh«, er blieb stehen und drehte sich noch einmal um. »Ich

habe auch noch Nachrichten von Euren Freunden, dem Ratsherrn Newington und Master Luberon. Sie sind die Namen aller Ärzte und Apotheker in Canterbury durchgegangen und haben eine Liste von Verdächtigen aufgestellt. Wir sollen sie morgen um elf Uhr im Rathaus treffen. Gute Nacht, Mistress Swinbrooke. Habt Dank für Eure Gastfreundschaft.«

Kathryn lächelte ihn über die Schulter hinweg an. »Auch Euch eine gute Nacht, Master Murtagh, und mögen die Engel Euch zu Eurer Schlafstatt geleiten.«

Kathryns Scherz war nicht einmal so abwegig, denn ein sehr dicker »Engel«, Thomasina höchstpersönlich, die in ihrem langen, bis zum Hals zugeknöpften Nachtgewand noch ehrfurchtgebietender aussah, geleitete ihn zur Tür und ließ sie laut und kräftig hinter ihm ins Schloß fallen, wobei sie hörbar schniefte. Colum grinste und ging vorsichtig über das Kopfsteinpflaster zu einer kleinen Schenke an der nächsten Ecke, dem »Schwarzen Matrosen«, wo er sein Pferd untergestellt hatte. Ein verschlafener Stallknecht ließ es heraustraben, und Colum tätschelte dem Tier den Hals, sprach leise zu ihm und führte es auf die Straße hinaus. Er dachte noch an die Geschichte, die er Mistress Swinbrooke erzählt hatte. Ideen und Gedanken schossen ihm wie Irrlichter durch den Kopf, Bilder aus der Vergangenheit: seine rothaarige, blasse Mutter, die sich über ihn beugte; eine alte Harfenspielerin, die ihn mit den Taten von Cu Chulainn erschreckte; ein dunkler Korridor in irgendeinem kalten, düsteren Turm in Irland; dunkelgrüne Schluchten im heftigen, schneidenden Wind; merkwürdige Kreuze mit Inschriften in einer längst vergessenen Sprache; das Donnern von Pferdehufen, blutiges Kriegsgetümmel und das Gefühl der Verlorenheit, des Verlustes der Familie. Colum wollte gerade auf sein Pferd steigen, als eine leise Stimme ihn aus der Dunkelheit auf Gälisch anredete.

»Colum Ma fiach! Colum, mein Sohn! Dreh dich nicht um. Ich bringe dir Botschaft von deinen Brüdern in Irland.«

Es war eine freundliche Stimme. Colum nahm an, daß es ein alter Mann war, und spürte, daß er nicht in Gefahr war. Die »Hunde« hätten sofort zugeschlagen.

»Sie haben dir folgende Botschaft geschickt, Colum Ma fiach: Sage Colum, wir haben ihn nicht vergessen, aber, wie es in der Bibel heißt: ›Ein jegliches hat seine Zeit, und alles Vornehmen unter dem Himmel hat seine Stunde. Streit und Friede hat seine Zeit.‹ Bedenke das!«

Colum, der eine Hand auf dem Sattelknauf liegen hatte, wartete eine Weile, bevor er sich umwandte, doch als er versuchte, in der Finsternis etwas zu erkennen, war niemand da. Er spürte, wie sich ihm die Haare im Nacken sträubten, als hätte eine eiskalte Hand ihn sanft gestreichelt. Die Stimme erinnerte Colum an das weiße Gesicht des Hundepriesters. Irgendwo hinter ihm heulte plötzlich ein Hund den Mond an. Colum stieg auf sein Pferd und verfluchte stumm die Dämonen, die ihm immer noch auf den Fersen waren.

Fünf

Am nächsten Morgen stand Kathryn früh auf. Thomasina hantierte bereits in der Küche. Sie hatte das Feuer wieder angefacht, die Metallbecher und scharfen Messer gespült und, nach Anweisungen, die ihr Kathryns Vater vor langer Zeit einmal erteilt hatte, diese Utensilien über dem Feuer erhitzt. Kathryn, in einem langen, lohfarbenen Kleid, beobachtete sie. Sie hatte vergessen, warum ihr Vater auf diesem Verfahren bestanden hatte; er hatte es immer empfohlen, nachdem er einmal in Oxford gewesen war, um die Aufzeichnungen in einer kostbaren Handschrift in der Bibliothek des Herzogs Humphrey zu studieren. Agnes ging durch die Küche wie eine Schlafwandlerin. Thomasina schimpfte mit ihr und knuffte sie sogar leicht in den Arm, bevor sie endgültig die Geduld verlor und ihr sagte, sie solle hinaus in den Garten gehen um sich an der Tonne mit kaltem Wasser Hände und Gesicht zu waschen.

Das Frühstück bestand aus Brot und mit Wasser verdünntem Ale. Zu Kathryn, die ihren eigenen Gedanken nachhing, drangen die übellaunigen, brummigen Bemerkungen Thomasinas über die Bewirtung von Soldatenärschen nicht durch. Als Thomasina merkte, daß ihre Taktik nicht wirkte, stellte sie Kathryn schließlich zur Rede, die in ihrer Schreibkammer stand, um Kräutertöpfe aus einem Regal an der Wand zu holen.

»Na, was haltet Ihr davon?« fragte Thomasina knapp.

»Wovon?«

»Kathryn, spielt nicht die Ahnungslose. Was für ein Mann ist dieser Murtagh?«

Kathryn lächelte. »Ein menschlicher«, gab sie knapp zurück.

»Und der Brief?« fügte Thomasina vorwurfsvoll hinzu. »Ach, nur die Bosheit irgendeines Dummkopfs.«

»Was steht in diesen Mitteilungen? Es war schließlich nicht die erste!«

Kathryn schloß die Augen. Sie hatte sich geschworen, nicht über die Drohbriefe nachzudenken. Bestimmt entstammten sie der Feder eines Kranken. Vielleicht würden sie aufhören, wenn sie nicht reagierte.

»Und«, forschte Thomasina hartnäckig nach, »was ist mit dem Iren?«

»Nichts weiter. Ich mache mir kaum Gedanken über ihn.«

Thomasina stieß einen lauten Seufzer aus und stürmte hinaus.

»Und wie finde ich ihn wirklich?« murmelte Kathryn vor sich hin. Sie starrte auf den kleinen irdenen Topf, der mit einem Stück Pergament bedeckt und mit Zwirnsfaden umwickelt war. »Eigenartig«, beantwortete sie ihre Frage. »Ich finde ihn eigenartig und gefährlich.« Es klopfte an der Tür. Der erste Patient heute morgen.

Sie zog ihr Haar straff nach hinten und band es fest, brachte ihre Haube wieder in Ordnung und schlüpfte in Holzschuhe mit Lederriemen. Ihre erste Patientin war Beatrice, die Tochter Henrys, des Sackmachers. Ihr Fall ließ ahnen, wie schwierig der Tag werden würde. Henry war in kleiner Mann mit hervortretenden Augen und einem mit einzelnen, flaumigen Haarbüscheln bedeckten Kahlkopf. Mit seinen dicken Wangen und wulstigen Lippen erinnerte er Kathryn immer an einen zu groß geratenen Karpfen. Seine Tochter Beatrice, hager, bleichgesichtig, mit trübem Blick und hängendem Unterkiefer, erholte sich gerade von einem Anfall, den sie am Abend zuvor erlitten hatte.

»Was soll ich nur machen?« jammerte der kleine Mann, während er seine arme Tochter in der Küche auf einen Hocker drückte.

Kathryn setzte sich ihr gegenüber und hielt die Hand des Mädchens.

»Ihr hättet sie nicht herbringen sollen«, murmelte sie und blickte Henry flehentlich an. »Ich kann auch nicht viel tun.«

Henry trat von einem Fuß auf den anderen. »Venta, die Weise Frau, hat gesagt, man solle ihr ein Loch in den Schädel machen, um die schlechten Säfte herauszulassen«, erwiderte er.

Kathryn biß die Zähne aufeinander. Venta war eine grauhaarige, stinkende, alte Vettel. Sie lebte in den nördlichen Randbezirken der Stadt und machte ein Vermögen, indem sie gefärbtes Wasser verhökerte oder irrwitzige Behauptungen aufstellte. Kathryn schaute prüfend in Beatrices Augen und stellte fest, daß die Iris auf beiden Seiten vergrößert war. Sie nahm ein Stück Wolle zur Hand und tupfte den Speichel ab, der dem Mädchen aus den Mundwinkeln lief.

»Wenn Ihr Ventas Rat Folge leistet«, flüsterte sie sanft, »wird das Mädchen sterben. Ich habe so etwas schon einmal gesehen.«

Henry deutete auf die Schalen für den Aderlaß und ein paar scharfe Messer, die auf dem Tisch aufgereiht lagen.

»Warum kein Aderlaß?«

Kathryn warf einen Blick auf Beatrices teilnahmsloses Gesicht. »Wenn ich das mache, töte ich sie.«

Sie ging nach hinten in ihre kleine Medizinkammer, nahm zwei Stücke Pergament und schabte jeweils eine kleine Portion Pulver darauf. Dann kehrte sie in die Küche zurück.

»Mischt diese beiden mit verdünntem Wein.«

»Was ist das?« fragte Henry.

»Eine Mischung aus Passionsblume und Mohnsamen«, antwortete Kathryn und drückte die beiden Päckchen in die zögernde Hand des Sackmachers. »Tut mir leid, daß ich nicht mehr tun kann«, fügte sie hinzu. »Wie gesagt, ich kann Euch nur raten, wenn Eure Tochter so einen Anfall hat, gebt acht, daß sie flach liegt und ihre Zunge im Mund frei ist. Wenn sie sich wieder erholt, gebt ihr eine starke Brühe und einen Becher kräftigen Wein und abends diese Medizin in verdünntem Wein aufgelöst.«

Henrys Unterlippe schob sich noch weiter vor. Kathryn hatte den Eindruck, er wolle sich weigern.

»Ich bin nicht der Herrgott«, murmelte sie.

Thomasina tauchte hinter ihnen auf. »Ihr könntet auch beten«, sagte die Magd freundlich.

»Wo denn?« fragte Henry aufbrausend. »An dem Schrein etwa? Wir haben schon davon gehört; da läuft doch ein Mörder rum!«

Der Sackmacher warf seine Münzen auf den Tisch und stapfte

mit schweren Schritten hinaus, die Medizin fest in der einen Hand, mit der anderen schob er seine Tochter Beatrice vor sich her.

Es kamen noch mehr Patienten. Torquil, der Zimmermann, der sich in die Hand geschnitten und die Wunde nicht hatte auswaschen wollen. Jetzt war sie voll grüngelben Eiters. Kathryn säuberte sie mit Essig und Wein. Torquil schrie auf. Thomasina wies ihn zurück, er solle sich nicht anstellen wie ein Kleinkind, und trug dann eine Mischung aus Trockenmilch und Pulver aus zerstoßenem Moos auf. Der nächste war Mollyns, der Müller, der einen Elsterschnabel um den Hals hängen hatte. Er hielt sich den rechten Unterkiefer und stöhnte ununterbrochen. Seine kreidebleiche Frau Alice, die hinter ihm herkam, schilderte seine grimmigen Zahnschmerzen mit blumigen Worten.

»Er kann nachts nicht schlafen«, jammerte sie. »Und ich auch nicht. Er ist wie ein Hund mit drei Beinen. Das Korn ist nicht gemahlen. Er schnauzt seine Kunden an und behandelt seine Gesellen wie Lehrjungen.«

»Wozu soll der Elsterschnabel gut sein?« fragte Kathryn, drückte Mollyns auf den Stuhl und bat Thomasina, die Kerze etwas näher zu halten.

»Ich habe gehört, daß man damit Zahnschmerzen heilen kann«, brummelte Mollyns.

Kathryn rümpfte die Nase. »Es stinkt. Öffnet den Mund, guter Mollyns.«

Der Müller gehorchte. Kathryn hielt die Kerze näher und gab acht, daß die Flamme nicht Mollyns' üppigen Bart und Schnurrbart versengte. Sie warf einen Blick in die Mundhöhle und versuchte, sich ihren Ekel über den säuerlichen Atem nicht anmerken zu lassen. Überraschenderweise waren Mollyns Zähne jedoch ziemlich weiß und sauber, außer einem Backenzahn, der schwarz und häßlich aus dem roten, entzündeten Zahnfleisch hervorschaute. Kathryn gab Thomasina die Kerze zurück.

»Womit haltet Ihr Eure Zähne so weiß und sauber?« fragte sie.

»Ich bin nicht wegen der verdammten gesunden Zähne hergekommen!« schnauzte der Müller und funkelte Kathryn aus seinen kleinen Schweinsäuglein wütend an. »Euer Vater hätte so eine dumme Frage nie gestellt!«

»Halt' den Mund, Mollyns!« stichelte Thomasina. »Ich kenne dich schon seit deiner Kindheit. Du hast immer schon ein großes Maul gehabt und konntest deine Hände nicht bei dir behalten. Die Zahnschmerzen sind Gottes Strafe dafür, daß du falsche Gewichte benutzt und dein Mehl mit Staub gemischt hast!«

»Nein, das tut er nicht!« schrie die Müllersfrau zurück. »Und über dich weiß ich schon lange Bescheid, Thomasina!«

»Ist gut«, unterbrach Kathryn. »Also kennen wir uns alle ganz genau. Ich habe Eurem Mann eine einfache Frage gestellt. Reinigt Ihr Eure Zähne mit Salz und Wein?«

»Das Zeugs rühre ich nicht an.«

»Er ißt gerne Äpfel«, sagte Alice und kam näher. »In einem fort ißt er sie. Wir haben einen kleinen Obstgarten. Er ißt mehr als das Schwein.«

Kathryn lächelte die Frau dankbar an und beschloß, es sich zu merken. Sie hatte dieselbe Beobachtung schon zuvor bei Falloton, dem Obsthändler, und Horkle, dem Krämer, gemacht. Sollte ihr Vater recht gehabt haben? Immer und immer wieder hatte er behauptet, daß die Mönche der Christuskirche an Zähnen und Gaumen gesund waren, weil sie mehr Früchte als Fleisch aßen. Mollyns stöhnte plötzlich auf, und Kathryn blickte auf sein vor Wut rot angelaufenes, schweißbedecktes Gesicht.

»Mollyns«, sagte sie, »da kann ich nichts machen. Der Zahn muß gezogen werden, und Ihr müßt damit zu einem Bader. Aber seht her.« Kathryn öffnete einen Kasten mit Salbe, den Thomasina stets auf den Tisch stellte. Sie nahm ein Stück gewaschener Wolle, rollte es zu einem kleinen Bällchen zusammen und tunkte es in Nelkenöl. Sie bat Mollyns, den Mund zu öffnen, und preßte es auf den schmerzenden Zahn. Der Müller schrie auf. Dann reichte sie der Müllersfrau eine Phiole Öl.

»Bis er zu einem Bader geht und sich den Zahn ziehen läßt, wiederholt den Vorgang mittags und vor dem Zubettgehen.«

Kathryn rümpfte plötzlich die Nase. Schuldbewußt sah Alice sie an.

»Was ist, Mistress?«

Kathryn trat näher an Alice heran und sah Thomasinas ange-
ekelten Blick.

»Alice, geht es Euch gut?«

»Warum?«

»Woher kommt dieser gräßliche Geruch?«

Alice warf einen flüchtigen Blick auf ihren Mann, der sich aber
auf seine Schmerzen konzentrierte, nachdem das Öl jetzt eingedrungen war und die Fäulnis in seinem Zahn beruhigte. Alice
berührte ihren Kopf.

»Er tut mir weh«, flüsterte sie.

Kurz entschlossen zog Kathryn Alice die Kapuze vom Kopf
und sah, daß das graue Haar der Frau mit einem dicken, schmal-
zigen Belag bedeckt war.

»Was habt Ihr denn da aufgetragen?« rief Kathryn aus.

»Die Schmerzen fingen an«, stöhnte Alice, »als sein Zahn an-
fing, weh zu tun. Da hab ich …«

Kathryn kam näher und roch an ihren Haaren. »Oh nein, Alice, nicht das!«

Zerknirscht wandte die Müllersfrau den Blick ab.

»Ziegenkäse!« rief Kathryn. »Ihr habt Euch den Kopf mit Ziegenkäse eingerieben!« Sie verbarg ein Lächeln. »Alice, kommt
her.«

Die Müllersfrau, die jetzt ein wenig Angst hatte, kam näher.

»Habe ich etwas falsch gemacht?« jammerte sie.

»Allerdings«, sagte Thomasina und entfernte sich eilig.

»Was passiert jetzt?«

»Komm mal her« sagte Kathryn freundlich. Und während der
Müller stöhnend auf einem Hocker saß, drehte Kathryn die Frau
mit dem Rücken zu sich und fuhr ihr behutsam mit den Händen
über Nacken und Schultern. Die Muskeln waren verspannt und
hart. Kathryn streichelte sie sanft, und Alice stieß einen Seufzer
der Erleichterung aus.

»Oh, Mistress, das tut gut.«

»Die Körpersäfte in Eurem Nacken sind nicht in Ordnung«,
erklärte Kathryn. »Habt Ihr Kinder?«

Alice drehte den Kopf nach hinten und lächelte.

»Vier Jungen und drei Mädchen«, sagte sie stolz.

»Und wenn sie hinfallen, was macht Ihr dann?« wollte Kathryn wissen.

»Ich reibe ihnen die Knie.«

»Da machen wir beide das gleiche«, murmelte Kathryn.

»Reibt Euren Nacken fest mit der Hand. Wascht diese schmierige Masse aus den Haaren. Trinkt einen großen Becher Rotwein, bevor Ihr zu Bett geht. Achtet darauf, daß Euer Kopf richtig auf dem Kopfpolster liegt, und die Schmerzen werden verschwinden.«

Alice nickte und lächelte, aber das Lächeln verging ihr sofort, als ihr Blick auf ihren Mann fiel. Sie zerrte ihn an der Schulter.

»So, mein lieber Mann, und du läßt dir jetzt den Zahn ziehen, bevor du uns alle verrückt machst!« Ärgerlich schob Alice ihren stöhnenden Mann vor sich her aus dem Haus.

In der nächsten Stunde mußten sich Kathryn und Thomasina mit einer Reihe kleinerer Leiden befassen – Schnittwunden, Prellungen und andere Beschwerden. Verzweifelt blickte Kathryn auf die Stundenkerze auf ihrem Eisendorn neben der Spülküche. Sie hatte mehr zu tun als erwartet und würde es nicht mehr schaffen, Pater Cuthbert im Krankenhaus für arme Priester zu besuchen. Colum Murtagh kam ihr wieder in den Sinn, und sie spürte einen Anflug von Beklommenheit in der Magengegend. Colum hatte sich den ganzen Morgen wie ein Schatten durch ihre Gedanken bewegt, und sie war zu dem Schluß gekommen, daß er eine sehr wechselvolle Natur hatte – ein Mann der Gewalt, der versuchte, in Frieden zu leben. Er hatte noch andere Gefahren mit sich gebracht. Einer ihrer Patienten hatte bereits die Morde von Canterbury erwähnt – also waren die Neuigkeiten bereits im Umlauf.

»Was ist mit Euch, Mistress?« unterbrach Thomasina ihre Gedanken.

Kathryn schüttelte sich, wachte aus ihren Tagträumen auf und merkte, daß sie mit einem Glas Salbe in der Hand dastand und Löcher in die Luft starrte.

92

»Thomasina, der Ire macht mir keinen Kummer, aber die Sache im Rathaus.«

»Ach die, das sind nur ein paar fette Männer«, spottete ihre Magd. »Nehmen wir den Erzbischof, er ist verschlagen wie ein Fuchs. Luberon ist ein alter Wichtigtuer. Und laßt Euch nicht von Newington beeindrucken, er ist sanft und mild wie ein Muttersöhnchen. Ich stimme dem Urteil Eures Vaters über ihn nicht zu, der gesagt hat, Newington sei eine Viper im Gras, mit spitzer Zunge und einem Verstand, vor dem man sich in acht nehmen müsse.«

»Nein«, Kathryn schüttelte den Kopf. »Das ist es nicht, Thomasina, es ist der Mörder.« Sie setzte sich auf einen Hocker. »Du hast gehört, was Henry der Sackmacher heute morgen gesagt hat. Die Todesfälle sind bereits stadtbekannt.«

»Na und?«

»Verstehst du nicht, Thomasina, über kurz oder lang wird der Mörder auch von mir erfahren. Wird er eine Ärztin und einen irischen Soldaten auf seine Liste unglücklicher Opfer setzen?«

Thomasina lachte und zuckte die Schultern, aber Kathryn wußte, daß auch sie die Gefahr erkannt hatte.

»Wir müssen gehen«, murmelte Kathryn. »Wir sollten um elf Uhr im Rathaus sein.«

Sie zog die Holzschuhe aus und eine Hose und ein Paar Stiefel unter ihr Kleid, denn die Straßen würden mit Unrat übersät sein. Sie holte ihren alten Wollumhang und die Notizen, die sie sich am Tag zuvor gemacht hatte. Gerade wollte sie das Haus verlassen, als jemand heftig an die Haustür klopfte. Thomasina eilte fluchend den Korridor entlang und kam mit einer jungen, gut gekleideten Frau zurück. Unter einem Umhang aus feinster Wolle, den sie um die Schultern gelegt hatte, trug sie ein lohfarbenes Kleid, das um den Halsausschnitt mit feiner Brokatstickerei verziert war. Ihr Haar hatte sie mit einer weißen Haube aus reinem Batist bedeckt, die ein scharf geschnittenes, aber sehr hübsches Gesicht noch hervorhob, klare graue Augen, eine kleine Nase und volle rote Lippen. Kathryn schätzte sie auf höchstens siebzehn oder achtzehn Jahre.

»Ihr seid Kathryn Swinbrooke?«

Die Frage war knapp und bündig, aber Kathryn sah, daß die junge Frau nervös war, daher lächelte sie und nickte. Die Frau zog langsam ihre Lederhandschuhe aus, wobei sie einen silbernen Ehering am Ringfinger ihrer linken Hand entblößte.

»Ich ... muß mit Euch reden«, stammelte sie. »Ich heiße Mathilda und bin die Frau von Sir John Buckler.«

»Ja, aber wir sind gerade im Begriff zu gehen«, schaltete Thomasina sich ein.

Das Mädchen sah Kathryn hilfesuchend an. Ihre klaren Augen schwammen jetzt in Tränen. »Ich muß zu Euch«, wiederholte sie. »Ich brauche Eure Hilfe.«

Kathryn trat zu Mathilda und nahm ihre Hand, die warm und weich wie ein Hauch von Seide in der ihren lag. Sie wäre gern geblieben, denn die Bucklers waren eine einflußreiche Familie in Canterbury, und Kathryn wußte instinktiv, daß die Sache zutiefst intim war. Hatte das Mädchen eine Dummheit begangen und war von einem anderen Mann schwanger? Spannte sich daher der Umhang so über ihrem Leib? Oder war es etwas anderes?

»Mistress Buckler, ich kann Euch jetzt nicht empfangen.«

Das Mädchen schaute verzweifelt.

»Aber wenn Ihr wiederkommen wollt«, – Kathryn hielt inne und überlegte kurz, wie die Zeiteinteilung in einem großen Haushalt wohl aussehen mochte – »vielleicht heute abend irgendwann? Sagen wir, kurz bevor die Glocken zur Vesper läuten? Dann kann ich Euch zuhören.«

Die junge Frau blickte zur Seite. »Ich kann ...« Sie nickte. »Ja, ja, dann komme ich bestimmt.« Sie wandte sich um, und Thomasina geleitete sie hinaus.

Kathryn zuckte mit den Schultern und sandte ein Stoßgebet zum Himmel. Besuche wie diese, heimlich und verstohlen, mochte sie nicht. Sie war Ärztin und Kräuterkundige, und keine Hexe der Nacht, die jederzeit heiße Nadeln und Mixturen bereithielt, um den Leib einer Frau zu säubern.

»Das riecht nach Ärger«, verkündete Thomasina, als sie zurückkam.

»Warten wir's ab«, sagte Kathryn leise.

Sie machten sich auf den Weg zum Rathaus. Kathryn übersah Thomasinas offensichtliche Enttäuschung, als sie nicht zum Krankenhaus für arme Priester gingen, und führte sie durch enge, gewundene Gassen zur Hethenman Lane. Sie wollte niemanden treffen und von niemandem angehalten werden. Deshalb schlüpfte sie rasch in eine Seitenstraße, als sie Goldere wie einen eingebildeten Gänserich auf sich zu stolzieren sah. Erleichtert atmete sie auf, als sie sich umdrehte und feststellte, daß er ihr nicht folgte. Die Gasse mündete auf einen kleinen Platz, der mit windschiefen Marktbuden überfüllt war. Hausierer, Straßenverkäufer und alle möglichen Marktschreier drängten sich hier, die in Scharen nach Canterbury kamen, um die Pilger zu schröpfen. Man hatte eine kleine Bühne aufgestellt, auf der ein junger Mann, irgendein armer Studiosus, versuchte, einen Penny oder eine Brotkruste zu verdienen, indem er lauthals Gedichte proklamierte, die aber nicht beachtet wurden. Er sah so blaß und verwaist aus, daß er Kathryn leid tat. Sie blieb stehen, um ihm zuzuhören, und ließ dann einen Penny in seine schmutzverkrustete Hand fallen. Der Student hielt inne und grinste.

»Habt Dank, Mistress. Nicht alle mögen den armen Chaucer und seine Erzählungen.«

Kathryn lächelte, ging ein Stück weiter und blieb plötzlich wie angewurzelt stehen.

»Oh, grundgütiger Gott!« murmelte sie.

»Mistress?« wandte sich Thomasina ungehalten an Kathryn. »Mistress, stimmt was nicht?«

»Der Mörder«, flüsterte Kathryn. »Ich weiß, wie …«

»Was denn, Mistress?«

Kathryn sah zu den Kirchtürmen der Kathedrale empor. Natürlich, dachte sie, Chaucer und seine Erzählungen, oder genauer, der Prolog zu seinem großen Werk. Ihr Vater hatte es so geliebt, daß er es ihr beigebracht hatte. Natürlich, Chaucer hatte über Pilger geschrieben, und der Mörder vergriff sich an Pilgern; Chaucer hatte ihre Berufe aufgeführt, und der Mörder suchte seine Opfer nach ihrem Beruf aus. Die Knittelverse waren eine

Parodie auf Chaucer und das Zitat »Radix malorum ...«, stammte es nicht aus einer von Chaucers Erzählungen?

»Mistress!«

»Es ist nichts«, murmelte Kathryn, ging weiter und überließ es der verblüfften Thomasina, ihr zu folgen.

Kathryn hatte Mühe, ihre Aufregung zu verbergen, als sie die High Street entlangging, wo Menschentrauben sich um Stände und Buden drängten. Endlich wußte sie, wie der Mörder seine Opfer wählte, und sie spürte eine Art Triumph in sich aufsteigen. Plötzlich ertönten Schreckensschreie, und Thomasina zupfte sie am Ärmel. Der Tumult auf der High Street hatte sich gelegt, und die Menschen machten einem riesigen Karren Platz, der von zwei großen schwarzen Pferden mit schäbigen, scharlachroten Federbüscheln zwischen den Ohren gezogen wurde. Der Kutscher trug eine Kapuze und war maskiert, die schwarze Haube lag eng an seinem Kopf an, die rote Maske hatte grobe Schlitze für Mund und Augen. Um den Hals trug der Kutscher an einer Kordel aufgereihte Tierknochen. Ein kleiner Junge neben ihm, ähnlich gekleidet, schlug den Todesmarsch auf einer kleinen Trommel.

»Herr Jesus, stehe uns bei!« sagte Thomasina erschrocken. Der Henkerskarren bahnte sich einen Weg bis nach Westgate hinunter. Als der Karren an Kathryn vorbeifuhr, glitt die schmutzige Plane zur Seite und Kathryn spürte, wie ihr übel wurde beim Anblick der abgeschlagenen, bluttriefenden Köpfe und der in Pökelsalz eingelegten menschlichen Körperteile, die dort lagen.

»Barmherziger Gott, sei ihrer Seele gnädig!« rief sie aus.

»Sie bringen sie zu den Stadttoren«, murmelte jemand neben ihr.

»Wer war es denn?« fragte Thomasina.

»Rebellen«, erwiderte Kathryn. »Männer, die im letzten Krieg Lancaster unterstützt haben. Sheriffs, Adlige, Beamte.«

»Nicholas Faunte haben sie noch nicht gefangen!« rief ein Standbesitzer.

»Was macht das schon?« schnauzte Thomasina ihn an. »Der

Krieg ist vorbei, die Sieger bitten wie immer zum Aderlaß, und dann geht das Leben wieder seinen gewohnten Gang.«

Nach der Durchfahrt des Henkers waren die Fröhlichkeit der Menge und das warme Sommerwetter wie weggeblasen. Auch die Wohlhabenden in ihren kostbaren Gewändern mit großen, dicken Börsen an reichverzierten Gürteln senkten die Köpfe und sprachen nur noch gedämpft miteinander. Kathryn drängte sich an ihnen vorbei zur Rathaustreppe. Soldaten in der Uniform der Yorkisten standen dort. Sie sah, daß Colum auf sie wartete und ernst mit einem Sergeanten in den Farben des Königs sprach, einem kleinen, untersetzten, kahlköpfigen Mann, jeder Zoll ein Soldat. Colum wandte sich um, erblickte Kathryn und winkte sie zu sich.

»Alles in Ordnung, Mistress Swinbrooke?«

»Ja, bei dem schönen Wetter«, erwiderte Kathryn. Sie blickte über die Schulter zurück. »Dieser Karren und sein Kutscher! Es war, als wäre der Tod persönlich an mir vorbeigefahren!«

»Sie sind gestern hingerichtet worden«, sagte der Soldat. »Auf dem Marktplatz in Maidstone. Aber wenn Faunte erst gefangen ist – und wir wissen, daß er sich in der Gegend von Kent versteckt hält …«, der Kerl wandte sich um und spuckte aus, »… dann haben wir Soldaten unsere Pflicht getan. Außer den Lieblingen des Königs, wie unser Ire hier.«

Colum grinste, seine ernste Miene entspannte sich. »Mistress Swinbrooke, darf ich Euch Master Holbech vorstellen: Sergeant in der Ausbildung, geboren in Yorkshire, Eltern unbekannt.«

Die harten blauen Augen des Soldaten fingen Kathryns Blick auf, und er nickte leicht. »Mistress, jederzeit zu Diensten.«

Kathryn deutete ein Lächeln an, während Thomasina hinter ihr hustete und laut maulte: »Noch so ein Henkersknecht!«

Holbech verlagerte sein Gewicht auf ein Bein, blinzelte Thomasina an und fuhr sich genüßlich mit der Zunge über die Lippen.

»Bleib, wo du bist«, sagte Thomasina mit drohendem Unterton.

»Master Holbech«, fuhr Colum eilig fort, »steht nicht mehr im Dienste des Königs. Ich habe ihn angestellt, damit er mir in

Kingsmead hilft. Er und ein paar andere Gauner, deren Tage in der Armee vorüber sind. Kingsmead ist nur noch ein baufälliges Haus. Wir brauchen Zimmerleute, Hufschmiede, Schmiede und Handwerker, und Holbech ist so geschickt, daß er eine Rose bei der Königin pflückt, ohne daß sie es merkt.«

Bei diesem Lob scharrte Holbech mit seinen großen Stiefeln, als plötzlich eine Frau mit wehendem rotem Haar von der St.-Helens-Kirche her über die Straße kam und Holbech am Arm packte. Bernsteingelbe, katzenhafte Augen starrten die Gruppe aus einem spitzen weißen Gesicht an. Die Frau lächelte Colum zu und musterte Kathryn, ohne eine Miene zu verziehen. Auch Kathryn verhielt sich kühl. Die braune Schürze der Frau saß schlecht, betonte aber hinlänglich die ausladenden Kurven von Hüfte und Brust, während das üppige rote Haar wie ein Feuerschein ihr weißes Gesicht umrahmte.

»Das ist Megan, Holbechs Frau«, sagte Colum ohne Begeisterung. Er drückte die Hand des Sergeanten. »Nun, Holbech, du hast deine Befehle, ich habe meine.« Er klopfte auf den dicken, schweren Schnappsack, der am Schwertgürtel des Soldaten hing. »Silber und Vollmachten hast du zur Genüge. Kaufe, was gekauft werden muß, stelle ein, wen du brauchst. Die Arbeit muß in einem Monat erledigt sein. Der König wird seine Armee bald entlassen, und die Pferde kommen in den Süden.«

Holbech nickte Kathryn zu und ging davon. Megan hing immer noch an seinem Arm und schwatzte wie ein Kind auf ihn ein, während sie Colum über die Schulter hinweg einen provozierenden Blick zuwarf.

Der Ire sah ihnen nach.

»Ein guter Mann«, murmelte er. »Wenn auch ein kleiner Bastard.« Er ignorierte das scharfe, mißbilligende Zischen von Thomasina. »Aber sie macht Ärger.« Er wandte sich um und ging so schnell die Treppe zum Rathaus hinauf, daß Kathryn kaum mitkam.

»Woher wollt Ihr das wissen?« fragte Thomasina boshaft.

Colum blieb stehen und drehte sich um. »Was denn?«

»Daß Megan Ärger macht?«

»Holbech und ich haben das Königreich an allen Enden verteidigt. Megan ist eine Marketenderin, eine gute Frau, sie paßt auf ihren Mann auf. Das Problem ist nur, daß sie von einem zum anderen fliegt wie ein Schmetterling von Blüte zu Blüte. Sie zieht den Ärger förmlich an. Holbech wird es schon merken.«

Colum schlenderte ins Rathaus. Kathryn schnitt Thomasina hinter seinem Rücken eine Grimasse und folgte ihm auf dem Fuße. Im Eingang wimmelte es von königlichen Boten und Beamten des Hofes und der Stadt. Die Atmosphäre war eine Mischung aus Angst und Aufregung, weil diese Soldaten und Beamten, zu denen auch Colum zählte, Dokumente durchsuchten, Verräter jagten und die Stadt Canterbury wieder unter die Herrschaft des Königs stellten. Ein Amtsdiener trat unterwürfig auf sie zu. Als Colum Newington und Luberon erwähnte, führte er sie dienstbeflissen durch einen Korridor, vorbei an Zimmern, durch deren halb geöffnete Türen man Schreiber sah, die auf hohen Hockern Briefe oder Dokumente kopierten.

Newington und Luberon erwarteten sie im großen Rathaussaal. Sie saßen hinter einem Tisch. Vor ihnen, auf Hockern, saßen fünf Gestalten mit dem Rücken zur Tür. Sobald er Kathryn und Colum erblickte, erhob sich Newington und verzog sein mageres, bleiches Gesicht zu einem falschen Lächeln. Er wirkte ruhiger und gefaßter als am Tag zuvor. Die Haare waren frisiert, der dünne Bart säuberlich gestutzt, und er trug ein scharlachrotes, mit Grauwerk besetztes Gewand. Er hatte die goldene Amtskette angelegt. Luberon, wie gewöhnlich eingebildet und tintenverschmiert, kam immerhin auf sie zugetrippelt, wobei er wie ein Blatt in einem Wasserfaß auf und ab hüpfte.

»Master Murtagh, Mistress Swinbrooke, seid gegrüßt.«

Er führte sie zu einem Pult, während die anderen aufstanden und sich umdrehten, um sie zu begrüßen. Kathryn hielt die Augen gesenkt, als Luberon Stühle für sie und Colum herbeiholte.

Sie wurden einander vorgestellt. Kathryn als Mistress Swinbrooke, Ärztin. Sie vernahm ein verächtliches Schnauben und blickte auf, einen Anflug von Ärger unterdrückend. Sie erkannte keinen der fünf Männer, nur Geoffrey Cotterell. Letzterer stand da, die öligen Haarsträhnen sorgfältig über den kahlen Schädel gekämmt. Seine hervorstehenden Fischaugen und sabbernden Lippen zeigten unverhohlen seine Verachtung für sie; die Daumen hatte er in den breiten Gürtel um seinen faßähnlichen Leib gesteckt. Er zupfte sich ein paar Fusseln vom pelzverbrämten Gewand und grinste Kathryn boshaft an. Cotterell hatte Kathryns Vater gehaßt, und für dessen Tochter mit ihrem affektierten Gehabe galt dasselbe.

Kathryn übersah seinen Hohn und setzte sich. Colum machte es sich neben ihr bequem, streckte die Beine aus und schlug die Füße übereinander. Er bedachte Cotterell mit einem warnenden Blick und verscheuchte damit den Hohn aus dem Gesicht des Arztes. Newington fuhr mit der Vorstellung fort. Kathryn hatte die anderen Männer noch nie gesehen, kannte jedoch ihre Namen und wußte, daß sie in Canterbury den Ruf bedeutender Ärzte genossen. James Brantam, jung und nervös, mit rötlichem Haar und vorstehenden Schneidezähnen, verkroch sich wie ein ängstliches Häschen, befeuchtete seine Lippen und blickte auf Cotterell, der neben ihm saß. Kathryn wußte, daß Brantam einen Laden und eine Praxis in der Nähe von Westgate besaß. Matthew Darryl, dunkelhäutig mit tiefliegenden Augen, war ein glattrasierter junger Mann von angenehmem Äußeren. Newington hustete, als er ihn als seinen Schwiegersohn vorstellte. Neben ihm stand Edmund Straunge, groß und vierschrötig, mit scharfen Gesichtszügen, ziemlich dünnem Schnurrbart und einer Adlernase. Schließlich war da noch Roger Chaddedon. Auch er groß, dunkel und von angenehmer Erscheinung, mit zarter, olivfarbener Haut und klaren Augen. Er trug sein kostbares Arztgewand über cremefarbenem Batisthemd mit einer Anmut und Grazie, die den anderen fehlte. Chaddedon erhaschte Kathryns Blick und lächelte ihr zu. Verwirrt wich sie ihm aus. Chaddedon sah gut aus, und ihr fiel ein, daß er den Ruf eines guten Heilkundigen genoß, der angemessene Bezahlung verlangte und die Armen sogar kostenlos behandelte. Kathryns Vater hatte ihn oft gelobt, und sie war plötzlich traurig darüber, daß sie ihn nicht persönlich kennengelernt hatte, als ihr Vater noch lebte. Er hätte Chaddedon gemocht. Seine ruhige Art und sein freundliches Auftreten erinnerten Kathryn sogar an ihren Vater.

Dennoch schienen alle Ärzte ein wenig beunruhigt darüber, daß man sie vorgeladen hatte, und als Newington Colum als den Sonderbeauftragten des Königs vorstellte, geriet sogar Chaddedons kühles Auftreten ins Wanken.

»So, und warum sind wir heute hier?« fragte Cotterell barsch.

»Ihr seid alle Ärzte und befaßt Euch mit der Heilkunde«, hub Luberon an.

»Aha«, sagte Straunge bissig. »Das ist kein Verbrechen!«

»Ihr alle besitzt Häuser und Läden in Canterbury«, fuhr Luberon eifrig fort, »und habt Zugang zu Mixturen und Giften, an die andere nicht herankommen.«

Die vorgeladenen Ärzte merkten jetzt, worauf er hinaus wollte, und rutschten unruhig auf ihren Hockern hin und her.

Luberon wies mit tintenverschmiertem Finger auf Cotterell und Brantam.

»Ihr zwei praktiziert unabhängig voneinander. Cotterell am Buttermarkt und Brantam in Westgate. Aber Ihr drei« – dabei fuchtelte er mit einer Hand hochmütig in die Richtung von Darryl, Straunge und Chaddedon – »habt eine Art Gemeinschaft eingerichtet.«

Straunge unterbrach ihn leise. »Ein Kollegium.«

»Ach, ja«, Luberon setzte ein falsches Lächeln auf. »Ein Kollegium an der Stadtmauer in der Nähe von Queningate.«

»Auch das ist kein Verbrechen«, murmelte Darryl, die dunklen Augen wachsam auf Luberon gerichtet. »Was wollt Ihr damit sagen? In London ist es gang und gäbe, daß Heilkundige ihr Wissen teilen und ihr Geld in einen Topf werfen.«

Er lachte nervös auf und deutete auf Newington, seinen Schwiegervater. »Auch unser guter Ratsherr hat Teil an unseren Gewinnen.«

Chaddedon beugte sich vor. »Master Luberon, Ratsherr Newington und« – hier warf er einen stechenden Blick auf Colum und Kathryn – »Eure Gefährten.«

Thomasina wurde nicht beachtet. Sie saß ganz hinten in dem

101

großen Raum in einer Fensternische und blickte scheinbar unbeteiligt durch die bleiverglasten Fenster. Kathryn wußte, daß ihr kein Wort entging.

»Master Luberon«, fuhr Chaddedon fort. »Ihr habt die Art unserer Tätigkeit beschrieben, die kein Verbrechen ist. Im Gegensatz zu vielen anderen in der Stadt oder in der Stadtverwaltung haben wir uns im letzten Krieg nicht der Sache des Hauses Lancaster angeschlossen. Warum also sind wir hier?«

Plötzlich stand Colum auf, trat an den Tisch und schlug heftig mit der Faust darauf.

Zum ersten Mal erblickte Kathryn die merkwürdigen keltischen Ringe an seinen Fingern. Sie war sicher, daß er sie am Abend zuvor nicht getragen hatte. Der Ire schlug erneut auf den Tisch.

»Ihr alle seid hier«, verkündete er, »um verhört zu werden.«

»In welcher Angelegenheit?« fragten die Ärzte im Chor.

Colum schlug wieder auf den Tisch. »Über Mord und Kirchenschändung, Verbrechen also, die ebenso scheußlich sind wie Verrat!«

Sechs

Colum mußte etliche Male auf den Tisch schlagen, um den Tumult zu beenden, der nach diesen Worten ausbrach. Darryl und Straunge waren aufgesprungen und beschimpften Luberon und Newington mit lauten Worten. Cotterell blieb vor Verblüffung und Staunen der Mund offenstehen. Allein Brantam wirkte eher erleichtert, und Kathryn erhaschte mit einem raschen Seitenblick die Andeutung eines Lächelns auf seinem Gesicht. Dessen ungeachtet galt ihre volle Aufmerksamkeit dem Iren: Er war jetzt ein völlig anderer Mann als der, den sie am Abend zuvor zu Gast gehabt hatte; unfreundlich und übellaunig, als hätte er eine Abneigung gegen diese weichlichen, wohlhabenden Männer und wäre froh, sie zur Rechenschaft ziehen zu können. Brantam stand auf und war im Begriff, seinen Umhang anzulegen.

»Bleibt!« herrschte Colum ihn an. »Wenn Ihr durch diese Tür hinausgeht, Sir, werde ich Euch wegen Verrats festnehmen lassen! So, und nun« – er hob die Stimme – »werdet Ihr Euch alle hinsetzen!«

Colum hieb so lange auf die Tischplatte, bis alle Ärzte ihren Platz wieder eingenommen hatten. Das laute Gepolter erschreckte Kathryn. Colum sah zunächst sie, dann den rot angelaufenen Luberon an. Newington hingegen saß nur da und starrte ins Leere; der Spektakel schien ihn zu verwirren.

»Vier Morde sind begangen worden«, fing Colum an.

»Fünf«, unterbrach ihn Luberon.

»Davon habt Ihr mir nichts gesagt!« entgegnete Colum vorwurfsvoll.

»Ich hatte noch keine Gelegenheit dazu!« gab der Schreiber bissig zurück. »Gestern nachmittag wurde der Kaufmann Philip Spurrier in der Kathedrale vergiftet.« Der Schreiber stützte die

Ellenbogen auf den Tisch, legte die Fingerspitzen aneinander und genoß die Verblüffung, die seine Worte hervorgerufen hatten. »Master Murtagh, der Beauftragte des Königs«, fuhr er mit gedämpfter Stimme fort, »weiß nun, daß fünf, ich wiederhole, fünf Pilger vergiftet wurden, während sie den Schrein des Heiligen Thomas Becket besuchten.« Er brachte die erstaunten Ausrufe mit einer Handbewegung zum Schweigen.

»Laßt uns nicht die Unwissenden spielen«, spottete er.

»Ihr habt die Gerüchte sehr wohl gehört, und jetzt sollt Ihr alles erfahren. Dieser Mörder, dieser verlängerte Arm des Teufels, kennt sich gut in Canterbury aus. Er hat einen reichlichen Vorrat an Mixturen und Giften und gibt obendrein noch bekannt, wer sein nächstes Opfer sein wird, indem er Knittelverse an die Tore der Kathedrale hängt.« Luberon zählte schnell die Namen und Berufe der ersten vier Ermordeten auf.

»Und der fünfte?« unterbrach Colum ihn.

»Gestern, am frühen Nachmittag«, antwortete Luberon.

»Ein Laienbruder hat uns dies hier gebracht.« Er holte ein verdrecktes Stück Pergament hervor und zitierte:

Ein Kaufmann ging zu Beckets Schrein,
Ich lud seine Seele zur Hölle ein.

Kaufmann Spurrier gehörte einer Gruppe an, die gestern den heiligen Schrein besuchte. Danach führte man sie in die Sakristei, wo ihnen Erfrischungen angeboten wurden. Spurrier leerte seinen Becher und fiel wenige Minuten später tot vor die Füße seiner Begleiter.«

»Und der Mörder entkam unerkannt?« Kathryns ruhige Stimme brachte den erneuten Tumult zum Schweigen.

Alle blickten sie überrascht an.

»Natürlich!« rief Luberon. »Niemand hat etwas Ungewöhnliches gesehen. Ach, ja, die Kaufleute bemerkten einen Fremden mit Kapuzenmantel, der sich ihrer Gruppe anschloß, aber sie hatten nichts dagegen. Sie dachten, er sei auch ein Besucher, der eine Sonderzahlung geleistet hatte. Sobald Spurrier den ersten

Schluck aus seinem Becher genommen hatte, war dieser Mann verschwunden.«

»Und wo liegt die Leiche jetzt?« fragte Kathryn.

»Im Totenhaus von St. Augustine. Der Sanitäter behauptet, Spurrier sei mit einer ordentlichen Portion Schierling vergiftet worden.«

»Ein kostbares Gift«, murmelte Straunge.

»Was ist mit diesen Kaufleuten?« forschte Colum nach.

»Die Kaufleute befinden sich im Wirtshaus ›Zum Schachbrett‹ in der Mercery Street«, erwiderte Newington.

»Aber, Master Luberon, wir sind nicht das Gericht des Coroners; die Leiche geht uns nichts an.«

»Das ist zwar richtig«, ergriff Colum die Initiative, »aber Seine Majestät der König und Seine Lordschaft der Erzbischof haben mich, den Sonderbeauftragten für Canterbury, beauftragt, die Untersuchung durchzuführen, Spuren nachzugehen und den Mörder an den Galgen zu bringen, bevor er einen der berühmtesten Schreine der Christenheit entweiht.«

»So, so, aber was hat das mit uns zu tun?« fragte Straunge.

Colum lächelte. »Es besteht kein Zweifel daran, daß unser Mörder ein gebildeter Mann ist, auch wenn er Knittelverse hinschmiert. Er kennt sich in Canterbury aus und kann wie ein Schatten unauffällig durch die engen Gassen und Straßen huschen. Noch dazu ist er ein Mensch mit tiefsitzendem Groll gegen den Schrein – daher die Morde. Am wichtigsten ist aber, daß er Arzt oder Heilkundiger ist. Nur ein Arzt oder Heilkundiger, jemand, der Gläser voll todbringender Mixturen und giftiger Kräuter hat, war in der Lage, diese Morde zu begehen.«

Brantam beugte sich vor und klopfte auf den Tisch, als wolle er Colum imitieren.

»Master Sonderbeauftragter, Lord von den Inseln oder wie immer Ihr Euch nennt. Wir sind treue Untertanen des Königs, angesehene Bürger in unserer Stadt. Haben wir uns einer Gesetzesübertretung schuldig gemacht? Und wenn ja, warum wird dieser Fall dann nicht vom Sheriff oder vom Coroner oder« – Brantam

warf einen vorwurfsvollen Blick auf Newington – »von der Ratsversammlung untersucht?«

»Weil wir weder einen Sheriff noch einen Coroner, noch eine
Ratsversammlung haben!« erwiderte Newington. »Dank Faunte
und anderen seines Schlages hat unsere Stadt ihre Freiheit ein-
gebüßt. Master Murtagh handelt in diesem Fall im Auftrag des
Königs.«

»Kommen wir zur Sache«, warf Luberon taktvoll ein.

Kathryn spürte, wie die Stimmung umschlug. Zunächst war
ihr Newington als der zurückhaltend Taktierende erschienen,
doch der kleine Schreiber fing an, ihr zu imponieren. Er vermochte ein Ziel meisterhaft anzusteuern, unter Verwendung
strenger Verweise.

»Seht, ihr Herren«, sagte Luberon und deutete auf die Liste,
die auf dem Tisch lag. »Ich gebe zu, daß es in Canterbury noch
mehr Ärzte und Kräutersammler gibt.« Er breitete die Arme aus.
»Dennoch mußten wir viele Namen von unserer Liste streichen:
die Kranken, die Alten, die Mittellosen, diejenigen, wie unsere
gute Mistress Swinbrooke hier, die nicht der Beschreibung des
Mannes entsprechen, hinter dem wir her sind. Im übrigen hat
das Schweißfieber beachtliche Lücken in Euren Reihen hinterlassen. Daher seid Ihr bis jetzt die einzigen, die wir in unsere Liste der Verdächtigen aufnehmen konnten.«

»Und was ist mit unserer guten Schwester, Mistress Swinbrooke?« platzte Darryl heraus. »Sie ist Heilkundige und Apothekerin.« Er lächelte säuerlich. »Nun, zumindest so lange, bis
ihr Gemahl zurückkehrt.«

»Mistress Swinbrooke«, fragte Luberon freundlich. »Wollt Ihr
die Frage Eurer Kollegen beantworten?«

»Ich muß das nicht«, erwiderte Kathryn und erhob sich.
»Aber ich werde es tun. Master Darryl, mein Vater war Arzt; er
ist tot, der Herr schenke ihm Frieden. Mein Gemahl ist in den
Krieg gezogen, und Gott weiß, wo er sein Haupt jetzt bettet.
Mein Vater hat mich unterrichtet, und ich habe Zulassungsur-
kunden von der Stadt. Folglich habe ich die Freiheit, zu tun, was
ich für richtig halte, und besitze zudem, wie alle Brüder und

Schwestern unseres Berufs, einen Schlüssel zu den Nebenpforten unserer Stadt, so daß ich nach Belieben ein- und ausgehen kann, um die Kranken zu pflegen und Patienten jenseits der Stadtmauer zu besuchen. Offen gesagt, Master Darryl, befasse ich mich ebenso mit der Heilkunst wie Ihr, aber ich bin eben eine Frau und stehe daher nicht auf der Liste der Verdächtigen.« Sie stützte sich mit den Ellenbogen auf die hohe Rückenlehne des Stuhls und beugte sich vor. »Die Ratsversammlung, der Beauftragte des Königs und Seine Gnaden der Erzbischof haben mich angestellt, ihnen in dieser Angelegenheit zu helfen. Ich bin ebensowenig erfreut wie Ihr über einen Mörder, der durch die Straßen von Canterbury schleicht und Pilger umbringt.«

Kathryn hielt inne und fuhr sich mit der Zunge über die Lippen. Ihr Zorn überraschte sie. Diese Männer waren so anders als ihr Vater. Er war ein freundlicher Mann gewesen, sie waren arrogant und behandelten sie von oben herab. Sie warf einen kurzen Seitenblick auf Colum. Er biß sich auf die Lippe, um ein Grinsen zu verbergen. Mit dir rechne ich später ab, Ire, dachte sie und fragte sich flüchtig, ob sie den anderen darlegen sollte, wie sie die Methode entdeckt hatte, nach der der Mörder seine Opfer auswählte. Newington und Luberon hörten jedoch nicht mehr zu und begannen, in ihren Papieren zu wühlen.

»Für mich steht fest«, schloß sie und nahm wieder Platz, »daß dieser Mörder ein Bürger von Canterbury und ein Arzt ist. Wer sonst hat Zugang zu Giften, und wer weiß, wie man sie in Wein auflöst? Wenn ein Laie sie kaufte, würde es Verdacht erregen. Und sie sind kostbar, vor allem jetzt, da der Handel durch den gerade überstandenen Krieg ins Stocken geraten ist.«

Erfreut stellte sie fest, daß Chaddedon, sogar Straunge und Darryl zu ihren Worten feierlich nickten.

»Die Stadt, Seine Majestät der König«, fügte Luberon schnell hinzu, »haben mit Mistress Swinbrooke einen Vertrag abgeschlossen.« Er lächelte ihr flüchtig zu. »Der ihr später noch übergeben wird.« Er breitete die Arme aus. »So, meine Herren, nun wißt Ihr so gut wie wir, warum Ihr hier seid.«

»Aber jeder, der einen guten Kräutergarten hat, könnte solche

Lösungen brauen«, unterbrach Straunge hitzig. »Auch Ihr, Master Luberon. Seid Ihr nicht ein Blumenliebhaber? In der Tat hat sogar der Erzbischof, wenn ich das recht verstanden habe, Euch seinen Rosengarten anvertraut. Ihr seid auch Kräutersammler und bei den Apothekern und Ärzten der Stadt wohlbekannt für Eure Neugier auf diesem Gebiet.«

Luberon klappte den Mund auf und wieder zu, denn die Bemerkung Straunges saß. Colum wurde unruhig, und Kathryn spürte, wie sich ihr vor Furcht die Nackenhaare sträubten. Straunge hatte recht. Der Mörder konnte auch jemand sein, der sich in Kräutern und Heilmitteln auskannte, doch dann dachte sie an den Fingerhut, der dem Wein des verstorbenen Arztes beigemischt war.

»Master Straunge, vielleicht habt Ihr recht«, ergriff sie das Wort. »Jedes Kind kann schließlich Fingerhut oder giftige Pilze sammeln, aber wem ist bekannt, wie man sie zu Pulver zermahlt, wer kennt das rechte Maß und weiß, wie man das Gift beimischt? Ihr müßt zugeben, das erfordert Wissen und große Geschicklichkeit.«

Die Spannung wich aus Luberons Miene. Straunge zuckte die Schultern und lächelte.

»Concedo«, sagte er. »Master Luberon, ich wollte Euch nicht zu nahe treten. Es war nur so ein Gedanke von mir.«

»Ihr seid, das heißt, wir alle sind vielleicht unschuldig«, ergriff Kathryn rasch wieder das Wort. »Ich bin sicher, daß Euch alle keine Schuld trifft«, log sie. »Dennoch …«

»Dennoch«, unterbrach Colum barsch, »kommt Ihr nicht umhin, ein paar Fragen zu beantworten. Wir wissen sehr wenig über die Mordopfer. Wir kennen nur die Art und Weise, wie sie starben. Master Cotterell, ich glaube, Ihr habt ein Opfer untersucht?«

Der Arzt, der inzwischen seine Arroganz abgelegt hatte, nickte eifrig. »Ich war zufällig in der Nähe«, seine Stimme überschlug sich.

»Wir wollen es zunächst einmal dabei belassen«, fuhr Colum fort. »Aber ich möchte Euch alle fragen, wo Ihr Euch gestern nachmittag aufgehalten habt, als Spurrier in der Kathedrale ver-

108

giftet wurde. Ich bin der Beauftragte des Königs, und es ist Eure Pflicht als Untertanen, der Wahrheit entsprechend zu antworten. Mistress Swinbrooke wird mich dabei mit ihrem Wissen über Heilmittel unterstützen.«

Plötzlich stand Brantam nervös auf.

»Setzt Euch!« befahl Colum.

»Ich muß mit Mistress Swinbrooke sprechen«, stotterte Brantam. »Aber unter vier Augen.« Die Angst stand ihm für alle sichtbar ins Gesicht geschrieben, und seine beiden Hände krallten sich in seinen kostbaren, mit gefärbter Lammwolle verbrämten Mantel. »Ich bitte Euch!« flehte er. »Mistress Swinbrooke?«

Noch bevor Colum etwas unternehmen konnte, stand Kathryn auf.

»Hat das etwas mit dieser Angelegenheit zu tun?« fragte sie.

Brantam nickte.

»Meine Herren, Ihr entschuldigt uns?«

Sie führte Brantam hinaus; Thomasina machte Anstalten aufzustehen, aber Kathryn bedeutete ihr zu bleiben.

Draußen im Korridor ging Brantam auf und ab.

»Was ist, Sir?« fragte Kathryn.

Brantam schüttelte den Kopf, machte den Mund auf und wieder zu. Kathryn beachtete ihn eine Zeitlang nicht, weil sie durch ein Streitgespräch am anderen Ende des Korridors abgelenkt wurde. Eine Gruppe Schwanenwärter in schmutzigen Wämsen, Lederhosen und schlammverkrusteten Stiefeln forderte lautstark von einem Beamten Bezahlung dafür, daß sie die königlichen Schwäne auf dem Stour beaufsichtigt hatten.

»Master Brantam, sollen wir wieder hineingehen?« fragte Kathryn.

Der junge Mann schüttelte den Kopf. »Ich kann beweisen«, begann er, »ich kann beweisen, daß ich zehn Tage lang nicht in der Stadt war und erst vor zwei Tagen zurückgekehrt bin. Ich war verreist in Richtung London.«

»Aber gestern, als Spurrier starb, wart Ihr in Canterbury?«

»Ja, ja, das schon.«

»Aber?«

109

»Ich war, sozusagen, in Canterbury, aber von gestern mittag bis zum Hornsignal, nun ja … bis das Wächterhorn erklang, das die Marktgeschäfte des Tages beendete.« Brantam feuchtete seine Lippen an – »war ich in Master Cotterells Haus.«

»Und er war auch dort?«

»Nein, ich war bei seiner Frau im Schlafgemach.«

Kathryn preßte die Lippen zusammen, um ein Lächeln zu unterdrücken. Jetzt verstand sie, warum Brantam so nervös gewesen war. Der junge Arzt sah sie flehentlich an.

»Versteht Ihr nun, Mistress? Ich kann beweisen, wo ich war, aber wenn Cotterell das erfährt, bringt er vielleicht uns beide um!«

»Welchen Beweis habt Ihr?«

Brantam errötete vor Scham und wandte den Blick ab.

»Wenn Ihr in Cotterells Haus kommt« – flüchtig sah er Kathryn an – »und ich nehme an, Ihr wollt es nachprüfen: Die Polster im Schlafgemach sind aus roter Seide mit zwei weißen, miteinander verbundenen Turteltauben in einem Kreis aus blauen Canterbury-Glocken. Mistress Cotterell trug rote Strümpfe mit gelbem Muster. Fragt sie! Auf ihrem rechten Oberschenkel hat sie ein Muttermal an … in der Nähe ihres verborgenen Bereichs.«

Kathryn hatte die Unterlippe jetzt zwischen den Zähnen festgeklemmt. Ihr tat der Mann leid, aber die Situation hatte durchaus auch ihre komischen Seiten, die sie nicht übersehen konnte.

»Ich kann es beschwören. Ich bin immer dort, sobald sich die Gelegenheit ergibt. Ich liebe sie!«

Plötzlich wurde die Tür aufgestoßen, und Colum kam heraus. »Mistress Swinbrooke, was geht hier vor?«

»Geht, Master Brantam«, sagte Kathryn leise.

Colum drängte sich an ihr vorbei. »Sir, das werdet Ihr nicht tun!«

Brantams Augen bettelten Kathryn an.

»Master Brantam«, wiederholte sie. »Ihr geht jetzt nach Hause, und wenn dieser Gentleman hier Euch aufhält, werde ich Euch begleiten. Also geht!«

Brantam drehte sich um und rannte förmlich den Korridor hinunter. Colum ergriff Kathryns Arm. Sein dunkles Gesicht war wutverzerrt. Sie verbarg ihre Angst vor dem bedrohlichen Flackern in seinen Augen. Er knurrte und preßte die Lippen aufeinander. Sie konnte sehen, wie die Muskeln an seinem Oberkiefer arbeiteten.

»Ich bestimme hier«, knirschte er, »wer kommt und wer geht!«

»Ire, laßt meinen Arm los!«

»Ich bestimme!«

»Sir, laßt sofort meinen Arm los, Ihr tut mir weh!« Kathryn machte einen Schritt auf ihn zu. Colum ließ von ihr ab. Kathryn rieb sich die Stelle, an der ihre Muskeln nach seinem Zangengriff schmerzten. »Ich werde einen blauen Fleck bekommen«, sagte sie. »Um Himmels willen, Mann, Brantam ist kein Mörder. Ein Ehebrecher, ja, in Master Cotterells Bett!«

Colums Miene veränderte sich. Seine Wut verflog, er sah müde aus und blinzelte heftig, als wolle er den gerade eben noch verspürten Zorn abschütteln.

»Beim Kreuze Christi!« murmelte er. »Kommt, Kathryn, es tut mir leid!«

Sie gingen wieder zu den anderen zurück. Colum stieg die Schamesröte ins Gesicht, als er ihnen erklärte, Mistress Swinbrooke habe Informationen, die eine weitere Befragung Master Brantams überflüssig machten. Dann stellte er weitere Fragen, die ergaben, daß die anderen Ärzte in Canterbury waren, als der Mord an Spurrier begangen wurde. Schließlich nickte Colum Newington zu, der sich erhob und mit einer Handbewegung um Schweigen bat.

»Diese Angelegenheit bleibt unter uns«, erklärte der Ratsherr. »Wir wollen unparteiisch vorgehen. Niemand bleibt zunächst verschont, auch mein Schwiegersohn, verheiratet mit meiner über alles geliebten Tochter Marisa, steht unter Verdacht. In der Tat sind wir alle verdächtig, denn diese Morde sind eine Bedrohung für den Schrein, für die Pilger und den Handel in einer Stadt, die schon genug unter den Folgen ihrer falschen Verbundenheit mit dem Hause Lancaster zu leiden hat. Der Beauftragte des Königs und Mistress Swinbrooke werden ohne Ausnahme jeden von Euch verhören.« Newington wischte sich die schweißnassen Hände an seinem Gewand ab. »Es ist Euch nicht gestattet,

die Stadt zu verlassen. Eure Geschäfte könnt Ihr weiterführen.«
Er strahlte in die Runde. »Das heißt nicht nur die Heiltätigkeit,
sondern auch alle anderen Angelegenheiten.« Er lächelte Kathryn und Colum über den Tisch hinweg zu. »Mein Schwiegersohn, ja, alle hier Anwesenden gehören der Laienbruderschaft
der Messe Jesu an. Wir bereiten uns auf die Aufführung des
Stückes ›Corpus Christi‹ in der Heiligkreuzkirche in Westgate
vor. Wenn die Proben beendet sind und wir diese Vorfälle hier ge-
klärt haben, müßt Ihr kommen und uns zusehen.«

»Ich werde Euch alle verhören«, wiederholte Colum und überging Newingtons Artigkeiten. »Für heute seid Ihr entlassen.«

Die Ärzte standen auf und beeilten sich hinauszukommen.
Nur Chaddedon zögerte noch, lächelte Kathryn zu und insze-
nierte eine höfische Verbeugung vor ihr.

»Mistress Swinbrooke«, bot er ihr an, »was mich angeht, so
seid Ihr in unserem Hause jederzeit herzlich willkommen.«

Kathryn lächelte und beschloß, den wütenden Blick zu ignorieren, den Colum dem hinausgehenden Arzt nachschickte.

Nachdem die Tür hinter ihnen ins Schloß gefallen war, ging
Luberon an einen Tisch und goß fünf Becher voll Wein. Er reichte je einen Newington, Kathryn, Colum und zuletzt auch Thomasina. Nach der hitzigen Debatte mußten sie erst einmal bedenken, was sie in Erfahrung gebracht hatten. Luberon
erkundigte sich nach Brantam, doch Colum lächelte nur und
murmelte, der Arzt habe so seine eigenen Sorgen und Nöte.

»Was machen wir nun?« fragte Kathryn und stand auf, um ihre
verkrampften Beinmuskeln ein wenig zu lockern. Sie spürte eine
leichte, freudige Erregung. Zum ersten Mal seit dem Tode ihres
Vaters trieb sie nicht wie ein Blatt auf einem Strom dahin, sondern konnte das, was um sie herum geschah, entscheidend mit
beeinflussen. Luberon lächelte, und Kathryn bemerkte den Humor in den Augen des kleinen Schreibers.

»Das hat Euch wohl gefallen, Mistress Swinbrooke, Eure Kollegen zu verhören?«

Kathryn lächelte schalkhaft, ihre Augen blitzten. »Ich wußte
gar nicht, daß Ihr so ein eifriger Gärtner seid, Master Schreiber.«

Luberon hustete. »Ja, aber nur so nebenher, und Straunge hat recht, wenn er sagt, daß ich mich für Kräuter interessiere. Aber ich bin kein Mörder, und gestern habe ich in der Kanzlei des Erzbischofs gearbeitet.« Er schüttelte den Kopf. »Ich war neugierig, ob sie sich auf mich stürzen würden.«

»Oh«, sagte Kathryn schnippisch, »sobald man zwei oder drei Ärzte zusammenbringt, entwickelt sich unweigerlich ein Disput. Aber sagt, Master Murtagh, was soll nun weiter geschehen?«

Colum saß zusammengesunken auf seinem Stuhl und hing seinen Gedanken nach.

»Ich habe die Kaufleute hierher gebeten«, schaltete sich Newington ein und schielte auf die Stundenkerze auf ihrem Zapfen in einer Ecke des Raumes. »Diejenigen, die bei Spurrier waren, als er starb. Sie werden zur zweiten Stunde kommen, aber Master Murtagh, habt Ihr nicht noch andere Dinge zu erledigen?«

Colum trommelte auf die Armlehnen.

»Ich weiß, ich weiß, kleine Streitfälle, die mich nichts angehen.«

»Ihr seid der Beauftragte des Königs«, fuhr Newington aalglatt fort. »Ihr arbeitet am Hofmarschallgericht des königlichen Haushaltes, und unter den obwaltenden Umständen müssen diese Angelegenheiten von Euch entschieden werden.«

Colum machte ein unziemliches Geräusch und warf einen Blick auf Kathryn. Er bemerkte, daß ihre Wangen vor Erregung gerötet waren. Hätte er den Mut besessen, hätte er ihr das Kompliment gemacht, daß sie schön sei. Seltsam, dachte er, Kathryn konnte sich so schnell verändern. Sie war ihm zu Anfang als anmutige, ernste und ziemlich zurückhaltende Frau erschienen, aber die hitzige Debatte mit den Ärzten hatte in ihr einen Funken entfacht und Leidenschaft zum Leben erweckt. Colum blickte schuldbewußt zur Seite, als Kathryn sich erhob.

»Ich habe noch etwas mitzuteilen«, verkündete Kathryn und ging zur Tür, um sicherzustellen, daß sie fest verschlossen war. Sie trat in die Mitte des Raumes. »Ich glaube«, begann sie zögernd, »ich glaube, ich weiß, wie der Mörder seine Opfer aussucht.«

Die anderen starrten sie an.

»Habt Ihr schon einmal von dem Dichter Geoffrey Chaucer gehört?« fuhr Kathryn nun etwas sicherer fort.

Luberon lächelte und nickte. Colum sah sie mißtrauisch von der Seite her an, während Newington nur die Schultern zuckte.

»Chaucer«, fuhr Kathryn fort, »lebte vor etwa hundert Jahren unter der Herrschaft von Richard II. Mein Vater zitierte ihn gern.«

»Ach ja«, sagte Newington. »Den Namen habe ich schon gehört. Er schrieb doch ein bekanntes Gedicht über Canterbury.«

»Die *Canterbury-Erzählungen*«, stimmte Kathryn zu. »Sie bestehen aus einem Prolog und einer Aufzählung von Personen, darunter ein Ritter, eine Nonne, ein Prior, ein Mönch, ein Gerichtsbote. Beinahe alle nur denkbaren Berufe. Sie verlassen an einem Aprilmorgen das Wirtshaus ›Zum Heroldsrock‹ zu Southwark, um Beckets Schrein aufzusuchen. Auf der Reise erzählt jeder, wie es üblich ist, eine Geschichte.«

Colum hatte noch immer nicht begriffen.

»Seht«, erklärte Kathryn. »Mein Vater hat oft die Verse des Dichters zitiert. Sie sind in gereimten Verspaaren geschrieben, ähnlich denen, die unser Mörder an die Tür der Kathedrale gehängt hat.« Sie seufzte und stemmte die Hände in die Seiten. »Versteht Ihr denn nicht? Unser Mörder ist ein gebildeter Mensch. Er hat Chaucers *Canterbury-Erzählungen* gelesen. Seine Knittelverse sind eine Parodie auf Chaucer, und seine Opfer hatten alle Berufe, die in Chaucers Prolog vorkommen.«

»Das ist zu weit hergeholt«, sagte Newington.

»Nein«, sagte Luberon laut. »Mistress Swinbrooke hat recht. Ein Kehrreim bei Chaucer heißt ›Radix malorum est Cupiditas‹ – Geldgier ist die Wurzel allen Übels. Erinnert Ihr Euch nicht an den Vers des Verbrechers:

Beckets Grab, so grau und kraß,
Radix malorum est Cupiditas.

Luberon reckte sich stolz. »Ich glaube, es ist ein Zitat aus der ›Erzählung des Ablaßpredigers‹.«

Dann stand er auf und vollführte geradezu einen Tanz; seine kleinen Füße schlurften über den Boden, und sein hochmütiges Gesicht war zu einem Lächeln verzogen. Er klatschte in die Hände wie ein kleines Kind.

»Oh, sehr gut, Mistress Swinbrooke!« frohlockte er. »Wirklich, sehr, sehr gut!«

»Und wozu das Ganze?« fragte Colum mürrisch. »Wie viele Personen gibt es in diesen Erzählungen von Chaucer?«

Kathryn machte ein langes Gesicht. »Oh, etwa zwanzig bis dreißig.«

»Was sollen wir also tun?« stichelte Newington. »Uns ein Exemplar dieser Erzählungen beschaffen und diese Berufe alle aus Canterbury verbannen? Unmöglich! Wir sind hier, um einen Mörder zu hängen, und nicht, um nach Büchern zu suchen.«

Luberon warf ihm einen wütenden Blick zu. »Nein, nein, in der Bibliothek der Kathedrale ist sicher ein Exemplar. Der Erzbischof muß eins haben.« Er hob seinen Mantel auf und legte ihn wieder über seine Stuhllehne. »Wenn wir hier fertig sind, müssen wir dort hingehen, Mistress Swinbrooke. Wir alle, und uns dieses Buch ansehen.«

Colum entspannte sich und blinzelte Kathryn zu.

»Mistress Swinbrooke, ich darf Euch unser aller Hochachtung aussprechen. Ich möchte nicht ungehobelt erscheinen; Ihr habt gewiß einen roten Faden in unserer traurigen Geschichte gefunden. Also suchen wir nach einem Mörder, der diesen Chaucer gelesen und studiert hat. Vielleicht besitzt er sogar ein Exemplar seines Werkes? Master Luberon, Ihr übernehmt es doch sicher gern, uns dieses Buch zu zeigen?«

»Nein, wir können jetzt noch nicht gehen«, unterbrach Newington. Er deutete auf die Stundenkerze, deren flackernde Flamme den Ring erreicht hatte, der die zweite Stunde anzeigt. »Wir wollen zunächst unsere Angelegenheiten hier erledigen«, brummelte er. »Mistress Kathryn, Ihr müßt nicht hierbleiben, obwohl es nicht lange dauern wird.«

Kaum hatte er seinen Satz beendet, da trat bereits ein Amtsdiener in den Saal. Er hielt einen Stab mit silbernem Knauf in der

Hand und beugte sich über den Tisch, um Colum und Luberon etwas zuzuflüstern. Der Ire zuckte die Achseln. Luberon räumte die Papiere vom Tisch und bedeutete Newington, sich zu ihnen zu setzen. Kathryn ging zu Thomasina hinüber, die in der Fensternische saß und so tat, als würde sie dösen.

»So viel Gerede«, murmelte Thomasina. »Wenn Männer in ihren Taten so gut wären wie mit ihren Worten, wäre die Welt besser dran. »Sie lächelte und stieß Kathryn sanft in die Seite. »Ihr habt Euch tapfer geschlagen«, flüsterte sie. »Seht Euch Luberon an! Er fängt an, Euch zu mögen! Der Ire ist immer noch ein Buch mit sieben Siegeln, während Master Chaddedon ...« Thomasina lehnte sich mit spöttischem Lächeln zurück. »Da habt Ihr wohl eine Eroberung gemacht, was, Mistress?«

»Sei ruhig!« zischte Kathryn, die ihre Verwirrung zu verbergen suchte und ihre großmäulige Magd zum Schweigen bringen wollte.

»Ich möchte wetten«, fuhr Thomasina unbeirrt fort, »daß Ihr den Mörder kennengelernt habt.« Sie stieß Kathryn erneut an. »Seht Euch nur den Ratsherrn John Newington an. Er ist ein Griesgram und ein Bastard!«

Kathryn sah hinüber zum Tisch, hinter dem jetzt Luberon und Newington links und rechts von Colum Platz genommen hatten.

»Er ist vom Pech verfolgt«, sagte Thomasina. »Er stammt nicht aus Canterbury, wißt Ihr. Er kam als junger Mann hierher und hat sich eine Existenz als Tuchhändler aufgebaut. Sehr kleine Familie. Seine Frau starb vor Jahren, aber er hat eine verheiratete Tochter.«

Thomasina holte Luft, um mit ihrem Bericht fortzufahren, als die Tür aufgestoßen wurde und der Amtsdiener wieder eintrat. Er klopfte mit seinem Stab geräuschvoll auf den Boden und Thomasina fluchte.

»Ruhe!« rief der Amtsdiener. »Diejenigen, die etwas mit dem Beauftragten des Königs zu besprechen haben, mögen jetzt vortreten und ihre Angelegenheiten vortragen.«

»Oh, halt den Mund, du aufgeblasener Pfau!« zischte Thomasina ziemlich laut.

Der Amtsdiener funkelte sie wütend an, hieb noch einmal geräuschvoll den Stab auf den Boden, und eine Gruppe von Männern betrat den Raum. Kathryn mußte nun eine Stunde lang Murtagh, dem Beauftragten des Königs für Canterbury, dabei zuschauen, wie er geringfügige Zivilstreitigkeiten regelte. Die Zunft der Bogenmacher hatte Vertreter geschickt, die verlangten, daß die Bogen sieben Zentimeter dick, viereckig, zwei Meter lang und aus sauber geschliffenem, astfreiem Holz sein sollten. Sie protestierten lautstark gegen den Verkauf von minderwertigen, billigeren Bogen. Colum ließ sie in aller Ruhe zu Ende reden und beauftragte die Marktbüttel, eine Untersuchung durchzuführen. Ein Streit zwischen der Zunft der Schwarzbrotbäcker und der Zunft der Weißbrotbäcker wurde kurzerhand abgewiesen. Avery Sabine erhielt eine Strafe, weil er seine Schweine auf den Friedhof gelassen hatte; Goodman Trench wurde ebenfalls zu einer Strafe verurteilt, weil er Pfosten in die königliche Landstraße geschlagen hatte; Thomas Court hatte wäßriges Bier in Holzbechern verkauft und wurde bestraft; Potterman, ein Bader aus St. Peter, mußte zwei Pence Strafe zahlen, weil er an einem Sonntag einen Mann rasiert hatte. Es folgten noch weitere Bagatellfälle, die fast alle in wenigen Minuten erledigt waren. Kathryn bewunderte Murtaghs kühle, distanzierte Haltung und die routinierte Art, in der er diese Angelegenheiten regelte.

Er ist ein Schauspieler, dachte Kathryn, ob er auf einem Pferd sitzt, sich einen Fall anhört oder die Stallungen verwaltet. Was er macht, macht er gut. Aber wenn seine Maske fällt, was für ein Mann taucht dann dahinter auf? Sie sah die Stundenkerze allmählich vom zweiten zum dritten Stundenring herunterbrennen. Schließlich verkündete Luberon, daß das Gericht für geringfügige Zivilsachen beendet sei. Newington, der vornübergebeugt neben Colum saß und ihm Ratschläge in Stadtangelegenheiten zuflüsterte, war einverstanden. Der Amtsdiener ging den Korridor entlang und teilte den anderen Klägern lautstark mit, daß sie an einem anderen Tag wiederkommen sollten.

»Und jetzt?« stöhnte Thomasina. Sie rutschte mit ihrem ausladenden Hinterteil auf dem Fenstersitz hin und her.

»Warte nicht auf mich«, erwiderte Kathryn. »Das Ganze dauert doch länger, als ich dachte. Geh zum Binsenmarkt am Ridding-Tor, und besorge frische Bündel für die Küche. Wir sehen uns zu Hause.«

Dankbar stapfte Thomasina hinaus, während Colum Kathryn an den Tisch winkte.

»Das hat Euch fasziniert, Mistress Swinbrooke?«

»Nicht so sehr wie Euch.«

Colum zuckte mit den Schultern. »Zwischen Kriegen und Pferden ist das schon immer meine Aufgabe gewesen: Welches Mitglied des königlichen Haushalts durfte bestimmte Privilegien beanspruchen? Wer hatte sich in der Küche bedient? Welcher königliche Kuchenjunge hatte sich Fleisch von den Spießen abgeschnitten?« Colum lächelte und streckte sich. »Ihr Engländer habt ein Faible für Gerechtigkeit.«

Er wollte gerade fortfahren, als die Tür erneut aufgestoßen wurde und der Amtsdiener eine Gruppe von Kaufleuten hereinführte. Es waren stattliche Erscheinungen, gut gekleidet mit Biberfellmützen, gefütterten Wämsern, kostbaren Kniehosen und teuren Lederstiefeln, aber sie drängten sich aneinander wie eine Horde verschüchterter Kinder. Allen gemeinsam war das Entsetzen über den Mord an einem ihrer Mitreisenden. Sie hatte nur den einen Wunsch: Canterbury so schnell wie möglich zu verlassen. Colum stellte ihnen höflich ein paar Fragen, aber es war, als wollte man einen Stein zur Ader lassen. Die Kaufleute kannten in Canterbury niemanden, der einen Groll gegen den Toten gehabt haben könnte. Sie hatten nichts Ungewöhnliches gesehen oder gehört.

»Ach ja«, räumte einer von ihnen ein. »Wir haben den Fremden bemerkt, aber wir dachten, es sei ein Mönch; er trug einen Mantel mit Kapuze und war plötzlich verschwunden.«

Die anderen stimmten im Chor zu. Colum stellte noch weitere Fragen, dann entließ er sie in aller Form. Nachdem die Kaufleute gegangen waren, stand Kathryn auf, die während der Befragung geschwiegen hatte, und nahm ihren Mantel.

»Hier gibt es für mich nichts mehr zu tun«, seufzte sie. »Master Luberon, was ist mit der Chaucer-Handschrift?«

»Ich muß auch gehen«, meinte Newington. Er lächelte einfältig. »Ich muß mit meinem Schwiegersohn und meiner Tochter Frieden schließen. Es hat doch wirklich keinen Sinn, Seine Gnaden, den Erzbischof, zu stören.« Er tippte dem kleinen Schreiber auf die Schulter. »Luberon, Ihr versteht mehr von Bibliotheken als ich. Fragt den Kardinal, ob er ein Exemplar von Chaucers Gedicht hat, und laßt es an die Adresse von Mistress Swinbrooke in der Ottemelle Lane schicken.«

Der Schreiber war einverstanden, packte eilig seine Papiere, Federkiel und Tintenfaß zusammen, steckte alles in einen Lederbeutel und folgte Newington hinaus. Kathryn und Murtagh verließen den Raum kurz darauf. Als sie die sonnenbeschienenen Stufen der Rathaustreppe hinuntergingen, mußten sie ihre Augen gegen die grelle Nachmittagssonne schützen. Colum tätschelte sich den Bauch.

»Ich habe Hunger, Mistress Swinbrooke. Wie wär's mit einem Happen zu essen? Laßt Euch von mir einladen.«

»Ich dachte, Ihr mögt keine Wirtshäuser?«

»Meine Kehle ist ausgedörrt, und mein Magen knurrt. Wenn Thomasina hier wäre, würde ich sie verspeisen!«

Kathryn lächelte und führte ihn zur High Street hinunter, in der sich um diese Zeit die Bürger der Stadt zwischen den Buden drängten. Am Fuße der Rathaustreppe stand ein Mann am Pranger, dessen Ohren man an die Holzleisten genagelt hatte. Er trug ein Schild um den Hals, auf dem in krakeliger Schrift stand, daß er aufsässige Reden gegen den König geführt hatte. Ein paar Nonnen in der schwarzen Tracht des Ordens vom Heiligen Grabe standen bei ihm, wischten ihm Blut und Schweiß vom Gesicht und versuchten, ihm aus einem Becher, den sie an die blutigen Lippen des Verletzten hielten, ein wenig Wein einzuflößen. Kathryn wandte sich ab.

»Wenn die Menschen doch nur ihre Zunge im Zaum halten würden«, murmelte sie.

Colum führte sie am Ellenbogen durch das Marktgewühl.

»Gewiß, Mistress. In Irland heißt es, viele Männer haben wegen ihrer Zunge den ganzen Kopf verloren!«

119

Sie traten zur Seite, um einen Leichenzug vorbeizulassen. Der Sarg schwankte beträchtlich auf den Schultern der betrunkenen Sargträger. Die vier Männer, die zu beiden Seiten brennende Kerzen trugen, hatten nicht weniger tief ins Glas geschaut, so daß es eher wie ein Mummenschanz denn wie ein Leichenzug aussah.

»Der Tod holt uns aus der Mitte des Lebens«, zitierte Kathryn.

»Koste das Leben, und nutze die Zeit«, parierte Colum.

»Mistress Swinbrooke, ich bin schon oft in der Kathedrale gewesen, aber die Stadt kenne ich noch nicht. Wo gibt es hier ein gutes Wirtshaus?«

»Der ›Löwe‹ in der Mercery«, antwortete Kathryn und bog nach rechts ab, vorbei an der Schenke ›Zum Schachbrett‹, auch das ›Wirtshaus der Hundert Betten‹ genannt, wo sich Pilger im weiträumigen Portikus drängten. Einige bereiteten sich auf ihre Abreise vor und hatten die Metallbrosche mit dem Kopf von Thomas Becket an ihre Mäntel oder Hüte gesteckt. Andere waren gerade erst angekommen, schoben sich durch das Gedränge im Eingang in den Hof und riefen nach Stallknechten, während sie sich staunend umsahen.

»Wenn die wüßten«, flüsterte Kathryn.

Plötzlich ertönte aus dem Hofinnern eine irische Stimme, die Worte konnte man nicht verstehen. Colum wirbelte herum, eine Hand fuhr ans Messer, die andere wickelte den dicken Wollmantel wie einen Schild um seinen Arm. Kathryn sah ihn erstaunt an. Colum war nicht mehr der nette, gemächlich einherschlendernde Ire, sondern ein Kämpfer, bereit, zuzuschlagen und zu töten. Er hatte Kathryn völlig vergessen und starrte mit hartem Blick in die Menge auf dem Hof des ›Schachbretts‹, als erwarte er einen feindlichen Angreifer.

Kathryn ging auf ihn zu, aber Colum drehte sein Messer und stieß sie sanft zur Seite.

»Um Gottes willen, Mann!« sagte Kathryn.

Colum blinzelte und sah sie an. »Ihr habt sie doch auch gehört! Die irischen Laute!«

»Natürlich, und da sind auch Waliser, Franzosen, Bretonen, Besucher aus Calais. Colum, was ist los?«

Am Eingang zum Wirtshaus waren noch andere auf den Iren mit dem wilden Blick und dem gezückten Messer aufmerksam geworden. Kathryn hörte, wie ein Mann auf irisch nach Bedienung rief und den Stallknecht verfluchte. Colum entspannte sich und steckte den Dolch wieder in die Scheide. Kathryn berührte sein Handgelenk.

»Colum, ist alles in Ordnung?«

Colum grinste verlegen.

»Gewiß, Lady, es sind nur die Gespenster der Vergangenheit.«

Sieben

Kathryn und Colum gingen weiter die Mercery Street entlang, in der die Häuser von arm und reich einträchtig nebeneinander standen. Die der Handwerker waren Holzhütten, niedrige, viereckige Gebäude mit überhängenden Dächern aus Stroh oder Binsen, durch die ständig Wasser sickerte. Die Anwesen der Reichen hingegen waren aus stabilen Baumstämmen und Steinen gebaut, die Dächer von Säulen gestützt, die zu grotesken Kobolden oder grinsenden Monstern geschnitzt und reich mit Knoten, Schnörkeln und anderen bizarren Gebilden verziert waren. Colum blickte zu dem schmalen Stück Himmel zwischen den Häusern hinauf.

»Ich bin nie gern in der Stadt gewesen«, brummte er. Er war immer noch unruhig und hielt die Hand am Dolch. Er warf einen prüfenden Blick in die düsteren Seitenstraßen der Mercery, die so dunkel waren, daß auch tagsüber die Hornlaternen an ihren Haken vor der Tür brannten. Schließlich betraten sie den ›Löwen‹. Im Schankraum war es heiß und stickig; am anderen Ende des Raumes loderte ein riesiges Feuer unter drei oder vier Spießen, die von dreckverschmierten Jungen gedreht wurden. Kathryn und Colum setzten sich an einen Tisch am Fenster. Eine verschwitzte, müde Frau brachte ihnen Fleisch von Schweinen, die mit den zartesten Eicheln gefüttert worden waren, Karpfenstücke in einer scharfen, würzigen Sauce und mit Wasser verdünnten Wein in hölzernen Bechern. Mitten im Schankraum stand ein mit Essensresten übersäter Tisch, an dem die anderen Gäste, zum größten Teil Pilger, darauf warteten, daß der Koch ihnen das Fleisch am Spieß bringen würde, damit sie sich Scheiben davon abschneiden konnten. Colum sah dem Treiben eine Weile zu. Hin und wieder warf er einen Blick auf Kathryn, und ihm fiel auf, wie geschickt und manierlich sie ihr Fleisch zerteilte und sich kleine Stücke in den Mund schob, wie sie danach elegant ihre Finger in einer Wasserschüssel wusch und an einer Serviette abtupfte. Sie würde bei Hof eine gute Figur machen, dachte er. Kathryn blickte auf.

»Worüber denkt Ihr nach, Ire?«

»Es tut mir leid, daß ich wegen Brantam so aus der Haut gefahren bin«, sagte Colum und trank einen Schluck Wein. »Ich muß mich immer wieder daran erinnern, daß ich nicht im Lager bin.« Er heftete den Blick auf sie. »Das war gedankenlos von mir; es muß doch schwer sein, als Frau die Heilkunst auszuüben. Ich meine, wenn man Kollegen wie Cotterell hat!«

»Die Schwierigkeiten haben Leute wie er. Ich habe keine.«

»Warum habt Ihr den Namen Eures Mannes aufgegeben?«

Kathryn zog die Schultern hoch. »Warum stellt mir jeder diese Frage?« Sie warf einen Blick in den hinteren Teil der Schankstube, wo sich zwei Katzen um eine Ratte zankten, die sie gefangen hatten. »Mein Mann ist fort. Ich bin Witwe«, Kathryn seufzte. »Ich bin es, allen gegenteiligen Gerüchten zum Trotz.«

»Obwohl seine Leiche nie gefunden wurde?«

Kathryn sah ihn an, und Colum wußte, daß er ihren wunden Punkt berührt hatte; ihre Augen schauten wachsam.

»Lassen wir das Thema, Colum«, erwiderte sie.

»Diese Geschichte im Rathaus«, fuhr Colum fort, als wollte er seine Verlegenheit verbergen. »Habt Ihr einen bestimmten Verdacht?«

Kathryn lehnte sich an die Wand. Ihr war heiß, und der Vormittag hatte sie angestrengt. Sie wäre lieber in der Ottemelle Lane gewesen als in dieser stickigen Schenke, wo ihr das Kleid am Leibe klebte.

»Was ist, wenn wir uns mit unseren Vermutungen über den Mörder irren, Ire? Was, wenn er ein Arzt ist, der nicht auf Newingtons Liste steht?« fragte sie.

»Newington ist gewissenhaft.«

»Ja gewiß, aber was ist, wenn es jemand war, der einfach nur Zugang zu Arzneien und Mixturen hat?« Kathryn hob ihren Weinbecher. »Vielleicht sollten wir Leute anheuern, die alle unsere Verdächtigen beobachten.«

»Das ist unmöglich«, sagte Colum. »Dazu haben wir nicht das Recht. Das käme einer Anklage gleich, für die wir keinerlei Beweise haben. Als Ärzte können sie gehen, wohin sie wollen. Wie Ihr schon sagtet: Sie haben sogar Schlüssel für die Nebenpforten. Wenn sie nur entschlossen genug vorgehen, können sie jedem Spion nachts hinaushelfen. Das würde uns also nichts nützen.«

Colum beugte sich vor und drückte ihr die Hand. »Ihr habt Euer Geld bereits verdient, Mistress Swinbrooke, mit dieser Geschichte von dem Dichter Chaucer.«

»Wir werden sehen, was dabei herauskommt, wenn Luberon das Exemplar des Erzbischofs in mein Haus bringen läßt«, entgegnete Kathryn. »Dabei fällt mir ein, Ire, ich wäre Euch dankbar, wenn Ihr sie bitten würdet, mir eine Kopie des Vertrages und den Betrag, den die Stadt mir schuldet, zu schicken.« Kathryn wischte sich die Finger an der Serviette ab. »Ein armer Patient, der seine Gebühren nicht bezahlt, und die Stadt Canterbury, die dasselbe tut, sind zwei verschiedene Paar Schuh! Jetzt muß ich gehen.«

Colum bestand darauf, das Essen zu bezahlen, trank seinen Becher bis auf den letzten Tropfen leer und bedeutete Kathryn sitzenzubleiben.

»Mistress, ich möchte Euch um einen Gefallen bitten.«

Verwundert zog Kathryn die Augenbrauen hoch.

»Das Haus in Kingsmead …«, stammelte Colum. »Die Böden sind verrottet, die Fensterläden kaputt, und das Dach ist durchlöchert wie ein Netz. Ich wollte Euch fragen …«

»Was wolltet Ihr mich fragen?«

»Ich wollte Euch fragen, ob ich eine Kammer in Eurem Haus mieten kann? Zumindest so lange, bis das Herrenhaus wieder bewohnbar ist.«

Kathryn sah ihn an und sagte nichts.

»Ich könnte blanke Münzen dafür zahlen«, fügte er hinzu.

Kathryn blickte ihn abschätzend an. Der Ire sah aus wie ein Schuljunge, der seine Mutter um einen Gefallen bittet. Wenn ich mich weigere, dachte Kathryn, kränke ich ihn, aber wenn ich annehme …? Sie dachte an Thomasina, ihre beherzte Beschützerin.

»Einverstanden«, sagte sie lächelnd.

»Habt Dank. Ich werde Luberon treffen und mein Gepäck heute abend mitbringen.«

»Alsdann, Ire« – Kathryn erhob sich – »lebt wohl!«

Thomasina kam schnaufend und keuchend mit zwei Bündeln langer, gelblicher Binsen unter dem Arm die Ridinggate Street entlang und ging Richtung Ottemelle Lane. Rawnose, der Hausierer, stand an der Ecke.

»Wißt Ihr schon das Neueste, Mistress?«

Thomasina blickte den armen Bettler an. Er war wahrhaftig ein Ärgernis, aber seine Wunden waren so schrecklich, daß sie bei seinem Anblick jedesmal vor Mitleid verging.

»Nein, Rawnose«, sagte sie bedauernd und kaufte irgendeinen wertlosen Plunder aus seinem Bauchladen.

»Also«, brabbelte Rawnose. »Sie haben die Lancastertreuen besiegt, Falconberg, ihrem letzten General, haben sie den Kopf abgeschlagen und auf einem Pfahl auf der London Bridge gesteckt. Es heißt, Faunte hält sich in den Wäldern um Canterbury versteckt, und es ist wieder einer vergiftet worden, ein Kaufmann. Witwe Gumple will Vorsitzende des nächsten Kirchengemeinderates werden.«

Er hörte nicht eher auf, seine Nachrichten herunterzuleiern, bis Thomasina, deren Arme unter der Last der schweren Binsen erlahmten, ihn einfach stehenließ. Vor sich erblickte sie einen Mann, der sich über den Stand eines Zinngießers beugte, und erkannte das dicke Hinterteil des aufgeblasenen Goldere. Thomasina lächelte, schob sich die Binsen etwas weiter über den Arm und eilte an dem Mann vorbei, sorgfältig darauf bedacht, daß die scharfen Enden ihrer Bündel dessen gute Hose trafen. Goldere sprang auf.

»Oooh! Ooh!« schrie er.

Thomasina blieb kurz stehen. »Das tut mir wirklich außerordentlich leid«, keuchte sie atemlos. »Ich bin schrecklich in Eile!« Und von einem Ohr zum anderen grinsend ging sie zum Haus der Swinbrookes hinüber.

Agnes öffnete ihr. Nachdem Thomasina alle Gerüchte weitererzählt hatte, die nach ihrem Dafürhalten für Agnes' Ohren geeignet waren, schafften sie gemeinsam die alten Binsen aus der Küche, fegten den Boden und legten ihn mit neuen aus, die sie mit Minze und Thymian besprenkelten. Thomasina fragte sich besorgt, wo Kathryn steckte. Sie traute dem Iren nicht über den Weg und befürchtete, ihre Herrin könnte sich in den Fallstricken der mächtigen Herren verfangen. Als Agnes plapperte, hörte sie nur mit halbem Ohr zu, bis das junge Mädchen plötzlich schwieg und den Besen aus der Hand gleiten ließ.

»Oh, es tut mir leid! Bitte, entschuldige!« rief Agnes. »Ich habe etwas vergessen; für Mistress Kathryn ist ein Brief gekommen!«

Sie lief in Kathryns kleine Schreibkammer und kam mit einem Stück Pergament zurück, das zwar schmutzig und verschmiert, aber mit einem Klecks Wachs versehen war. Thomasina wischte sich die Hände am Kleid ab und riß es dem Mädchen förmlich aus der Hand.

»Das nehme ich in Verwahrung!« fauchte sie und eilte aus der Küche, die Treppe hinauf in ihre Kammer. Sorgfältig schloß sie die Tür und setzte sich auf die Steppdecke, die das große Bett mit seinen vier stabilen Pfosten zierte, ein Geschenk ihres Vaters anläßlich ihres ersten Hochzeitsmorgens.

»Was du nicht alles schon erlebt hast!« murmelte Thomasina.

Sie lachte und weinte ein wenig und wischte sich die Tränen ab – wie immer, wenn sie sich auf das Bett setzte und an die Vergangenheit dachte. Dann untersuchte sie das Stück Pergament. Irgend etwas stimmte nicht mit ihrer Herrin, und diese geheimnisvollen Briefe schienen die Sache immer noch zu verschlimmern. Thomasina befühlte das rote Wachs. Etwas war verkehrt. Etwas, das mit dem schrecklichen Bastard von Ehemann zu tun hatte, mit diesem Alexander Wyville. Thomasina war so froh gewesen, daß er einen Tag früher als geplant fortgegangen war. Sie war mit Kathryn zu einem Verwandten des Arztes Swinbrooke gegangen, um dort die Nacht zu verbringen. Als sie zurückkehrten, teilte Kathryns Vater ihnen lakonisch mit, Alexander sei schon fort: Er habe seine Siebensachen gepackt, habe das Geld

126

aus seiner Kiste genommen, das Schwert, den Schild und den Speer, den er gekauft hatte, und sei fortgegangen, um sich dem Aufgebot Fauntes anzuschließen, den Männern, die draußen auf den Feldern bei Westcliff neben der Kirche von St. Dunstan vereidigt wurden. Kathryn war seither eine andere geworden und ihr Vater in immer tiefere Depressionen versunken.

Thomasina spitzte die Lippen, atmete tief durch die Nase ein, brach dann das Siegel auf und nahm den Brief heraus. Sie hatte die krakelige Handschrift schon vorher auf einer Notiz gesehen, doch jetzt erschrak sie ob des drohenden Inhaltes der Botschaft: »Wo ist Euer Gemahl? Wo ist Alexander Wyville? Mord ist ein Verbrechen, und Mörder werden gehängt!«

Thomasina betrachtete den grob skizzierten Galgen und die daran baumelnde, langhaarige Frau. Darunter fand sie die hingekritzelten Worte: »Aber Schweigen ist Gold und das Gold, drei Goldstücke, können auf Goodman Theodors Grab in der Ecke vom Friedhof von St. Mildred hinterlegt werden. Heute zwischen der vierten und fünften Stunde.«

Thomasina knüllte den Brief zu einer Kugel zusammen und eilte wieder in die Küche. Sie schaute auf die Stundenkerze. Die Flamme hatte den vierten Ring bereits gefressen. Thomasina warf die boshafte Mitteilung ins Feuer und sah, wie sie zu Asche zerfiel.

»Agnes!« rief sie. »Agnes, komm her!«

Das junge Mädchen kam eilends herbei, das schmale Gesichtchen angespannt, denn sie spürte die Erregung, die jetzt im Hause herrschte: Mistress Kathryn ging hierhin und dorthin; wollüstige Iren wurden zum Abendessen eingeladen; mysteriöse Briefe kamen; und nun stand auch noch Thomasina mit hochrotem Kopf und völlig außer sich vor ihr. Die Magd packte Agnes bei den Schultern.

»Hör zu, mein Kind, magst du Zuckerwerk?«

Agnes nickte.

»Und hättest du gern ein großes Glas voll?«

Wieder nickte Agnes.

Thomasina zeigte mit dramatischer Geste auf die Vorratskammer. »Da drinnen sind sie, alle nur für dich, unter einer Bedingung. Du darfst Mistress Swinbrooke auf gar keinen Fall etwas von diesem Brief sagen, hörst du?«

Agnes machte das Kreuzzeichen über dem Herzen und schwor, sie wolle eher sterben als ihr Versprechen brechen. Thomasina drückte noch einmal fest ihre Schulter und eilte aus der Tür, während Agnes wie ein Pfeil in die Vorratskammer schoß. Thomasina lief die Ottemelle Lane entlang und stieß Mollyns, den Müller, der sie anhalten wollte, zur Seite. Goldere war der nächste, der ihren Ellbogen zu spüren bekam, während der arme Rawnose nicht einmal Zeit hatte, den Mund zu öffnen, da Thomasina bereits in die Hethenman Lane einbog und zum Hospital rauschte. Vor ihr ragten die eisenbeschlagenen Tore empor, die mit Zinnen versehenen Türmchen und die erhabenen Türme der Burg von Canterbury, und links davon der hohe, elegante Kirchturm von St. Mildred dort auf einem kleinen Hügel über dem Stour.

Obwohl die Ottemelle Lane an der Grenze des Pfarrbezirks von St. Margaret lag, war Kathryns Familie immer zum Gottesdienst nach St. Mildred gegangen. Der alte Pater Matthews war hier Pfarrer, ein heiliger Mann, der bei Thomasinas letzter Hochzeit den Traugottesdienst gehalten hatte; inzwischen war er zu schwach, um sich der mächtigen Witwe Gumple zu widersetzen, die, unterstützt von ihren Komplizen, beabsichtigte, die Kirche zu ihrem eigenen Reich zu machen. Thomasina hoffte, noch rechtzeitig zu kommen. Wer auch immer ihrer Herrin Kathryn solche Briefe schickte – er würde auf den Friedhof kommen, und Thomasina wollte vorher dort sein. Durch das Friedhofstor betrat sie das, was gemeinhin als Gottesacker bezeichnet wird. Sie bekreuzigte sich und sprach das Requiem für ihre Eltern, Brüder und Schwestern, natürlich auch für die beiden Ehemänner und für ihre vier totgeborenen Kinder, die alle hier begraben waren. Aus Thomasinas sonst heiterem, beherztem Gesicht war alle Farbe gewichen. Sie blickte zur grauen Kirchenmauer hinüber und zählte die Fenster des nördlichen Querschiffs. Als sie beim sechsten Fenster angelangt war, wanderte ihr Blick nach unten, und sie entdeckte die von Gras überwucherten, kleinen, verwitterten Steinkreuze.

»Oh, meine Kleinen«, flüsterte sie.

Sie sah sich um. Sie durfte nicht an sie denken, sonst würde sie weinen und sich ihrer Trauer hingeben; sie mußte stark sein. Suchend blickte sie unter die stämmigen Eiben, deren Äste bis auf das hohe Gras und den Stechginster herabhingen.

»Wenn dieser Bastard auftaucht«, murmelte Thomasina, »werde ich ihn packen!«

Sie spitzte die Ohren, aber alles, was sie hörte, war das Zwitschern der Vögel und das Sirren der Grashüpfer. Wunderschöne Schmetterlinge schwebten über den wilden Blumen, und wieder dachte sie an die Seelen ihrer Kleinen. Waren sie in den Schmetterlingen? Sie atmete tief ein und folgte dem ausgetretenen Pfad über den Friedhof in die abgelegene Ecke, in der das Grab Goodman Theodors lag, ein großes, verwittertes Marmorgebilde, das unter der heißen Sonne ächzte und knackte. Das Grab war bei den Liebespaaren im Pfarrspiel bekannt als guter Platz für ein Stelldichein. »So viele Erinnerungen«, sagte Thomasina leise. Vor einer Ewigkeit hatte sie sich hier mit Pater Cuthbert getroffen, als er Novize war und noch nicht ganz der Kirche gehörte. Da droben, neben der alten Eibe, hatten sie bei Vollmond gestanden, jung und unschuldig, während die Sterne an einem dunkelblauen Himmel wie Diamanten gefunkelt hatten.

Thomasina wischte sich die Augen und ging langsam zu der Eibe hinüber. Der Stamm war vor langer Zeit bei einem Sturm von der Zunge eines Blitzes gespalten worden. Sie versteckte sich dahinter und beobachtete den Pfad, der zum Grab von Goodman Theodor führte. Thomasina hatte wohl eine gute halbe Stunde dort ausgeharrt, schwankend zwischen dem Wunsch, den Mann zu fangen, der ihre Herrin erpreßte, und der Qual der bittersüßen Träume, die dieser Ort in ihrer Seele weckte. Vögel schwirrten über den Gräbern und sangen ihr Lied. Ein ziemlich mitgenommener Kater schlich auf der Jagd nach Spitzmäusen und Wühlmäusen durchs Gras. Ein junges Paar kam, legte sich ins heiße Gras und drehte und wand sich in leidenschaftlichen Umarmungen. Als Thomasina hustete, sprangen die beiden wie aufgescheuchte Kaninchen auf und davon, aber sonst kam niemand.

Schließlich hörte Thomasina, wie die Seitentür der Kirche geöffnet wurde. Witwe Gumple trat heraus. Sie sah so lächerlich aus in ihrem gelben Kleid und der hoch aufgetürmten Frisur, daß Thomasina ein Kichern kaum unterdrücken konnte. Ihr fettes, essigsaures Gesicht starrte finster über den Friedhof; sie schien zu erwarten, daß ihr dort jemand auflauerte. Dann ging sie wieder in die Kirche und schlug die Tür heftig hinter sich zu. Thomasina seufzte. Der Erpresser war nicht gekommen, und sie machte sich erschöpft auf den Heimweg.

Im Hof des Wirtshauses zu Fastolf gleich vor dem Westtor saß Thopas der Giftmörder auf einer Bank und wärmte sich in der Spätnachmittagssonne, während er den Strom der neu ankommenden Pilger betrachtete. Er zog sich die Kapuze tiefer ins Gesicht, beobachtete gierig diesen neuen Schub potentieller Opfer und spürte ein Gefühl der Macht wie Wein in seinen Adern pulsieren. Er war Herr über Leben und Tod. Er würde das Urteil für den Tod seiner Mutter an Beckets Schrein und der Stadt vollstrecken. Er lehnte sich zurück, den schwarzledernen Trinkkrug mit Ale in der Hand wiegend, die Augen halb geschlossen, und lauschte dem Klappern von Hufen, dem Rumpeln der Karren auf dem Pflaster, dem Geschrei der Stallknechte und den Rufen der Gäste, die auf sich aufmerksam machten. Er spürte die warme Luft, roch den durchdringenden Geruch von Pferdeäpfeln, der sich mit den würzigeren Düften aus der großen, kegelförmigen Küche des Wirtshauses vermischte. Ein lahmer Bettler hüpfte wie ein Frosch auf die Tür der Schenke zu. Eine Nonne, modisch gekleidet mit einer rosafarbenen, spitzenbesetzten Kopfbedeckung, hob die Röcke und die bauschigen weißen Unterkleider und rümpfte die kleine Nase ob der Gerüche. Sie redete mit nasalem französischem Akzent auf die Schwester ein, die neben ihr hertrippelte. Thopas sah sich die Frau genau an, arrogant, gut angezogen, vornehm und gebildet. Vom Gesetze Jesu, geschweige denn vom Armutsgelübde war nicht viel zu sehen. Ein

130

Opfer? überlegte Thopas. Dann hörte er eine laute, durchdringende Stimme.

»Platz da! Platz da für John atte-Southgate, Oberster Büttel beim Gericht des Erzdiakons des Bischofs zu London!«

Thopas setzte sich auf seiner Bank so, daß er den Büttel sorgfältig in Augenschein nehmen konnte. Wahrhaftig ein Bastard des Teufels, dachte er, schütteres Haar, Dickwanst, vorspringender, unrasierter Unterkiefer, hochrote Wangen und der stechende Blick einer wütenden Sau. Thopas sah die hochhackigen, aus spanischem Leder gefertigten Reitstiefel des Mannes, den kostbaren Gürtel, den er um den Bierbauch trug, seinen langen, mit Grauwerk verbrämten Mantel und die bauchigen Satteltaschen voller Erlasse und Vorladungen. Ein Drache in Menschengestalt, dachte Thopas, ein Lakai der Kirche, der durch die Lande zog und die Sünden der Menschen ans Tageslicht zerrte, um sie dann vor das Gericht des Erzdiakons zu schleifen: den Mann, der seinen Zehnten nicht bezahlte, den Pfarrer, der eine Geliebte hatte, den Seelsorger, der sich von seiner Gemeinde fernhielt. Männer wie Southgate wurden von der Kirche dafür bezahlt, daß sie Erlasse verteilten, doch sie ließen sich bereitwillig von denen bestechen, die es sich leisten konnten, sich loszukaufen.

John atte-Southgate, des Mörders Wild, warf einem Stallknecht die Zügel seines Pferdes zu und schlenderte, die Satteltaschen über den Arm geworfen, in die Schenke. Ein Mann, der sich seiner Macht sehr wohl bewußt war. Er sah, wie die elegante Nonne von ihm zurückwich und wie der kleine Priester aus Somerset sich wie ein verängstigtes Mäuslein ins Dunkel des Schankraumes verdrückte. Southgate lächelte. Es war ein fettes Jahr gewesen, und er tat gut daran, sich beim Schrein zu bedanken. Wer weiß, womöglich war mit den Pilgern noch das eine oder andere Geschäft zu machen. Vielleicht mit einem Pfarrer, der eine Freundin bei sich hatte? Oder mit dieser Nonne da; sollte sie etwa ihren Konvent verlassen haben? Southgate grinste maliziös und verlangte lautstark nach Wein, vom besten, absolut nicht ahnend, daß soeben seine Seele angefordert worden war.

Als Kathryn in die Ottemelle Lane zurückkehrte, brütete Thomasina gerade über den Haushaltsbüchern. Das Gesicht der Magd war ziemlich gerötet, und sie wich Kathryns Blicken aus, so daß diese sich fragte, ob sie wohl immer noch schlecht gelaunt war wegen Colum. Agnes trug einen Krug mit verdünntem Ale und ein paar Scheiben Weißbrot auf einem Brett herein. Kathryn setzte sich ans Kopfende des Tisches und knabberte an dem Brot, während Thomasina fortfuhr, die Rechnungen zu prüfen, und vor sich hin brummelte.

»Was ist los, Thomasina?«

Die Magd blickte auf, die kaffeebraunen Augen vor Aufregung leuchtend.

»Nichts, gar nichts.«

»Thomasina, ich kenne dich doch!«

Thomasina legte den Federkiel zur Seite und warf Agnes, die an der Tür stand und um die Ecke lugte, einen ungehaltenen Blick zu.

»Nichts ist«, sagte sie matt. »Es sieht sogar so aus, als würden wir einen kleinen Gewinn machen. Um so mehr, wenn uns Lord Luberon auch noch eine Kopie des Vertrages und die erste Rate Eurer Entlohnung schickt. Ja, auch ich kenne Euch, Mistress, schon seit der Zeit, als Eure Mutter noch lebte«, fügte sie hinzu, um die Unterhaltung auf ein anderes Thema zu lenken.

»Wie war sie, Thomasina?«

Die Magd seufzte. Kathryn fragte immer wieder danach, und Thomasina gab ihr stets dieselbe Antwort.

»Ihr wart noch ein Baby, meine Süße, aber Ihr hättet sie geliebt. Sie war wie Ihr, groß und elegant. Ihr Haar war schwarz wie die Nacht, und ihre Augen waren sanft und freundlich. Kein Mann hat je eine Frau leidenschaftlicher geliebt als Euer Vater Eure Mutter, er hat nie wieder geheiratet. Nie!«

Thomasina blickte vor sich auf den Tisch, und Kathryn fragte sich zum soundsovielten Male, ob Thomasina, diese Frau mit dem gewaltigen Appetit und der tiefen Leidenschaftlichkeit, ihren Vater wohl geliebt hatte.

»Mögt Ihr ihn?« fragte Thomasina plötzlich.

»Oh, den Iren?« fragte Kathryn.

Thomasina warf ihr einen schnellen Blick zu. Kathryn zuckte die Schultern und schob das Brett von sich.

»Er ist ein merkwürdiger Mensch.«

»Nein«, fügte Thomasina hinzu und freute sich insgeheim über die Spur, die sie gelegt hatte. »Ich meine Chaddedon!«

Kathryn rief sich das dunkle, sardonische Gesicht des Arztes in Erinnerung, errötete und stand auf.

»Ich habe Neuigkeiten für dich, Thomasina. Der Ire wird hier wohnen.«

Damit floh Kathryn in die Sicherheit ihrer Schreibkammer, ungeachtet der schrillen Verwünschungen, die ihre Magd ausstieß.

Draußen in der Küche beschwor Thomasina in Gegenwart von Agnes lauthals die Gefahren, die es mit sich brachte, wenn man einen irischen Halsabschneider beherbergte. Über die Erregung in Thomasinas Stimme mußte Kathryn leise lachen. Sie dachte an Chaddedon, schüttelte dann aber den Kopf. Sie hatte sich um andere Dinge zu kümmern. Aus dem Regal, in dem ihr Vater seine Bücher aufbewahrte, suchte sie die *Rosa Anglica* von Gaddesden heraus. Bucklers Frau würde bald wiederkommen, und Kathryn wollte nachlesen, was der Fachmann über Schwangerschaften schrieb, so daß sie gut vorbereitet war. Sie setzte sich hin und überflog die vergilbten Seiten, bis sie ein Klopfen an der Tür vernahm und Thomasinas Stimme hörte, die die Besucherin ins Haus bat. Die Frau trat zögernd in die Küche. Sie war genauso gekleidet wie schon am Morgen, hatte aber, wie Kathryn bemerkte, ihre Haube noch weiter ins Gesicht gezogen. Kathryn bat die Frau, sich zu setzen, und betrachtete sie. Dann beugte sie sich vor, schob vorsichtig die Haube hoch und entdeckte eine böse Prellung unterhalb des rechten Auges der Frau.

»Das hattet Ihr heute morgen noch nicht.«

Mathilda Buckler wich ihrem Blick aus.

»Ich bin gestolpert und hingefallen«, stammelte sie.

»Nein, das glaube ich Euch nicht«, erwiderte Kathryn. »Euer

Gemahl hat Euch geschlagen.« Sie blickte Thomasina an, die hinter Mathilda stand. »Ein Stück rohes Fleisch, Thomasina, geklopft und getrocknet.«

Thomasina eilte in die Vorratskammer und holte das Fleisch, ein Stück vom Bein eines Wildes, das sie dort zum Trocknen aufgehängt hatte.

»Haltet das ans Auge«, forderte Kathryn Mathilda auf. »Der Himmel weiß, warum, aber es wird die Prellung lindern. Wenn Ihr nach Hause kommt, wascht die Stelle regelmäßig mit warmem Wasser, in das Ihr Rosenblätter und Saft aus der Zaubernuß mischt. Ich werde Euch eine kleine Phiole voll mitgeben. Haltet die Prellung auf jeden Fall sauber, vor allem aber nach dem Auflegen von Fleisch. Habt Ihr verstanden?«

Die Frau nickte.

»Euer Gemahl hat Euch geschlagen, nicht wahr?«

Wieder nickte die Frau.

»Ich komme mir so lächerlich vor«, sagte sie. »Mit diesem Fleischklumpen.«

»Ihr würdet noch schlimmer aussehen, wenn man die Prellung sehen könnte. Laßt das Fleisch eine Weile drauf liegen. Und nun, warum hat Euch Euer Gemahl geschlagen?«

»Er sagt, ich sei unfruchtbar.«

»Und seid Ihr das?«

»Ich weiß es nicht!« heulte Mathilda. »Ich bin seit einem Jahr seine Frau, und Mistress, ich habe mir solche Mühe gegeben!«

»Habt Ihr Geschwister?«

»Ja, vier.«

»Sind sie verheiratet und haben Kinder?«

»Ja, ja. Aber mein Mann schimpft mit mir, und seine Verwandtschaft verachtet mich.« Mathilda nahm das Fleisch von ihrem Auge. »Mistress, was soll ich nur machen? Ich bin ein gutes Eheweib, und in der Schlafkammer gebe ich mein Bestes, um meinem Mann zu gefallen.«

»Liebt er Euch?«

Mathilda wich ihrem Blick aus. »Er will einen Erben.«

»Und ist Euer Gemahl potent?«

Jetzt errötete Mathilda. »Es liegt nicht an ihm«, flüsterte sie. »Er trinkt zuviel, und manchmal ist der …«

»Der Koitus«, fuhr Kathryn fort. »Die Vereinigung wird nicht richtig vollzogen?«

Kathryn sah die junge Frau aufmerksam an und versuchte, ihr Mitleid zu verbergen. Fälle wie dieser waren nichts Ungewöhnliches. Ein betrunkener Gemahl, der an »Müllers Schlaffem« litt, wie ihr Vater es immer genannt hatte; ein Mann, der selbst impotent war und seine Frau dafür mit brutalen Schlägen traktierte. Sie wußte, daß es keine sichere medizinische Untersuchung gab, aber sie registrierte die üppigen, vollen Brüste der jungen Frau, die schlanke Taille und die breiten Hüften.

»Ihr werdet viele Kinder haben«, sagte Kathryn zu ihr.

»Mistress, gibt es keinen Trank für mich? Oder für meinen …« Ihre Stimme versagte.

»Für Euren Gemahl?« vervollständigte Kathryn ihren Satz. »Lady Mathilda, ich bitte Euch, hütet Euch vor solchen Liebestränken. Sie schaden mehr als sie nützen. Schon so manche Frau stand vor Gericht und wurde des Mordes bezichtigt, weil sie aus Versehen ihren Gemahl vergiftet hatte.«

Mathilda starrte sie an. »Gibt es denn gar nichts?«

Kathryn berührte die Wange der Frau sanft. »Ich bin Ärztin, Lady Mathilda, keine Lügnerin. Ihr Gemahl ist es, der sich ändern muß, schenkt ihm nicht so schnell nach, habt mehr Geduld, wenn er betrunken ist.« Kathryn blickte verzweifelt zu Thomasina hinüber, die nur stumm die Schultern zuckte. »Kommt wieder zu mir«, drängte Kathryn. »In ein paar Tagen. Gebt mir ein wenig Bedenkzeit.«

Thomasina ging hinaus, um die Phiole mit dem Destillat aus Zaubernuß zu holen. Kathryn wollte kein Geld annehmen und sah der Frau nach, als sie das Haus verließ. Sie wartete, bis die Tür hinter ihr ins Schloß gefallen war.

»Was soll ich denn tun?« fragte sie Thomasina hilflos. »Wir leben in einer Männerwelt, und die arme Mathilda ist dabei, das zu lernen.«

»Gibt es denn wirklich gar nichts?« forschte Thomasina nach.

»Was denn zum Beispiel?« fauchte Kathryn sie an. »Soll ich etwa mit Sir John Buckler reden, damit er seine Frau dann noch mehr schlägt? Verflucht soll er sein!«

Kathryn ging wieder in ihre Schreibkammer, setzte sich hin und starrte wütend die Wand an. Als Colum kam, war sie noch immer zornig. Er sah vergnügt aus und hatte über jede Schulter eine Satteltasche geworfen, eine weitere hing über dem Arm. Er betrat mit leicht gerötetem Gesicht die Küche, und Kathryn fragte sich, ob er getrunken hatte. Er schleuderte seine Satteltaschen auf den Tisch, warf Thomasina und Agnes eine Kußhand zu und öffnete dann eine der Taschen.

»Ich bringe reiche Beute, Mistress Swinbrooke.« Er überreichte ihr eine kleine Schriftrolle, die an den Enden gezackt war. »Euer Vertrag.« Dann gab er ihr eine kleine, prall gefüllte Börse. »Und Euer erstes Honorar. Auch das hier sollt Ihr haben, eine Leihgabe des Erzbischofs. Ihr müßt sehr sorgsam damit umgehen, ich habe für Euch gebürgt.« Er zog einen dicken, in Kalbsleder gebundenen Wälzer aus der Satteltasche und reichte ihn ihr.

Kathryn öffnete den Metallverschluß. Sie warf einen Blick auf die Titelseite, die von einem längst verstorbenen Schreiber in Goldbuchstaben beschriftet war. *Die Werke des Sir Geoffrey Chaucer.* Kathryn strich die Seite glatt.

»Ich werde gut darauf aufpassen. Thomasina, Wein für unseren Gast, bitte!«

Die Magd, die giftige Blicke austeilte und etwas vor sich hin flüsterte, eilte hinaus und kam ebenso schnell wieder herein, als könne sie es nicht verantworten, den Iren mit ihrer Herrin allein zu lassen. Sie hielt Colum den Becher so abrupt hin, daß der Wein sich über seine Hand ergoß. Der Ire bedankte sich mit einem Lächeln.

Kathryn ging in ihre Schreibkammer, wo sie das Buch, den Vertrag und die Börse in der großen, eisenbeschlagenen Kiste einschloß. Dann ging sie wieder in die Küche.

»Gibt es etwas Neues, Master Murtagh?«

Sie bemerkte den frischen Glanz auf seinem Gesicht und das Leuchten in seinen Augen.

»Nein, aber Holbech erweist sich als ein vorzüglicher Aufseher. Holz und Steine sind bereits in Auftrag gegeben, so daß die Arbeiten auf Kingsmead wohl bald beginnen können.«

»Habt Ihr Euer Gefolge bereits dort untergebracht?«

»Oh, nein, noch nicht. Sie kampieren noch mit den anderen unten am Stour.« Colum schwankte leicht.

»Wenn dem so ist«, fuhr Kathryn ihn an, »könnt Ihr Holbech ausrichten, er möge weniger trinken, und dasselbe gilt auch für Euch, Master Ire!«

Kathryn nahm Murtagh den Becher aus den Händen, die keinen Widerstand leisteten. »Ihr seid jetzt unter meinem Dach und habt genug Wein getrunken! Etwas Wasser gefällig?«

Der Ire machte ein langes Gesicht, freute sich aber im stillen, daß Kathryn sich um ihn sorgte und mit ihm schimpfte. Dankbar nahm er den Krug mit frischem Regenwasser entgegen, den Agnes ihm reichte, zwinkerte dem Mädchen mit den weit aufgerissenen Augen zu und scheuchte sie wieder in die Vorratskammer.

»Noch eine Neuigkeit, Mistress Kathryn«, sagte er. »Ihr, ich und Thomasina sind heute abend bei unserem Ärztekollegium in der Nähe von Queningate zum Essen eingelon. Auch Cotterell soll kommen, und Newington wird ebenfalls anwesend sein, schließlich ist er Darryls Schwiegervater.« Colum kniff die Augen zusammen. »Sie sagen, sie wollen alle unsere Fragen beantworten, aber ich glaube, daß die Einladung von Chaddedon inszeniert wurde. Er scheint in Euch verliebt zu sein«, fügte Colum boshaft hinzu.

»Das geht Euch nichts an!« sagte Kathryn und versuchte, ihre Verlegenheit zu verbergen. »Wann sollen wir dort sein?«

»Gegen neun.«

»Dann, Ire, würde ich vorschlagen, Ihr wascht Euch und rasiert Euch und richtet Euch in Eurem neuen Quartier ein.«

Kathryn ging zur Feuerstelle hinüber und stocherte wütend in der Glut herum, während Thomasina, die Nase hoch erhoben, einen breit grinsenden Iren zu seiner Kammer führte.

Acht

Kathryn hantierte eine Weile in der Küche herum. Dann ging sie mit Thomasina und Agnes in den Kräutergarten, um nachzusehen, ob die Kapuzinerkresse gedieh.

»Sie düngt den Boden und hält ihn von Unkraut frei«, erklärte Kathryn.

Sie folgte dem Pfad durch den Garten und sah nach dem Koriander, der Pfefferminze, dem Thymian, der Petersilie, dem todbringenden Fingerhut und dem noch gefährlicheren giftigen Nachtschatten. Dann kehrte sie zurück ins Haus, um sich den Patienten zu widmen, die nach und nach an ihre Türe klopften. Clara, die Tochter Betons des Brauers, bat um Wein aus Judenkirsche gegen die Gicht ihres Vaters. Clemens, der Schuster, brauchte einen Umschlag aus Kräutern für einen Schnitt am Handgelenk. Die Geflügelhändlerin Paulina, die, wie Thomasina insgeheim vermutete, ihr Einkommen mit dem Besuch junger Männer aufbesserte, mußte Kathryn mit in ihr Privatgemach nehmen, da sie eine Kräuterpackung gegen, wie sie sagte, »ein Jucken an einer ganz heiklen Stelle« verlangte. Schließlich kam Rawnose mit Tim, dem Kesselflicker, der einen geschwollenen und rot entzündeten Bienenstich hatte. Kathryn behandelte ihn sanft mit Wegerichsaft, während sie dem selbsternannten Herold der Ottemelle Lane zuhörte, der seine neuesten Nachrichten verkündete.

»Ach ja«, sagte Rawnose. »Die Zunft der Taschenspieler erlaubt ihren Mitgliedern, bei den Verstorbenen ihrer Gilde Nachtwache zu halten, vorausgesetzt, sie beschwören keine Geister und enthalten sich verbotener Glücksspiele. Petronella von Maidstone ist überführt worden, Pulver mit Spinnen und Blasenwürmern versetzt zu haben und einem Kraut Schaf ...«

»Schafgarbe?« fragte Kathryn freundlich.

»Genau, so heißt es, Mistress. Sie hat ihre Mixtur dazu benutzt, Dämonen mit Frauengesichtern und Ziegenhörnern anzurufen.«

Rawnose plapperte weiter drauflos, derweil Kathryn über die Einladung zum Abendessen nachdachte, bei der sie erneut Chaddedon begegnen würde. Was sollte sie zu diesem Anlaß anziehen? Thomasina klapperte in der Küche herum wie ein Ritter in gepanzerter Rüstung. Sie füllte Töpfe mit Wasser und schickte Agnes hierhin und dorthin mit Nachtgeschirr, Decken und Polstern für »den grinsenden Iren«, wie Thomasina laut verkündete.

Schließlich ging Rawnose mit seinem Freund hinaus. Kathryn wusch sich die Hände. Am liebsten wäre sie in ihre Schreibkammer gegangen, um einen Blick in Chaucers Buch zu werfen, aber die Flamme der Stundenkerze fraß die Zeit. Sie half Thomasina, Töpfe voll heißen Wassers die Treppe hinauf zu dem großen, von Stahlbändern zusammengehaltenen Holzbottich zu tragen, der mit einem Wolltuch abgedeckt in einer Ecke von Kathryns Schlafgemach stand. Gemeinsam füllten sie den Bottich und fügten Rosenblätter und Lavendel hinzu. Kathryn zog sich schnell aus und badete, rieb ihren Körper mit kastilianischer Seife und einem harten Schwamm ab, den ihr Vater aus London mitgebracht hatte. Rasch zog sie ihr dunkelblaues, an den Ärmelstulpen und dem hohen Kragen mit Goldfäden besticktes Satinkleid an und ging in die Küche hinunter. Thomasina legte Wert darauf, ihr das Haar zu richten – ein Ritual, das schon in Kathryns Kindertagen vor dem Feuer stattgefunden hatte. Thomasina scheuchte Agnes hinaus und ließ sie irgendeine Besorgung machen. Dann holte sie die mit Silber beschlagene Bürste und den Kamm hervor. Thomasina löste die Zöpfe ihrer Herrin und ließ das Haar wie glänzende schwarze Seide über ihren Rücken fallen. Sie bemerkte die silbergrauen Strähnen an den Schläfen und schnalzte mißbilligend mit der Zunge. Sorgfältig begann sie, das Haar zu kämmen, und lauschte angestrengt, ob Agnes wirklich gegangen war. Thomasina hatte beschlossen, die Gelegenheit zu nutzen und Kathryn geradeheraus zu sagen, was sie erfahren hatte. Kathryn wandte sich halb zu ihr um und lächelte.

»Nun komm schon, Thomasina. Sag schon, was du auf dem Herzen hast!«

Hastig sprudelte Thomasina hervor, sie habe einen Brief gefunden, seinen schmutzigen Inhalt gelesen und ihn ins Feuer geworfen. Dann beschrieb sie ihren erfolglosen Ausflug zum Friedhof von St. Mildred.

»Ich habe es falsch gemacht, Mistress«, schloß sie kleinlaut und bürstete Kathryns Haar so kräftig wie immer.

»Aber ich kenne Euch doch von Kindesbeinen an. Warum sagt Ihr mir nicht, was in der Nacht, als Alexander fortging, wirklich geschehen ist?«

Kathryn starrte in die Flammen, getröstet von Thormasinas Fürsorge und den gleichmäßigen Bewegungen der Bürste, fühlte sich schläfrig und doch gleichzeitig lebendiger als seit Jahren. Sie hatte mit einer Lüge gelebt, und die Anwesenheit des Iren, die Umtriebe des Mörders, das Gefühl dazuzugehören, die Bewunderung Chaddedons – all das hatte sie aus einem Zustand der Trance in die Wirklichkeit zurückgestoßen. Sie ergriff Thomasinas Hand und drückte sie sanft.

»Du hast nichts Falsches getan, Thomasina. Ich werde es dir erzählen. Alexander Wyville war ein junger, gutaussehender Mann aus gutem Hause. Er war das einzige Kind, und seine Mutter, die ein Jahr vor unserer Hochzeit starb, hat ihn als Alleinerben zurückgelassen.« Sie lächelte Thomasina über die Schulter hinweg an. »Ach Gott, Thomasina, du weißt schließlich genausoviel über ihn wie ich. Er war ein Apotheker, der mir den Hof machte, und mein Vater gab der Verbindung seinen Segen. Erinnerst du dich an die Abende, die wir hier in der Küche verbrachten? Wie wir Pläne schmiedeten für einen Laden und den Import von Kräutern und Gewürzen?«

Thomasina nickte. Jetzt war es an ihr zu schweigen, obwohl sie von Anfang an ihre Zweifel gehabt hatte. Nicht viel, nur Gerüchte, daß Alexander die Schenke gegenüber von St. Mildred öfter besuchte als die Kirche.

Kathryn zuckte mit den Schultern. »Den Rest kennst du. Ich habe Alexander geheiratet. Ich wollte ihn lieben, seine Kinder unter dem Herzen tragen, aber er war wie zwei Männer in einem. Der ehrgeizige Apotheker und der Trunkenbold, der seine Frau schlug.« Sie ergriff Thomasinas Finger und hielt sie auf ihrer Schulter fest. »Ich wußte, daß du es wußtest, mein Vater wußte es, und doch haben wir alle so getan, als sei nichts. Wie konnte ein so junger Mann so viel Haß in sich haben? Er beneidete meinen Vater. Dann brach wieder Krieg aus, und Alexander sah eine Chance, die Gunst des Königs zu erlangen als ein Apotheker, der sich als Soldat zu den königlichen Truppen meldete. Er teilte uns mit, daß er sich den Truppen Fauntes draußen vor dem Westtor anschließen wollte. Mein Vater war einverstanden. Ich wollte nur, daß er ging; eines Nachmittags kam Vater und wollte mit mir sprechen. Er war ganz bleich im Gesicht, Tränen standen ihm in den Augen, die plötzlich so hart wie Glas waren. Er sagte, er wünsche Alexander den Tod.« Kathryn biß sich auf die Lippen. »Ich fragte ihn, warum, aber er murmelte vor sich hin. Alexander sei eine treulose Kreatur und ein Tyrann.« Kathryn zog die Schultern hoch. »Ich war zu müde, zu benommen, um über seine Worte nachzudenken. Dann bestand Vater darauf, daß wir, du und ich, die Nacht bei seinem Verwandten Joscelyn verbringen sollten. Erinnerst du dich?«

Sie drehte sich um und blickte Thomasina prüfend an; die nickte.

»Als wir zurückkamen, war mein Vater sehr ruhig. Er war blaß und übernächtigt und sagte uns, Alexander sei am Abend zuvor fortgegangen.« Kathryn ließ Thomasinas Finger los. »Mir machte das nicht viel aus. Dann wurde Vater krank. An dem Morgen, als er starb, wollte er mich allein sprechen.«

Thomasina sagte nichts; sie erinnerte sich daran, daß sie den Arzt verlassen hatte und eilig in Kathryns Kammer gelaufen war, um diese Botschaft zu überbringen.

»Nun …« Kathryn stand auf, hob den Saum ihres Kleides und ging zur Tür, die in den Garten führte. »Mein Vater hat mir gestanden, daß er Alexander umgebracht hat!«

»Euer Vater hat Alexander getötet?«

Kathryn wirbelte herum, das Gesicht verzerrt, die Augen dunkel vor Schmerz. »Ja, getötet. Er sagte, er schwöre vor Gott, daß Alexander es verdient habe, und daß er es auch Pater Cuthbert gebeichtet habe.«

Thomasina setzte sich und umklammerte ihren Leib, ihr Herz hämmerte vor Angst.

»Um Himmels willen, Mistress«, sagte sie tonlos. »Aber wo ist die Leiche? Und diese Botschaften? Sind sie wahr?«

»Gewiß, den Worten meines Vaters nach. An dem Abend, als wir nicht hier waren, saß Alexander in der Laube neben dem Gartentörchen. In einem bauchigen Dokumentenkörbchen brachte Vater ihm einen Becher Rotwein, der stark mit Baldrian versetzt war. Der vergiftete Wein hätte Alexander in einen Schlaf geschickt, aus dem er nie wieder erwacht wäre. Vater überließ Alexander seiner Trunksucht und ging aus dem Haus. Er wanderte durch die Straßen, bis es vorbei war. Doch als er zurückkehrte« – Kathryn rieb ihre schweißnassen Hände aneinander – »fand er den Becher im Gras, aber Alexander war nicht da. Nun pflegte Alexander zu seinem Lieblingsplatz hinter der Kirche von St. Mildred zu gehen, unter den Weiden, die den Stour überblicken. Dort war er immer, um nüchtern zu werden, wenn er wieder einmal betrunken war.«

Thomasina nickte nur.

»Deshalb ging mein Vater kurz vor Sonnenuntergang dorthin, aber es war zu spät. Alexander war entweder in den Fluß gerutscht oder gefallen und hatte nur seinen Mantel am Ufer zurückgelassen.« Kathryn blinzelte, um die Tränen zu unterdrücken. »Das war alles.«

Thomasina atmete tief ein und starrte auf einen Fleck auf ihrem Kleid. Die Geschichte ihrer Herrin klang glaubwürdig. Kathryns Vater hatte seine Tochter leidenschaftlich geliebt, und obwohl er Thomasina gegenüber kaum je ein Wort hatte fallen lassen, wußte die Magd, wie sehr er im Laufe der Zeit Alexanders Grausamkeit und Trunksucht hassen gelernt hatte. Fortwährend lief dieser junge Tunichtgut zu seinem Lieblingsplatz am Fluß. Thomasina hatte Alexander sogar im Verdacht, daß er sich dort mit jemandem traf, und offensichtlich hatte der alte Arzt dasselbe vermutet.

»Nun ist Alexander verschwunden, und dennoch muß jemand das Geheimnis kennen. Aber wer, warum und auf welchem Wege?«

Die beiden Frauen sprangen auf, als sich die Küchentür öffnete und Colum, in braungelbem Wams, leuchtend weißem Hemd mit weitem Halsausschnitt und grüner Samthose, langsam in die Küche trat. Leise schloß er die Tür hinter sich und warf seinen kaffeebraunen Mantel über einen Hocker. Trotz ihrer Überraschung fiel Kathryn auf, daß er sich sehr viel Mühe mit seinem Äußeren gegeben hatte: Er hatte sich rasiert und zumindest den Versuch unternommen, seinen wirren Haarschopf ein wenig zu bändigen. Thomasina sprang auf wie eine fauchende Katze.

»Trau nie einem Iren!« zischte sie. »Landstreicher, alle miteinander!«

Colum starrte sie entgeistert an, schüttelte den Kopf und verbeugte sich höflich vor Kathryn.

»Mistress Swinbrooke, ich bitte um Verzeihung.« Er hob einen Fuß hoch, an dem er einen weichen Lederstiefel trug. »Sie haben ganz weiche Sohlen, und ich trete schon seit meiner Kindheit so leicht auf wie ein Geist.« Colum trat näher, ergriff Kathryns eiskalte Hand und streifte sie leicht mit den Lippen. »Ich schwöre bei Gott, Mistress, ich wollte nicht lauschen, aber die Tür stand einen Spalt weit offen.« Er ließ ihre Hand los und trat einen Schritt zurück, so daß er beide Frauen ansprechen konnte. »Aber was macht das schon? Ein Bastard mehr, der bekommen hat, was er verdient, und jetzt werdet Ihr von jemandem erpreßt.« Er zuckte die Schultern. »Soviel habe ich mitbekommen. Wir alle haben unsere Geheimnisse.« Er sah Thomasina scharf an. »Wie ich schon sagte, was deine Herrin angeht, geht auch mich an. Sie steht jetzt im Dienst des Königs, und, was noch wichtiger ist, ich kann ihr helfen.« Er wedelte mit der Hand, und Kathryns Blick fiel auf ein blinkendes, goldenes Amulett an seinem Handgelenk. »So etwas ist nichts Ungewöhnliches. Jeden Tag verschwinden Männer. Wenn alle ver-

143

lassenen Frauen sich an einem Ort versammelten, könnte ich eine ganze Armee aufstellen.« Colum blickte zu Boden und wühlte mit seiner Stiefelspitze in den Binsen. »Mistress, setzt Euch bitte. Thomasina, hol uns Wein mit viel Wasser, denn wir haben noch nicht gegessen.«

Kathryn nahm wieder Platz und bedeutete Thomasina, ihm zu gehorchen, denn von dem Iren hatte sie offenbar nichts Böses zu erwarten.

Colum räusperte sich. »Mistress, ich glaube nicht, daß Euer Vater einen Mord begangen hat.«

»Wie bitte?«

Colum schüttelte nachdrücklich den Kopf. »Erstens muß Euer Gemahl überlebt haben, um die Sache jemandem erzählen zu können. Ihr habt sicher niemandem etwas gesagt, und Euer Vater hat es bestimmt nur seinem Beichtvater erzählt.« Colum schloß die Augen und dachte an das Soldatenlager unten am Stour und die Liste von Holbechs Beschwerden. »Der Leichnam Eures Gemahls, ist er je gefunden worden?«

»Natürlich nicht. Mein Vater und ich konnten wohl kaum eine Untersuchung beantragen!«

»Aber der Mantel Eures Gemahls?«

Kathryn bejahte. »Ich habe mich bei den Sergeanten der Musterung erkundigt, ob sich jemand mit Namen Wyville bei ihnen eingeschrieben hat, aber sie verneinten.«

Colum klopfte mit der Hand auf den Tisch.

»Mistress, wenn man am Fluß entlang nach Süden geht, worauf trifft man dort?«

»Da unten sind Mühlen, Deiche für Karpfenteiche, Brücken.« Kathryns Stimme wurde leiser, und sie blickte auf, ein Lächeln in den Augen.

»Natürlich«, stieß sie hervor. »Thomasina, verstehst du? Mein Vater war Arzt. Daher konnte er in den Monaten nach Alexanders Verschwinden sorgfältig in den Totenlisten nach der Leiche eines namenlosen Mannes suchen, der aus dem Fluß gezogen wurde. Seine Suche blieb erfolglos, und obwohl er das seltsam fand, hat mein Vater es immer hingenommen, weil er sich schuldig fühlte.« Sie betastete die Goldstickerei am Halsausschnitt ihres Kleides.

»Ire, Ihr müßt recht haben. Der Stour fließt schnell; an einer der Mühlen oder Brücken hätte Alexanders Leiche hängenbleiben müssen. Aber was ist mit dem Baldrian?«

Colum zuckte mit den Schultern. »Ihr seid die Ärztin, Mistress. Hat er alles getrunken oder nur ein wenig? Hat er den Inhalt des Bechers geschluckt und dann erbrochen? Ich sage Euch, Mistress Swinbrooke, Euer Gemahl ist nicht ertrunken, und Ihr seid vielleicht auch keine Witwe.«

Kathryn wurde es plötzlich kalt. »Es kann also sein, daß Alexander zurückkommt!« sagte sie tonlos.

Sie starrte auf den Tisch. Auf der einen Seite hatte ihr Vater gestanden, ihren Ehemann umgebracht zu haben. Um damit fertigzuwerden, hatte Kathryn sich selbst glauben gemacht, Alexander sei vielleicht verunglückt, habe sich ertränkt oder einfach versteckt und werde nie mehr wiederkommen. Ganz gleich, was tatsächlich geschehen war, sie hatte sich mit dem Gedanken getröstet, daß Alexander nicht zurückkehren würde. Kathryn hatte nie die Möglichkeit ins Auge gefaßt, daß es doch einmal der Fall sein könnte. Sie griff nach Thomasinas Hand.

»Wenn Alexander nun noch in Canterbury wäre!« Kathryn lachte schrill auf. »Vielleicht ist er der Mörder!«

Kathryns Erregung wurde so augenfällig, daß Thomasina mahnend über ihre Hand streichen mußte, zumal das Körnchen einer Idee in ihrem Kopf zu keimen begann.

»Sch, Mistress, der Ire hat sich vielleicht zum ersten Mal in seinem Leben nützlich gemacht.« Thomasina strahlte Colum selig an. »Wir wissen jetzt, daß Euer Vater kein Mörder war. Wyville ist wahrscheinlich auf und davon, um sein Glück zu machen, und wenn er zurückkommt, könnt Ihr versuchen, Eure Ehe vor dem Kirchengericht annullieren zu lassen, aber ich glaube nicht, daß er das tut!« Sie blickte Kathryn beruhigend an. »Versteht Ihr, Mistress? Der Erpresser weiß, daß Alexander niemals zurückkehren wird; sonst hätte er diese gemeinen Briefe nicht geschickt.«

Colum stimmte zu, und trotz ihres Schocks mußte Kathryn darüber lächeln, wie die beiden sich in einer Freundschaft zusammengeschlossen hatten, gegen die das Bündnis zwischen Pilatus und Herodes nichts war. Als Agnes von ihrer Besorgung zurückkam, mußten die drei ihre Unterhaltung beenden. Colum ging in den Garten hinaus, und Kathryn blieb eine Weile sitzen, um über die Dinge nachzudenken, die sie erfahren hatte. Zu sehen, was wirklich hinter Alexanders Verschwinden und der mörderischen Wut ihres Vaters auf ihn steckte, verschaffte ihr ein wenig Frieden. Und der Erpresser? Kathryn strich ihn aus ihren Gedanken; er würde es entweder leid werden oder sich als der zu erkennen geben, der er war: ein Krimineller, den man nicht zu fürchten brauchte.

Schließlich überredete Thomasina ihre Herrin mit lautem Geschnatter, in ihre Kammer zu gehen, wo Kathryn eine Hose und die braunen Stiefel aus weichem Leder anzog, sich ein wenig Farbe aufs Gesicht tupfte und ihre Toilette beendete. Die Türen wurden abgeschlossen, dann traten die drei hinaus auf die Ottemelle Lane. Sie gingen die St. Margaret's Street entlang, durch die Mercery Street und bogen in die Burgate Street ab, über der die kleinen und großen Türme und Giebel der Kathedrale hoch aufragten. Canterbury war wie ausgestorben; nur die Mistsammler, die Nachtwachen und ein angetrunkener Rattenfänger strichen durch die Straßen.

»Ganz schön spät für ein Abendessen«, bemerkte Colum, der sich inzwischen fest bei Thomasina untergehakt hatte, die er freundlich neckte.

»Aber Ärzte sind da wohl eine Ausnahme«, fügte er schalkhaft hinzu und warf einen kurzen Seitenblick auf Kathryn, die ruhig neben ihnen herging. »Sie können noch zu später Stunde von den Früchten ihres Wohlstandes zehren.«

Thomasina ließ sich von seinen Neckereien anstecken und zeigte auf das goldene Amulett des Soldaten. »Zumindest ist unser Wohlstand sauer erarbeitet, Master Murtagh. Und nicht von anderen geplündert!«

Der Ire lachte aufgeräumt; Thomasinas lose Zunge stand jetzt

146

nicht mehr still. Das Kollegium war leicht zu finden, ein großer, vierstöckiger Ziegelbau in der Queningate Lane, von dem aus man sowohl das Gelände der Kathedrale als auch das der Abtei St. Augustin gut überblicken konnte. Eigentlich waren es drei Gebäude in einem, mit einem großen, überdachten Eingang, der mit Holztoren gesichert war. Kathryn hatte schon von solchen Einrichtungen in London und Paris gehört: Ärzte legten ihr Vermögen und ihr Wissen zusammen, um noch größere Profite zu erzielen und gleichzeitig eine wirksamere Kontrolle innerhalb ihres Berufsstandes auszuüben. Canterbury war mit seinen Bürgern und den Tausenden von Pilgern so dicht bevölkert, daß Kathryn und ihr Vater nie einen Grund sahen, einer solchen Gemeinschaftspraxis zu widersprechen. Thomasina blickte ganz neidisch auf die von Mittelpfosten geteilten Fenster, die frisch gestrichenen schwarzen Balken und den leuchtend weißen Putz. Colum staunte auch nicht schlecht.

»Bei Gott!« flüsterte er. »In ganz Dublin wäre so ein Haus nicht zu finden. Es stimmt schon, was der König gesagt hat: Seine Kaufleute sind Prinzen, und er will einer von ihnen sein!«

Colum klopfte an die kleine Hintertür, die schon bald von einem Dienstboten geöffnet wurde. Er führte sie in einen Hof, der von blakenden Pechfackeln auf Eisengestellen an der Mauer hell erleuchtet war. Der Hof glich dem einer großen Taverne mit seiner Weitläufigkeit und den Nebengebäuden, Ställen und Lagerhäusern sowie einer großen, mit einem kegelförmigen Dach versehenen Küche, die mit dem Haupthaus durch eine lange Galerie verbunden war. Dahinter erhob sich eine sehr hohe Ziegelwand, und Kathryn konnte trotz der Entfernung den Lärm spielender Kinder hören.

»Dahinter muß der Garten sein«, flüsterte Thomasina. »Ein richtiger Garten, Mistress. Warum sollte jemand, der hier lebt, blutige Morde begehen?«

»Du solltest einmal nach London gehen«, spottete Colum. »Die Paläste dort sind voll von Mördern.«

Weitere Scherze wurden abrupt durch das Auftreten von Chaddedon und Darryl unterbrochen. Die beiden Männer waren korrekt gekleidet mit weißen, hochgeschlossenen Hemden, die am Hals mit einem kleinen Goldkettchen zusammengehalten waren, und Überkleidern, die mit kostbarer Lammwolle gegen die kalte Nachtluft gefüttert, besetzt und verbrämt waren. Darryl gab sich förmlich und begrüßte sie wortlos, aber Chaddedons Freude darüber, Kathryn zu sehen, war mehr als augenscheinlich. Er küßte Thomasina herzlich auf beide Wangen, ergriff Colums zögernd dargebotene Hand und küßte Kathryn galant auf die Fingerspitzen. Kathryn errötete. In Chaddedons Augen blitzte der Schalk, als genieße er diese Art Neckerei. Er trat einen Schritt zurück und breitete die Arme weit aus.

»Seid herzlich willkommen in unserem bescheidenen Heim. Aber kommt, die anderen warten schon.«

Chaddedon führte sie ins Haus und über einen langen, holzgetäfelten Korridor zu einer Stube im Erdgeschoß. Der Raum war groß und geräumig, mit bleiverglasten Fenstern, deren rautenförmige Segmente zum Teil gefärbt waren. In dem großen Kamin brannte ein Feuer. Kerzen und Fackeln erweckten den Raum zum Leben, ließen die Schatten auf den Wandteppichen und Tüchern tanzen, die ringsherum an den Wänden hingen. Der Wohlstand des Hauses sprang ins Auge, ohne aufdringlich zu wirken: Auf dem Boden lagen Wollteppiche, die gepolsterten Stühle hatten hohe Lehnen, Schränke und Truhen waren mit Schlössern versehen, die Abschirmung über der Feuerstelle war mit Wappen verziert. An der gegenüberliegenden Wand stand auf einer kleinen Estrade ein riesiger, gedeckter Eichentisch. Silberne Kerzenleuchter tauchten die gläsernen Trinkbecher, das Geschirr und die Karaffen in schimmerndes Licht. Ein Diener nahm ihnen die Mäntel ab, während Kathryn sich entzückt umschaute. Wenn nur ihr Vater noch gelebt hätte, vielleicht hätte auch er solchen Lohn für seine Mühen geerntet.

»Die anderen warten auf uns«, teilte Chaddedon ihnen mit und führte sie zu der Gruppe, die sich inzwischen von den Stühlen am Kamin erhoben hatte. Newington, schlicht gekleidet, das Haar gepflegt, die stets wachsamen Augen überall, lächelte dünn und schenkte Kathryn ein Kopfnicken. Cotterell, bereits ziem-

148

lich betrunken und gefährlich schwankend, leckte sich die Lippen und starrte triefäugig vor sich hin. Neben ihm stand seine kleine, flachsblonde Frau mit hübschen, aber irgendwie strengen Gesichtszügen. Sie erinnerte Kathryn an eine Puppe, die sie einmal besessen hatte. Zwischen Matthew Darryl und Newington stand Marisa, die Tochter des Ratsherrn. Mit ihrem schmalen Gesicht, den dünnen Lippen und den flinken Augen glich sie ihrem Vater aufs Haar. Beide Frauen waren nicht sehr erfreut und machten kaum den Versuch, Kathryn und ihren Begleitern die Befangenheit zu nehmen. Stühle wurden herbeigeholt, Wein wurde serviert, und man begann ein belangloses Gespräch über das Wetter, die Pilger und den neuesten Hofklatsch aus London. Man fragte sich nach dem Verbleib von Faunte und anderen Rebellen, und Straunge lieferte ihnen eine Beschreibung der neuen bleiverglasten Fenster, die König Edward für die Kathedrale in Auftrag gegeben hatte. Schließlich erhob sich Chaddedon und stellte sich mit dem Rücken zum Feuer.

»Wir haben es uns zur Gewohnheit gemacht«, teilte er ihnen mit und lächelte Kathryn an, »an jedem dritten Donnerstag im Monat ein Bankett abzuhalten und Gäste einzuladen.« Mit einer unbestimmten Geste deutete er auf den Garten hinaus. »Die Kinder dürfen draußen spielen, auch wenn es schon dunkel ist.«

Kathryn erwiderte sein Lächeln, aber die anderen starrten blicklos geradeaus; sie wußten, daß dieser Abend anders als alle anderen sein würde, und Chaddedons gute Laune konnte sie nicht beeindrucken. Er wandte sich nun direkt an Colum.

»Master Murtagh, ich heiße Euch willkommen, sowohl als Begleiter der schönen Mistress Swinbrooke wie auch als den Beauftragten des Königs in Canterbury.« Chaddedon hüstelte. »Wie wir alle wissen, wollt Ihr uns ein paar Fragen stellen. Wir, oder zumindest ich, konnte mir keine bessere Gelegenheit dazu vorstellen als unser kleines Fest hier, da wir mit den letzten Vorbereitungen für das große Mysterienspiel in der Heiligkreuzkirche sehr beschäftigt sind.«

Wieder hüstelte er und warf einen schnellen Seitenblick auf Darryl, der seiner Frau etwas zuflüsterte. Sie stand auf und zog sich zusammen mit Cotterells Frau eilig zurück. Darryl folgte ihnen zur Tür, scheuchte die Dienerschaft hinaus und schloß die Tür fest hinter ihnen. Ratsherr Newington erhob sich, stellte sich an eine Ecke des Kamins und stützte sich mit einem Arm auf das Sims; er trank einen Schluck Wein und blickte Colum an.

»Und nun zu Euren Fragen, Master Murtagh.«

Colum stand nicht auf, sah aber die Ärzte der Reihe nach genau an. Sie alle waren wohlhabende, einflußreiche Männer, die ihn und seinen gesamten Besitz mit einem Bruchteil dessen aufkaufen konnten, was sie verdienten. Er war sich bewußt, daß Kathryn neben ihm saß und daß auch Thomasina zugegen war, die keine Anstalten gemacht hatte, den Raum zu verlassen. Die Magd starrte jetzt mit eisiger Miene den Ratsherrn an, dessen ärgerliche Blicke zeigten, wie sehr er die Magd an einen anderen Ort wünschte. Colum tippte an den Rand seines Weinbechers.

»Es war ein langer Tag«, begann er. »Und Ihr alle kennt die Gründe für meine Fragen. Es wurden Morde begannen, und wir glauben, daß der Mörder ein Arzt sein muß.« Er hob eine Hand. »Ich weiß, ich weiß, es könnte auch jemand anders sein, aber wie jeder Richter« – das letzte Wort hob er besonders hervor – »muß ich zunächst die Dinge untersuchen, die wahrscheinlich sind. Master Cotterell, Ihr wurdet zu einem der Opfer gerufen?«

Cotterell zuckte stumm die Achseln und schlürfte seinen Wein. Colum atmete tief durch, um seinen Ärger zu unterdrücken.

»Davon abgesehen«, fuhr er gutmütig fort, »besteht nur wenig Verbindung zwischen den hier Anwesenden und den Opfern. Laßt uns also unser Augenmerk auf eine Tatsache lenken. Gestern um die Mittagszeit wurde ein Kaufmann namens Spurrier in der Kathedrale ermordet. Wo wart Ihr zu der Zeit?« Colum machte es sich in seinem Stuhl bequem. »Ich könnte Euch einzeln verhören, aber ich halte es für das Beste, wenn jeder in Gegenwart der anderen antwortet. Master Cotterell, sollen wir bei Euch beginnen?«

Der fette Arzt mit dem rosigen Gesicht blinzelte in das Licht der Kerzen und machte ein unanständiges Geräusch mit den Lippen.

»Sir?«

»Ich habe Besuche gemacht«, antwortete Cotterell.

»Wo?«

Cotterell lächelte nervös. »Im Hospital St. Thomas und in einem Haus neben St. Alphege.«

»Und das könnt Ihr beweisen?«

»Ja.«

»Wer kann das bezeugen?«

Jetzt blickte Cotterell Kathryn an. »Ich muß nicht vor aller Öffentlichkeit antworten.«

Colum stand auf. Seine Hand fuhr an den Dolch an seinem breiten Ledergürtel.

»Oh doch, Sir, das müßt Ihr.«

Cotterell sah Kathryn flehentlich an.

»Brantam durfte auch beichten«, nörgelte er wie ein kleiner Junge. »Master Brantam hat das Zimmer verlassen. Das war das letzte, was wir von ihm gesehen haben.«

»Er hat recht«, mischte sich Kathryn ruhig ein. Sie sah kurz zu Murtagh auf. »Ich sehe keinen Grund warum hier Geheimnisse aufgedeckt werden sollten. Wenn Master Cotterell mit mir allein sprechen will und wir später feststellen, daß er gelogen hat, dann haben wir vielleicht unseren Mörder gefunden.«

Cotterell schnaubte verächtlich. »Ich bin kein Mörder!«

»Oh, um Himmels willen!« fauchte Darryl. »Was mich betrifft, ich will Master Cotterells kleine Geheimnisse nicht erfahren. Gebt ihm doch, was er will!«

151

Neun

Um der Situation die Schärfe zu nehmen, stand Kathryn auf.

»Master Cotterell, wenn ich bitten darf?«

Und sie nahm ihn ohne langes Federlesen mit in die hintere Ecke des Raumes, so daß sie außer Hörweite der anderen waren.

Bedenklich schwankend stand Cotterell mit seinen triefenden Augen und den dicken, sabbernden Lippen vor ihr.

»Was wollte Brantam?« nuschelte er.

»Das geht Euch nichts an, Sir,« schwindelte Kathryn und machte Anstalten, wieder zu den anderen zurückzugehen.

Cotterell zog sie sachte am Ärmel.

»Brantam ist ein Bastard!« zischte er. »Und mein Weib wird für ihn und mit ihm lügen!« Cotterell blickte zu den anderen hinüber, dann wandte er sich wieder Kathryn zu. »Es gibt da einen jungen Mann, Robert Chirke ist sein Name. Er hat ein Haus in der Nähe der Kirche von St. Alphege. Ich habe ihn besucht.« Cotterell blickte nervös zur Seite. »Mehr muß ich wohl nicht sagen«, grummelte er.

»Wie lange wart Ihr bei ihm?«

»Von zwölf bis zwei, drei Uhr.«

»Das ist lange für einen Patientenbesuch«, murmelte Kathryn trocken.

»Macht daraus, was Ihr wollt«, flüsterte Cotterell. »Aber ich sehe keinen Grund, warum es die anderen erfahren sollten.«

»Ich auch nicht«, erwiderte Kathryn. »Aber habt acht, Master Cotterell; das Gesetz kennt keine Gnade für Männer, die andere Männer, sagen wir, im vollen biblischen Sinne lieben.«

Cotterell sah sie unter schweren Augenlidern hervor an.

»Und was ist mit Frauen, die rumhuren?« Er lachte. »Wir sind schon ein hübsches Paar, was? Eine Ehebrecherin und ein Mann, der Knaben liebt. Ich habe keine Zeit für die verdammten

Priester und ihr Gerede über die Hölle nach dem Tode. Ich lebe hier und jetzt bereits in der Hölle.« Fahrig fuchtelte er mit einer Hand in der Luft herum. »Aber zum Henker, was soll's?«

Er drehte sich um und ging schwerfällig zu seinem Stuhl zurück. Kathryn folgte ihm. Sie nickte Colum zu, der sich nun wieder an die anderen wandte.

»Nun, meine Herren?«

»Ich kann für uns alle sprechen«, sagte Chaddedon und erhob sich. »Gestern nachmittag haben wir hier Patienten empfangen, und danach gingen wir alle hinüber zur Heiligkreuzkirche, um die Vorbereitungen für das Laienspiel zu beaufsichtigen.«

»Also habt Ihr das Haus verlassen?« fragte Kathryn.

»Ja doch«, kläffte Straunge. »Es gab auch Augenblicke, in denen wir allein waren. Wir lebten hier ein ganz normales Leben«, fuhr er fort. »Ich ging zum Markt in Burgate, um ein wenig Tuch zu kaufen. Master Darryl hat einen Bekannten in der Schenke ›Zum Roten Löwen‹ getroffen, und Chaddedon war der erste, der zur Heiligkreuzkirche kam.«

»Das kann ich bezeugen«, unterbrach Newington. »Ich bin am Nachmittag vorbeigekommen.« Er lächelte. »Marisa ist meine einzige Tochter, und ihre Kinder sind jetzt meine Familie.« Er breitete die Arme aus und grinste seinen Schwiegersohn dümmlich an. »Matthew kann Euch noch einen anderen Grund nennen.« Newington machte eine ausladende Handbewegung. »Dieses Kollegium ist eine meiner größten Investitionen. Ich war Bürge, als dieses Haus gekauft wurde.« Er hüstelte nervös. »Wer will mir einen Vorwurf machen, wenn ich herkomme, um meine Bestände zu überprüfen?«

Leises Lachen begleitete seine Worte, und Kathryn spürte, wie sehr seine Großzügigkeit und die Unterstützung von den anderen begrüßt wurden.

»Also«, sagte Colum barsch, »kann mir keiner von Euch in allen Einzelheiten schildern, was er getan hat? Es wäre durchaus denkbar, daß einer von Euch einen Mantel angezogen, sich dem Strom der Pilger angeschlossen, das Gift verabreicht hat und dann verschwunden ist.«

»Ja«, erwiderte Chaddedon. »Alles ist möglich, Master Murtagh. Wir haben auch miteinander schon darüber gesprochen. Jeder von uns hätte sich davonschleichen, dieses scheußliche Verbrechen begehen und ein neues planen können. Aber, um Himmels willen, Mann, ich behaupte, daß es in Canterbury noch andere gibt, die dasselbe getan haben könnten.«

»Stimmt«, fügte Newington hitzig hinzu. »Luberon und ich haben diese Männer hier benannt, aber es könnten auch andere sein. Obwohl«, schloß Newington hastig, denn er hatte Colums warnenden Blick gesehen, »ich kann mir nicht vorstellen, wer. Ich habe Luberons Liste genau überpüft. Alle anderen sind zu alt, zu gebrechlich oder einfach nicht da.«

Der Ratsherr schlug leicht mit der Faust gegen den Kamin und lächelte. »Gleichzeitig«, fuhr er fort, »dürfen wir weder Master Murtagh noch Mistress Swinbrooke einen Vorwurf machen. Die Nachrichten von diesen Morden gehen inzwischen von Mund zu Mund. Die Wirtshäuser und Tavernen melden schon einen Rückgang ihrer Geschäfte. Und Luberon hat mir gesagt, daß die in das neue Parlament des Königs gewählten Männer eine Petition vorbereiten, in der sie die schrecklichen Morde, die in dieser Stadt geschehen, beklagen.«

»Habt Ihr meinen Kollegen gesagt«, fragte Kathryn, »was wir heute nachmittag entdeckt haben?«

Newington schüttelte den Kopf. »Dazu hatte ich noch keine Gelegenheit, Mistress.«

»Was ist denn nun schon wieder?« fragte Darryl.

Kathryn legte die Fingerspitzen aneinander und betrachtete in aller Ruhe die Gesichter der Ärzte. »Der Mörder sucht seine Opfer nach ihrem Beruf aus. Wir standen vor einem Rätsel, bis wir erkannten, daß Chaucer in seinen *Canterbury-Erzählungen* dieselben Berufe im Prolog zu seinem Gedicht aufzählt.«

»Was ist denn das für ein Unsinn?« fragte Darryl.

»Master Darryl, ich dachte, ich hätte mich klar ausgedrückt. Sind Euch der Dichter Chaucer und sein Werk bekannt?«

Darryl schüttelte den Kopf und blickte zu seinem Schwiegervater hinüber. »Nein, ich kenne ihn nicht. Du, Vater?«

»Nur den Namen des Dichters. Mehr nicht.«

»Master Cotterell?« fragte Colum.

Der Arzt änderte geräuschvoll seine Beinhaltung und nickte. »Ja, ja, ich habe sogar eine Abschrift der *Canterbury-Erzählungen*.«

»Wir auch«, meldete sich Chaddedon zu Wort. »Matthew, hast du es vergessen?« Er wandte sich an Straunge. »Und Edmund, du bist mein Zeuge. Am letzten Michaelistag haben wir uns eine Abschrift in unserer Bibliothek angesehen.«

»Nun, ich habe sie nicht gelesen!« erwiderte Darryl.

Chaddedon zuckte mit den Schultern. »Matthew, Matthew, das habe ich auch nicht behauptet. Eine Frage wurde gestellt, und ich beantworte sie. Wir haben eine Abschrift in unserer Bibliothek im Obergeschoß. Straunge und ich haben sie gelesen.«

»Ist es neuerdings ein Verbrechen«, schnarrte Cotterell, »die Werke eines Dichters gelesen zu haben? Der Poet Chaucer ist weithin bekannt. Viele haben ihn gelesen, einige nicht. Der Besitz seiner Werke ist kein Beweis dafür, daß man einen Mord begangen hat.«

Kathryn zuckte mit den Schultern. »Das stimmt. Ich habe auch nur gefragt.«

»Habt Ihr noch mehr solcher Fragen?« wollte Darryl wissen.

»Ja«, schaltete sich Colum ein. »Aber die werde ich stellen, wenn Ihr erlaubt. Wir haben es mit einem Mörder zu tun, der Pilger vergiftet, die den Schrein des Heiligen Thomas besuchen. Mistress Swinbrooke glaubt, daß der Mörder einen Groll gegen den Schrein hegt. Möglicherweise ist es jemand, der dort um Heilung gebeten hat und herb enttäuscht wurde. Würde dies auf einen von Euch zutreffen?«

»Oh, um Himmels willen!« schrie Darryl und sprang auf. Verärgert warf er einen Blick auf die Stundenkerze. »Ich habe Hunger. Wir sollten uns längst erquicken und laben statt hier herumzusitzen und die Zeit mit dummen Fragen totzuschlagen!«

»Sie mögen dumm sein«, erwiderte Kathryn, »aber sie verlangen trotzdem eine Antwort.«

»Setz dich, Matthew«, befahl Newington. »Ich glaube, ich

kann für alle Anwesenden, außer für Master Cotterell, antworten.« Der Ratsherr zog mit einem Ruck seine Robe enger. »Meine Frau, Marisas Mutter, starb vor acht Jahren. Ein Jahr später hat Master Straunge seine beiden Eltern verloren, als das Schweißfieber unsere Stadt heimsuchte.«

»Bei mir ist es nicht anders«, unterbrach Chaddedon schnell. »Meine Gemahlin, die nach der Geburt unserer einzigen Tochter drei Jahre zuvor noch immer sehr schwach war, starb ebenfalls; acht Monate später folgte ihr meine Mutter.«

Kathryn schloß die Augen; ihr war, als würde sie sich hier in Dinge einmischen, die sie nichts angingen.

»Master Cotterell?« fragte Colum schnell, um das Schweigen zu unterbrechen.

Der dicke Arzt blickte Colum starr an, die Augen tränenverschleiert.

»Wenn die Krankheit ausbrach«, antwortete er ruhig, »starben immer die Alten; mir geht es nicht anders als den anderen. Ich verlor meine Mutter und eine Tante. An einem Tag waren sie noch zusammen auf dem Markt gewesen, am nächsten lagen sie schon auf dem Sterbebett und spuckten Blut, bis sie tot waren.« Er stand auf und ging zum Tisch hinüber, um seinen Becher mit Wein zu füllen. »Das soll als Antwort von meiner Seite genügen.«

Die anderen schlossen sich seinen Worten an. Kathryn warf einen schnellen Seitenblick auf Colum, mit dem sie ihm zu verstehen geben wollte, daß alle weitergehenden Fragen ihre Gastgeber nur gegen sie aufbringen würden.

Colum erhob sich und breitete die Arme aus. »Alsdann, unsere Aufgabe ist erledigt. Wir bitten Euch um Vergebung für alle Kränkungen, die wir Euch haben zufügen müssen. Sie waren nicht beabsichtigt. Master Darryl, Ihr habt recht.« Colum roch den angenehmen Duft, der durch die Halle zog. »Mein Magen glaubt schon, mein Hals sei durchtrennt worden!«

Alle erhoben sich und schlossen sich ihm an, doch Kathryn spürte immer noch die ihnen entgegengebrachte Feindschaft. Darryl führte sie aus der Halle, den Korridor entlang zu einer Seitentür, die sich in einen wunderschönen Garten öffnete, der von Fackeln und dicken Bienenwachskerzen unter Metallkappen beleuchtet wurde. Das Licht erhellte eine große grüne Rasenfläche, die bis zu den höher gelegenen Blumen- und Kräuterbeeten reichte. Die Luft war vom schweren, süßen Duft von Rosen und anderen Blumen geschwängert. Die Frauen von Cotterell und Darryl saßen auf einer Holzbank und plauderten ruhig miteinander, während sie auf drei Kinder aufpaßten, die auf den gepflasterten Pfaden zwischen den Blumenbeeten Fangen spielten.

»Ist das Geschäftliche erledigt?« fragte Cotterells Frau schelmisch.

»So gut es eben geht«, erwiderte Newington.

»Die Diener werden jetzt das Essen servieren«, teilte Darryl mit. »Marisa, sag einer Magd, sie soll die Kinder zu Bett bringen.«

Kathryn, die nur zu gern der recht feindlichen Stimmung eine Zeitlang entkommen wollte, reichte Colum ihren Weinbecher.

»Wessen Kinder sind das?« fragte sie.

»Die beiden Jungen sind meine«, erwiderte Darryl. »Das kleine Mädchen, Marie, ist Chaddedons Kind.«

»Laßt mich mit ihnen reden«, bat Kathryn. »Ich bringe sie ins Haus.«

Schnell schritt sie über den Rasen und versuchte, Hals und Nacken ein wenig zu lockern, die sich während des Gesprächs verspannt hatten. Als sie näherkam, hörten die Kinder auf zu spielen und betrachteten sie neugierig. Kathryn kauerte sich am Ende des Pfades nieder. Das Mädchen mit blonden Löckchen und hübschem Gesicht war noch klein. Die beiden Jungen, beide mit schwarzen Haaren, sahen sie verdrießlich an und umklammerten kleine Holzschwerter.

»Ihr sollt ins Haus kommen«, sagte Kathryn ruhig.

»Wer bist du?« fragte einer der Jungen.

»Ich heiße Kathryn. Kathryn Swinbrooke.«

»Bist du ein Arzt?«

»Ja, ja, ich denke schon.« Sie streckte ihre Hand aus, die das kleine Mädchen schüchtern lächelnd mit seinen Patschhändchen betastete. »Und du bist die kleine Marie?«

Das Mädchen nickte.

»Großvater hat uns von dir erzählt«, fuhr der Junge fort. »Er sagt, du bist ein guter Arzt, aber du stellst komische Fragen.«

Kathryn lächelte. »Vielleicht.«

»Großvater spricht immer mit uns«, sagte der Junge.

»Nicht wie die anderen.« Er warf einen wütenden Blick auf die Erwachsenen am anderen Ende des Gartens.

»Nun, jetzt kommt aber ins Haus«, wiederholte Kathryn.

»Wir sind aber noch nicht fertig mit Spielen.«

»Was spielt ihr denn?«

Der Junge tippte sich auf die Brust. »Ich bin Arcita, und er«, damit deutete er auf seinen Bruder, »ist Palamon, und sie ist die Prinzessin Emelie.«

»Nun«, sagte Kathryn und nahm das kleine Mädchen bei der Hand, »morgen ist auch noch ein Tag, und auch Krieger müssen nachts schlafen.« Sie zeigte quer durch den Garten auf Colum. »Fragt ihn, er ist ein Soldat des Königs.«

Aufgeregt rannten die Jungen über den Rasen. Sie bestürmten und verwirrten Colum mit nicht enden wollenden Fragen, bis Darryl verkündete, daß es nun aber genug sei. Eine Magd brachte die Kinder fort, während die Erwachsenen sich zum Essen ins Haus begaben.

Das Essen war ein veritables Bankett: königliches Wildbret in Rotwein, Zitronensaft und schwarzem Pfeffer gekocht; gebackenes Huhn mit Trauben gefüllt; ein Salat aus Petersilie, Salbei, Frühlingszwiebeln, Knoblauch und Rosmarin. Danach gab es Rastons, kleine Brotlaibe aus süßem, mit Eiern angereichertem Teig, Stücke von Honigdatteln, Kräuterwein und Pfirsiche mit einem süßen Sirup. Die Diener schenkten ständig Wein nach. Colum langte ordentlich zu, aber Kathryn beschränkte sich auf einen einzigen Becher und füllte ihn zwischen zwei Schlucken immer wieder mit Wasser auf.

Cotterell schlief schnell ein. Zunächst war die Atmosphäre ziemlich förmlich und angespannt. Doch schon bald erwies es sich, daß der Wein die Wogen glättete, und Colum wurde mit Fragen nach dem gerade beendeten Krieg bestürmt, nach der

Politik bei Hofe und den Persönlichkeiten des Königs und seiner Brüder. Der Ire gab bereitwillig Auskunft, schilderte den letzten Feldzug im Westen des Landes in allen Einzelheiten, die Hinrichtung aller Generäle der Lancastertreuen und die Entschlossenheit des Königs, das Haus Lancaster mit Stumpf und Stiel auszurotten. Er erzählte lustige Geschichten über das Soldatenleben und beschrieb auch, in welchem Kontrast es zu dem Leben in Samt und Seide bei Hofe stehe. Das alles hinderte ihn aber nicht, ein wachsames Auge auf Kathryn zu haben und auf Chaddedons gelegentliche Versuche, sie in ein Gespräch zu ziehen. Schließlich merkte er, daß er die Unterhaltung allein bestritt, und fragte abrupt, ob sie alle in Canterbury geboren und aufgewachsen seien.

»Ich nicht«, hub Newington zu einer ausführlichen Erklärung an. »Aber die anderen. Ich bin in Canterbury geboren, wurde aber schon früh Waise und zu einem Verwandten nach London geschickt, um dort die Kunst des Tuchhandels zu lernen. Vor zwanzig Jahren kehrte ich mit meiner Frau und der kleinen Marisa zurück.« Er blickte auf Kathryn hinunter. »Ich habe mein Vermögen sowohl hier als auch in London gemacht und will nicht mehr reisen. Diese Stadt ist die größte in Europa.« Seine Worte ernteten zustimmendes Gemurmel von allen Seiten. »Und deshalb«, fügte er bitter hinzu, »müssen diese schrecklichen Morde ein Ende haben.«

Chaddedon spürte, daß die Unterhaltung Mißhelligkeiten schaffen könnte, und wandte sich an Kathryn. »Ihr habt von unserer Bibliothek gehört?« fragte er. »Würdet Ihr sie Euch gern ansehen?«

Kathryn sah den Schalk in seinen Augen.

»Das solltet Ihr tun«, fuhr er fort. »Master Straunge und ich haben viele Texte gesammelt, um die uns selbst die Mönche von Canterbury beneiden würden.«

Kathryn stimmte zu und war erleichtert, als Colum, der die Unterhaltung mit gespitzten Ohren verfolgt hatte, sich plötzlich ebenfalls anschloß. Ebenso Thomasina, die den ganzen Abend merkwürdig stumm dagesessen hatte. Nach Beendigung des

Mahles verließen Chaddedon und ein leicht schwankender Colum den Saal, gefolgt von Kathryn, die Thomasina am Ärmel festhielt.

»Du warst sehr still«, flüsterte sie. »Stimmt etwas nicht? Ist alles in Ordnung mit dir?«

Thomasina spitzte den Mund. »Ja, ja. Sind schon seltsam, diese Leute, nicht wahr, Mistress? Aber ich habe einfach nachgedacht.«

»Worüber?«

»Oh, über dies und das.«

»Komm, Thomasina.«

»Seid vorsichtig!« zischte Thomasina und versuchte, vom Thema abzulenken. »Chaddedon hat ein Auge auf Euch geworfen. Und ich glaube, der Ire ist eifersüchtig.«

Kathryn lachte leise und hakte sich bei Thomasina ein.

»Wer weiß, wozu das gut ist«, flüsterte sie.

Thomasina funkelte sie entrüstet an, war aber froh über die sprühenden Augen ihrer Herrin. Die Magd betrachtete grummelnd den Rücken des stolpernden, lachenden Iren, der vor ihnen die Holztreppe hinaufging. Vielleicht ist er doch nicht so ein Bastard, dachte Thomasina. Vielleicht hat ihn der liebe Gott zu uns geschickt, um diese Veränderung zu bewirken, aber ich werde ihn im Auge behalten, ebenso wie Chaddedon und seinesgleichen.

Die Bibliothek, in die der Arzt sie führte, war groß und gut ausgestattet. Schnell entzündete Chaddedon die Kerzen in einem großen Kandelaber, der in der Mitte eines Holztisches stand, ebenso die Fackeln, die hoch oben an der Wand angebracht waren, in sicherem Abstand von den Regalen. Der Raum war mit einem Teppich ausgelegt, das bunte Glas der Fenster funkelte; in einem Erker auf der gegenüberliegenden Seite des Raumes befand sich ein Sitz, und vor einer Wand standen in voller Länge Tische aufgereiht, über denen noch mehr Wandbehänge Platz gefunden hatten. Eine ganze Wand jedoch war zugestellt mit Regalen, die Bücher in allen Größen enthielten, einige waren angekettet, andere waren übereinander gestapelt. Kathryn hatte nie mehr so viele Bücher auf einmal gesehen, seit ihr Vater sie einmal in die Bibliothek des Herzogs Humpgrey in Oxford mitgenommen hatte. Sie klatschte in die Hände und stieß einen Laut der Überraschung aus.

»Gehören die alle Euch?«

Chaddedon sonnte sich in ihrem Lob. »Nun, eigentlich nicht. Straunge ist unser Sammler, vor allem medizinischer Texte. Wir besitzen den *Tractatus de Matricibus* von Garnerius.« Chaddedon nahm ein Buch vom Regal. »Und das ist unser kostbarstes.« Er legte das schwere, in üppig geprägtem Leder gebundene Buch auf den Tisch.

Kathryn blätterte ehrfürchtig in dem Werk, das ihr Vater immer hatte besitzen wollen, die *Chirurgia* von Gerhard von Cremona. Sie hatte eine Abschrift in Oxford gesehen; das Buch brachte Erinnerungen zurück an ihren Vater, wie er neben ihr stand und auf die Zeichnungen deutete, auf denen Frauen dargestellt waren, die den Beruf des Heilkundigen ausübten. Kathryn betrachtete eine davon genauer.

»Ihr habt es schon einmal gesehen, Kathryn?«

»Ja, ja, es war das Lieblingswerk meines Vaters.«

»Er war ein guter Arzt, nicht wahr?«

»Mein Vater war in Salerno und Padua und hat die Heilkunde der Araber studiert.«

»Und er hat sein Wissen an Euch weitergegeben?«

»Ja, er hielt sich für ein paar Monate in Hainault auf, wo er sah, wie junge Mädchen erzogen wurden. Als er mit meiner Mutter von London nach Canterbury zog, stellte er einen Priester ein, einen alten Mann aus dem Hospital für arme Priester, der mich unterrichten sollte. Er war Gelehrter in den Heiligen Hallen von Oxford, bis man feststellte, daß er mit den Doktrinen Wyclifs infiziert war.« Es war ihr bewußt, daß Colum an dem Tisch entlangstrich und sie und Chaddedon eifersüchtig beobachtete.

»Ihr sagtet, Ihr hättet eine Abschrift von Chaucer?« schaltete sich der Ire brüsk ein.

»Ach ja«, sagte Chaddedon und brachte ein anderes Buch an den Tisch, ähnlich dem, das Colum in die Ottemelle Lane mitgebracht hatte. Colum kam näher, als Kathryn die Seiten umblätterte: Sie waren abgegriffen, aber nichts wies darauf hin, daß der Mörder das Buch als einen Führer für die Wahl seiner Opfer benutzt hatte. Kathryn blätterte noch ein paar Seiten um und klappte das Buch mit einem Seufzer wieder zu.

»Nichts«, flüsterte sie und ließ ihren Blick anerkennend durch die Bibliothek schweifen. »Ich würde gern einmal herkommen«, murmelte sie. »Vielleicht, wenn alles vorbei ist?«

»Mistress Swinbrooke, es wäre uns eine Ehre«, sagte Chaddedon und begann, einige Kerzen zu löschen. »Und nun«, bot er an, »darf ich Euch zu guter Letzt noch zeigen, wo wir unsere Arzneien aufbewahren?«

Er führte sie die Treppe hinunter, vorbei an der Halle, wo die anderen leise miteinander plauderten, zu einem großen Raum auf der Rückseite des Hauses. Er nahm den Schlüssel von seinem Gürtel und schloß die Tür auf, strich ein Stück Zunder an, mit dem er behutsam die Öllämpchen anzündete. Der Raum war ein exaktes Quadrat, die vier Wände mit Regalen bedeckt, auf denen Töpfe und Flaschen aufgereiht standen. Alle waren mit Pergamentschildchen versehen.

»Wer benutzt die Bibliothek?« fragte Colum plötzlich, bevor der Arzt Kathryn in eine Unterhaltung ziehen konnte.

Chaddedon zuckte mit den Schultern und blickte den Iren unter gesenkten Augenlidern an, als ärgere er sich über dessen Gegenwart. »Mein Gott, Mann, wir alle!«

»Und dieser Raum?«

»Wir Ärzte haben jeder einen Schlüssel, und es gibt noch einen weiteren am Schlüsselbund des Hausmeisters.«

Chaddedon ging an den Regalen entlang und tippte die Flaschen und Gläser an wie alte Bekannte. »Wir haben hier Ingwer, Giersch, Eulenklaue, Weißdorn, Gefleckten Schierling, Bilsenkraut, Tollkirsche, Baldrian, Fingerhut. Gift genug, um die ganze Stadt zu töten.«

»Habt Ihr irgend etwas Ungewöhnliches bemerkt?« fragte

Kathryn und deutete auf den Tisch mit seinen Mischflaschen, Waagen, Stäbchen und Gläsern.

»Wie meint Ihr das?«

»Habt Ihr bemerkt, daß ein Heilmittel fehlte oder daß sich jemand daran zu schaffen gemacht hat?«

»Nein, nichts, was der Erwähnung wert wäre.«

»Ich aber.«

Straunge erschien im Türrahmen. Sein hageres Gesicht sah im flackernden Licht der Lampen noch fahler aus.

»Vor ungefähr einer Woche«, sagte er und betrat den Raum. »Ich kam hier herein und sah weißes Pulver auf dem Boden. Natürlich trug ich Handschuhe.« Er lächelte Kathryn an. »Ich habe vor einigen dieser Pülverchen ziemlichen Respekt und glaube, sie sollten auf keinen Fall mit der Haut in Berührung kommen. Auf jeden Fall«, fuhr er hastig fort, »hob ich das Pulver auf, aber es war nur Mehl, weißes Mehl; obwohl das hier nicht verwahrt wird.«

»Das höre ich zum ersten Mal«, sagte Chaddedon.

Straunge hob die Augenbrauen. »Damals dachte ich, es habe nichts zu bedeuten, aber jetzt, da wir alle unter Verdacht stehen, diese Morde begangen zu haben, ziehe ich alles in Betracht, was ungewöhnlich ist.«

Kathryn sah sich in den Regalen um. Sie konnte mit den Worten Straunges nichts anfangen, und sie war, wie schon in der Bibliothek, hin und her gerissen zwischen Neid und Bewunderung für das, was diese Ärzte besaßen.

»Wo habt Ihr das alles gekauft?« fragte sie.

»Ein paar sammeln wir«, antwortete Chaddedon. »Andere kaufen wir bei den Gewürzhändlern in London oder bei unserer Zunft in Canterbury. Warum fragt Ihr?«

»Mein Herbarium ist ein Laden, nichts weiter, ein kleiner Raum in meinem Haus in der Ottemelle Lane. Ich habe immer davon geträumt, einmal solche Vorräte zu besitzen.«

»Dazu braucht Ihr die Zulassung von der Zunft.«

Kathryn blinzelte schelmisch. »Wie mein Vater schon sagte, im Leben ist alles möglich.«

Sie verließen das Herbarium und gingen wieder in die Halle zu den anderen. Mehr Wein wurde ausgeschenkt, aber Kathryn, die besorgt den schläfrigen Ausdruck in Colums Augen und Thomasinas Unruhe zur Kenntnis nahm, verkündete, daß sie nun wirklich gehen müßten. Die Damen waren bei der Verabschiedung sehr reserviert und ließen keinen Zweifel daran, daß es ihnen nichts ausmachen würde, wenn sie Kathryn niemals wiedersähen. Darryl versuchte erfolglos, Cotterell auf die Beine zu stellen, so daß nur Chaddedon und Newington sie zur Tür begleiteten. Der Händedruck, mit dem der Arzt Kathryn verabschiedete, machte deutlich, wie sehr er den Abend genossen hatte.

Sie gingen über die Queningate Lane zurück. Thomasina hatte sich bei Kathryn untergehakt, während Colum, leise ein Lied vor sich hin summend, vor ihnen herging und hin und wieder eine lustige Gigue tanzte, immer noch betrunken von den großen Mengen Wein, die er geschluckt hatte. Zwei Nachtwachen kamen vorbei und baten ihn, leise zu sein. Colum lachte nur und setzte seinen Weg fort, vorbei an der St.-Paul's-Kirche, an der alten Stadtmauer entlang und durch einen verfallenen Rundbogen in die St. Margaret's Street. Hier und da kamen sie an einem Bettler vorbei, der wimmernd um Almosen flehte; an einem Flittchen mit ihrem Freier; an dem verrückten Rattenfänger, der in bizarrer Weise die Straßen abschritt, eine lange Stange über der Schulter, von der eine Reihe frisch erlegter Ratten und Mäuse hing. Katzen balgten sich um stinkende Abfallhaufen, und irgendwo bellte ein Hund den Mond an.

Kathryn war ganz in Gedanken versunken und versuchte, ihre Ohren vor Colums ziemlich laut vorgetragenem Liedchen über die Damen aus Dublin zu verschließen. Gerade hatten sie die Taverne »Zur Krone« passiert, die schon für die Nacht verriegelt und verrammelt war, als drei Wegelagerer aus einer Gasse sprangen. Colum hatten sie passieren lassen, die Frauen betrachteten sie nun als leichtere Beute. Einer packte Kathryn am Ärmel ihres Kleides, während ein anderer versuchte, Thomasinas Arme hinter ihrem Rücken zu fesseln. Die Magd schlug mit der Bosheit einer wütenden Mähre aus und versetzte einem der Straßenräuber

164

einen schmerzhaften Tritt vors Schienbein. Kathryn kämpfte mit ihrem Angreifer und klammerte sich an dessen lederne Kapuze. Die blitzenden Augen und der saure Geruch seines Atems machten ihr angst. Plötzlich wurde der Mann von ihr weggerissen. Kathryn wußte nicht, was geschehen war, aber Colum zog den Mann an sich und stieß ihm sein langes Messer in den Bauch. Dann trat der Ire einen Schritt zurück und ließ den schreienden und sich windenden Straßenräuber auf den Boden gleiten. Jetzt drangen seine beiden Kumpane auf ihn ein. Im Schein einer Hornlaterne, die am Türpfosten der Schenke hing, sah Kathryn, daß Colum mit einem langen Dolch bewaffnet war und einem kurzen Messer, das er aus einem Stiefelschaft gezogen hatte. Die Wegelagerer trugen Langspieße und Messer bei sich. Sie hatten in ihm wohl eine leichte Beute gesehen, da er kein Schwert trug und zudem noch betrunken war. Als sie auf ihn zustürzten, wich er zurück. Einer der beiden schoß vor und zielte mit seinem Spieß auf den Zwickel des Iren. Den Dolch richtete er auf Colums Gesicht. Colum duckte sich, schlug den Spieß zur Seite, um dann mit seinem Dolch vorzustoßen. Blut sprudelte aus dem Hals des Mannes. Der dritte Angreifer hatte genug; er ließ seine Waffe fallen und floh in die Gasse, aus der sie gekommen waren.

Kathryn starrte auf die zu Boden gesunkenen Straßenräuber. Der eine mit der Wunde am Hals war bereits tot, aber der andere krallte eine Hand in den Boden und hielt sich mit der anderen seinen Bauch, aus dem jetzt stoßweise Blut trat, das links und rechts von ihm eine Lache bildete.

»Sollten wir ihm nicht ...« fragte Kathryn.

»Natürlich«, erwiderte Colum. Er kniete sich neben den Mann, und noch ehe Kathryn widersprechen konnte, schlitzte er dem Kerl von einem Ohr zum anderen die Kehle auf.

Kathryn war an den Anblick von Blut und die Folgen von Gewalttätigkeiten gewöhnt, doch bei Colums Kaltschnäuzigkeit drehte sich ihr der Magen um. Ihre Beine zitterten. Sie packte Thomasina, die immer noch mit weit aufgerissenen Augen und nach Luft ringend dastand, bei der Hand. Die beiden Frauen liefen davon und kümmerten sich nicht mehr um den Iren, der hinter ihnen herrief. Als sie ihr Haus erreichten, nestelte Kathryn fieberhaft an dem kleinen Schlüsselbund, der an einem Stück Seidenschnur um ihre Hüfte hing. Dann öffnete sie die Tür, trat ein, drückte Thomasina auf einen Stuhl, entfachte das Feuer wieder und ging in die Vorratskammer, wo sie drei große Becher mit Wein füllte. Als sie hörte, wie Colum in die Küche trat, ging Kathryn hinaus, hielt ihm einen Becher hin und trug das Tablett zu Thomasina hinüber. Die Magd hatte sich inzwischen wieder gefangen. Sie trank den Wein in gierigen Schlucken und beäugte über ihre Schulter hinweg den Iren, der sich lässig an den Tisch gelehnt hatte.

»Was hätte ich denn sonst tun sollen?« fragte er. »Es waren Straßenräuber – und so wie sie aussahen, waren es Krieger aus dem Lager.« Er donnerte den Weinbecher auf den Tisch und baute sich vor Kathryn auf. »Seht mich an, Lady!« forderte er.

Kathryn blickte ihn ungerührt an. »Ja, Ire!«

»Es waren Strolche«, insistierte Colum. »Sie hätten mich getötet, Euch beraubt und dann den Bauch aufgeschlitzt!«

»Ihr tötet so fachmännisch.«

Colum näherte sein Gesicht dem ihren. »Lady, sie haben versucht, mich zu töten. Den einen hat es am Hals erwischt, der andere hatte eine Bauchverletzung. Und nicht einmal Ihr, von Chaddedon oder den anderen ganz zu schweigen, hättet noch etwas für ihn tun können, verdammt nochmal! Es hätte noch Stunden gedauert, bis er gestorben wäre, und so lange hätte er ununterbrochen nach Wasser geschrien.«

»Er hat recht«, erklärte Thomasina. »Sie wurden als Bastarde geboren und sind als Bastarde gestorben! Was glaubt Ihr denn, Mistress, was die um die späte Stunde noch vorhatten?«

Colum lächelte und klopfte Thomasina auf die Schulter. Die Magd schüttelte ihn ab.

»Behaltet Eure Hände bei Euch, Ire! Ich bin nicht die Helena von Troja, und selbst wenn, dann seid Ihr noch lange nicht Paris!«

Colum lachte lauthals, nahm seinen Weinbecher und ging zur Küchentür.

»Ire! «

»Ja, Mistress Kathryn?«

»Es tut mir leid. Ich bin Euch dankbar für das, was Ihr getan habt. Aber Ihr wart so kalt, so gefühllos.«

Colum trat wieder zu ihr.

»Ich bin ein Mann der Gewalt, Mistress. Ich kam kämpfend zur Welt. Ich lebe vom Kämpfen. Ich habe es nicht gern getan, aber es mußte sein.«

»Und in der Gasse vor dem ›Schachbrett‹, als Ihr die irische Stimme hörtet? Was war da? Was ist Euer Geheimnis, Ire?«

Colum verzog das Gesicht.

»Das ist kein großes Geheimnis. Vor Jahren hatte ich mich einer Horde wildgewordener Rebellen in den Schluchten um Dublin angeschlossen.« Colum schnaubte verächtlich und lachte. »Wir nannten uns die Bluthunde von Ulster. Wir waren Randalierer und lechzten nach englischem Blut. Dann wurde ich eines Tages verraten, geschnappt und zum Tode am Strang verurteilt. Der Vater des jetzigen Königs, der Herzog von York, Lord Lieutenant von Irland, hatte Erbarmen mit mir, und ich wurde begnadigt. Ich vergaß meine Vergangenheit. Mein Problem besteht darin, daß die Vergangenheit mich nicht vergessen hat. Die Bluthunde von Ulster halten mich jetzt für einen Verräter.« Er sah auf seinen Weinbecher nieder. »Sie haben einen Preis auf meinen Kopf ausgesetzt. Einen Beutel voll Gold für meine Ergreifung. Es ist nur eine Frage der Zeit, Mistress, bis ihn sich jemand verdienen will.« Er lächelte. »Wenn er kann.«

Kathryn seufzte und bedeutete ihm, sich zu setzen. »Es tut mir leid«, wiederholte sie. Sie nahm einen kleinen Schluck aus ihrem Becher. »Jetzt ist der Abend verdorben.« Sie warf einen schnellen Blick auf Thomasina. »Ich habe dich noch nie so still erlebt wie heute abend.«

Die Magd nickte dem Iren zu. »Wenn er da ist, lasse ich meine Hand an meiner Börse und halte den Mund.«

»Aber die Ohren offen?« neckte Colum. »Und was haben wir heute abend in Erfahrung gebracht?« Er zählte die Punkte einzeln an den Fingern ab. »Die Cotterells sind ein merkwürdiges Paar. Er macht mir den Eindruck, als hätte er es auf kleine Jungen abgesehen, und sie ist eine räudige Hündin. Chaddedon ist charmant.« Er blinzelte Thomasina an. »Straunge und Darryl sind zwei kalte Fische. Aus Newington werde ich nicht schlau. Wir waren bei ihnen zu Gast, aber wir mochten sie nicht. Was noch?«

»Ich glaube, der Mörder war in dem Haus«, erwiderte Kathryn. »Ich habe keinen Beweis dafür, nur einen Verdacht. Sie haben eine Abschrift von Chaucers *Erzählungen,* aber es ist Straunges Bemerkung, die mich beschäftigt. Warum sollte er Mehl auf dem Boden des Herbariums finden?«

»Noch etwas?« fragte Colum.

Kathryn schüttelte betrübt den Kopf. »Es ist genug, daß ein jeglicher Tag seine eigene Plage habe. Thomasina, Master Murtagh, ich wünsche Euch eine gute Nacht.«

Damit überließ Kathryn den Iren und die Magd sich selbst und nahm ihren Becher Wein mit in ihre Kammer. Sie zündete die Kerzen an, und als sie die Tür zumachte, hörte sie Thomasina mit Colum gutmütige Scherze austauschen, dann das Scharren von Hockern, als sich die beiden zurückzogen. Kathryn saß da und starrte an die gegenüberliegende Wand, während ihr verschiedene Bilder des Abends durch den Kopf gingen. Chaddedons Werbung, die umfangreiche Bibliothek, die beiden Frauen mit den harten Augen, Straunge, wie er in der Tür stand und seine seltsame Äußerung machte. Und zuletzt die aus der Dunkelheit auftauchenden Strauchdiebe, die Colum so kaltblütig erledigt hatte.

Kathryn seufzte und zog die Abschrift von Chaucers *Canterbury-Erzählungen* zu sich heran. Sie öffnete das Buch und begann, die Seiten durchzublättern. Zunächst den Prolog, in dem der Dichter mit viel Geschick Charakter und Beruf eines jeden Pilgers beschreibt, dann die Geschichten selbst. Kathryn begann ein wenig zu frieren, und so wickelte sie sich fester in ihren Mantel und nahm das Buch mit in die Küche, wo sie Kerzen anzündete und die Glut wieder anfachte. Das Buch auf dem Schoß, blätterte sie die verschiedenen Erzählungen der gen Canterbury ziehenden, fröhlichen Pilgerschar durch. Ihr fielen die Augen

168

schon fast zu, aber plötzlich zog eine Zeile aus der »Erzählung des Ritters« ihre Aufmerksamkeit auf sich: »Zwei junge Ritter, eng beieinanderliegend ...« Sie las die folgenden Verse sorgfältig durch, klappte das Buch zu und wiegte es leicht in ihrem Schoß. Nun hatte sie ihren Beweis. Sie zweifelte nicht daran, daß sie dem Mörder begegnet war, dem Schlächter der Pilger.

Zehn

Obwohl sie erst so spät zu Bett gegangen war, hatte Kathryn sich vorgenommen, früh aufzustehen. Doch sie wurde, ebenso wie die anderen Hausbewohner, schon beim ersten Morgengrauen durch lautes Pochen an der Tür aus dem Schlaf gerissen. Gegen den Radau protestierend, wickelte sie sich in einen Mantel, schlüpfte in ihre Sandalen und eilte die Treppe hinunter. Sie kam gerade unten an, als Thomasina die Haustür öffnete und den Besucher ins Haus führte. Colum, noch nicht ganz angezogen und mit schweren Lidern, polterte hinter ihr die Treppe herunter.

»Was ist los?«

Der in eine Mönchskutte gekleidete Besucher zog in der Küche die Kapuze zurück.

»Um Gottes willen, Luberon«, knurrte Colum. »Was ist geschehen?«

Luberon reichte ihm ein Stück schmutziges Pergament. Murtagh las es und reichte es dann Kathryn.

»Wieder ein Mord, ja?«

Luberon nickte. Kathryn las die krakelige Schrift.

Ein Büttel kam nach Canterbury getrottet,
Die Seel' nunmehr in Höllenqual verrottet.

»Ein Büttel wurde ermordet?« wollte Kathryn wissen.

Der Schreiber nickte. »John atte-Southgate in der Fastolf-Schenke draußen vor dem Westtor.« Luberon rieb sich das unrasierte Kinn. »Ihr müßt mit mir kommen. Nicht nur ein Büttel wurde ermordet, sondern auch eine Hure, die bei ihm war.« Luberon sank auf einen Hocker. »Dieser gute Büttel war, wie die meisten von seiner Sorte, den Freuden des Lebens nicht abgeneigt. Der Wirt sagt, eine in Mantel und Kapuze gehüllte Frau sei lange nach dem Abendläuten in die Taverne gekommen und habe nach Southgate gefragt. Der Wirt hat sich gedacht, daß sie eine Hure war, und wer würde es schon wagen, sich einem Büttel in den Weg zu stellen? Offensichtlich hatten sie viel Spaß miteinander, nur hatte die Hure einen versiegelten Weinkrug mitgebracht, der Gift enthielt. Sie tranken beide daraus und liegen nun tot da.«

»Wer fand die Leichen?«

»Ein Dienstmädchen«, antwortete Luberon. »Auf Anordnung des Erzbischofs hatte ich allen Wirten in der Stadt ausrichten lassen, mir über jeden plötzlichen Todesfall Meldung zu machen. Ein Stallbursche hat mich mit den Nachrichten aus dem Bett gescheucht. Dann bin ich sofort hierhergekommen.«

»Ihr wollt wirklich, daß wir mitkommen?«

Luberon stand auf. »Natürlich!« sagte er bissig. »Ich bin schließlich nicht zum Vergnügen hier!«

Colum fluchte und schlug auf den Tisch. »Aber ich habe draußen in Kingsmead etwas zu erledigen. Das Haus ist verlassen. Ich muß mit einer Truppe zu den umliegenden Höfen, um Hafer, Kleie, Stroh und Heu für die Pferde des Königs zu kaufen! Die Pferde werden bald hier in Canterbury eintreffen, und es empfiehlt sich, das Futter so bald wie möglich zu kaufen.«

»Wenn diese Sache hier nicht erledigt wird«, knurrte Luberon, »habt Ihr dem König gegenüber mehr zu verantworten als fehlende Kleie und Hafer! Zieht Euch an!«

»Fahrt zur Hölle!« murrte Colum.

»Colum, wir müssen hingehen!« schaltete Kathryn sich ein. »Wir haben keine andere Wahl.«

Sie ging in ihre Kammer und zog sich in aller Eile an. Als ihre Magd heraufkam, erklärte sie ihr rasch, was sie zu tun habe, wenn Patienten kämen.

»Versorgt den Kräutergarten«, fügte Kathryn hinzu. »Es war sehr warm gestern, und die Pflanzen brauchen Wasser. Kleinere Wunden und Prellungen kannst du selbst behandeln, über die schwierigeren Sachen berichtest du mir, wenn ich zurückkomme.« Kathryn knuffte ihre Magd sanft in den Arm. »Thomasina, um Gottes willen, stehst du mir bei?«

Über das offene Gesicht der Magd huschte ein Lächeln. »Ach, geht nur, Mistress. Agnes und ich kommen schon zurecht. Vor allem« – hier hob sie die Stimme – »wenn das Haus von trampelnden Kriegern befreit ist!«

Kathryn und Colum gingen zu Luberon hinunter. Sie holte aus der Vorratskammer drei Weißbrötchen.

»Damit können wir unser Fasten brechen«, sagte sie und bot den anderen die kleinen Brotlaibe an. Kauend traten sie aus dem Haus. Colum eilte über die Straße zu der Taverne an der Ecke, wo er sein Pferd untergestellt hatte. Er blieb eine Weile weg, was Luberon, der seinen armseligen Gaul von einem Pfahl in der Nähe losgebunden hatte, veranlaßte, lautstark zu fluchen. Schließlich kehrte Colum nicht nur mit seinem Pferd zurück, sondern führte auch noch ein kleines, geduldiges Pferd für Kathryn mit sich. Er warf ihr die Zügel zu.

»Das schenke ich Euch«, sagte er lächelnd. »Es ist eine ruhige, gefällige und gleichmütige Stute. Genau wie Thomasina!« Er wies ihren Dank zurück und sagte, sie solle es als Teilzahlung für ihre Gastfreundschaft betrachten. Dann faltete er die Hände zu einem Tritt und half Kathryn aufs Pferd. Kurz darauf folgten sie Luberon die Ottemelle Lane entlang in die Hethenman Lane, bogen von dort nach links ab zur King's Bridge, kamen am St.-Peter's-Tor und an der Schenke »Mönche vom Sack« vorbei und ritten nun auf das Westtor zu.

Unterwegs erzählte Colum Luberon von dem Essen bei den Ärzten. Der kleine Schreiber hörte verbittert zu und wurde so mürrisch, weil man ihn von der Einladung ausgeschlossen hatte, daß Colum schließlich achselzuckend schwieg und Luberon seinen finsteren Gedanken überließ.

Die Stadt lag noch ruhig da, nur ein paar Zechbrüder kehrten singend und lachend heim und gaben acht, keiner Wache zu begegnen. Colum sah sie und dachte beschämt an seine eigenen Gelage zurück. Wie um Entschuldigung bittend, zwinkerte er Kathryn zu. Sie kamen an einem Falschmünzer vorbei, der am Ende der Black Griffin Alley am Stock angekettet war. Zwei Kesselflicker zogen ihre Handkarren zum Buttermarkt. Ein paar verschlafene Büttel gingen mit einem Stab in der Hand auf die hoch aufragenden Türme und die mit Zinnen versehenen Türmchen des Westtores zu. Kathryn betrachtete sie und zog abrupt die Zügel an. Luberon drehte sich verärgert um und zerrte den Kopf seines Pferdes herum.

»Was ist los, Mistress?« sagte er. »Wir haben eine Leiche zu untersuchen und einen Mörder zu jagen! Träumt Ihr?«

»Oh, seid ruhig!« herrschte Colum ihn an. »Kathryn, was habt Ihr?«

Kathryn deutete in Richtung Westtor. »Die Büttel prüfen doch nach dem Abendläuten, ob die Stadttore geschlossen sind?«

Luberon nickte.

»Und dennoch kam die Hure nach dem Abendläuten noch ins Fastolf. Wer hat sie also durchgelassen?«

»Die Torhüter sicher nicht«, erwiderte Colum. »Das sind Königstreue.«

Kathryn tätschelte den Hals ihres Pferdes und trieb es sanft an. »Wenn dem so ist«, schloß sie, »muß unser junges Nachtschattengewächs durch eine Nebenpforte geschlüpft sein, und die einzigen, die Schlüssel für diese Pforten haben, sind Ärzte.«

»Womit wir wieder am Anfang wären«, verkündete Luberon. »Aber wer, Mistress Swinbrooke, wer?«

Er ritt ihnen voran durch das Westtor, wo Colum anhielt, um sich bei einem Vorgesetzten der Wache zu erkundigen. Der grauhaarige Soldat schüttelte den Kopf und zeigte auf die eisenbeschlagenen Tore.

»Gestern abend habe ich sie persönlich verriegelt, und niemand kam in ihre Nähe, eine Hure schon gar nicht.«

Kopfschüttelnd führte Colum sie durch den niedrigen Torbogen auf den Weg, von wo aus sie das geschmacklos bemalte Schild des »Fastolf« im Wind hin und her pendeln sahen. Kathryn lockerte die Spannung im Nacken. Sie atmete den süßen Duft des Sommers über den grünen, saftigen Feldern zu beiden Seiten des Weges ein und stellte fest, wie selten sie seit dem Tode ihres Vaters aus Canterbury herausgekommen war.

Die Fastolf-Schenke war unheimlich still. In dem großen, gepflasterten Hof waren kein einziges Pferd, keine Lasttiere und keine Stallknechte zu sehen. Nur ein paar Krieger in ziemlich verdreckten und zerlumpten Uniformen lehnten lässig an einer Mauer. Sie erkannten Colum, der sie gutmütig aufzog, bis ein Sergeant mit schmutzverkrustetem Gesicht, dünn wie eine Bohnenstange, auf unsicheren Beinen aus einem der Nebengebäude torkelte, einen Weinschlauch in der Hand.

»Wir haben diesen Päderasten gesagt, sie sollen drinnen bleiben!« nuschelte er. Mit bösen Augen sah er Luberon an. »Zumindest bis die Beamten fertig sind.«

Colum und seine kleine Gesellschaft stiegen ab. Der Ire warf seine Zügel dem Sergeanten zu. »Paßt auf die Pferde auf!«

Kathryn und Luberon folgten ihm über den Hof in den muffigen Schankraum. Der Wirt, dessen Lederschürze mit Fettflecken übersät war, tänzelte unter devoten Verbeugungen auf sie zu, als wäre Colum der König höchstpersönlich. Über seine Schultern hinweg fiel Kathryns Blick auf die ängstlichen Gesichter der Mägde, Küchenjungen und Schankgehilfen.

»Wo ist die Leiche?« fragte Luberon und schob sich durch die Umstehenden.

Der Wirt deutete mit schmierigem, dickem Finger auf die rauchgeschwärzte Decke. »In der Kammer im Obergeschoß. Bei Gott, wir haben nichts angerührt!«

Luberon ging ihnen voran die brüchige Treppe hinauf. Auf dem zweiten kleinen Absatz machte er Halt. »Diese Treppe ist verdammt gefährlich!« schnauzte er den Wirt unten an. »Ihr werdet sie reparieren, oder ich schicke Euch die Ale-Prüfer auf den Hals!« Er warf einen finsteren Blick auf Colum. »Der verdammte Krieg hat den ehrlichen Handel zum Erliegen gebracht.« Er hielt einen schmalbrüstigen Schankgehilfen fest, der nach unten schlüpfen wollte.

»Zeig uns die Kammer, wo die Leiche liegt!«

Der Junge nickte und führte sie weiter. Hier oben stank es so, daß Kathryn sich die Nase zuhalten mußte. Der Putz blätterte von den Wänden, die Türen zu den Kammern hingen schief in den Angeln, und die zersprungenen Fensterscheiben waren mit

Pergamentpapier notdürftig geflickt. Sie gelangten ins Obergeschoß des Wirtshauses, wo der Junge sie einen kleinen Flur entlangführte und mit finsterer Miene auf eine Tür deutete.
Luberon stieß sie auf und ging hinein. Die Kammer war nichts
weiter als ein gekälkter Verschlag. An den Wänden sah man
dunkle Flecken. Die Binsen auf dem Boden waren hart und trocken, als wären sie seit Jahren nicht ausgewechselt worden.
Kathryn verzog das Gesicht, als sie den Hundekot dazwischen
erblickte. Das Bett war ein massives, wackliges Gestell mit vier
Pfosten, das mit zerlumpten Vorhängen zugehängt war. Luberon
zog sie zur Seite, und Kathryn wich beim Anblick der beiden
dort liegenden Leichen zurück. Auf der einen Seite des Bettes
der Büttel, nackt wie die Natur ihn schuf, das fette Fleisch an
Oberschenkeln und Wanst von einem schmutzigen Weiß, sein
schwammiges Gesicht hingegen schwarz und verzerrt wie das
eines Erhängten. Er lag lang ausgestreckt da, den Mund offen,
die Augen starr. Neben ihm die spindeldürre Leiche der Hure;
mit dem Gesicht nach unten auf den schmutzigen Laken, die rote Perücke verrutscht, eine Hand noch auf der stattlichen Brust
des Büttels. Es sah so aus, als wolle sie ihm noch im Tode Freude schenken. Colum drehte ihren Körper herum. Die schlaffen
Brüste schlugen leicht gegeneinander, die Arme fielen leblos wie
die Flügel eines toten Vogels herab. Kathryn trat ein wenig näher und starrte auf das geschminkte Gesicht hinab, die gelblichen Zähne zwischen karminroten Lippen; die Haut hatte dieselbe schwärzliche Färbung wie das Gesicht des Büttels.

»Heiliger Strohsack!« keuchte Colum. »Kein schöner Anblick.«

»Das ist der Tod nie«, erwiderte Kathryn. Sie hörte ein wür-
gendes Geräusch und drehte sich um. Luberon stand in der Ecke
und stützte sich mit einer Hand an der Wand ab, würgte und er-
brach sich. »Ihr müßt nicht hierbleiben, Schreiber«, sagte sie
sanft. Sie betrachtete die rötlichen Flecken auf den beiden Leichen. »Ich glaube, mit der Menge Gift, die sie getrunken haben,
hätte man das ganze Wirtshaus ermorden können.«

Kathryn drückte ihnen die Augen zu und drehte die Leiche

der Hure ein wenig auf die Seite. Sie hob den schäbigen Krug auf, der zwischen ihnen lag; sein Inhalt hatte auf den schmierigen Laken Flecken hinterlassen. Sie ging um das Bett herum und fand die Trinkbecher, die die beiden weggeworfen hatten, als ihr heftiger Todeskampf einsetzte. Beide Becher waren leer. Kathryn roch sorgfältig an beiden und blickte Colum an.

»Trinkt niemals körnigen Wein«, sagte sie. »Man kann nie wissen, was er enthält!«

Sie nahm den Weinkrug und warf ihn gegen die Wand. Dann bückte sie sich, um die Scherben zu untersuchen. Sie hob die auf, an denen noch Reste des Bodensatzes zu sehen waren.

»Warum habt Ihr das gemacht?« Colum hockte sich neben sie.

Kathryn hob eine der Scherben auf und kratzte vorsichtig etwas vom Boden ab.

»Ihr könnt den Wein sehen«, sagte sie. »Aber schaut Euch den Bodensatz an: Er sieht aus wie Schlamm aus einem Teich.«

»Ist das kein Rückstand von Wein?« fragte Colum.

Kathryn schüttelte den Kopf. »Nein, dieser hier ist weich und frisch, wie dickes Pulver. Weinstein ist anders, eher wie Sandkörnchen.«

»Was ist es also?«

»Ich bin mir nicht ganz sicher, aber ich habe einen Verdacht.«

Sie stand auf, wusch sich die Hände in einer Wasserschüssel und trocknete sie vorsichtig an einem verschmutzten Handtuch ab. Dann ging sie mit Colum hinaus in den Flur, wo Luberon wartete, ganz weiß im Gesicht.

»Ihr könnt die Leichen fortschaffen lassen«, sagte Kathryn. »Die beiden Unglücklichen wurden ermordet. Dennoch glaube ich kaum, daß wir hier noch viel erfahren werden.«

Sie gingen die Treppe hinunter, wo ein ängstlicher Wirt ihnen erzählte, daß der Büttel am Tag zuvor angekommen sei und die meiste Zeit in der Schankstube verbracht habe. Spät am Abend sei die Hure zu ihm gegangen.

»Kannten die beiden sich?« fragte Kathryn in scharfem Ton.

»Nein, nein, die Frau kam herein, sah sich um und fragte, ob hier ein Büttel sei. Dann ging sie zu ihm hinauf.«

»Und der Wein?« fragte Colum.

Der Mann zog ein Gesicht. »Der Büttel trank, was wir zu bieten hatten, aber die Hure brachte ihren eigenen Krug mit, versiegelt. Ich wollte keinen Ärger, also ließ ich sie in Ruhe.« Er wandte sich ab, hustete und spuckte aus. »Ihr wißt ja, wie diese netten Beamten so sind. Stört man sie bei ihren Freuden, hat man sie ein Leben lang auf dem Hals. Kann ich jetzt wieder an meine Arbeit gehen?«

Luberon nickte. Sie traten in den Hof, wo der Sergeant immer noch ihre Pferde bewachte. Kathryn atmete tief ein; nach den Gerüchen im Wirtshaus roch sogar der Abfallhaufen in der Hofecke angenehm.

»Glaubt Ihr, daß es das Werk unseres Mörders war?« fragte Luberon.

»Ja«, erwiderte Kathryn. »Und mehr noch – wer auch immer ihn getötet haben mag, ist mit Sicherheit ein Arzt.«

»Wie das?«

»Nun, der Wirt sagte, die Frau kam erst sehr spät. Der Wachhabende hat sie nicht durch das Westtor hinausgehen lassen, also kann sie die Stadt nur durch die Nebenpforte verlassen haben. Alle unsere Freunde, die Ärzte, haben einen Schlüssel dafür.«

Colum half ihr aufs Pferd und lächelte zu ihr hinauf.

»Und was noch, scharfsinnigste aller Ärzte?«

Kathryn nahm die Zügel in die Hand und überhörte den Scherz.

»Ich glaube, sie wurde von einem Arzt gekauft. Er bezahlte sie gut, gab ihr diesen Krug mit vergiftetem Wein und schickte sie durch die Nebenpforte, daß sie den Büttel unterhalten sollte.« Kathryn nickte und warf einen Blick zurück auf das Wirtshaus. »Unser ehrenwerter Wirt kann sagen, was er will, aber er hat die Taschen beider Opfer durchsucht und alles Geld behalten, das er fand.«

Sie blickte sich zu Luberon um. »Wer hat die Leichen gefunden?«

»Oh, eine der Schlampen, die ihre morgendliche Runde drehte.«

»Kannte einer der Gäste die Hure?«

Luberon zuckte die Achseln.

»Es steht Euch frei nachzufragen«, erlaubte sich Colum den Hinweis.

Luberon stieg ab, schwankte zurück zum Wirtshaus und kam wenig später wieder. Er kratzte sich den Kopf.

»Sie sind sich nicht sicher, glauben aber, daß es Peg aus der Bullpaunch Alley gewesen war, einer dieser stinkenden Gossen in Westgate bei St. Peter.«

Kathryn seufzte und schloß die Augen.

»Des Teufels Garküche«, sagte sie leise zu Colum. »Ein Gewirr schmutziger Gassen und Durchgänge, wo man ein Mädchen für einen Penny mieten kann.« Sie sah Luberon an. »Arbeitet einer unserer Arztfreunde dort?«

Luberon lächelte zum ersten Mal an diesem Tag. »Ja, drei von ihnen. Eine Art Wohltätigkeit, Ihr wißt schon. Eine Hinterlassenschaft für St. Peter, die dafür verwendet wird, Ärzte zu bezahlen, die sich um die Kranken und Schwachen in der Gemeinde kümmern.« Luberon stieg auf seinen Gaul und schaute nachdenklich.

»Und weiter, Master Luberon«, bohrte Colum weiter.

Der Schreiber hüstelte nervös. »Ich wohne nicht in Westgate«, antwortete er abwehrend. »Aber neben vielen anderen Pflichten bin ich Kirchenältester in St. Peter, daher weiß ich etwas von dieser Hinterlassenschaft. Der zuständige Priester dort ist Pater Raoul. Er spricht oft über die guten Werke, die die Ärzte dort tun.«

»Welche denn?« fragte Kathryn und brachte ihr Pferd zum Stehen, das unruhig wurde, als Stallknechte und Stalljungen im Hof hin und her gingen.

»Nun, zunächst hatte ein Arzt diese Aufgabe übernommen, der dort auch wohnte, aber das dauerte nicht lange, dann wurde das Geld aus der Hinterlassenschaft an das Kollegium gezahlt: Darryl, Straunge und Chaddedon.«

»Damit können wir Cotterell ausschließen«, schloß Colum. Luberon schüttelte den Kopf.

»Oh, keineswegs«, sagte er.

Sie schwiegen, bis sie wieder auf dem Fahrweg waren, der sie nach Westgate führte. Colum zwinkerte Kathryn zu und schob sich neben Luberon. Dann zog er die Zügel leicht an.

»Ihr wolltet noch etwas sagen, Master Schreiber?«

Luberon zügelte sein Pferd und blickte sich um, als vermute er Lauscher hinter den Hecken. Er warf einen schnellen Blick auf Kathryn und sagte: »Unser dicker Arzt ...«, flüsterte er. »Nun, er ist ein seltsamer Mann mit eigenartigen Vorlieben.« Luberon senkte den Blick und zupfte einen Faden von seinem Mantel.

»Und er kann diese Vorlieben in Westgate befriedigen?« fragte Kathryn.

Luberon nickte.

»Und Ihr, Master Luberon«, sagte Colum. »Wart Ihr gestern in Westgate?«

»Ja, ja«, antwortete der kleine Mann hastig. »Wie ich Euch schon sagte, ich bin Kirchenältester von St. Peter, aber die anderen können genausogut dort gewesen sein.«

»Warum sagt Ihr das?«

Luberon zeigte auf einen Kirchturm, der dicht vor ihnen über die Stadtmauer ragte. »Das ist die Heiligkreuzkirche. Ich weiß, daß sie alle gestern mit der Laienbruderschaft der Messe Jesu dort waren, um das Mysterienspiel vorzubereiten.«

Colum folgte Luberons ausgestreckter Hand mit den Augen und blickte dann zum Himmel auf. »Es wird ein herrlicher Tag heute«, sagte er. »Ich habe noch eine Menge zu erledigen.« Schnell warf er einen Blick auf Kathryn. »Sollen wir unsere Arztfreunde fragen, wo sie gestern waren?«

»Wir wären wohl kaum willkommen«, erwiderte Kathryn. Sie nahm die Zügel fester in die Hand. »Und ich habe in der Ottemelle Lane zu tun.« Verärgert sah sie Luberon an. »Glaubt mir, Sir, ich werde sie der Stadt schon ausliefern.«

Der Schreiber, immer noch höchst beeindruckt von seinen eigenen offenen Worten, zuckte nur die Schultern und trieb sein Pferd vorwärts. »Wir müssen sie nicht zu Hause aufsuchen«, rief er über die Schulter. »Mistress Swinbrooke, mein Magen ist leer, und unsere Ärzte werden sich früh in der Heiligkreuzkirche treffen. Ich schlage vor, wir essen etwas und warten dort auf sie.«

Colum und Kathryn waren einverstanden. Sie ritten nach Westgate und verzehrten dort in einer Schenke gleich hinter der Stadtmauer ein paar Haferküchlein und mit Wasser verdünntes Ale. Als sie das Wächterhorn hörten, das vernehmlich zum Marktbeginn rief, stiegen sie auf ihre Pferde und ritten über die St. Dunstan's Lane zur Heiligkreuzkirche hinüber. Auf dem Friedhof und dem gesamten Kirchengelände an der Horsemill Lane herrschte geschäftiges Treiben. Maler und Zimmerleute eilten durch das große Tor ein und aus, über dem der in Stein gemeißelte Christus als Richter saß. Ein hochmütiger Büttel versuchte, Colum anzuhalten, aber der Ire stieß ihn wortlos zur Seite und betrat das dunkle Kirchenschiff. Alle Bänke und Stühle waren im hinteren Teil der Querschiffe aufgestapelt worden.

Am Ende des Kirchenschiffes, wo das Licht durch die großen, bleiverglasten Fenster über den Hauptaltar fiel, war vor dem hohen, gewölbten Lettner eine große Bühne errichtet worden. Ein ganzer Schwarm von Zimmerleuten schwirrte mit selbstgebauten Holzrahmen um diese Bühne herum. Ein paar Maler arbeiteten an einer riesigen Leinwand, die das Bühnenbild werden sollte. Kathryn lächelte, als sie das emsige Treiben sah. Als Kind war sie oft mit ihrem Vater hierhergekommen, um sich das Spiel anzusehen. Sie erinnerte sich noch gut, daß sie immer sehr früh gekommen waren, um sich einen Platz ganz vorn zu sichern; ihr Vater war jedesmal in die Hocke gegangen und hatte sich mit dem Rücken gegen einer Pfeiler gelehnt, und sie hatte auf seinem Schoß gesessen und mit offenem Munde zugesehen, wie die Komödianten und Schauspieler die biblische Geschichte von Adams Sündenfall bis zu den Leiden Christi darstellten. Auf der riesigen Bühne wurde die Bibel lebendig: Abraham, mit hoch erhobenem Messer bereit, Isaac zu opfern, kann nur durch einen Engel in weißem Gewand und mit goldenem Haar davon abgehalten werden; die Sintflut, vor der Noah und seine Familie in der Arche Rettung fanden; der Turmbau zu Babel. Stundenlang ging es so weiter, und doch war sie auf dem Heimweg immer wieder enttäuscht, daß es nicht länger gedauert hatte. Colum faßte sie am Ellenbogen und deutete auf eine Gruppe im hinteren Teil der Kirche neben einer kleinen Seitentür.

»Da haben wir unsere Beute«, murmelte er und steuerte zielbewußt durch das Kirchenschiff auf sie zu. Kathryn und Luberon hatten Mühe, ihm zu folgen.

Die Männer wandten sich ihnen zu, und Kathryn sah, daß es die Ärzte waren. Alle trugen dunkle, staubbedeckte und mit Holzspänen übersäte Gewänder aus Barchent. Sie unterhielten sich mit dem Ersten Zimmermann, und ihre verdrossenen Mienen zeigten nur zu deutlich, wie wenig erbaut sie waren, Kathryn und Colum so bald schon wiederzusehen.

»Auf ein Wort nur, meine Herren«, bat Colum schroff.

Chaddedon unternahm den Versuch eines schwachen Lächelns. Straunge atmete schwer. Cotterell, der nach einer durchzechten Nacht immer noch sehr mitgenommen aussah, starrte sie nur triefäugig an. Chaddedon flüsterte dem Zimmermann etwas zu; nachdem dieser gegangen war, rieb sich Chaddedon die Hände.

»Was ist denn nun schon wieder, Master Murtagh?«

»Ein neuer Mord!« antwortete Luberon.

»Herr im Himmel!« sagte Straunge leise.

»Gewiß«, erwiderte Kathryn, »der Herr im Himmel wird besorgt sein, ebenso wie der König, ganz zu schweigen vom Erzbischof.«

»Seine Gnaden ist empört«, fügte Luberon hinzu. »Und die Bürger, die in das große Parlament des Königs in Westminster gewählt worden sind, werden Petitionen einreichen, in denen sie den Rückgang im Handel beklagen, den diese schrecklichen Morde auslösen.«

»Dies ist nicht der richtige Ort, um darüber zu reden«, erwiderte Chaddedon.

Er führte sie hinaus, wandte sich nach links und nahm einen ausgetretenen Pfad über den Friedhof. Er blieb erst stehen, als sie im Schatten einer Gruppe bizarr verwachsener Eiben ankamen. Sie standen im Halbkreis; die Ärzte murrten und maulten

und traten unruhig von einem Fuß auf den anderen, so daß die
Vögel mit lautem Gezwitscher aus den Ästen über ihnen davon-
flogen. Colum hatte die Daumen in seinen Gürtel gesteckt, sah
aggressiv und schlecht gelaunt aus. Kathryn spürte seine Abneigung gegen diese wohlgenährten, verweichlichten Bürger, die
zwar ein Spiel in einem Kirchenschiff organisieren konnten, sich
aber kaum für die Aufklärung der grauenvollen Morde interessierten, die in der Stadt begangen wurden. Er wollte ihnen die
Leviten lesen, aber Kathryn schaltete sich taktvoll ein.

»Im Wirtshaus von Fastolf sind zwei Morde geschehen«, teilte
sie ihnen mit. Haarklein beschrieb sie die Umstände der Morde
und beobachtete, wie sogar aus Cotterells rosigem Gesicht die
Farbe wich. »Daher werdet Ihr nun verstehen«, folgerte Kathryn
geradeheraus, »daß der Mörder ein Arzt sein muß, der einen
reichhaltigen Giftvorrat und den Schlüssel zur Nebenpforte hat.«

»Aber das heißt immer noch nicht, daß es einer von uns ist!«
entgegnete Straunge giftig.

»Ich glaube, ich weiß, worauf Mistress Swinbrooke hinaus-
will«, erwiderte Chaddedon. Verstohlen blickte er Cotterell an.
»Master Geoffrey muß vielleicht Hausbesuche in Westgate machen, aber wir auch. Eine Hinterlassenschaft an St. Peter bezahlt
Ärzte, die die Armen in diesem Viertel behandeln.« Trotzig begegnete er Murtaghs Blick. »Ich habe gestern dort gearbeitet. Ich
habe zwei kranke Kinder in einem Haus in der Nähe der Bullpaunch Alley besucht.«

»Ich war gestern morgen dort«, sagte Straunge.

Colum wandte sich Darryl zu.

»Ich war fast den ganzen Tag dort«, erwiderte Darryl. »Aber
bevor Ihr es andeutet, Ire, laßt mich Eure Gedanken aussprechen: Die Heiligkreuzkirche ist nur wenige Schritte von Westgate entfernt, und natürlich hätte ich in dieses Gewirr von Gassen schlüpfen können, um eine Hure zu mieten und ihr einen
Krug mit vergiftetem Wein zu geben. Aber ich war es nicht!«

»Peg kannte jeder«, schaltete sich Chaddedon ein. »Eine hab-
gierige Dirne mit losem Mundwerk, die jede Gelegenheit beim
Schopfe ergriff, meine Kollegen und mich zu beleidigen.«

»Und vergeßt nicht«, unterbrach Cotterell boshaft, »auch andere hätten hingehen können.« Er warf einen vielsagenden Blick auf Luberon.

Der kleine Schreiber hüpfte vor Wut auf und ab. »Ich habe bereits erklärt, daß ich Kirchenältester von St. Peter bin!« wiederholte er.

»Meine Herren! Ich darf doch bitten!« lachte Colum. Die Sache fing an, ihm Spaß zu machen. »Wir sind hergekommen, um Fragen zu stellen, und nicht, um Beschuldigungen zu erheben.«

»Nein, nein!« erwiderte Darryl. »Das ist dasselbe, Ire.« Er blickte seine Kollegen der Reihe nach an. »Wir sind unschuldig.« Er zog sein Gewand enger. »Und solange Ihr keinen Beweis vorbringen könnt, wünsche ich nicht mehr ausgefragt zu werden!«

Er wollte gerade davonstapfen, als Newington über den Friedhof auf sie zueilte. Der Ratsherr machte einen erfrischten und entspannten Eindruck. Er nickte Luberon zu.

»Guten Morgen, Master Schreiber. Ich habe die Nachricht bereits erhalten. Ein neuer Mord! Nun, nun, Master Murtagh, fürwahr eine schöne Bescherung! Eine schöne Bescherung.«

»Seid Ihr Ratsherr für das fragliche Viertel?« fragte Colum knapp.

Newington trat einen Schritt zurück. »Für welches Viertel?«

»Westgate. Die Hure kam von dort.«

Newington warf den Kopf zurück und lachte gackernd.

»Der Herr stehe uns bei, Ire, ich würde niemals auch nur einen Fuß dorthin setzen. Mein Viertel ist da, wo mein Schwiegersohn wohnt. Ich bin dort geboren und aufgewachsen. Nein, nein«, sagte er schwer atmend. »Wenn es nach mir ginge, würde ich Westgate niederbrennen!«

Kathryn blickte Colum an. »Mehr können wir hier nicht tun«, sagte sie. »Und Master Darryl hat recht. Solange wir nichts beweisen können, haben diese Gespräche keinen Sinn.« Sie warf einen Blick in die Runde der Ärzte. »Meine Herren, lebt wohl.« Und bevor Colum sie aufhalten konnte, schritt sie über den Friedhof zum Haupttor der Kirche zurück.

»Ihr habt es ihnen zu leicht gemacht!«

Sie blieb stehen und wandte sich um; Colum stand vor ihr und funkelte sie wütend an. Kathryn lehnte sich an die Kirchenmauer. Sie beobachtete zwei Jungen, die einen Stapel Kostüme, Kleider, Flügel für einen Engel, einen silbernen Mond und eine goldene Sonne in die Kirche trugen.

»Was sollen wir denn tun?« seufzte sie. »Dieser Mörder hat alle Vorteile auf seiner Seite.«

»Wir könnten nach Westgate gehen«, piepste Luberon, der wutschnaubend neben ihnen auftauchte. »Zumindest könnten wir dort Erkundigungen einziehen.«

»Gewiß, und in St. Peter«, sagte Kathryn nachdenklich.

»Irgend etwas stimmt nicht ...« Sie verstummte. Sie war entschlossen, nach Westgate zu gehen, wollte aber bei niemandem Verdacht erregen.

Colum zog seinen Schwertgürtel fester. »Es ist genug, daß ein jeglicher Tag seine eigene Plage habe«, spöttelte Colum und blinzelte Luberon zu. »Ja, Master Schreiber, ich kenne mich in der Heiligen Schrift ein wenig aus. Mistress Kathryn, ich habe noch andere Dinge zu erledigen.«

»Haben wir das nicht alle?« erwiderte Kathryn.

Colum verzog nur das Gesicht, trat aus der Kirche und verschwand in dem Gedränge, das draußen herrschte.

Kathryn blickte ihm nach und wandte sich dann Luberon zu.

»Nun, Master Schreiber, wollen wir unser Glück in Westgate versuchen?«

Luberon warf einen Blick auf die inzwischen hoch stehende Sonne. »Ich werde Euch begleiten, Mistress. Ihr könnt dort nicht allein hin, aber zuerst muß ich John treffen.«

»Wen?«

»Newington«, rief Luberon. »John Newington. Ich muß die Angelegenheit mit ihm besprechen. Würdet Ihr einen Moment warten?«

Kathryn nickte und ging langsam durch das Tor der Kirchenumfriedung. Das schöne Wetter hatte die Menschen in die Horsemill Lane gelockt. Sie drängten sich jetzt um die Buden, die unter den Dachraufen der Häuser gegenüber der Kirche aufgebaut waren. Die meisten Händler verkauften Tuch, grüne Tartankissen mit Seidenborten, scharlachrote Gewänder mit Damastärmeln, farbenprächtige Gobelins, seidene Baldachine, Steppdecken, Laken und Tischleinen. Kathryn sah sich alles an, die Hand fest auf ihre Börse gepreßt. Sie hatte Rathead erblickt, einen kleinen Bengel mit verfilztem Haar, der mit seiner Mutter in einer Nebengasse der Ottemelle Lane lebte. Rathead hatte flinkere Hände als jede Näherin, und sein Ruf als pfiffiger Taschendieb und Schmuggler wurde von Tag zu Tag besser.

Kathryn schlenderte noch ein Stück die Straße entlang. Sie wußte, daß es bei Luberon eine Weile dauern würde, und blieb immer wieder an einem der Verkaufsstände stehen, wo es Untertassen, Schüsseln, einfache Rosenkränze aus Bernstein und Zinnbecher zu kaufen gab. Sie hörte hinter sich einen Tumult, drehte sich um und sah, wie sich Menschen um das verwitterte Marktkreuz scharten, wo ein Ablaßverkäufer seinen Stand aufgeschlagen hatte. Der Mann hatte ein Vogelgesicht, eine spitze, gebogene Nase und große, hervortretende Augen; sein Hals, hager und sehnig, erinnerte Kathryn an ein aufgeregtes Huhn.

»Ihr guten Bürger!« rief der Ablaßhändler. »Ich kann Euch den Kamm des Hahnes zeigen, der im Hofe des Pilatus gekräht hat, einen Splitter von Noahs Arche und, seht her« – er hielt eine Feder hoch –, »eine Feder von den Engeln des Herrn!«

»Wahrscheinlich von der Gans, die du gestern abend verspeist hast!« rief jemand.

Kathryn lächelte und beobachtete, wie der Ablaßverkäufer die gutgemeinte Beschimpfung zurückgab. Sie dachte an Chaucers *Canterbury-Erzählungen* und an das, was sie am Abend zuvor entdeckt hatte, drängte sich durch die Menge, betrat wieder das Kirchengelände und setzte sich auf eine Steinbank am Hauptportal. Sie wußte, daß sie den Mörder kannte, aber wie sollte sie es beweisen? Wie konnte sie den Mörder davon abhalten, noch einmal zu töten? Sie sah einem Kind zu, das auf der Straße spielte.

»Mistress, Mistress!«

185

Sie blickte auf. Luberon, dessen aufgedunsenes Gesicht rot und verschwitzt war, starrte auf sie herab.

»Mistress, wir haben noch viel vor.«

»Gewiß, Master Luberon, dann ist es am besten, wir fangen gleich an!«

Elf

Kathryn und Luberon gingen am Westtor vorbei in die Pound Lane. Die Straßen und Gassen wurden immer verschlungener, schmutziger und dunkler. Die Häuser hatten auch schon bessere Zeiten gesehen. Ihr abbröckelnder Putz war jetzt schmutziggrau und feucht. Die Straßenecken waren ein Treffpunkt für Gerissene, Bettler, Schlepper und gesundheitlich ruinierte Diener. Im Vorbeigehen nahm Kathryn wütende Blicke aus elenden Gesichtern wahr. Wäre nicht Luberon neben ihr her geschwankt, der eine oder andere hätte sich ihr bestimmt genähert. Mochte der Schreiber auch noch so blasiert sein, er besaß den Mut eines Kriegers. Er streckte seine schmale Brust heraus und zog seinen Mantel so weit zurück, daß man den langen Dolch sehen konnte, den er im Gürtel trug.

»Männer, die mit dem Gesetz auf Kriegsfuß stehen«, murmelte er und sah sich um.

Immer weiter drangen sie in das Elendsviertel vor. Ein paar Gassen waren so dunkel, daß man Laternen angezündet und an Haken neben die Tür gehängt hatte. Luberon erklärte Kathryn, daß es unter diesen Häusern Keller gäbe, in denen die Trunkenbolde übernachteten.

»Da gibt es Aufhänger«, erklärte er. »Man hat Seile von einer Wand zur anderen gespannt, so daß die Säufer im Sitzen schlafen können. Ihre Oberkörper werden dann von diesen Seilen gehalten. Morgens geht der Wirt hinunter und reißt sie aus dem Schlaf, indem er die Seile losbindet.«

Schließlich erreichten sie die Bullpaunch Alley. Die Schenke »Zum Rattenschloß« befand sich an der Ecke. Davor tanzten zu lebenden Skeletten abgemagerte Kinder zu den schrillen Tönen einer Pfeife. Kathryn griff nach ihrer Börse, um ein paar Pennies herauszuholen.

»Nein!« flüsterte Luberon. »Keine Wohltätigkeit, Mistress. Wenn die Eure Münzen sehen, wird nur ihr Appetit geweckt.«

Sie bogen in die Gasse ein. Frauen mit schmutzverkrusteten Gesichtern standen hinter kleinen Ständen und verkauften das Fleisch von Ratten, Frettchen und Tauben sowie Katzenfelle. Luberon blieb stehen und stellte einer dieser Frauen eine Frage. Sie antwortete mit einem wahren Sturzbach von Beschimpfungen und deutete die Straße hinunter. Luberon folgte ihrem Hinweis und klopfte an die altersschwache Tür des Hauses, auf das sie gezeigt hatte.

Eine alte Vettel, häßlich wie die Nacht, öffnete ihnen. Ihr Gesicht war hager und gelblich, graues, dünnes Haar hing in Strähnen auf ihre Schultern herab; sie hatte dünne, blutleere Lippen und uralte Augen. Sie betrachtete zuerst Luberon, dann Kathryn.

»Was haben wir denn da, einen Mann mit seinem Flittchen«, sagte sie und beäugte Kathryn listig. »Dich habe ich hier noch nie gesehen. Siehst aus wie eine von der strengen Sorte. Hast wohl eine Reitpeitsche?«

Luberon lief puterrot an und war sprachlos. Kathryn starrte diese Hexe nur an, die sie für Luberons Geliebte hielt, und brach in perlendes Lachen aus. Die alte Nachteule, die jetzt ihren Irrtum erkannte, wollte die Tür schon wieder schließen, aber Luberon hatte sich inzwischen gefaßt und ließ es nicht zu.

»Du dumme Hexe!« brüllte er. »Ich komme im Auftrag der Stadt!«

Die alte Frau, die jetzt offensichtlich Angst hatte, trat in den Schatten zurück, die Lippen zu einem einschmeichelnden, süßlichen Lächeln verzogen.

»Was ist los?« winselte sie. »Was wollt Ihr?«

Luberon und Kathryn folgten ihr durch einen naßkalten Korridor. Kathryn kicherte noch immer vor sich hin, aber Luberon war so außer sich, daß er die Frau vor sich her trieb, bis sie mit dem Rücken zu einer Tür stehenblieb.

»Wollt Ihr uns nicht hineinbitten?« knurrte Luberon.

Die Alte war nicht gewillt, sie eintreten zu lassen, aber als Luberons Hand an den Dolch wanderte, tastete sie nervös nach der Klinke, drückte sie herunter und bat Kathryn und Luberon herein. Der Raum dahinter war erstaunlich üppig ausgestattet, nahezu wohlhabend, aber alle Einrichtungsgegenstände waren schwarz und mit Goldornamenten verziert. Die Wandbehänge, die Wollteppiche auf dem Boden, der hohe, gemeißelte Kaminsims; sogar die Tische, Stühle, Kisten und Hocker waren mit glänzender schwarzer Farbe bemalt, die den Schein des Feuers im Kamin einfing und reflektierte. Zwei Öllampen zu beiden Seiten des Kamins leuchteten schwach; auf Luberons Befehl hin zündete die Frau hastig ein paar Kerzen an, deren Wachs ebenfalls schwarz gefärbt war. Kathryn sah zu Boden, und das Lächeln erstarb auf ihren Lippen. Die Teppiche waren mit merkwürdigen Zeichen bedeckt – umgedrehte Kreuze, ein Drudenfuß –, und an die Wand im hinteren Teil des Raumes hatte ein Künstler ein grinsendes Skelett mit ausgebreiteten Armen gemalt.

»Sieh an, sieh an!« murmelte Luberon und blickte sich um. »Was haben wir denn da? Eine Lady der Schwarzen Kunst? Eine Hexe?« Er stieß die Alte leicht an. »Oder nur eine gut bezahlte Hüterin parfümierten Fleisches?«

»Das Zimmer war schon so, als ich das Haus kaufte«, jammerte die Alte.

»Oh, wir sind nicht wegen Eures verdammten Zimmers gekommen!« fauchte Luberon sie an und zeigte blitzschnell mit dem Finger zur Decke. »Es geht um eins Eurer Mädchen. Ich nehme an, sie hatte eine Dachkammer hier?«

»Welche denn?« erwiderte die Hexe.

»Peg.«

»Ihr meint Mustard Peg?« gackerte die Alte. »Die ist schon heiß, wenn man sie nur berührt!«

Kathryn starrte sie angewidert an. Sie spürte plötzlich, wie kalt es in dem Zimmer war, und ekelte sich vor dem süßlichen, Übelkeit erregenden Geruch, der ihr jetzt in Nase und Mund drang.

»Peg ist ermordet worden«, teilte Kathryn der Alten schroff mit.

Die Alte verzog das Gesicht. »Und?«

189

»Und«, fuhr Luberon fort, ging zum Kamin und zog ein brennendes Holzscheit aus den Flammen, »und wenn Ihr uns jetzt nicht sagt, wer gestern hierherkam, um sie zu mieten, werde ich das hier auf Euren Teppich fallen lassen und zusehen, wie dieses gottverdammte Haus niederbrennt.«

»Das würdet Ihr nicht wagen!«

Luberon warf das Holzstück wieder in den Kamin und wischte die schmutzigen Finger an seinem Gewand ab. »Nein, vielleicht nicht. Aber ich könnte Soldaten und Beamte herschicken, damit sie sich hier ein wenig umsehen. Wer weiß, was sie finden würden?«

»Was wollt Ihr wissen?«

Die Alte kam näher, und Kathryn rümpfte die Nase vor ihrem säuerlichen Körpergeruch.

»Peg wurde gestern gemietet«, sagte Kathryn. »Ihr wißt von wem?«

»Keine Lügen!« fügte Luberon hinzu.

Die Alte entblößte ihr Zahnfleisch. »Warum sollte ich lügen? Dazu ist nicht viel zu sagen. Gestern hatte Peg einen Besucher. Er kam am Nachmittag her, als sie sich gerade ausruhte. Er redete eine Weile mit ihr und ging dann wieder. Peg sah recht glücklich aus, wollte aber nicht sagen, wer es war oder was er wollte.« Verschlagen sah die Alte Kathryn an. »Ihr wißt ja, wie es so geht in der Welt, Mistress, wir haben viele Besucher hier.«

»Was weiter?« fragte Kathryn.

»Am späten Abend ging Peg weg«, sagte die Alte und zuckte mit den Schultern. »Sie war eine Hexe mit losem Mundwerk und hat wahrscheinlich gekriegt, was sie verdient.«

»Habt Ihr den Besucher am Nachmittag gesehen?« fragte Kathryn.

»Oh nein, er trug ein weites Gewand mit Kapuze wie ein Mönch. Wenn sie es so haben wollen, dann lasse ich sie.« Die Alte sah Kathryn prüfend an. »Ihr seid sehr hübsch, Mistress.«

»Kommt!« brummte Luberon und zog Kathryn am Ärmel. »Hier stinkt es wie in einer Kloake!«

»Hatte Peg ein Zimmer hier?« fragte Kathryn.

Die Alte nickte und grinste. »Es ist leer. Wenn eines der Mädchen sich verspätet, sehe ich mich immer nochmal um.«

»Dessen bin ich mir sicher«, sagte Luberon voller Sarkasmus.

Er bat Kathryn zu warten und scheuchte die alte Frau vor sich her die Treppe hinauf. Früher als erwartet kam er wieder heruntergepoltert.

»Ein Schweinestall«, sagte er angeekelt. »Hat ihn mit anderen geteilt. Ein zerschlagener Becher und wertlose Wäsche. Mustard Peg starb mittellos.«

Sie verließen das schreckliche Haus in der Bullpaunch Alley und schlängelten sich durch die Gassen bis zur St. Peter's Lane.

»Nun«, begann Kathryn, »was schließt Ihr daraus, Master Schreiber?«

Luberon blickte auf die Häuser zu beiden Seiten, die besser erhalten waren. Die Straße, die zur Kirche führte, war breiter und sauberer, ein angenehmer Gegensatz zu den Gassen, aus denen sie gerade kamen.

»Ich weiß nicht«, murmelte Luberon. »Viel haben wir nicht erfahren.«

»Doch«, erwiderte Kathryn lebhaft. »Unser Mörder hat diesem Haus offensichtlich gestern nachmittag einen Besuch abgestattet, Peg für ihre Gefälligkeit entlohnt und ihr gesagt, sie solle ihn zu einer festgesetzten Stunde an einer Nebenpforte treffen.« Sie zog ein Taschentuch aus ihrem Ärmel und tupfte sich den Schweiß ab. »Aber es stimmt, das allein sagt uns nichts Neues. Jeder von unseren Ärzten hätte aus der Heiligkreuzkirche schlüpfen und all das tun können, bevor er nach Hause ging.«

Kathryn blickte zu dem mit Zinnen versehenen Kirchturm von St. Peter hinauf und dachte an das, was sie in Chaucers *Canterbury-Erzählungen* gelesen hatte, und an die vage Idee, die ihr vor der Heiligkreuzkirche in den Sinn gekommen war. Wäre Colum nur bei ihr! Kathryn ballte die Faust; immerhin war Colum der Beauftragte des Königs hier, und auch sie hatte, weiß Gott, noch andere Dinge zu erledigen. Plötzlich dachte sie an ihren Mann, dessen langes, blasses Gesicht nach einigen Bechern Wein zu einer wutverzerrten Maske wurde. Kathryn schloß die

Augen. Sie durfte nicht an ihn denken, an die Möglichkeiten, die sich aus seinem rätselhaften Verschwinden ergaben.

»Mistress! Mistress!«

Kathryn öffnete die Augen und sah Luberon an.

»Mistress Swinbrooke, wollt Ihr St. Peter aufsuchen?«

»Wird der Priester uns helfen?«

»Das hängt davon ab, was Ihr ihn fragen wollt.«

Kathryn lächelte. »Kommt mit und findet es selbst heraus.«

Pater Raoul war gerade damit beschäftigt, ein Gartenstück zu hacken, das zwischen der Kirche und dem Haus des Priesters lag. Er war ein redlicher, untersetzter Mann mit breitem Bauerngesicht und wirrem, braunem Haar, das aussah, als hätte es seit Wochen keinen Kamm gesehen. Doch er war fröhlich und freundlich, und begrüßte Luberon warmherzig, war allerdings gegenüber Kathryn ziemlich zurückhaltend.

»Ich bin ja froh, wenn ich einmal eine Pause machen kann«, rief der Priester, ließ die Hacke fallen und wischte sich die erdverkrusteten Hände an seinem Gewand ab. »Kommt mit ins Haus.«

Er führte sie in die Küche, einen kahlen Raum mit gestampftem Lehmboden, gekalkten Wänden und ein paar Möbeln. Er bat sie, an dem kleinen Zeichentisch Platz zu nehmen, und servierte Becher mit Ale, das süß und würzig schmeckte.

»Nun«, sagte er und machte mit den Lippen ein schmatzendes Geräusch, »was kann ich für Euch tun?«

Luberon fuhr zunächst einmal mit der gegenseitigen Vorstellung fort, die er im Garten begonnen hatte, sprach kurz über die Morde, dann hustete er und sah Kathryn an.

»Vater, kanntet Ihr die Peg aus der Bullpaunch Alley?« fragte sie.

Pater Raoul lächelte. »Nicht im eigentlich biblischen Sinne. Peg war eine gräßliche Frau, möge sie in Frieden ruhen.«

»Wie lange seid Ihr schon hier, Vater?«

»Seit etwa fünfzehn Sommern. Warum?«

»Euch – oder besser der Kirche – wurde eine Hinterlassenschaft zuteil, mit der Ärzte bezahlt werden, die im Armenviertel arbeiten?«

Pater Raoul zuckte mit den Schultern. »Das ist nichts Ungewöhnliches. Den Kirchen im gesamten Königreich werden Vermächtnisse oder Geldsummen gestiftet. Diese Summen, die in der Regel bei Bankiers hinterlegt werden, finden je nach den Bedürfnissen der Kirchengemeinde Verwendung. Die Rechnungen werden von guten Männern wie unserem Master Luberon hier sorgfältig geprüft.«

»Wer hat diese Hinterlassenschaft gestiftet?«

Der Priester seufzte, stand auf und ging zu einer riesigen Truhe am anderen Ende des Raumes. Er nahm einen Schlüsselbund von seinem Gürtel und schloß sorgfältig die drei Schlösser auf, wühlte in der Truhe und förderte dann ein in Leder gebundenes Hauptbuch zutage. Das Pergament innen war vergilbt und altersschwach. Pater Raoul ließ seinen Blick suchend über die Seiten schweifen, murmelte etwas vor sich hin, hielt dann inne und deutete mit dem Finger auf einen Eintrag. Er drehte das Buch so, daß Kathryn es lesen konnte.

»Die Hinterlassenschaft ist etwa achtzehn Jahre alt. Eine großzügige Summe. Dreihundert Pfund Sterling, aber sie war, wie viele Hinterlassenschaften, anonym.«

»Und Ihr habt nicht die leiseste Ahnung, wer der Spender gewesen sein könnte?«

»Nein, und ich vermute, auch die Bankiers wissen es nicht. Solche Gelder werden vertraulich behandelt.« Pater Raoul zuckte die Achseln und klappte das Buch zu.

Kathryn schluckte ihre Enttäuschung hinunter. »Sagen Euch die Namen Darryl, Cotterell, Straunge und Chaddedon etwas?«

»Nun, Cotterell habe ich in den Gassen und Straßen beim Wirtshaus ›Zum Rattenschloß‹ gesehen. Er treibt sich dort herum, um sich seine Freuden zu kaufen.« Die Verachtung in der Stimme des Priesters war nicht zu überhören.

»Und die anderen?«

Pater Raoul wedelte mit der Hand in Richtung Luberon. »Wie unser guter Schreiber weiß, helfen sie den Armen, wie andere auch: Kaufleute, Schneider, Händler und Bürger. Sie besuchen die Kranken und tun, was sie können, was in der Regel nicht viel ist, und reichen zum Ende jedes Quartals ihre Rechnung ein.«

»Und Newington?« fragte Kathryn. »Der Ratsherr John Newington?«

Pater Raoul spitzte die Lippen und schüttelte den Kopf. »Den
Namen habe ich schon gehört, aber ich kenne den Mann nicht.
Er hat mit diesem Stadtviertel nur wenig zu tun.«

Kathryn saß da und hatte die Hände in den Schoß gelegt.
Nichts, dachte sie, wohin ich auch gehe, die Suche führt ins
Nichts. Sie mußte wohl fünf Minuten so in Gedanken verloren
dagesessen haben, während Luberon und Pater Raoul über Ge-
meindeangelegenheiten sprachen.

»Mistress Swinbrooke«, sagte Pater Raoul, »wollt Ihr noch etwas wissen?«

Erschöpft starrte Kathryn auf das Hauptbuch.

»Dieses Viertel gehört zu Eurem Pfarrbezirk?«

»Gewiß.«

»Vater, ist irgend etwas geschehen? Etwas, das Euch im vergangenen Jahr ungewöhnlich und ziemlich merkwürdig vorkam?«

»Was meint Ihr?«

Kathryn schloß die Augen und dachte an den Mörder. Er tötete, weil er ein Motiv hatte. Er hatte die Mittel und den Wohlstand,
um sich unerkannt in der Stadt bewegen zu können. Sie dachte
an »Die Erzählung des Ritters« in der Chaucer-Sammlung.

»Mistress Swinbrooke«, wiederholte Pater Raoul ziemlich gereizt. »Was meint Ihr?«

»Eine Beerdigung, ein Todesfall?«

Pater Raoul lehnte sich zurück und lachte. »Dank des
Schweißfiebers hatten wir davon mehr als genug.«

»Nein«, Kathryn beugte sich über den Tisch. »Gab es einen
Todesfall oder eine Beerdigung, die vielleicht nicht zu der üblichen Routine in Eurem Pfarrbezirk paßte?« Ihre Augen fixierten
Raoul. »Wißt Ihr, Vater, jemand, dessen Tod unerwartet kam
oder für den es keine Erklärung gab? Oder eine Beerdigung, um
die sich Rätsel rankten?«

Pater Raoul schüttelte den Kopf. »Mistress Swinbrooke, Ihr
habt meinen Pfarrbezirk gesehen. Wenn meine Leute auf den
Gottesacker kommen, werden sie in ein Stück Leinen gehüllt

und in eine flache Mulde gelegt. Ich segne die Leiche und singe eine Messe und« – hier brach er ab – »bis auf ...

»Bis auf was, Vater?«

»Bis auf den vergangenen März, kurz vor Mariä Verkündigung. Da starb eine alte Frau, ja, Christina Oldstrom. Sie war Näherin und hatte in einer Nebengasse der Pound Lane gewohnt.« Der Priester fuhr mit den Fingern über seine Lippen. »Christina war eine merkwürdige Frau«, fuhr er fort. »Es heißt, sie stammte aus guter Familie, hatte aber Pech gehabt. Sie lebte sehr zurückgezogen.«

»Hatte sie Nachkommen?«

»Nicht, daß ich wüßte. Aber es war seltsam«, sagte Pater Raoul und hob die Hand. »Oh, sie war fromm und gottesfürchtig. Ich habe sie ein paarmal besucht und festgestellt, daß das Haus nach außen hin zwar schäbig war, daß es ihr innen aber nie an Bequemlichkeiten fehlte. Sie hatte immer genug Kohlen und Holz im Winter, ein sauberes Bett, eine Vorratskammer mit gutem Essen und Trinken und bezahlte immer ihren Kirchenzehnten. Ja, und im letzten Winter wurde sie von einer Krankheit heimgesucht, die sie aufzehrte. Ich schickte die Ärzte, die Ihr erwähntet, zu ihr, aber ohne Erfolg. Sie hatte einen schrecklichen Tumor in sich, der sie von innen her auffraß.«

»Hat noch jemand sie besucht, außer den Ärzten?« fragte Luberon scharf.

»Nein, nein. Ich habe immer gedacht, da sei noch jemand, aber sie hat nie über ihre Vergangenheit geredet, obwohl sie viel besser lebte als eine gewöhnliche Näherin.« Pater Raoul zuckte die Schultern. »Es war ihre Sache, daher habe ich nie danach gefragt. Auf jeden Fall starb sie. Sie hinterließ einen letzten Willen, in dem sie verfügte, daß ihre Kammer mitsamt dem Inhalt verkauft werden und der Erlös den Armen zukommen solle.« Pater Raoul sah Luberon an. »Ihr müßtet den Fall kennen, Luberon. Ihr habt das Geld verwaltet. Von Witwen und unverheirateten Frauen erhalten wir häufig solche Hinterlassenschaften.« Pater Raoul trommelte auf den Tisch. »Seltsam an der Sache war, daß ich, als ihre Leiche in die Kirche gebracht wurde, Silbermünzen

195

und schriftliche Anweisungen erhielt, die besagten, daß ich sie in einem ordentlichen Kiefernsarg bestatten, drei Seelenmessen singen lassen und ein ordentliches Kreuz auf ihrem Grab errichten lassen sollte.«

»Habt Ihr diese Anweisungen noch?«

»Nein«, unterbrach Luberon ungerührt. »Die Silbermünzen wurden ausgegeben, die Messen gesungen, der Sarg gekauft und der Zimmermann für das Kreuz bezahlt.« Luberon blickte zur Seite und räusperte sich. »Frauen wie Christina gibt es häufig: einsam, arm, vernachlässigt und krank.«

»Ihr habt sie nicht gekannt?«

»Nein, natürlich nicht.«

»Kommt«, sagte Pater Raoul, »ich will Euch das Grab zeigen.«

Er führte sie wieder hinaus in den Sonnenschein und um die Kirche herum zu dem breiten, sauber angelegten Friedhof. Zwischen Grabmälern und Gräbern balancierten sie über schmale Pfade. Schließlich blieb Pater Raoul vor einem Grab stehen. Die Erde war inzwischen flach, die Blumen auf dem einstigen Grabhügel verwelkt und vermodert, das Kreuz war zwar verwittert, stand aber noch aufrecht an seinem Platz. Kathryn sah es sich genauer an und las die Inschrift: »Christina Oldstrom. *Requiescat in Pace,* möge sie in Frieden ruhen.« Sie starrte Raoul an.

»Und niemand kam vorbei, um die Leiche zu holen? Niemand, der sich als Verwandter ausgab?«

Pater Raoul schüttelte den Kopf.

»Und dieser mysteriöse Spender?«

»Mistress Swinbrooke«, bat der Priester. »Ich sagte es doch schon, anonyme Spenden sind nichts Ungewöhnliches. Das einzige, woran ich mich erinnere, ist die Geldbörse, in der das Geld war. Ich habe meine Pflicht erfüllt und die Ereignisse dem Gemeinderat vorgetragen.«

»Vater, wißt Ihr noch etwas über Christina Oldstrom?«

»Ich habe Euch alles gesagt. Sie war eine Näherin von etwa sechzig Jahren oder älter.«

»Aber sie muß doch eine Vergangenheit gehabt haben?« fragte Kathryn hartnäckig. »Es müssen doch noch andere Eintragungen da sein? Hat sie je geheiratet? Hatte sie Kinder?«

Pater Raoul atmete tief durch, blickte zum blauen Himmel empor und sah die Lerchen, die dort flatterten. »Ich darf es nicht tun«, sagte er leise. »Aber ich lasse Euch einen Blick in die Gemeindebücher werfen; Geburten, Todesfälle und Eheschließungen.«

»Muß das sein?« fragte Luberon und trat beunruhigt von einem Fuß auf den anderen. »Wonach sucht Ihr, Mistress?«

»Ich weiß es nicht«, gab Kathryn zu. »Aber Ihr, Master Schreiber, könnt mir helfen.«

Pater Raoul war sehr hilfsbereit, und Kathryn begann, nur widerwillig unterstützt von Luberon, sich durch alte, verstaubte Hauptbücher und schmierige Pergamentrollen zu arbeiten und die Eintragungen sorgfältig nach dem Namen Christina Oldstrom zu durchsuchen. Eine Stunde verging. Schließlich riß Luberon der Geduldsfaden, und mit dem Satz, er habe auch noch andere Dinge zu erledigen, verließ er mit schweren Schritten das Haus des Priesters. Pater Raoul ging wieder in seinen Garten. Hin und wieder schaute er herein, um Kathryn zu fragen, ob sie noch einen Becher Wasser oder Ale wolle. Kathryn, die sich nicht einmal die Mühe machte aufzuschauen, schüttelte den Kopf und setzte ihre Prüfung der zwar unterschiedlichen, doch allesamt krakeligen Handschriften der Priester des Pfarrbezirks von St. Peter fort. Schließlich entdeckte sie eine Eintragung über Christina Oldstroms Taufe im Jahre 1410, unter der Herrschaft Heinrichs IV. Sie wollte die Seite gerade umblättern, als ihr Blick auf eine andere Eintragung fiel: »*Filius natus Christina Oldstrom,* Christina Oldstrom hat einen Sohn geboren.« Sie hielt inne und studierte die Worte sorgfältig, prägte sich das Datum ein und blätterte dann schnell weiter, entdeckte aber nichts mehr. Kathryn klappte das Buch zu, stand auf und ging in den Garten hinaus.

»Seid Ihr fertig, Miss Swinbrooke?« rief Pater Raoul.

»Ja, ja«, erwiderte Kathryn geistesabwesend.

»Mistress, stimmt etwas nicht?«

»Nein. Ich muß nur ein paar Süßigkeiten kaufen.«

197

Und Kathryn ging, verfolgt von dem erstaunten Blick des Priesters, den Pfad entlang zum Friedhofstor.

Auch Thomasina hatte an diesem Morgen zu tun. Es waren ein paar Patienten dagewesen: Ein Kind mit einer verbrühten Hand; Beton, der Brauer, der an Gicht litt; ein junger Mann mit entzündetem Zahnfleisch, der um Nelkenöl bat. Thomasina behandelte sie alle, räumte den Küchentisch ab, nahm ihren Mantel und verließ das Haus. Zielstrebig ging sie durch die Ottemelle Lane, dann durch die Hethenman Lane nach St. Mildred. Sie trat in das dunkle, kühle Innere der Kirche und blieb neben dem Taufbecken am Eingang stehen. Ganz vorn im Kirchenschiff liefen Mitglieder des Gemeinderats hin und her, um den Altar für das Fest des Kostbaren Blutes vorzubereiten. Einige waren damit beschäftigt, den Lettner auf Hochglanz zu polieren, andere brachten Kerzen in Ordnung oder trugen Kissen und Baldachine in den Altarraum. Thomasina stand eine Weile da und beobachtete das Treiben. Sie hatte ihr Opfer bereits erspäht, wartete aber noch, bis die anderen Gemeinderatsmitglieder die Kirche verlassen hatten, um nach Hause zu gehen.

Kurz darauf kamen einige von ihnen, nachdem sie sich lautstark verabschiedet hatten, durch das Kirchenschiff auf Thomasina zu. Allen voran schritt Joscelyn, der Verwandte von Kathryn. Neben ihm stakste seine dürre, sauertöpfische Frau einher, nach Thomasinas Überzeugung eine der schlimmsten Xanthippen, denen sie je begegnet war. Joscelyn sah Thomasina, kam auf sie zu und kratzte sich den kahl werdenden Schädel, als wäre ihm die Begegnung unangenehm.

»Thomasina«, sagte er. Seine wäßrigen Augen verengten sich zu Schlitzen, als er sie mit einem falschen Lächeln bedachte. »Wie geht es Mistress Kathryn?«

»Wenn es nach Eurer Fürsorge ginge, wäre sie schon längst tot!« entgegnete Thomasina giftig.

Wieder das falsche Lächeln.

»Wird sie denn den Laden aufmachen, um Kräuter und Gewürze zu verkaufen?«

Thomasina entging sein habgieriger Blick nicht. »Oh ja«, log sie. »Sie beabsichtigt, schon sehr bald zu eröffnen.« Mit Befriedigung sah sie Joscelyns besorgte Miene. »Natürlich«, flötete Thomasina spöttisch, »könnte das auch Euer Geschäft beeinträchtigen, Master Joscelyn!«

Joscelyn, der mit Gewürzen handelte, warf den Kopf nach hinten wie ein wütender Gänserich. »Aber sie hat keine Zulassung von der Zunft!« stieß er verächtlich hervor. »Keine Zulassung von der Zunft! Das ist nicht recht!« Kopfschüttelnd ging er wieder zu seiner Frau und verließ mit steifen Schritten die Kirche.

Thomasina streckte ihm hinter seinem Rücken die Zunge heraus und ging durch das Kirchenschiff, vorbei an dem hohen Lettner, zum Altarraum. Oben auf den Stufen des Altars stand nur noch eine Gestalt. Sie hatte Thomasina den Rücken zugekehrt.

»Witwe Gumple«, flüsterte Thomasina. »Sind wir allein?«

Die Gumple wirbelte herum. Ihr bleiches Mopsgesicht sah ein wenig lächerlich aus unter der üppigen Frisur. Thomasina schritt langsam auf sie zu.

»Sind wir unter uns, Witwe Gumple?« wiederholte sie ihre Frage.

Witwe Gumple fuhr sich nervös mit der Zunge über die Lippen. »Ja, warum, Thomasina«, erwiderte sie. »Alle sind gegangen. Der Pater bringt einem kranken Gemeindemitglied die Sterbesakramente.«

»Gut«, sagte Thomasina und zeigte auf die Tür zur Sakristei. »Es ist besser, wenn niemand hört, was ich Euch zu sagen habe.«

»Ach, seid doch nicht albern!« sagte Witwe Gumple, die sich allmählich von ihrem Schreck zu erholen begann. »Was könntest du mir schon zu sagen haben?«

Thomasina richtete sich zu voller Größe auf und zeigte mit dramatischer Geste auf die Witwe.

»Mistress Gumple!« rief sie mit donnernder Stimme, die wie Glockenklang in der Kirche widerhallte. »Ich klage Euch vor Gott und den Menschen an, eine Erpresserin zu sein!«

Die Gumple ließ die Kinnlade fallen. »Wie meinst du das?« flüsterte sie.

»Wie ich es sage«, erwiderte Thomasina.

Mit flatternden Augenlidern, den Blick gesenkt, hob die Gumple den Saum ihres Kleides und kam mit gezierten Schritten die Stufen herunter.

»Vielleicht ist es besser«, zischte sie, »wenn wir uns unterhalten.«

Witwe Gumple hatte die unterste Stufe noch nicht erreicht, als Thomasina ihr einen Stoß versetzte, der sie quer durch den Altarraum und die halboffene Tür der Sakristei beförderte. Thomasina folgte ihr wie eine Bulldogge, die zum tödlichen Angriff ansetzt. Jetzt hatte die Gumple offensichtlich Angst. Der Kopfschmuck rutschte ihr über die Augen, und sie lehnte sich an die Wand.

»Setzt Euch!« befahl Thomasina.

Die Gumple sackte auf dem Hocker zusammen, den Thomasina ihr hinschob. Thomasina baute sich vor ihr auf und hielt eine geballte Faust direkt vor ihre fleischige Nase.

»Ich mag Euch nicht, Witwe Gumple!« sagte Thomasina. »Ihr seid eine Heuchlerin, verbringt die meiste Zeit in der Nähe der Kirche und schnappt nach jedem noch so kleinen Glorienschein, den ihr erhaschen könnt. Aber das ist Eure Sache. Genauso wie die Tatsache, daß Ihr eine Vorliebe für junge Männer habt, deren Entgegenkommen Ihr gut bezahlt!«

Die Gumple starrte sie nur an. Ihre Augen waren wie zwei kleine schwarze Korinthen, schreckgeweitet angesichts der geballten Wut, mit der Thomasina sich über sie beugte.

»Junge Männer wie zum Beispiel Alexander Wyville«, fuhr Thomasina fort. »Ich vermute, Ihr kanntet ihn schon, bevor er meine Herrin heiratete. Der Himmel mag wissen, ob Ihr auch nach dem Eheversprechen noch Eure Beziehung zu ihm aufrechterhalten habt!«

Die Witwe machte den Mund auf und wieder zu.

»Mir müßt Ihr nichts erklären«, sagte Thomasina. »Euer Leben ist Eure Sache, aber was wißt Ihr über das Verschwinden von Alexander Wyville? Und warum habt Ihr meiner Herrin diese Botschaft geschickt, in der Ihr Gold fordert, das auf einem Grabstein auf dem Friedhof hinterlegt werden soll?«

»Aber ich habe doch keine Botschaft geschickt«, heulte die Gumple auf.

»Doch, das habt Ihr, aber meine Herrin hat sie nicht erhalten. Ich habe sie gelesen, ich bin zum Friedhof gegangen und habe mich dort versteckt. Außer einem Liebespaar, das Alexander nicht von Adam hätte unterscheiden können, wart Ihr die einzige, die auf diesem Friedhof zu sehen war!« Thomasina beugte sich drohend über die Witwe. »Oh, Ihr habt die Seitentür geöffnet und herausgeschaut, als würdet Ihr Euch wegen irgendeiner Gemeindesache sorgen, aber wonach habt Ihr wirklich Ausschau gehalten? Nach meiner Herrin? Oder nach dem Gold, das sie bringen würde? Oder habt Ihr nur versucht, sie in eine Falle zu locken, um sie zu Zugeständnissen zu zwingen?«

Die Witwe schüttelte stumm den Kopf.

»Ihr seid ein jämmerlicher Kübel Schweineschmalz!« knurrte Thomasina. »Ich gebe zu, der Arzt Swinbrooke hat etwas Schreckliches getan. Er hat versucht, den Mann zu vergiften, der seine Tochter schlug. Aber als er wieder nach Hause kam, stellte er fest, daß Alexander weg war. Die einzige Spur war der Mantel, den Wyville neben seinem Lieblingsplatz am Ufer des Flusses zurückgelassen hat. Ich glaube, Ihr kennt diesen Platz ganz gut, Ihr habt Alexander bestimmt dort des öfteren getroffen.« Thomasina räusperte sich. »Und nun, vermute ich, ist folgendes geschehen Alexander Wyville trank den vergifteten Wein, war aber so betrunken, daß er sich übergeben mußte und das meiste wahrscheinlich wieder ausgespuckt hat. Dennoch hat er gemerkt, daß etwas nicht stimmte. Er schwankte aus der Hintertür von Swinbrookes Haus in die Gasse. Dann ging er entweder zu Euch oder Ihr habt ihn getroffen. Vielleicht habt Ihr ihm geholfen, alles von sich zu geben, was er getrunken hatte. Auf jeden Fall hatte Wyville nicht vor, zurückzukehren und dem Arzt Swinbrooke gegenüberzutreten. Daher ließ er seinen Mantel am Ufer und schlich sich mit Eurer Hilfe aus der Stadt, um sich Faunte und den anderen Rebellen anzuschließen.« Thomasina näherte ihr Gesicht bis auf wenige Zentimeter dem der Witwe Gumple. »Das stimmt doch, oder?« sagte sie scharf. »Und lügt mich nicht an! Wißt Ihr, wie Erpressung bestraft wird? Man wird lebendigen Leibes in einem Ölfaß verbrannt, das heißt, wenn ich Euch nicht vorher umbringe!« Thomasina langte mit einer Hand unter ihren Mantel, als suche sie nach einem Dolch. »Wenn Ihr aber die Wahrheit sagt«, fuhr sie in süßlichem Ton fort, »dann bleibt es unter uns. Ich schwöre bei Gott und allen Heiligen, daß ich Mistress Swinbrooke nichts verraten werde. Diese Briefe aber müssen natürlich ein Ende haben.«

Die Witwe, die vor Schreck keinen klaren Gedanken fassen konnte, nickte.

»Nun?«

»Ich habe Alexander Wyville gekannt«, begann die Gumple zögernd. »Er war ein Mitglied dieser Gemeinde. Ich habe mich mit ihm immer ... nun ja ... unterhalten eben. Ich ...«, stammelte sie. »Ich war überrascht, als er sich mit Mistress Swinbrooke verlobte, denn ich kannte seine Schwächen, seine Vorliebe für Wein, sein hitziges Gemüt. Auf jeden Fall« – sie richtete ihren Kopfputz »fand die Heirat statt.« Die Gumple hielt inne und sah zur Tür hinaus.

Klar, dachte Thomasina, und ich wette, du hast insgeheim über das Kuckucksei gelacht, das die Swinbrookes sich ins Nest geholt hatten. »Weiter!« befahl sie laut.

»Nun, Alexander hat mir gesagt, er wolle die Stadt verlassen und sich der Armee der Lancastertreuen anschließen. Er sagte, er liebe Kathryn, fände sie aber kalt wie Eis und abweisend. Ihren Vater verehrte er. Eines Nachts kam er in einem schrecklichen Zustand zu mir; sein Wams war voll Wein, und er stank wie ein Schwein. Er behauptete, der Arzt Swinbrooke habe ihn vergiftet, und er habe sich nur durch Erbrechen retten können. Dennoch klagte er immer noch über Magenschmerzen. Ich steckte ihm einen Gänsekiel in den Hals, was den Brechreiz noch weiter förderte. Dann gab ich ihm einen Becher Wasser nach dem anderen zu trinken, und er schlief eine Weile. Als er aufwachte, hatte er immer noch Angst, Swinbrooke würde ihn aufspüren und töten. Ich fragte ihn, warum, und er gestand mir, wie furchtbar er Kathryn geschlagen hatte. Wyville sagte, er wolle

Canterbury verlassen und sein Glück bei den Lancastertreuen versuchen. Seine Börse war voller Silberstücke. Ich gab ihm ein paar Kleidungsstücke meines verstorbenen Mannes. Wyville bat mich, seinen Mantel ans Flußufer zu legen; Swinbrooke solle glauben, er sei ertrunken. Das ist das letzte, was ich von ihm gesehen habe.«

»Stimmt das?«

Die Witwe Gumple kam mühsam auf die Beine. »Ich schwöre!« sagte sie. »Ich schwöre es!«

»Und die Briefe, die Ihr an Mistress Swinbrooke geschickt habt?«

»Ich habe den Arzt Swinbrooke nie gemocht, und seine Tochter mit ihrem affektierten Gehabe auch nicht ...« Die Gumple zuckte nur mit den Achseln, als Thomasina ihr einen zornigen Blick zuwarf.

»Sie hat sich doch nur mit Alexander verlobt, um mir eins auszuwischen. Oh, ich weiß, daß Wyville ihr unrecht getan hat, aber warum ist sie auch immer so heiter und ausgeglichen?«

»Sie war weder heiter noch ausgeglichen«, knurrte Thomasina. »Wyvilles Gewalttätigkeiten haben sie in Angst und Schrecken versetzt, und dann hat ihr eigener Vater schließlich die schreckliche Tat gestanden, die er versucht hatte zu begehen. Meine Herrin hat sich nichts, aber auch gar nichts zuschulden kommen lassen. Ihr hattet nicht das Recht, sie so zu verfolgen, wie Ihr es getan habt.«

Thomasina trat einen Schritt zurück und hob drohend die Hand.

»Ich werde Euer Geheimnis bewahren, aber wenn Ihr je wieder so etwas versuchen solltet, werde ich Euch umbringen, das schwöre ich Euch!«

Zwölf

Als Thomasina wieder in die Ottemelle Lane kam, fand sie Kathryn in ihrer Kammer über der Chaucer-Handschrift.

»Mistress?«

Kathryn wandte sich um, und Thomasina erschrak darüber, wie mitgenommen ihre Herrin aussah.

»Kathryn«, flüsterte sie. »In Gottes Namen, was ist los?«

Kathryn schüttelte nur den Kopf. »Ich war in Westgate«, sagte sie leise. »Ich war in einem schrecklichen Haus, dann in St. Peter. Danach war ich noch bei Darryl, habe aber nur mit den Kindern gesprochen.«

»Und was ist passiert?«

Kathryn wollte nicht antworten, sondern hielt den Blick auf die Handschrift gesenkt. Thomasina ging in die Vorratskammer, wo Agnes gerade Fleisch einsalzte.

»Mistress Kathryn benimmt sich merkwürdig«, murmelte Agnes. »Sie ist gerade erst zurückgekommen, weiß wie ein Gespenst. Ich habe ihr von der Botschaft berichtet.«

Thomasinas Herzschlag setzte für einen Moment aus. »Welcher Botschaft?«

»Oh, von dem Iren. Er will, daß sie nach Kingsmead kommt, aber es geht ihr nicht gut.«

»Es gibt nichts, was ein wenig Wein mit Kräutern versetzt nicht heilen könnte«, antwortete Thomasina und nahm eifrig zwei Becher und einen Krug Wein vom Regal. Mit den gefüllten Bechern ging sie wieder zu Kathryn, die immer noch dasaß und in Chaucers Werk las. »Trinkt das, Mistress.«

Kathryn nahm den Becher entgegen und trank in kleinen Schlucken. »Nicht zu viel auf leeren Magen.«

»Ist es wegen Wyville?« fragte Thomasina. »Macht Ihr Euch immer noch Sorgen, was mit ihm geschehen sein könnte?«

Kathryn schüttelte den Kopf.

»Nein, meine Gefühle für ihn sind erkaltet. Der Herr möge mir verzeihen, aber es ist mir gleichgültig, ob er lebt oder tot ist!«

»Ihr wißt, daß er noch leben könnte?«

»Alexander Wyville ist nicht mehr mein Gemahl. Wenn er zurückkehrt, werde ich vor dem Kirchengericht eine Annullierung erwirken.«

Thomasina zog einen Hocker heran und setzte sich neben ihre Herrin. »Es werden keine Briefe mehr kommen, Kathryn.«

»Wie meinst du das?«

Sie lächelte. »Vertraut mir. Die Briefe haben ein Ende.«

Gerade wollte Thomasina Kathryn nach Colums Botschaft aus Kingsmead fragen, als donnernd gegen die Haustür geklopft wurde. Dann hörte man die eiligen Schritte von Agnes und die Stimme eines Mannes, der um Einlaß bat.

»Das ist dieser verfluchte Ire«, maulte Thomasina.

Aber als sie mit Kathryn in die Küche kam, stand ein verschwitzter, rot angelaufener Luberon da und hielt ein Stück Pergament in die Höhe.

»Master Schreiber, was ist denn nun schon wieder?«

»Was nun schon wieder ist? Was nun schon wieder ist?« Luberons Stimme überschlug sich. »Eine neue verdammte Botschaft an der Tür der Kathedrale. Lest!«

Kathryn nahm das vergilbte Stück Pergament.

Ein Offizier grün nach Canterbury ging,
Doch ach, seine Seel' für den Teufel ich fing.

»Was meint er damit?« keuchte Luberon. »Wer ist der grüne Offizier?«

Kathryn untersuchte das verschmierte Stück Pergament und die hingekritzelte blaue Schrift. »Weiß der Himmel«, murmelte sie, »was im Kopf dieses Verrückten vorgeht!«

»Hat ihn denn keiner gesehen?« fragte Thomasina. »Es muß doch jemandem auffallen, wenn einer ein Stück Pergament an die Tür der Kathedrale nagelt?«

»Die Kathedrale hat mindestens vier Eingänge«, dozierte Luberon. »Und im Inneren gibt es noch mehr Türen. Hunderte von Pilgern strömen da jeden Tag hindurch, und wie lange dauert es schon, so etwas aufzuhängen? Der Mörder kann im Vorbeigehen seine Nachricht anbringen und in der Menge verschwinden.«

»Ich wollte ja nur helfen«, gab Thomasina zurück.

Luberon funkelte sie böse an. »Der Himmel weiß, was wir tun sollen«, knurrte er. »Sollen wir jeden Ritter in Canterbury warnen? Jeden Adligen an den Stadttoren zurückschicken? Das gäbe einen Aufruhr.« Er stieß hörbar die Luft aus. »Mistress Swinbrooke, ich habe Euch gesagt, was ich weiß.« Er warf einen prüfenden Blick auf Kathryn. »Seid Ihr in St. Peter fündig geworden?«

Kathryn sah ihn merkwürdig an. »Nein, nein«, log sie. »Eigentlich nicht.«

»Dann, Mistress, lebt wohl«, sagte Luberon, versprach, am nächsten Tag wiederzukommen, und verließ schnaubend das Haus.

Kathryn ging zurück in ihre Schreibkammer, während Thomasina laut mit Agnes schimpfte, weil sie mit offenem Munde herumstehe und Dingen lausche, die sie nichts angingen. Kathryn setzte sich. Als Thomasina wieder hereinkam, bat sie entschieden, man möge sie allein lassen. Sie wollte niemandem mitteilen, daß sie wußte, wer der Mörder war. Bis jetzt hatte sie kaum Beweise, wie also sollte sie ihn in eine Falle locken? Kathryn schaute gedankenverloren auf das verschmierte Stück Pergament. Was sollte das heißen: »Der grüne Offizier«? Vielleicht würde Colum es ihr sagen können. Plötzlich richtete sie sich kerzengerade auf. Natürlich, deshalb war die Botschaft geschrieben worden. Colum war ein Offizier, ein Mitglied des königlichen Haushaltes, und das Grün bezog sich auf seinen irischen Ursprung. Der Offizier wurde bei Chaucer auch als »in grüner Kutte« beschrieben.

Wenn der Mörder nun schon zugeschlagen hatte? Der Ire hatte eine Nachricht gesandt, sie solle nach Kingsmead kommen. War etwas geschehen? Kathryn sprang auf.

»Thomasina, meinen Mantel, schnell!« Kathryn eilte in die Küche. »Agnes, ist ein Geschenk hier abgegeben worden? Süßigkeiten? Eine Flasche Wein?«

»Nein, Mistress.«

Thomasina kam eilends mit dem Mantel zurück. Kathryn ließ die Flut ihrer Fragen unbeachtet. Ihre Gedanken überschlugen sich. Colum hatte gesagt, er wolle Kingsmead verlassen, um Futter für die Ställe zu kaufen, also wußte der Mörder nicht, daß er bei ihr wohnte. Aber was würde geschehen, wenn Colum nach Kingsmead zurückkehrte und eine Flasche vergifteten Weins finden würde, eine Schachtel Süßigkeiten oder etwas Brot und Käse, die dort als Geschenk zurückgelassen worden waren? Sie atmete tief ein, um ihr rasendes Herz zu besänftigen. Der Mörder war, weiß Gott, gerissen genug, eine Notiz zu hinterlassen, aus der hervorging, daß es von ihr oder einem beliebigen anderen Wohltäter aus Canterbury sei.

»Mistress«, fragte Thomasina besorgt, »was ist los?«

Kathryn sah sie an. Flüchtig fragte sie sich, warum Thomasina so sicher war, daß diese schrecklichen Botschaften nicht mehr kommen würden, aber das mußte warten.

»Thomasina«, sagte sie eindringlich. »Ich muß unbedingt nach Kingsmead! Nein!« Kathryn hob die Hand. »Du bleibst hier. Laß niemanden herein. Nimm keine Geschenke an. Versprich mir das!«

Thomasina versprach es, aber ihre Herrin lief bereits zur Tür hinaus.

Kathryn holte ihr friedliches Pferd aus der Taverne, sattelte es und ritt Richtung Westgate davon. Am Lager hielt sie kurz an, um zu sehen, ob Colum bei den Soldaten war, die dort hin und her liefen, aber da sie nur unnötig Aufmerksamkeit erregte, spornte sie ihr Pferd wieder an. Sie ritt durch das Nordtor, ließ die Stadtmauern hinter sich und folgte in scharfem Galopp dem staubigen Weg über einen Hügel. Sie zügelte das Pferd erst, als sie das alte Landhaus und die zerfallenen Zäune von Kingsmead erblickte, folgte dann dem sich windenden Pfad hügelabwärts. Ein Junge, vermutlich der Bursche eines Soldaten saß schlafend vor dem baufälligen Tor. Kathryn stieg ab und rüttelte ihn wach.

»He du, ist jemand hier?«

»Nein, Mistress«, sagte der Junge. Seine dunklen, runden Augen in dem blassen Gesicht blickten sich suchend um. »Warum sollte jemand hier sein? Master Murtagh und die anderen sind nach Maidstone unterwegs, und die Frauen sind ins Lager zurückgegangen.«

»Und inzwischen war niemand hier?«

»Ehrlich, Mistress, wer will schon hierherkommen? Der Ort ist verlassen.«

»Hat sich kein Fremder mit Wein oder Essen gemeldet?«

Der Junge kreuzte abwehrend die Arme vor der Brust. »Natürlich nicht, habe ich doch gesagt!«

Kathryn strich ihm liebevoll über den Kopf. »Dann bleib hier, mein Junge. Wenn der Ire kommt, sag ihm, Mistress Swinbrooke – hast du verstanden? – Mistress Swinbrooke sei hier.«

Sie ging durch das Tor und schritt den schmalen Pfad entlang, der zu einer Seite des Landhauses führte. Kathryn sah sich um und begriff, daß Colum niemals hier hätte bleiben können. Die Gärten waren überwuchert, die Wasserrinnen voller Unkraut, das kleine Haus verlassen und zerfallen. An den Fenstern waren keine Fensterläden, ein paar Türen hingen schief in den Angeln, während in dem roten Ziegeldach große Löcher klafften und die Dachsparren darunter freilegten. Kathryn ging um das Haus herum. Dort sah es noch schlimmer aus: Der große Hof war mit Unkraut überwuchert, die Ställe, Schmieden und Nebengebäude nur noch Ruinen.

»Ist hier jemand?« rief sie.

Nichts rührte sich. Colum würde bald hier sein, vielleicht hatte er den Boten geschickt. Sie fesselte ihrem Pferd die Vorderbeine und drückte die kleine Tür auf, die in die Küche führte. Drinnen herrschte Zerfall: Der Putz an den Wänden war feucht und verrottet, und Kathryn mußte ihre Röcke heben, damit sie in den Wasserpfützen nicht naß wurden. Sie ging durch den dunklen, muffigen Korridor. Die Kammern im Erdgeschoß waren baufällig, doch die Treppe, die nach oben führte, war aus Stein und machte einen sicheren Eindruck. Ein Vogel, der in den Dachsparren nistete, flog laut zwitschernd auf. Kathryn zuckte erschreckt zusammen und fluchte über ihren eigenen Mangel an Mut.

»Es wird Monate dauern«, sagte sie leise zu sich, »bis das alles wieder in Ordnung ist.«

In den Bäumen, die das Haus umstanden, hörte sie das sanfte Gurren von Tauben. Sie blieb stehen und lauschte. Die schreckliche Verlassenheit des Ortes ließ sie schaudern.

Plötzlich erstarrte Kathryn, als sie einen Laut aus dem oberen Stockwerk vernahm. War dort jemand? Vielleicht der Bote, den Colum geschickt hatte? Dann hörte sie ein Stöhnen, als ob jemand Schmerzen hätte. Sie stieg ein paar Stufen hinauf.

»Was war das?« rief sie. »Ist da wer?«

Wieder das Stöhnen, dann ein heiseres Keuchen.

»Kathryn, bitte!«

»Colum?« flüsterte sie.

War Colum zurückgekommen? Was war geschehen? Die letzten Stufen nahm sie im Laufschritt. Die Tür oben war leicht angelehnt. Sie stieß sie auf und trat in die düstere Kammer. Auch hier roch es muffig und ekelhaft; nur wenig Licht fiel in den Raum, da das einzige Fenster nach Osten ging und die Nachmittagssonne nicht hereinließ. Suchend schaute sie sich um und erblickte auf dem kleinen Bettgestell in der Ecke eine formlose Gestalt.

»Colum?« rief sie und ging, allen Mut zusammennehmend, durch den Raum. Plötzlich gab eine der Dielen unter ihren Füßen nach, krachte und splitterte. Kathryn fluchte und blickte zur Decke hoch. Durch die vielen Löcher konnte sie die Dachsparren und eine Spur blauen Himmels erkennen. Kathryn setzte behutsam einen Fuß vor den anderen, als sie sich jetzt zum Bett begab. Dann zog sie die Decken zurück. Zuerst konnte sie nichts erkennen; sie berührte die Matratze und fühlte klebrig-feuchten Schlamm. Nachdem sich ihre Augen an die Dunkelheit gewöhnt hatten, erkannte sie, daß die Gestalt nur ein Bündel aus Lumpen war, aber oben, wo das Kissen hätte sein sollen, lag der abgeschlagene Kopf eines Hundes, dessen Kiefer noch vom Todeskampf zu einem Lächeln verzerrt waren, seine dicke rote Zunge hing zwischen gelblichen Zähnen heraus. Kathryn schrie entsetzt auf. Hinter ihr fiel die Tür ins Schloß. Sie wirbelte herum, als ein Zunder aufflackerte und die dicken Talgkerzen auf dem Tisch in der hinteren Ecke angezündet wurden.

»Wer ist da?« fragte sie heiser.

Ein Schatten trat in den Lichtschein der Kerzen, und Kathryn wußte Bescheid. »Mörder, Bastard!« zischte sie. Sie blickte auf die Fußbodendielen, sah, wie verrottet und verschimmelt sie waren, und trat einen Schritt vor.

»Das ist weit genug, Hexe!« Die Stimme klang dumpf.

Kathryn sah genau hin, als die verhüllte und maskierte Gestalt näherkam, die Kapuze weit ins Gesicht gezogen.

»Guten Tag, Mistress Swinbrooke.«

Kathryn schob sich vorsichtig näher. Plötzlich bewegte der Schatten seinen Mantel. Kathryn vernahm ein leises Klicken, und der Pfeil einer Armbrust schoß über ihren Kopf hinweg und bohrte sich in die Wand hinter ihr.

»Ich habe gesagt, Ihr sollt nicht näherkommen! Für Euch habe ich etwas Besonderes!«

Kathryn starrte auf die schwarze Ledermaske, aber das einzige, was sie sehen konnte, war bösartiges Blitzen hinter den Augenschlitzen.

»Was soll der Hund?« fragte sie.

»Eine nette Beigabe. Als ich wieder hierherkam, lief der Köter mir knurrend entgegen. Also habe ich ihn erstochen und ihm dann den Kopf abgehackt.«

»Wo ist Colum?«

»Oh, es ist Colum, nicht wahr? Dieser Bastard von einem Iren? Zum Teufel, ausgerechnet!« Die Gestalt kicherte. »Er wird bald dasein, und dann könnt Ihr ihn willkommen heißen!«

Kathryn wischte sich die schweißnassen Hände am Kleid ab. Sie blickte auf den Tisch im Hintergrund und sah die drei Zinnbecher.

»Was wollt Ihr?« fragte sie, bemüht, ihrer Stimme einen festen Klang zu verleihen.

»Euren Tod.«

»Warum?«

»Warum nicht?«

Kathryn zwang sich zu einem Lächeln. »Ja, natürlich wollt Ihr meinen Tod. Ihr mögt dieses Spiel, nicht wahr? Blindekuhspiel in den Straßen und Gassen von Canterbury. Natürlich müßt Ihr mich töten. Warum also hört Ihr nicht mit dem Mummenschanz auf und legt Eure Maske ab? Bald werden alle wissen, was ich weiß: daß Ihr der Ratsherr John Newington seid!«

Wieder das Kichern. »Aber Ihr habt es noch keinem gesagt, Kathryn, und selbst wenn, welchen Beweis habt Ihr? Ich habe beobachtet, wie Ihr in die Ottemelle Lane zurückgekommen seid. Ihr hattet nicht genug Zeit, eine Botschaft zu schreiben oder diesen fetten Schmalzbrocken, der Euch überallhin folgt, ins Vertrauen zu ziehen. Auf jeden Fall werdet Ihr bald von eigener Hand sterben«, gluckste die Gestalt. »Euch dann als den Mörder hinzustellen wird ein leichtes sein.«

Kathryn zuckte die Schultern. »Aber ich kenne die Wahrheit, Mörder. Warum nehmt Ihr also nicht diese Maske ab? Euer Gesicht muß darunter doch schwitzen und jucken. Kommt«, drängte sie. »Ich habe mich an die Spielregeln gehalten. Wir wissen beide, daß ich die Wahrheit sage.«

Eine Hand hob sich, und die Gestalt zog die Kapuze zurück und streifte die Ledermaske ab. Newingtons Gesicht, im Kerzenlicht schrecklich anzusehen, strahlte in kaltem Glanz.

»Ihr seid ein verdammt kluges Mädchen, Kathryn«, zischte er. »Viel klüger, als ich dachte.« Newington hob die Armbrust und zog aus einem Beutel an seinem Gürtel einen zweiten Pfeil, den er in den Zug legte. Er trat einen Schritt zurück. »Wißt Ihr«, fuhr er leise fort, »als dieses alte Weib von Erzbischof und sein aufgeblasener Schreiberling Luberon beschlossen, sich in meine Spiele einzumischen, suchten sie in der Wählerliste nach einem Arzt, der ihnen helfen könnte. Dieser dumme Ire auch.« Newington lächelte. »Natürlich habe ich ihnen nur zu gern geholfen. Das Schweißfieber hatte ziemlich viele Ärzte hinweggerafft. Meiner Ansicht nach immer noch zu wenige, aber dann stieß ich auf

Euren Namen neben dem Eures Vaters.« Er zuckte mit den Schultern. »Es war nur noch die Frage, wie man die anderen in die Falle locken konnte.« Newington fuchtelte mit einem behandschuhten Finger vor Kathryn herum. »Aber Ihr wart sehr schlau.« Newington sprach wie ein betrübter Schulmeister, der einen Schüler ermahnt. »So, Kathryn, wir haben noch genug Zeit. Sagt mir, was Ihr nun tun wollt. Ich bin sicher, es wird nicht lange dauern.«

»Wenn ich Euch sage, was wir beide wissen, wird es nicht viel länger dauern!« gab Kathryn schnippisch zurück. »Ihr seid verrückt, böse und ein Mörder, Master Newington. Ihr habt das Chaos in der Stadt ausgenutzt, um Eure Rache am Schrein zu vollziehen, indem Ihr Pilger ermordet habt, unschuldige Männer, deren einziges Verbrechen darin bestand, daß sie am Grab von Thomas Becket beten wollten und einem Berufsstand angehörten, der in Eure Pläne paßte.«

Kathryn hielt inne und atmete tief ein. »Ihr wart gut geeignet dafür, stimmt's? Ihr kennt die Stadt wie Eure Westentasche. Ein Bürger, ein nicht unbedeutender Mann. Und noch zwei andere Vorteile hattet Ihr. Euer Schwiegersohn ist Arzt, und er hat zwei Kinder, die Ihr besucht habt, wann immer es möglich war. Es war so leicht, hin und wieder den Schlüssel zum Herbarium zu nehmen und sich mit Gift zu versorgen, das Ihr gerade brauchtet. Wer hätte es herausfinden sollen? Und ehe jemand bemerkte, daß etwas fehlte, wie zum Beispiel Tollkirsche oder Fingerhut, habt Ihr die fehlende Menge mit ein wenig Mehl aufgefüllt. Die Pulver an sich sind weiß. Mehl kann ihre Wirkung nicht schmälern, und es würde nicht auffallen, wenn man sie damit aufmischt.« Kathryn zwang sich zu einem Lächeln. »Das hat mich interessiert. Warum sollte Straunge Mehlspuren auf dem Boden des Herbariums finden?«

Newington nickte und sah Kathryn erwartungsvoll an, als wolle er sie auffordern weiterzureden. »Sehr gut« murmelte er. »In der Tat, sehr gut. Aber, wie der Mann des Gesetzes bei Chaucer sagt, ›Deine Freunde sind nicht da, wenn du in großer Not bist‹.«

»Dann sind da natürlich die Verkleidungen«, fuhr Kathryn fort. »Ihr seid Mitglied der Laienbruderschaft der Messe Jesu. Jedes Jahr führen sie in der Heiligkreuzkirche ein Stück auf. Wie leicht war es doch, einen Kittel und eine Kniehose zu nehmen und sie unter Eurem Ratsherrenmantel zu verbergen, vielleicht habt Ihr noch etwas Farbe benutzt für Euer Gesicht? Wem würde es schon auffallen? Die Leute sehen, was sie sehen wollen. Es würde ihnen im Traum nicht einfallen, daß der schmutzige, verschmierte Diener in einem Schankraum in Wirklichkeit ein angesehener Ratsherr ist. Und natürlich habt Ihr darauf geachtet, daß Ihr Euch nur unter Pilgern aufhieltet, die in der Stadt fremd waren und Euch nicht erkennen würden. Hilfreich bei dem gesamten Unternehmen war das Durcheinander, das der letzte Krieg verursacht hat. Eure Freunde und Kollegen im Stadtrat sind zu sehr mit ihren eigenen Angelegenheiten beschäftigt. Ein ausgezeichneter Deckmantel für Euren Zeitvertreib, Unschuldige abzuschlachten. Es war ja so einfach«, fuhr Kathryn fort. »Ihr geht in einen Schankraum, schließt Euch einer Pilgergruppe an, begeht Eure gemeine Tat und verschwindet in einer Gasse.«

»Genug!« unterbrach Newington sie.

»Oh, kommt, Master Ratsherr«, sagte Kathryn und trat vorsichtig näher an ihn heran. »Wollt Ihr mich nicht nach dem Warum und Wie fragen? Ihr wißt, daß Ihr verrückt seid. Geistig umnachtet.«

Newington verzog das Gesicht. »Und Ihr seid bald eine tote Hexe!« stieß er zwischen den Zähnen hervor. Er hob die Armbrust. »Aber nicht durch einen Pfeil, nein, raffinierter. Etwas, das besser zu Eurem Beruf paßt.«

Kathryn fuhr sich mit der Zunge über die ausgetrockneten Lippen und atmete tief ein. Sie spürte, wie ihre Beine zitterten, und unterdrückte den Drang, in Tränen auszubrechen und um Gnade zu flehen.

»Ihr wart sehr schlau, John Newington, Ratsherr von Canterbury«, fuhr sie ruhig fort, »geboren in Westgate als unehelicher Sohn der Christina Oldstrom, einer Näherin aus gutem Hause. Sie hat Euch aufgezogen, und sobald Ihr alt genug wart, wurdet

Ihr nach London in die Lehre geschickt. Ich vermute, daß wir auch bei Durchsicht aller Kirchenbücher von Canterbury nicht auf die Geburt eines John Newington stoßen würden.« Sie lächelte den Ratsherrn an. »Der Name Eurer Mutter begann mit ›Old‹, Ihr habt Euren dann mit einem »New« anfangen lassen, ein feiner Zug. Ein Zeichen der Zeit, ein Hinweis darauf, daß Ihr zwischen Eurem jetzigen Status und Eurer Herkunft eine Verbindung hergestellt habt. Wie lange wart Ihr in London? Zehn, zwanzig Jahre? Lange genug jedenfalls, um Eure Vergangenheit zu verbergen. Nichtsdestotrotz fühltet Ihr Euch schuldig. Ihr kehrtet nach Westgate zurück und saht, in welcher Armut Eure Mutter lebte. Ihr wart es wohl, der die Hinterlassenschaft für St. Peter gespendet hat, um Eure Schuldgefühle zu verringern und die Ärzte zu bezahlen, die in diesem Bezirk arbeiteten. In aller Heimlichkeit habt Ihr Eure Mutter besucht und ihr jeden Wunsch erfüllt. Aber dann wurde sie krank.«

Newington hatte den Kopf leicht zur Seite geneigt. Er sah zufrieden aus, wie ein Lehrer, dessen Schüler seine Lektion aufsagt.

»Ja, ja, ganz recht, Mistress Swinbrooke. Ich konnte meine Mutter nicht öffentlich anerkennen, aber ich tat, was ich konnte. Dann wurde sie krank. Ich habe viel Geld für alle möglichen Ärzte ausgegeben, habe sogar einen Arzt aus London bezahlt, aber es half nichts. Meine Mutter magerte ab. Sie bestand jedoch darauf, den Schrein zu besuchen, dieses Mausoleum mit schmutzigen Knochen und Reliquien. Ich pflegte mir einen Pilgermantel umzuhängen und sie an der Kathedrale zu treffen. Ihr Glaube war so stark, Kathryn! Sie kroch diese Stufen dort auf Händen und Knien hinauf und betete um Erlösung.«

Newingtons Augen schwammen in Tränen. Kathryn spürte Mitleid in sich aufsteigen. Wie sehr hatten sich doch Haß, Erniedrigung und Enttäuschung in diesem Mann verhärtet und ihn letzten Endes um den Verstand gebracht. Newington stampfte auf wie ein unartiger Junge.

»Sie wurde immer weniger und starb schließlich.« Seine Stimme zitterte vor Bewegung. »Oh, zunächst habe ich mir selbst und den Ärzten einen Vorwurf gemacht, aber sie starb mit dem

Namen Becket auf den Lippen. Nach ihrem Tode ging ich des öfteren zur Kathedrale, um zu beobachten, wie die Pilger hineinströmten und ihre hart verdienten Pennies opferten. Da habe ich begonnen, meine Rache zu planen.« Sein Gesicht wurde plötzlich hart: Kathryn hatte einen Schritt nach vorn getan. »Nicht weiter, Mistress. In London habe ich Chaucer gelesen. Meine Abschrift seines Werkes habe ich natürlich inzwischen vernichtet, aber ich kannte die Verse auswendig. Diesen Weg wollte ich also gehen. Für jeden Pilger, der in den Erzählungen erwähnt wird, sollte in Canterbury ein Mensch sterben. Ein hübscher Einfall, wie?« Newington tippte sich ans Kinn. »Diese Erzählungen gefielen mir. Ist Euch aufgefallen, wie häufig darin Mixturen und Gifte vorkommen? Die Zecher in der ›Erzählung des Ablaßkrämers‹, der Ritter in der ›Erzählung der Frau aus Bath‹?« Verträumt lächelte er vor sich hin. »Ich habe meine Mutter stets vor den großen Toren der Kathedrale getroffen. Ich war immer verkleidet und verblüfft, daß mich niemand erkannt hat. Natürlich hat dieser Idiot Faunte die Ratsversammlung beschäftigt.« Newingtons Gesicht wurde ernst. »Wen kümmert es schon, welcher Prinzenarsch auf dem Thron in London sitzt?« Er warf einen schnellen Blick auf den Tisch, auf dem die drei Becher standen. Kathryn rührte sich nicht, sie hoffte inständig, daß Newington so lange reden würde, bis Hilfe kam. Der Mörder sah sie an. »Wir können nun wirklich nicht mehr länger warten«, murmelte er, als hätte er ihre Gedanken erraten. »Die Zeit rinnt davon! Die Zeit rinnt davon! Aber Ihr habt das Mehl erwähnt«, sagte er.

»Ja. Straunge hat es auf dem Boden des Herbariums gefunden. Es war auch auf dem Boden des Weinkrugs, den Ihr der Hure Peg mitgegeben habt.«

»Ach, Mustard Peg. Eine großmäulige Hexe! Ich dachte, sie würde gut zu dem Büttel passen. Ich kaufte sie, sagte ihr, sie solle mich an der Nebenpforte treffen, gab ihr den Weinkrug und ließ sie durch, bevor ich zum Bankett meines Schwiegersohnes ging.«

»Was ist mit Eurer Tochter«, unterbrach Kathryn hastig. »Habt Ihr keine Gefühle für sie?«

»Ihr kennt das Sprichwort, Mistress Kathryn: ›Gott hat uns unsere Familie gegeben, Gott sei Dank können wir uns unsere Freunde aussuchen!‹ Sie ist arrogant und hochnäsig. Ich war dagegen, daß sie Darryl heiratete, obwohl ich später nachgab. Sein Beruf bot mir Gelegenheit zu weiteren Investitionen und zu gegebener Zeit Zugang zu einem reichhaltigen Giftvorrat.« Newington grinste. »Wie gern die Ärzte doch über diese und jene Mixtur reden. Und außerdem war da noch Chaddedons Bibliothek.« Newington fuchtelte mit einem Finger vor Kathryn herum. »Es gibt fast nichts, was ich nicht über Gifte weiß.« Sein Gesicht wurde ernst. »Meine Enkel hingegen liebe ich über alles. Es ist doch eine Ironie« – bei diesen Worten tippte er mit der Armbrust gegen seine Hand –, »daß Ihr es durch sie herausgefunden habt? Ihr wart heute morgen wieder bei ihnen und habt sie gefragt, wer ihnen die Geschichte von Arcita und Palamon erzählt hat, den beiden Helden aus Chaucers ›Erzählung des Ritters‹.« Newington schüttelte den Kopf. »Das hättet Ihr nicht tun sollen, Kinder, fast noch Babies, dazu zu benutzen, ihren Großvater zu entlarven!«

»Zuerst dachte ich an Darryl«, erwiderte Kathryn. »Aber die Kinder sagten mir, Ihr wärt es gewesen, ihr Großvater, der ihnen gern Geschichten von Chaucer erzählt.«

»Ihr habt Süßigkeiten benutzt«, gab Newington den Vorwurf zurück. »Ihr habt meine Enkel bestochen!«

»Oh, um Himmels willen!« fauchte Kathryn ihn an. »Früher oder später wird jeder Mörder erwischt. Ich erinnerte mich, daß Euer Schwiegersohn gesagt hatte, er wisse nichts über Chaucer, und Ihr habt dasselbe behauptet.«

Kathryn warf einen flüchtigen Blick auf die Dielenbretter hinter dem Ratsherrn und bemerkte die Spalten und Risse dort. »Es waren nicht nur Arcita und Palamon, da waren noch mehr Spuren, Bruchstücke von Informationen: Eure Mitgliedschaft in der Laienbruderschaft der Messe Jesu; Ihr lebt allein, niemand kann Euch beobachten. Ihr kennt Canterbury, besitzt einen Schlüssel zur Nebenpforte und habt Zugang zu einem reichhaltigen Giftvorrat. Doch letzten Endes haben Euch diese unschuldigen Kinder entlarvt«, schloß Kathryn.

»Aber sie haben es mir gesagt«, antwortete Newington verärgert, als wäre er am meisten erbost über die Tatsache, daß seine Enkel mit einer völlig Fremden geredet hatten. »Sie haben mir von Euren Fragen berichtet. Also ging ich auf schnellstem Wege zur Kathedrale mit einer weiteren Ankündigung und bestach einen Soldaten, der die Botschaft zur Ottemelle Lane brachte.« Mit dem Saum seines Gewandes tupfte sich Newington den Schweiß von der Stirn, hielt dabei aber die Armbrust im Anschlag.

»Dieser dumme Ire ist nicht in der Stadt. Luberon hockt wie eine Henne auf den Eiern. Ich wußte einfach, daß Ihr kommen würdet. Ihr mögt Murtagh, nicht wahr?«

»Ist das für Euch von Bedeutung? Und wenn ich nicht gekommen wäre?«

Newington verzog das Gesicht. »Zu anderer Zeit, an anderem Ort, aber nun seid Ihr ja hier! Süßigkeiten für meine Enkel!« knurrte er. »Nun gut, ich habe Gift für Euch.« Newington zeigte auf die drei Becher auf dem Tisch. »In einem ist Tollkirsche, in dem anderen Fingerhut, in dem dritten ist kein Gift. Es ist wie bei dem Spiel, das sie in Cheapside in London spielen. Welcher Becher ist der Glücksbecher?« Newington hob die Armbrust. »Mistress Swinbrooke, ich schlage vor, Ihr probiert alle drei.«

»Man wird Verdacht schöpfen«, begann Kathryn und versuchte, die Panik zu unterdrücken, die sie zu ergreifen drohte.

»Wer wird sich auch nur einen Deut darum scheren?« unterbrach Newington. Er legte den Kopf zur Seite. »Vielleicht behaupte ich, Ihr hättet Euch eigenhändig umgebracht? Oder Ihr wärt einfach ein weiteres Opfer von Sir Thopas?«

»Thopas?« rief Kathryn fragend.

»Ja, ja, Ihr wißt doch – das ist der Name, den Chaucer sich selbst in den *Canterbury-Erzählungen* gegeben hat. Ich habe diesen Namen übernommen, ich, der Dichter dieses mörderischen Dramas.« Newington zuckte mit den Schultern. »Oder vielleicht sage ich auch, Ihr wart der Mörder, und hinterlasse eine hingekritzelte Botschaft neben Euch. Dann gebe ich ein Jahr Ruhe und fange wieder an. Auf, auf«, sagte Newington und drängte sie mit der freien Hand. »Wie heißt es doch so schön? ›Medice sane te

217

ipsum; Arzt, heile dich selbst<? Nun ja, in diesem Fall ist es ein wenig anders.« Die Armbrust wurde weiter vorgeschoben. »Mistress Swinbrooke, bitte trinkt jetzt. Schließlich habe ich, wie Chaucers Frau aus Bath sagt, >die Herrschaft über Euch errungen<.«

Kathryn schätzte die Entfernung zwischen sich und Newington ab. Es war zu weit. Wieder starrte sie auf die Dielenbretter hinter dem Mörder.

»Swinbrooke, trinkt. Wer weiß? Vielleicht habt Ihr beim ersten Mal Glück!«

Kathryn ging langsam auf den Tisch zu und nahm den mittleren Becher, der kühl und schwer in ihrer Hand lag. Sie führte ihn an die Lippen, roch den starken Rotwein und setzte ihn wieder ab.

»Ich kann nicht!« sagte sie. »Und wenn Ihr schießt …«

Ein feines Lächeln umspielte Newingtons Lippen. »Dann seid auch Ihr dem Krieg zum Opfer gefallen, weiter nichts. Vielleicht wird man den Iren zur Verantwortung ziehen oder einen dieser rauhen Krieger. Ich werde diesen gottverdammten Ort so verlassen, wie ich ihn betreten habe, auf demselben Weg. Es gibt in den Zäunen und Mauern um Kingsmead mehr Löcher als in einem Fischernetz.«

Kathryn ließ die Armbrust nicht aus den Augen. Newington, der kein Soldat war, hielt sie falsch. Er würde die Haltung seiner Hände verändern müssen, um den Pfeil abzuschießen. Sie machte einen Schritt nach vorn.

»Ich will nicht trinken!«

Newington mußte umgreifen, und als er es tat, schleuderte Kathryn den schweren Becher gegen ihn und warf sich gleichzeitig zur Seite. Der Pfeil aus der Armbrust verfehlte sein Ziel und schoß an ihr vorbei. Newington fiel nach hinten, als er versuchte, dem Becher auszuweichen, und fingerte fieberhaft nach einem neuen Pfeil. Seine schweren Reitstiefel krachten auf die verrotteten, verschimmelten Bodendielen. Kathryn wollte gerade auf ihn zu stürmen, als eine der Dielen plötzlich nachgab und, eine Staubwolke aufwirbelnd, durchbrach. Newington versuch-

218

te verzweifelt, Halt für die Füße zu finden. Doch auch der Rest des altersschwachen Bodens gab unter Ächzen und Stöhnen nach, Newington brach durch und fiel auf den Steinboden des darunterliegenden Raumes.

Kathryn riß die Tür auf und rannte die Treppe hinunter. Newington lag in dem Zimmer im Erdgeschoß in einem Schutthaufen, ein Bein merkwürdig abgewinkelt. Zuerst dachte Kathryn, er sei tot, doch dann stöhnte er. Kathryn bückte sich und fühlte den Puls am Hals des Mannes. Sie blickte sich in dem Raum um und schreckte angeekelt zurück, als sie den kopflosen Körper des Hundes sah, den Newington getötet und dann in eine Ecke geworfen hatte. Sie begann zu zittern. Ihre Beine schlotterten so stark, daß sie in die Hocke gehen mußte und nach Atem rang.

»Beruhige dich!« flüsterte sie. »Um Himmels willen, Kathryn, beruhige dich!«

Sie beugte sich vor und schob den bewußtlosen Ratsherrn zur Seite, aber von seiner Armbrust war nichts zu sehen. Kathryn zog den langen Dolch aus seiner Scheide und umschloß ihn mit festem Griff.

»Mistress, was ist los?«

Kathryn wandte sich um. Der kleine Bengel, der am Tor Wache gestanden hatte, stand mit großen Augen im Türrahmen.

Kathryn winkte ihn herein. »Komm her!«

Der Junge trat in den Raum. Er erblickte den verstümmelten Körper des Hundes und drehte sich um, weil er würgen mußte. Dann schob er sich näher heran und betrachtete voller Angst den ausgestreckten Newington.

»Wer ist das?« murmelte er.

»Ein böser, trauriger Mann«, erwiderte Kathryn.

»Ist er tot?«

»Nein, aber es wäre besser für ihn!«

»Ich habe ihn nicht kommen sehen«, sagte der Junge und kreuzte die dünnen Ärmchen schützend über der Brust. »Er muß hintenrum gekommen sein, nur den Hund habe ich bellen hören.«

Kathryn zwang sich zu einem Lächeln. »Komm her!«

219

Die großen Augen in dem schmalen, kreidebleichen Gesicht starrten sie ängstlich an.

»Warum?« fragte er.

»Weil auch ich Angst habe«, gestand Kathryn. »Ich möchte dich in meiner Nähe haben!«

Der Junge trottete um Newington herum, und Kathryn schloß ihn in die Arme und drückte seinen mageren Körper an sich. Der Junge sah auf das Messer hinunter.

»Gehört das ihm?«

»Ja.«

»Kann ich es haben?«

Kathryn lächelte und spürte einen Anflug von Mitleid mit diesem dünnen Kerlchen. »Was du brauchst, mein Junge, ist ein ordentliches Essen«, erwiderte sie. »Erzähl mir was von dir.«

Newington rührte sich und ächzte. Kathryn preßte den Jungen an sich und wich zurück. Sie wollte fortlaufen, fühlte sich aber zu schwach, und sie wollte nicht, daß Newington entkam.

»Erzähl mir was von dir, Junge«, wiederholte Kathryn.

Der kleine Kerl plapperte drauflos, und Kathryn zwang sich zuzuhören, als er seine traurige Geschichte erzählte: vage Erinnerungen an eine Mutter, dann ein Leben wie ein herumstreunender Hund auf den Abfallhaufen verschiedener Kriegslager.

»Wie heißt du?« unterbrach Kathryn.

»Wuf!« erwiderte der Junge.

Kathryn lächelte und spürte, wie Wärme und Kraft in ihren Körper zurückkehrte. Sie blickte ihn an. »Warum Wuf?«

»Ein Krieger hat mir den Namen gegeben, aber der ist jetzt tot. Ich wollte nie lächeln, Mistress, deshalb hat er mir immer ins Gesicht geblasen. Als ich dann lachte, hat er gesagt, ich hätte es getan, weil er leise ›wuff‹ gemacht hat. Ich bin auch tapfer«, fuhr er fort und zeigte auf Newington herab. »Ich habe den Krach gehört und gedacht, daß Ihr in Gefahr seid. Habt Ihr was zu essen?« fügte er hinzu.

»Nein.«

»Hatte er was dabei? Ist oben noch was?«

Kathryn dachte an die Becher. »Dort hinauf darfst du auf keinen Fall. Es ist ein böser Ort.«

Der Junge begann gerade, seine letzte Mahlzeit zu beschreiben, ein Stück gestohlenes Wildbret, als Kathryn Hufschlag auf dem Pflaster hörte. Sie ging zur Tür und erblickte die wildesten Galgenvögel, die sie je gesehen hatte, angeführt von Colum und Holbech. Sie ritten in den Hof. In der Mitte der Gruppe hoppelte auf einem kleinen, lammfrommen Gaul eine verschwitzte, hochrote Thomasina, die sich beim Anblick ihrer Herrin aus dem Sattel fallen ließ und über den Hof auf sie zulief.

»Mistress Kathryn, was ist los? Der Ire hat keine Botschaft gesandt!« Thomasina starrte wütend auf den ausgestreckten Newington. »Also das ist der Bastard!« Sie betrachtete den schwarzen Kapuzenmantel des Ratsherrn und blickte ihre Herrin an. »Newington war der Mörder?«

»Lebt er noch?« fragte Colum, der hinter Thomasina auftauchte. »Hat er Euch verletzt?« Er drängte sich herein, schob den Jungen zur Seite und legte eine Hand auf Kathryns Schulter.

Kathryn griff nach der Hand des kleinen Jungen. »Ja«, antwortete sie. »Ja, Newington ist der Mörder. Ja, er hat versucht mich umzubringen, und ja, er lebt, ist aber bewußtlos.«

Colum stellte sich über den Ratsherrn und trat ihm heftig in die Rippen. Newington stöhnte und öffnete die Augen.

»Holbech!« brüllte Colum. »Heb dieses Schwein auf!«

Der Söldner kam schwankend herein, hob ein wenig schmutziges, trockenes Stroh auf, holte einen Zunder hervor und warf, noch ehe Kathryn etwas dagegen unternehmen konnte, brennende Strohhalme auf Newingtons Beine. Der Ratsherr stöhnte und wimmerte vor Schmerz.

»Hört auf damit!« befahl Kathryn.

Colum schnippte mit den Fingern, Holbech löschte daraufhin zusammen mit anderen Soldaten das Feuer und zog Newington auf die Füße. Der Ratsherr sah schrecklich aus: Eine Gesichtshälfte war blau unterlaufen, und seine aufgesprungenen Lippen waren blutverkrustet. Mit leerem Blick schaute er Kathryn und Colum an, dann schnaubte er verächtlich.

»Bringt ihn raus!« befahl Colum. »Bindet ihn auf ein Pferd, bedeckt sein Gesicht und bringt ihn zur Burg!«

Sie sahen den Soldaten nach, wie sie Newington vor sich her trieben.

»Er wird sich vor einem Gericht verantworten müssen« verkündete Colum. »Aber nicht hier, sondern vor dem Oberhofgericht in London. Dann kann er dem Henker in The Elms in die Augen blicken!« Er wandte sich wieder an Kathryn. »Wie seid Ihr darauf gekommen?«

Kathryn lächelte. »Chaucer hat es mir erzählt.«

Colums Augen wurden schmal.

»Ich erzähle es Euch später«, fügte Kathryn hinzu. Sie merkte, daß Thomasina wie eine Glucke um sie herum zu flattern begann.

»Ach, bevor ich es vergesse«, sagte Kathryn. »Oben auf dem Tisch stehen Weinbecher. Ich glaube, sie sind vergiftet!«

Langsam ging sie aus dem verfallenen Haus und hielt den Jungen immer noch an der Hand.

»Wohin bringt Ihr ihn?« fragte Thomasina.

Kathryn sah auf den schmächtigen Kerl hinunter.

»Er kommt mit mir nach Hause, Thomasina. Er heißt Wuf, ist sehr dünn, sehr klein und sehr hungrig.« Kathryn lächelte ihn an. »Und er ist auch sehr tapfer!«

Thomasina spürte, was ihre Herrin damit zum Ausdruck bringen wollte, und ergriff die Hand des kleinen Jungen, als wäre er ihr verlorener Sohn. Kathryn ging zu den Pferden hinüber, während Thomasina und Wuf zu plaudern begannen.

»Mistress Swinbrooke!«

Kathryn drehte sich um. Colum stand in der Tür. Sie bemerkte, wie müde und unrasiert er aussah: ein typischer Soldat in seiner Lederjacke, dem breiten Schwertgürtel, den dicken Wollhosen und den hohen Reitstiefeln. Bei jeder Bewegung klirrten die Sporen.

»Was ist, Ire?«

»Ist hier alles erledigt?«

»Es sieht so aus, ja.«

»Kann ich immer noch bei Euch wohnen?«

»Natürlich!«

»Auch wenn ich meine Geister mitbringe?«

»Wir alle haben unsere Geister, Colum«, erwiderte Kathryn. »Ihr habt die Bluthunde von Ulster, und der Himmel weiß, wo Alexander Wyville steckt!«

Colum, der die Hände lässig in den Schwertgürtel gesteckt hatte, schlenderte auf sie zu. »Warum seid Ihr hergekommen?«

Kathryn zuckte die Achseln. »Ich dachte, Ihr wärt in Gefahr.«

Die Augen des Iren bekamen einen weichen Glanz. »Ihr seid meinetwegen hergekommen? Keine Frau hat das je getan, Mistress Swinbrooke.«

Kathryn wandte ihm den Rücken zu und ging weiter.

»Das hat noch keine Frau für mich getan!« rief Colum hinter ihr her.

»Schön, Ire«, rief Kathryn ihm über die Schulter hinweg zu, »dann wurde es vielleicht Zeit, daß eine von uns das mal tut!« Sie drehte sich um und lächelte. »Schließlich ist, wie die Frau aus Bath sagt, ›die Sorge einer Frau ein Gottesgeschenk‹.«

Die Heilerin von Canterbury sucht das Auge Gottes

Mein besonderer Dank und meine Anerkennung gelten George Witte, Chefredakteur bei St. Martin's Press, der mich all die Jahre tatkräftig unterstützt hat.

Ein Blick in die Geschichte

Der blutige Bürgerkrieg, der zwischen den Häusern York und Lancaster um die Krone von England tobte, fand im Jahre 1471 durch die Siege der Yorkisten bei Barnet im April und bei Tewkesbury im Mai ein brutales Ende. Der Krieg war ausgebrochen, als mit Heinrich VI. ein Mann aus dem Hause Lancaster an die Macht gelangte, der als Herrscher denkbar ungeeignet war. Der fromme, gutmütige Mann hätte nur zu gern zugunsten seiner Vettern aus dem Hause York auf die Krone verzichtet, wäre da nicht seine mächtige, ehrgeizige Gemahlin, Margarete von Anjou, gewesen, die seine Interessen wahrte. Der Kampf wogte eine Zeitlang heftig hin und her, mit Verlusten auf beiden Seiten. Die Anführer der Yorkisten – Richard, Herzog von York und Vizekönig von Irland, sowie sein ältester Sohn Edmund – gerieten bei Wakefield in einen Hinterhalt. Sie wurden auf grausame Weise umgebracht. Daraufhin nahmen die drei jüngeren Söhne Richards sich der Sache des Hauses York an – Richard, Herzog von Gloucester, George, Herzog von Clarence, und Edward. Sie wurden von Richard Neville, dem Grafen von Warwick, vortrefflich unterstützt. Edward erwies sich als fähiger General, doch als er die schöne Witwe Elizabeth Woodville heiratete, machte er sich Warwick und seinen Bruder George zu Feinden. Warwick und Clarence liefen gemeinsam zu den Lancastertreuen über, wenngleich Clarence sich später wieder seiner Familie verpflichtete. Die Siege der Yorkisten im Jahre 1471 wurden mit dem Tode Warwicks, der Einkerkerung Margarete von Anjous und der Ermordung Heinrichs VI. im Tower zu London besiegelt. Es war eine Zeit, die nicht treffender charakterisiert werden kann als durch einen Vers aus Chaucers ›Erzählung des Ablaßpredigers‹:

»Ein Dieb voll Hinterlist bracht' diesem Land Verderben; es war der Tod, und alle Menschen ließ er sterben.«

Prolog

Ostersonntag, vierzehnter April Anno Domini 1471

Richard Neville, Graf von Warwick, trat vor sein Zelt und starrte in die nebelverhangene Finsternis. Das Lager hallte wider von den Geräuschen seiner Männer, die sich auf den Kampf vorbereiteten. Warwick sah, daß aus den Niederungen bei Wrotham Wood dichter Nebel stieg und das Feld von Barnet einhüllte. Damit waren die kleinen Musketen, die er mitgebracht hatte, nutzlos geworden. Feuchtigkeit legte sich auf seine Rüstung, und die zerfetzten Banner über seinem Zelt hingen schlaff an ihren Masten. Ein Vorzeichen? Warwick berührte das mit Juwelen besetzte Amulett, das er an einer Kette um den Hals trug, und legte die Hand auf den funkelnden Saphir. Er sah auf ihn hinab und murmelte ein Gebet. Man nannte den Edelstein das *Auge Gottes*; doch ließ Gott sein Auge am heutigen Tage auf ihm ruhen? In der Ferne rückten Edward von York und seine blutrünstigen Brüder Richard und George von Barnet heran, um sich mit ihm zu schlagen und ihn völlig zu vernichten.

Warwick unterdrückte einen Seufzer und versuchte, sich gegen die aufkeimende Furcht zu wappnen. Wenn er siegte, wäre der Weg nach London frei. Er würde den frommen Heinrich VI. wieder einsetzen; oder brächte er, falls die Yorkisten ihn bereits getötet hätten, möglicherweise einen anderen auf den Thron? Trompetenschall ertönte. Warwick nahm seinen Helm mit dem großen schwarzgelben Federbusch und ging mit ausholenden Schritten in die Dunkelheit. Ritter und Knappen seines Hofstaats scharten sich um ihn. Ein Page führte sein Pferd herbei, während Boten seiner Rittmeister auf Befehle warteten. Warwick zog die Panzerhandschuhe an und gab ein Zeichen. Das bewaffnete Gefolge rückte weiter in die neblige Finsternis vor. In einiger Entfernung vom Lager stieg er auf sein Pferd und inspizierte seine Truppen, die sich bereits in Schlachtordnung aufgestellt hatten: Die langen Reihen bewaffneter Männer verloren sich im Nebel. Warwicks Armee war in drei große, geschlossene Schlachtreihen aufgeteilt: sein jüngerer Bruder John Neville, Marquis von Montagu in der Mitte, der Herzog von Exeter auf der linken, der Graf von Oxford auf der rechten Flanke.

Eine Trompete erklang, und schon wurden Rufe und Gespött laut, als eine Gruppe Berittener aus dem Dunkel auftauchte und auf sie zu galoppierte. Schemenhaft nur erkannte Warwick das Holzkreuz, das die Reiter vor sich her trugen, und das weiße Tuch, das daran baumelte. Er blickte zu seinen Männern hinüber, die eifrig damit beschäftigt waren, ihre Bögen zu spannen.

»Haltet ein!« brüllte er. »Es sind Unterhändler, und sie sind nicht bewaffnet!«

Er ritt mit Montagu und Exeter auf die Reitergruppe aus dem Lager der Yorkisten zu, die sich um das Friedenszeichen scharte. Warwick ließ sein Pferd gemächlich voranschreiten. Wie viele sind es? fragte er sich. Vier, fünf? Oder war es ein Hinterhalt? Standen hinter ihnen vielleicht schon geschickte Schützen mit gespannten Bögen? Warwick zügelte sein großes Streitroß und stellte sich aufrecht in die Steigbügel.

»Seid Ihr Gesandte?« rief er.

»Wir kommen in friedlicher Absicht«, rief der Anführer der kleinen Gruppe zurück. »Wir tragen keine Waffen bei uns, sondern bringen eine Botschaft von Seiner Gnaden, dem König.«

»Ich wußte nicht, daß König Heinrich bei Euch ist!« spottete Warwick und versuchte, in der Dunkelheit hinter der Reitergruppe etwas zu erkennen.

»Wir kommen im Auftrag des Herrschers von Gottes Gnaden, des Königs von England, Irland, Schottland und Frankreich!«

Warwick bemerkte den leichten irischen Akzent des Sprechers und schmunzelte. Er kannte diesen Mann: Es war Colum Murtagh; der Vater Edwards von York hatte ihn einst vor dem Galgen gerettet. Jetzt war er Marschall des Hauses York und Erster Kundschafter und Bote Edwards. Murtagh war kein Mörder.

Warwick gab seinem Pferd die Sporen. Es ritt im Paßgang vorwärts, gefolgt von den Generälen des Hauses Lancaster. Er näherte sich Murtagh bis auf Armeslänge und studierte aufmerksam das dunkle Gesicht des Iren, dessen rabenschwarze Haare feuchtglänzend unter der Helmkappe und der schützenden braunen Kapuze hervorlugten.

»Alles in Ordnung, Ire?«

»Ja, Herr.«

»Und wie lautet Eure Botschaft?«

»Edelmütige Bedingungen von seiten Seiner Gnaden, die Euch, ehrenwerter Graf, nicht zum Schaden gereichen sollen, wenn Ihr sie annehmt.«

Warwick vernahm das wütende Raunen seiner Kameraden. Sie hatten die Botschaft wohl verstanden. Früher, in besseren Tagen, waren Warwick und Edward von York einmal ein unzertrennliches Gespann gewesen; Waffenbrüder, die einander in Freundschaft und durch heilige Eide verbunden waren. Inzwischen hatten sie sich längst entzweit, doch York hoffte noch immer, Warwick auf seine Seite ziehen zu können.

»Und was ist mit meinen Kameraden?« fragte Warwick mit lauter Stimme. »Diese Männer, die mir bei meinem großen Vorhaben Beistand geleistet haben? Was hat der König ihnen zu bieten?«

»Nichts, Herr.«

Warwick zwang sich zu einem Lächeln und nickte. Er drehte sich ein wenig zur Seite, und der Ire konnte einen flüchtigen Blick auf den funkelnden Saphir am goldenen Amulett werfen. Warwick bemerkte es und ließ das Amulett behutsam durch die Finger gleiten.

»Gold und Juwelen, Ire«, murmelte er. »Gold und Juwelen, alle Schätze der Welt würde ich für einen ehrenhaften Frieden geben.«

»Dann ergebt Euch auf Gedeih und Verderb dem König, Herr.«

Warwick nahm die Zügel seines Pferdes auf und schüttelte den Kopf. »Nein, das lehne ich ab!«

»Wenn es so ist, Herr«, fuhr der Ire laut und weithin vernehmbar fort, »seid Ihr in den Augen des Königs Verräter und Rebellen, denen er ein blutiges Ende schwört, wenn er sie auf dem Felde ergreift!«

»Ist das alles, Ire?«

Murtagh wendete sein Pferd und fragte über die Schulter zurück: »Was habt Ihr denn erwartet?«

Warwick trieb sein Pferd vorwärts. Der Ire drehte sich argwöhnisch zu ihm um und fuhr mit der Hand an die Stelle, an der das Heft seines Schwertes hätte sein sollen.

»Nur ruhig Blut, Herold!« flüsterte Warwick. »Ich habe nichts Schlechtes mit Euch im Sinn, Murtagh. Ihr habt Euren Auftrag, und den habt Ihr erfüllt.« Er zog einen Arm des Iren zu sich heran und drückte ihm eine Goldmünze in die Hand. »Nehmt das!« drängte er ihn. »Wenn die Schlacht nicht zugunsten des Hauses York ausgeht, zeigt sie einem meiner Rittmeister. Sie wird Euch das Leben retten.«

Der Ire betrachtete die Goldmünze eingehend.

»Wenn es am Ende schlecht um Euch steht«, erwiderte er, »und das wird es, Herr, lasse ich davon Messen für Euer Seelenheil lesen.«

Murtagh wendete sein Pferd erneut und führte seine kleine Gruppe auf der Straße nach Barnet zurück.

Warwick sah ihnen nach. Er drehte sich um und lächelte seine Generäle fröhlich an. Er hoffte, daß er ihnen mit seiner Aufmunterung die finsteren Gedanken vertreiben könnte, damit sich ihre ängstlichen Mienen aufhellten.

»Sie werden schnell hier sein«, verkündete er. »Daher ist es wohl am besten, wenn Ihr Euch auf Eure Posten begebt.«

Er zog die Handschuhe aus und drückte seinen Generälen die Hand. Er blieb mit seinem Bruder John zurück und sah ihnen nach, als sie davonritten.

»Du mußt zu Fuß kämpfen«, unterbrach John unvermutet das Schweigen. »Unsere Leute sind unruhig; sie sprechen von Verrat und Untreue. Sie sagen …« Er zögerte.

»Ich weiß, was sie sagen«, setzte Warwick die Worte des Bruders gelassen fort. »Die Feudalherren bleiben auf ihren Pferden sitzen, damit sie, wenn sich das Kriegsglück gegen sie wendet, wie der Wind in den nächstbesten Hafen reiten und die Bauern ihrem Schicksal überlassen können.«

Warwick hob sich aufgrund der schweren Rüstung nur mit Mühe aus dem Sattel. Er zog sein großes Schwert aus der Scheide, die am Sattelknauf befestigt war. Die Zügel seines Pferdes warf er dem Bruder zu.

»Gib den Befehl, John, daß alle zu Fuß kämpfen sollen. Nimm unsere Pferde mit hinter die Linien!«

John ritt davon und ließ Warwicks Streitroß hinter sich her galoppieren. Unter den harten Hufen spritzte Schlamm auf. Noch einmal schritt Warwick die drei langen, waffenstarrenden Schlachtreihen ab, um dann, umgeben von Rittern seines Hofes, hinter der Abteilung Montagus in der Mitte die Führung zu übernehmen. Er versuchte, über die Köpfe hinweg etwas zu erkennen; noch immer hing die Nebelwand dicht vor ihnen – wabernd zwar, aber undurchdringlich. Warwick befahl seinen Leuten, keinen Laut von sich zu geben; er legte die Hände auf das große Heft des Schwertes und spitzte die Ohren, um auch das kleinste Geräusch in der Dunkelheit vor ihnen zu hören. Da er nichts vernahm, schloß er die Augen und sprach leise ein Gebet. Als ein Page herbeilief, um ihm mitzuteilen, es sei erst acht Uhr in der Frühe, hörte Warwick plötzlich, undeutlich noch und gedämpft, daß der Feind auf sie zu marschierte. Warwick gab den Befehl, die Kampfbanner zu entrollen, doch sie waren feucht geworden und hingen schlaff herab. Er nickte den Trompetern zu, hob die Hand und rief:

»Für Gott, König Heinrich und den Heiligen Georg!«

Blechern schmetterten die Trompeten durch die Dunkelheit, und die Bogenschützen und Musketiere der drei Schlachtreihen schossen in die Nebelwand. Schrill und wütend antworteten die Trompeten der Yorkisten; Rufe wurden laut, und Warwick stockte das Herz, als aus dem Nebel gepanzerte Männer in mehreren Reihen stürmten.

»Vorwärts!« schrie Warwick.

Moresby, der Hauptmann seiner Leibwache, gab die Befehle

weiter: Die Standartenträger setzten sich in Bewegung, und das Getöse, mit dem sich die beiden Armeen in ein wütendes Gemenge aus wirbelnden, zischenden Schwertern, Speeren und Streitäxten stürzten, zerriß die unheimliche Stille. Die Luft hallte wider von Flüchen, Stoßgebeten, Todesröcheln, Schreien des Entsetzens und des Schmerzes, während die Männer in Dunkelheit und Nebel kämpften und die weiche Erde knöcheltief mit Blut tränkten. Warwick wischte sich den Schweiß von der Stirn und suchte in dem Durcheinander das Banner seines Bruders. Daneben zeigte das große blaugoldene Banner der Yorkisten eine Sonne in all ihrer Pracht. Rufe und Schreie zu seiner Linken ließen ihn herumwirbeln. Mit Entsetzen sah Warwick, daß eine große weiße Standarte mit dem Bild des Roten Wilden Ebers über einem Hügel auftauchte und Exeters Mannen in die Mitte zurückdrängte. Yorks Bruder, Richard von Gloucester, versuchte offenbar, sie von hinten anzugreifen. Warwick erteilte knappe Befehle und wies den größten Teil seiner Reserve an, Exeter zu Hilfe zu eilen. Der Rote Wilde Eber verschwand. Warwick seufzte erleichtert auf, griff nach dem Auge Gottes und betete zu Erzengel Michael, seinem Schutzpatron, er möge ihm beistehen. Aus dem Handgemenge vorn erscholl ein Ruf, und er sah, daß sein Bruder inzwischen von Bannern der Yorkisten umzingelt war. König Edward führte nun persönlich seine Reserve in den Kampf. Er schlug sich einen Pfad durch die Menge, um sich Montagu zu stellen. Warwick ließ seine eigene kleine Truppe weiter vorrücken. In wenigen Minuten war auch er Teil dieser Wand aus Stahl. Er setzte den Helm auf, ließ das Visier herunter und hackte und hieb auf alles ein, was in den Sehschlitzen seines Helms auftauchte. Die Yorkisten begannen nachzugeben. Warwick zog sich zurück, in Schweiß gebadet. Seine mit Gold ziselierte, silberne Rüstung, die ihm einst Ludwig XI. von Frankreich geschenkt hatte, war längst rostbraun geworden und jetzt mit Blut und Knochensplittern übersät. Warwick nahm inmitten seiner Knappen und Pagen den Helm vom Kopf und rang nach Luft. Er wandte sich an den Knappen, der neben ihm stand, und packte ihn bei der Schulter.

»Brandon!« rief er. »Brandon, der Sieg ist unser!«

Plötzlich drangen von rechts Schreie aus dem undurchdringlichen Nebel. Mit einem Mal kam Bewegung in die Männer dort. Bogenschützen ergriffen die Flucht und schossen Pfeile auf die Berittenen, die vor ihnen auftauchten. Sie schrien: »Verrat! Verrat!«

»Was in drei Teufels Namen …«, brüllte Warwick. »Brandon, es sind Montagus Männer – sie greifen Oxford an!«

Warwick rannte quer über das Schlachtfeld, doch der Schaden war nicht wiedergutzumachen. Oxford, der eine Abteilung Yorkisten vom Feld vertrieben hatte, war überraschend zurückgekehrt. Montagus Männer, die ihn für den Feind hielten, hatten eine Ladung Pfeile auf sie abgeschossen. Oxfords Soldaten, die Betrug witterten, schrien »Verrat!« und flohen. Die Rufe wurden nun von Montagus Truppen übernommen. Panik machte sich in der Schlachtreihe breit, die auseinanderzubrechen drohte, als die Männer sich zur Flucht wandten. Boten rannten herbei, atemlos, mit brennenden Augen. Montagu war erledigt! John Neville tot! Warwick stöhnte, doch ihm blieb keine Zeit zuzuhören. Der Strom der Flüchtenden schwoll an. Männer rannten davon, warfen die Waffen von sich, entledigten sich der Rüstung.

»*Aidez-moi!*« rief der Graf.

Er deutete mit dem Schwert auf die Schlachtlinie und drängte seine Ritter vorwärts, während er sich mit ein paar wenigen Knappen unter seinem Banner versammelte, doch es nützte nichts. Die inzwischen eingedrückten Schlachtreihen erbebten und brachen auseinander. Alles, was auch nur im entferntesten nach einer Ordnung aussah, löste sich auf; selbst Warwicks Ritter riefen, das sei das Ende. Warwick griff nach dem Auge Gottes, warf einen Blick in die Runde und wollte etwas sagen, doch er brachte kein Wort hervor. Ein Pfeil zischte in Augenhöhe an ihm vorbei, und Fußsoldaten in der Uniform der Yorkisten kamen in Sicht. Brandon, Moresby und die übrigen begannen zu laufen. Warwick versuchte ihnen zu folgen; sein Atem kam in kurzen, keuchenden Stößen. Die schwere Rüstung zog ihn nach unten; die Aussicht auf Niederlage und Tod ringelte sich wie Schlangen an ihm empor.

»*Tout est perdu!*« flüsterte er.

Dann sah er seine Pferde. Dem Himmel sei Dank! Brandon führte Warwicks Pferd nach vorn, doch der Graf strauchelte, fiel mit lautem Aufklatschen in den Schlamm, stand auf und humpelte schwerfällig weiter. Die Fußsoldaten der Yorkisten sprangen und kläfften hinter ihm wie Hunde. Er erreichte das Pferd, packte die Zügel und – hatte einfach nicht die Kraft, aufzusteigen.

»Herr.« Ängstlich dreinschauend nahm Moresby den Grafen bei der Hand und bedeutete Brandon, der neben ihm stand, die unruhigen Pferde im Zaum zu halten.

»Herr, Ihr müßt fliehen.«

Warwick riß sich das *Auge Gottes* vom Hals und drückte es Brandon ungestüm in beide Hände.

»Nehmt das!« keuchte er. »Geht damit zu den Mönchen in Canterbury. Mein letztes Geschenk. Bittet sie, für meine Seele zu beten!«

Moresby und Brandon wollten etwas einwenden, doch Warwick schob sie weg. Die jungen Männer bestiegen hastig ihre Pferde, als eine Gruppe feindlicher Fußsoldaten Warwick erreichte. Der Graf drehte sich um und versuchte zu kämpfen, doch er wurde zu Boden gestoßen. Ein Soldat, der sich auf seine Brust setzte, riß ihm das Visier auf und stieß ihm ein Messer in die Kehle. Der Graf schrie auf, und als seine ehrgeizigen Pläne mit seinem Leben wie kleine Flammen im Wind verloschen, schrie er ein zweites Mal. In dem Augenblick, als Colum Murtagh, der Bote des Königs, die Soldaten erreichte, die gerade anfingen, Warwicks Leiche zu plündern, ritten Brandon und die anderen fort.

»Er ist tot!« rief einer der Krieger triumphierend. »Der Feind ist tot! Der große Warwick ist hin!« Blinzelnd blickte er zu Colum auf. »Ihr kommt zu spät für die Reichtümer. Das sind die Gesetze des Krieges! Wir haben ihn gefangen. Wir haben ihn getötet, seine Rüstung gehört uns!«

»Ich kam, ihm das Leben zu retten«, murmelte Colum und starrte mitfühlend auf den bleichen Körper Warwicks, den man bis auf ein Lendentuch entkleidet hatte.

»Wozu sollte das gut sein?« rief ein anderer Soldat, mit Warwicks reich verziertem Helm auf der Spitze seines Speers.

Colum schüttelte den Kopf. »Ach, zu nichts«, sagte er. »Nur, Seine Hoheit der König fordert das Amulett mit dem kostbaren Saphir.«

»Was für ein Amulett?« rief der Soldat. »Bei Gott, Herr, er hatte weder ein Kreuz noch Juwelen bei sich!«

Colum bestand darauf, daß sie ihre Ranzen und Taschen leerten. Zu guter Letzt, nachdem er sich von ihrer Ehrlichkeit, nicht jedoch von ihrer Ehrenhaftigkeit überzeugt hatte, wandte er das Pferd und kehrte zum König zurück, um ihm die Nachricht vom Tode des Grafen Warwick zu überbringen. Gleichzeitig mußte er ihm jedoch mitteilen, daß das *Auge Gottes* verschwunden war.

Herbstlicher Vollmond erleuchtete die Wegkreuzung, und auf den Ketten des Galgens lag ein gespenstischer, silbriger Glanz. Reglos hing eine Leiche am morschen Seil, als lauschte sie einem Geräusch aus dem einsamen Moor, das bis an die Küstenstraße außerhalb Canterburys reichte. Die Frau, die im Schatten wartete, vermochte kaum die Ruhe zu bewahren. Aufgeregt fuhr sie sich mit der Zunge über die Lippen und blickte angestrengt in die Dunkelheit. Die Botschaft war sehr einfach gewesen. Vor Mitternacht sollte sie an diese Stelle kommen – und doch wünschte sie sich nichts sehnlicher, als weglaufen zu können. Sie strich sich die roten Haare nach hinten und spürte, wie ihr der Schweiß über die Wangen rann.

»Natürlich hätte ich mich weigern können«, murmelte sie vor sich hin. Sie biß sich auf die Unterlippe. Und dann? Wäre ich nicht hierher gekommen, hätten sie mich heimgesucht, dachte sie. Hinter ihrem Rücken vernahm sie im Gras ein leises Rascheln wie von schlurfenden Schritten. Ein Zweig knackte. Sie wirbelte herum und fuhr mit der Hand an den Dolch, der in ihrem Gürtel steckte. Niemand war zu sehen außer einem silbergrau gesprenkelten Fuchs, der eine offene Stelle im Moor überquerte, von der Wegkreuzung durch ein paar Büsche abgeschirmt. Abrupt hielt der Fuchs inne, die Ohren gespitzt und ein Vorderbein angehoben, und blickte in ihre Richtung. Das Tier drehte den Kopf, die Augen schimmerten dunkelrot, und die Frau stöhnte entsetzt auf. War es wirklich ein Tier? Oder war es am Ende ein böser Nachtmahr? Irgendein Dämon in Tiergestalt? Der Fuchs blickte sie noch einmal an, nahm Witterung auf und trottete weiter. Die Frau schloß die Augen, seufzte tief und wandte sich wieder dem Galgen zu. Ein erstickter Schrei entrang sich ihrer Kehle beim Anblick der von einer Kapuze verhüllten, gebeugten Gestalt, die jetzt neben dem Blutgerüst stand. Sie hätte sich am liebsten kleingemacht und verkrochen, doch der Schatten wußte, daß sie dort war. Er hob eine behandschuhte Hand und forderte sie auf näherzutreten. Ihr wurde kalt, der Mund wurde trocken, das Herz schlug wie eine Trommel.

»Komm!« befahl die Stimme leise. »Megan, komm her!«

Die Frau stand auf. Wenn doch nur die Beine nicht mehr zittern wollten! Ihr Kittel war durchnäßt von kaltem Schweiß, und die kühle Nachtluft tat ein übriges, ihr Schaudern noch zu verstärken.

»Möchtest du nicht herkommen?« Die Stimme war süß und tief. »Du hast keinen Grund zur Angst.«

Megan trat hinter den Büschen hervor und ging langsam auf den Fremden zu.

»So komm doch schon näher«, wiederholte die Stimme jetzt leicht gereizt, wie ein wohlwollender Vater, der langsam die Geduld mit seinem störrischen Kind verliert.

Megan schob sich näher heran. Sie versuchte, ihre Panik zu zügeln, die sie in ein nach Mitleid heischendes, stöhnendes oder hysterisch weinendes Bündel zu verwandeln drohte. Sie wußte, daß ihr so etwas nicht passieren durfte, der Fremde könnte sonst den Verdacht hegen, sie plane einen Angriff oder wolle ihm einen Hinterhalt legen. Wenn sie sich jedoch umdrehte und fortliefe, würde der Fremde gewiß dafür sorgen, daß dies ihre letzte Nacht auf Erden wäre. Megan nahm ihr Herz in beide Hände und schritt hoch erhobenen Hauptes auf ihn zu. Sie ging so nahe heran, daß ihr der Fäulnisgeruch vom Galgen in die Nase stieg. Sie warf einen kurzen Seitenblick auf den zur Seite geneig-

240

ten Totenschädel des Gehängten, der im fahlen Licht des Mondes den Anschein erweckte, als grinste er sie an. Der Fremde hatte seinen Standort mit Bedacht ausgewählt. Kapuze und Umhang verdeckten seine Gestalt völlig, und die Maske vor seinem Gesicht enthüllte nur spitze, weiße Zähne und das boshafte Flackern in dem einen gesunden Auge.

»Da bin ich«, murmelte Megan. »Wie Ihr gesagt habt.«

»Wie nicht anders zu erwarten war.« Die Stimme des Fremden hatte jetzt einen singenden, gälischen Einschlag. Blitzschnell fuhr eine Hand vor und packte Megan mit eisernem Griff an der Schulter. Megan schloß die Augen und stöhnte entsetzt auf.

»Sieh dich um, Megan!« Er schüttelte sie. »Sieh dich um!«

Er lockerte den Griff, und die Frau tat, wie ihr befohlen: Sie schaute auf die hohen, dunklen Bäume von Blean Wood.

»Ein merkwürdiger Ort«, murmelte der Mann. »Es heißt, daß sich hier Zauberer große Häute überziehen, Tierfelle, an denen noch die langen Schwänze hängen. Sie sind gesichtslos und rufen Merderus, die Königin der Nacht, um Hilfe an. Glaubst du daran? Bei uns in Irland glaubt man es.«

Trotz seines singenden Tonfalls fürchtete sich Megan, wenn sie ehrlich war, mehr vor ihm als vor einer ganzen Horde von Hexen, die durch die nächtliche Dunkelheit flogen, um am Hexensabbat oder schwarzen Messen teilzunehmen.

Der Mann seufzte. »Es heißt, der Krieg sei zu Ende«, fuhr er im Plauderton fort. »He, wußtest du das schon, Kleine?« Er lachte kurz auf. »Ja, natürlich weißt du es. Hoch türmen sich die Leichenberge der Lancastertreuen, und die Hügel von Barnet und Tewkesbury sind von ihrem Blut durchtränkt. König Edward der Vierte hat mit seiner hübschen, puppengesichtigen Königin und seinen grausamen Brüdern seinen rechtmäßigen Besitz erlangt. Nun müssen alle wieder nach Hause gehen. Die Zeit des Mordens ist vorüber, es herrscht Friede – bis zum nächsten Mal.«

»Was – was wollt Ihr?« stammelte Megan.

»Du weißt, was wir wollen«, erwiderte der Mann. »Edward der Vierte hat seinen Zwist mit dem Hause Lancaster beigelegt. Nun ist es an uns, alte Rechnungen zu begleichen. Und du wirst uns zu gegebener Zeit dabei helfen, nicht wahr? Wenn dich die Botschaft erreicht, wirst du tun, was ich sage, oder? Wir sind vom selben Blut, und der Verräter Colum Murtagh war einst mit uns verwandt.«

Megan erbleichte und starrte den Fremden mit schreckgeweiteten Augen an.

»Schwöre!« zischte der Mann. Er nahm ihre Hand und hielt sie zum schlammverkrusteten Galgen empor. »Schwöre es mir hier und jetzt, mir, Padraig Fitzroy!«

Megan konnte die Angst nicht mehr ertragen.

»Ich schwöre!« schrie sie. »Ich schwöre! Ich schwöre! Ich schwöre!«

Sie entzog ihm die Hand und sank schluchzend auf die Knie, daß die langen Haare nur so wirbelten. Als sie aufblickte, war der Fremde fort. Die Wegkreuzung lag verlassen da; die Stille wurde nur unterbrochen vom Quietschen des Galgens im kalten, auffrischenden Südwestwind. Megan strich sich die roten, schweißnassen Haare glatt und starrte in die Nacht. Sie war gebürtige Irin und kannte die Schrecken der Blutfehde: Die Bluthunde von Ulster waren in England auf der Jagd nach ihrem Herrn. Colum Murtagh war ihre Beute, und sie, Megan, sollte der Köder sein.

242

Eins

»Dann zeigt mir mal Eure Wunde!«

Der Soldat zog zuerst den Ärmel seines Lederwamses hoch, dann das schmuddelige Leinen des einst weißen Unterhemdes. Der Arm, der darunter zum Vorschein kam, war mager, braun und muskulös. Oberhalb des Handgelenks klaffte eine lange, eitrige Wunde. Die Frau beugte sich vor und schnüffelte leicht daran. Sie sah den gelblichgrünen Ausfluß, dem ein fauliger Geruch entströmte. An den Rändern sah die Schramme bereits böse aus. Das Gift der Wunde bildete einen kleinen roten Kreis, und die Entzündung strahlte allmählich in den Arm.

»Wollt Ihr eigentlich heilen oder essen?« fragte der Soldat spöttisch.

Kathryn Swinbrooke, ihres Zeichens Baderin, Apothekerin und Ärztin, sah den Soldaten mit festem Blick an.

»Die Wunde eitert«, entgegnete sie schroff. »Thomasina«, rief sie ihrer behäbigen alten Amme mit den fröhlichen Gesichtszügen zu, »gib mir doch bitte das Messer.«

Thomasina hielt die Klinge eines langen, scharfen Messers über die Flamme einer Kerze. Sie wußte nicht warum, doch Kathryn legte Wert darauf, wie schon ihr Vater, der arme Medicus Swinbrooke, der bereits unter den kalten Fliesen von St. Mildred in Canterbury ruhte.

Thomasina träumte vor sich hin. Sie sehnte sich nach ihrem Haus in der Ottemelle Lane, wo sie Agnes, die Spülmagd, necken und dem Geschwätz des kleinen Wuf lauschen konnte. Thomasina biß sich auf die Lippen. Aber nein, dachte sie, dank Colum Murtagh, dieses vermaledeiten Iren, befand sie sich statt dessen mit ihrer Herrin und dem irischen Abenteurer mitten in London, und man war im Begriff, flußaufwärts zu einer Audienz beim

König höchstpersönlich zu fahren. Nur Murtagh war noch nicht fertig mit dem Ankleiden, und Kathryn untersuchte gerade das Handgelenk des finster dreinschauenden Hauptmanns der Wache, der gekommen war, um sie auf der Themse flußaufwärts zum Tower zu geleiten.

»Thomasina, was ist, schläfst du?«

Thomasina erschrak, blickte auf, lächelte entschuldigend und reichte ihrer Herrin das scharfe Messer mit dem Elfenbeingriff.

»Ihr solltet es nicht tun«, stöhnte Thomasina. »Ihr ruiniert Euer bestes Taftkleid.« Sie warf einen mißbilligenden Blick auf den lohfarbenen Stoff, als suchte sie einen Fleck.

»Thomasina, es ist doch nur ein Schnitt. Sobald ich die Wunde gesäubert habe, können wir gehen.« Kathryn lächelte den Soldaten an. »Es tut vielleicht ein bißchen weh.«

Dem kahlköpfigen Soldaten stand die Anspannung im unrasierten Gesicht geschrieben, doch er nickte nur. Die Freundlichkeit dieser wohlriechenden Frau machte ihn verlegen. Als Kathryn begann, an den Wundrändern zu schneiden, betrachtete er die Ärztin genauer. Gefügig ist sie wohl kaum, dachte er bei sich; immerhin hatte sie schon graue Strähnen im pechschwarzen Haar, und ihre Gesichtszüge waren streng. Dennoch bewunderte er im stillen ihren hellen Teint, die zarte Rundung der Augenbrauen und die kleine, gerade Nase, die jetzt an dem Eiter schnüffelte, der aus der kleinen, entzündeten Schnittwunde rann.

»Wie ist das passiert?« fragte Kathryn und blickte auf.

Nein, überlegte der Soldat, bei näherem Hinsehen war sie einfach wundervoll. Die vollen, roten Lippen, die heiteren, meergrauen Augen, ehrlich und direkt.

»Wie ist das passiert?« wiederholte sie ihre Frage.

»Hab' mich geschnitten«, murmelte der Soldat und blickte zur Seite. »An einem rostigen Kettenpanzer.«

»Wenn es noch mal vorkommt«, sagte Kathryn ernst, obwohl ihre Augen dabei schelmisch aufblitzten, »wascht die Wunde aus, wie ich es jetzt mache.«

Noch ehe der Soldat sich zur Wehr setzen konnte, preßte

Kathryn die Wundränder zusammen und drückte Blut und Eiter aus. Dann kippte sie eine Schüssel heißen Wassers darüber, daß der Soldat wimmerte. Anschließend trug sie mit weichen, zarten Händen Salbe im Bereich der Wunde auf. Schließlich nahm sie einen gazeartigen Verband aus dem kleinen Korb, den die fürchterliche Thomasina ihr hinhielt, und wickelte ihn fest um das Handgelenk.

»So!« Kathryn steckte das Ende mit einer kleinen Nadel fest. »Das muß halten.«

Der Soldat trat sichtlich verlegen von einem Fuß auf den anderen. Kathryn schmunzelte, als sie darüber nachdachte, wie sehr ein wenig Freundlichkeit einen Menschen verändern konnte. Beim Betreten des Wirtshauses hatte der Hauptmann ziemlich finster ausgesehen mit seinem Topfhelm unter dem Arm, dem gegerbten Lederwams, der engen Wollhose, den schweren Stiefeln und dem großen Schwertgurt über der Schulter, an dem das blanke Schwert mit einem Haken befestigt war, und zwei Dolchen, die an einem Hüftriemen hingen.

»Ich soll Master Murtagh, den Marschall des königlichen Haushalts und königlichen Sonderbeauftragten in Canterbury, sowie Mistress Swinbrooke, Ärztin aus ebenderselben Stadt, zu Seiner Hoheit dem König in den Tower geleiten«, hatte er verkündet.

Colum, der noch damit beschäftigt war, zu frühstücken, teilte ihm kurz angebunden mit, er müsse sich noch ein wenig gedulden. Während sich Murtagh in sein Zimmer im ersten Stock zurückzog, hatte Kathryn beobachtet, daß der Hauptmann seinen linken Arm auffällig schonte. Sie fand die Ursache heraus und bestand darauf, ihn auf der Stelle zu behandeln.

»Was bin ich Euch schuldig, Mistress?« fragte er jetzt.

Kathryn schüttelte den Kopf. »Ein sicheres Geleit zum Tower, und Ihr seid mir nichts schuldig.«

Der Soldat hustete, murmelte ein Dankeschön und ging hinaus. Lauthals erteilte er seiner kleinen Eskorte Befehle. Die königlichen Bogenschützen lungerten auf dem gepflasterten Hof herum und schäkerten mit Dirnen und Mägden.

»Ich bin soweit«, sagte Colum, als er die Treppe herunterkam. Er warf Thomasina eine Kußhand zu, erntete jedoch nur böse Blicke und verbeugte sich galant vor Kathryn.

»Sieh einer an, der vollkommene Höfling«, sagte Kathryn belustigt.

Sie betrachtete den Iren. Er hatte sich das schwarze, widerspenstige Haar sorgfältig gekämmt und das dunkle Gesicht rasiert. Obwohl Colum die Nacht in einer Schenke in Cheapside mit einem Freund durchzecht hatte, waren seine blauen Augen jetzt klar, und das Gesicht, das Kathryn an einen Jagdfalken erinnerte, entspannt. Er lächelte. Colum hatte sich in Schale geworfen: Er trug ein weißes Batisthemd unter einem braunroten, mit Lammfell gefütterten Wams, das ihm bis zu den Waden reichte, und eine farblich darauf abgestimmte enge Hose. Auch er hatte sich seinen großen Kriegsgurt, in dem der lange Dolch und das Schwert mit der breiten Klinge steckten, um die Hüfte geschlungen.

»Sollt Ihr Waffen anlegen?« fragte Kathryn. »Ich habe noch in Erinnerung, daß Ihr sagtet, in Gegenwart des Königs ...«

»Das stimmt, und ich werde sie ablegen müssen«, erwiderte Colum und klopfte ein wenig Staub von seinem gesteppten Wams. »Aber wir sind hier in London, Kathryn, und die Straßen sind vollgestopft mit Schurken der übelsten Sorte. Doch kommt, wir wollen aufbrechen!«

Colum ging mit langen Schritten in den Hof. Die Bogenschützen sprangen auf, und sie machten sich auf den Weg, allen voran der Hauptmann mit drei Männern. Drei weitere Begleiter folgten ihnen. Der Weg führte sie durch die Budge Row, von dort in die Walbrook, und schließlich gelangten sie ans untere Ende des Steelyard bei Dowgate, wo ein königlicher Kahn auf sie warten sollte. Kathryn hakte sich bei Colum ein; an diesem schönen Tag waren viele Menschen unterwegs, die sich durch das Gedränge entweder nach Cheapside hinauf oder wie sie selbst hinunter zum Fluß schoben. Hohe Häuser, deren schneeweiß gekälkte Putzflächen zu den schwarzlackierten Holzbalken in scharfem Kontrast standen, ragten über ihnen empor und sperrten die blasse Morgensonne nahezu aus. Colum raunte Kathryn zu, vorsichtig zu sein. Sie hob den Saum ihrer Röcke und versuchte, Pfützen zu umgehen. Über die randvolle, offene Kloake in der Straßenmitte rümpfte sie die Nase. Dennoch fesselte sie das geschäftige Hin und Her auf den Straßen: Hausierer und Kesselflicker liefen auf und ab und priesen lauthals ihre Waren an; Kaufleute in großen Biberhüten und gefütterten Mänteln standen an Straßenecken beisammen und tauschten die neuesten Gerüchte darüber aus, welche Schiffe eingelaufen waren und welche Handelsgüter man erstehen konnte. Eine Hochzeitsgesellschaft, die zu einer Kirche in Trinity unterwegs war, kämpfte sich durch die Menge: eine Gruppe kichernder junger Männer und Frauen, deren Gesichter nach dem Genuß von Alkohol bereits gerötet waren. An den Ecken von schmalen Gassen jammerten Bettler. Ein Ablaßprediger, von Kopf bis Fuß in schmutzige, ehemals weiße Lumpen gekleidet, versuchte, Ablaßbriefe auf billigen Pergamentfetzen zu verkaufen. Kinder quälten Hunde, Frauen hielten ein Schwätzchen unter schattigen Torbögen. Zwei Mönche, die Kapuze tief ins Gesicht gezogen, gingen hinter einem Mann her, einem Falschmünzer, der dazu verurteilt worden war, einen riesigen Wackerstein von einem Ende der Stadt zum anderen zu tragen.

Kathryn wurde schwindelig von so vielen Eindrücken. Sie hatte es aufgegeben, dem Schmutz auszuweichen, und stützte sich fester auf Colums Arm, während der Ire, die freie Hand am Dolch, entschlossen den Bogenschützen folgte. Er hielt ein waches Auge auf die Menschen ringsum und versuchte, Thomasinas Fragen, die sie unaufhörlich schnaufend und prustend hinter ihm hervorsprudelte, einfach nicht zu beachten. Colum genoß es, daß Kathryn sich so fest bei ihm untergehakt hatte. Die Heilerin hatte den Wunsch geäußert, nach London zu fahren, um Gewürze einzukaufen, was Colum hoch erfreut hatte: einerseits wollte er sich bei Hofe mit ihr brüsten, andererseits jedoch Kathryn vor Augen führen, wie sehr ihm die großen Kriegsherren des Hauses York vertrauten, die ihn im Tower erwarteten. Doch Colum fühlte sich nicht wohl in seiner Haut. Er, der in den wilden grünen Tälern Irlands das Licht der Welt erblickt hatte, war Ställe, Pferde und weite Felder gewohnt und verabscheute die engen Gassen in den Städten, die Masse ungewaschener Leiber und die Wegelagerer, die hier wie Ratten an einem Haufen Unrat in Scharen auftauchten. Mit einem flüchtigen Seitenblick sah er, daß ihnen jemand folgte – ein kleiner, gebeugter Mann mit wirrem, grauem Haar, verschlagenen Augen und einer langen, spitzen Nase. Colum warf dem Mann einen bösen Blick zu; er erkannte einen Taschendieb auf den ersten Blick. Der Schurke wollte sich offensichtlich entweder an Colums Gruppe heranschleichen oder an jene, die anhielten, um das gut gekleidete Paar zu betrachten, das von einer kleinen Eskorte königlicher Bogenschützen durch die Straßen geleitet wurde. Doch der Kerl stellte keine tödliche Gefahr dar, und Colum wandte den Blick von ihm ab. Vor einem dahergelaufenen Wegelagerer in London fürchtete er sich nicht. Die Bluthunde von Ulster indessen waren etwas anderes. Sie hatten Colum des Verrats bezichtigt und geschworen, ihm den Garaus zu machen. Und gab es für diesen Zweck einen geeigneteren Ort als eine überfüllte Londoner Straße, wo man rasch und unauffällig eine Armbrust abschießen oder jemandem ein Messer zwischen die Rippen stoßen konnte?

»Colum, was glaubt Ihr, hat der König mit Euch vor?«

Der Ire verzog das Gesicht. »Weiß der Himmel, Mistress Kathryn. Den Brief hat mir sein Bruder, Richard von Gloucester, geschickt. Darin hieß es, daß ich den König am fünfundzwanzigsten Juli, am Fest des Heiligen Apostels Johannes, in der Kapelle des Königs im Tower treffen soll. Weiß der Henker, was an der Sache dran ist!«

Kathryn drückte seinen Arm. »Seid Ihr nervös, Colum?«

»Der Tod holt uns aus der Mitte des Lebens«, gab Colum bissig zurück.

Nun war es an Kathryn, ein langes Gesicht zu ziehen. Zuweilen bedauerte sie, jemals eine Kopie von Chaucers Werk erstanden zu haben. Der Ire, ein eifriger Leser, meinte, sie und Thomasina ständig mit Auszügen aus Geoffrey Chaucers *Canterbury-Erzählungen* erquicken zu müssen.

»Aus welcher Geschichte stammt das schon wieder?« neckte sie ihn.

Colum erhob den Zeigefinger wie ein tadelnder Schulmeister.

»Nicht doch, gelehrteste aller Ärztinnen, nicht aus Master Chaucers Werken, sondern aus der Geschichte, die Gott geschrieben hat, aus der Bibel.« Er grinste. »Obwohl ich zugeben muß, wie der Ablaßprediger bei Chauver schon sagte: ›Ich suche nach dem Tod hienieden, bleich und welk ist sein Gesicht‹.«

Kathryn wurde ernst. »Hier!« flüsterte sie erschreckt. »Hier in Canterbury? Umgeben von königlichen Bogenschützen?«

»Oh ja.« Auch Colum sprach leise. »Meine Kameraden, die sich selbst die Bluthunde von Ulster nennen, haben keine Achtung vor Menschen. Ich bin hier in größerer Gefahr als auf einer verlassenen Landstraße.«

Als sie das Flußufer erreichten, fand ihre Unterhaltung ein Ende. Sie gingen die glitschigen Stufen zum wartenden königlichen Kahn hinab. Er war groß und breit und hatte unter einer ledernen Plane bequeme Sitze für Kathryn, Colum und Thomasina. Die Bogenschützen stiegen hinter ihnen ins Boot. Der Hauptmann erteilte knappe Befehle, die vier Ruderer legten vom Ufer ab und steuerten das Boot in die Flußmitte. Trotz der Gezeitenwende glitt der Kahn rasch über die Wasseroberfläche, als er die Bögen der London Bridge durchquerte, wo das Wasser schäumte und toste wie in einem Kessel. Kathryn, der die Geschwindigkeit und die heftige Strömung ein wenig Angst einflößten, schaute nach oben. Beim Anblick der hohen, über der Brücke emporragenden Pfähle, auf denen verwesende Schädel von Verrätern aufgespießt waren, schloß sie angeekelt die Augen. Colum, der ihrem Blick gefolgt war, versuchte sie abzulenken und wies auf verschiedene Sehenswürdigkeiten hin: das weiße Gemäuer der Paläste, hohe Kirchtürme und die unterschiedlichen Schiffstypen – Galeeren aus Venedig, riesige dickbäuchige Koggen aus der Ostsee und die großen Zweimaster, die Kriegsschiffe des Königs.

Schließlich kamen sie beim Tower an. Trotz des Sonnenscheins machte die Festung einen düsteren, schwermütigen Eindruck. Sie stiegen aus dem Kahn und gingen über einen mit Schindeln ausgelegten Pfad auf das Löwentor zu, das von Rittern in königlicher Uniform – dem Roten Eber von Gloucester oder dem Goldenen Bullen von Clarence – streng bewacht wurde. Die Geleitbriefe wurden überprüft, und man führte sie über schmale, gewundene Wege ins Innere der Festung. Kathryn schaute sich mit sorgenvollen Blicken um. War es nicht hier, dachte sie, nachdem die Kriegsherren des Hauses York vor kurzem bei Barnet und Tewkesbury gesiegt hatten und hierher zurückkehrten, daß man den alten König Heinrich erstochen hat, von dem die einen sagten, er sei ein Heiliger, andere wiederum, er sei verrückt? Sie bogen um eine Ecke und schritten über eine Grünfläche auf den großen weißen Festungsturm zu, vorbei an Soldaten, die auf dem Rasen saßen und ihre Panzerhemden mit alten Lumpen und trockenem Sand aus kleinen Schalen reinigten. Am Fuß der Treppe, die zum Festungsturm hinaufführte, verabschiedete sich die Eskorte von ihnen. Noch einmal bedankte sich der Hauptmann bei Kathryn, und noch ehe Colum sie fragen konnte, was der Kerl denn meinte, tauchte auch schon ein in Blau-Rot-Gold gekleideter Kammerherr auf, der im Vollgefühl seiner Überlegenheit vor ihnen her in den Turm trat. Sie stiegen eine zweite Treppe hinauf und gelangten in die Kapelle des Heiligen Johannes. Zwei Bannerherren, deren Gesichter durch schwere Topfhelme mit breitem Nasenschutz verdeckt waren, standen mit gezogenen Schwertern vor der Kapellentür Wache. Colum nahm den Schwertgürtel ab, reichte ihn einem der beiden Wachtposten und begleitete Kathryn ins Innere.

Die Heilerin war von der reinweißen, blendenden Schönheit des Ortes überwältigt. Die Säulen waren mit leuchtenden Farben bemalt. Der Boden war aus blankem Stein; an den Wänden hingen golddurchwirkte Behänge. Schließlich wurde Kathryn auf die Gruppe aufmerksam, die am anderen Ende des Raumes vor dem Altar saß. Während der Kammerherr vor ihnen herschritt, senkte Colum den Kopf und flüsterte seiner Begleiterin etwas zu.

»Seine Hoheit, der König, und seine Gemahlin, Lady Elizabeth. Hinter ihm stehen die Brüder Seiner Hoheit; der Rotbraune ist Richard von Gloucester, der andere George von Clarence. Dem König kann man vertrauen, doch laßt die anderen nicht aus den Augen!«

Kathryn schaute durch den Mittelgang nach vorn. In der Luft lag Weihrauchduft, und von den Kerzen auf dem Altar stiegen noch kleine Rauchwölkchen auf. Ein Mönch mit Tonsur in Meßgewand und Stola räumte nach einer späten Morgenmesse die kostbaren Gefäße fort. Kathryn betrachtete die Gestalten, die dort geheimnisvoll miteinander tuschelten: der König, eine strahlende Gestalt in dunkelblauem Satin, das goldblonde Haar von einem silbernen Kranz umgeben. Der riesige Edward überragte mit einer Körpergröße von mehr als sechs Fuß alle Krieger seiner Zeit, und Gerüchten zufolge war er Frauen nicht ungefährlich. Seine Gemahlin, Elizabeth Woodville, mit wunderschönen silberweißen Haaren, sah aus wie eine Schneekönigin. Ihre Gesichtszüge hätte man als auffallend hübsch bezeichnen können, wenn da nicht dieser Ausdruck von Hochmut gewesen wäre. Die beiden Prinzen waren, wie Colum sie beschrieben hatte – entschlossene, aber gefährliche Krieger. Mit den rotbraunen Haaren, dem bleichen, verkniffenen Gesicht und den grünen Augen erinnerte Richard von Gloucester Kathryn an eine Katze, die ihr Vater einmal besessen hatte. Gloucester wandte sich zur Seite und flüsterte Clarence etwas zu, woraufhin dieser aufblickte. Ein gutaussehender Mann, dachte Kathryn – zu hübsch, beinahe feminin mit den goldblonden Locken und dem Schmollmund. Der Kammerherr wartete, bis der König ihm seine Aufmerksamkeit schenkte, sank auf ein Knie und raunte ihm etwas zu, mit dem Kopf auf Kathryn und Colum deutend. Edward erhob sich schwerfällig, rückte seine Krone gerade, blinzelte Kathryn schelmisch zu und bedeutete ihnen näherzutreten.

Kathryn und Colum leisteten seiner Aufforderung Folge und beugten vor dem König das Knie. Er ließ sie in dieser Haltung verweilen. Mit einem Blick über die Schulter vergewisserte er sich, daß Kammerherr und Kaplan die Kapelle verlassen hatten, und bedeutete Gloucester, nachzusehen, ob alle Türen geschlossen waren. Kathryn holte tief Luft. Sie wünschte, man hätte Thomasina erlaubt, sie zu begleiten, doch Colum hatte nicht nachgeben wollen: Nur die persönlich geladenen Gäste traten vor den König, und Thomasina war in der Botschaft nicht namentlich genannt worden.

»Erhebt Euch, Colum.«

Der König hatte eine volle, wohlklingende Stimme. Er warf seinen hermelinbesetzten Umhang ab, kam zu ihnen herab und bot seine große Hand zum Gruße.

»Mistress Swinbrooke, ich bin hoch erfreut, Eure Bekanntschaft zu machen.«

Kathryn blickte in das breite, gebräunte und hübsche Gesicht. Edward war eine durch und durch königliche Erscheinung – leichte Hakennase, ein säuberlich gestutzter, goldblonder Schnurrbart und Bart; in den freundlichen dunkelblauen Augen saß der Schalk. Kathryn kamen Colums Worte in den Sinn – Edward besäße die Gabe, selbst dem ärmsten seiner Untertanen ein entspanntes Gefühl zu vermitteln.

»Mistress Kathryn, es freut mich außerordentlich, Euch kennenzulernen«, wiederholte der König. Kathryn errötete und stammelte ein paar Worte des Dankes.

Der König legte seine Hand auf Kathryns.

»Ihr habt recht, Colum.« Er ließ Kathryns Hand los und wandte sich dem Iren zu, dem er auf die Schulter klopfte. »Eine schöne und kluge Frau, eine Perle, wie man sie nicht allzuoft findet.«

Edward zwinkerte seiner Königin schelmisch zu, die sich ein kurzes Lächeln abrang, ehe sie Kathryn anblitzte. Gloucester trat hinter dem Thron hervor. Clarence folgte ihm. Sie schüttelten Colum die Hand und verbeugten sich höflich vor Kathryn, um ihr einen Handkuß zu geben. Wölfe im Schafspelz, dachte Kathryn. Gloucester erweckte trotz des schiefen Lächelns noch einen freundlichen Eindruck, doch Clarence mit seinem arroganten, höhnischen Blick und dem stutzerhaften Getue mochte Kathryn vom ersten Augenblick an nicht leiden. Sie spürte, daß er sich über sie lustig machte, und so ließ sie ihr aufgesetztes Lächeln absichtlich verschwinden. Über Clarence' Schulter hinweg erhaschte sie Edwards Blick; auch er starrte verdrießlich auf seinen Bruder.

»Clarence ist ein Verräter«, hatte Colum ihr auf dem Weg nach London gesagt. »Er kämpfte für Warwick und das Haus Lancaster. Kurz vor Barnet erst schlug er sich wieder auf die Seite der Yorkisten. Eines Tages wird Bruder George zu spät reagieren, dann wird der König seinen Kopf haben.«

Kathryn warf einen schnellen Blick in die Runde dieser vier mächtigen Menschen, die das Königreich in Händen hielten. Sie versuchte, ihr Unbehagen zu verbergen, als sie bemerkte, wie still es in der Kapelle geworden war. Der König neigte sich nach vorn, stampfte mit einem weichen, juwelenbesetzten Schnürstiefel auf den Boden und zeigte auf Colum.

»Nun, Ire, wie steht's mit meinen Ställen in Kingsmead?«

»Das Herrenhaus wird gerade wieder aufgebaut, Euer Gnaden, die Pferdekoppeln werden hergerichtet, und zumindest die Ställe sind bereit für Eure Pferde.«

Der König trommelte mit den Fingern auf die Armlehne seines Stuhls. »Und Canterbury selbst?«

»Äußerst loyal, Euer Gnaden.«

Edward schmunzelte und fragte mit einem Seitenblick: »Und was macht der Rebell, dieser Nicholas Faunte?«

Colum trat unbehaglich von einem Fuß auf den anderen. Er war nicht nur Rittmeister in den königlichen Ställen in Kingsmead, sondern auch Sonderbeauftragter in Canterbury. Die Stadt hatte Warwick und das Haus Lancaster im gerade beendeten Bürgerkrieg unter ihrem Bürgermeister, Nicholas Faunte, unterstützt, der jetzt als Verräter auf der Flucht war. Colum kannte seinen königlichen Herrn. Wenn Edward einmal zu der Überzeugung gelangt war, daß ein Mann den Tod verdient hatte, würde er unweigerlich, ob Prinz oder Bettler, auf dem Schafott landen; Edward hatte es nicht vergessen, daß Fauntes Unterstützung der Lancastertreuen ihn beinahe die Herrschaft über die wichtigen Straßen nach Dover gekostet hätte.

»Also habt Ihr ihn noch nicht festgenommen?« Clarence hob

die Stimme und kam um den Thron, die Daumen im hübsch bestickten Gürtel.

»Nein, ich habe ihn nicht festgenommen«, erwiderte Colum, der den Blick fest auf den König gerichtet hielt, »weil ich mit anderen Dingen beschäftigt war, Herr. Wie Euer Gnaden wissen, ist Verrat ein Unkraut mit sehr tiefen Wurzeln.«

Clarence hatte die Anspielung verstanden und lief rot an. Gloucester neigte den Kopf, um sein ironisches Lächeln zu verbergen, doch der König blickte Colum unverwandt an.

»Faunte entgeht uns nicht«, erwiderte Edward langsam. »Master Murtagh hat noch anderes im Sinn.« Er warf einen schnellen Seitenblick auf Kathryn. »Und Ihr, Mistress Swinbrooke, Ihr habt Euch diesen Iren ins Haus geholt?«

»Ich habe ihn vorübergehend bei mir einquartiert, Euer Gnaden«, entgegnete Kathryn heftig. »Ich bin eine ehrbare Witwe. Mein Vater war Arzt in Canterbury.«

»Und was ist mit Eurem verstorbenen Gatten?«

Kathryn wurde zusehends verlegen. Sie senkte den Kopf.

»Euer Gatte«, wiederholte der König eindringlich und beugte sich vor, »der Gewürzhändler Alexander Wyville, der sich meines Wissens Master Fauntes Truppen angeschlossen hat.«

»Er war nicht der einzige, der den Lancastertreuen folgte«, warf Colum ungewohnt energisch ein. »Euer Gnaden, das Verbrechen kann man nicht Mistress Swinbrooke anlasten!«

»Das haben Wir auch nicht behauptet«, mischte sich die Königin mit leiser, taubengleich gurrender Stimme ein.

»Mein Gatte«, sagte Kathryn trotzig, »folgte seinem Herzen.«

»Ist er denn nun tot?« fragte Clarence.

Kathryn zuckte mit den Schultern. »Für mich ist er gestorben, Herr. Doch Gott allein weiß, ob er lebt oder nicht.« Kathryn ließ alle Vorsicht außer acht. Sie konnte kaum glauben, daß man sie hierher bestellt hatte, um sie über ihr Privatleben zu verhören. »Alexander Wyville mag bei Faunte sein«, fügte sie hinzu. »Kann sein, daß er in Frankreich ist. Vielleicht ist er im Himmel oder in der Hölle. Es ist sogar denkbar, Euer Gnaden, daß er sich in Eurem Hofstaat oder in Eurer Stadt aufhält. Es gibt schließlich vie-

254

le, die das Haus Lancaster unterstützt haben, wie Master Murtagh bereits gesagt hat, die heute friedlich auf Seidenkissen schlafen.«

Colum stieß Kathryn sacht mit dem Ellenbogen in die Seite, um sie zur Vorsicht zu gemahnen. Der König funkelte sie an, klatschte dann plötzlich in die Hände, warf sich zurück und lachte über die Schulter hinweg seinen Bruder Richard an.

»Ich habe die Wette gewonnen!« verkündete er lauthals. Er lächelte Kathryn an. »Als Wir Euch dort hinten in der Kapelle zum ersten Mal sahen, habe ich mit meinem Bruder gewettet, daß eine kluge Frau nicht schweigt.«

»Ich bin jederzeit bereit, die Wahrheit zu sagen«, gab Kathryn schnippisch zurück, verärgert darüber, daß ihr Erscheinen Anlaß für eine Wette gewesen war.

Edwards Gesicht verzog sich zu einem breiten Grinsen. Selbst die Königin entspannte sich ein wenig. Richard biß sich auf die Unterlippe und drohte Colum scherzhaft mit erhobenem Zeigefinger. Nur Clarence warf dem Iren finstere Blicke zu. Erneut klatschte Edward in die Hände.

»Genug! Genug! Master Murtagh, ist sonst alles in Ordnung?«

»Ja, danke ergebenst, Euer Gnaden.«

»Dann wollen wir zum Geschäftlichen übergehen.«

Der König nahm den Silberstreif vom Kopf, setzte sich seitwärts auf seinen Stuhl und schlug die mächtigen Beine übereinander. Spielerisch drehte er einen Diamantring am Finger.

»Master Murtagh, erinnert Ihr Euch an Barnet?«

»Ja. Euer Gnaden, es war eine blutige Schlacht.«

»Nein, das meine ich nicht«, sagte der König mit abwehrender Geste. »Erinnert Ihr Euch an den Zeitpunkt vor der Schlacht, als Ihr Warwick meine Herausforderung überbrachtet? Ihr sagtet, der Graf hätte ein goldenes Amulett mit einem wunderschönen Saphir getragen.«

»Ja, Euer Gnaden. Ich sah es damals so deutlich vor mir wie Euch in diesem Augenblick.«

»Und nach der Schlacht«, fuhr Edward fort, »als Ihr zurückgekehrt seid, um nachzuprüfen, ob Warwick verschont worden war?«

255

»Da war das Amulett verschwunden.«

»Seid Ihr dessen ganz sicher?« Clarence schnurrte wie eine Katze. Er hatte eine Hand auf die Rückenlehne des thronähnlichen Stuhls gelegt, auf dem der König saß.

Colum verstand die versteckte Anschuldigung und zog verächtlich die Mundwinkel nach unten.

»Nimm die Hand von meinem Stuhl, Bruder«, sagte Edward sanft. »Wäre das Amulett dort gewesen, hätte Colum es gehabt.«

Nach diesem scharfen Verweis trat Clarence einen Schritt zurück. Kathryn fragte sich, warum dieses Amulett so wertvoll war. Clarence' Interesse daran war offensichtlich. Die Königin hatte sich nach vorn gebeugt, die Hände im Schoß verschränkt, und hörte aufmerksam zu. Gloucester stand breitbeinig da, eine Schulter leicht angehoben, die Augen schmal wie Schlitze, den Körper bis aufs äußerste angespannt.

»Ich will dieses Amulett haben«, fuhr Edward fort. »Und Ihr, Master Murtagh, sollt es für mich finden. Das seid Ihr mir und meinem Vater schuldig.«

Edward blickte Colum unverwandt an und erinnerte den Iren stillschweigend daran, daß der Vater des Königs, Richard von York, zu der Zeit, als er Vizekönig von Irland war, Colum und andere Rebellen festgenommen hatte. Er hatte Murtagh begnadigt, da er noch ein Junge war. Er hatte ihn in seinen Hofstaat aufgenommen, ihn als Knappen ausgebildet und seine besondere Begabung im Umgang mit Pferden gefördert.

»Der Herr sei der Seele Eures Vaters gnädig«, sagte Colum.

»Ja, der Herr schenke ihm ewigen Frieden«, erwiderte Edward und warf einen Blick durch das Mittelschiff, als versuchte er, den Geist seines Vaters zu rufen. »Ihr wißt, wie er starb, Colum, in einem Hinterhalt in der verschneiten Wildnis bei Wakefield. Die Lancastertreuen nahmen ihn und meinen älteren Bruder Edmund gefangen, der jetzt eigentlich auf diesem Thron sitzen sollte. Sie haben die beiden enthauptet. Sie haben die abgetrennten Köpfe mit Papierkronen geschmückt und über Micklegate Bar in York auf Pfähle gespießt – in seiner eigenen Stadt! Die Bürger sollten darüber lachen und die Krähen sich satt es-

sen!« Edward preßte eine geballte Faust vor den Mund; er biß
auf einen der weiß hervortretenden Knöchel und blinzelte, als
wollte er die Geister verscheuchen. »Ach ja, alle sind fort«, flüsterte Edward. »Und jene, die es verbrochen haben, sind ebenso
gewaltsam ins Jenseits befördert worden, wie sie es meinem Vater angetan haben. Erinnert Ihr Euch daran, Colum?«

»Ja, Euer Gnaden, wie könnte ich das je vergessen? Ich wurde in derselben Schlacht gefangengenommen. Man schonte
mein Leben nur, weil ich ein Bürgerlicher war.«

»Genug! Genug!« Edward richtete sich in seinem Stuhl auf.
»Colum, mein Vater brachte aus Irland ein wunderschönes
Amulett aus reinem Gold mit, in dessen Mitte ein Saphir einge-
legt war, der so stark leuchtete, daß man ihn das *Auge Gottes*
nannte. Mein Vater hat es stets bei sich gehabt. Er trug es nur selten offen zur Schau, denn bei seinem Anblick zuckte es jedem in
den Fingern. Selbst der ehrlichste Mann wäre auf krumme Gedanken gekommen. Nun, wie Ihr wißt, war Richard Noville,
Graf von Warwick, in jenen Tagen ein enger Freund und Ver-
bündeter meines Vaters. Das waren noch goldene Zeiten, Colum, ehe Warwick umschwenkte.« Der König lächelte freudlos.
»Wie heißt es doch, ›Unkraut riecht lieblicher als Lilien, die verfaulen‹. Nun, vor der Schlacht bei Wakefield«, fuhr Edward fort
und fuhr sich mit der Zunge über die Lippen, »haben sich mein
Vater und Graf von Warwick die heiligsten Eide geschworen.
Mein Vater schenkte Warwick das Amulett als Unterpfand der
Freundschaft. Warwick seinerseits schwor, daß er das Amulett
den rechtmäßigen Anwärtern auf die Krone, das heißt, meinem
Vater oder seinen Nachfolgern, zurückgäbe, wenn er, Warwick,
sich jemals gegen das Haus York kehren sollte.«

»Nun ist es verschwunden«, sagte Gloucester und beugte sich
vor. In den harten, grünen Augen blitzte seine Wut. »Zunächst
dachten Seine Hoheit und ich, es sei vielleicht während der
Schlacht entwendet worden, von einem unbedeutenden Soldaten oder einem Lagerdieb stibitzt.« Gloucester schüttelte den
Kopf. »Doch Wir haben überall gesucht. Haben Beobachter und
Spione auf die Märkte geschickt. Haben selbst Gesandte an aus-

ländischen Höfen zur Wachsamkeit angehalten, doch das *Auge Gottes* ist nicht aufgetaucht.«

Er sah seinen Bruder an, der ihn durch Kopfnicken ermunterte, fortzufahren.

»Wir haben alle möglichen Leute gefragt. Wir wissen, daß Warwick das Amulett während der Schlacht getragen hat, auch noch, als seine Truppen sich auflösten und flohen. Dennoch war das *Auge Gottes* zu dem Zeitpunkt, als er niedergemetzelt wurde, nicht mehr da. Der langen Rede kurzer Sinn, Master Murtagh« – Gloucester streckte die Hände –, »die Lösung liegt auf der Hand: Warwick muß das Amulett jemandem anvertraut haben.« Gloucester hielt inne und blickte zu den Stichbalken des Daches empor.

Kathryn beobachtete Gloucester genau. Der Prinz war von kleinem Wuchs, strahlte jedoch eine Kraft aus, eine finstere Entschlossenheit, die nicht einmal der König besaß. Gloucesters Augen waren gerötet, und er spielte fortwährend mit einem Ring am Finger oder mit dem Griff seines kleinen Dolches. Ein hitziger, leicht erregbarer Mann, schloß Kathryn aus ihren Beobachtungen, zu Gereiztheit und Ungeduld neigend, aber dennoch gefährlich mit seinem scharfgeschnittenen, schlauen Gesicht und den flinken grünen Augen. Sie hielt den Prinzen für leicht mißgestaltet, ein wenig bucklig. Vielleicht lag es jedoch auch an seiner Art, sich zu bewegen – kurz und abrupt, wenn er redete, um dann wieder, reglos wie eine Statue, in langes Schweigen zu versinken. Er hob den Kopf und begegnete Kathryns Blick.

»Das Haus York«, flüsterte er, »der König und ich wollen das *Auge Gottes* zurück.« Er tippte mit der Stiefelspitze auf den Marmorboden. »Brandon hat es«, erklärte er.

Colum sah ihn fragend an.

»Brandon«, wiederholte der König, stand auf und streckte sich, bis die Gelenke knackten. Leise einen Fuß vor den anderen setzend, tappte er die Treppenstufen hinab und trommelte mit den Fingern auf den Brokatstoff, der sich über seinen Bauch spannte. »Brandon war einer von Warwicks persönlichen Knappen. Er floh von Barnet, konnte jedoch später bei Canterbury gefaßt werden. Wie auch andere aus Warwicks Armee, steckte man ihn in den nächstbesten Kerker, der in seinem Fall in der Burg von Canterbury war. Nun« – der König begann, vor ihnen auf und ab zu gehen, was Kathryn an einen Schulmeister erinnerte, der eine wichtige Lektion erteilte –, »zunächst maß man Brandon als einem unter vielen Gefangenen nur geringe Bedeutung bei. Unter normalen Umständen hätte er monatelang warten müssen, um dann entlassen zu werden. Mein Bruder Gloucester indes erfuhr, daß Brandon wahrscheinlich der letzte war, der Warwick lebend gesehen hatte. Wenn er das Amulett nicht selbst hätte, wüßte er zumindest, wo es sich befindet.« Der König lachte kurz auf. »Nun hat es aber Fortuna gefallen, ihrem launischen Rad eine andere Wendung zu geben. Wir haben Nachforschungen in der Burg von Canterbury angestellt und erfahren, daß Brandon an Kerkerfieber gestorben ist, eingegangen in die ewige Finsternis, und das Geheimnis des Amuletts mit sich genommen hat.« Der König sah seinen jüngeren Bruder an. »Aber das glauben Wir nicht, nicht wahr, Richard?«

Gloucester schüttelte den Kopf, den Blick fest auf die Augen seines Bruders gerichtet. Der König trat zu Colum und klopfte ihm auf die Brust.

»Nun wißt Ihr, warum Wir Euch brauchen, Colum. Ihr müßt zur Burg von Canterbury gehen und die näheren Umstände von Brandons recht mysteriösem Tod aufklären.«

»Mysteriös, Euer Gnaden?«

»Ja, denn warum sollte ein stämmiger junger Mann von ausgezeichneter Gesundheit so schnell sterben?«

»Habt Ihr jemanden aus der Burg in Verdacht, Euer Gnaden?«

»Oh nein, nicht unbedingt. Doch Brandon hat vielleicht etwas ausgeplaudert. Er muß etwas über den Verbleib des *Auges Gottes* verraten haben.«

Colum warf einen Blick auf Kathryn.

»Oh, ich weiß, woran Ihr denkt«, fuhr der König fort. »Es könnte sein, daß Brandon den Anhänger bei sich hatte, als er gefaßt wurde.«

»Wer hat ihn festgenommen, Euer Gnaden?«

»Robard Fletcher, stellvertretender Festungskommandant der Burg, ein eingefleischter Königstreuer, ein Soldat der alten Schule. Er stand vor Unserem Oberhofgericht und hat auf Unsere heiligen Reliquien geschworen, daß Brandon nichts bei sich trug.«

»Und der Festungskommandant selbst, William Webster?« fragte Colum.

»Er weiß von nichts, ebenso wie unser gemeinsamer Freund, Waffenmeister Gabele.«

Colum verdrehte die Augen, und der König lachte leise.

»Oh ja, Colum, unser alter Freund Simon mit seiner Tochter, dieser rabenschwarzen Schönheit Margotta.«

Der König ging zu seinem Stuhl zurück, setzte sich und blickte zur Decke empor.

»Ich will das Amulett wiederhaben«, murmelte er. »Es gehört dem Hause York.« Sein Blick glitt zu Kathryn hinüber. »Mistress Swinbrooke, habt Ihr Fragen?«

Kathryn hätte gern nach Margotta gefragt, doch das war hier wohl eher unpassend.

»Euer Gnaden«, sagte sie leise. »Ich glaube, Ihr kennt meine Frage.«

Der König beugte sich vor. »Ja, laßt mich raten. Was veranlaßt Seine Hoheit, den König, die Königin und die Prinzen vom selben Blut ausgerechnet die Dienste von Mistress Swinbrooke, daselbst Heilerin und Baderin und möglicherweise Witwe von Alexander Wyville, einem Lancastertreuen, in Anspruch zu nehmen?« Der König hielt inne. »Nun, ich will es Euch sagen, meine Schöne, und daher spart Euch das Erröten.« Edwards Stimme wurde hart, als er nun die Punkte an seinen dicken Wurstfingern aufzählte. »Erstens haben Bourchier, der Erzbischof von Canterbury, und sein omnipräsenter kleiner Schreiber, Simon Luberon, Uns geschworen, daß Ihr ehrlich seid, ebenso wie mein Beauftragter hier, Colum Murtagh. Zweitens habt Ihr der Krone und der Kirche einen großen Dienst erwiesen, als Ihr den Giftmörder dingfest machtet, der die Pilger zum Grab des Heiligen Becket tötete. Drittens benötigen Wir Auskünfte über Brandons Tod. Ihr könnt Eure Fähigkeiten nach Belieben einsetzen.« Der König spreizte die Finger. »Was soll ich noch sagen? Bringt mir das *Auge Gottes* zurück, Colum. Legt es mir in die Hände, und ich werde es Euch nie vergessen.«

Der König wandte sich um und flüsterte seiner Gemahlin etwas zu. Für Colum war es ein Zeichen, daß sie entlassen waren. Sie verbeugten sich und gingen durch das kleine Mittelschiff zur Tür. Für Kathryn würde diese Szene unvergeßlich sein wie ein königliches Gemälde. Edward in Seide, gutmütig und entgegenkommend, die blauen Augen indes kalt und bedrohlich. Elizabeth, die eisige Schneekönigin. Gloucester, angespannt wie ein Windhund in der Koppel. Und schließlich Clarence – warum sah er so unterwürfig aus? Kathryn drückte Colums Hand.

»Habt Ihr ihnen gesagt«, neckte sie ihn, »ich sei schön und klug?«

Colum wurde rot.

»Und habt Ihr alles andere geglaubt?« flüsterte sie.

»Dann könnte ich ebensogut glauben, daß Schweine fliegen!« erwiderte er.

»In diesem Falle«, gab sie leise zurück, »werden wir in den Bäumen um Canterbury Schweinefleisch hängen sehen!«

261

Zwei

Als sie die Kapelle verließen, trafen sie auf eine keifende Thomasina. Sie hatte die Zeit, die sie beim König waren, damit verbracht, ihr loses Mundwerk an den Wachen auszulassen. Die beiden Männer mußten hinter dem breiten Nasenschutz ihres Helms breit grinsen.

»Leb wohl, süße Thomasina!« rief einer von ihnen.

Noch ehe sie die Treppe hinabstiegen, blieb Thomasina stehen und drehte sich um.

»›Süße Thomasina‹!« äffte sie den Wachmann nach. »Am liebsten würde ich euch beide Kerle packen und euch das Leben ausquetschen!«

Das Lachen der Soldaten klang noch in ihren Ohren, als sie ihrer Herrin und Colum die Treppe hinab folgte und hinter ihnen die Grünfläche im Innenhof betrat. Nun wandte sie ihre volle Aufmerksamkeit Kathryn zu und überhäufte sie mit Fragen.

»Wie sah der König aus, Herrin? Ist er wirklich so groß, wie man sagt? Ist er hübsch? Hat er stämmige Beine? Alle Männer, die gut im Bett sind, haben stämmige Beine. Und die Königin? Ist sie denn so schön? Und was haben sie gesagt? Steckt der Ire in Schwierigkeiten?« Mit dieser hoffnungsvollen Frage beendete Thomasina ihren Redeschwall.

Colum und Kathryn gingen einfach weiter.

»Und warum hat man mich nicht reingelassen?« fragte Thomasina. »Warum will der König keine ordentliche Engländerin sehen, wenn er schon so eine Vorliebe für arschgesichtige Iren an den Tag legt?«

Colum blieb stehen, drehte sich um und sah Thomasina mit ernster Miene an.

»Wie sagt doch der Schreiber bei Chaucer so schön: ›O Blume weiblicher Geduld‹, halt deine Zunge im Zaum!«

»Wollte ich Eure halten, brauchte ich einen Korb«, keifte Thomasina zurück. »Mein Vater hat immer gesagt: ›Traue bloß keinem Iren: Sie haben messerscharfe Zungen und sind des Teufels Winkeladvokaten‹!«

Colum schmunzelte. »›Sie war eine werte Dame, ihr Leben lang‹«, zitierte er erneut aus Chaucer. »›Ganze fünf Gatten schleppt sie zur Kirchenbank‹.«

»Drei waren es!« schimpfte Thomasina und schob sich keuchend neben Kathryn, die ihren eigenen Gedanken nachhing und versuchte, das übliche Geplänkel zwischen Colum und ihrer alten Amme zu überhören.

Kathryn wollte sich gerade einmischen, als sie hörte, wie jemand sie und Colum beim Namen rief. Sie drehten sich um und gewahrten Gloucester, einen mit Federn geschmückten Hut auf dem Kopf, der quer über den Rasen auf sie zueilte.

»Nicht so eilig, Ire!« Gloucester nahm den Hut ab und versuchte, zu Atem zu kommen. »Seine Hoheit, mein Bruder, ist sehr zufrieden mit Euch.« Er betrachtete Kathryn und Colum aus verschlagenen, grünen Augen. »Habt Ihr alles geglaubt?« flüsterte er.

»Der König hat die Wahrheit gesagt«, antwortete Kathryn.

»Aber ...?« wollte Gloucester wissen.

»Die Wahrheit ist ein dehnbarer Begriff«, erwiderte Kathryn. »Steckt noch mehr dahinter, Herr?«

»Ja«, sagte Gloucester seufzend. »Doch wenn das Auge Gottes erst wieder in unseren Besitz gelangt, betrifft die Sache nur noch uns. Doch kommt, ich werde Euch noch ein wenig mehr erzählen.«

Er forderte sie mit einer Handbewegung auf, ihm zu folgen, und eilte voraus. Er führte sie quer über den Hof des Towers durch eine Hinterpforte in die schmalen Gassen von Petty Wales. Kathryn sah Colum fragend an, doch der Ire schüttelte nur den Kopf, hob unauffällig einen Finger an die Lippen und deutete mit dem Kopf nach hinten. Kathryn wandte sich um. Beim Anblick der vier verhüllten Gestalten, die mit tief ins Gesicht gezogenen Kapuzen hinter ihnen her schlichen, hätte sie beinahe laut aufgeschrien.

»Gloucesters Hunde«, flüsterte Colum. »Sie folgen ihm auf Schritt und Tritt. Er traut niemandem über den Weg.«

Sie kamen durch Poor Jewry, wo die Farbe von den schäbigen Häuserwänden abbröckelte und Unrat sich in den Straßen häufte. Sie überquerten die Mark Lane, vorbei an Dunstan-in-the-East, bis Gloucester schließlich vor einem großen, vierstöckigen Fachwerkhaus stehenblieb. Holz und Putzflächen waren mit glänzender schwarzer Farbschicht überzogen, die Fensterscheiben getönt, so daß man hinaus, aber nicht hineinschauen konnte. Die riesige Eingangstür aus massiver Eiche war mit Eisenbändern und Metallzapfen verstärkt. Gloucester legte die Hand auf den eisernen Türschnäpper, der die Form eines Fehdehandschuhs hatte, und hielt eine Weile inne.

»Seid Ihr schon einmal hier gewesen?« fragte er Colum.

Der Ire schüttelte den Kopf.

»Dann heiße ich Euch im Haus des Verborgenen Wissens willkommen.« Gloucester hob den Fehdehandschuh und klopfte dreimal.

Im oberen Teil der Tür wurde ein kleines Gitterfenster geöffnet.

»Parole?« fragte eine tiefe Stimme.

»Beim Antlitz der strahlenden Sonne«, erwiderte Gloucester.

Bolzen wurden zurückgeschoben, und die Tür schwang auf. Sie betraten einen dunklen Durchgang. Er wurde nur von wenigen Kerzen an den Wänden erhellt, die der Finsternis einen unheimlichen Schimmer verliehen. Der Korridor roch frisch, der Boden glänzte, die Wände waren mit dunklem Holzpaneel verkleidet. Kathryn schauderte; Soldaten, wie Mönche gekleidet, standen entlang des Korridors in kleinen Nischen Wache. Sie wären ihr nicht einmal aufgefallen, wenn ihre gezückten Schwerter nicht das Kerzenlicht reflektiert hätten. Gloucester ging vor ihnen her, und die schattengleiche Gestalt, die sie hereingelassen hatte, folgte ihnen lautlos wie ein Gespenst. Sie durchquerten eine kleine Eingangshalle, deren Wände mit rotgoldenen Behängen drapiert waren. Das flackernde Licht der Kerzen warf unstete Lichtkreise auf die hohe, ausladende Treppe, die über ihnen in der Dunkelheit verschwand.

»Wo sind wir hier?« flüsterte Kathryn. Ihre Worte hallten an diesem düsteren Ort wie eine Glocke wider.

Colum fuhr mit der Hand an den Dolch. Die sonst so schwatzhafte Thomasina blickte wie ein ängstliches Mädchen um sich. Gloucester mußte Kathryns Frage gehört haben. Er kam zurück, die fahlen Gesichtszüge erschienen im tanzenden Kerzenschein noch unheimlicher.

»Wir sind im Haus des Verborgenen Wissens«, flüsterte er. »Die königlichen Beamten arbeiten hier in verschiedenen Kanzleien. Jeder Raum ist eine Kanzlei für sich. Da gibt es eine für das Papsttum, jeweils eine für die Niederlande, das Empire, Frankreich, Burgund, die Königreiche Kastilien und Aragon. Die Beamten sammeln Informationen und durchforsten Hofklatsch und Gerüchte von Kaufleuten. Wir haben Feinde, Mistress Kathryn, im Inland wie im Ausland, und sie müssen ausgerottet werden!« In seine Augen trat fanatischer Glanz. »Franz, der Herzog der Bretagne, läßt zu, daß Heinrich Tudor, der Graf von Oxford und andere Rebellen des Hauses Lancaster an seinem Hofe herrlich und in Freuden leben. Andere wiederum, die sich in der Nähe unseres Königs aufhalten, spielen ein doppeltes Spiel. Es ist meine Verpflichtung, Mistress, das Unkraut auszurupfen, ohne die Blumen zu beeinträchtigen. Doch folgt mir nun.«

Er führte sie die große Treppe hinauf auf die zweite Galerie und klopfte sacht an eine Tür. Ein Beamter mit fröhlicher Miene, einen Federkiel hinter dem Ohr, öffnete ihnen, verbeugte sich und bat sie hinein.

Kathryn schaute sich in dem Raum um. Es herrschte geschäftiges Treiben. An den makellos weißen Wänden standen hohe Pulte und Hocker, auf denen emsig schreibende Beamte saßen, die mit ihren Federkielen über frisches Pergament kratzten. An jedem Pult waren zwei große Kerzen mit Eisenklammern befestigt, und der große Tisch in der Mitte des Raumes war übersät mit Pergamentrollen.

»Das ist die Kanzlei für England«, erklärte Gloucester ihnen. »Oder zumindest für die Grafschaften südlich des Trent.« Er schob ihnen einen kleinen Hocker hin. »Darf ich bitten, Mistress, nehmt Platz.«

Kathryn, wohl wissend, daß Colum und Thomasina hinter ihr standen, setzte sich beherzt hin. Gloucester lehnte sich neben sie an den Tisch. Er lächelte sie liebevoll besorgt an wie ein älterer Bruder. Sachte fuhr er ihr über die Wange. Seine Finger waren eiskalt, doch Kathryn ließ sich nichts anmerken.

»Ihr seid Alexander Wyvilles Witwe«, begann Gloucester mit seinen Ausführungen. »Eines jungen Mannes aus der Gemeinde St. Mildred. Von Beruf Apotheker, der sein Schicksal mit dem Hause Lancaster verband. Wahrscheinlich hat er Canterbury zusammen mit dem rebellischen Bürgermeister Nicholas Faunte im Frühjahr 1471 verlassen. Ist das richtig?«

Kathryn nickte.

»Ist das richtig?« wiederholte er.

»Wir wissen es nicht«, gestand sie zögernd. »Alexander« – sie hielt kurz inne –, »Alexander wurde brutal, wenn er betrunken war.« Kathryn senkte den Kopf und zupfte an einem Faden am Saum ihres Mantels. »Einem Gerücht zufolge«, fuhr sie mit klangloser Stimme fort, »hat er möglicherweise Selbstmord begangen und sich in den Stour gestürzt. Sein Mantel wurde am Ufer gefunden, aber ...« Kathryns Stimme versagte.

»Aber Ihr wißt nicht, ob er noch am Leben ist oder nicht?« fuhr Gloucester fort.

Kathryn nickte und spürte die Anwesenheit der eifrig schreibenden Beamten ringsum. Sie wagte nicht, auch nur einem Menschen die Wahrheit zu sagen. Alexander war ein Trunkenbold, der seine Frau schlug, und Vater hatte ihr auf seinem Sterbebett gestanden, sein Schwiegersohn habe ihn mit Abscheu erfüllt, und er habe versucht, ihn zu vergiften. Nach seinem Tode war es Kathryn überlassen, sich der Ungewißheit, ob Alexander geflohen oder vergiftet worden war, oder ob er Selbstmord begangen hatte, zu stellen. Bis heute hatte man keine Leiche gefunden, und Kathryn hatte über den Verbleib Alexanders nichts gehört.

»Mistress Swinbrooke hat recht.« Colum sprach leise. »Wyville kann tot sein oder sich versteckt halten.«

266

»Stimmt es denn, Mistress«, fragte Gloucester, ohne Colums Einwand zu beachten, »stimmt es, daß jemand Euch des Mordes an ihm bezichtigt und Euch Erpresserbriefe in dieser Angelegenheit geschickt hat?«

Kathryn erstarrte. Gewiß, sie hatte solche Briefe erhalten, die jedoch ebenso geheimnisvoll wieder eingestellt worden waren, und sie hatte die Sache auf sich beruhen lassen. Zuweilen fragte sich Kathryn, ob Colum oder Thomasina mehr wußten, als sie ihr sagten. Sie warf einen Blick über die Schulter hinter sich, doch die Miene ihrer Amme war wie versteinert. Thomasina hatte sich inzwischen von dem Schock, den sie beim Eintritt in das Haus des Verborgenen Wissens erfahren hatte, erholt; sie blickte jetzt mit dem Instinkt der Beschützerin auf ihre Herrin und gelobte sich, was wirklich selten bei ihr vorkam, ihre Zunge im Zaum zu halten, auch wenn sie die volle Wahrheit kannte. Alexander Wyville war unter der Tünche höfischer Etikette und guter Manieren ein entartetes Stück Dreck gewesen. Dieser Trunkenbold und Frauenschänder hatte das Gift, das der Arzt Swinbrooke ihm verabreicht hatte, erbrochen und war zu seiner früheren Geliebten, der drallen, wollüstigen Witwe Gumple gelaufen, die ihm saubere Kleidung und ein paar Silberlinge überließ, damit er Canterbury verlassen konnte. Oh ja, Thomasina kannte die Wahrheit, doch ihr einziger Wunsch war, daß dieser mächtige, finstere Prinz ihre Herrin in Ruhe ließe.

Gloucester stand auf. »Mistress, ich möchte nicht herumspionieren, sondern Euch helfen. Der König ist Euch für Eure Dienste dankbar, und einer der Gründe, warum ich Euch hergeführt habe« – er lächelte schwach –, »ist, daß ich Euch Neuigkeiten über Euren lange vermißten Gemahl berichten kann.«

Kathryn wurde mit einem Mal kalt, und ihr Magen verkrampfte sich.

»Wo ist er?« fragte sie tonlos.

Gloucester schnippte mit den Fingern. »Walter!« rief er dem Beamten zu, der sie eingelassen hatte. »Der Schriftsatz über Alexander Wyville!«

Der Schreiber mit der fröhlichen Miene lächelte und betrachtete, einen Finger an die Lippen gelegt, die Pergamentrollen in den Regalen, die vom Boden bis zur Decke reichten.

»Aha!« Er zog eine kleine Rolle heraus, löste die rote Schnur und reichte sie Gloucester. »Das sind die Meldungen von allen Verrätern, die Faunte gefolgt sind, Herr.«

Gloucester befahl dem Schreiber, ihm eine Kerze zu bringen, und entrollte das Pergament.

»Hier sind ein paar Eintragungen«, murmelte er. »Demnach war Alexander Wyville in Leamington, als Warwick seine Truppen antreten ließ. Er war bei dem Verräter, als sie Hertfordshire in Richtung Barnet durchquerten, doch seither hat man ihn nicht mehr gesehen.«

Kathryn blieb beinahe das Herz stehen. Sie wußte nicht, ob sie lachen oder weinen sollte, doch zumindest der Beweis, daß ihr Vater Alexander nicht getötet hatte, spendete ihr gelinden Trost.

»Herr«, murmelte sie. »Ich danke Euch. Solltet Ihr je mehr erfahren ...«

Wieder zuckte Gloucester so merkwürdig die Schultern. Er lehnte sich an den Tisch zurück und hielt das Pergament auf den Knien.

»Dank sei Eurem guten Freund, Master Murtagh. Er bat mich, in der Sache nachzuforschen.«

Kathryn schluckte ihren Ärger herunter. Der Ire sollte sich um seine eigenen Sachen kümmern, wenn sie auch im Grunde ihres Herzens wußte, daß er es nur gut mit ihr meinte.

»Wenn wir etwas Neues erfahren«, fuhr Gloucester gewandt fort, »lassen wir Euch die Meldungen zukommen. Doch wenn Wyville lebt und zurückkehrt, was dann, Mistress?« Er hob eine Hand. »Wenn ich mir diese kühne Frage erlauben darf?«

»Ich werde Euch genauso antworten wie den vielen anderen vor Euch«, antwortete Kathryn geradeheraus. »Erst nachdem ich Alexander Wyville geheiratet hatte, stellte sich heraus, daß er ein anderer Mann war als der, für den ich ihn gehalten hatte. Vater Cuthbert, Kustos im Spital für Arme Priester in Canterbury und mein Beichtvater, hat gesagt, ich solle, wenn Alexander zurückkehrt, das Kirchengericht anrufen und die Annullierung der Ehe beantragen.« Kathryn holte tief Luft. »Herr, er sagt, daß ich Alexander nicht geheiratet hätte, wäre mir bekannt gewesen, wie er wirklich war. Ich werde vor Gericht jeden Eid schwören, daß das ganz bestimmt der Wahrheit entspricht!«

»So, so«, unterbrach Gloucester sie. »Dann werdet Ihr also die Heilige Mutter Kirche um ein Urteil bitten, daß Eure Ehe niemals hätte geschlossen werden dürfen und der Bund der Ehe annulliert werden soll?«

Kathryn nickte und zupfte an dem losen Faden ihres Mantels.

»Das sind Dinge, die nur Herz und Gewissen angehen«, murmelte sie. »Herr, mehr kann ich nicht sagen.«

»Gewiß, gewiß.« Gloucester stand abrupt auf. »Doch wer weiß, vielleicht hat Euer Gemahl bei Barnet den Tod gefunden. Viertausend gemeine Krieger kamen dort um und wurden in einem Massengrab beigesetzt. Das ist vielleicht die beste Lösung, wenn er dort umgekommen ist.«

Kathryn verstand den gefährlichen Sinn seiner Worte und gelobte sich im stillen, sich den Iren einmal vorzuknöpfen. Sie wollte nicht, daß ein finsterer Herzog sich zu ihren Gunsten als Meuchelmörder betätigte.

»Wir haben noch andere Dinge zu besprechen«, sagte Gloucester, klopfte Murtagh auf die Schulter und sah Thomasina mit strahlendem Lächeln an. »Und Ihr, Mistress, schaut nicht so streng drein. Ich will Eurer Herrin doch nur helfen.«

Noch ehe Thomasina sich allerdings eine passende Antwort überlegen konnte, hatte Gloucester die drei bereits wieder in den Korridor hinausgeführt. Sie gingen über eine Galerie in einen anderen Raum, der dem, in dem sie sich gerade aufgehalten hatten, zum Verwechseln ähnlich sah. Sobald sie eingetreten waren, griff Gloucester nach Colums Arm.

»Wir wissen so wenig über Brandon«, murmelte er nachdenklich, »geschweige denn über die anderen aus Warwicks Gefolge, die von Barnet flohen. Sie sind wahrscheinlich über alle Berge, obwohl wir die Leiche des Hauptmanns von Warwicks Wache, Reginald Moresby, in einem Straßengraben bei Rochester fanden. Er trug noch die zerlumpte Uniform der Lancastertreuen.

Wir erkannten ihn lediglich an einem Siegelring.« Gloucester verzog das Gesicht. »Seine Gesichtszüge waren nicht mehr zu erkennen.«

»Wer hat ihn getötet?« fragte Colum.

Gloucester zuckte die Schultern.

»Kann sein, daß es Wegelagerer waren, Gesetzlose.« Er seufzte. »Hätten wir nur früher herausgefunden, wo Brandon steckte, doch der Krieg, das Chaos ...« Er verstummte und ließ den Blick durch den Raum schweifen.

»Kann es sein, daß Moresby den Anhänger bei sich hatte?« fragte Kathryn.

»Das bezweifeln wir. Wenn es so wäre, hätten Räuber bald versucht, ihn zu verkaufen, doch es liegt nicht der leiseste Hinweis auf den Verbleib des Anhängers vor.«

»Natürlich ist Brandon jetzt«, sagte Colum laut, »da Moresby tot ist und die anderen auf der Flucht, der einzige, der uns Auskunft darüber erteilen kann, was wirklich mit dem *Auge Gottes* geschehen ist.«

»Obwohl er unter recht mysteriösen Umständen gestorben ist«, fügte Gloucester mit einem gezwungenen, kalten Lächeln hinzu. »Nun ist es an Euch, die Wahrheit herauszufinden. Wie immer sie aussehen mag.«

Gloucester durchquerte den Raum und wechselte ein paar Worte mit dem Schreiber. Dann trat er wieder zu ihnen und beachtete diesmal weder Kathryn noch Thomasina. Er stand in der für ihn typischen, seitlich geneigten Haltung vor Colum und berührte ein Stück Pergament, die Unterlippe zwischen den ebenmäßigen, weißen Zähnen eingeklemmt.

»Das *Auge Gottes* sollte Euch aus mehr als einem Grund interessieren, Master Murtagh. Ihr und Brandon seid möglicherweise die letzten gewesen, die es gesehen haben. Nun – und das sage ich Euch im Vertrauen –, mein Vater hat das Amulett aus der Saint Patrick-Kathedrale in Dublin entwendet, als er dort Vizekönig war.« Gloucester entging nicht, daß der Ire scharf einatmete. »Oh ja, es wurde viel darüber diskutiert, ob er es nun entwendet hatte oder ob es ihm geschenkt worden war. Wie Ihr vielleicht wißt, Ire, hat dieses Amulett eine lange, wechselvolle Geschichte.« Gloucester strich sich mit dem Finger über das Kinn, daß der Ring aufblitzte. »Der Legende zufolge wurde es aus Gold hergestellt, das einst den Druiden gehört hatte, und das *Auge Gottes* selbst saß ursprünglich in der Krone der alten Könige von Irland.« Gloucester zuckte die Schultern. »Um es kurz zu fassen, Master Murtagh, einige Eurer irischen Landsleute sind hinter dem *Auge Gottes* her! Dieselben Männer, die auf Euren Kopf aus sind!«

»Die Bluthunde von Ulster!« rief Colum.

»Genau die.« Gloucester blickte auf das Pergamentstück. »Und daher gebe ich Euch zwei Informationen. Erstens: Kaufleute in Bristol berichten von einem Iren mit langen roten Haaren und einer schwarzen Augenklappe, der einen der führenden Silberschmiede der Stadt nach einem goldenen Amulett ausgefragt hat. Zweitens: Zwei Wochen später ist derselbe Ire in London. Er hat nicht nur bei den Goldschmieden in Cheapside ähnliche Nachforschungen angestellt, sondern sucht darüber hinaus Wirtshäuser auf, in denen die Schreiber der Kanzlei verkehren. Er fragt sie, ob sie etwas über den Verbleib seines früheren Waffengefährten Colum Murtagh wissen.«

Colum wurde blaß und starrte Gloucester unfreundlich an.

»Kennt Ihr den Mann?« fragte Kathryn besorgt.

»Padraig Fitzroy«, erwiderte Colum langsam. »Vor langer, langer Zeit waren wir kleine Vagabunden, die durch die dunklen Wälder und die grünen Täler um Dublin streunten. Welpen der Bluthunde von Ulster.«

Gloucester warf das Stück Pergament auf den Tisch.

»Ich habe getan, was ich versprochen habe«, sagte er. »Mehr kann ich nicht tun.«

Er führte sie auf die Galerie, die Treppe hinunter, vorbei an den schweigenden Wachen und hinaus auf die Straße, wo er sie einfach stehenließ. Colum, Kathryn und Thomasina hingen eine Zeitlang ihren Gedanken nach und achteten nicht auf das Geschrei und den Lärm der Londoner Händler. Colum schüttelte sich, um die Gedanken zu vertreiben, und ergriff Kathryns Arm.

»Erinnert Ihr Euch an die ›Erzählung des Ablaßpredigers‹?« fragte er wie aus heiterem Himmel.

»Oh nein!« stöhnte Kathryn gereizt. »Colum, wir beide mögen die *Canterbury-Erzählungen*, aber doch nicht jetzt!«

Colum lächelte schwach. »Nein, als Gloucester sprach, fielen mir die drei Zecher ein, die den Tod suchten und ihn in einem Topf voll Gold fanden. Nur geht es in unserem Fall um ein goldenes Amulett mit einem hübschen, glänzenden Saphir, und es sind mehr als drei, die dafür über Leichen gingen!«

»Finstere Gedanken auf leeren Magen vergrößern den Trübsinn«, grummelte Thomasina vor sich hin.

»Ist das von Chaucer?« fragte Colum.

»Nein, verdammt nochmal, aber es stimmt trotzdem!«

Colum entschuldigte sich lachend bei ihr. Sie folgten der Straße und schritten durch einen Gang auf das goldene Schild eines großräumigen Wirtshauses zu. Im Schankraum drängten sich Händler, Kesselflicker, Hausierer, die noch einen Happen essen wollten, ehe sie ihr Tagesgeschäft wieder aufnahmen. Sie pfiffen eifrig drei einbeinige Männer aus, die einen seltsamen Tanz aufführten, um ein paar Geldstücke zu ergattern, die ihnen die Gäste zuwarfen. Kathryn betrachtete voll Mitleid die Bettler und den kleinen Jungen, der den Tanz auf einer krächzenden Flöte begleitete, während neben ihm eine alte Frau matt auf eine kleine Trommel schlug.

»London ist hart und grausam«, kommentierte Kathryn die Szene.

»Und laut«, erwiderte Colum.

Er packte einen Küchenjungen an der Schulter, stieß auf den Wirt und mietete einen kleinen Raum auf der ersten Etage, in dem Tisch und Schemel standen. Ein Diener brachte ihnen einen Krug gewässerten Weins und eine Rindfleischpastete, das Fleisch noch frisch und nicht zu sehr von Kräutern und Gewürzen überlagert. Eine Zeitlang saßen die drei schweigend beim Essen, bis Colum sein knochenhartes Stück Brot von sich stieß.

»Gloucester ist ein seltsamer Mann«, begann er. »Er mit seinem Haus des Verborgenen Wissens.« Er wischte sich mit dem

Handrücken den Mund ab und betrachtete Kathryn, die vorsichtig am Zinnbecher nippte. »Während des Krieges«, fuhr Colum fort, »als Edward von York in die Niederlande fliehen mußte, hielten wir uns einmal im Hafen von Dordrecht auf, wo es ein Haus mit Spiegelsaal gab. Es gehörte einem Glasmacher, der hohe Spiegel zur Belustigung irgendeines wohlhabenden Adligen hergestellt hatte. Allem Anschein nach war dieser Adlige in Geldnöte geraten, und der Glasmacher hatte die Spiegel wieder eingezogen. Er hängte sie bei sich auf und lud Besucher ein, hineinzugehen und sie sich anzusehen. Da ich damals nicht wußte, was ich unternehmen sollte, habe ich mir die Sache angesehen; der Raum war klein, doch die Wände waren über und über mit Spiegeln bedeckt. Und jeder Spiegel zeigte ein Zerrbild der Wirklichkeit.«

Thomasina schnalzte ärgerlich mit der Zunge.

»Was sagt Ihr da, Ire? Warum müßt Ihr in Gleichnissen reden?«

»Schsch, Thomasina«, unterbrach Kathryn sie. »Colum hat recht. Alles, was wir heute morgen erfahren haben, war wie diese Spiegelhalle, verzerrt und verdreht. Habe ich recht, Colum?«

Der Ire funkelte Thomasina wütend an.

»Wir wollen überlegen, was man uns gezeigt hat«, sagte er, schob die Becher beiseite und stützte sich mit beiden Ellbogen auf. »Da war zunächst einmal unsere ehrwürdige Königsfamilie. Edward ist in seine Königin vernarrt, die allerdings seine beiden Brüder haßt – besonders Clarence, der bereits versucht hat, das Haus York zu betrügen. Dann dieser Saphir, das *Auge Gottes*; warum ist er für den König so wertvoll? Und warum gerade jetzt? Drittens die Frage, ob Brandon ihn hatte. Und wenn ja, wo ist er jetzt? Viertens der Besuch Gloucesters im Haus des Verborgenen Wissens; wir wissen, daß Euer Gemahl Canterbury bei bester Gesundheit verlassen hat, aber ist er wie die anderen bei Barnet gefallen?« Colum warf Kathryn ein Lächeln zu. »Zumindest zwei Hirngespinste können wir austreiben: daß Euer Vater Wyville ermordet haben könnte oder daß Alexander Selbstmord begangen hat.« Colum blickte auf die Tischplatte.

273

»Vielleicht wußte schon jemand in Canterbury davon, und darum sind die Erpresserbriefe eingestellt worden. Was meinst du, Thomasina?«

Die Amme verzog keine Miene und schaute ihm offen in die Augen. Sie hatte sich geschworen, niemandem zu sagen, wie sie entdeckt hatte, daß Witwe Gumple die Übeltäterin war. Oder daß sie, Thomasina, diese aufgeblähte Hure mit den schauderhaftesten Warnungen bedroht hatte für den Fall, daß sie noch weitere Briefe schickte.

Colum reagierte auf Thomasinas Schweigen mit Achselzucken.

»Dann haben wir zu guter Letzt noch die Bluthunde von Ulster, die nicht nur meinen Kopf, sondern auch das *Auge Gottes* wollen.«

»Habt Ihr sie verraten?« fragte Kathryn.

Colum rollte den Weinbecher zwischen den Händen.

»Niemals! Als ich gefangengenommen wurde, war ich, na, so etwa fünfzehn, sechzehn Lenze. Ich wurde zum Tode verurteilt und stand bereits auf den Stufen zum Galgen, als York mich begnadigte.« Er stellte den Becher ab. »Außer einem anderen wurden alle gehängt, auch Fitzroys Bruder. Nachdem meine früheren Kameraden erfahren hatten, was geschehen war, zäumten sie das Pferd von hinten auf. Ich wurde zum Verräter abgestempelt, der für die Gefangennahme und Hinrichtung all dieser Männer verantwortlich war.« Ein bitteres Lächeln huschte ihm übers Gesicht. »Und das ist der wunde Punkt. Denn so sieht es aus: Ich kann nicht behaupten, ich sei unschuldig, denn sie würden mir ohnehin nicht glauben. Nur einer außer mir kennt die Wahrheit, John Tuam. Auch er wurde begnadigt, denn er war noch zwei Jahre jünger als ich.«

»Und wo hält er sich jetzt auf?«

»Er ist Laienbruder bei den Dominikanern in Blackfriars hier in London. Bevor ich die Stadt verlasse, will ich ihm eine Nachricht zukommen lassen. Eine einfache Botschaft: ›Fitzroy ist hinter uns her.‹ Dann ist er wenigstens gewarnt.«

Kurze Zeit später verließen sie das Wirtshaus. Colum blieb bei einem Pergamentverkäufer stehen und schrieb eine kurze Notiz. Er gab dem Lehrburschen, der sie zu Bruder John Tuam im Kloster zu Blackfriars bringen sollte, einen Penny. Anschließend begaben sie sich nach Queenshithe, wo Kathryn sich auf harte, aber erfolgreiche Verhandlungen mit verschiedenen Gewürzhändlern einließ. Sie kaufte Safran, Minze, Engelwurzsamen, Galmei, gemahlene Gewürznelken, Basilikum und Thymian. Nachdem sie zufriedengestellt war, betrat Kathryn den Hof eines Mannes, der Transportkarren vermietete. Ein müde dreinschauender Schreiber verfaßte einen Vertrag, in dem festgelegt wurde, daß die eben erstandenen Gewürze an Kathryns Adresse in der Ottemelle Lane, Canterbury, zu liefern seien. Kathryn war erst bei Einbruch der Dunkelheit mit ihren Geschäften fertig. Colum, der Fitzroys Gesicht immer noch deutlich vor Augen hatte, bestand darauf, daß sie zum Wirtshaus zurückgingen und sich auf eine baldige Rückkehr nach Canterbury am folgenden Morgen vorbereiteten.

Im Kloster zu Blackfriars hatte Bruder John Tuam Colums Notiz erhalten. Er las sie sorgfältig, warf sie in ein Kohlenbecken und ging in die Klosterkirche, um zu beten. Die Notiz hatte ihn jäh an seine Vergangenheit erinnert. Er hatte die Gewalt, das Klirren aufeinanderprallender Schwerter, die plötzlichen Überfälle hinter sich gelassen. Er hatte mit der Schlinge des Henkers um den Hals im Hof der Burg zu Dublin neben Colum gestanden, während seine Kameraden einer nach dem anderen gewaltsam die Leiter hochgestoßen und gehängt worden waren. Sie baumelten wie zerbrochene Puppen am Seil hin und her. Nur Colum und ihn hatte man verschont. Murtagh hatte sich dem Hause York verpflichtet; John hingegen hatte seine Begnadigung als ein Zeichen Gottes aufgefaßt. Er war in den Dominikanerorden in Dublin eingetreten. Vier Jahre später sandte man ihn auf eigenen Wunsch nach London in das Kloster zu Blackfriars. John blickte auf das gewaltige Kreuz und die aus Holz geschnitzte Leidensfigur des Gekreuzigten.

»Ich hatte die Vergangenheit vergessen«, murmelte er. »Doch

ach, geliebter Herr, die Vergangenheit hat mich nicht vergessen. Ich bin kein Verräter, kein Judas. An meinen Händen klebt nicht das Blut eines anderen!«

Er war noch immer in tiefem Gebet versunken, als der Almosenpfleger des Klosters ihm auf die Schulter tippte.

»Bruder John, Bruder John, fühlt Ihr Euch nicht wohl?«

Tuam hob den Kopf und sah den alten Mönch an.

»Nein, Vater, ich denke nur gerade an vergangene Missetaten«, frotzelte er.

Der Almosenpfleger tätschelte ihm die Schulter.

»Die Vergangenheit interessiert Gott nicht«, bemerkte er. »Aber die Gegenwart. John, wir haben Besuch.«

Tuam lächelte und erhob sich. Er beugte das Knie vor dem Ewigen Licht im Altarraum und folgte dem Almosenpfleger durch den Kreuzgang in einen großen, offenen Hof vor dem Haupttor. Hier wimmelte es zu dieser Zeit von Bettlern – den armseligen, bemitleidenswerten Gestalten des Londoner Alltags: Krüppel, Mißgeburten, alle, die unfähig waren, für sich selbst zu sorgen. Jeden Morgen und Abend drängten sie sich in Blackfriars für einen Laib Brot, etwas getrocknetes Fleisch und einen Becher Ale. Auf langen Tafeln hatten die Brüder die Mahlzeiten bereits vorbereitet, und die schmutzigen, gebeugten Bettler, denen bei den süßen, würzigen Düften das Wasser im Mund zusammenlief, standen dichtgedrängt davor. John hob einen Korb auf und mischte sich unter sie. Er versuchte, beim Anblick der mißgestalteten Gesichter zu lächeln. Einem Mann fehlte ein Auge, einem anderen war die Nase von oben bis unten aufgeschlitzt. Er sah eine Frau ohne Ohr, einer anderen hatte man beide Beine unterhalb der Knie abgenommen. Schmutzige, dreckverkrustete Hände streckten sich ihm entgegen.

»Der Segen des Herrn sei mit dir, Bruder. Der Segen des Herrn sei mit dir, Schwester.«

John wiederholte den Satz, den er bei der Verteilung des Brotes stets benutzte. So gelangte er in die letzten Reihen der Menge. Dort lag ein zusammengekrümmter Mann. Als John die schäbige Decke wegzog, fiel sein Blick auf rotes Haar. Er schüttelte den Mann und hielt ihm ein kleines Stück Brot unter die Nase.

»Der Herr sei dir gnädig, Bruder.«

Ruckartig drehte sich der Mann um. Sein Gesicht war rund, frisch und kräftig. Er umfaßte Johns Hand mit eisernem Griff, und noch ehe Tuam zurückweichen konnte, stieß er ihm den langen Dolch tief in die Brust.

»Möge der Herr dir gnädig sein, Judas!« zischte Padraig Fitzroy.

Tuam war noch nicht zu Boden gesunken, da war der Mörder wie ein Schatten durch das offene Tor entschwunden.

Drei

Kathryn und Colum saßen in der schmucklosen Kammer im Obergeschoß der Burg von Canterbury am Tisch und warteten darauf, daß die anderen Anwesenden ihre Plätze einnahmen. Der Himmel draußen vor den Schießscharten wurde bereits dunkel. Da Kathryn und Colum an diesem Tag schon früh in die Stadt zurückgekehrt waren, hatte Colum umgehend um eine Audienz beim Festungskommandanten und den wichtigsten Angehörigen seiner Mannschaft gebeten, die sich in diesem Augenblick in der Kammer einfanden. Ihre Gestalten warfen lange, dunkle Schatten auf die spärlich erleuchteten Wände. Sir William Webster sah trotz der rosigen Gesichtsfarbe eher bekümmert aus und tupfte sich unentwegt mit einem schmutzigen Tuch über Halbglatze, Stirn und die schwabbeligen Wangen. Fletcher, sein Stellvertreter, war dünn und abgehärmt und hatte ein aschfahles Gesicht. Unter einem Wust fettiger Haare blickte er sie aus müden Augen an. Sein Lederwams war abgetragen, und das weiße Hemd darunter nicht gerade sauber. Gabele, der Waffenmeister, war ein typischer Soldat mit kurz geschorenem Haar und einem gegerbten und klar gezeichneten, hageren Gesicht. Er hatte seinen weiten, dicken Militärmantel fest um sich geschlungen. Vater Peter, der graugesichtige Kaplan, machte einen fahrigen Eindruck. Neben ihm stand der leicht reizbare Schreiber Fitz-Steven mit essigsaurer Miene, hervortretenden Augen und schlaffem Mund. Das Öl im dichten schwarzen Haar vervollständigte seine abstoßende Erscheinung. Man stellte sich kurz vor. Kathryn spürte beim Priester und beim Schreiber einen Anflug von Verachtung. Sie verzog keine Miene, da sie diese Art stillschweigender Beleidigungen gewohnt war.

»Was will denn die Heilerin hier?« unterbrach Fitz-Steven unflätig Colums einleitende Höflichkeiten.

»Ich bin hier, Master Schreiber«, erwiderte Kathryn, »weil Seine Hoheit, der König, es so will.« Sie beschloß, Colums warnendem Blick keine Beachtung zu schenken. »Er ist zutiefst besorgt über den Tod eines Gefangenen, des Knappen Brandon. Wann ist er gestorben?« fuhr sie gnadenlos fort.

Websters kleine, flinke Augen wanderten unruhig umher. Er leckte sich nervös die wulstigen Lippen. Offensichtlich hatte er Angst, der König könne ihm persönlich den Tod Brandons zur Last legen.

»Wann ist er gestorben?« wiederholte Colum Kathryns Frage.

»Vor einem Monat, zur Mittsommernacht«, stammelte der Festungskommandant. »Aber es war nicht unsere Schuld. Er war gut untergebracht und verpflegt. Er erlag einem Fieber.«

»Wer hat ihn gepflegt?« fragte Kathryn.

»Ich.« Der Priester räusperte sich. Er lächelte Kathryn mit schmalen Lippen an. »Er hatte Fieber. Wir konnten nicht viel für ihn tun. Er starb kurz vor der Dämmerung am Mittsommernachtstag. Er wurde in einen Sarg gebettet und auf dem kleinen Friedhof hinter den Außenmauern der Burg beigesetzt.«

»Hat er irgend etwas über ein Amulett gesagt oder über einen Saphir, den man das *Auge Gottes* nennt?« wollte Kathryn wissen.

Alle Anwesenden schauten sie verblüfft an und schüttelten den Kopf.

»Wie hat man ihn gefangengenommen?« fragte Colum.

»Auf der Straße nördlich von Canterbury«, antwortete Fletcher mit piepsiger Stimme. Er streckte den dürren Hals vor, und sein Adamsapfel hüpfte wie ein Korken auf dem Wasser auf und ab. »Ich habe ihn geschnappt. Wir hatten vom Sieg des Königs bei Barnet gehört. Seine Schreiber hatten bereits Vollmachten ausgestellt, in denen wir ermächtigt wurden, Nicholas Faunte und andere Rebellen festzunehmen. Ich habe mit ein paar berittenen, bewaffneten Soldaten die Hauptstraße beobachtet. Wir fanden Brandons Pferd auf einem Feld. Neben ihm schlief der Knappe friedlich wie ein kleines Kind.« Fletcher nickte bedeutungsvoll. »Es war ganz klar, daß er ein Rebell war. Sein Pferd war erschöpft, Brandon selbst trug noch ein Panzerhemd und war von oben bis unten mit Schlamm und Dreck bespritzt.«

»An welchem Tag war das genau?« fragte Kathryn.

Fletcher trommelte mit den Fingern auf die Tischplatte.

»Es war an einem Sonntag; ja, Sonntag, der achtundzwanzigste April.«

Zwei Wochen nach Barnet, dachte Kathryn. Sie betrachtete die versammelten Männer: eine bunt zusammengewürfelte Gruppe, aus der ihr eine Mischung aus Verachtung und Angst entgegenschlug. Kathryn dachte darüber nach, was sie erfahren hatte: Brandon war am achtundzwanzigsten April 1471 festgenommen worden, sechs Tage später waren die letzten Anhänger des Hauses Lancaster bei Tewkesbury geschlagen worden. Das Königreich war in ein heilloses Durcheinander gestürzt. Zu dem Zeitpunkt, als die Yorkisten erkannten, daß ihre Suche nach dem *Auge Gottes* ergebnislos blieb, und ihr Verdacht auf Brandon fiel, war dieser am dreiundzwanzigsten Juni in der Zelle einer Burg gestorben.

»Und hat man ihn nach seiner Gefangennahme umgehend in die Burg gebracht?« fragte Colum.

»Oh ja«, erwiderte Webster. »Ich habe ihn hier in diesem Raum verhört, und er unternahm nicht einmal den Versuch, seine Identität zu leugnen. Er war sogar ziemlich stolz darauf, daß er der persönliche Knappe Richard Nevilles war, des verstorbenen Grafen von Warwick. Daher warf ich ihn schnellstens in den Kerker und schrieb an den Vorsteher der Hofkanzlei in London. Doch der Bürgerkrieg war noch in vollem Gange, Königin Margaret landete im Westen des Landes, bei Tewkesbury fand eine blutige Schlacht statt, und allüberall herrschte Gesetzlosigkeit. Daher erhielten wir erst vor zwei Wochen eine Antwort. Richard, der Herzog von Gloucester, schickte einen seiner Knappen, um Brandon zu verhören, doch zu dem Zeitpunkt war der Bursche schon tot.«

»Was für ein Mensch war Brandon?« fragte Kathryn.

»Ich war sein Aufseher«, sagte Gabele schroff. Er ignorierte Kathryn und wandte seine ungeteilte Aufmerksamkeit seinem früheren Kameraden Murtagh zu. »Wir haben ihn aus dem unteren Kerkerbereich in eine bequemere Zelle unter dem Bergfried verlegt. Er war Soldat, recht fröhlich eigentlich, gesprächig, ohne jedoch übel zu reden. Ich hatte den Eindruck, als wäre er eher erleichtert darüber, daß der Krieg zu Ende war. Er trauerte um den verstorbenen Grafen, hoffte jedoch, daß der König ihn bei seinen nächsten Begnadigungen auch berücksichtigen würde.«

»Hat Brandon in den sechs Wochen, die er hier zubrachte, jemals vom *Auge Gottes* gesprochen?« fragte Kathryn.

Gabele schüttelte den Kopf. »Was ist das für ein Diamant?«

»Er gehörte seinem verstorbenen Herrn, dem Grafen von Warwick.«

»Nein, nein.« Gabele richtete sich in seinem Stuhl auf. »Aber er sprach über Warwick, besonders darüber, wie er gestorben ist.«

»Wiederholt, was er sagte«, befahl Colum.

»Nun ja, er hat die letzten Augenblicke von Barnet beschrieben. Die Schlachtreihe habe angefangen zu bröckeln. Warwicks Mannen seien durch Oxfords Auftauchen verwirrt worden und in die Dunkelheit entflohen. Er sagte, er sei zur Kavalleriefront zurückgegangen. Er habe das Pferd des Grafen geholt und ihm zugerufen, er solle kommen. Doch Warwick hatte die Last seiner schweren Rüstung zu tragen, und das Feld war schlammig, und Yorks Soldaten tauchten bereits hinter ihm auf. Warwick sagte seinen Knappen, sie sollten fliehen. Er befahl es Brandon geradezu; der gehorchte und ritt schnell ins Dunkle. Das Triumphgeheul der feindlichen Soldaten verfolgte ihn noch ein gutes Stück des Weges. Ihm wurde klar, daß man seinen Herrn getötet hatte. Brandon schämte sich, doch was hätte er tun sollen?«

Colum nickte verständnisvoll

»Was noch?« fragte Kathryn scharf, verärgert über die wissenden Blicke, die Colum und Gabele austauschten.

»Wie meint Ihr das?« Gabele veränderte kaum merklich die Armhaltung.

»Nun«, begann Kathryn und stützte die Hände auf den Tisch. Der Gedanke, ob Thomasina den Behandlungstisch zu Hause in der Ottemelle Lane wohl gerade schrubbte, huschte ihr durch den Kopf. Kathryn rechnete an diesem Vormittag mit einer langen Reihe Patienten. Sie rieb sich die Augen. Sie war müde und nahm sich im stillen fest vor, alles niederzuschreiben, was sie während dieses Gesprächs erfahren würde.

»Was ich damit meine, ist folgendes«, fuhr sie fort, »Brandon ist also in den frühen Morgenstunden des vierzehnten April, sonntags, vom Schlachtfeld in Barnet geflohen. Zwei Wochen später wurde er festgenommen. Hat er nicht gesagt, wo er war und was er in der Zwischenzeit gemacht hat?«

»Oh doch«, erwiderte Webster. »Brandon hatte Angst vor Plünderern und den nach einer Schlacht üblichen Verwüstungen. Master Murtagh, Ihr seid Soldat. Ihr wißt, was in einer solchen Situation geschieht. Manche nehmen Gefangene, andere wiederum halten es für einfacher, einem Mann die Gurgel durchzuschneiden.«

»Was hat Brandon die ganze Zeit gemacht?« unterbrach Kathryn ihn unbeeindruckt.

»Er hat sich draußen auf dem Land irgendwo versteckt, hat hin und wieder auf einem Bauernhof etwas zu essen gekauft und versucht, sich vor den Soldaten des Königs zu verbergen.«

»Habt Ihr ihn gefragt, was ihn nach Canterbury führte?«

Webster blinzelte. Er warf dieser schrecklichen, kühlen jungen Frau, die sich von ihren Fragen nicht abbringen ließ, einen anzüglichen Blick zu.

Er schaute zu Colum hin, der unmerklich nickte. Kathryn bemerkte den Blick.

»Bitte, antwortet auf meine Frage«, bat sie beharrlich.

»Ich habe ihn danach gefragt«, antwortete Webster taktvoll. »Um offen zu sein, Mistress Swinbrooke, Brandon sagte, er sei müde und hungrig gewesen und völlig durchgefroren. Er wollte nach Canterbury und in der Priorei von Christchurch Zuflucht suchen.«

Colum versuchte, das Verhör zu übernehmen, doch Kathryn legte ihm die Hand auf den Arm.

»Sir William, als Brandon festgenommen und hierher gebracht wurde, wußtet Ihr, daß er ein Flüchtling aus der Schlacht war.«

Webster nickte.

»Und Ihr habt ihn gewiß peinlich genau verhört. Habt Ihr darüber einen Bericht verfaßt?«

»Ja, ja, das haben wir«, mischte sich Fitz-Steven jetzt ein, der inzwischen sogar ein wenig Hochachtung vor Kathryn empfand und sich einschmeicheln wollte.

»Sir William, soll ich ihn holen?«

Webster war einverstanden. Sie saßen schweigend da, bis Fitz-Steven außer Atem wieder zurückkehrte, ein Stück Pergament in der einen, eine Kerze in der anderen Hand. Der Schreiber setzte sich wieder auf seinen Stuhl und begann zu lesen:

»›Robert Brandon, flüchtig aus der Schlacht bei Barnet, Knappe des verstorbenen Verräters Richard Neville, des Grafen von Warwick, festgenommen von Fletcher, dem Stellvertretenden Festungskommandanten auf Potters Feld nördlich von Canterbury. Er trug außer einem Gürtel, einem Dolch, einer Tasche und einem etwas eingekerbten Schwert nur wenig bei sich.‹«

Fitz-Steven holte tief Luft. »›Er legte ein vollständiges Geständnis über seinen Verrat ab und lieferte sich auf Gedeih und Verderb der Gnade des Königs aus.‹« Fitz-Steven hob den Kopf und fuhr mit dem Finger über die kleine, schwierig zu lesende Schrift. »›Nach Barnet hatte Brandon sich von seinen Kameraden getrennt und sich in dem Gebiet nördlich der Stadt versteckt. Er hatte beschlossen, seinen Geburtsort, die Gemeinde St. James the Less in Maidstone, an dem er Freunde und Verwandte hat, nicht aufzusuchen.‹« Fitz-Steven schleuderte das Pergament auf den Tisch und zuckte mit den Schultern. »Das ist alles, Mistress.«

»Dann hat er also nichts über seine Kameraden erzählt?« fragte Colum.

Webster schüttelte den Kopf. »Nein, Brandon behauptete, daß nach der Schlacht jeder seiner eigenen Wege ging und nur Reginald Moresby, der Hauptmann von Warwicks Leibwache, versucht hätte, Ordnung in das Ganze zu bringen.«

»Er ist tot«, unterbrach Kathryn. »Moresbys Leiche wurde übel zugerichtet in einem Graben bei Rochester entdeckt.«

Webster hob nachlässig die Schultern. »Wen kümmert's? Brandon pflegte nichts über seine Freunde zu sagen. Außer ihm und Moresby haben die anderen aus Warwicks Gefolge sicher einen Hafen erreicht und sich ins Ausland abgesetzt.«

»Hat Brandon sich in den sechs Wochen seiner Gefangenschaft mit jemandem besonders angefreundet?«

»Eigentlich nicht.« Gabele schüttelte den Kopf. »Meine Tochter Margotta hat ihn ein paarmal besucht. Ich habe mit ihm über den Krieg gesprochen, aber nichts von Belang. In der Zelle neben ihm saß noch ein Gefangener, und in der Mauer dazwischen gibt es einen kleinen Spalt. Ich vermute, daß Brandon mit seinem Nachbarn oft flüsterte.«

»Wer war es?« fragte Colum.

»Ein Mörder, Nicholas Sparrow«, antwortete Webster. »Er hat an einer Schlägerei in einem Wirtshaus in Westgate teilgenommen und einem Mann die Kehle durchgeschnitten. Wir wollten ihn hier bis zu den nächsten Assisen festhalten.«

»Und wo befindet sich Sparrow jetzt?«

Webster ließ den Kopf hängen. Die anderen Mitglieder der Burgmannschaft machten ebenso betretene Mienen.

»Nun?« wiederholte Colum. »Der Mörder, Nicholas Sparrow, wo ist er?«

»Er ist entflohen«, gab Webster kleinlaut zu. »Herrgott, Master Murtagh, es war ja einfach. Sowohl Brandon als auch Sparrow durften sich wie üblich eine Stunde am Tag auf der Grünfläche vor dem Bergfried aufhalten.« Webster nagte an der Unterlippe. »Wir haben zur Zeit nur wenige Soldaten hier. Einige folgten Faunte, andere gingen in den Süden, um sich dem König anzuschließen, und nach dem Krieg wurde die noch verbliebene Garnison dazu eingesetzt, ein Auge auf die Straßen und Flußmündungen zu haben. Liebe Güte, dieser Maßnahme haben wir es schließlich zuallererst zu verdanken, daß wir Brandon festnehmen konnten!«

Kathryn versuchte sich in Erinnerung zu rufen, was sie von der Burg gesehen hatte, als sie hereingekommen war. Den mächtigen, wenig einladenden Bergfried aus Feuerstein und Mörtel, die vom Regen vollgesogene, dunkelgrüne Rasenfläche und im Hintergrund die Bogengänge und hohen Mauern der inneren und äußeren Burghöfe.

»Wie um alles in der Welt konnte er entfliehen?« fragte sie. »Gewiß hat er etwas über Brandon erfahren?«

»Soweit wir wissen«, antwortete Gabele trotzig, »ist Brandon für seine Stunde Freigang nach draußen gegangen und wurde anschließend wieder hereingeholt. Danach war Sparrow an der Reihe. Es war am frühen Abend kurz vor Sonnenuntergang. Sparrow war zwar allein auf der Grünfläche, doch wir dachten, es bestünde keine Gefahr, denn er war an Händen und Füßen mit Ketten gefesselt. Irgendwie hat er den Wächter überredet, daß er ihn an eine Mauer treten ließ, damit er sich erleichtern konnte; da gibt es so eine kleine Nische. Offenbar hat Sparrow dort dem Wächter die Kette um den Hals gelegt, ihm die Schlüssel entwendet, sich von den Fesseln befreit, hat mit dem Toten die Kleidung getauscht und ist durch die Burgtore nach Winchepe verschwunden.«

»Es verging einige Zeit«, setzte Webster die traurige Geschichte fort, »ehe man herausfand, daß Sparrow fehlte. Alle waren der Meinung, er sei in seine Zelle zurückgebracht worden. Erst als man die nächste Mahlzeit austeilte, wurde der Irrtum entdeckt.« Webster seufzte schwach. »Wir verfaßten einen Bericht an den Sheriff. Die Aufforderung, Sparrow zu inhaftieren, wurde öffentlich bekanntgegeben, doch inzwischen könnte er bereits in Wales oder Schottland sein oder sogar nach Irland oder den Niederlanden übergesetzt haben.«

Kathryn warf Colum einen Blick zu. Sie fragte sich, ob er ihren Verdacht teilte. War es Sparrow gelungen, sich in Brandons Vertrauen einzuschleichen? War er geflohen, nachdem er eine Abmachung über das *Auge Gottes* getroffen hatte?

»Wieviel Zeit verstrich nach Sparrows Flucht, bis Brandon krank wurde?«

»Oh, etwa fünf Tage«, sagte Kaplan Peter. »Zunächst dachte ich, es sei nichts Ernstes, doch dann stieg das Fieber und ruinierte die Körpersäfte. Ich habe alle mir bekannten Heilmittel ausprobiert, doch er starb. Ich habe ihm die letzte Ölung gegeben. Nachdem der Körper gesalbt worden war, habe ich in der Burgkapelle eine Messe gesungen, und der arme Brandon wurde bei den anderen namenlosen Gefangenen im alten Friedhof beigesetzt.«

»Und von Sparrow keine Spur?« fragte Colum streng. Webster schüttelte den Kopf. »Nicht die geringste.«

Irgendwo hoch oben auf den Burgmauern rief ein Wächter einem Kameraden etwas zu; eine Glocke ertönte – das Zeichen für die Garnison, sich zum Abendgebet vor dem Essen in der Halle zu versammeln. Die Männer am Tisch wurden unruhig. Webster warf einen deutlichen Blick auf die Flamme der Stundenkerze, die allmählich den nächsten roten Stundenring erreichte.

»Wenn keine weiteren Fragen offen sind … ?« murmelte er.

»Seid Ihr Euch Eurer Loyalität dem König gegenüber sicher?« fragte Colum und erhob sich. »Hat Brandon das Amulett oder das *Auge Gottes* ganz bestimmt gegenüber keinem von Euch erwähnt?«

Alle Anwesenden bejahten seine Fragen schroff. Colum streckte sich und sah Webster an.

»Und Brandon hat sonst nichts gesagt?«

Der Festungskommandant schüttelte den Kopf, doch Kathryn fragte sich, warum Webster noch immer so nervös und aufgeregt war.

»Und, Vater« – Colum sah den Priester mit festem Blick an –, »Ihr habt ihn gesalbt und den Sargdeckel geschlossen?«

»Ja, wie ich schon sagte.«

»Sagt mir noch eins, Vater«, meldete sich Kathryn erneut zu Wort, »ich weiß, Ihr dürft das Beichtgeheimnis nicht lüften, aber habt Ihr Brandon die Absolution erteilt?« Der Priester nickte zustimmend.

»Also könnte er«, fuhr Kathryn fort, »als er mit Euch sprach, einen Hinweis auf den Verbleib des Amuletts gegeben haben.«

Der Priester erwiderte stumm ihren Blick. Kathryn sah ein, daß er in dieser Sache nicht mit sich reden ließ.

»Nun gut«, sie versuchte es auf anderem Wege. »Wer hat ihn gepflegt?«

»Meine Tochter«, fuhr Gabele sie giftig an. »Manchmal auch Vater Peter. Warum fragt Ihr?«

»Na ja ...«, Kathryn verdrehte die Augen in vorgetäuschter Unschuld. »Master Gabele, Ihr seid Soldat und kennt das Lagerfieber gut. Solche Männer brabbeln oft im Delirium.«

»Brandon nicht«, gab Gabele zurück. »Und es war auch nicht diese Art Fieber. Er wurde nur teilnahmslos, heiß und feucht.« Gabele wandte sich dem Festungskommandanten zu. »Sir William, wir haben noch andere Dinge, mit denen wir uns befassen müssen. Master Murtagh, gibt es noch irgendwelche Fragen?«

»Nein, vielleicht können wir uns einmal die Zellen ansehen, in denen Brandon und Sparrow saßen. Ach ja, was ist übrigens mit den Habseligkeiten des Gefangenen?«

»Sie werden in einem versiegelten Beutel im Lagerraum der Burg aufbewahrt.«

»Wir wollen sie sehen«, befahl Colum. »Wer war noch in der Burg, als das alles geschah?«

Der Festungskommandant zuckte mit den Schultern. »Nur die kleine Garnison, Diener, Küchenjungen.«

»Nein, ich meine, ist noch jemand in die Nähe des Gefangenen gekommen?«

»Wie ich schon sagte«, antwortete Gabele, »meine Tochter Margotta. Oh ja, und der Ehrsame.«

»Der Ehrsame?« fragte Colum.

»Na ja, er selbst nennt sich so. Er ist ein Ablaßprediger mit einer Menge Reliquien und Ablaßbriefen aus der gesamten christlichen Welt. Ein seltsamer Mensch.«

»Ich habe ihn hier untergebracht«, unterbrach Webster. »Er sagte, die Wirtshäuser und Herbergen in der Stadt seien zu teuer.« Webster fuchtelte mit den Armen in der Luft herum. »Wir haben hier, weiß Gott, genug Platz.«

Kathryn konnte dem nur zustimmen. Canterbury zog wie ein Magnet Reliqienverkäufer, religiöse Quacksalber, Betrüger an – menschliche Schmarotzer, die sich vom Aberglauben ihrer Mitmenschen ernährten. Im Sommer war jede Herberge in Canterbury vollgestopft mit Pilgern; ebenso wie andere private Haushalte war der Festungskommandant nur zu gern bereit, eine Bettstatt zu vermieten.

»Wir sollten ihn uns ansehen«, beharrte Kathryn. »Eigentlich alle, die mit dem Gefangenen geredet haben.«

Webster war einverstanden, und die Unterredung wurde abgebrochen. Colum und Kathryn sahen den einzelnen Mitgliedern der Burgbelegschaft nach, wie sie den Raum verließen. Die meisten grummelten vor sich hin und warfen finstere Blicke um sich, vor allem auf Kathryn, da es sie kränkte, von einer Frau verhört worden zu sein. Fletcher, Fitz-Steven, Webster und Gabele blieben an der Tür stehen und sprachen leise miteinander.

»Ihr seid eine harte Frau«, raunte Colum ihr aus dem Mundwinkel zu. »Ihr habt ausgesprochen beharrlich nachgehakt.«

»Ich bin eine Frau, die auch noch andere Dinge zu tun hat!« fauchte Kathryn ihn an. »Warum können die Leute nicht auf die Fragen antworten, die man ihnen stellt?«

Colum beugte sich vor und blickte ihr ins Gesicht.

»Was glaubt Ihr?« fragte er.

»Irgendeiner lügt. Drei Dinge sind mir aufgefallen, die ich für falsch halte. Da ist zunächst Brandons Tod: er war ein stämmiger junger Mann in einer bequemen Zelle. Warum erkrankte er an Kerkerfieber mit diesen merkwürdigen Symptomen? In den meisten Fällen leiden die Menschen unter hohem Fieber und versinken im Delirium.«

»Und zweitens?« fragte Colum.

»Ich finde es merkwürdig, daß Brandon das *Auge Gottes* nicht erwähnt hat. Schließlich ist da Sparrows Flucht. Der Kerl war berüchtigt«, schloß Kathryn und verzog das Gesicht. »Er ist buchstäblich über die Burgmauern entfleucht!«

Colum spielte an seinem Dolchgriff.

»Auf diese Art und Weise zu fliehen ist nicht ungewöhnlich«, entgegnete er. »Dem nächsten Parlament liegt sogar ein Antrag vor, in dem sich wohlhabende Bürger darüber beschweren, daß Gefangene aus Kerkern oder Gefängnissen mühelos ausbrechen können. Und was das Kerkerfieber betrifft …«

Colum wollte gerade fortfahren, als Gabele auf sie zutrat.

Ohne Kathryn auch nur eines Blickes zu würdigen, drückte er Colum die Hand.

»Schön, Euch wiederzusehen, Ire. Freut mich, daß das Schicksal es gut mit Euch meint.« Gabele drehte sich um und schenkte Kathryn ein strahlendes Lächeln. »Mistress Swinbrooke, verzeiht meine scharfen Entgegnungen, doch dieser Sumpfnomade kann es Euch bestätigen, daß meine Manieren eher ins Lagerleben als an den Hof gehören.«

Kathryn war überrascht und nahm die recht artig vorgebrachte Entschuldigung an.

»Es war nicht meine Absicht, so beharrlich aufzutreten«, stammelte sie.

Gabele hob die Hand. »Genug jetzt. Kommt, ich will Euch zeigen, was Ihr sehen wollt.«

Er führte sie aus dem Raum ins untere Stockwerk des Bergfrieds. Er schloß eine eisenbeschlagene Tür auf, nahm eine Pechfackel von der Wand und führte sie zu den Zellen hinab. Es gab insgesamt sechs, zu beiden Seiten des dumpfigen, schwach erleuchteten Korridors jeweils drei. Die Zelle, die Gabele öffnete, war groß und luftig, hatte oben in der Wand ein Gitterfenster, das ein wenig Licht und frische Luft hereinließ. Die Wände waren gekälkt, im Raum standen ein Tisch und ein wackeliger Stuhl; an der Wand hing ein einfaches Kruzifix. Die Binsen auf dem Boden waren erstaunlich sauber. Gabele deutete auf die eisernen Wandhalter für Kerzen und auf die Öllampe auf dem Tisch.

»Hier hat Brandon gesessen«, erklärte er.

Dann legte sich der Waffenmeister auf das Bett, zog seinen Dolch, kratzte damit an der Wand und lockerte einen Ziegelstein.

»Allem Anschein nach kann man es in der anderen Zelle genauso machen.«

»Ist das Sparrows oder Brandons Werk?« fragte Colum.

Gabele schüttelte den Kopf. »Oh nein, das war irgendein längst vergessener Gefangener.« Er ließ den Ziegelstein wieder an seinen Platz gleiten und stand auf. »Wir sollten einen Maurer bestellen, der es wieder in Ordnung bringt.« Er grinste. »Doch auch in diesem Fall muß einfach gesagt werden, daß der Festungskommandant ein freundlicher Mann ist. Aus der Burg von Canterbury brechen nur wenige aus, und es ist ein Segen für die Gefangenen, wenn sie miteinander reden können.«

»Wer darf sich hier unten aufhalten?« fragte Kathryn.

»Nun, ich selbst natürlich und alle, die Ihr oben kennengelernt habt. Mistress Swinbrooke, wir sind nicht grausam. Vater Peter kommt hierher, um die heiligen Sakramente auszuteilen, Webster und Fletcher, um nach dem rechten zu schauen. Margotta bringt das Essen oder redet mit ihnen. Natürlich steht immer, wenn Gefangene hier sind, ein Soldat Wache im Korridor.«

Er führte sie wieder hinauf in die finstere Halle der Burg. Am anderen Ende des großen Raumes saßen der Festungskommandant und die Mitglieder seines Haushaltes beim Essen. Man hatte Feuer gemacht, doch der Schornsteinkasten war nicht in Ordnung, denn ein Teil des abziehenden Rauches drang zurück und vermischte sich mit dem Duft von frisch gebackenem Brot und gekochtem Fisch. Schreiber Fitz-Steven erhob sich und kam durch die Halle auf sie zu. Er hatte einen Lederbeutel in der Hand, der oben mit einem Stück Kordel und einer Wachskugel versiegelt war. Verärgert über die Störung beim Essen warf er Gabele den Sack zu.

»Brandons Habseligkeiten! Einzeln aufgeführt und versiegelt, jetzt Eigentum der Krone, ganz gleich, welche Werte man darin entdecken mag.«

Fitz-Steven machte auf dem Absatz kehrt und stapfte zur hohen Tafel zurück.

Gabele blinzelte Kathryn zu, Colum zog den Dolch, schnitt die Kordel am oberen Ende des Sackes durch und breitete die kläglichen Habseligkeiten auf der Bank aus: eine enge Hose, ein Wams aus gegerbtem Leder, ein sehr stark verschmutztes Leinenhemd, ein Kriegsgurt mit Taschen und Scheiden für Dolch und Schwert. Gabele tippte darauf.

»Die Waffen waren von guter Qualität, und wir haben sie in unsere Sammlung aufgenommen.«

In der Gürteltasche befanden sich ein paar Münzen, ein Satz Würfel und eine Pergamentrolle. Colum reichte sie Kathryn, die sich damit unter eine Fackel stellte und sie öffnete.

»Es ist nichts«, rief Gabele. »Nur ein Gebet.«

»Levate oculos ad montes. ›Hebet Eure Augen auf zu den Bergen‹«, übersetzte Kathryn.

»Was ist das?« fragte Colum.

»Hebet Eure Augen auf zu den Bergen«, wiederholte Kathryn, »von welchen mein Erlöser kommt. Es ist ein Psalm. Allem Anschein nach einer, der von Gefangenen bevorzugt wird.«

Kathryn hielt inne und erinnerte sich an das flackernde Licht in Brandons Zelle, als Gabele den Ziegelstein aus der Wand holte.

»Brandon hat dieselben Worte an seine Zellenwand gekritzelt«, murmelte Kathryn.

»Ja, genau über dem Bett«, erwiderte der Waffenmeister. »Vergeßt nicht, Mistress, daß Brandon hoffte, begnadigt und bald entlassen zu werden. Jeder Soldat hat ein Lieblingsgebet.« Er schmunzelte Colum zu. »Wißt Ihr Eures noch, Ire?«

Colum, der den Besitz des Toten durchwühlte, schaute jetzt etwas einfältig drein.

»Ja, wie hieß es?« fragte Kathryn, die neugierig geworden war und auf ihn zutrat.

»Warum sagt Ihr es ihr nicht, Ire?« neckte Gabele.

Murtagh warf den Schwertgurt von sich, blickte Kathryn an und schloß die Augen.

»Oh Herr, behandle mich heute so, wie ich Dich behandeln würde, wäre ich der Herr und Du wärest Murtagh.«

Kathryn lächelte und klatschte in die Hände. »Ich wußte gar nicht, daß Ihr Theologe seid, Colum.«

Jedes weitere Geplänkel wurde unterbunden, als die Gruppe auf der Estrade am anderen Ende der Halle ihre Mahlzeit beendet hatte. Webster kam in Begleitung von zwei anderen Personen auf sie zu. Die eine war eine Frau mit rabenschwarzem Haar. Sie trug einen braunen Kittel mit weißem Kragen und Manschettenbändern. Zielstrebig ging sie auf Kathryn und Colum zu. Sie war klein und hatte ein frisches Gesicht mit großen, dunklen

Augen und einem Lächeln auf den Lippen. Während Webster seine Entschuldigungen murmelte und sich wieder entfernte, küßte sie Gabele auf die Wange und ergriff dann, vergnüglich jauchzend, Colums Hand.

»Ire, bestimmt seid Ihr gekommen, um mich zu heiraten!«

Colum lachte verlegen. Er nahm die Frau bei den Schultern und hauchte ihr einen Kuß auf beide Wangen.

»Margotta, du bist schön wie eh und je.« Er drehte sich um und stellte die beiden Frauen einander vor. »Mistress Kathryn Swinbrooke, Margotta Gabele, ein wahrer Wildfang.«

Kathryn lächelte anerkennend und verfluchte im stillen ihren Anflug von Eifersucht. Sie war erleichtert, daß Margottas Begleiter ihr eine gewisse Ablenkung verschaffte. Er war einer der auffälligsten Menschen, die Kathryn je kennengelernt hatte: ein großer, gut gebauter Mann mit weichem, jugendlichem Gesicht, umrahmt von schmutziggelb gefärbtem Haar, das ihm bis auf die Schultern hing. Von Kopf bis Fuß steckte er in abenteuerlich zugeschnittenem, abgenutztem, schwarzem Lederzeug. Er trug weder Schwert noch Dolch, doch einen riesigen Gürtel, an dem kleine Beutel hingen. Um den Hals hing ihm ein dicker Strick mit Anhängern, die wie Teile von Tierknochen aussahen. Als er in den Lichtkreis trat, warf er die Haare zurück wie eine Frau, und Kathryn sah für einen kurzen Augenblick seine billigen Ohrringe, die im Licht aufblitzten. Er streckte eine mit einem schwarzen Handschuh bekleidete Hand zur Decke empor.

»Ich bin der Diener des Herrn«, verkündete er mit hohler Grabesstimme. »Der Ehrsame!«

Zum ersten Mal erlebte Kathryn, daß Colum sprachlos war. Er starrte diesen Mann mit dem gefärbten Haar, der in seiner schwarzen Kleidung wie eine Krähe wirkte, stumm an.

»Master Murtagh, Mistress Swinbrooke, darf ich Euch den Ehrsamen vorstellen«, erklärte Gabele mit stoischer Gelassenheit. »Einen Pilger von Avignon, Rom, Jerusalem, Compostela.«

»Jawohl«, unterbrach der Ehrsame ihn, »und mehr noch! Ich habe den Großen Khan der Tataren gesehen! Die Goldenen Horden des Kublai Khan und die eisigen Weiden des Hindukusch!«

Kathryn biß sich auf die Lippen, um nicht laut herauszuplatzen, denn der Ablaßprediger verfügte über alle Finessen seines Gewerbes: merkwürdige Kleidung, eine durchdringende Stimme und exotische Erzählungen. Dennoch schien der Ehrsame von allen Schurken dieser Art das größte Geschick zu besitzen. Er segnete Kathryn und ergriff dann Colums Hand, der sie ihm widerstandslos überließ.

»Bruder in Christus«, hob er an, »schön, daß wir uns kennenlernen! Ihr wollt mich sprechen? Bezüglich des Mannes Brandon, eines Gefangenen in Christus, dessen Seele nun vor dem Herrn ist. Laßt uns beten, daß er eher durchs Fegefeuer denn durch die Feuer der Hölle gehen muß. Denn, wie es schon in der Heiligen Schrift heißt, ›Schrecklich ist's, in die Hände des lebenden Gottes zu fallen‹.«

Kathryn blickte verstohlen zu Margotta hinüber. Sie hatte den Blick gesenkt, die Schultern zuckten vor Lachen – ob über Colums verblüffte Miene oder die Possen des Ehrsamen, vermochte Kathryn nicht zu sagen.

»Genau. Genau.« Colum gewann seine Haltung wieder und deutete auf die Bank. Brandons Habseligkeiten schob er zur Seite. »Setzt Euch doch.«

Der Ablaßprediger hielt eine Hand hoch. »Nein, Herr, ich pflege immer zu stehen, wenn ich mit einem Bruder rede. Wie es in der Heiligen Schrift heißt, ›Der ehrliche Mann steht aufrecht, das Gesicht stets dem Herrn zugewandt‹.«

»Wie ist Euer richtiger Name?« fuhr Colum ihn an, denn er war der Possen des Mannes allmählich überdrüssig.

»Ein Name ist nichts als Schall und Rauch«, erwiderte der Ablaßprediger. Er wies auf die Binsen auf dem Boden. »Gras ist und bleibt Gras, wie man es auch nennen mag. Und wir sind wie die Gräser auf dem Felde, heute hier, morgen vergangen. Ich habe keinen Namen, keine Vergangenheit. Ich stehe in all meiner Redlichkeit vor dem Herrn.«

Colum trat gegen die Binsen. »Ich bin Sonderbeauftragter von Canterbury«, flüsterte er mit drohendem Unterton. »Ihr, Herr, seid Untertan des Königs. Ihr haltet Euch in dieser Burg auf. Ihr

293

habt mit Brandon, dem Gefangenen des Königs, gesprochen. Ich habe das Recht, Euch zu fragen, wer Ihr seid und woher Ihr kommt.«

Der Ablaßprediger warf den Kopf zurück wie ein wütender Vogel und beäugte Colum.

»Mein Name ist der Ehrsame«, wiederholte er. Als er jedoch die zunehmende Verärgerung des Iren bemerkte, öffnete er seine Gürteltasche, zog eine Handvoll schmieriger Pergamente heraus und warf sie Murtagh zu.

»Das sind Briefe, Durchreisegenehmigungen.«

Colum reichte sie Kathryn, die sie rasch überflog.

»Er hat recht«, erklärte sie. »Die Papiere sind unterzeichnet von Hafenbeamten, Statthaltern und Vollzugsbeamten und bestätigen, daß die Person, die sich ›der Ehrsame‹ nennt, ein Ablaßprediger ist und die Erlaubnis hat, seinem Gewerbe nachzugehen. Einige sind mit Siegel versehen, so daß sie keine Fälschungen sein können.«

Sie reichte die Dokumente dem Ablaßprediger zurück, der dankbar lächelte.

»Was macht Ihr also in Canterbury?« fragte Colum.

Der Ablaßprediger tippte auf seine Gürteltasche. »Ich habe Ablaßbriefe und päpstliche Bullen aus Rom. Absolutionsbriefe und Reliquien, bestätigt von all jenen heiligen Männern und Frauen, die uns den Pfad der Gerechtigkeit gewiesen haben.« Er deutete auf die kleinen weißen Knochen, die um seinen Hals hingen. »Herr, zu einem vernünftigen Preis könnt Ihr einen Knöchel von einer der siebentausend Jungfrauen zu Köln erwerben. Und hier, Herr« – er zeigte auf einen anderen –, »ist ein Stück aus dem Schädel des reuigen Diebes, hier die Rippe des barmherzigen Samariters!«

»Haltet den Mund!« donnerte Colum.

Kathryn warf dem Ablaßprediger einen warnenden Blick zu. Der Kerl rülpste und bedachte den reizbaren Iren mit einem verächtlichen Lächeln.

»Ich habe Euch etwas gefragt!« wiederholte Colum.

»Dann will ich auch antworten. Ich bin in Canterbury, um bei

den Pilgern meinem Geschäft nachzugehen. Ihr könnt es nachprüfen, und Ihr werdet es wahrscheinlich auch, Herr, aber ich
habe meine Briefe im Rathaus und in der Kathedrale vorgezeigt.
Und ich habe auch ein Bett und eine saubere Unterkunft gesucht, im ›Schachbrett‹, im ›Wappen‹, in der ›Sonne‹ und sogar
im Spital für Arme Priester. Jedoch fand ich, wie der Herrgott,
keinen Raum in der Herberge. Deshalb kam ich zur Burg und
habe nun für einen annehmbaren Preis ein sauberes Bett, Frühstück in der Halle und die letzte Mahlzeit am Tage.«

»Gut«, sagte Colum und holte tief Luft. »Und was ist mit Master Brandon?«

Der Ablaßprediger streckte lebhaft die Hände aus. »Herr, er
war ein Gefangener. Ich fragte mich, ob er sich wohl für eine
meiner Reliquien interessierte oder, falls sich seine Lage verschlimmern sollte, für eine päpstliche Bulle oder einen Ablaß-
brief.«

»Und? Interessierte er sich dafür?«

»Oh nein, Herr. Er hatte in seinem Herzen Frieden geschlossen.«

»Wie oft habt Ihr ihn getroffen?«

»Nur einmal, Herr.«

»Und Sparrow, den anderen Gefangenen?«

»Oh, er war ein wahrer Satansbraten. Brandon war höflich,
doch sein Nachbar war ein Teufel direkt aus der Hölle. Er warf
mich aus seiner Zelle und verlachte mich als einen Schurken.«

Der Ausdruck beleidigter Unschuld auf dem Gesicht des Ablaßpredigers war zuviel für Colum. Er wandte sich an Margotta,
die noch immer versuchte, ihr Lachen zu unterdrücken.

»Und du, Margotta?« fragte er.

Das Mädchen lächelte keck und machte Colum schöne Augen.

»Na ja, Brandon sah gut aus, er war nett, er war höflich.«

»Ja, ja«, sagte Colum mürrisch. »Und was noch?«

»Er war auch einsam, ziemlich rührend. Er erzählte von früher, als er noch in Maidstone war, und über den Tod Warwicks.«

»Hat er noch über etwas anderes gesprochen?«

»Zum Beispiel?«

»Ein goldenes Amulett mit einem schönen Saphir, den man das *Auge Gottes* nennt.«

»Um Himmels willen, Colum, nein. Was sollte ein armer Knappe damit zu tun haben?«

Kathryn sah Profitgier in den Augen des Ablaßpredigers aufleuchten.

»Ein goldenes Amulett und ein schöner Saphir«, murmelte der Ehrsame. »Besaß Brandon denn so etwas?«

»Kann sein«, antwortete Kathryn.

Der Ablaßprediger pfiff leise durch die Zähne. »Jetzt verstehe ich Euer Interesse.« Er lächelte.

»Mistress Gabele«, fuhr Kathryn fort, »habt Ihr mit Sparrow gesprochen?«

»Natürlich nicht! Er war ein Lump, ein Schurke!«

Colum seufzte. »Nun, auf jeden Fall danken wir Euch, daß Ihr gekommen seid.«

Margotta lächelte ihn an und küßte ihn zärtlich auf die Wange.

»Es tut gut, dich wiederzusehen, Colum«, flüsterte sie.

Dann schlenderte sie mit dem Ablaßprediger davon.

Kathryn wartete, bis sie außer Hörweite waren.

»Ihr seid mir ja ein schöner Troubadour, Ire. Habt wohl in jeder Stadt ein Mädchen, was?«

Colum zwinkerte ihr zu. »Na klar, und in jedem Lager. Ich kämpfte an Gabeles Seite vom Waliser Marschland bis zur schottischen Grenze. Margotta war immer schon eine kesse Biene.« Betrübt wandte er den Blick ab. »Sie hat die Fähigkeit, Männer zum Sprechen zu bringen, dennoch ist es merkwürdig, daß weder sie noch irgendein anderer in dieser Burg gehört haben will, daß Brandon das *Auge Gottes* erwähnte.«

»Was geschieht, wenn Moresby und nicht Brandon den Saphir hatte?« fragte Kathryn. »Vielleicht haben ihn noch die Räuber, die ihn getötet haben.«

Colum fuhr schlecht gelaunt mit der Fußspitze durch die Binsen. »Nein, Warwick hätte ihn nur einem persönlichen Knappen gegeben.« Er warf Kathryn einen Blick zu. »Ich habe als Mar-

schall des königlichen Hofes gedient und hatte die zweifelhafte
Ehre, so manchen Dieb zu verhören. Ein Vogelfreier würde versuchen, so etwas unverzüglich zu verkaufen, ehe ein anderer es ihm
wieder wegnähme.« Colum biß auf seinen Daumen. »Ich frage
mich, auf welche Weise Moresby umgekommen ist«, murmelte
er. »Waren es Gesetzlose oder jemand anderes? Ich vermute, diese Frage könnte uns nur Brandon beantworten. Doch kommt, für
den Augenblick haben wir unsere Aufgabe hier erledigt.«

Kathryn und Colum nahmen ihre Mäntel an sich, verabschiedeten sich und gingen über die inneren und äußeren Burghöfe
durch eine Hinterpforte hinaus nach Winchepe. Sie eilten durch
die dunkler werdenden Gassen hinauf in die Wistraet. An dem
kleinen Tor, das diese Straße absicherte, huschte ein Mann aus
dem Schatten. Colum legte die Hand ans Schwert.

»Friede, Master!«

Holbech, Colums plumper Lieutenant aus Kingsmead, trat in
das trübe Licht einer über dem Tor befestigten Fackel.

Der stämmige Nordländer verbeugte sich vor Kathryn. »Gu-
ten Abend, Mistress. Ich war in Eurem Haus in der Ottemelle
Lane. Thomasina teilte mir in der ihr eigenen rüden Art mit, daß
Ihr und Murtagh in der Burg wärt, also habe ich hier gewartet.«

»Was ist los?« fragte Colum.

»Ein Bote, Master, von Seiner Hoheit, dem Herzog von Gloucester. Euer Freund, John Tuam, ein Dominikaner in Blackfriars,
wurde auf mysteriöse Weise erstochen. Der Bote des Prinzen
sagte, Ihr wüßtet schon, was das bedeutete.«

»Oh, mein Gott!« stöhnte Colum schwer atmend.

Er entfernte sich ein Stück von ihnen und lehnte sich an die
Mauer der Schenke. Er starrte in das Licht, das durch die schmalen Fenster drang, und hörte mit halbem Ohr auf die Geräusche
des Trinkgelages.

»Der arme John!« flüsterte er. Er erinnerte sich an einen Jungen, der laut rufend und wie ein junger Rehbock springend die
grüne Seite eines Hügels hinabrannte. Colum starrte in die Gasse, die inzwischen im Dunkeln lag. »Tot!« flüsterte er. »Oh,
Herr, sei seiner Seele gnädig!«

297

Kathryn trat zu ihm.

»Sie sind hier, nicht wahr?« fragte sie und spürte, wie Angst ihr die Kehle zuschnürte, denn trotz seiner schroffen Art und seines hitzigen Temperaments empfand sie Zuneigung zu diesem rätselhaften Iren mit seinen wechselhaften Launen und seinem sardonischen Lächeln.

»Colum, Ihr seid in Gefahr!«

Er nahm ihre Hand und drückte sie sanft.

»Ich befinde mich immer in Gefahr, Kathryn, so lange ich denken kann. Doch Ihr habt recht, die Bluthunde sind nähergekommen.«

Kathryn entzog ihm die Hand und ging ein Stück weiter.

»Weib!« rief Colum sie leise. »Ihr habt doch nicht etwa Angst um mich – Ihr doch nicht, Kathryn Swinbrooke?«

»Ich bin nicht Euer Weib, Colum«, erwiderte Kathryn und wagte nicht, sich umzudrehen und ihm das Gesicht zuzuwenden. »Ganz gleich, was Ihr Euren Herren in London erzählt habt.«

»Was seid Ihr dann?«

Kathryn ließ diese Frage eine Zeitlang im luftleeren Raum stehen, wie immer, seitdem sie den Iren kannte.

»Was seid Ihr dann?« forschte Colum beharrlich nach. »Bin ich wie Wuf, eine Waise, die Ihr in Eure Obhut genommen habt?«

Kathryn warf ihm über die Schulter hinweg ein Lächeln zu. »Ich bin jetzt Wufs Mutter«, neckte sie ihn. »Aber was bin ich für Euch, Ire? Einstweilen gebt Euch damit zufrieden, daß ich Euer Schutzengel bin!«

Vier

»Laßt mich sofort ein! Ihr habt kein Recht, mich aufzuhalten!«

Kathryn Swinbrooke stand in der Jewry Lane in der Gemeinde Saint Mary Redman vor einem kleinen Haus, dessen Tür man mit dem grellroten Pestkreuz beschmiert hatte. Mit zorngeröteten Wangen funkelte sie die beiden Leichensammler an, die keine Anstalten machten, zur Seite zu treten. Die beiden Brüder, deren häßliche, vernarbte Gesichter an Bulldoggen erinnerten, blieben stur stehen, die Daumen in den Gürtel gesteckt, und schüttelten den Kopf.

»Ihr kennt die Vorschriften, Mistress«, sagte einer von ihnen. »Wenn die Pest einmal ein Haus befallen hat, müssen alle Türen und Fenster fest verschlossen und das rote Kreuz an die Tür gemalt werden. Die Bewohner dürfen das Haus nicht verlassen, und niemand darf es betreten.«

Kathryn trat drohend auf sie zu.

»Ich bin Ärztin«, beharrte sie. »In diesem Haus leben Schwestern, zwei alte Damen, Mistress Maude und Mistress Eleanor Venables. Es stimmt zwar, daß ihre Dienerin möglicherweise an Pest gestorben ist und beerdigt wurde, doch die beiden Damen sind kerngesund und wohlauf. Ich verlange, mit ihnen sprechen zu dürfen!«

»Wir sind von der Gemeinde ernannt«, sagte der Häßlichere der beiden wichtigtuerisch, »auf die Einhaltung der Zivilvorschriften zu achten. Die alten Damen werden sterben, und man wird ihre Leichen entfernen und zu den Bestattungsgräbern außerhalb der Stadtmauern bringen.« Er zog einen Daumen aus dem Gürtel.

Wie auf ein Signal hin kam Bewegung in Thomasina und den kleinen Wuf, die hinter Kathryn standen. Wuf stürzte vor und trat dem Mann kräftig vor die Schienbeine. Der Kerl jaulte vor

Schmerz. Sein Bruder versuchte, Wuf zu packen, doch der Junge versteckte sich hinter Kathryns Rockschößen. Thomasina trat geharnischt auf die beiden zu, ihr großer Umhang blähte sich auf, und sie schwenkte Kathryns Körbe mit Salben und Tinkturen wie eine Streitaxt vor sich her.

»Ihr dreckiges, feiges Diebsgesindel!« donnerte sie. Zornesröte stieg ihr in das breite, ohnehin schon rosige Gesicht, und die kleinen dunklen Augen funkelten. »Wagt es ja nicht, meine Herrin anzurühren!«

Die Leichensammler schoben sich langsam in den Schutz ihres schmutzverkrusteten Handkarrens zurück.

»Sie ist persönlich bekannt mit Richard, dem Herzog von Gloucester. Sie ist Ärztin im Dienste der Stadt Canterbury und außerdem«, fügte Thomasina hinzu, »gut befreundet mit dem Sonderbeauftragten des Königs, Lord Colum Murtagh.«

Kathryn mußte sich auf die Lippen beißen, um ihr Lächeln zu verbergen ob dieser unerwarteten Beförderung des Iren durch ihre alte Amme. Thomasina warf den Leuten, die sich in der schmalen Straße versammelt hatten, einen wütenden Blick zu.

»Wollt ihr etwa zwei gemeinen Kerlen erlauben, einen Akt der Gnade zu verhindern?« höhnte sie.

Thomasina trat einen Schritt vor und stieß mit dem Finger nach den Leichensammlern.

»Ihr verdammten Diebe!« herrschte sie die beiden an. »Ich weiß, worauf ihr aus seid. Ihr wollt die Toten mitsamt allen Wertgegenständen im Haus verschwinden lassen. Diese beiden alten Damen sind recht wohlhabend, und das wißt ihr nur zu gut.«

Die Umstehenden begrüßten ihre Worte mit zustimmendem Raunen.

»Ja, aber Ihr, Ihr könntet die Pest verbreiten!« entgegnete einer der Leichensammler, und seine Worte fanden bei den Zuschauern noch größere Zustimmung.

Kathryn schaute nach oben, als ein kleiner Fensterladen geöffnet wurde, der sich schnell wieder schloß. Verzweifelt blickte sie auf das rote Kreuz, das an die Tür geschmiert worden war.

Wenn sie sich in dieser Auseinandersetzung geschlagen gäbe und wegginge, müßten Maude und Eleanor denken, sie hätte sie im Stich gelassen. Sie stürben vielleicht nicht an der Pest, doch ihr Zustand würde sich allein aus Hunger und schierer Verzweiflung verschlechtern.

»Und ich gehe doch in dieses Haus!« verkündete sie.

Einer der Leichensammler trat ihr in den Weg.

»Genug! Genug!«

Ein kleiner, kahlköpfiger Mann mit lustigen Augen trat aus der Menge und ging auf die Leichensammler zu. Er trug einen langen grünen, mit Grauwerk besetzten Mantel. Das aufgeplusterte Gesicht, die geschwellte Brust und der leichte Watschelgang verliehen ihm die Würde eines außer sich geratenen Spatzen. Dennoch kannte Simon Luberon, Schreiber Seiner Hoheit, des Erzbischofs von Canterbury und Mitglied der Ratsversammlung, seine Rechte. Er drehte sich um und zwinkerte Kathryn rasch zu.

»Wer bist du, du kleiner Lump?« knurrte einer der Schurken.

Simon Luberon belehrte den Mann bald eines besseren. Schuldbewußt und mit leiser Stimme entschuldigte sich der Leichensammler.

»Ich bin offizieller Vertreter der Stadt«, rief Luberon so laut, daß alle ihn hören konnten. »Und Ihr, mein Herr, könntet aufgrund Eurer aufsässigen Reden Eure Stellung verlieren!«

»Wir tun nur unsere Pflicht«, murmelte der andere.

Luberon, der es sorgfältig vermied, Kathryn in die Augen zu schauen, sah ihn entrüstet an.

»Eure Pflicht! Ich frage Euch auf Ehre und Gewissen, Herr«, sagte Luberon und hob einen zitternden Finger, »ist jemand in diesem Hause an Pest erkrankt?«

»Ja, es gab einen Fall.«

»Das habe ich nicht gefragt«, wandte Luberon ein. »Gemäß der Stadtverordnung Nummer siebenhundertachtunddreißig sowie nach dem Codex Medicus, ganz zu schweigen von der Klausel vier der Parlamentsakte, verabschiedet im dritten Jahr der Herrschaft unseres guten Königs Heinrich des Vierten, muß ein

Haus, in dem jemand an der Pest gestorben ist, abgesperrt werden. Dennoch dürfen Gesunde, die in dem Hause bleiben, die Dienste eines Arztes in Anspruch nehmen.«

Den beiden Leichensammlern hatte Luberons wortreiche, wenn auch sehr ungenaue Wiedergabe des Gesetzes die Sprache verschlagen, und sie beschlossen, sich aus dem Staub zu machen. Sie zogen mit ihrem Handkarren von dannen und grummelten vor sich hin, daß die alten Hexen ohnehin bald tot wären.

Die Schaulustigen zerstreuten sich. Kathryn nahm die Hand des kleinen Mannes und schaute ihm offen in die hellblauen, kindlichen Augen.

»Simon, Ihr wart hervorragend«, flüsterte sie.

Der kleine Mann wand sich vor Verlegenheit.

»Ach, das war doch nicht der Rede wert«, sagte er und blickte zu ihr auf. »Ich habe heute morgen Master Murtagh auf seinem Weg hinaus nach Kingsmead getroffen. Er sagte mir, daß Ihr in London wart und im Auftrag des Königs wieder zurück in Canterbury seid.«

Kathryn nickte. Luberon sah sie erwartungsvoll an.

»Laßt Euch versichern, Simon, daß wir Euch wissen lassen, wenn Ihr irgendwie helfen könnt.«

Luberon strahlte.

»Übrigens«, fuhr Kathryn fort, »wie steht es mit meinem Gesuch auf Zulassung als Gewürzhändlerin?«

Luberon streckte die Hände aus. »Wie Ihr wißt, Mistress, hat der König in der jetzigen unguten Situation die Ratsversammlung ausgesetzt, und die Gilde der Gewürzhändler ist noch nicht zusammengetreten. Es gibt da einige, die gegen Euer Gesuch sein werden.«

»Warum? Weil ich eine Frau bin?«

»Nein, Kathryn, weil Ihr erfolgreich seid.« Luberon grinste. »Wärt Ihr es nicht, würden sie nur zu gern sehen, wie Ihr Euch zum Narren macht.« Er tätschelte ihr tröstend das Handgelenk. »Ich tue, was ich kann. Habt Ihr schon das Neueste vernommen?«

Kathryn schüttelte den Kopf.

Der Bettler Rawnose hatte versucht, ihre Aufmerksamkeit zu

erregen, als sie die Ottemelle Lane verließ, doch sie war entwischt, ehe der schwatzhafte Mann sie aufhalten konnte. Luberon blickte dramatisch um sich.

»Faunte, der Rebell, wurde wieder gesehen. Er lungerte in der Gegend von Blean Wood herum. Es heißt, er sei nicht allein.«

Kathryn biß sich auf die Lippen. Sie hatte Luberon über ihren Gemahl Alexander ins Vertrauen gezogen. Der emsige kleine Schreiber hatte versprochen, alles zu tun, um an Informationen heranzukommen. Sie wußten beide, daß Alexander durchaus bei dem flüchtigen Bürgermeister und anderen Verrätern sein könnte, die sich in den Wäldern nördlich von Canterbury versteckt hielten. Erneut tätschelte Luberon ihr die Hand, versprach, sie auf dem laufenden zu halten und eilte davon.

»Es gibt doch nichts, was dieser Mann nicht weiß«, raunte Thomasina.

»Er meint es gut«, erwiderte Kathryn und klopfte heftig an die Tür mit dem roten Kreuz.

Sie blickte auf Wuf mit dem Engelsgesicht hinab und strich ihm sanft über den blonden, kurzgeschorenen Haarschopf.

»Wuf, du warst sehr tapfer, aber es hätte gefährlich werden können, als du den Leichensammler getreten hast.«

Die Augen des Waisenjungen leuchteten, und er blickte die wortkarge, aber freundliche Frau bewundernd an, die ihm ein Zuhause, einen Herd und ein Bett gegeben hatte.

»Versprich mir, daß du es nie wieder tun wirst«, ermahnte Kathryn ihn.

Der Junge versprach es hoch und heilig, und als Kathryn sich umdrehte, um erneut an die Tür zu klopfen, streckte er der wütenden Thomasina die Zunge heraus.

Ehe ein neuer Streit ausbrechen konnte, wurde die Tür geöffnet. Zwei alte Damen mit zerfurchten Gesichtern und müden Augen standen ängstlich zitternd vor ihnen.

»Ach, wir haben Euch gehört, Mistress«, sagte Eleanor. »Es sind schreckliche Männer.«

»Habt keine Angst«, erwiderte Kathryn und betrat das Haus.

»Es wird alles gut werden.«

Die beiden Schwestern führten Kathryn und ihre Begleiter in den kleinen Sonnenraum. Kathryn blickte sich zufrieden um. Die Binsen auf dem Boden waren sauber und frisch. Die Wände waren mit einer Mischung aus Wasser und Kalk geschrubbt worden, und das Feuer im Herd sorgte für Wärme, ohne den Raum zu überheizen.

»Wir haben alles so gemacht, wie Ihr es uns gesagt habt«, sagte Maude. »Wir haben keine Ratten gesehen. Wir töten alle Fliegen, die noch da sind, und es sind nicht mehr viele. Wir schütten unseren Abfall weg und trinken nur frisches Wasser aus dem Brunnen, obwohl unser Faß wieder aufgefüllt werden muß.«

»Thomasina wird sich darum kümmern«, versicherte Kathryn ihr. »Wir werden später noch einmal wiederkommen. Noch wichtiger ist, daß Ihr nur frisches, weiches Brot eßt!«

Die beiden alten Damen nickten ernst.

Kathryn forderte Thomasina auf, in der Spülküche, der Kochküche und bei den Abtritten nach dem rechten zu sehen, während sie die beiden Frauen bat, Platz zu nehmen. Wuf stand neben ihr, lutschte am Daumen und betrachtete die beiden Alten aus neugierigen, großen Eulenaugen. Kathryn hatte ihm und Thomasina oft genug versichern müssen, daß dieses Haus keine Gefahr darstelle; auch jetzt wiederholte sie es, um die alten Damen zu beruhigen.

»Wißt Ihr«, begann sie, »es muß nicht sein, daß Eure Magd Miriam an Pest gestorben ist. Vielfach wird die Pest von denselben Symptomen wie der Pellagra begleitet, wie ich von meinem Vater weiß.«

»Meint Ihr die St. Antony-Krankheit?« stammelte Maude.

»Richtig«, sagte Kathryn. »Wie bei der Pest rötet sich die Haut, wird trocken und brüchig. Manchmal entstehen Blasen, Beulen und Geschwulste, man hat hohes Fieber, Blut im Urin, der Stuhlgang ist übelriechend, oder man hat Durchfall.«

»Genauso war es bei Miriam«, bestätigte Maude.

»Und uns erging es ganz ähnlich«, fügte Eleanor hinzu. »Aber jetzt ist es weg.«

»Ja«, erwiderte Kathryn beruhigend, »Ihr müßt bei Brot und

anderen Dingen aus Getreide oder Hirse gut acht geben. Vor allem bei Roggenbrot. Wenn Ihr Nahrung zu Euch nehmt, die infizierte Hirse oder Roggen enthält, werden dieselben Symptome wieder auftauchen. Es ist daher wichtig, daß Ihr gutes Brot eßt und diese schlechten Säfte mit frischem Quellwasser aus Eurem Körper schwemmt. Dann werdet Ihr gesund. Ihr müßt Eure Hände und Fingernägel sauberhalten. Dasselbe gilt für diesen Raum. Wechselt die Binsen alle zwei Tage.«

Die beiden alten Frauen nickten.

»Verbrennt die alten.«

»Oh, das tun wir gewiß«, meldete sich Eleanor. »Wir haben frische Binsengarben im Garten.«

»Und die Arznei, Mistress?« fragte Maude.

»Ja, ja.« Kathryn hob den Korb, den Thomasina getragen hatte, und entnahm ihm vier frische Brotlaibe, ein Leinentuch mit getrockneten Fleischstreifen, eine kleine Flasche Wein und einen kleinen Krug mit einem selbst zubereiteten Kräutertrank. Kathryn deutete darauf und sagte: »Nehmt einen Löffel voll jeden Abend vor dem Zubettgehen.«

»Warum? Werden wir davon kräftiger?«

»Natürlich«, sagte Kathryn, verschwieg jedoch, daß der Heiltrank auch ein leichtes Opiat enthielt, um den nervösen Gesamtzustand ihrer Patientinnen zu besänftigen.

Thomasina kehrte zurück und verkündete, das Wasserfaß sei nun wieder in Ordnung, ebenso Küche und Spülküche. Kathryn redete den beiden alten Damen noch einmal gut zu, nahm die paar Münzen entgegen, die sie ihr anboten, und trat wieder auf die Jewry Lane hinaus. Erst an der Ecke blieb sie stehen und stampfte mit dem Fuß auf.

»Himmel Herrgott!« raunte sie Thomasina zu. »Sobald einer auch nur Fieber, Blasen oder blutigen Stuhl hat, schreien gleich alle, es sei die Pest! Ich glaube manchmal, daß ebensoviele Menschen aus Furcht vor der Pest sterben wie an einer tatsächlichen Infektion.«

»Wozu Wasser?« fragte Wuf und hüpfte von einem Bein aufs andere. »Was ist daran so Besonderes, Mistress Kathryn?«

Kathryn tippte ihm mit dem Finger auf die Wange.

»Der Herr sei mein Zeuge, Kleiner, ich weiß es eigentlich nicht genau, aber ein hochberühmter Arzt aus Salerno ...«

»Wo ist das?«

»In Italien. Und bevor du weiterfragst, Wuf, Italien ist am Mittelmeer, auf halbem Wege nach Jerusalem.«

Der Junge öffnete erneut den Mund. Kathryn drückte ihm sanft den Finger auf die Lippen.

»Dieser Arzt«, fuhr sie fort, »hat festgestellt, daß abgestandenes oder brackiges Wasser Infektionen verbreitet. Er hat eine berühmte Abhandlung verfaßt, die mein Vater sorgfältig gelesen hat. Nun, und als wir nach Canterbury kamen, hat mein Vater, Gott habe ihn selig, festgestellt, daß die Mönche der Christchurch Priorei sehr selten krank waren. Er hat das auf zwei Dinge zurückgeführt.«

»Ernährung und Wasser«, unterbrach Thomasina triumphierend.

»Ja«, fuhr Kathryn fort. »Die Mönche essen frisches Fleisch, frisches Obst, und sie beziehen ihr Wasser über Ulmenholzrohre aus sauberen Quellen und Brunnen.«

»Priester leben immer länger«, sagte Wuf. »Als ich noch im Lager war, haben die Soldaten immer gesagt, daß sie, könnten sie noch einmal auf die Welt kommen, Priester sein wollten, um länger zu leben.«

Kathryn schmunzelte. »Vielleicht haben sie recht, aber ich habe dergleichen bei einigen meiner Patienten festgestellt. Erinnerst du dich an Bäcker Mollyns?«

»Ja, er stinkt.«

»Aber er steckt sich nur selten an. Ich habe ihn nach seiner Ernährung gefragt. Er ißt viele Äpfel und trinkt nur Wasser aus einer Quelle neben seiner Mühle.« Kathryn blickte über die Schulter in die Jewry Lane hinein. »Ich hoffe nur, daß unsere beiden alten Damen gesund werden. Diese Leichensammler, sie ...«

»Sie sind verdammte Schurken!« brach es aus Thomasina heraus.

»Nun ja.«

Kathryn trat aus der Jewry Lane, kam am St. Mary-Spital für
Arme Priester vorbei und ging Richtung Ottemelle Lane. Zu bei-
den Seiten wanden sich schmale Gassen entweder hinauf nach
Burgate oder hinab zur Burg. Kathryn setzte vorsichtig einen
Fuß vor den anderen, denn der Rinnstein oder die Gosse in der
Mitte der Straße waren jetzt randvoll mit stinkenden Abfällen,
die der Regen am frühen Morgen über das Pflaster gespült hatte.
Gleichzeitig hielt sie die Augen offen, denn die meisten Häuser
an der Stour Street waren zwei oder drei Stockwerke hoch, und
es war noch so früh, daß man Gefahr laufen mußte, von
Schmutzwasser getroffen zu werden, das Mägde oder Küchenjungen schon aus dieser hinterhältigen Absicht aus den Fenstern
kippten. Auf dem kleinen Markt weiter unten herrschte inzwischen geschäftiges Treiben: Bauern verkauften Butter, Eier,
Korn, Wolle, Gemüse oder gerupfte Hühner, die sie auf ihren
Handkarren hoch aufgestapelt hatten. Hausierer mit Seidenbän-
dern, Litzen, Knöpfen und Schnallen auf ihrem Bauchladen
schoben sich durch das Gedränge.

Hinter dem Markt befanden sich die eigentlichen Läden: Krämer, Gerber, Seidenhändler, Schneider, Glaser und andere. Kathryn blieb stehen, um sich die hübschen Lederhandschuhe anzusehen, die an einem Stand ausgestellt waren. Wuf entfernte sich
schmatzend, um die Lehrburschen zu beobachten, die, in Segeltuch und Lederwams gekleidet, den Teig in den Bäckerläden
kneteten. Kathryn holte ihn ein und kaufte ihm einen Lebku-
chenmann. Der Junge biß in den süßen Kuchen, und Kathryn
wollte ihren Weg fortsetzen, als sich plötzlich eine Gruppe Bettler durch die Menge schob. Ihr zerlumpter Anführer, der kühn
einen Stab vor sich her schwang, ging mit langen Schritten zum
alten Steinkreuz hinüber und stellte sich auf die obere Stufe. Seine Anhänger scharten sich um ihn. Dann setzte er zu einem leidenschaftlichen Appell an: Sie hätten für den guten König Edward gekämpft, und nun jagte man sie lediglich mit dem, was sie
am Leibe trügen, über alle Berge.

»Oh, der Ärmste«, murmelte Wuf mit vollem Munde.

»Unsinn!« zischte Thomasina. »Er ist ein falscher Fuffziger.«

307

»Ein was?«

»Er ist ein Betrüger. Ein Falschspieler. Ich wette, er hat noch nie in seinem Leben ein Schwert in der Hand gehalten.«

Unverhofft sprang einer der Gefolgsleute des Betrügers, ein abgerissener Bettler, unter Stöhnen und Kreischen auf, fiel hin und wand sich, als hätte er einen Anfall. Im Nu scharte sich eine Menschenmenge um ihn. Kathryn beobachtete, daß der Trickbetrüger rasch die Gürteltasche eines Schaulustigen abschnitt, während seine Kumpane ausschwärmten, um hier eine Gürteltasche zu ergattern oder dort eine Tasche leerzuräumen.

»Hört auf!« rief Kathryn und schritt auf sie zu.

Der Trickbetrüger und die anderen suchten das Weite. Kathryn schob sich durch die Menge und kniete neben dem sich windenden Bettler nieder. Arme und Beine waren merkwürdig verdreht, er rollte mit den Augen, und vor seinem Mund stand dicker weißer Schaum.

»Er hat einen Anfall!« rief einer der Umstehenden.

»Er ist so gesund wie Ihr und ich!« erwiderte Kathryn.

Unvermittelt schlug sie dem Bettler ins Gesicht. Das Winden und Stöhnen ließ nach, der Unterkiefer des Mannes fiel vor Überraschung nach unten. Kathryn langte ihm in den Mund. Der Bettler versuchte, sich zu wehren, doch Kathryn hielt ihm die Nase zu und zog ihm etwas Kleines, Weißes aus dem Mund. Sie hielt es hoch, damit alle es sehen konnten.

»Ein Stück Seife!« verkündete sie. »Der Mann ist ein Lügner, und seine Gefährten sind Taschendiebe.«

Kathryn warf die Seife auf den Boden. Marktaufseher packten den Bettler, der nicht wußte, wie ihm geschah, und die Zuschauer begannen, ihre Habseligkeiten auf Verluste hin zu überprüfen. Kathryn ging weiter, und als sie in die Ottemelle Lane einbog, stieß sie beinahe mit Witwe Gumple zusammen, der stattlichen, arroganten Matrone, die den Kirchengemeinderat von St. Mildred beherrschte. In den letzten Wochen war die Gumple Kathryn gegenüber sehr respektvoll aufgetreten; das weiße, teigige Gesicht der Witwe verzog sich rasch zu einem unterwürfigen Lächeln.

»Verzeiht«, hauchte sie. »Verzeiht, Mistress.«

»Guten Morgen, Witwe. Wie geht's?«

»Gut, gut«, flüsterte die Frau erregt. Rote Flecken traten ihr auf die Wangen. Mit einem Ruck hob sie ihre Röcke und beeilte sich weiterzukommen.

Kathryn blickte ihr nach.

»Du liebe Güte!« Kathryn schnappte nach Luft. »Was hat sie nur?«

Thomasina verbarg ihr Lächeln. Sie würde ihr Geheimnis bei sich behalten, und Witwe Gumple würde stillhalten und keine boshaften, anonymen Briefe über den Verbleib des Alexander Wyville mehr verschicken. Kathryn hob die Augenbrauen und sprang im nächsten Augenblick überrascht zur Seite, als ein junger Mann mit krausen blonden Locken und schweißgebadetem Gesicht aus einem Hauseingang stürzte.

»Guten Morgen, Mistress Swinbrooke.«

Kathryn blickte den Schreiber Goldere zornig und voller Verzweiflung an. Ihr Möchtegernfreier sah in dem enganliegenden braunen Wams, der strammsitzenden gelben Hose mit dem vollgestopften Hosenladen und den spitz zulaufenden Schuhen einfach lächerlich aus.

»Goldere, wie geht es Euch?«

Die wässrigen Augen des Mannes zwinkerten, und er fuhr sich mit einer Hand an den Hosenlatz. »Ich habe eine leichte Unpäßlichkeit, Mistress. Ein Jucken ...«

Kathryn seufzte verzweifelt; es war immer dasselbe mit Goldere. Sie ging an ihm vorbei.

»Sucht Euren Arzt auf!« murmelte sie.

Goldere hätte sie noch weiter belästigt, doch als er sich umdrehte, um Kathryn einzuholen, versetzte Thomasina ihm einen derben Stoß, mit dem sie ihn quer über die Straße schickte. Ehe er wieder zur Besinnung kam, waren Kathryn, Thomasina und Wuf in ihrem Haus verschwunden.

Der Schreiber kratzte sich den Kopf. Plötzlich erschien Wufs Kopf in der Tür, und er machte dem Schreiber mit ausgestrecktem Finger ein unflätiges Zeichen. Er hätte es wiederholt, wenn

309

Kathryn ihn nicht am Schlafittchen gepackt und ins Haus gezogen hätte.

»Hör auf damit!« zischte Kathryn. »Goldere verdient eher Mitleid als Schimpf und Schande!«

Wuf entwand sich ihrem Griff und lief, sich vor Lachen ausschüttend, in den Garten. Er stieß die Magd Agnes zur Seite, die gerade völlig erhitzt hereinkam, um zu melden, daß Besucher da seien. Kathryn reichte Agnes den Mantel und ging in den stillen, leerstehenden Raum an der Vorderseite des Hauses, dessen hohe Fenster mit Brettern vernagelt waren. Sie warf einen Blick auf die leeren Ladentische, die Regale und Schränke an der Wand. Leer und verstaubt, dachte sie, wie meine Träume von früher, als Alexander Wyville, ein stattlicher Apotheker, mir den Hof machte. Sie wollten gemeinsam hier einen Laden aufmachen und Kräuter verkaufen – nicht nur selbst gezüchtete, sondern auch seltene und exotische, die sie aus dem Ausland importieren wollten. Kathryn klopfte sacht mit den Händen auf ihren Rock; innerhalb eines Jahres war alles zu einem Alptraum geworden. Alexander vereinte zwei Menschen in sich: den nüchternen Apotheker einerseits und den betrunkenen, gewalttätigen Gemahl andererseits. Der Riß in ihrer Beziehung wurde zu einem unüberwindlichen Abgrund.

»Wenn doch nur …«, murmelte sie.

»Mistress.«

Kathryn zuckte zusammen. Thomasina stand im Türrahmen.

»Kathryn«, wiederholte sie. »Eure Patienten. Ich habe sie in den Garten geführt. Und dann ist noch jemand da, der Euch sprechen möchte.«

»Wer?«

»Der Arzt Roger Chaddedon.«

Kathryn wußte nicht, ob sie erfreut oder enttäuscht sein sollte. Sie folgte Thomasina in die große, geräumige Küche. Chaddedon erhob sich, als sie eintrat, und schob den Stuhl am Tischende zurück. Seine weiche, schwermütige Miene hellte sich beim Anblick Kathryns sogleich auf. Sie bemerkte, daß sein schwarzes Haar sorgfältig gekämmt war und daß er ein kostbares blaues, hermelinbesetztes Gewand trug, mit einem Gürtel aus wertvollem glänzendem Leder um die Hüfte.

»Kathryn«, sagte er und streckte ihr beide Hände entgegen. »Habt Ihr meinen Brief erhalten?«

»Ja, gewiß«, stammelte Kathryn.

Chaddedon zuckte mit den Schultern. »Ihr seid verärgert?«

»Ich finde ihn seltsam«, erklärte Kathryn und lauschte mit halbem Ohr auf die Unterhaltung, die im Garten geführt wurde, wo Wuf die Patienten unterhielt.

»Ach, du liebe Zeit!« fuhr Kathryn fort, verärgert durch den verblüfften Ausdruck auf Chaddedons Gesicht. »Betrachtet doch einmal Eure Situation, Roger! Ihr seid Mitglied eines Kollegiums, einer Gruppe einflußreicher Ärzte in Queningate. Wie soll ich auf Eure Einladung reagieren, wenn ich dafür verantwortlich bin, daß der Schwiegervater einer dieser Ärzte als Giftmörder auf dem Schafott landete?«

»Das betrifft nicht mich«, konstatierte Chaddedon entschieden.

»Aber mich, Roger. Ich habe meine Patienten, meine Arbeit. Mein Gemahl ist verschwunden ...«

»Und den Iren«, fügte Chaddedon hinzu.

»Ja, Roger, da ist auch noch der Ire.«

»Wohnt er hier?«

»Nein, er übernachtet hier, weil das Herrenhaus in Kingsmead noch nicht bezugsfertig ist. Roger«, sagte sie leise und eindringlich, »das ist meine Sache.«

Das Strahlen auf dem Gesicht des Arztes verschwand. »Ihr solltet vorsichtig sein«, murmelte er.

»Darüber macht Euch keine Sorgen«, verkündete Thomasina, die aus dem Garten hereinkam. »Solange ich in ihrer Nähe bin, ist meine Herrin sogar vor dem König sicher!«

Chaddedon, der erkannte, daß die Begegnung unerquicklich zu werden drohte, lächelte und hob ein kleines Päckchen auf, das an einem der Tischbeine lehnte. Er überreichte es Kathryn.

»Ihr habt gesagt, daß Euch das hier interessiert. John Ardenes *Herbarium*!«

Kathryn berührte es sacht mit den Fingern. Sie wußte, Chaddedon erwartete, daß sie es zurückbrächte.

»Ich danke Euch«, erwiderte sie leichthin. »Ich werde es sorgfältig lesen und dafür sorgen, daß es unbeschadet zu seinem Besitzer zurückfindet.«

Chaddedon nahm den Mantel. »Sagt nicht, daß ich so lange warten muß, bis ich Euch wiedersehe.«

Kathryn schenkte ihm ein verbindliches Lächeln. Sie begleitete Chaddedon durch den Korridor zur Tür und schloß sie hinter sich, verwirrt über diesen linkischen Abschied.

»Er ist ein guter Mann«, rief Thomasina ihr aus der Küche heraus zu. »Er ist Witwer, ein vornehmer Arzt.«

»Oh, halt den Mund, Thomasina!« murmelte Kathryn und rieb sich eine Wange. Sie mochte Chaddedon, aber …

»Aber was?« flüsterte sie in den leeren Korridor.

Sie dachte an den Iren und wußte, was fehlte: Chaddedon war solide, sicher und etabliert, Mitglied einer mächtigen Vereinigung. Colum indes war anders; er flößte ihr ein wenig Angst ein, doch seine Anwesenheit bot die Gewähr, daß ihr Leben sich von Grund auf ändern würde.

»Ihr solltet nicht so undankbar sein.« Thomasina tauchte am Ende des Korridors auf.

»Thomasina!« sagte Kathryn mit warnendem Unterton.

»Schon gut«, erwiderte Thomasina mit säuselnder Stimme. »Ich vermute, Chaddedon hat recht, immer ist der Ire da.«

Kathryn rauschte an ihr vorbei in die Küche und versuchte, Wufs wildes Geschrei aus dem Garten zu überhören.

»Wer ist draußen?«

»Rawnose mit dem Sackmacher Henry.«

»Was hat er?«

»Er hat sich eine schmutzige Nadel geradewegs durch den Finger gestochen.«

»Und wer noch?«

»Edith, Gerber Fulkes Tochter«, antwortete Thomasina. »Nichts Ernstes. Wehwehchen.«

»Gut, dann wollen wir Verbände richten, eine Schüssel heißen Wassers, eine Kerze anzünden, Körbe mit Salben und Kräutern.« Kathryn packte das Buch aus, das Chaddedon mitgebracht hatte. »Wer weiß, Thomasina, vielleicht entdecken wir hier noch etwas, das Rawnoses Schwatzhaftigkeit zum Stillstand bringt!«

Fünf

Kathryn wurde schnell mit dem Andrang ihrer Patienten fertig; Sackmacher Henry kam mit einer kleinen klaffenden Wunde, die sie zunächst verätzte und dann mit Wein reinigte. Zum Schluß trug sie eine Salbe aus getrockneten Schlüsselblumen auf. Edith, die Tochter des Gerbers Fulke, trat mit leichenblassem Gesicht ein und hatte die Arme krampfhaft über dem Bauch verschränkt. In höchster Not verkündete sie, ihr Bauch blute aus. Kathryn, die eine innere Verletzung befürchtete, untersuchte sie mit größter Sorgfalt. Sie mußte ein Lächeln unterdrücken, als feststand, daß Ediths Problem eine ganz natürliche Ursache hatte – sie hatte ihre erste Menstruation bekommen. Kathryn setzte das Mädchen vor sich auf einen Hocker und erklärte ihr ausführlich, was das bedeutete: Wie wichtig es sei, sich regelmäßig zu waschen und während der Menstruation Leinentücher zu benutzen, die Kathryn ihr mitgeben würde.

Edith war jedoch nicht zufrieden.

»Es tut aber so weh«, klagte sie und warf Kathryn einen vorwurfsvollen Blick aus dunklen Augen zu. »Ich habe Schmerzen im Bauch und im Rücken!«

Kathryn reichte ihr einen kleinen Flakon mit einem Heiltrank aus Rosenwasser und zerstoßener Engelwurz.

»Das wird den Schmerz lösen«, versicherte sie ihr.

Das Mädchen war froh und trottete davon.

Schuster Clem war der nächste. Er klagte über Husten.

»Abends wird es schlimmer«, jammerte er.

Kathryn hörte ihm aufmerksam zu. Sie erinnerte sich, daß ihr Vater sie einmal in die staubige Werkstatt des Handwerkers mitgenommen hatte.

»Clem, Ihr müßt Eure Werkstatt regelmäßiger säubern und für gute Durchlüftung sorgen«, erklärte sie ihm.

»Und das soll alles sein?« rief er verwundert.

Kathryn schob ihm einen kleinen Krug hin, den Thomasina vorbereitet hatte.

Sofort zog der Schuster ein langes Gesicht. »Was ist das? Wie teuer ist es?«

»Clem! Clem!« sagte Kathryn und hob mahnend den Zeigefinger. »Seht, Ihr macht Geschäfte genau wie ich. Ihr seid einer der besten Schuster in Canterbury. Das weiß ich, weil ich ein Paar von Euren Schuhen trage. Ich verlange lediglich zwei Schillinge von Euch.«

Die Miene des Schusters hellte sich auf.

»Geizkragen!« murmelte Thomasina.

Das kränkte den Schuster. »Vergeßt das Geld!« sagte er hochtrabend. »Ich werde Euch ein Paar Stiefel herstellen, Mistress, ein Paar Schnürstiefel, und für den Jungen ein Paar feine Ledersandalen.«

»Einverstanden.« Kathryn lächelte und schüttelte dem Schuster die Hand.

»Und was ist mit mir?« sagte Thomasina.

»So viel Leder, das um Eure Knöchel paßt, habe ich nicht«, gab Clem bissig zurück. Geschickt wich er Thomasinas Hieb aus und ergriff den Krug auf dem Tisch. »Was ist das?«

»Eine Mischung aus Salbeigamander, Gartenraute, Kreuzkümmel und Pfeffer«, erwiderte Kathryn. »Ihr müßt sie mit Honig aufkochen. Nehmt jeden Morgen und jeden Abend einen Hornlöffel voll davon ein. In einer Woche sollte es Euch besser gehen. Wenn nicht, kommt wieder her.«

Es folgten weitere Patienten, und schließlich kam Rawnose an die Reihe, der schwatzhafteste Mann in ganz Canterbury; sein entstelltes Gesicht – die eingeschnittene Nase und die Narbe an der Stelle, wo ein Ohr fehlte – platzte fast vor Neuigkeiten.

»Nun, Rawnose, was gibt's?«

»Faunte wurde in Blean Wood gesehen«, sagte Rawnose. »Und Ihr habt gewiß von dem Mord an einem Priester in Rye gehört? Drei Mitglieder seiner Gemeinde von der übelsten Sorte haben sich in einer grausamen Verschwörung gegen ihn verbündet. Der

Gute wollte gerade in die Kirche gehen und eine Messe abhalten, als diese Gesandten des Teufels, angestachelt von unbändigem Haß, in die Sakristei eindrangen und ihn baten, auf den Friedhof zu kommen. Sie legten ihm einen Strick um den Hals und …«

»Rawnose!« schimpfte Kathryn.

Der Bettler blinzelte. »Man hat Geister gesehen«, fuhr er fort und wechselte dramatisch das Thema. »Ein gar garstiges, grünes Licht bei der Priorei St. Gregory, fünf Fuß hoch und einen Schritt breit.«

»Rawnose!« mahnte Thomasina.

»Ein Schneider in Chatham hat mit dem Teufel gewürfelt. Sie haben sich auf dem Kirchhof getroffen.«

»Rawnose, jetzt halt aber den Mund!« donnerte Thomasina.

»Ach, und ein Ire hat nach Euch gefragt, Mistress.«

»Sei nicht albern. Warum sollte Colum mit Euch über mich reden?«

»Oh nein, Mistress, es war ein anderer. Rothaarig, mit einer Augenklappe«, verkündete Rawnose, dem es sichtlich Freude bereitete, daß Kathryn ihm jetzt ihre ungeteilte Aufmerksamkeit schenkte. »Groß und breit war er.«

Kathryn hockte sich vor den Bettler. »Rawnose, was genau hat er gesagt?«

»Oh, er hat sich nach Euch und Master Murtagh erkundigt. Wo der Ire wohnt, was er macht.«

»Und Ihr habt ihm gesagt, was Ihr wißt?«

»Ja natürlich, Mistress, immerhin hat er mir ein Sixpencestück gegeben.«

Kathryn erhob sich und trat an die Küchentür. Sie fuhr sich mit der Hand an den Hals und versuchte, das ängstliche Zittern zu unterdrücken. Die Bluthunde von Ulster waren in Canterbury, und sie jagten Colum.

»Oh!« rief Rawnose, der über seine aufmerksamen Zuhörerinnen begeistert war. »Und am Rande von Canterbury wurden Phantome gesehen. Körperlose Stimmen schwebten um den Galgen an der Wegkreuzung, und eine rothaarige Hexe war auch dabei.«

316

»Schsch!« unterbrach Kathryn seinen Redeschwall und kam wieder an den Tisch. »So, Rawnose, was führt Euch denn zu mir?«

»Leichtes Fieber und eine Erkältung am Kopf.«

Kathryn seufzte und bat Thomasina um Schafgarbe, etwas Kamille und Thymian, ein wenig Honig und einen Löffel voll Senf. Sie gab alles in einen kleinen Topf, den sie über das Feuer stellte, goß ein wenig Wasser hinzu und sagte Rawnose, er solle noch einmal wiederkommen und sich die Arznei abholen. Sie wies den Penny, den er ihr zuwarf, gnädig zurück und führte ihn, der noch immer wie ein Eichhörnchen keckerte, aus dem Haus. Sie kam zurück in die Küche, wo Thomasina sich gerade über das Feuer beugte.

»Der Ire ist in Gefahr, nicht wahr, Mistress?«

»Ja, ja, Thomasina, doch laß mich überlegen.«

Kathryn wusch sich die Hände in einer Schüssel Rosenwasser, trocknete sie an einem Mundtuch ab und ging in ihre kleine Schreibkammer. Sie setzte sich an den Schreibtisch des Vaters und starrte die leere Wand an. Ihre Gedanken wirbelten wild durcheinander, Panik kam in ihr auf.

»Um Himmels willen, Frau!« murmelte sie. »Reiß dich zusammen.«

Sie nahm eine Pergamentrolle zur Hand, strich sie glatt und atmete tief durch. Sie spitzte einen Federkiel an und knabberte am Federende.

»Ich will alles niederschreiben«, flüsterte sie vor sich hin und schloß die Augen. Sie versuchte, sich alles ins Gedächtnis zu rufen, was sie und Colum erfahren hatten. Die Neuigkeiten, die Rawnose mitgebracht hatte, ließen ihr keine Ruhe, doch wenn sie schrieb und sich beschäftigte, vermochte sie das Problem vielleicht zu unterdrücken – zumindest so lange, bis Colum aus Kingsmead zurückkehrte.

Primo – [Sie begann in großen, schwungvollen Schriftzügen, dann lehnte sie sich zurück und beobachtete, wie schnell die blaugrüne Tinte ins Pergament einzog.] Am vierzehnten April

1471 wurde Richard Neville, Graf von Warwick, in Barnet ermordet. Als Colum ihn vor der Schlacht traf, trug der Graf das goldene Amulett mit einem Saphir, dem *Auge Gottes*. Nach der Schlacht hingegen, als Neville bereits tot war, war das Amulett mitsamt Saphir verschwunden.

Secundo – Das Amulett ist keltischen Ursprungs. Wahrscheinlich hat es Richard, Herzog von York, der Vater des jetzigen Königs, aus der Kathedrale in Dublin entwendet und dem Grafen von Warwick als Unterpfand der Freundschaft geschenkt.

Tertio – Neville hat das Amulett aller Wahrscheinlichkeit noch Brandon gegeben, seinem Knappen, der am achtundzwanzigsten April nördlich von Canterbury gefangengenommen wurde. Doch man hat keine Spur des Saphirs bei ihm gefunden. Wo hat sich Brandon zwischen der Schlacht bei Barnet und dem Tag seiner Festnahme aufgehalten? Was ist mit seinen Kameraden geschehen? Auf welche Weise ist Moresby, der Hauptmann von Nevilles Garde, getötet worden? Warum hat Brandon seinen Kerkermeistern in der Burg von Canterbury nichts gesagt? Hat er mit Sparrow geredet? Wie starb Brandon? Hat die Flucht des Mörders Sparrow irgend etwas mit dem *Auge Gottes* zu tun?

Quarto – Wo ist das *Auge Gottes*? Trug Brandon es am Körper, oder hat er es irgendwo versteckt? Sind die Bluthunde von Ulster an dem Amulett ebenso interessiert wie an Colums Tod?

Neue Patienten kamen, und Kathryn mußte ihre Notizen unterbrechen. Sie ging wieder in die Küche und achtete nicht weiter auf Thomasinas Geschwätz, als sie rasch Weißen Andorn austeilte gegen Halsschmerzen, einen Salbeitrank gegen entzündetes Zahnfleisch, Umschläge und Salben auf Schnitte und tiefe Wunden legte. Anschließend ging sie in ihre Kammer zurück und fuhr mit ihren Notizen fort.

Quinto – Das Amulett und das *Auge Gottes* sind ohne Zweifel wertvoll. Aber warum besteht der König so hartnäckig darauf, sie zurückzubekommen?

Kathryn erinnerte sich an die Begegnung mit dem König im Tower und die totenähnliche Stille im Haus des Verborgenen Wissens.

Sexto – Gibt es in der Burg von Canterbury jemanden, der etwas über das *Auge Gottes* weiß? Webster machte einen besorgten Eindruck; und dann der seltsame Ablaßprediger, der Ehrsame, spielte er eine Rolle?

Septimo – Und meine eigenen Probleme? Alexander Wyville ist definitiv aus Canterbury entkommen, aber lebt er noch?

Octavo – Colum Murtagh. Was halte ich wirklich von ihm?

Kathryn nahm den Federkiel wieder auf, strich die letzte Frage durch und nahm sich noch einmal die vorangegangenen vor.

Thomasina brachte einen Krug Ale und eine Platte mit Brot und Käse herein. Kathryn dankte ihr und begann gedankenverloren zu essen und zu trinken. Sie ließ ihren Gedanken freien Lauf und versuchte, sich an den Gewißheiten festzuhalten und die Fragen, die sie nicht beantworten konnte, beiseite zu lassen. Sie kam zu dem festen Schluß, daß Brandons Tod mysteriös war; es sah zu sehr nach Zufall aus. Ein junger, tatkräftiger Knappe in guter Obhut starb urplötzlich an Kerkerfieber! Unzählige Möglichkeiten schossen ihr durch den Kopf. War Brandon ermordet worden? War er überhaupt tot? Und dann diese merkwürdige Flucht des Mörders Sparrow … Kathryn hielt die Schreibfeder ans Gesicht und genoß die Berührung der weichen Flaumfedern. Lautes Klopfen an der Tür ließ sie auffahren. Sie rollte das Pergament rasch zusammen, steckte den Federkiel in den Halter und schloß das Tintengefäß aus Horn. Aus der Küche drangen erregte Stimmen an ihr Ohr, unterbrochen von Thomasinas scharfzüngigen Antworten. Kathryn stand auf, strich ihr Kleid glatt und ging durch den Korridor zurück in die Küche, wo Gabele und Fletcher mit schuldbewußter Miene standen.

»Was gibt es?« fragte sie und ging zur Tür, die in den Garten hinausführte, um sie zu schließen.

»Sir William Webster, Mistress«, erwiderte Fletcher. »Er hat sich das Genick gebrochen. Tot. Er stürzte vom Turm des Bergfrieds.«

»Wann ist das passiert?«

»Heute früh, Mistress, in der Morgendämmerung«, erklärte Gabele. »Ein Wächter hat ihn auf dem Turm gesehen, wo er seinen üblichen Morgenspaziergang machte. Sir William betrachtete gern den Sonnenaufgang. Er behauptete, er könne dann klarer denken.«

»War er allein?«

»Ja, wie immer. Sir William bestand darauf. Die Wächter auf dem Umlauf darunter sahen ihn immer dort, bei Regen oder Sonnenschein.«

»Und was ist geschehen?«

»Wie ich schon sagte, gerade war er noch dort oben, dann hörte der nächststehende Wächter plötzlich einen Schrei, drehte sich um, und sah gerade noch Sir William hinabfallen.«

»Zum Teufel auch!« keuchte Fletcher. »So ein Elend. Sir Williams Gesicht kann man fast nicht erkennen.«

»Wie konnte das passieren?« fragte Kathryn und erinnerte sich an die mächtige, zinnenbewehrte Mauer oben auf dem Turm. »Ich meine, Sir William ist wohl kaum ausgerutscht, und er war zu vernünftig, um zwischen die Zinnen zu treten.«

Fletcher blickte zu Boden.

»Es kann auch Selbstmord gewesen sein«, meldete sich Gabele.

»Selbstmord? Warum?«

»Sparrows Entkommen und Brandons Tod belasteten Sir William sehr und in erhöhtem Maße, seitdem er wußte, daß Brandon ein Geheimnis hütete, das der König für sein Leben gern besessen hätte.«

Kathryn wandte ihnen den Rücken zu und betrachtete den kleinen Zwiebelsack, der an den Dachsparren neben einer Speckseite hing. Selbstmord? überlegte sie. Oh nein! Das ist Mord! Zu viele Tote in der Burg von Canterbury, zu viele Geheimnisse, zu viele unerklärliche Zufälle. Sie drehte sich um.

»Master Gabele, wie war das Befinden Sir Williams gestern?«

»Er war ein wenig in sich gekehrt, beinahe ängstlich, doch er ging seinen Pflichten in der Burg nach.«

»Und Ihr seid sicher, daß er allein auf dem Turm war?«

Gabele fuhr sich mit der Zunge über die trockenen Lippen. »Ja, Mistress Swinbrooke, ganz sicher. Auf den Turm führt eine Falltür. Sir William hat sie stets hinter sich verriegelt.«

»Und Ihr seid bis jetzt noch nicht oben gewesen?«

»Nein, wir dachten, es sei besser, wenn Master Murtagh den Befehl erteilt, die Falltür zu öffnen. Ich weiß, was Ihr denkt, Mistress – Sir Williams Tod könnte eher das Ergebnis eines Ränkespiels sein als ein Unfall oder Todeswunsch, und der Turm wird es an den Tag bringen.« Er hob eine Hand, um ihre Fragen zu unterbinden. »Sir William war stets vorsichtig. Die Turmspitze ist aus massivem Stein, glatt und eben wie ein zugefrorener Teich. Webster hat eine mindestens drei Finger breite Sandschicht darauf verteilt.« Er räusperte sich. »Ich habe eine Wache an der Treppe aufgestellt.«

Kathryn nickte. Sie schickte sich an, die beiden Männer noch weiter zu befragen, als die Tür zum Garten aufgerissen wurde und Wuf hereinstürmte.

»Ich hab' eine Schnecke!« rief er. »Schau, Thomasina!«

Er lief zu der Amme hinüber, die ruhig am Herd stand, ein Auge auf den brodelnden Topf, das andere auf Kathryns zwei Besucher gerichtet. Thomasina gab dem Jungen einen zärtlichen Klaps auf den Kopf, während sie gegen aufsteigende Tränen ankämpfen mußte. Der stürmische Auftritt des Kleinen war wie eine exakte Spiegelung der Vergangenheit. Konnte es sein, daß zweimal dasselbe geschah? fragte sich Thomasina. Vor einer halben Ewigkeit, in der ersten ihrer drei Ehen, war ihr eigenes Kind, Thomas, hereingeplatzt und hatte ihr eine Schnirkelschnecke hingehalten. Zwei Wochen später war er an Schweißfieber gestorben. Thomasina schluckte, hockte sich vor den Jungen und hatte ihre Herrin und die beiden Besucher völlig vergessen. Ich werde alt, dachte sie, mein Verstand läßt nach. Im stillen verfluchte sie die Tränen, die ihr in den Augen brannten.

»Komm mit, Wuf« sagte sie.

Sie nahm den Jungen bei der Hand und hastete geschäftig mit ihm in den Garten hinaus, um noch mehr Schnecken zu suchen.

Die beiden Männer, die durch Thomasinas plötzliches Verschwinden und Kathryns knappe Fragen verwirrt waren, traten unruhig von einem Bein auf das andere.

»Mistress«, meldete sich Gabele, »ich habe Euch gesagt, was wir wissen. Websters Leiche ist bereits eingesargt. Wir hielten es für das Beste, Master Murtagh zu suchen.«

»Er ist in Kingsmead.« Kathryn schritt durch den Raum und nahm einen Mantel vom Haken an der Wand. »Ich werde Euch begleiten«, fuhr sie fort. »Murtagh würde darauf bestehen.«

Kathryn ging in den Garten und teilte Thomasina kurz mit, wohin sie gehen wollte. Die Amme, die auf einer kleinen Holzbank saß und Wuf zusah, nickte nur und wandte das Gesicht ab, damit Kathryn die Tränen nicht sah, die in ihren Augen schimmerten.

»Thomasina, ist alles in Ordnung?«

»Ja, schon gut, Mistress.« Thomasina zwang sich zu einem Lächeln und zeigte auf Wuf. »Nur ein Sonnenstrahl aus der Vergangenheit.«

Kathryn kam in Begleitung von Gabele und Fletcher auf das Gelände von Kingsmead. Sie ritten über den schlammigen Pfad, der sich zwischen den großen Pferchen und Weiden hindurchwand und auf die Gruppe Herrenhäuser hinter einer Baumgruppe zuführte. Kathryn konnte schon aus der Ferne das Hämmern und Sägen der Zimmermänner und Bauleute vernehmen, und die Felder, an denen sie entlangritten, trugen bereits Spuren von Colums Anwesenheit. Neue Zäune waren errichtet worden, Hecken gepflanzt, Gräben gezogen und Tore wieder eingehängt. Unter der Baumgruppe hielt Kathryn an und betrachtete das alte Herrenhaus, das noch immer unbewohnbar war, obwohl der Wiederaufbau sichtbare Fortschritte machte. Maurer und Steinmetze nahmen sich der Wände an. Die Dächer waren abgedeckt worden; Zimmerleute ersetzten Balken und Träger, während ein Dachdecker mit seinem Lehrburschen damit beschäftigt war, Stapel roter Ziegel von einem Karren zu laden und sie sorgfältig auf Holzlatten zu legen. Der Ort war betriebsam wie ein Bienenstock zur Sommerzeit. Soldaten, die Holbech angeheuert hatte, übten sich auf einer Wiese vor dem Haus im Bogenschießen. Weiter unten, bei ihren Zelten und Hütten, schürten die Frauensleute der Soldaten die Feuer an den Kochstellen, während Kinder mit verschmutzten Gesichtern schreiend umherrannten, kläffende Hunde jagten und den Tumult nur noch vergrößerten. Kathryn und ihre Begleiter stiegen vom Pferd. Ein Stallknecht, der Kathryn erkannt hatte, eilte herbei, um die Zügel entgegenzunehmen. Sergeant Holbech tauchte auf; seine Frau Megan, die rothaarige Irin, klebte wie ein Blutegel an seinem Arm. Der bullige Soldat schlenderte auf Kathryn und ihre Begleiter zu und verbeugte sich.

»Mistress, ist was nicht in Ordnung?« Seine gutturale Aussprache verriet, daß er aus Yorkshire stammte. Fletcher überging er mit kurzem Aufblitzen der Augen, Gabele hingegen betrachtete er eingehender. »Mit wem habe ich das Vergnügen?« Er deutete mit seinem dicken Finger auf ihn.

»Simon Gabele, Waffenmeister in der Burg von Canterbury.«

Holbech grinste breit und streckte eine Hand aus. »Holbech ist mein Name. Ich habe bei Towton an Eurer Seite gekämpft.«

»Eine blutige Schlacht, Master Holbech.«

»Kann man wohl sagen, und ein paar gute Männer sind damals draufgegangen. Mistress Swinbrooke« – Holbech wandte sich wieder an Kathryn –, »Master Murtagh ist in den Ställen.«

Kathryn hatte die Frau mit dem zerzausten Haar betrachtet, die ihren Blick ebenso kühl erwiderte. Kathryn war von Megan fasziniert. Nie zuvor hatte sie so üppiges, hübsches Haar gesehen; es fiel der jungen Frau in dicken Zöpfen auf die Hüfte. Die Haare umrahmten ihr Gesicht, das in bemerkenswertem Kontrast dazu stand – Alabasterhaut und grüne, leicht schräg stehende Augen. Insgeheim bewunderte Kathryn Megans unbändigen Stolz und ihr wildes Gebaren, obwohl ihr auch Colums Klagen über sie einfielen.

»Megan ist eine verdammte Nervensäge!« hatte er einmal gesagt. »Sie liebt einen Mann bis zur Raserei, und dann, wenn ihr Auge auf einen anderen fällt, läßt sie ihn wie eine heiße Kartoffel fallen und rennt hinter dem anderen her.«

»Fragt sich nur, ob sie auch Colum eingefangen hat«, dachte Kathryn geziert, als Holbech sie um die Ecke zu den Ställen führte.

»Wie gefällt Euch mein Ring, Mistress?« Megan streckte Kathryn eine Hand hin und zeigte ihr einen in Silber eingefaßten Perlenring an ihrem weißen, schlanken Finger.

»Wunderschön«, murmelte Kathryn. »Er steht Euch gut, Megan.«

»Ich habe ihn mir auch verdient«, verkündete die junge Frau, warf die roten Haare zurück und drückte Holbechs Arm. »Nicht wahr?«

Der diensthabende Sergeant konnte nur verlegen schlucken und begann, nach Murtagh zu rufen, noch ehe sie den gepflasterten Hof erreicht hatten. Colum tauchte in der Stalltür auf und führte einen hübschen Rotschimmel heraus. Allem Anschein nach hatte das Pferd große Schmerzen, denn es hob den rechten Vorderlauf und konnte nur vorwärtshumpeln.

»Kathryn.«

Colum warf Holbech die Zügel zu. Sein Lächeln verschwand, als er Gabele und Fletcher erblickte.

»Stimmt was nicht?«

Gabele unterrichtete ihn in kurzen, knappen Sätzen über den Vorfall in der Burg. Colum nickte und stellte dieselben Fragen wie Kathryn zuvor. Er wollte schon fortfahren, als er bemerkte, daß Megan, die sich auf Holbechs Arm stützte, interessiert zuhörte.

»Holbech«, sagte er leise, »wirf ein Auge auf die Arbeiter. Ich glaube, einer der Zimmerleute ist total betrunken.«

Er wartete, bis die beiden außer Hörweite waren.

»So, so, Sir Webster ist tot.« Colum spielte mit den Zügeln des Pferdes, drehte sich um, streichelte das Pferd und flüsterte ihm Koseworte ins Ohr. »Ich glaube, ich komme am besten gleich mit. Allerdings« – er strich über die Flanken des Pferdes –, »Pulcher hat entsetzliche Schmerzen.«

Kathryn sah in die freundlichen, klaren Augen des Pferdes.

»Was fehlt ihm?« fragte sie.

»Ich weiß nicht. Er ist gestern beschlagen worden, und dabei ist was schiefgegangen.«

»Laßt mich sehen.«

Colum, der dem Pferd auf gälisch gut zuredete, hob sanft dessen schmerzendes Bein. Kathryn ging in die Hocke und sah die Schwellung direkt über dem Huf. Sie betrachtete das Hufeisen eingehender.

»Ein Nagel ist zu weit innen eingeschlagen worden«, erklärte Colum. »Er hat das Fleisch verletzt, aber warum ist das so schmerzhaft?«

»Ich glaube nicht, daß es daran liegt«, erwiderte Kathryn. »Wahrscheinlich war der Huf schon vor dem Beschlagen entzündet, und der Nagel hat es verschlimmert.«

»Ich werde die Hufnägel entfernen lassen.« Colum war sichtlich verärgert; Beinverletzungen dieser Art konnten ein Pferd zum Krüppel machen. »Und dann?« fragte er.

»Legt einen Verband mit frischem Moossaft an, wickelt ihn um den Huf und wechselt ihn zweimal täglich.«

»Seid Ihr sicher, daß es wieder ausheilt?« fragte Colum.

Kathryn schmunzelte und stand auf. »Wenn nicht, dürft Ihr den lieben langen Tag in meiner Gegenwart Chaucer zitieren.«

Colum warf einen Blick auf das Hufeisen, um das es ging. »Der Schmied hätte sich das ansehen sollen«, murmelte er. Er ging zum Eingang des Hofes, das Gesicht weiß vor Wut. »Holbech!« brüllte er. »Holbech, wo zum Teufel steckst du?«

Sein Waffenmeister bog um die Ecke, Megan mit wippenden roten Zöpfen im Schlepptau.

»Hol den verdammten Schmied her!« rief Colum. »Tritt ihn in den Arsch! Er darf einen Monat lang keinen Wein trinken. Er hat

Pulcher lahm gemacht. Er soll die Hufeisen alle wieder entfernen und zweimal am Tag Moosverbände anlegen. Wenn es dem Pferd binnen einer Woche nicht besser geht, werde ich den Bastard aufhängen!«

Colum ging zum Brunnen und wusch sich. Er sattelte ein Pferd und galoppierte mit Kathryn und ihren beiden Gefährten nach Canterbury. Gabele und Fletcher ritten als letzte, denn sie fürchteten sich ein wenig vor Colums hitzigem Temperament. Eine Zeitlang ließ Kathryn Colum gewähren, der zunächst auf englisch, dann auf gälisch heilige Eide schwor, was er dem Schmied alles antun wollte.

Sie nahmen die Abkürzung quer über die Felder, kamen vorbei an den qualmenden, stinkenden Gerbereien in der Noth Lane und überquerten Saint Dunstan's Street. Von Westgate aus sahen sie die hoch aufragenden Turmspitzen der Heiligkreuzkirche, wandten sich dann nach links und ritten durch London Gate nach Canterbury hinein. Colum war noch immer mürrisch und hörte Kathryns Mutmaßungen über Websters Tod nur mit halbem Ohr zu. Am Ende, kurz bevor sie in die Castle Row einbogen, zügelte Kathryn ihr Pferd. Sie warf einen Blick auf die vielen Menschen, die wie ein Bienenschwarm um Stände und Marktbuden herumwuselten, beugte sich zu Colum hinüber und griff nach seiner Hand.

»He, Ire, ich habe noch andere Neuigkeiten.«

Colum hörte ihr noch immer nicht richtig zu.

»Ire«, sagte Kathryn eindringlich. »Die Bluthunde von Ulster sind in Canterbury; Fitzroy hat nach Euch gefragt.«

Colums Hand fuhr an den Griff seines Schwertes, das an seinem Sattelknauf hing.

»Woher wißt Ihr das?«

Kathryn wiederholte, was sie von Rawnose erfahren hatte.

»Padraig Fitzroy«, erwiderte Colum. »Also ist der Bastard am Ende doch noch gekommen.«

»Fürchtet Ihr ihn?«

»Ja und nein. Auf freiem Feld, von Angesicht zu Angesicht, mit Schwert und Schild, könnte ich Fitzroy töten.«

326

Colum blickte sich um. Er betrachtete die verhüllten Bettlergestalten, die Mönche in ihren Kutten, die Händler mit Biberhüten, die Reichen und Mächtigen, die sich mit den Taschendieben und Schurken der Stadt vermischten. So viele Menschen, dachte Colum – überall, an der Tür von Wirtshäusern oder an Straßenecken; Pilger, allesamt fremd in der Stadt, in merkwürdigen, behelfsmäßigen Gewändern, drängten sich in den Straßen.

»Fitzroy tritt mir nicht auf offenem Feld entgegen«, murmelte er. »Er ist ein Meuchelmörder, er könnte dort in der Menge sein und uns beobachten. Nein, wenn er zuschlägt, wird er es wie ein Dieb in der Nacht tun, plötzlich und unerwartet.« Colum spürte, wie ihm ein Schauder zwischen den Schulterblättern hinabbrann. Er trieb sein Pferd an. »Kathryn«, warnte er sie, »ich sage es Euch ohne Umschweife: Öffnet keinem Fremden die Tür. Ein Menschenleben ist Fitzroy nicht viel wert.«

Sechs

Kaum waren sie in der Burg, führten Gabele und Fletcher sie durch ein Gewirr von Korridoren eine Treppe hinauf in die kleine Kapelle. Auf einem Gestell vor dem schlichten Steinaltar stand ein polierter Holzsarg, umringt von violetten Kerzen. Kathryn stieg der für ein Totenhaus typische Gestank von Fäulnis und Verwesung in die Nase. Gabele hob den Sargdeckel.

»Ich habe ihn nicht zugenagelt«, sagte er mit einem schnellen Blick auf Kathryn. »Ich dachte, Ihr würdet wohl einen Blick auf ihn werfen wollen.«

Kathryn schaute in den Sarg und wandte sich ab. Websters Leiche war nicht zurechtgemacht worden. Er trug noch die Kleider, in denen er gestorben war. Der obere Teil des Körpers sah entstellt aus, der zertrümmerte Kopf war beinahe zwischen die Schultern geschoben. Kathryn schluckte und trat noch einmal an den Sarg, um den Körper genauer zu untersuchen, der Worte ihres Vaters eingedenk.

»Hab' keine Angst vor einer Leiche, Kathryn. Es ist nur die Hülle, aus der die Seele entschwunden ist. Geh sanft vor und denke daran, es gibt nichts zu fürchten.«

Sie bat Gabele, den Deckel ganz zu entfernen. Dann nahm sie Websters Kopf in beide Hände und drehte ihn um.

»Die eine Seite des Gesichtes ist zerschmettert.« Sie sprach deutlich und sachlich. »Der Sturz geschah aus großer Höhe, Genick und Schulterknochen sind gebrochen.« Sie zeigte auf die linke Gesichtshälfte. »Damit ist er unten aufgeschlagen.« Sie blickte auf, doch alle drei Männer hatten sich abgewandt. »Herrgott im Himmel!« flüsterte sie. »Nun tut nicht so, als hättet Ihr noch nie Leichen gesehen!«

Colum trat zu ihr.

»Bitte«, sagte sie, »dreht den Leichnam um.«

328

Colum tat, wie ihm geheißen, und Kathryn untersuchte sorgfältig den zerschmetterten Kopf. Sie wollte schon die Hand fortziehen, da spürte sie noch etwas direkt hinter dem rechten Ohr. Dann trat sie zurück.

»Merkwürdig«, murmelte sie.

»Was gibt's?« fragte Gabele.

»Nun«, sagte Kathryn. »Sir William ist von der Mauer gefallen.« Sie nahm eine Hand zur Hilfe, um es deutlich zu machen. »In der Regel würde der Körper wie ein Stein durch die Luft trudeln. Gut, Sir William fiel, als er auf dem Boden aufschlug, auf die linke Seite. Daher die Verletzungen auf dieser Gesichtshälfte und Kopfseite. Er hat das Mauerwerk im Fall nicht gestreift, deshalb ist die rechte Gesichts- und Kopfhälfte relativ unverletzt.«

»Und weiter?« fragte Colum.

»Warum hat er dann aber eine Beule hinter dem rechten Ohr?« erwiderte Kathryn. »Um Eure Fragen offen zu beantworten, Sir William wurde, bevor er vom Turm fiel, auf den Hinterkopf geschlagen.«

»Heißt das«, fragte Fletcher, »daß noch jemand außer ihm auf dem Turm war?«

»Ja, so sieht es aus.«

»Aber das geht nicht«, versicherte Gabele. »Sir William verriegelte die Falltür hinter sich, und die Wachen auf dem Umlauf darunter sahen nur Sir William.«

»Jemand hätte ja auch auf dem Turm auf Sir William warten können«, vermutete Colum.

»Unmöglich!« erwiderte Gabele. »Da oben kann man sich nicht verstecken. Hinzu kommt, daß Sir William eine Zeitlang da oben hin und her ging, bevor er fiel. Bestimmt hätte er etwas bemerkt und Alarm geschlagen.«

»Es hat keinen Zweck zu spekulieren«, mischte Kathryn sich ein. »Master Gabele, Ihr sagtet, der Turm ist noch immer mit einem Vorhängeschloß versehen?«

»Ja.«

»Dann sollten wir doch einmal dort hinaufgehen, oder?«

Gabele schickte nach den Wachen, drei Bauernburschen, die

auf dem Umlauf unter der Turmspitze Wachdienst hatten. Sie sagten übereinstimmend aus, daß sie Sir William gesehen hätten.

»Oh ja, gewiß«, sagte einer von ihnen, ein Kerl mit einer Zahnlücke. »Er ging immer da hinauf, Gott hab' ihn selig, und trug seinen Biberhut und hatte sich dick in seinen Militärmantel gepackt. Ich winkte ihm zu, und er winkte zurück.«

»Habt Ihr noch jemanden dort gesehen?« fragte Kathryn.

»Vergeßt nicht, Mistress, daß wir auf dem Umlauf standen und immerhin sechzig Fuß nach oben schauen mußten! Trotzdem haben wir niemanden außer ihm gesehen. Das einzige, was wir gesehen haben, waren die Flammen aus dem Kohlebecken, das Sir William stets anzündete, um sich warm zu halten.«

»Und das habt Ihr heute morgen gesehen?«

»Ja, gewiß.«

»Und welchen Eindruck hattet Ihr von Sir William?«

»Wie ich schon sagte«, antwortete der Bursche mit der Zahnlücke, »ich habe ihm zugewunken. Er winkte zurück und rief mir einen Gruß zu. Ich war zu weit entfernt, um genau verstehen zu können, was er rief.«

»Und Euch ist nichts Ungewöhnliches aufgefallen?«

»Nein«, sagten sie wie aus einem Munde.

»Und Ihr habt gesehen, wie Sir William fiel?«

»Nun ja, Mistress, wir sind auf und ab gegangen«, erwiderte einer von ihnen. »Haben über die Mauern in die Stadt geschaut. Waren ja schon stundenlang da. Plötzlich höre ich einen Schrei. Ich drehe mich um und sehe gerade noch einen Farbklecks. Ich höre einen Aufprall, und als ich hinunterschaue, sehe ich Sir Williams Körper flach auf dem Gefängnishof liegen.«

»Ihr habt einen Schrei gehört?« hakte Colum nach.

»So ist es.«

Colum schüttelte verblüfft den Kopf. »Master Gabele …« Er legte eine Geldmünze auf den Tisch. »Gebt diesen drei tapferen Veteranen einen Schluck auf meine Kosten, doch zuvor laßt uns die Falltür aufbrechen.«

Gabele, Fletcher und die drei emsigen Soldaten gingen voraus und führten Kathryn und Colum durch weitere Korridore. Am

Ende stiegen sie die düstere Wendeltreppe zur Turmspitze hinauf. Die Treppe war schmal und steil, und sie mußten anhalten, um Atem zu schöpfen, bevor sie weitergehen konnten. Schließlich hörten die Steinstufen an einer großen, hölzernen Falltür auf, die auf das Dach hinausführte. Zu ihrer Rechten erblickte Kathryn eine etwa mannshohe Fensterleibung, deren große Fensterläden mit einem dicken Holzbalken fest verriegelt waren.

»Das liegt genau unter dem Turm«, bemerkte sie.

»Ja, Mistress.«

»Und wozu dient es?«

»Eine kleine Rückzugspforte«, erklärte Colum. »Bei einem Angriff würden die Eroberer Leitern an den Turm stellen oder Belagerungstürme heranschieben. Die Verteidiger könnten dann diese Türen öffnen und die Leitern wegstoßen oder die Eroberungstürme in Brand setzen.«

»Könnten Eroberer nicht durch die Tür eindringen?« fragte Kathryn.

Gabele lächelte. »Nein, in dem Falle würde sie verstärkt, und zwei gute Bogenschützen könnten sie bis zum Sankt-Nimmerleins-Tag verteidigen.«

Kathryn betrachtete die hölzernen Fensterläden.

»Was ist?« spottete Fletcher. »Ihr glaubt doch wohl nicht, daß Sir William dort hinausgeworfen wurde, oder?« Als Kathryn ihm daraufhin einen zornigen Blick zuwarf, wurde er rot. »Ich meine ja nur, Mistress – er war auf dem Turm, und die Falltür war verriegelt!«

Colum beschloß, der Verlegenheit des Stellvertretenden Festungskommandanten ein Ende zu bereiten, und befahl den Soldaten, den schweren Baumstamm einzusetzen, den sie aus dem Burghof mitgebracht hatten. Schwitzend und fluchend begannen sie, die Falltür einzurammen. Endlich hatten sie Erfolg, Holz splitterte, die Falltür bebte. Colum bat sie zurückzutreten. Er stieß die Falltür auf und stieg hinaus. Kathryn folgte ihm und schnappte nach Luft. Ein stürmischer Wind nahm ihr den Atem und fuhr ihr in die Haare. Sie sah, daß die Riegel und Schließen der Falltür jetzt sowohl innen als auch außen lose waren. Mit vorsichtigen Schritten trat sie an die Zinnen, schaute hinüber und wandte sich schnell ab, denn ihr wurde schwindlig beim Anblick der ungeheuren Falltiefe. Gabele streckte den Kopf durch die Öffnung der Falltür, doch Colum bat ihn, unten zu bleiben, da er das Dach des Turmes untersuchen wollte. Das Holzkohlebecken in einer geschützten Ecke enthielt nur noch einen Haufen weißer Asche. Colum kniete nieder und nahm die Fußstapfen auf der dünnen Sandschicht in Augenschein, mit der die Oberfläche des Turms bedeckt war.

»Tod und Teufel!« flüsterte er. »Kathryn, kommt und seht Euch das an!«

Vorsichtig trat sie zu ihm. Colum deutete auf die Fußspuren. »Es sind Websters!« erklärte er. »Derselbe Abdruck überall. Keinerlei Anzeichen dafür, daß außer Webster noch jemand hier oben auf dem Turm war.« Er blickte sich um und wischte sich den Sand von den Händen. »Mistress, seid Ihr sicher, daß man Webster auf den Hinterkopf geschlagen hat? Wenn das stimmt, dann ist die ganze Sache äußerst mysteriös. Da ist ein Mann, der auf das Dach des Turmes steigt und die Falltür hinter sich verriegelt. Er bleibt eine Zeitlang hier, was die Wachen bezeugen. Der Sand zeigt, daß sich niemand hier versteckt hat; außerdem gibt es hier kein Versteck. Wie ist also der Mörder durch eine verschlossene Falltür gekommen, über den Sand gegangen, ohne einen Fußabdruck zu hinterlassen, wie hat er den Festungskommandanten kampflos überwältigt, ihm auf den Kopf geschlagen und ihn über die Zinnen geworfen, ohne von den Wachen bemerkt zu werden? Und wie hat er dann« – Colum seufzte – »den Turm verlassen und es irgendwie fertiggebracht, ihn von innen zu verschließen?«

Kathryn schüttelte unmutig den Kopf und trat wieder an die Zinnen. Sie schaute hinab. Direkt unter ihr befand sich der Burghof, eingeschlossen von einer Wehrmauer. Wachen patrouillierten über den Umlauf. Kathryn schüttelte erneut den Kopf und kam zurück.

»Ich habe genug gesehen«, raunte sie Colum zu.

Diejenigen, die unten auf der Treppe standen, wichen zurück, damit Colum und Kathryn wieder in den Turm hinabsteigen konnten. Dann gingen alle miteinander die Treppe hinab. Die Wachen wurden entlassen. Gabele sollte Kaplan Peter und Schreiber Fitz-Steven holen. Man traf sich in der großen, düsteren Halle und nahm auf unbequemen Bänken unterhalb der Estrade Platz. Colum begann mit der Verhandlung.

»Wir stehen vor einem Rätsel«, verkündete er.

Er hielt inne, als Margotta in die Halle trat. Sie lächelte ihn an wie ein junges Mädchen und setzte sich neben ihren Vater Gabele.

Kathryn hob die Hand. »Master Murtagh. Es fehlt jemand. Wo ist unser Freund, der Ehrsame, der Ablaßprediger?«

»Er ist in die Stadt gegangen«, erklärte Kaplan Peter. »Die Pilgersaison ist auf dem Höhepunkt, und der Mann ist wahrscheinlich auf der Suche nach lukrativen Geschäften.«

»War er in der Burg, als Webster getötet wurde?« fragte Kathryn.

»Oh ja«, meldete sich Schreiber Fitz-Steven zu Wort. »Er ging fort, kurz bevor Ihr eingetroffen seid. Doch was hat das alles hier zu bedeuten? Ich dachte, Sir William sei entweder gestürzt oder hätte Selbstmord begangen.«

»Das dachten wir auch«, murmelte Fletcher. »Doch Mistress Swinbrooke ist der Meinung, daß Sir William möglicherweise einen Schlag auf den Kopf erhalten hat und hinabgestoßen wurde.«

»Unsinn!« verkündete Fitz-Steven selbstherrlich. »Wer sollte Sir William töten und warum? Welchen Beweis habt Ihr dafür?« Er warf Kathryn einen verächtlichen Blick zu. »Sir William war ein einsamer, ziemlich ruhiger Mann. Er hatte keine Feinde.«

»Ich kann Eure Fragen nicht beantworten, Master Schreiber«, erwiderte Kathryn. »Wenn ich es könnte, gäbe es für mich auf dieser Welt keine Rätsel. Ich habe auch nicht gesagt, daß Sir William Feinde hatte. Vielleicht hatte er den Verdacht, daß etwas nicht stimmte.«

»Und womit?«

»Nun, mit Sparrows Flucht zum Beispiel. Oder mit Brandons

Tod. Oder er hatte vielleicht sogar eine Vermutung über den Verbleib des Amuletts.«

»Dummes Zeug!« entgegnete der Kaplan.

»Gewiß, dummes Zeug. So dumm immerhin«, entgegnete Kathryn aufgebracht, »daß es Sir William an der rechten Kopfhälfte hinter dem Ohr traf. Und ich habe eine Frage an Euch alle. Hat einer vor Euch Sir William auf den Turm begleitet?«

Fitz-Steven sprang auf. »Ich muß diese Fragen nicht beantworten, schon gar nicht einer Frau.«

»Immerhin haben Eure Mutter und ich in diesem Fall vieles gemeinsam!« fauchte Kathryn.

Fitz-Steven trat so nah an sie heran, daß sie seinen Atem spüren konnte.

»Ich habe von Euch gehört, Swinbrooke«, zischte er, ein boshaftes Lächeln auf dem schmutzigen, verschwitzten Gesicht. »Oh ja, Ihr mit Eurem vornehmen Getue, Euren Kenntnissen in Heilkunde, mit Eurer Ernennung bei der Ratsversammlung oder bei dem, was davon übriggeblieben ist.«

»Habt Ihr auch von mir gehört?« fragte Colum, stand auf und packte Fitz-Steven an der Schulter. »Glaubt mir, Wertester, ich bin weder für mein gutes Aussehen noch für meine Geduld berühmt, und letztere stellt Ihr auf eine harte Probe. Ich bin der Sonderbeauftragte des Königs in dieser Angelegenheit, und wenn Ihr Euch nicht zurückhaltet, werde ich Euch eine kurze Lektion in Höflichkeit gegenüber einer Dame erteilen.«

Kathryn hob die Hand, als Fitz-Steven den Mund öffnete, um mit weiteren Beleidigungen zu protestieren.

»Bitte, Sir, ich bitte Euch, setzt Euch«, sagte sie und zwang sich zu einem Lächeln. »Meine Fragen sind wohlmeinend.«

Der Schreiber ließ sich auf die Bank fallen. »Na schön, und um Eure Frage gleich zu beantworten, Mistress, ich habe mich dem Turm nicht genähert. Und ich habe im Benehmen Websters nichts Ungewöhnliches entdeckt.« Er hustete. »Kann sein, daß er ein wenig niedergedrückt war, weil er befürchtete, er könnte das Vertrauen des Königs mißbraucht haben, aber sonst nichts.«

Die anderen stimmten ihm zu.

»Seid Ihr sicher?« fragte Colum.

»Nein, es stimmt nicht ganz«, sagte Kaplan Peter. »Wenn ihn etwas bedrückte, dann war es nicht Brandons Tod – den betrachtete er als einen Akt Gottes.« Der Priester hielt kurz inne. »Viel mehr interessierte ihn Sparrows Flucht. Gestern abend, kurz vor Sonnenuntergang, bat er mich, mit ihm auf die Rasenfläche vor dem Bergfried zu kommen. Er spielte einen merkwürdigen Mummenschanz und bat mich, so zu tun, als sei ich Sparrow, während er der arme Wärter war, der getötet wurde.«

»Warum hat er das getan?«

»Ich weiß es nicht. Er ließ mich in die Mitte der Rasenfläche gehen.«

»Ach ja«, unterbrach Gabele. »Ich habe mich schon gewundert, was Ihr dort zu suchen hattet.«

»Nun, ich habe getan, worum er mich gebeten hatte. Sir William gab vor, der Wärter zu sein, der getötet wurde. Wir versuchten, die Umstände von Sparrows Flucht zu rekonstruieren. Ich ging in eine Nische, Sir William folgte mir, dann schüttelte er plötzlich den Kopf und ging fort. Das war alles.«

»Er war gestern abend sehr still«, meldete sich Margotta. »Bei Tisch stocherte er nur im Essen rum und zog sich früh zurück. Er murmelte etwas von Euch, Colum. Er sagte, er müsse Euch treffen.«

»Gibt es noch etwas?« fragte Kathryn ruhig.

Sie schüttelten den Kopf. Colum verkündete, er sei fertig. Er lehnte die von Gabele angebotene Erfrischung ab und sagte, sie würden ihren Weg aus der Burg schon finden. Dann allerdings wartete Colum, bis die anderen die Halle verlassen hatten.

»Kathryn, seid Ihr sicher, daß Webster einen Schlag erhielt, bevor er stürzte?«

»Ja, ganz sicher. Und wißt Ihr was, Colum? Ich glaube nicht, daß die Wachen Webster schreien gehört haben. Das war ein anderer. Für mich steht ziemlich fest, daß der arme Festungskommandant bewußtlos geschlagen wurde, bevor man ihn ins Jenseits beförderte. Er wurde umgebracht, weil er etwas wußte, was mit Sparrows Flucht zu tun hatte.«

Sie verließen die Halle, blieben eine Weile auf der kleinen Rasenfläche stehen und gingen dann zu der schattigen Nische in der Burgmauer hinüber, wo Sparrow und der glücklose Wärter ihr grausiges Zusammentreffen hatten. Colum schüttelte den Kopf.

»Der Herrgott mag wissen, was Webster zu entdecken hoffte. Vielleicht wird es uns mit der Zeit einfallen.«

Sie holten ihre Pferde und ritten zurück in die Stadt. Kathryn fragte Colum, ob er sie begleiten wollte, denn sie mußte im Spital für Arme Priester noch Besuche machen. Der Ire war einverstanden, und so ritten sie die Bullock Lane hinunter in die Steward Street. Die Sonne hatte die Leute in Scharen nach draußen gelockt. Pilger hatten sich von ihren Herbergen aufgemacht, um Beckets Schrein in der großen Kathedrale die Ehre zu erweisen. Die Straßen waren von lärmenden Menschen so vollgestopft, daß sie absteigen und die Pferde am Zügel führen mußten. Als sie an der Crocchere's Lane vorbeikamen, hörte Kathryn, wie jemand nach ihr rief. Sie stöhnte, als sie ihren Vormund Joscelyn in Begleitung seiner Frau erblickte. Sie schoben sich durch die Menge zu ihr hin.

»Einen schönen guten Morgen, Kathryn. Und auch Euch, Master Murtagh.« Joscelyns schmales Gesicht verzog sich zu einem falschen Lächeln.

Scheinheiliger Patron, dachte Kathryn; sie betrachtete die Pedantenmiene ihres Vormunds und versuchte, den Ausdruck selbstgerechter Verachtung auf dem Wespengesicht seiner Frau zu übersehen. Joscelyn, ein Vetter ihres Vaters, war Gewürzhändler. Trotz seiner vorgetäuschten Gutmütigkeit war er Kathryn nicht gerade gewogen. Eine Zeitlang tauschten sie Artigkeiten aus. Joscelyns Frau starrte Colum unentwegt an und schnaubte herablassend, bis der Ire ihr schließlich einen Schreck einjagte und ihr den grimmigsten Blick zuwarf, zu dem er fähig war.

»Ich habe zu tun«, sagte Kathryn lächelnd und nahm ihr Pferd wieder an die Zügel. »Ich bin auf dem Weg ins Spital.«

»Ja, gewiß doch, liebste Kusine, doch sagt, wie steht es mit Eurer Bewerbung um eine Lizenz?«

»Sie geht an die Gilde, doch ich kaufe bereits Vorräte ein. Ein

Händler in London, Richard von Swinforfield, hat mir versprochen, Gewürznelken, Muskatblüte, Safran, Zucker, Zimt, Ingwer zu schicken – oh ja, und etwas Koriander, Anissamen und Buchweizen.« Kathryn verbarg ihr Schmunzeln. »Übrigens habe ich auch Kassiazimt bestellt, Kalmus und Aloe, die aus dem Ausland importiert werden.«

»Die wollt Ihr doch nicht etwa in Eurem Laden verkaufen?« Joscelyns aufgesetzte Gutmütigkeit wich blankem Entsetzen.

»Warum nicht? Jetzt, nachdem der Krieg zu Ende ist, herrscht große Nachfrage, besonders nach Gartenraute, mit der man die Binsen auf dem Boden frisch und frei von Infektionen halten kann.« Kathryn zuckte mit den Schultern, denn sie genoß die Situation inzwischen. »Wie Ihr ja wißt, Joscelyn, benötige ich sie auch für meine Arzneien. Habt Ihr einmal Theophrastus gelesen?«

Joscelyn schüttelte betrübt den Kopf.

»Nach seinen Erkenntnissen«, antwortete Kathryn, »sind diese Gewürze ein Segen für die Medizin. Oder, wie Hippokrates es noch deutlicher formulierte: ›Laßt Nahrung Eure Arznei sein und Arznei Eure Nahrung‹.«

»Ja, ja, genau.« Joscelyn trat zurück und fuchtelte aufgeregt mit der Hand in der Luft herum. »Wenn dem so ist, Kusine, hoffe ich nur, daß Euer Gesuch Erfolg hat.«

Mit diesen Worten nahm er den Arm seiner griesgrämigen Frau und tauchte in der Menge unter. Kathryn schüttete sich aus vor Lachen.

»Er mag Euch nicht«, kommentierte Colum. »Und Ihr könnt ihn nicht ausstehen. Wo ist da der Grund zur Freude?«

Kathryn wischte sich die Tränen aus den Augen. »Oh, Colum, versteht Ihr denn nicht? Wenn es nach Vetter Joscelyn gegangen wäre, hätte man mich an einen langweiligen Händler verheiratet, damit ich endlich weiß, wo ich hingehöre. Statt dessen übe ich den Beruf einer Ärztin aus und beabsichtige jetzt auch noch, in Konkurrenz zu ihm zu treten und Gewürze zu verkaufen. Joscelyn gefällt das ganz und gar nicht. Was der gute alte Chaucer über den Arzt geschrieben hat, trifft auf Vetter Joscelyn ganz be stimmt zu.« Sie lächelte freudlos. »Und vielleicht auch auf mich. Wie heißt es noch? ›Da Gold als Arznei die Herzen stärkt, galt dem Golde vor allem sein Augenmerk‹.«

»Das glaube ich nicht«, murmelte Colum kaum hörbar.

»Was glaubt Ihr nicht? Und sprecht deutlicher!«

»Ich glaube nicht, daß Ihr hinter Geld her seid.« Colum zupfte sorgsam einen losen Faden von Kathryns Kleid. »Und wenn, welche Hoffnung bliebe dann den anderen? Wie der Dichter schon sagt: ›Wenn Gold rostet, was soll dann Eisen tun?‹«

Unter Lachen und Scherzen folgten sie der Steward Street. Gegenüber der Hawks Lane blieb Kathryn vor dem Spital für Arme Priester stehen. Während Colum die Pferde hielt, ging sie hinein, um Vater Cuthbert, den Kustos, zu sprechen. Der alte Priester war jedoch nicht anwesend, und so setzten sie ihren Weg durch das Gedränge fort zur Hethenman Lane und bogen von dort ab in die High Street.

»Wohin wollt Ihr jetzt?« fragte Colum.

»Wohin würdet Ihr gehen, wenn Ihr ein Ablaßprediger wärt?« antwortete sie mit einer Gegenfrage.

Colum lächelte nur und nickte.

Sie waren gerade am Rathaus vorbeigegangen und hatten ihre liebe Not, durch das Gedränge vor dem ›Schachbrett‹ zu finden, dem größten Wirtshaus in Canterbury und Zentrum des Pilgerwesens, als Luberon sie mit hochrotem, verschwitztem Gesicht einholte. Zunächst verstanden sie nicht, was er ihnen mitteilen wollte. Luberon plapperte so schnell daher und versuchte gleichzeitig, wieder zu Atem zu kommen. Colum bat ihn, er möge sich erst einmal beruhigen.

»Schön, schön«, japste Luberon; der Schreiber holte tief Luft und senkte die Stimme. »Ihr müßt unbedingt mitkommen!« sagte er. »Man hat eine Leiche aus dem Fluß gezogen!«

Kathryn schloß die Augen und stöhnte.

»Oh ja«, sagte Luberon beharrlich. »Master Murtagh, Ihr seid der Sonderbeauftragte des Königs und zuständige Beamte für diese Angelegenheiten, und Mistress Swinbrooke, Ihr seid seine Ärztin.«

Sieben

Luberon ging ihnen voran zurück über die High Street und erklärte ihnen, man habe die Leiche ins Totenhaus der Gemeinde All Saints gebracht, einen niedrigen, baufälligen Schuppen in der entlegenen Ecke eines verwahrlosten Friedhofs. Als sie dort ankamen, legte Luberon eine Hand auf die Klinke und hielt kurz inne.

»Ich dachte mir, daß Ihr sie Euch vielleicht ansehen wollt«, erklärte er. »Zunächst einmal muß jemand gemäß Stadtverordnung über die Leiche verfügen. Zweitens ist niemand, und das ist das Merkwürdige an der Sache, als vermißt gemeldet worden, obwohl es sich um die Leiche eines wohlgenährten, starken und kräftigen Menschen handelt. Drittens« – er lächelte Colum an – »habe ich mich gefragt, ob sie etwas mit den derzeitigen Nachkriegsunruhen zu tun hat.«

Luberon schwätzte munter weiter, während er ihnen voran in die Dunkelheit trat, in der es durchdringend nach Fisch und abgestandenem Wasser roch. Er zündete eine Fackel an und hob den Deckel des provisorischen Sarges hoch. Kathryn versuchte, nicht an die Stelle zu schauen, wo der Kopf hätte sitzen müssen. Ein unheimliches Gefühl des Grauens überkam sie; ihr wurde schwindlig, und sie suchte Halt an der Tischkante, auf der der Sarg stand.

»Der Tote hat längere Zeit im Wasser gelegen«, stellte Colum fest.

Kathryn starrte auf das aufgedunsene, bläuliche Fleisch, das sich mit Flußwasser vollgesogen hatte und an manchen Stellen ganz offensichtlich von Fischen angefressen war; den durchgetrennten Hals bedeckte eine trockene Blutkruste.

»Wo hat man ihn gefunden?« fragte Kathryn.

»Unter den Bögen der alten Stadtmauer, dort, wo sie sich über den Fluß spannt. Zwei Jungen, die dort spielten, sahen die Leiche im Röhricht. Gerichtsdiener wurden alarmiert, und man brachte die Leiche hierher. Jeder Fremde, der in Canterbury stirbt, kommt in All Saints auf den Friedhof, wenn der Tote nicht angefordert wird.«

Colum nahm die Fackel und hielt sie näher an die Leiche. Herabtropfendes Pech zischte auf dem wasserdurchtränkten Körper.

»Kathryn, was haltet Ihr davon?«

Der Heilerin, die sich inzwischen ein wenig erholt hatte, gelang es, den Brechreiz zu unterdrücken.

»Es ist ein junger Mann«, erwiderte sie. »Gut gebaut und kräftig.«

»Glaubt Ihr, es könnte etwas mit den Ereignissen in der Burg zu tun haben?«

»Ihr meint Sparrow?«

»Ja. Schließlich war er fremd in Canterbury, sein Tod fände keinerlei Beachtung«, sagte Colum.

»Wenn das der Fall wäre«, fragte Kathryn, »warum sollte ihm jemand gleich den Kopf abschlagen? Glaubt mir, das hier ist Mord!« Sie deutete mit unbestimmten Handbewegungen auf den Hals der Leiche. »Die Wunde ist alt. Dieser Mann hat seinen Kopf durch einen Hieb mit Axt oder Schwert verloren, nicht im Fluß.« Sie lächelte Luberon dünn an. »Master Schreiber, ich glaube, wir haben genug gesehen.«

Luberon klappte den Deckel zu, und Kathryn ging erleichtert hinaus an die frische Luft.

»Was ist denn in der Burg los?« fragte Luberon, der hinter ihnen her kam. »Ich habe von Websters Sturz gehört.«

Kathryn sah Colum fragend an, der ihr zunickte.

»Er ist Stadtschreiber«, erläuterte Colum und klopfte dem kleinen, dicken Mann auf die Schulter. »Und wenn wir Master Luberon nicht Bericht erstatten, wird er vor Neugier platzen.«

Sie verließen All Saints und betraten ein Wirtshaus auf der Best Lane, wo Kathryn, nachdem sie Luberon das Versprechen abgenommen hatte, Stillschweigen zu bewahren, in Kürze die Ereignisse in der Burg beschrieb.

»Also habt Ihr einen Gefangenen, der aus heiterem Himmel starb«, hauchte Luberon. »Einen anderen, der ebenso überraschend entkam und einen Festungskommandanten, dem man einen Schlag auf den Hinterkopf versetzt und vom Turm geworfen hat?« Er schlürfte an seinem Wein. »Soweit ich das beurteilen kann, habt Ihr nur wenig Beweise, auf die Ihr Euch stützen könnt, Mistress Kathryn. Brandon ist mausetot. Websters Tod ist ein völliges Rätsel. Ich kenne den Turm in der Burg von Canterbury und weiß, wie gern Webster dort oben allein umherging. Und was diese kopflose Leiche betrifft«, Luberon verzog das Gesicht, »warum sollte Sparrow entkommen, sich so einfach wieder gefangennehmen lassen – immer vorausgesetzt, daß er ja ein Gewalttäter war – und dann enthauptet werden?«

»*Wenn* es Sparrow war.« Kathryn fuhr mit dem Finger über den Rand ihres Trinkbechers und betrachtete eine Gruppe Höker, die in der Ecke eifrig würfelten. »Die Leiche, die wir uns gerade angesehen haben, war wohlgenährt. Sie sah nicht gerade aus wie die eines Gefangenen, der in der Burg von Canterbury unter verschärften Bedingungen einsaß. Zweitens, Master Luberon, und hier könnt Ihr uns helfen: Gefangene werden an Händen und Füßen gefesselt. Stimmt's?«

»Stimmt, Mistress, und zwischen Handfesseln und Fußeisen gibt es eine stabile Kette.«

»Nun«, überlegte Kathryn, »die Leiche, die wir gesehen haben, trug weder an Händen noch Füßen Spuren von Fesseln. Demnach solltet Ihr berichten, Master Schreiber, daß es sich um die Leiche eines Fremden handelt, und dafür sorgen, daß den Überresten ein angemessenes Begräbnis zuteil wird.«

»Falls Ihr den Kopf findet«, bemerkte Colum trocken und leerte seinen Becher, »laßt es uns bitte wissen.«

»Nein, wartet!« Luberon bedeutete Colum, sich zu setzen. »Dieser Brandon, der hat doch möglicherweise ein wertvolles Amulett bei sich getragen und wurde im Nordwesten der Stadt aufgegriffen?«

»So hat man es uns gesagt. Warum?«

»Nun, überlegt mal, Master Murtagh. Der Graf von Warwick wußte, daß er sterben mußte. Er wußte auch, daß das Amulett heilig war. Nun ...« Luberon rieb sich das Kinn. »Wenn Ihr Warwick gewesen wärt, Master Murtagh oder Mistress Swinbrooke, was hättet Ihr angesichts Eures nahen Todes mit einem solchen Juwel gemacht?«

Kathryn schmunzelte, beugte sich über den Tisch und gab Luberon einen Kuß auf die Stirn. Der Schreiber wurde vor Verlegenheit puterrot.

»Natürlich, spitzfindigster aller Schreiber, ich hätte ihn einer Kirche oder einem Schrein anvertraut. Und der größte Schrein von England ist der des Heiligen Thomas von Canterbury!«

Colum klopfte mit der Hand auf den Tisch.

»Also hat man Brandon möglicherweise nicht aufgegriffen, als er nach Canterbury kam, sondern ... als er es verließ? Die Mönche von Christchurch würden doch gewiß dem König von einem solchen Geschenk Meldung machen?«

»Nicht unbedingt«, gab Luberon ebenso ironisch zurück. »Unsere klugen Mönche würden das Amulett behalten und die Angelegenheit erst aufdecken, wenn es schon etliche Jahre in ihrem Besitz wäre.« Luberon leerte seinen Becher und sprang auf. »Habt Ihr noch in Canterbury zu tun?« fragte er.

»Wir suchen einen Ablaßprediger.«

»Einen Mann mit gelbgefärbtem Haar und schwarzer Kleidung, der sich selbst der Ehrsame nennt?«

Kathryn nickte.

»Er ist am Hetzpfahl auf dem Buttermarkt. Gut«, fuhr Luberon fort und blickte flüchtig zur Stundenkerze auf einem eisernen Zapfen in einer Ecke des Raumes, »Ihr sucht Euren Ablaßprediger, und ich treffe Euch in einer Stunde am Grab des Schwarzen Prinzen in der Kathedrale. Laßt mich nachforschen. Wenn unsere guten Mönche eine solche Reliquie besitzen«, – er tippte sich an den Nasenflügel – »werden sie es mir sagen.«

Luberon wuselte geschäftig hinaus. Kathryn und Colum folgten. Sie gingen die Best Lane wieder entlang zur High Street. Auf der Hauptverkehrsstraße wimmelte es von Pilgern, Händlern, Gaunern und Bettlern. Über die Mercery gelangten sie zum Buttermarkt. Vor der ›Sonne‹ in Burgate hatte sich eine Menschenmenge um einen Quacksalber versammelt, dessen Kleider in Grün, Rot und Violett leuchteten. Der Mann saß auf einem Pferd, an dem nichts Auffälliges zu entdecken war; jedem, der das Pferd reiten könne, versprach er ein Silberstück. Fiele der Reiter jedoch herunter, dann bekäme er, Saladin, einst Stallmeister in den kaiserlichen Ställen zu Köln, einen Sixpence. Die Menge lachte und spottete, und einige hoben die Hand, um die Wette anzunehmen. Kathryn betrachtete das freundliche, kleine Pferd mit der kräftigen Hinterhand, dem weichen Maul und den klaren braunen Augen.

»Es sieht ziemlich ruhig aus«, flüsterte Kathryn.

Colum schüttelte den Kopf und grinste. »Ich kenne den Kerl«, sagte er. »Schaut es Euch nur an, Kathryn.«

Saladin war inzwischen abgestiegen; die kleinen Silberglöckchen an seiner bunten Tunika klingelten fröhlich bei der kleinsten Bewegung. Ein junger Kaufmann, dessen Gesicht Arroganz ausstrahlte, bestieg das Pferd und trieb es sanft an. Das Gejohle der Menge wuchs an. Das Pferd trottete wie eine müde Schindmähre davon, dann, als der Kaufmann die Zügel fallenließ und mit ausgebreiteten Armen weiterritt, rief der Quacksalber: »Flectamus Genua. Laßt uns die Knie beugen!«

Im Nu knickte das Pferd mit allen vieren ein, und der Kaufmann rollte herunter. Die Spötteleien der Schaulustigen verstummten.

»Levate et vade!« rief der Quacksalber. »Steh auf und geh!«

Das Pferd stand auf, drehte sich um und trottete zu seinem Herrn zurück, der es mit einem gezuckerten Apfel belohnte. Der junge Kaufmann, dessen elegante Kleidung schlammverschmiert war, rappelte sich auf. Er kochte vor Wut. Das launenhafte Publikum hatte sich indessen auf die Seite des Quacksalbers geschlagen, und der junge Mann wurde verspottet, bis er zähneknirschend nachgab und die Wette bezahlte.

Colum nahm Kathryn beim Ellbogen und schob sie weiter.

»Ich habe ihn schon in vielen Orten mit diesem Trick auftreten sehen«, erklärte er. »Und selbst dann, wenn die Leute es mit eigenen Augen sehen, glauben sie immer noch, daß man sie nicht übertölpeln kann.«

Kathryn warf einen Blick über die Schulter zurück, wo die Schaulustigen in zustimmendes Gebrüll ausbrachen, als ein neues glückloses Opfer die Wette des Quacksalbers annahm. Schließlich hatten sie sich durch die Menge gekämpft und überquerten den Buttermarkt, als Kathryn den Ehrsamen entdeckte. Er stand oben auf den Stufen des Marktkreuzes und forderte unablässig mit schriller Stimme Passanten auf, ihm zuzuhören.

»Freunde, Brüder in Christi.« Der Ehrsame ließ den Blick wachsam über die Menge schweifen. »Ich bin zu Wasser und zu Lande gereist, habe im Dienste unseres Herrn, Jesus Christus, viele Mühen auf mich genommen und Euch das hier mitgebracht!« Er hielt eine Pergamentrolle hoch, die an einem Ende mit einem Wachspfropfen versiegelt war. »Versehen mit dem persönlichen Siegel des Heiligen Vaters in Rom. Diese Bulle, dieser Papstbrief, wird Euch von allen Euren Sünden erlösen oder, falls Ihr gerade losgesprochen seid, vor Tausenden Jahren Fegefeuer bewahren! Mehr noch ...« Der Ablaßprediger hielt ausgebeulte Satteltaschen hoch. »Ich habe hier Reliquien, verbürgt vom Erzbischof von Bordeaux, dem Bischof von Clearmont und Kardinal Humbert von Sankt Priscilla ohne die Mauern, heilige Objekte, als da sind: Holz vom Boot des Heiligen Petrus, eine Gürteltasche, die der Heilige Joseph einst benutzt hat, ein Fetzen aus dem Schleier der Jungfrau und ein Stück Seil, das Aaron benutzte, als er sich mit den Zauberern des Pharao anlegte!«

Kathryn und Colum, die in den hinteren Reihen der Menge standen, konnten es kaum glauben – weder den kunterbunten Unsinn des Ablaßpredigers noch den törichten Unglauben seines Publikums. Viele Menschen kramten bereits in ihren Geldbörsen und streckten die Hände aus, um mitzubieten.

»Beim Lichte Gottes!« sagte Kathryn. »Er ist ein Betrüger und Scharlatan.«

»›Dieser Ablaßprediger‹«, zitierte Colum, »›hatte Haare wie

Wachs, und sie hingen herab wie eine Garbe aus Flachs. Die Gürteltasche‹«, setzte Colum das Zitat aus Chaucer fort, »War voll mit Ablaßbriefen aus Rom.‹ Merkwürdig«, sann er nach.

»Was?«

»Die Ähnlichkeiten zwischen diesem Scharlatan hier und Chaucers Ablaßprediger.«

Schließlich war die Schmierenkomödie des Ehrsamen zu Ende. Die Menge zerstreute sich, und er nahm seine Taschen an sich und kam direkt auf Kathryn und Colum zu. Kathryn wußte, daß er sie während seiner Predigt bereits gesehen hatte. Von nahem sah der Ablaßprediger noch gräßlicher aus als in der Burg. Die Haare waren noch immer auffallend gelb gefärbt, und Kathryn hatte den Verdacht, daß auf dem teigigen Gesicht eine dicke Schicht Puder lag.

»Schenkt uns kurz Eure Aufmerksamkeit, Master Ablaßprediger. Es geht nicht um Eure Reliquien.«

Der Ehrsame lächelte. »Ich habe mich schon gefragt, wann Ihr kommen würdet. Ich habe die Neuigkeiten vernommen. Webster ist tot und seine Seele verschwunden, und nein, Master Murtagh, ich weiß nicht, wie und warum es geschehen sein könnte.«

»Geschickt ausgedrückt«, erwiderte Colum. »Wie lange beabsichtigt Ihr, in Canterbury zu bleiben, Master Ablaßprediger?«

»Zeit ist relativ«, gab dieser zurück, nahm seine Taschen auf und schickte sich an fortzugehen.

»Master Ablaßprediger, wohin Ihr geht und wo Ihr bleibt, ist Eure Sache«, verkündete Colum. »Doch wenn Ihr Canterbury ohne meine Erlaubnis verlaßt, werde ich Euch zum Freiwild erklären lassen.«

Wortlos schlug der Ablaßprediger das Kreuz über ihnen und ging davon. Für Colums Warnung hatte er nichts als ein Achselzucken übrig.

»Wir sollten gehen«, drängte Kathryn. »Luberon wartet auf uns.«

Colum blickte dem Ablaßprediger nach. »Zwei Dinge sind merkwürdig«, murmelte er. »Erstens, warum gleicht unser Ablaßprediger aufs Haar dem Ablaßprediger bei Chaucer? Und zweitens, warum um Himmels willen ist er in die Burg von Canterbury gekommen?«

»Seid Ihr sicher, daß es nicht einer der Bluthunde von Ulster ist?« erwiderte Kathryn. »Wenn der Mörder zuschlägt, Colum, tut er es heimlich oder in Gestalt eines Menschen, der er nicht ist.«

»Nein, nein. Und nun wollen wir uns Luberon zuwenden.«

Sie passierten die ›Sonne‹, kamen durch das Tor von Christchurch und betraten die große Kathedrale durch das Südportal. Im Mittelschiff drängten sich Pilger, die leise miteinander schwätzten, während sie darauf warteten, zum Schrein vorgelassen zu werden. Colum und Kathryn schoben sich durch die Menge zu einem Querschiff vor, in dem sich das Grabmal des Schwarzen Prinzen befand. Luberon erwartete sie bereits.

»Ich stehe schon geraume Zeit hier«, sagte er gereizt.

Kathryn bat um Vergebung.

»Nicht, daß ich etwas dagegen hätte, gerade hier zu warten«, gestand Luberon. »Master Murtagh, habt Ihr jemals solche Schönheit gesehen?«

»Immer, wenn ich hierher komme, Master Schreiber, stehe ich wie vor einem Wunder.«

Colum blickte hinauf zu den hohen Fenstern mit den wunderschönen Bildern; die leuchtenden Farben verwandelten das Sonnenlicht in schillernde Regenbögen, die tief ins Herz drangen und das Auge blendeten. Dann fiel Colums Blick auf das Marmorgrab des Schwarzen Prinzen, das Abbild des Ritters mit gefalteten Händen. Er las den in Stein gemeißelten Leitsatz des Prinzen ›Ich Dien‹ und bewunderte die leuchtenden Farben seiner Uniform.

»Ihr habt Euch erkundigt?« fragte Colum abrupt.

»Ja, das habe ich«, erwiderte Luberon. »Weder ein Knappe noch ein anderes Mitglied aus dem Gefolge des verstorbenen Grafen von Warwick war in Canterbury. Kein Wort von einem goldenen Amulett oder einem schimmernden Saphir, bekannt unter der Bezeichnung das *Auge Gottes*.« Luberon zuckte mit den Schultern. »Tut mir leid, mehr konnte ich nicht in Erfahrung bringen.«

Colum stampfte ungeduldig mit den Füßen auf. »Was hat Brandon denn in der Nähe von Canterbury gewollt, als er aufgegriffen wurde? Wäre er auf dem Weg zur Kathedrale gewesen, hätte er das Amulett bei sich gehabt.«

»Der Prior hat etwas gesagt«, fuhr Luberon fort, »als ich ihm über Brandons Festnahme berichtete. Er sagte, Warwick sei vor drei Jahren mit seinem Gefolge auf einer Pilgerfahrt hierhergekommen. Die Mönche haben damals den Grafen und seine Knappen in ihrem Refektorium bewirtet. Brandon war dabei. Er erinnerte sich an ihn als an einen intelligenten, klugen Mann, der behauptete, in Maidstone geboren und aufgewachsen zu sein.«

»Seltsam.« Colum blickte Kathryn an. »Wir haben es hier mit einem hochrangigen Knappen zu tun, einem Menschen, der sich in der Gegend gut auskannte, der intelligent und feinsinnig war. Dennoch ließ er sich so leicht fangen. Uns bleibt nur eine Möglichkeit«, schloß Colum trotzig, »Brandon muß exhumiert werden. Vielleicht kann uns seine Leiche Aufschluß geben.«

Sie trennten sich in der Kathedrale von Luberon und gingen durch die Einfriedung zurück.

»Wollt Ihr das wirklich tun?« fragte Kathryn. »Brandon exhumieren? Welchen Beweis erhofft Ihr Euch davon? Wer soll ihn identifizieren?«

Colum beobachtete die Pilger, die aus der großen Tür der Kathedrale strömten.

»Ich wollte«, erwiderte Colum, »es gäbe jemanden, der ihn gut kannte und ihn identifizieren könnte. Vielleicht einer, der mit ihm bei Barnet gekämpft hat.« Colum lächelte bitter. »Und genau darin liegt die Schwierigkeit. Wer ist schon so dumm und verkündet in aller Öffentlichkeit, daß er bei der letzten Rebellion gegen den König auf der Seite der Verlierer gestanden hat?«

»Ihr glaubt also, daß Brandon vielleicht nicht tot ist?« konstatierte Kathryn.

»Schon möglich. Vielleicht war es Sparrow, der gestorben ist. Wie dem auch sei« – Colum spielte mit dem Griff seines Schwertes –, »Brandon muß exhumiert werden.«

Sie verließen das Kirchengelände und holten ihre Pferde aus

347

dem Stall der ›Sonne‹. Colum machte sich auf den Weg nach Kingsmead, und Kathryn blickte ihm nach. Wenn ich doch nur offen mit ihm reden könnte, dachte sie. Noch lieber wäre mir allerdings, wenn er mit mir spräche und einfach sagte, was er denkt.

Sie beobachtete, wie der Ire die Sun Street hinaufritt. An seiner Haltung konnte sie sehen, daß er nicht entspannt war: Er drehte den Kopf nach allen Seiten und suchte in der Menschenmenge nach einem möglichen Mörder.

»Oh Gott!« betete Kathryn. »Bitte, nicht auf diese Weise.«

Sie atmete tief durch und mußte lächeln, als ein junger Bengel herbeigeeilt kam, um ihr in den Sattel zu helfen. Sie gab dem Kleinen ein Geldstück und ritt gedankenverloren durch die Mercery in die Hethenman Lane. Sie hielt an, denn sie wollte nach den beiden alten Schwestern Maude und Eleanor sehen. Sie mußte mehrmals eindringlich klopfen, ehe Eleanor, kränklich und blaß, die Tür öffnete.

»Was ist los?« rief Kathryn erschrocken und huschte ins Haus. Sie legte einen Arm um die alte Dame, die sie in das Sonnenzimmer führte, wo ihre Schwester auf einem Stuhl saß und sich vor Schmerzen krümmte. Ein schaler, übler Gestank hing im Zimmer.

»Uns ist schlecht gewesen«, flüsterte Eleanor und schlang die Arme um den Bauch. »Dann kam noch Durchfall hinzu.« Sie begann zu weinen. »Ich fühle mich so schmutzig.«

Kathryn bat sie, sich zu setzen. »Ihr habt nur das gegessen, was ich Euch gesagt habe?«

Die alte Frau nickte.

»Seid Ihr ganz sicher?«

Wieder nickten beide. Kathryn hielt den Handrücken an Maudes Gesicht; die Haut fühlte sich leicht erhitzt an, die Lippen waren trocken und in den Mundwinkeln leicht aufgesprungen, die Augen trübe. Kathryn verbarg ihre Verärgerung. Es ergibt keinen Sinn, dachte sie. Pellagra ist eine einfache Krankheit. Entfernt man die Ursachen, verschwinden die Symptome. Warum also sind sie wieder aufgetaucht?

Kathryn gab sich die größte Mühe, die beiden alten Damen zu beruhigen. »Ich komme wieder«, versprach sie ihnen. »Ich bringe Euch Honig, gekocht mit Salz und Fett in etwas Wachs.«

Kathryn eilte aus dem Haus in Richtung Ottemelle Lane. Thomasina erwartete sie drinnen mit der üblichen Litanei der Untaten, die Wuf schon wieder begangen hatte, doch Kathryn wischte das zur Seite.

»Eleanor und Maude haben leichtes Fieber«, verkündete sie. »Der Himmel weiß, warum!«

Agnes brachte ihr gewässerten Wein und zwei Haferküchlein. Kathryn wusch sich die Hände und aß hastig, ging dann in ihre Schreibstube, wo sie Ardernes *Herbarium* aufschlug. Sie nahm einen Federkiel zur Hand, ein Stück Pergament und schrieb eilig die Symptome auf, die sie gesehen hatte.

»Doch wodurch wird so etwas ausgelöst?« Kathryn starrte an die Wand. Die beiden alten Damen hatten ihre Anweisungen und Regeln befolgt, hatten die Zimmer saubergehalten und sich Hände und Gesicht regelmäßig gewaschen. Doch irgend etwas an dieser Krankheit kam Kathryn bekannt vor ... Sie schloß die Augen und hielt sich an der Tischplatte fest. Sie versuchte, sich an einen Patienten zu erinnern, den ihr Vater einmal behandelt hatte. Sie erinnerte sich an die Symptome; es waren dieselben, unter denen Maude und Eleanor litten, doch wie hatte ihr Vater sie behandelt? Sie wandte sich wieder dem *Herbarium* zu. Ihr Blick fiel auf einen Eintrag: *Digitalis purpurea*. »Fingerhut!« sagte Kathryn leise vor sich hin. Sie ging wieder in die Küche und trat in den Garten hinaus, wo sie zwischen den Reihen selbstgezüchteter Kräuter entlangging, bis sie fand, wonach sie gesucht hatte. Der Fingerhut, der dort wuchs, hatte lange geblüht. Die mattrosa und magentaroten Blütenfarben begannen zu verblassen, doch sie wuchsen kräftig nach und warteten darauf, noch einmal blühen zu können. Kathryn ging in die Hocke, berührte die haarigen Blätter und fragte sich, wie zwei alte Damen mit einer so gefährlichen Pflanze in Berührung kommen mochten.

»Kathryn.« Thomasina trat mit leisen Schritten hinter sie.

»Fingerhut«, erwiderte Kathryn. Sie stand auf und drehte sich um. »Thomasina, wie um alles in der Welt können zwei alte Damen Fingerhut essen?«

»Daran würden sie sterben«, sagte Thomasina.

»Oh nein! Wenn man ihn in kleinen Dosen verabreicht, kann er sehr wohl dieselben Symptome auslösen, an denen die beiden leiden: Schwindel, Übelkeit, übersäuerter Magen. Bist du sicher, daß das Wasser klar war?«

»Natürlich, Mistress, das Faß war sorgfältig gereinigt, das Regenwasser sauber.«

Kathryn ging zum Haus zurück, und Thomasina folgte ihr.

»Es sei denn, jemand anderes hat ihnen etwas zu essen gegeben. Doch das hätten sie mir gesagt«, überlegte Kathryn und blieb stehen. Ein kalter Schauer lief ihr über den Rücken. »Wuf!« rief sie.

Ein lautes Poltern auf der Treppe, und der Junge hüpfte in die Küche. Kathryn hockte sich vor ihn.

»Wuf, renn so schnell du kannst zum Rathaus und suche den Schreiber, Master Simon Luberon.«

»O ja, den kenn' ich, klein und dick.«

»Ja, Wuf, klein und dick. Richte ihm aus, er möge ein paar Vollzugsbeamte mitbringen und zum Pesthaus in der Old Jewry Lane kommen.«

»Und wo seid Ihr, Mistress?«

»Ich werde dort sein.«

Kathryn ließ Wuf die Botschaft wiederholen. Der Junge eilte davon, während Thomasina die Mäntel holte und der Spülmagd Agnes Anweisungen erteilte. Dann verließen die beiden Frauen das Haus und gingen die Ottemelle Lane hinauf.

Rawnose humpelte auf sie zu, um Kathryn für die Arznei zu danken, doch sie ging mit eiligen Schritten einfach an ihm vorüber. An der Ecke versuchte Schreiber Goldere, der sich noch immer den Hosenlatz kratzte, ihnen in den Weg zu treten, doch ein Blick in Thomasinas Gesicht ließ ihn zurückweichen. Kathryn wußte bereits, wie sie vorgehen wollte. Sie überhörte Thomasinas lautstarken Protest und trat in den muffigen Dunst des Wirtshauses ›Zum müden Wandersmann‹ an der Ecke zur Old Jewry Lane.

»Pfui!« brummte Thomasina. »Hier stinkt es nach Bier und Zwiebeln. Mistress, was um alles in der Welt habt Ihr hier zu suchen?«

Kathryn blieb im Türeingang stehen. Sie blickte sich um und lächelte, als sie die beiden Leichensammler erblickte. Lammfromm trat sie zu ihnen.

»Meine Herren, ich muß mich bei Euch entschuldigen.«

Die beiden Leichensammler sahen sie mit offenem Mund an. Bierschaum rann ihnen über das Kinn und tropfte auf den Tisch.

»Wovon redet Ihr?« stieß einer von ihnen hervor.

»Von den beiden alten Damen, Maude und Eleanor. Ihr hattet recht: Sie haben die Pest! Oder das Tertianafieber.«

»Sind sie tot?«

»Nein, aber sie werden bald sterben«, sagte Kathryn achselzuckend. »Ich habe sie gerade besucht. Ich kann nichts mehr tun, außer Euch zu informieren, wie es die Vorschriften der Stadt bestimmen.« Kathryn machte auf dem Absatz kehrt, ging zur Tür hinaus und eilte die Old Jewry Lane hinunter.

Eleanor öffnete, inzwischen völlig kraftlos, auf Kathryns Klopfen die Tür. Sie ließ sich von ihr sanft ins Innere des Hauses schieben, während Thomasina ob dieser unziemlichen Hast grummelte.

»Kommt«, drängte Kathryn und führte die alte Dame zurück ins Sonnenzimmer. »Wir werden bald Besuch bekommen. Thomasina, geh zum Wasserfaß und nimm vier – nein, sechs – Becher mit. Fülle sie bis zum Rand, trink aber nicht daraus.«

Kathryn schmunzelte, als Thomasinas Verwunderung einem wissenden Lächeln wich. Die Amme tat, wie ihr geheißen, und brachte die Becher ins Sonnenzimmer, wo Kathryn alle bat, sich still zu verhalten. Die alten Damen, schwach und kränklich, gehorchten. Kathryn saß auf einem Hocker und kippelte vor und zurück.

»Sie werden kommen«, flüsterte sie.

Sie dachte an den Weg, den Wuf zurücklegen mußte, an die Zeit, die es ihn kostete, Luberon ausfindig zu machen, und vertraute darauf, daß der Schreiber erst nach ihren Besuchern ankäme. Kathryns Geduld wurde bald belohnt. Laut wurde gegen die Tür geschlagen. Sie bedeutete allen mit einer Handbewegung, sich ruhig zu verhalten. Wieder ertönten mehrere Hiebe, dann sprang die Tür auf, und sie vernahmen Schritte, die durch den Korridor schlichen. Die beiden Leichensammler betraten das Sonnenzimmer. Kathryn vermochte nicht zu sagen, was sie mehr überraschte: daß die beiden alten Damen noch lebten oder daß Thomasina und die Heilerin in aller Seelenruhe dort saßen.

»Was hat das zu bedeuten?« knurrte einer von ihnen. »Was soll der Unsinn?«

»Oh, Maude und Eleanor sind krank.« Kathryn lächelte, erhob sich und nahm zwei Becher vom Tablett. »Bitte, trinkt doch etwas frisches Wasser aus dem Faß.«

Die Leichensammler nahmen die Becher.

»Ich trinke nie Wasser«, sagte einer von ihnen sofort.

»Oh, diesmal werdet Ihr etwas trinken. So wie wir alle!« Kathryn teilte die anderen Becher aus. »Wißt Ihr«, fuhr sie fort, »auch wenn Ihr nicht wollt, ich werde einen Schluck nehmen.« Sie führte den Becher an die Lippen und sah Panik im Gesicht des einen Mannes.

»Nein, haltet ein!«

Kathryn ließ den Becher sinken. »Warum?«

»Ach, halt doch den Mund!« Der Ältere drehte sich wütend zu seinem Bruder um. »Halt's Maul, du dummer Feigling!«

»Warum soll er den Mund halten?« verkündete Kathryn. »Er wird am Ende doch gestehen. Das Bezirksgericht wird zusammentreten und die Nachbarn versammeln, die bezeugen werden, daß sie dieses Haus auf Eure Anweisungen hin gemieden haben.«

Sie sah Eleanor an, die weise nickte.

»Die einzigen, die dieses Haus betreten haben, wart Ihr und ich. Ich kam als Ärztin her. Ich habe das Wasserfaß reinigen lassen. Ich habe seine Reinheit regelmäßig geprüft, doch daß Ihr die alten Damen verfolgt, ist wohlbekannt.«

»Verpiß dich!« schnaubte der Leichensammler.

»Was sie sagt, stimmt!« kreischte Maude. »Erst gestern noch seid Ihr hier gewesen. Ihr habt gesagt, daß es Euch leid tue, uns

Ärger bereitet zu haben, doch Ihr tätet lediglich Eure Pflicht. Ihr habt um einen Schöpflöffel Wasser gebeten.«

Der Leichensammler riß seinem Gefährten den Becher aus der Hand und donnerte beide auf den Tisch.

»Ich muß mir das nicht anhören!« knurrte er.

»Oh, es wird nicht lange dauern«, sagte Kathryn. »Und kommt mir nicht mit Gewaltandrohungen. Ihr seid mit einem kleinen Beutelchen Fingerhut in dieses Haus gekommen und habt ihn ins Wasserfaß gestreut. Die alten Damen sollten schwach und krank werden und schließlich sterben. Dann hättet Ihr Euch an allen Besitztümern, die Ihr haben wolltet, bedient.«

»Das stimmt nicht«, murmelte der Jüngere.

»Aber ja«, flüsterte Kathryn. »Und Ihr habt die Wahl, ob Ihr vor dem Sonderbeauftragten des Königs in Canterbury des versuchten Mordes angeklagt werden wollt oder ob Ihr gesteht und Euch der Gnade des Königs ausliefert.«

Zu welcher Antwort der Leichensammler auch immer ansetzte, sie ging in einem ohrenbetäubendem Türklopfen unter. Thomasina öffnete und kam mit Luberon und einer Schar Vollzugsbeamter wieder herein.

»Was hat all das zu bedeuten?« schnaufte der Schreiber, der die offizielle Miene größten Bedauerns zur Schau trug.

Im Hintergund ließ sich Wuf vernehmen, der auf und ab hüpfte und nach Mistress Swinbrooke schrie. Kathryn nahm ihren Mantel an sich.

»Drei Dinge, Master Luberon. Erstens: Ich werde Thomasina hierlassen und Wuf nach Hause bringen. Zweitens« – sie zeigte auf die Leichensammler – »die beiden haben sich des versuchten Mordes schuldig gemacht.« Sie schickte sich an zu gehen.

»Ihr spracht von drei Dingen?« fragte Luberon.

»Ach ja, trinkt um Himmels willen nicht von dem Wasser!«

»Warum?« fragte Luberon.

»Fragt sie!« Kathryn warf den beiden Leichensammlern einen anklagenden Blick zu. Die beiden Männer standen jetzt mit hängenden Schultern und gesenktem Haupt da, so daß Kathryn sie nicht auseinanderhalten konnte. Derselbe Körperbau, wenn auch verschiedene Kopfformen, dachte sie. Plötzlich fiel ihr die enthauptete Leiche ein, die aus dem Fluß gezogen worden war. »Was ist, wenn …?« murmelte sie vor sich hin.

»Wie bitte?« fragte Luberon.

Kathryn sah den kleinen Schreiber an. »Die kopflose Leiche«, erwiderte sie, »die wir uns angesehen haben. Kann sie morgen eingesargt und zur Burg gebracht werden?«

Luberon zuckte die Achseln. »Sie soll nicht vor heute abend beerdigt werden. Ich könnte es hinauszögern.«

»Dann macht es, bitte«, sagte Kathryn nachdenklich. »Kann sein, daß ich einen schweren Fehler begangen habe.«

Acht

Am nächsten Morgen ging Kathryn hinunter zur Kirche von St. Mildred, wo sie die Messe in einer Votivkapelle besuchte. Nachdem der Priester sein »Ite, Missa Est« gesungen hatte, zündete Kathryn vor der Statue der Jungfrau Maria ein paar Kerzen an und ging zum Grab ihres Vaters, um zu beten. Sie betrachtete die in Stein gemeißelte Inschrift, die sie für seinen Seelenfrieden verfaßt hatte. Bilder aus Kindertagen kamen ihr in den Sinn: Sie trippelte neben dem Vater durch die Straßen von Canterbury; draußen vor der Stadt suchte sie mit Thomasina nach bestimmten Pflanzen oder Kräutern. Kathryn blinzelte, um die Tränen zu unterdrücken, küßte die Fingerspitzen und drückte sie auf den kalten, grauen Stein.

»Du fehlst mir«, flüsterte sie.

Vor dem Hochaltar beugte Kathryn das Knie und verließ die Kirche. Draußen vor dem Portal setzte sie sich auf einen Steinsockel und ließ sich die wohltuende Sonne ins Gesicht scheinen. Müßig blickte sie den Karren und Packpferden nach, die sich einen Weg zum Buttermarkt bahnten. Sie dachte an den bevorstehenden Besuch in der Burg und hoffte, daß sich ihr Verdacht bezüglich der kopflosen Leiche, die man aus dem Stour gefischt hatte, bestätigte.

»Kathryn, Ihr träumt doch nicht etwa von mir?«

Sie schirmte die Augen mit der Hand ab und blickte zu Colum auf. Er zeigte auf das Kirchentor hinter ihr.

»Ich war in Kingsmead draußen und bin zurückgekommen, um Thomasina zu ärgern. Ich habe Euer Pferd aus dem Stall geholt.« Er beugte sich vor und berührte zärtlich mit dem Handschuh ihre Wange. »Habt Ihr wirklich von mir geträumt, Kathryn?«

Kathryn erwiderte sein Lächeln. »Und wenn es so wäre, Ire?«

»Ach«, sagte er, »das allein würde mir als Belohnung für einen harten, arbeitsreichen Tag schon ausreichen.«

Kathryn kniff die Augen zusammen. Sie hätte ihn gern noch weiter aufgezogen, doch Witwe Gumple fegte den Pfad entlang auf sie zu, mit fest verbissener Miene, als ob sie an einer Zitrone lutschte. In ihren weiten, wallenden Gewändern und mit dem lächerlichen Kopfputz wirkte die Witwe wie eine dickbäuchige Kogge unter vollen Segeln.

»Guten Morgen, Mistress Swinbrooke«, sagte die Gumple mit honigsüßer Stimme.

»Guten Morgen, Witwe Gumple. Wie geht's?«

Witwe Gumple neigte gönnerhaft den Kopf, warf einen nervösen Seitenblick auf Colum, der ihr einen finsteren Blick zuwarf, und verschwand in der Kirche, um, wie sie zu verkünden pflegte, ›dem Herrn zu dienen‹.

»Nur eine Ausrede für Klatsch und Tratsch«, hatte Thomasina einmal bemerkt. »Die fette Kuh hat noch nie in ihrem Leben ein echtes Gebet über die Lippen gekriegt!«

Colum blickte der Witwe nach. »Was wolltet Ihr doch gleich sagen, Mistress Swinbrooke, oder traut Ihr Euch jetzt nicht mehr?« Er half ihr beim Aufstehen. »Habt Ihr Angst vor Klatschmäulern?«

Kathryn klopfte sich den Staub vom Kleid.

»Angst, Ire?« erwiderte sie mit gespielter Neugier. »Angst wovor?«

»Vor Klatschmäulern.«

»Und worüber, bitteschön, sollten sie tratschen?« fragte Kathryn mit einem unschuldigem Augenaufschlag.

Colum holte tief Luft; er war auf dem besten Wege, wieder einmal in eine von Kathryns schlauen Fallen zu geraten.

»Über meine Wenigkeit«, stammelte er.

»Was meint Ihr damit, Ire?«

»Nun ja«, stotterte er. »Immerhin wohne ich bei Euch.«

»Wuf auch.«

»Ich bin ein Mann«, sagte Colum.

»Ach, wirklich?« fragte Kathryn unschuldig. »Und warum

sollte sich jemand den Mund darüber zerreißen, daß Ihr ein Mann seid?«

Colum hielt es nicht länger aus und packte sie beim Ellbogen.

»Na, na, meine Kleine, Ihr wißt doch genau, was ich meine.«

Kathryn schenkte ihm ein Lächeln. »Ihr seid ein Freund, Colum«, sagte sie. »Ein lieber, guter Freund. Ich vertraue Euch. Wenn Ihr fortgingt, gäbe es wohl kaum einen Tag, an dem ich nicht an Euch dächte. Aber ...«

»Aber was?« hakte Colum nach.

Kathryn deutete in Richtung Kirche. »Ich habe gerade an meines Vaters Grab gebetet.« Sie umklammerte Colums Handgelenk. »Vor Jahren, Murtagh, wäre ich bei einem Mann, wie Ihr einer seid, schwach geworden.« Sie schmunzelte. »In jeder Hinsicht. Doch je älter wir werden, Colum, um so bewegter wird das Leben, und man muß stets dagegen ankämpfen, nicht abzudriften.«

Kathryn hielt inne und blickte dem Gemeindediener nach, der wichtigtuerisch aus der Kirchentür trat und zum Markt ging. Ihm folgte ein Büttel, der einen Fischhändler zum Anger führte. Die verdorbene Ware, die der Händler hatte verkaufen wollen, hing um seinen Hals.

»Es ist Alexander Wyville«, fuhr Kathryn fort, »nicht Witwe Gumples loses Mundwerk. Er ist der Geist, der in meiner Seele herumspukt. Er sagte, daß er mich liebte, doch er war nichts weiter als ein Trunkenbold und ein Tyrann.«

»Und nun glaubt Ihr, ich sei auch so?« erwiderte Colum.

»Nein, das nicht.« Kathryn hakte sich bei ihm unter, und sie gingen gemeinsam auf das Tor zu. »Wyville war ein dem Trunk verfallener brutaler Kerl. Er könnte noch am Leben sein, daher bin ich vor dem Gesetz Gottes noch verheiratet. Und dennoch«, sagte sie und seufzte, »ist das nur das Treibgut auf der Oberfläche des Flusses, der Schmerz liegt darunter. Auch die Seele hat Wunden, Colum. Das Dumme daran ist nur«, fuhr sie fort, »daß sie so schlecht verheilen.«

Colum sah, daß sich ihre Augen mit Tränen füllten.

»Nun«, sagte er und drückte ihr die Hand, »wenn Ihr nur von

mir träumt, ist das schon mehr, als ein Ire überhaupt verlangen kann.«

Er schlug erneut einen scherzhaften Ton an, denn er wußte, daß es grausam wäre, mit weiteren Fragen in sie zu dringen. Sie holten ihre Pferde und gingen schweigend durch Winchepe auf die Burg zu.

»Master Luberon wird also die Leiche bereitstellen? Was hofft Ihr zu finden?«

Kathryn hielt an und schlang die Zügel des Pferdes um ein Handgelenk. Bei dem Gedränge auf den Straßen und Wegen hatte es keinen Zweck, auf die Pferde zu steigen. An den Ständen herrschte geschäftiges Treiben, und die Luft war erfüllt von den Flüchen der Fuhrleute, die laut riefen: »Aus dem Weg! Aus dem Weg!«

Kathryn wartete mit ihrer Antwort, bis sie sich hindurchgeschlängelt hatten.

»Ich bat Luberon, die Leiche zur Burg zu bringen, weil ich glaube, daß man sie dort möglicherweise identifizieren kann. Vielleicht habe ich einen Fehler gemacht. Die Leiche war die eines kräftigen, wohlgenährten Mannes, daher stand für mich von Anfang an fest, daß es sich nicht um einen Gefangenen handeln konnte. Sparrow hingegen war jung und stark. Davon kann man wohl ausgehen, denn er hat immerhin den Wärter überwältigt.« Sie zuckte die Schultern. »Hinzu kommt, daß Webster offenbar ein gutmütiger Kerkermeister war. Ich bezweifle, daß jemals ein Gefangener in der Burg von Canterbury Hunger gelitten hat. Das Essen mag nicht gut, aber dafür reichlich sein.«

»Andererseits habt Ihr gesagt, an den Fuß- und Handgelenken der Leiche seien keine Abdrücke von Fesseln zu sehen gewesen.«

»Auf diesen Fehler hättet Ihr kommen können«, erwiderte Kathryn streng.

»Was soll das heißen?« mokierte sich Colum. »Ihr wollt mich doch nicht etwa tadeln, Mistress Swinbrooke?«

»Sagt, Ire«, gab Kathryn ebenso spöttisch zurück, »Ihr wart doch einmal Marschall im Dienste Seiner Majestät?«

Colum nickte.

»Ihr habt Männer ins Gefängnis gesteckt?«

Colum stimmte zu.

»Und wie viele von ihnen trugen Ketten und Fesseln?«

Colum lächelte und tippte Kathryn zärtlich auf die Nasenspitze.

»Kluges Mädchen«, sagte er und führte sein Pferd weiter. »Natürlich! Die Tatsache allein, daß Sparrow bei seiner Flucht Fesseln trug, beweist noch lange nicht, daß er sie die ganze Zeit über trug. In der Gefängniszelle wurden sie ihm bestimmt abgenommen. Man legte sie ihm wahrscheinlich nur an, wenn er hinaus in den Burghof geführt wurde.«

»Und damit wird unsere Aufgabe nicht unbedingt leichter«, sagte Kathryn.

»Wieso?« fragte Colum.

»Nun ja …« erwiderte Kathryn langsam. »Sparrow floh, nachdem er den Wärter getötet und seine Fesseln gelöst hatte.« Sie zwinkerte Colum zu. »Übrigens haben wir nie danach gefragt, was mit diesen geschehen ist. Na ja, jedenfalls entkommt Sparrow aus der Burg. Was ihm nicht schwerfiel, denn es dämmerte bereits, und die Garnison war auf eine Rumpftruppe geschrumpft. Und nun, Ire, was würdet Ihr tun, wenn Ihr der Entkommene wärt?«

Colum hob die Augenbrauen. »Ich würde mir was zu essen stehlen, ein Pferd, einen Dolch, was auch immer. Ich würde gewiß dafür sorgen, mich so weit wie möglich von Canterbury zu entfernen.«

»Doch das hat Sparrow nicht getan«, erwiderte Kathryn. »Oh, natürlich wird man in der Stadt Warnungen ausgegeben haben. Dennoch ist der Gefangene, wenn er einmal frei ist, schon meilenweit entfernt, ehe die guten Bürger von seiner neu gewonnenen Freiheit überhaupt erfahren.« Kathryn blickte zum hoch aufragenden Bergfried der Burg empor und dachte an Websters Todessturz. »Irgend etwas hat Sparrow in Canterbury festgehalten«, überlegte sie. »Allem Anschein nach ist er eines gewaltsamen Todes gestorben, aber durch wessen Hände? Es muß jemand gewesen sein, der unbarmherzig genug war, ihn nicht nur umzubringen, sondern ihn auch noch zu enthaupten und seinen Rumpf in den Stour zu werfen.«

»Wenn ich Euch recht verstehe«, sagte Colum, »dann hatte derjenige, der Sparrow getötet hat, Angst vor ihm? Erpressung?«

»Wußte Sparrow etwas über Brandons Tod?« stellte Kathryn die Gegenfrage. »Und hat er dieses Wissen benutzt?«

»Was könnte der entlaufene Gefangene schon gewußt haben?« fragte Colum. »Wäre es möglich, Kathryn, daß Sparrow Webster erpreßt hat? Hat der Festungskommandant Sparrow getötet, seine Leiche in den Stour geworfen und dann in einer Art geistiger Umnachtung auf dem Burgturm Selbstmord begangen?«

Kathryn führte ihr Pferd über die Zugbrücke. »Wir bauen unsere Burgen auf Sand«, sagte sie. »Wir müssen immer noch herausfinden, ob die Leiche wirklich Sparrow ist.«

Sie trafen Luberon, der im Burghof neben einem riesigen, vierrädrigen Karren ungeduldig von einem Bein auf das andere trat. Er winkte Colum und Kathryn zu sich.

»Ich bin schon eine ganze Weile hier«, verkündete er rundheraus. »Mistress Kathryn, diese Leiche gehört unter die Erde.« Mit tadelndem Blick betrachtete er die mageren Hühner, die im Staub pickten, und die Hunde, die träge in der frühen Morgensonne lagen. Sie ließen sich von seinen scharfen Worten nicht beeindrucken. »Hier scheint überhaupt niemand zu wissen, wer ich bin«, beschwerte er sich und blähte die dicke Brust auf. »Ich habe mich an den Schreiber Fitz-Steven gewandt, doch der Lump hat mir nur gesagt, ich solle mich verpissen!«

Kathryn ergriff die Hand des kleinen Mannes. »Ich bin Euch dankbar, Simon, und Colum auch. Und nun«, fügte sie schelmisch hinzu, »seht zu, wie unser Ire dieses Wespennest aufmischt.«

Colum ging bereits auf einen Pferdeknecht zu, der auf den Stufen des Bergfrieds saß und an einem Strohhalm kaute. Unüberhörbar erteilte er knappe Befehle, und schon machte sich der Mann flink wie ein Wiesel davon. Die Offiziere der Garnison tauchten nacheinander mit mürrischer Miene im Hof auf. Alle außer Gabele und Fletcher legten die Stirn in besorgte Falten, als sie Colum und Kathryn begrüßten.

»Was ist denn nun schon wieder?« jammerte Fitz-Steven.

»Wir haben Euch Euren Gefangenen zurückgebracht«, sagte Colum. »Zumindest glauben wir, daß er es ist. Darf ich Euch auch Master Simon Luberon vorstellen, den Sekretär des Erzbischofs von Canterbury, den Ersten Schreiber der Ratsversammlung der Stadt. Ein Mann, der, wenn er schlecht gelaunt ist, jedem von Euch hier in der Burg das Leben schwer machen kann.«

Man begrüßte Luberon mit falschem Lächeln, Füße scharrten verlegen im Kies, und Fitz-Steven murmelte so etwas wie eine Entschuldigung.

»Was habt Ihr gesagt?« fragte Gabele ruhig. »Ihr habt Sparrow zurückgebracht?«

Kathryn ging zu dem Karren und zog den Deckel vom Sarg.

»Zumindest das, was von ihm übriggeblieben ist«, sagte sie nüchtern und rümpfte die Nase beim durchdringenden Gestank, der dem klapprigen Kasten entströmte.

Colum winkte die Umstehenden herbei. »Der Reihe nach, bitte.«

Er sprang auf den Karren und half den Garnisonsangehörigen hinauf. Fitz-Steven war der erste. Er mußte sich sofort übergeben und sprang vom Karren, sehr zu Luberons Genugtuung. Die übrigen waren sachlicher. Kaplan Peter vollführte hastig ein Segenszeichen, neigte den Kopf und stieg herunter. Fletcher jedoch betrachtete die kopflose Leiche eingehender.

»Umdrehen!« krächzte er und machte Colum ein Zeichen. »Tut, was ich Euch sage.«

Colum folgte. Fletcher deutete auf eine schwach rosa Narbe, die über der Wirbelsäulenbasis verlief.

»Es ist Sparrow«, verkündete er. »Ich erkenne diese Narbe wieder.« Er zeigte auf die Hände des Mannes. »Und wenn Ihr Euch die rechte Handfläche anschaut, werdet Ihr feststellen, daß die Haut narbig ist. Sparrow hat mir einmal erzählt, daß er sich die Hand verbrannt hat, als er während einer Schlägerei in einem Wirtshaus brennende Holzkohle auf einen Gesetzeshüter warf.«

361

Colum berührte das schwammige weiße Fleisch. »Ja, da sind sie.« Er drehte sich um. »Gabele?«

Der Waffenmeister schüttelte den Kopf. »Wenn Fletcher ihn wiedererkennt, reicht mir das«, sagte er und rieb sich den Bauch. »Ich habe gerade erst gefrühstückt. Ich will mich nicht der Lächerlichkeit preisgeben.«

Colum schob den Deckel wieder auf den Sarg und sprang vom Karren. Er deutete vor Luberon eine Verbeugung an.

»Master Simon, ich danke Euch.«

»Wünscht Ihr, daß ich bleibe?« fragte Luberon und blickte erwartungsvoll auf Kathryn.

Sie schüttelte den Kopf. »Wir haben Euch lange genug von wichtigeren Dingen abgehalten.« Sie lächelte. »Ich werde Euch zu gegebener Zeit davon unterrichten, was hier vor sich geht.« Sie wandte sich an die anderen. »Wenn die Herren nun ein wenig Zeit für uns hätten?«

Während Luberon nach seinem Kutscher rief, führten Colum und Kathryn die protestierende Gruppe hinauf in die große Halle des Bergfrieds. Als sie sich um die schwache Glut, die in dem großen Kamin schwelte, versammelten, zog Kathryn Colum beiseite.

»Zu dieser Angelegenheit sollten wir sie einzeln befragen«, flüsterte sie ihm zu.

Colum nickte. Gabele trat mit besorgter Miene zu ihnen.

»Ire, wir können uns denken, was nun kommt. Dennoch ist dies eine der Burgen des Königs, und wir haben zu tun. Vater Peter muß noch eine Messe abhalten. Die Garnison braucht ihre Befehle, Vorräte müssen überprüft werden.«

Colum zeigte auf die Stundenkerze, die auf ihrem Eisenzapfen an der Kaminecke zischte. Die Flamme befand sich auf halbem Wege zwischen zehntem und elftem roten Kreis.

»Um elf«, sagte er. »Doch dann, Simon, wollen wir jeden von Euch einzeln sehen. Ach ja, Ihr hattet übrigens recht mit Eurer Vermutung: Sparrow entkam aus dieser Burg. Wir glauben, daß derjenige, der ihn umgebracht hat, hier lebt und etwas zu verbergen hat.«

Gabele hob überrascht die Augenbrauen.

»Aber behaltet das für Euch«, fügte Kathryn hinzu.

Gabele nickte und ging. Er raunte seinen Gefährten etwas zu, was erneut mit Stirnrunzeln und Stöhnen quittiert wurde, doch dann verließen sie die Halle. Gabele bot Kathryn und Colum Wein an, den sie ablehnten. Nachdem alle gegangen waren, stellte Colum einen Stuhl und zwei Hocker in eine hintere Ecke. Über ihnen hingen verstaubte, arg ramponierte Schilde. Kathryn blickte sich um.

»Allzu sauber ist es hier nicht«, murmelte sie.

»Das sind Burgen nie«, erwiderte Colum.

»Wie ist das Leben in einer solchen Burg?« fragte sie sich. »Ich erinnere mich, daß ich als Kind zu den Mauern und Türmen emporgeschaut habe. Ich sah dann stets die Banner im Winde flattern und dachte mir, daß so eine Burg ein wunderbarer Ort wäre. Märchenhafte Gebäude, voll mit tapferen Rittern und Damen in Samt und Seide. Dunkle, rätselhafte Gebäude, gräßliche Kerker und Turnierplätze, die vom Echo donnernder Hufe und klingenden Stahls widerhallten.«

»Herrgott, Kathryn«, sagte Colum und deutete auf den Stuhl. »Das sind Hirngespinste.« Er blickte zu den rußgeschwärzten Dachsparren empor und an der Wand entlang zur abbröckelnden Feuerstelle. »Um Himmels willen, Kathryn, seht Euch nur die mottenzerfressenen Wandbehänge an.« Er warf mit der Fußspitze die gelblichen Binsen auf. »Burgen sind die langweiligsten Orte auf Gottes weiter Welt. Schlechtes, verdorbenes Pökelfleisch und Wein, der einem den Magen umdreht.« Er lachte bitter. »Und die Garnisonen sind nicht besser.« Er setzte sich neben sie auf einen Hocker. »Jeder dieser Offiziere«, fuhr er fort, »hat etwas zu verbergen. Jetzt sind sie alle verbittert.« Er bemerkte Kathryns überraschte Miene. »Oh ja. Sie sind ausnahmslos Soldaten: Gabele und Fletcher kämpften auf den blutdurchtränkten Feldern von Towton und Wakefield. Fitz-Steven und Vater Peter waren Lagerschreiber. Männer, die aufgrund ihrer düsteren Vergangenheit weder eine Pfarrei von einem Bischof noch eine gehobene Stellung bei einem Adligen zu erwarten haben. Eine Zeitlang hat der Krieg zwischen den Häusern York und Lancaster das alles verändert.« Colums Augen glühten. »Eine aufregende Zeit, Kathryn! Schnelle Märsche gegen den Feind. Wehende Banner und Standarten. Donnernde Hufe der Schlachtrosse. Bewaffnete Männer in dicht aufgeschlossenen Reihen hintereinander. Eine dunkle Wolke von Pfeilen am Himmel.« Colum lächelte. »Selbst mir fehlt es.« Er hielt inne. »Oh ja, der Tod marschiert mit Euch, doch das tut er immer. Steht Ihr auf der Seite des Verlierers, kommt Ihr davon, weil Ihr ein Gemeiner seid. Besser noch, Ihr könnt die Seiten wechseln. Steht Ihr indes auf der Seite der Gewinner, ist Euch reiche Beute gewiß.« Colum deutete mit einer ausladenden Handbewegung in die Halle. »Jetzt ist alles vorüber. Langweiliger Garnisonsalltag, und Canterbury ist noch eine *gute* Lage. Könnt Ihr Euch vorstellen, wie es in Alnwick im schottischen Marschland aussieht? Oder in der Öde der walisischen Marsch?«

Kathryn beugte sich vor. »Demnach sind alle diese Männer in der Lage, jemanden zu töten?«

»Natürlich.« Colum lachte kurz auf. »Wir alle sind Mörder, Kathryn. Söldnertruppen, das ist das einzige, was wir kennen. Ich wette, Vater Peter hat schon einmal einem Menschen die Kehle durchgetrennt, nachdem er ihm die Beichte abgenommen hat.«

»Selbst ein Mann wie Gabele?«

»Oh, er ist durchaus ehrenhaft. Ein guter Kamerad. Er würde nie sein Wort brechen, doch Kathryn, hier geht es um Reichtümer. Um einen Saphir, der diese Männer gewiß in Versuchung führen könnte. Eine Möglichkeit, der Langeweile dieses wertlosen Lebens zu entkommen.« Colum hielt inne, als ein Diener durch die Halle ging und ein neues Holzscheit auf das blakende Feuer legte. »Und das macht unsere Aufgabe um so schwieriger«, fuhr er fort, als der Diener die Tür hinter sich ins Schloß zog. »Gefangene werden in Burgen selten mißhandelt. Man betrachtet sie als willkommene Ablenkung vom eintönigen Alltag. Erinnert Ihr Euch, was man uns über Brandon sagte? Alle sind zu den Verliesen heruntergegangen, selbst der Ehrsame. Langeweile ist auch die Erklärung dafür, warum diese Kreatur hier gut untergekommen ist.« Colum spielte an seinem ledernen Handgelenkschoner.

»Und ganz gleich, was gesagt wurde«, fuhr er fort, »Brandon hat einem oder allen Offizieren etwas über das *Auge Gottes* gesagt.«

Kathryn fuhr zusammen, als die Tür heftig aufgestoßen wurde. Gabele trat ein.

»Na schön.« Der Waffenmeister zeigte auf die Kerze. »Schießt los, Ire, und stellt Eure Fragen.« Er ließ sich auf den Hocker fallen und wischte sich mit dem Ärmel den Schweiß von der Stirn. »Herrgott, wie gern käme ich von hier weg!« Er lächelte Kathryn an. »Lieber eine Woche marschieren, als auch nur einen Tag in Burgvorräten herumwühlen.«

Kathryn betrachtete das harte Gesicht des Soldaten und rief sich Colums Worte ins Gedächtnis. War es möglich, daß dieser Mann Sparrow in einem einsamen Gebüsch am Stour getroffen, ihn getötet und ihm den Kopf abgeschlagen hatte?

Gabele kratzte sich die unrasierte Wange mit schmutzigen Fingernägeln.

»Nun, Mistress?«

»Ihr habt mit Brandon gesprochen?«

»Gewiß, wie alle hier. Warum auch nicht? Er war ein liebenswerter junger Knappe. Er hatte so manche lustige Geschichte auf Lager.«

»Und Eure Tochter hat ihm das Essen gebracht?«

»Hin und wieder, ja. Manchmal bin ich gegangen, dann wieder Vater Peter oder Fitz-Steven.« Er grinste Colum an. »Fletcher mochte ihn auch.«

»Und Sparrow?« fragte Kathryn.

»Oh, das war ein gemeiner Bastard. Er redete zwar, doch er war noch entschlossener, der Schlinge des Henkers zu entkommen.«

»Haben die beiden Gefangenen miteinander gesprochen?«

»Wie ich Euch gezeigt habe«, erklärte Gabele, »gibt es einen losen Ziegelstein zwischen den Zellen. Natürlich konnten sie miteinander reden.«

»Und Sparrows Flucht?« unterbrach Colum. »Er war an Händen und Füßen gefesselt, als man ihn hinausführte.«

»Oh ja, sie wurden in dem Fall stets angelegt.«

»Und wer war dafür verantwortlich?«

»Ich«, erwiderte Gabele und grinste. »Geht in die Verliese hinunter; vor jeder Zelle hängt ein Satz Fesseln, Ketten und Schlösser. Doch wenn der Gefangene sie anlegt, werden sie vom Wärter abgeschlossen.«

»Was ist aus ihnen geworden?« fragte Colum.

Gabele zog ein langes Gesicht. »Sparrow hat sie mitgenommen. Mein Gott, Ire, Ihr habt die Burg gesehen. Es gibt hier mehr Tauben als Soldaten. Ich vermute, Sparrow hat den Wärter getötet, ihn bewußtlos geschlagen und erdrosselt. Denkt daran, es war Abend. Sparrow hat seine Kleider, den Dolch und die Fesseln mitgenommen. Ein Satz Ketten ist so tödlich wie eine schwingende Keule.«

»Kanntet Ihr Sparrow schon vor seiner Gefangennahme?« fragte Kathryn.

Gabele schüttelte den Kopf.

»Oder Brandon?«

Wieder Kopfschütteln.

»Und der Mord an Sparrow?«

Der Waffenmeister streckte die Hände aus. »Um Himmels willen, Mistress, warum sollte ich Sparrow umbringen?«

Kathryn konnte die Frage nicht beantworten. Sie dankte ihm. Gabele ging hinaus, und Fletcher betrat die Halle. Er gab im Grunde die gleichen Antworten auf dieselben Fragen. Nur Colums Frage nach Brandon beantwortete er anders.

»Habt Ihr oft mit dem Gefangenen geredet?«

Kathryn war sicher, daß Fletcher dies leugnen würde.

»Nun, habt Ihr?« hakte Kathryn nach.

Fletcher rieb sich die verschwitzten Handflächen an seinem schmutzigen Wams ab.

»Ja, schon«, murmelte er. »Ich habe den Mann gefangengenommen. Ich mochte ihn ziemlich gut leiden.«

Kathryn sah für einen Augenblick Trauer in den Augen des Mannes und wurde stutzig.

»Ihr seid Junggeselle, Master Fletcher?«

Der Mann wurde prompt rot vor Verlegenheit.

»Ich mochte Brandon sehr«, stammelte er. »Er war klug. Er brachte mich zum Lachen.«

»Und Sparrow? Hat er Euch auch zum Lachen gebracht?« fragte Colum scharf.

»Sparrow war ein niederträchtiger, hinterhältiger Bastard«, erwiderte Fletcher. »Der Wärter war ungeschickt. Ein Mann wie Sparrow wartet doch nur auf eine Gelegenheit.«

»Und Websters Tod? Sein merkwürdiges Verhalten auf der Rasenfläche?«

»Ich glaube nicht, daß Sir William ermordet wurde«, beeilte sich Fletcher zu versichern. »Er ist einfach durchgedreht. Er hatte zwei Gefangene verloren, und der König war verärgert.« Fletcher spielte mit dem Knauf seines Dolches. »Und wenn Ihr keine weiteren Fragen habt, Master Murtagh, kümmere ich mich jetzt lieber wieder um meine Angelegenheiten.« Colum war einverstanden und blickte ihm nach. Er zwinkerte Kathryn zu. »Hier haben wir einen weiteren Aspekt des Garnisonslebens«, sagte er. »Nicht jeder Mann ist, was er zu sein scheint.«

Fitz-Steven war der nächste. Er war unhöflich wie immer. Trotz der finsteren Blicke, die Colum ihm zuwarf, und Kathryns eindringlicher Fragen sagte er nur das Notwendigste. Zumeist war ein Grunzlaut oder ein Kopfschütteln die einzige Antwort. Kathryn sah Haß in den Augen des Mannes aufleuchten. Du magst mich nicht, dachte sie, du bist gottlos genug, um zu töten, und so hartgesotten, daß du es verbergen kannst.

Colum entließ ihn kurzerhand, und Vater Peter kam, über Kerzenwachs auf seinem Gewand vor sich hin schimpfend. Kathryn stellte ihm dieselben Fragen nach Brandons Tod und erhielt dieselben Antworten.

»Er wurde krank«, sagte der Priester ruhig. »Sehr krank in kürzester Zeit. Ich habe ihm die letzte Ölung erteilt.« Er zuckte mit den Schultern. »Der Rest ist Euch bekannt.«

»Und Webster?« fragte Kathryn. »Hat der Festungskommandant an dem Tag, bevor er starb, mit Euch gesprochen?«

»Nein«, erwiderte Vater Peter. »Aber er hatte getrunken. Dann dieser törichte Mummenschanz auf dem Burghof. Er wollte Sparrows Spuren zurückverfolgen, daher habe ich ihm seinen Willen gelassen. Für mich ergab es keinen Sinn.«

»Und habt Ihr mit beiden Gefangenen gesprochen?« fragte Colum.

»Nun ja, alle haben mit Brandon gesprochen: Fitz-Steven, Webster, Gabele.« Der Priester grinste anzüglich. »Vor allem Fletcher hat Stunden bei ihm zugebracht.«

»Und Ihr kanntet weder Brandon noch Sparrow, bevor sie herkamen?« fragte Kathryn.

Der Priester blinzelte und fuhr sich nervös mit der Zunge über die Lippen.

»Ihr kanntet Sparrow schon, nicht wahr?« hakte sie nach.

Der Priester nickte. »Vor zehn Jahren«, gab er zu, »war ich beim Grafen von Pembroke, als er bei Mortimer's Cross gegen den König kämpfte. Sparrow war damals ein junger Bogenschütze, aber schon genauso widerwärtig.«

»Also wart Ihr Anhänger des Hauses Lancaster?« fragte Colum und lächelte.

Der Kaplan lachte. »Wie alle in dieser Burg. Wir sind nicht alle so wie Ihr, Ire, und stehen in der Gunst von Prinzen«, fügte er verächtlich hinzu. »Selbst Gabele hat eine Zeitlang für Warwick gekämpft.«

»Kanntet Ihr Sparrow gut?« fragte Kathryn.

»Nein, er erkannte mich nicht, aber ich ihn. Ich sah, wie er am Vorabend von Mortimer's Cross einen Mann tötete. Sparrow erstickte ihn in einer Latrine.« Der Priester wandte den Blick ab. »Ich hatte mich schon darauf gefreut, ihn hängen zu sehen.« Er zupfte an einem Stück Kerzenwachs auf seinem schmutzigen Gewand. »Mehr weiß ich nicht.«

Er ging. Colum und Kathryn holten ihre Pferde aus dem Stall und verließen die Burg, ohne sich von jemandem zu verabschieden. Eine Zeitlang ritten sie schweigend nebeneinander her. Colum grummelte über das Wetter, denn es hatte sich bewölkt, und ein leichter Nieselregen setzte ein. An der Kirche von St. Mildred zügelte er sein Pferd und nickte zur Burg zurück.

368

»Das reicht für einen Tag«, sagte er.

»Zwei Personen haben wir ausgelassen«, erwiderte Kathryn, »Margotta und den Ehrsamen.«

»Na ja, Margotta hätte Sparrow nicht umbringen können«, sagte Colum. »Wenn sie beteiligt ist, dann nur als Komplizin.«

»Und der Ehrsame?«

Colum schüttelte den Kopf. »Der Ehrsame verkauft wahrscheinlich emsig seinen Flitterkram in der Stadt. Denkt daran, Kathryn, der Ablaßprediger gehört nicht zur Burg. Hätte er etwas Ungehöriges getan, ganz gleich was, dann hätten uns die anderen darüber berichtet. Und jetzt ...«, Colum blickte zum Himmel empor, »mache ich mich auf den Weg nach Kingsmead, um zu sehen, was diese faulen Kerle so treiben!«

Colum beugte sich zu Kathryn herüber und drückte ihr einen Kuß auf die Wange. Gedankenverloren berührte sie die Stelle, die Colums Lippen berührt hatten, und blickte ihm nach, wie er sich Richtung Westgate entfernte. Sie stieg vom Pferd und führte es die Ottemelle Lane entlang. Colum hatte recht, überlegte sie, die junge Margotta würde keinen Mann wie Sparrow töten. Doch Kathryn war sich über den Ehrsamen nicht so sicher. Hätte er nicht etwas in Brandons Essen mischen können? Oder ein Messer in Sparrow jagen? Im übrigen konnte der Ablaßkrämer in seiner schwarzen Kleidung wie ein Geist um die dunkle Burg huschen.

Kathryn brachte ihr Pferd im Stall unter und ging nach Hause. Sie fand die Küche verlassen vor. Thomasina war auf dem Markt. Daher ging Kathryn in ihre Schreibkammer, wo sie versuchte, Ordnung in ihre wirren Gedanken zu bringen. Sie öffnete das Tintenfaß, nahm den Federkiel zur Hand und schrieb die Namen aller auf, die in der Burg lebten. Sie strich Margottas Namen durch, beschloß aber, daß die übrigen sowohl die Mittel als auch die Kraft hatten, Brandon zu töten und Webster vom Turm des Bergfrieds zu stoßen.

»Was wäre«, flüsterte sie, »wenn die Morde gar nichts miteinander zu tun hätten?«

Sie tippte mit den Fingern auf das Pergament: Fletcher war

verliebt in Brandon wie jeder andere liebestolle Verehrer in ein Mädchen. Kaplan Peter hegte vielleicht einen Groll gegen Sparrow. Und Websters Tod? Kathryn seufzte und warf gereizt die Feder aus der Hand.

»Wenn doch nur Colum mit mir zurückgekommen wäre«, grummelte sie.

Kathryn vernahm ein Geräusch im Garten und ging an die Hintertür. Agnes kniete vor einem der hinteren Blumenbeete; sie hatte wegen des Regens ihr braunes Kapuzengewand übergezogen.

»Agnes, wie lange ist Thomasina schon fort?«

»Ich bin nicht Agnes.«

Die Gestalt drehte sich um, und Wufs freches Gesicht lugte unter der Kapuze hervor. Er rannte durch den Garten auf Kathryn zu.

»Thomasina ist einkaufen gegangen. Agnes ist mitgegangen. Ich will noch mehr Schnecken jagen, deshalb habe ich Agnes' Umhang angezogen.«

Kathryn gab ihm einen Kuß auf den Kopf. »Du solltest ihn lieber ausziehen, bevor Thomasina zurückkommt«, sagte sie freundlich.

Kathryn ging wieder in die Schreibkammer und warf einen Blick auf die Namensliste. Sie schauderte, als sie einen Kreis um alle zog.

»Und wenn es eine Verschwörung gewesen wäre?« murmelte sie. »Wenn sie alle an den Morden von Brandon, Sparrow und Webster beteiligt sind?«

Neun

Kathryn und ihre Mitbewohner hatten das Abendessen beendet, und Kathryn war gerade dabei, Arzneien für ihre Patienten zuzubereiten, als sie von lautem Klopfen an der Tür unterbrochen wurde. Wuf lag bereits im Bett, Thomasina war in der Speisekammer beschäftigt, während Colum ungewöhnlich schweigsam am Feuer saß, bewaffnet mit Nadel und Faden, und versuchte, die Nähte an seinem Zaumzeug sorgfältig zu erneuern. Thomasina hatte ihm angeboten, es zu übernehmen, doch Colum hatte mürrisch erwidert, das könne er durchaus allein. Nun stach er wütend auf das Stück Leder ein und dachte darüber nach, was er mit den beiden Leichensammlern anfangen sollte, die alles gestanden hatten. Thomasina ging zur Tür, um zu öffnen, und führte die beiden Besucher, Gabele und Fletcher, in die Küche. Sie waren bewaffnet, gestiefelt und gespornt, und strahlten freudig erregt.

»Was ist geschehen?« Colum warf das Zaumzeug zu Boden. »Wieder Ärger in der Burg?«

»Nein, Ire.« Gabele stand breitbeinig da und klopfte mit der Reitgerte leicht gegen ein Bein. »Ich bringe Befehle von Seiner Hoheit, dem Herzog von Gloucester.«

Kathryn kam aus der Schreibkammer. »Er ist hier«, rief sie überrascht, »hier in Canterbury?«

»Ja, er hat in der Burg haltgemacht, um einen Happen zu essen und einen Becher Wein zu trinken. Er hat seine Gefolgsleute bei sich – Lovell, Ratcliffe, Catesby und die anderen. Sie kommen direkt vom König mit dem Befehl, Männer aus der Burg und aus Kingsmead auszuheben. Morgen früh gehen wir auf die Jagd nach Faunte. Gloucester ist wild entschlossen, ihn im Laufe des Tages zu fangen, zu verurteilen und zu hängen.«

Colum pfiff durch die Zähne.

»Warum ausgerechnet jetzt?« fragte Kathryn.

»Seine Hoheit sagte nicht viel«, meldete sich Fletcher zu Wort. »Doch Späher des Königs haben berichtet, daß Faunte möglicherweise morgen den Schutz des Waldes verläßt, um einen der Häfen von Kent und ein Schiff ins Ausland zu erreichen.«

Colum schnappte sich seine Stiefel, die an der Kaminecke zum Trocknen gestanden hatten, und schickte sich an, sie überzuziehen.

»Ja, so ist es«, bestätigte er. »Unser edler König vergißt keinen einzigen Verräter. Kurz bevor er bei Barnet gegen Warwick vorrückte, verfluchte er Faunte dafür, daß er Canterbury gegen ihn aufgebracht und die Straße nach Dover versperrt hatte.«

Kathryn starrte aus dem Fenster. »Aber es ist schon dunkel!« rief sie. »Es ist schlimm genug, wenn man bei Nacht und Nebel durch die Straßen von Canterbury zieht, erst recht, wenn man versucht, jemanden quer durch Kent zu jagen.«

Colum stand auf. Die Sporen an seinen Stiefeln klirrten. Er nahm seinen ledernen Kriegsgurt vom Haken an der Wand.

»Nein, nein, wahrscheinlich werden wir nach Kingsmead gehen, wo Gloucester uns über seine Pläne in Kenntnis setzen wird. Ich vermute, er will die Jagd bei Tagesanbruch bereits in Gang gebracht haben. Wenn Faunte die Deckung aufgibt, wird er in aller Frühe aufbrechen, wenn die Straßen verlassen sind und das Land noch in tiefem Schlummer liegt.«

Colum lehnte höflich ab, als Kathryn ihm Proviant und Wein anbot. Er holte seinen Umhang und seine Satteltasche, lächelte Kathryn aufmunternd zu und folgte Gabele und Fletcher hinaus.

»Ach, übrigens«, rief Kathryn hinter ihnen her.

Gabele und Fletcher blieben stehen.

»Noch einmal zu Websters Tod«, fuhr Kathryn fort. »Habt Ihr etwas entdeckt?«

Gabele blies hörbar die Luft aus. »Wir haben Gloucester über alle Details unterrichtet. Aber nein, Mistress, Webster ist bereits im Grab erkaltet, und es ist noch immer ein Rätsel, ob er gesprungen oder ausgerutscht ist, oder ob er gestoßen wurde.«

Kathryn bedankte sich bei ihnen, schloß die Tür und lehnte

sich mit dem Rücken dagegen. Sie schloß die Augen. Gott sei Dank, wenigstens ist Colum bei Gloucester und seinen Mannen in Sicherheit.

Sie ging wieder in die Küche, wo Agnes mit müden Augen den Tisch abräumte und den Teig, die Schüsseln, Krüge und Platten hinaustrug, um das Brot vorzubereiten, das man am nächsten Morgen gleich backen wollte. Thomasina half ihr dabei und schickte das Mädchen anschließend unter gelinden Vorhaltungen ins Bett. Kathryn sah sich die kleine Magd genau an. Agnes war müde, doch sie fingerte unablässig an dem kleinen Geldbeutel herum, den sie seit neuestem an einer Schnur um den Hals trug. Kathryn setzte sich auf die Bank am Tisch.

»Agnes«, rief sie. »Komm doch mal her!«

Die Magd eilte erwartungsvoll und diensteifrig herbei. Kathryn blickte sie freundlich an.

»Setz dich.«

Die Magd tat, wie ihr geheißen, und ließ ihre Herrin nicht aus den Augen.

»Agnes, wie lange bist du nun schon bei uns?«

Die Magd zog die Stirn kraus. »Ich glaube, ich bin dreizehn Jahre alt. Euer Vater hat mich vor sieben Jahren aufgenommen.« Agnes öffnete die Augen. »Aus dem Spital für Findelkinder.«

Kathryn lächelte. Sie konnte sich noch gut an den Tag erinnern. Vater hatte sich immer um verwahrloste Kinder gekümmert. Er war zur Behandlung einer der Schwestern ins Spital gegangen und mit dem Mädchen nach Hause gekommen. Niemand hatte je von Agnes verlangt, sich als Magd zu betätigen, und als Kathryn versuchte, sie davon abzuhalten, hatte das Mädchen tagelang nur geweint.

»Agnes, was hast du in deinem Geldbeutel?«

»Oh, Herrin, die Münzen, die Ihr mir gebt. Sie sollen meine Mitgift sein.«

»Und, hast du den Glücklichen bereits ausgesucht?« fragte Kathryn und biß sich auf die Lippen.

»Nein, aber ...« Das Mädchen wurde rot.

»Bist du sicher?« neckte Kathryn.

»Ich mag Wormhair.«

»Wen?«

»Wormhair, den Ministranten von Saint Mildred.«

Kathryn fiel ein Junge mit Engelsgesicht und fettigen, wie Stacheln vom Kopf abstehenden Haaren ein. Sie mußte lachen und hielt sich die Hand vor den Mund.

»Agnes, bist du glücklich hier? Kann ich irgend etwas für dich tun?«

Das Mädchen schaute sie aus großen Eulenaugen verwundert an.

»Warum, Herrin? Seid Ihr nicht zufrieden mit mir?«

Kathryn hob beschwichtigend beide Hände, als Tränen in Agnes' Augen traten.

»Nein, nein! Natürlich bin ich zufrieden und glücklich mit dir! Behandeln Thomasina und Wuf dich gut?«

»Wuf ist ein Schuft«, sagte Agnes. »Thomasina und ich finden, er ist eine Nervensäge.«

Kathryn nickte. »Du gehst jetzt lieber zu Bett«, sagte sie.

Die Magd eilte hinaus.

»Noch etwas, Agnes.«

»Ja, Herrin?«

»Mach dir keine Sorgen um deine Mitgift. Was mein ist, ist auch dein.«

Das Mädchen starrte sie aus weit aufgerissenen Augen an.

Kathryn lächelte. »Und wer weiß, vielleicht kann uns Wormhair einmal beim Abendessen Gesellschaft leisten?«

Agnes nickte und rannte den Korridor entlang. Thomasina wuselte in der Küche herum und sang und summte dabei wie eine dicke Hummel. Immer wieder schwätzte sie über Gerüchte aus dem Ort; daß sie vorhabe, Goldere einen Nasenstüber wegen seines unverschämten Betragens zu versetzen, und ob Rawnose wohl jemals aufhörte zu reden? Kathryn mußte darüber insgeheim schmunzeln.

»Soll der Ire für immer hierbleiben?« fragte Thomasina plötzlich.

»Wieso?«

»Er hat seine Füße bequem und fest unter unseren Tisch gestellt«, konstatierte Thomasina und warf Kathryn einen wütenden Blick zu.

»Ich mag ihn«, erwiderte Kathryn. »Wirklich, Thomasina.«

»Er ist nicht wie Chaddedon.«

»Doch«, widersprach Kathryn. »Er ist zwar auch anders, aber trotzdem ehrlich und aufrichtig.«

»Er ist verdammt launisch!«

Kathryn seufzte. »Er hat Kummer. Allem Anschein nach hat er in dieser Angelegenheit, die ihm der König anvertraut hat, kein Glück. Außerdem lebt er in Angst vor einem Mörder.«

Thomasinas Miene wurde weich. Sie trat zu ihrer Herrin und kauerte sich neben sie. Zärtlich streichelte sie ihr den Handrücken.

»Kathryn, er ist Soldat, ein Höfling, der in der Gunst der Prinzen steht. Wenn man nach deren Pfeife tanzt, befindet man sich immer in Gefahr. Und nun kommt, der Zimmermann Torquil hat sich für morgen angekündigt. Wir müssen seinen Arm richten, und Ihr wißt genau wie zimperlich er ist.«

Kathryn schmunzelte und stand auf. »Bring mir Zaunrübe«, sagte sie. »Und, Thomasina, ein wenig Tollkirsche. Und zieh Handschuhe an!«

»Weiß ich doch!« fauchte Thomasina, als sie den Korridor entlanghastete.

Kurz darauf kam sie zurück und brachte zwei Leinentücher mit, in denen die Zaunrübe mit ihrem dicken, röhrenförmigen Wurzelwerk steckte. Ein paar vertrocknete Beeren hingen noch an den Stengeln. Kathryn zog sich ebenfalls ein Paar Handschuhe über und entfernte die Beeren und die rauhen Blätter. Dann begann sie, mit Mörser und Stößel Saft aus dem Stengel zu quetschen. Sie hielt inne und betrachtete ihr Werk. Bei dem bittersüßen Geruch, der der Pflanze entströmte, erinnerte sie sich naserümpfend an den Rat des Vaters.

»Viele Dinge in der Natur, Kathryn«, hatte er oft wiederholt, »enthalten die tödlichsten Gifte. Ich habe mehr Menschen sterben sehen, die eine falsche Pflanze gegessen haben, als Verwundete in einer Schlacht. Denke stets daran, Zaunrübe und Tollkirsche sind die gefährlichsten!«

Kathryn fuhr fort, den Saft auszupressen. Vater wußte nie, warum oder wie, doch er hatte sie davor gewarnt, daß der Saft auch dann noch gefährlich sein konnte, wenn man ihn sorgfältig von den Händen abgewaschen hatte.

»Irgendwie kann die Haut ihn einatmen«, hatte er ihr erklärt. »Ich habe in Salerno einmal einen Araber gehört, der erklärte, wie und warum, doch ich hatte Schwierigkeiten, es zu verstehen.«

Kathryn hielt den Holzmörser in Augenhöhe und schüttete den Saft mit größter Vorsicht in eine kleine Phiole. Einen Teil wollte sie mit Wasser verdünnen und für Frostbeulen verwenden; vermischt mit etwas Wein würde die Arznei auch Husten lindern, vor allem bei Kindern. Dann nahm sie die Tollkirsche zur Hand und untersuchte erst die dunklen, mattgrünen ovalen Blätter, und dann die welkenden, violetten Blüten in Glockenform. Sie waren bereits verblüht und begannen zu faulen. Kathryn legte das Kraut auf ein Brett und begann, Saft aus Wurzel und Blättern zu stampfen. Der Geruch war noch unangenehmer. Kathryn trat für kurze Zeit in den Garten hinaus und fragte sich, wann die Vorräte, die sie in London bestellt hatte, wohl ankämen. Sie ging wieder in die Küche, um weiterzuarbeiten. Sie mußte sorgfältig vorgehen, denn Tollkirsche war kostbar. Sie blühte nur in Kalkstein und war eine jener Heilpflanzen, die Gewürzhändler und Apotheker teuer bezahlten. Schließlich war sie fertig. Einen Teil der Zaunrübe vermischte sie mit der Tollkirsche in einer kleinen Tasse; das würde sie am nächsten Morgen Torquil dem Zimmermann geben, um seinen Schmerz zu lindern. Als das getan war, schrubbte sie mit Thomasina alle Geräte und die Tischplatte mit siedend heißem Wasser.

Kathryn ließ ihre Amme in der Speisekammer allein und suchte ihre Schreibkammer auf. Sie vernahm den dumpfen Schrei einer Eule im Garten und schauderte. Behauptete Thomasina nicht immer, der Ruf eines Nachtvogels sei ein böses Omen?

»Du lieber Gott, Kathryn«, flüsterte sie sich selbst zu. »Du bist eine erwachsene Frau, nicht Thomasinas Kind.«

Sie schloß eine kleine Truhe auf und nahm das Stück Pergament heraus, das sie beschrieben hatte. Sie zog die flackernden Kerzen ein wenig näher zu sich heran und las sich noch einmal sorgfältig durch, was sie da festgehalten hatte. Brandons Tod war ein Rätsel, schloß sie daraus, und Colum hatte recht: Die Exhumierung seiner Leiche war die einzige Stelle, an der sie ansetzen konnten. Sie lehnte sich auf ihrem Stuhl zurück, schloß die Augen und dachte über Websters Sturz vom hohen Bergfried der Burg von Canterbury nach. Sie stellte sich vor, wie der Festungskommandant auf dem Turm auf und ab ging, das Kohlenbecken in der frühen Morgenbrise flackerte.

Warum zündet ein Mann, der Selbstmord begehen will, ein Feuer an, an dem er sich wärmen kann? dachte sie. Warum geht er auf und ab? Und dann diese Beule hinter dem rechten Ohr. Wie kam die dorthin? Wie ist es dem Mörder gelungen, unbemerkt von Webster oder den Wachen auf den Turm zu steigen, den Festungskommandanten zu erschlagen und seinen bewußtlosen Körper über die Brüstung zu werfen? Wie hat der Mörder den Turm verlassen – und zwar so, daß die Falltür noch immer von der anderen Seite verschlossen war? Vor ihrem geistigen Auge sah Kathryn die Wache auf dem Umlauf auf und ab gehen. Sie hatten einen Farbkleks gesehen, als Webster hinabstürzte, und seinen Todesschrei gehört. Todesschrei! Kathryn riß die Augen auf.

Wie konnte ein Bewußtloser aufschreien?

Sie spürte ein erregtes Kribbeln im Bauch. Sie war sich den ganzen Tag schon sicher gewesen: Den Schrei mußte ein anderer ausgestoßen haben – der Mörder!

»Aber wie?« rief sie laut aus. »Wie ist das wohl geschehen? Und warum?«

Kathryn überlegte. Niemand hatte etwas Ungewöhnliches über Websters Verhalten berichtet, bis auf die Geschichte mit dem Priester: Websters Versuch, die Umstände, die zu Sparrows Flucht führten, zu rekonstruieren.

»Das ist es«, murmelte sie. »Jemand muß Webster bei dieser Tätigkeit beobachtet und Angst bekommen haben. Aber was hatte Webster nur entdeckt?«

Kathryn sprang auf, als laut an die Haustür gepocht wurde. Thomasina stapfte durch den Korridor, dann eilte sie zurück.

»Mistress, da draußen ist ein armer Mann, sein Arm ist voller Blut.«

»Bring ihn in die Küche«, rief Kathryn.

Sie nahm den Kasten mit ihren Utensilien und ging in die Küche, wo Thomasina dem Mann behilflich war, sich auf den Hocker zu setzen. Der Fremde schien starke Schmerzen zu haben. Er hatte den Oberkörper nach vorn gebeugt und schützte den rechten Arm. Kathryn sah die Blutspuren auf dem frisch geschrubbten Küchenboden.

»Wer seid Ihr?« fragte sie.

Der Mann hatte den Kopf gesenkt und die Kapuze tief ins Gesicht gezogen. Kathryn trat zu ihm, um sich den Arm anzuschauen – in diesem Augenblick machte der Mann eine rasche Bewegung und richtete sich auf.

Er zog eine kleine Armbrust unter dem Umhang hervor, den Bolzen schußbereit im Zug. Kathryn schrie auf und wich zurück. Thomasina, die Wasser über dem Feuer erhitzte, hörte den überraschten Ausruf und drehte sich um. Mit schnellem Blick erfaßte sie die Gefahr und kam drohend näher; der Fremde warf den Kopf zurück. Die Kapuze entblößte rotes Haar, das ihm in dichten Locken bis auf die Schultern fiel. Mit der Augenklappe über dem rechten Auge wirkte das hagere, weiße Gesicht noch bösartiger. Kathryn warf einen kurzen Blick auf die blutleeren Lippen und konnte sich denken, wer dieser Mann war.

»Ihr seid Fitzroy?«

Der Mann legte den Kopf auf die Seite. »Sieh an, sieh an, eine intelligente Frau«, rief er. »Helles Köpfchen und scharfer Verstand.« Er wandte sich um und drehte die Armbrust ein wenig, die nun direkt auf Thomasinas Bauch zielte. »Und du bist wohl die Amme? Nun sei kein törichtes Mädchen. Mach keine hastige Bewegung, sonst muß dich der alte Padraig töten!«

»Setz dich, Thomasina«, befahl Kathryn. »Ich glaube nicht, daß Master Fitzroy uns etwas antun will.«

Das gesunde Auge des Mannes musterte Kathryn kalt. »Ansehnlich seid Ihr ja«, stellte er fest. »Verlaßt Euch ruhig auf den alten Colum, er findet bestimmt einen angenehmen Hafen.«

»Haltet Euer dreckiges Maul!« knurrte Thomasina.

»Mistress Swinbrooke ist Euch weit überlegen!«

Padraig änderte die Lage der Armbrust in der Hand und funkelte Thomasina an.

»Hör zu, du alte Hexe, ich habe alles umgebracht, was kreucht und fleucht, ob Mann, ob Frau, hin und wieder auch mal ein altes Weib.«

»Das wird nicht allzu schwer gewesen sein«, erwiderte Thomasina. »Vor allem, wenn sie Euch den Rücken zugewandt haben!«

Fitzroy lachte. »Ich werde Euch nichts antun«, versicherte er ihnen. Er trat einen Schritt zurück und gestikulierte mit einer Hand. »Bitte, Mistress Swinbrooke, macht keine plötzlichen Bewegungen und schon gar keine Dummheiten.«

»Ihr seid gekommen, um Colum zu töten?«

»Gewiß, den glutäugigen Colum, der von unserem Rat des Verrats bezichtigt wurde.«

»Er ist kein Verräter«, sagte Kathryn und wünschte sich nur, sie könnte das Zittern in den Beinen abstellen. Und warum war sie so kurzatmig? »Er ist kein Verräter«, wiederholte sie mit fester Stimme. »Er war noch ein Junge, als York ihn zu sich nahm. Was würdet Ihr tun? Die Begnadigung annehmen oder Euch hängen lassen?«

»Mein Bruder hatte keine andere Wahl. Er starb an einem englischen Seil.« Fitzroy berührte die Klappe über dem Auge. »Und als sie mich aufgriffen, drückten sie mir das Auge ein.«

Einen kurzen Augenblick nahm Kathryn Trauer in den harten Gesichtszügen des Mannes wahr.

»Das ist der Lauf der Dinge, Kathryn. Ich darf doch Kathryn zu Euch sagen?« Er wartete nicht auf ihre Antwort. »Wir waren einmal zwei Prachtkerle, Colum und ich, schnell wie der Wind. Rasch bei der Hand wie herabstürzende Falken. Blutsbrüder.«

»Und nun seid Ihr hier, um ihn zu töten?«

»Ja, es sollte ihn nicht überraschen. Er hat mich gewiß schon erwartet?«

»Und das *Auge Gottes*?« fragte Kathryn plötzlich.

Fitzroys Grinsen wurde breiter. »Gewiß, wir hätten es gern zurück. Wenn Colum versprechen kann, es zu besorgen, könnten wir eine Begnadigung in Erwägung ziehen.«

Kathryn schaute auf den Muskel, der sich in Fitzroys Wange verzog.

»Ihr lügt«, sagte sie sanft. »Ihr bringt ihn um, ganz gleich, was er tut. Lügt mich nicht an!«

Fitzroy nickte.

»Seht!« Kathryn zeigte auf das Blut, das vom Arm des Mannes tropfte. »Ihr seid verwundet!«

»Oh nein.« Fitzroy bewegte die Armbrust. Er legte die Hand auf den Ärmel und zog einen kleinen, blutgetränkten Schwamm heraus. »Ich habe ihn in die Gosse vor dem Schlachthaus getunkt.« Er warf ihn zu Boden, und das Blut spritzte in scharlachroten Tropfen umher. »Wißt Ihr, das klappt immer.«

»Colum ist nicht hier«, sagte Kathryn trotzig.

»Oh, das weiß ich, doch wir müssen das Ritual einhalten. Bringt mir einen Becher Wein, stellt ihn auf den Tisch, fügt ein wenig Essig hinzu, legt ein kleines Stück Brot daneben, in Salz gewälzt.«

»Warum?«

»Tut, wie ich Euch gesagt habe, Weib, und denkt daran, ich lasse Thomasina nicht aus den Augen!«

Kathryn gehorchte. Sie goß den Wein in einen Becher, fügte einen Schuß Essig hinzu und legte das gesalzene Brot daneben.

»Darf ich Euch ein wenig Wein anbieten?« fragte sie hoffnungsvoll.

Fitzroy ging zu ihr und berührte zärtlich ihre Wange.

»Ihr seid ein tapferes Mädchen, Kathryn, doch ich bin nicht dumm. Einen Becher Wein mit Zusatz, nach dessen Genuß ich einschlafe?«

Kathryn wischte sich die schweißnassen Hände am Kleid ab, als sie den Blick des Iren erwiderte.

»Warum?« fragte sie.

»Er hätte niemals die Begnadigung des englischen Königs annehmen dürfen.«

»Und warum nach so langer Zeit?«

Fitzroy trat zurück. »Hat er es Euch nicht gesagt, Kathryn? Ich bin der vierte, den sie schicken. Die drei anderen sind nie zurückgekehrt. Nun, Kathryn …« Fitzroy bedeutete Thomasina mit einer Handbewegung aufzustehen. »Dreht Euch um und schaut ins Feuer.«

Kathryn zeigte auf den Wein und das Brot.

»Oh, darüber macht Euch keine Gedanken«, sagte Fitzroy lächelnd. »Colum weiß Bescheid. Und jetzt dreht Euch bitte um.«

Kathryn und Thomasina blieb nichts anderes übrig. Sie hörten Fitzroys schlurfende Schritte und das Klicken der Tür, die hinter ihm ins Schloß fiel, während er im Dunkel der Straße verschwand. Kathryn ließ sich auf den Hocker fallen.

»So, das war das letzte Mal, daß wir jemanden hereinlassen, Thomasina.«

Die Amme kam zu ihr und legte ihr einen Arm um die Schultern. Sie spürte, wie Kathryn zitterte.

»Nein, das ist es nicht, Mistress.« Zärtlich strich sie Kathryn über das wallende schwarze Haar. »Wenn jemand wirklich verletzt wäre, würdet Ihr helfen.« Sie ging in die Speisekammer und brachte einen großen Becher Rotwein mit. »Kommt«, versuchte sie Kathryn zu überreden. »Trinkt ein paar Schlucke. Es ist alles nur wegen des verdammten Iren! Warum mußte er auch seine Probleme hierher bringen?«

Kathryn schlürfte an dem Wein.

»Wenn man ihn tötete, Thomasina, wenn er stürbe …« Kathryn ergriff Thomasinas Hand und blickte über die Schulter zu ihr auf. »Ich glaube, in mir würde etwas sterben.«

»Papperlapapp!« brach es aus Thomasina heraus.

Sie wuselte durch die Küche, wischte das Blut vom Boden auf

und tat sehr geschäftig, damit Kathryn nicht sah, daß ihr Tränen in die Augen traten.

»Verdammter Ire! Gottverfluchte Männer!«

Thomasina fluchte so lange vor sich hin, bis sie sich völlig verausgabt hatte. Gemeinsam mit Kathryn löschte sie das Feuer und die Kerzen und ging zu Bett. Nach dem Wein fiel es Kathryn nicht schwer, in einen traumreichen Schlaf zu sinken.

Früh am nächsten Morgen wurde sie von Wuf geweckt, der die Treppe hinaufrannte und Ritter spielte. Er rasselte mit dem Holzschwert, das Colum ihm angefertigt hatte, am Treppengeländer entlang. Kathryn wusch sich, zog sich an und frühstückte in der Küche. Agnes, vergnügt wie immer, entfachte das Feuer und bemerkte nicht, wie schweigsam und ernst Kathryn und Thomasina waren. Zum Glück kamen die Patienten schon sehr früh, unter ihnen der Zimmermann Torquil. Kathryn behandelte alle Leiden rasch und sachlich und bemühte sich, ihre Gedanken ausschließlich auf die Dinge zu richten, mit denen sie sich gerade beschäftigte, und weder den Weinbecher noch das gesalzene Stück Brot zu beachten. Thomasina schlug vor, den Tisch abzuräumen.

»Nein«, sagte Kathryn. »Es ist eine Botschaft für Colum, er soll entscheiden.«

Sie fuhr mit der Behandlung ihrer Patienten fort. Schließlich war nur noch die kleine Edith da. Sie krümmte sich noch immer vor Schmerzen. Kathryn bedauerte die Kleine und gab ihr einen ziemlich kostbaren Kräutertrank aus Gartenraute, deren blaugrüne Blätter einen Saft enthielten, der nach bisherigen Beobachtungen Menstruationsbeschwerden linderte. Nachdem das Mädchen gegangen war, wusch sich Kathryn die Hände und ging zur Kirche von Saint Mildred, die zu dieser Tageszeit leer war. Sie zündete eine Kerze an und kniete vor dem Altar der Heiligen Jungfrau nieder, wie sie es vom Vater gelernt hatte. Sie betete für seine Seele und für ihren eigenen Seelenfrieden. Die Ereignisse in der Burg hatten sie verwirrt, und beim Gedanken daran, was die Zukunft wohl für Colum bereithalten mochte, wurde ihr angst und bange. Sie hatte Schwierigkeiten, sich zu konzentrieren, und fragte sich, ob sie Vater Cuthbert im Spital für Arme Priester besuchen sollte. Sie zündete eine zweite Kerze an und ging hinaus. An der Ecke zur Ottemelle Lane stand Rawnose inmitten einer kleinen Menschenansammlung. Dieser selbsternannte Herold des Bezirks verbreitete wie gewöhnlich jede Menge Gerüchte. Diesmal jedoch hielt Kathryn an und hörte zu.

»Ja, ja«, sagte Rawnose und hob die Stimme. »Der Rebell Nicholas Faunte wurde festgenommen, als er versuchte, das offene Feld von Kent zu durchqueren. Er und noch fünf andere befinden sich im Rathaus, wo sie verurteilt und gehängt werden sollen. Seine Hoheit, der Herzog von Gloucester, ist sehr zufrieden. Er hat eine Bekanntmachung erlassen, die besagt, daß der König gewillt ist, der Stadt die Vorrechte wieder einzuräumen, sobald Faunte tot ist.«

Rawnoses Erklärung wurde mit Seufzern der Erleichterung begrüßt. Kathryn lief, so schnell es der Anstand erlaubte, die Ottemelle Lane entlang und stieß die Tür des Hauses so heftig auf, daß sie beinahe Agnes überrannt hätte, die gerade frische Binsen auslegte. Colum saß in der Küche, über und über mit Dreckspritzern verkrustet. Er wirkte abgespannt und müde. Er hob kaum den Kopf, als Kathryn den Raum betrat, sondern schaute unentwegt auf den Becher und das Stück Brot, die in der Mitte des Tisches aufgebaut waren. Thomasina und Wuf, der ausnahmsweise einmal still war, standen am Herd. Sie betrachteten den Iren mit großen, runden Eulenaugen und warteten auf seine Reaktion.

»Ihr habt die Neuigkeiten vernommen, Mistress Swinbrooke!«

Colum wandte den Blick nicht ab. Er fuhr sich durch das wirre schwarze Haar, nahm den Schwertgurt ab und ließ ihn auf den Boden gleiten.

»Ja, allerdings«, sagte Kathryn und setzte sich ihm gegenüber. »Und hat Thomasina Euch von unserem Besucher erzählt?« Sie fuhr zusammen, als Colum sich vorbeugte und Weinbecher und Brot vom Tisch fegte.

»Verflucht soll er sein!« rief er. »Verflucht sei seine schwarze Seele!«

Wuf begann zu weinen und schmiegte sich an Thomasina. Kathryn drehte sich um und bedeutete den beiden mit einer Kopfbewegung hinauszugehen. Thomasina bedurfte keiner zweiten Aufforderung, und Agnes schob die Binsen im Korridor immer wieder hin und her, nur um die Küche nicht betreten zu müssen.

»Was hat das alles zu bedeuten, Colum?« fragte Kathryn.

Der Ire blickte auf und sah sie aus rot umrandeten Augen an, unter denen dunkle Schatten lagen. Er kratzte sich das Kinn.

»Was soll das heißen?« wiederholte Kathryn. »Fitzroy sagte, er sei der vierte, der hinter Euch her ist.«

»Ja, das stimmt«, seufzte Colum. »Die anderen drei habe ich ins Jenseits befördert. Auf diese Weise« – er deutete auf den Weinbecher am Boden – »pflegen sie einen zu warnen. Ein bitterer Schluck zur Henkersmahlzeit.« Der Ire lächelte freudlos. »Fitzroy will damit andeuten, daß mein Tod kurz bevorsteht.«

»Habt Ihr Angst?« Sobald die Worte heraus waren, hätte Kathryn sich am liebsten auf die Zunge gebissen.

Colum richtete sich auf, stützte die Ellbogen auf den Tisch und hielt sich die Hände vor den Mund. Er sah sie mit einem merkwürdigen Ausdruck in den Augen an.

»Angst?« sagte er. »Angst vor Fitzroy? Nein, ich fürchte mich nicht, Kathryn. Ich bin wütend, daß er hierhergekommen ist, um seine dreckige Botschaft zu hinterlassen. Ich hätte größeren Respekt vor ihm gehabt, wenn er nach Kingsmead gekommen wäre. Aber das ist Fitzroys Art, er war schon immer ein elender Aufschneider. Glaubt mir, dafür werde ich ihn töten. Ich weiß nicht, wie oder wann, aber ich werde ihn umbringen!«

Damit war das Thema für Colum erledigt. Thomasina kam wieder herein und bewirtete ihn unaufgefordert mit Brot, Käse und einem Krug Bier. Anschließend ging Colum die Treppe hinauf, um sich zu rasieren, zu waschen und die Kleider zu wechseln. Als er wieder herunterkam, war er ein anderer Mensch, beinahe glücklich. Kathryn wußte, daß Fitzroys Besuch jetzt ein abgeschlossenes Kapitel war. Colum brannte darauf, ihr von Fauntes Festnahme zu berichten.

»Man hat ihn verraten«, erklärte der Ire. Er saß neben der Feuerstelle und zog sich die Stiefel an. »Sein Gefolge bestand nur noch aus sechs Leuten. Einer von ihnen sandte einem einflußreichen Bürger Londons eine Botschaft, in der er anbot, Faunte als Gegenleistung für seine eigene Begnadigung zu verraten. Als Faunte das Waldgebiet verließ, stürzten wir uns auf ihn wie Falken auf eine Taube. Sie waren auf dem Weg zu einem Hafen. Da sie ohnehin keine Chance sahen, ergaben sie sich kampflos.«

»Und wo sind sie jetzt?« fragte Kathryn.

»Im Rathaus, Faunte und fünf andere. Um zwölf soll die Verurteilung stattfinden, eine Stunde später werden sie hängen. Zumindest Faunte. Derjenige, der ihn verraten hat, ist bereits begnadigt und freigelassen worden.« Colum blickte Kathryn augenzwinkernd an. »Ich möchte, daß Ihr mich begleitet, der Herzog besteht sogar ausdrücklich darauf.«

»Warum?« fragte Kathryn. »Colum, sagt, wußte Faunte etwas Neues über Wyville zu berichten?«

»Am besten, Ihr kommt mit«, wiederholte Colum.

Kathryn gab Thomasina Anweisungen für die Zeit ihrer Abwesenheit und machte sich eilends zurecht. Colum holte die Pferde, die beim Wirtshaus am Ende der Straße untergestellt waren. Sie hatten die Hethenman Lane noch nicht zur Hälfte zurückgelegt, da wußte Kathryn, daß sich die Neuigkeit von Fauntes Festnahme in der ganzen Stadt herumgesprochen hatte. In der High Street sammelte sich bereits eine Menschenmenge. Colum konnte nur mit Mühe einen Weg zur Rathaustreppe bahnen, auf der es von Soldaten in Gloucesters Uniform nur so wimmelte; Bewaffnete mit Topfhelmen und Kettenhalsbergen; Bogenschützen in Lederjacken und grünen Hüten, und oben auf der Treppe standen drei Herolde mit einer Fahne. Es waren die Wappen von England, York und Gloucester. Vor der Rathaustür wartete einer von Gloucesters Gefolgsleuten auf sie – ein Mann mit schweren Augenlidern und hübschem Gesicht, der sich als Lord Francis Lovell vorstellte. Er öffnete ihnen die Tür, und sie betraten einen Korridor, in dem Diener, Kammerherren und weitere Soldaten geschäftig hin und her liefen.

Sie trafen Gloucester in der oberen Ratskammer an. Er saß hinter einem langen, polierten Eichentisch, den der Ratsherr der Stadt zu benutzen pflegte. Er sprach leise mit Gabele und Fletcher, und am anderen Ende des Tisches legte Luberon eifrig Pergamente, Tinte und Wachs für den bevorstehenden Prozeß bereit. Sobald Gloucester Colum erblickte, entließ er die beiden Soldaten mit einer Handbewegung und bedeutete Kathryn und dem Iren vorzutreten. Er erhob sich in der für ihn typischen, schiefen Haltung und drückte Colum fest die Hand. Mit einer knappen, zackigen Verbeugung führte er Kathryns Finger an den Mund.

»Mistress Swinbrooke«, sagte er. »Ich bin entzückt, Euch wiederzusehen.«

Kathryn lächelte, doch sie war auf der Hut; unrasiert und abgespannt in seiner halben Rüstung und im Kettenhemd, sah Gloucester noch gefährlicher aus als der elegante Höfling, den sie in London kennengelernt hatte. Der Herzog nahm Platz und trommelte ungeduldig mit den Fingern auf den Tisch.

»Wir sind hoch erfreut«, verkündete er, »und sehr zufrieden mit Euch, Colum.« Die grünen Katzenaugen betrachteten den Iren. »Ihr kanntet die Straßen so gut, daß uns Faunte nicht entwischen konnte. Ja, ja, das wäre durchaus möglich gewesen. Nun wird er zum Tode verurteilt. Ihr, Mistress Swinbrooke, werdet als Zeugin vor Gericht auftreten. Unser treuer Diener, Schreiber Luberon, und ich werden laut Urkunde, ausgestellt von meinem werten Bruder, dem König, Fauntes Richter sein. Master Murtagh, Ihr werdet mir assistieren, ebenso meine Gefolgsleute Lovell, Catesby und Ratcliffe.« Er bemerkte den ungläubigen Ausdruck in Kathryns Augen. »Ich weiß, was Ihr denkt, Mistress«, fauchte er. »Kein Gerichtsverfahren vor einem ordentlichen Gericht. Aber das hier ist Krieg. Faunte war ein Rebell und Verräter. Als ich heute morgen gegen ihn ausritt, trug ich das Banner des Königs von England vor mir her. Faunte ist davor geflohen, und das ist Verrat. Er wird nach Kriegsrecht verurteilt und bestraft. Und nun …« Er stand auf, die Finger ruhten auf dem Tisch, als er sich vorbeugte. »Nun zu dieser Sache mit dem

Auge Gottes, Ire.« Gloucesters Augen waren kalt und hart. »Kein Erfolg! Kein Erfolg! Aber kommt Zeit, kommt Rat. Ihr habt Unsere Erlaubnis, Brandons Leiche zu exhumieren.«

»Doch wer soll ihn identifizieren?« wollte Colum wissen.

Gloucester verzog die Lippen zu einem spitzen Lächeln und blickte zu Kathryn hinüber.

»Sprecht mit Faunte«, sagte er. »Und mit seinen Gefährten. Wir sind geneigt, Gnade vor Recht ergehen zu lassen. Faunte muß sterben, doch die anderen nicht unbedingt. Oh, und Mistress Swinbrooke, fragt Faunte und seine Gefolgsleute nach Alexander Wyville.« Er sah, daß Kathryn erbleichte. »Nein«, fuhr er leise fort, »habt keine Angst, laßt Euch von ihnen sagen, was sie wissen.«

Er setzte sich, rief nach dem Hauptmann seiner Wache und befahl ihm, Kathryn und Colum in die Zellen unter dem Rathaus zu führen.

Kurz darauf brachte man Colum und Kathryn zu Faunte. Die Zelle war klein und schmal und hatte weder Gitter noch Fenster. Nur eine Fackel zischte in rostiger Halterung hoch oben an einer verschimmelten Wand. Ein übler Gestank hing in der Luft. Nicholas Faunte, einst stolzer Bürgermeister von Canterbury, hockte zusammengesunken auf einem zerlumpten Sack, der als Bettstelle diente. Kathryn kannte den Bürgermeister aus besseren Tagen. Sie traute ihren Augen kaum, als sie mit Colum auf Hockern Platz nahmen, die ihnen die Wache hereintrug. Fauntes Gesicht war hinter strähnigem Haar und dichtem Bart fast nicht zu erkennen. Das einzige, was sie sehen konnte, waren die schmutzigen Wangen und die Augen, die sie voll Trauer anblickten. Seine Kleidung war zerfetzt, und man hatte ihn an Händen und Füßen mit Ketten und Vorhängeschlössern gefesselt, die bei der geringsten Bewegung rasselten. Kathryn spürte Mitleid, als sie die kurze, stramme Kette sah, die die Fußeisen mit den Handfesseln verband: Sie zog die Schultern nach unten, und man gewann unweigerlich den Eindruck, als wäre Faunte bucklig und mißgestaltet. Er blickte Colum an, der den Blick abwandte.

»Was ist, Ire?« murmelte Faunte. »Seid Ihr gekommen, um Euch an meinem Anblick zu weiden, oder wollt Ihr mich foltern?« Er hob die gefesselten Hände und tastete behutsam über die rötliche Schramme über dem linken Auge. »Das war nicht nötig«, flüsterte er.

»Tut mir leid«, erwiderte Colum.

»Es passierte, als sie mich hierher brachten«, erwiderte Faunte.

Kathryn wies auf das frische Blut an seinen Lippen hin. Colum drehte sich um und rief nach der Wache.

»Einen Weinschlauch«, befahl er.

Der Mann wollte widersprechen.

»Tut, was ich Euch sage!« knurrte Colum. »Oder ich werde dafür sorgen, daß Ihr einen Monat lang Latrinen aushebt!«

Achselzuckend eilte der Mann davon. Er kam mit einem Weinschlauch zurück. Colum hob vorsichtig Fauntes Kopf und führte den Schlauch an seine Lippen. Faunte trank in gierigen Zügen, bis er spuckte und hustete.

»Laßt ihn hier«, bat er, als Colum den Weinschlauch wegzog. »Wenn Ihr geht, bitte laßt ihn hier. Niemand sollte nüchtern sterben.«

Colum stellte den Weinschlauch neben seinem Hocker ab. Faunte deutete mit einem Kopfnicken auf Kathryn.

»Wer ist sie, und warum ist sie hier?«

»Ich bin Kathryn Swinbrooke, mein Vater war Arzt in der Ottemelle Lane.«

»Swinbrooke?« Faunte legte den Kopf zurück. »Ach ja, ich erinnere mich an ihn. Ein guter Arzt.« Er beugte sich vor; die Kette zog Hals und Hände nach unten. »Ihr also seid seine Tochter?« Er hustete. »Ich habe Euch kein Unrecht getan.«

»Nein, Herr, Ihr nicht«, erwiderte Kathryn. »Doch Ihr habt vielleicht meinen Gemahl, Alexander Wyville, gekannt, einen Apotheker. Er hat sich Anfang des Jahres Eurem Aufseher angeschlossen.«

»Das waren noch Zeiten«, sagte Faunte sehnsüchtig. »Wißt Ihr, ich habe wirklich geglaubt, Warwick würde bei Barnet siegen. Wie hat Euer Gemahl ausgesehen?«

»Groß, blond, gerade Nase, ein kleines Muttermal auf der Wange, glattrasiert.«

Faunte schüttelte nur den Kopf. »Es waren so viele«, murmelte er. »Und so viele starben. Doch halt, ein Apotheker, sagtet Ihr? Ja, ich erinnere mich an ihn.« Faunte rieb sich unter Kettengerassel das Gesicht. »Er hatte zwei Seelen in seiner Brust; nüchtern war er sauber und gut zu haben, doch wenn er betrunken war, ein übler Charakter. Kurz nachdem wir aus Canterbury abgezogen waren, mußte ich einen solchen Mann wegen einer angeblichen Vergewaltigung verwarnen.« Faunte schüttelte den Kopf. »Er machte einen verschlossenen und durchtriebenen Eindruck. Dennoch hieß er nicht Wyville, sondern Robert … ja, Robert Lessinger.«

Kathryn drehte sich der Magen um. »Lessinger, seid Ihr sicher?«

»Ja, warum?«

»So hieß seine Mutter.«

»Ja, so nannte er sich, und bevor Ihr fragt, Mistress, ich kann Euch nicht sagen, ob er noch lebt oder nicht. Er war in meiner Truppe bei Barnet, doch danach …« Faunte schnaubte. »Die meisten rannten wie die Hasen. Lessinger, oder wie er sich auch immer nannte, mitten unter ihnen.«

»Kanntet Ihr Brandon?« fragte Colum plötzlich.

»Warwicks Knappen?«

»Genau den. Habt Ihr ihn bei Barnet gesehen?«

Faunte zuckte mit den Schultern. »Von weitem nur. Warum? Hat man ihn und die anderen armen Bastarde festgenommen?«

»Die anderen?« fragte Kathryn.

»Ja. Als York angriff und Warwick fiel, ertönte von allen Seiten der Schrei ›Sauve Qui Peut!‹ Jeder war sich selbst überlassen. Ich floh mit meinen Kameraden in die Wälder. Ein paar Tage nach der Schlacht schreckten uns Nachrichten von einem Reitertrupp auf, und wir beschlossen, einen Hinterhalt zu legen. Wir dachten, es wären Verfolger, doch sie trugen noch Warwicks Farben – Moresby, Brandon und vier andere Kameraden aus der Schlacht.«

»Vier?« unterbrach Colum ihn.

»Oh ja, ich hatte nichts mit ihnen zu tun. Fragt einen meiner Kameraden. Ja, Philip Sturry.« Faunte lachte. »Ich vermute, er ist gerade ganz in meiner Nähe und hat bestimmt nicht viel zu tun. Ich habe mich um Brandon nicht weiter gekümmert, doch Sturry tauschte mit Moresby und Brandon Klatsch aus. Der Knappe bestätigte Warwicks Tod und hoffte, nach Canterbury durchzukommen. Sie wollten aus den Wäldern ausbrechen und nach Harbledown gehen.« Faunte zuckte mit den Schultern. »Das ist alles.«

Colum nickte und half Kathryn auf die Beine.

»Es tut mir leid«, sagte er, hob den Weinschlauch auf und gab ihn Faunte. »Kann ich noch etwas für Euch tun?«

»Wie wär's mit einer Begnadigung?«

Colum schüttelte den Kopf. Faunte wiegte den Weinschlauch.

»Dann grüßt mir das Sonnenlicht«, sagte der Ex-Bürgermeister lächelnd. »Trinkt an einem milden Sommerabend einen Becher Rotwein auf mein Wohl. Oh, und bittet Gloucester um einen Priester.«

Zehn

Sturry hatte man zusammen mit den anderen Gefährten Fauntes in die Zelle nebenan gepfercht. Sie waren frohen Mutes und erleichtert über das Ende ihrer Verhandlungen. Nun hofften sie, daß man sie wegen ihrer Untreue dem König gegenüber nicht wie ihren Herrn und Meister mit dem Tode bestrafen würde. Sturry war ein kleiner, geschwätziger Mann mit lustigen Augen und blondem Haar, was allerdings unter der dicken Dreckschicht kaum zu erkennen war. Sturrys Bart wucherte wie Gestrüpp wie der bei Faunte. Weder er noch seine Gefährten stammten aus Canterbury. Sie kamen aus Dörfern und Kleinstädten in der Umgebung, und keiner von ihnen kannte Kathryn. Auch ihr war kein Gesicht bekannt. Zunächst versicherte Colum ihnen, es werde gut für sie ausgehen und Richard von Gloucester werde wohl nicht volle Vergeltung für ihren Verrat fordern.

»Wenn Ihr uns darüber hinaus bei unseren gegenwärtigen Untersuchungen weiterhelfen könntet«, erklärte Colum, »dann weiß der Himmel, zu welcher Entscheidung sich unser edler Herzog noch durchringt.«

Sturry kratzte sich den Bart und zupfte verheddterte Stellen aus.

»Wir schwören keinen Eid gegen Faunte«, sagte er. »Und bezeugen werden wir auch nichts. Wir sind vielleicht geschlagene Leute, Murtagh, doch unsere besten Freunde verraten wir nicht.«

»Darum geht es auch nicht«, erwiderte Colum. »Wir interessieren uns vielmehr für Eure Begegnung mit Moresby und seinen Gefährten nach Warwicks Niederlage bei Barnet.«

»Aha!« Sturry grinste. »Warum seid Ihr nicht ehrlich, Ire? Ihr interessiert Euch alle für das, was sie bei sich hatten.«

»Dann schießt los«, befahl Colum.

Sturry schüttelte den Kopf. »Ich weiß nicht, was es war, doch beide, Brandon und Reginald Moresby, der Hauptmann von Warwicks Leibwache, taten sehr geheimnisvoll mit einer Sache, die sie wie einen Augapfel hüteten.«

Sturry veränderte die Haltung, um das Scheuern der Ketten, die in seine Handgelenke einschnitten, zu lindern. »Man muß nicht unbedingt ein Studierter aus Oxford sein, Ire, um zwei und zwei zusammenzuzählen. Brandon und Moresby ließen diese Gürteltasche nicht einen Augenblick aus den Augen. Hinzu kam, daß sie gerade Patrouillen der Yorkisten ausgewichen waren und es eilig hatten, auf leisen Sohlen nach Canterbury zu schleichen.« Sturry warf Colum einen verschlagenen Blick zu. »Was war denn in der Tasche?« fragte er. »Eine Kostbarkeit aus dem Besitz des verstorbenen Grafen etwa?«

Colum zuckte mit den Schultern.

»Haben Brandon oder Moresby noch etwas gesagt?« fragte Kathryn.

»Sie verfluchten ihr Geschick und Warwicks Tod. Sie wollten Canterbury erreichen, tun, was sie tun mußten, und dann entweder ein Versteck oder ein Schiff ins Ausland suchen.«

»Was für ein Mensch war Brandon?«

»Kultiviert, diplomatisch.« Sturry schniefte. »Von der äußeren Erscheinung her ein kräftiger, geschmeidiger Kerl mit sandfarbenem Haar. Der eigentliche Anführer war Moresby. Er verlangte von den anderen viel Disziplin.«

»Wer waren die anderen?«

»Knappen aus Warwicks Hofstaat.«

»Hört zu.« Kathryn kauerte sich zu den Männern und verbarg ihren Ekel vor dem üblen, fauligen Zellengeruch. »Haben Moresby und Brandon den Weg beschrieben, den sie nehmen wollten, um in die Stadt zu kommen?«

»Nein, ich weiß nur, daß sie die Wälder verlassen, sich tagsüber verbergen und nachts reiten wollten. Sie hatten bereits beschlossen, sich in Sellingham zu verstecken. Kennt Ihr den Ort, Mistress?«

Kathryn nickte. »Ein verlassener Ort zehn Meilen nördlich

von Canterbury. Dort gibt es eine alte Kirche und ein paar Ruinen. Es ist eine der vielen Ortschaften, die von der Pest verwüstet wurden.«

Sturry stimmte ihr zu, und seine Augen leuchteten vor Erregung. »Genau da. Brandon wollte seine Gruppe dorthin führen. Moresby lud uns ein, sich ihnen anzuschließen, doch Faunte stimmte dagegen. Danach trennten sich unsere Wege.«

Colum und Kathryn bedankten sich bei den Männern und schickten sich an, die Zelle zu verlassen.

»He, Ire!« rief Sturry lauthals. »Wollt Ihr bei Gloucester ein gutes Wort für uns einlegen?«

»Gewiß.«

»Und um der Liebe Christi willen, bekommen wir ein wenig Wasser und etwas zu essen?«

Colum versprach zu tun, was ihm möglich war. Als sie den Zellenbereich verließen, bat er zunächst den Hauptmann der Wache, ihm persönlich einen Gefallen zu tun und dafür zu sorgen, daß die Gefangenen zu essen bekämen.

Kathryn und Colum kehrten in die Ratskammer zurück, wo Gloucester letzte Vorbereitungen für das Tribunal traf. Er winkte Colum zu einem leeren Sitz und stellte seine Gefolgsleute vor. Kathryn warf einen kurzen Blick auf sie. Allesamt Krieger, dachte sie, hart und unbeugsam. Ausgerechnet eine Gruppe Falken sollte hier Gerechtigkeit walten lassen: Faunte konnte bei ihnen kaum auf Gnade hoffen.

»Wir können anfangen«, verkündete ein Mann aus Richards Gefolge. »Euer Gnaden wollte Faunte noch in dieser Stunde hängen sehen.«

»Bitte, Euer Gnaden.« Colum stand auf und klopfte auf die Tischplatte. »Euer Gnaden, wenn es Euch beliebt, darf ich ein Gesuch stellen?«

Gloucester nickte.

»Faunte ist ein Verräter«, begann Colum. »Doch, Euer Gnaden, ich bitte Euch, seinen Gefolgsleuten Gnade zu erweisen, vor allem Sturry, der uns in einer anderen Angelegenheit von großer Hilfe sein kann.«

Gloucester wandte sich zur Seite und forschte in Colums Gesichtszügen.

»Falls Ihr Euch recht erinnert«, fuhr Colum beharrlich fort, »besteht die Politik Eures Bruders darin, die Anführer hinzurichten, doch mit ihren Gefolgsleuten großes Mitleid zu zeigen.«

Gloucester hob eine Hand. Die Juwelen am Ring, den er über dem grünen Handschuh trug, blitzten im schwachen Sonnenlicht auf. Er bedeutete Colum näherzutreten. Der Ire trat hinter ihn und beugte sich über die hohe Rückenlehne. Gloucester raunte ihm etwas zu, und Colum antwortete. Der Prinz nickte, flüsterte noch ein paar Worte und entließ Colum mit einem Fingerschnippen.

»Faunte wird verurteilt«, betonte Gloucester und richtete sich in seinem Stuhl auf. »Die übrigen können noch einen Monat in ihren Zellen schmachten. Sie werden begnadigt und auf freien Fuß gesetzt, wenn ihre Familien jeweils eine Strafe von achthundert Unzen Gold gezahlt haben. Sturry ist davon ausgenommen, er wird freigelassen und unter Eure Aufsicht gestellt, Ire. Wenn er sich als hilfreich erweist, soll er ein freier Mann sein.«

Danach begann Fauntes Verhandlung. Der Gefangene, dem man die schweren Ketten nicht abgenommen hatte, wurde in die Ratskammer gestoßen. Luberon verlas mit strenger Stimme die Anschuldigungen, und Kathryn mußte den Mut des einstigen Bürgermeisters bewundern. Er weigerte sich, etwas zu leugnen.

»Ich habe für Heinrich VI. gekämpft, König von England, Herrscher von Gottes Gnaden, der Herr sei seiner Seele gnädig. Wenn ich schon sterben muß«, sagte er lächelnd, »dann sterbe ich in seinen Diensten. Kein König hatte je einen getreueren Diener als mich.«

Kathryn stellte fest, daß alle Formalitäten gewahrt wurden, bis die Verhandlung nach höchstens einer halben Stunde zu ihrem unausweichlichen Ende kommen mußte. Luberon nahm ein schwarzes Seidentuch und legte es sorgfältig auf Gloucesters Kopf.

»Nicholas Faunte«, verkündete Gloucester, »Ihr seid des Verrats überführt und zum Tode verurteilt, da Ihr die Waffen gegen

Euren rechtmäßigen Herrscher, Edward IV., König von England, Irland, Schottland und Frankreich erhoben habt. Nun vernehmt das Urteil dieses Gerichtes!« Gloucesters Stimme wurde düster. »Es ist der Wille des Königs, daß Ihr von hier aus auf einem Gestell zu einem öffentlichen Exekutionsplatz getragen werdet, wo man Euch hängt, ertränkt und vierteilt und Euch von Euren Eingeweiden befreit; Ihr werdet enthauptet, und Eure Körperteile werden im gesamten Königreich verteilt! Möge der Herr Eurer Seele gnädig sein!«

Faunte wurde bei jedem schrecklichen Wort aus Gloucesters Munde ein wenig blasser.

»Ich bitte das Gericht um Gnade.«

»Keine Gnade!« rief ein Mann aus Gloucesters Gefolge.

Der Herzog hob eine Hand.

»Und meine Familie?« fragte Faunte.

»Wir führen keinen Krieg gegen Frauen und Kinder«, erwiderte Gloucester.

»Ein Priester, ich möchte beichten.« Faunte hob flehentlich die gefesselten Hände.

»Ich bin von edlem Geblüt!« rief er. »Ich bitte, daß man meinem armen Körper die Unwürdigkeiten des Urteils erspares möge. Der Tod ist genug!«

»Abgelehnt!« riefen die Gefolgsleute wie aus einem Munde.

Colum schaute Kathryn an, die seinen Blick vielsagend erwiderte. Colum hob eine Hand zum Zeichen, daß er sprechen wollte, und Gloucester erteilte ihm mit einem Kopfnicken das Wort.

»Euer Gnaden, Faunte hat sich bei der Beantwortung gewisser Fragen sehr kooperativ gezeigt.«

Gloucester verzog keine Miene.

»Er war in dieser Gegend sehr beliebt«, fuhr Colum recht unbeholfen fort. »Einem großen Prinzen geziemt große Gnade.«

Gloucester schob die Papiere auf dem Tisch beiseite.

»Das Urteil sei nur der Tod!« verkündete er und gab dem Hauptmann seiner Wache ein Zeichen. »Laßt einen Priester zu dem Verräter. Wenn das erledigt ist, holt ihn heraus und hängt ihn!«

Die Verhandlung wurde beendet. Gloucester und sein Gefolge steckten zur Beratung die Köpfe zusammen. Colum kam zu Kathryn, bleich und angespannt. Kathryn zwickte ihn in den Arm.

»Ihr habt edelmütig gehandelt.«

Der Ire sah sie betrübt an.

»Warum sagt Ihr das? Nur weil ich dafür gesorgt habe, daß das Urteil abgeschwächt wurde?« Colum blickte sich um und senkte die Stimme. »Bei Gott, ich wünschte, ich könnte mir dieses Verdienst zugute halten, doch Gloucester befahl mir, für Faunte zu sprechen. Die verlängerten Todesqualen eines allseits beliebten Mannes könnten Mitleid erwecken.« Colum wandte den Blick ab. »Von den anderen hätte es keiner getan. Kommt, laßt uns sehen, daß wir hier herauskommen!«

Colum geleitete Kathryn rasch aus der Kammer. In Korridoren und auf Treppen standen überall Soldaten, die zusahen, wie Faunte zum letzten Mal in seine Zelle geführt wurde. Ein Franziskanermönch in brauner Kutte folgte ihm.

»Was erregt die Menschen so, wenn sie den Tod riechen?« flüsterte Colum. Er hakte sich bei Kathryn unter und führte sie ein Stück den Korridor entlang. Dort öffnete er die Tür zu einem kleinen, staubigen Schreibbüro, das nun verlassen dalag. Die Schreiber hatten sich der Menge auf den Straßen angeschlossen, die darauf wartete, daß man Faunte hinausbrachte.

»Was haltet Ihr von der Sache?« fragte Colum.

»Ich hätte Gloucester nicht gern zum Feind.«

Colum grinste. »Nein, ich meine von dem, was wir erfahren haben.«

Kathryn ließ den Blick über die staubigen Fensterrahmen, die riesigen Spinnweben in der Ecke und die mit Tintenklecksen übersäten Tische gleiten.

»Colum, wir müssen Brandons Leiche exhumieren, obwohl die Beschreibung, die Sturry uns von Brandon geliefert hat, dem Bild des Gefangenen, der in der Burg von Canterbury saß, kaum zu widersprechen scheint.«

»Und was noch?«

Kathryn spitzte die Lippen. Sie war ein wenig aus der Fassung geraten, denn sie war kaum je allein mit Colum in einem Raum. Sie dachte an jene Männer mit harten Augen, die Faunte gerade zum Tode verurteilt hatten, und erkannte, wie sehr der Ire sich von ihr unterschied. Sie kamen aus zwei verschiedenen Welten. Vielleicht hatte Thomasina recht; Chaddedon gehörte ihrer Welt an, Colum indes war ein Krieger, der auf Schritt und Tritt dem Tod begegnete, der hart durchgreifen und brutale Urteile fällen mußte. Draußen erhob sich lautes Gebrüll: Wahrscheinlich hatte Faunte gebeichtet und wurde jetzt zu dem provisorischen Galgen geführt, der in aller Eile auf dem Buttermarkt errichtet worden war.

»Was habt Ihr noch erfahren?« wiederholte Colum.

»Es steht außer Zweifel, daß Gloucester Fauntes Tod wünschte, doch das *Auge Gottes* muß etwas Besonderes an sich haben. Welches Geheimnis mag dahinterstecken?«

Colum sah sie durchdringend an. »Und was ist mit Lessinger?« fragte er.

»Für mich wird er immer Alexander Wyville bleiben«, erwiderte Kathryn. Sie zögerte. »Ganz gleich, wie er sich nennt oder wo er steckt«, fuhr sie fort. »Wenn er hierher zurückkehrt, werde ich mich mit ihm auseinandersetzen.« Kathryn spielte mit dem Ring am Finger »›Es ist genug, daß ein jeglicher Tag seine eigene Plage habe‹«, murmelte sie und betrachtete die Staubkörnchen, die im Sonnenlicht tanzten, das durch das zweigeteilte Glasfenster drang.

Colum löste sich vom Tisch, an den er sich gelehnt hatte, und öffnete die Tür.

»Dann laßt uns gehen. Sturry wird entlassen, rasiert, notdürftig gewaschen und neu eingekleidet, während wir beide zur Burg gehen und den armen Brandon aus dem Grab holen.«

Sie gingen die Treppe hinunter und hatten gerade die Rathaustür geöffnet, als Kathryn ein roter Haarschopf ins Auge sprang. Megan eilte auf sie zu und rief, so laut sie konnte, nach Colum.

»Was ist los, Frau?«

»Es ist Pul ...« Megan versuchte, den Namen des Pferdes auszusprechen.

397

»Pulcher!« sagte Colum.

»Ja, er ist ausgebrochen, und es ist keiner da. Ich bin ihm bis zum Galgen an der Wegkreuzung gefolgt, aber ...« Megan fuchtelte mit den Armen, und die grünen Augen wirkten in dem bleichen Gesicht noch größer.

»Natürlich«, grummelte Colum. »Alle Männer sind hier in Canterbury, nur Frauen und Kinder sind in Kingsmead geblieben. Kommt, Kathryn!«

Sie gingen nach Burghgate. Megan trottete neben ihnen her und plauderte munter drauflos, wie unberechenbar das Pferd sei. Sie stiegen ein paar Stufen hinauf, und Kathryn warf einen kurzen Blick zum Buttermarkt hinüber, über die Köpfe der Menge hinweg, die sich dort versammelt hatte. Sie sah den schwarzgewandeten Scharfrichter und den großen, zweiarmigen Galgen, der hoch über ihm aufragte. Faunte lehnte am Abspannseil des Galgens und sprach zu der Menschenmenge, doch Kathryn konnte nicht verstehen, was er sagte. Colum trieb sie zur Eile an. Sie holten die Pferde aus einem Stall in der Nähe. Colum zog Megan hinter sich aufs Pferd und verabschiedete sich in aller Eile von Kathryn.

»Ich werde mich um das Pferd kümmern«, sagte er. »Ihr holt Sturry inzwischen aus der Rathauszelle, und dann gehen wir gemeinsam zur Burg.« Er nahm die Zügel auf. »Und Kathryn, seid bitte vorsichtig, öffnet niemandem die Tür!«

Kathryn willigte ein und bemühte sich, über Megans boshaftes Grinsen hinwegzusehen, als sie Colum von hinten um die Hüfte faßte. Kathryn blickte den Davonreitenden nach, wendete das Pferd und ritt gemächlich durch eine schmale Gasse, die sie auf die Whitehorse Lane führen würde. Das Geschrei der Menschenmenge hinter ihr brach für Sekunden ab. Kathryn glaubte, das Klappern der Galgenleiter zu hören, als diese fortgestoßen wurde. Unmittelbar darauf brach zustimmendes Gebrüll aus. Sie wunderte sich über die Begeisterung der Menschen beim Anblick eines Sterbenden und erinnerte sich an die Worte des Vaters: »Bedenke stets, Kathryn, jeder von uns trägt eine gute und eine schlechte Seite in sich. Leider gewinnt letztere häufig die Oberhand.« Kathryn seufzte. Hoffentlich war Colum in Sicherheit. Er war unterwegs zur Wegkreuzung mit Megan, die sich mit wehendem rotem Haar so keck hinter ihn aufs Pferd geschwungen hatte ... Kathryn hielt an und schlug die Hände vor den Mund, um nicht laut aufzuschreien. Der leichte Stich, den der Anblick Megans ihr versetzt hatte, verwandelte sich in blanke Angst, die ihr die Kehle zuschnürte.

»Oh, mein Gott«, hauchte sie. »Was hat Rawnose doch gleich von körperlosen Stimmen an Wegkreuzungen erzählt? Von einer Hexe mit flammendem Haar? Und jetzt wird Colum dorthin geführt!«

Sie wendete das Pferd und bohrte ihm die Fersen in die Flanken, um schneller voranzukommen. Sie schlug den Weg zurück zur High Street ein. Es waren immer noch viele Menschen unterwegs, und sie verlor kostbare Zeit, als sie sich einen Weg durch Gassen bahnte, die in die Hethenman Lane einmündeten. Von dort steuerte sie All Saints an. Sie durchquerte Kingsbury, folgte der Saint Peter's Street in Richtung Westgate und ritt zur Brücke über den Stour. Kathryn war keine gute Reiterin, und das Gedränge hielt sie auf. Hier und da warf man ihr derbe Schimpfworte zu, einmal sogar eine Handvoll Schlamm, doch zu guter Letzt ritt sie unter der großen, gähnenden Öffnung des Westtors in die Dunstan Street und folgte den Landstraßen nach Norden Richtung Kingsmead. Kathryn kam am Herrenhaus vorbei, das friedlich in der späten Abendsonne lag. Sie ließ den Gedanken, dort jemanden um Hilfe zu bitten, schnell fallen. Nichts wäre ihr in diesem Augenblick lieber gewesen als die Begleitung von Thomasina und Wuf. Von Colum und Megan war keine Spur zu sehen; der Ire, ein ausgezeichneter Reiter, war gewiß viel schneller vorangekommen. Ein Bauer jedoch, der direkt hinter dem Herrenhaus Gräben aushob, sagte ihr, er habe den Soldaten und eine rothaarige Frau in Richtung Wegkreuzung reiten sehen. Er versicherte Kathryn lautstark, daß sie auf dem richtigen Wege sei.

»Alle Welt will da hin«, rief er ihr nach, und als Kathryn ihn fragend anschaute, fügte er hinzu: »Eine Stunde vor dem Soldaten und seiner Rothaarigen kam ein anderer Mann vorbei, komisch sah der aus, mit einer schwarzen Klappe über dem Auge.«

Kathryn hatte es plötzlich sehr eilig. Kurz bevor der Fahrweg abknickte, stieg Kathryn ab, legte dem Pferd Fußfesseln an und schlich leise um die Kurve. Sie hielt sich dicht an der wild wuchernden Hecke. Von der Wegbiegung aus konnte sie den oberen Teil des alten, dreiarmigen Galgens sehen. Kathryn ging weiter. Colum stand nur wenige Schritte von Fitzroy entfernt, der eine Armbrust im Anschlag hatte. Megan lag lang hingestreckt im Gras neben Fitzroy und bedeckte laut stöhnend das Gesicht mit den Händen. Fitzroy, der die schwere Brabanter Armbrust vor der Brust hielt, schleuderte Colum blanken Hohn entgegen, und jedesmal, wenn der Ire einen Schritt auf ihn zu trat, rief er ihm zu, er solle stehenbleiben. Kathryn betrachtete die Szene in panischem Schrecken.

»Er wird ihn umbringen«, flüsterte sie. »Wenn ich hinlaufe, sterben wir vielleicht beide. Was kann ich nur tun? Was soll ich machen?« Kathryn schloß die Augen und murmelte ein Gebet, sprang dann auf die Füße und rief: »Fitzroy, haltet ein!«

Dieser Trick schlug ein wie der Blitz. Fitzroy fuhr zusammen und blickte zum Fahrweg hinauf. Im Nu warf sich Colum auf seinen Feind und schlug ihm die Armbrust aus der Hand, die in hohem Bogen davonflog. Sie sanken zu Boden und begannen zu raufen. Fitzroy stieß Colum mit den Füßen von sich weg, stand auf, trat zurück und hob das große, zweihändige Schwert auf, das am Schafott lehnte. Colum zog ebenfalls das Schwert, und während Kathryn auf sie zu rannte, begannen die beiden Männer ihren tödlichen Reigen – die Schwerter in Brusthöhe, die Beine leicht gespreizt.

Fitzroy kam wieder zu Atem. »Also auf, Colum, ma fiach, wieder wie früher, was? Erinnerst du dich an unsere Jugend – zwei zerlumpte Hosenschisser mit Holzschwertern, die sich wie edle Ritter bei Hofe vorkamen?«

Colum zuckte nicht mit der Wimper. »Der Herr möge mir vergeben, Padraig!« flüsterte er. »Aber ich werde dich umbringen!«

»Es sei dir verziehen!«

Fitzroy griff an, stieß mit dem Schwert zu und beschrieb dann einen weiten, eleganten Bogen, um schließlich auf Colums Hals zu zielen. Murtagh unternahm einen Scheinangriff. Laut hallte das Geräusch durch die Luft zischender und aufeinanderprallender Schwerter durch die Stille des Waldes. Kathryn konnte nur tatenlos zusehen. Sie wünschte, sie hätte einen Dolch; Gesetze der Ritterlichkeit hin und her, das hier war ein Kampf auf Leben und Tod. Fitzroy war wild entschlossen, Colum umzubringen, und er war gewissenlos genug, keine Zeugen zu hinterlassen. Murtagh war zunächst ungelenk und fühlte sich nicht wohl in seiner Haut, doch als der tödliche Reigen seinen Lauf nahm, trat er geschickter und selbstbewußter auf. Nicht ein einziges Mal wich er von seinem Standpunkt und gab Fitzroy ständig Gelegenheit zum Vorstoß. Zuweilen schnellten die Schwertklingen wie Schlangenzungen vor, vollführten weite Bögen, tollkühne Paraden und deftige Hiebe. Die beiden Männer waren schweißgebadet. Megan setzte sich auf und hielt sich die geschwollene Wange, auf die Fitzroy sie geschlagen hatte.

»Ich bin verletzt!« heulte sie. »Ich bin verletzt!«

»Schweig, alte Hexe!« zischte Kathryn. »Sonst fängst du von mir auch noch eine, die sich gewaschen hat!«

Megan versank in Schweigen und legte den Kopf auf die Knie, während die beiden Schwertkämpfer sich nach einem neuerlichen Zusammenprall trennten. Die Arme wurden ihnen schwer, der Schweiß rann ihnen in großen, dicken Tropfen über das Gesicht. Die Männer hielten schwer atmend inne. Dann setzten sie noch einmal an. Colum stellte sich seitwärts und hielt mit erhobenen Armen die Schwertklinge in Augenhöhe. Fitzroy bewegte sich. Was dann geschah, konnte Kathryn nur flüchtig sehen. Colums Schwert schlängelte vor, schlug Fitzroys Waffe nach unten und erwischte ihn mit einem heftigen, blinkenden Streich sauber durch die Kehle. Der abgetrennte Kopf hüpfte wie ein Ball auf das Gras. Blut schoß in hohem Bogen heraus. Kathryn wandte sich ab und kauerte sich ins Gras, um das Entsetzen, das in ihr aufkam, unter Kontrolle zu bringen. Sie spürte, daß sich eine Hand in ihre Haare krallte und blickte auf. Vor ihr stand Co-

lum, der sich auf den großen Griff seines Schwertes stützte und
nach Atem rang.

»Ich habe es Euch schon einmal gesagt«, keuchte er, »und ich
sage es Euch jetzt wieder. Ihr seid allerliebst, Mistress Swinbrooke, und wenn jemand das bestreitet, ist er ein Lügner!«

Kathryn sah an ihm vorbei auf den umgesunkenen Rumpf,
der in einer Lache schwärzlichen, gerinnenden Blutes lag.

»Der Herr sei seiner Seele gnädig!« hauchte Colum. »Er war
ein guter Mann, ehe Haß sein Herz vergiftete.« Er warf sein
Schwert zu Boden und kauerte sich neben Kathryn. »Das ist der
Dämon in unseren Seelen. Wir fangen an zu töten, um uns zu
verteidigen, doch am Ende finden manche Gefallen daran, spüren eine unersättliche Gier nach Tod.« Er wischte sich das Gesicht mit dem Ärmel seiner Jacke ab. »Oder, wie Chaucer sagte,
›O verräterischer Mord, o Schlechtigkeit‹.«

Kathryn beugte sich vor und tupfte ihm die Wangen mit einem Taschentuch ab.

»Wenn Ihr auch nur einmal noch aus Chaucer zitiert, Ire,
schlage ich Euch eigenhändig den Kopf ab!«

Sie kam mühsam wieder auf die Beine und holte ein paarmal
tief Luft. Colum, der noch immer schwer atmete, stand auf und
stellte sich neben sie.

»Laßt Fitzroy, wo er ist«, knurrte er. »Ich werde andere herschicken, die ihn begraben sollen.«

»Oh, Master Murtagh.« Megan kam auf allen vieren auf ihn
zugekrochen. Sie blickte auf. Das Gesicht war ein Bild der Trauer und des Entsetzens. »Ich mußte es tun!« heulte sie. »Er hat
mich hierher zu der Wegkreuzung gerufen! Er hat gesagt, wenn
er Euren Kopf nicht bekäme, würde er meinen nehmen!«

»Wenn ich das Holbech erzähle«, murmelte Colum, »wird er
dir deinen Kopf trotz der schönen roten Haare abreißen!« Er
drehte sich um. »Ach, um Himmels willen, Weib, steh auf. Wenn
du nichts sagst, sage ich auch nichts!« Er grinste. »Vielleicht
sage ich Holbech, er hätte Euch entführt.« Colums Grinsen wurde breiter. »Ja, das gefällt mir, edler Ritter hilft Edelfrau in Not.
Wie Chaucer schon sagte …«

402

Kathryn warf ihm einen warnenden Blick zu.

»Schon gut«, sagte Colum. »Wir wollen unsere Pferde holen.«

»Wo ist denn Pulcher?« fragte Kathryn.

Sie half Megan nicht gerade zartfühlend auf die Beine und betupfte die Schramme auf ihrer Wange.

»Badet die Stelle in Zaubernuß«, erklärte sie sachlich. »Und haltet rohes Fleisch dagegen. In ein paar Tagen seht Ihr so hübsch und falsch aus wie immer.«

Colum ging an den Waldrand, steckte zwei Finger in den Mund und stieß einen langen Pfiff aus. Pulcher und Colums Pferd tauchten auf, ruhig und willig, als hätten sie eine Vergnügungstour hinter sich. Der Ire untersuchte sein Lieblingspferd eingehend.

»Ich habe nichts gemacht«, heulte Megan.

»Und wenn, dann hätte ich dir die Haare abgeschnitten! Kommt, laßt uns gehen.«

Colum setzte Megan auf sein Pferd, stieg auf das Pferd des toten Fitzroy, holte Kathryns Pferd, und so ritten sie zurück nach Kingsmead. Pulcher trottete hinter ihnen her.

Beim Herrenhaus angekommen, bat Colum Kathryn eindringlich zu bleiben, doch sie fühlte sich nicht wohl und hatte es eilig, nach Hause zu kommen. Colum wollte in Kingsmead nach dem Rechten sehen, Sturrys Freilassung in die Wege leiten und Kathryn anschließend in der Ottemelle Lane treffen.

Die Heilerin ritt nach Canterbury weiter, das jetzt, nach der eiligen Exekution am Mittag, still und bedrückt dalag. Fauntes zerschundener Körper baumelte von den Zinnen über Westgate.

»Dann wird er noch zerstückelt«, teilte ihr ein geschwätziger Torhüter mit. »Die Teile werden in andere Städte geschickt, um dort die Stadttore zu schmücken.«

Kathryn nickte und ritt weiter. Nachdem sie den blutigen Kampf und Colums erbarmungslose Grausamkeit hatte miterleben müssen und nun auch noch die traurigen Überreste des armen Faunte sah, begann Kathryn am ganzen Leib zu zittern. Schwäche überkam sie. Wie von fern nur drang der Lärm der Straße an ihr Ohr. Sie spürte Übelkeit in sich aufsteigen, und

Schwindel erfaßte sie. Sie kam am Ehrsamen vorbei; seine Lippen bewegten sich und brabbelten irgendeinen Unsinn, doch seine riesengroß anmutenden Augen waren auf sie gerichtet und beobachteten sie. Kathryn drängte ihr Pferd mit einem Stoßgebet weiter; »Oh, Herr, laß mich nicht ohnmächtig werden!« Sie zitterte vor Kälte, doch die Hände waren so feucht, daß ihr die Zügel entglitten. Sie ritt um Straßenecken wie im Traum – dann blieb das Pferd plötzlich stehen.

»Nun geh schon!« drängte sie. »Los, weiter!«

»Mistress, was ist los?«

Thomasina blickte zu ihr auf.

»Ich muß nach Hause«, sagte Kathryn schwach.

Sie blickte sich um. Sie war daheim; das Pferd war vor dem Haus in der Ottemelle Lane stehengeblieben. Allem Anschein nach hatte sie sich herabgebeugt und an die Tür geklopft, und Thomasina, Agnes und Wuf standen besorgt auf der Türschwelle. Kathryn versuchte, ihre Würde wiederzuerlangen. Sie rutschte vom Pferd und warf Wuf die Zügel zu.

»Bitte, bring es zum Stall«, sagte sie. »Da gibt es einen hilfreichen Burschen!«

Thomasina nahm Kathryn fest beim Arm, erschreckt über ihr bleiches, betrübtes Gesicht und die dunkel umrandeten, starren Augen.

»Es geht schon wieder«, murmelte Kathryn, doch sie ließ sich von Thomasina sacht die Treppe hinauf in ihr Gemach führen. Kathryn legte sich aufs Bett. Sie nahm ein kleines Kissen, das sie schon als Kind benutzt hatte, und drückte es sich gegen den Bauch. Sie versuchte, sich auf ihren Atem zu konzentrieren, um das innere Zittern zu lindern.

»Colum hat einen Mann umgebracht«, erklärte sie und starrte auf den Baldachin über sich. »Er hat den Mann, der gestern hier war, getötet. Er hat ihm den Kopf abgeschlagen, Thomasina, wie du eine Blume abschneiden würdest, und es schien ihm nichts auszumachen.«

Thomasina setzte sich auf das Bett und streichelte zart über Kathryns eiskalten Handrücken.

»Sie müssen so sein«, flüsterte Thomasina. »Das ist die Welt
der Soldaten. Wenn sie aufhörten, um zu denken und zu überlegen, erginge es ihnen nicht anders als Euch jetzt, sie würden
von Entsetzen gepackt. Mein zweiter Mann war auch so einer«, fuhr sie fort. »Er war Soldat, hatte Schenkel wie Baumstämme, und im Bett ist er ständig auf mir rumgehopst. Doch
in der Nacht hatte er Alpträume. Ah, da kommt Agnes mit
Wein und Brot.«

Sie half Kathryn sich aufzurichten, ließ sie an dem frischgebackenen Weißbrot knabbern und half ihr, den Kräuterwein zu
schlürfen, während sie Agnes flüsternd bat, das Feuer zu schüren und Licht zu machen und eins der Holzkohlebecken herein-
zufahren, die auf der Galerie vor der Tür standen. Kathryn begann sich zu entspannen, ihr wurde warm, und Thomasinas
absichtlich belangloses Geschwätz lullte sie allmählich ein. Sie
reichte den Becher zurück und sank in tiefen Schlaf.

Zwei Stunden später weckte Thomasina sie. Kathryn riß die
Augen auf; sie hatte noch den süßen Geschmack des Weines im
Mund, und sie fühlte sich kräftiger. Sie warf die Alpträume ab,
die sie gequält hatten, und badete Hände und Gesicht in einer
Schüssel voll Rosenwasser, kämmte sich die Haare, setzte eine
frische Haube auf und ging in die Küche hinunter, wo Colum
mit dem inzwischen gut gepflegten, wohlgenährten Sturry an
der Feuerstelle saß. Colum hatte sich rasiert und gewaschen.
Man sah ihm den tödlichen Kampf, den er hinter sich hatte,
kaum an. Nur die Augen waren matt und schwer von fehlendem
Schlaf. Sturry hingegen war fröhlich wie ein Spatz im Frühling
und ließ kaum jemanden zu Wort kommen, während Thomasina heiße Brühe und Becher mit gewässertem Wein auftrug.
Kathryn fragte ihn, ob er jemanden mit Namen Wyville oder
Lessinger kenne, doch Sturry schüttelte den Kopf und fuhr im
Plauderton fort.

Nach der Mahlzeit machten sich Kathryn, Colum und Sturry
auf den Weg zur Burg. Es wurde bereits dunkel, die Stände auf
dem Markt waren fortgeschafft, und die Bürger eilten entweder
nach Hause oder folgten dem Geläut der Kirchenglocken und

gingen zum Abendgebet. Kathryn ritt hinter Colum und dem unaufhörlich redenden Sturry her. Als sie nach Winchepe kamen, hielt Colum sein Pferd zurück, um an ihrer Seite zu reiten.

»Thomasina sagte, Ihr fühltet Euch unwohl, Kathryn?«

»Ach, es war nicht so schlimm«, erwiderte Kathryn sarkastisch. »Es macht mir überhaupt nichts aus, zuzusehen, wie ein Mann gehängt und einem anderen der Kopf abgeschlagen wird, und das alles an einem Tag.« Sie funkelte Colum an. »Euch läßt das alles wohl kalt?«

»Nein.« Colum tippte sich an die Stirn. »Aber ich denke nicht darüber nach, Kathryn …« Er verstummte. Er wollte sich bei ihr bedanken, aber dazu war jetzt nicht der rechte Zeitpunkt.

Sie betraten die Burg. Stallknechte nahmen ihre Pferde, während ein Kammerdiener sie in die Haupthalle hinaufführte. Eine Weile mußten sie an der Tür warten, bis die Belegschaft die Mahlzeit beendet hatte. Kathryn setzte sich schweigend. Die Erleichterung, daß Colum mit dem Leben davongekommen war, hatte von ihr Besitz ergriffen. Außerdem versuchte sie, sich an etwas zu erinnern, das sie gesehen hatte, als sie Faunte in seiner Zelle im Rathaus besucht hatte. Sie schüttelte den Kopf, ihr Verstand war zu müde für schwierige Gedankengänge. Mit dem Kopf deutete sie zum Tisch auf der Estrade.

»Erwarten sie uns?«

»Ja«, sagte Colum. »Aber sie wissen nicht, was wir wollen.«

Die Mahlzeit war beendet, Fletcher, Gabele, Margotta, Fitz-Steven der Schreiber, Kaplan Peter und der Ehrsame, herausgeputzt wie immer, traten zu ihnen an die große Feuerstelle.

»Es ist schon spät, Ire«, begann Gabele. Er wies mit einer Kopfbewegung zu Sturry. »Was will der hier?«

»Er ist vom König begnadigt worden«, erwiderte Colum. »Er ist mitgekommen, um mir zu helfen.«

»Wie das?«

»Er ist wahrscheinlich einer der letzten, die Brandon vor seiner Festnahme lebend zu Gesicht bekommen haben.«

Die Gruppe versank in Schweigen.

»Ich habe die Erlaubnis Seiner Gnaden, des Herzogs von

Gloucester«, fuhr Colum fort, »Brandons Leiche zu exhumieren. Ich wünsche, daß es jetzt sofort geschieht!«

»Um Himmels willen!« erwiderte Kaplan Peter. »Das ist Blasphemie. Der Friedhof der Burg ist Gottesacker.«

»Und ich bin getreuer Diener des Königs«, sagte Colum. »Bestrebt, sowohl seiner als auch Gottes Gerechtigkeit Genüge zu tun. Brandons Leiche muß exhumiert werden.«

»Aber sie befindet sich im Zustand der Verwesung!« schrie Fitz-Steven der Schreiber. »Sie wird stinken.«

»Laßt die Leiche heraufbringen!« befahl Colum Gabele. »Der Sargdeckel soll geöffnet werden, dann laßt uns rufen.«

»Wohin soll er gebracht werden?«

»Nirgendwohin. Gerechtigkeit kann man bei Fackelschein ebenso erkennen wie bei vollem Tageslicht.«

Fletcher wollte protestieren.

»Ich spreche im Namen des Königs«, wiederholte Colum. »Ich wünsche, daß Brandons Leiche jetzt exhumiert wird, und bis das geschehen ist, soll niemand die Burg verlassen!«

»Aber meine Geschäfte!« heulte der Ehrsame. »Gottes Werk! Die Wirtshäuser der Stadt sind voller Pilger, die sich ausruhen.«

»Das hat noch Zeit!« fauchte Colum ihn an. »Bis ich in Brandons Gesicht geschaut habe – oder zumindest in die Überreste!«

Elf

Die Bewohner der Burg verließen die Halle, doch Kathryn und Colum blieben noch. Sturry ging zu dem Tisch auf der Estrade, um sich auf Essensreste zu stürzen. Colum schmunzelte, als er es sah.

»Er will alles nachholen, was er versäumt hat«, lautete sein Kommentar.

»Und was soll aus ihm werden, wenn alles vorüber ist?«

Colum zuckte mit den Schultern. »Ich lasse ihn ziehen. Er wird zu seiner Familie zurückkehren und auf bessere Zeiten warten.«

»Wie meint Ihr das?« fragte Kathryn schelmisch.

Colum stützte die Hände auf die Knie und beugte sich vor. »Glaubt Ihr denn im Ernst, daß alles vorüber ist, Kathryn, ich meine, der Bürgerkrieg? Ja, der Stern des Hauses York steigt gerade erst auf, doch in der Bretagne sitzt Heinrich Tudor und plant Rebellion und Invasion: das Sammelbecken für alle Aufrührer und jene, die von Barnet entkamen. Nein, nein.« Colum schüttelte den Kopf. »Der Tanz ist noch nicht zu Ende. Die Kinder des Königs sind noch sehr klein, und wenn Edward etwas zustoßen sollte, warten Gloucester und Clarence bereits wie Wölfe im Schatten.«

Kathryn zog den Umhang fester um sich. Sie warf einen kurzen Blick durch die Halle und sah die tanzenden Schatten, die das schwache Feuer auf die Wände warf. Wäre ich doch nur zu Hause, in der Ottemelle Lane, dachte sie, und mischte Tränke und Heilsäfte, versorgte eine Wunde, tröstete einen Patienten, plauderte mit Thomasina oder erlaubte Wuf, sie zu ärgern.

»Ich mag solche Geschichten nicht«, hauchte sie. »Wenn sich das Rad des Schicksals erneut wendet, Colum, müßt Ihr vielleicht die Rolle eines Faunte spielen.«

Colum streckte seine Hand aus, um sich am Kohlebecken zu wärmen, und schaute Kathryn offen an. »Ich glaube nicht, Kathryn. Meine Tage als Krieger sind vorüber.«

An der Stirnseite der Halle brach Sturry in Freudenrufe aus und kam zu ihnen zurück, ein Hühnerbein in der einen, einen Becher Rotwein in der anderen Hand. Eine Zeitlang setzte sich der frühere Lancastertreue zu ihnen und ergötzte sie mit seinen Abenteuern in den Jagdgründen von Kent. Schließlich kam Fitz-Steven diensteifrig zurück, das Gesicht in kummervolle Falten gelegt.

»Der Sarg ist geöffnet worden«, verkündete er, »und der Deckel wurde entfernt.«

»Und?« fragte Colum streng.

»Herr, Ihr schaut es Euch am besten selbst an.«

Sie folgten ihm nach draußen, überquerten die inneren und äußeren Burghöfe und gelangten auf den kleinen Friedhof. Der Ort machte einen heruntergekommenen Eindruck. Überall wucherte Unkraut, düstere Eiben reckten sich empor, und die Dunkelheit wirkte durch den Halbkreis der Fackeln in der Ferne noch schwärzer. Auf einem Baum schnarrte ein Nachtvogel, Fledermäuse mit breiten Schwingen zogen am sternenklaren Himmel ihre unsteten Bahnen. Kathryn hustete, und Sturry fluchte. Verwesungsgeruch wehte ihnen mit einer kühlen nächtlichen Brise entgegen. Schnell warf Sturry das Hühnerbein von sich. Die Gruppe, die um den geöffneten Sarg stand, sah im Schein der flackernden Fackeln unheimlich aus. Colum und Kathryn warfen einen Blick in den provisorischen Sarg. Der Kopf der Leiche war ein wenig verdreht, das verwesende Gesicht lag auf der Seite.

»Oh mein Gott!« hauchte Colum. Er schnappte sich eine Fackel, blickte in den Sarg, ins Innere des Deckels, dann auf die Finger der Leiche, an denen schwarz verkrustetes Blut klebte.

Kathryn folgte seinem Blick. »Oh Gott bewahre!« flüsterte sie. »Er wurde bei lebendigem Leibe begraben!«

»Unmöglich!« Kaplan Peter zitterte. »Ich habe ihm die letzte Ölung erteilt! Er war tot! Er war tot!«

»Seht Euch nur an, wie verdreht er daliegt«, knurrte Colum. »Schaut Euch die Fingernägel und den Sargdeckel an. Er erwachte, als er bereits unter der Erde lag; er versuchte, sich einen Weg nach draußen zu kratzen, ist aber gestorben, weil er keine Luft mehr bekam.«

Kathryn griff nach einer Fackel, hielt sich die Nase zu und untersuchte die Leiche genauer.

»Fälle wie dieser sind nichts Ungewöhnliches«, stellte sie fest. »Es ist nicht immer leicht, den Tod festzustellen. Manche Menschen bitten darum, daß man ihnen einen Pfahl oder ein Messer durchs Herz treibt oder die Handgelenke aufschneidet, damit sie nicht wieder erwachen.«

»Ist es denn überhaupt Brandon?« fragte Colum.

»Und ob er es ist, wer sonst!« stieß Sturry mit bleicher Leidensmiene hervor. Er hielt sich den Bauch und bedauerte gewiß, das Hühnchen gegessen zu haben. Er bedeckte Mund und Nase mit der Hand und kniete nieder, um sich die Leiche anzusehen. Als er aufstand, wischte er sich den Dreck von den Knien.

»Ich schwöre bei allem, was mir heilig ist«, verkündete er, »daß dieser Mann Brandon ist!«

»Woran könnt Ihr das erkennen?« fragte Colum scharf. »Der Körper verwest bereits.«

»Aber noch nicht ganz – man kann seine Gestalt noch erkennen«, erwiderte Sturry. »Master Murtagh, geht zum Rathaus, wenn Ihr wollt, sprecht mit meinen Kameraden. Auch sie haben Brandon kennengelernt; auch sie werden die Wahrheit sagen. Selbst wenn Ihr das Sakrament holtet«, fügte er trotzig hinzu, »würde ich jeden Eid auf die Kirche schwören und bei meiner Erklärung bleiben.« Er gab Colum ein Handzeichen, rülpste und trat einen Schritt zurück. Dabei wäre er fast über einen Grabstein gestolpert.

Colum zog Kathryn am Ärmel, und sie entfernten sich von den anderen.

»Der Herr stehe uns bei!« murmelte Kathryn. »Brandon ist tot, Moresby ist tot, und der Rest der Gruppe ist spurlos verschwunden.« Sie packte Colum beim Handgelenk. »Es ist möglich, daß sie Moresby getötet haben und inzwischen mit dem *Auge Gottes* übers Meer gefahren sind!«

Der Ire stampfte mit dem Fuß auf. »Verdammter Teufelskram!« fluchte er. »Ich habe eigentlich vermutet, daß der echte Brandon noch lebte und sich irgendwo versteckte.« Er seufzte. »Nun haben wir herausgefunden, daß man Brandon festgenommen hat, nur um ihn dann bei lebendigem Leibe zu begraben. Eine schöne Bescherung, Kathryn. Vielleicht hat Webster tatsächlich Selbstmord begangen.« Colum lächelte, doch seine Augen blieben ernst. »Wenn Gloucester das erfährt ...« Er ließ die Drohung in der Luft hängen und trat wieder zu den anderen. Er klatschte laut in die Hände, um den Tumult zu unterbinden, der nach der grausigen Entdeckung ausgebrochen war.

»Genug!« befahl er. »Wir haben genug gesehen. Master Fletcher, sorgt dafür, daß der Sarg wieder unter die Erde kommt. Für die anderen gilt, daß wir noch ein paar Dinge in der Halle zu besprechen haben.«

Die Gruppe, die an der hohen Tafel auf der Estrade Platz nahm, war recht bedrückt. Alle, selbst Gabele und der Ehrsame, saßen niedergeschlagen und blaß auf ihren Plätzen. Colum gestattete, daß Wein gereicht wurde, bevor er das Wort an sie richtete.

»Laßt uns zunächst einmal überlegen, was wir wissen. Am vergangenen Ostersonntag wurde Richard Neville, Graf von Warwick, morgens bei Barnet getötet«, fuhr er fort. »Er vertraute ein kostbares goldenes Amulett mit einem Saphir, das *Auge Gottes*, seinem Leibknappen Brandon an, wahrscheinlich mit Wissen von Moresby, dem Hauptmann seiner Wache. Warwick wurde umgebracht, und wir wissen jetzt, daß Brandon, Moresby und mindestens vier andere Männer fliehen konnten und sich versteckt hielten. Wahrscheinlich beabsichtigten sie, das Amulett zur Priorei von Christchurch in Canterbury zu bringen, doch irgend etwas ist geschehen. Moresby kam auf mysteriöse Weise um; die anderen sind verschwunden; Fletcher hat hier Brandon festgenommen, dessen Leiche wir gerade in Augenschein genommen haben. Mistress Swinbrooke, was wissen wir noch?«

Kathryn sah den blassen Priester an. »Nach den Aussagen der hier Anwesenden sperrte man Brandon in eine Zelle neben der eines Mörders, eines gewissen Sparrow. Mag sein, daß er mit diesem Mann geredet hat, der später entkam. Wir wissen es nicht, da Sparrows Flucht und Ermordung ein Rätsel bleiben.«

Der Ire zuckte mit den Schultern.

»Brandon«, fuhr Kathryn fort, »hat niemandem viel erzählt. Er erkrankte, und nach Lage der Dinge starb er. Unser guter Kaplan hier behandelte ihn und nahm ihm die letzte Beichte ab.«

»Aber wenn's doch stimmt«, jammerte der Priester und sprang auf. »Gott ist mein Zeuge, Mistress, es ist wahr! Er hatte Fieber und starb!«

»Woran habt Ihr erkennen können, daß er tot war?« fragte Kathryn ihn.

»Man konnte weder am Hals noch am Handgelenk Pulsschlag fühlen«, rief der Priester. »Keine Anzeichen von Atem.«

»Habt Ihr einen Spiegel verwendet?« fragte Kathryn. »Oder ein Stück Glas, das Ihr ihm vor Mund und Nase gehalten habt?«

»Natürlich nicht«, verkündete der Priester und setzte sich wieder. »Christus ist mein Zeuge, Mistress, ich dachte wirklich, er sei tot!«

»Er starb am Nachmittag«, ergänzte Fletcher den Priester. »Man legte ihn in eine Kiste und beerdigte ihn noch am selben Abend. Gott, wie muß der arme Bastard gelitten haben!«

»Damit kommen wir schließlich zu Websters rätselhaftem Sturz vom Turm«, unterbrach Colum und blickte alle der Reihe nach eindringlich an. »Bei Eurer Treue zum König«, fügte er leise hinzu, »kann denn nicht einer von Euch Licht in diese Geheimnisse bringen?«

Alle Anwesenden schüttelten den Kopf und verneinten die Frage im Chor. Colum beendete daraufhin die Versammlung. Er stand auf und streckte die Glieder, bis sie knackten.

»Keiner«, verkündete er, »ich sage: Keiner von Euch darf die Burg ohne meine Erlaubnis verlassen außer Euch, Master Sturry.« Colum öffnete seine Gürteltasche und entnahm ihr eine kleine, mit einem roten Band verschnürte Rolle. Er drückte sie

Sturry zusammen mit einem Silberstück in die Hand. »Ihr könnt gehen, wohin es Euch beliebt. Den anderen sei gesagt: Jeder, der Canterbury verläßt – und das gilt auch für Euch, Master Ablaßprediger –, wird als Mörder gebrandmarkt, als Dieb und Verräter!«

Colum und Kathryn gingen hinaus. Sie holten ihre Pferde und ritten schweigend zurück in die Stadt, in die Wärme und Sicherheit des Hauses in der Ottemelle Lane. Kathryn und Colum sprachen kaum miteinander; auch als sie ihre Mäntel abgelegt hatten und am Küchentisch saßen, waren sie in Gedanken versunken und zogen ihre eigenen Schlüsse aus dem, was sie an diesem Abend erfahren hatten.

»Ein aufregender Tag«, stellte Kathryn fest, während Thomasina ihnen Ale, geräucherte Schinkenscheiben, Brot und Käse auf einer Platte servierte.

»Ich habe erfahren, daß Alexander Wyville sich inzwischen Robert Lessinger nennt. Bürgermeister Faunte ist gehängt worden. Ihr habt einen Freund aus Kindertagen umgebracht, der Euch nach dem Leben trachtete. Wir haben erfahren, daß Brandon mit dem *Auge Gottes* von Barnet entkommen ist, aber der Saphir ist verschwunden. Moresby wurde umgebracht. Brandon wurde festgenommen und dann lebendig begraben.« Kathryn schob die Platte von sich und stützte die Ellbogen auf den Tisch. »Hinzu kommt, daß wir keinerlei Hinweise darauf haben, wie Webster getötet wurde, wo Brandons frühere Gefährten sind oder, noch wichtiger, wo das *Auge Gottes* steckt.«

Colum nahm einen Schluck aus seinem Weinbecher. »Das reicht, um einen Mann an die Flasche zu bringen.« Er lächelte bitter. »Habt Ihr in dieser Angelegenheit irgendeine Idee?«

»Ich habe in der Burg gelogen«, erwiderte Kathryn. »Es lag kein Versehen vor. Brandon wurde absichtlich lebendig begraben. Ich vermute, man hat ihm Schierling verabreicht. Kennt Ihr seine Eigenschaften?«

Colum schüttelte den Kopf.

»Schierling ist eine weitverbreitete Wildpflanze«, erklärte Kathryn. »Die lateinische Bezeichnung ist Conium maculatum, und er ist sehr giftig. Die Griechen gaben ihn Sokrates zu trinken, und einer Legende zufolge, die mein Vater mir erzählt hat, soll der Gott Prometheus den Sterbenden Feuer auf einem Schierlingsstengel gebracht haben. Schierling ist gefährlich, nicht nur, weil er giftig ist, sondern auch, weil er Petersilie und Fenchel ähnlich sieht. Ein Fehler bei der Unterscheidung kann sich als tödlich erweisen. Hinzu kommt, daß es viele verschiedene Formen dieses Krautes gibt; Schierling und Wasserschierling sind besonders gefährlich. Man findet sie an Hecken, in Gräben oder in offenem Waldgebiet. Schierling hat einen unangenehmen, bitteren Geschmack und einen widerwärtigen Geruch, der allerdings von Wein überlagert werden kann.«

»Und Brandon hat man also Schierling gegeben?«

»Alle Symptome weisen darauf hin«, sagte Kathryn. »Hohe Temperatur, Mattheit, beschleunigter Herzschlag; das Opfer fällt in einen sehr tiefen Schlaf oder ins Koma, das zum Tode führt.«

Kathryn spielte mit ihrem Weinbecher. Colum blickte sie aus halb geschlossenen Augen von unten her an und versuchte, seine Furcht zu beherrschen. Sie ist gefährlich, dachte er; ich töte mit Dolch oder Schwert, doch sie kann eine harmlos aussehende Pflanze todbringend einsetzen.

»Ich erinnere mich an ein griechisches Sprichwort«, murmelte Colum. »›Ich war ein gesunder Mann, bevor ich Ärzte kennenlernte.‹ Ich nehme mich vor Euch in acht, Mistress Swinbrooke.«

Kathryn zuckte mit den Schultern. »Die meisten Menschen fürchten sich vor Ärzten. Das Wissen um die Wirkung von Kräutern ist äußerst gefährlich, vor allem, wenn es um eine Pflanze wie Schierling geht. Ich habe einmal ein Kind behandelt, das davon gegessen hatte. Die Symptome waren ganz ähnlich wie bei Brandon: Das Kind schien in jeder Hinsicht tot.«

»Also behauptet Ihr, daß jemand aus der Burggarnison Brandon Schierling verabreicht hat? Er fällt in tiefe Ohnmacht. Der Priester reicht ihm die Letzte Ölung, er wird rasch beerdigt und im Grab wieder wach?«

»Ja, das behaupte ich«, antwortete Kathryn. »Der Ärmste war in der Falle, er war schwach und ihm war speiübel, während er

414

heftig nach Luft rang. Kann sein, daß er eine Stunde bei Bewußtsein gewesen ist, ehe er erneut in Ohnmacht sank.«

Colum pochte auf die Tischplatte. »Doch wer war es – und warum?«

»Wartet.« Kathryn stand auf, ging in ihre Schreibkammer und holte eine arg mitgenommene, verschmierte Pergamentrolle. »Wir wollen Brandons Pfad von Barnet aus verfolgen.« Kathryn räumte den Tisch ab und rollte die Karte mit den groben Umrissen von Kent auf, die ihrem Vater gehört hatte, und zeigte auf Canterbury und die Straßen nach Norden. »Jetzt wissen wir«, sagte sie, »daß Brandon nach Warwicks Niederlage bei Barnet in Richtung Canterbury floh. Eine Zeitlang hielt er sich mit seinen Gefährten in Blean Wood versteckt, wo sie auf Faunte und seine Gefolgsleute trafen. Später wagten sie sich hinaus aufs freie Land und gingen nach Sellingham, einen verlassenen Ort.« Kathryn zuckte mit den Schultern. »Danach – nichts! Moresby wird getötet, vermutlich durch Gesetzlose; Brandon wird festgenommen; und die anderen verschwinden.«

»Was also schlagt Ihr vor?« fragte Colum.

»Nun, nicht in die Burg von Canterbury zurückzukehren, sondern an diesen verlassenen Ort zu gehen, um ihn zu durchsuchen. Vielleicht hat Brandon das *Auge Gottes* ja dort versteckt?« Kathryn rollte die Karte wieder ein. »Weiß der Himmel, aber es ist immer noch besser, als untätig herumzusitzen.«

»Wenn er geht« – Thomasina stand am Eingang zur Speisekammer und zeigte auf Colum –, »dann gehe ich auch mit!«

»Und was ist mit Wuf?«

»Agnes ist ja da, sie kann auf ihn aufpassen. Aber Ihr, Herrin, wandert mir nicht mit irgendeinem dahergelaufenen irischen Wilden durch die Lande.«

»Ja, ich glaube auch, es ist besser, wenn du mitkommst«, sagte Colum sanft. »Deine Herrin und ich brauchen deinen Schutz.«

Thomasina warf ihm einen wütenden Blick zu und stapfte hinaus. Colum rieb sich mit beiden Händen das Gesicht.

»Wir sollten aufbrechen, sobald es hell wird. Was ist mit Euren Patienten?«

»Die können warten; es ist kein dringender Fall dabei. Colum, wir müssen in dieser Angelegenheit unbedingt eine Lösung finden.« Auch Kathryn rieb sich jetzt die Augen. »So oder so sollte der Fall abgeschlossen werden. Entweder wir graben die Wahrheit aus oder wir sagen Seiner Hoheit, dem Herzog von Gloucester, daß alles ein großes Rätsel ist und weder der König noch ein anderer das *Auge Gottes* besitzen wird.«

»Seid Ihr müde, Kathryn?«

»Ach ja.« Sie blickte ihn niedergeschlagen an.

»Nein, so meine ich es nicht«, fuhr er hastig fort. »Bevor ich nach Canterbury kam, verlief Euer Leben im großen und ganzen … nun ja, in ruhigen Bahnen. Ihr hattet Euren Beruf, Euren Ehrgeiz.«

Kathryn stand auf. »Ja, Colum, alles ruhte in Frieden.« Sie lächelte, als sie den Umhang an sich nahm. »Was man allerdings ebensogut auch von einem Friedhof behaupten kann.« Kathryn strahlte Colum an und ging hinaus, noch ehe Colum sich eine passende Antwort überlegen konnte.

Allein in ihrer Kammer, fragte sich Kathryn, was Colum wohl mit seiner Frage bezweckt haben könnte. Sie setzte sich auf das Bett und öffnete die Schnürbänder ihres Mieders.

Was wäre, wenn es Colum nicht gäbe? dachte sie. Es gäbe kein *Auge Gottes*, keine Bluthunde von Ulster, keine Morde. Doch was hätte ich statt dessen? Alexander Wyville, der mich noch immer quälte, und keine Möglichkeit, dieser verfahrenen Situation zu entrinnen. Gewalt war nun einmal Bestandteil ihres Lebens. Alexander Wyville hatte den Reigen begonnen, und nun mußte sie es durchstehen. Sie schloß die Augen und dachte an ihren Mann – seine Miene am Hochzeitstag und dieselben Gesichtszüge, nach dem Genuß von Alkohol rot angelaufen und wutverzerrt. »Ich will dich nicht!« flüsterte Kathryn. »Der Herr möge mir verzeihen, aber es ist mir gleichgültig, ob du lebst oder nicht! Und wenn du zurückkehrst, werde ich jede Möglichkeit der Einflußnahme – ja, auch Colum persönlich – nutzen, um vor einem Kirchengericht die Annullierung unserer Ehe zu erwirken.«

416

Kathryn zog sich aus, wusch sich mit einem Schwamm und einem kleinen Stück Seife aus Kastilien, trocknete sich sorgfältig ab und zog ihr Nachthemd über. Thomasina kam herein, schob eine warme Bettpfanne zwischen die Laken und reichte ihr einen Becher heißer, mit Muskatnuß gewürzter Milch. Kathryn ließ es zu, daß ihre alte Amme sie ermahnte und bemutterte. Bevor Thomasina das Zimmer verließ, mußte Kathryn ihr feierlich versprechen, daß sie am nächsten Morgen mitkommen dürfte. Dann trank sie die Milch aus, löschte die Kerzen, schlüpfte zwischen die Laken und zog die Decken über den Kopf, wie sie es als kleines Mädchen schon getan hatte. Sie streckte sich wohlig aus und ließ den Gedanken freien Lauf – wenn sie sich nur daran erinnern könnte, was sie in Fauntes Zelle gesehen hatte. Plötzlich fiel Kathryn der Ehrsame ein, und Zeilen aus Chaucers ›Erzählung des Ablaßpredigers‹ kamen ihr in den Sinn:

Ist's denn gefährlich, dem Tod zu begegnen?
Ich will ihn suchen auf Straßen und Wegen.

»Wann werde ich ihn wiedersehen?« murmelte Kathryn. »Oder ist stets der Tod in meiner Nähe?« Sie schloß die Augen und sank in einen traumlosen Schlaf.

Früh am nächsten Morgen brachen sie auf. Thomasina packte Körbe voll Brot, Käse, getrocknetem Fleisch und Wein. Sie ermahnte die verschlafene Agnes und drohte Wuf mit den schrecklichsten Strafen, die ihn erwarteten, wenn er sich nicht ordentlich aufführte. Kathryn trug Agnes auf, alle schwierigen Fälle zu Chaddedon zu schicken, während die anderen sich gedulden sollten, bis sie zurückkehrte.

»Ach, und sag Wuf«, fügte Kathryn hinzu, »daß er die alten Schwestern in der Jewry Lane besuchen soll; es geht ihnen inzwischen wahrscheinlich besser, doch ich denke, man sollte lieber nach ihnen schauen.«

Colum war nach einem erholsamen Schlaf erfrischt und sat-

telte die Pferde. Er hatte seinen großen Kriegsgurt angelegt und
eine Armbrust um den Sattelknauf geschlungen.

»Was ist mit Kingsmead?« fragte Kathryn.

»Ach, Holbech schafft das schon. Er rechnet erst dann mit
mir, wenn er mich sieht. Im übrigen hat man im Herrenhaus ohnehin noch mit den Aufräumarbeiten nach Gloucesters Besuch
zu tun.« Er schmunzelte. »Megan ist froh über jede Ablenkung.«

»Ist der Herzog schon abgereist?« fragte Kathryn.

»Ja, so ist Gloucester, rücksichtslos wie immer. Er kam, um
Faunte zu töten; nun hat er die Aufgabe für seinen geliebten Bruder erledigt. Bevor ich das Rathaus verließ, befahl mir der Herzog, ihm binnen einer Woche in London über die Fortschritte
bei der Suche nach dem *Auge Gottes* zu berichten.« Colum lächelte freudlos. »Wenn wir heute nichts finden, ist eine Woche
schon zu lang.«

Sie stiegen auf die Pferde, verabschiedeten sich von Agnes und
Wuf und ritten durch die Ottemelle Lane, die Steward Street hinauf Richtung Westgate. Die Stadt schlief noch. Selbst die Kirchenglocken hatten noch nicht zur Frühmesse geläutet. Hier
und da huschte eine grell gekleidete Hure über die Straße und
versuchte, den Fängen der Wachen zu entwischen, die mit dem
Stab in der Hand und verschlafenen Gesichtern durch die Gassen schritten. Auf der Hethenman Lane waren Mistsammler bei
der Arbeit. Ihre hohen, vierrädrigen Karren waren vollbeladen
mit Kot und Unrat, den sie aus den Abflußrinnen harkten. Der
Gestank war bestialisch. Colum, Kathryn und Thomasina
wickelten sich ihren Umhang um Mund und Nase und achteten
nicht auf die fröhlichen Pfiffe der Mistsammler, die sich an dem
Chaos ergötzten, das sie erzeugten. Zwei Schuldner aus dem
Stadtgefängnis, an Händen und Füßen gefesselt, trippelten von
Kummer gebeugt durch die Straßen und bettelten um Almosen.
Vor Black Friars, neben dem Tor von Saint Peter, hatte man bereits ein paar betrunkene Randalierer an den Pranger gestellt; sie
mußten sich tagsüber den Beschimpfungen der Bürger ausset-
zen, deren Schlaf sie in der Nacht zuvor in so grober Weise gestört hatten.

Durch das geöffnete Westtor wurden Karren voll landwirt-
schaftlicher Erzeugnisse für das Tagesgeschäft in die Stadt zum
Buttermarkt gebracht. Kathryn schloß die Augen, als sie durch
den Torbogen ritten, und hauchte ein Gebet für den Seelenfrieden des armen Faunte. Sie setzten ihren Weg fort und kamen an
der Kirche von Saint Dunstan vorbei, überquerten die Wegkreuzung und bogen in die Landstraße nach Whitstable ab. Allmählich wichen die Wirtshäuser und Bauernhöfe am Wegesrand der
offenen Landschaft. Das Korn auf den Feldern stand hoch, und
die Bauern trafen bereits erste Vorkehrungen für die Ernte, während ihre Kinder mit Schleudern durch das Korn tobten und die
räuberischen Krähen und Raben verscheuchten. Der Himmel
wurde hell, die grauweißen Wolken verflüchtigten sich unter
den ersten kräftigen Sonnenstrahlen. Kathryn und Colum hielten vor einer kleinen Schenke an, aus der ihnen warme, abge-
standene Luft entgegenschlug, und nahmen zum Frühstück gewässerten Wein und Haferkuchen. Kathryn hatte die Landkarte
des Vaters mitgenommen. Mit Thomasinas Hilfe beriet sie Colum bei der Wahl der richtigen Wegstrecke.
    Die Landstraßen und Pfade waren zum größten Teil verlassen.
Nur hin und wieder begegneten ihnen einmal ein Hausierer, ein
Kesselflicker oder ein Wanderpriester von niederem Rang, der
seine kümmerlichen Habseligkeiten in einem kleinen Handkarren vor sich her schob. Zuweilen, vor allem in Wirtshäusern und
Schenken, trafen sie auf Pilgergruppen, die nach Canterbury unterwegs waren. Sie schnatterten in Vorfreude auf den größten
Schrein der Christenheit aufgeregt durcheinander. Als Kathryn
und Colum sich an einer Stelle verirrten, wies ihnen ein tran-
äugiger Bauer mit roten, aufgesprungenen Wangen den rechten
Weg. Gegen ein Uhr mittags bogen sie in einen schmalen, überwucherten Pfad ein, der zu dem verlassenen Ort führte. Da die
Pferde nur mühsam vorankamen, stiegen Kathryn, Thomasina
und Colum ab. Leise vor sich hin schimpfend, wichen sie überhängenden Ästen aus und lösten festgehakte Brombeerranken
von ihren Kleidern. In der Luft lastete eine Stille, die nur vom
Zwitschern der Vögel oder vom Summen der Bienen unterbro-

chen wurde, die über den geöffneten, süß duftenden Wildblumen nach Nahrung suchten. Schließlich hatten sie sich durch das Dickicht gekämpft und sahen vor sich, in einer kleinen Senke am Berghang, die Ruinen einer verlassenen Stadt.

»Grundgütiger Gott!« hauchte Colum und tätschelte sein Pferd.

Sie betrachteten die verfallenen Steingebäude, deren Dächer teils eingesunken, teils abgedeckt waren. Von Häusern, die aus Lehm und Flechtwerk bestanden hatten, war nur noch ein Schutthaufen übrig. Kathryn deutete auf eine verlassene Mühle am Ufer eines kleinen Wasserlaufs; auf eine Schenke ohne Dach, den Pfosten, an dem das vermoderte, klapprige Wirtshausschild hing, und auf den von Unkraut überwucherten Dorfplatz, hinter dem die einfache Dorfkirche, eine sehr kleine Kapelle, zu sehen war. Das Dach des Mittelschiffs fehlte, die Westseite des eckigen Kirchturms war verwittert. Saatkrähen und Dohlen, die jetzt laut krächzend über die Störung auf sie herabschimpften, hatten sich dort niedergelassen.

»Wie ist das möglich?« fragte Colum. »Woher kommt diese Verwüstung?«

»Mein Großvater hat es mir erzählt«, meldete sich Thomasina zu Wort und wischte sich den Schweiß von der Stirn. »Mein Großvater hat gesagt, es war der Schwarze Tod. Viel schlimmer als die Schweißkrankheit. Ganze Städte verschwanden einfach. Es heißt, zwei von drei Menschen starben.«

»Thomasina hat recht«, stimmte Kathryn zu und führte ihr Pferd weiter. »Dörfer und Städte wie diese hier gibt es im Königreich zuhauf.« Sie schauderte. »Der geeignete Ort für Geister und Phantome.«

»Es muß wirklich jemand hiergewesen sein«, bestätigte Colum. Er bückte sich und fuhr mit dem Dolch durch das dünne, spärliche Gras. »Hier waren Pferde angebunden, der Dung ist trocken und bröselt bereits.«

Sie sahen sich in der Ortschaft um. Kathryn spürte ein unangenehmes Prickeln zwischen den Schulterblättern – ein Gefühl, als beobachtete sie jemand, als lehnten die Geister der Menschen, die hier gelebt hatten und gestorben waren, das plötzliche Eindringen Lebender ab. Die tiefe Stille des Ortes war bedrückend. Manchmal war ihr, als hörte sie hinter Mauern Schritte oder unterdrücktes Schluchzen und Türen, die leise knarrend geöffnet wurden. Sie versuchte, diese Erscheinungen als Fieberfantasien abzutun und der Grabesstille des Ortes zuzuschreiben.

Colum und Thomasina erging es nicht anders. Hin und wieder unterbrachen sie ihr wachsames Schweigen, wenn sie auf Spuren von Reitern stießen – zweifellos von Brandon und seinen Leuten.

»Warum sind sie hierhergekommen?« fragte Colum.

»Das ist doch wohl klar«, antwortete Kathryn, die vor der verlassenen Mühle stand. »Spürt Ihr es nicht, Colum? An diesem Ort hausen Gespenster, er ist in Vergessenheit geraten, also ein ideales Versteck.« Nachdenklich blickte sie den Krähen nach, die um den alten Kirchenturm flogen. »Ich vermute, einer von Brandons Leuten kannte diesen Ort«, murmelte sie. »Weiß der Himmel, was hier geschehen ist.«

Sie fuhren mit ihrer Suche fort. Hier und da gingen sie in eines der verlassenen Häuser. Plötzlich rief Colum aufgeregt: »Kommt, Kathryn, hier ist etwas!«

Sie ließ ihr Pferd stehen und trat vorsichtig über die Schwelle eines verfallenen Eingangs. Colum deutete auf einen Haufen schwarzer Asche in einer Ecke an der Rückwand des Hauses, neben dem ein wenig Pferdemist lag.

»Brandon war bestimmt hier, aber allem Anschein nach noch jemand, und zwar vor kurzem«, sagte Colum, ging zum Misthaufen hin und stocherte mit der Fußspitze darin herum. »Das ist ziemlich frisch, es liegt noch nicht lange hier.«

Sie setzten die Suche fort und fanden immer wieder frische Spuren, die auf einen Besucher hindeuteten, der vor nicht allzu langer Zeit an diesem Ort war.

»Es waren zwei Reiter«, stellte Colum fest, »die zu verschiedenen Zeitpunkten hier waren. Wonach haben sie gesucht?«

»Der einzige Ort, an dem wir noch nicht nachgeschaut haben«, erwiderte Kathryn, »ist die Kirche.«

Sie warf einen Blick auf Thomasina, die müde und abgespannt auf einer niedrigen, zerfallenen Mauer saß.

»Vielleicht ist es an der Zeit, eine Pause einzulegen und etwas zu essen.«

Sie banden ihren Pferden vor der Kirche, wo einst der Friedhof gewesen war, die Hufe zusammen und betraten durch eine offene Mauerspalte den Turm. Sie gelangten in den kleinen Altarraum, von wo aus sie das Mittelschiff überblicken konnten. Die Kirche war öde und leer, das Dach längst eingestürzt. Die einst weißen Wände waren mit Flechten und Moos bedeckt, während die Säulen, die das Mittelschiff auf beiden Seiten von den schmalen Querschiffen trennten, unter dem Einfluß von Wind und Regen abblätterten und zerfielen. Kathryn sah sich im Altarraum um. Der alte Altar, quer zur Apsis gebaut, stand noch an seinem Platz.

Kathryns Blick fiel auf eine kleine Nische für Meßkelche, ein inzwischen verblaßtes Gemälde und die großen Mauerspalten zu beiden Seiten des Altarraums, wo einst der Lettner stand.

»Es ist traurig«, murmelte sie. »Wenn man bedenkt, daß einst Menschen hier das Lob Gottes sangen und beteten.«

Thomasina schrie auf, als ein Vogel, der hoch oben an der Kirchenwand nistete, plötzlich laut flatternd aufflog.

»Kommt her!« Kathryn stellte die Körbe auf den Boden. Schweigend nahmen sie eine Mahlzeit zu sich und begaben sich anschießend zu dritt auf einen Rundgang durch die Kirche.

»Wenn Euch irgend etwas auffällt«, sagte Colum, »dann ruft laut!«

»Hier ist nichts«, grummelte Thomasina und schob mit der Fußspitze das Moos auf dem Boden zur Seite.

Kathryn schlenderte durch ein Querschiff und ließ die Finger über die Flechten gleiten, die an der Mauer wuchsen.

»Was glaubt Ihr, wie alt diese Kirche ist?« fragte Colum. »Sie erinnert mich an Kapellen in Irland.«

»Sehr alt«, erwiderte Kathryn gedankenverloren. »Möglicherweise noch vor der Eroberung erbaut, einfach und streng.«

Sie ging in den Altarraum zurück und lehnte sich an den Al-

tar. Sie versuchte, ihn zu verschieben, doch er bewegte sich
nicht. Mit einem Blick zum Boden sah sie, daß hier mehr Moos
als an anderen Stellen lag; und dann bemerkte sie Zweige und
aufgeschichtete Erde. Der Rat des Vaters, den sie sich stets auf-
sagte, wenn sie Patienten behandelte, kam ihr in den Sinn.

»Versuche festzustellen, was merkwürdig ist, was nicht ins
übliche Bild paßt.«

Kathryn schaute noch einmal nach unten.

»Colum!« rief sie.

»Was ist?« fragte er und trat zu ihr.

»Seht, hier sind Zweige, Rindenstücke und Erde aufgeschich-
tet, obwohl es hier keinen überhängenden Baum gibt. Und eine
Feuerstelle ist es auch nicht.«

Kathryn kniete nieder und fegte die Zweige zur Seite. Colum
ging hinaus und holte ein Binsenlicht aus seiner Satteltasche. Er
kam zurück und zündete es an; der Schein der Flamme tanzte
auf dem Stein.

»Hier ist ein Buchstabe«, sagte Kathryn. Sie schob noch mehr
Zweige und Schmutz zur Seite. »Seht, das Moos ist entfernt worden. Und da sind noch mehr Buchstaben!«

Thomasina eilte herbei, und Colum hielt das Binsenlicht näher heran. Er reichte Kathryn seinen Dolch, damit sie den
Schmutz entfernen konnte.

»›Levate!‹«, rief Kathryn aufgeregt. »›Levate oculos ad
montes!‹ ›Hebet Eure Augen auf zu den Bergen‹«, übersetzte sie
und lächelte Colum an. »Dasselbe Gebet, das Brandon in seiner
Zelle in der Burg von Canterbury in die Wand geritzt hat.«

»Was soll es hier?«

»Es ist eine Art Grabstein«, antwortete Kathryn. »Wahrscheinlich befindet sich darunter das Grab eines längst vergessenen, ortsansässigen Adligen.« Kathryn lächelte. »Einer Überlieferung zufolge kämpfen Teufel und Engel um die Seele,
nachdem sie den Körper verlassen hat, deshalb wollen die Menschen gern an einem geheiligten Ort begraben werden.«

Colum stellte das Binsenlicht zur Seite und begann, mit dem
Dolch zu graben.

»Hier ist ein Spalt«, sagte er. »Man kann die Platte hochheben.«

Nachdem er die große Steinplatte vom Schmutz befreit hatte, konnte Colum den massiven Stein mit Hilfe von Holzkeilen, Schwert, Degen und Dolch hochstemmen.

»Es geht bestimmt auch einfacher«, knurrte er, »aber ich weiß nicht wie.«

Kathryn und Thomasina halfen ihm. Sie hoben die schwere Steinplatte hoch und schoben sie zurück. Modergeruch stieg ihnen entgegen, und sie mußten husten und niesen. Nachdem der Staub sich gelegt hatte, erspähten sie ein gähnendes Loch, in das eine schmale Treppe hinabführte. Kathryn folgte dem Iren, dessen entsetzter Aufschrei ihr durch Mark und Bein ging. Die Haare im Nacken sträubten sich ihr.

»Colum, was ist?«

»Oh, mein Gott!« rief Colum »Oh, die armen Schweine!«

Kathryn hastete über die schiefen, baufälligen Stufen hinab.

Als sie unten ankam, mußte sie einen Aufschrei unterdrücken. Sie streckte die Hand aus und berührte den kalten, weißen Arm eines Skeletts, der aus einem vermodernden Sarg ragte. Langsam blickte sie sich um. Colum stand in einem Lichtkegel, und Kathryn konnte seine Umgebung nur undeutlich wahrnehmen.

»Colum, das ist nur ein Mausoleum.«

Colum winkte sie zu sich heran.

»Nein, nein«, flüsterte er heiser. »Es ist eine Mördergrube.« Er hielt das Binsenlicht hoch. »Seht doch, Kathryn!«

Kathryn trat einen Schritt vor und starrte mit schreckgeweiteten Augen auf die vier verwesenden Leichen, die dort lagen. Das Fleisch auf Gesichtern und Händen war verschrumpelt und ausgetrocknet. Die Körper waren lang ausgestreckt, die Augenhöhlen leer, die Münder standen offen. Kathryn nahm das Binsenlicht, trat an die Leichen heran und kniete nieder. Sie zog einen zerfetzten, verschimmelten Umhang zur Seite und erkannte auf dem linnenen Wams des Mannes undeutlich ein Bild: ein Bär, in Ketten gelegt und mit einem Maulkorb versehen, der einen rohen Stab in der Pranke hielt.

»Warwicks Wappen«, sagte Colum. »Wir haben Brandons Leute gefunden, Kathryn. Aber wie sind sie gestorben?«

Kathryn überwand ihren Ekel und untersuchte die Kadaver sorgfältig, vor allem die Schädel und die Vorderseite ihrer Wamse.

»Kein Anzeichen von Gewalt«, murmelte sie. »Kein Mal auf den Schädeln oder Blut auf den Umhängen. Ich kann nur raten, Colum, aber ich glaube, diese Männer sind verhungert.«

Colums Blick war indessen auf eine kleine lederne Satteltasche gefallen, die in eine Mauernische geschoben worden war. Er zog sie heraus, durchtrennte die modernden Schnallen und zog ein goldenes Amulett heraus; selbst in der Finsternis fing der Saphir den schwachen Schein des Binsenlichts ein und funkelte wie ein Stern.

»Das *Auge Gottes*!« Colum drückte ihn Kathryn in die Hand. »Wir haben das *Auge Gottes* gefunden!«

Kathryn stand auf und gab acht, sich nicht den Kopf an der niedrigen Decke zu stoßen. Sie betrachtete das goldene, rautenförmige Amulett. Es war wunderschön: reines, filigran gearbeitetes Gold, behauen und geformt in keltischer Manier, doch es verblaßte geradezu gegenüber dem feurigen Saphir, der in der oberen Ecke über dem Haupt Christi eingelassen war.

»Es ist zauberhaft!« entfuhr es Kathryn.

Staunend schaute sie auf das Juwel und merkte nicht, daß Thomasina die Treppe hinabwuselte. Bei dem schrecklichen Anblick, der sich ihr bot, schrie sie laut auf. Der Schrei verwandelte sich jedoch abrupt in einen Seufzer des Entzückens, als sie das Amulett erblickte.

»Ein Königsschatz«, flüsterte Thomasina. »Kein Wunder, daß der Herzog von Gloucester ihn wiederhaben will. Männer würden dafür über Leichen gehen!«

Kathryn sah sie an. »Das ist bereits geschehen«, flüsterte sie. Sie warf einen Blick in die verwesenden Gesichter. »Laßt uns lieber von hier weggehen.«

Als Colum das Binsenlicht aufnahm, bemerkte Kathryn die frischen Kratzer an der Wand. Sie riß Colum die Fackel aus der

Hand, um sie näher zu betrachten. Im flackernden Licht entziferte sie die Namenszüge, die unbeholfen in den Stein geritzt worden waren: »›Apleby, Claver, Durston und Farnol‹«, las sie laut vor. »›Jesus sei uns gnädig.‹« Kathryn warf Colum einen Blick zu.

»Ein schreckliches letztes Gebet«, flüsterte sie.

»Gewiß«, erwiderte er. »Und es beweist, daß Moresby und Brandon nicht bei ihnen waren.«

Sie gingen die Treppe hinauf und legten die Steinplatte wieder an ihren Platz.

»Was glaubt Ihr, was hier geschehen ist?« fragte Thomasina.

»Ich weiß es nicht«, sagte Colum. »Doch wir müssen darüber nachdenken. Ich weiß nicht, warum und wie, doch irgendein leibhaftiger Teufel hat diese vier Männer umgebracht. Er hat sie dort zurückgelassen und dem Tode preisgegeben!«

Zwölf

Sie verließen den unbewohnten Ort, und Colum versprach, daß er Leute herschicken wollte, die für ein angemessenes Begräbnis der Leichen Sorge tragen sollten. Der Tag rückte vor. Obwohl sie schweigsam und zügig voranritten, kamen sie erst nach Anbruch der Dunkelheit nach Canterbury.

Als Ärztin besaß Kathryn den Schlüssel für eine Hinterpforte in der Nähe des Westtores, durch die sie in die Stadt gelangten. Unverzüglich steuerten sie die Ottemelle Lane an. Im Haus war es still. Wuf war bereits zu Bett gegangen, und auch Agnes schlief – mit dem Kopf auf der Tischplatte. Sie wachte auf, gähnte und streckte sich und versicherte ihrer Herrin, daß nichts Außergewöhnliches geschehen sei. Thomasina scheuchte sie ins Bett. Als sie wieder in die Küche kam, bot sie Kathryn und Colum, die inzwischen am Tisch Platz genommen hatten, an, etwas zu essen und zu trinken zu holen.

Kathryn war sattelwund und wünschte sich nichts sehnlicher als ein Bad, frische Kleider und einen gesunden Schlaf, doch die Szene in der Gruft ließ sie nicht los – die dunkle Nische mit den grotesk anmutenden Leichen und dazu das wunderschöne *Auge Gottes*, das Colum bereits in seinem Zimmer in einer Truhe verschlossen hatte.

»Warum?« fragte sich Kathryn. »Warum mußten sie auf diese Art und Weise sterben?«

»Was mir Sorge bereitet«, erwiderte Colum grübelnd, »ist, daß alle tot sind: die vier in der Gruft, Moresby in einem Straßengraben und Brandon in der Burg von Canterbury.«

»Sie wurden umgebracht«, fuhr Kathryn fort. »Vier körperlich gesunde Männer würden niemals in einer Gruft bleiben und ihr Schicksal als unabdingbar hinnehmen.«

»Ich glaube, man hat sie dort hineingesteckt«, sagte Colum.

»Mag sein, daß man sie vor Verfolgern verstecken wollte, vielleicht aber auch, um sicherzustellen, daß sie nicht mit dem Juwel entkommen konnten. Man hat ihnen versprochen, sie herauszuholen, und anschließend das Grab versiegelt. Ihr habt gesehen, wie schwierig es war, von oben hineinzukommen. Nachdem die Steinplatte wieder an ihrem Platz lag, hätten die Unglücklichen es nicht geschafft, sie von innen zu heben.«

Kathryn zuckte mit den Schultern. »Das ist nicht neu. Es hat ähnliche Todesfälle gegeben, in denen Kinder betroffen waren, die in den verlassenen Ruinen bei Canterbury gespielt haben.«

Sie hielt inne, als Thomasina sie mit Wein, runden Weißbrötchen, Käsescheiben und getrockneten Schinkenstücken bediente. Kathryn nippte vorsichtig an dem gewässerten Wein. Sie fühlte sich wie zerschlagen und war sicher, daß es ihr wie Agnes erginge, wenn sie zuviel tränke: Sie würde den Kopf auf den Tisch legen und einschlafen. Gedankenverloren spielte sie mit der Kordel an ihrer Hüfte.

»Das einzige, von dem wir sicher ausgehen können, ist,«, sagte sie, »daß Brandon entkam. Die Männer in der Gruft behielten das *Auge Gottes* bei sich als eine Art Garantie dafür, daß er zurückkehren würde.«

»Aber warum ist er nicht wiedergekommen?« fragte Colum. »Oder sollte Moresby zurückkommen?«

Kathryn dachte angestrengt nach. »Nein«, erwiderte sie. »Es war Brandon. Er kannte den Satz ›Levate oculos ad montes‹, den Schlüssel zu dem Ort, an dem sich das *Auge Gottes* und seine Gefährten befanden. Doch dann wurde er festgenommen und konnte nicht zurückkehren. Wahrscheinlich hat er es vorgehabt, wenn man ihn erst begnadigt und freigelassen hätte, doch dann wurde er auf rätselhafte Weise umgebracht.«

»Und was sollen wir in diesem Fall tun?« fragte Colum verzweifelt.

Kathryn schaute Thomasina zu, die geschäftig in der Küche hin und her eilte und überglücklich war, unheimlichen Gruften, verlassenen Ortschaften und dem schwankenden Rücken einer alten Schindmähre entronnen zu sein.

»Irgend etwas ist faul an der Sache«, sagte Kathryn. »Was hat Moresby getan? Haben Moresby und Brandon gemeinsam die Männer in der Gruft gelassen? Hat Brandon auch Moresby getötet und sich dann festnehmen lassen in der Hoffnung, er würde begnadigt und freigelassen und könnte zurückkehren und das *Auge Gottes* holen? Dann allerdings«, schloß Kathryn, »wäre Brandon ein kaltblütiger Mörder und verdiente, in der Hölle zu schmoren!«

»Aber hätte Moresby so leicht sein Leben gelassen?« fragte Colum. »Noch etwas haben wir vergessen. Erstens, wessen Leiche wurde im Straßengraben gefunden? Woher wissen wir, daß es Moresby war? Zweitens entdeckten wir Spuren von Brandons Leuten in dem verlassenen Ort, aber auch Hinweise darauf, daß zwei andere Reiter unabhängig voneinander dort waren. Wer also war es, hm?« Colum seufzte und schüttelte den Kopf. »Ist es möglich, daß nach der Schlacht bei Barnet ein Dritter Moresby, Brandon und ihren Gefährten folgte?«

»Schon möglich«, erwiderte Kathryn und steckte sich ein Stück Käse in den Mund. Sie blickte vor sich auf den Tisch, und als sie wieder aufsah, war Colum fast eingeschlafen, mit der Hand am Weinbecher. »Kommt«, sagte Kathryn sanft, »es wird Zeit für uns, schlafen zu gehen. Es gibt nichts, was nicht warten könnte.«

Colum blinzelte und rieb sich das Gesicht. »Wenigstens haben wir das *Auge Gottes*«, murmelte er verschlafen.

Er kam mühsam auf die Beine und legte Kathryn zärtlich eine Hand auf den Kopf. Er warf Thomasina eine Kußhand zu und stakste die Treppe hinauf. Er rief ihnen zu, daß er, so Gott wolle, am nächsten Morgen wieder frisch und in der Lage wäre, klarer zu denken.

Kathryn half Thomasina noch eine Weile und ging dann in ihre Schreibkammer. Sie glättete ein Stück Pergament, nahm die Schreibfeder zur Hand und schrieb rasch auf, was sie erfahren hatten. Sie lehnte sich im Stuhl zurück, döste eine Zeitlang vor sich hin, stand auf, um in die Küche zu gehen und sich einen Becher Wasser zu holen. Tief in Gedanken versunken nahm sie das

Ende der Kordel, die sie um die Hüfte trug, und kaute an der alten Quaste herum. Ein Ruck ging durch die Kordel, und vor ihrem geistigen Auge tauchte das Bild von Faunte in seiner Zelle auf, den das Gewicht der Ketten an Händen und Füßen nach unten zog. Kathryn hielt inne.

»Herrgott, steh uns bei!« murmelte sie. »Natürlich, das ist es, was Webster aufgefallen ist.«

Sie eilte wieder in die Küche, spritzte sich kaltes Wasser ins Gesicht und bat Thomasina, das Feuer zu schüren, denn sie wollte dort bleiben.

»Oh, wie lange denn noch?« jammerte Thomasina.

»So lange ich brauche.«

Kathryn trug ihr Schreibtablett in die Küche. Sie ging hinaus, um sich an der kalten Nachtluft zu erfrischen, und blickte in den Sternenhimmel.

»Endlich«, flüsterte sie, »endlich klärt sich das Geheimnis auf, dem Himmel sei Dank!«

Kathryn ging wieder hinein und begann zu arbeiten. Sie schrieb schnell und fließend, als erzählte sie sich eine Geschichte. Thomasina wuselte um sie herum und glückste wie ein wütendes Huhn. Dann setzte sie sich ergeben neben Kathryn und sah zu, wie ihre Herrin mit kühnen Schriftzügen etwas niederschrieb.

»Ihr wart immer schon stur«, brummte Thomasina. »Schon als kleines Mädchen wart Ihr so bockig.«

»Ich glaube, ich weiß, wer der Mörder ist«, sagte Kathryn. Sie ergriff Thomasinas Handgelenk. »Ich weiß, was geschehen ist, Thomasina. Ich weiß, wer den Gefangenen in der Burg ermordet hat. Vielleicht sogar, wie Webster ums Leben kam.«

»Woher?«

Kathryn lächelte und tippte sich an die Stirn. »Durch ein Stück Kordel bin ich darauf gekommen.«

Danach wollte Kathryn nicht mehr abgelenkt werden. Sie schrieb zu Ende, rollte das Pergament zu einer festen Rolle zusammen, die sie mit einem scharlachroten Band verschnürte, und ging zu Bett. Sie schlief nur ein paar Stunden und wachte vor der Morgendämmerung auf. Sie wusch sich, zog sich rasch an und rief Colum zu, er sollte seine faulen Knochen in Bewegung setzen, denn sie hätten geschäftlich zu tun. Colum war morgens nicht gut zu sprechen. Erst als er sich gewaschen und rasiert hatte, setzte sich Kathryn zu ihm in die Küche. Sie wartete ab, bis er gefrühstückt hatte, und rief dann Thomasina zu, Wuf und Agnes hereinzuholen.

Alle saßen ziemlich unausgeschlafen in der Küche. Wuf klagte über Durst, und Thomasina brachte ihm und Agnes eine Tasse Buttermilch. Colum saß auf einem Hocker neben der Feuerstelle und bewunderte Kathryn im stillen; sie hatte nur wenig geschlafen, doch ihm fiel auf, daß ihre Wangen vor Erregung gerötet waren und die Augen lebhaft sprühten.

»Thomasina, setz dich«, begann Kathryn. »Wir spielen jetzt ein Spiel.«

Schon sprang Wuf auf und klatschte in die Hände.

»Kann ich mitspielen?«

»Ja. Colum, ich bitte Euch, bindet Wuf Hände und Füße zusammen, wie wir es beim armen Faunte im Rathaus gesehen haben.«

Wuf kreischte vor Vergnügen, hielt aber still, als Colum das Seil holte und tat, worum Kathryn ihn gebeten hatte. Da stand der Kleine nun und trug Fesseln an Händen und Füßen, die miteinander noch durch ein zusätzliches Seil verbunden waren.

»Wuf, hör auf zu kichern«, sagte Kathryn. »Agnes, stell dich neben ihn.«

Agnes gehorchte mit großen, staunenden Augen.

»Und jetzt, Wuf«, ermahnte Kathryn ihn, »denk daran, es ist nur ein Spiel. Versuche, Agnes um den Hals zu fassen.«

Heillose Verwirrung war die Folge. Agnes trat rasch einen Schritt zurück. Wuf sprang auf und ab, ehe er lachend auf die Binsen stürzte. Colum blickte zu Kathryn hinüber.

»Sparrow und der Wärter?« fragte er.

»Natürlich«, erwiderte Kathryn. »Nein, Wuf, frag mich nicht. Colum, schneidet ihm die Fesseln durch.«

Colum befreite den immer noch lachenden Wuf, der auf Kathryn zulief und sie umarmte.

»Was soll dieser ganze Unsinn?« wollte Thomasina wissen.

»Wir versuchen, einen Mörder zu fangen«, erwiderte Kathryn. »Erinnerst du dich an die alten Schwestern, Eleanor und Maude? Alle dachten, sie hätten die Pest, aber wir wußten, daß es nur die Pellagra war. Unser Mörder in der Burg ist genauso. Er hat uns Tatsachen aufgetischt, die jedoch die Wahrheit tatsächlich verzerren.« Sie lächelte Colum an. »Wir dachten, Sparrow hätte den Wärter getötet und den Schlüssel an sich genommen, um seine Fesseln zu lösen. Er wäre entkommen und hätte später versucht, Brandons Mörder in der Burg zu erpressen und wäre selbst getötet worden.« Sie schüttelte den Kopf. »Ich zog an der Kordel meines Kleides, als mir plötzlich einfiel, daß eine Kordel oder ein Seil, die fest miteinander verbunden sind, Bewegungen wesentlich einschränken.«

»Also müssen Sparrows Fesseln aufgeschlossen worden sein, bevor er den Wärter tötete!« mischte sich Colum ein. »Sein Komplize hat ihm die Flucht ermöglicht und ihn später umgebracht, um ihn zum Schweigen zu bringen.«

»Genau«, erwiderte Kathryn. »Ich habe dieselbe Logik bei allen anderen Morden angewandt und mich geweigert, das zu akzeptieren, was uns gesagt wurde. Und jetzt, Wuf …« Kathryn zeigte auf die Tür. »Wenn ich dir sagte, daß die Tür von außen verriegelt wäre und du wolltest hinausgehen, was würdest du tun?«

»Durchs Fenster steigen«, anwortete Wuf.

»Nein, nein«, lachte Kathryn. »Sagen wir, der Raum hätte keine Fenster.«

»Ich würde mir einen Hammer oder einen Balken suchen und die Tür einbrechen«, sagte Wuf beherzt. Er freute sich über Kathryns Aufmerksamkeit.

»Und wenn du es eilig hättest?« fuhr Kathryn fort. »Sagen wir, es brennt lichterloh. Wärst du erst im Garten, würdest du wohl nicht noch einmal nachschauen, ob du einen Fehler begangen hättest, denn die Tür war die ganze Zeit von innen und nicht von außen verriegelt.«

Colum schlug sich mit der Hand auf den Schenkel. »Die Falltür in der Burg!«

»Der Verdacht kam in mir auf«, fügte Kathryn hinzu, »als ich mich fragte, wie Webster aufschreien konnte, wenn er bewußtlos war.«

»Aber man hat Webster hoch oben auf dem Turm gesehen«, fuhr Colum fort.

»Wirklich?« fragte Kathryn. »Vor ein paar Tagen kam ich nach Hause und dachte, Agnes wäre im Garten, weil ich ihren braunen Umhang sah, doch es war Wuf. Nein, nein!« sie hielt die Hand hoch, um Agnes zu bremsen. »Jetzt ist keine Zeit für Streitereien. Versteht Ihr, Colum? Die Morde waren so einfach. Wir haben Zerrbilder gesehen. Brandon ist gestorben, war in Wirklichkeit aber vergiftet. Ist Sparrow entkommen? Nein, jemand hat ihm zur Flucht verholfen. Webster wurde auf dem Turm gesehen, und die Falltür war von dieser Seite verriegelt. Aber war er wirklich dort? War die Falltür verriegelt?«

»Wer ist dann der Mörder?« fragte Colum.

Kathryn rieb sich die Augen. »Nun, laßt uns zu einem weiteren Zerrbild kommen. Brandon, Moresby und vier andere Männer verließen Barnet und nahmen das *Auge Gottes* mit. Nun, nachdem wir in Sellingham waren, haben wir die Leichen dieser Männer gesehen, nur einer fehlte.«

»Moresby«, erwiderte Colum.

»Ja«, sagte Kathryn leise. »Außer Moresby. Ist er wirklich tot? Hat jemand seinen Platz eingenommen? Nun, wir wollen dieses Bild klarstellen.« Sie stand auf und stellte sich ans Feuer. »Wer von den Menschen in der Burg mag nicht der sein, der zu sein er vorgibt?«

»Der Ehrsame.«

»Und wer kann in der Burg nach Belieben herumlaufen?«

»Der Ehrsame«, wiederholte Colum, und diesmal stimmten Wuf, Thomasina und Agnes mit ihm ein.

»Dann, Ire, sollten wir uns zur Burg begeben. Bevor jemand abreist.«

»Kann ich mitkommen?« rief Wuf begeistert.

Kathryn küßte ihn auf den Kopf. »Nein, du und Agnes wart bereits eine große Hilfe.«

Kathryn und Colum nahmen ihren Umhang, verabschiedeten sich und gingen hinaus zu den Ställen.

»Glaubt Ihr, daß Ihr den Mörder kennt?« fragte er.

»Eines ist mir noch unklar«, antwortete sie. »Zwei Reiter haben den verlassenen Ort aufgesucht, zu unterschiedlichen Zeiten, und es ist noch nicht lange her, stimmt's?«

Colum nickte und fuhr sich mit der Hand über einen Schnitt in der Wange, den er sich bei der hastigen Rasur in aller Frühe zugezogen hatte. »Ich kenne Pferdespuren«, sagte er. »Da kann man mir nichts vormachen.«

»In diesem Fall«, fuhr Kathryn fort, »müssen wir uns noch einmal überlegen, wer Zutritt zu Brandon, Sparrow und zu dieser Falltür hatte.«

Nachdem sie ihre Pferde abgeholt hatten, machten sich Kathryn und Colum auf den Weg zur Burg. In Winchepe, kurz vor den Toren der Burg, hielt Kathryn an. »Während ich die anderen beschäftige, müßt Ihr das Schloß der Tür untersuchen«, sagte sie an Colum gewandt. Und mit einem treffenden Zitat aus Chaucers ›Frau aus Bath‹ erteilte sie ihm eine markige Lektion darüber, was ihrer Meinung nach auf der Hand lag. Schließlich gab Colum nach und lenkte sein Pferd sacht zur Seite, um zwei großen Karren Platz zu machen, die in die Burg rumpelten.

»Aber welchen Beweis haben wir?«

»Keinen«, erwiderte Kathryn leichthin. »Zumindest noch nicht. Doch sobald wir die Burg dort betreten haben, werdet Ihr hingehen und herausfinden, worum ich Euch gebeten habe.«

Colum fing ihren erhobenen Zeigefinger ein und drückte ihn zärtlich.

»Wißt Ihr«, sagte er und trieb sein Pferd an, »ich dachte immer, Thomasina würde eine ausgezeichnete Frau von Bath abgeben. Nachdem ich Euch jedoch zugehört habe, bin ich mir dessen nicht mehr so sicher.«

Kathryn streckte ihm hinter dem Rücken die Zunge heraus, ehe sie an seine Seite ritt.

»Colum, macht Ihr Euch etwa Sorgen? Ihr scheint …«

»Resigniert?«

»Ja, resigniert.«

Colum schüttelte den Kopf. »Ich habe mein Leben lang mit dem Tod gelebt, Kathryn. Ich habe in Schlachten gekämpft, in Hinterhalten auf der Lauer gelegen, in Dörfern, auf offenem Feld oder an Flußufern gehackt und gehauen. Ich war Jäger und Gejagter.« Er zog die Zügel strammer. »Wer so lebt, wird hart. Glaubt Ihr denn, dem König oder Gloucester wäre an Brandons Wohl gelegen? Hinter dem Amulett sind sie her, das ist es.«

Sie hatten das Burggelände erreicht, und er wollte nicht weiterreden. Ein unausgeschlafener Stallbursche nahm ihre Pferde entgegen, während ein anderer den Auftrag erhielt, die Bewohner der Burg in der großen Halle zusammenzurufen.

Sie kamen alle, einer nach dem anderen. Schreiber Fitz-Steven mit wirrem Haar und unrasiert, wütend darüber, daß man ihn direkt aus dem Bett geholt hatte. Kaplan Peter wirkte nervös. Gabele erschien mit unbewegter Miene. Der Ehrsame sah merkwürdig aus wie immer. Und schließlich betrat Fletcher wutschnaubend die Halle und ergriff das Wort für alle.

»Ich bin es endgültig leid«, schimpfte er und funkelte Kathryn zornig an. »Leid bis an den Stehkragen, hierhin und dorthin zusammengerufen zu werden! Wo ist der Ire?«

»Er kommt bald nach«, erwiderte Kathryn. »Er muß sich noch etwas ansehen.«

»Was denn?« knurrte Fitz-Steven.

»Das laßt meine Sorge sein«, erwiderte Colum, der mit großen Schritten in die Halle kam und sich Kathryn gegenüber am anderen Ende des Tisches niederließ.

»Wie ich sehe, seid Ihr alle ungeduldig, also laßt mich ganz kurz zusammenfassen.«

Colum überhörte das mißbilligende Murren und lieferte eine übersichtliche Schilderung der Ereignisse in der Burg in den letzten paar Tagen.

»Was ist daran neu?« fauchte Kaplan Peter.

»Eigentlich nichts«, gab Colum lächelnd zu. »Oh, übrigens, Mistress Swinbrooke, ich habe nachgesehen, worum Ihr mich gebeten habt, und Ihr hattet recht.«

»Warum also seid Ihr hier?« fragte Gabele.

»Nun, erstens«, erklärte Kathryn, »haben wir das *Auge Gottes* gefunden.«

»Eins verstehe ich indes noch immer nicht«, fuhr sie fort. »Und das ist Websters Tod. Master Gabele, Ihr habt berichtet, er sei auf dem Turm auf und ab gegangen?«

»Ja.«

»Und die Wachen hörten ihn vor seinem Tod schreien?«

»Ja.«

»Und Ihr seid hinaufgelaufen?«

»Ich habe es Euch doch gesagt«, erwiderte Gabele. »Ich konnte die Falltür nicht öffnen, weil Webster sie von der anderen Seite verriegelt hatte. Ich habe allen gesagt, sie sollten wegbleiben, bis der Ire käme.«

»Die Falltür war auf der Turmseite verriegelt, aber auf der Treppenseite offen.«

Gabele fuhr sich nervös mit der Zunge über die Lippen.

»Nun, war es so?« hakte Kathryn nach.

»Natürlich.«

»Hierzu muß ich sagen«, unterbrach Colum, »daß ich die Falltür gerade untersucht habe. Die Schlösser sind auf beiden Seiten erneuert worden.«

»Nun ja, natürlich. Sie sind wohl zerstört worden, als wir die Tür aufgebrochen haben«, erklärte Fletcher.

»Ja, doch als ich sie mir noch einmal ganz genau angesehen habe, war der Riegel auf der Turmseite einfach nur ersetzt; nichts deutet auf eine gewaltsame Öffnung hin, zum Beispiel abgesplittertes Holz, wie es der Fall gewesen wäre, wenn die Soldaten die Tür gewaltsam geöffnet hätten. Noch verwunderlicher ist jedoch, daß der Riegel auf der Treppenseite ersetzt worden ist. Warum dieses? Hätte man ihn zurückgeschoben, wäre er nicht entzweigebrochen.«

»Was wollt Ihr damit sagen?« fauchte Gabele.

»Nun …« Colum hielt die Hand hoch. »Ihr habt eine Falltür mit einem Riegel auf jeder Seite. Webster hat vermutlich den Riegel auf der Turmseite vorgeschoben, und wir haben ihn später aufgebrochen. Dennoch liegt kein Anzeichen für Gewaltanwendung vor. Auf der Treppenseite hingegen« – Colum zeigte auf die andere Seite seiner Hand –, »von der man annahm, daß sie unverschlossen war, gibt es sichere Spuren von Gewaltanwendung.«

»Mit anderen Worten«, fuhr Kathryn fort, »diese Falltür war nur auf der Treppenseite, nicht aber auf der Turmseite verriegelt. Ich will Euch also sagen, was sich zugetragen hat. Der Festungskommandant ging zum Turm zu seinem üblichen Morgenspaziergang. Ihr, Master Gabele, lauertet im Schatten, versetztet ihm einen Schlag auf den Hinterkopf, zogt seinen Umhang über, setztet seinen Biberhut auf und gabt vor, der Festungskommandant zu sein, der auf dem Turm auf und ab ging. Die Wachen sahen nur, was sie zu sehen erwarteten, und konnten von dort, wo sie standen, Eure Gesichtszüge nicht erkennen. Ihr habt alles genauso gemacht, wie Webster es getan hätte: auf und ab gehen, das Kohlenbecken anzünden, sogar zu den Wachen hinabrufen. Aus dieser Höhe sind Stimmen nur schwer zu unterscheiden. Dann habt Ihr den Turm verlassen und die Tür von der Innenseite verriegelt und abgeschlossen.«

»Das ist doch blanker Unsinn!« rief Gabele.

Colum, der neben ihm saß, packte den Waffenmeister beim Handgelenk.

»Dann habt Ihr Webster Umhang und Hut wieder angezogen«, fuhr Kathryn fort, »und durch das große Holzfenster direkt unter der Falltür zum Turm gespäht. Ihr erinnert Euch doch, das Fenster, das in die Wand eingelassen wurde?«

Gabele schaute an ihr vorbei.

»Ihr habt die Wachen beobachtet, die nach der langen Nachtwache müde waren und froren. Ihr habt den Schnäpper geöffnet, gewartet, bis sie Euch den Rücken zuwandten, und den armen Webster hinabgestoßen. Als der Schnäpper wieder ins Schloß fiel, habt Ihr aufgeschrien. Die Wachen drehten sich um, nahmen flüchtig einen herabstürzenden Farbkleks wahr, hörten den Schrei und kamen zu dem logischen Schluß, daß Webster entweder vom Turm gestürzt oder gesprungen sein mußte.« Kath-

ryn hielt kurz inne. »Ich wäre nie darauf gekommen«, fuhr sie
fort, »wenn Ihr Webster auf die Kopfseite geschlagen hättet, mit
der er unten aufkam.«

Gabele richtete sich langsam auf. »Ihr seid eine verlogene Hexe!« knurrte er.

Colum beugte sich vor; er setzte seinen Dolch ganz leicht an
Gabeles Hals, während er mit der anderen Hand das Messer aus
Gabeles Scheide zog.

»Setzt Euch, bitte!«

Gabele gehorchte.

»Aber ich dachte«, meldete sich Kaplan Peter zu Wort, »der
Riegel auf der Turmseite sei gebrochen? Das habt Ihr doch sicher
gesehen, Master Murtagh?«

Colum zuckte mit den Schultern. Wenn ich es recht bedenke,
habe ich lediglich gesehen, daß das Schloß, das den Riegel hielt,
gelockert worden war, damit es nach Gewaltanwendung aussah.
Das hat Gabele wahrscheinlich gemacht, ehe er vom Turm her-
abstieg.«

Fletcher sprang auf und zeigte anklagend auf Gabele.

»Du Bastard!« zischte er. »Du verdammter Bastard! Der Ire
hat recht. Du bist zurückgekommen und hast behauptet, die
Falltür wäre abgeschlossen. Wir haben dir geglaubt. Niemand
hat es nachgeprüft. Auf deinen Befehl haben wir uns von dort
ferngehalten.«

»Er lügt!« schrie Gabele. »Der Ire kann nicht beweisen, was
er gesagt hat. Ausgewechselt habe ich ... « Er verstummte, als er
die Ungeheuerlichkeit dessen erkannte, was er gerade zugegeben hatte.

»Was habt Ihr getan?« fragte Kathryn ihn ruhig.

Gabele blickte zur Seite.

»Oh, ich weiß, was Ihr gemacht habt«, fuhr Kathryn fort. »Ihr
habt beide Riegel ersetzt. Colum hat gesehen, daß sie ausgewechselt wurden, als er vorhin den Turm besichtigt hat. Warum aber
solltet Ihr beide Riegel auswechseln? Der auf der Treppenseite
hätte eigentlich nicht zerstört sein dürfen. Warum ihn also ersetzen? Und warum Ihr? Gibt es in der Burg keinen Zimmermann?«

»Moment mal.« Fitz-Steven schlug mit der Hand auf den Tisch. »Ihr behauptet da, Mistress, Gabele hätte Webster auf den dunklen Treppenstufen aufgelauert, ihm einen Schlag auf den Kopf versetzt, sich Umhang und Hut geborgt und dann vorgegeben, er wäre der Festungskommandant?«

Kathryn nickte.

»Anschließend hätte er«, fuhr der Schreiber fort, »die Schlösser des Riegels auf der Turmseite gelockert, die Falltür von der Treppe aus verriegelt, Umhang und Hut wieder Webster angezogen und die Leiche des armen Teufels durch die Ausfalltür geworfen?«

»Ja, Ihr habt es erfaßt, Master Schreiber. Denkt daran, es war noch fast dunkel. Die Wachen waren müde und blickten in die andere Richtung.«

Fitz-Steven kratzte sich das Kinn.

»Mistress, warum aber habt Ihr, als wir die Falltür einschlugen, nicht bemerkt, daß der Riegel auf der Innenseite noch vorgeschoben war?«

»Ganz einfach«, unterbrach Colum. »Gabele hatte befohlen, niemand dürfte sich dem Turm nähern, bis ich käme. Außerdem ist die Treppe sehr dunkel. Drittens, selbst wenn wir bemerkt hätten, daß der Riegel vorgeschoben war, was hätte es ausgemacht? Gabele konnte jederzeit behaupten, er hätte die Tür aus Sicherheitsgründen selbst verriegelt. Und vor allem, erinnert Ihr Euch, in welcher Reihenfolge wir zum Turm gingen? Gabele lief voraus und befahl den Soldaten, vor uns hinaufzusteigen und die Falltür einzuschlagen.«

»Aber aus welchem Grund?« fragte der Kaplan.

»Ja, ich glaube, Webster wurde umgebracht«, erklärte Kathryn, »weil er herausgefunden hatte, daß Sparrows Flucht kein Zufall war; darum veranstaltete Webster am Abend vor seinem Tode den kleinen Mummenschanz auf dem Burghof mit Kaplan Peter. Seht, die Geschichte wurde so dargestellt, als wäre der Wärter erwürgt worden. Doch wie hätte Sparrow das bewerkstelligen sollen, wenn die Handfesseln auch noch durch eine Kette mit den Fußeisen verbunden waren? Wie kann man in ei-

ner solchen Lage die Hände heben, um jemanden zu erwürgen?«
Kathryn schüttelte den Kopf. »Ich vermute, daß seine Fesseln
beschädigt wurden und nie richtig schlossen.«

»Natürlich«, hauchte Kaplan Peter. »Der Festungskommandant war merkwürdig. Er nahm mich mit in die Nische. Er hatte die Hände vor der Brust, wie im Gebet. Dann schaute er mich
an, murmelte, daß er unbedingt den Iren sprechen müsse, und
drehte sich auf dem Absatz um. Webster muß erkannt haben,
daß Sparrows Fesseln gelockert worden waren, obwohl«, fügte
der Priester hinzu, »Sparrow hätte ebensogut zuerst den Wärter
erschlagen und dann seine Schlüssel an sich nehmen können.«

»Stimmt«, erwiderte Colum. »Doch das hätte zu einem Handgemenge geführt. Nach dem, was uns gesagt wurde, ging Sparrow in eine dunkle Nische, der Wärter folgte, und Sparrow tötete ihn durch Erwürgen. Der Wärter muß völlig überrascht
gewesen sein. Dann hat Sparrow die Kleider gewechselt und ist
verschwunden. Da seine Fesseln beschädigt waren, muß Sparrow einen Komplizen in der Burg gehabt haben. Und genau das
hat Webster vermutet.«

»Und Sparrow?« fragte Kaplan Peter.

»Oh, unter dem Vorwand, ihr Bündnis fortzusetzen, traf Gabele ihn später auf den verlassenen Weiden am Stour: Er tötete
Sparrow, enthauptete die Leiche und warf sie in den Fluß.«

»Als wir Sparrows Leiche herbrachten«, mischte sich Kathryn
ein, »stellten wir fest, daß er entkommen war. Webster wußte es
besser. Wir konzentrierten uns auf die Möglichkeit, daß Sparrow
nach seiner Flucht vielleicht versucht hatte, jemanden hier in
der Burg zu erpressen, und deshalb ermordet wurde.« Sie zuckte die Achseln. »In Wirklichkeit war es genau andersherum:
Sparrow durfte entkommen und wurde danach zum Schweigen
gebracht, da er zuviel wußte.«

»Warum hätte ich das alles tun sollen?« murmelte Gabele.

»Aha!« Kathryn stieß ihren Stuhl um. »Nun kommen wir
zum Kern der Sache. Brandon wurde ins Gefängnis der Burg von
Canterbury gesteckt. Er hält den Mund, deutet Gabele gegenüber jedoch an, daß er ein großes Geheimnis besitzt; er weiß, wo

ein kostbarer Schatz verborgen ist. Das einzige, was er verrät, ist ein Zitat aus den Psalmen: ›Levate oculos ad montes‹. »›Hebet Eure Augen auf zu den Bergen‹.«

»Warum sollte Brandon es Gabele erzählen?« fragte Fletcher.

»Nun ja«, antwortete Colum, »bessere Behandlung, schnelle Begnadigung. Brandon war ein Mörder. Wäre er erst frei gewesen, hätte Gabele nur ein weiteres Hindernis dargestellt, das zu überwinden oder zu beseitigen wäre. Bis dahin« – Colum streckte die Hände weg – »würde er Gabele mit kleinen Happen abspeisen, zum Beispiel damit, daß der Schatz in einer Kirche versteckt sei. Gabele schloß einen Pakt mit Brandon, doch Sparrow hörte durch den Mauerspalt zwischen den Zellen, was da vor sich ging.«

»Dann hat Sparrow Gabele erpreßt«, fuhr Kathryn fort. »Entweder man ließe ihn entkommen oder er berichtete Webster, was er erfahren hatte. Gabele läßt sich auf den Handel ein. Sparrows Fesseln werden aufgeschlossen, er bringt den Wärter um und entkommt. Gabele wiederum tötet Sparrow, und dann, als unser Waffenmeister erkennt, daß Webster Verdacht geschöpft hat, arrangiert er auch noch den Tod des Festungskommandanten.«

»Aber warum?« meldete sich der Ehrsame zu Wort.

Kathryn beobachtete, daß die gekünstelten Gesten des Ablaßpredigers allmählich verschwanden; der Mann war kalt, hart, auf der Hut.

»Aber warum hat Gabele den Gefangenen getötet?« Der Ehrsame beugte sich vor und blickte Kathryn an.

»Ja, ja«, erwiderte Kathryn. »Gabele hatte sich überlegt, daß die Kirche, in der der Schatz verborgen war, nur ein Gebäude sein konnte, das nicht mehr benutzt wird. Man kann davon ausgehen, daß er sich in der Gegend um Canterbury gut auskannte. Also wußte er auch von der verlassenen Ortschaft Sellingham. Schließlich hätte er alle Zeit der Welt, wenn Brandon einmal tot wäre, und müßte die Beute nicht teilen. Mehr noch, wenn er Brandon und Sparrow zu ihrem Schöpfer zurückschickte, wäre Gabeles Ruf ebenfalls geschützt.«

Kathryn setzte sich. »Brandons Tod war leicht zu arrangieren«,

441

fuhr sie fort. »Schierling wächst wie Unkraut auf den Feldern. Margotta, Gabeles Tochter, brachte Brandon die Mahlzeiten, daher mischte er das Gift einfach unter das Essen. Planmäßig traten eine plötzliche Krankheit, hohes Fieber und Bewußtlosigkeit auf, und der Gefangene war gestorben, ehe er protestieren oder erkennen konnte, daß man ihn hereingelegt hatte.«

»Aber hat Brandon denn keinen Verdacht geschöpft?« flüsterte Fletcher.

»Und dann?« erwiderte Colum. »Was hätte er schon sagen können? Sollte er Vater Peter oder Webster beichten, daß man ihn vergiftete, weil er wußte, wo ein großer Schatz liegt? Obwohl er ein Mörder ist, bezweifle ich, ob Gabele überhaupt auf den Gedanken kam, daß der Gefangene möglicherweise nur im Koma lag und im Grab wieder wach werden könnte, nur um einen noch schrecklicheren Tod zu erleiden.«

»Warum hat Gabele den Schatz nicht gefunden?« fragte Fletcher.

Kathryn blickte auf den Waffenmeister herab. Sein zu einer grotesken Maske verzerrtes, aschfahles Gesicht zeigte Kathryn, daß sie recht hatte.

»Nun«, murmelte sie, »er hat nachgeschaut, doch hat er Brandons Gebet nicht beachtet, so wie der andere, der nach dem *Auge Gottes* gesucht hat.«

Der Ehrsame klopfte auf den Tisch. »Wer war denn noch dort? Und woher wußte der von dem Amulett?«

Kathryn lächelte den Ablaßprediger an. »Ach, ich glaube, Ihr kennt die Antwort«, flüsterte sie. »Ihr seid kein Ablaßprediger; Euer Name ist Reginald Moresby, Hauptmann der Wache des verstorbenen Grafen von Warwick, der vor kurzem in der Schlacht bei Barnet geschlagen wurde.«

Der Ablaßprediger blickte sie ungerührt an.

»Ich habe doch recht, oder?« Kathryn hätte schwören können, daß die Augen des Mannes lächelten. »Es ist die einzig logische Erklärung.«

»Ihr habt nichts zu befürchten«, fügte Colum hinzu. »Master Moresby, ich schwöre Euch bei allem, was mir heilig ist, daß ich mich, wenn Ihr die Wahrheit sagt, persönlich für Eure Begnadigung beim König einsetzen werde.«

Der Ablaßprediger wollte schon protestieren, zog sich dann jedoch mit einem Seufzer das grelle Reliquienhalsband vom Hals und schleuderte es auf den Tisch.

»Was sein muß«, flüsterte er, »muß sein. Erlaubt mir, daß ich Euch eine Geschichte erzähle, Mistress Swinbrooke. Ich bin Reginald Moresby aus Newport in Shropshire, Hauptmann der Wache des verstorbenen und hoch verehrten Grafen von Warwick. Der Herr möge uns vergeben, doch Brandon und ich flohen von Barnet und nahmen das *Auge Gottes* mit. Ein paar Wochen verbargen wir uns in Wäldern, entlegenen Landesteilen, weitab aller Hauptstraßen und Wegkreuzungen. Mein Ziel war es, die Priorei von Christchurch in Canterbury zu erreichen und dann nach Süden zu reiten, um von Dover aus mit dem Schiff nach Frankreich überzusetzen. Doch das Land wimmelte nur so von Soldaten der Yorkisten. Wir waren insgesamt zu sechst – Warwicks engste Vertraute, so dachte ich zumindest. Brandon trug das *Auge Gottes* bei sich. Er wußte von einer verlassenen Ortschaft mit einer Kirche, in der wir uns verstecken konnten. Wir gaben diese Information an Nicholas Faunte weiter, als wir ihn in seinem Versteck in Blean Wood trafen. Dann trennte ich mich von Brandon und den anderen, da ich versuchen wollte herauszufinden, was mit Warwicks Leiche geschehen war. Außerdem wollte ich die sicherste Wegstrecke nach Canterbury und von dort nach Dover auskundschaften. Die anderen vertrauten mir, und ich ließ das *Auge Gottes* in ihrer Obhut. Es war auch eine Art Garantie dafür, daß ich zurückkehren würde. Wochenlang war ich unterwegs und verlor viel Zeit, als ich mich vor einer Gruppe Wegelagerer der Yorkisten verstecken mußte. Nun, wir hatten verabredet, uns in Sellingham zu treffen. Als ich dort hinkam, war mir klar, daß die anderen dagewesen sein mußten. Ich begann, nach ihnen zu suchen. Doch ich hielt mich versteckt, da ich der Meinung war, meine Gefährten wären weitergezogen.«

»Warum habt Ihr Euch als Ablaßprediger verkleidet?« fragte Kathryn.

443

Moresby lächelte freudlos. »Ich dachte, es wäre geeignet. Kennt Ihr Euren Chaucer, Mistress Swinbrooke?«

»Besser, als Ihr Euch vorstellen könnt!« erwiderte Kathryn.

Colum hüstelte.

Moresby fuhr sich durch das merkwürdig gefärbte Haar.

»In der ›Erzählung vom Ablaßprediger‹«, fuhr er fort, »töten sich ein paar junge Männer am Ende gegenseitig wegen eines kostbaren Hortes. Nun, als ich zum ersten Mal die verlassene Ortschaft aufsuchte und niemanden entdeckte, dachte ich, Brandon und die anderen hätten fliehen müssen. Dann erfuhr ich, daß Brandon festgenommen worden war und in der Burg von Canterbury einsaß. Von den anderen konnte ich keine Spur entdecken und fragte mich, ob vielleicht ein schreckliches Verbrechen vorliegen mochte. Chaucers ›Erzählung des Ablaßpredigers‹ kam mir in den Sinn, und ich traf, so seltsam es klingen mag, in einer Schenke vor Maidstone eine dieser Gestalten. Ich fand heraus, daß er ungehindert kreuz und quer durch das Königreich ziehen konnte. Daher habe ich meine letzten Pennys zusammengekratzt und ihm Reliquien, Kleidung und Ablaßbriefe abgekauft. In einem Straßengraben entdeckte ich eine völlig entstellte Leiche, der ich meine Kleider und Habseligkeiten gab. Ich verwandelte mich in den Ehrsamen und ging auf schnellstem Wege nach Canterbury.« Moresby streckte seine Hände weg. »Den Rest kennt Ihr. Ich wandte mich an Sir William Webster und erklärte, die Wirtshäuser und Schenken seien überfüllt, und bat um Unterkunft in der Burg. Webster war natürlich einverstanden. Ich paßte den rechten Augenblick ab und besuchte Brandon.« Er hielt inne, um seine Gedanken zu ordnen. »Sparrow war bereits geflohen. Brandon spielte den Überlegenen. Er wußte, wer ich war, konnte mich jedoch nicht verraten, ohne sich selbst zu verraten. Er gab vor, nicht zu wissen, wo die anderen waren, geschweige denn das *Auge Gottes*.« Moresby schüttelte den Kopf. »Ich wußte, daß er log.« Verwirrt schaute er Colum an. »Ich ging noch ein paarmal zu dieser verlassenen Ortschaft, konnte aber nichts finden. Wie ist es Euch gelungen?«

Colum erzählte es ihm. Die anderen saßen vor Schreck wie gelähmt, als der Ire ihnen in allen Einzelheiten schilderte, was sie in der Gruft unter der verfallenen Kirche entdeckt hatten. Moresby wurde noch blasser. Mit offenem Munde hörte er fassungslos zu und versuchte nicht einmal, sich die Tränen abzuwischen, die ihm über die Wangen liefen.

»Ihr habt sie gefunden?« flüsterte er. »So?«

»Ja«, murmelte Colum.

Moresby verbarg das Gesicht in den Händen. »Oh Herr, sei ihrer Seele gnädig!« schluchzte er. »Jesus Christus, vergib ihnen!« Er warf den Kopf mit einem Ruck nach hinten. »Und verflucht sei Brandon! Er hat sie umgebracht, nicht wahr?«

»Ich glaube, ja«, erwiderte Colum. »Brandon kannte die Gruft. Er wollte das *Auge Gottes* und schmiedete eigene Pläne. Er wollte Euch alle zu dieser Kirche führen und in der Gruft lebendig begraben. Der Stein ist behauen und kann zwar von außen, nicht aber von innen geöffnet werden. Er muß die Gruft als Versteck vorgeschlagen und unter einem Vorwand die anderen dort zurückgelassen haben. Als Garant für seine Rückkehr behielten sie das *Auge Gottes*. Als sich der Gruftdeckel über ihnen schloß, haben sie sich nicht träumen lassen, daß er sich nie wieder für sie öffnen würde.« Colum warf einen Seitenblick auf Gabele, der jetzt nur noch wie ein Schatten seiner selbst wirkte. »Gabele mag ein Mörder sein, Brandon war dagegen ein Teufel in Menschengestalt.«

»Aber warum hat er sich so leicht von mir festnehmen lassen?« meldete sich Fletcher. »Immerhin habe ich diesen Mörder auf offenem Feld, schlafend neben seinem Pferd, gefunden?«

»Die Frage habe ich bereits beantwortet«, sagte Kathryn. »Brandon wollte festgenommen werden. Er wußte, daß er eine kurze Zeit im Gefängnis verbringen mußte. Dann würde man ihn begnadigen, und er könnte in ein normales Leben schlüpfen und abwarten.«

»Wenn es so ist«, wollte Kaplan Peter wissen, »warum hat Brandon keinen falschen Namen benutzt?«

»Ich sprach ihn darauf an«, sagte Moresby. »Doch der Bastard hat nur gelächelt. Erst viel später ging mir auf, wie schlau er war. Erstens konnte er als Warwicks persönlicher Knappe jederzeit behaupten, er wisse nichts vom *Auge Gottes*, und das Gerücht in die Welt setzen, der Graf habe es vielleicht einem anderen anvertraut. Zweitens konnte er mich auf diese Art und Weise zum Schweigen bringen. Versteht Ihr, wenn ich meine Verkleidung aufgedeckt und behauptet hätte, ich sei Moresby, wären mir ein paar sehr unangenehme Fragen nicht erspart geblieben.«

»Vater.« Margotta trat aus dem Schatten, wo sie sich verborgen hatte. Sie war bleich wie ein Gespenst. »Vater«, wiederholte sie heiser. »Was soll das alles?«

»Oh, mein Gott!« stöhnte Gabele.

Kathryn warf einen schnellen Blick auf Colum und wappnete sich.

»Stehenbleiben!« befahl sie.

»Was wollt Ihr von mir?« Margotta schob sich näher an ihren Vater.

»Wart Ihr seine Komplizin?« fragte Kathryn sie scharf. »Schließlich habt Ihr dem Gefangenen das Essen gebracht.«

»Halt's Maul, du oberschlaue Hexe!« knurrte Gabele am anderen Ende des Tisches. »Meine Tochter hatte keine Ahnung von alldem, obwohl ich es für sie getan habe.« Er funkelte Colum an. »Das Juwel war meine Belohnung für lange, harte Dienstjahre und grausame Schläge!«

Colum packte seinen Arm. Gabele schüttelte ihn ab und stand auf.

»Was Ihr sagt, stimmt, doch meine Tochter ist unschuldig.« Er zeigte mit dem Finger auf Fitz-Steven. »Laßt diesen fetten Haufen Scheiße mein Geständnis niederschreiben, und ich unterzeichne es.« Er streckte Fletcher die Handgelenke entgegen. »Los, du fauler Bastard, leg mir schon die Ketten an, oder kennst du deine Pflichten nicht?«

Colum nickte. »Führt ihn ab«, befahl er leise. »Kümmert Euch um das Mädchen.«

Fletcher zog das Schwert, eilte aus der Halle und rief nach Soldaten. Kurz darauf führte man Gabele in aller Eile aus der Halle – die schluchzende Tochter hinterdrein. Colum nahm seinen Umhang.

»Wir sind fertig«, sagte er. »Was hier noch zu tun ist, geschieht auf Befehl des Königs, doch für mich ist die Sache, Gott sei dank, erledigt!«

Auch Kathryn nahm ihren Umhang. Sie hatten gerade die Tür der Halle erreicht, als Moresby sie einholte.

»Wie seid Ihr dahintergekommen?« fragte er.

Kathryn zupfte an der Kordel ihres Kleides. »Ein Stück Seil.« Sie mußte über Moresbys Verwirrung schmunzeln. »Nachdem uns klar war, daß Sparrows Fesseln nicht verschlossen waren, lag der Schluß nahe, daß er einen Komplizen hatte. Gabele könnte das arrangiert haben, und er war auch derjenige, der die Falltür zum Turm bewachte. Der Rest ergab sich von selbst.«

»Und meine Wenigkeit?« fragte Moresby.

»Eine Frage der Logik: Wir wußten, daß Brandon und die anderen tot waren. Wir wußten, daß Gabele in Sellingham gewesen war. Aber wer noch? Der einzige Tod, der verdächtig war, war Euer Tod.« Kathryn lächelte wieder. »Eure Anwesenheit hier war reiner Zufall, doch Eure Ähnlichkeit mit Chaucers Ablaßprediger war unvorsichtig.« Sie seufzte. »Und dank des Iren gibt es nur wenig, was ich über Chaucer nicht weiß!«

»Werdet Ihr Wort halten, Ire?« fragte Moresby plötzlich.

Colum nickte. »Gewiß. Am besten, Ihr fragt bei Christchurch um Asyl nach. Der König ist gnädig. Ich an Eurer Stelle hätte nicht anders gehandelt. Doch zunächst schlage ich vor, daß Ihr ein Bad nehmt und Euch die Haare wascht. Wenn Ihr wüßtet, wie fürchterlich Ihr ausseht.«

»Ich werde die Begnadigung annehmen«, erwiderte Moresby. »Doch binnen eines Monats werde ich mich Heinrich Tudor in der Bretagne angeschlossen haben.«

Colum zog die Stirn kraus. »Das ist Eure Sache.«

»Nicht ganz«, entgegnete Moresby. »Eines Tages wird sich das Rad des Schicksals weiter drehen. Ich werde Eure Freundlichkeit nicht vergessen, Ire.«

Mit diesen Worten drehte Moresby sich um und schritt durch die Halle.

Colum und Kathryn holten ihre Pferde aus dem Stall und ritten aus der Burg nach Winchepe.

»Was habt Ihr jetzt vor?« fragte Kathryn.

»Ich werde das *Auge Gottes* nach London bringen«, erwiderte Colum.

Er zügelte das Pferd, tätschelte ihm sanft den Hals und blickte zu den dunklen Hauswänden empor. Dann beugte er sich zu Kathryn hinüber.

»Ich weiß, warum Gloucester es haben wollte«, flüsterte er. »Das *Auge Gottes*. Man kann das Amulett öffnen. Innen fand ich einen Pergamentstreifen mit einem Versprechen, unterzeichnet von George, dem Herzog von Clarence.«

Kathryn lief ein kalter Schauer über den Rücken.

»Es ist sechs Monate vor Barnet datiert«, fuhr Colum fort. »Clarence schwört darin, daß er seine Brüder und deren Nachkommen von der Erbfolge in England ausschließen will. Als Gegenleistung dafür sollte Warwick ihn zum König machen, der wiederum Warwick zu seinem Ersten Minister erklären wollte. Eine schöne Bescherung, was, Mistress Swinbrooke?«

»Wollt Ihr das Dokument verschwinden lassen?« fragte Kathryn neugierig.

»Nein, allerdings werde ich auch nicht sagen, daß ich es gesehen habe. Ich werde das Amulett genauso zurückgeben, wie ich es gefunden habe.«

»Was wird geschehen?«

Colum nahm die Zügel wieder auf. »Clarence wird sterben. Denkt an meine Worte, Mistress Swinbrooke. Die ›Erzählung des Ablaßpredigers‹ trifft nicht nur auf Brandon und seine Freunde zu, sondern auch auf die drei großen Prinzen in London. Sie haben den Schatz gefunden, die Krone von England, und ich glaube, sie werden sich gegenseitig dafür töten.«

Kathryn beugte sich zu ihm und drückte ihm die Hand.

»Wie heißt es doch in der ›Erzählung des Ritters‹: ›Ich sah

fürwahr den Wahnsinn wüten bis zur Raserei, sah Rebellion und
Greueltaten, hörte manchen Schrei.‹«

Colum schaute sie an. »Und das heißt?«

»Setzt Euer Vertrauen nicht in Prinzen, Ire. Moresby hat recht.
Fortunas Rad wird sich wieder drehen. Haltet Euch von Gloucester und seinesgleichen fern.«

»›Oh Spiegel weiblicher Geduld‹«, erwiderte Colum, von einem Ohr zum anderen grinsend.

Kathryn zwickte ihn ins Bein, trieb ihr Pferd an und blickte in
aufgesetzter Strenge über die Schulter zurück zu dem lachenden
Iren.

Nachwort

Im vorliegenden Roman habe ich eine Reihe von Themen ange-
schnitten. Da ist zunächst das Amulett, bekannt unter dem Namen ›Das *Auge Gottes*‹. Es existiert in der Tat, wenn auch heute
unter der Bezeichnung ›Middleham-Juwel‹. Dieses Amulett aus
dem fünfzehnten Jahrhundert trägt einen großen Saphir auf der
Vorderseite über der Darstellung der Dreieinigkeit mit der Inschrift »Ecce agnus dei qui tollis peccata mundi miserere nobis:
tetragrammaton ananizapta.« (Lamm Gottes, das du hinweg-
nimmst die Sünden der Welt, erbarme dich unser: Herr erbarme
dich.) In die Rückseite ist eine Szene aus der Geburt Chisti ein-
graviert, die das Kind, in Licht gebadet, auf dem Boden liegend
zeigt. Umrahmt wird das Bild von den Apostelgestalten. Das
Amulett wurde in der Nähe von Middleham Castle im Norden
Yorkshires gefunden, der Heimat der Nevilles und des Königs Richard III.

Die Schlacht zu Barnet, die Verwirrung über Oxfords Angriff
und Warwicks Tod sind in allen Einzelheiten von den Chronisten der damaligen Zeit festgehalten worden. Richard Neville,
Graf von Warwick, war einst einflußreicher Anhänger des Hauses York und unterhielt mit George, Herzog von Clarence, enge
Beziehungen. Clarence' Verrat wurde ihm von seinem königlichen Bruder, Edward IV., nie verziehen, geschweige denn von
dessen ehrgeiziger Gemahlin, Elisabeth Woodville, die der festen Überzeugung war, daß Clarence, solange er lebte, eine Bedrohung sowohl für sie selbst als auch für ihre beiden kleinen
Söhne darstellte. Zudem hieß es in einer Weissagung, daß nach
dem Tode Edwards IV. jemand den Thron an sich reißen sollte,
dessen Name den Anfangsbuchstaben ›G‹ trüge. Alle Welt war
der Ansicht, daß sich diese Prophezeiung auf George, den Herzog von Clarence, bezöge. Kurz nach den Ereignissen, die in die-

sem Roman beschrieben werden, ist Clarence aller Wahrscheinlichkeit nach in einem Malvasierfaß im Tower zu London ertränkt worden. Der Überlieferung zufolge hat Richard, Herzog
von Gloucester (auf den obige Prophezeiung eher zutrifft), den
Mord begangen. Zwölf Jahre später, im Jahre 1483, hat Gloucester, der seinen Bruder liebte, seine Schwägerin jedoch haßte,
die Krone von England an sich gerissen und seine beiden Neffen
im Tower gefangengesetzt.

Das mittelalterliche Canterbury und der Fall seines Bürgermeisters Faunte werden hier exakt wiedergegeben. Desgleichen
gilt für die Arzneien, die von der Heilerin Swinbrooke benutzt
wurden; sie wurden ausnahmslos einem mittelalterlichen Kräu-
terbuch entnommen. Im zwanzigsten Jahrhundert sind sie in der
Alternativmedizin erneut zur Geltung gekommen.

Kathryn Swinbrookes Beruf als Apothekerin und Heilerin entspricht ebenfalls Tatsachen. In der ersten Folge der Romanserie
wies ich darauf hin, daß Ärztinnen sogar von der Königsfamilie
angestellt wurden und daß sich die Ordensschwestern von Syon
an der Themse zur gleichen Zeit, als Kathryn lebte, als die besten
Chirurginnen und Ärztinnen in ganz Europa niederließen. N.V.
Lyons schrieb in seinem Buch ›Medizin im Mittelalter‹
(McMillan Education, 1984): »Es ist bekannt, daß Frauen bereits seit dem elften Jahrhundert als Ärztinnen tätig waren.« Erst
als im Jahre 1521 die Ausübung der Heilberufe durch eine Parlamentsakte gesetzlich geregelt wurde, schloß man Frauen von
dieser wichtigen Tätigkeit aus.

C.L. Grace

Die Heilerin von Canterbury und das Buch des Hexers

Historischer Hintergrund

Im Frühsommer des Jahres 1471 endete der blutige Bürgerkrieg zwischen den Häusern York und Lancaster mit dem Sieg Edwards von York bei Tewkesbury. Heinrich VI., der König aus dem Hause Lancaster, wurde im Tower ermordet, Edward IV. beherrschte nun das Königreich mit seiner Gemahlin Elisabeth Woodville und ihren Gefolgsleuten. Der Bürgerkrieg hatte bittere Erinnerungen hinterlassen: alte Verletzungen und Skandale vergißt man nicht so leicht, Groll schwärte ... und alte Rechnungen wurden beglichen; der geeignete Nährboden für Erpresser, die damals ebenso erfolgreich arbeiteten wie heutzutage.

Prolog

Tenebrae, für die einen ein großer Magier, für die anderen ein Hexenmeister, saß in seinem mit schweren Samtvorhängen geschmückten Zimmer im Haus in der Black Griffin Lane. Obwohl viele Kirchen sowie die Propstei des Ordens der Büßer ganz nah waren, interessierte sich Tenebrae nicht für die Religion, der die braven Bürger und Bürgerinnen von Canterbury angehörten. Die Messe, der Leib und das Blut Christi, die der Priester vor dem Kreuz in die Höhe hielt, waren nichts für ihn. Auch den frommen Pilgern, die jetzt, da der Frühling ins Land zog, zuhauf nach Canterbury strömten, würde sich Tenebrae niemals anschließen. Diese Menschen waren auf dem Weg zur großen Kathedrale, würden auf den Knien die Stufen zur Kapelle der Heiligen Jungfrau erklimmen und die seligen Gebeine des Märtyrers Thomas Becket anbeten.

Tenebrae glaubte an andere, finstere Gottheiten. Seine Welt war voller Kobolde und Feen, denn er hatte sich intensiv mit geheimen Überlieferungen aus uralter Zeit beschäftigt. Tenebrae nahm die Maske vom glattrasierten Gesicht und schaute sich um. Das Zimmer lag im Dunkeln. Das war ihm lieber so. Seit er sich in seiner Kindheit auf den Straßen der Cheapside in London herumgedrückt hatte, zog er den Schatten vor – daher auch sein Name. Weder wollte er Sonne auf der Haut spüren, noch sollten andere sein Gesicht mit der gespaltenen Lippe und dem kahlen Kopf sehen, oder gar die Augen, die Kindern Angst einjagten und alle, die seinem Blick begegneten, das Gruseln lehrten. Sie waren hellblau wie Eis und paßten nicht recht zu den weichen Falten seines fülligen, bartlosen Gesichts. Tenebrae zog seinen dunklen, mit Pentagrammen und Tierkreiszeichen bestickten Umhang zurecht. Er vernahm ein Geräusch und wandte den Kopf in alle Richtungen, suchte den langgestreckten Raum sorgfältig ab. Alles war in Ordnung. Die beiden Türen, Eingang und Ausgang, die man nur von innen öffnen konnte, waren fest verriegelt. Die schwarz lackierten Bodendielen glänzten und schimmerten im Licht der einzigen Kerze, die aus Wachs und dem Fett eines Erhängten gezogen war. Die Wandteppiche aus schwerem Samt bewegten sich nicht. Tenebrae schaute zur Decke und betrachtete das Bild des roten Ziegenbocks von Mendes mit seinen schrecklichen Hörnern und den glühenden Pantheraugen.

Tenebrae brummte zufrieden, blieb aber mit übereinandergeschlagenen Beinen in der Mitte des Zauberkreises sitzen, den er um sich herum gezogen hatte. Er schlug das *Buch des Todes* auf, das Zauberbuch des Honorius, jenes großen Magiers aus der Zeit der Römer. Das Buch war in Menschenhaut gebunden und mit roten Edelsteinen und dämonischen Siegeln verziert. Wenn man es zuklappte, hielten es Schließen aus dem Schädelknochen eines Kiebitz geschlossen. Tenebrae betrachtete die vergilbten Seiten und die seltsam verschnörkelte Schrift. Er beugte sich vor und zog die Kerze näher heran. Ein kaum merkliches Lächeln huschte über sein Gesicht und verschwand sofort wieder. Er hielt im Lesen inne, als er die Pilger vernahm, die sich auf der Straße vor seinem Haus drängten.

»Narren«, murmelte er und strich über die Seiten des Zauberbuchs: Hier stand das einzig wahre Wissen!

Leise sprach er in die Dunkelheit hinein. »Warum soll ich vor einem Sarg mit verschimmelten Gebeinen beten oder gutes Geld bezahlen, um ehrfürchtig die Kleiderfetzen eines vor dreihundert Jahren verstorbenen und längst verrotteten Mönchs zu betrachten?«

Tenebrae dachte an seine Mutter, an ihr andächtiges Gemurmel, ihre ständigen Kirchgänge und ihren gläubigen Gehorsam gegenüber allen Priestern. Es hat ihr nicht viel genutzt, dachte er. Sie war an der Pest gestorben, und ihren Sohn hatte es, sich selbst überlassen, in finstere Gesellschaft gezogen. Begierig hatte er altes Wissen studiert, nichts anderes im Sinn, als Herr der Scheidewege, ein Hexer, ein Magier zu werden. Immerhin hatte er die geheimen Überlieferungen der Templer studiert und war nach Spanien gegangen, um die Mysterien der Kabbala zu ergründen. Dann nach Rom und schließlich nach Paris, wo er durch sein Können und pure Rücksichtslosigkeit zum Hexenmeister avancierte und stolzer Besitzer des Zauberbuchs wurde.

Tenebrae berührte die große Platte vor sich; darauf lag ein schwarzer Hahn mit durchschnittener Kehle, ein armseliges Federbündel, dessen Lebenssaft in die Goldschale tropfte, die Tenebrae unter den Hals hielt. Der Hexer hatte den Großen Herrn beschworen. Drei Tage lang hatte er gefastet, um Kräfte zu sammeln für seine Bitte um Beistand. Tenebrae war kein Scharlatan. Er ließ sich nicht auf Beschwörertricks ein. Vermochte er doch ein Haus mit undurchdringlicher Dunkelheit zu füllen! Und hatte er nicht in seinem ganz persönlichen Tempel zumindest im Geiste die schrecklichsten Dämonen versammelt? Große Teufel in Pferdegestalt mit Menschengesichtern, mit den Fängen eines Löwen und einer Mähne, die sich windenden Schlangen glich, gekrönt mit goldenen Reifen, gerüstet mit eisernen Brustpanzern, auf denen grausame Stacheln saßen. Tenebrae fuhr sich mit der Zunge über die schwarzen Zähne. Hatte der Erzbischof von Toulouse nicht gesagt, daß sich um jeden großen Hexer Dämonen scharten, tausend zur Rechten, zehntausend zur Linken? Und hatte nicht derselbe Kirchenmann verkündet, daß mehr als 133 Millionen Engel mit Luzifer den Himmel verlassen hatten? Tenebrae schloß die Augen und begann langsam seine Lobpreisungen dieser geheimen, dunklen Mächte. Er klappte das Zauberbuch zu, hob es hoch und strich sanft darüber. Morgen würde er viel zu tun haben. Die Pilger würden in die Kathedrale strömen, aber es gab auch andere, die heimlich zu ihm kommen würden, um seinen Rat einzuholen. Er hatte alles vorbereitet: Der Hocker, auf dem seine Besucher sitzen würden, stand vor dem großen Tisch, sein thronähnlicher Sessel dahinter. Tenebrae würde die Knochen werfen und die Zukunft entschleiern, seine Besucher würden ihn mit reinem Gold belohnen. Einige von ihnen, die Großen, würden noch mehr zahlen, denn Tenebrae war kein Narr. Einflußreiche Kirchenfürsten hätten ihn am liebsten dingfest gemacht, ihn inhaftiert und wegen Hexerei vor Gericht gestellt. Tenebrae grinste; sie wagten es nicht. Der Hexer hatte herausgefunden, daß alle Mächtigen zwei Schwächen besitzen: ehrgeizige Pläne für die Zukunft und Geheimnisse aus der Vergangenheit. Letztere fand Tenebrae ausgesprochen nützlich. Er hatte ein Netz von Freunden und Bekannten, Klatschbasen bei Hofe, Schmarotzer, Gerüchtesammler im Kronrat. Tenebrae hörte ihnen gut zu, las hier einen Brief, dort ein Manuskript, schnüffelte wie ein guter Jagdhund, bis die saftigen Brocken eines Skandals zutage gefördert waren. Dieses Wissen pflegte der Hexer in seinem außergewöhnlichen Gedächtnis zu bewahren, bis er es brauchte, entweder zum eigenen Schutz oder zur Mehrung seines Reichtums.

Tenebraes Opfer an diesem Morgen war in der Tat eine Danksagung für die fetten Jahre, die hinter ihm lagen. Der Bürgerkrieg zwischen den Häusern York und Lancaster hatte zur Enthüllung vieler Geheimnisse und Skandale geführt. Nun, da das Haus York ans Ruder gekommen war und der goldgelockte Edward IV. auf dem Thron zu Westminster saß, versuchten viele Adlige und Kaufleute eifrig zu verbergen, welche Seite sie im kürzlich beendeten Krieg unterstützt hatten. Den Bischöfen und Priestern, die ihr Gelübde gebrochen und verabscheuungswürdige Dinge getan hatten, um einen Rivalen auszuschalten, erging es genauso. Gefolgsleute hatten ihren Herrn betrogen und Edelfrauen ihren Männern Hörner aufgesetzt.

Tenebrae hatte zugehört und dieses Wissen so sorgfältig gefiltert, wie ein Apotheker es mit Kräutern und Arzneien macht. Zufrieden schürzte der Hexer die Lippen. Wer könnte ihm schon etwas anhaben? Kam nicht sogar die Gemahlin Edwards IV., Elisabeth Woodville, zu ihm und holte seinen Rat ein? Hatte sie nicht Tenebraes Zauberkräfte zu Hilfe gerufen, um zu erreichen, was sie wollte? Ihren weißen, geschmeidigen Körper dem König dargeboten, um ihn im Bett zu beherrschen und auf diese Weise auch die Krone von England in der Hand zu halten? Als er ihr Hilfe gewährte, hatte Tenebrae über Elisabeth Woodville und ihren Gemahl noch sehr viel mehr herausgefunden.

Der Hexer erhob sich und drückte das Zauberbuch an sich. Er

geriet ins Schwanken wie ein Priester mit seinem Brevier. Was er hier in Händen hielt, war nicht nur das *Buch des Todes*, es enthielt auch unzählige Geheimnisse. Mit dem Fuß tippte er die Goldschale an und starrte in die dunkelrote Flüssigkeit, die dort gerann. Er würde das Zimmer aufräumen und heute abend sein Fasten mit gebratenem Schwan, Karpfen in würziger Soße und viel Wein brechen. Morgen würde er mit seinen Besuchern hierher zurückkehren, das *Buch des Todes* aufschlagen, die Zukunft voraussagen, Hinweise auf die Vergangenheit einflechten und Gold für sich spinnen.

Elisabeth Woodville, Königin von England, ruhte in dem Lustgarten, den ihr Gemahl, der König, im Windschatten eines kleinen Hügels, der sich vom glanzvollen Palast zur Themse hinunter zog, eigens für sie hatte errichten lassen. Elisabeth saß im Schatten der kleinen, von Blüten überwucherten Laube; die Sonne schien wider Erwarten kräftig, und Elisabeth bangte um ihre weiße Haut, auf die sie sehr stolz war. ›Meine Silberrose!‹ pflegte ihr heißblütiger Gemahl Edward ihr ins Ohr zu flüstern. ›Mein teures Juwel!‹ Elisabeth zog sich den weißen Gazeschleier über die Augen und strich versonnen über den makellosen Satin ihres lohfarbenen Kleides. Im Hintergrund hörte sie ihre Zofen auf einer Gartenbank kichern und tuscheln. Sie hatten sich zu der königlichen Amme gesellt, die den kleinen Edward, den ältesten Sohn der Königin, auf dem Schoß hielt. Dieses Kind hatte Elisabeth die Zuneigung ihres Gemahls endgültig gesichert. Die Königin betrachtete die Schwäne, die majestätisch wie Staatsgaleeren über die Themse zogen. Sie bewunderte die geschwungenen Hälse, die vollkommene Haltung dieser großen Vögel, und dachte an Edwards Versprechen, ihr die Ernennung des Pflegers aller königlichen Schwäne zu überlassen.

Elisabeth lächelte und legte den Kopf an die gepolsterte Wand. Alle Macht des Reiches lag in ihren Händen. Edward herrschte als König über England, und sie beherrschte Edward. Vielleicht nicht in der Öffentlichkeit, wenn Edward auf dem Thron saß, aber in ihren Privatgemächern, zwischen den Laken des großen Himmelbetts, war Edward ihr Sklave, und Elisabeth war fest entschlossen, daran nichts zu ändern. Das Ende des Bürgerkriegs lag ein Jahr zurück; damals war sie aus der Sakristei der Westminster Abbey getreten und hatte die Huldigung der Massen und die liebende Umarmung ihres Gemahls entgegengenommen. Heinrich VI., der alte König aus dem Hause Lancaster, war tot. Man hatte dem armen Irren den Schädel gespalten, als er in seiner Todeszelle im Tower von London betete. Alle Lancastrianer waren tot, bis auf den schmalgesichtigen Heinrich Tudor, der aber neben ihrer strahlenden Größe nur ein Schatten war. Plötzlich verfinsterte sich Elisabeths Miene hinter dem Gazeschleier. Gegenwart und Zukunft waren ohne Schrecken für sie. Aber was war mit der Vergangenheit? Die Königin biß sich auf die karmesinrot geschminkten Lippen, ihre Bernsteinaugen funkelten zornig. In Kriegsführung und Staatskunst war Edward von England so hervorragend wie im Bett, in Herzensdingen aber war er unbesonnen. Elisabeth hatte ihre Geheimnisse, und der König ebenso; die Königin war fest entschlossen, seine Geheimnisse zu ergründen, ohne die Dinge, die sie zu verbergen wünschte, preiszugeben. »Was weiß Tenebrae?« fragte sie leise.

Elisabeth sah das teigige weiße Gesicht des großen Totenbeschwörers vor sich. Die blauen Augen waren so hell, daß sie seinem Blick jenen milchigen Ausdruck verliehen, den Elisabeth einmal im Tower bei einer alten, blinden, aber gefährlichen Katze gesehen hatte. Unruhig bewegte sich die Königin auf ihrem Sitz, griff nach einem mit Juwelen besetzten Kelch und nahm einen Schluck Würzwein.

»Majestät!«

Elisabeth hob den Schleier und schenkte dem jungen Mann, der so leise vor ihr aufgetaucht war, ein strahlendes Lächeln.

»Guten Morgen, Theobald. Gerade habe ich an Katzen gedacht. Ihr bewegt Euch ebenso leise und gefährlich wie sie.«

Der junge Mann mit dem blassen Gesicht und dem dunklen Haar verbeugte sich knapp.

»Ich bin Euer ergebener Diener, Majestät.«

»Das seid Ihr, Theobald Foliot.«

Sie betrachtete Foliots längliches, schmales Gesicht, die Augen, die nie zu blinzeln schienen, die blutleeren Lippen über dem kantigen Kinn, das kurzgeschnittene Haar. Er trug ein Wams aus blaurotem Samt mit dazu passender Hose. Im Gürtel um seine schlanke Taille steckten Dolch und Schwert. Als er vor ihr niederknien wollte, lächelte Elisabeth gnädig und deutete auf den Platz neben sich.

»Setzt Euch, Theobald.«

»Euer Gnaden sind zu freundlich.«

»Ihro Gnaden könnte noch entgegenkommender sein.« Elisabeth warf ihm einen Seitenblick zu. »Ihr, Theobald, seid mein wichtigster Beamter.« Sie beugte sich zu ihm. »Sagt, Theobald, wann habt Ihr zuletzt eine Pilgerreise nach Canterbury gemacht?«

Peter Talbot saß in seinem großzügig eingerichteten Zimmer auf der Kante seines Himmelbetts und lauschte den vom Saint Ragadon's Hospiz und von der Straße heraufdringenden Geräuschen. Talbot war ein kleiner, untersetzter Mann mit Halbglatze und frischer Gesichtsfarbe und stand in dem Ruf, ein rücksichtsloser, verschlagener Wollhändler zu sein, der bei mehr Geschäften die Hand im Spiel hatte, als selbst der wildeste Gemeindeklatsch sich vorzustellen vermochte. Er hatte ein Handelsimperium aufgebaut, das die gesamte Küste Englands umspannte, hatte Kapital in Banken angelegt und dem neuen König in Westminster Geld geliehen. Er hätte stolz sein können, aber an jenem Morgen, am Feiertag des Heiligen Florian, war Peter Talbot beunruhigt. Er fuhr sich mit den Händen über das Gesicht und starrte auf die Spitze seiner Lederstiefel, die eigens aus Cordoba importiert worden waren. Die Worte eines Psalms gingen ihm durch den Kopf: »Was hülfe es dem Menschen, so er die ganze Welt gewönne und nähme doch Schaden an seiner Seele?« Verliere ich meine Seele? fragte sich Talbot. Warum hatte er ein so beklommenes Gefühl, eine Vorahnung von Gefahr, von dunklen Schrecken, die im Schatten lauerten? Er war ein angesehener Bürger der Stadt; ein Mann, der den König persönlich kannte. Dennoch, seit dem Vorfall mit der Hexe hatte sich Talbots Leben verändert, und das alles wegen einer so nichtigen Geschichte! Der Kaufmann besaß kleine Häuser in der Gemeinde Hackington am gegenüberliegenden Ufer des Stour, eine nützliche Einnahmequelle. Eine seiner Pächterinnen war ihren Verpflichtungen nicht nachgekommen, und Talbots junge Frau hatte, ungestüm und profitgierig wie immer, die Pächterin hinausgeworfen und das Haus einem anderen vermietet. »Das hätte sie nicht tun sollen«, murmelte Talbot vor sich hin. »Isabella hätte mich vorher fragen müssen!«

Er hatte erst am vergangenen Sonntag davon erfahren, nach der Messe in der Kirche St. Alphage. Talbot hatte unter dem Portal gestanden, als eine alte Frau mit schmutzigem Gesicht wie eine Spinne in die Kirche huschte und mit dem Stock auf das Pflaster klopfte. Sie blieb mit ausgestrecktem Arm vor ihm stehen.

»Verflucht sollst du sein!« kreischte sie. »Fetter Lehnsherr, der du hoch fliegst wie ein Adler, zur Hölle sollst du hinabfahren!«

Talbot hatte sie nur verblüfft angesehen, doch dann sagte sein Bruder Robert, die alte Frau sei Mathilda Sempler, nach eigenem Bekunden eine Hexe und die frühere Pächterin einer seiner Katen. Robert hatte gelacht und ihm auf die Schulter geklopft.

»Mach dir nichts daraus«, schmetterte er mit Trompetenstimme. »Du hast doch keine Angst vor einer dummen, alten Hexe, einer stinkenden Alten!«

Isabella, das schöne Gesicht zorngerötet, stand mit funkelnden Augen und verächtlich verzogenem Mund hinter Robert und nickte.

»Du kannst sie nicht zurückholen!« Isabella hatte die Worte förmlich ausgespuckt. »Sie hat ihre Pacht nicht bezahlt. Das Haus ist schon an einen anderen vermietet.« Sie warf den Kopf in den Nacken und blitzte ihren Mann zornig an. »Du wirst mir doch nicht widersprechen wollen?«

Talbot hatte zögernd zugestimmt. Die Alte war unbeholfen davongehumpelt. Er hatte den Vorfall vergessen, bis man den

Fluch, mit Blut auf Eselshaut geschrieben, an seiner Haustür entdeckt hatte. Talbot langte in die Tasche und zog die Haut heraus.

»Verzehrt sollst du werden wie die Kohle vom Feuer.« Talbot sagte die Worte leise vor sich hin.

Schrumpfen sollst du wie Dung an der Wand.
Verdunsten sollst du wie Wasser im Eimer.
Klein sollst du werden, viel kleiner noch als der Hüftknochen
einer Mücke.
Fallen sollst du,
fallen so tief wie ich.

»Ich hätte nicht gedacht, daß die alte Hexe schreiben kann«, murmelte Talbot.

Er steckte den Fluch wieder in die Tasche und sprang auf, als seine Frau ins Zimmer trat. Talbot warf einen Blick auf ihr hübsches, boshaftes Gesicht und stöhnte. Die Heirat mit ihr war, als hätten sich Frühling und Winter vermählt. Im Bett war Isabella damals so schüchtern und doch so entzückend. Nun war sie zänkisch und boshaft, nur darauf aus, im Hause des Kaufmanns an Einfluß und Macht zu gewinnen. Sie drehte sich vor ihm, eine Hand auf der Hüfte. Talbot bewunderte die schmale Taille, die üppigen Brüste unter dem eng anliegenden, blauen, golddurchwirkten Seidenkleid.

»Mein Lieber, du solltest zu den Ständen hinuntergehen.«

Sie trat ans Fenster und schaute zu den Lehrlingen hinunter, die hin und her liefen, um für einen arbeitsreichen Tag die Waren auszulegen. Plötzlich zuckte sie zusammen.

»Da, ein Dieb! Du lieber Himmel, es sind zwei, drei! Peter, komm schnell!«

Isabella stürmte aus dem Zimmer. Talbot griff hastig nach seinem Umhang und eilte ihr nach. Isabella stand bereits am Fuße der langen, steilen Treppe und winkte ihn ungeduldig zu sich herunter. Talbot beeilte sich, doch dann rutschte er aus; einen kurzen Moment schwebte sein Körper in der Luft. Talbot sah die steile Treppe unter sich, und plötzlich fielen ihm das verzerrte Gesicht und die gehässigen Flüche der alten Sempler wieder ein. Dann fiel Peter Talbot, kugelte über die Stufen, stieß mit Kopf und Nacken an das Treppengeländer und stürzte schließlich mit dem Kopf zuerst auf den Steinboden. Er hatte sich das Genick gebrochen.

Eins

Für Kathryn Swinbrooke, Ärztin, Baderin und Apothekerin in der Königsstadt Canterbury, hatte der Tag so gut angefangen. Sie war kurz nach dem Morgengrauen aufgestanden, hatte sich von Kopf bis Fuß mit einem Schwamm und kastilischer Seife gewaschen und sich dann rasch angezogen. Über die Unterkleider hatte sie ein braunes Arbeitskleid aus Barchent gestreift. Nun setzte sie sich sorgfältig eine weiße Haube auf, unter der sie das erste Grau an ihren Schläfen verbergen konnte. Dann betrachtete sie eingehend ihr Gesicht in dem polierten Eisenstück, das ihr als Spiegel diente.

»Die Augen und das Gesicht, Kathryn, verraten viel über den Körper, über seine Säfte und den Geisteszustand. Vielleicht ermöglichen sie sogar einen Einblick in die Seele.«

Kathryn dachte wehmütig an ihren verstorbenen Vater. Er war ein angesehener Arzt gewesen und hatte unentwegt alle möglichen medizinischen Grundsätze und Aphorismen zitiert. Sie schaute in den Spiegel. Colum hatte einmal gesagt, sie hätte ein Gesicht wie Milch und Honig. »Sieht eher nach Kreide aus«, stöhnte Kathryn. Allerdings war sie nach ihrer Monatsblutung immer blaß. Bin ich hübsch, fragte sie sich und verspürte zugleich eine seltsame Schuld bei diesem Anflug von Eitelkeit. Große, dunkle Augen unter schwarzen, sanft geschwungenen Brauen schauten ihr entgegen. Sie hatte eine gerade Nase, die jedoch an der Spitze leicht nach oben gebogen war; ihr Vater pflegte sie damit aufzuziehen und ihr danach stets die Wange zu tätscheln.

»Das sind sichere Anzeichen für Sturheit«, pflegte er zu sagen. »Üppige Lippen und ein festes Kinn.«

Kathryn dachte an das Grau in ihrem Haar. »Du wirst der Prüfung schon standhalten.« Sie seufzte. »Heute muß ich Rechnungen schreiben.«

»Ihr müßt vor allem aufhören, Selbstgespräche zu führen!«

Kathryn fuhr zusammen. Thomasina, ihre alte Amme, Gehilfin, Vertraute, Beraterin und tyrannische Haushälterin stand im Türrahmen. Kathryn betrachtete das runde, fröhliche Gesicht, die braunen Knopfaugen und die Art, wie sie ihre Haube trug – nicht als Kopfbedeckung, sondern vielmehr wie eine Kriegsflagge.

»Du siehst angriffslustig aus, Thomasina.«

Thomasina schaute auf ihre Hände, an denen noch Mehlspuren klebten.

»Manche Leute arbeiten, und manche sitzen herum«, zirpte sie, und ihre fleischigen Wangen zitterten vor Verachtung. Sie deutete zum Fenster, durch dessen Läden die ersten Sonnenstrahlen drangen. »Der Frühling ist wirklich und wahrhaftig da, Herrin. Ich war draußen im Garten. Die Gelda-Rosen haben bereits Knospen. Sogar das Bingelkraut« – Thomasina bildete sich etwas auf ihre Kräuterkenntnisse ein – »zeigt schon erste Lebenszeichen.« Sie stellte sich vor Kathryn und nahm sie in Augenschein. »Was ich von gewissen Leuten hier nicht gerade behaupten kann!« Schwer atmend setzte sie sich und ergriff Kathryns Hand. »Ist Eure Monatsblutung vorbei?«

Kathryn lächelte und strich sich über den Bauch. Thomasina beugte sich vor und drückte ihr einen sanften Kuß auf die Wange.

»Ich habe schon längst keine mehr«, flüsterte sie. »Ich bin ein alter Baum ohne Saft.«

»Unsinn!« Kathryn drückte Thomasinas pummelige Hand. »Du wirst noch einmal heiraten, Thomasina. Denk an meine Worte!«

»Ich war dreimal verheiratet«, erwiderte Thomasina und kämpfte mit den Tränen. Sie schaute auf die Binsen am Boden. »Wenn doch wenigstens eines meiner Kinder überlebt hätte, der kleine Thomas oder Richard. Manchmal«, schluchzte sie auf und sah Kathryn an; die Tränen rannen ihr über beide Wangen, »manchmal, an einem Morgen wie heute, wenn ich draußen im Garten bin und der Kuckuck hoch oben in den Bäumen ruft und die Vögel so laut singen, spüre ich, wie sie um mich herumspringen, aber wenn ich dann blinzele und genau hinschaue, dann sind es nur die Sonnenstrahlen.« Geräuschvoll zog Thomasina die Nase hoch. »So, nun aber genug damit.« Rasch wischte sie sich mit den Händen über die Augen. »Ich freue mich schon auf Eure Kinder.«

»Ich bin nicht verheiratet, Thomasina. Und«, Kathryn biß sich auf die Lippe, »du weißt doch, was ich damit meine?«

»Jawohl.« Thomasina legte den Arm um Kathryns Schultern. Natürlich hast du einen Ehemann, dachte Thomasina, diesen grausamen, bartlosen Bastard Alexander Wyville, der dich geschlagen und mißhandelt hat, bevor er sich zu den Rebellen davonmachte.

»Wie lange ist das her?« fragte Kathryn, als könnte sie Thomasinas Gedanken lesen.

»Lange genug.«

Kathryn richtete sich auf. Thomasina sah, wie angespannt ihr Gesichtsausdruck plötzlich war.

»Glaubst du, er ist tot?«

»Er ist über ein Jahr fort, Kind«, erwiderte Thomasina. »Er hat einen anderen Namen angenommen, aber er ist seinem Schicksal nicht entkommen.« Sie zwickte Kathryn spielerisch in die Wange. »Vergeßt ihn. Wenn er nach zwei Jahren noch nicht zurück ist und Ihr Euch gleich am nächsten Tag an das Gericht des Erzdiakons wendet, dann bin ich sicher, daß man Euch die Erlaubnis geben wird, wieder zu heiraten.«

»Aber Thomasina«, sagte Kathryn verlegen, »wen um alles in der Welt sollte ich denn nehmen?«

»Nun, da haben wir zum einen Roger Chaddedon«, antwortete Thomasina streng und spielte damit auf den gutaussehenden Witwer und wohlhabenden Arzt an, der in Queningate lebte. Sie sah, daß Kathryn die Stirn runzelte. »Natürlich«, gurrte Thomasina, »gibt es da immer noch unseren Iren.«

Kathryn schmunzelte.

»Er betet Euch an.«

»Wie er seine Pferde anbetet!« fuhr Kathryn ihr über den Mund.

»Er sieht gut aus«, neckte Thomasina sie. »Groß, mit kräftigen Beinen. Männer mit kräftigen Beinen sind gut im …«

»Jetzt reicht's aber!« schimpfte Kathryn und stand auf. »Wie du schon gesagt hast, der Frühling ist da. Die Pflicht ruft.«

Kathryn ging die Treppe hinunter und setzte sich zu einem Frühstück aus Hasenpfeffer mit Zwiebeln, kleinen gebutterten Brötchen und einem Krug Dünnbier an den Tisch. Kurz danach erschien ihr erster Patient, Wartlebury, der Lehrbursche des Müllers, der sich über eine Warze im Gesicht beklagte. Kathryn bestrich die Warze mit einem Aufguß aus Gartenwolfsmilch und gab ihm den guten Rat mit auf den Weg, die Liebe seines Lebens würde seine Aufmerksamkeit nicht verdienen, wenn sie ihn nicht so, wie er war, mit Warzen und allem, nähme. Wartlebury hüpfte förmlich aus dem Haus. Edith und Eadwig, die Zwillinge des Gerbers, waren die nächsten. Sie ähnelten sich wie ein Ei dem anderen, sprachen stets gleichzeitig und beklagten sich lauthals über Bauchschmerzen und dünnen Stuhl.

»Mit anderen Worten, ihr habt Durchfall«, sagte Kathryn gerade heraus. Sie gab ihnen ein kleines Glas getrockneter Waldbeeren. »Trinkt Wasser«, empfahl sie ihnen. »Für die nächsten vierundzwanzig Stunden nichts als Wasser. Vermischt ein wenig Honig mit zwei Hornlöffeln voll von diesen Beeren und löst es in Wasser auf.«

»Wie lange?« fragten Edith und Eadwig im Chor.

»Ungefähr zehn Ave Maria«, antwortete Kathryn. »Trinkt es vier- oder fünfmal am Tag. Morgen nachmittag wird es euch schon viel besser gehen.«

»Aber wir können nichts essen!« jammerten die Zwillinge.

Kathryn hockte sich vor sie und legte jeder die Hand auf die Schulter.

»Nein, ihr müßt die schlechten Säfte herauslassen. Versprecht mir das. Kommt morgen wieder, und wenn es euch dann besser geht, bekommt ihr von Thomasina frisch gebackenes und in Zucker gewälztes Marzipan. Ach, übrigens«, Kathryn stand auf und tippte den beiden auf die Nase, »ihr hättet keinen Durchfall, wenn ihr nicht so viele frische Beeren gegessen hättet. Das habe ich euch schon einmal gesagt.« Die Zwillinge schauten sie mit schuldbewußter Miene an. »Und nun denkt daran, morgen gibt es Marzipan.«

Die beiden Kinder huschten aus dem Haus. Kathryn ging in ihre Schreibstube, um ihre Rechnungen zu schreiben. Colum hatte erwähnt, der König könnte vielleicht im Sommer eine neue Steuer erheben. Sie knabberte am Federkiel. Ihr Haushalt bestand jetzt aus vier Personen: sie selbst, Thomasina, die Magd Agnes und Wuf, der Waisenjunge, den sie im vergangenen Sommer bei sich aufgenommen hatte.

»Verwahrloste Kinder«, murmelte sie vor sich hin.

Agnes und Wuf waren Waisen. Natürlich gab es auch noch Colum Murtagh, Sonderbeauftragter des Königs in Canterbury und Aufseher der königlichen Stallungen draußen in Kingsmead im Norden der Stadt. Kathryn ließ die Schreibfeder sinken und lauschte mit halbem Ohr dem Geschnatter von Agnes und Thomasina in der Küche. Sie hackten Kräuter, während sie darauf warteten, daß das frische Brot abkühlte. Dann würden sie es in Drahtkörbe legen und unter die Deckenbalken ziehen, außer Reichweite hungriger Mäuse. Wuf, schon jetzt ein geschickter Zimmermann, baute im Garten einen Nistkasten für die Sperlinge. Sie sind nicht das Problem, dachte Kathryn. Aber Colum Murtagh: der zerzauste Ire mit der dunklen Gesichtsfarbe erfüllte ständig ihre Gedanken. Er war ein schroffer, gutaussehender Mann mit gebräuntem Gesicht und dunkelblauen Augen, die schalkhaft zwinkern, aber auch kalt und steinhart werden konnten. Kathryn schauderte – nicht etwa aus Furcht, sondern aus Unsicherheit. Noch kein Mann, nicht einmal Alexander Wyville, ihr vagabundierender Gemahl, hatte sie so tief bewegt wie Murtagh. Dennoch war Kathryn auf der Hut. Alexander war gewalttätig, und Colum nicht, aber Colum besaß die Unbarmherzigkeit eines Berufssoldaten. Sie hatte ihn einem Mann den Kopf abschlagen sehen, so als hätte Thomasina eine Blüte geköpft. Als sie aus der Küche laute Stimmen vernahm, horchte sie auf.

»Und natürlich wird der Ire zum Essen wieder da sein«, posaunte Thomasina so laut, daß Kathryn es hören mußte. »Wie immer. Warte nur ab, sobald es dunkel wird, trampelt er mit seinen dreckigen Stiefeln über meinen frisch geschrubbten Boden und leckt sich die Lippen wie ein hungriger Wolf. Es wird Zeit«, und hier überschlug sich Thomasinas Stimme beinahe, »daß er draußen in Kingsmead bleibt!«

Kathryn lächelte still vor sich hin. Als Murtagh nach Canterbury kam, war das königliche Herrenhaus in Kingsmead so verfallen, daß er bei ihr eingezogen war. Die Gemeindemitglieder von Saint Mildred hatten sich die Mäuler zerrissen, insbesondere ihr Verwandter Joscelyn und seine scharfzüngige Frau, aber Kathryn machte sich nichts daraus. Colum war ein ehrenhafter Mann. Sie hatte ihm anfangs nur ungern Unterkunft gewährt, doch inzwischen fürchtete sie, er könnte gehen. Kathryn atmete tief durch, legte die Schreibfeder weg und ging durch den Flur in den Laden, den sie nach Ostern eröffnen wollte. Die Regale, die Colum mit Wuf gezimmert hatte, glänzten frisch lackiert. Gleich hinter der Tür standen neue Schränke, und der riesige Ladentisch war geschrubbt, abgehobelt und neu gebeizt. An den Wänden waren Halterungen für Fackeln angebracht worden, und das Fenster zur Straße war geputzt. Die zerbrochenen Scheiben hatte man durch Ölpapier ersetzt.

Kathryn griff nach dem Schlüsselbund, der an einer Kordel um ihre Hüfte hing, und schloß die Tür zu dem kleinen Lagerraum auf. Sie schloß die Augen und sog genüßlich den Duft von Hasenkohl, Geißbart, Estragon, Thymian und Basilikum ein. Manche der Pflanzen hatte sie selbst angebaut. Andere, wie Silberpappel und Weißklee, hatte sie bei Händlern in London oder Canterbury gekauft. Sie schaute auf die Kassette, in der die Phiolen und kleinen Gläser mit Gift gut verschlossen waren: Satanspilz, Fliegenpilz oder, noch seltener, die Grundblätter und die Rinde der Kornelkirsche. Luberon, der rundliche, geschwätzige Stadtschreiber, hatte ihr versprochen, daß sie nun, da sich die Ratsversammlung wieder konstituiert hatte, innerhalb eines Monats ihre Handelskonzession erhalten würde. Kathryn war fest entschlossen, dann sofort den Laden zu öffnen. Sie schaute sich mit zufriedener Miene um und wollte schon wieder in ihre

Schreibstube gehen, als es an der Tür klopfte und ein schmutziges Gesicht hereinschaute.

»Herrin, Ihr müßt sofort mitkommen!« rief der Kleine und hüpfte von einem Bein aufs andere.

»Warum, Catslip?« Kathryn lächelte dem kleinen Bettlerjungen zu, der im Hospiz für arme Priester aushalf.

»Vater Cuthbert sagt, wenn Ihr jetzt nicht kommt, wird der Mann sterben, aber wenn Ihr kommt, stirbt er auch.« Der Junge schwieg und zupfte sich verwirrt an der Lippe. »Das ergibt irgendwie keinen Sinn, oder?«

»Nein«, entgegnete Kathryn. »Aber ich komme trotzdem mit.«

Sie nahm ihren Arzneikorb und sagte Thomasina Bescheid, worauf die rasch nach ihrem Umhang griff und laut verkündete, sie werde Kathryn begleiten.

»Paß auf das Haus auf und laß keinen herein«, trug Thomasina Agnes auf, die mit großen Augen am Tisch stand. »Auch wenn er behauptet, er sei todkrank. Und sag Wuf, daß ich in der Vorratskammer jede, aber auch wirklich jede einzelne Zuckermandel in der Schüssel gezählt habe.« Dann lief sie eilig über den Flur hinter Kathryn her.

»Ich gehe lieber mit«, keuchte sie und hängte sich an ihre Herrin. »Man kann bei diesen Krankenhäusern nie wissen, nicht wahr?«

»Ja, ja«, sagte Kathryn taktvoll, »das stimmt.«

Sie dachte sich ihren Teil. Lange vor Kathryns Geburt war Thomasina dem asketischen Vater Cuthbert mit den sanften Augen sehr zugetan, ja, sie hatte den Mann, der jetzt das Marienhospiz für arme Priester leitete, sogar von ganzem Herzen geliebt. Am Ende der Ottemelle Lane bogen sie um die Ecke, gingen zur Hethenman Lane hinüber, während Catslip vor ihnen hüpfte und rief: »Beeilt Euch! Er liegt im Sterben! Er liegt im Sterben!«

Vater Cuthbert erwartete sie am Eingang des Hospitals. Er drückte Kathryn die Hand und schaute sie aus kurzsichtigen Augen an.

»Zu gütig, daß Ihr gekommen seid. Es tut mir leid, wenn ich Euch behellige, aber …

»Kein Problem.« Thomasina schob sich vor und griff nach der Hand des alten Priesters.

Vater Cuthbert wurde rot vor Verlegenheit.

»Am besten, wir gehen gleich hinauf.«

Er führte sie in einen langgestreckten, gut beleuchteten Raum im ersten Stock, in dem es nach Seife, Bohnerwachs und zerstoßenen Kräutern roch. An einem dicken schwarzen Balken, der sich über die Länge des Krankensaals erstreckte, hingen drei Kerzenräder. Vorhänge an Messingschienen teilten den Raum in kleine Kabinen auf, in denen jeweils eine Pritsche, ein Hocker und ein kleiner Tisch standen. Die meisten Insassen waren ältere Priester, die von ihren Erzdiözesen hierher geschickt worden waren, um in Würde und in freundlicher Umgebung zu sterben. Männer in braunen Kutten tappten leise mit Tabletts oder Gläsern durch den Raum. Die meisten von ihnen waren arme Priester, die nicht in der Lage waren, Pfründe zu erlangen. Sie wohnten im Hospiz und pflegten die Kranken. Kathryn hielt Vater Cuthbert am Ärmel seiner staubigen schwarzen Soutane fest.

»Vater, ist der Sterbende ein Priester?«

»Oh, nein.« Vater Cuthbert blieb abrupt stehen, so daß Thomasina beinahe mit ihm zusammengeprallt wäre. Er rieb sich die Nasenspitze und hatte die Augen vor Erstaunen weit aufgerissen. »Nein, er ist beileibe kein Priester, Miss Swinbrooke! Er ist ein Franzose und hat den ganzen Weg von Dover hierher zu Fuß zurückgelegt. Kommt, seht ihn Euch an.«

Sie kamen zum Ende des Raumes. Cuthbert zog den Trennvorhang zur Seite. Kathryn sah mit einem Blick, daß der Mann, der auf dem frischen, weißen Kissen lag und das Decklaken bis zum Kinn hochgezogen hatte, im Sterben lag. Das längliche, angespannte Gesicht unter ungepflegtem, wirrem Haar war grau und eingefallen. Der Mann fingerte an der Decke herum. Immer wieder mußte er husten, wobei ihm blutiger Speichel aus dem Mundwinkel rann.

Kathryn setzte sich auf den Hocker neben dem Bett und betastete die Haut des Mannes. Sie war heiß und trocken. Er beugte sich vor, hustete und spuckte, und ein schreckliches Geräusch entrang sich seiner Brust. Der Mann sank auf das Kissen zurück und fuhr sich mit der gelblich belegten Zunge über die trockenen Lippen. Kathryn warf Vater Cuthbert einen hilflosen Blick zu.

»Hat er Fieber?«

»Etwas«, antwortete der Priester. »Kathryn, könnt Ihr ihm helfen?«

Die Ärztin zog die Decke zurück. Der Patient trug ein einfaches, bis zum Hals zugeknöpftes Leinenhemd. Sie öffnete es und legte ihr Ohr an die Brust des Mannes, wie sie es von ihrem Vater gelernt hatte, um die in der Lunge angesammelten schlechten Säfte abzuhören. Als der Mann nach Luft rang und sich gegen die einengende Fäulnis in seinen Lungen zur Wehr setzte, lauschte sie angestrengt.

»Viel kann ich nicht tun«, sagte sie dann und richtete sich auf. »Vater, dieser Mann braucht einen Priester mehr als einen Arzt.« Sie betrachtete die schaumige Speichelflüssigkeit auf den Lippen des Mannes. Das Blut hatte eine dunkle Farbe angenommen. »Er wird sterben. Wahrscheinlich noch heute. Ich kann seine Schmerzen lindern, mehr nicht.«

Sie bat Thomasina, ihr den Korb zu reichen. Vater Cuthbert holte einen kleinen Zinnbecher; Kathryn mischte einen Trank aus Salbei, Wasser und Balsam, den sie dem Mann einflößte. Der Patient, der apathisch im Bett lag, öffnete gehorsam den Mund. Nach dem Trinken legte Kathryn seinen Kopf behutsam auf das Kissen zurück. Als sie noch ein Schlafmittel für den Patienten zubereitete, schlug der Mann plötzlich die Augen auf. Kathryn wunderte sich über den lebhaften, wachen Blick.

»Ich spreche Englisch«, flüsterte er.

»Wer seid Ihr?« fragte Kathryn.

»Ich habe viele Namen. Getauft wurde ich auf den Namen Matthias. In meiner Dummheit habe ich den Namen des Dämons Azrael angenommen.«

Vater Cuthbert schnappte nach Luft, und der Patient wandte sich direkt an den Priester.

»Der Herr möge mir vergeben, Vater. Ich war ein Hexer, habe mich in Schwarzer Kunst versucht. Ihr müßt mich von meinen

475

Sünden freisprechen; es sind so viele – rot wie glühende Kohlen.« Der Mann blickte sich angstvoll im Zimmer um, als bedrängte ein unsichtbares Wesen seine Bettstelle. »Die Dämonen kommen«, krächzte er. »Sie wollen meine Seele holen. Oh, Jesus miserere!«

Vater Cuthbert griff nach der Hand des Mannes.

»Solange eine Seele um Rettung bittet«, verkündete er, »kann sie nicht verloren sein. Aber was wollt Ihr in Canterbury?«

»Ich bin zum Grab des Heiligen Thomas gepilgert. Nein, nein«, schnarrte der Mann. Er hielt inne und wandte den Kopf ab, als ihn ein Hustenkrampf schüttelte. »Vor vielen Jahren war ich in Paris ein Meister der Totenbeschwörung. Ich besaß ein Zauberbuch, mit dem ich viel Böses anrichtete, aber ich habe es an einen anderen Magier verloren, einen Mann mit schwarzem Herzen und ohne Seele. Er heißt Tenebrae.« Langsam fuhr er sich mit der Zunge über die Lippen. »Ich bin hergekommen, um es wieder an mich zu bringen und zu verbrennen.«

Vater Cuthberts altes, erschöpftes Gesicht verzerrte sich zu einer Maske aus Angst und Sorge.

»Tenebrae«, wiederholte der Sterbende eindringlich. »Habt Ihr von ihm gehört?«

»Ich warne meine Patienten vor ihm«, antwortete Kathryn nachdenklich. »Er steht in dem Ruf, ein sehr mächtiger Mann zu sein. Niemand wagt, gegen ihn vorzugehen.«

Der Patient ergriff ihre Hand. »Weil er Geheimnisse bewahrt«, sagte er. »Tenebrae foltert die menschliche Seele. Er entreißt ihr alles, was er wissen will, und benutzt es dann zu Erpressungen oder zum Schutz für sich selbst.«

Der Kranke begann so heftig zu husten, daß Kathryn und Vater Cuthbert ihn in den Kissen aufrichten mußten. Nach dem Hustenanfall war der Mann völlig erschöpft. Er ruhte sich aus und hob dann wieder den Kopf. »Ich bin nach Canterbury gekommen«, keuchte er, »wurde aber sehr krank. Eine gute Frau hat mich hierher gebracht.« Ein schwaches Lächeln erhellte sein Gesicht. »Der Herr möge sie segnen! Doch ich konnte nicht zu Tenebrae gehen und mein Buch zurückfordern.«

»Welches Buch?« fragte Kathryn.

»Das *Buch des Todes*. Das Zauberbuch des Honorius: Es enthält geheime Anrufungen und Zaubersprüche, mit deren Hilfe Dämonen in unsere Welt eindringen können.« Sein Gesicht rötete sich, und seine Augen glänzten vor fiebriger Erregung. »Es muß vernichtet werden!«

»Nur ruhig.« Kathryn strich ihm über die Stirn, ließ sich von Thomasina das Schlafmittel reichen und führte es dem Mann an die Lippen. Er schüttelte den Kopf.

»Nein! Nein!« Er warf Vater Cuthbert einen flehenden Blick zu. »Gleich werde ich es trinken. Zuerst müßt Ihr mich lossprechen, Vater. Legt das Sakrament auf meine Zunge und gebt mir die letzte Ölung.« Er zwang sich zu einem schwachen Lächeln. »Dann, Mistress, werde ich Euren Trank zu mir nehmen.«

Kathryn mußte sich fügen. Sie reichte Vater Cuthbert den kleinen Becher. Thomasina packte Arzneien und Kräuter wieder in den Korb. Sie verließen die Kabine und gingen durch den Krankensaal zur Treppe. Das freundliche Gesicht des Priesters war jetzt erstaunlich hart.

»Ich weiß von diesem Tenebrae«, bemerkte er. »Ein finsterer Magier. Ich muß dem erzbischöflichen Gericht Meldung erstatten. Es ist ein Skandal, daß dieses Übel toleriert wird.«

»Aber warum wird es das?« fragte Thomasina, die unbedingt die Aufmerksamkeit des alten Mannes auf sich lenken wollte.

»Er hat reiche Klienten«, antwortete der Priester, »sowohl bei Hofe als auch in dieser Stadt, und, der Herr möge ihnen verzeihen, sogar in der Geistlichkeit.«

Vater Cuthbert nahm Kathryn beim Arm. »Aber Ihr habt getan, was Ihr konntet, Miss Swinbrooke. Ich danke Euch. Nun muß ich dem Mann die Beichte abnehmen.«

Kathryn verabschiedete sich von ihm und ging die Treppe hinunter. Thomasina zögerte noch. Sie drückte dem Priester die warmen, weichen Hände. Cuthbert schaute sie mit kindlichem, unschuldigem Blick an. »Was gibt's, Thomasina?«

»Geht es Euch gut?«

»Wie es besser nicht sein könnte, Gott sei Dank!«

»Ja, dann«, stammelte Thomasina, »dann gehe ich wohl besser.« Sie drehte sich um und machte einen Schritt die Treppe hinunter.

»Thomasina!«

Die alte Amme wandte sich um und schaute zu Vater Cuthbert hinauf. »Auch ich denke jeden Tag an Euch.«

Thomasina setzte ein tapferes Lächeln auf, ging dann noch langsamer weiter und wischte sich die brennenden Tränen aus den Augen. Draußen auf der Straße holte sie Kathryn ein. Sie hingen beide ihren Gedanken nach, bis Kathryn in der Hethenman Lane plötzlich beschloß, Wuf ein paar Süßigkeiten zu kaufen. Also schlugen sie den Weg in Richtung Jewry ein.

»Der Kleine hat es verdient«, erklärte Kathryn und hoffte, der Plauderton würde Thomasina von ihren traurigen Gedanken ablenken, die sie befielen, wenn sie Vater Cuthbert sah. »Wuf war ein braver Junge und …« Sie blieb stehen, denn in der Jewry hatte sich eine große Menschenmenge angesammelt. Zwischen ihnen blitzten die Heroldsröcke und Uniformen der Stadtbüttel auf. Sie führten eine alte, an Armen und Händen mit Seilen gefesselte Frau ab, brüllten die Menge an und versuchten, sich mit ihren Stäben einen Weg zu bahnen. Doch aus der aufgebrachten Menge flogen Steine und Dreckklumpen, und die alte Frau, der die schmutzigen, grauen Haare ins Gesicht hingen, kauerte sich an eine Hauswand.

»Die verdammte Mörderin und Hexe!« ertönte eine Stimme. »Hängt sie auf!«

»Auf den Scheiterhaufen mit ihr!«

»Wer ist das?« fragte Kathryn eine Frau, die neben ihr stand.

Die Frau rückte vertraulich näher und schenkte Kathryn ein boshaftes Lächeln, das eine Reihe fauliger Zähne entblößte. Sie stank so sehr aus dem Mund, daß Kathryn sich beherrschen mußte, nicht zurückzuweichen.

»Na, die Sempler. Habt Ihr es noch nicht gehört? Sie hat Peter Talbot verflucht, hat ihn glatt durch die Luft fliegen lassen, bis er sich am Fuß der Treppe das Genick gebrochen hat!«

Kathryn seufzte. Mistress Sempler war ihr und Thomasina als

großmäulige, stinkende und ziemlich schmuddelige alte Frau bekannt, die allein lebte. Doch unter ihrer rauhen Schale besaß sie ein Herz aus Gold und hatte Kathryn oft in ihr geheimes Wissen über Kräuter und Arzneien eingeweiht.

»Der Herr sei der armen Frau gnädig«, flüsterte Thomasina.

Kathryn fragte sich, ob sie einschreiten sollte. Wenn doch nur Colum oder der Stadtschreiber Luberon dagewesen wären. In diesem Augenblick kamen drei weitere Büttel, angeführt von ihrem Hauptmann, der Kathryn irgendwie bekannt vorkam, mit langen Schritten und gezücktem Schwert anmarschiert. Sie wurden mit einem Pfeifkonzert begrüßt, aber angesichts des nackten Stahls und der entschlossenen Miene des Hauptmanns zerstreute sich die Menge rasch. Kathryn trat auf einen der Büttel zu.

»Stimmt das?« fragte sie.

Der Mann drehte sich um. Sein Gesicht war aufgedunsen und wässrig. Unter einem Auge prangte eine offene Schnittwunde. Er funkelte die Ärztin aus wütenden Schweinsaugen an.

»Macht, daß Ihr hier verschwindet, und kümmert Euch um Eure eigenen Angelegenheiten!«

Thomasina drängte sich zwischen die beiden. »So spricht man nicht mit einer Dame, Fettgesicht!« fuhr sie ihn an und näherte sich seinem Gesicht bis auf wenige Zentimeter. »Immerhin, du Made, steht hier Kathryn Swinbrooke, die Ärztin der Stadt, Freundin von Master Luberon und Colum Murtagh, dem Sonderbeauftragten des Königs, vor dir!«

Schreckensbleich trat der Büttel zurück, und der Hauptmann schaltete sich ein. Er zog seinen Hut aus Eichhörnchenfell und tänzelte förmlich von einem Fuß auf den anderen, als er versuchte, einen höflicheren Ton anzuschlagen.

»Entschuldigt, Mistress«, sagte er eilfertig. »Aber die Nachricht hat sich bereits in der ganzen Stadt herumgesprochen.«

Kathryn schaute sich zu der kauernden alten Frau um.

»Peter Talbot ist also tot?«

»Jawohl, kalt wie ein Stück Aas. Er ist heute morgen die Treppe hinabgestürzt. Seine Frau und die Anverwandten glauben an Hexerei.« Mit einem Kopfnicken deutete er auf die Sempler. »Sie

479

hat gestanden, ihn mit einem Zauberbann belegt zu haben, den sie unter seine Tür geschoben hat.«

»Kann ich mit ihr sprechen?«

Der Hauptmann nickte und trat beiseite.

Kathryn beugte sich zu der Alten und rümpfte bei dem Gestank, der aus den schmutzigen Kleidern der Frau stieg, die Nase. »Mathilda!« Sie legte ihr beide Hände auf die Schultern. »Mathilda, ich bin's, Kathryn Swinbrooke.«

Die alte Frau teilte den Schleier aus dreckigem grauem Haar; ein Auge war blutunterlaufen, und die Unterlippe begann anzuschwellen. »Oh, tut mir nicht weh«, wimmerte sie.

»Hast du es getan?« fragte Kathryn.

»Ich habe ihn verwünscht«, jammerte die Frau. »Aber er hatte mich aus meinem Haus geworfen. Wie ein Hund mußte ich durch die Gassen laufen.«

Kathryn drückte die knochige Schulter der Frau. »Ich will sehen, was ich tun kann.«

Sie trat zurück, und die Büttel umringten Mathilda. Der eine zog an dem Seil, und sie schleppten die alte Frau weiter. Der Hauptmann wandte sich nochmal an Kathryn.

»Da können wir nichts machen, Mistress. Die Talbots sind mächtig. Sie hat ihre Schuld eingestanden.« Er senkte die Stimme. »Sie werden sie verbrennen. Das königliche Assisengericht soll in die Stadt kommen. Vor denen wird sie keine Gnade finden.« Dann machte er auf dem Absatz kehrt und marschierte davon.

Kathryn ging zurück zur Ottemelle Lane. Das Naschwerk für Wuf war vergessen. Thomasina versuchte, sie in ein Gespräch zu verwickeln, doch Kathryn war zutiefst verzweifelt. Mathilda Sempler war eine verrückte alte Frau, aber würde man sie tatsächlich wegen eines albernen Fluchs auf dem Scheiterhaufen verbrennen? Kathryn dachte an den Patienten im Hospiz für arme Priester, und der Frühlingstag verlor seine Frische. Ihr Vater hatte sie immer davor gewarnt, daß mit dem Ende des Winters, wenn Straßen und Wege wieder frei sind, die Säfte durch die Natur strömen und die Menschen den seltsamen Fantasien, die in ihren Seelen lauern, freien Lauf ließen: Zauberei, Magie und die Angst vor den Heerscharen der Hölle. Canterbury schien derart wunderlichen Mummenschanz geradezu anzuziehen. Kathryn erblickte eine große Bulldogge, die von ihrem wohlhabenden Besitzer über die Straße geführt wurde. Der Hund trug sicherheitshalber einen Maulkorb. Auf seinem Rücken ritt ein Zwerg mit einer gelben Schellenmütze auf dem Kopf und einer weißen Gerte in der Hand. Zwischen den Buden vor einer Häuserreihe verkündete ein Mann lauthals, er könne glühende Kohlen kauen. Ein Stück weiter rief eine alte Frau, sie könne fünf Liter Bier trinken und noch mehr wieder ausspucken. Merkwürdig gekleidete fahrende Sänger boten sich an, Gedichte vorzutragen oder Geschichten über sagenhafte Länder im Osten zu erzählen. An der Mündung einer Gasse vollführten zwei Blinde, Rücken an Rücken zusammengebunden, einen kuriosen Tanz über brennenden Kohlen. Die gierigen Flammen verfehlten knapp ihre Haut – sehr zum Vergnügen der kleinen Zuschauergruppe, die sich eingefunden hatte, um bei ihrem Verbrennen zuzusehen. Kathryn fielen Colums Worte ein.

»Auf Erden«, hatte der Ire einmal gesagt, »wandeln Engel ebenso wie Teufel. Leider sind es die Teufel, die sich bemerkbar machen.«

Sie bogen in die Ottemelle Lane ein und wären beinahe mit Colum und Luberon zusammengestoßen.

»Wir sind auf der Suche nach Euch.« Der Ire nahm Kathryn beim Arm und lächelte ihr zu. Dann wurde seine Miene wieder ernst.

»Warum?« fragte Kathryn.

»Der Magier Tenebrae«, verkündete Luberon. »Man hat ihn gefunden – hinterrücks ermordet!«

Zwei

Colum und Luberon begleiteten Kathryn nach Hause. Während Thomasina etwas Fleisch mit Pilzen zubereitete und das frisch gebackene Brot in Scheiben schnitt, erklärte Colum, warum er so plötzlich aus Kingsmead zurückgekehrt war.

»Master Luberon kam zu mir«, sagte er und deutete auf seinen Begleiter, »und berichtete, Tenebrae sei tot.«

»Wie ist das passiert?« fragte Kathryn.

»Ein Pfeil aus einer Armbrust steckte tief in seinem Hals.«

»Heute morgen erst«, teilte Kathryn ihm mit, »habe ich einen Patienten im Hospiz für arme Priester besucht, der unterwegs zu Tenebrae war.« Sie berichtete kurz über ihren Besuch bei Vater Cuthbert, und Luberons Miene verfinsterte sich. »Was ist an diesem Mann so wichtig?«

Luberon schlürfte seinen Wein und schenkte Thomasina ein scheues Lächeln. Sie wurde rot und lächelte einfältig zurück.

»Wenn Ihr dann soweit wärt?« forderte Kathryn den Stadtschreiber spöttisch auf.

Luberon stellte den Becher ab. »In unserem Leben, Kathryn«, sagte er, »ist alles überschaubar. Ich bin Simon Luberon, Schreiber Seiner Heiligkeit, des Erzbischofs zu Canterbury. Ich besitze ein kleines Haus, habe einen geregelten Tagesablauf und meine Freunde.« Er zwinkerte Thomasina zu. »Und dazu Menschen, an die ich ständig denken muß. Sonntags besuche ich die Messe, mitunter auch an Arbeitstagen. Ich zahle meine Kirchengelder und meine Steuern. Ich bemühe mich, nach den Geboten Gottes zu leben und die königlichen Gesetze einzuhalten.« Er hielt inne und atmete geräuschvoll durch seine fleischigen Nasenlöcher ein. Die sonst so fröhlichen Augen blickten nun düster. »Das ist die Welt, in der ich lebe, ebenso wie Ihr. Aber Tenebrae war ein Hexer. Seine Welt bestand aus Verwünschungen, Flüchen, Anrufungen, Wachspuppen, Blutopfern und blasphemischen Ritualen.«

»Und warum hat die Kirche ihn dann nicht hinter Schloß und Riegel gebracht?« unterbrach Kathryn ihn. Sein klagender Tonfall strapazierte ihre Geduld.

»Tenebrae war kein Dorfzauberer, der sich mit belanglosen Zaubersprüchen abgab«, erwiderte Luberon. »Er hat wirklich an die Schwarze Kunst geglaubt und sie praktiziert. Seine Kunden waren wohlhabend, und was noch wichtiger ist, Tenebrae verdiente sein Geld mit Erpressung. Er verschaffte sich Fakten über die Mächtigen dieses Landes, die besser verborgen geblieben wären. Deshalb ging ich nach Kingsmead und holte Colum Murtagh, den Beauftragten des Königs. Glaubt mir, sobald man in London von Tenebraes Tod erfährt, werden wir die Macht des Königs zu spüren bekommen.«

»Ich sehe nicht ein, warum«, sagte Kathryn. »Wahrscheinlich wird die Kirche voll sein mit Leuten, die Gott für Tenebraes Tod danken.« Sie schaute Colum an, der das Kinn auf eine Hand gestützt hatte und der Unterhaltung aufmerksam folgte.

Luberon strich sich die Krümel von der Samtweste. Sein fleischiges Kinn schwabbelte vor aufrichtiger Wut.

»Natürlich macht ihnen Tenebraes Tod nichts aus, aber er hatte ein Buch, einen dicken Band mit Zaubersprüchen, das Zauberbuch des Honorius.«

»Das *Buch des Todes* «, sagte Kathryn tonlos. »So hat es der Mann aus dem Hospiz für arme Priester genannt.«

Luberon nickte. »Ja, das *Buch des Todes*. Es enthielt nicht nur Zaubersprüche und Beschwörungsformeln, sondern auch Tenebraes dort festgehaltene Geheimnisse. Dieses Buch ist verschwunden. Ob es Euch gefällt oder nicht, Kathryn, Colum wird damit beauftragt werden, den Todesfall zu untersuchen, während Ihr, die Ihr vom königlichen Rat als Ärztin eingesetzt seid, auch eine Rolle zu spielen habt.«

»Nicht unbedingt«, schaltete Colum sich ein. »Es besteht kein Grund, Kathryn in den Fall hineinzuziehen: Es ist schlicht und einfach Mord.«

Luberon hustete und warf dem dunkelhäutigen Iren einen kurzen Seitenblick zu. Der Schreiber war vor Colum stets auf der Hut. Oh, er mochte Murtagh mit seinem widerspenstigen Haarschopf, dem dunklen Gesicht und dem trockenen Humor. Doch wie Kathryn spürte auch Luberon die Härte des Iren, während er als kleiner Kanzleischreiber nur mit Pergament und Feder umgehen konnte und nicht mit Schwert, Dolch und Keule.

»Oh, weisester aller Schreiber«, murmelte Colum, »wenn ich noch länger die Luft anhalte, platze ich.«

Luberon rieb sich das Kinn. »Erstens, Master Murtagh, ohne Euch nahetreten zu wollen, hat Kathryn aufgrund ihres Scharfblickes und ihrer meisterhaften Sorgfalt bei Gericht inzwischen einen guten Namen. Zweitens ist Kathryn der Ratsversammlung der Stadt vertraglich verpflichtet. Wie Ihr Euch vielleicht erinnert, wurde die Ratsversammlung aufgelöst, weil Canterbury dem Hause Lancaster angehörte. Nun sind ihre Rechte und Privilegien wieder hergestellt worden. Die Ratsherren wollen den König in dieser Angelegenheit zufriedenstellen. Sie werden darauf bestehen, daß Kathryn an der Untersuchung beteiligt ist. Und schließlich«, Luberon hielt inne und kratzte sich nervös die Wange.

»Oh, kommt schon, Simon!« fuhr Colum ihn an und zwinkerte Kathryn zu.

»Mistress Swinbrooke«, fügte der Schreiber hastig hinzu, »weiß sehr viel über Kräuter.« Er lächelte gewinnend. »Faßt es bitte nicht als Beleidigung auf, aber von der Medizin bis zur Magie ist es nicht weit.«

»Der Teufel ist kein Arzt«, unterbrach Kathryn ihn scharf.

»Wohl wahr«, gab Luberon zu. »Vielleicht habt Ihr aber auch ein persönliches Interesse an der Geschichte. Was ist mit Eurem Gemahl Alexander Wyville? Es gab nicht viel, was Tenebrae nicht wußte. Ich frage mich, ob sein Zauberbuch auch Wissenswertes über ihn enthielt?«

Kathryn wandte den Blick ab. Thomasina stand am Herd mit dem Rücken zu ihnen, verfolgte aber aufmerksam jedes Wort. Agnes war draußen in der warmen Frühlingssonne und hängte

Wäsche auf; Wuf hatte seine Zimmerarbeit beiseite gelegt und jagte Schnecken.

Hört denn die Vergangenheit niemals auf? dachte Kathryn. Alexander Wyville, warum stirbst du nicht und läßt mich in Ruhe?

»Mistress Swinbrooke!«

Kathryn schaute auf.

»Am besten fangen wir gleich an. Wir müssen so schnell wie möglich zu Tenebraes Haus. Die Ratsversammlung würde gern kundtun, daß sie die Sache im Griff hat.«

Zögernd willigte Kathryn ein. Colum trank seinen Wein aus und rief Thomasina zu, sie würden das Fleisch bei ihrer Rückkehr essen.

»Ich schaffe mir die Finger wund für Euch, Ire«, jammerte Thomasina, »und was bekomme ich dafür?«

»Knotige Hände, nehme ich an, Mistress Thomasina«, spottete Colum und trat rasch einen Schritt zur Seite, um dem Handtuch auszuweichen, das Thomasina nach ihm warf.

»Was für ein Temperament«, lachte Colum. »Master Luberon, habt Ihr je eine so stürmische Frau erlebt?«

Der kleine Schreiber wurde vor Verlegenheit rot und trat von einem Fuß auf den anderen. Kathryn kam mit dem Umhang über dem Arm aus ihrer Schreibstube zurück; sie trug eine Ledertasche bei sich, die ihre Schreibutensilien enthielt. Colum nahm sie ihr ab und warf sie sich über die Schulter. Er war im Begriff, Thomasina weiter zu necken, als Luberon ihn am Ärmel zog.

»Auf ein Wort, Ire.«

Während Kathryn mit Thomasina redete, ging Colum hinter Luberon her durch den Flur zur Haustür.

»Was gibt's, Mann?« fragte Colum leicht gereizt.

Luberon schaute zur Küche zurück und wartete, bis Kathryn sich ihnen anschloß.

»Dieser Fall«, erklärte er dann, »wird wohl nicht auf Geheiß des Königs untersucht werden. Es kursieren Gerüchte, daß der verstorbene Hexer unter dem besonderen Schutz der Königin Elisabeth Woodville stand.«

Colum erschrak. Ein Schauer lief ihm über den Rücken, als wehte plötzlich ein kalter Wind durch das Haus.

»Was bedeutet das?« fragte Kathryn.

»König Edward«, antwortete Colum, »ist so großmütig, wie er lang ist. Am Montag platzt ihm der Kragen, und am Donnerstag hat er es bereits vergessen. Die Königin hingegen ist anders. Sie ist sehr gefährlich. Kein Unrecht, keine Kränkung, keine Drohung verschwindet je aus ihrem Gedächtnis.« Colum seufzte. »Sie wird sich in diesem Fall durchsetzen wollen. Wenn ich sie enttäusche, wird sie es mir nie verzeihen.«

Er riß die Tür auf, trat auf die Straße und reagierte nicht einmal mehr auf Thomasinas Abschiedsworte.

Kathryn und Luberon eilten ihm nach. Am Ende der Hethenman Lane bogen sie nach links in die King Street, die breite Durchgangsstraße, die auf die Heiligkreuzkirche am Westtor der Stadt zuführte. Kathryn hätte Luberon gern noch weiter ausgefragt, aber das erwies sich als unmöglich. Es war früh am Nachmittag, und an den Marktständen wurde lautstark gefeilscht, während die Pilger in Scharen zu Beckets Grab strömten. Lehrburschen schrien sich die Seele aus dem Leib und boten Bänder, Tuch aus Gent, Nadeln aus London, Lederwaren und Flaschen aus Bristol feil.

»Was darf es sein?« riefen sie. »Was darf es sein?«

Auch in den Garküchen und Wirtshäusern herrschte Hochbetrieb: Die Luft war vom Duft nach frisch gekochtem und gesottenem Fleisch in scharfen, würzigen Soßen geschwängert. An jeder Straßenecke jammerten Bettler. Zwei Männer, die statt der Augen nur zwei schwarze Höhlen hatten, liefen Hand in Hand umher und behaupteten, sie seien auf ihrer Pilgerfahrt nach Jerusalem von den Türken grausam mißhandelt worden und nun auf Gedeih und Verderb auf die Barmherzigkeit guter Christenmenschen angewiesen. Ein Reliquienverkäufer, der seine Ware auf den Stufen einer Kirche ausgebreitet hatte, verkündete lauthals, er habe die heiligsten Artefakte, vom Papst persönlich gesegnet und vom Kardinalskollegium bestätigt: ein Mundtuch, das unser Herr Jesus Christus beim Letzten Abendmahl benutzt habe; einen Hocker, geschreinert vom Heiligen Joseph; die Reste eines Korbes von der Speisung der Fünftausend; ein Haar aus dem Barte des Elias; Davids Schleuder und, was Kathryn sehr verwunderte, ein Ohr des Riesen Goliath. Sie sah, daß viele Menschen mit offenem Mund den Ausführungen dieses schlauen Mannes folgten, und erkannte, wie leicht es für Menschen wie Tenebrae war, ein Vermögen mit dem dummen Aberglauben der Leute zu verdienen, während eine alte Frau wie Mathilda Sempler deshalb den Tod fand.

In der Saint Peter's Street waren bereits all die zusammengetrieben worden, die sich an der Gutgläubigkeit der Bürger und Pilger zu sehr bereichert hatten. Ein Wirt mußte sich in ein Faß voll Pferdepisse stellen – eine Warnung für alle, die ihr Bier mit Wasser verdünnten, wie es auf einem Schild um seinen Hals hieß. Neben ihm stand ein Metzger im Stock, drehte mit schmerzverzerrtem Gesicht den Kopf hin und her und sah traurig zu, wie die Büttel unter seiner Nase Würste verbrannten, während ein Ausrufer verkündete, ein gewisser Guido Armerger habe Katzenfleisch in seine Würste gestopft. Kleine Langfinger, betrunkene Lehrburschen und eine Hure, deren Kopf so kahl geschoren war wie ein Taubenei, waren im Stock eingesperrt. Heruntergekommene Straßenjungen hatten sich um sie geschart und bewarfen sie mit Abfall und Dreck aus dem Rinnstein in der Mitte der Straße. Kathryn wandte den Blick ab und hielt sich sogar die Ohren zu, als sie am Henker der Stadt vorbeikamen; er war gerade dabei, einen Gotteslästerer zu brandmarken und drückte dem aufschreienden Mann das heiße Eisen ins Gesicht. Das große G würde ihm ein Leben lang als Warnung dienen.

Hinter Blackfriars lichtete sich das Gedränge. Zwischen den überhängenden Häusern zu beiden Seiten, die mit prächtig bemalten Schildern verziert waren, trieben Hausierer kleine Packpferde vor sich her. Bauern verließen nach dem Marktgeschäft am Vormittag auf ihren zweirädrigen Karren die Stadt. Kathryn schaute Luberon kurz an – ihm wurde bereits warm, und auf dem fleischigen Gesicht tauchten die ersten Schweißtropfen auf.

Kathryn rief Colum zu, er möge langsamer gehen. Der Ire blieb stehen und schaute sich nach ihr um.

»Tut mir leid«, sagte er. »Ich muß mit meinen Gedanken wohl weit weg gewesen sein.« Er zog Kathryn und Luberon in den Schatten eines Hauseingangs. »Wollt Ihr eine Pause einlegen?«

»Es ist nicht mehr weit«, keuchte Luberon. »Aber müßt Ihr denn so rennen?«

Colum grinste breit. »Ich will Euch ein Geheimnis verraten. Ich war Soldat und in blutige Kämpfe verwickelt, aber schwarze Magie, die Gesetze des Galgens und die geheimen Riten der Friedhöfe haben mir schon immer Angst eingejagt.« Er schaute zur anderen Straßenseite. »In Irland legt sich diese Magie quälend auf unser Leben. Ich will die Sache so schnell wie möglich hinter mich bringen.«

Kathryn befeuchtete den Zeigefinger und tippte Colum auf die Nasenspitze.

»Kommt schon, mein kleiner Sumpfnomade, hier geht es um Mord, weniger um Hexerei. Aber um der Barmherzigkeit willen, geht langsamer, sonst müssen wir den armen Luberon am Ende tragen!«

Sie gingen weiter und hielten einen sicheren Abstand zum Rinnstein, der inzwischen übergelaufen war und in dessen fauligem Abfall die Schweine wühlten. Hinter Friars of the Sack bogen sie in die Black Griffin Lane. Ein einäugiger Handwerksgeselle mit einem schnatternden Affen auf der Schulter, der Nadeln, Bänder und anderen Tand aus einem Bauchladen feilbot, wies ihnen den Weg. Kathryn bemühte sich, die dicke Schicht Kot auf den Schultern der schäbigen Weste nicht zu beachten, und folgte seinen einfachen Anweisungen.

»Biegt hier um die Ecke«, sagte der Mann mit kehliger Stimme. »Ihr könnt das Haus des Zauberers gar nicht verpassen; es ist groß und schwarz wie die Nacht.«

Colum verzog das Gesicht, als Kathryn sie weiterführte. Hinter der angegebenen Ecke erblickten sie Tenebraes Haus auf der anderen Straßenseite. Der Handwerksgeselle hatte es richtig beschrieben: ein großes, zweistöckiges, alleinstehendes Gebäude

mit Garten, an dem zu beiden Seiten eine schmale Gasse entlangführte. Kathryn war seit Jahren nicht in dieser Straße gewesen und war überrascht und auch ein wenig erschrocken, als sie
das Haus sah: Balken und Giebel schwarz lackiert, selbst der
Putz in den Gefachen, die Simse und Fensterläden schwarz gestrichen. Das dicke Glas der hohen Fenster war dunkelgrau getönt, so daß niemand hineinschauen konnte. Über dem breiten
Eingang hing ein Wappen mit einer rotgoldenen Alraunwurzel.
Zwei Büttel in der Uniform der Stadt standen mit gezücktem
Schwert am Gartentor und verwehrten einer Gruppe vornehm
gekleideter Bürger und Bürgerinnen höflich den Eintritt. Colum
zwängte sich durch die Menge. Die Büttel erkannten sowohl ihn
als auch Luberon und befahlen den Leuten, zur Seite zu treten
und Platz zu machen.

»Warum sollten wir?« rief ihr Wortführer, ein großer Mann
mit fleischigem Gesicht und grauen Strähnen im Haar. Er trug
weiche, mit Pelz verbrämte Wollkleidung; seine dicken, juwe-
lengeschmückten Finger spielten an der goldenen Gildenkette,
die um seinen Hals hing.

»Weil ich Colum Murtagh bin, der Sonderbeauftragte für
Canterbury!« erklärte der Ire seidenweich. »Das hier ist Master
Simon Luberon, Schreiber der Ratsversammlung der Stadt; die
Dame ist Mistress Kathryn Swinbrooke, Ärztin. Und wer seid
Ihr, Herr?«

Der Mann richtete sich zu seiner vollen Größe auf, spreizte
sich wie ein Pfau, als wollte er allen sein kostbares Wams aus
Florentiner Taft zeigen.

»Ich bin Sir Raymond Hetherington von der Cheapside«, antwortete der stattliche Kaufmann. »Meines Zeichens Bankier und
wahrlich ein Freund Seiner Majestät, des Königs.«

Colum betrachtete die harten, kleinen Augen des Mannes, die
dicken schwarzen Augenbrauen, die spitze Nase und den launischen Zug um den Mund. Er deutete eine Verbeugung an.

»Sir Raymond, ich habe von Euch gehört.« Dann warf er einen Blick auf den Rest der Gruppe. »Was führt Euch her?«

Hetherington schürzte die Lippen wie eine alte Frau.

»Wir waren heute morgen mit Master Tenebrae verabredet; sein Tod hat uns tief getroffen.«

»Seine Ermordung«, stellte Colum richtig.

Hetheringtons Hochmut verschwand. »Ja, natürlich«, murmelte er. »Seine Ermordung.«

Er schaute sich hilfesuchend zu seinen Begleitern um. Kathryn betrachtete sie aufmerksam, während Hetherington sie vorstellte. Thomas Greene, Goldschmied, dünn wie eine Bohnenstange und mit verdrießlichem, fahlem Gesicht. Kathryn fragte sich, ob er vielleicht an schlechten Körpersäften in der Leber litt. Witwe Dionysia in geziemendem Dunkelblau und vom Alter gezeichneten Gesichtszügen mußte in ihrer Jugend eine Schönheit gewesen sein. Neben ihr stand ein junger Mann, Richard Neverett, der einen kostbaren engen Überrock über einem hellen Batisthemd trug, grüne Kniehosen aus Wollstoff und teure spanische Lederstiefel. Seine Verlobte, Louise Condosti, sah mit ihrem Engelsgesicht, großen blauen Augen und dichtem blondem Haar wie eine Märchenprinzessin aus. Anthony Fronzac, ein kleiner, devoter Mann mit müden Augen und schlaffem Mund, stellte sich selbst als Zunftschreiber vor. Schließlich Charles Brissot, ein Arzt aus London; ein freundlich wirkender, rundlicher kleiner Mann mit funkelnden Augen und roten Wangen, einem sauber gestutzten Schnäuzer und feinem Spitzbart. Kathryn verbarg ein Lächeln; ihr Vater hatte sich über die Londoner Ärzte mit ihrer prunkvollen Garderobe und dem glänzenden Geschmeide stets lustig gemacht. Brissot gehörte ganz gewiß zu dieser Sorte. Er trug ein gestepptes, orangefarbenes Wams mit einer kleinen Leinenkrause am Halsausschnitt, eine enge Kniehose und elegante Schuhe, und über den Schultern hing eine ziemlich altmodische Houppelande, ein langer, bunter, mit Lammwolle gefütterter Umhang. Zunächst schnatterten alle nervös durcheinander, da der große, grimmige Ire ihnen ein wenig Angst machte. Kathryn mußte Colum sanft in den Arm zwicken, damit er die Anwesenden nicht wie Verbrecher behandelte.

»Warum laßt Ihr uns nicht hinein?« tönte Sir Raymond He-

therington mit hervortretenden Augen und froschähnlich aufge-
blähten Wangen.

»Wer ist im Haus?« fragte Luberon einen der Büttel.

»Tenebraes Schreiber Morel«, antwortete dieser. »Und ein
Lackaffe vom Hof. Ich habe seinen Namen nicht richtig verstanden, es ist so ein Großer, Dunkler.« Der Büttel drehte sich um
und spuckte aus. »Auf mich wirkte er gefährlich.«

Colum schickte Sir Raymond und seine Begleiter in ein nahe-
gelegenes Wirtshaus. Dann schritt er mit Kathryn und Luberon
über den Gartenweg und hämmerte gegen die eisenbeschlagene
Tür. Kathryn schaute sich im Garten um und schauderte.

»Er könnte so schön sein«, bemerkte sie. »Aber seht, Colum,
hier wächst nur Unkraut.«

Colum ließ den Eisenklopfer in Form eines Teufelskopfes
noch einmal fallen und folgte dann ihrem Blick.

»Nichts als Hanf und Flachs; selbst das Gras sieht matt aus«,
flüsterte Kathryn. »Thomasina und ich könnten etwas daraus
machen. Wir würden Kräuterbeete anlegen ...«

Kathryn verstummte, als sie Schritte hörte. Die Tür öffnete
sich. Beim Anblick des Mannes, der dort stand, wäre Kathryn
vor Schreck beinahe zurückgewichen; er hatte ein weißes,
schwabbeliges Gesicht, wimpernlose Augen, dünne Augenbrau-
en, einen nahezu kahlen Schädel und blaue, wässrige Augen.
Hätte er nicht ab und zu mit den Augenlidern gezuckt, dann hätte Kathryn schwören können, er sei entweder tot oder in einem
Trancezustand. Mißtrauisch beäugte er Colum.

»Wer seid Ihr?« Der Mann bewegte beim Sprechen kaum die
Lippen.

»Ich komme im Auftrag des Königs«, antwortete Murtagh
und schob ihn zur Seite. »Und wer seid Ihr?«

»Morel, Master Tenebraes Schreiber, Diener, Türsteher, was
immer Ihr wollt.« Morel trat rasch einen Schritt vor, um Colum
den Weg zu versperren. »Und wenn Ihr nicht sofort hier verschwindet, drehe ich Euch den Hals um! Der Beauftragte des Königs ist bereits hier!«

Colums Hand glitt an den Dolch in seinem Gürtel.

»Aber, aber!«

Die Stimme war leise. Kathryn erblickte hinter Morel einen jungen, blassen Mann in dunkelrotem Wams und gleichfarbiger Hose, der kaum hörbar über den Flur auf sie zugekommen war. Er verschränkte die Arme und lehnte sich an die schwarz gestrichene Wand. Kathryn hätte nicht sagen können, ob sein Gesicht das eines Engels oder eines Teufels war; glattrasiert, umrahmt von dunklem Haar, der üppige Mund zu einem Lächeln verzogen, ein spöttischer Blick, der zu sagen schien, ich glaube nur ein Bruchteil dessen, was ich sehe. Ein junges Gesicht, dachte Kathryn, aber die Augen uralt.

»Aber, aber!« wiederholte der Mann.

Seine Bewegungen waren träge, geziert wie die einer Frau, doch gerade das ließ ihn noch gefährlicher erscheinen. Er stellte sich neben Morel und steckte die Daumen in seinen silberbeschlagenen Kriegsgürtel. Schwert und Dolch hingen dort wie angewachsen.

»Habt Ihr noch etwas außer ›Aber, aber‹ zu sagen?« knurrte Colum. »Kommt schon, spannt uns nicht auf die Folter.«

Der Mann grinste, legte eine Hand ans Herz und verbeugte sich mit einem ironischen Lächeln vor Kathryn.

»Ich bin Theobald Foliot, Knappe und Beamter des königlichen Haushalts Ihrer Majestät, Königin Elisabeth Woodville.« Mit einer grazilen Handbewegung wandte er sich an den Iren. »Ihr seid wahrscheinlich der Ire Murtagh?« Seine Augen verengten sich zu Schlitzen. »Der König vertraut Euch, was bei einem Iren selten vorkommt.«

Ehe Colum antworten konnte, trat Foliot einen Schritt vor; er nahm Kathryns Hand, hob sie an die kalten Lippen und küßte sie formvollendet.

»Und Mistress Kathryn Swinbrooke, angesehene Ärztin der Stadt. Madame, ich freue mich, Euch kennenzulernen.« Er schenkte ihr ein sehr charmantes Lächeln. »Die Königin läßt Euch herzlich grüßen. Ich glaube, Ihr habt sie bereits kennengelernt.«

Kathryn errötete und stammelte vor Verlegenheit. Dann griff

sie rasch nach Colums Handgelenk, der nach Foliots Kränkung vor Wut schnaubte. Dem Gesandten des Königs entging diese Bewegung nicht.

»Nein, laßt das.« Er streckte Colum die Hand entgegen und lächelte ihn ebenso entwaffnend an. »Ich habe nur ein wenig gestichelt und nicht die Absicht, Euch zu kränken, Ire.«

»Schon gut«, antwortete Murtagh und gab dem Mann die Hand.

»Ja, dann.« Foliot trat einen Schritt zurück. »Morel, wir wollen unsere Gäste in die Küche führen. Master Luberon«, sagte er und schüttelte dem kleinen Schreiber die Hand, »laßt uns diese schreckliche Angelegenheit untersuchen.«

Morel, der die ganze Zeit wie versteinert dagestanden hatte, führte sie achselzuckend über den dunklen Flur in eine sauber geschrubbte Küche. Kathryn blickte sich um. Die Küche war nach dem finsteren Eindruck, den sie vom Haus, von der Diele und dem Flur gewonnen hatte, eine große Überraschung. Boden und Tische waren gescheuert; blanke Tiegel und Fleischmesser hingen fein säuberlich an Haken an der Wand. Das Feuer war heruntergebrannt, und der Ofen war kalt, aber der angenehme Duft nach gewürztem Fleisch und frisch gebackenem Brot hing noch in der Luft. Foliot bat sie, sich an den großen, ovalen Eichentisch zu setzen, während Morel ihnen auf seinen Befehl hin gekühlten Rheinwein und eine Platte Marzipan vorsetzte. Er war im Begriff, hinauszugehen, aber Foliot schnippte mit den Fingern und zeigte auf einen Hocker.

»Nein, nein, Morel, Ihr bleibt hier bei uns. Nun?« Foliot stützte die Ellbogen auf den Tisch. »Ich bin Gesandter der Königin. Gestern abend bin ich in Canterbury angekommen und habe mich im Wirtshaus ›Zum Weißen Hirsch‹ einquartiert. Heute morgen, gleich nach der Frühmesse, kam ich hierher und stattete Master Tenebrae einen Besuch ab. Wir wechselten ein paar Worte hier unten in der Küche, wie Morel bezeugen kann. Ich bin dann wieder gegangen, weil Master Tenebrae noch andere Besucher erwartete. Ich nehme an, Ihr seid ihnen draußen begegnet.«

»Sir Raymond Hetherington und Begleitung?« fragte Colum.

»Genau«, murmelte Foliot. »Offenbar waren sie alle irgendwann heute vormittag zwischen acht und zwölf mit unserem verstorbenen Freund verabredet. Alle kamen zum vereinbarten Zeitpunkt.« Er lächelte auf Morel herab. »Und was geschah dann?«

Morel zog den Kopf zwischen die breiten Schultern. »Der Meister bat um halb eins um etwas Wein und Quittenbrot. Ich trug es nach oben, klopfte an die Tür, erhielt aber keine Antwort.«

»Und weiter?« fragte Colum.

»Dann ging ich wieder nach unten. Ich dachte, er hätte das Haus vielleicht durch die Hintertür verlassen. Trotzdem bin ich kurz darauf selbst hinters Haus gegangen und habe Bogbean gefragt.«

»Bogbean?« schaltete Kathryn sich ein.

»Oh, ja, das ist der Trunkenbold, den Tenebrae angestellt hat, damit er den Hintereingang des Hauses bewacht. Er sagte mir, der Meister sei nicht fortgegangen. Ich machte mir Sorgen, ging deshalb wieder hinauf, nahm ein Holzscheit aus dem Keller mit und schlug die Tür ein.« Morel blinzelte, aber davon abgesehen veränderte sich seine Miene nicht. »Die Kerzen brannten. Mein Meister saß hinter dem Tisch. Ich dachte, er wäre eingeschlafen. Ich sprach ihn an, aber er rührte sich nicht. Ich trat näher …«

Zum ersten Mal zeigte Morel eine Art Gefühlsregung. Er starrte blicklos auf die Tischplatte, die Lippen bewegten sich lautlos. Kathryn fragte sich, ob er den Verstand verloren hatte oder an einer schweren Geistesschwäche litt.

»Der Meister saß zurückgelehnt auf seinem Stuhl«, fuhr Morel fort. »Er hatte Kapuze und Maske noch nicht abgesetzt, und der Armbrustpfeil steckte tief in seinem Hals. Es gab nur wenige Blutspritzer.« Morel erhob sich wie ein Schlafwandler. »Kommt, Ihr könnt es persönlich in Augenschein nehmen!«

Colum sah Foliot an, der gleichgültig die Achseln zuckte. Sie folgten dem Diener durch den Flur eine Treppe hinauf. Das Geländer und der Pfosten am Ende der Treppe waren schwarz gestrichen. Ein gekrümmter Teufel grüßte sie auf halber Höhe; der aus Holz geschnitzte Dämon in Gestalt eines Frosches mit menschlichem Antlitz warf Kathryn lüsterne Blicke zu. Sie fröstelte. Oben an der Treppe führte ein Flur nach rechts zu zwei Zimmern, aber Morel ging geradeaus in eine kleine Nische, stieß eine Tür auf und ging ihnen in Tenebraes Zimmer voran. Kathryn hatte das Gefühl, die Finsternis der Hölle zu betreten. Sprachlos schaute sie sich um. Der langgestreckte Raum war blitzsauber. Die Wände waren mit Holz verkleidet, und die Dielenbretter mit glänzender schwarzer Farbe lackiert. Die an die Holztäfelung festgeschraubten Kerzenhalter waren ebenso schwarz wie die Kerzen selbst. Sie schaute zur Decke. Angesichts des furchteinflößenden, blutüberströmten Ziegenbocks, den unzählige Dämonen umgaben, stockte ihr der Atem: da gab es Gestalten mit dem Kopf eines Affen und dem Körper einer Frau; andere hatten das Gesicht einer Ziege und kindliche Gliedmaßen.

»Es ist kalt«, sagte Kathryn. Dann fiel ihr der Geruch auf. Zunächst roch es nach einem muffigen Parfüm, doch darunter lag etwas anderes, der Gestank nach Fäulnis und Verwesung.

Colum legte ihr einen Arm um die Schultern und drückte sie an sich. »Der Herr sei uns gnädig, Kathryn!«

Kathryn blickte in die Runde. Luberon sah richtig krank aus, das Gesicht nur noch eine weißliche Masse. Er wischte sich die feuchten Hände an seinem Überzieher ab. Morel blieb wie eine Statue stehen, während Foliot sein Unwohlsein dadurch zu verbergen suchte, daß er die Arme vor der Brust verschränkte und ungeduldig mit dem Fuß auf den Boden klopfte.

Kathryn zwang sich, weiterzugehen und sich dem mit einem violetten Tuch bedeckten Tisch zu nähern; auf dem Stuhl dahinter nahm sie undeutlich Tenebraes Leichnam wahr. Ihre Schritte klangen hohl, wie Trommelschläge. Kathryn starrte unverwandt auf den Stuhl, grub die Fingernägel tief in die Handflächen und versuchte, tief durch die Nase einzuatmen.

Es ist wie ein Traum, dachte sie, wie einer jener Alpträume, in denen ich durch einen Flur auf etwas zufliege, das mir im Dunkeln auflauert. Morel schnappte hörbar nach Luft, und Kathryn schaute zu Boden. Sie stand in einer Art magischem Kreis, in dem sie das Dreieck und andere kabbalistische Zeichen sowie weitere Blutspuren entdeckte. Kathryn blieb stehen.

»Oh, mein Gott!« rief sie aus.

Um ihren Gefühlen Luft zu machen, und noch ehe jemand sie daran hindern konnte, durchquerte Kathryn den Raum, öffnete die Fensterläden und warf die Schließbalken zu Boden. Das Fenster dahinter war fest verschlossen, aber Kathryn öffnete die Haken und hob die Klinke. Sie atmete tief ein, als Luft und Licht in den Raum fluteten.

»Das dürft Ihr nicht tun!« jammerte Morel und gestikulierte wild mit den fleischigen Händen.

Kathryn wirbelte zornig zu ihm herum. »Ich tue, was ich will!« fuhr sie ihn an. »Dieses Zimmer ist schlecht, es stinkt nach allem, was von Übel ist!«

Colum und Luberon folgten ihrem Beispiel, und bald waren die Fenster an beiden Zimmerseiten geöffnet. Frische Luft und Sonnenlicht vertrieben die Schatten und die bedrohliche Atmosphäre. Dann ging Kathryn zum Tisch zurück und betrachtete die Artefakte, die auf der violetten Oberfläche verstreut lagen: eine schwarze Kerze, ein Würfelspiel aus Knochen, eine Rabenfeder, ein Tintenfaß in Form eines Schädels und Tarotkarten. Kathryn versuchte, die schwarz verhüllte, auf dem Stuhl kauernde Leiche nicht zu beachten, raffte das Tischtuch wie einen Sack zusammen und warf es mitsamt dem ekelhaften Inhalt zu Boden. Sie schaute zu Foliot auf und verzog das Gesicht.

»Ich finde das Zeug abscheulich«, preßte sie hervor. »Diese Herrscher der Galgen, die sich am Aberglauben und der Gier der Menschen gütlich tun wie Ratten an ihrer Beute, verachte ich zutiefst.«

Sie öffnete ihre Gürteltasche, zog einen Rosenkranz hervor, der einmal ihrer Mutter gehört hatte, und legte ihn sich um den Hals. Dann warf sie Morel, der jetzt wie ein Kind mit hängenden Armen dastand, einen kurzen Blick zu.

»Habt Ihr denn das alles geglaubt?«

Morel starrte sie wortlos an.

»Wenn er so mächtig war«, sagte Kathryn mit lauter Stimme, »warum hat er sich dann ermorden lassen? Wenn er in die Zukunft sehen konnte, warum hat er nichts gegen den eigenen Tod unternommen?«

Morel hob die fleischigen Finger zu einem merkwürdigen Zeichen.

»Oh, um Himmels willen!«

Kathryn bat Colum, eine Kerze aus einem der Kerzenhalter zu holen und zog die schwarze Maske vom Gesicht des Toten.

»Der Tod macht alle Menschen gleich«, hatte ihr Vater einmal gesagt. In diesem Fall mußte Kathryn ihm Recht geben. Tenebraes Gesicht sah nicht anders aus als das vieler anderer, die vom Tod überrascht wurden. Die Augen waren in die Höhlen zurückgesunken, der Unterkiefer hing herab, der Mund stand offen. Die wächsernen Wangen waren schlaff. Nichts Auffallendes, bis auf das ungute Gefühl, das Kathryn beschlich, sobald sie in die blicklosen Augen schaute, und den großen Blutfleck, der sich von dem gezackten Loch im Hals zur Brust hin ausbreitete.

»Das Blut ist geronnen«, konstatierte Kathryn. »Wie spät ist es jetzt?«

»Ungefähr zwei Uhr«, antwortete Luberon.

Kathryn berührte das Gesicht des Mannes. »Morel, um wieviel Uhr seid Ihr heraufgekommen?«

»Etwa eine halbe Stunde nach Mittag, als mein Meister läutete.«

»Und Ihr habt an die Tür geklopft«, hakte Kathryn nach.

»Ja, habe ich doch schon gesagt. Mein Meister bat mich, ihm eine Erfrischung zu bringen.«

»Seid Ihr sicher, daß nur er im Zimmer war?«

»Natürlich«, sagte Morel. »Bogbean hat gesagt, daß die letzte Besucherin, Witwe Dauncey, schon fort war.«

Kathryn wandte sich vom Tisch ab und ging zur Tür zurück, die aus schwerem Eichenholz gezimmert und mit Eisenbändern und Metallnägeln beschlagen war. Sie untersuchte das zertrümmerte Schloß. Morel folgte ihr wie ein Hund. Kathryn, die vor dem Schloß in die Hocke gegangen war, schaute zu ihm auf.

»Ihr habt das hier aufgebrochen?«

»Oh, ja!«

»Und die Tür kann nur von innen verschlossen und geöffnet werden?«

»Wie ich schon sagte, mein Meister hat die Schlösser an dieser Tür und die an der anderen extra von einem Schlosser von der Cheapside anfertigen lassen.«

Kathryn untersuchte den Türgriff, das verbogene Schloß und den Schlüssel, der auf dem Boden lag. Sie öffnete die Tür und betrachtete die andere Seite.

»Euer Herr und Meister muß ein mißtrauischer Mann gewesen sein. Ich glaube, nicht einmal der Königliche Schatzmeister in London besitzt Türen, die nur auf der Innenseite Griffe und Schlösser haben.« Sie durchquerte den Raum und ging zur anderen Tür, die Luberon bereits in Augenschein nahm.

»Hier ist es genauso!« rief er. »Schaut her!«

Kathryn ging am Tisch vorbei, an dem Colum und Foliot noch die Leiche untersuchten. Luberon trat zur Seite, und Kathryn stellte fest, daß Tür, Schloß und Griff mit der Eingangstür übereinstimmten. Langsam öffnete sie die Tür und trat, gefolgt von Luberon, hinaus in den kleinen Vorraum, der zur Hintertreppe führte. Auf der linken Seite des Raums befand sich ein Fenster. Kathryn prüfte es, aber es war verschlossen und verriegelt. Beim Öffnen sah sie, daß Haken und Klinke festsaßen. Sie gingen die Treppe hinunter. Die Tür am unteren Ende glich denen, die sie auch oben bereits untersucht hatten, Griff und Schloß an der Innenseite. Sie öffneten die Tür und traten in eine kleine Gasse, die mit Unrat übersät war und nach Katzen stank. Kathryn schloß die Tür und ging kopfschüttelnd wieder die Treppe hinauf in Tenebraes Zimmer.

Drei

»Nun«, sagte Colum, »Tenebrae ist so tot wie ein geschlachteter Hammel.« Er hob die Hand der Leiche und zeigte ihr die glitzernden Ringe. »Alle noch da, und auch der Geldbeutel hängt an seinem Gürtel, also war es kein Raubmord.«

»Nur das Zauberbuch des Honorius ist gestohlen worden«, schaltete Foliot sich ein.

Kathryn bedeutete Morel mit einem Wink, näherzutreten. »Seht her.« Sie wählte ihre Worte mit Bedacht. »Schaut Euch in diesem Raum um, Master Morel. Ist außer dem Zauberbuch noch etwas gestohlen oder in Unordnung gebracht worden?«

Morel schlurfte durch das Zimmer, das nun etwas von seinem Schrecken verloren hatte. Bei Tageslicht sah die Einrichtung wie billiger Tand aus, und der große Magier, der nun im Tod zusammengekrümmt mit einem Pfeil im Hals auf seinem Stuhl saß, wirkte eher rührend. Morel trat wieder zu Kathryn und schüttelte in feierlichem Ernst den Kopf.

»Alles ist noch an seinem Platz, Mistress.«

»Dann stehen wir vor einem Rätsel«, sagte Kathryn seufzend. »Dieser Raum liegt im ersten Stockwerk des Hauses. Die Fenster auf beiden Seiten sind fest verschlossen, die Fensterläden verriegelt, beide Türen des Zimmers und die Tür unten an der Treppe ebenfalls. Niemand konnte diesen Raum ohne Tenebraes Erlaubnis betreten, ja, nicht einmal die Hintertreppe hinaufgehen, da alle Türen nur von innen zu öffnen sind. Offenbar war Tenebrae noch gesund und munter, als Master Foliot ihn heute morgen aufsuchte. Dann hat er seine Gäste empfangen, die wir draußen flüchtig kennengelernt haben. Alle kamen zum vereinbarten Zeitpunkt. In welchem Zeitraum, Master Morel?«

»Zwischen neun und zwölf.«

»Sie alle führten ihr Gespräch«, fuhr Kathryn fort und wich

Morels starrem Blick aus. »Sie kamen die Treppe herauf, so wie wir. Tenebrae läßt sie durch den Hintereingang wieder hinaus.« Kathryn führte die anderen zur Tür am Ende des Raumes, die auf den kleinen Vorraum ging. »Sie gehen hinunter und zur Hintertür hinaus, damit niemand sie sieht. Wer also hat Tenebrae umgebracht?« Sie zeigte auf das Fenster im Vorraum. »Das ist gesichert. Gibt es ganz bestimmt keine anderen Eingänge?«

Colum sagte, er sei sich nicht sicher. Deshalb kehrten sie ins Totenzimmer zurück und durchsuchten es noch einmal sorgfältig. Am Ende bestätigten sich jedoch nur Morels Einwände, der ihr Unterfangen von vornherein für sinnlos gehalten hatte. Die Wandtäfelung war unversehrt, und weder in der geschmacklos bemalten Decke noch im schwarz lackierten Boden waren versteckte Türen oder geheime Eingänge zu finden.

Kathryn trat wieder an den Tisch und betrachtete Tenebraes Leiche.

»Irgend jemand«, sagte sie, »der Himmel mag wissen, wer, kam mit einer Armbrust und einem Bolzen hier herein, erschoß Tenebrae, stahl das Zauberbuch und verschwand wieder.«

»Vielleicht war es ja auch Magie«, meldete sich Morel rasch zu Wort.

»Wie kommt Ihr auf Magie?« fragte Kathryn.

Morel spreizte die Finger. »Mein Meister hat immer gesagt, es könnte sein, daß er einmal durch Magie umkommt.«

Kathryn trat einen Schritt auf ihn zu. »Seid Ihr eigentlich nicht traurig, Morel? Beklagt Ihr den Tod Eures Herrn und Meisters nicht?«

Der Mann setzte ein verschlagenes Lächeln auf und beugte sich vor, so daß er Kathryns Gesicht ganz nah kam. Sie schaute ihm in die wässrigen, ausdruckslosen Augen; Morel, dachte sie im stillen, ist völlig verrückt.

»Mein Herr hat immer gesagt, der Tod würde ihn nicht halten. Ein anderer Magier wird kommen und ihn aus dem Grab befreien.« Morel atmete mit bebenden Nasenflügeln ein. »Deshalb muß ich jetzt gehen. Das Haus muß sauber gehalten werden. Ich habe zu tun.«

Ohne ein weiteres Wort tappte Morel hinaus und schloß die Tür hinter sich.

»Glaubt Ihr, er hat seinen Herrn umgebracht?« fragte Foliot. Kathryn schüttelte den Kopf. »Ich weiß nicht. Aber seid freundlich zu ihm. Morel leidet an einer schrecklichen geistigen oder seelischen Krankheit, der Herr mag wissen, woran.« Sie warf Luberon einen raschen Blick zu. »Das Haus sollte untersucht werden.«

»Oh, das habe ich bereits getan«, schaltete Foliot sich ein. »Und welche Schätze ich dabei entdeckt habe: Kelche, Pokale, Teller, Krüge, kostbare Vorhänge und Gewänder.« Er schüttelte den Kopf. »Aber sonst nichts.«

Kathryn dachte an das Durcheinander und die Unordnung in ihrem eigenen Haushalt.

»Keine Rechnungen?« rief sie. »Keine Verträge, keine Briefe?« »Nichts«, erwiderte Foliot.

»Tenebrae und seinesgleichen halten es so«, meinte Colum. »Bei ihnen steht alles im Zauberbuch. Stimmt's, Master Foliot?«

Der Gesandte der Königin verzog das Gesicht. »Deshalb wollen wir das Zauberbuch ja wiederhaben.«

»Wie groß ist es?« fragte Kathryn.

»Ihre Königliche Hoheit sagte mir, es habe den Umfang eines großen Meßbuches«, sagte Foliot. »Dreißig Zoll hoch und ebenso breit; sie sagte, die Dicke entspreche der Höhe einer Türschwelle.«

Kathryn drehte sich im Kreis und deutete mit einer ausladenden Handbewegung in die Runde. »Und wer bekommt das hier?«

»Ich habe bereits die Archive überprüft«, sagte Luberon. »Es liegen weder ein letzter Wille noch eine Vollmacht vor ...«

»Demnach fällt dieses Haus und die bewegliche Habe an die Krone«, meldete sich Foliot zu Wort. »Das Wesen dort unten kann noch eine Weile bleiben.« Er deutete auf Luberon. »Ihr, Master Luberon, seid der Stadtschreiber, und Ihr, Murtagh, der Beauftragte des Königs.« Er trat gegen das Tischtuch, das Kathryn zu Boden geworfen hatte. »Tenebraes Handwerkszeug kann verbrannt werden, aber seine gesamte Habe ist unter Verschluß

501

zu nehmen, zu versiegeln und nach Westminster zu schicken. Wer hier aus diesem Hause etwas entwendet, beraubt die Krone, und das ist Verrat.«

»Und Tenebraes Tod?« fragte Kathryn.

Foliot kam langsam auf sie zu. Er hatte die Arme noch immer verschränkt. Kathryn sah den Spott in seinen Augen.

»Tenebrae ist tot«, sagte er. »Möge er in der Hölle schmoren. Es gibt vielleicht keinen Gott im Himmel, Mistress Kathryn, aber es gibt bestimmt einen Teufel in der Hölle. Weder ich noch die Königin noch der König scheren uns einen Deut darum: Tenebrae war ein Magier und Erpresser, der am Ende bekam, was er verdiente. Um jedoch noch einmal auf das Zauberbuch des Honorius zurückzukommen, das *Buch des Todes*, das so viele Geheimnisse birgt, darunter wohl auch Hinweise auf den Verbleib von Tenebraes Vermögen: Ich werde Canterbury nicht ohne dieses Buch verlassen. Deshalb werdet Ihr beide, denen die Königlichen Hoheiten so viel Vertrauen entgegenbringen, Tenebraes Mörder und das Zauberbuch finden.« Foliot ließ die Arme sinken. »Ich wohne im ›Weißen Hirsch‹ in Queningate, aber seid unbesorgt, wenn Ihr mich nicht aufsucht, werde ich ganz gewiß Euch aufsuchen.« Er verneigte sich vor Kathryn, nickte Murtagh zu und schlenderte aus dem Raum.

»Wer ist das?« fragte Kathryn.

»Einer der Gefolgsleute der Woodville«, antwortete Colum. Er hielt inne und suchte nach den richtigen Worten. »Die Königin ist eine Bürgerliche, die Witwe von Sir John Woodville. Sie hat den König mit ihrer Schönheit betört und weiß ihn nun geschickt zu halten – manche behaupten sogar, durch Hexerei. Als sie aufstieg, folgten ihr andere, Männer wie Foliot zum Beispiel, die nach Macht gieren. Sie kennen nur eine Treue, eine Religion, eine Pflicht: den Willen der Elisabeth Woodville.«

»Gehörte Tenebrae zu ihren Anhängern?«

»Nein«, sagte Colum. »Er war ein Geschöpf der Finsternis. Wir wissen nicht, wie Tenebrae wirklich hieß oder woher er kam. Wenn er unter der Erde liegt, wird es nur sehr wenige Menschen bekümmern. Master Luberon!«

Der kleine Schreiber watschelte herbei.

»Bitte, bleibt hier und schaut Euch um. Vergewissert Euch, daß Foliot die Wahrheit gesagt hat. Laßt Tenebraes Leiche in die nächste Kirche bringen. Setzt all Euren Einfluß ein und sorgt dafür, daß der arme Bastard beerdigt wird.«

»An seinem Grab wird kein Priester die Messe lesen wollen«, erwiderte Luberon bitter.

»Ein Sarg und ein Segen; das ist alles, worum ich bitte.«

»Und Ihr?« fragte Luberon.

Colum schaute Kathryn an, die den lüsternen Ziegenbock unter der Zimmerdecke betrachtete.

»Ich glaube, wir sollten uns Tenebraes Gönner vornehmen. Wo ist das nächste Wirtshaus?«

»Die ›Bischofsmitra‹«, sagte Luberon. »Ein Stück weiter unten in der Black Griffin Lane.«

»Dann werden wir sie dort aufsuchen. Nicht wahr, Kathryn?« Sie war einverstanden. Sie ließen Luberon zurück und gingen die Treppe hinunter. Morel wartete unten auf sie. Er würdigte Colum keines Blickes; Kathryn aber hielt er am Kleid fest.

»Mistress.« Er schaute Kathryn flehentlich aus wässrigen Augen an.

»Was ist los, Mann?« fragte Colum.

»Ich habe nicht mit Euch gesprochen!« zischte Morel, dessen Miene sich plötzlich verfinsterte.

»Was ist denn, Morel?« fragte Kathryn ihn ruhig.

»Wann kommt er zurück?«

Kathryn starrte in die verrückten Augen.

»Mein Meister, Tenebrae. Wann kommt er zurück?« Morel lächelte sie verschwörerisch an. »Ihr seid auch eine Magierin«, flüsterte er. »Ihr habt die Macht. Das weiß ich.«

Kathryn fröstelte, zeigte es aber nicht. »Ich weiß nicht.« Sie tätschelte Morel die Hand. »Aber seid getrost.«

»Ich werde warten«, rief Morel hinter ihnen her, als sie zur Tür gingen. »Ich vertraue Euch, Mistress Swinbrooke, genauso wie meinem Meister.«

Kathryn schloß die Augen und schlug sie erst wieder auf, als

Colum die Tür hinter ihnen geschlossen hatte. Sie atmete tief durch und schaute sich in dem verwilderten Garten um.

»Er ist verrückt«, flüsterte sie.

»Aber er glaubt«, erwiderte Colum. Sanft hakte er sich bei ihr unter und führte sie hinaus auf die Black Griffin Lane. »Ihr habt kalte Hände. Angst, Kathryn? So wie ich?«

Kathryn zwang sich zu einem Lächeln.

»Glaubt Ihr an Tenebraes Zauberkraft?« fragte Colum.

»Ich glaube«, sagte Kathryn und ging langsam die Straße entlang, ohne Colums Hand loszulassen, »es gibt mehr Dinge auf unserer Welt, Ire, als wir mit bloßem Auge erkennen können. Mächte des Lichts ebenso wie Mächte der Finsternis. Aber Zauberei?« Sie drückte den Arm des Iren. »Colum, der Herr ist mein Zeuge, ich weiß nicht einmal, wie der Körper funktioniert. Warum zirkuliert das Blut im Körper? Was bewirkt, daß das Herz immer schlägt? Und der Verstand, die Seele? Ganz zu schweigen von ihren Krankheiten? Es hängt damit zusammen, was die Leute glauben.« Sie hielt inne, weil sie sich an etwas erinnerte, dann fuhr sie fort. »Vor Jahren, als ich noch ein Kind war, nahm mein Vater mich einmal mit zum Buttermarkt. Er wollte ein paar Kräuter kaufen. Als wir dort eintrafen, herrschte auf dem Platz helle Aufregung, weil ein Mann in Ziegenhäuten angekommen war, die Haut von der Sonne tief gebräunt. Er trug in der einen Hand einen Stab, in der anderen eine Glocke, mit der er ununterbrochen läutete, während er die Umstehenden lauthals aufforderte, Buße zu tun. Er nannte sich Jonas. Er glaubte, er sei der wiedergeborene biblische Prophet und Canterbury sei Ninive. Irgend jemand bat meinen Vater, den Mann zu heilen.« Am Eingang des Wirtshauses ›Zur Bischofsmitra‹ atmete sie noch einmal tief durch. »Wißt Ihr, was mein Vater ihm antwortete? Er sagte, wenn er glaube, er sei Jonas und hier sei Ninive, würde nicht einmal ein Engel im Himmel wagen, ihm zu widersprechen.« Sie fuhr sich mit der Zunge über die Lippen, die nach dem Besuch des unheimlichen Totenzimmers noch immer trocken waren. »Genau daraus beziehen Tenebrae und seinesgleichen ihre Macht. Sie beherrschen den Verstand.

Sie bauen eigenartige Welten auf, bevölkern sie mit Dämonen, Kobolden und Elfen. Der Herr stehe allen bei, die sich in eine solche Welt begeben. Sie werden dort eingesperrt und finden nicht wieder hinaus.«

Colum legte ihr den Arm um die Schultern und drückte sie an sich. »Ihr hättet einen wunderbaren Priester abgegeben, Kathryn, weil Ihr die Macht des Wortes besitzt, wie man in Irland so schön sagt.«

»Jawohl, Colum Murtagh«, erwiderte sie scharf, »und Ihr steht mir in nichts nach. Ein Märchenerzähler, wie Thomasina sagt.«

Colum schmunzelte. »Ich habe Euch nur gelobt.«

»Schmeichelei ist wie Parfüm«, entgegnete Kathryn. »Man riecht es, Ire, aber nur ein Narr würde es trinken. Und nun kommt, wir müssen Fragen stellen.«

Sie gingen durch den Flur in den geräumigen Schankraum. Jetzt, am Nachmittag, war Ruhe eingekehrt, obwohl es immer noch sehr warm war und der Duft nach Gekochtem und Gesottenem aus der dahinter liegenden Küche die Luft erfüllte. Hetherington hatte das Kommando übernommen und einen großen Tisch neben das einzige große Fenster stellen lassen. Der Bankier und seine Begleiter hatten gut gespeist. Die Tischplatte war übersät mit Flaschen, Krügen, Hühnerknochen, Brotkrumen und Gemüseresten. Als Colum an den Tisch trat, machte sich Hetherington nicht die Mühe, aufzustehen, sondern schnippte mit den Fingern und rief einen humpelnden, schwitzenden Schankgehilfen herbei.

»Unsere Gäste«, verkündete er wichtigtuerisch.

»Noch zwei Stühle, Mann!« Er schaute mißmutig zu Colum auf. »Wollt Ihr etwas essen?«

Nach einem Blick auf den verschmierten Mund des Kaufmanns beschloß Kathryn, daß sie ihren Hunger noch zügeln konnte.

»Vielleicht etwas Wein. Mit Wasser verdünnt.«

»Und ich hätte gern einen Krug Ale«, fügte Colum hinzu.

Er half Kathryn auf den dreibeinigen Hocker, den der Schankgehilfe herbeigeschafft hatte.

»Nun?« Hetherington faltete die Hände über der Wölbung seines Bauches und lehnte sich zurück. »Wir haben bereits viel Zeit vergeudet. Unsere Gruppe hatte einen Besuch am Grab des Heiligen Märtyrers geplant.«

»Warum seid Ihr nicht hingegangen?« entgegnete Colum, den die Arroganz des Kaufmanns ärgerte.

»Ihr habt uns gebeten, hierzubleiben.« Hetherington schürzte die Lippen und riß zornig die Augen auf.

»Ich bat Euch, zu bleiben«, sagte Colum, »weil Ihr vor Tenebraes Haus gewartet habt. Was hat Euch denn dorthin geführt?«

»Wir«, stammelte Hetherington, »wir …«

Mistress Dauncey meldete sich zu Wort. »Wir waren doch die letzten, die Tenebrae besucht haben, bevor …«

»Bevor er ermordet wurde?« beendete Colum ihren Satz und betrachtete die verblühte Schönheit der Witwe. »Was hat Euch dazu veranlaßt?«

»Wir haben uns Sorgen gemacht«, sagte Fronzac, der Schreiber, und wischte sich das verschmierte Kinn am Aufschlag seines Wamses ab. »Master Tenebrae hatte mächtige Schutzherren.«

»Wer von Euch hat Tenebrae zuletzt gesehen?« schaltete sich Kathryn beschwichtigend ein.

»Ich«, antwortete Witwe Dauncey. »Der Türsteher Bogbean hat mich gesehen, als ich das Haus verließ.«

Kathryn nahm sich im stillen vor, diesen ominösen Türsteher ausfindig zu machen.

»Er hat mich hinausgelassen. Dann bin ich in unsere Unterkunft zurückgekehrt.«

»Und die wäre?« fragte Colum.

»Der ›Turmfalke‹, auf der anderen Seite von Westgate«, antwortete Hetherington.

Kathryn war im Begriff, mit der Befragung fortzufahren, als sie bemerkte, daß der Schankgehilfe, der die Hocker gebracht hatte, noch immer im Schankraum herumlungerte und offenbar begierig lauschte. Fronzac folgte ihrem Blick und beugte sich über den Tisch.

»Müssen wir uns hier unterhalten?« flüsterte er heiser. »Sir Raymond, wir sitzen hier seit über einer Stunde. Die Schankgehilfen und Knechte kannten Tenebrae, und ich glaube, sie belauschen uns.«

Kathryn schaute sich im Wirtshaus um. Wenn auch außer ihnen nur wenige Gäste anwesend waren, mußte sie wohl oder übel zustimmen. »Wir halten heute abend im ›Turmfalken‹ ein Bankett ab«, posaunte Hetherington. »Mistress Swinbrooke, Ihr und Master Murtagh seid herzlich dazu eingeladen.«

Er zwinkerte vergnügt mit den Augen, und Kathryn lächelte zurück. Hinter seiner Großspurigkeit schien Hetherington ein freundlicher, liebenswerter Zeitgenosse zu sein. Sie schaute Colum an, der ihr zunickte.

»Wir nehmen Eure Einladung dankend an«, antwortete sie. »Obwohl wir Euch gern noch ein wenig näher kennengelernt hätten.«

»Mein Geschäft befindet sich auf der Cheapside«, erklärte Hetherington, »und ich bin dritter Zunftmeister. Meine Aufgabe besteht darin, in der Prozession den silbernen Amtsstab zu tragen, und bei allen Banketten sitze ich immer zur Rechten des Ersten Zunftmeisters.«

Kathryn stieß Colum mit dem Knie an. Der Ire hatte einen ganz eigenen Sinn für Humor, und wenn er einmal lachte, hörte er so schnell nicht wieder auf. Hetherington strahlte Kathryn an, fest davon überzeugt, sie mit dieser Enthüllung vollkommen überwältigt zu haben.

»Sir Raymond«, schaltete Colum sich ein. »Ihr seid hier in Canterbury wohlbekannt.«

Hetherington fühlte sich durch die Lüge geschmeichelt.

»In diesem Jahr bin ich mit einem Besuch am Grabmal des Heiligen an der Reihe. Master Neverett hier ist mein Gehilfe. Er hat seine Lehrzeit beendet und wird, so Gott will, im nächsten Jahr vielleicht als Vollmitglied der Zunft zugelassen.« Er klopfte dem jungen Mann liebevoll auf die Schulter. »Ich habe keinen Sohn«, sagte er und beugte sich über den Tisch. »Und zum Trost hat mir der Herr Richard geschickt. Louise«, damit wandte er sich nach links. Das junge Mädchen schenkte ihm ein einfältig-schüchternes Lächeln. »Louise ist meine Nichte. Sie ist mit Richard verlobt. Sie sollen im Mai heiraten. Master Fronzac und Brissot sind natürlich hochgeschätzte Amtsträger der Zunft. Mistress Swinbrooke, Ihr habt doch gewiß von dem guten Ruf des Arztes Brissot gehört? Er hat schon oft meine Körpersäfte beruhigt und exakte Prognosen gestellt, nachdem er meinen Schleim und meinen Urin untersucht hatte.«

Hetherington sah Kathryn mißtrauisch an, denn sie biß sich nun heftig auf die Lippe.

»Auch ich bin Mitglied der Zunft«, schaltete Dionysia Dauncey sich ein. Sie zwinkerte Kathryn kurz zu. »Mein Mann ist vor zehn Jahren gestorben. Trotzdem ist es mir gelungen, mich allein über Wasser zu halten, was viele nicht für möglich gehalten hätten«, sagte sie und warf Hetherington einen verächtlichen Blick zu.

»Und wie lange seid Ihr schon in Canterbury?« fragte Kathryn.

»Wir sind vor zwei Tagen eingetroffen«, antwortete Hetherington. »Die Sehenswürdigkeiten haben wir schon alle besichtigt. Ich habe die Überreste von Beckets Hemd geküßt und die Mönche im Kloster zu Christchurch besucht. Wir hoffen, morgen unsere Rückreise nach London antreten zu können.«

»Ich fürchte, daraus wird nichts«, sagte Colum und hob die Hand, um den Tumult zu besänftigen. »Im Zuständigkeitsbereich der Rechtsprechung dieser Stadt ist ein Verbrechen verübt worden.«

»Wollt Ihr etwa uns beschuldigen?« fuhr Brissot ihn an.

»In London warten Geschäfte auf uns«, erklärte Neverett.

»Wenn Ihr Canterbury verlaßt«, erwiderte Colum, »könnte es als Flucht ausgelegt werden. Schließlich wart Ihr die letzten, die Master Tenebrae lebend gesehen haben.«

»Es ist wohl besser, wenn Ihr bleibt«, beharrte Kathryn höflich. »Wenn Ihr nach London zurückkehrt, übernehmen vielleicht noch größere Rauhbeine als Master Murtagh die Aufgabe, das Verbrechen aufzuklären. Habt Ihr den Königlichen Gesandten Theobald Foliot kennengelernt?«

Hetherington nickte. »Jawohl. Das ist wahrlich ein finsterer Gesell, Mistress Swinbrooke.« Er fuhr sich mit der Zunge über die dicken Lippen. »Gut, wir bleiben«, sagte er abschließend und war im Begriff, aufzustehen, aber Kathryn bedeutete ihm mit einer Handbewegung, sitzenzubleiben.

»Wir gehen gleich«, sagte sie. »Doch etwas ist mir noch unklar.«

»Und das wäre?« fragte Fronzac.

»Ihr alle seid Mitglied einer Londoner Zunft, wohlhabende Frauen und Männer, treue Untertanen des Königs und der Heiligen Mutter Kirche.« Kathryn legte besonderen Wert auf die Betonung der letzten drei Worte.

»Und deshalb stellt sich die Frage, was wir mit Leuten wie Tenebrae zu schaffen hatten?« fragte Witwe Dauncey.

»Genau.«

»Oh, das ist sehr einfach«, erklärte Hetherington. »Wir sind Goldschmiede, Mistress Swinbrooke, und der unsichere Gang des Schicksals nimmt oft überraschende Wendungen. Wir stellen wertvolle Objekte her und verkaufen sie, aber wir verleihen auch Geld.« Er blickte auf seine dicklichen Finger, die auf der Tischplatte ruhten, und seufzte laut. »Der Bürgerkrieg ist vorbei.« Er schaute auf. Sein Blick war kalt und berechnend. »Was geschieht mit den Goldschmieden, Ärztin, die dem Hause Lancaster Geld geliehen haben? Und wie sieht die Zukunft aus? Die Partei der Lancastertreuen ist noch am Leben, wenn auch im Exil. Wie heißt es doch so schön in der Bibel: Der kluge Mann baut vor.«

Kathryn wußte genug über die fürstlichen Kaufleute, die sich ausrechneten, wer die Macht in Händen hielt, wer auf dem aufsteigenden und wer auf dem absteigenden Ast saß. Sie hatte außerdem den Verdacht, daß Hetherington und seinesgleichen vielleicht eine Menge zu verbergen hatten.

»Und Tenebrae konnte in die Zukunft sehen?« fragte sie.

Hetherington lachte in sich hinein. »Ach, kommt, Mistress Swinbrooke, wir sind doch alle nüchtern denkende Menschen. Natürlich hatte Master Tenebrae gewisse Talente. Was aber noch wichtiger war, er hatte scharfe Ohren: Hofklatsch, Gerüchte aus dem Ausland, Skandale in Kirche und Staat.«

»Er war auch ein Erpresser«, sagte Colum.

Hetheringtons Miene verfinsterte sich.

»Er kannte Geheimnisse«, sagte Kathryn. »Nicht nur über Menschen bei Hofe, sondern vielleicht sogar über die angesehenen Mitglieder einer Zunft.«

»Unsinn!« brach es aus Neverett heraus. Er knallte seinen Becher auf den Tisch. Kathryn betrachtete den arroganten, jungen Mann, der sie seit ihrer Ankunft verächtlich gemustert hatte.

»Seid Ihr sicher, Master Neverett?« fragte Kathryn. »Könnt Ihr schwören, daß niemand an diesem Tisch etwas zu verbergen hat?«

Sir Raymond klatschte in die Hände. »Es reicht, Mistress Swinbrooke. Ich werde für heute abend auch eine Einladung an Master Foliot schicken. Wir haben im ›Turmfalken‹ einen abgeschlossenen Raum reserviert.«

»Ja«, stimmte Kathryn ihm zu und erhob sich. »Wir wollen derartige Fragen lieber dort stellen.«

»Um wieviel Uhr, Sir Raymond?«

»Nach der Abendmesse, wenn die Glocken der Kathedrale mit dem Läuten aufgehört haben.«

Kathryn dankte ihnen mit einem Lächeln. Dann verabschiedete sie sich und ging mit Colum zurück zur Black Griffin Lane.

»Nun, meine Heilerin mit dem Adlerblick«, murmelte Colum. »Was haltet Ihr von denen?«

»Wohlhabend und mächtig«, antwortete Kathryn. »Kann sein, daß sie eine Menge zu verbergen haben.«

»Auch einen Mord?«

»Vielleicht.« Sie schaute zu Murtagh auf. »Womit sich folgende Fragen stellen: Erstens, was stand in dem Zauberbuch? Und zweitens, wird der neue Besitzer die Geheimnisse verwenden?«

»Wenn er oder sie das tut«, stellte Colum fest, »dann wette ich, daß Tenebrae nicht der einzige sein wird, der sterben muß.«

Sie kamen an Tenebraes Haus vorbei. Colum wollte schon in

Richtung Saint Peter's Street weitergehen, als Kathryn stehenblieb und zu dem abstoßend wirkenden Haus des toten Magiers emporschaute.

»Freut Ihr Euch auf heute abend, Colum?«

»Auf einen Abend mit Euch?« erwiderte Colum. »Gutes Essen und Wein; vielleicht interessante Gesellschaft? Für viele Männer wäre das der Himmel auf Erden.«

»Schmeichler«, neckte Kathryn ihn. Sie zog ihn am Ärmel und zeigte auf die Gasse, die an Tenebraes Haus entlangführte. »Wir wollen noch einmal dort nachsehen.«

Colum folgte ihr durch den schmalen, stinkenden Rinnstein, der knapp zwei Schritte breit war. Zu ihrer Linken erhob sich das fensterlose Fachwerk des Nachbarhauses, zu ihrer Rechten Tenebraes Hauswand. Kathryn blieb an der Ecke der Gasse stehen und zeigte auf das verschlossene Fenster über ihnen.

»Das ist das Fenster, das wir vom Vorraum aus untersucht haben.« Sie setzten ihren Weg um die Rückseite des Hauses fort und sahen die Tür und die Holztreppe, die nach unten führte.

»Hetherington und seine Begleiter haben diese Treppe benutzt«, erklärte Kathryn.

Sie schaute auf den Unrat, der sich in der Gasse häufte: Lumpen, der faulige Inhalt von Nachtgeschirren, verschimmelte Essensreste, Pergamentfetzen.

»Tenebrae muß die Gasse hier als Abfallhaufen benutzt haben«, rief Kathryn und hielt sich die Nase zu.

Sie gingen weiter. Beim Aufblicken bemerkte Kathryn das verschlossene Fenster im ersten Stock.

»Tenebraes Zimmer«, erklärte sie. »Sieht so aus, als hätte Morel die Fensterläden wieder geschlossen.«

»Ich kann keine anderen Eingänge entdecken«, sagte Colum.

Sie gingen wieder zurück zur Black Griffin Lane. Der einäugige Kesselflicker stand noch immer an der Ecke und hustete heiser. »Ein paar Nadeln! Nadeln und Faden zu verkaufen! Bänder und Schleifen!« Er winkte Colum zu sich und nahm ein Stück rosa Seide in die Hand. »Für Eure Dame, Master? Das gibt eine hübsche Schleife. Oder vielleicht eine Brosche?«

Colum schüttelte den Kopf und war im Begriff, weiterzugehen. Kathryn jedoch nahm dem Mann das rosa Band aus der Hand und gab ihm einen Penny. Ein Lächeln erhellte das schmutzige Gesicht des Kesselflickers. »Kommt morgen wieder.«

»Zuerst«, sagte Kathryn und wies auf die entzündeten Stellen an den schmutzigen Händen des Mannes, »kaufst du dir etwas Feigenkraut oder Mangold, mit Wasser verdünnt, und deine Frostbeulen werden verschwinden.«

Der Kesselflicker schaute sie neugierig an. »Das ist unerschwinglich für mich!«

Kathryn reichte ihm noch einen Penny. »Komm zu mir in die Ottemelle Lane. Frage nach Thomasina. Sie wird es dir kostenlos geben. Aber das hier ist für deinen Bauch: Kauf dir eine heiße Brühe.«

»Und was verlangt Ihr dafür?« fragte der Kesselflicker mißtrauisch.

»Wo hält sich Master Bogbean auf?«

Der Kesselflicker lächelte und entblößte sein lückenhaftes Gebiß. Er deutete auf eine schmuddelige Schenke.

»Da drinnen trefft Ihr ihn an, voll wie ein Eimer. Bogbean hat zwei Wohnungen. Die Kneipe, wo er die Bierkrüge wahrscheinlich in der eigenen Pisse ausspült, so daß ich dort nicht einen Tropfen anrühren würde, und die Gasse hinter dem Haus des Magiers. Spendiert ihm einen Schluck, und er wird Euch alles erzählen. Gebt ihm zwei aus, und er gehört Euch ein Leben lang!«

Kathryn bedankte sich bei ihm. Zusammen mit Colum betrat sie die schmuddelige Schenke, die eigentlich nur ein niedriger Holzschuppen mit einem schmalen Fenster, ein paar wackeligen Tischen und kleinen, umgedrehten Fässern war, die als Hocker dienten. Die schäbig gekleideten Gäste schauten auf, als sie eintraten.

»Bogbean!« rief Colum. »Ich will Bogbean einen ausgeben!«

Ein zerlumpter, dicker Mann erhob sich von seinem Sitzplatz und wankte betrunken gegen die Wand. Dann schwankte er auf sie zu. Kathryn schaute ihn verwundert an: Er war klein und untersetzt, das Gesicht rund und rot wie eine Beere, von bläulichen Adern durchzogen; die feuerrote Nase schließlich wies ihn als den geborenen Säufer aus. Beim Anblick seiner Haare jedoch blieb Kathryn vollends der Mund offen: Schwarz und verfilzt standen sie ihm wie Stacheln vom Kopf ab.

»Bogbean heiß ich«, lallte er. »Und was kann ich für Euch tun, mein Herr?«

»Mir ein paar Fragen beantworten.« Colum drückte ihm eine Münze in die harte, schwielige Hand.

Bogbean starrte ihn ungläubig an und grinste schief. Er schwankte gefährlich, als stünde er an Deck eines Schiffes. »Fragt ruhig«, sagte der Mann tonlos und sah Kathryn lüstern an, »und ich werde Euch ehrliche Antworten geben. Aber setzt Euch um Himmels willen hin!« Er schaute sich kläglich um. »Das verdammte Ding hier fängt an zu schaukeln!«

Kathryn, die ein Kichern unterdrücken mußte, setzte sich an den fleckigen Tisch. Das kleine Faß war ihr nicht ganz geheuer. Bogbean rief einer schmalgesichtigen Schlampe etwas zu, und das Mädchen setzte ihnen überschwappende Bierkrüge vor. Kathryn dachte an den guten Rat des Kesselflickers; sie weigerte sich, das Gefäß auch nur anzurühren. Bogbean leerte seinen Krug und setzte anschließend Kathryns an die Lippen.

»Nun«, schmatzte er mit Bierschaum auf den Lippen, »stellt Eure Fragen.«

»Hast du für Tenebrae gearbeitet?«

»Jawohl, und jetzt ist er tot, der Dreckskerl. Und was noch schlimmer ist, Bogbean hat keine Arbeit mehr.«

»Was mußtest du tun?« fragte Kathryn.

»Türsteher am Hinterausgang«, verkündete Bogbean wichtigtuerisch. »Immer, wenn Master Tenebrae Besuch hatte.« Er beugte sich näher zu ihnen. »Und glaubt mir, Mistress, der hatte Gäste! Die Großen und Mächtigen, Kirchenfürsten.« Er blinzelte und tippte sich an die fleischige Nase. »Was Bogbean sieht, vergißt Bogbean nicht!«

»Und was war deine Aufgabe?« fragte Kathryn.

»Ich habe die Tür bewacht. Niemand ging hinein.« Er schlürf-

513

te erneut von seinem Krug. »Das ging ja auch nicht. Trotzdem, niemand kam ohne Bogbeans Wissen heraus.«

»Und heute morgen?«

»Tja, es regnete in Strömen. Sir Raymond Hetherington und seine Leute kamen. Morel hat sie mir angekündigt.« Bogbean lehnte sich zurück und verengte die Augen zu Schlitzen. »Habt Ihr Morel kennengelernt?« Er schüttelte den Kopf. »Der ist so merkwürdig wie sein Herr: Der hat sie doch nicht alle, der Mann.«

»Sir Raymond Hetherington?« hakte Colum nach.

»Oh, ja, der Goldschmied. Sie sind alle heruntergekommen: Hetherington zuerst, dann Neverett, Condosti, Brissot, Fronzac und Greene. Zuletzt diese alte Witwe, ich hab' ihren Namen vergessen.« Er tippte sich an den Kopf. »Mein Hirn weicht auf. Ach, ja, Dauncey.«

»Woher kanntest du die Namen?«

Bogbean zog ein schmutziges Pergamentstück aus seinem noch schmutzigeren Ärmelaufschlag und legte es auf den Tisch.

»Können wir das mitnehmen?« fragte Kathryn und betrachtete es genauer.

»Es ist eine Namensliste«, erklärte Bogbean. »Und ich kann lesen. Als Junge hab' ich die Schule der Kathedrale besucht. Master Tenebrae hat mir immer eine Liste der Leute gegeben, die ihn besuchten, in der Reihenfolge, in der sie kamen.«

»Und das hier ist die Liste?« wollte Kathryn wissen.

Bogbean zuckte die Achseln. »Sie schlichen alle auf leisen Sohlen und haben kein Wort mit mir geredet, außer der Alten, Dauncey; sie hat gelächelt und mir eine Münze gegeben. Sie hat ihren Geldbeutel fallenlassen. Ich hab' ihr geholfen, die Pennies aufzulesen. Sie hat sich bedankt und gesagt, ich würde sie, so Gott wolle, im nächsten Jahr wiedersehen.«

»Und sonst nichts?«

Bogbean schüttelte den Kopf. »Nein. Warum auch?«

»Ist jemand durch die Tür hineingegangen?« fragte Colum.

Bogbean schüttelte wieder den Kopf. »Keine Maus, kein Spatz. Master Tenebrae war ein strenger Meister. Hätte ich meinen Platz verlassen, und wenn es auch nur zum Pissen gewesen wäre, hätte er mir den Kopf abgerissen!«

Colum legte eine Münze auf den Tisch.

Sie verließen die Schenke und gingen zurück zur Saint Peter's Lane. Morel, der in der schattigen Ecke eines Ladeneingangs stand und gierige Blicke hinter Kathryn herschickte, bemerkten sie nicht.

Vier

Kathryn und Colum kehrten in die Ottemelle Lane zurück. Der Ire hatte beschlossen, es sei zu spät, noch nach Kingsmead zu gehen. »Holbech wird sich um alles kümmern«, sagte er. Holbech war sein Leutnant. Colum kaute auf der Unterlippe. »Trotzdem sind Abrechnungen fällig; der Königliche Schatzmeister will sie noch vor Mariä Verkündigung haben.«

Auch für Kathryn gab es Arbeit, denn eine ganze Reihe Patienten suchten sie auf: Der erste war der Bettler Rawnose, dessen Kopfhaut völlig verschorft war, was seiner Geschwätzigkeit jedoch keinen Abbruch tat. Er ließ sich nicht davon abhalten, Kathryn den neuesten Stadtklatsch zu berichten.

»In Bean Wood hat man Feen um den aufrecht stehenden Stein tanzen gesehen. Auf einem Hof in der Nähe von Maidstone wurde letzte Woche ein Lamm mit zwei Köpfen geboren. Es heißt, der König wird Frankreich den Krieg erklären, und seine Bevollmächtigten werden bald Truppen ausheben ...«

Kathryn hörte Rawnoses Geschwätz nur mit halbem Ohr zu. Endlich schickte sie ihn fort, nachdem sie die Kopfhaut mit Johanniskrautöl eingerieben hatte. Rawnose war glücklich. Der nächste war Bäcker Mollyns, der sich über einen bitteren Geschmack im Mund beklagte. Er bekam einen Auszug aus Gundelrebe. Unter den Wartenden befand sich auch der Metzger Peterkin, der sich ins Handgelenk geschnitten hatte. Während Kathryn einen Breiumschlag zubereitete, schimpfte Thomasina lautstark mit dem Mann, warum er mit seinen Messern nicht ein bißchen besser aufpassen könnte.

Kathryn fiel es schwer, sich zu konzentrieren. Sie mußte immer wieder an das finstere Zimmer und Tenebraes zusammengesunkene Leiche denken. Auf welche Weise hatte man ihn umgebracht? fragte sich Kathryn. Niemand hatte sich gewaltsam Zutritt verschafft, und der Magier war noch am Leben, als Morel hinaufging, nachdem alle Besucher gegangen waren.

»Ihr träumt mit offenen Augen!« fuhr Thomasina sie an. »Doch nicht schon wieder von dem Iren? Der macht Euch noch völlig verrückt! Ich weiß noch, was mein Vater immer über Iren gesagt hat …«

»Thomasina! Ich kenne die Äußerungen deines Vaters über Iren nur zu gut.«

»Na ja, er mußte es schließlich wissen«, erwiderte Thomasina. »Er war ja selbst Ire.«

Kathryn war verblüfft. »Das habe ich nicht gewußt, Thomasina.«

»Oh, ja, ein paar Jahre hat er beim Herzog von Cambridge gedient. Als Bogenschütze war er in Frankreich.«

Thomasina war im Begriff, mit ihrer Familiengeschichte fortzufahren, als es an der Tür klopfte. Ein alter, gebeugter, weißhaariger Mann schlurfte herein.

»Oh, es ist Hecken-Jack!« rief Thomasina.

Sie half dem Besucher, auf einem Hocker am Tisch Platz zu nehmen. Jack schenkte ihr ein zahnloses Lächeln. Die tränenden Augen zwinkerten vor Vergnügen.

»Thomasina, rund und fröhlich wie immer, was? Ein knuspriger Happen zwischen den Laken, he?«

Thomasina versetzte dem alten Mann einen freundschaftlichen Klaps auf die Hand, während Kathryn vor ihm in die Hocke ging. Sie hatte nie seinen richtigen Namen erfahren, aber alle Welt nannte ihn Hecken-Jack, denn er lebte draußen auf den Feldern in einer Lehmhütte am Stour.

»Was fehlt Euch, Jack?« fragte Kathryn.

»Ich habe Schmerzen«, klagte der alte Mann. Er öffnete den Mund und zog die trockene Lippe hoch, um ihr die entzündeten Kiefer zu zeigen. »Ich dachte, es würde von allein weggehen. Es hat mir immerzu weh getan, das. Als ich mit König Hai nach Agincourt ging, hat mir das Zahnfleisch höllische Schmerzen bereitet.«

Kathryn mußte über den alten Mann lächeln. Niemand wußte genau, wie alt er war, aber er behauptete, er sei im Jahr 1415, als König Heinrich V. bei Agincourt die Franzosen besiegte, ein kleiner Junge gewesen. Kathryn gab ihm etwas Hagebuttensirup, ein entzündungshemmendes Mittel aus wilder Hagebutte, sowie ein kleines Stück Baumwolle, mit dem er es auf das Zahnfleisch tupfen konnte. Sie schaute ihm in die listigen, alten Augen.

»Eigentlich seid Ihr aber nicht wegen Eures Zahnfleisches hier, oder, Jack?«

»Sie haben mir mein Ruhegeld nicht gezahlt«, stammelte der Alte. »Die Mönche in Christchurch. Auf das Geld habe ich ein Anrecht.« Er zog ein zerknittertes Pergament mit einem alten Siegel aus der Tasche. »Drei Schillinge alle drei Monate. Die gerissenen Kerle tun so, als wäre ich tot.«

Kathryn steckte dem alten Mann eine Münze zu.

»Nehmt den Hagebuttensirup, Jack. Thomasina wird Euch etwas zu essen einpacken. Morgen geht Thomasina zum Abt von Christchurch, das verspreche ich Euch.«

»Und ob«, sagte die Amme. »Ich werde diesem kahlgeschorenen Leisetreter von Almosenpfleger sagen, er soll seine Truhen aufmachen. Dann komme ich zu dir, Jack, mein Alter. Sorge dafür, daß genug Holz für ein warmes Feuer da ist.«

»Wenn du dableibst«, flüsterte Jack ihr zu, »ist es warm genug.«

»Pfui!« rief Thomasina in gespieltem Entsetzen.

Kathryn suchte das Weite, als Wuf in die Küche gestürmt kam. Während Thomasina das Essen einpackte, nahm der Junge Jack mit in den Garten, damit er ihm noch einmal, wie schon so oft, seine berühmten Abenteuer erzählte.

Allmählich wurde es dunkel. Kathryn zog sich in ihr Zimmer zurück, um sich zu waschen und ihr bestes Kleid aus dunkelgelbem Taft anzuziehen, das an Ärmeln und Hals mit weißem Leinen eingefaßt war. Sie setzte sich auf ihr Bett und kämmte sich. Was würden sie wohl beim Abendessen der Pilger erfahren? Colum klopfte an die Tür, sagte, er sei fertig.

»Ich komme gleich«, rief Kathryn zerstreut.

Sie zog eine Wollhose über, prüfte nach, ob ihr Unterkleid

richtig saß und legte ein wenig Farbe auf. »Das Vergolden der Lilie«, wie Colum es nannte. Dann steckte sie die Haare hoch, setzte eine dunkelblaue Haube auf und holte ein Paar weiche Lederstiefel aus dem Schrank. Colum wartete in der Küche auf sie. Er hatte ein schwarzes Wams angezogen, eine dazu passende Hose und lederne Reitstiefel. Um den Hals trug er seine silberne Amtskette, als wollte er die mächtigen Goldschmiede auf seine Position hinweisen; den großen, ledernen Kriegsgürtel hatte er über die Schulter gehängt. Als er Kathryn erblickte, fuhr er sich mit beiden Händen über Kinn und Wangen.

»Um Eurer Frage zuvorzukommen, Mistress, ich bin frisch gewaschen und rasiert.« Er strich sich über den Kopf. »Ich habe mir sogar meine goldenen Locken gekämmt.«

»Wozu soll das schon gut sein«, fauchte Thomasina. »Schließlich kann man aus einem Schweinsohr kein Seidentäschchen machen!«

Colum lachte.

»Ist Hecken-Jack schon fort?« fragte Kathryn, ehe Thomasina das Wortgefecht fortsetzen konnte.

»Oh, ja, der ist mopsfidel von dannen getrabt.«

Kathryn setzte sich neben Colum.

»Muß das sein?« fragte sie und deutete auf den Kriegsgürtel mit Schwert und Dolch.

»Canterbury ist heutzutage ein gefährliches Pflaster«, erwiderte Colum. »Wo Pilger sind, gibt es auch Diebe, Langfinger und Räuberbanden, die für einen Penny selbst einem Kind die Kehle aufschlitzen würden.«

Kathryn war im Begriff zu widersprechen, als es an der Tür klopfte. Agnes öffnete, und Kathryn zog ein langes Gesicht, als sie Foliots Stimme erkannte. Er schlenderte in die Küche, wie üblich ganz in Schwarz, als sei es unter seiner Würde, auch nur den Anschein zu erwecken, er wolle sich dem Anlaß entsprechend kleiden.

»Ihr habt eine Einladung erhalten«, sagte er und küßte Kathryn, die sich zur Begrüßung erhoben hatte, die Hand.

Zuvorkommend verneigte er sich vor Colum. »Da dachte ich

mir, wir könnten doch gemeinsam gehen.« Er klopfte mit der Stiefelspitze auf den Boden und schaute sich um. »Euer Ruf als Ärztin, Mistress Swinbrooke, eilt Euch voraus. Es muß sehr schön sein, ein Zuhause zu haben, einen Ort, an den man sich zurückziehen kann.«

»Habt Ihr denn kein Zuhause?« fragte Kathryn.

Foliot lächelte und zeigte auf Colum. »Fragt den Iren. Bei Hofe kann man sich nicht zurückziehen. Nun ja.« Er hielt inne, als die großen Glocken der Kathedrale zu läuten begannen. »Unsere Gastgeber erwarten uns.«

Colum, der über das Eintreffen Foliots nicht gerade begeistert war, murmelte, er wolle die Pferde holen. Kathryn verabschiedete sich von den anderen und führte Foliot auf die Straße hinaus. Colum kam mit den Pferden aus dem Stall eines nahegelegenen Wirtshauses. Foliot half Kathryn galant beim Aufsteigen. Dann brachen sie auf und ritten zu dritt über die Ottemelle Lane in die Saint Margaret's Street. Colum saß mit steifem Rücken auf seinem Pferd, während Kathryn sich über Foliots Schweigsamkeit wunderte. Sie beugte sich zu ihm hinüber.

»Kennt Ihr einen der Goldschmiede?«

»Nein, Mistress, aber ich kenne Menschen ihres Schlages: Ich erkenne den Typ – reich und mächtig, Nährboden für Leute wie Tenebrae. Wißt Ihr, Bankiers und Goldschmiede lieben die Macht. Sie bevorzugen Stabilität, die jedoch während des Bürgerkriegs nicht gegeben war. Infolgedessen verhandelten sie über dunkle Kanäle mit beiden Seiten. Heute haben sie Angst, daß ihre geheimen Sünden ans Tageslicht kommen.«

»Aber Tenebrae kannte ihre Geheimnisse?«

»Wahrscheinlich. Außerdem die Skandale aus ihrem Privat- oder Familienleben. Ich wette mit Euch um die besten Glacéhandschuhe, Mistress Swinbrooke, daß Tenebrae wegen seiner Gier nach Macht und Reichtum ermordet wurde.«

»Wie sagte doch Chaucers Ablaßkrämer«, rief Colum ihnen über die Schulter hinweg zu, »›Der Hang zu Reichtum ist die Wurzel allen Übels‹.«

»Ihr kennt Chaucer, Ire?«

520

Colum zügelte sein Pferd. »Ich habe seine *Canterbury-Erzählungen* gelesen.«

»Mein Großvater hat ihn persönlich gekannt«, erwiderte Foliot. »Der Dichter arbeitete als Lehrbursche im Zollamt.«

Kathryn unterdrückte ein Lächeln. Foliot hatte ins Schwarze getroffen und Colums Interesse geweckt. Die beiden Männer begannen, sich darüber zu ereifern, welche Geschichte die beste sei, und ob die Erzählungen besser seien als *Das Parlament der Vögel* oder *Das Buch der Herzogin*. Kathryn ließ sie streiten und klopfte ihrem Pferd den Hals; zuweilen fand sie Colums ständiges Zitieren Chaucers ermüdend, war aber jetzt froh, daß er Zerstreuung fand. Sie schaute sich auf der Saint Margaret's Street um. Die Pilger eilten zu dieser Zeit in Scharen in die Schenken und Gasthäuser zurück und schnatterten munter aufeinander ein. Manche kamen aus der Nähe, andere wiederum aus Grafschaften noch nördlich des Trent. Diejenigen unter ihnen, die breitrandige Hüte trugen, einen Stab und Jakobsmuscheln bei sich hatten, waren weithin als Berufspilger erkennbar, welche die Grabstätten der Heiligen Ursula in Köln oder des Heiligen Johannes in Compostela besucht hatten.

Die Händler hatten ihre Stände abgebaut. Nur vereinzelt hielten noch Hausierer oder dürre Bettler nach Kundschaft Ausschau. Am Hetzpfahl für Bullen vorbei gelangten sie auf den Buttermarkt von Burghgate. Dort hatte sich eine Gruppe Neugieriger um eine Bettlersfrau geschart, die einen verrückten Tanz auf glühenden Kohlen aufführte, welche man aus einem Kohlebecken entwendet hatte. Die arme Frau hielt eine Zeitlang durch, doch als die Schmerzen zu stark wurden, mußte sie zu einer Pferdetränke laufen und sich die verbrannten Fußsohlen kühlen. Kathryn hätte gern angehalten, aber Foliot schaute sich nach ihr um.

»Die Welt ist eben grausam, Mistress Swinbrooke. Daran können wir nichts ändern!«

Zufällig kam ein Mönch vorbei, der sich der Verrückten annahm. Sie durchquerten Burghgate und erreichten den großen, gepflasterten Hof des ›Turmfalken‹. Es war ein geräumiges, wohlhabendes Wirtshaus, dessen untere Etage aus roten Ziegelsteinen gemauert war. Die drei oberen Stockwerke bestanden aus schimmerndem rosa Putz und glänzenden schwarzen Balken unter breiten, hölzernen Dachtraufen. Die Fenster im Erdgeschoß waren aus gerahmtem Glas, manche sogar getönt oder bunt gefärbt. Entlang der Mauer standen hübsch angestrichene Ställe und Außengebäude. Stallburschen und Pferdeknechte waren eifrig damit beschäftigt, die Pferde zu füttern und für die Nacht fertig zu machen. Kathryn und ihre Begleiter stiegen ab, reichten den wartenden Stallburschen die Zügel und betraten die geräumige Eingangshalle aus frisch gescheuertem, honigfarbenem Sandstein. Gefache und Holzwerk waren erst vor kurzem gestrichen. Sir Raymond Hetherington und die anderen Pilger hatten an einem Fenstertisch im großen Schankraum Platz genommen. Sie hatten sich herausgeputzt, und die geröteten Gesichter, die blitzenden Augen, die schrillen Töne ihrer lebhaften Unterhaltung zeigten, daß alle schon ziemlich tief ins Glas geschaut hatten. Colum entschuldigte ihr Zuspätkommen, aber Hetherington winkte ab.

»Seid willkommen, willkommen!«

Ohne ein weiteres Wort zu verlieren, ging Hetherington allen voran eine breite, geschwungene Treppe hinauf in einen eigens für sie reservierten Raum im ersten Stock. Die Wände waren mit schimmernder, dunkelbrauner Eiche getäfelt. Ein kleines Feuer brannte im Kamin. In der Mitte des Raumes hatte man eine große Holzplatte auf Böcken aufgestellt und mit goldbesetzten, cremefarbenen Leinentüchern bedeckt. Über den Wandpaneelen flackerten und blakten Fackeln, und auf dem Tisch standen Bienenwachskerzen und Öllampen. Hetherington wies ihnen die Plätze zu: Kathryn zu seiner Rechten, Colum und Foliot zu seiner Linken, die übrigen Gäste nahmen entsprechend der Rangordnung Platz, derzufolge Fronzac und Brissot unterhalb des polierten, silbernen Salzfäßchens in Form eines Schiffes zu sitzen kamen. Rasch wurde das Essen aufgetragen; Brietarte, Pilzpastetchen, eine Rahmsuppe aus Schweinefleisch, Huhn in Rosenwasser, Gans, gerösteter Fasan und Kapaun in Pfeffersoße.

Der Wirt, der sich auf einen beachtlichen Gewinn freute, ließ seine Diener und Schankgehilfen springen. Zunächst verlief das Gespräch im Plauderton, obwohl Brissot, der Kathryn imponieren wollte, seinen Tischgenossen in weinseliger Laune eine Lektion über die Vorzüge von Salbei hielt.

»Es wird unter dem Einfluß von Jupiter gepflanzt«, posaunte er hinaus, »und ist gut für Leber und Blut. Salbei fördert den Urin, reinigt den Magen von Geschwüren und heilt Blutspucken und Auswurf.«

Kathryn schickte einen Blick ans Tischende und nickte wissend. Foliot nutzte das verlegene Schweigen und klopfte mit einem versilberten Zinnlöffel auf den Tisch.

»Sir Raymond, wir danken Euch für die Gastfreundschaft.« Er zwinkerte Kathryn, die nur wenig gegessen und noch weniger getrunken hatte, schalkhaft zu. »Aber wir müssen Euch noch ein paar Fragen zu Tenebraes Tod stellen.«

Er hielt inne und trank einen Schluck aus seinem Becher. Kathryn spürte, wie die Stimmung im Raum umschlug. Wenn diese mächtigen Leute gehofft hatten, Tenebraes Tod sei eine vorübergehende Erscheinung gewesen, dann wurden sie nun bitter enttäuscht.

»Ihr alle habt zwischen neun und zwölf Uhr mittags bei Tenebrae vorgesprochen«, fuhr Foliot fort. »Und wenn ich mich nicht irre, wart Ihr der erste Besucher, Sir Raymond?«

Der dicke Goldschmied rülpste zustimmend.

»Dann kamen Neverett, die hübsche Mistress Condosti, dann ich und Fronzac!« dröhnte Brissot lauter als beabsichtigt. »Zuletzt waren Master Greene und Witwe Dauncey bei ihm.«

Die anderen stimmten ihm im Chor zu.

»Seid Ihr sicher, daß es Tenebrae war?«

»Natürlich!« fuhr Greene ihn mit essigsaurer Miene an. »Was glaubt Ihr wohl, wen Ihr vor Euch habt, Mistress? Bauerntölpel?«

Seine Worte lösten eine Welle der Heiterkeit aus.

»Und wer hat die Reihenfolge festgelegt?« fragte Kathryn.

»Nun, wir alle«, schaltete Neverett sich ein. »Als wir nach Canterbury kamen, traf Master Fronzac, unser Schreiber, die

Verabredungen für uns. Jedem von uns wurde die gleiche Zeitspanne eingeräumt, ungefähr zwanzig Minuten mit kurzen Pausen dazwischen. Auch die Kosten waren dieselben, mindestens ein Silberstück.«

»Und wie hat Master Tenebrae diese Unterredungen durchgeführt?« fragte Kathryn.

»Ihr habt ja sein Zimmer gesehen«, begann Louise Condosti mit einfältigem Lächeln. »Manchmal konnte es furchterregend zugehen. Master Morel führte uns die Treppe hinauf und klopfte dreimal an die Tür. Immer dasselbe: Tenebrae fragte, wer da sei, und Morel antwortete: ›Jemand, der die Wahrheit sucht.‹«

»Und dann?« fragte Colum, der an der Vorstellung, wie leichtgläubig diese reichen, intelligenten Menschen waren, sichtlich Gefallen fand.

»Das hing von den jeweiligen Umständen ab«, antwortete Witwe Dauncey schnippisch. »Ich habe auf dem Hocker von Master Tenebrae gesessen. Man tauschte ein paar Höflichkeiten aus, aber dann stellte ich meine Fragen.«

»Welche zum Beispiel?« hakte Kathryn nach.

Die Witwe war verärgert und holte tief Luft, so daß die Nasenflügel bebten.

»Müßt Ihr das wirklich wissen?« fragte sie leise. Mit einem raschen Blick auf Foliots ungehaltene Miene seufzte sie. »Na schön, wenn Ihr darauf besteht. Es waren Fragen, die wohl jeder einem solchen Mann stellen würde: die Zukunft …« Witwe Dauncey hielt inne und Kathryn war klar, daß sie sehr vorsichtig war. Fragen nach der Stabilität des Königshauses oder der Gesundheit des Königs konnten als Verrat ausgelegt werden. Witwe Dauncey versuchte, ihre Verwirrung zu verbergen und nahm einen Schluck aus ihrem Kelch. »Welche Märkte gedeihen würden«, fügte sie hastig hinzu. »Welche Gefahren ich zu erwarten hätte.«

»Und wie hat Tenebrae darauf geantwortet?«

»Er benutzte die Tarotkarten: das Münz As steht für Glück; die Schwert Fünf bedeutet Verlust; die Münz Drei Gewinn; die Stab Fünf Bedrängnis.« Witwe Dauncey zuckte die Achseln.

»Und was hält die Zukunft für Euch bereit?« fragte Colum.

»Wohlstand!«

»Gilt das auch für die anderen hier?« fragte Foliot.

»Gefahr besteht immer«, fuhr Hetherington ihn an.

»Was ist mit dem Zauberbuch?« fragte Kathryn und beobachtete genau die Reaktion der Pilger. »Wozu hat Tenebrae das Zauberbuch des Honorjus benutzt?«

»Er las immer daraus vor«, meldete sich Greene. »Er sprach eine Beschwörungsformel, ehe er die Karten auslegte.«

Kathryn warf Colum einen kurzen Blick zu. Sie lügen, sagte ihr Blick, wir werden nie die Wahrheit aus ihnen herausbekommen.

»Wie sah das Zauberbuch aus?« fragte Colum.

»Ungefähr so groß wie ein Meßbuch, mit seltsamen Edelsteinen besetzt und in eine Art Kalbsfell eingebunden«, antwortete Greene.

»Ihr seid also alle zum vereinbarten Zeitpunkt zu Tenebrae gekommen?« fragte Kathryn.

»Ja«, antwortete Neverett. »Wie Witwe Dauncey bereits sagte. Wir saßen vor dem Tisch. Tenebrae war immer ganz in Schwarz, trug eine Maske und hatte die Kapuze tief ins Gesicht gezogen. Er sprach leise, aber tief und eigentlich nicht im Plauderton. Es wurde kein Wein gereicht. Tenebrae ließ mich zur Hintertür hinaus in den kleinen Vorraum. Von dort ging ich die Treppe hinunter zum Ausgang und trat in die Gasse hinaus, in der dieser Bogbean wartete.« Neverett lachte nervös auf. »Tenebrae legte stets großen Wert darauf, daß niemand, der ihn um Rat befragte, jemandem begegnete, der gerade das Haus verließ.«

»Habt Ihr seiner Weisheit denn Glauben geschenkt?« fragte Kathryn und schaute in die Runde. »Mächtige Goldschmiede! Ist Euch niemals in den Sinn gekommen, daß Tenebrae ein Spion war, der seine Hand überall – landauf, landab – im Spiel hatte? Daß er Einblicke gewann, die er unter dem Deckmantel der Magie weiterverwendete?«

»Wenn das nicht rechtens war«, fragte Hetherington, »warum hat man Tenebrae dann nicht ins Gefängnis gesteckt? Ich glaube, Master Foliot, selbst Ihre Majestät die Königin, der Herr möge sie beschützen, hatte mit dem Magier zu tun.«

»Die Geschäfte Ihrer Majestät in dieser Angelegenheit«, entgegnete Foliot, »sind kein Gegenstand für Plaudereien und gehören nicht in gewöhnliche Berichte.«

»Nun«, entgegnete Hetherington, dessen Gesicht inzwischen rot angelaufen war, bissig, »dann gehen unsere Geschäfte auch niemanden etwas an, Sir! Ja, wir waren bei Tenebrae, aber das ist schließlich kein Verbrechen. Wir waren vielleicht die letzten, die ihn lebend gesehen haben, aber beweist das schon einen Mord? Ihr seid seinem Diener Morel begegnet. Er ist eines Mordes ebenso fähig wie jeder andere. Und woher wissen wir, Master Foliot, was gesprochen wurde, als Ihr ihn am frühen Morgen aufgesucht habt? Ihr wart doch bei ihm, oder?«

In diesem Augenblick verlor der Gesandte der Königin zum ersten Mal ein wenig die Fassung. Foliot öffnete den Mund zu einer Antwort, besann sich aber eines besseren.

»Ach, kommt!« spielte sich Brissot auf. »Master Tenebrae war ein mächtiger Mann und hatte seine Feinde.« Er setzte ein altväterliches Lächeln auf. »Und ich bin sicher, die Wahrheit wird bald herauskommen.« Er streckte sich und gähnte. »Aber der Abend naht. Wie wäre es, wenn wir unseren Wein draußen im Garten trinken?«

Damit waren alle einverstanden. Die Atmosphäre im Raum wurde allmählich drückend, die Nerven lagen blank. Sie nahmen ihre Weinkelche und gingen die Treppe hinunter, durch den verlassenen Schankraum, in dem erschöpfte Küchenjungen sich auf Strohsäcken ein Nachtlager bereiteten. Draußen hinter der Schenke befand sich ein kleiner, gepflasterter Hof, der von einer Mauer und einem Gartentor umgeben war. Die Nachtluft war angenehm kühl und erfrischend nach dem überhitzten, stickigen Festsaal. Kathryn schaute bewundernd zu den Sternen hinauf, die den dunklen Himmel erhellten. Sie gingen durch das Tor und kamen in einen Kräutergarten. Der Duft von Zitronenmelisse, Petersilie, Rosmarin, Schafgarbe stieg Kathryn in die Nase. Nachdem sie an den Hühnerställen und Taubenschlägen vorbei gegangen waren, blieb sie plötzlich stehen und rümpfte die Nase über den beißenden Gestank. Brissot, der neben ihr ging und sie mit der Aufzählung zahlreicher wundersamer Heilungen erquickte, hielt in seinem Monolog inne. Auch Foliot fluchte und hielt sich die Nase zu, während Colum nur lachte.

»Habt Ihr denn noch nie Schweine gerochen?« fragte der Ire.

»Zum Wirtshaus gehört ein eigener Bauernhof«, erklärte Fronzac und zeigte auf einen kleinen Pferch, der durch einen hohen Zaun abgetrennt war. Kathryn hörte das Grunzen, Schaben und Stoßen der Schweine dahinter. Colum, dem der Schalk im Nacken saß, nahm sie beim Ellbogen.

»Kommt weiter, Kathryn«, flüsterte er ihr zu. »In Irland haben sich diese Geschöpfe als großartige Spaßmacher erwiesen.«

Colum führte sie zum Zaun, Fronzac und Foliot folgten ihnen, die anderen blieben stehen. Sie stellten sich auf einen Baumstumpf, und Kathryn warf einen neugierigen Blick über den Zaun. Sie schaute in ein Heer wütender Augen, borstiger Schnauzen, büscheliger Ohren, fetter Bäuche und vor Wut hoch erhobener Schwänze. Hastig stieg sie wieder herunter.

»Spaß, Ire?«

Trotz der Dunkelheit konnte Kathryn erkennen, daß Colum von einem Ohr zum anderen grinste.

»Mein Vater hatte einen kleinen Bauernhof«, sagte er. »Hin und wieder haben wir diese Tiere nur so aus Spaß freigelassen. Es sind keine Wildschweine; Hausschweine sind wütend und beißen. Man muß wie ein Windhund rennen, will man ihnen entkommen.«

Kathryn ging zu den anderen zurück. Louise Condosti, die sich ein Tuch vor Mund und Nase hielt, hatte sich schüchtern an ihren Verlobten gelehnt.

»Ich kann diese Tiere nicht ausstehen.«

»Fronzac ist begeistert von ihnen«, bemerkte Greene gehässig.

»Meinem Vater gehörte eine Schenke wie diese hier«, sagte der Schreiber. »In der Nähe von Mapledurham an der alten Straße nach Westen. Stundenlang konnte ich ihnen beim Fressen zuschauen.«

»Soll das unser einziger Zeitvertreib sein?« polterte Hethe-rington los und wandte sich an Colum und Foliot. »Wie lange, Sir, müssen wir denn in Canterbury bleiben?«

Colum schaute den Gesandten des Königs an.

»Heute ist Dienstag«, erwiderte Foliot bedächtig. »Wenn Tenebraes Tod auch Ende der Woche noch ein Rätsel bleibt, dann könnt Ihr abreisen.« Er hob eine Hand, um die Proteste zu unterbinden. »Aber wenn Ihr zurück in London seid, wer-den sich die Königlichen Gerichte mit der Angelegenheit be-fassen.«

Danach verabschiedeten sich Colum, Foliot und Kathryn. Kathryn hatte das sichere Gefühl, daß die Pilger froh waren, sie von hinten zu sehen. Sie bestiegen ihre Pferde und ritten hin-aus auf die vom Mond hell erleuchteten Straßen von Burghgate. Überall waren jetzt die Fensterläden geschlossen, und sie tra-fen unterwegs nur auf die eine oder andere streunende Katze und gelegentliche Bettler, die aus der Dunkelheit um Almosen baten.

Schweigend bogen sie in die Saint Margaret's Street ein. Foliot zügelte plötzlich sein Pferd und drehte sich zu Kathryn und Co-lum um.

»Nun«, fragte er. »Was schließt Ihr aus dem Ganzen?«

»Sie lügen«, sagte Kathryn. »Sie haben an den Magier geglaubt. Oh, nicht etwa, weil er ein Magier war, sondern weil er viel wuß-te, Tatsachen aufschnappte, Klatsch hier und Tratsch da.«

Foliot nickte. »Stimmt. Das ist die Arbeitsweise solcher Män-ner. Man geht zu ihnen und bekommt beim ersten Mal Honig ums Maul geschmiert. Sobald sie aber Euren Namen und Eure gesellschaftliche Stellung erfahren haben, ziehen sie Erkundi-gungen ein und sammeln Wissenswertes. Tenebrae war da nicht anders.«

»Glaubt Ihr, der Mörder war einer von ihnen?« fragte Colum.

Kathryn antwortete nachdenklich: »Was ist, wenn sie ihn alle zusammen umgebracht haben?«

Colum schaute zwischen den überhängenden Häusergiebeln hindurch in den sternenklaren Himmel.

»Aber Morel ging nach ihnen hinauf; er hat mit seinem Herrn gesprochen.«

Kathryn schüttelte den Kopf. »Woher wollen wir denn wissen, ob das stimmt? Tenebrae war ganz in Schwarz gekleidet und hatte das Gesicht hinter einer Maske und unter einer Kapuze verborgen; einer von den Kaufleuten hätte seine Stimme durchaus nachahmen können.«

Foliot lachte. »Ihr seid zu scharfsinnig, Mistress Swinbrooke.«

»Um Eure Frage zu beantworten, Colum«, fügte Kathryn freimütig hinzu, »ich glaube noch immer, daß einer von ihnen, wenn nicht sogar alle gemeinsam, Tenebrae umgebracht haben. Auf welche Weise oder wann, bleibt rätselhaft. Auch der Wein, das gute Essen und die Artigkeiten können nicht darüber hinwegtäuschen, daß eine gewisse Spannung und Wachsamkeit herrschen. Sie trauen einander nicht über den Weg.«

»Wie wollen wir also fortfahren?« fragte Foliot. »Ich könnte in die Schenke zurückkehren und sie durchsuchen, bis ich das Zauberbuch gefunden habe.«

Kathryn schüttelte den Kopf. »Das *Buch des Todes* ist irgendwo versteckt.« Sie kaute auf der Unterlippe. »Nein, wir müssen nur den losen Faden finden. Daran müssen wir ziehen, damit die Wahrheit aufgeribbelt wird.«

»Dann sputet Euch.« Foliot nahm die Zügel wieder auf. Er beugte sich vor und reichte Kathryn die Hand. »Wenn ich mit dem Zauberbuch nach London zurückkehre, wird Ihre Majestät ein Leben lang Eure Freundin bleiben, wenn nicht ...«

»Was, wenn nicht, Sir?« fuhr Kathryn ihn unfreundlich an. »Wollt Ihr mir etwa drohen?«

Im Schein einer Fackel, die an dem Türpfosten eines Hauses angebracht war, sah Kathryn Foliots traurigen Blick, der seine Gesichtszüge weicher erscheinen ließ.

»Ich würde Euch niemals drohen«, versprach er. »Aber die Königin. Sagt mir, Mistress Swinbrooke, was wäre Canterbury noch für Euch, wenn man Master Murtagh nach London zurückbeordert?«

Foliot wartete die Reaktion auf seine Worte nicht ab, sondern trieb sein Pferd zurück in Richtung Queningate. Kathryn schaute ihm nach. Der Magen krampfte sich ihr zusammen, und ihr Mund wurde trocken.

»Können sie das denn?« murmelte sie.

Colum schaute sie finster an.

»Antwortet mir!« fuhr sie ihn an. »Wären sie dazu in der Lage?«

Colum schlang die Zügel um eine Hand.

»Nach der Schlacht bei Tewkesbury«, sagte er, »hat der König mir zugesichert, daß ich diese Stellung lebenslang bekleiden würde. Es wäre jedoch nicht das erste Mal, daß eine solche Garantie zurückgenommen oder für ungültig erklärt wird.«

»Würdet Ihr denn zurückgehen?« Für Kathryn spielten weder die dunkle Straße noch Tenebraes Tod eine Rolle mehr.

Colum lächelte. »›Um meine Dame zu lieben‹«, zitierte er aus Chaucers Ritter, »›die ich liebe und der ich diene und stets dienen will, bis mein Herz nicht mehr schlägt‹.«

»Macht Euch nicht über mich lustig, Ire!«

Colum wurde ernst. »Nein. Ich habe Euch meine Antwort gegeben. Foliot und seine Herrin sollen bleiben, wo der Pfeffer wächst.« Er nahm Kathryns Zügel in die Hand und trieb beide Pferde vorwärts. »Ich für meinen Teil werde einen Laden in Canterbury eröffnen und Heilmittel verkaufen«, fügte er hinzu.

Kathryn funkelte ihn zornig an. Ihr war kalt geworden, nachdem Foliot seine Drohung ausgesprochen hatte. Sie war wütend, daß seine Worte ihr so viel ausmachten, doch dann erinnerte sie sich an seinen traurigen Blick und erkannte, daß Foliot sie stillschweigend warnen wollte.

»Glaubt Ihr, es gibt eine Lösung?« fragte Colum.

»Gegen jede Krankheit gibt es ein Mittel«, antwortete sie kurz angebunden. »Nur gegen die eine nicht.«

»Welche?«

»Ein gebrochenes Herz!«

Kathryn trieb ihr Pferd weiter, ohne auf die in die Straße hineinragenden Wirtshausschilder zu achten. Sie bogen in die Ottemelle Lane ein. Kathryn stieg ab, warf Colum die Zügel zu und ging in die Küche, während er die Tiere in den Stall brachte. Thomasina döste in der Herdecke vor sich hin. Sie zuckte zusammen und erhob sich geschwätzig, aber Kathryn bestand darauf, daß sie sich zurückzog.

»Nicht vor dem verdammten Iren, ganz sicher nicht!« brabbelte Thomasina vor sich hin. »Ich kenne seinesgleichen, weinselig wie sie sind, und ab geht die Post!«

»Thomasina!«

Die Amme schaute in Kathryns blasses Gesicht mit der energischen Kinnpartie und den Fältchen um die Augen. »Ich gehe zu Bett, Mistress«, sagte sie versöhnlich. »Mir scheint, das solltet Ihr auch.« Sie trat zu Kathryn und nahm ihre Hände. »Ist es der Ire?«

Kathryn nickte. »Kann sein, daß sie ihn nach London zurückholen.«

»Unsinn!« erwiderte Thomasina. »Kommt, Kathryn, soll sich der Ire doch allein zurechtfinden. Ich werde das Haus abschließen. Geht zu Bett und macht Euch keine Sorgen. Wie man in Irland sagt. ›Wir werden die Brücke verbrennen, wenn wir da sind‹.«

Auch Morel fand keinen Schlaf. Er saß in Tenebraes dunklem, magischem Zimmer auf einem Hocker und starrte auf den Stuhl, auf dem er seinen ermordeten Herrn gefunden hatte. Morel versuchte, den Ereignissen, die seine Welt hatten einstürzen lassen, einen Sinn zu geben. Tenebrae war ein harter Herr gewesen, aber der einzige, den Morel hatte. Vor vielen Jahren, als er noch von fahrendem Volk als Monstrum ausgestellt wurde, hatte Tenebrae ihn losgekauft. Oh, Tenebrae hatte ihn geschlagen, ihn in Angst und Schrecken versetzt. Dennoch hatte der Magier ihn gekleidet, ihn verköstigt, ihm ein weiches Bett mit einer Federdecke sowie Schränke, Truhen und Beutel voller Münzen gegeben. Morel war glücklich gewesen und hatte wie eine Fledermaus im Schatten von Tenebraes Größe Schutz gefunden. Jetzt war der Meister nicht mehr da. Morel konnte das nicht verstehen: Sein Meister konnte nicht sterben! Natürlich hatte er den Pfeil in

Tenebraes Hals gesehen, und das *Buch des Todes* war verschwunden, aber das gehörte doch gewiß zu einem geheimen Plan? Hatte sein Meister nicht gesagt: »Morel, ich kann kommen und gehen, wie ich will, kann sogar das Tal des Todes durchwandern und wieder zurückkehren!«

Morel starrte auf den leeren Stuhl und lauschte auf die Geräusche des Hauses. Etwas war ihm immer merkwürdig erschienen: Tenebrae hatte keine Haustiere, weder eine Katze noch einen Hund, aber in all den Jahren, die sie schon hier in diesem Haus lebten, hatte Morel nicht eine einzige Maus zu Gesicht bekommen, keine Ratte und keine Spinne.

»Wo seid Ihr, Meister?« flüsterte er in die Dunkelheit hinein.

Als wollte sie ihm antworten, stimmte die alte Zwergohreule, die in der Gasse unter dem Fenster nach Beute jagte, ein trauriges Geheul an. Morel seufzte. War das seine Antwort? Der Meister würde zurückkommen! Aber brauchte er dazu Hilfe? Würde er Morels Hilfe benötigen? Der Diener wurde unruhig. Wenn Tenebrae tatsächlich zurückkäme, würde der Magier ihn vielleicht belohnen? Ein Fest veranstalten? Ihm vielleicht ein paar Münzen geben? Oder würde er, wie es hin und wieder vorgekommen war, Morel eine Hure besorgen – ein unverbrauchtes, molliges Mädchen – und ihnen bei ihren Kapriolen im großen Bett seines Zimmers zusehen? Morel leckte sich die Lippen. Die Art und Weise, wie sein Meister gestorben war, verwirrte ihn. Er war sicher gewesen, daß Tenebrae alle Gäste aus der Goldschmiedezunft empfangen und wieder entlassen hatte. Bogbean sagte das auch. Morel hatte Bogbeans Erinnerungsvermögen etwas auf die Sprünge geholfen: Er hatte ihn mit einer Hand so lange gewürgt, bis der Türsteher mit blau angelaufenem Gesicht und hervortretenden Augen Morel keuchend versichert hatte, daß kein Betrug vorläge. Es gab keine geheimen Eingänge oder Ausgänge im Haus. Daher kam Morel nun zu dem Schluß, daß Tenebrae seinen eigenen Tod für einen bestimmten, ihm nützlichen Zweck inszeniert hatte. Der Diener rutschte auf dem Hocker hin und her und schaute zum roten Ziegenbock an der Zimmerdecke auf. Und die anderen? Der Ire, dessen Hände immer nervös am Dolch spielten? Und der scharfäugige Foliot, frisch vom königlichen Hof? Morel grunzte verächtlich. Aber Mistress Swinbrooke? Morels Augen verengten sich zu Schlitzen. Er wiegte sich sanft vor und zurück. Die Swinbrooke war gerissen: Sie hatte die Macht. Sie würde ihm helfen, Meister Tenebrae zurückzuholen.

Fünf

Kathryn wachte früh am nächsten Morgen auf. Sie hatte die ganze Nacht kaum ein Auge zugetan und sich unruhig von einer Seite auf die andere gewälzt, denn zum einen hatte Foliot ihr mit seiner Drohung Angst eingejagt, zum anderen versuchte sie, sich ein Bild davon zu machen, was an dem Morgen, als Tenebrae starb, geschehen war. Sie richtete sich auf, lehnte sich in die Kissen zurück und schloß die Augen. Noch einmal rief sie sich die dunkle Treppe in Erinnerung, die zum Zimmer des Magiers hinaufführte. Wenn Morel anklopfte, pflegte Tenebrae zu öffnen und den jeweiligen Besucher einzulassen. Sobald die Unterredung beendet war, ließ Tenebrae den Mann oder die Frau zum Hintereingang hinaus. Sie gingen dann im Vorraum an dem geschlossenen Fenster vorbei die Treppe hinunter. Waren sie einmal draußen, sorgten sowohl die verschlossene Tür als auch Bogbean dafür, daß sie nicht wieder hineingehen konnten. Trotz aller Bemühungen fiel Kathryn keine Lösung zu diesem Rätsel ein. Sie hämmerte mit den Fäusten auf die Decken, die sich vor ihr aufbauschten.

»Einer der Pilger«, flüsterte sie vor sich hin, »ist der Mörder.«

Da sie wußte, welche Gefahr das Grübeln mit sich brachte, stand sie auf, wusch sich, zog sich rasch an und ging hinunter in die Küche, wo Thomasina bereits damit beschäftigt war, das Feuer im Kamin anzufachen. Kathryn aß etwas Käse, Obst und altbackenes Brot und antwortete nur einsilbig auf Thomasinas scharfe Fragen.

»Erwarten wir heute morgen Patienten?« wollte Kathryn dann wissen. »Ich meine, etwas Ernstes?«

Ehe Thomasina antworten konnte, pochte es laut an der Tür. Thomasina machte auf und kam wieder in die Küche.

»Da steht so ein eingebildeter Amtsdiener aus dem Rathaus

vor der Tür«, verkündete sie. »Großmeister Luberon möchte Euch sprechen. Ich sehe nicht ein, warum er nicht herkommt. Ihr habt genauso viel zu tun ...«

»Still!« unterbrach Kathryn sie lächelnd. »Ist Colum schon fort?«

»Ausgeflogen wie ein Vogel«, antwortete Thomasina. »Er sah ungefähr so glücklich aus wie Ihr. Soll ich mitkommen?«

Kathryn schüttelte den Kopf, nahm ihren Umhang, drückte Thomasina gedankenverloren einen Kuß auf die Wange und trat auf die Ottemelle Lane hinaus.

Witwe Gumple rauschte vorüber und schenkte Kathryn ein falsches Lächeln. Kathryn nickte der selbstgerechten, einflußreichen Angehörigen des Gemeinderats von Saint Mildred zu. Wenn diese Frau sich doch nur nicht so lächerlich machen würde! Ständig stolzierte sie in ihren bauschigen Röcken durch die Straßen, schwankend wie ein Lastpferd, und ihr reichlich verzierter Kopfschmuck blähte sich wie ein Segel.

»Du wirst wie Thomasina«, sagte sich Kathryn leise.

Bettler Rawnose stand an der Ecke zur Hethenman Lane. Er winkte Kathryn zu sich und zeigte ihr den Schorf auf dem Kopf.

»Es ist schon viel besser«, plapperte er los und verzog das arme, entstellte Gesicht zu einem Lächeln. »Die reinste Zauberei. Ihr könnt zaubern, Mistress Swinbrooke.«

Kathryn war im Begriff, weiterzugehen, aber Rawnose hielt sie an der Hand fest.

»Habt Ihr schon gehört, daß Master Tenebrae tot ist?« Der selbsternannte Herold von Canterbury schürzte die Lippen und schüttelte das weise Haupt wie ein Königlicher Richter. »Die Dämonen sind mitten unter uns. Habt Ihr von dem Geistlichen in Maidstone gehört, der versucht hat, den Erzdiakon mit Hilfe einer Wachspuppe umzubringen? Er hat die Puppe mit Nadeln gespickt und ins Feuer geworfen. Angeblich soll er einen Teufel in einer Flasche bei sich tragen, der die jungen Mädchen in der Gemeinde ausspioniert. Aber das ist noch gar nichts«, plapperte Rawnose weiter, »verglichen mit einem Ratsherrn in Dover. Der hat drei Wachspuppen und etwas Gift bei einem Magier gekauft.

535

Die Puppen wurden auf die Namen des Sheriffs und zweier leitender Beamter getauft, in Pergament eingewickelt und zusammen mit dem Gift in Brotlaiben versteckt, die ins Rathaus geschmuggelt wurden. Und habt Ihr schon gehört …?«

»Genug jetzt«, unterbrach Kathryn ihn. »Rawnose, meine Arznei mag ja deinen Kopf geheilt haben, aber dein Mundwerk bleibt leider Gottes nicht stehen. Geh jetzt zu Thomasina. Sag ihr, ich hätte dich geschickt. Du kannst dort etwas essen und dich am Feuer wärmen.«

Kaum hatte sie den Satz zu Ende gesprochen, fegte Rawnose auch schon wie der Blitz um die Ecke. Kathryn ging weiter durch die Hethenman Lane. Der Tag würde schön werden; die Sonne schien warm vom wolkenlosen Himmel. Die Glocken verschiedener Kirchen riefen zur Messe. Über das Pflaster rumpelten Karren auf dem Weg zum Markt. Zwei einarmige Bettler schoben einen einfachen Schubkarren voll glänzender Steine vor sich her, die sie verkaufen wollten. Ein Mönch in staubbedeckter Kutte betete hinter ihnen den Rosenkranz. Eine Pilgergruppe versuchte, eine erschöpfte, bleiche Dirne, die auf dem Rückweg zu ihrem Bordell in Westgate war, nach dem Weg zu fragen. Auf beiden Straßenseiten stellten Händler und Kaufleute ihre Stände auf, stinkende Nachttöpfe wurden auf die Straßen entleert, und ein paar verwahrloste Kinder schrien vor Vergnügen auf, als sich der Inhalt eines Nachtgeschirrs über einen wichtigtuerischen Kaufmann ergoß. Kathryn erblickte den betrübt dreinschauenden Schreiber Goldere, der sich den vorstehenden Hosenlatz hielt. Rasch bog sie in eine Gasse ab; Goldere mit seinen immer neuen Beschwerden, die er ihr in allen Einzelheiten nur zu gern schilderte, konnte sie jetzt beim besten Willen nicht ertragen. Als sie die High Street erreichte, stellte Kathryn zu ihrer Überraschung fest, daß die Händler sich ruhig verhielten und der Hauptdurchgang von Pilgern frei war; selbst die herumstreunenden Hunde und Schweine hatte man verscheucht.

»Die Wandernden Richter des Königs«, flüsterte eine Frau ihr zu, »sind gerade in Canterbury eingetroffen.«

Kathryn blieb eine Weile stehen, während die große Richterprozession sich vom Rathaus zur Burg begab. Allen voran ritten zwei Herolde auf braunen Zeltern. Sie trugen große Banner mit den königlichen Wappen von England und waren in ihren blau-rot-goldenen Heroldsröcken prächtig anzusehen. Ihnen folgten zwei Amtsdiener mit weißen Stäben, ein Trompeter und vier Pagen, die in feierlichem Rhythmus auf Pauken schlugen, die fast so groß waren wie sie selbst. Dann kamen die Richter in ihren scharlachroten, mit Hermelin besetzten Roben und schwarzen Käppchen; sie waren umringt von einer Schar eigener Schreiber und Sekretäre. Den Schluß bildete der Karren, der bei den Zuschauern Grauen auslöste. Er hatte hohe Seitenwände und wurde von zwei riesigen Lastpferden mit gestutzten Mähnen und schwarzem Geschirr gezogen. Auf dem Karren stand der Scharfrichter, von Kopf bis Fuß in Schwarz und Rot gekleidet, das Gesicht hinter einer Maske verborgen. Neben ihm stapelten sich Werkzeuge für Folter und Strafe: ein provisorischer Galgen, ein Block, eine Axt und ein Schwert, Zange, Eisen und Handfesseln. Die Richter würden mindestens zwei Wochen in Canterbury bleiben und alle Fälle, die man ihnen vorlegte, einer genauen Prüfung unterziehen. Man würde Männer und Frauen hängen, auspeitschen, brandmarken, verstümmeln oder mit einer Geldstrafe belegen, wie es den freundlich dreinschauenden alten Männern in ihren weiten roten Roben gerade in den Sinn kam. Kathryn mußte plötzlich an die alte Hexe Mathilda Sempler denken und nahm sich fest vor, mit Luberon darüber zu sprechen. Sobald die Richter vorbeigegangen waren und die High Street wieder freigegeben wurde, eilte sie zum Rathaus und stellte überrascht fest, daß Luberon sie bereits auf der Treppe erwartete. Kathryn strich sich die Haare aus dem Gesicht.

»Tut mir leid, aber …«, versuchte sie sich heftig atmend zu entschuldigen. Die kleinen Augen des Schreibers strahlten vor Freude. Er nahm Kathryns Hände und errötete, als sie ihn auf die Wange küßte. Beinahe hüpfend führte er sie durch den stinkenden Korridor des Rathauses zu seinem Zimmer. In jedem Regal und auf jeder verfügbaren freien Fläche in dem weißgetünchten Raum stapelten sich Handschriften. Mit weitausholender

Geste bat Luberon Kathryn, auf dem einzigen Stuhl im Zimmer Platz zu nehmen, während er selbst auf einen hohen Hocker kletterte. Als er mit vor Aufregung leuchtenden Wangen auf sie herablächelte, mußte Kathryn unwillkürlich an einen freundlichen Kobold denken.

»Zunächst einmal«, verkündete Luberon und überreichte ihr eine kleine, beigefarbene Schriftrolle, die mit einem roten Band zusammengehalten war, »habe ich hier Eure Zulassung als Apothekerin und Gewürzhändlerin.«

Kathryn nahm die Rolle an sich, schloß die Augen und seufzte erleichtert auf.

»Simon, ich könnte Euch küssen!«

Der kleine Schreiber lief vor Verlegenheit rot an.

»Oh nein, nicht hier.« Er zwinkerte ihr zu. Dann wurde er wieder ernst, beugte sich vor und durchwühlte die Papiere auf seinem Schreibtisch. Schließlich hielt er eine kleine Wachsfigur in die Höhe. »Ihr solltet sie nicht berühren«, warnte er Kathryn.

Sie betrachtete das schwarze Wachs, den runden, vorgewölbten Kopf, in dem ein Nagel steckte und das große. T, das in den Körper geritzt war. »Das ist ja Tenebrae!« rief sie aus. »Sein Wachsebenbild, mit einem Nagel durchbohrt!«

Luberon warf es zu Boden und wischte sich die Finger an seinem Wams ab.

»Einer der Marktbüttel hat es gestern morgen gefunden. Es war an das Kreuz beim Buttermarkt genagelt. Er hat es mir erst gebracht, nachdem Tenebraes Tod bekannt geworden war.«

»Wer tut so etwas?« fragte Kathryn. »Warum macht sich einer die Mühe und stellt ein Abbild her, durchbohrt es und hängt es dann in der Öffentlichkeit auf?«

Luberon rutschte unruhig auf seinem Hocker hin und her. »Mir ist eingefallen, daß mein Vater mir einmal von dem Fall Bolingbroke berichtet hat, dem berühmten Londoner Zauberer, der auf dem Kirchhof von Saint Paul's in London hingerichtet wurde. Bolingbroke hat offenbar unablässig Krieg gegen andere Magier geführt. Jedenfalls«, fuhr Luberon fort, »muß man, um einen Magier umzubringen, zuerst ein Ebenbild herstellen, aus

538

dem ersichtlich ist, wie er sterben soll, und es dann in der Öffentlichkeit aufhängen.«

»Damit steht fest«, überlegte Kathryn, »daß Tenebraes Mörder, wer immer es war, mit dem Mut der Verzweiflung gehandelt hat.«

»Das heißt aber auch, daß es ein vorsätzlicher Mord war. Tenebrae sollte gestern sterben. Aber wartet.« Luberon stieg von seinem Hocker. »Da ist jemand, mit dem Ihr sprechen solltet.«

Er huschte aus dem Zimmer. Kathryn stieß die schwarze Wachspuppe mit der Stiefelspitze fort. Sie öffnete die Pergamentrolle und lächelte vor sich hin, während sie den Text in verschnörkelter, gestochen scharfer Schrift und die Siegel darunter betrachtete, die ihr das Recht einräumten, ein Geschäft als Apothekerin zu eröffnen. Kathryn schickte ein stummes Dankgebet zum Himmel. Seit über einem Jahr bemühte sie sich nun schon um diese Urkunde und hatte sich sowohl der Gegnerschaft der Kaufleute erwehren müssen – allen voran ihr Verwandter Joscelyn, der selbst auch mit Gewürzen handelte –, als auch jener, die sie schlichtweg um ihr Glück beneideten. Gedankenverloren betrachtete sie den Staub, der auf einem Pergamentstoß lag, und stellte eine kurze Berechnung an: Wenn sie ihre Arbeit als Ärztin sowohl für sich selbst als auch im Auftrag der Stadt fortsetzte, könnte sie sich mit den Erträgen aus dem Verkauf ein angenehmes Leben machen. Dann fiel ihr Foliots Drohung bezüglich Colum wieder ein.

»Wenn Colum fortginge«, flüsterte sie, »wäre alles sinnlos.«

»Mistress Swinbrooke?«

Kathryn fuhr zusammen, als Luberon einen untersetzten Mann mit sandfarbenem Haar in den Raum schob. Er trug einen langen, schmutzigen, mit Sägemehl bedeckten Umhang. Der Mann trat von einem Fuß auf den anderen und schenkte Kathryn ein verlegenes Lächeln.

»Darf ich Euch Thawsby vorstellen«, erklärte Luberon, »einen der besten Handwerker und Möbelschreiner von Canterbury. Er hat von Tenebraes Tod gehört und kam heute morgen früh zu mir, um mir eine merkwürdige Geschichte zu erzählen. Nun los, Mistress Swinbrooke möchte sie hören!«

»Was ist mit dem Iren?« maulte Thawsby. »Ich dachte, der Ire wäre hier. Ihr wißt schon, der Sonderbeauftragte des Königs?«

Kathryn lächelte. »Er wird von mir erfahren, was Ihr zu berichten habt, Master Thawsby.«

Der Mann schloß die Augen. »Vor einer Woche, nein, vor zehn Tagen – oder waren es neun …?«

»So fahrt schon fort!« zischte Luberon.

»Oh, ja, vor acht Tagen kommt Master Tenebrae in meine Werkstatt. Ich kenn ihn, Mistress, und ich hab' Angst vor ihm. Deshalb hab' ich ihn mit meinem Lehrburschen reden lassen, aber er hat mich natürlich in seiner üblichen anmaßenden Art zu sich gebeten. ›Master Thawsby‹, sagte er.« Der Zimmermann schlug die Augen auf und schaute Luberon an. »Ja, so hat er mich genannt, Master Thawsby. ›Ich möchte, daß Ihr mir ein Bett für meine Hochzeit anfertigt. Das größte und breiteste, das es gibt.‹ Er gab mir zwei Goldmünzen, beschrieb genau, was er wollte, und ging wieder. Gestern hab' ich mir Gedanken gemacht, weil ich sein Gold habe, aber er noch kein Bett.«

»Ich habe Euch doch gesagt«, murmelte Luberon, »daß Ihr das verdammte Gold behalten könnt!«

Kathryn mußte plötzlich an Colum denken und schmunzelte.

»Und Ihr solltet auch die Pläne für das Hochzeitsbett im Kopf behalten, Master Thawsby. Man weiß ja nie, wer der nächste Kunde sein wird.« Luberon schaute sie fragend an.

»Ich kenn Euch«, sagte Thawsby. »Ihr seid doch die Tochter von dem Arzt Swinbrooke. Ein guter Mann. Einmal …«

»Ja, ja«, unterbrach Kathryn seinen Redefluß, »aber seid Ihr sicher, daß Tenebrae um ein Bett für seine Hochzeit bat?«

»So sicher wie ich weiß, daß meine Frau Leberflecken auf dem Hintern hat.«

»Er ist nicht noch einmal gekommen?« fragte Kathryn.

»Nein. Jetzt braucht er wohl kein Bett mehr, oder?«

Kathryn bedankte sich bei ihm, und Luberon führte ihn hinaus.

»Nun«, sagte er schnaufend, nachdem er zurückgekommen

war und die Tür hinter sich geschlossen hatte. »Was fangt Ihr damit an, Mistress Kathryn?«

»Was will ein Mann wie Tenebrae mit einem Hochzeitsbett?« murmelte Kathryn.

»Thawsby hat noch etwas vergessen«, erwiderte Luberon. »Tenebrae hat gesagt, seine zukünftige Frau sei nicht aus Canterbury.«

Sogleich fiel Kathryn die hübsche Louise Condosti ein.

»Ich weiß, woran Ihr denkt.« Luberon hüpfte fröhlich von einem Fuß auf den anderen. »Die liebreizende junge Maid, die mit den Goldschmieden gekommen ist. Sie ist so rein, daß man meinen könnte, Butter würde in ihrem Mund nicht zergehen.«

Kathryn nickte. »Wenn Tenebrae heiratet, dann jemanden wie Louise. Jung, hübsch und reich.«

»Aber ob sie ihn umgebracht hätte?« fragte Luberon.

Kathryn zuckte die Achseln. »Ich glaube nicht, daß Hetherington von der Verbindung begeistert gewesen wäre, ganz zu schweigen von ihrem Verlobten Neverett. Und wie hätte der verrückte Morel wohl die neue Braut seines Meisters empfangen?«

»Sollen wir sie dazu befragen?« wollte Luberon wissen.

»Nein, ich will erst darüber nachdenken.« Kathryn erhob sich. »Aber Ihr könnt mir einen Gefallen tun, Simon. Was ist mit Mistress Sempler?«

Luberon stöhnte.

»Ihr habt die Richter gesehen«, antwortete er. »Mathildas Fall wird noch in dieser Woche verhandelt. Sie hat gestanden, Groll gegen Talbot zu hegen. Sie hat zugegeben, ihn verwünscht und einen Fluch niedergeschrieben zu haben.« Er hob die Schultern. »Wie Ihr wißt, ist Talbot gestürzt und hat sich das Genick gebrochen.«

»Habt Ihr es ihr vorgehalten?«

»Ja.«

»Und?«

»Nichts, nur einfältiges Lächeln. Sie will nichts zurücknehmen.«

»Wo ist sie untergebracht?« fragte Kathryn.

Luberon deutete nach unten. »Im Kerker. Ich bringe Euch hinunter.«

Kathryn folgte ihm aus seinem Schreibzimmer. Er führte sie an die Rückseite des Rathauses, wo ein Büttel an einer großen, eisenbeschlagenen Tür Wache stand. Luberon befahl ihm zu öffnen, nahm eine Fackel von der Wand und führte Kathryn auf glitschigen Stufen hinab in die stinkende Dunkelheit. Ein Wächter erhob sich und stellte sich ihnen in den Weg; ein dicker Mann mit knolliger Nase, der seinen Beruf offenbar sehr ernst nahm. Er rasselte mit den Schlüsseln und nickte theatralisch mit dem Kopf, als Luberon ihm etwas zuflüsterte. Dann führte er sie durch einen Gang, warnte sie vor den Pfützen auf dem Boden, öffnete eine Zellentür und winkte sie hinein. Mathilda saß auf ein paar Lumpen, die man auf verschimmeltes Stroh geworfen hatte. Sie war unverändert: helle Augen, das schmutzige Gesicht voller Narben, strähniges, graues Haar, das ihr auf die Schultern herabhing. Zunächst befürchtete Kathryn, die Frau hätte den Verstand verloren. Doch dann fing Mathilda plötzlich an zu gackern und beugte sich vor. Im Schein der Fackel bot ihr Gesicht einen garstigen Anblick.

»Ihr seid doch die Kleine vom Swinbrooke. Ich hab' Euren Vater gekannt. Ich hab' Euch etwas über Heilmittel erzählt.«

»Ja«, antwortete Kathryn. »Deshalb bin ich auch hier. Mathilda, die Richter des Königs sind nach Canterbury gekommen. Ihr werdet des Mordes und der Hexerei bezichtigt.«

Die alte Frau gackerte erneut.

»Mord ist Mord«, sagte sie geheimnisvoll. »Talbot hat bekommen, was er verdient hat.« Sie zuckte die Achseln. »Sie können mir nicht beweisen, daß ich ihn umgebracht habe.«

»Ihr habt ihn verwünscht.«

»Wenn ein Fluch eine Sünde ist«, entgegnete die Alte, »dann wäre jeder Kerker im ganzen Königreich bis zum Überlaufen voll.«

»Habt Ihr denn keine Angst?«

»Ach, ich bin nur eine alte Frau. Sie werden mich schon freilassen.« Sie beugte sich vor und berührte Kathryns Gesicht. »Ihr habt gute Augen, Kind. Ihr seid gekommen, um zu fragen, ob Ihr mir helfen könnt, nicht wahr?« Sie warf einen kurzen Blick über Kathryns Schulter auf Luberon, der hinter ihr stand. »Und Ihr seid der Stadtschreiber. Könnt Ihr diese Höllenhunde hier um ein ordentliches Stück Brot und einen Krug frischen Wein bitten?« Sie senkte den Kopf und schaute Luberon schräg an. »Wenn Ihr das für mich tut«, flüsterte sie, »dann werde ich Euch nie verwünschen.«

»Seid nicht boshaft«, entgegnete Kathryn. »Mathilda, ich werde Euch ein sauberes Kleid und etwas zu essen schicken.«

»Und ich werde dafür sorgen, daß man es Euch ein wenig bequemer macht«, versprach Luberon.

»Noch etwas?« fragte Kathryn.

»Ja.« Mathilda beugte sich vor. »Sagt diesem Weibsbild, dieser Mistress Talbot, daß es viele Arten von Hexen gibt.«

»Was wollt Ihr damit sagen?«

»Richtet es ihr einfach aus!«

Kathryn verabschiedete sich, verließ den Kerker und ging durch das Rathaus zurück zur Eingangstreppe.

»Man wird sie bestimmt hängen!« sagte Luberon mit Nachdruck.

»Ich weiß«, antwortete Kathryn. »Aber ich werde Mistress Talbot aufsuchen. Vielleicht hat sie Mitleid mit einer alten Frau und zieht die Anzeige zurück!«

Luberon schüttelte den Kopf, aber Kathryn eilte bereits die Stufen hinunter. Sie wußte, wo die Talbots wohnten und überlegte sich, was sie sagen wollte, während sie sich einen Weg durch die überfüllten Straßen und Gassen bahnte. Dabei achtete sie nicht auf das Geschrei der Lehrburschen, die gern hinter den Ständen hervorschossen und ihre Kundschaft am Ärmel oder am Kleid packten. Es war warm geworden, und die Straße war von Händlern und Pilgerscharen auf dem Weg zur Kathedrale versperrt. Nur einmal mußte sie für einen kleinen Leichenzug stehenbleiben. Ein Mönch mit staubiger Kutte, dessen Gebete weithin vernehmbar waren, führte ihn zu einem der Friedhöfe. Der Junge, der vor ihm herging, blieb immer

wieder stehen und läutete eine Glocke. Dann verkündete der
Mönch:

Bedenkt, ihr Menschen, aus Staub seid ihr gemacht,
und zu Staub sollt ihr werden.

Die Trauernden stapften hinterdrein; die meisten hatten beim
Leichenschmaus zu tief ins Glas geschaut. Schließlich erreichte Kathryn das Haus der Talbots. Es war ein alleinstehendes,
großes, zweistöckiges Gebäude mit Gitterfenstern und leuchtend rotem Putz. Vor dem Haus und an den Seiten waren Verkaufsstände aufgebaut, in denen sich Lederwaren stapelten,
die von zwei Gesellen und einer Reihe Lehrburschen bewacht
wurden.

»Selbst im Angesicht des Todes wird der Handel fortgeführt«,
murmelte Kathryn.

Sie ging auf die große Eingangstür zu, über der zum Zeichen
der Trauer ein Gebinde in Form eines Kreuzes hing, und klopfte laut an die Tür. Eine Magd öffnete und bat Kathryn in den
Flur, in dem die Zeichen der Trauer deutlicher waren. An den
Wänden und über den polierten Möbeln hingen schwarze Tücher. Aus dem kleinen Empfangsraum, in den man Kathryn
führte, hatte man alle Bilder und Wandbehänge entfernt. Der
Raum war in eine Leichenkammer verwandelt worden. Der Boden war frei von Binsen, die Wände mit purpurroten und
schwarzen Tüchern verhängt. Auf einem Tisch neben dem Kamin brannten zwei violette Kerzen vor einem offenen Tripty-
chon, das den leidenden Christus darstellte.

»Ihr wollt mich sprechen?«

Kathryn fuhr zusammen, als Isabella Talbot eintrat, gefolgt
von ihrem Schwager Robert. Man stellte sich kurz vor, und Kathryn beschlich sogleich ein unbehagliches Gefühl. Robert wirkte
traurig und verweint, Isabella hingegen, mit schwarzem Kopfschmuck, Schleier und einem modischen Kleid aus schwarz
abgesetztem Rot, sah fantastisch aus; sie hatte ein hübsches Gesicht mit scharfen, arroganten Zügen, die Mundwinkel veräch-

lich nach unten gezogen, als sei die Welt und alles, was darin war, weit unter ihrer Würde.

»Was wollt Ihr?« fragte Isabella scharf.

Kathryn sank der Mut; von Isabella konnte sie kaum Mitleid erwarten. »Ich heiße Kathryn Swinbrooke und bin Ärztin.«

»Das wissen wir«, unterbrach Robert sie unwirsch.

»Ich habe eine Bitte an Euch«, sagte Kathryn und wurde rot. »Ich war im Rathaus und habe Mathilda Sempler aufgesucht. Sie ist eine verrückte alte Frau. Dennoch wollt Ihr vor Gericht gehen und sie der Hexerei und des Mordes bezichtigen.«

»Das ist die Wahrheit!« fuhr Isabella sie an. »Sie hat ihre Pacht nicht bezahlt, deshalb hat mein Gemahl sie aus ihrer Kate geworfen. Sie hat ihn vor Zeugen bei der Kirche verwünscht. Dann war sie so unklug, einen Fluch zu schreiben und ihn unter unsere Tür zu schieben. Mein Gemahl...« Isabella hielt inne und blinzelte heftig, als wollte sie Tränen unterdrücken, aber Kathryn durchschaute ihre Falschheit. »Mein Gemahl«, fuhr Isabella fort, »war ein wohlhabender Kaufmann, überall hoch angesehen und geachtet. Mistress Semplers Angriffe haben seine letzten Tage überschattet und zu seinem Tod geführt. Die Macht von Hexen ist hinlänglich bekannt, Mistress Swinbrooke. Unsere Heilige Mutter Kirche«, schloß sie mit scheinheiligem Augenaufschlag, »lehrt uns, daß der Teufel wie ein Löwe über die Erde streift und nach Beute sucht, um sie zu verschlingen. Glaubt Ihr etwa nicht daran?«

»Ja, und Unsere Heilige Mutter Kirche lehrt uns Barmherzigkeit und Gerechtigkeit gegenüber allen Menschen. Mistress Sempler ist also, wie Ihr sagt, vor der Kirche an Euren Mann herangetreten?«

»Ja!«

»Die alte Frau hat demnach die Messe besucht und die Sakramente entgegengenommen?« fragte Kathryn.

»Die Lehre der Kirche besagt auch«, erwiderte Isabella schlagfertig, »daß der Teufel sogar als ein Engel des Lichts erscheinen kann.«

»Wie ist Euer Gemahl gestorben?«

»Er ist die Treppe hinuntergefallen.«

»Kann ich mir die einmal anschauen?«

Noch ehe Isabella antworten konnte, rauschte Kathryn an ihr vorbei auf den Flur und stieg die Treppe hinauf. Diese plötzliche Wendung hatte die Talbots völlig aus der Fassung gebracht. Robert stammelte einen Protest und lief hinter Kathryn her, die jedoch die steile Treppe erklomm und sich, oben angekommen, auf den Treppenpfosten stützte. Isabella und Robert traten in den Flur und beobachteten sie gespannt.

»Ja«, sagte Kathryn, ehe die beiden den Mund aufmachen konnten, »diese Treppe ist lang und steil. Ein Sturz könnte einen Mann ernsthaft verletzen oder gar töten.« Sie sah Isabella an. »Aber wäre es nicht möglich, daß er ausgerutscht ist?«

»Macht Euch doch nicht lächerlich!« erwiderte Isabella. »Tausendmal ist er die Treppe hinuntergegangen!«

»Das meine ich ja gerade«, sagte Kathryn. »Wieso ist er dann an jenem Tag so heftig gestürzt?« Zufrieden stellte sie fest, daß sich auf Isabellas Gesicht Verblüffung abzeichnete. »Ihr habt gerade selbst zugegeben«, fuhr Kathryn fort, »daß er die Treppe ständig benutzte. Und wenn ich vor Gericht erscheine, um das Wort für Mathilda Sempler zu ergreifen, werde ich auf diesen Umstand hinweisen.«

»Aha!« Isabella lächelte herablassend. »Aber darauf wollen wir ja hinaus, denn warum hätte er ausgerechnet zu diesem Zeitpunkt stürzen sollen, wenn nicht ein Fluch auf ihm lastete?«

»Welche Kleidung trug er?« fragte Kathryn.

»Normale Stiefel.«

»Wo sind sie?«

Isabellas Augenlider flatterten gequält.

»Wir haben sie den Armen gespendet.«

»Warum hatte Euer Gemahl es so eilig?«

»Wir haben in unserem Zimmer miteinander geredet«, antwortete Isabella. »Ich habe aus dem Fenster geschaut und gesehen, daß ein paar Gassenjungen etwas aus den Verkaufsständen stehlen wollten. Fragt ruhig die Lehrburschen, die werden es Euch bestätigen. Ich eilte hinaus, und mein Mann folgte mir. Danach habe ich einen Schrei gehört.« Sie hob die Schultern. »Der Rest ist Euch bekannt. Und, Mistress Swinbrooke, wo ist das Problem?«

»Ich versuche nur, mir Klarheit zu verschaffen«, sagte Kathryn. »Da ist ein Mann, der in solidem Schuhwerk die eigene Treppe hinuntereilt. Trotzdem rutscht er aus. Er hätte seinen Sturz doch bestimmt aufhalten und sich ans Geländer klammern können?«

»Genau.« Robert beugte sich vor und kratzte sich das Kinn. »Aber das hat er nicht getan, Mistress, weil er verwünscht war. Das nächste Mal, wenn Ihr ins Rathaus geht, seht Euch unsere beeidigte Aussage an. Was wir Euch gerade mitgeteilt haben, ist inzwischen allgemein bekannt.« Er warf seiner Schwägerin einen Blick über die Schulter zu. »Deshalb bitten wir Euch jetzt, uns zu verlassen, wenn Ihr keine weiteren Fragen habt.«

Kathryn folgte seiner Bitte und ging die Treppe hinunter. Sie spürte die bohrenden Blicke der Talbots im Rücken. Niemand brachte sie zur Tür. Auf der Straße blieb sie noch eine Weile stehen und blickte zum Fenster hinauf, dann zu den Ständen. Als sich eine Hand auf ihre Schulter legte, zuckte sie zusammen, drehte sich um und schaute in Colums grinsendes Gesicht.

»Laßt das, Ire! Ihr schleicht Euch an wie eine Katze. Was macht Ihr hier?«

»Ich war im Rathaus«, antwortete Colum, hakte sich bei ihr unter und führte sie sanft über die Straße. »Luberon war nicht da, aber ein Schreiber sagte mir, daß Ihr ein Gespräch mit ihm hattet und anschließend zu den Talbots gegangen seid. Deshalb bin ich hergekommen. Gibt es etwas Neues?«

»Ich habe meine Handelszulassung bekommen.«

Colum brach in Freudenrufe aus, womit er die Aufmerksamkeit aller Umstehenden auf sich zog, zumal er Kathryn fest in den Arm nahm und leidenschaftlich auf beide Wangen küßte. Kathryn versetzte ihm einen leichten Tritt gegen das Schienbein.

»Laßt mich los, Ire!«

Colum gab sie frei. »Freut Ihr Euch?«

»Ja«, sagte sie kurz angebunden. »Außerdem habe ich über

Master Foliots Drohung nachgedacht. Ihr seid glattzüngig, Ire, und würdet einen ausgezeichneten Händler abgeben.«

Colum lächelte verlegen, und noch ehe er sie weiter necken konnte, berichtete Kathryn ihm, was sie von Luberon erfahren hatte und wie ihr Besuch bei den Talbots verlaufen war. Colum blieb stehen und pfiff leise durch die Zähne.

»Die Talbots sind mir gleichgültig. Sie sind einflußreich und haben Beweise.« Er schaute Kathryn traurig an. »Am besten appelliert Ihr an ihre Barmherzigkeit. Aber Tenebrae wollte heiraten, wie? Fragt sich nur, wer die Unglückliche war?«

Kathryn wiederholte ihren Verdacht hinsichtlich Louise Condosti.

»Das können wir nicht beweisen«, sagte Colum. »Die zukünftige Braut könnte jede Frau im Königreich sein.«

»Aber er hat das Bett erst kürzlich in Auftrag gegeben«, verteidigte Kathryn ihren Standpunkt. »Überlegt doch einmal, Colum. Louise ist genau die Frau, an die sich Tenebrae heranmachen würde: jung, liebreizend, reich und verletzlich.«

»Durch Erpressung?« fragte Colum. »Was könnte er denn über eine so junge Frau wissen?«

»Das ist das Rätsel«, antwortete Kathryn. »Doch ich habe vor, es zu lösen.« Sie schaute die Hethenman Lane entlang. »Kommt, wir wollen uns beeilen. Da vorn sehe ich Rawnose – zweimal am Tag seine Neuigkeiten anzuhören, kann selbst der liebe Gott nicht verlangen.«

Kathryns Laune wurde nicht besser, als sie zu Hause ankamen. Wuf stürmte aus der Haustür und sprang aufgeregt auf und ab.

»Lublon ist da! Lublon ist da!«

»Du meinst Luberon?« fragte Kathryn.

»Ja, der kleine Dicke«, antwortete Wuf frech.

»Ich bin vielleicht klein, aber nicht dick!« Luberon kam ihnen mit hochrotem Gesicht schnaufend entgegen. »Gott sei Dank, daß ich Euch gefunden habe, Mistress, und Euch auch, Master Murtagh. Wir werden im ›Turmfalken‹ gebraucht.«

»Wieso?«

»Fronzac ist tot. Ist heute morgen munter wie ein Fisch im

548

Wasser aufgestanden, hat gefrühstückt, und ist dann zu den wilden Schweinen gegangen.« Luberon zog Kathryn am Ärmel und schob sie dann förmlich durch die Ottemelle Lane. »Er muß ausgerutscht sein.«

Kathryn rief sich den kleinen, graugesichtigen Schreiber in Erinnerung. »Oh Gott! Der Arme!«

»Tot«, fuhr Luberon fort. »Die Schweine haben ihn getötet. Der Himmel möge uns bewahren, Mistress, ich weiß, der Herr wird uns alle zu sich rufen, aber manchmal wählt er seltsame Wege.«

»War es ein Unfall?« fragte Colum.

Luberon zuckte die Achseln. »Ich weiß nicht. Foliot ist bereits dort. Er glaubt, daß böse Absicht im Spiel war.«

Luberon bat gar nicht erst um eine Wiederholung von Colums undeutlicher Entgegnung, sondern eilte weiter und ließ sich wortreich über die Gefahren aus, die einem von Schweinen drohte. Im ›Turmfalken‹ war es merkwürdig still; der Hof vor den Ställen war menschenleer. Auch im Schankraum hielt sich außer der Gruppe um Hetherington niemand auf. Sie hockten mit schreckensbleicher Miene an einem Tisch. Am Kopfende thronte Foliot wie ein Racheengel.

»Mistress Swinbrooke, ich grüße Euch.«

Er führte sie an den Tisch und rief einem blassen Küchenjungen zu, er möge etwas gewässerten Wein bringen.

»Was ist geschehen?« fragte Kathryn.

Hetherington nahm die Hände vom Gesicht und schaute sie über den Tisch hinweg an.

»Er stand auf, wie wir alle«, antwortete er, »kam herunter und nahm sein Frühstück ein.«

»Ich war bei ihm«, erklärte Neverett. »Er sagte, er wolle ein wenig an die Luft. Ich wußte, wohin er ging, denn das hat er jeden Morgen gemacht.«

»Und dann?«

Kathryn ließ Louise Condosti, die wie versteinert wirkte, nicht aus den Augen. Das grüne Kleid und der goldverbrämte Kopfschmuck hoben ihre bleiche Schönheit noch hervor.

»Keiner hat etwas gehört!«, sagte Hetherington mißmutig.
»Bis ein Diener hereingelaufen kam. Er hatte festgestellt, daß die
Schweine aufgeregter als sonst grunzten und umherliefen. Als er
auf den Zaun stieg, wollte er seinen Augen nicht trauen: Fron-
zac lag im Pferch, von den Hauern der Schweine aufgespießt.
Der Wirt und ein paar Knechte haben die Leiche herausgeholt.«
Hetherington verbarg das Gesicht wieder in den Händen. »Der
Herr sei mit uns!« stöhnte er. »Der Körper war eine einzige of-
fene Wunde!«

Kathryn stand auf. »Ein Diener hat ihn gefunden?«

»Ja, was soll die Frage?« fuhr Brissot sie an.

»Merkwürdig«, antwortete Kathryn. »Warum hat Fronzac sich
nicht bemerkbar gemacht? Oder geschrien? Oder um Hilfe gerufen?« Sie warf Foliot einen Blick zu. »Und wo ist die Leiche?«

»Im Nebengebäude. Ich zeige Euch den Weg.«

Luberon flüsterte ihr zu, er wolle lieber nicht mitgehen, aber
Kathryn und Colum folgten Foliot über den kleinen Hof, in dem
sie sich am Abend zuvor aufgehalten hatten. Ein übermüdeter
Knecht hockte mit dem Rücken vor einer Tür zum Nebengebäude. Als sie sich näherten, sprang er auf und öffnete die Tür. Foliot blieb stehen und schaute Kathryn an.

»Ich hoffe, Ihr könnt etwas vertragen, Mistress«, murmelte er.
»Selbst auf dem Schlachtfeld habe ich keine Leiche wie diese gesehen!«

Sechs

Kathryn betrat die kleine Hütte. Rings um das blutdurchtränkte Laken auf dem Tisch hatte man Öllampen aufgestellt. Kathryn achtete nicht auf den durchdringenden Gestank. Unter dem Laken erkannte sie Fronzacs Gliedmaßen: beim Anblick des blutigen Stumpfs, wo sich die scharfen Schweinezähne tief in den Fuß des Schreibers eingegraben hatten, wurde ihr übel.

»Nehmt das Laken fort!« flüsterte sie. »Und paßt auf die Öllampen auf!«

Colum deckte ihn auf und wandte sich sofort von dem zerfetzten, blutigen Gesicht des toten Schreibers ab.

»Jesus erbarme dich!« hauchte Kathryn.

Sie trat näher und dachte daran, was ihr Vater sie gelehrt hatte. »Schalte deine Gedanken aus, Kathryn. Denk nicht nach. Fleisch ist Fleisch, auf die Seele kommt es an.« Kathryn hatte Mühe, seinem Rat zu folgen: In Fronzacs Wangen und im Genick fehlten große Fleischstücke; die Finger sahen aus, als wäre er auf einem Streckbett gefoltert worden, ein Augapfel war von einem scharfen Huf eingedrückt worden. Colum drehte sich wieder um.

»Der Herr steh uns bei!« flüsterte er. »Der Mann war ein Narr, was wollte er so dicht bei den Tieren?«

»Helft mir, den Körper umzudrehen!« befahl Kathryn.

Colum gehorchte. Kathryn untersuchte den Rücken der Leiche sehr sorgfältig. Sie betrachtete die Stelle, an der der Schädel eingedrückt war.

»Was ist los?« fragte Colum.

»Dreht ihn wieder um!«

Colum folgte. Kathryn deutete auf Fronzacs Messer, das noch in der Scheide steckte.

»Rührt es nicht an!« sagte sie. »Wir wollen uns diese schrecklichen Schweine einmal ansehen!«

Luberon wartete vor der Hütte auf sie und redete mit dem Knecht.

»Mistress Swinbrooke«, sagte er. »Dieser Mann hier fand die Leiche.«

Kathryn gab dem Knecht die Hand. Sein pockennarbiges Gesicht war weiß wie eine Wand. Die Augen tränten, denn er hatte sich übergeben.

»Ich habe bei Towton gekämpft, Mistress«, begann er, »in dem schrecklichen Schnee; die Leichen stapelten sich hüfthoch, aber so etwas hat es da nicht gegeben!«

»Sagt mir, was passiert ist.«

Kathryn trat zu Colum, der sich die Hände unter einer Pumpe abwusch. Sie folgte seinem Beispiel und trocknete sich die Hände an der Innenseite ihres Umhangs. Der Knecht stand vor ihr und kratzte sich den Kopf. »Ich versuche gerade, es zu vergessen«, murmelte er.

»Bitte«, sagte Kathryn. »Wißt Ihr, der arme Mann dort« – sie zeigte auf die Hütte –, »starb nicht durch einen Unfall. Er wurde ermordet. Jedenfalls glaube ich das.«

Dem Knecht blieb der Mund offen stehen.

»Bitte«, wiederholte Kathryn.

»Ich wollte Wasser holen.« Der Knecht deutete auf den Schweinepferch. »Ich hörte sie aufgeregt grunzen, das kommt schon mal vor. Da sie keine Ruhe gaben, wurde ich neugierig. Ich kletterte auf den Zaun und schaute zu ihnen hinunter. Die Schweine liefen im Kreis herum. Auf den Flanken der Tiere sah ich Blut. Dann entdeckte ich einen Stiefel. Ich nahm ein paar Steine und warf sie auf die Schweine. Als sie sich zurückzogen, lag da die Leiche des armen Teufels.«

»Wie?« fragte Kathryn.

»Na ja, wie man eben so liegt.«

Kathryn zog eine Silbermünze aus der Börse und drückte sie dem Mann in die Hand. Sie deutete auf ein kleines Rasenstück.

»Zeigt es mir!«

Der Mann zuckte die Achseln, gehorchte aber. Er ging hinüber und legte sich mit gespreizten Beinen ins Gras, das Gesicht nach oben.

»Danke.« Kathryn half ihm auf die Beine. »Wie heißt Ihr?«

»Catgut.« Der Mann griente. »Na ja, zumindest nennt man mich so, es ist mein Spitzname.«

Kathryn lächelte. »Sagt mir, Catgut, wenn Ihr in den Pferch fallen würdet, was würdet Ihr tun?«

»Versuchen, herauszukommen.«

Kathryn lachte. »Nein, Ihr seid ein Kämpfer. Tragt Ihr einen Dolch bei Euch?«

»Klar!« flüsterte Catgut. »Der Mann hat seinen nicht einmal gezogen.«

Kathryn wandte sich an Colum. »Würdet Ihr das nicht auch tun?«

»Ich würde um mein Leben kämpfen.«

»Und was noch?«

Colum verzog das Gesicht. »Schreien und brüllen.«

Er lächelte. »Natürlich, keiner hat Fronzac schreien gehört!«

»Und was noch?« hakte Kathryn nach.

Colum schloß die Augen.

»Sagen wir, Ihr habt Euren Dolch verloren«, fuhr Kathryn fort. »Ihr könnt den Zaun nicht erreichen. Ihr würdet Euch doch bestimmt herumrollen, um Kopf und Gesicht zu schützen. Dennoch hat Fronzac vorn die meisten Verletzungen davongetragen, bis auf den schrecklichen Schlag auf den Hinterkopf.«

Kathryn ging, gefolgt von den anderen, am Schweinepferch entlang. Sie stieg auf den Baumstumpf neben dem Zaun und schaute hinüber; die Schweine bewegten sich im Kreis, borstige Rücken, Ohren mit Haarbüscheln, kurze, erhobene Schwänze, kleine, wütende Augen. Sie betrachtete die kurzen Beine und die kleinen Hauer zu beiden Seiten der vorstehenden Schnauzen.

»Gott sei Dank!« murmelte sie vor sich hin. »Wenigstens wurde Fronzac dieses Entsetzen erspart.«

Sie schaute sich um. Der Schweinepferch war ein weiträumiges Viereck, von starken Planken umzäunt, die an tief im Boden sitzende Pfosten genagelt waren. Außer einem Wassertrog und einem Futterbehälter stand sonst nichts in dem zertrampelten Morast. Auf der gegenüberliegenden Seite erblickte Kathryn ein kleines Tor, das etwas niedriger als der eigentliche Zaun war. Sie stieg herab und ging mit vorsichtigen Schritten um den Schweinepferch herum.

»Wonach suchen wir?« fragte Colum.

Kathryn blieb stehen und warf einen Blick zurück auf das Wirtshaus. Sie sah die Flügelfenster hoch oben im zweiten Stock unter dem Ziegeldach. Auf der anderen Seite des Pferchs jedoch war ihr der Blick auf das Wirtshaus versperrt. Sie folgte dem Pfad zu einer kleinen Pforte in der hohen Ziegelmauer, hob den Riegel und warf einen Blick in die Gasse.

»Wohin führt die?«

»In die Stadt«, antwortete Colum.

Kathryn schloß die Pforte und lehnte sich mit dem Rücken dagegen.

»Colum, habt Ihr einen Penny?«

»Natürlich. Ich habe sogar zwei. Wollt Ihr sie haben?«

»Nein, aber Catgut«, sagte Kathryn. »Ich möchte«, sagte sie und wandte sich an den Knecht, »daß Ihr die Büsche zu beiden Seiten des Schweinepferchs absucht.«

»Wonach soll ich denn suchen?«

»Das wißt Ihr, wenn Ihr es seht. Ein dicker Stock, ein Holzscheit; vielleicht ist es blutverschmiert und es kleben noch ein paar Haare des Toten daran.«

Catgut ließ sich nicht lange bitten. Eilfertig kroch er in die Büsche und begann, geschäftig zu rascheln. Foliot, der offenbar ins Wirtshaus zurückgekehrt war, während sie die Leiche Fronzacs untersucht hatte, kam mit raschen Schritten um die Ecke des Schweinepferchs. Nach einem kurzen Blick in Kathryns Augen und auf die hübschen, geröteten Wangen lächelte er.

»Es war Mord, nicht wahr?« fragte er. Er schaute zu den Büschen, unter denen Catgut noch immer im Laub raschelte.

»Ja, es war Mord«, sagte Kathryn. »Erstens war Fronzac nicht dumm; er ist auf dem Land aufgewachsen. Er wußte, wie gefährlich Schweine sind. Er würde nie auf den Zaun klettern und seine Beine wie ein Kind in den Pferch baumeln lassen. Nein, Fronzac kam auf diese Seite des Pferchs, weil sein Mörder ihn hierher bestellt hatte. Als er ihm den Rücken zuwandte, schlug der Mörder zu und traf ihn mit einem Holzscheit oder einem Stock auf den Hinterkopf. Das war nicht schwer; der Schweinepferch verhindert den Einblick vom Wirtshaus aus, während die Grundstücksmauer allen Passanten in der Gasse dahinter den Blick versperrt.«

»Deshalb hat Fronzac wohl auch nicht geschrien?«

»Genau«, antwortete Kathryn. »Entweder hat man seine Leiche über den Zaun geworfen oder sogar durch das Tor geschleppt. Die Schweine, die der Geruch des Blutes rasend machte, vollendeten die Arbeit des Mörders. Wäre Fronzac abgerutscht, hätte er seinen Dolch gezogen, hätte um Hilfe geschrien und bestimmt versucht, herauszuklettern.«

»Ich hab's!« rief Catgut und sprang aus den Büschen, das Gesicht von Dornen zerkratzt. Er hielt einen dicken Weißdornknüppel in die Höhe. »Das ist er!« rief er, schwenkte ihn in der Luft und lief zu Kathryn zurück.

Sie prüfte den Knüppel sorgfältig und deutete auf die Stelle, an der rotes, verfilztes Haar klebte.

»Also«, murmelte sie, »nun haben wir die Leiche und die Waffe, und wir wissen, wie der Mord ausgeführt wurde. Es bleiben noch zwei Dinge. Wer und warum?« Sie schaute Foliot an. »Ich wette um einen Beutel voll Silbermünzen, daß der Mörder jetzt dort im Schankraum sitzt.«

Colum drückte dem erfreuten Catgut rasch die Münzen in die Hand und trat wieder zu ihnen, ebenso Luberon, der noch immer blaß um die Nase war. Er warf einen ängstlichen Blick zurück auf den Schweinepferch.

»Heute habt Ihr etwas gelernt, Simon«, neckte Colum ihn freundlich. »Haltet Euch von Schweinen fern.«

»Ich werde es mir merken«, sagte Luberon mit erstickter Stimme. »Und Ihr könnt mir glauben, Ire, es wird lange dauern, bis ich wieder Appetit auf Schweinefleisch oder Schinken habe.«

555

»Geht zurück, Simon«, wies Kathryn ihn an, »und sagt den anderen Pilgern, sie sollen auf uns warten.«

Luberon eilte davon. Kathryn nahm Colums Hand, hielt sie fest und schaute Foliot an. Sie wollte ihn wegen seiner Drohungen vom gestrigen Abend zur Rede stellen, doch ehe sie das Wort ergreifen konnte, übernahm Colum es für sie.

»Ihr habt uns gestern einfach stehenlassen, Master Foliot.« Er ließ Kathryns Hand los und griff nach dem Dolch an seinem Gürtel. Der Ire trat einen Schritt vor; Foliot rührte sich nicht, ließ ihn jedoch nicht aus den Augen. »Ihr habt gesagt, daß ich vielleicht nach London zurückgerufen werde, wenn es mir nicht gelingt, Tenebraes Mörder zu entlarven.« Colum hatte Mühe, sein aufbrausendes Temperament zu zügeln. »Habt Ihr je einen Marsch unter brennender Sonne unternommen oder in Frost und Schnee übernachtet? Ich schon. Man hat mich zu Land und zu Wasser gejagt, und ich wurde von hohen Wellen hin und her geworfen. Ich mag es nicht, wenn man mir droht.«

Foliot trat einen Schritt zurück, warf den Umhang über die Schulter und legte eine Hand an den Schwertgriff.

»Droht Ihr jetzt mir, Ire?«

»Halt!« Kathryn trat zwischen die beiden und wandte Colum den Rücken zu.

»Was ist, Mistress?« fragte Foliot höhnisch. »Wollt Ihr Euren Iren schützen?«

Colum war nahe daran, sich wütend auf ihn zu stürzen, doch Kathryn drückte sich gegen ihn.

»Seid kein Narr«, flüsterte sie. »Mein Ire ist kein eitler Prahlhans. Er würde Euch den Kopf abschlagen.« Sie trat von Colum zurück.

»Tut mir leid, wenn ich Euch bedroht habe.« Foliot hob beide Hände, um seine friedliche Absicht zum Ausdruck zu bringen. Er schaute sich rasch in dem kleinen Garten um, als fürchte er ungebetene Lauscher. »Ihr kennt die Königin«, flüsterte er heiser. »Ich sage Euch beiden nur das eine. Tenebrae kannte ein schreckliches Geheimnis. Was es war, weiß ich nicht. Aber glaubt mir, Ire, wenn ich mit leeren Händen nach London zurückkehre, wird jeder – und ich meine wirklich jeder, auch ich – die Wut der Königin zu spüren bekommen.«

Colum entspannte sich. »Wenn es so ist, dann wollen wir dafür sorgen, daß Ihr nicht mit leeren Händen zurückkehrt!«

Sie gingen zurück ins Wirtshaus, wo Luberon und die Pilger auf sie warteten. Der Schreiber hatte den Pilgern offenbar berichtet, was Kathryn herausgefunden hatte. Hetherington wirkte sichtlich bestürzt; Greene zupfte nervös an einem losen Faden. Witwe Dauncey tuschelte mit Brissot, während Neverett und die hübsche Louise nebeneinander saßen und sich krampfhaft an den Händen hielten. Kathryn legte die blutige Weißdornkeule auf den Tisch.

»Master Fronzac ist ermordet worden.« Rasch beschrieb sie, wie sie zu dieser Schlußfolgerung gekommen war.

Die Pilger hörten ihr mit unbewegter Miene zu.

»Es muß einer von uns gewesen sein«, meldete sich Hetherington zu Wort.

»Ja«, sagte Kathryn. »Anders kann es nicht sein.«

»Aber warum?« fragte Neverett. »Warum sollte jemand den armen Fronzac umbringen? Er war ein fähiger, fleißiger Schreiber.«

»Hatte er Feinde?« fragte Colum.

Neverett verzog das Gesicht. »Wer hat die nicht, Ire? Rivalen, persönliche Abneigungen, aber bestimmt nicht Haß und Bosheit, die zu einem Mord führen. Er stellte für niemanden eine Bedrohung dar.«

Hetherington schaltete sich ein. »Außer vielleicht für Tenebraes Mörder?«

»Ja«, sagte Kathryn. »Und ich will offen sein. Tenebrae wurde von jemandem in diesem Raum umgebracht. Fronzac hat etwas erfahren, der Himmel mag wissen, auf welche Weise. Weil er es wußte, wurde er ermordet.« Sie hielt inne, und ihre Worte hingen wie eine Henkersschlinge über den Pilgern.

»Hat Fronzac etwas gesagt?« fragte Colum. »Gestern abend etwa, oder heute morgen irgend etwas Ungewöhnliches? War er still oder in sich gekehrt?«

»Ganz im Gegenteil.« Brissot, dessen sauber gestutzter

Schnurrbart sich vor Erregung sträubte, bewegte sich unruhig auf seinem Hocker und trommelte mit den Fingern auf die Tischplatte. »Er war so froh wie schon lange nicht mehr. Nachdem Ihr gestern abend fort wart, blieb er noch ein wenig mit mir hier unten sitzen. Wir haben uns einen Krug Wein geteilt, über Tenebraes Tod und anschließend über die Angelegenheiten unserer Zunft in London gesprochen. Fronzac sagte, er werde wahrscheinlich bald umziehen, in ein größeres Haus in der Nähe des Wirtshauses ›Zum Bischof Ely‹ nördlich von Holborn ein Haus mit Garten und Karpfenteich.«

»Hat er sich über die Quelle seines neuen Wohlstands geäußert?« fragte Kathryn.

»Nein«, antwortete Brissot, bebend vor Wichtigkeit. »Das Thema haben wir nicht berührt. Aber immerhin war er Junggeselle und muß Geld gespart haben.«

»Ja, das hatte er«, fügte Hetherington rasch hinzu. »Er hat sein Geld bei mir deponiert. Master Fronzac war nicht gerade wohlhabend, aber er besaß genug, um sich ein angenehmes Leben zu leisten.«

»Hat er auch mit anderen gesprochen?« fragte Kathryn.

Die Pilger schauten sie schweigend an. Brissot wandte sich um und deutete auf Louise.

»Mistress Condosti, mit Euch hat er geredet. Wißt Ihr noch? Nachdem wir den Schankraum verlassen hatten, kehrten wir in unsere Zimmer zurück. Da kamt Ihr auf den Flur, weil Ihr eine neue Kerze gesucht habt. Er hat Euch zur Seite genommen und Euch etwas zugeraunt.«

Die junge Frau war so bleich geworden, daß Kathryn schon befürchtete, sie würde in Ohnmacht fallen. Sie öffnete den hübschen Mund zu einer Antwort, senkte dann aber den Kopf und begann zu schluchzen.

»Worüber hat er geredet?«

Louise schüttelte den Kopf und tupfte sich die Augen.

»Quält sie doch nicht!« polterte Neverett los und stieß seinen Hocker zurück.

»Setzt Euch«, sagte Colum energisch.

»Ich werde Mistress Louise unter vier Augen befragen«, schaltete Kathryn sich ein. »Das hat Zeit. Hat noch jemand mit Fronzac gesprochen?«

Wieder schwiegen alle.

»Heute morgen kam er herunter, um sein Frühstück einzunehmen«, sagte Hetherington erschöpft. »Da wurden die üblichen Höflichkeiten ausgetauscht.«

»Was geschah dann?« fragte Kathryn. »Ich will es genau wissen.«

»Er sagte, er müsse in den Garten gehen.«

»Er müsse?« hakte Kathryn nach. »Hat er wirklich gesagt, er müsse in den Garten, Sir Raymond?«

»Ja, ja.«

»Und wo waren die anderen?«

Alle antworteten gleichzeitig. Kathryn gebot dem Stimmengewirr Einhalt und befragte jeden einzeln. Hetherington und Greene sagten, sie seien in ihren Zimmern gewesen. Neverett behauptete, er sei in die Stadt gegangen, um sich den Markt anzusehen. Seine Verlobte, Louise Condosti, betupfte noch immer die Augen und piepste mit einfältigem Lächeln, sie sei in ihrem Zimmer geblieben. Witwe Dauncey und Brissot erklärten ebenfalls, sie hätten einen Morgenspaziergang in die Stadt gemacht, um die Stände und Läden in Queningate zu besuchen.

»Demnach ist niemand in den Garten gegangen?« fragte Kathryn.

Sie drehte sich um und rief den Wirt zu sich, der an der Küchentür lehnte. Er kam eilfertig herbei, die sonst so fröhlichen Augen schauten sie in feierlichem Ernst erwartungsvoll an.

»Ihr habt gehört, was hier gesprochen wurde?« fragte Kathryn. »Master …?«

»Byward«, antwortete der Wirt. »Anselm Byward.«

»Könnt Ihr es bestätigen?« fragte Kathryn.

Byward nickte. »Catgut hat mir seine Geschichte schon erzählt.« Er wischte sich die Hände an der Schürze ab. »Ich habe alle gefragt: Küchenjungen und Pferdeknechte. Sie sagen alle, daß nur der Mann, der umgebracht wurde, in den Garten ging. Außerdem habe ich gerade von meiner Frau erfahren, daß die Pforte hinter dem Schweinepferch erst entriegelt wurde, nachdem man die Leiche gefunden hatte. Um ehrlich zu sein, Mistress, wenn jemand in den Garten gekommen ist, dann muß er über die Mauer gestiegen sein.«

Kathryn bedankte sich bei dem Wirt, der sich wieder auf seinen Lauschposten begab, um dem weiteren Verlauf dieses Schauspiels zuzusehen und darüber zu spekulieren, ob es dem Geschäft nun schadete oder nicht.

»Worauf wollt Ihr mit all Euren Fragen eigentlich hinaus?« fuhr Greene Kathryn an.

»Auf nichts Bestimmtes«, entgegnete Kathryn. »Fronzac verließ den Schankraum und sagte, er müsse in den Garten gehen; das heißt, es war nicht einfach nur ein vergnüglicher Zeitvertreib am Morgen. Ich vermute, er war im Begriff, sich mit seinem Mörder zu treffen.«

»Aber niemand folgte ihm«, fuhr Brissot auf.

»Der Mörder könnte ja auch über die Mauer geklettert sein«, knurrte Hetherington. »Will sagen, Mistress« – er tätschelte sich den dicken Bauch –, »daß ich nicht der Mörder bin. Ich habe schon Mühe, eine Treppe hinaufzusteigen, geschweige denn auf hohe Mauern zu klettern.«

»Wer sagt Euch denn, daß sie hoch ist?« unterbrach Foliot.

»Ich war da draußen«, brauste Hetherington mit wütend verzerrtem, hochrotem Gesicht auf. »Ihr geht mir langsam auf die Nerven, Sire. Wo wart Ihr denn heute morgen?«

Alle Augen richteten sich auf den Gesandten der Königin, und Kathryn verwünschte im Stillen ihre Dummheit. Niemand war über jeglichen Verdacht erhaben. Foliot war ein zungenfertiger Höfling, der hinter vorgehaltener Hand von großen Geheimnissen sprach, aber konnte er nicht auch der Mörder sein? Er hatte Tenebrae an dessen Todestag frühmorgens aufgesucht. Er wußte auch, wo sich die Pilger aufhielten. Foliot schien ihre Gedanken zu lesen und lächelte verschlagen.

»Ich habe ein Alibi«, verkündete er. »Geht in das Wirtshaus, in dem ich wohne, und Ihr werdet feststellen, daß ich mehr Zeugen habe, als eine Kirche an Sonntagen Besucher hat.«

Luberon beugte sich zu Kathryn hinüber. »Mistress«, flüsterte er. »Diese Fragerei führt zu nichts.«

Kathryn mußte ihm recht geben und stand auf. »Louise«, forderte sie die dunkeläugige Schönheit, die an der Schulter ihres Verlobten lehnte, lächelnd auf. »Ich muß Euch unter vier Augen sprechen.«

Louise schaute mit flatternden Augenlidern auf, und warf Hetherington, der sich das Gesicht mit beiden Händen rieb, einen durchdringenden Blick zu.

»Es ist nicht nötig, daß Euch jemand begleitet«, beharrte Kathryn, »außer vielleicht Sir Raymond.«

Hetherington berührte die Schulter der jungen Frau.

»Willst du das?«

Louise nickte.

»Und was ist mit mir?« rief Richard Neverett mit besorgter, verstörter Miene und sprang auf.

»Du bleibst hier!« befahl Hetherington wichtigtuerisch und erhob sich.

Der Zunftmeister führte Kathryn und Louise die Treppe hinauf in sein reich möbliertes Zimmer im ersten Stock. Die Wände schimmerten weiß, auf dem Steinfußboden lagen Läufer, und an der Wand hingen Gobelins in leuchtenden Farben. Das Himmelbett aus lackierter Eiche zierten grüne, goldfarbig abgesetzte Vorhänge. Es gab einen Tisch, ein paar Hocker, einen Schrank und zwei Stühle mit hohen Rückenlehnen. Hetherington schloß die Tür, winkte Kathryn und Louise zu den Stühlen, zog sich einen Hocker heran und setzte sich ihnen gegenüber. Kathryn wischte die leicht verschwitzte Handfläche an ihrem Kleid ab, während sie versuchte, das aufgeregte Kribbeln in ihrem Bauch zu unterdrücken. Es war dasselbe Gefühl, das sie stets überkam, wenn sie einen Patienten untersuchte und die Ursache für eine rätselhafte Krankheit entdeckte. Zum ersten Mal sollte die von den Goldschmieden errichtete Mauer des Schweigens zum Einsturz gebracht werden.

»Mistress Condosti«, begann Kathryn unumwunden. »Ich muß Euch über Eure Beziehung zu Tenebrae befragen.«

Die Unterlippe der jungen Frau begann zu zittern.

»Bitte«, meinte Kathryn, »ich will Euch nicht quälen oder belästigen. Hatte Master Tenebrae die Absicht, Euch zu heiraten oder hat er es Euch vorgeschlagen?«

Louise riß die Augen auf. Kathryn bemerkte den leicht verschlagenen Blick und wußte, daß sie ihr Ziel verfehlt hatte.

»Mistress Swinbrooke!« Louise lächelte. »Ich und Tenebrae heiraten!« Sie warf den Kopf in den Nacken und lachte laut.

Kathryn schaute kurz zu Hetherington; auch er lächelte sichtlich erleichtert. Erst denken, dann reden! sagte sie sich reumütig. Beim Ausfragen ihrer Patienten hatte sie sich eine gewisse Geschicklichkeit angeeignet, aber als sie Louise nun lachen hörte, erkannte sie, daß sie noch viel lernen mußte.

»Wie kommt Ihr denn darauf, Mistress Swinbrooke?« prustete Hetherington los.

Kathryn zuckte die Achseln. »Ich schaffe mir nur Hindernisse aus dem Weg; eins nach dem anderen!« Sie beschloß, den Stier bei den Hörnern zu packen. »Ich weiß genau, daß Tenebrae Euch erpreßt hat, nicht wahr, Louise?«

Das Lächeln auf den Lippen der Frau erstarb.

»Oh, es ging nicht um Geld«, fuhr Kathryn fort. »Auch nicht um politische Untertanenpflichten oder weil Ihr den Feinden des Königs Hilfe oder Trost gespendet hättet. Etwas, wie soll ich sagen, Persönliches?«

Louise nickte. Tränen standen ihr in den Augen.

»Ich werde für sie antworten«, sagte Hetherington. »Wie Ihr wißt, ist Mistress Condosti mein Mündel. Ich habe ihr jede Annehmlichkeit und jeden Luxus ermöglicht, sie hatte alle Freiheit, die sie wollte. Vielleicht ein wenig zuviel.« Er beugte sich vor und tätschelte liebevoll Louises Hand. »Vor zwei Jahren, Mistress Swinbrooke, wurden der König und das Haus York entmachtet. Margaret von Anjou und das Haus Lancaster hielten Einzug in London. Mit dieser Armee kamen viele Abenteurer, darunter auch ein verarmter französischer Adliger,

Charles de Preau. De Preau war gutaussehend, charmant, verwegen und galant.« Hetherington hielt inne und fuhr sich mit der Zunge über die Lippen. »In London herrschte ein einziges Durcheinander. Die Lancastrianer brauchten dringend Geld. Ich und die Goldschmiede wurden zu unzähligen Banketten und Festlichkeiten geladen. Der eigentliche Zweck bestand darin, Gelder zu möglichst niedrigen Zinsen zu leihen. Louise begleitete mich zu einer auserlesenen Abendgesellschaft im Palast: Es wurde gefeiert, getanzt, gezecht – selbst aus den Springbrunnen floß Wein. Dort lernte sie de Preau kennen: redegewandt, feinste Manieren und erfahren in allen Finessen der Liebeskunst.« Hetherington warf Kathryn einen kurzen Blick zu. »Was soll ich sagen, Mistress Swinbrooke? Louise war wirklich fast noch ein Kind. Sie schenkte de Preau ihr Herz; er hat sie verführt.«

Louise hatte sich hoch aufgerichtet, die Hände im Schoß, und starrte auf den Boden.

»Louise ist keine virgo intacta mehr, sie ist Ware aus zweiter Hand, wie boshafte Zungen sagen würden.«

»Ein solches Vorkommnis«, entgegnete Kathryn heiter, »ist kein Grund zur Verurteilung.« Sie lächelte Louise an. »Das Herz ist mitunter ein unberechenbarer Führer, aber wie kommt es, daß Tenebrae davon erfuhr?«

»Weil ich schwanger wurde, Mistress Swinbrooke«, nuschelte Louise. »Zwei Monate darauf verließen die Truppen des Hauses Lancaster London, und de Preau fand bei Barnet den Tod. Ich hatte eine Fehlgeburt, weil das Kind in mir starb. Tenebrae muß davon Wind bekommen haben.«

»Wer hat sich um Euch gekümmert?« fragte Kathryn.

»Brissot«, antwortete Hetherington.

»Aha!« Kathryn lehnte sich zurück.

»Das soll nicht heißen«, versicherte Hetherington, »daß Brissot die Quelle war. Auch andere wußten es.«

»Auch Euer Verlobter Neverett?« fragte Kathryn.

»Ich glaube, ja«, erwiderte Louise schüchtern. »Eines Tages werde ich mit ihm darüber sprechen müssen.« Sie fuhr sich mit den Fingern über den Mund, und Kathryn fiel auf, daß sie zitterte. »Aber wie Sir Raymond schon sagte, es wäre ungerecht gegenüber Brissot, nicht darauf hinzuweisen, daß auch andere davon wußten.«

»Wer?« fragte Kathryn.

»Mitglieder der Zunft«, antwortete Hetherington. »Greene und Witwe Dauncey haben es zweifellos vermutet.«

Kathryn beobachtete Louise. Sie zeigte keine Erleichterung, die Hände zitterten noch, als sie mit den goldenen Troddeln an der Schnur um ihre Hüfte spielte. Kathryn beugte sich zu ihr und drückte ihr die eiskalten Hände.

»Da gab es aber noch mehr, nicht wahr? Sagt es mir«, beharrte Kathryn. »Warum sollte eine hübsche junge Frau mit einem Geschöpf wie Tenebrae geheime Besprechungen abhalten?«

»Weil ich verliebt war!« schrie Louise. »Mistress Kathryn, wart Ihr jemals verliebt? Ich habe Charles de Preau mit allen Fasern meines Herzens geliebt. Jedesmal, wenn ich nach Canterbury kam, suchte ich Tenebrae auf, um zu erfahren, wie unsere Beziehung ausgehen würde.«

Kathryn gewahrte die Härte in der Stimme der jungen Frau und spürte die Gefühle, die in ihr brodelten.

»Oh, Tenebrae war gut«, fuhr Louise fort. »Er hat mit diesen verdammten Karten gespielt; er war es, der die Gefahr prophezeit hat, der mir die Schwert Zehn gezeigt hat. Überzeugt war ich erst, nachdem Charles gefallen war.« Sie trocknete sich die Tränen auf den Wangen. »Im vergangenen Herbst kam ich mit Sir Raymond und den anderen wieder hierher. Diesmal war Tenebrae anders. Er sagte mir die Zukunft voraus und behauptete, er werde meine Schande aller Welt bekannt geben, wenn ich seinen Forderungen nicht nachkäme.«

»Was hat er gemacht?« fragte Kathryn.

»Er sagte, ich sei schön«, sagte Louise. Sie schaute Hetherington unter halb geschlossenen Lidern an. »Ich hätte es Euch sagen sollen, aber …« Sie hielt kurz inne. »Er verlangte von mir, daß ich mich auszog«, flüsterte sie dann. »Ich sollte mich vor ihm entkleiden und durch das Zimmer gehen.«

564

Zornig sprang Hetherington auf. Auf seinem Gesicht zeichneten sich rote Flecken ab.

»Verflucht sei er in der Hölle!« brüllte er und hockte sich neben Louise. »Warum hast du mir nichts davon gesagt? Hat er dich angefaßt?«

Louise schüttelte den Kopf. »Nein. Das war alles, was ich tun sollte. Er versprach mir, zu schweigen, die Zukunft zu beschwören und alles zum Besten zu richten. Ich habe mich gefügt, weil ich glaubte, in der Falle zu sitzen. Die Situation war irgendwie unwirklich. Danach habe ich mir in den Arm zwicken müssen.« Sie hob kokett die Schultern. »Das war alles.«

»Habt Ihr ihn gehaßt?« fragte Kathryn. »Mistress Condosti, habt Ihr Tenebrae gehaßt?«

»Zuweilen, ja. Manchmal auch mich selbst.« Sie hob die Stimme. »Mitunter das Leben, Charles, alles war zu einen unentwirrbaren Knäuel geworden.«

»Und Master Fronzac?« fragte Kathryn.

Louise hielt ihrem forschenden Blick stand. Ihre Augen hatten die taubengleiche Sanftheit verloren und zeigten stählerne Härte hinter dem Samt.

»Er wußte es!« Sie spie die Worte förmlich aus.

»Was soll das heißen?« rief Hetherington.

»Fronzac wußte es«, erklärte Louise. »Oh, für Euch, Sir Raymond, war er der fleißige Schreiber. Aber habt Ihr Euch je die Mühe gemacht, ihn genau zu beobachten? Die wässrigen Augen, der schlabberige Mund? Ich habe ihn immer wieder dabei erwischt, wie er mich beobachtete, manchmal saß er neben mir und leckte sich die aufgesprungenen Lippen, während er unter dem Tisch ein Bein an mich drückte, um sich dann wortreich zu entschuldigen.«

»Was hat Fronzac gestern abend zu Euch gesagt?« wollte Kathryn wissen.

Louise lachte kurz auf. »Wißt Ihr, als ich hörte, daß Tenebrae umgebracht worden war, habe ich mich gefreut. Plötzlich schien die Welt wieder in Ordnung. Tenebrae war tot, keine weiteren Drohungen, kein Auf und Ab mehr in diesem schrecklichen

Zimmer. Und doch, als ich gestern abend die Treppe heraufkam, war der Alptraum wieder da. Fronzac nahm mich zur Seite. Er fragte mich aus. Ob ich nicht froh sei, daß der Magier tot sei? Ich habe ihn nur angesehen. Dann hat er gesagt: ›*Eines Tages, Mistress Condosti, wenn Ihr wißt, was gut für Euch ist, werdet Ihr in meinem Zimmer auf und ab gehen müssen, wie Ihr es für Tenebrae getan habt.*‹ Ich war entsetzt.« Sie lachte bitter. »Nun ist Fronzac tot. Ich frage mich, ob ein Fluch auf mir lastet. Ist meine Verlobung mit Master Neverett wirklich richtig?« Sie stand rasch auf, trocknete sich die Tränen und kniff sich in die Wangen, um ein wenig Farbe in ihr Gesicht zu zaubern. »Ich habe Euch gesagt, was ich weiß, Mistress Swinbrooke, Gott ist mein Zeuge.« Sie funkelte Sir Raymond an. »Es wäre vielleicht am besten, wenn andere das auch täten.«

Ohne sich noch einmal umzudrehen, verließ sie das Zimmer und schlug die Tür hinter sich zu.

Hetherington saß mit aschfahlem Gesicht da.

»Die Kirche«, murmelte er heiser, »lehrt uns, daß wir uns nicht mit Tenebrae und seinesgleichen einlassen sollen.« Er blickte zu Kathryn auf. »Glaubt mir, jetzt verstehe ich, wie weise das ist.«

»Was meinte Euer Mündel?« fragte Kathryn. »Daß andere mir auch die Wahrheit sagen sollten?«

Sie hielt inne, als es an der Tür klopfte und Colum hereinkam. Kathryn deutete auf den Platz neben sich.

»Was geht hier vor?« fragte Colum. »Mistress Condosti kam eilig herunter und lief gleich in den Garten.«

»Ich erfahre gerade einige Wahrheiten«, antwortete Kathryn. »Und Sir Raymond, glaube ich, will uns noch mehr erzählen, wenn auch nicht sofort. Sir Raymond, können wir dieses Zimmer benutzen?«

Der Goldschmied nickte. »Ich brauche Wein«, sagte er und erhob sich. »Ich bin im Schankraum bei den anderen.« Er verließ das Zimmer in der Haltung eines geschlagenen Mannes.

Kathryn und Colum folgten ihm. Foliot und Luberon warteten draußen auf dem Flur. Die Augen des kleinen Schreibers sprühten vor Neugier, Foliot war gelassener. Kathryn versicherte ihnen, daß alles in bester Ordnung sei, bat sie aber, bei den Pilgern zu bleiben. Sie wolle jeden einzelnen gemeinsam mit Colum befragen.

»Dabei sollte ich auch zugegen sein«, erklärte Foliot.

»Nein«, entgegnete Colum. »Ihr habt deutlich darauf hingewiesen, daß ich die Verantwortung für diesen Fall trage. Ich muß darauf bestehen, daß Ihr den Dingen ihren Lauf laßt, zumindest vorläufig.«

Foliot zog ein langes Gesicht und stapfte hinter Luberon her die Treppe hinunter. Colum ging wieder zu Kathryn. »Was ist?«

»Master Fronzac hatte das Zauberbuch«, antwortete Kathryn. »Er wurde wegen seiner Geheimnisse ermordet.«

Sieben

Nachdem sie wieder ins Zimmer zurückgekehrt waren, schilderte Kathryn dem Iren, was vorgefallen war. Er stand am Fenster und hörte ihr aufmerksam zu.

»Also«, meinte er dann, »ist Master Tenebraes zukünftige Braut weniger von Interesse für uns als der Verbleib des Zauberbuchs.« Er schüttelte den Kopf. »Dennoch ergibt das Ganze keinen Sinn. Wie konnte Fronzac Tenebrae umbringen und das *Buch des Todes* entwenden? Bogbean hat uns versichert, daß der Schreiber an dem betreffenden Tag das Haus wie alle anderen verlassen hat. Und nachdem er fortgegangen war, bekam der Magier weiteren Besuch. Außerdem war da noch sein Diener Morel. Also erhebt sich die Frage«, Colum ließ sich auf einen Stuhl fallen, »was wir jetzt machen sollen?«

Kathryn verschränkte die Finger und betrachtete die kostbaren Bettvorhänge. Thomasina würden sie gefallen, dachte sie, so dick und schwer; nicht leicht sauberzuhalten, aber so stabil, daß sie dem Wandel der Zeit standhalten würden.

»Kathryn?« hakte Colum nach.

Sie lächelte schuldbewußt. »Eins haben wir immerhin erreicht, oh Ire mit den dunklen Brauen: Wir haben eine Bresche in die Mauer geschlagen, die diese Goldschmiede um sich herum errichtet hatten. Louise Condosti hatte einiges zu verbergen, und sie deutete an, daß es sich bei ihren Begleitern ebenso verhält. Vielleicht ist es besser, wenn wir sie uns einzeln vornehmen. Wir sollten mit Brissot anfangen.«

Colum ging in den Schankraum und kehrte mit dem rundlichen, kleinen Arzt zurück, der sich nervös über den gestutzten Schnurrbart strich, als Kathryn ihn bat, Platz zu nehmen.

»Master Brissot«, begann Kathryn lächelnd. »Wieviel hat Tenebrae Euch gezahlt?«

Der Arzt fiel beinahe vom Hocker. »Was sagt Ihr da?« stammelte er. »Wie könnt Ihr es wagen?«

»Haltet den Mund! Ihr wißt sehr wohl, was ich meine. Ihr seid Arzt in London, in Anspruch genommen insbesondere von der Goldschmiedezunft, damit Ihr Euch um deren Bruderschaft kümmert. Ihr geht überall ein und aus. Ihr pflegt ihre Gesundheit, und Euren scharfen kleinen Augen entgeht nichts. Ihr wart Tenebraes Spion und habt ihm über Louise Condostis Zustand berichtet. Ist Euch denn nie in den Sinn gekommen, was eine so niederträchtige Kreatur mit diesem Wissen anfangen könnte?«

Brissot starrte sie schweigend an.

»Ich gebe Euch die Möglichkeit«, fuhr Kathryn im Plauderton fort, »mir die Wahrheit zu sagen. Wenn Ihr lügt und wir das später feststellen sollten – nun, Master Murtagh hier hat einflußreiche Freunde bei Hof. Er wird dafür sorgen, daß in der Stadt bekannt wird, was für einer Ihr seid und was Ihr getan habt.« Kathryn dachte daran, welche Angst Louise Condosti ausgestanden hatte und wie sehr sie verletzt worden war, und zog ihren Stuhl näher heran. »Und wie wäre es dann um Euren Wohlstand bestellt, Master Brissot? Ich bin Ärztin; es gibt eine unausgesprochene Übereinkunft, daß wir über die Dinge, die wir erfahren, Stillschweigen bewahren.«

Zu ihrer Überraschung brach Brissot in Tränen aus. Die Schultern zuckten hemmungslos. Erstaunt sah Kathryn zu und wappnete sich gegen den Anblick dieses wichtigtuerischen kleinen Mannes, der nun wie ein Kind heulte. Schließlich hielt er inne, schluckte geräuschvoll und hob den Kopf. Kathryn erschrak, als sie den Haß sah, der in seinen Augen aufloderte.

»Glaubt Ihr etwa, es hätte mir Spaß gemacht?« fragte er langsam. »Ich, Charles Brissot, Student an der Sorbonne, in Padua und Marseille, in der Hand eines Mannes wie Tenebrae?« Er schüttelte den Kopf. »Ich verdiene alles, was Ihr gesagt habt, aber, Mistress Kathryn«, er beugte sich vor und tippte sich an die Schläfe, »hier oben wohnen die Dämonen und Geister, in den schmutzigen Nischen des Verstandes. Habt Ihr etwa keine? Na, ich schon.« Mit dem Handrücken wischte er sich die Tränen

vom Gesicht. »Man mußte Tenebrae kennen, um seine Nieder-
tracht zu verstehen. Er war schwer zu durchschauen und sehr
gerissen. Wie eine dicke Spinne lockte er einen ins Netz, und
wenn man einmal gefangen war, hielt er einen fest.«

»Und wie hat er Euch eingefangen?« fragte Colum.

Brissot wandte sich ihm zu. »Ihr habt mich dorthin gebracht«,
erwiderte er, »oder Männer wie Ihr. Ja, ich bin Arzt im Dienste
der Goldschmiede von London, aber im Sommer 1471 wurde
ich zum Arzt König Heinrichs VI. bestellt, als er im Tower von
London in Gefangenschaft saß.« Brissot bemerkte die Überraschung auf Colums Gesicht. »Ja, ja, der fromme Heinrich VI. aus
dem Hause Lancaster; ein Mann, der sich mehr seinen Gebeten
als seinen königlichen Pflichten widmete. Ihr kennt die Geschichte? Nach den Siegen derer von York bei Barnet und
Tewkesbury wurde Heinrich VI. im Tower gefangengehalten, wo
er unter rätselhaften Umständen den Tod fand.« Er starrte auf einen Punkt über ihren Köpfen. »Er ist nicht gestorben. Der arme,
fromme Mann wurde ermordet, sein Kopf wurde an der Mauer
zerschmettert, sein ausgemergelter Körper mit Dolchen durchbohrt.« Brissot hielt inne und atmete tief durch. »Ich mußte
mich um ihn kümmern, die Leiche ankleiden, ehe sie zum Begräbnis flußabwärts nach Chertsey gebracht wurde. Nun, wie
wirkt das auf Euch, Ire? Wenn man der Arzt ist, der sich der Leiche annahm, der die Wahrheit kennt, aber unter allen Umständen den Mund halten muß.«

»Es stimmt«, flüsterte Colum. »Es gibt viele Gerüchte über
die Art und Weise, wie Heinrich starb. Er verschied genau in der
Nacht, in der der König und seine Brüder ein Bankett im Tower
abhielten. Offiziell wurde verkündet, er sei eines natürlichen Todes gestorben.«

»Tenebrae hat mich deswegen verhöhnt«, brach es aus Brissot
heraus. Er funkelte Kathryn wütend an. »Um Himmels willen,
Mistress!« Plötzlich lachte er auf. »Da bin ich nun, wandle durch
die Straßen von Canterbury und huldige Becket, einem Erzbischof, der von einem König ermordet wurde. Doch schaut mich
an: ein Arzt, der weiß, daß ein frommer König umgebracht wur-

de. Genau das wollte Tenebrae aller Welt kundtun.« Er zuckte die Schultern. »Und so mußte ich ihm alles mitteilen, was ich wußte. Das ganze Geschwätz der Zunft; wer was zu wem gesagt hatte, die schmutzigen kleinen Skandalgeschichten, die uns alle plagen.« Er spreizte die Hände. »Ja, ich habe ihm etwas über Louise Condosti und über andere Sachen erzählt.«

»Dann wollen wir uns über diese anderen Sachen einmal unterhalten«, erwiderte Kathryn. Sie hob die Hand. »Ich gebe Euch mein Wort. Wir wollen nur Tenebraes Mörder in eine Falle locken.« Brissot lächelte. »Na schön, ich werde es Euch sagen, dasselbe, was ich diesem Bastard von Magier berichtet habe. Wie wütend Hetherington war, als er erfuhr, daß Tenebrae die Sache über Louise wußte. Und daß eben dieser Goldschmied den Lancastertreuen ganze Beutel voller Silbermünzen geliehen hatte. Daß Thomas Greene eine Vorliebe für kleine Jungen mit Engelsgesichtern und runden, weißen Arschbacken hat.«

»Und Neverett?« fragte Kathryn.

»Ach, der ist ziemlich unschuldig. Ein junger Mann, der noch nicht in den Sündenpfuhl gefallen ist.«

»Was ist mit Witwe Dauncey?« fragte Colum.

»Warum fragt Ihr sie nicht selbst?« entgegnete Brissot. »Sprecht mit der armen Witwe. Fragt sie, warum sie ständig nach einem Mann sucht.«

»Hübsch genug ist sie ja«, schaltete Kathryn sich höflich ein. »Außerdem ist sie sehr wohlhabend.«

»Tja«, sagte Brissot, »ihr letzter Mann besaß Schiffe. In Wirklichkeit war er nur ein gemeiner Pirat. Der größte Teil seines Wohlstands war auf unrechtem Wege erworben.«

»Aber sie ist immer noch reich?«

Brissot stand auf. »Ich habe Euch genug gesagt.« Er beugte sich herab und näherte sich Kathryns Gesicht bis auf wenige Fingerbreit. »Ich habe den Magier nicht umgebracht«, schnarrte er, »aber ich wünschte bei Gott, ich hätte es getan!« Dann machte er auf dem Absatz kehrt und verließ den Raum.

»Was ich immer sage!« Colum reckte sich. »Nichts ist so, wie es scheint, und in diesem Fall gilt, es ist nicht alles Gold, was glänzt.«

Kathryn stand auf, stellte sich rasch hinter ihn und zog ihn sanft an den Haaren.

»Keine Zeit für Chaucer, Colum«, murmelte sie. »Wir brauchen mehr als Mutmaßungen. Ich wette, jeder von ihnen hatte Grund genug, Tenebrae zu hassen und umzubringen.«

»Wo ist das Zauberbuch?« fragte Colum.

»Damit werden wir uns gleich befassen«, sagte Kathryn. »Zuerst müssen wir noch ein Wörtchen mit der armen Witwe Dauncey reden.«

Colum ging hinunter in den Schankraum und brachte Dionysia herauf, die ihre Hand geziert auf seinen Arm gelegt hatte und sich mit der anderen auf ihren Stock stützte.

Kathryn betrachtete das schmale, gefurchte Gesicht der Witwe. Die Augen waren hell, aber die Haut hatte eine fahle, ungesunde Farbe; als sie sich auf den Stuhl setzte, fiel Kathryn auf, daß sie sich den Bauch hielt, als habe sie Schmerzen, ehe sie kokett die Falten ihres dunkelblauen Kleides glattstrich, dann die Haube auf ihrem leicht ergrauten Haar richtete. Sie legte die Hände in den Schoß und übte sich in Zurückhaltung. Die hellen Augen musterten Kathryn aufmerksam.

»Mistress Swinbrooke«, begann sie leise, »man muß Euch wirklich gratulieren. Noch nie hat eine Frau so viele Menschen in so kurzer Zeit in Erregung versetzt.«

»Es war nicht meine Absicht«, erwiderte Kathryn. »Aber, wie Master Brissot sagt, wir haben in unseren Seelen dunkle Nischen, in die wir niemanden hineinschauen lassen. Und dennoch?« Kathryn zuckte mit den Achseln. »Ein Mann wie Tenebrae hatte das Talent, in solche Schatten vorzudringen.«

»Er war sehr geschickt«, antwortete Dionysia. »Scharfsinnig und rätselhaft. Ein kluger Verstand und ein schnelles Auge. Er wußte, wie wichtig Rituale und Erscheinungen waren. Dabei war er so überzeugend, daß wir dachten, er besäße gewisse Kräfte. Vielleicht hatte er sie nicht.«

»Wie lange seid Ihr schon Witwe?« fragte Kathryn.

572

Dionysia lächelte und versuchte, die gelblichen, bröckelnden Zähne zu verbergen.

»Vier Jahre. Mein Gemahl starb auf See, und, um es gleich vorwegzunehmen, Mistress Swinbrooke, er war mein dritter Gemahl.«

»Habt Ihr Kinder?«

»Oh, nein.« Witwe Dauncey lachte gezwungen und bohrte sich die Finger in die Seite.

»Habt Ihr Schmerzen, Mistress Dauncey?«

»Wieso?« fuhr die Witwe sie an. »Was hat Euch der fette, kleine Brissot denn gesagt?«

»Nichts, was wir nicht schon gewußt hätten; Tenebrae war ein geübter Erpresser. Und womit hatte er Euch in der Hand?«

Witwe Dauncey starrte sie aus blicklosen Augen an. »Nein, ich ...«, stammelte sie. »Ich kann nicht ...«

»Ihr leidet an einer Krankheit«, unterbrach Kathryn sie.

Sie nahm die Frau näher in Augenschein: Unter der dicken Schicht aus Puder und Rouge bemerkte Kathryn kleine Risse in den Mundwinkeln der Witwe. Diese wollte schon den Kopf schütteln, doch dann wedelte sie hilflos mit den Händen, wandte den Blick ab und blinzelte, um die Tränen zu verbergen.

»Ich beneide Mistress Condosti«, flüsterte sie. »Das hübsche Gesicht, und der Körper, warm und reif wie ein Apfel, der nur darauf wartet, gepflückt zu werden. Ich wünschte, Mistress Swinbrooke, ich könnte auch geerntet werden.« Sie schaute auf den kostbaren Ring an ihrem Zeigefinger. »Die Leute sehen mich an und denken: ›Sieh an, da geht Witwe Dauncey, hoch angesehen, wohlhabend und eine Stütze der Kirche.‹ Trotzdem wälze ich mich nachts im Bett wie ein Korken in einem reißenden Fluß!«

»Ihr habt doch Freier?« fragte Colum.

Dionysia lachte nervös. »Oh, ja, und wie sich die Leute die Mäuler zerreißen: Die alte Witwe Dauncey ist hinter jungen Männern her. Ich würde gern heiraten.«

»Warum tut Ihr es dann nicht?«

»Weil ich krank bin, Mistress Swinbrooke.« Witwe Dauncey

beugte sich vor. Rote Zornesflecken zeichneten sich auf ihren Wangen ab. »Das Vermächtnis meines letzten Gemahls, das mir ewig erhalten bleiben wird.« Sie lehnte sich zurück. »Er konnte mit allem schlafen und hat es wahrscheinlich auch getan, ob Hund oder aufgedonnerte Hure in einem der vielen Häfen, die er anlief.« Sie zeigte auf die Schwären an ihrem Mund. »Es wächst in mir. Wer will mich schon heiraten, Mistress Swinbrooke, eine verfaulende alte Frau? Das ist es, was Tenebrae wußte.«

»Hat Brissot es ihm gesagt?« fragte Kathryn.

»Nein.« Dionysia schüttelte den Kopf. »Ich habe einen eigenen Arzt, obwohl es mir jetzt auch nicht viel nützen wird.« Tränen traten ihr in die Augen.

»Bitte, redet nicht darüber, Mistress Swinbrooke, aber ich stand kurz davor, zu heiraten.« Sie lächelte. »Ich habe es den anderen verschwiegen.« Ihre Stimme bebte. »Heute morgen noch habe ich Procklehurst in der Iron Bar Lane aufgesucht. Ich suchte nach einem Ehering für meinen Verlobten. Geht ruhig hin«, bot sie an, als sie sah, wie überrascht Kathryn war. »Das war ein Geheimnis, von dem Tenebrae nichts wußte. Der Schreiber Fronzac hatte mir angeboten, mich zu heiraten. Es war nicht gerade eine leidenschaftliche Romanze, aber …« Sie zupfte an einem losen Faden in ihrem Kleid.

»Ihr wolltet Fronzac heiraten?« fragte Kathryn.

»Ja.« Die Witwe streckte ihr eine Hand entgegen. »Vor zwei Tagen hat er mir diesen Ring geschenkt.« Kathryn sah den Goldreif.

»Was meint Ihr, wer ihn getötet hat?« fragte Kathryn.

Dionysia schüttelte den Kopf. »Wenn ich das wüßte, Mistress Swinbrooke, würde ich selbst Rache nehmen.« Sie stand auf. »Aber ich will Euch eins sagen. Sir Raymond Hetherington und seine Leute haben sehr viel zu verbergen, desgleichen Master Foliot.« Sie lächelte auf Kathryn herab. »Oh, ja, er hat mich vielleicht nicht erkannt, aber ich kann mich an Theobald Foliot noch gut erinnern.«

»Sprecht nicht in Rätseln!« fuhr Colum sie an.

»Er ist ein Geschöpf der Königin«, entgegnete Witwe Dauncey. »Und deshalb sagt mir, Master Murtagh, der Ihr der Sache der Yorkisten so wunderbar gedient habt: Elisabeth Woodville war doch, ehe sie den König heiratete, die Witwe von John Woodville, einem glühenden Lancastertreuen?«

Colum nickte.

»Foliot«, beendete Dionysia ihre Ausführungen, »war einer der mächtigsten Gefolgsleute von John Woodville. Der Himmel mag wissen, was er zu verbergen hat!« Dann rauschte sie aus dem Raum.

Colum bedeckte das Gesicht mit den Händen. »Wir haben Mörder verfolgt, Kathryn«, sagte er bedächtig, »Menschen, die ohne ersichtliche Motive getötet haben, aber in diesem Fall haben alle ein Motiv!« Er richtete sich auf. »Eine Frage beschäftigt mich jedoch. Tenebrae war ein Magier, ein Gerüchtesammler, ein Erpresser.« Der Ire zeigte auf Kathryn. »Ihr, Mistress, ob Ihr wollt oder nicht, seid jetzt eine einflußreiche Bürgerin dieser Stadt. Ich frage mich, ob er irgend etwas über Euch oder über mich wußte?«

Kathryn verzog das Gesicht und klopfte Colum freundschaftlich auf die Schulter.

»Wenn ja, dann gäbe ich keinen Pfifferling darum. Aber das Rätsel um seinen Tod bleibt bestehen. Es wäre einfach, unsere Ermittlung zu beenden, einen Strich zu ziehen und zu behaupten, Tenebrae sei von Fronzac umgebracht worden, der später Selbstmord beging. Doch das ist nicht stichhaltig. Tenebrae lebte noch, als Fronzac das Haus verließ, und uns fehlt immer noch das Zauberbuch.«

»Gehen wir einmal von der Vermutung aus, daß Fronzac Tenebrae nicht umgebracht hat. Woher wußte er dann etwas über Louise Condosti? Eine so intime, persönliche Sache?«

»Ich weiß es nicht«, antwortete Kathryn. »Tenebrae könnte es ihm gesagt haben, oder vielleicht war Fronzac auch einer seiner Spione.« Sie atmete tief ein. »Aber ich weiß, worauf Ihr hinauswollt: Erst nach Tenebraes Tod hat Fronzac zum ersten und einzigen Mal Louise brüskiert.«

»Vielleicht war Fronzac schon immer Tenebraes Spion«, mutmaßte Colum, »und der Magier hat ihm bruchstückhaft Informationen zukommen lassen. Nachdem Tenebrae tot war, dachte Fronzac, er könnte dieses Wissen nach eigenem Gutdünken verwenden.«

»Mag sein«, sagte Kathryn und ging zur Tür. »Wir wollen Master Foliot zu uns bitten und Fronzacs Zimmer nach dem Zauberbuch durchsuchen.«

Colum eilte die Treppe hinunter und kam mit dem gutmütig grinsenden Foliot zurück.

»Ihr habt da unten in ein Wespennest gestochen, Mistress Swinbrooke! Wenn ich nach London zurückkehre, muß ich Euch den Richtern Seiner Majestät empfehlen. Ihr habt ein scharfes Auge.«

»Nicht scharf genug.« Kathryn beschrieb in kurzen Worten, zu welchen Schlußfolgerungen sie gekommen war. »Es kann sein, daß Fronzac Tenebrae umgebracht, das Zauberbuch gestohlen und dann die darin enthaltenen Geheimnisse gegen Mistress Condosti verwendet hat.« Sie hielt kurz inne. »Fronzac hat sich wohl gedacht, er könnte in Tenebraes Fußstapfen treten, aber heute morgen wurde seinen Plänen der Garaus gemacht.«

»Wenn es so ist«, sagte Colum und zog einen Schlüssel aus der Tasche, »dann dürfte das Zauberbuch bei Fronzac sein, und ich habe den Schlüssel zu seinem Zimmer.«

Er führte sie über den Flur und schloß eine Zimmertür auf. Der Raum, den sie betraten, war sauber, die Vorhänge am kleinen Himmelbett ordentlich zugezogen. An einem Haken an der Wand neben dem Fenster hingen Kleider. Die Sachen des Toten waren säuberlich auf einem Stuhl aufgestapelt: ein schmutziges Leinenhemd, ein Gürtel und eine abgegriffene Geldbörse, die nur ein paar Münzen enthielt. Kathryn hob den Deckel der Truhe am Fußende des Bettes. Darin befanden sich noch weitere Habseligkeiten des Schreibers, aber vom Zauberbuch war nichts zu sehen. Sie nahm eine kleine Pergamentrolle heraus, erhob sich, lockerte die Verspannungen im Rücken und blickte sich in dem kleinen, weiß getünchten Zimmer um.

»Wo mag dieses Buch nur sein?« murmelte sie.

»Fronzac hat es vielleicht versteckt«, erwiderte Colum.

Während er mit Foliot nun die Bettvorhänge zurückzog und unter der Daunendecke und den Kissen wühlte, setzte sich Kathryn in die kleine Fensternische und öffnete die Pergamentrolle. Sie las den Brief von Dionysia Dauncey aufmerksam durch. Dabei hatte sie ein schlechtes Gewissen, denn es war ein Liebesbrief. Tenebraes Tod wurde nur kurz erwähnt, dann aber folgte die Beschreibung ihrer Hochzeit, die am Freitag nach Fronleichnam in Saint Mary-Le-Bow stattfinden sollte. Kathryn war erstaunt über die leidenschaftlichen Worte des Briefes. Dionysia schilderte ihr Verlangen sowie ihre Absicht, einen Ring bei Procklehurst zu kaufen, den Kathryn als einen der führenden Goldschmiede in Canterbury kannte. Das Datum am Ende des Briefes war vom gestrigen Tag. Sie rollte den Brief zusammen und reichte ihn Foliot, der sie fragend anschaute.

»Nur ein Liebesbrief«, erklärte Kathryn. »Wahrscheinlich gestern abend geschrieben. Ein paar Sätze.« Sie lächelte und wandte den Blick ab. »Einer Frau wie Dionysia dürfte es schwerfallen, ihre Gefühle unter den wachsamen Augen der Pilger zum Ausdruck zu bringen.«

Colum trat zu ihnen.

»Nichts!« rief er. »Wenn Fronzac das Zauberbuch hatte, dann ist es verschwunden.«

»Es könnte gestohlen worden sein«, bemerkte Foliot. »Und zwar, nachdem man ihn umgebracht hatte.« Er gestikulierte verzweifelt mit den Händen. »Wenn ich es jedoch recht überlege, war das unmöglich. Der Wirt hat gesagt, es habe nur einen Schlüssel für das Zimmer gegeben, und den hat er bei Fronzacs Leiche gefunden.«

»Und sonst hat niemand danach gefragt?« wollte Kathryn wissen.

Foliot schüttelte den Kopf. »Das hätte doch niemand gewagt, oder? Dann wäre der Verdacht ja direkt auf den Betreffenden gefallen. Das hat uns gerade noch gefehlt: ein weiterer rätselhafter Mord und ein Liebesbrief von Witwe Dauncey.« Er tippte sich mit der Pergamentrolle an die Wange. »Am besten, wir geben ihn ihr zurück.«

Sie gingen wieder hinunter. Die Pilger waren in den Garten gegangen. Kathryn und Colum überließen es Foliot, sich in ihrem Namen zu verabschieden und Witwe Dauncey den Brief zurückzugeben. Sie selbst brachen auf, durchquerten Queningate und gelangten durch eine schmale Gasse zur High Street.

»Ergibt das alles einen Sinn für Euch?« fragte Colum. Er zog Kathryn in den Eingang eines Wirtshauses, um eine bunt zusammengewürfelte Pilgerschar vorbeizulassen, die einen Krüppel auf einem Schubkarren zu den Toren der Kathedrale schob.

»Im Augenblick nicht.« Sie betrachtete das geschäftige Treiben auf der High Street; an den Läden und Ständen wurde lauthals gefeilscht, und aus der Kathedrale strömten Pilger, die anschließend über den Marktplatz bummelten und sich Erfrischungen kauften. Plötzlich empfand Kathryn die Wärme als unangenehm und spürte, wie müde sie war.

»Kommt, wir setzen uns einen Augenblick.«

Sie zog Colum am Ärmel und führte ihn in einen niedrigen Schankraum. Ein Schankgehilfe brachte ihnen beiden einen Krug kühles, abgestandenes Ale und eine Platte mit Brot, Käse und einer kleinen Schüssel zerhackter Zwiebeln mit einer Schicht Petersilie. Colum zog sein Messer heraus und schnitt Kathryn mundgerechte Stücke ab.

»Seid frohen Mutes.« Er lächelte Kathryn zu. »Wenn es uns nicht gelingt, das Rätsel zu lösen, dann Foliot.«

Kathryn kaute bedächtig auf dem weichen, frischen Käse.

»Was passiert«, fragte sie und nahm noch ein Stück, »wenn Master Foliot ein Teil des Rätsels ist? Er hat Tenebrae kurz vor dessen Tod aufgesucht. Er ist stark und konnte ohne weiteres an der Mauer des Wirtshauses hochklettern, den armen Fronzac überfallen und seine Leiche in den Schweinepferch werfen.«

»Aber das trifft auf sie alle zu«, unterbrach Colum. »Sie haben Tenebrae alle an seinem Todestag besucht, und alle haben die Kraft, einen bewußtlosen Fronzac in den Schweinepferch zu ziehen.« Colum leerte seinen Krug. »Was können wir noch tun?«

Kathryn seufzte. »Im Augenblick gar nichts. Hier fehlt der rote Faden, Colum. Es gibt keine logischen Verknüpfungen. Tenebrae lebte noch, als die Pilger fort waren. Niemand ging danach in das Zimmer, und Fronzacs Tod ist ebenso rätselhaft. Trotzdem haben wir etwas erfahren. Erstens, daß alle Pilger Geheimnisse haben, die sie lieber nicht aufdecken wollen. Zweitens, daß sie, nachdem sie einmal in Tenebraes Netz waren, den Magier haßten. Drittens, das Zauberbuch, das *Buch des Todes*, gelangte auf die eine oder andere Weise in Fronzacs Hände. Schließlich können wir davon ausgehen, daß es sich im Besitz der Person befindet, die Fronzac umgebracht hat.«

Colum stand auf und klopfte sich die Krumen vom Wams.

»Kathryn, ich muß jetzt gehen.« Er schaute sich um. »Übrigens, wo ist Luberon eigentlich abgeblieben?«

»Wahrscheinlich ist er noch drüben im Wirtshaus.«

Colum nickte, und sie traten wieder hinaus auf die High Street. Colum war bereits in Gedanken bei den Problemen, die in Kingsmead auf ihn warteten. Er küßte Kathryn geistesabwesend auf die Wange und ging leise vor sich hin brummelnd davon.

Kathryn sah ihm nach und machte sich dann ebenfalls auf den Weg. An der Ecke zur Iron Bar Lane, die nach Burghgate hinein führte, blieb sie stehen, denn sie hatte das Schild eines Goldschmieds gesehen, auf dem in sauberen Buchstaben der Name Procklehurst stand. Sie ging an den von Lehrburschen bedienten Ständen vorbei zur offenen Ladentür. Der Raum dahinter war dunkel und kalt; die Fensterläden waren geschlossen, und auf dem langen, ovalen Tisch, der den Laden beherrschte, brannten Kerzen. Wie bei allen Goldschmieden war auch hier nichts ausgestellt. Goldener Tand wurde draußen an den Ständen unter den wachsamen Augen der Lehrburschen verkauft, während der Goldschmied die Geschäfte im Innenraum tätigte und nur die Kostbarkeiten hervorholte, nach denen die Kunden fragten.

Kathryn nahm eine kleine Glocke vom Tisch und läutete. Master Procklehurst eilte aus dem Hinterzimmer herbei. Sein Schädel war kahl wie ein Taubenei, das dicke, schwammige Gesicht gut geölt und borstig. Er musterte Kathryn abschätzend und rieb sich die Hände.

»Ihr wollt Geschäfte tätigen, Mistress? Geld deponieren? Oder darf ich Euch vielleicht eine Kleinigkeit zeigen, die nicht draußen ausgestellt ist?«

Die Andeutung eines Lächelns umspielte seine Lippen. Offenbar hielt er Kathryn für wohlhabend. Sie war versucht, ihm mitzuteilen, sie wolle eine Börse voller Goldstücke hinterlegen, nur um zu prüfen, ob er dann noch breiter lächeln würde.

»Nun?« Procklehurst trat näher und zog sich den kostbaren, hermelinbesetzten Überrock fester um die Schultern.

»Ich bin Kathryn Swinbrooke, Ärztin.«

Procklehursts Lächeln verschwand. »Oh, die von der Stadt angestellt ist?«

»Nein, Master Procklehurst, die mit dem königlichen Sonderbeauftragten, Master Colum Murtagh, zusammenarbeitet.«

Procklehurst lächelte wieder. »Natürlich«, schnurrte er. »Was kann ich für Euch tun?«

»Ihr kennt Dionysia Dauncey, Witwe und Goldschmiedin aus London?«

»Oh, ja.« Der Kaufmann strahlte förmlich. »Sie war heute morgen bei mir.« »Master Procklehurst«, fuhr Kathryn ihn an. »Ich bin sicher, Ihr seid ein vielbeschäftigter Mann, aber auch ich habe viel zu tun.«

»Mistress Dauncey kam zu mir«, fuhr Procklehurst eilig fort, »um einen goldenen Ring zu kaufen.«

»Und, hat sie ihn gekauft?«

»Oh, ja, ich habe ihn dann in eine Kassette gelegt, um ihn sicher aufzubewahren. Sie schien sehr erregt und sprach über ihre bevorstehende Hochzeit.«

»Danke.« Kathryn drehte sich um und verließ den Laden so unvermittelt, wie sie ihn betreten hatte.

Sie folgte der Iron Bar Lane. Ein beinloser Bettler, der sich in einem Karren durch den Straßendreck fortbewegte, rollte hinter ihr her und winselte um Almosen.

»Ich habe meine Beine verloren!« jammerte er und verzog das schmutzverkrustete Gesicht zu einer Grimasse. »Hab' meine Beine in den Sümpfen von Outremer gelassen!«

Kathryn gab ihm eine Münze und schaute ihm nach, als er sich wieder auf seinen Bettelposten an der Straßenecke schob. Sie wischte sich mit dem Ärmelaufschlag ihres Kleides den Schweiß von der Stirn und ging über die Saint George's Street in die Lamberts Lane bei White Friars. Noch immer war sie erregt und verwünschte ihre schlechte Laune. »Mach dir ein paar schöne Gedanken«, murmelte sie vor sich hin. »Sonst, Swinbrooke, wird aus dir eine alte Vettel, ein echtes Marktweib.«

Am Karmeliterkloster gab es eine kleine Grünfläche, die zu einem Ententeich hinabführte. Unter schattigen Bäumen planschten lärmende Kinder, während die Enten und Schwäne gelassen um sie herum schwammen. Kathryn setzte sich auf eine Bank unter einer großen Platane. Sie lehnte sich zurück und sah den Kindern beim Spielen zu. Vater war früher oft mit ihr hierher gegangen, hatte sie auf die verschiedenen Pflanzen hingewiesen und ihr erklärt, daß einige der Vögel, die dort in den Bäumen saßen, hunderte von Meilen aus fremden, exotischen Ländern jenseits des Mittelmeers hierher flogen.

»Frag mich nicht, warum«, sagte er dann stets mit einem Seufzer. »Das ist eines der großen Rätsel Gottes.«

Kathryn kniff die Augen zusammen und lächelte. »Warum mögen Kinder Wasser so gern?«

Sie hatte Mühe, gegen die aufkommende Schwermut anzukämpfen. Bilder aus der Kindheit quälten sie; die Tage waren immer warm und sonnendurchflutet, ihr Vater untersuchte eine Pflanze, während sie in seiner Nähe spielte. Als sie größer war, nahm er sie mit zu den großen Mysterienspielen in All Saints oder Blackfriars im Norden der Stadt. Wie weit diese Erinnerungen doch zurückliegen, dachte Kathryn. Ihre Ehe mit Alexander Wyville, dem trunksüchtigen, prügelnden Apotheker, schob sich wie eine große, schwarze Wand in ihr Leben und teilte es in zwei Hälften. Inzwischen war Alexander verschwunden. Er war den Truppen des Hauses Lancaster gefolgt, und Kathryn wußte nicht, ob er überhaupt noch lebte. Ihr Vater war gestorben, und sie hatte sich treiben lassen, unterstützt und getröstet von Thomasina, bis Colum in ihr Leben trat. Was sollte nun werden, wenn er fortging? Kathryn schloß die Augen. Kein Wunder, dachte sie, daß ich schlecht gelaunt bin; Grübeln erzeugt schlechte Körpersäfte.

Im Schatten der Platane zwang sich Kathryn, über das Rätsel um Tenebrae nachzudenken. Wenn sie es lösen konnte, wäre alles in bester Ordnung. Sie hörte nicht mehr auf die Geräusche ringsum und rief sich den Besuch im Haus des toten Magiers in Erinnerung; die breite, geschwungene Treppe, die zu seinem Zimmer hinaufführte, die Türen, die man nur von innen öffnen konnte. Das Zimmer selbst, düster und unheimlich. Die Pilger hatten das Haus durch die Hintertür verlassen, durch den kleinen Vorraum und die Treppe hinunter, wo Bogbean Wache stand. Alle Fensterläden waren geschlossen. Niemand konnte ohne Tenebraes Erlaubnis das Zimmer betreten. Wie also war er in Gottes Namen gestorben? Die Pilger waren einzeln hinein und wieder hinaus gegangen. Da lebte Tenebrae noch. Morel hatte kurz nach Mittag mit ihm gesprochen, ging dann aber noch einmal zum Zimmer hinauf und fand den Toten, erschossen mit einem Armbrustpfeil. Wer trug eine so sperrige Waffe bei sich? Und Tenebrae? Warum hat er nicht geschrien? Sich zur Wehr gesetzt? Versucht, zu entkommen? Kathryn öffnete die Augen und schüttelte den Kopf.

»Unmöglich!« murmelte sie, atmete tief durch und dachte an Fronzacs verstümmelte Leiche im Schweinepferch. »Denk doch mal nach«, murmelte Kathryn. »Fronzac geht hinaus zum Schweinepferch, zu der dem Wirtshaus gegenüberliegenden Seite, wo ihn niemand sehen kann. Was geschieht dann?« Sie hielt inne, um sich zu sammeln. Die anderen Pilger waren entweder im Wirtshaus oder unterwegs in der Stadt. Niemand wurde beim Verlassen des Wirtshauses gesehen. Niemand betrat den Garten, und die Pforte der rückwärtigen Mauer war verriegelt. Der Wirt behauptete, sie sei erst nach der Entdeckung der Leiche geöffnet worden. Also war der Mörder über die Mauer geklettert. Und wer konnte das tun? Foliot? Brissot? Neverett? Oder sogar Greene oder Sir Raymond? Aber war die Pforte tatsächlich verriegelt?

»Kathryn?«

Sie schaute auf. Vater Cuthbert stand mit einem Korb am Arm vor ihr.

»Kathryn?« Er kam näher. »Was um alles in der Welt macht Ihr denn hier?«

»Oh.« Sie lachte. »Ich ruhe mich nur aus. Aber dasselbe könnte ich Euch auch fragen, Vater.«

Der Priester deutete mit einem Kopfnicken auf die Mauern des Karmeliterklosters.

»Ich habe gerade den Prior besucht. Er ist freundlicherweise damit einverstanden, daß die Bettücher und Decken aus dem Hospiz in seiner Wäscherei gewaschen werden.« Er deutete auf den Korb. »Als Gegenleistung bringe ich ihm immer ein paar Kräuter und Tinkturen für die Krankenstation mit.« Vater Cuthbert setzte sich neben Kathryn. »Er ist übrigens gestorben.« Aus sanften Augen schaute er Kathryn an. »Der Mann, den Ihr besucht habt. John Paul, ich will den teuflischen Namen, den er sich selbst gab, nicht benutzen. Er starb, nachdem er sich Gott anvertraut hatte; ich bin sicher, der Herr wird sich seiner erbarmen.«

Kathryn sah den Mann vor sich; obwohl er matt in den weißen Kissen lehnte, war er wild entschlossen, das *Buch des Todes* zu finden und zu vernichten. Sie blickte Vater Cuthbert an.

»Glaubt Ihr an Magie, Vater? Daß Männer wie Tenebrae den Teufel anrufen können?«

Der alte Priester stellte den Korb ab und zeigte auf die Kinder, die am Teichrand spielten.

»Ich glaube an unseren Herrn«, sagte er. »Sonne, lachende und spielende Kinder. So sollte es auf der Welt aussehen, Kathryn. Aber um Eure Frage ehrlich zu beantworten: Männer wie Tenebrae können mit Hilfe des Bösen in ihrem Leben dunkle Mächte anziehen. Hochmütig, wie sie sind, glauben Hexen und Hexenmeister, sie könnten solche Kräfte benutzen, aber die traurige Wahrheit ist, daß eigentlich sie es sind, die benutzt werden. Nun …« Er stand auf und reichte Kathryn die Hand. »Ihr solltet nicht mehr grübeln, Kathryn. Geht wieder in die Ottemelle Lane, sprecht mit Thomasina, hört Euch das Geplapper von Agnes an oder spielt mit Wuf. Verliert Euch im normalen, ruhigen Strom des Lebens.«

Kathryn lächelte und erhob sich. »Wenn nur alles so einfach wäre, Vater.«

»Oh, aber das ist es doch«, erwiderte der Priester. Er wurde ernst. »Wir sind es, die die Dinge verdrehen und kompliziert machen.«

Acht

Auf dem Rückweg zur Ottemelle Lane dachte Kathryn wehmütig an Vater Cuthberts Rat. In einer verlassenen Ecke des Friedhofs von Saint Mary Bredman stand Morel und betrachtete den frischen Erdhügel auf dem Grab seines Herrn und Meisters. Morel war verwirrt. Schreiber Luberon hatte dafür gesorgt, daß Tenebraes Leiche hier ohne Glocke, Buch oder Kerze bestattet wurde. Keine Messe war gelesen worden. Keine Gebete gesprochen. Statt dessen hatten die Büttel der Stadt den Holzsarg auf den Friedhof getragen, ein Loch ausgehoben, den Sarg hinabgesenkt und es Morel überlassen, das Grab wieder zuzuschaufeln. Der Diener des Magiers kratzte sich den Kopf. Seinem Herrn wäre es recht so gewesen; die Macht der Priester war ihm stets zuwider, und seit Morel für ihn arbeitete, war sein Schatten noch nie auf eine Kirchentür gefallen. Aber was würde nun geschehen? Sollte er in der Nacht zurückkehren, einen schwarzen Hahn auf dem Grab opfern und das Blut in die Erde sickern lassen? Ob sein Meister diese Macht brauchte? Morel trat von einem Fuß auf den anderen. Er schloß die Augen. Dann fiel ihm Mistress Swinbrooke ein. Er schlug die Augen auf und lächelte. Der Meister hatte ihm mitgeteilt, was zu tun war.

Kathryns Hoffnung auf einen ruhigen Nachmittag, den sie mit der Vorbereitung eines Essens zur Feier ihrer Apothekenzulassung verbringen konnte, wurde bei ihrem Eintritt jäh zunichte gemacht. In der Küche saß Rawnose. Das verstümmelte Gesicht des Bettlers glänzte vor Schweiß, während er Thomasina, Agnes und dem staunenden Wuf die letzten Neuigkeiten berichtete.

»Alle Richter sind da«, verkündete er gerade, als Kathryn in

585

die Küche kam. »Ganz in Scharlachrot und Hermelin, ausgerüstet mit Schwert und Galgen, werden sie im Namen des Königs Recht sprechen.«

»Ich weiß.« Kathryn zwinkerte Thomasina zu.

»Ah!« Rawnose streckte seinen schmutzigen Finger zur Decke. »Was Ihr aber nicht wißt, Mistress: Das Königliche Untersuchungsgericht tagt bereits in der Eingangshalle der Burg. Die Geschworenen sind versammelt, und unsere Freundin Mathilda Sempler soll vor ihnen erscheinen«, Rawnose legte eine Pause ein, »und zwar zur vierten Stunde am Nachmittag!«

»Ach, so bald schon«, flüsterte Kathryn.

»Jawohl, die Richter haben es eilig.« Rawnose fuhr sich mit der Zunge über die rissigen Lippen und warf einen Blick über die Schulter zur Vorratskammer. »Eine Liste menschlicher Vergehen liegt ihnen vor. Brandstiftung, Raub, Diebstahl einer Hostie aus einer Kirche, eine Messerstecherei im Wirtshaus ›Zum Mogelstock‹, Vergewaltigung von Jungfrauen, Plünderung von Witwen …«

»Es reicht, Rawnose!« unterbrach Kathryn seinen Redefluß. »Thomasina, bring unserem Gast einen Krug Ale und ein paar Haferküchlein.« Sie lächelte dem Bettler zu, der seine Lumpen so majestätisch ordnete wie ein Richter seine Robe. »Du warst in der Burg?«

»Oh, ja, wie ich schon sagte, das Königliche Untersuchungsgericht tagt bereits.«

»Was bedeutet das?« meldete sich Agnes zu Wort. »Das Untersuchungsgericht …?«

Kathryn nahm dankbar den Krug Ale entgegen, den Thomasina ihr reichte.

»Das Assisengericht des Königs hält sich in Canterbury auf«, erklärte Kathryn ihr. »Sie werden sich die Fälle anhören, in denen es um Leben und Tod geht und ein Urteil fällen. Ehe jedoch ein Fall vor das Assisengericht kommt, führt ein Richter noch eine Untersuchung durch. Das ist ein juristischer Ausdruck und heißt, daß der Richter zuhört und entscheidet. Der armen Mathilda steht bevor, daß sie vor Geschworenen erscheinen muß. Wenn diese glauben, der Fall müsse verhandelt werden, wird der Richter ihn an das Assisengericht weiterleiten, das wahrscheinlich in der nächsten Woche zusammentreten wird.« Kathryn stellte den Krug ab und fuhr sich über das Gesicht.

»Ihr braucht Ruhe.« Thomasina trat zu ihr und klopfte ihr auf die Schulter. »Ihr seht müde aus.«

Kathryn stand auf.

»Nein, Thomasina, irgend jemand muß für Mathilda sprechen.« Sie schaute zur Stundenkerze. »Es ist schon nach drei. Ich werde zur Burg gehen.«

»Ich komme mit«, schlug Thomasina vor.

»Ich auch!« meldete sich Wuf aufgeregt. Er zog das Holzschwert aus dem Gürtel. »Ich werde Mathilda befreien!«

Auch Agnes wollte mitgehen. Rawnose leerte rasch seinen Krug.

Kathryn sah alle der Reihe nach an. »Wenn es so ist«, verkündete sie, »dann kommt ihr am besten gleich!«

Thomasina lief geschäftig hin und her und schloß Schränke und Türen ab. Kathryn spritzte sich etwas Wasser ins Gesicht, ehe sie aufbrachen. Durch die Ottemelle Lane gelangten sie in die Wistraet, in der sie sich durch das an Nachmittagen übliche Gedränge schoben und Karren auswichen, auf denen erschöpfte Bauern saßen. Sie hatten ihre Waren verkauft und machten sich nun wieder auf den Weg nach Worthinggate und die dahinter liegenden Dörfer.

Vor der Burg hatte sich eine Menschenmenge eingefunden, die von Wächtern zurückgehalten wurde. Ein Offizier erkannte Kathryn, da sie im Jahr zuvor den Tod des Festungskommandanten untersucht hatte. Man ließ sie ungehindert in den Hof, wo ein Büttel sie in Empfang nahm und in die Große Halle brachte, die sich seit ihrem letzten Besuch drastisch verändert hatte. Die schmutzigen Wände waren frisch getüncht, die großen Balken schwarz gestrichen, und an den Wänden hingen kostbare Wandteppiche, die sowohl die Wappen von England als auch die persönlichen Insignien eines jeden Richters trugen. Königliche Offiziere in ihren blau-rot-goldenen Uniformen hatten das untere Ende der Halle für Zuschauer abgesperrt. Weiter vorn erblickte Kathryn den Königlichen Richter hinter einem langen Tisch auf dem Podest mit Beamten, Schreibern und Ratgebern zu beiden Seiten. Rechts vom Podest saßen die Geschworenen, Bürger aus Canterbury, und vor dem Podest hatte man eine lange Schranke aufgebaut, die von Wand zu Wand reichte. Hier sollten die Gefangenen stehen, während der Schreiber des Richters die Liste der Anklagen vorlas. Anschließend stellte der Richter Fragen, und die Geschworenen würden antworten. Kathryn und die anderen hatten sich dank Thomasinas Ellbogenstärke nach vorn durchgekämpft und hörten sich die Litanei menschlichen Unglücks an: Ein Brandstifter hatte in einem Heuschober Feuer gelegt; ein Dieb hatte aus einer Kirche in der Stadt eine Hostie entwendet. Kathryn sank der Mut: Der Richter zeigte keine Gnade. Er fragte blitzschnell und ohne Umschweife, und den eingeschüchterten Geschworenen blieb keine Zeit zum Überlegen.

»So antwortet schon!« Der Richter schlug mit dem kleinen Hammer auf den Tisch. »Wie lautet Eure Antwort? Schnell!«

Immer wieder stand der Sprecher der Geschworenen auf und trat nervös von einem Fuß auf den anderen.

»Der Fall muß verhandelt werden«, piepste er.

»Was sagt Ihr?« Der Richter legte die Hand ans Ohr. »Sprecht doch lauter, Mann!«

»Es ist eine Verhandlung notwendig, Euer Ehren.«

»Natürlich muß verhandelt werden!« brüllte der Richter. »Führt den Gefangenen ab!«

Zuletzt wurde Mathilda Sempler aufgerufen. Die alte Frau schlurfte durch einen Seiteneingang herein, an Händen und Füßen gefesselt. Sie kam so langsam voran, daß der Richter ungeduldig mit den Fingern schnippte. Die Wächter versetzten ihr einen Stoß, der sie beinahe zu Fall brachte. Der Schreiber las die Anklagepunkte vor und beendete seine Ausführungen mit der Erklärung: »Alle, die etwas vorzubringen haben, mögen jetzt vortreten!« In allen anderen Fällen war dies eine bloße Formalität gewesen, doch nun rauschte Isabella Talbot am Arm ihres

Schwagers Robert durch eine Seitentür herein. Sie trug noch immer Schwarz, und ein Schleier verbarg ihre Gesichtszüge – jeder Zoll die trauernde Witwe.

»Da schau her!« zischte Thomasina.

Kathryn winkte einen königlichen Sergeanten herbei und flüsterte ihm etwas ins Ohr. Der Mann öffnete das Seil und ließ Kathryn und Thomasina vor die Schranke treten. Die Talbots standen so weit wie möglich links von Mathilda, nicht nur, um sich von der Angeklagten zu distanzieren, sondern auch, weil die alte Frau fürchterlich stank.

Kathryn bemühte sich, keine Miene zu verziehen, als sie Mathilda sanft auf die Schulter klopfte. Die Angeklagte drehte sich um, ihre Augen leuchteten auf, und sie lächelte Kathryn an.

»Was ist hier los? Was geht hier vor?«

Der Untersuchungsrichter, der eine kurze Anhörung erwartet hatte, schlug mit dem Hammer auf den Tisch und funkelte Kathryn böse an. Seine Augen unter den buschigen, weißen Augenbrauen waren hart, und er wirkte sauertöpfisch. Die Art und Weise, wie er den Mund verzog, zeigte Kathryn, daß sie hier nur wenig Barmherzigkeit erhoffen konnte.

»Was ist? Was ist?« Der Richter trommelte mit knöchernen Fingern auf den Tisch.

Die Beamten rechts und links neben ihm neigten den Kopf und vertieften sich in ihr Protokoll.

»Ihr dürft die Gefangene nicht berühren!« bellte der Richter entsetzt, mit weit aufgerissenen Augen.

Kathryn sah ihn ungerührt an, woraufhin der Richter die Fassung verlor.

»Es ist ungebührlich! Vollkommen ungebührlich!« Er klopfte mit dem Hammer auf den Tisch. »Mathilda Sempler, Ihr seid der Hexerei und des Mordes angeklagt!« Er wandte sich an Isabella. »Welche Beweise habt Ihr vorzubringen?«

Der alte Richter rang sich ein Lächeln ab, als Isabella ihren schwarz verbrämten Schleier hob und mit tränenerstickter Stimme zu berichten begann. Es war die selbe Geschichte, die sie auch Kathryn aufgetischt hatte.

»So, so.« Der Richter legte die Fingerspitzen aneinander. »Euer Gemahl hat diese Frau aus einer Kate geworfen, weil sie die Pacht nicht bezahlt hat. Sie hat ihn vor der Kirche verwünscht und ihm später denselben Fluch auf einem Stück Pergament geschickt?«

»Ja, Euer Ehren«, sagte Isabella mit bebender Stimme. Dann drehte sie sich um und schoß Kathryn einen giftigen Blick zu.

»Und an dem Morgen, als Euer Gemahl starb«, fuhr der Richter fort, »lief er die Treppe hinunter, weil Diebe etwas aus seinen Ständen entwendeten? Einige dieser Gesellen werde ich vielleicht gleich vor mir haben.«

»Ja, Euer Ehren. Ich erspähte sie von unserem Schlafzimmerfenster aus. Mein Gemahl lief hinaus.«

Der alte Richter lehnte sich zurück und legte die Hände auf die gepolsterten Stuhllehnen. »Für mich ist der Fall sonnenklar.« Er funkelte Mathilda an. »Habt Ihr ihn verwünscht?«

Die alte Frau nickte.

»Habt Ihr den Fluch geschickt?«

»Ja«, flüsterte Mathilda.

Der Richter blickte Kathryn an.

»Und was habt Ihr zu all dem zu sagen?«

»Mathilda Sempler«, erklärte Kathryn, »ist eine alte Frau. Sie befaßt sich mit Kräutern und Heilmitteln.«

Der Richter beugte sich zu einem seiner Schreiber, der ihm etwas ins Ohr flüsterte. Er richtete sich auf und schnitt Kathryn mit einer knappen Geste das Wort ab.

»Daß sie alt ist, sehe ich. Und ich weiß, daß sie sich mit Heilmitteln befaßt, aber das heißt noch lange nicht, daß sie keine Mörderin ist, oder, Mistress Swinbrooke?« Er beugte sich vor. »Meines Wissens seid Ihr eine Ärztin der Stadt und befaßt Euch auch mit Heilmitteln?«

»Ich bin Heilerin«, entgegnete Kathryn.

»Und dazu noch eine, die mir die Zeit stiehlt.« »Ich vergeude auch meine Zeit«, entgegnete Kathryn, »wenn ich hierher komme und Gerechtigkeit erwarte. Euer Ehren, auch ich bin im Namen des Königs tätig. Ich arbeite mit Master Colum Murtagh zusammen, dem Sonderbeauftragten des Königs in Canterbury; zur Zeit versuchen wir gerade, den Mörder des Magiers Tenebrae dingfest zu machen.«

Dem Richter blieb der Mund offen stehen. Er lehnte sich zurück, um seinem Schreiber zuzuhören, der ihm erneut etwas zuflüsterte. Diesmal zwang er sich zu einem Lächeln.

»Wie ein Silberteller auf einem Sargdeckel«, zischte Thomasina.

»Mistress Kathryn«, sagte der Richter süßlich, »ich wollte niemandem zu nahe treten.«

»Das seid Ihr aber!« rief Robert Talbot.

»Ruhe!« fuhr der Richter ihn an. »Mistress Swinbrooke, was wolltet Ihr doch noch sagen?«

»Euer Ehren«, begann Kathryn, die sich des Getuschels unter den Geschworenen sowie des Raunens in der Menge im hinteren Teil der Halle wohl bewußt war, »ich danke für Euer Entgegenkommen. Was ich sagen möchte, ist«, sie blickte zu Mathilda, die an der Schranke lehnte, »daß Mistress Sempler zwar Sir Peter verwünscht haben mag, und das aus gutem Grund, aber es gibt keinen hinreichenden Beweis dafür, daß ihr Fluch zu Talbots Tod führte.«

Der Richter, der sich inzwischen vor Kathryn hütete, nickte feierlich.

»Wohl wahr.«

»Euer Ehren«, meldete sich jetzt Robert Talbot zu Wort. »Mistress Swinbrooke kann nicht beweisen, daß der Fluch der Hexe meinen Bruder nicht getötet hat.«

Wieder nickte der Richter und schaute erwartungsvoll auf die Geschworenen.

»Was sagt Ihr dazu?«

Der Sprecher der Geschworenen war immerhin so scharfsinnig, daß er begriff, was vor sich ging. Er trat unschlüssig einen Schritt vor.

»Euer Ehren, wir glauben, daß der Fall verhandelt werden muß, aber …«

Kathryn hielt die Luft an.

»Wenn Mistress Swinbrooke einen Beweis liefern kann, der die Situation erhellt, dann ...«

Er wedelte mit den Händen und setzte sich, als der Richter zunächst ihn, dann Mathilda anfunkelte.

»Ihr sollt in den Kerker der Stadt zurückgebracht werden«, verkündete er, »bis Mistress Swinbrooke weitere Beweise erbringen kann.« Er schaute Kathryn mitleidig an. »Aber wenn nicht, werdet Ihr, Mathilda Sempler, verurteilt.« Die Züge des Richters verhärteten sich. »Wenn Ihr für schuldig befunden werdet, dann wird die Strafe grausam sein. Ihr werdet dazu verurteilt, in einem Käfig über brennendem Feuer zu schmoren, bis der Tod eintritt.«

Kathryn fing Mathilda Sempler rasch auf, bevor sie zu Boden fallen konnte.

»Führt die Gefangene hinunter!« brüllte der Richter.

Zwei Wächter packten die alte Frau an den Armen und schoben sie hinaus. Kathryn ging durch die Eingangshalle, als der Schreiber die nächste Anklage vorzutragen begann.

»Das habt Ihr gut gemacht, Kathryn«, flüsterte Thomasina und zupfte sie am Ärmel.

Kathryn schaute sie verzweifelt an. »Findest du, Thomasina? Was kann ich denn noch beweisen?«

Sie trafen Rawnose und die anderen im hinteren Teil der Halle und traten dann ins schwache Licht der untergehenden Sonne hinaus.

»Könnt Ihr Mathilda helfen?« fragte der Bettler besorgt.

Kathryn lehnte sich an einen Stützpfeiler der Burgmauer und betrachtete eine Gans, die mit lang emporgestrecktem Hals nach Eßbarem Ausschau hielt.

Zwei Jungen liefen mit einem Krug Wasser vorbei, das sie aus einem der Fässer in der Nähe des Wohnbezirks geholt hatten. Irgendwo in den Ställen sang ein junges Mädchen ein Schlaflied. Kathryn schloß die Augen. Es fiel ihr schwer, sich vorzustellen, daß das normale Leben weiterging, nachdem gerade ein so schreckliches Urteil verkündet worden war. Sie schaute auf Agnes und Wuf herab.

»Ihr hättet nicht mitkommen sollen.«

»Werden sie das denn tun?« fragte Agnes mit bleichem Gesicht.

»Und ob die grausamen Bastarde das tun«, schaltete sich Thomasina ein. »Das nennt man zweifache Bestrafung. Das Verbrennen ist für den Mord, und der langsame Tod im Käfig für Hexerei. Ich habe es einmal mit eigenen Augen mit angesehen, als der alte John Tiptoft, Graf von Worcester, ein paar Aufständische niederschlug und einen Hexer unter ihnen entdeckte.« Sie nahm Kathryns Hand. »Kommt, Mistress, wir wollen gehen.«

Sie gingen zurück in die Wistraet. Kathryn blieb stehen und schaute sich um.

»Wo sind die Talbots geblieben?«

»Oh«, spottete Thomasina. »Die sind aus der Seitentür verschwunden.« Sie kniff die Augen zusammen. »Geht es Euch auch so wie mir, Kathryn? Ich finde, sie spielt die Rolle der trauernden Witwe etwas zu perfekt.« Thomasinas Doppelkinn zitterte. »Damit kenne ich mich aus. Immerhin bin ich dreimal verwitwet.«

Kathryn schaute Rawnose an. »Nun, mein Herold von Canterbury, du hast zwar keine Nase, aber dafür die besten Ohren der Stadt! Hast du irgendein Gerücht gehört?« Ein breites Lächeln erhellte das Gesicht des Bettlers. »Nein, aber ich halte die Ohren offen. Ich weiß, wo die Talbots wohnen. Ihre Diener, heißt es, suchen immer das nächst gelegene Wirtshaus auf.«

Kathryn ließ eine Münze in die schwielige Hand gleiten. Sie legte Rawnose eine Hand auf die Schulter und drückte ihm einen Kuß auf die unrasierte, faltige Wange. Zum ersten Mal fehlten dem geschwätzigen Rawnose die Worte. Er berührte sein Gesicht und schaute auf die Münze in seiner Hand, als fragte er sich, welches von beiden kostbarer sei.

»Schau zu, ob du etwas herausbekommen kannst«, drängte Kathryn ihn. Sie schaute auf Wuf herab. »Und dann komm zu unserem Festmahl heute abend.«

Der kleine Wuf strahlte vor Freude. »Festmahl, warum?«

»Ich konnte es euch noch nicht erzählen«, sagte Kathryn,

»aber ich habe die Zulassung als Gewürzhändlerin und Apothekerin erhalten.« Mehr brachte sie nicht heraus. Thomasina drückte sie fest an sich, während Agnes und Wuf um sie herumtanzten und in die Hände klatschten. Selbst Rawnose vollführte ein paar unbeholfene, schlurfende Tanzschritte, ehe er sich verabschiedete, um, wie er sich ausdrückte, »ein paar saftige Happen aufzuschnappen«.

Kathryn und die anderen gingen nach Hause. Thomasina lenkte geschickt vom Thema ab, als sie nun verkündete, Agnes könne in Zukunft die Küche übernehmen, während sie selbst im Laden stehen würde. An der Ecke zur Ottemelle Lane trafen sie Helga, die rundliche Frau des Zimmermanns Torquil. Sie war völlig aufgelöst und wischte sich mit der Schürze den Schweiß vom Gesicht.

»Gott sei Dank!« rief sie und packte Kathryn am Arm. »Und mögen alle Heiligen im Königreich Gottes Euch segnen. Mögen sie Euch behüten, ob Ihr schlaft oder wacht.«

»Danke, Helga.« Kathryn kannte die religiöse Hysterie der Frau. Sie vermochte nicht zu sagen, ob die Frau den Verstand verloren hatte oder tatsächlich eine Heilige war.

»Es geht um Torquil«, erklärte Helga. »Der Herr ruft ihn zu sich.«

Wuf und Agnes kicherten. Selbst die geschwätzige Thomasina staunte mit weit aufgerissenen Augen über das groteske Gebaren dieser Frau.

»Er stirbt!« kreischte Helga.

»Unsinn!« entgegnete Kathryn. »Er war letzte Woche bei mir, weil er Bauchschmerzen und Durchfall hatte. Ich habe ihm eine Mischung aus Engelwurz und Kamille verabreicht. Er sollte Wasser mit Honig und einer Idee Wachs trinken. Inzwischen dürfte er längst wieder in der Werkstatt stehen.«

»Dann kommt mit!« rief Helga und packte Kathryn am Handgelenk.

Die Ärztin bat Thomasina, Agnes und Wuf mit nach Hause zu nehmen, während sie Helga durch schmale Gassen zu Torquils Haus in der Hawks Lane folgte. Der Laden im Kellergeschoß war verschlossen, und die Lehrburschen, erklärte Helga, paßten im Garten hinter dem Haus auf die Kinder auf. Kathryn folgte der Frau des Zimmermanns eine Holztreppe hinauf. Sprachlos betrachtete sie die vielen Kruzifixe an den Wänden. In jeder Mauernische stand die Statue eines Heiligen. Im Schlafzimmer über dem Wohnraum lehnte Torquil in den Kissen. Er war mit frisch gestärkten weißen Leintüchern bis zum Kinn zugedeckt.

»Der Engel des Todes ist nahe!« verkündete Helga feierlich. »Ich kann schon seinen Flügelschlag hören!« Sie warf sich neben dem Bett auf die Knie. »Herr sei mit uns! Christus sei mit uns! Herr sei mit uns! Unsere Heilige Jungfrau, der Heilige Joseph, der ein Zimmermann war ...«

Während Helga ihren verbalen Ansturm auf die Himmlischen Heerscharen vollendete, zog Kathryn die Bettücher zurück. Torquils Haut war heiß und trocken, die Wangen eingefallen und die Lippen blutleer. Sie fuhr mit einer Hand unter sein Nachthemd.

»Er kocht«, verkündete sie.

Torquil bewegte den Kopf, die Augenlider flatterten. Er schlug die Augen auf und schaute Kathryn an.

»Bitte, helft mir!« flüsterte er. »Ist es die Pest?«

Kathryn zwang sich zu einem Lächeln. »Unsinn!«

»Ich habe die Arznei genommen«, jammerte Torquil. »Mistress Swinbrooke, mir geht es schlechter.«

Kathryn warf Helga einen wütenden Blick zu. Sie hatte jetzt, da sie beim Heiligen Malacheus angekommen war, die Stimme erhoben und setzte zu einer Tirade auf alle keltischen Heiligen an.

»Helga!« fuhr sie die Frau an. »Denkt daran, der Herr hilft nur denen, die sich selbst helfen. Steht auf und kommt her!«

Die Frau des Zimmermanns trottete folgsam um das Bett herum.

»Was hat Torquil gegessen oder getrunken?«

»Nichts«, heulte Helga und rang die Hände vor dem ausladenden Busen. »Nichts.« Ihr Blick wurde berechnend. »Nichts außer Eurer Arznei, Mistress.«

Kathryn setzte sich auf das Bett und ergriff Torquils Hand, die sich wie vertrocknetes Laub anfühlte. »Das, was ich ihm verabreicht habe«, murmelte sie, »hätte, wenn überhaupt, das leichte Fieber senken und nicht in die Höhe treiben sollen.«

Kathryn schaute sich in dem gemütlichen Schlafraum um. Kleine Öllampen brannten in Wärmepfannen. Helga hatte trockene Kräuter hineingegeben, um die Luft zu verbessern. Dennoch drang Kathryn der Geruch nach Krankheit in die Nase.

»Wie geht es Euch, Helga? Seid Ihr und Eure Kinder alle wohlauf?«

»Oh, ja, uns ging es noch nie besser.«

Kathryn strich Torquil über das Gesicht. »Ich werde etwas aufbrühen. Ein ganz besonderes Heilmittel.« Sie erinnerte sich an die Anweisungen ihres Vaters für eine Kräutermischung, die der große Gaddesdon angewandt hatte: eine Mixtur aus Moossaft und abgeschabten Stückchen getrockneter Milch.

»Ich glaube, er sollte nichts mehr von Euren Mitteln einnehmen«, fuhr Helga sie an. »Ich vertraue auf meine Gebete.«

»Warum seid Ihr dann zu mir gekommen?« fragte Kathryn. »Helga, ich gebe ja zu, daß Torquil sehr krank ist, aber ich kenne die Ursache nicht. Es kann weder verdorbenes Fleisch noch ein Getränk gewesen sein. Das Schweißfieber ist es auch nicht. Hört zu«, sagte Kathryn und stand auf, »ich komme heute abend noch einmal vorbei und bringe ein paar Heilmittel.«

Kathryn bemerkte den halsstarrigen Zug auf Helgas Gesicht und machte sich keine Illusionen, was mit der Arznei passieren würde. Helga würde sie auf den Abfall werfen. Torquils Zustand würde sich verschlechtern, und wahrscheinlich würde er sterben. Kathryn zog sich den Umhang über die Schultern. Sie kniete neben Torquil nieder, nahm seine Hand und funkelte Helga, die bereits zu ihrer Litanei zurückzukehren drohte, wütend an.

»Ihr könnt doch nichts tun«, rief Helga. »Ich vertraue auf Gott und die Wasser des Jordan!«

Kathryn stand auf. »Eure Gebete zu Gott in allen Ehren, aber was um Himmels willen sind die Wasser des Jordan?« Sie ging um das Fußende des Bettes herum. »Helga, was habt Ihr Torquil gegeben?«

Die Frau des Zimmermanns wischte sich die Hände an der Schürze ab. Ihre Augen flatterten nervös.

»Helga!« forderte Kathryn sie auf. »Zeigt mir diese Wasser des Jordan!«

Helga zog hörbar die Luft ein, fiel auf die Knie und langte unter Torquils Bett. Sie zog eine kleine, hölzerne Flasche hervor, die mit einem schmutzigen Lumpen und einem Zwirnsfaden verschlossen und mit einem verschmierten, grob skizzierten roten Kreuz gekennzeichnet war. Helga reichte sie Kathryn und stöhnte. Das Holz war gesplissen. Kathryn schnüffelte an dem Lumpen. Er roch abgestanden und säuerlich.

»Ich habe es gekauft«, heulte Helga. »Am Buttermarkt war ein Mann, dunkelhäutig war er, und er kam über das Meer.« Helga hob dramatisch die Hand und zeigte auf die Flasche. »Es stammt aus einem Tümpel in der Nähe des Jordan, in dem sowohl Johannes der Täufer als auch unser Herr Jesus Christus persönlich gebadet haben.«

Kathryn löste den Faden. Sie ließ den fauligen Lumpen fallen und roch an der Flaschenöffnung.

»Oh Gott! Es stinkt wie Jauche!«

Kathryn trat ans Fenster und warf die Flasche hinaus, ohne Helgas verbitterten Aufschrei zu beachten. Befriedigt hörte sie, wie die Flasche im Garten aufschlug und zerbrach. Torquils zerlumpte Kinder kamen angerannt.

»Faßt das nicht an!« rief Kathryn ihnen zu und bereute sogleich ihre Heftigkeit.

Von dort, wo sie stand, konnte Kathryn die Kinder nicht sehen, sondern nur hören. »Halt sie davon fern!« wies sie einen der Lehrburschen an.

Dann drehte sie sich um und trat zu Helga, die auf der Bettkante saß und das Gesicht in den Händen vergraben hatte.

»Helga, seht mich an.« Kathryn hob den Lappen auf und setzte sich neben sie. »Hört zu, Helga«, begann sie ruhig. »Ihr habt, ohne es zu wissen, Euren Gemahl vergiftet. Wenn dieses Wasser hier aus dem Jordan ist, dann bin ich die Tochter des Großen Khans! An Unwissen und fauligem Wasser sterben mehr Men-

schen als an allem anderen«, fuhr Kathryn fort. »Der Himmel
mag wissen, woher das stammt! Helga, Ihr seid eine reinliche
Frau, Euer Haus ist ordentlich und sauber.« Sie hielt Helga den
Lappen unter die Nase. »Riecht daran! Wie seid Ihr nur darauf
gekommen, daß Schmutz und Heiligkeit Hand in Hand gehen?«

Helga schnüffelte an dem Lappen und verzog das Gesicht.
»Aber ich habe zwei Pence dafür bezahlt!«

Hinter ihr begann Torquil, im Fieber zu stöhnen.

»Muß er sterben?« fragte Helga. »Oh, lieber Gott, Heilige
Mutter Gottes, Heiliger Joseph, Heiliger Gabriel, Heiliger Rapha-
el!«

Kathryn ergriff Helgas Hand. »Versprecht mir«, bat sie inständig, »versprecht mir, nie wieder so etwas zu kaufen.«

Helga nickte und hob feierlich die rechte Hand. »Ich schwöre
es beim Stroh in der Krippe Jesu Christi.«

»Genug davon!« entgegnete Kathryn barsch und stand auf.
»Helga, habt Ihr einen eigenen Brunnen? Gut, dann bitte ich
Euch, Torquil möglichst viel Wasser daraus trinken zu lassen,
und zwar in einer gut gereinigten Tasse. Rührt etwas Honig hin-
ein. Ich werde Agnes mit einer Arznei vorbeischicken. Die müßt
Ihr ihm mindestens viermal am Tag geben, und sonst nichts.
Versprecht mir das!«

Helga nickte. Kathryn ging wieder zum Fenster.

»Tut mir leid«, sagte sie. »Ich hätte die Flasche nicht hinaus-
werfen dürfen.« Kathryn reckte den Kopf. »Ich kann sie von hier
aus nicht sehen.« Ein Schreck durchfuhr sie, als ihr plötzlich das
Bild von Mathilda Sempler, Isabella Talbot und dem Richter in
der Halle der Burg vor Augen stand. »Natürlich«, hauchte sie
und schlug die Hand vor den Mund, doch dann fiel ihr der
schmutzige Lumpen ein, den sie angefaßt hatte. »Kommt, Helga!« verkündete sie. »Torquil bleibt am Leben, wenn Ihr meine
Anweisungen genau befolgt. Jetzt gehen wir in den Garten und
schaffen den Dreck fort, den ich angerichtet habe. Danach werden wir uns beide gründlich die Hände waschen und uns Torquil
noch einmal genau ansehen. In einer Woche wird er, so Gott
will, wieder in seiner Werkstatt stehen.«

Eine recht niedergeschlagene, aber glückliche Helga führte sie nach unten. Kathryn trat in den kleinen Garten hinaus, hob die Überreste der Holzflasche auf und vergrub sie tief im Abfallhaufen. Sie schaute zu Torquils Fenster empor und stellte fest, daß die Wand sich nach außen neigte: stand jemand dicht an der Hauswand, konnte man ihn von oben nicht sehen. Kathryn ging wieder hinein. Sie wusch sich die Hände in Rosenwasser, versprach Helga, die Arznei so schnell wie möglich zu schicken und ging gedankenverloren zurück in die Ottemelle Lane.

Thomasina bereitete schon das Essen vor – ein Festmahl, wie sie es triumphierend nannte: dicke Erbsensuppe, in Ale gekochte Austern, Kalbssteaks in Rotwein, Schweinebraten mit Kümmel und Erdbeeren in guter Buttersoße. Thomasina, Agnes und Wuf schwirrten wie Bienen durch die Küche, in der es herrlich nach köstlichem Essen duftete. Kathryn begrüßte sie zerstreut. Sie legte die Urkunde, die sie im Rathaus erhalten hatte, in ihre Schreibstube und wusch sich noch einmal sorgfältig die Hände. Dann nahm sie ein kleines, mit einem Pfropfen verschließbares Glas zur Hand, bereitete die Arznei für Torquil zu und erlaubte Agnes und Wuf um des lieben Friedens willen, sie gemeinsam zu Helga zu bringen. Nachdem die beiden hüpfend, lachend und singend zur Tür heraus waren, setzte sich Kathryn in ihre Schreibstube und starrte an die Wand. Im stillen nahm sie sich vor, Simon Luberon zu bitten, alle Hausierer und Quacksalber, die sich an Helga und ihresgleichen heranmachten, aus der Stadt zu verjagen. Sie lehnte sich zurück.

»Was Torquil zugestoßen ist«, murmelte sie vor sich hin, »trifft auch auf alles andere zu. Seine Krankheit hatte nichts Mysteriöses an sich. Sobald Helga die Wasser des Jordan erwähnte, war das Rätsel gelöst.«

Kathryn trommelte mit den Fingern auf das Schreibpult. Sie hatte Mühe, sich zu konzentrieren, war müde und fühlte sich nicht wohl. Schweiß rann ihr zwischen den Schulterblättern herab. Schließlich griff sie nach einem Stück Pergament, nahm Feder und Federkiel zur Hand und zeichnete einen Plan von

Tenebraes Haus. Die Treppe, das Zimmer mit den beiden Türen, die nur von innen zu öffnen waren. Die Hintertreppe und die Hintertür, die nicht von außen geöffnet werden konnte und von dem schwatzhaften Bogbean bewacht wurde. Kathryn betrachtete die grobe Skizze.

»Es ist unmöglich«, stellte sie fest. »Sir Raymonds Begleiter haben den Magier einzeln aufgesucht und sind wieder gegangen. Tenebrae lebte noch, nachdem sie fort waren. Das wissen wir von Morel. Ergo«, sie kratzte sich an der Wange, »wie lautet die Losung? Wurde Tenebrae umgebracht, noch ehe der erste Pilger kam? Hat ein anderer seinen Platz eingenommen? Aber wer? Foliot etwa?« Kathryn kaute auf der Unterlippe. Hatte er sich als der Magier verkleidet? Kathryn schüttelte den Kopf. Unmöglich. Denn Foliot hätte früher oder später hinausgehen müssen, und dann hätten ihn entweder Morel oder Bogbean gesehen. Kathryn pochte mit der Feder auf das Schreibpult und fluchte leise, als Tinte auf ihre Hand spritzte. Sie nahm ein weiteres Stück Pergament heraus und schrieb Morels Namen darauf. War der Diener des verstorbenen Tenebrae schlauer, als er auf den ersten Blick schien? Er behauptete, mit seinem Herrn gesprochen zu haben, nachdem die Pilger gegangen waren. Aber sagte er die Wahrheit? Es wäre so einfach, an die Tür seines Herrn zu klopfen, und, nachdem dieser geöffnet hatte, die Armbrust abzuschießen und zu gehen. Aber warum sollte Morel das tun? Er hatte nichts zu gewinnen, oder? Kathryn nahm sich vor, noch einmal mit Morel zu reden. Dann beschäftigte sie sich mit Fronzacs Tod.

»Wie war es jemandem möglich«, flüsterte sie, »in den Garten zu gelangen, ihm einen Schlag auf den Hinterkopf zu versetzen und den Bewußtlosen in den Schweinepferch zu ziehen?«

Sie hörte, wie die Tür geöffnet wurde.

»Helga läßt danken!«

Kathryn wandte sich um. Agnes stand im Türrahmen. Sie lächelte ihr und Wuf zu, der neben ihr auf und ab hüpfte.

»Habt Ihr nicht noch mehr Botschaften?« rief er. »Wir sind gut im Austragen, was, Agnes?«

600

Kathryn wollte schon den Kopf schütteln, als ihr Fronzacs Tod und die Hinterpforte des Wirtshauses einfielen.

»Ja, ich habe etwas«, rief sie. »Agnes, ich möchte, daß du zum Wirt des ›Turmfalken‹ gehst. Stelle ihm nur die Frage: Wer hat die Pforte in der Mauer hinter seinem Wirtshaus geöffnet?«

»Ist das alles?« fragte Agnes.

»Ja.« Kathryn lächelte.

»Kann ich mitgehen?« rief Wuf.

»Ja, und sagt Thomasina, sie soll euch etwas Marzipan geben. Aber macht bitte keine Umwege«, rief Kathryn den beiden nach, als sie über den Flur in die Küche liefen. »Ich möchte, daß ihr spätestens in einer Stunde zurück seid!«

Kathryn lauschte den beiden nach, die zunächst Thomasina in der Küche plagten und dann im Laufschritt zurückkamen, sich lautstark verabschiedeten und die Türen hinter sich zuschlugen. Dann griff Kathryn nach einem neuen Pergamentstück und zeichnete die Umrisse des Talbotschen Anwesens mit den Ständen, soweit sie sich erinnern konnte. Da ihr jedoch beinahe die Augen zufielen, räumte sie das Schreibpult auf und ging hinauf in ihr Schlafzimmer. Dort zog sie sich aus und wusch sich mit dem Schwamm und einem Stück kostbarer kastilischer Seife. Thomasina hatte bereits die Schüssel mit Wasser gefüllt und einen Eimer zum Nachfüllen in die Ecke gestellt. Nach dem Waschen ging es Kathryn wieder besser. Sie schlüpfte in ein Leinenhemd, setzte sich auf die Bettkante und lauschte den Geräuschen aus der Küche, in der Thomasina geschäftig hin und her lief. Obwohl sie müde war, hätte Kathryn ihr gern geholfen, aber sie kannte Thomasina: Vater hatte sie die beste Köchin von ganz Canterbury genannt, die jedoch sehr gefährlich werden konnte, wenn man sie bei ihren Kochkünsten störte. Kathryn legte sich auf das Bett und schaute zu den Dachbalken hinauf. Bald würde Colum nach Hause kommen, und Rawnose, der ein gutes Essen schon von weitem roch, würde ebenfalls auftauchen und alle möglichen Gerüchte mitbringen. Kathryn sah die gereizte Miene des Richters vor sich. »Er wird die alte Mathilda nicht verurteilen«, murmelte Kathryn vor sich hin.

Sie war sicher, eine Schwachstelle in Isabella Talbots Beweis-
führung gefunden zu haben, aber um sie zu entlarven, benötig-
te sie Colums Hilfe. Und was war mit Tenebrae, dem *Buch des Todes* und dem Mord an Fronzac? Kathryn fielen die Augen zu.
Irgend etwas hatte sie heute erfahren, aber sie war so müde, daß
sie es vergessen hatte; noch während sie es herauszufinden versuchte, sank sie in tiefen Schlaf.

Neun

Bei Colums Rückkehr aus Kingsmead wachte Kathryn auf. Sie zog sich an und ging hinunter in die Küche, um Thomasina zu helfen, die ihre liebe Mühe hatte, den räuberischen Iren von den Kochtöpfen zu verscheuchen.

»Haltet Eure Finger bei Euch!« keifte Thomasina.

Colum blinzelte Kathryn zu. »Es ist so köstlich«, neckte er. »Ich weiß nicht, was mir lieber ist, Thomasina, das Essen oder Ihr!«

Kathryn küßte ihn auf beide Wangen.

»Ihr müßt Euch rasieren, Ire.« Sie schnüffelte. »Pferde und Leder.«

»Ja doch!« Colum setzte sich auf einen Hocker. »Aus den königlichen Ställen sind weitere Pferde eingetroffen. Einige wurden auf die Weiden am Fluß gebracht, und ein paar müssen in den Ställen bleiben.« Er sah Kathryn fest an. »Das Herrenhaus ist fast fertiggestellt. Die Dächer sind dicht, die Böden stabil und die Wände verputzt. Im Mai werden sie getüncht.« Er schaute sich in der Küche um. »Und dann, nehme ich an, muß ich hier ausziehen?«

»Genau, und dann werden wir wieder mehr zu essen haben«, schaltete sich Thomasina ein.

»Ihr müßt nicht gehen«, sagte Kathryn.

Colum sah sie mit ruhigem Blick an, und Kathryn wandte sich wieder an Thomasina.

»Ist Agnes schon zurückgekommen?«

Eine Antwort erübrigte sich, denn die Tür schlug, und die Magd und Wuf liefen durch den Flur.

»Wir haben die Botschaft überbracht«, schrie Wuf. »Und der Mann hat gesagt, dieser …«

»Still!« zischte Agnes und packte Wuf am Arm. »Der Wirt war nett. Er hat uns Zuckerwerk geschenkt.«

»Und meine Frage?« wollte Kathryn wissen.

Agnes schloß die Augen und kratzte sich am Kopf. »Nun, er sagte, die Pforte wäre in dieser Nacht geschlossen gewesen, aber jetzt, da wir danach fragten, konnten sich weder er noch irgendein anderer im Wirtshaus daran erinnern, sie an dem Morgen geöffnet zu haben.« Agnes blickte ihre Herrin erwartungsvoll an. »Mehr hat er nicht gesagt.«

Kathryn bedankte sich bei ihnen, und sie liefen geschwind hinaus, um sich Hände und Gesicht zu waschen, ehe sie Thomasina zur Hand gingen. Kathryn goß Colum einen Krug Ale ein.

»Worum ging es?« fragte Colum.

»Noch ein kleiner Teil des Rätsels«, antwortete Kathryn. »Erinnert Ihr Euch, Fronzac ging zum Schweinepferch hinunter. Ich fragte mich, wer wohl die Hinterpforte des Wirtshauses geöffnet hatte. Nun habe ich die Antwort. Wahrscheinlich hat Fronzac es selbst getan. Er ging hinaus, um dort jemanden zu treffen, und zwar in sicherer Entfernung vor den neugierigen Augen der Pilger.«

Colum nippte an seinem Krug.

»Wer also könnte es gewesen sein?« fragte Kathryn. »Jemand, der kräftig genug ist, einen ausgewachsenen Mann niederzuschlagen und in den Schweinepferch zu schleppen?«

»Und wo hielten sich die anderen Pilger auf?« fragte Colum.

»Im Wirtshaus oder in der Stadt. Einer von ihnen aber ging zur Hintertür des Wirtshauses und klopfte an; Fronzac öffnete und ließ seinen Mörder ein.«

»Es war einer der Pilger«, warf Colum ein. »Master Foliot ist ein Rätsel für sich.«

»Ja.« Kathryn spielte mit einem Krümel auf dem Tisch. »Dann haben wir da noch Tenebraes Diener, Morel. Wir haben nur seine Aussage, daß sein Herr noch lebte, nachdem alle Pilger fort waren. Ich kann zwar kein Motiv erkennen, warum Morel seinen Herrn hätte umbringen sollen, aber er war mit seinem Herrn allein, nachdem die Pilger gegangen waren.«

Colum stellte den Krug ab. »Deshalb sollten wir ihn noch einmal befragen. Vielleicht hatte Morel ja doch ein Motiv.« Er hielt kurz inne. »Tenebrae hat kein Testament hinterlassen. Dabei kann uns Master Luberon weiterhelfen. Wenn keine Verwandten da sind, könnte Morel als einziger Überlebender beim Kanzleigericht den Antrag stellen, einen rechtmäßigen Anspruch auf Tenebraes Eigentum und Vermögen zu haben.«

»Ist das möglich?« fragte Kathryn.

Colum schmunzelte. »Es ist fantastisch, was ein guter Anwalt alles erreichen kann.« Er leerte seinen Krug, murmelte vor sich hin, er müsse sich zum Essen umziehen und ging in sein Zimmer hinauf.

Agnes und Wuf kamen zurück. In der Küche wurde es so laut, daß sich Kathryn wieder in ihre Schreibstube zurückzog. Eine Zeitlang dachte sie über Colums Worte nach, hütete sich aber vor voreiligen Schlüssen. Morel war ein allzu leichtes Opfer. Er hatte keinen mächtigen Fürsprecher, und ihn zu verdächtigen, wäre ebenso ungerecht wie das Vorgehen Isabella Talbots gegen Mathilda Sempler. Kathryn seufzte und ging wieder in die Küche.

Colum kam gewaschen, rasiert und in frischer Kleidung herunter. Ein turbulentes Hin und Her begann, da alle zugleich den Tisch decken und nach dem rechten sehen wollten. Auch Rawnose stellte sich ein und schnatterte wie ein Eichhörnchen, bis Thomasina ihm lautstark befahl, er solle den Mund halten. Zu guter Letzt wurde das Abendessen aufgetragen. Colum sprach einen Toast auf Kathryns Erfolg aus, und während des Essens redeten sie die meiste Zeit über die Eröffnung des Ladens und die Aussicht auf ein blühendes Geschäft. Am Ende der Mahlzeit nahm Thomasina Agnes und Wuf mit hinaus in den Garten. Rawnose, der es sich erlaubt hatte, Speisen und Trank gewaltig zuzusprechen, lächelte Kathryn aus glasigen Augen überglücklich an. Sie schaute dem Bettler ins entstellte Gesicht und fragte sich, welches Verbrechen so schrecklich gewesen sein mochte, daß es eine derartige Verstümmelung rechtfertigte.

»Na, Rawnose, glücklich?« fragte Colum und schenkte dem Bettler noch Wein nach.

»Wie eine Sau im Pfuhl«, verkündete Rawnose. »Und ich habe Neuigkeiten für Euch, Mistress.« Er schob sein Schneidebrett

605

und den Weinbecher von sich und stützte wie Colum die Arme auf den Tisch. »Worüber die Diener so reden. Und die aus Talbots Haushalt haben wahrhaftig seltsame Geschichten zu erzählen.«

»Welche zum Beispiel?« fragte Kathryn.

»Nun, Mistress, Isabella ist ein zänkisches Weib und beherrscht den Haushalt mit eiserner Faust.«

»Was noch?«

»Sie hat mit ihrem Mann gezankt.«

»Ach, kommt, Rawnose!« rief Kathryn.

»Er war impotent«, fügte Rawnose hastig hinzu. »Ihr verstorbener Gemahl, der Herr schenke ihm die ewige Ruhe. Eine der Mägde hat sie oft streiten gehört, und Isabella hat sich bei dem guten Schwager Robert beklagt, daß sie nur wenig Befriedigung fand.«

»Was ist mit Talbots Unfall?« fragte Kathryn.

Rawnose wandte den Blick ab. »Nicht viel, aber sie glauben nicht an den Fluch. Sie behaupten, ihre Herrin sei als Witwe glücklicher denn je zuvor.«

»Wenn es so ist«, sagte Kathryn und erhob sich. »Ire, Ihr habt doch nicht zuviel getrunken?«

Colum stöhnte. »Oh, nein!«

»Ihr seid der Sonderbeauftragte des Königs.« Kathryn beugte sich lächelnd zu ihm hinunter. »Und ein Unrecht ist geschehen.«

»Was?« rief Colum und schob den Hocker zurück. »Ein alter Mann ist die Treppe hinuntergefallen, und seine junge Frau ist froh, eine Witwe zu sein. Kathryn, die Geschichte ist mir nicht neu.«

Kathryn warf Rawnose einen raschen Blick zu und wandte sich wieder an Colum.

»Ich habe noch eine bessere Geschichte für Euch«, verkündete sie. »Der Abend ist schön, und ein Spaziergang wird Euch guttun!«

Kathryn überließ es Rawnose, allein weiterzuschmausen, rief Thomasina zu, sie würden nicht lange fortbleiben und schob den noch immer protestierenden Colum hinaus auf die Ottemelle Lane.

»Das gehört nicht zu meinen Aufgaben«, beschwerte sich Colum.

»Oh, Ire.« Kathryn zeigte in den blauen Himmel, der jetzt vom rotgoldenen Licht der untergehenden Sonne überzogen war. »Ich dachte, Ihr Kelten wärt romantisch veranlagt. Der Abend ist lau, das Wetter trocken, Ihr habt gut gegessen und getrunken, und Ihr geht mit mir durch die Straßen von Canterbury.« Sie hakte sich bei ihm unter und drückte sanft seinen Arm. »Seid Ihr nicht glücklich, Ire?« Colum schaute in gespieltem Zorn auf sie herab.

»Lieber würde ich meine Zehen am offenen Kaminfeuer rösten und Rawnose zuhören.«

»Dafür kann gesorgt werden«, entgegnete Kathryn. »Und ich könnte einen anderen bitten, mich auf meinem Abendspaziergang zu begleiten!«

Colum schmunzelte und tätschelte ihr zärtlich die Wange. »Und ich würde ihm den Kopf abreißen. Nun sagt mir also, was Ihr zu sagen habt!«

»Ich glaube, Isabella Talbot hat ihren Mann umgebracht.«

Colum blieb mit offenem Mund stehen. »Kathryn, wir sind unterwegs in das Haus eines mächtigen Kaufmanns und wollen seine Witwe des Mordes bezichtigen? Könnt Ihr es beweisen?«

»Nein.« Kathryn schaute ihn trotzig an. »Aber ich will sie herausfordern. Sie soll erkennen, daß andere vielleicht die Wahrheit wissen, und das könnte immerhin ein Anfang sein!«

Kathryn redete noch immer auf ihn ein, als sie Talbots Haus erreichten. Colum, dem bei der Sache nicht wohl in seiner Haut war, gab widerstrebend zu, daß man diesen Fall genauer untersuchen mußte. Zunächst dachte Kathryn, Isabella würde sich weigern, sie zu empfangen; Colum aber zwängte seinen Fuß in die Tür und rief laut, die Hausherrin würde sie entweder sofort empfangen oder aber früh am nächsten Morgen ins Rathaus bestellt werden, um gewisse Dinge zu klären. Der Diener führte sie in einen kleinen Empfangsraum, wo sie warteten, bis Isabella Talbot hereinkam, den allgegenwärtigen Robert im Gefolge. Das Gesicht war zu einer zornigen Maske verzogen.

»Wie könnt Ihr es wagen!« begann sie. »Wie könnt Ihr es wagen, hierher zu kommen, nachdem Ihr für diese dreckige alte Frau Partei ergriffen habt, die meinen Gemahl mit ihrer bösen Hexerei und ihren schlimmen Flüchen ermordet hat. Ich werde dagegen Einspruch einlegen!«

»Oh, so haltet doch den Mund!« fuhr Colum sie an. Ohne den Blick von Isabella abzuwenden, deutete er auf Robert. »Und Ihr, Herr, bleibt stehen, wo Ihr seid. Ich möchte mich vorstellen, Mistress Talbot. Ich bin Colum Murtagh, Königlicher Sonderbeauftragter. Euer Gemahl ist eines schrecklichen Todes gestorben, und das tut mir aufrichtig leid. Dennoch habt Ihr eine alte Frau schwer beschuldigt. Es stimmt schon, Mistress Swinbrooke hat vielleicht nicht das Recht, Euch Fragen zu stellen, ich aber dafür um so mehr!«

Isabella schaute ihn ohne die geringste Spur von Beschämung an. »Wenn das so ist, Master Murtagh, Königlicher Sonderbeauftragter«, gurrte sie spöttisch, »müßt Ihr tun, was Euch geboten ist in dieser Angelegenheit, aber wenn alles vorüber ist, werde ich mich dennoch beschweren!« Sie warf Kathryn einen finsteren Blick zu.

»Schön!« Colum klatschte in die Hände. »Dann möchte ich jetzt Euren gesamten Haushalt sehen: Lehrburschen, Stalljungen, Diener, Küchenmägde. Habt Ihr eine große Diele?«

»Natürlich, am Ende des Flurs, wo die Lehrburschen schlafen.«

»Ausgezeichnet, da möchte ich sie sehen.«

»Wozu soll das gut sein?« nörgelte Robert.

»Ich will ihnen ein paar Fragen zu dem Vormittag stellen, an dem ihr Herr ermordet wurde.«

Isabella trat auf ihn zu. »Ihr habt unsere Aussage unter Eid.«

»Stimmt.« Colum lächelte sie grimmig an. »Eidesstattliche Versicherung, ja, aber es ist nicht die Wahrheit, Mistress Talbot, und Meineid ist ein unsagbarer Verstoß. Und nun tut, was ich sage!« Isabella machte Anstalten zu widersprechen, doch sie besann sich eines besseren. Sie raffte ihren schwarzen Taftrock, verzog die Lippen zu einem Schmollmund und rauschte aus

608

dem Zimmer. Mit einem Fingerschnippen bedeutete sie Robert, ihr zu folgen. Colum schaute ihr nach.

»Chaucer sagt: ›Die Wahrheit ist eine gefährliche Sache‹«, warf er Kathryn über die Schulter hinweg zu. »Ich hoffe nur, oh scharfsinnigste aller Ärztinnen, daß Euer Verdacht gerechtfertigt ist.«

»Das ist er«, erwiderte Kathryn überzeugt und setzte sich in die Fensternische. »Isabella ist eine Mörderin, eine schlaue obendrein, wenn auch in diesem Fall eine Spur zu gescheit.«

Sie warteten. Schließlich klopfte eine Haushälterin an die Tür und eröffnete ihnen mit säuerlicher Miene, daß alles bereit sei. Sie führte sie einen hübsch möblierten Korridor entlang in die Diele. Kathryn schaute anerkennend auf die polierten Wandpaneele und den wunderschön gemeißelten Kamin, dessen Marmorsims von zwei Seejungfrauen getragen wurde. Die Möbel, Schränke, Archivschränke und Truhen waren aus schimmernder, polierter Eiche, und auf den glänzenden Dielenbrettern lagen frische grüne Binsen. Unter einem Rosettenfenster an der gegenüberliegenden Seite stand auf einem niedrigen Podest ein langer Tisch, in dessen Mitte ein riesiges, silbernes Salzfaß in Form eines Turmes thronte. Die Dienerschaft saß auf Bänken vor dem Podest wie bei einer Messe. Als Kathryn eintrat, drehten sich alle nach ihr um.

»Ihr könnt hier neben mir Platz nehmen«, erklärte Isabella Talbot und trat mit zierlichen Schritten auf das Podest. Sie setzte sich auf einen thronähnlichen Stuhl und zeigte auf zwei sehr kleine Hocker zu ihrer Rechten.

Colum verbeugte sich. »Ich glaube, wir bleiben stehen.« Noch ehe Isabella oder Robert, der hinter ihr stand, widersprechen konnten, stellten sich Colum und Kathryn auf das Podest vor den Tisch und schauten die versammelte Dienerschaft an.

Die verschlafenen Lehrburschen, Mägde und Stalljungen sahen sie mit offenem Mund an, als wären Kathryn und Colum Komödianten oder Jongleure, die sie unterhalten wollten.

»Es tut mir leid, falls wir stören«, sagte Kathryn. »Das hier ist Colum Murtagh.«

»Ich habe es ihnen bereits gesagt!« fuhr Isabella dazwischen.

»Wenn es so ist«, fuhr Kathryn fort, »dann will ich meine Fragen stellen.« Sie schaute die Lehrburschen an. »Wer war an dem Morgen, an dem euer Herr starb, für die Stände draußen vor dem Haus verantwortlich?«

Ein hoch aufgeschossener, spindeldürrer junger Mann meldete sich. »Ich bin der Meisterbursche, Mistress. Wir haben an dem Morgen nichts falsch gemacht«, erklärte er in hastigen Worten, »nur ...«

»Nur was?« fragte Kathryn.

»Wir haben an der Mauer zum Nachbarhaus um die Wette gepinkelt.« Kathryn schoß Colum einen warnenden Blick zu, ja nicht zu lachen. »Wir wollten sehen, wer am höchsten pinkeln kann«, fuhr der Bursche fort. »Aber dann sind wir wieder zu den Ständen zurückgekehrt. Wir haben die letzten Waren herausgetragen und sie dort aufgebaut. Ein paar Gassenjungen lungerten herum, die üblichen Rauhbeine, die versuchen, hier eine Schnalle oder dort eine Börse mitgehen zu lassen. Sie schwirren um die Stände wie Fliegen um einen Misthaufen.«

»Und die kommen jeden Tag?« fragte Kathryn.

»Oh, ja«, antwortete der junge Mann. »Sie sind wie das Wetter, sie gehören zum Handel dazu. Wir verscheuchten sie gerade, als wir den Aufschrei unseres Herrn hörten und einen schrecklichen Krach von oben. Ich habe den Lehrburschen befohlen, bei den Ständen zu bleiben und bin ins Haus gelaufen. Sir Peter lag auf dem Boden, und der Kopf war merkwürdig verdreht.« Er schaute die anderen Lehrburschen an. »Ich wußte sofort, daß er tot war. Hab' ich es euch nicht gleich gesagt?« Sie stimmten ihm im Chor zu.

»Und was geschah dann?« fragte Colum.

»Oh, sie, ich meine, die Herrin sagte mir, ich sollte wieder zu den Ständen gehen und aufpassen.«

Kathryn schaute die Mägde an. »Was passierte dann?«

»Ich kann für sie antworten.« Die sauertöpfische Haushälterin meldete sich von hinten. Sie rasselte mit dem Schlüsselbund. »An dem Morgen«, verkündete sie wichtigtuerisch und ging auf das Podest zu, »hat die Herrin alle Mägde Küche und Diele schrubben lassen. Wir haben auch den Krach auf der Treppe gehört. Ich bin hinausgegangen.« Die Stimme der Frau zitterte. »Der Herr lag da und rührte sich nicht.«

»Was geschah dann?« fragte Colum.

»Nun, Master Robert war schon in der Diele. Er rannte los, als sein Bruder fiel. Meine Herrin hat alle Mägde verscheucht.«

»Und?«

Die Haushälterin schloß die Augen und klimperte mit den Schlüsseln. »Master Robert stand in der Diele und überwachte ein paar Diener, während meine Herrin wieder nach oben ging, um das Schlafzimmer des Herrn zu richten. Die Leiche«, sagte die Frau mit bebender Stimme, »wurde hinaufgebracht. Ich fragte Mistress Talbot, ob ich mitkommen sollte.« Die Haushälterin warf ihrer Herrin einen flüchtigen Blick zu. »Aber man sagte mir, ich sollte unten bleiben.« »Danke.« Kathryn warf Isabella über die Schulter einen Blick zu. »Wir sind fertig.« Sie lächelte.

Schweigend sahen sie zu, wie die Diener und Lehrburschen leise miteinander redend die Diele verließen. Isabella erhob sich von ihrem Stuhl, kam um den Tisch herum und baute sich vor ihnen auf.

»Was soll das alles? Warum diese unablässigen Fragen?« Auf ihrem hübschen Gesicht zeichneten sich rote Flecken der Wut ab, die Augen schossen giftige Blicke, die Lippen waren schmal. Trotzdem spürte Kathryn Angst unter der Wut, während Schwager Robert sehnsüchtig zur Tür blickte, als wünschte er sich weit fort.

»Ich würde gern das Schlafzimmer sehen«, bat Kathryn.

»Warum?« entgegnete Isabella.

»Ich bitte Euch noch um ein wenig Geduld«, antwortete Kathryn. »Dann gehen wir wieder.«

Isabella durchquerte heftig schnaubend die Diele und führte sie, mit Robert im Gefolge, die steile Treppe hinauf. Oben angekommen, bückte sich Kathryn und sah sich den Pfosten auf der einen und den Putz über dem Boden auf der anderen Seite der Treppe an.

611

»Was ist?« stammelte Robert und versuchte, um Colum herum etwas zu sehen.

Isabella kam rasch zurück an die Treppe, eher ängstlich als wütend. Sie öffnete den Mund, wollte wohl etwas fragen, überlegte es sich aber noch einmal anders.

»Ich warte«, murmelte sie.

»Oh, ja.« Kathryn lächelte zu ihr auf und folgte ihr über den Flur in das reich möblierte Schlafzimmer. Die Vorhänge des großen Himmelbetts waren beiseite gezogen, und Kathryn setzte sich ohne Aufforderung auf die Bettkante.

»Hier saß Euer Gemahl, nicht wahr?«

Isabella, die jetzt nervös an einem Ring spielte, nickte und warf Robert einen unsicheren Blick zu. Colum stand an der Tür und sah zu, wie Kathryn die beiden in ihr Netz von Fragen verstrickte.

»Und wo wart Ihr, Mistress?«

»Ich ging zum Fenster und schaute hinaus.«

»Ach ja, Ihr habt die Gassenjungen gesehen, die etwas aus den Ständen stehlen wollten?«

Isabella zuckte mit den Achseln. Kathryn schaute kurz zu Robert, der sich auf einen Lehnstuhl gesetzt hatte; er war bleich geworden und kaute nervös auf der Unterlippe.

»Und wo wart Ihr, Herr?«

»Ich war unten.«

»Wo?«

»Ich, ich weiß nicht mehr …«, stotterte er.

Kathryn stand auf. »Alle anderen wissen es noch. Vielleicht sollte ich lieber die Diener fragen?«

»Ich war in der Diele. Ja«, stammelte Robert, »ich wollte gerade …«

»Lügt nicht!« Kathryn trat ans Fenster. »Es wird dunkel draußen, doch das Straßenpflaster ist noch zu erkennen.« Sie sah Isabella an, die nun wie versteinert vor ihr stand. »Aber die Stände Eures Gemahls oder die Stelle, an der sich Eure Lehrburschen aufgehalten haben, kann ich nicht sehen. Das ist nur möglich, wenn ich das Fenster öffne und hinausschaue. Und auch dann müßte ich mich weit hinauslehnen, um die Stände zu sehen, ganz zu schweigen von etwaigen Langfingern.«

»Was wollt Ihr damit sagen?« Isabella setzte sich auf den Deckel einer großen Truhe und versuchte, Haltung zu bewahren.

»Was ich damit sagen will, Mistress«, erwiderte Kathryn, »ist, daß Ihr eine bösartige, verschlagene Frau seid, die ihren Mann umgebracht hat.« Isabella ließ den Kopf hängen.

»Ihr habt Mathilda Sempler absichtlich aus ihrer Kate am Stour vertrieben, weil Ihr wußtet, wie sie darauf reagieren würde. Sie würde fluchen, mit ihrer Meinung nicht hinter dem Berg halten, und bei ihrem schlechten Ruf würde es nicht schwerfallen, ihr die Rolle der bösen Hexe zuzuschreiben, die Eurem Gemahl ans Leben wollte.«

Sie schaute zu Colum, der inzwischen die Schlafzimmertür geschlossen hatte und sich mit dem Rücken dagegen lehnte. »Mathilda Sempler«, fuhr Kathryn fort, »hat Euch nicht enttäuscht. Vor der gesamten Gemeinde hat sie Euren Gemahl verwünscht und einen Fluch über sein Haus heraufbeschworen. Danach war es ein Leichtes für Euch und Euren Geliebten Robert. Sir Peter, nehme ich an, hatte seine festen Gewohnheiten. Am Morgen seines Todes habt Ihr dafür gesorgt, daß die Mägde und Diener unten blieben – deshalb stand Robert in der Diele und hat niemanden die Treppe hinaufgelassen. Ihr, Mistress, habt oben quer über die Treppe einen Faden gespannt und an Nägeln im Geländerpfosten und im Wandputz befestigt. Wahrscheinlich hatte Robert die Nägel vorher dort angebracht.«

Isabella hob den Kopf. »Ist es das, wonach Ihr gesucht habt?«

»Ja«, erwiderte Kathryn. »Oh, die Nägel sind verschwunden, und der Faden ebenfalls, die Löcher aber nicht. Ihr habt alles vorbereitet und seid dann hier hereingekommen. Euer Gemahl war bereits erregt und nervös. Ihr habt aus dem Fenster geschaut, ihm zugerufen, Diebe würden seine Waren entwenden. Natürlich lief Sir Peter eilends hinaus. Ein schwerer Mann wie er mußte sich in der Schlinge verfangen, die Ihr so findig ausgelegt hattet.« Kathryn hielt kurz inne. »Ihr seid vor ihm hinuntergegangen, nicht wahr?« fragte sie rasch. »Womit jeglicher Verdacht auf einen Hinterhalt natürlich entkräftet war. Aber Euer Gemahl lief in die Falle. Die Treppe ist hoch und steil. Er stürzt Hals über Kopf nach unten, prallt gegen das Geländer und schlägt schließlich mit dem Kopf auf dem Steinboden der Diele auf. Ihr lauft zurück und spielt die entsetzte Gemahlin. Während sich Euer Komplize hier um die Leiche kümmert, geht Ihr wieder die Treppe hinauf und schneidet den Faden mit einem kleinem Messer durch, das bestimmt in Eurer Geldbörse steckt. Niemand bemerkt es. Natürlich sehen sie, daß Ihr stehenbleibt und Euch bückt, aber Ihr seid von Kummer überwältigt, so daß man Euch merkwürdige Launen und seltsames Verhalten nachsieht. Die Leiche Eures Gemahls wird hinaufgetragen und auf das Bett gelegt. Alle laufen treppauf, treppab, ohne die harmlosen kleinen Nägel zu bemerken, die Robert später entfernen wird.« Kathryn trat ans Fenster und schaute hinaus. »Ein klug eingefädelter Mord. Ich muß mich wirklich bei der Frau des Zimmermanns Torquil bedanken.« Sie schaute über die Schulter.

Isabella funkelte sie böse an. Robert hatte den Kopf in den Händen vergraben.

»Der Lauf der Welt ist merkwürdig, Mistress Talbot. Hätte ich heute nicht bei einem Zimmermann aus dem Fenster geschaut, wäre ich nie darauf gekommen.« Kathryn hob die Schultern. »Der Rest war einfach nur Vermutung.«

Isabella sprang auf, doch statt sich auf Kathryn zu stürzen, wandte sie sich an Robert, beugte sich zu ihm und flüsterte ihm etwas ins Ohr. Dann drehte sie sich um und kam wie eine wütende Katze auf Kathryn zu.

»Reine Vermutung, Mistress Swinbrooke!« Sie spuckte die Worte förmlich aus. »Eure Geschichte stimmt nicht. Ihr habt keine Beweise für Eure schmutzigen Anschuldigungen!«

Kathryn wich ihr nicht aus. Colum trat leise hinzu, die Hand am Dolch. Kathryn betrachtete Isabella Talbot und fragte sich, was eine so hübsche Frau zum Mord treiben konnte.

»Ich habe keine Beweise«, bestätigte sie, »und ich werde jetzt gehen.« Sie ging um Isabella herum zur Tür, die Colum ihr öffnete.

»Was werdet Ihr tun?« rief Robert ihr ängstlich nach.

Kathryn wandte sich zu ihm um, ohne Isabellas boshaftes Lächeln zu beachten.

»Was kann ich denn tun? Ich kann beweisen, daß Isabella aus jenem Fenster nichts sehen konnte. Ich kann auf die Nagellöcher hinweisen. Ich kann Überlegungen anstellen, wie merkwürdig es ist, daß ausgerechnet an diesem einen Morgen niemand die Treppe hinaufgehen durfte und daß Ihr Euch in der Diele herumgedrückt habt, als ob Ihr auf etwas gewartet hättet.« Kathryn deutete auf Isabella. »Die Mörderin hat recht, es sind alles nur Vermutungen.« Kathryn hielt inne und schloß die Schnalle an ihrem Umhang. »Morgen früh kann ich vor die Richter treten. Master Murtagh und ich werden unsere Verdächtigungen beeiden. Mag sein, daß Mathilda Sempler dennoch verbrannt wird, aber die Leute werden sich die Mäuler zerreißen, dessen könnt Ihr sicher sein, Master Robert. Die Diener werden sich auf einmal an bestimmte Einzelheiten erinnern, an Vorfälle und Ereignisse, und sie werden zu tuscheln anfangen. Zuerst ist es nur ein Raunen, aber es wird anschwellen, bis man Euch lauthals nachruft: Ehebrecher, Unzüchtige, Mörder! Und was ist dann, Master Robert? Wird sich der zuständige Priester weigern, Euch die Sakramente zu erteilen? Werden die Leute auf der Straße, in der Kirche und auf dem Markt vor Euch zurückweichen? Eure Lehrburschen werden müßig herumstehen, denn die Kunden bleiben aus – ein schleichender Tod erwartet Euch.«

Colum trat zu Isabella, die sich neben Robert gestellt hatte; er las ihnen vom Gesicht ab, daß sie Mörder waren.

»So wahr Gott mein Zeuge ist«, murmelte er und näherte sich Isabella bis auf wenige Fingerbreit. »Sollte Mathilda Sempler morgen früh, wenn das Markthorn ertönt, nicht auf freiem Fuß sein, werde ich vor den Richter des Königs treten und unter Eid aussagen, was ich heute abend gehört und gesehen habe. Mistress Talbot, das ist keine Drohung, das ist ein heiliges Versprechen!«

Kathryn und Colum gingen die Treppe hinunter und traten auf die Straße hinaus; es wurde bereits dunkel. Laternen, die an Haken über den Türen hingen, warfen Lichtkreise in die schmalen Gassen. Die Menschen hatten sich in ihre Häuser zurückge-zogen, die Läden waren geschlossen, die Stände abgebaut. Selbst die große Kathedrale hatte die Portale vor den Pilgern ge-schlossen, die sich nun in den Wirtshäusern und Herbergen drängten. Kathryn und Colum gingen zunächst schweigend ne-beneinander her. Dann verbreitete der Ire sich darüber, wie traurig es sei, wie die bitteren Rivalitäten und der tödliche Neid bei Hofe sich auch im Leben einfacher Bürger widerspiegelten.

»So viel Haß«, murmelte er, »bei einer so schönen Frau.« Er hakte sich bei Kathryn unter. »Der Ablaßkrämer sagte, Geldgier sei die Wurzel allen Übels.«

Kathryn schaute zu ihm auf und lächelte. »Ich glaube, Ihr habt die falsche Erzählung gewählt, Colum. Der Nonnenpriester hat in seiner Erzählung über den Hahn Chauntecleer die Wahr-heit gesprochen; nicht Neid, vielmehr Hochmut ist die offene Wunde, die in Mistress Talbot schwärt. Verwöhnt und verzärtelt, wie sie ist, hat Master Robert ihr zweifellos gegeben, wozu ihr Gemahl nicht fähig war. Sir Peter wurde zur Last, ein Hindernis für ihr Verlangen. Also hat sie ihn auf gewitzte Weise beseitigt.« Sie seufzte. »Aber, wie schon gesagt, alles nur Vermutungen, wir können kaum etwas beweisen.«

»Ich weiß nicht.« Colum drückte ihre Hand. »Die beiden Mörder werden nie vergessen, daß wir etwas wissen, und daß der liebe Herrgott es weiß. Es wird sie nie wieder loslassen.« Er zog den Umhang fester um sich, denn es wurde kalt. »Ja«, fügte er leise hinzu, »die Furien werden kommen, wenn sie des Nachts allein sind und ihre Lust gestillt ist.« Er hielt inne und blinzelte zu Kathryn hinunter. »Wobei natürlich ein Gerücht hier und ein Schwätzchen da sehr hilfreich sind.«

»Wird man Mathilda freilassen?« fragte Kathryn besorgt.

Colum ging weiter und hielt sich die Nase zu, denn die Abfall-haufen, die auf die morgendlichen Mistsammler warteten, stan-ken erbärmlich.

»Oh, man wird sie wohl freilassen«, antwortete er. »Ich wet-te, Master Robert entwirft bereits einen Brief, in dem er dem Richter erklärt, ihnen sei ein schrecklicher Fehler unterlaufen.

Es sei doch unrecht, eine alte Frau so zu beschuldigen. Man wird Mathilda freilassen, vielleicht bekommt sie sogar ihre Kate zurück. Die schöne Isabella ist ein hinterhältiges Weib. Sie hätte gern, wenn die Leute über ihren Großmut und ihre Nachsicht redeten.«

»Und Tenebraes und Fronzacs Tod?« fragte Kathryn.

Colum ging weiter und schwieg eine Weile. »Gibt es da nichts?«

Kathryn schüttelte den Kopf. »Ich komme einfach nicht dahinter, Colum. Fronzac ist tot, ja, und ich bin sicher, daß er zum Schweinepferch ging, die Pforte öffnete und den Mörder einließ. Ich bin auch sicher, daß Fronzac das *Buch des Todes* gesehen hat, daher seine obszönen Bemerkungen gegenüber der jungen Louise. Aber es will mir nicht in den Kopf, wie er Tenebrae ermordet haben soll. Irgend etwas fehlt. Es ist wie bei den Tricks der Scharlatane auf dem Markt, Kunstgriffe, die man nur dann sieht, wenn man weiß, worauf man achten muß.«

Sie kamen in die Ottemelle Lane. Colum blieb stehen, nahm Kathryns Hände und zog sie dicht an sich heran. Er beugte sich zu ihr hinunter und küßte sie zärtlich auf beide Wangen.

»Ich wollte es Euch nicht sagen«, begann er, »aber Master Foliot ist nach London zurückgekehrt. Er kam zu mir nach Kingsmead hinaus und nahm sich zwei der schnellsten Pferde.«

Kathryn blieb das Herz stehen. »Und?«

»Inzwischen«, antwortete Colum, »spricht er bestimmt mit Ihrer Königlichen Hoheit unter vier Augen. Er wird ihr sagen, daß das *Buch des Todes* verschwunden ist. Tenebrae ist tot, und es gibt keine Lösung für das Rätsel.« Colum schaute zum Himmel hinauf. »Ich kenne die Woodville«, fügte er bedrückt hinzu. »Foliot wird zurückkehren. Kann sein, daß er schon morgen abend wieder hier ist und Zeugnisse für das Mißfallen der Königin mitbringt.«

Zehn

Sobald sie zu Hause war, zog sich Kathryn in ihre Schreibstube zurück, ohne auf Thomasinas Gerede über Wufs Missetaten zu achten. Sie nahm sich eine Stunde Zeit, in der sie alles, was sie über die Morde an Tenebrae und Fronzac erfahren hatte, aufschrieb. Colum schaute herein und wünschte ihr eine gute Nacht. Kathryn reagierte zerstreut, da sie gerade die Beweise überprüfte, die sie gesammelt hatte.

»Nichts paßt zusammen«, murmelte sie vor sich hin. Fronzac war von einem der Pilger umgebracht worden; der tote Schreiber hatte zweifellos das *Buch des Todes* gelesen. Demnach hatte jemand aus Sir Raymonds Gruppe Tenebrae ermordet und das *Buch des Todes* gestohlen, und Fronzac mußte darin verwickelt gewesen sein. Kathryn gab sich geschlagen und stieg müde die Treppe hinauf, in Gedanken noch immer mit dem Rätsel beschäftigt. Sie zog sich aus, schlüpfte zwischen die Leintücher und schlief rasch ein, wurde aber von den sorgenvollen Gedanken in einen Strudel düsterer Alpträume gezogen, aus denen sie schweißgebadet aufwachte. Kathryn richtete sich auf und starrte in die Dunkelheit. Draußen vernahm sie das Tappen eines Bettelstabes auf der Ottemelle Lane. Katzen schrien; ein Hund heulte. Kathryn strich über die Bettdecke. Sie war hellwach, doch Körper und Geist standen noch unter dem Eindruck des Alptraums, und ihr war unbehaglich zumute. Bevor sie sich zurückgezogen hatte, war sie zu dem Schluß gekommen, daß Tenebrae nicht nur ein berufsmäßiger Hexer, sondern ein äußerst geschickter Erpresser war; mindestens einer aus Hetheringtons Gruppe wurde von ihm bezahlt. Kathryn sank in die Kissen.

»Brissot«, flüsterte sie und dachte an das aufgedunsene, rundliche Gesicht des Arztes. Brissot war Tenebraes Geschöpf. Er spürte die saftigen Brocken für seinen Meister auf – mochte er

618

behaupten, was er wollte. Kathryn schlief wieder ein. Am nächsten Morgen weckte Thomasina sie, laut lamentierend, daß die ersten Patienten bereits im Anmarsch seien. Kathryn flog förmlich aus dem Bett. Sie zog sich rasch an, rieb sich etwas Rosenöl auf Hände und Gesicht, setzte sich eine Haube auf und lief die Treppe hinunter.

Colum war schon nach Kingsmead aufgebrochen.

»Gleich nach dem Morgengrauen«, verkündete Thomasina.

Agnes stand neben dem Herd und schlug Butter, während Thomasina finster in ein kleines Faß Ale schaute, das sie selbst gebraut hatte.

»Es ist sauer geworden!« Sie warf Kathryn einen vorwurfsvollen Blick zu, als schiebe sie ihrer Herrin die Schuld in die Schuhe. »Na schön.« Thomasina hob das Fäßchen hoch. »Damit werden die Blumen besser gedeihen.« Sie ging zur Küchentür, hinter der Kathryn den im Garten spielenden Wuf hören konnte.

»Haferkuchen und Milch stehen auf dem Tisch«, rief Thomasina ihr über die Schulter hinweg zu. »Ich habe Euren Patienten gesagt, sie sollten sich ein wenig die Beine vertreten. Das wird ihnen guttun, obwohl sie bald wieder hier sein werden.«

Kathryn nahm rasch etwas zu sich. Abgesehen von einem trockenen Mund und einem säuerlichen Gefühl im Hals hatte sie den Alptraum überwunden. Beim Gedanken an Brissot beschlich sie jedoch noch immer ein ungutes Gefühl, und sie fragte sich, wie sie den schweigsamen Morel dazu bringen konnte, ihre Fragen zu beantworten. Doch als dann die Patienten eintrafen, mußte sie ihre Gedanken beiseite schieben.

Die ersten waren Edith und Eadwig, die Zwillingstöchter des Gerbers. Sie hatten sich beim Spiel in einem nahegelegenen Steinbruch Kratzer und Blutergüsse zugezogen. Kathryn wusch die violett angelaufenen Stellen sorgfältig ab und trug anschließend einen Auszug aus Johanniskraut auf. Die Frau des Zimmermanns Torquil strahlte bis über beide Ohren und verkündete, ihr Mann sei nun endgültig dem Tod entronnen. Sie pries Kathryn über alle Maßen und hatte ihr einen kleinen Hocker mitgebracht, als Anzahlung, so sagte sie, für Kathryns Mühe und Arbeit. Coniston, ein Garnisonsoffizier in der Burg, klagte über Gicht. Sein rechter großer Zeh war rot und geschwollen. Kathryn belehrte ihn über die Gefahren, die der übermäßige Genuß von Rotwein mit sich brachte, und verordnete ihm Ysop-Saft. Coniston teilte Kathryn mit, Mathilda Sempler sei aus dem Kerker entlassen worden, weil Isabella Talbot ihre Anschuldigungen überraschenderweise vollständig zurückgezogen habe. Kathryn verkniff sich ein Schmunzeln, als der Soldat fortfuhr, Mistress Talbots Großzügigkeit in den höchsten Tönen zu loben. Sie habe der alten Frau eine neue Unterkunft außerhalb von Westgate besorgt. Beatrice, die Tochter des Sackmachers Henry, und Alice, die Frau des Bäckers Mollyn, baten ebenfalls um Heilmittel. Alice klagte über eine Magenverstimmung und ging zufrieden wieder nach Hause, nachdem Kathryn sie mit einem Glas Mondraute versorgt hatte. Beatrice, die sich den Bauch hielt und nicht gerade angenehm roch, klagte über Durchfall. Kathryn hörte der Beschreibung des Mädchens aufmerksam zu und vermutete, daß sie zu viel frisch gebrautes Ale getrunken hatte. Sie verabreichte ihrer Patientin etwas Beifuß und ermahnte sie, besser achtzugeben, was sie aß und trank. Weitere Patienten, die meisten mit geringfügigen Beschwerden, folgten. Die Glocken von Saint Mildred läuteten zum Angelusgebet am Vormittag, als Luberon schnaufend und wild mit den Armen rudernd in die Küche stürmte.

»Schon wieder einer!« platzte es aus ihm heraus.

Kathryn war draußen, wusch sich die Hände und ermahnte Wuf gerade, nicht auf den Apfelbaum zu klettern.

»Was ist passiert?« rief sie, als sie Luberons laute Stimme hörte.

Der kleine Schreiber trat in den Garten und kniff die Augen gegen die helle Sonne zusammen. Kathryn betrachtete seine rot umrandeten Augen aus der Nähe.

»Simon, Ihr müßt aufpassen. Habt Ihr vergangene Nacht gut geschlafen?«

Luberon zog den Kopf zurück. »Wie ein Ferkel.«

»Aber Ihr habt gelesen?« bohrte Kathryn weiter.

Luberon schaute auf seine schmutzigen Stiefel.

»Ich habe es Euch schon einmal gesagt«, mahnte Kathryn und schob ihn vor sich her in die Küche. »Euer Augenlicht läßt nach, Simon, und Ihr solltet zweierlei tun. Erstens nur bei Tageslicht, niemals bei Kerzenschein lesen. Und zweitens nach London gehen und Euch eine Brille kaufen.«

»Ich habe sie gesehen«, murmelte Luberon. »Stahlgestelle mit Gläsern. Dauernd rutschen sie von der Nase.«

»Aber damit könnt ihr besser sehen«, erwiderte Kathryn und bedeutete ihm mit einer Handbewegung, Platz zu nehmen.

»Nun, macht Euch um meine Augen keine Sorgen«, sagte Luberon und ließ sich ächzend auf dem Hocker nieder, den Torquils Frau gebracht hatte. Er war etwas niedriger als die anderen, und Kathryn biß sich auf die Lippe, um nicht laut aufzulachen. Luberon folgte ihrem Blick. »Ist der neu?«

»Laßt nur, Simon. Was gibt es Neues?«

»Brissot ist tot!«

Kathryn schloß die Augen und setzte sich.

»Ich habe es geahnt«, murmelte sie. »Wie ist es geschehen?«

»Keiner weiß etwas. Heute morgen sind die Pilger früh aufgestanden, weil sie dem Schrein einen zweiten Besuch abstatten wollten. Beim Frühstück haben sie festgestellt, daß Brissot fehlte. Der Wirt ging in sein Zimmer und fand ihn gleich hinter der Tür mit eingeschlagenem Schädel.« Luberon beugte sich vor und berührte Kathryns Hand. »Woher wußtet Ihr das, Mistress?«

»Es spielt keine Rolle. Wart Ihr dort?« fragte Kathryn. »Im Wirtshaus?«

»Oh, nein.«

Kathryn griff nach ihrem Umhang. »Dann wird es aber Zeit.« Rasch sagte sie Thomasina Bescheid und trat dann mit Luberon auf die Ottemelle Lane hinaus. »Woher wußtet Ihr das?« wiederholte der Schreiber seine Frage.

Kathryn zog ihn abrupt in einen Türeingang, als über ihnen ein Fenster geöffnet und der Inhalt eines Nachtgeschirrs ausgeleert wurde.

»Es ist nur folgerichtig. Tenebrae wird ermordet, ebenso Fronzac – der Preis ist das *Buch des Todes*. In diesem verdammten Manuskript hat Tenebrae alle seine Geheimnisse notiert, einschließlich der Enthüllung, daß Brissot vielleicht ein noch größerer Spion war, als er gestern zugeben wollte.«

»Deshalb mußte er sterben?« fragte Luberon.

»Natürlich. Was nutzte es, wenn Master Brissot mit Tenebraes Wissen nach London zurückkehren konnte? Hinzu kommt, daß Zünfte wie geschlossene Gesellschaften sind, in denen Loyalität zu den höchsten Tugenden und Verrat zu den schlimmsten Verbrechen zählt.«

Sie setzten ihren Weg fort. Als sie beim ›Turmfalken‹ ankamen, war Kathryn entschlossen, keine Zeit mehr zu verlieren.

»Das ist schlecht fürs Geschäft«, jammerte der Wirt, als er sie eintreten sah. »Zwei Tote in einer Woche, Mistress.«

»Unsinn!« erwiderte Kathryn, während sie die Treppe hinauf und über den Flur gingen. »Es hat doch nichts mit Eurer Küche oder Eurer Gastlichkeit zu tun!«

Der Wirt blieb stehen, die Hand auf der Türklinke.

»Womit dann, Mistress?«

»Da unten sitzt eine Pilgergruppe, die bei Euch wohnt«, sagte Kathryn und lehnte sich etwas atemlos an den Türpfosten. »Einer von ihnen ist ein Mörder mit dem tödlichen Wunsch, gewisse Geheimnisse verborgen zu halten.«

»Ja.« Der Wirt stieß die Tür auf. »Und an ihren Früchten sollt ihr sie erkennen, oder wie es im Psalm heißt.« Er deutete auf das Bett, auf dem Brissot ordentlich aufgebahrt lag.

Kathryn trat näher und betrachtete den Arzt. Das Gesicht war jetzt schlaff, das Blut am Hinterkopf, nachdem es die Laken durchtränkt hatte, geronnen. Kathryn tastete die steifen Hände und Gliedmaßen des Mannes ab und untersuchte das im schwachen Licht verdrießlich wirkende, bleiche Gesicht.

»So eine Verschwendung.«

»Warum sagt Ihr das?« Luberon trat neben sie.

»Er war ein guter Arzt«, erwiderte Kathryn. »Aber wie schon Master Chaucer sagt: ›Der Glanz des Goldes wiegt mehr als körperliche Liebe.‹ Man hat ihn umgebracht, weil er etwas getan hat und weil er zuviel wußte.« Sie wandte sich an den Wirt. »Ich glaube, es hat keinen Zweck, die Pilger zu befragen. Habt Ihr oder Eure Diener etwas Ungewöhnliches bemerkt?«

Der Wirt spreizte die Finger. »Gestern abend herrschte hier reges Kommen und Gehen; man ging etwas besichtigen, kaufte in der Stadt ein oder saß im Schankraum«, er wandte den Blick ab, »und beklagte sich über Euch und den Iren.«

»Und nichts Außergewöhnliches geschah?« wiederholte Kathryn. »Kein Besucher kam?«

»Nein«, antwortete der Wirt. »Der Arzt war bei ihnen, aber nach dem Abendessen ging jeder seiner Wege.«

»Ihr habt die Leiche gefunden?«

»Oh, ja. Ich habe heute morgen an die Tür geklopft; da niemand antwortete, habe ich die Klinke gedrückt und die Tür aufgestoßen. Sie ließ sich nur ein Stück öffnen, weil die Leiche gleich dahinter lag.«

Kathryn bedankte sich bei ihm, ging zur Tür und untersuchte sie sorgfältig.

»Seht her, Simon.« Sie zeigte auf die kleinen roten Blutspritzer, die auf dem Holz getrocknet waren. »Herr Wirt, zeigt mir, wie die Leiche lag.«

Der Wirt fluchte leise und folgte nur widerwillig. Langsam ließ er sich mit seinem massigen Körper auf den Boden nieder und legte sich neben die Schwelle.

»So«, sagte er und sah Kathryn an. »Sein Gesicht war ins Zimmer hinein gedreht.«

Kathryn dankte ihm. »Fragt sich nur …«, flüsterte sie. Als Luberon etwas sagen wollte, schüttelte sie den Kopf. Sie half dem Wirt auf die Beine und ließ eine Münze in seine schwielige Hand gleiten. »Danke«, sagte sie mit einem Lächeln. »Ihr könnt jetzt gehen; wir wollen gern noch kurz hier bleiben.«

Der Wirt verließ fluchtartig den Raum, ehe die Ärztin noch weitere merkwürdige Forderungen an ihn stellen konnte.

»Ihr habt Euch etwas gefragt, Mistress?« meldete sich Simon.

Kathryn ging zur Tür. »Brissot wurde ermordet«, erklärte sie,

»als er versuchte, den Raum zu verlassen. Der Mörder muß bei ihm gewesen sein und mit ihm gesprochen haben. Vielleicht haben sie sich gestritten. Brissot ist aufgestanden, zur Tür gegangen, wollte womöglich in den Schankraum zu den anderen Pilgern hinunter oder sogar Master Murtagh oder mich um Hilfe bitten.« Sie warf einen Blick über die Schulter. »Brissot hatte die Hand an der Türklinke, der Mörder trat hinter ihn, versetzte ihm einen furchtbaren Schlag auf den Hinterkopf und zerschmetterte den Schädel, so daß Blut an die Tür spritzte. Anschließend stieg der Mörder über die Leiche und verließ so schnell wie möglich den Raum.«

Kathryn ging wieder zum Bett und drehte die Leiche vorsichtig um. Sie untersuchte die Platzwunde am Hinterkopf: ein langer, tiefer Einschnitt.

»Was verursacht eine solche Wunde?«

»Ein Schwert?« schlug Luberon vor und starrte Brissots zerfleischten Hinterkopf angeekelt an.

»Oder etwas Ähnliches«, sagte Kathryn. »Hier drinnen ist kein Werkzeug zu sehen, aber der Mörder würde wohl kaum mit einem Stock oder einer Keule, von der noch Blut tropft, auf den Flur hinausgehen.« Kathryn untersuchte die tiefe Wunde noch einmal. »Aber der Griff eines Dolches oder eines Schwertes, die man wieder in die Scheide stecken und unter einem Umhang verbergen kann?«

»Warum fragen wir die anderen Pilger nicht?«

»Nein.« Kathryn schüttelte den Kopf. »Was können sie uns sagen? Wenn einer von ihnen etwas wüßte, hätte das Gezeter schon eingesetzt. Vor allem würden sie mich ausfragen und dann nur feststellen, daß ich nicht viel weiter gekommen bin. Master Colum ist draußen in Kingsmead, Foliot ist nach London zurückgekehrt. Oh, ja.« Sie gewahrte den besorgten Blick Luberons. »Und er wird zurückkommen und uns drohen. Also, Simon«, Kathryn ergriff die pummelige Hand des kleinen Schreibers, »geh hinunter und verratet ihnen nichts von dem, worüber ich mit Euch gesprochen habe, aber seht zu, daß Ihr irgend etwas aufspüren könnt.« Sie schaute sich verzweifelt im Zimmer um. »Es scheint für dieses Rätsel keine Lösung zu geben. Haltet Eure müden Augen offen«, fügte sie hinzu. »Sucht jemanden mit Schwert oder Dolch.«

Dann verabschiedete sie sich, schlüpfte aus dem Zimmer, ging die Treppe hinunter und verließ das Wirtshaus, ehe sie jemand aufhalten konnte.

Kathryn schritt energisch aus und versuchte, die aufkommende Panik zu unterdrücken. Was konnte sie tun? Tenebrae war tot. Fronzac und Brissot waren ihm ins Grab gefolgt. Sie hatte Morel und Foliot in Verdacht gehabt, aber beim Tod der beiden Pilger waren sie nicht in der Nähe des Wirtshauses gesehen worden. Kathryn sah einen königlichen Bogenschützen, dessen rot-blau-goldener Rock in der Morgensonne leuchtete – wahrscheinlich ein Bote vom Hof. Sie blieb vor dem Stand eines Pelzhändlers stehen und tat so, als schaute sie sich ein Paar Handschuhe an. Würde es so ablaufen? fragte sich Kathryn. Ein Bote, frisch aus London eingetroffen mit Briefen und Urkunden, in denen die Pilger und, noch wichtiger, Colum aufgefordert wurden, sich in Westminster zu melden? Würde man Colum wieder zurückkehren lassen? Oder würde man ihn wochen-, vielleicht monatelang festhalten, bis die Wut der Königin verraucht war? Ein Lehrbursche zog sie am Ärmel.

»Ein Pelzumhang, Mistress, ein Mantel aus Eichhörnchenfell vielleicht?«

Kathryn schüttelte den Kopf und eilte weiter. Sie verließ den Stadtteil Queningate und durchquerte Burghgate. Die breite Durchgangsstraße lag in der prallen Sonne, der Lärm war ohrenbetäubend und die Luft geschwängert von allen möglichen Gerüchen. Händler brüllten aus Leibeskräften; Lehrburschen hielten Passanten am Ärmel fest und riefen: »Was darf es sein? Was darf es sein?«

Eine aufgebrachte Menge stand um einen Mistkarren und protestierte lautstark gegen die Art und Weise, wie die ungehobelten Arbeiter den Rinnstein säuberten und die Abfälle auf den Karren luden, ohne darauf zu achten, ob sie die Vorübergehenden mit Dreck bespritzten. Ein Hund, den der Karren überrollt

625

hatte, wurde von einem vorbeigehenden Händler von seinen Leiden erlöst. Weiter vorn hatte eine Gruppe Scharlatane und Marktschreier ein mit einem schmutzigen Leintuch behangenes Gestell errichtet, hinter dem sich, wie einer von ihnen lauthals verkündete, eine Frau mit drei Beinen und ein Kind mit einem Bart bis zum Bauchnabel verbargen. Kathryn schmunzelte über den Einfallsreichtum dieser vagabundierenden Schausteller. Neben ihnen wollte ein fahrender Sänger, der sich auf einen durchlöcherten Eimer gestellt hatte, den Versammelten weismachen, er sei in Byzanz gewesen, als die Stadt von den Türken erobert wurde; dabei hätten sie ihn seines Augenlichts und eines Teils seiner Genitalien beraubt, wovon sich Interessierte nach Zahlung eines geringen Betrages mit eigenen Augen überzeugen könnten. Zwei Soldaten aus der Garnison der Burg lästerten lautstark über ihn. Mitten in Burghgate stand ein Schreiber der Kathedrale auf einem Karren. Feierlich stimmte er das Ritual der Exkommunizierung William Pettifers an, der sein Vieh auf kirchlichem Weidegrund hatte grasen lassen.

»Verflucht sei er im Sitzen!« brüllte der Schreiber. Dann hielt er kurz inne, um seine Glocke zu läuten. »Verflucht sei er im Stehen!« Wieder läutete er die Glocke. »Verflucht sei er beim Essen und Pissen!«

Zur Rechten des Schreibers stand ein weiß gekleideter Meßdiener, der eine riesige violette Kerze trug; ein ähnlich gekleideter Junge zu seiner Linken hielt ein Psalmenbuch in die Höhe. Die Menschen, die sich um die Stände drängelten, schenkten diesen Vorstellungen keine Beachtung. Zwei Huren rannten kreischend vor Lachen über den Markt. Ihre Köpfe waren kahlgeschoren und sie hielten ihre orangeroten Perücken fest umklammert. Schwitzende, puterrote Büttel verfolgten sie. »Platz da! Macht Platz!« Die Lehrburschen hatten ihren Spaß daran und versuchten nach Kräften, die Gesetzeshüter am Vorwärtskommen zu hindern.

Kathryn trat in den Schatten eines Hauses, dessen Front eine ganze Seite von Burghgate einnahm. Der Staub des Marktplatzes brannte in ihren Augen; ihr Mund war trocken, und ihr war schwindlig vor Hunger. Sie erblickte einen Wasserverkäufer und wollte schon einen Becher zum Mundausspülen kaufen, als ihr Blick auf die schmierigen Speichelreste am Rand des Eimers fiel. Sie ging weiter.

Am Hetzpfahl bog sie nach links in die Mercery und setzte sich einen Augenblick auf den Sockel der Kirche von Saint Andrew's. Mit einem Zipfel ihres Umhangs tupfte sie sich den Schweiß vom Gesicht und warf einen Blick in die Richtung, aus der sie gekommen war. Sie war sicher, daß sie verfolgt wurde, und fragte sich, ob es einer der Pilger war. Als sie sich wieder erholt hatte, stand sie auf und setzte ihren Weg durch die Saint Margaret's Street fort. Sobald sie an der Ottemelle Lane um die Ecke bog, huschte eine große, untersetzte Gestalt aus einer Gasse und stellte sich ihr in den Weg. Kathryn wich einen Schritt zurück. Der Mann schob seine Kapuze zurück, und Kathryn blickte in das weiße, schwammige Gesicht und die schwarzen, stechenden Augen von Morel.

»Du lieber Himmel, habt Ihr mich erschreckt!« rief Kathryn.

»Tut mir leid.« Er verzog die schwulstigen Lippen, als wollte er weinen. »Ihr müßt unbedingt mitkommen!« drängte er und fuchtelte mit der Hand in der Luft herum.

»Warum?« fragte Kathryn. »Wohin soll ich mitkommen?«

Morel schmatzte und schaute sich ängstlich um. »Zum Haus des Meisters, die Geheimnisse ...«

Kathryn frohlockte innerlich. »Ihr wollt mir etwas zeigen?«

Morel strahlte vor Zufriedenheit. »Ja. Der Meister würde es so wollen. Ihr müßt mitkommen, sofort, ehe es zu spät ist!«

»Mistress Kathryn! Mistress Kathryn!«

Morel fuhr herum, als Wuf hinter ihm die Straße entlang gehüpft kam. Er ballte die Hand zur Faust. Kathryn trat eilig vor und stellte sich schützend vor Wuf. Sie packte den aufgeregten Kleinen bei den Händen und sah ihn fest an.

»Was ist los, Wuf?«

Wuf schaute zu Morel auf, und das Lächeln verschwand aus seinem Gesicht. »Ich freue mich nur, Euch zu sehen«, murmelte er und drängte sich näher an Kathryn, um Morels zornigen Blicken auszuweichen.

»Wohin willst du?« fragte Kathryn.

»Ich habe Angst«, flüsterte Wuf und warf ihr unter halb geschlossenen Augenlidern einen verzagten Blick zu.

»Sei nicht albern.« Kathryn nahm sein Gesicht zwischen beide Hände. »Warum bist du nicht zu Hause?«

Wuf sah blinzelnd zu ihr hoch. »Thomasina hat mich geschickt, ich soll etwas holen.«

»Was denn?«

Wuf schlug die Hand vor den Mund. »Das hab' ich vergessen.« Der Kleine starrte Kathryn an. »Ehrlich, sie hat mich geschickt, aber ich hab's vergessen.«

»Dann geh zurück. Frag sie noch einmal und sag ihr, daß ich zu Tenebraes Haus gehe.«

Wuf warf Morel einen finsteren Blick zu, drehte sich um und rannte fluchtartig die Straße hinunter.

»Mistress, wir müssen jetzt gehen«, drängte Morel. »Wo sind Eure Arzneien?«

Kathryn schaute Wuf nach, bis er zu Hause angekommen war. Dann drehte sie sich um.

»Ich brauche keine Arzneien.« Sie tippte sich spielerisch an die Schläfe. »Alles, was ich brauche, ist hier drinnen.«

Morel lächelte, machte auf dem Absatz kehrt und betrat die Gasse, aus der er gekommen war. Kathryn eilte hinter ihm her. Trotz seiner Körperfülle legte Morel ein Tempo vor, das Kathryn überraschte. Als sie schließlich am Haus des toten Magiers ankamen, war sie außer Atem, und der Schweiß rann ihr über Gesicht und Nacken. Kathryn fragte sich, ob sie das Richtige tat; Morel war jetzt sehr aufgeregt. Er fingerte an den Schlüsseln herum und murmelte vor sich hin. Kathryn meinte zu hören, daß er sich bei seinem Meister entschuldigte. Dann schwang die Tür auf, und Morel schob sie förmlich vor sich her in die dunkle Diele. Der faulige Geruch, der ihr entgegenschlug, ekelte Kathryn, und sie hielt sich die Nase zu.

»Um Himmels willen, Mann!« fragte sie. »Was ist das?«

Morel huschte an ihr vorbei, hastete die Treppe hinauf und bedeutete Kathryn ungeduldig, ihm zu folgen. Kathryn ging ihm nach und wischte sich die feuchten Handflächen am Rock ab. Der üble Geruch wurde immer stärker. Sie blieb stehen und war im Begriff, umzukehren, doch Morel kam hinunter und packte ihr Handgelenk.

»Ihr müßt kommen.«

Während Kathryn sich mit einer Hand den Mund zuhielt, zog Morel sie die restlichen Stufen hinauf in das Geheimzimmer.

»Halt!«

Kathryn lehnte sich an den Türrahmen und blickte sich um. In den schwarz lackierten Haltern brannten ein paar violette Kerzen, in deren Schein die Schatten tanzten. Die Mitte des Zimmers lag im Dunkeln, der Verwesungsgestank war kaum zu ertragen. Kathryns Augen gewöhnten sich allmählich an das schwache Licht, und sie sah eine dunkle Gestalt auf einem Stuhl hinter dem Tisch sitzen.

»Was ist denn das?«

Morel stieß sie nach vorn und zog hinter ihr die Tür zu. Er trieb sie beinahe durchs Zimmer, bis sie gegen den Tisch stieß. Kathryn verlor das Gleichgewicht und hielt sich an der Tischkante fest. Beim Aufschauen erkannte sie entsetzt, daß es die Leiche des Hexers Tenebrae war, die vor ihr auf dem Stuhl saß. Die Verwesung hatte bereits eingesetzt. Der Körper steckte noch in einem grauen Tuch, der Kopf war nach vorn gesunken, der Mund stand offen, die Augen waren halb geschlossen, die weiße, schwammige Haut inzwischen grau wie der Bauch eines gestrandeten Fisches. Der grausige Anblick ließ sie schwer schlucken.

Er ist tot, dachte sie; verdorben im Leben, verrottet im Tod. Morel, der sich an die Seite des Tisches gestellt hatte, schaute sie erwartungsvoll an.

»Das ist es doch, was Ihr wollt, oder?« keuchte er.

Kathryn atmete langsam ein und aus und hoffte, daß ihr Magen sie nicht im Stich lassen würde.

»Wann habt Ihr das gemacht?«

Morel lächelte wie ein kleiner Junge, der eine reiche Belohnung erwartete.

»Heute morgen«, antwortete er; das sonst so nichtssagende

629

Gesicht leuchtete jetzt vor Erregung. »Kurz vor der Morgenröte. Ich habe den Körper des Meisters aus dem Grab geholt.« Er schloß die Augen. »Der Meister hat immer gesagt, er würde nach spätestens drei Tagen wiederkommen. Daß jemand, der die Macht hat, die Seele zurückrufen würde. Ich wußte, daß es hier geschehen mußte.« Er zeigte auf Kathryn. »Ihr habt die Macht, Mistress, Ihr kennt die Worte.«

Kathryn trat einen Schritt vom Tisch zurück.

»Ihr könnt es!« rief Morel triumphierend. »Ihr kennt die alten Weisen!«

Kathryn ging langsam ein paar Schritte zurück. »Die Tür muß offenstehen«, sagte sie. »Wenn Tenebraes Seele zurückkehren soll, muß die Tür geöffnet werden, damit sie hereinkann.«

Morel schaute sie entgeistert an. Kathryn verlor die Nerven. Sie drehte sich um und floh zur Tür. Sofort setzte ihr Morel mit schweren Schritten nach. Ihre verschwitzte Hand rutschte an der Türklinke ab; sie fluchte und versuchte es noch einmal. Morel hatte sie beinahe erreicht, als sie die Tür aufriß und die Treppe hinunterstürmte, Morel dicht hinter sich. Kathryn erreichte die letzte Stufe. Durch die halb geöffnete Eingangstür sah sie den überwucherten Garten. Sie stolperte. Morel erwischte sie am Umhang und riß sie zurück. Kathryn schrie auf. Sie schloß die Augen und ruderte wild mit den Armen, kratzte und trat um sich, während Morel versuchte, sie mit beiden Armen fest zu umklammern. Sie mußte ihn mit einem Fingernagel am Auge erwischt haben, denn seine Umklammerung lockerte sich. Kathryn taumelte zur Tür. Aber Morel sprang vor und schlug sie zu Boden, wobei sie hart mit der Schulter aufprallte. Kathryn wand sich wie eine Katze unter ihm, wehrte sich mit allen Kräften. Sie stieß mit dem Knie nach ihm und traf ihn in die Leiste. Gleichzeitig kratzte sie ihm das Gesicht blutig. Sie wußte nicht, wovor sie sich mehr fürchten sollte: vor Morels massigem Körper, der sie zu Boden drückte, oder vor seinen toten, leeren Augen, die sie so unentwegt anstarrten, als spürte er keine Schmerzen. Kathryn wehrte sich verzweifelt und hatte Angst, daß ihre Kraft nachlassen könnte. Schließlich bekam Morel ihre Hände zu packen und hielt sie an den Handgelenken fest. Kathryn ruckte und zappelte, um sich von dem erdrückenden Gewicht zu befreien. Sie vernahm einen Aufschrei und sah etwas auf Morel herabfallen. Er stöhnte und rollte zur Seite.

Kathryn schloß die Augen und rang nach Atem, als Thomasina sich über sie beugte. Laut fluchend und schimpfend zog sie Kathryn hoch und schob sie hinaus in den Garten. Keuchend und würgend ließ sich Kathryn zu Boden gleiten, ohne auf die Brombeerranken zu achten, die an ihrem Kleid zerrten. Thomasina packte ihr Gesicht und drehte es zu sich um; beim Anblick der blanken Wut in Thomasinas Augen lief Kathryn ein Schauer über den Rücken.

»Kommt zu Euch!« fuhr Thomasina sie an. »Atmet ruhig und tief.«

Ehe Kathryn ihr Einhalt gebieten konnte, stapfte Thomasina, noch immer mit dem dicken Knüppel in der Hand, zurück in die Diele und versetzte dem bewegungslos daliegenden Morel einen weiteren kräftigen Schlag auf den Hinterkopf. Kathryn rappelte sich mühsam auf und schwankte auf die Tür zu.

»Laß ihn, Thomasina!«

Die alte Amme hatte den Knüppel erneut erhoben.

»Hör auf!« rief Kathryn.

Thomasina warf ihr einen schrägen Blick zu. Kathryn streckte beide Hände aus.

»Thomasina.« Tränen traten ihr in die Augen. »Laß ihn! Bitte!«

Thomasina seufzte geräuschvoll, ließ den Knüppel sinken, versetzte dem Liegenden aber noch einen Fußtritt.

»Ich hoffe, er ist tot!«

Kathryn hockte sich nieder und prüfte den immer noch kräftigen Pulsschlag an Morels Hals. Beim Hochkommen griff sie sich an die Brust.

»Er wird einen ziemlich dicken Kopf haben, aber er wird es überleben.«

Tränen liefen ihr über die Wangen. Thomasina nahm sie in die Arme, drückte ihren Kopf an die Schulter und streichelte ihr über das Haar.

»Ihr habt Euren Schleier verloren«, murmelte sie.

Kathryn mußte lachen. Thomasina stieß sie von sich und rümpfte angeekelt die Nase.

»Bah! Wie das hier stinkt!« Sie schaute die Treppe hinauf.

»Geh nicht nach oben«, warnte Kathryn sie. »Da ist eine Leiche.«

Dann sank Kathryn auf die untere Treppenstufe und erzählte der Amme, was geschehen war. Als Morel sich rührte, setzte Thomasina sich auf ihn. Kathryn lächelte und betrachtete ihr zerrissenes Kleid. Na, da war wohl nicht mehr viel zu machen. Thomasina schaute nun mit offenem Mund die Treppe hinauf. Kathryn beugte sich vor und tippte ihr zärtlich unter das Kinn.

»Mund zu, das Herzchen wird kalt!«

»Eine Leiche«, stammelte Thomasina. »Dieser mißratene Kerl hat die Leiche seines Herrn ausgegraben!« Thomasina sprang auf, packte Morel am Kragen und zog den noch immer bewußtlosen Mann in den Garten hinaus. »Und was hast du da zu gaffen?« rief sie.

Kathryn eilte zur Tür. Bogbean stand mit großen, runden Augen am Tor und starrte Thomasina an, als wäre sie eine Art Medusa.

»Hol die Büttel!« rief Kathryn ihm zu. »Schnell, Mann! Sag ihnen, sie sollen gleich herkommen.« Wieder rang sie nach Atem. »Sag ihnen, es handelt sich um eine Angelegenheit des Königs!«

»Nun mach schon!« knurrte Thomasina.

Bogbean stolperte eilig davon. Thomasina ging zu einem Wirtshaus in der Nähe und holte einen Becher Wein, einen kleinen Krug Wasser und ein zerfetztes, aber sauberes Tuch. Dann schwirrte sie wie eine Glucke um Kathryn herum. Sie flößte ihr den Wein ein und wusch ihr Gesicht und Hände; während sie den Schleier von der Treppe holte, behielt sie den bewußtlosen Morel wachsam im Auge.

»Dem Himmel sei Dank, daß es Wuf gibt!« keuchte Thomasina. »Ich hatte ihn zum Mehlholen fortgeschickt. Von ihm habe ich erfahren, wohin Ihr gegangen seid.« Sie trat einen Schritt zurück. »So! Ihr seid zwar immer noch etwas blaß um die Nase und habt eine leichte Schwellung an der Wange, aber ansonsten wird der Ire trotzdem vor Wollust nach Euch vergehen!« Kathryn schmunzelte und nippte an dem Wein. Das Zittern hatte nachgelassen, aber die Schulter und der Rücken waren steif und angeschlagen.

»Ihr hättet nicht herkommen dürfen!« schimpfte Thomasina.

Kathryn schüttelte den Kopf. »Damit hatte ich nicht gerechnet.«

Thomasina schnalzte verärgert mit der Zunge, hielt aber den Mund, da Bogbean gerade mit ein paar Bütteln vom Markt zurückkehrte. Kathryn stellte sich vor und erwähnte auch Colums Namen. Morel wurde hochgezerrt, an Händen und Füßen gefesselt, während zwei Büttel die Treppe hinaufliefen. Kurz darauf kamen sie, grün im Gesicht, wieder herunter.

»Wir haben eine Decke aus einem Bett genommen und über die Leiche gelegt«, sagte der eine. »Beim Gemächte des Teufels! Was ist hier geschehen, Mistress?«

Kathryn schüttelte den Kopf. »Master Murtagh wird der Ratsversammlung Bericht erstatten«, antwortete sie und deutete auf Morel, der allmählich wieder zu Bewußtsein kam, den Kopf schüttelte und stöhnte, als er sah, daß er von zwei Bütteln festgehalten wurde.

»Bringt ihn zur Burg!« befahl sie. »Obwohl der Mann weiß Gott eher verrückt als bösartig ist.«

»Und die Leiche, Mistress?«

»Die bringt zurück nach Saint Mary Bredman's«, antwortete Kathryn, »und vergrabt sie ganz tief.«

Elf

Tenebraes Leiche wurde von den Bütteln unter Schimpfen und Fluchen vorsichtig auf die Straße getragen. Thomasina folgte Kathryn auf deren inständige Bitte noch einmal ins Haus. »Ihr solltet lieber heimgehen«, jammerte sie. »Ihr müßt Euch waschen, umziehen und ausruhen.«

»Ich muß die Lösung dieses Rätsels finden!« widersprach Kathryn entschlossen. »Deshalb, Thomasina, werden wir uns jetzt ein wenig umsehen, ehe die Lakaien unserer Ratsherren hier erscheinen, alle Räume einzeln versiegeln und das Haus absperren.«

»Mistress?«

Auf halbem Wege die Treppe hinauf blieb Kathryn stehen, drehte sich um und schaute zu Bogbean hinab.

»Mistress, kann ich Euch helfen?«

Kathryn schüttelte den Kopf. »Nein, Bogbean, jetzt nicht, obwohl ich dir sehr dankbar bin für das, was du getan hast.« Sie öffnete ihre Geldbörse und legte zwei Münzen auf die Stufe neben sich. »Trink auf mein Wohl!«

Sie ging hinauf in das Zimmer, in dem immer noch ein übler Geruch hing. Thomasina öffnete rasch die Fenster, während Kathryn nochmal nach unten lief und hinter Bogbean die Tür schloß. Sie kehrte zurück und prüfte das Schloß auf der Innenseite der Tür zu Tenebraes Zimmer.

»Was ist so rätselhaft?« fragte Thomasina.

Kathryn zeigte auf das Schloß. »An der Außenseite befindet sich ein Schlüsselloch, genau wie bei den anderen beiden Türen«, stellte sie fest und deutete zum Ausgang. »Trotzdem konnte nur Master Tenebrae die Tür öffnen, sobald er sich einmal hier drinnen befand.« Sie lächelte Thomasina zu. »Und das ist des Pudels Kern. Niemand konnte ohne Tenebraes Erlaubnis den Raum betreten.«

Thomasina blies die Backen auf und tippte sich an die Stirn.

»Bah!« stöhnte sie. »Der Gestank ist immer noch entsetzlich.«

»Geh hinunter in die Küche«, bat Kathryn. »Suche zwei Lappen und tränke sie in Essig. Sie können uns als Nasenschutz dienen.«

Thomasina gehorchte und kam zurück. »Ich habe auch ein paar Kräuter darüber gestreut«, sagte sie und reichte Kathryn eines der beiden getränkten Tücher.

»Und nun geh in die anderen Zimmer und sieh zu, ob du etwas findest.« Thomasina watschelte vor sich hin brummend hinaus.

»Nicht viel«, rief sie Kathryn aus der Diele zu. »Schlafzimmer, ein kleines Empfangszimmer.«

»Halte die Augen offen«, antwortete Kathryn gedankenverloren und roch an dem essigsauren Tuch.

Jetzt, da die Fenster geöffnet waren, hatte der Raum etwas von seiner makaberen Atmosphäre verloren. Kathryn war überrascht, als sie bemerkte, wie spärlich das Zimmer eingerichtet war – eine Bank an der Wand, ein paar düstere Wandbehänge, Tenebraes breiter Schreibtisch und der Stuhl mit der hohen Lehne sowie der vor dem Tisch stehende Hocker für die Besucher. Kathryn ging um den Schreibtisch herum und machte einen großen Bogen um den Stuhl, auf dem die zusammengesunkene Leiche gesessen hatte. In Erwartung der Rückkehr seines Meisters hatte Morel offenbar alles in Ordnung gehalten. Kathryn öffnete eine kleine Schatulle, die jedoch nichts weiter als Tarotkarten, eine Rolle frisches Pergament, eine Sammlung von Federn und einen Bimsstein enthielt.

»Da muß doch noch etwas sein.«

Sie untersuchte die Tür, durch die Tenebraes Besucher fortgegangen waren. Dann trat sie auf den kleinen Flur hinaus und ging die Treppe hinunter, konnte aber nichts entdecken. Als sie jedoch die Treppe wieder hinaufkam, empfand sie den Verwesungsgestank so stark, daß sie das Fenster im Vorraum öffnete und die Flügel weit aufsperrte. Sie stützte sich auf das Fensterbrett und warf einen Blick in die Gasse hinunter. Dabei spürte sie etwas unter den Händen. Neugierig geworden, schaute sie sich die Fensterbank genauer an und entdeckte zwei Abschürfungen am Holz, etwa zwei Handbreit voneinander entfernt. Kathryn ging zurück ins Zimmer, zündete eine Kerze an und nahm sie mit ans Fenster. Sie hielt die Kerze an die abgeschürften Stellen und betrachtete sie eingehend. Dann blies sie die Kerze wieder aus, ging zurück ins Zimmer, lockerte die gequetschte Schulter und dachte kleinlaut über den Fehler nach, den sie begangen hatte.

»Vergiß nie, Swinbrooke«, murmelte sie vor sich hin, »Hochmut kommt vor dem Fall und ist die Wurzel allen Übels. Ich hätte bei meinen Nachforschungen etwas sorgfältiger vorgehen müssen.«

»Ihr haltet Selbstgespräche.« Thomasina stand im Türrahmen.

»Nein, ich schimpfe mit mir«, entgegnete Kathryn. »Ich bin durch die erste Prüfung gefallen, die jeder Arzt ablegen muß. Prüfe die Symptome sorgfältig und ziehe dann deine Schlüsse.« Kathryn schlug sich in gespielter Bußfertigkeit an die Brust. *Mea culpa, mea maxima culpa.* Das habe ich unterlassen.«

»Nun, für mich ist das alles ein Rätsel«, brummte Thomasina und trat ins Zimmer. »Hier gibt es nichts, Kathryn. Zumindest nichts, was erwähnenswert wäre: Kleidung, etwas zu essen im Vorratsraum, Bettvorhänge, Möbel, alles ganz gewöhnliche Sachen. Ich dachte immer, Tenebrae sei wohlhabend gewesen.«

»Oh, das war er auch«, sagte Kathryn. »Aber er war auch ein rätselhafter Mann. Ich wette, er besaß Häuser in Canterbury und London und hielt seinen Reichtum verborgen. Vergiß nicht, Thomasina, Hexen und Hexenmeister führen ein gefahrvolles Leben. Sie wissen nie, ob sie nicht plötzlich mitten in der Nacht die Flucht ergreifen müssen.«

»Aber was ist mit Büchern, Dokumenten, Manuskripten?« hakte Thomasina nach. »Ich habe nur Pergament und Federn gefunden.«

»Dafür gilt dasselbe«, erwiderte Kathryn. »Das *Buch des Todes* war Tenebraes wertvollster Besitz; dort hat er alles festgehalten.«

Thomasina schaute sich im Zimmer um. »Woher er wohl

kam? Ich lebe seit Jahrzehnten in Canterbury, Mistress. Tenebrae war nicht immer hier. Eines Tages wehte er wie eine schwarze Wolke herein, und alle wurden sich seiner Anwesenheit bewußt.« Sie trat zu Kathryn und schaute sie mit wachen Augen an. »Sagt mir, Mistress, welchen Fehler habt Ihr denn gemacht?«

»Das werde ich jetzt herausfinden«, antwortete Kathryn und stand auf. »Thomasina, ich möchte, daß du alle Fenster schließt und verriegelst.« Sie zog den Zunder aus ihrer Geldbörse und reichte ihn Thomasina. »Dann zünde die Fackeln und Kerzen an.«

»Oh, um Himmels willen!« Thomasina schauderte. »Das ist ein böser Ort hier, Mistress, und es wäre besser, wenn wir gingen.«

Doch nach einem Blick auf Kathryns entschlossene Miene gehorchte Thomasina zögernd. Kurz darauf war das Zimmer wie verwandelt, Licht und Luft waren ausgesperrt, Kerzen und Fackeln flackerten, als hießen sie die Rückkehr der Dämonen willkommen. Schatten tanzten, Feuer blakte, Kathryn schaute zum Ziegenbock von Mendes empor.

»Es ist in der Tat das Tor zur Hölle«, murmelte sie. »Aber schau dich um, Thomasina. Achte auf die Lichtkegel der Fackeln und Kerzen. Und dann sag mir: Wenn du eine Leiche verbergen wolltest, die kein Besucher sehen soll, wie würdest du das anfangen?«

Thomasina schaute sich um. »Ich komme also zur Tür herein«, antwortete sie, »und setze mich auf den Hocker.« Sie zeigte auf die Ecke, in der es am dunkelsten war, gleich hinter der Tür. »Dort würde ich sie verstecken. Kein Besucher würde sie beim Eintreten bemerken. Sie wenden ihr den Rücken zu, während Tenebrae mit ihnen redet, dann verlassen sie das Zimmer durch die andere Tür.«

»Das stimmt«, sagte Kathryn, »aber wir wollen sehen, ob unsere Schlußfolgerung einer näheren Betrachtung standhält.«

Sie half Thomasina, die Fensterläden zu öffnen. Dann trug sie die Kerzen zu der Ecke, auf die Thomasina gedeutet hatte, kniete nieder und untersuchte die Holzdielen.

637

»Aha!« rief sie aus. »Da haben wir es! Schau her, Thomasina.«
Kathryn schob eine Kerze zur Seite. Wachs tropfte neben die rostfarbenen Flecken, die sie dort entdeckt hatte. Vorsichtig kratzte sie mit dem Fingernagel etwas ab und trat damit ans Fenster.

»Blut«, verkündete sie.

»Wessen?« fragte Thomasina.

»Das von Master Tenebrae.« Kathryn schüttelte ungläubig den Kopf. »Jetzt haben wir alle Einzelstücke. Aber wie sie zusammengehören, darauf kommt es an.«

Kurz darauf verließen Kathryn und Thomasina das Haus des Magiers. Auf schnellstem Wege eilten sie in die Ottemelle Lane zurück. Agnes und Wuf reagierten auf Kathryns Anblick erschreckt und verstört. Ihre Wange hatte sich inzwischen verfärbt und Wuf zeigte aufgeregt auf Kathryns verschmutztes, zerrissenes Kleid.

»Schon gut«, besänftigte Thomasina die beiden, während Kathryn nach oben eilte. »Nur ein verrückter Mann, der den Verstand verloren hat!«

»Ich werde ihn umbringen!« rief Wuf. »Ich hole mein Schwert. Es war der Riese, oder? Den ich oben an der Straßenecke gesehen habe, als er mit Kathryn gesprochen hat?«

Sobald sie in ihrem Zimmer war, lehnte sich Kathryn mit dem Rücken gegen die Tür, rutschte langsam zu Boden und schlang die Arme um den Körper. So blieb sie eine Zeitlang mit geschlossenen Augen hocken und wiegte sich sanft, während sie versuchte, Morels Gewalttat aus ihren Gedanken zu verbannen. Angst hatte sie eigentlich nicht vor ihm gehabt. Sie hatte blaue Flecken und einen gehörigen Schreck davongetragen, aber der Vorfall hatte andere Alpträume in ihrer Seele aufgewühlt: ihr Mann Alexander Wyville, wenn er – betrunken, geifernd und mit den Armen wild um sich schlagend – sie verprügelte und hin und her schleuderte.

Kathryn dachte an ihre Heilmittel, an die Tinkturen, die man zum Einschlafen oder als Balsam für die Seele verwenden konnte. Sie war versucht, hinunter zu gehen und bei ihnen Trost zu finden, doch dann dachte sie an die Worte eines Freundes ihres Vaters, eines ehrwürdigen Arztes: »Die Angst soll sich selbst reinigen; es gibt nichts, was eine gute Flasche Rotwein und ein gesunder Schlaf nicht heilen könnte.«

Kathryn lächelte. »Medicae, sane te ipsam«, flüsterte sie. »Arzt, heile dich selbst. Das hier, Mistress Swinbrooke, reicht nicht.«

Sie stand auf, öffnete die Tür und ging hinunter in den Garten. Agnes und Wuf plapperten immer noch aufgeregt, während sie sich zwei Eimer Quellwasser aus dem Faß holte und mit in ihr Zimmer nahm. Doch vorher versicherte sie Wuf, daß alles in Ordnung sei.

»Kann ich Euch etwas für die Schwellung im Gesicht holen?« bot Wuf ihr an.

»Gleich, Master Heiler«, antwortete Kathryn.

Sobald sie in ihrem Zimmer war, zog Kathryn sich aus, wusch sich gründlich, trocknete sich ab und zog ihr bestes Kleid an. Danach setzte sie sich auf die Bettkante, kämmte sich und brachte ihre Frisur in Ordnung. Sie dachte nicht mehr an Morel, sondern konzentrierte sich auf das, was sie entdeckt hatte und auf die daraus gezogene neue Schlußfolgerung. Erst dann ging sie nach unten und trug etwas Zaubernuß auf die Schwellung auf. Als Colum schmutzig und mit zerzaustem Haar aus Kingsmead zurückkehrte, rief Wuf ihm die Neuigkeiten natürlich sofort mit kreischender Stimme entgegen, kaum daß er zur Tür hereingekommen war. Der Ire stürmte in die Küche. Er packte Kathryn bei den Schultern.

»Aufhängen werde ich den Bastard!« brüllte er und schaute ihr prüfend ins Gesicht. Zart betastete er die Haut unterhalb der Schwellung. »Ich werde dem Bastard den Kopf abreißen!«

»Nein, das tut Ihr nicht, Colum. Und bitte, laßt meine Schulter los. Sie schmerzt ohnehin schon genug!«

Colum trat zurück, schob die Daumen in den Gürtel und betrachtete Kathryn finster.

»Überfall! Versuchte Vergewaltigung! Das sind Anklagepunkte, die für den Galgen reichen!«

»Er ist ohne Verstand«, entgegnete Kathryn, »und steht noch unter dem bösen Einfluß seines Herrn. Colum«, sagte sie und drohte ihm mit dem Finger, »ich will nicht, daß ihm etwas geschieht. Kein Unfall und schon gar keine Gerichtsverhandlung. Schlimmstenfalls sollte man ihn in ein Hospiz für Geistesschwache einweisen oder auf Dauer in einer kirchlichen Einrichtung unterbringen, die für einen wie ihn barmherzig genug ist.«

»Und Tenebraes Tod?« fragte Colum mit schiefem Lächeln. »Ihr seid kühl und abweisend. Ich kenne die Anzeichen: Euer kluger Verstand hat wieder gearbeitet.«

»Mein kluger Verstand«, jammerte Kathryn, »hat Fehler gemacht, Ire.«

Sie winkte Colum, ihr über den Flur in ihre Schreibstube zu folgen, und schloß die Tür hinter ihm. »Eine Zeitlang«, begann sie, drückte Colum auf einen Stuhl und stellte sich vor ihn, »habe ich geglaubt, Tenebrae sei von Fronzac umgebracht worden, der dann die Geheimnisse aus dem *Buch des Todes* benutzte, um einen der anderen Pilger zu erpressen. Tenebraes Ermordung war viel gerissener, und der Schlüssel dafür ist die Reihenfolge, in der die Pilger Tenebrae aufsuchten.« Sie wühlte zwischen den Pergamentfetzen auf ihrem Schreibtisch und zog einen hervor. »Sie kamen wie folgt: Hetherington, Neverett, Condosti, Brissot, Fronzac, Greene und Dauncey. Nun habe ich mich auf die Frage konzentriert, wie es einem von ihnen gelungen ist, Tenebrae umzubringen. Genau das war mein Fehler.«

»Wer hat denn nun Tenebrae umgebracht?« fragte Colum.

»Ich weiß es immer noch nicht«, antwortete Kathryn. »Aber ich weiß, wie es geschah.« Sie sah, wie enttäuscht Colum war. »Ich habe keinen echten Beweis, keine harten Fakten.« Sie beugte sich vor und legte Colum beide Hände auf die Schultern. »Ich bin müde, Ire, und ich habe Schmerzen, aber noch mehr beschäftigt mich Foliots Rückkehr. Er wird mit königlichen Sergeanten und Vollmachten hier auftauchen. Nur der Herrgott weiß, ob ich Euch in diesem Leben noch einmal wiedersehen werde!«

Colum lächelte ihr zu. »Würde ich Euch denn fehlen, Mistress?«

»Das kann man wohl sagen«, sagte Kathryn und ließ die Arme sinken. »Doch wie sehr, das ist mein Geheimnis.« Sie hob abwehrend die Hände, als Colum aufstehen wollte. »Nein, Ire, wir haben jetzt keine Zeit zum Tändeln und Händchenhalten.« Sie zwinkerte ihm zu. »Dazu kommen wir später. Jetzt werde ich hier bleiben und darüber nachdenken, was wir erfahren haben. Ich möchte die Teile zusammenfügen und versuchen, zu einer Schlußfolgerung zu kommen. Wenn mir das nicht gelingt, warten wir auf Master Foliot. Was glaubt Ihr, wann er zurückkommen wird?«

Colum verzog das Gesicht. »Wahrscheinlich ist er heute am späten Vormittag in London aufgebrochen, denn es braucht Zeit, eine Eskorte und frische Pferde zu besorgen. Morgen früh wird er an unsere Tür klopfen.«

»Zeit genug«, sagte Kathryn. »Ihr geht, aber erst, wenn ich Euch bitte, und treibt Rawnose auf. Er soll Bogbean aus der Schenke in der Black Griffin Lane zerren und ihn bitten, vor Tenebraes Haus zu warten. Dann geht Ihr zum Rathaus und sucht Master Luberon, der immer bis spät abends arbeitet. Schließlich geht ihr zum ›Turmfalken‹. Gebt unseren Pilgern nur eine knappe Auskunft, fordert sie aber auf, unverzüglich mit Euch zu Tenebraes Haus zu kommen. Oh, und richtet Luberon aus, er möge einen seiner Büttel und eine Strickleiter mitbringen.«

»Warum?«

»Ich werde mein eigenes Mysterienspiel veranstalten«, erklärte Kathryn. »Mir bleibt nur noch die Frage, was die einzelnen Schauspieler vorzutragen haben.«

Colum erhob sich und öffnete die Tür. »Dann gibt es also heute abend nichts zu essen?«

»Nein.« Kathryn lächelte ihm über die Schulter zu, während sie sich setzte. »Der Hunger wird unsere Sinne schärfen.« Dann nahm sie eine Feder zur Hand und öffnete das Tintenfaß aus Horn. Colum kam zurück und legte ihr rasch beide Hände über die Augen.

»Ire!« sagte Kathryn mit warnendem Unterton.

»Ihr lügt.«

»Wieso?« protestierte sie.

»Ihr wißt genau, wer der Mörder ist«, erwiderte Colum. »Sagt es mir, und ich nehme die Hände weg.«

Kathryn nickte. »Ja«, flüsterte sie. »Ich glaube, ich weiß es, aber Ihr müßt Euch gedulden.«

Ein paar Stunden später, als die großen Glocken der Kathedrale zum Abendgebet riefen, bogen Kathryn und Thomasina in die Black Griffin Lane ein. Sie überquerten die Straße und kamen zu dem Haus des Magiers, vor dem die anderen sich bereits eingefunden hatten. Kathryn war zuversichtlich, daß sie beweisen konnte, wer der Mörder war; sie mußte nur noch die Falle zuschnappen lassen. Luberon und die Büttel der Stadt standen etwas abseits. Bogbean und Rawnose plauderten in einer Ecke des Gartens miteinander. Jeder versuchte, dem anderen Neuigkeiten zu erzählen, doch keiner von beiden hörte richtig zu. Die Pilger standen dicht gedrängt vor der Haustür. Sir Raymond zwang sich zu einem Lächeln, als er Kathryn erblickte, doch sein fleischiges Gesicht war jetzt fahl und die Augen hatten rote Ränder. Thomas Greene wirkte nervös und nestelte unentwegt an einem losen Faden seines Umhangs. Witwe Dauncey stützte sich auf ihren Stock und schaute in den dunkler werdenden Himmel. Neverett und Louise tuschelten miteinander; alle wirkten verängstigt, da sie sich nun wieder so nah am Todesort ihres Erpressers befanden.

»Ist denn das wirklich nötig?« fragte Sir Raymond und trat vor. »Mistress Kathryn, zwei unserer Begleiter sind tot. Es ist gefährlich für uns, noch länger hier zu bleiben.« Er fuhr sich mit der Zunge über die Lippen. »In London sind wir bestimmt sicherer.«

»Ich werde Euch nicht lange aufhalten«, sagte Kathryn lächelnd. »Und ich versichere Euch, daß Klarheit herrschen wird, wenn ich fertig bin. Master Murtagh, sind die Türen offen?«

Colum, der zwei Satteltaschen über der Schulter trug, nickte. Kathryn wappnete sich gegen die Erinnerung an das, was an diesem Vormittag hier geschehen war, ging der Gruppe voran ins Haus und in die mit Steinplatten ausgelegte Küche. Die Luft roch noch immer etwas säuerlich, obwohl Colum ihr versicherte, er habe Kräuter verstreut und die Fenster geöffnet, bevor sie eingetroffen sei. Auch die anderen Pilger klagten über den Gestank. Kathryn weigerte sich, die im Flüsterton vorgebrachten Fragen zu beantworten. Sie wartete, bis sich alle um den großen Eichentisch versammelt hatten.

»An dem Morgen, als Tenebrae starb«, begann Kathryn und wandte sich an die Pilger, »habt Ihr alle dieses Haus besucht. Jeder von Euch ist die Treppe hinauf in Tenebraes Zimmer gegangen. Nun war der Magier ein schlauer und hinterhältiger Mann, der Menschen mit einer Mischung aus Drohungen und Schmeicheleien in sein Netz lockte. Er konnte die Zukunft nur deshalb voraussagen, weil Spione und Vertraute ihn mit wissenswerten Häppchen versorgten, Gerüchtfetzen, die er später verwenden konnte.« Sie hielt inne, um sich zu sammeln und achtete nicht auf die finsteren Blicke, die Thomas Greene ihr zuwarf. »Zu Anfang«, fuhr Kathryn fort, »seid Ihr in der Hoffnung zu Tenebrae gekommen, von ihm die Zukunft zu erfahren, aber am Ende blieb Euch eigentlich kaum eine Wahl, denn Tenebrae fand Geheimnisse über Euch heraus, die er für seine eigenen finsteren Zwecke benutzte.«

»Das stimmt nicht!« rief Thomas Greene und sprang erregt auf.

»Master Greene, es stimmt«, entgegnete Kathryn, »also setzt Euch bitte wieder hin.«

Sie schaute zu Rawnose und Bogbean hinüber, die mit offenem Mund zuhörten und kaum glauben konnten, welches Schauspiel sich da vor ihren Augen abspielte. Thomasina, die neben ihr saß, verkniff sich ebenfalls alle Bemerkungen, die ihr auf der Zunge lagen. Sie hatte Kathryn auf ihrem Weg hierher mit einer ganzen Reihe von Fragen gelöchert, aber Kathryn hatte geschwiegen. Sie hatte zuvor stundenlang in ihrer Schreibstube gesessen und die Namen der Pilger sowie die Reihenfolge überprüft, in der sie Tenebrae aufgesucht hatten. Nur Colum kannte das Ergebnis, zu dem sie schließlich gelangt war. Jetzt zog Kathryn diese Liste aus ihrer Tasche. »Ich glaube, die Reihenfolge war: Sir Raymond Hetherington, Richard Neverett, Louise Condosti, Charles Brissot, Anthony Fronzac, Thomas Greene und Dionysia Dauncey. Mistress Dauncey, ich glaube, Ihr wart die letzte?«

»Ja, ja. Warum, was wollt Ihr damit sagen?«

»Nichts«, erklärte Kathryn, »nur, daß ich die Ereignisse an jenem Morgen noch einmal durchgehen möchte. Master Büttel, Ihr werdet Tenebraes Rolle übernehmen. Schaut mich nicht so verwundert an, es ist ganz einfach.« Sie wandte sich an Colum. »Ist alles soweit fertig?«

»Ja«, antwortete er. »Maske, Umhang und Kapuze.«

»Fein! Master Luberon, Ihr spielt den Diener Morel. Nehmt unseren Freund, den Büttel, mit hinauf, zieht ihm den Umhang über, der dort liegt, Kerzen und Fackeln brennen bereits. Er muß nur dort sitzen; die Pilger werden zu ihm hinaufkommen. Sie werden ein paar Minuten dort sitzenbleiben. Sobald sie das Zimmer durch die andere Tür verlassen haben, läutet der Büttel mit der Glocke auf dem Schreibtisch, und Luberon schickt den nächsten Besucher hinauf. Sir Raymond, Ihr geht als erster, dann Richard Neverett, Mistress Condosti, Dionysia Dauncey, Colum Murtagh und Master Greene. Thomasina wird den Reigen beenden.«

»Das ist doch Unsinn!« rief Neverett und sprang auf.

»Setzt Euch, Sir!« schimpfte Colum.

»Ich verspreche Euch«, erklärte Kathryn leise, »wenn es am Ende immer noch Unsinn ist, dürft Ihr Canterbury verlassen und gehen, wohin Ihr wollt. Master Bogbean, bitte nehmt Euren gewohnten Posten an der Hintertür des Hauses ein.«

Bogbean machte sich davon, während Luberon kopfschüttelnd den gleichermaßen verwirrten Büttel die Treppe hinaufführte. Die anderen warteten in tiefem Schweigen. Kathryn schaute Thomas Greene an und war bemüht, sich nicht anmerken zu lassen, was sie im Schilde führte. Schließlich erklang die Glocke, und Luberon, dem die Sache jetzt sichtlich Spaß bereitete, kam in die Küche und bat Sir Raymond Hetherington hinaus, der ihm brav wie ein Lamm folgte. Kurz darauf läutete die Glocke erneut. Ein

Pilger nach dem anderen ging hinauf, während alle, die das Zimmer bereits verlassen hatten, durch die Eingangstür wieder hereinkamen und schweigend ihren Platz in der Küche einnahmen.

»Mistress Condosti«, fragte Kathryn, »war alles so, wie Ihr es kanntet?«

Die blasse Frau nickte heftig. »Es war unheimlich«, antwortete sie und senkte die Stimme zu einem Flüstern. »Fast genauso, wie an dem Morgen, an dem ich Tenebrae zuletzt sah.« Sie legte das Gesicht in beide Hände und schluchzte leise.

Kathryn schaute sie mitfühlend an und entschied, es dabei bewenden zu lassen. Mistress Dauncey ging hinaus, dann Colum und Master Greene. Zuletzt rief die Glocke Thomasina auf, und Kathryn folgte ihr in die Diele.

»Geh hinauf«, flüsterte sie, »und tu genau, was man dir sagt.«

Thomasina gehorchte. Kathryn wartete. Die Minuten schienen sich endlos zu dehnen, aber schließlich kam Thomasina, von einem Ohr zum anderen strahlend, geschäftig durch die Vordertür herein.

»Es ist vollbracht«, flüsterte sie.

Kathryn hob den Finger an die Lippen. »Dann behalte deine Gedanken für dich«, ordnete sie an und lächelte dem Iren zu, der hinter Thomasina zur Tür hereinkam. Er trug noch immer die Satteltaschen über der Schulter. »Dasselbe gilt für Euch, Master Murtagh!« Als schließlich alle wieder in der Küche waren und die Glocke noch einmal läutete, klatschte Kathryn in die Hände.

»Fein! Nun, Master Luberon, bringt den Büttel herunter und holt Bogbean von der Hintertür herein.«

Nachdem dies geschehen war, wandte sich Kathryn an den Büttel, der sie zufrieden angrinste.

»Nun?« begann Kathryn. »Habt Ihr die Rolle des Magiers gespielt?«

»Natürlich hat er das!« fauchte Greene. »Wir haben alle auf dem verdammten Hocker gesessen und ihn angestarrt, wie er da saß, maskiert und unter der Kapuze verborgen. Es war wie ein albernes Theater.«

645

»Habt Ihr das wirklich gesehen, Master Greene?«

»Aber ja!«

»Nein, das habt Ihr nicht«, erwiderte Kathryn. »Die Person, die Ihr gesehen habt, war Master Murtagh.«

»Aber der Büttel hat geredet«, rief Greene.

»Aus den Tiefen einer Kapuze«, schaltete Colum sich ein, »und hinter einer Maske fällt es leicht, die Stimme eines anderen zu imitieren.«

»Aber das ist unmöglich.« Bogbean trat hervor, baß erstaunt. »Ich habe doch die Tür aufgemacht und den Iren hinausgelassen.«

»Natürlich«, sagte Kathryn, »aber in welche Richtung ist er dann gegangen?«

»Nun, er bog um die Ecke in die Gasse an der Seite des Hauses.«

»Ihr meint die Gasse, die unter dem kleinen Fenster im Vorraum über der Hintertreppe vorbeiführt?«

Bogbean blinzelte.

»Ich werde Euch sagen, was geschah«, erklärte Colum. »Sir Raymond Hetherington ging hinauf. Er saß auf dem Hocker und ging wieder. Weitere Personen folgten. Als ich an der Reihe war, bat ich den Büttel hier, seine Verkleidung auszuziehen und sich ruhig in die dunkle Ecke gleich hinter der Tür zu setzen, wo ihn niemand sehen konnte. Ich verließ das Zimmer und ließ die Tür offenstehen.« Er zuckte mit den Achseln. »Ich habe einen Handschuh dazwischengeklemmt. Dann ging ich hinunter in die Gasse und stieg über die Strickleiter wieder hinauf.«

»Ehe er nämlich das Haus verließ, hatte Colum das Fenster im Vorraum geöffnet und eine Strickleiter herabgelassen. Sobald er unten war, kletterte er daran hinauf, entfernte die Strickleiter und steckte sie wieder in seine Satteltaschen, schloß das Fenster und ging in das Zimmer zurück. Dann verkleidete er sich und übernahm die Rolle des Magiers.«

»Aber ich habe ihn nicht wieder hinausgehen sehen«, schaltete Bogbean sich ein.

»Ah, das lag an mir«, unterbrach Thomasina. »Als ich hinaufging, hat Colum mich eingeweiht. Dann verließen wir das Zimmer und schlossen die Tür hinter uns. Colum öffnete das Fenster im Vorraum erneut und stieg über die Strickleiter hinab, die ich ihm anschließend hinunterwarf. Dann habe ich die Fensterläden wieder geschlossen und bin hinuntergegangen, wo Ihr, Master Bogbean, mich beim Verlassen des Hauses gesehen habt.«

»So ähnlich«, erklärte Kathryn, »geschah es auch an dem Tag, an dem Tenebrae umgebracht wurde. Ich habe immer gedacht, nur ein Pilger sei an diesem Mord beteiligt, aber natürlich, Mistress Dauncey, waren es zwei, nicht wahr?«

Die alte Witwe schaute Kathryn zu Tode erschrocken an und schlug die Hände vor den Mund.

»An dem Tag, als Tenebrae umgebracht wurde«, fuhr Kathryn fort, »verlief alles etwas anders. Die Pilger waren nicht hier versammelt. Sie kamen zu unterschiedlichen Zeiten ins Haus, wie es Master Fronzac vereinbart hatte. Ihr erinnert Euch vielleicht an die Reihenfolge. Er kam nach Brissot an die Reihe, dann folgte Master Greene und zuletzt Mistress Dauncey. Fronzac und Witwe Dauncey hatten gemeinsam beschlossen, Tenebrae umzubringen. Fronzac ging hinauf und trug Satteltaschen bei sich, wie Colum. Er betrat das Zimmer und setzte sich auf den Hocker. Vielleicht hat er etwas gesagt, um Tenebrae zum Lachen zu bringen. Der Magier lehnte sich mit erhobenem Kopf zurück. Fronzac zieht eine kleine Armbrust unter dem Umhang hervor, schießt den Pfeil ab, und Tenebrae stirbt. Nun handelt Fronzac schnell. Er zieht der Leiche Umhang, Maske und Kapuze aus und schleppt sie in die finstere Ecke, in der auch Ihr, Master Büttel, gesessen habt. Die Leiche ist im Dunkeln verborgen. Fronzac eilt durch den Raum. Er entnimmt seinen Satteltaschen eine Strickleiter, öffnet das Fenster im Vorraum und läßt die Leiter hinab. Dann geht er die Treppe hinunter, und Bogbean läßt ihn hinaus. Unser guter Torhüter achtet nicht darauf, welche Richtung die Pilger einschlagen. Fronzac eilt um die Ecke in die schmale, dunkle Gasse. Niemand kann sehen, was dort vor sich geht. Fronzac klettert die Strickleiter hinauf, rollt sie auf und versteckt sie, nachdem er das Fenster sorgfältig verschlossen und verriegelt hat. Er geht wieder zurück in das Zimmer, so wie Colum es gemacht hat, denn er hat die Tür offenstehen lassen, und übernimmt die Rolle des Magiers.« Kathryn hielt inne und räusperte sich. »Das war das Schlaue an ihrem Plan: Es würde nicht lange dauern. Nur Greene mußte noch kommen. Fronzac hat die Zeit genutzt, seinen kleinen Schwindel vorzubereiten, und Morel würde niemanden die Treppe hinauflassen, ehe die vermaledeite Glocke ertönte. Als Master Greene dann das Zimmer betrat«, fuhr Kathryn fort, »war alles so, wie es sein sollte. Er sah nur, was er erwartet hatte. Fronzac half ihm dabei und imitierte die Stimme des Magiers. Ich wette, er war äußerst freundlich zu Euch, Master Greene?«

»Ja, das stimmt«, erwiderte der Goldschmied. »Er zog das *Buch des Todes* und die Tarotkarten zu Rate. Er sagte mir, alles würde sich zum Guten wenden und ich sollte in die neuen Handelsunternehmungen des Königs in Burgund investieren.« Greene schüttelte den Kopf. »Es war dunkel im Zimmer. Tenebraes Stimme klang dumpf, aber ich interessierte mich mehr für den Inhalt seiner Worte. Wenn ich allerdings jetzt zurückdenke ...«, er schaute Colum nervös an und verstummte.

»Ich weiß, was Ihr sagen wollt«, schaltete Kathryn sich ein. »Nicht ein einziges Mal wurden jene Angelegenheiten erwähnt, die Ihr lieber geheimhalten wollt.«

»Ja«, murmelte Greene, ohne den Kopf zu heben. »Ich freute mich so über das, was ich erfuhr, daß ich förmlich aus dem Zimmer schwebte.«

»Und dann kam Mistress Dauncey«, nahm Kathryn den Faden wieder auf. »Sie trifft ihren Komplizen im Zimmer. Fronzac zieht sich schnell aus, streift die Sachen wieder über Tenebraes Leiche. Sie verlassen das Zimmer, die Tür fällt ins Schloß. Rasch werden Fenster und Fensterläden geöffnet, die Strickleiter findet noch einmal ihre Verwendung, und Fronzac steigt, das kostbare *Buch des Todes* fest an sich gedrückt, hinab. Mistress Dauncey löst die Strickleiter, schließt das Fenster und die Fensterläden und geht die Treppe hinunter.« Kathryn schaute Bogbean an. »Ihr erinnert Euch vielleicht noch, was passierte? Mistress

Dauncey hat ihre Geldbörse geöffnet, um Euch eine Münze zu geben, aber dabei fiel sie ihr zu Boden. Ihr habt die Münzen pflichtschuldig für sie aufgesammelt?«

Bogbean nickte mit offenem Mund.

»Nur eine kleine Schutzmaßnahme«, fügte Kathryn hinzu. »Eine Ablenkung, um Euch zu beschäftigen, während sich Komplize Fronzac in die Black Griffin Lane davonstahl.«

»Aber die Glocke?« fragte Luberon. »Morel hörte sie läuten als Zeichen, daß Tenebraes letzter Besucher gegangen war.«

»Natürlich, entschuldigt«, antwortete Kathryn. »Sobald Tenebrae wieder auf seinem Stuhl saß, hat Fronzac oder Mistress Dauncey die Glocke geläutet. Morel kam die Treppe herauf, um seinen Herrn zu fragen, ob er noch eine Erfrischung wollte. Natürlich hat Fronzac geantwortet; Morel, der nichts anderes erwartet hatte, ging wieder hinunter, während die beiden Mörder entkamen, wie ich es beschrieben habe.« Kathryn schaute zu Witwe Dauncey hinüber und stellte fest, daß die anderen Pilger von ihr abgerückt waren. »Ich habe Euch sehr lange hingehalten«, erklärte Kathryn ruhig. »Und das war mein Fehler. Ich war in einem Rätsel verfangen; ich glaubte, nur einer von Euch trage die Schuld an Tenebraes Tod, bis ich das Zimmer oben genau untersuchte. Ich habe die Blutflecken an der Stelle gefunden, an der man Tenebraes Leiche verborgen hatte, und die leichten Abschürfungen an der hölzernen Fensterbank, über die Fronzac mit Hilfe der Strickleiter entkam.« Mit einem Blick auf Sir Raymond fragte sie: »Fronzac hat doch die Besuche mit Tenebrae vereinbart?«

»Natürlich, er war unser Schreiber. Aber was war der Sinn des Ganzen?«

»Tenebrae war ein Erpresser. Er wußte von Mistress DAunceys Krankheit und drohte ihr, sie in aller Öffentlichkeit der Lächerlichkeit preiszugeben, wenn sie ihn nicht heiraten würde.«

Die Witwe vergrub das Gesicht in den Händen und begann leise zu schluchzen.

»Tenebrae und Witwe Dauncey – niemals!« rief Neverett.

»Unmöglich!« echote Sir Raymond.

»Nein.« Witwe Dauncey nahm die Hände vom zerknitterten Gesicht. »Woran ich leide, ist allein meine Sache. Tenebrae schickte mir einen Brief, in dem er mir drohte, sich öffentlich über mich lustig zu machen. Er wollte nur dann schweigen, wenn ich ihm meine Hand zum Bund fürs Leben reichte.« Sie warf Kathryn einen mitleidheischenden Blick zu. »Er war auf mein Vermögen aus, meine Läden, meine Lagerhäuser, meine Waren, meinen Besitz. Er stellte seine Forderungen«, fügte sie bitter hinzu, »zu einer Zeit, als ich dachte, ich hätte endlich das Glück gefunden. Master Fronzac und ich waren Freunde geworden. Liebe war nicht im Spiel; es gab keine Leidenschaft, keine Romanze, aber er bot mir eine Heirat in gegenseitigem Einvernehmen an, Kameradschaft, Freundschaft.« Sie strich mit ihren langen, knochigen Fingern über die Tischplatte. »Das dachte ich wenigstens. Mistress Swinbrooke hat recht«, fuhr sie fort. »Ich gestand Fronzac alles, und wir arbeiteten einen Plan aus, wie wir Tenebrae umbringen konnten.« Sie lächelte in sich hinein. »Es hätte funktioniert. Fronzac hat sogar eine Wachsfigur des Magiers angefertigt, einen Nagel hindurchgetrieben und sie an einem öffentlichen Platz angebracht.«

»Oh, ja«, sagte Kathryn. »Der Magier ist tot, aber seine Bosheit nicht, die konntet Ihr nicht umbringen!«

Zwölf

Witwe Dauncey wandte Kathryn das zerfurchte Gesicht zu. Ihre Augen funkelten. »Es war ein Akt Gottes«, erklärte sie mit heiserer Stimme. »Tenebrae war ein durchtriebener, hinterhältiger Mann. Er lauerte seiner Beute auf und stellte mir eine Falle, aus der es kein Entrinnen gab. Hätte ich ihn geheiratet, dann hätte er mich umgebracht. Er war durch und durch böse.«

»Aber warum mußte Fronzac sterben?« fragte Hetherington.

»Mein zweiter Fehler«, murmelte Witwe Dauncey. »Er nahm das *Buch des Todes* aus Tenebraes Haus mit. Ehe er es mir übergab, las er es aufmerksam durch.« Sie lachte kurz auf. »Neben Zaubersprüchen, Anrufungen und Verwünschungsformeln ist es Seite auf Seite vollgeschrieben mit allem, was Tenebrae wußte, sowie Hinweisen auf die Verstecke seines unrechtmäßig erworbenen Geldes. Am Abend des Tages, an dem Tenebrae starb«, fuhr sie fort, »gab Fronzac mir das *Buch des Todes*. Er sagte, mit den Dingen, die er aus dem Buch erfahren habe, dürfte er für den Rest seines Lebens ausgesorgt haben.« Sie schüttelte den Kopf, Tränen in den Augen. »Im übrigen teilte er mir mit, daß er mich nun nicht mehr brauche. Am nächsten Morgen hatte ich eine kurze Unterredung mit ihm und bat ihn, er möge es sich noch einmal überlegen.«

»Und er war einverstanden, Euch hinter dem Schweinepferch zu treffen?« warf Kathryn ein.

»Ja, ich schlich heimlich aus dem ›Turmfalken‹ und ging die Gasse hinunter. Fronzac hat mir das Tor geöffnet.« Die Witwe wirkte so gequält, daß Kathryn Mitleid mit ihr hatte. »Er fing an zu lachen«, stammelte Dionysia. »Er sagte, er wolle sich ein Wirtshaus wie den ›Turmfalken‹ kaufen. Ich hatte alles satt: Tenebrae, Fronzac, mich selbst. Ich hob ein Stück Brennholz auf, lief hinter ihm her und versetzte ihm einen Schlag auf den Hinterkopf. Es war vorbei, ehe ich recht zur Besinnung kam. Ich öffnete die Tore zum Schweinepferch, zerrte den leblosen Körper hinein und floh.« Sie schaute auf ihre Hände. »Der Himmel weiß, woher ich die Kraft und den Mut nahm. Ich habe ihn einfach hochgehoben und über den Boden geschleift. Die Schweine rannten wild durcheinander. Sie müssen das Blut gerochen haben. Dann lief ich weg. Ich ging zum Goldschmied.« Sie warf Kathryn einen schrägen Blick zu. »Wie habt Ihr es herausbekommen?«

»Zu Anfang war es mir nicht klar«, gestand Kathryn. »Nachdem ich jedoch zu dem Schluß gekommen war, daß Fronzac an dem Mord beteiligt war, wußte ich, daß er einen Komplizen haben mußte. Das wart entweder Ihr oder Greene, die letzten, die Tenebrae getroffen hatten. Dann dachte ich über Fronzacs Tod nach und über Eure Aussage, Ihr hättet den Goldschmied aufgesucht. Mir schien es merkwürdig, daß ein Mitglied der Goldschmiedezunft aus London einen Ehering in einem Laden in Canterbury kauft. Zweitens, wenn Ihr den Ring gekauft habt, warum habt Ihr ihn nicht mit ins Wirtshaus genommen und Eurem zukünftigen Gemahl gezeigt? Aber das habt Ihr natürlich unterlassen. Ihr wußtet, daß Fronzac tot war, bevor Ihr zum Wirtshaus zurückkamt. Und weil Ihr eine kluge Kauffrau seid, Mistress Dauncey, habt Ihr den Ring gleich bei Master Procklehurst gelassen.«

Witwe Dauncey legte beide Hände flach auf den Tisch. »So eine Kleinigkeit«, murmelte sie und verzog das Gesicht. »Fronzac hätte mich nicht täuschen dürfen.«

»Und Brissot?« fragte Colum.

Ein Lächeln huschte über das Gesicht der Witwe. »Mein Leben lag in Scherben«, erwiderte sie. »Und Brissot steckte dahinter. Er war Tenebraes kleines Geschöpf – er schnüffelte in unserem Leben herum und suchte nach saftigen Brocken, die er seinem Herrn bringen konnte. Er hatte mich in Verdacht. An dem Abend, nachdem ich Fronzac umgebracht hatte, ging er auf der Treppe an mir vorbei und verzog das fette, schmierige Gesicht zu einem hämischen Grinsen. ›Ihr seid wirklich eine echte Witwe‹, flüsterte er mir zu. ›Nun habt Ihr also zwei Männer verloren?‹ Ich war

652

wütend auf ihn, aber ich wußte, was er damit hatte sagen wollen. Ich war Tenebrae noch nicht los. Am späten Abend nahm ich den Spazierstock aus meinem Zimmer, ging über den Flur und klopfte an seine Tür.« Dionysia rieb sich mit dem Ärmel ihres Kleides den Speichel aus dem Mundwinkel. Ihr Gesicht war haßverzerrt. »Es würde niemals aufhören«, flüsterte sie. »Nie! Brissot wartete bereits auf mich. Allein, wie er die Tür öffnete, mit dieser immer gleichen untertänigen, kriecherischen Miene!« Sie schaute Kathryn an. »Ihr wißt, was ich getan habe?«

»Ja«, antwortete Kathryn. »Brissots Leiche lag hinter der Tür. Zuerst dachte ich, er wäre vor seinem Mörder davongelaufen und hätte zu entkommen versucht, doch dann wurde mir klar, daß er, stets der Unterwürfige, Euch in sein Zimmer gebeten und sich dann umgedreht hat, um die Tür zu schließen.«

»Er starb anders als Fronzac«, unterbrach Dionysia sie barsch. »Bei ihm hatte ich es geplant. Er hatte einen leichten Plauderton angeschlagen und redete munter weiter, während er die Tür schloß. Ich hob meinen Spazierstock und schlug zu. Einmal reichte. Brissot war tot, noch ehe er den Boden erreichte.« Sie hielt inne und sah sich in der Küche um. »Das ist ein teuflisches Haus. Man sollte es niederbrennen, so daß kein Stein mehr auf dem anderen bleibt. Ich habe Tenebrae gehaßt. Ich schwöre vor Gott, daß ich mir wünschte, ihm nie begegnet und, wie Ihr alle hier, in seine Falle gelockt worden zu sein. Fronzac hätte mich nicht täuschen dürfen … und Brissot. Nun, er war Tenebraes Komplize.«

Die anderen starrten sie entsetzt an und konnten nicht begreifen, daß diese vornehme, würdevolle Witwe fähig war, drei Morde zu begehen.

»Ich wollte vor meinem Tod noch glücklich werden«, murmelte Dionysia. »Mein Leben lang bin ich hinter dem Glück hergelaufen und habe Grillen gefangen. Das hat mich überhaupt erst zu Tenebrae geführt. Ich war in eine Grube gefallen und noch tiefer hineingeraten, bis ich Fronzac kennenlernte.«

Sir Raymond Hetherington erhob sich. »Ich kann nichts mehr davon hören«, erklärte er und wandte sich an Kathryn.

653

»So ist es recht, Hetherington!« fuhr Witwe Dauncey ihn an. »Schnell wie ein Windhund, das ist Eure Art, nicht wahr? Ihr wechselt die Seiten, wie es Euch gerade in den Kram paßt.«

Hetherington beachtete sie nicht. »Master Murtagh, seid Ihr mit uns fertig?«

Colum nickte.

»Wenn es so ist«, sagte Hetherington, nahm seinen Umhang und verließ grußlos die Küche. Die anderen folgten ihm.

Louise Condosti jedoch drehte sich in der Tür noch einmal um. »Was ist mit dem *Buch des Todes* ?« fragte sie.

»Das überlaßt getrost uns«, antwortete Colum.

Die junge Frau nickte und ging den anderen nach.

»Ihr könnt jetzt alle gehen«, erklärte Kathryn. »Master Luberon, würdet Ihr bitte den Büttel, Master Bogbean und Rawnose mit ins Rathaus nehmen? Sie sollten für ihre Dienste belohnt werden.« Sie schaute auf Witwe Dauncey hinab. »Schickt uns noch ein paar Leute zu Hilfe.«

Luberon spielte an seinem Gürtel. Kathryn sah ihm an, daß er gekränkt war.

»Macht Euch keine Sorgen, Simon«, fügte sie leise hinzu. »Kommt morgen abend zu uns und leistet uns beim Essen Gesellschaft. Dann werden wir Euch alles genau berichten.« Kathryn nahm Thomasina beim Arm. »Geh wieder nach Hause und sieh zu, daß alles in Ordnung kommt.«

Thomasina nickte zustimmend und verließ das Haus, gefolgt von Luberon, dem Büttel, Bogbean und Rawnose, die aufgeregt miteinander tuschelten.

Colum schloß die Tür und stellte sich hinter seine Gefangene.

»Ich weiß, was Ihr wollt, Ire«, sagte Witwe Dauncey und drehte einen Ring am Finger. »Ich weiß, worauf Ihr beide aus seid.« Die Witwe lächelte, als Colum sich neben Kathryn setzte. Sie beugte sich über den Tisch, ruhig, gefaßt, als wäre sie eine gute Freundin und redete mit ihnen über Alltägliches. »Ich will Euch sagen, was Ihr mir vorschlagen wollt: Ich soll nach London gebracht und vor das Königliche Gericht in Westminster gestellt werden. Die Verhandlung wird nicht lange dauern, und man wird mich entweder hängen oder in Smithfield verbrennen. Aber«, sie hob die Hand, »wenn ich Euch das *Buch des Todes* gebe, wird meine Strafe vielleicht nicht ganz so hart ausfallen.« Sie schaute Kathryn scharf an. »Glaubt Ihr, ich bin böse, Mistress Swinbrooke?«

»Nein, Mistress Dauncey, Ihr seid in eine Falle geraten und habt tiefe seelische Wunden davongetragen.«

Dionysia zuckte zusammen, als hätte sie mit dieser Antwort nicht gerechnet.

»Als ich noch ein kleines Mädchen war«, flüsterte sie, »war ich sehr schön. Mein Vater sagte, ich hätte einen gescheiten Kopf auf den Schultern. Ich konnte geschickt mit dem Rechenbrett umgehen und war klug genug, die Hauptbücher zu führen.«

Sie schlug die Hände vors Gesicht und begann zu schluchzen.

Kathryn und Colum ließen sie gewähren. Die Witwe beruhigte sich wieder und wischte mit dem Handrücken die Tränen ab.

»Ich werde hängen, nicht wahr?«

Colum war im Begriff zu antworten.

»Nein, Ire«, Dionysia wandte sich ab. »Ich kann von einem Mann keine Zusicherungen mehr ertragen.«

»Mistress Swinbrooke«, unterbrach Colum, »kann Euch keine Zusicherungen geben. Wenn Ihr jedoch das *Buch des Todes* zurückgebt, wird die Königin gnädig sein.«

»Wie gnädig?« fragte die Witwe und blickte Kathryn an.

»Sicherheit für Leib und Leben«, antwortete Colum. »Allerdings wird man Eure Waren, Häuser und den Grundbesitz einziehen.« Er wappnete sich innerlich, ehe er fortfuhr. »Das, was die Richter meinen, wenn sie sagen ›am Geldbeutel erhängen‹.«

»Und ich soll mich dann ganz allein durchs Leben schlagen? Ein altes, krankes Bettelweib?« Dionysia schnaubte. »Die Schlinge oder der Scheiterhaufen haben angesichts dieser Aussicht an Schrecken verloren.«

»Da ist noch etwas«, meldete Kathryn sich zu Wort. »Der König könnte Milde walten lassen. Vielleicht …« Kathryn verstummte, als sie die Bogenschützen und Büttel aus dem Rathaus laut an die Tür klopfen hörte.

Colum ging hinaus, um ihnen zu öffnen. Kathryn legte ihre Hand auf die der Witwe. »Ich werde ein Wort für Euch einlegen«, flüsterte Kathryn ihr zu. »Es gibt christliche Häuser, Klöster für bessergestellte Damen.« Kathryn wandte den Blick ab. »Obwohl Ihr hinter diesen Mauern lebendig begraben seid.«

Witwe Dauncey schaute sie unverwandt an. »Gebt Ihr mir Euer Wort darauf?«

»Ich schwöre es Euch.«

Dionysia entzog Kathryn ihre Hand und stand auf. In diesem Augenblick trat Colum mit den Bogenschützen und Bütteln in die Küche. Die Witwe warf einen Blick über die Schulter und lächelte Kathryn zu.

»Ich hege keinen Groll. Dem Wort einer Frau vertraue ich.« Sie streckte die Hände vor und ließ sich von den Bogenschützen an den Handgelenken fesseln.

»Und das Buch?« fragte Kathryn.

Witwe Dauncey zog so ruckartig die Hände fort, daß die Ketten rasselten. Sie öffnete die kleine Tasche, die an ihrem Gürtel hing. Kathryn trat zu ihr; Dionysia reichte ihr einen Schlüssel und zog sich mühsam einen Ring vom Finger.

»Den zeigt Master Procklehurst, dem Goldschmied. Sagt ihm, der kleine, versiegelte Kasten gehöre nun Euch. Verkauft den Ring wieder an den Goldschmied und gebt das Geld den Armen.« Witwe Dauncey lachte. »Schließlich werde ich nun eine der ihren.« Dann verließ sie, begleitet von den Bogenschützen und Bütteln, das Haus.

»Laßt uns hier fortgehen.« Kathryn nahm ihren Umhang und wurde sich bewußt, wie still, ja, beinahe bedrückend das Haus geworden war. Sie traten ins Freie, und Colum schloß die Tür hinter ihnen ab.

»Nun?« fragte Kathryn und hakte sich bei ihm unter, als sie auf die Black Griffin Lane traten. »Was soll aus ihr werden?«

Colum zuckte mit den Achseln. »Das hängt von der Königin ab. Vergeßt nicht, Kathryn, daß viele über Tenebraes Tod frohlocken werden und man die Inbesitznahme des Zauberbuchs als Triumph ansehen wird. Fronzac oder Brissot sind ihnen gleichgültig, während das konfiszierte Vermögen der Witwe das Herz des Königlichen Schatzmeisters entzücken wird.«

»Ich habe es ihr versprochen«, sagte Kathryn.

Colum lächelte auf sie herab. »Das habe ich mir gedacht. Oh, man wird ihr das Leben lassen und sie für den Rest ihrer Tage in ein gutes Kloster hoch oben im Nordmoor einsperren.«

»Und das *Buch des Todes* ?«

»Das müssen wir schnellstens an uns nehmen«, erwiderte Colum. »Und zwar noch ehe Master Foliot zurückkehrt. Das Buch hat Menschenleben gekostet. Ich möchte sehen, welche Geheimnisse es birgt.«

Der Laden des Goldschmieds war schon für die Nacht fest verschlossen, doch Colum hämmerte gegen die Tür. Der mürrische Kaufmann in seiner pelzbesetzten Robe und mit einem großen Becher Rotwein in der Hand verwandelte sich umgehend in einen devoten Diener, als Colum sich zu erkennen gab. Im flackernden Licht der Kerzen, die überall im Kontor herumstanden, erklärte Colum, Witwe Dauncey sei wegen Mordes verhaftet worden, und forderte die Herausgabe des versiegelten Kastens, nachdem er den Ring der Witwe vorgezeigt hatte.

»Höchst unvorschriftsmäßig«, murmelte Procklehurst.

»Wenn Ihr wollt«, entgegnete Colum, »kann ich ebenso gut mit Soldaten des Königs wiederkommen.«

Daraufhin flog Procklehurst förmlich, um die Kassette zu holen. Er drückte sie Colum in beide Hände. Der Ire brummte seinen Dank. Dann verließ er mit Kathryn den Laden und eilte über die inzwischen dunklen, verlassenen Straßen zurück zur Ottemelle Lane. Sobald sie zu Hause angekommen waren, stellte Kathryn die Kassette in ihre Schreibstube. Wuf war zum Glück sehr müde. Thomasina hatte ihm bereits etwas zu essen gegeben, während Kathryn ihre Amme leise ermahnte, nichts von dem, was sie in Tenebraes Haus miterlebt hatte, zu erwähnen. Nachdem Agnes zu Bett gegangen war, holte Kathryn die Kassette in die Küche. Colum schloß den Deckel auf, zog das in Kalbsleder gebundene Buch aus der Samthülle, in die es eingeschlagen war, und legte es auf den Tisch. Dann griff sie nach dem Goldring, der auf dem Boden der Kassette lag und drückte ihn mit dem anderen Ring, den Witwe Dauncey ihr gegeben hatte, Thomasina in die Hand.

»Morgen früh«, sagte sie, »bringst du die zu Vater Cuthbert ins Hospiz für arme Priester. Sag ihm, daß Tenebraes Tod am Ende doch noch zu etwas gut war.«

Colum hatte das *Buch des Todes* an sich genommen und blätterte bereits die mürben gelben Pergamentseiten durch. Er schaute Kathryn spöttisch an.

»Wollt Ihr das lesen?«

Kathryn schüttelte den Kopf. »Nein. Es ist ein böses Buch; am besten, nur Ihr lest, was darin steht. Dann muß ich Master Foliot morgen bei seiner Rückkehr nicht belügen.«

Colum zog sich einen Hocker neben die Feuerstelle und begann zu lesen. Hin und wieder murmelte er vor sich hin oder pfiff überrascht durch die Zähne. Kathryn zog es vor, ihn nicht weiter zu beachten. Sie half Thomasina, den Teig zum Backen vorzubereiten; so hatte sie eine Beschäftigung, und die Verspannungen in Schultern und Rücken ließen nach. Als es heftig an der Tür klopfte, schrak sie zusammen und ließ beinahe die Schüssel fallen. Könnte das schon Foliot sein? dachte sie, als Thomasina zur Tür eilte. Aber es war nur Mathilda Sempler, die mit leuchtenden Augen durch den Flur humpelte und trotz allem, was sie durchgemacht hatte, nicht schlimmer als sonst aussah. Sie knickste vor Colum und drückte Kathryn ein kleines Glas in die Hand.

»Ein paar Kräuter«, sagte sie. »Ziemlich kostbar. Beugt nächtlichen Samenergüssen vor.«

Kathryn bedankte sich bei ihr. »Das war aber nicht nötig, Mathilda.«

»Natürlich war das nötig«, rief die alte Frau. »Die arme alte Mathilda hätte beinahe an einem Seil gebaumelt oder wäre auf einer Pfanne geröstet worden.« Ächzend und stöhnend ließ sie sich auf einen Hocker sinken.

Colum schaute auf, las dann aber weiter. Thomasina kam in die Küche, beugte sich zu der alten Frau herab und nahm sie in den Arm.

»Ein Gläschen Wein, Mathilda«, bot sie ihr an, »zur Feier deiner Freilassung?«

»Nein, nein. Die alte Mathilda ist gekommen, um Euch zu danken.« Mühselig stand sie wieder auf und stützte sich schwer auf ihren Stock. »Ich sollte mich nicht hinsetzen«, sagte sie. »Ich vergesse mein Alter, und der Kerker in der Burg ist ein ungesunder Ort.«

Sie machte kehrt, und ehe Kathryn sie aufhalten konnte, humpelte sie auch schon durch den Flur auf die Tür zu.

»Nein, nein, ich will nicht bleiben«, verkündete Mathilda. Kurz bevor sie die Tür erreichte, warf sie einen verstohlenen Blick zurück in die Küche, wo Thomasina jetzt geschäftig hin und her eilte, und winkte Kathryn näher zu sich heran. »Ich habe eine neue Hütte«, flüsterte sie. »Die Talbot hat Mathilda eine neue Wohnung direkt hinter dem Londoner Tor am Ufer des Stour zur Verfügung gestellt.«

»Daran hat sie gut getan«, erwiderte Kathryn, von Mathildas Verhalten irritiert, da sie nur zu gern wieder in der Küche gewesen wäre, um herauszufinden, was Colum entdeckt hatte. »Das war nur recht so. Ihr wart unschuldig.« Kathryn hielt es für das Beste, der alten Frau nichts über die Auseinandersetzung mit Isabella Talbot zu erzählen. Sie öffnete die Tür, aber Mathilda machte keine Anstalten zu gehen. Kathryn lief bei dem kalten, verschlagenen Blick der alten Frau ein Schauer über den Rücken. »Ihr wart unschuldig.«

Auf ihren Stock gestützt, beugte sich Mathilda auf den Zehenspitzen vor.

»Wirklich?« flüsterte sie.

Kathryn wurde der Mund trocken; Mathilda sah nun gar nicht mehr so alt aus. Die Augen leuchteten, die Gesichtshaut schien weich und glatt.

»Wirklich? Das Weibsbild hat mich aus meinem Haus geworfen, deshalb habe ich Träume um ihren Mann gewoben.« Die alte Frau humpelte zur Tür hinaus, wandte sich noch einmal um, die Hand auf der Klinke. »Ihr habt ein gutes Herz, Kathryn Swinbrooke, und die Güte wird Euch auf all Euren Wegen begleiten, aber haltet in den kommenden Monaten die Augen offen. Ich sage Euch, bei allen dunklen Herrschern der Lüfte, ich bin mit Mistress Isabella Talbot noch nicht fertig.«

Sie lächelte still in sich hinein. Noch ehe Kathryn etwas entgegnen oder Mathilda zur Vorsicht mahnen konnte, war sie verschwunden. Das Geräusch ihres Stockes hallte wie Trommelschlag durch die Ottemelle Lane.

Kathryn schloß die Tür und ging durch den Flur zurück. Auf halbem Weg blieb sie stehen, um den unheimlichen Schauer abzuschütteln, den Mathildas Worte bei ihr ausgelöst hatten.

Ich bin Ärztin, dachte Kathryn; dennoch gibt es Kräfte und Säfte und Mächte, die vielleicht uns allen eigen sind. Sie dachte an Isabella Talbots haßverzerrtes Gesicht und wußte, daß Mathilda Sempler in den kommenden Monaten, wenn die Mörderin am wenigsten damit rechnete, auf ihre eigene rätselhafte Art Rache nehmen würde.

»Kathryn, kommt schnell!« rief Colum.

Sie eilte in die Küche. Colum saß am Tisch und hielt das *Buch des Todes* in der Hand.

»Ich habe es gefunden.«

»Colum, was ist los?«

Der Ire, der für gewöhnlich eine frische Gesichtsfarbe hatte, war blaß geworden und offenbar sehr erregt.

»So sagt schon!«

Colum warf das Buch auf den Tisch. »Kein Wunder, daß die Königin es haben wollte«, verkündete er und schob es noch weiter von sich. »Witwe Dauncey hatte recht: Seite für Seite stehen dort Klatsch und Tratsch. Finstere, boshafte Halbwahrheiten. Welcher Adlige zum Hahnrei gemacht wurde. Die Geheimnisse des einen oder anderen Bischofs. Welcher Baron oder Kaufmann heimlich das Haus Lancaster unterstützt hat. Was hier drinnen steht, kann ganze Karren voll Menschen an den Galgen bringen.«

Kathryn setzte sich. »Aber da ist noch etwas, oder?«

Colum wandte den Blick ab. »Ja. Laut Tenebrae ist die Ehe des Königs mit Elisabeth Woodville ungültig, weil er heimlich mit einer Frau namens Eleanor Butler verlobt und verheiratet war.«

Kathryn schlug die Hand vor den Mund.

»Wenn das an die Öffentlichkeit dringt«, fuhr Colum fort, »dann wäre alles, wofür das Haus York im letzten blutigen Bürgerkrieg gekämpft hat, verloren. Die Ehe des Königs würde als Bigamie erklärt, sein Sohn Edward, da unehelich, würde das Recht verlieren, seinem Vater auf den Thron zu folgen. Wenn das die Feinde des Königs in die Hände bekommen, ob es nun stimmt oder nicht, würde das Land aufs Neue von einem Machtkampf zerrissen.« Er beugte sich über den Tisch. »Kathryn«, flüsterte er. »Das allein zu wissen, kann uns Kopf und Kragen kosten.«

Kathryn starrte auf das in Kalbsleder gebundene Buch und mußte an sich halten, es nicht zu nehmen und ins Feuer zu werfen.

»Was wollt Ihr tun?«

»Ich werde es wieder in die Kassette legen«, erklärte Colum, »und behaupten, der Schlüssel der Witwe Dauncey habe nicht gepaßt. Sollen Foliot und die Königin doch damit machen, was sie wollen.«

Colum nahm das Buch und legte es in die Kassette zurück. Er verschloß sie, ging hinaus in den Garten und warf den Schlüssel mit aller Kraft in die Dunkelheit, bevor er wieder in die Küche trat.

»Stand irgend etwas über meinen Mann in dem Buch?« fragte Kathryn.

Colum schüttelte den Kopf. »Nein, Kathryn. Nichts über Euch oder über mich oder die Kleinen dieser Welt. Elisabeth Woodville wird es wahrscheinlich vernichten, um ihre Geheimnisse zu schützen.« Er schaute sich in der Küche um. »Wo steckt denn die wundervolle Thomasina?« »Ich bin in der Vorratskammer, Ire, und behalte Euch im Auge«, rief die alte Amme schnippisch zurück. »Wie ich es schon immer gemacht habe und auch weiterhin tun werde.«

Colum winkte Kathryn zu sich. »Es ist vorbei, Kathryn. Mathilda Sempler ist auf freiem Fuß. Der Herr wird sich Isabella Talbots, Dionysia Dounceys und der anderen annehmen. Morgen kommt Foliot zurück, und ich werde ihm die Kassette in die

Hand drücken. Dann wird er innerhalb einer Stunde aus unserem Leben verschwinden. Die Sonne wird aufgehen, Wuf wird im Garten herumspringen, Thomasina ist da, um geärgert zu werden, und Ihr seid da.« Er nahm ihre Hand, ging mit ihr in den Garten und zeigte zum sternenklaren Himmel hinauf. »Es gibt da ein Gedicht«, sagte er, »›Oh, komm nach Irland, du Schöne ...‹« Colum schwieg und legte einen Arm um Kathryns Schultern. »Werdet Ihr je nach Irland kommen, Kathryn?«

Kathryn schmiegte sich an ihn und zwickte ihn spielerisch.

»Ja, und wenn ich nicht kann, wird Irland zu mir kommen müssen!«

»Ist das ein Versprechen?« fragte Colum.

»Ire, etwas Besseres könnt Ihr in dieser sternenklaren Nacht nicht verlangen!«

Anmerkung der Autorin

Eine heimliche Ehe zwischen Edward von York und Eleanor Butler ist mehr als wahrscheinlich. Edwards Bruder, Richard von Gloucester, benutzte dieses Wissen elf Jahre später, als er den Thron an sich riß. Die Woodvilles waren allesamt Räuberbarone allererster Güte: hervorragend, tapfer, charismatisch und absolut grausam. Der Tod Heinrichs VI. im Tower verlief so, wie er im Buch beschrieben wird, während das wichtigste Mordopfer, Tenebrae, nach Bolingbrooke gestaltet ist, dem großen englischen Hexenmeister des fünfzehnten Jahrhunderts.

Die Heilerin von Canterbury und der Becher des Todes

Für Grace

»Habt Ihr nicht ein fahles Antlitz in der Menge
gesehen ... so offensichtlich, das blanke Entsetzen.«

Chaucer: Die Erzählung des Rechtsgelehrten

»Im Mittelalter praktizierten Ärztinnen auch in
Kriegswirren und während großer Epidemien weiter
wie immer, einfach weil man sie brauchte.«

Kate Campbellton Hurd-Mead:
Geschichte der Frauen in der Medizin

Zur Geschichte

Im Jahre 1471 fand der blutige Bürgerkrieg zwischen den Häusern York und Lancaster durch die beiden Siege, die Edward von York bei Barnet und Tewkesbury errang, plötzlich ein Ende. Der König kam zu seinem Recht und schickte, als der Herbst dem Winter wich, seine Steuereintreiber aus, um zu erheben, was ihm gehörte.

Im fünfzehnten Jahrhundert war die Steuererhebung im wesentlichen Sache von mächtigen Einzelpersonen, die als Steuereintreiber fungierten. Sie mußten einen festgelegten Betrag sammeln; das, was sie in die eigene Tasche wirtschafteten, wurde von der Krone toleriert, sofern es sich in vertretbarem Rahmen bewegte. Demzufolge waren die Steuereintreiber des fünfzehnten Jahrhunderts mächtige Männer. Erpingham, um den es hier geht, war Ritter, Kaufmann und Rechtsgelehrter zugleich. Die Angst vor dem Steuereintreiber saß damals ebenso tief wie heutzutage vor dem Finanzamt: die Befugnisse der Steuereintreiber waren weitreichend. In der Tat waren Steuereintreiber die Auslöser jeder größeren Revolte in der englischen Geschichte – sei es beim Bauernaufstand von 1381 oder im Bürgerkrieg des siebzehnten Jahrhunderts.

Prolog

Der Schnee kam überraschend: dicke, graue Wolken türmten sich bedrohlich über der Ostküste Englands, als habe der Herrgott höchstpersönlich die Hand gegen die Erde erhoben. Am achten Tag nach dem Fest der Unbefleckten Empfängnis begann es zu schneien; Felder und Wege in Kent wurden unter einem dicken Teppich begraben, der an der Oberfläche vereiste. Kalter Nordostwind kam auf und trieb den Schnee in heftigem Sturm vor sich her. Weiler, Dörfer und einsame Gehöfte wurden von der Außenwelt abgeschnitten. Selbst des Königs große Stadt Canterbury belagerte er. Auf den Türmen, Zinnen und Dächern der Kathedrale, die den Gebeinen des seligen Märtyrers Thomas als letzte Ruhestatt dienten, lag so viel Schnee, daß die großen Glocken nicht geläutet wurden, aus Angst, die dröhnenden Eisenschläge könnten Schneelawinen auslösen und Nichtsahnende unter sich begraben. Die Einwohner von Canterbury zogen es vor, zu Hause zu bleiben und sich um das Feuer zu scharen. Die Marktstände blieben leer. Weder Kesselflicker noch Huren oder Büttel zogen durch die Straßen. Alle Welt bibberte und betete, der Schnee möge noch vor Weihnachten verschwinden.

Die Chronisten im Kloster von Christchurch hauchten in die eiskalten Hände und fluchten im stillen über die gefrorene blaugrüne Tinte in den Tintenfässern. Wie sollten sie diese Zeiten beschreiben? Verrückte und alle, die von Visionen heimgesucht wurden, behaupteten, der Schneesturm sei eine Strafe Gottes, weil die Welt nach Höllenschwefel und Teufelskot stinke. Solcherlei Sprüche gefielen den Schreibern, und sie kritzelten ihre Anmerkungen an den Rand der Klosterchronik: es sei so weit gekommen, daß die Bösen jetzt schwarze Wachskerzen anzündeten und an dunklen, dumpfen Orten Jungfrauen überfielen, sie in enge Zellen sperrten, wo das Talgfett Gehenkter die einzige Lichtquelle war. In Wahrheit fanden diese Chronisten in Mönchskutte Gefallen daran, sich selbst und ihre Leser in Angst und Schrecken zu versetzen. Deshalb malten sie sich eine andere Welt aus, in der alles auf dem Kopf stand, in der Hasen Hunde jagten und Panther mit Bernsteinaugen und Samtfell vor Hirschen Reißaus nahmen. Tiere mit Menschenhänden auf dem Rücken gingen ebenso auf Raubzug aus wie rotgestreifte Drachen, bizarre Kreaturen mit langen vieltausendfach verknoteten Hälsen. Affen mit Nonnengesichtern und Bockshörnern auf dem Kopf krakeelten auf Bäumen, während Menschen ohne Arme geflügelte Fische oder geschuppte Monster mit Eidechsenmaul fingen. Die Chronisten in Mönchskutte genossen es, diese alptraumhaften Bilder auszuschmücken, während sie aus den Fenstern starrten und sich fragten, was ihnen dieser lange, kalte Winter wohl bringen würde.

An einer Wegkreuzung viele Meilen hinter Canterbury durchlebte der Ire Colum Murtagh, der Königliche Sonderbeauftragte in Canterbury und Verwalter der Königlichen Stallungen in Kingsmead, seinen ganz persönlichen Alptraum. Er wickelte die steifgefrorenen Zügel um die Hände und starrte trübsinnig über die schneebedeckten Felder. Die Zugpferde vor seinem Karren schnaubten vor Schmerz. Ihre Mähnen waren gefroren, und um Augen und Mäuler hatten sich Eisklumpen gebildet. Colum warf einen verzweifelten Blick über die Schulter zu den Vorräten auf dem Karren und wandte sich dann dem drahtigen Pferdeknecht Henry Frenland zu, der sonst stets zu lächeln pflegte. Er hatte Colum zu den Mühlen in Chilham begleitet.

»Wir hätten gar nicht erst aufbrechen sollen«, murmelte Colum und deutete auf die Pferde. »Sie schaffen es bald nicht mehr.«

Colum zog sich die große Kapuze tiefer ins Gesicht. Seine Ohren waren eiskalt, und seine Nasenspitze fühlte sich an, als hielte ein unsichtbarer Kobold sie mit einer eisigen Zange umklammert. Traurig erwiderte Henry Frenland seinen Blick.

»Himmelherrgott, Mann!« fluchte Colum. »Was ist los? Seit wir Chilham verlassen haben, bist du nicht zu gebrauchen.« Er lachte kurz auf. »Ich weiß. Wir fahren durch die Wildnis von Kent; ein Schneesturm wütet; wir sind mutterseelenallein und haben uns verfahren. Was sollen wir tun? Umkehren oder auf einem Gehöft Unterschlupf suchen?« Er schüttelte seinen Gefährten. »Henry!« rief er. »Ist dir der Verstand eingefroren? Ich hätte dich in Kingsmead lassen und Holbech mitnehmen sollen.«

»Alles hat seinen Beginn«, sagte Frenland mit so klangvoller Stimme, als nähme er weder das Schneetreiben, noch die Eiseskälte, noch Murtaghs Frage wahr.

Colum hielt die Pferde an.

»Henry, was ist los mit dir?«

Frenland blinzelte und schaute Colum unverwandt in die Augen.

»Tut mir leid, Master Murtagh«, stammelte er. »Tut mir wirklich leid.«

Colums Augen verengten sich zu Schlitzen. »Wie lange bist du schon bei mir, Frenland?«

»Sechs Monate, Master.«

Colum nickte; sein grimmiger Blick fiel auf die Kreuzung, wo neben dem Wegweiser ein schneebedecktes Schafott seine eisernen Galgenarme reckte.

»Stimmt«, murmelte er. »Sechs Monate.«

Frenland war ein guter Knecht gewesen, ein Mann, der mit Pferden gut umgehen und wirklich hart arbeiten konnte, der fleißig war und sich mit niemandem anlegte. Niemand wußte, woher er kam. Doch in den Wintermonaten des Jahres 1471, als die königlichen Truppen nach dem Krieg gegen das Haus Lancaster entlassen worden waren, zogen viele ehemalige Soldaten und Heimatlose auf der Suche nach Arbeit durch das Land.

»Du bist doch freiwillig mitgekommen?« fragte Colum. »Du hast keine Angst vor dem Schneesturm?«

Frenland schüttelte den Kopf. »Nein, Master.«

»Aber ich«, entgegnete Colum. »Ich weiß nicht, wo um des Allmächtigen Willen wir jetzt sind; mir ist kalt, und die Pferde halten auch nicht mehr lange durch.«

Wie ein Echo seiner Ängste unterbrach langgezogenes Heulen die grauweiße Lautlosigkeit.

»Ein Wolf«, vermutete Frenland.

Colum packte die Zügel fester, um seine Furcht zu verbergen.

»Verdammt, das ist kein Wolf!« zischte er. »Das sind wilde Hunde, Henry.«

Vielstimmiges Geheul zerriß von neuem die Stille.

»Sie jagen in Rudeln«, sagte Colum. »Mastiffs, größer als ein Wolf und bärenstark. Streunende Tiere von geplünderten Höfen, die während des Bürgerkriegs in Scharen hinter den Soldaten herliefen. Inzwischen haben sie sich zu Rudeln zusammengeschlossen und sind viel gefährlicher als Wölfe. Vorwärts!« rief Colum und schnalzte laut mit der Zunge. »Komm, Henry, mach doch nicht so ein unglückliches Gesicht. Habe ich dir schon die Geschichte von dem fetten Abt erzählt und der Jungfrau mit den rosaroten Lippen und den lilienweißen Händen?« Er setzte an, da riß Frenland am Zügel.

»Tut mir leid, Master.«

»Was in drei Teufels Namen …!«

Frenland sprang vom Karren und breitete die Arme aus. »Master Murtagh, es tut mir wirklich leid.«

»Hör ' um Himmels willen auf, immer dasselbe zu sagen!« brüllte Colum. »Was tut dir denn leid?«

Frenland wich zurück. Colum starrte dem Knecht verwundert nach, als dieser auf dem Absatz kehrtmachte und, immer wieder stolpernd und auf dem Schnee ausrutschend, davonlief.

»Henry!« rief Colum ihm nach. »Komm zurück! Um der Liebe Christi willen, das kostet dich das Leben!«

Als Frenland in den wirbelnden Flocken entschwand, fluchte Colum vor sich hin. Zu seiner Rechten hörte er das Bellen der Hunde.

»Ich kann nicht hinter ihm herlaufen. Ich muß einen Unterschlupf suchen«, murmelte Colum und schüttelte die Zügel, trieb die großen Zugpferde vorwärts.

Das Schneegestöber wurde dichter. Frierend blickte Colum zum Himmel empor; der gepflasterte Weg vor ihm verschwand rasch unter den herabfallenden Schneemassen. Es wurde dunkel, und das Geheul der Hunde kam näher und näher.

Eins

Auch die Ärztin von Canterbury, Kathryn Swinbrooke, betrachtete mit sorgenvollem Blick den Schnee, der die ganze Nacht hindurch gefallen war und jetzt auf dem roten Ziegeldach ihres Hauses in der Ottemelle Lane ins Rutschen geriet.

»Thomasina«, rief sie und trat an die Küchentür, »Thomasina, gib acht!«

»Keine Bange«, erwiderte ihre alte Amme vom Garten her, »vor herabfallendem Schnee mache ich mir nicht in die Hose. Da muß schon was anderes passieren.«

Kathryn vernahm ein Krachen, als erneut Schneeberge vom Dach glitten, und anschließend einen deftigen Fluch aus Thomasinas Mund.

»Versündige dich nicht an Gott, Thomasina!« warnte Kathryn und schaute in die weiße Wildnis hinaus, die einst ihr Garten gewesen war: alle Kräuterhügel und Blumenbeete, selbst der künstliche Teich lagen unter einer eisigen Schneedecke begraben. Die niedrigen Bänke waren fast nicht mehr zu sehen, und die beiden Lauben hatten sich in schneeweiße Zelte verwandelt.

»Thomasina, was machst du denn?« rief Kathryn nun lauter; ein großes Schneebrett hatte sich von der Dachrinne gelöst.

»Das Wasserfaß ist zugefroren«, erwiderte Thomasina.

Kathryn schloß die Augen und hatte Mühe, nicht die Geduld zu verlieren. Thomasina ließ ihrer angestauten Wut freien Lauf und schlug auf die Eisschicht ein, bis diese brach und das Wasser in den großen, eisenbeschlagenen Bottich schwappte. Kathryn ging zurück in die Küche. Die Binsen auf dem Boden wurden schon schwarz und feucht. Sie schürzte ihren Wollrock und half ihrer Magd Agnes, sie aufzusammeln und in den Garten zu tragen.

»Warum darf ich sie nicht einfach auf die Straße werfen?«

fragte Agnes und schaute Kathryn mit ihren hellen Augen an. »Das machen doch alle so.«

Kathryn schnürte ein paar Binsen zu einem Bündel. Sie schüttelte den Kopf. »Nein, Agnes, die Straßen sind so voller Unrat, und die Binsen geben guten Kompost für den Garten ab. Der Schnee weicht sie auf, und sie verrotten.« Sie lächelte. »Und im Frühling sind die Blumen und Kräuter um so köstlicher und kräftiger.«

Thomasina rauschte in die Küche, das runde, freundliche Gesicht hochrot und verschwitzt von der Anstrengung.

»Der verfluchte Schnee!« grummelte sie vor sich hin. »Das vermaledeite Wasser!« Sie warf einen Blick auf den Berg von Binsen. »Und wo bleibt der verdammte Ire? Er sollte uns beim Hausputz helfen. Schließlich wohnt er ja hier, oder?«

Kathryn hob ein Binsenbündel auf und schmunzelte. »Colum Murtagh ist unser Gast und unser Freund, Thomasina«, erwiderte sie. »Und tu' nicht so, als wärst du wütend. Du machst dir ebenso große Sorgen wie ich.«

Thomasina bückte sich und half Agnes beim nächsten Bündel.

»Er ist ein Dummkopf«, ereiferte sich Thomasina. »Gestern hätte er schon wieder in Kingsmead sein sollen. Es schneit immer noch.« Als sie nun aufschaute, lag Besorgnis in ihrem Blick. »Habt Ihr die Gerüchte von Rawnose gehört – von dem Rudel wilder Hunde, die durch Kent streifen? Die königlichen Forstmeister sind untätige Strolche!«

»Du sollst nicht fluchen, Thomasina«, erhob Agnes vorwurfsvoll die Stimme und ahmte ihre Herrin nach, die für gewöhnlich Thomasina keine Gotteslästerung durchgehen ließ.

»Und doch sind die königlichen Forstmeister nutzlose Schufte«, wiederholte Thomasina bedeutungsvoll, »die hätten schon im Herbst ihre Arbeit tun und diese armen Viecher jagen sollen. Jetzt streunen sie herum wie Wölfe, und Master Murtagh ist ganz allein da draußen.«

»Nein, Henry Frenland ist bei ihm«, warf Kathryn ein, sich selbst und allen anderen zur Beruhigung.

Thomasina wischte sich die Hände an der Schürze ab. »Ich

war dreimal verheiratet«, setzte sie zu ihrer altbekannten Rede an, »und kenne noch immer keinen wirklich mutigen Mann. Die Leute von Master Murtagh draußen in Kingsmead sind genauso faule Lümmel wie die königlichen Jagdmeister!«

Thomasina hätte sich am liebsten die Zunge abgebissen. Kathryns gewohnte Ausgeglichenheit war dahin. Die alte Amme betrachtete ihre Herrin eingehend. Sie sah unordentlich aus, trug weder Brusttuch noch Schleier auf dem schwarzen Haar, das sie stramm nach hinten gekämmt hatte; unter den Augen lagen dunkle Ringe, und das sonst so frische Gesicht war aschfahl.

»Verzeiht«, sagte Thomasina. »Ja, natürlich mache ich mir Sorgen um Colum. Warum mußte er auch da rausgehen?«

Kathryn trug die Binsengarben in den Garten. Als sie zurückkam, flüsterte Thomasina der Magd zu, sie solle weitermachen. Dann trat sie auf ihre Herrin zu, ergriff ihre Hand und schaute ihr in die graugrünen Augen, bemerkte dabei die Falten auf der Stirn und um den Mund. »Als Ihr klein wart«, raunte Thomasina ihr zu, »habe ich Euch immer gesagt, Ihr solltet nicht die Stirn runzeln. Schöne Menschen lächeln immer.«

Kathryn zwang sich zu einem schiefen Lächeln. »Ich mache mir Sorgen, Thomasina. Colum mußte gehen. Die Vorräte in den Ställen werden knapp, und die Händler in Canterbury sind einfach zu teuer.«

»Noch so eine Bande diebischer Nichtsnutze!« grummelte Thomasina. Sie drückte Kathryn die Hand. »Aber Ihr kennt doch den Iren! Er ist schon in größerer Gefahr gewesen und hat sie immer gemeistert.« Sie lächelte. »Die meisten irischen Hinterwäldler sind so! Noch vor Mittag ist er wieder zurück, schimpft, flucht und trällert ein Lied, oder, noch schlimmer, zitiert Chaucer, um zu beweisen, daß er kein Sumpfnomade ist. Nun kommt, hier ist es zu kalt.«

Dank Thomasinas gutem Zureden entwickelte Kathryn rege Betriebsamkeit. Die Binsen wurden eingesammelt, zusammengebunden und nach draußen geschafft, der Boden gefegt und gescheuert. Bald schon loderte ein helles Feuer in der Feuerstelle; in den Kohlebecken, die in allen Ecken aufgestellt waren, knisterte und flackerte es, und Thomasina legte glühende Kohlen in die im Haus verteilten Wärmepfannen, die wegen der Brandgefahr sorgfältig abgedeckt wurden. Es dauerte nicht lange und die Küche, das kleine Sonnenzimmer dahinter und Kathryns Schreibkammer strahlten wohlige Wärme aus. Als Kathryn kleine Kräutersäckchen an Haken über die Feuerstelle hing, duftete das ganze Haus nach Sommerblumen. Der kleine blonde Wuf, das Findelkind, das Kathryn bei sich aufgenommen hatte, polterte die Treppe hinunter. Er wäre jetzt ein Ritter, behauptete er, und Agnes wäre die Prinzessin und Thomasina der Drache. Er wurde bald in sein Zimmer zurückgeschickt. Agnes begann, Haferküchlein zu backen und einen Eintopf aufzuwärmen, damit sie wie echte Christen – so Thomasina – das nächtliche Fasten brechen konnten.

Nach dem Frühstück ging Kathryn hinauf in ihr Zimmer, um sich umzuziehen. Sie schloß die Tür ihres Schlafgemachs hinter sich, ließ sich auf das große Himmelbett fallen und deckte sich mit einer Wolldecke zu. Sie stützte sich auf einen Ellenbogen und schaute zur Stundenkerze hinüber. Sie wußte nicht genau, wie spät es war, denn die Kerze war erloschen, und die grauen Wolken am Himmel hüllten alles in mattes Licht. Zudem hatten die heftigen Schneefälle die Glocken der Kathedrale und der Stadtkirchen, die tagsüber die Stunden anzeigten, zum Verstummen gebracht. Ob der Vormittag bereits vorüber war?

»Oh, Ire«, flüsterte sie, »wo bist du?«

Sie sank wieder in die Kissen, schloß die Augen und dachte an das weite, öde Land von Kent: an die riesigen, offenen Felder und die gewundenen Wege. Sie sank in einen kurzen, unruhigen Schlaf und wurde von einem Alptraum geplagt, in dem Colum auf seinem Karren erfror oder von einem tollwütigen, rotäugigen Hund angegriffen und zerfleischt wurde. Nach einer Stunde wachte sie wieder auf. Aus der Küche drang das muntere Geschwätz von Thomasina und Agnes zu ihr herauf. Sie schlug die Decke zurück und trat an die Tür, öffnete sie einen Spalt und lauschte. Von Colum noch immer nichts zu sehen und zu hören. Sie glitt über den Flur zu seinem Zimmer und trat ein. Es war kalt und dunkel, weil die Fensterläden fest geschlossen waren. Kathryn nahm eine Kerze, zündete sie im Wärmebecken auf dem Flur an und stellte sie in einen eisernen Ständer. Dann schaute sie sich um.

Für Kathryn war dieser Raum stets ›das Soldatenzimmer‹, und trotz ihrer gutgemeinten Vorschläge wollte Colum es unverändert lassen: Wollteppiche auf dem Boden, ein einfaches Feldbett und eine eisenbeschlagene Kiste, die er stets verschlossen hielt. Die Schlüssel trug er immer an einer Kordel um den Hals. An der Wand hing neben ledernen Satteltaschen Colums großer Kriegsgürtel. Als Kathryn ihn mit einem flüchtigen Blick streifte, krampfte sich ihr der Magen zusammen.

»Den hättest du mitnehmen sollen«, flüsterte sie.

Doch dann fiel ihr die Armbrust ein, die Colum bei sich hatte, und sie versuchte, die Angst zu besänftigen. Sie durchquerte den Raum, der nach Pferden und Leder roch, und starrte auf den Tisch neben Colums Bett. Sie nahm die arg abgegriffene Holzstatue der Jungfrau mit dem Kinde in die Hand. Das hohe Alter und die starke Abnutzung der Figur hatten dem heiteren Lächeln, mit dem die Jungfrau auf das Kind in ihren Armen hinabblickte, nichts anhaben können. Kathryn fühlte sich ertappt und stellte sie rasch wieder auf den Tisch. Ihr Blick fiel auf das farbenprächtige keltische Kreuz, das an einem Nagel über dem Bett hing. »Es sind die einzigen Sachen, die meine Mutter mir gegeben hat«, hatte Colum ihr einmal erzählt, »mehr besaß sie nicht. Beide haben mich überallhin begleitet, Kathryn; ins Feldlager und in meine Kammer, als ich noch Marschall des Königs war.«

Kathryn beugte sich über das Bett, berührte das Kruzifix und schloß die Augen.

»Komm gesund wieder«, betete sie. »Du dummer Ire, komm zurück!«

Sie trat ans Fußende des Bettes und hockte sich neben die Truhe. Was mochte Colum darin aufbewahren? fragte sich Kathryn und mußte unwillkürlich lächeln, denn ihr fiel einer von Thomasinas zahlreichen Sprüchen ein: ›Neugier wirft die Katz’ aufs Totenbett‹.

»Ja, ja«, murmelte Kathryn. »Und Zufriedenheit macht sie fett!«

Als sie die Kerze neben der Tür ausblasen wollte, fiel ihr Blick zufällig auf eine Pergamentrolle neben einem in Leder gebundenen Buch im Regal. Kathryn nahm die Rolle herunter, löste die rote Kordel und las die unbeholfenen Buchstaben: es war Colums Sammlung alter irischer Märchen, über Cu Chulainn, Königin Maeve und das Feenland Tir-nan-og. Sie legte die Rolle wieder neben Chaucers Werke, die sie Colum zur Mittsommernacht geschenkt hatte, und blies die Kerze aus.

»Swinbrooke, du wirst sentimental«, stellte sie mit einem Schuß Selbstironie fest. »Der Ire wird schon zurückkommen. Dann fängt er wieder an, mich zu ärgern, und ich wünsche ihn über alle Berge.«

Schnell kehrte Kathryn in ihr Zimmer zurück, wo sie sich wusch und ankleidete. Da klopfte es laut an der Haustür. Rasch schlüpfte Kathryn in weiche Schnürstiefel. Wer mochte wohl den Elementen getrotzt haben, um sie zu besuchen? Im stillen betete sie, es möge kein Notfall sein. Dann vernahm sie eine männliche Stimme.

»Colum!« Hastig verließ sie ihr Zimmer, doch schon an der Treppe erkannte sie die sanfte Stimme des wichtigtuerischen, aber freundlichen Schreibers der Stadtversammlung, Simon Luberon. Sie eilte die Treppe hinunter. Luberon saß an der Feuerstelle, hatte die Kapuze seines Umhangs zurückgeschlagen und wärmte sich die dicklichen Finger. Als Kathryn eintrat, erhob er sich; das fröhliche, runde Gesicht strahlte vor Freude. Luberon würde es nie offen zugeben, aber insgeheim mochte er die stets ausgeglichene, dunkelhaarige Ärztin, sehr sogar.

»Kathryn.« Er streckte ihr beide Hände entgegen, ließ sie jedoch schnell und verschämt wieder in den weiten Ärmeln seines Umhangs verschwinden. »Ich gebe Euch lieber nicht die Hand«, lachte er und trat einen Schritt auf sie zu. »Meine sind die reinsten Eisklumpen.«

Kathryn nahm ihn bei den Schultern und hauchte ihm einen Kuß auf die eisigen Wangen.

»Simon, habt Ihr denn keine Handschuhe?«

Der kleine Schreiber trat verlegen von einem Fuß auf den anderen. »Ich hatte welche«, stammelte er. »Aber ich habe sie verloren.«

Kathryn trat an den Leinenschrank, der in die Wand neben der Feuerstelle eingelassen war. Sie kam mit einem Paar dunkelblauer Handschuhe wieder zurück.

»Simon, die möchte ich Euch schenken. Ihr habt etwa die gleiche Größe wie ich.«

Luberon wurde rot vor Verlegenheit, streifte sie aber schnell über und spreizte stolz die Finger.

»Wundervoll!« hauchte er. »Und so warm!«

»Ein Mann sollte immer warm sein«, ließ sich Thomasina vernehmen. »Im Haus und außer Haus, wenn Ihr wißt, was ich meine, Master Schreiber.« Luberon schaute rasch zu ihr hinüber. Die alte Amme betrachtete ihn mit unschuldigem Augenaufschlag.

»Kommt, Simon, setzt Euch!« Kathryn winkte ihn zu einem Stuhl an der Feuerstelle. Agnes schob einen zweiten Stuhl daneben. »Thomasina wird Euch einen Würztrank geben«, sagte Kathryn. »Und nun sagt mir, was Euch herführt.«

»Mord«, erwiderte Luberon beiläufig und öffnete die Schnallen seines Umhangs. Er zog ihn aus und warf ihn über die Stuhllehne. »Man sollte doch meinen, daß der eisige Winter die Wut der Menschen etwas abkühlt, aber dem ist nicht so.«

Er verstummte, als Thomasina ihm einen Zinnbecher mit gewürztem Wein brachte. Sie wickelte das Gefäß in Tücher ein, nahm einen rotglühenden Schürhaken aus dem Feuer und tauchte ihn in den Wein. Erst als das Zischen aufgehört hatte, nahm sie ihn wieder heraus.

»Hier«, brummte Thomasina und drückte dem kleinen Schreiber den Weinbecher vorsichtig in beide Hände. »Trinkt das, Master Simon, und Ihr werdet munter wie ein Jüngling unterm Maibaum.«

Luberon nippte vorsichtig an dem Wein. Kathryn verschränkte die Arme, ihre Hände waren in ständiger Bewegung.

»Nun mal raus mit der Sprache«, konnte sie nicht länger an sich halten. »Was für ein Mord, Simon?«

Genüßlich sog Luberon den Duft von Rosmarin und Thymian ein, der von seinem Weinbecher aufstieg.

»Kennt Ihr Richard Blunt?«

»Ja, er wohnt in der Reeking Alley hinter der Kirche von St. Mildred.«

Kathryn erinnerte sich an das freundliche, sonnengebräunte Gesicht des alten Malers, an die struppigen grauen Haare, die scharfen blauen Augen und vor allem an sein Talent, lebendige Szenen auf die grauen Wände der Pfarrkirche zu malen. »Er ist doch nicht etwa tot?«

Luberon schüttelte den Kopf. »Nein, er hat seine Frau umgebracht.«

Kathryn fröstelte und starrte ins Feuer. »Im letzten Frühjahr hat er Alisoun, die Tochter eines Händlers geheiratet.«

»Stimmt«, bestätigte Luberon. »Die Leute nannten es eine Ehe zwischen Mai und Dezember. Er war dreißig Jahre älter als sie.«

Kathryn fuhr sich über das Gesicht, während Thomasina und Agnes unauffällig näherkamen, begierig, die Unterhaltung zu verfolgen.

»Alisoun war groß und gertenschlank, hatte ein hübsches Gesicht und blonde Haare«, erinnerte sich Kathryn laut, ohne zu erwähnen, was Colum einmal gesagt hatte: sie mache jedem schöne Augen und habe ein loses Mundwerk. Kathryn kannte Richard Blunt schon seit ihrer Kindheit und mochte ihn, Alisoun indessen hielt sie für verwöhnt und launenhaft.

»Was ist passiert?«

»Nun ja, Richard kam gestern abend nach Hause. Wie Ihr wißt, war er gerade dabei, ein Gemälde in St. Mildred zu beenden.« Luberon stellte den Becher auf dem Kaminsims ab. »In Blunts Haus ist die Wohnstube nicht im Erdgeschoß, sondern im ersten Stockwerk. Richard und sein Sohn Peter ... Ihr kennt doch den Jungen? Er ist ein bißchen einfältig. Er reinigt häufig den Untergrund, bevor sein Vater ein Gemälde beginnt.«

»Weiter, weiter!« unterbrach Thomasina ihn scharf. »So sagt doch um Himmels willen endlich, was passiert ist!«

»Ich weiß es ja selbst nicht genau«, fuhr Luberon sie an. »Der alte Blunt kam nach Hause und fand zwei junge Männer vor, die mit seiner Frau schäkerten: ein Student namens Nicholas aus Cambridge und sein Freund, der Schreiber Absolon, der bei einem Kornhändler arbeitet.« Luberon zwinkerte. »Ihr kennt die Sorte Mann, Mistress Kathryn, für die ist jede Frau willkommene Beute, und sie machen sich einen Sport daraus, einem Ehemann Hörner aufzusetzen. Jedenfalls waren die beiden jungen Männer halb entkleidet und Alisoun ebenfalls. Zumindest fanden wir ihre Leichen so vor.«

»Alle drei?« rief Kathryn erschrocken aus.

»So ist es. Gott allein weiß, was geschehen ist. Aber als Blunt die Tür öffnete, hatte er bereits seinen Bogen und einen Köcher mit Pfeilen griffbereit.« Luberon zuckte die Achseln. »Sekunden später war alles vorüber. Ein Pfeil erwischte Nicholas in der Halsschlagader. Alisoun ebenfalls. Absolon versuchte, ein Fenster zu öffnen und hinauszuspringen, aber Richards dritter Pfeil traf ihn in den Rücken.«

Kathryn vergaß ihre eigenen Sorgen und verbarg das Gesicht in den Händen. Sie konnte sich die Szene vorstellen; die gemütliche Wohnstube, das Flackern des Feuers, die Weinbecher und das leise Gelächter. Blunt war ein Meisterschütze – was hatte Colum ihr einmal erzählt? Ein guter Bogenschütze konnte in einer Minute mindestens sechs Pfeile abschießen, und alle trafen ins Ziel.

»Was geschah dann?«

»Tja, Absolon fiel auf die Straße, der Witwe Gumple praktisch vor die Füße. Sie rief die Wachen, die die beiden anderen Leichen fanden und Richard, der ruhig auf seinem Stuhl saß und ins Feuer starrte. Er machte keinen Versuch, das Verbrechen zu leugnen. Peter, der von einer Besorgung später zurückgekommen war, stand neben ihm und schaute mit leerem Blick in die Runde.«

»Und wo sind sie jetzt?«

»Tja, Peter ist noch zu Hause, aber Richard hat man in eine

Zelle im Rathaus gesperrt. Er wird vor das Königliche Gericht gestellt und bestimmt zum Tode durch den Strang verurteilt.« Luberon zählte die Punkte an seinen dicken Fingern ab. »Die Morde waren kaltblütig. Wir haben die Leichen, und wir haben den Mörder.«

»Wie geht es Richard?« fragte Kathryn.

»Oh, der ist die Ruhe selbst. Er hat ein lückenloses Geständnis abgelegt und unterwirft sich dem Gesetz.«

Kathryn dachte an Blunts einzigen Sohn aus erster Ehe: ein hoch aufgeschossener, schmächtiger junger Mann mit ständig offenem Mund.

»Und Peter ist nicht als Komplize festgenommen worden?«

»Oh nein. Witwe Gumple kann sich genau erinnern, daß Peter die Straße entlangkam, nachdem Absolons Leiche aus dem Fenster gefallen war.«

Thomasina nahm auf einem Stuhl am Feuer Platz. »Wenn Witwe Gumple mit der Sache zu tun hat«, verkündete sie düster, »dann weiß gegen Mittag ganz Canterbury Bescheid und morgen ganz Kent. Die alte Gumple hat ein Schandmaul!«

Kathryn warf ihrer Amme einen neugierigen Blick zu. Witwe Gumple war führendes Mitglied des Gemeinderats, eine boshafte Klatschbase, eingebildet und hochmütig, und in ihrem reichverzierten Kopfputz und den mit Volants besetzten Kleidern eher lächerlich. Kathryn fragte sich oft, ob Thomasina das alte Tratschweib aus einem geheimen Grund so wenig mochte, ja geradezu haßte.

»Simon, das sind furchtbare Neuigkeiten. Aber was kann ich tun?«

Luberon spielte mit seinen neuen Handschuhen. »Die Leichen müssen untersucht werden, und Ihr, Mistress Swinbrooke, seid Stadtärztin. Ich wäre Euch auch sehr verbunden, wenn Ihr in Blunts Haus nach dem Rechten sehen könntet. Vielleicht braucht Peter Hilfe. Außerdem hat Richard Blunt um eine Unterredung mit Euch gebeten.«

»Mit mir!« rief Kathryn überrascht. »Er war seit über vierzehn Monaten nicht mehr bei mir!«

»Und doch wünscht er Euch zu sehen«, sagte Luberon und blickte sich um. »Trotzdem ist das nicht der eigentliche Grund meines Besuchs. Ist Master Murtagh wieder da?«

»Nein«, Kathryn seufzte. »Und wir machen uns langsam Sorgen, wo er bleibt.«

»Wenn das so ist, Mistress, dann müßt Ihr allein kommen. Es gibt noch einen Toten.«

Kathryn stöhnte.

»Das ist eine offiziellere Sache«, erklärte Luberon. »Kennt Ihr das Wirtshaus ›Zum Weidenmann‹, gleich hinter der Burg in der Nähe von Worthgate?«

Kathryn nickte.

»Tja, diese geräumige, gemütliche Herberge war vergangene Nacht bis auf das letzte Zimmer von Reisenden belegt, die von dem schlechten Wetter überrascht worden waren. Einer von ihnen war ein königlicher Steuereintreiber, Sir Reginald Erpingham.« Luberon seufzte, griff nach seinem Becher, trank ihn leer und erhob sich. »Um es kurz zu machen, Mistress, heute morgen fand man Erpingham tot im Bett.«

»Und der Grund?«

Achselzuckend warf Luberon sich den Umhang über. »Mausetot, der gemeine Bastard.« Er lächelte Kathryn schuldbewußt an. »Tut mir leid, Mistress, aber das war er wirklich. Um Erpingham ist ’s nicht schade, aber die vielen hundert Pfund Sterling Steuergelder, die er bei sich hatte, die wird man bestimmt vermissen.«

»Gestohlen?« rief Kathryn verblüfft.

»Verschwunden, als hätten sie nie existiert. Ich komme gerade von dort. Ihr schaut es Euch am besten selbst an, Mistress, bitte kommt mit!«

Kathryn wußte, daß sie keine andere Wahl hatte. Colum war der königliche Leichenbeschauer der Stadt, und sie hatte ein Abkommen mit der Ratsversammlung, die sie als Stadtärztin beschäftigte. Demnach war es ihre Pflicht, jeden mysteriösen Todesfall zu untersuchen, besonders, wenn so wichtige Leute wie Erpingham ermordet wurden.

»Ich komme auch mit«, schlug Thomasina vor.

»Nein, Thomasina, du bleibst hier!« Kathryn sah sich um. »Wo steckt eigentlich Wuf? Er ist so auffallend leise.«

»Der ist oben«, sagte Thomasina. »Er schnitzt bestimmt wieder.« Die Züge der alten Frau wurden sanft. »Mistress, das müßt Ihr Euch anschauen. Er ist wirklich begabt. Seid Ihr sicher, daß ich nicht mitkommen soll?«

»Ja«, wiederholte Kathryn. »Und nun hör auf, anderer Leute Gespräche zu belauschen und hol mir meine Satteltaschen von oben. Ich brauche eine Rolle Pergament und das Ledermäppchen mit meinen Federn. Das Wirtshaus wird mir Tinte zur Verfügung stellen.« Sie dachte an den völlig verängstigten Peter Blunt und an seinen Vater Richard, der in einem einsamen, kalten Verlies eingesperrt war. »Oh, und noch einen kleinen Topf Salbe, einen ganz kleinen. Sollte Master Murtagh zurückkommen, so sag ihm, wohin wir gegangen sind. Zuerst zum ›Weidenmann‹, dann zu Blunts Haus, dann ins Rathaus.«

Thomasina nickte widerstrebend. Sie brachte Kathryn ein Paar Lederstiefel und ein zweites Paar Wollsocken. Kathryn trug alles in ihre kleine Schreibkammer und zog sich dort an. Als sie wieder in die Küche trat, war Luberon zum Aufbruch bereit.

»Es ist nicht weit«, verkündete er. »Wir können zu Fuß gehen – das ist vielleicht sicherer.«

Kathryn war einverstanden. Sie bat Thomasina, auf Wuf aufzupassen und folgte Luberon hinaus in die schneidende Kälte. Die Ottemelle Lane und alle Zufahrtstraßen waren menschenleer. Der Sturm hatte aufgehört, aber noch immer fielen weiche, leichte Schneeflocken herab, die die schrägen Dächer dick verhüllten oder als gefrorene Klumpen über Dachrinnen hingen. Luberon und Kathryn mußten sich vorsichtig einen Weg bahnen, denn der Schnee hatte auch die Gossen und den Unrat, der für gewöhnlich in den Straßen lag, zugedeckt. Behutsam setzten sie einen Fuß vor den anderen und hatten zugleich ein Auge auf die Schneebretter, die sich immer wieder von den Dächern lösten. Ab und an wurde ein Fenster aufgerissen, eine Magd leerte den Inhalt des Nachtgeschirrs aus und verwandelte so den

686

Schnee vor dem Haus zu schmutzigem stinkendem Matsch. Kathryn nahm Luberons Arm; der Schreiber strahlte und tätschelte ihre Hand.

»Danke, Kathryn«, murmelte er.

»Wofür?« fragte sie verwirrt.

Luberon lugte rotwangig aus den Tiefen seiner Kapuze hervor. »Für die Handschuhe«, erwiderte er. »Und dafür, daß Ihr mitkommt.«

»Ich werde Euch noch ein zweites Paar stricken«, sagte Kathryn. »Simon, es wird Zeit, daß Ihr eine gute Frau findet.«

»So eine wie Thomasina zum Beispiel?« scherzte Luberon.

»Thomasina ist vielleicht ein bißchen anstrengend«, lachte Kathryn.

An der Ecke der Ottemelle Lane blieben sie stehen. Eine freundliche Bürgerin hatte Holz aufgestapelt und mitten in der Durchfahrt ein Feuer angezündet, an dem die Bettler und die Armen der Stadt sich wärmen konnten. Die von Kopf bis Fuß in Lumpen gekleideten Gestalten standen dicht gedrängt um das Feuer und redeten leise miteinander. Als Kathryn der beißende Geruch brennenden ranzigen Fetts in die Nase stieg, drehte sich ihr der Magen um. Die Bettler versuchten, Fleischstücke, die sie stibitzt oder erbettelt hatten, zu braten. Neben dem Feuer lag ein ausgemergelter Hund, sein schäbiger Kadaver war steifgefroren. Zwei Bengel tanzten um ihn herum und bohrten mit einem Stock in dem Tier. Kathryn langte in ihre Geldbörse und zog Luberon am Arm, damit er stehenblieb. Sie hielt eine Münze hoch.

»Laßt das!« sagte sie zu den beiden mageren Kindern. »Hier, nehmt das und kommt mit!«

Sie grapschten nach der Münze und folgten Kathryn und Luberon in die Hethenman Lane.

»Schaut her«, sagte Kathryn und deutete auf die Menschenschlange vor dem Bäckerladen. »Geht zu Master Bernhard und sagt ihm, Mistress Swinbrooke schickt euch.« Sie ließ sich von den Kindern den Namen wiederholen. »Sagt ihm, Mistress Swinbrooke will, daß ihr heißen Ingwer bekommt.«

Wie der Blitz waren die beiden Jungen auf und davon.

»Wir müssen was unternehmen«, grummelte Luberon. »Die verdammten Mönche im Kloster könnten ruhig mehr tun. Canterbury ist voller Bettler, und so mancher von ihnen wird das Frühjahr nicht mehr erleben.«

Zwei an Händen und Füßen zusammengekettete Schuldner, die aus dem Stadtgefängnis entlassen worden waren, humpelten mit ausgestreckten Händen auf sie zu und bettelten um Almosen für sich und ihre Mithäftlinge. Kathryn und Luberon gaben jedem eine Münze.

»Es ist doch immer dasselbe«, murmelte Kathryn. »Der Schnee verbirgt die Krankheit in der Stadt, aber die Schwachen und Hilflosen fallen um so mehr ins Auge.«

Sie schaute sich um. Außer der Bäckerei waren alle Läden geschlossen; die Marktstände standen verlassen, und an den Häusern waren die Fensterläden geschlossen wegen der klirrenden Kälte. Nicht einmal Kinder spielten auf der Straße. Kathryn mußte hin und wieder stehenbleiben und fest aufstampfen, um die Füße warmzuhalten.

Endlich bogen sie in die Worthgate Lane, die an den mächtigen Mauern der Burg von Canterbury entlangführte, und erreichten gleich hinter dem Winchepe Gate den großen, gepflasterten Hof des Wirtshauses ›Zum Weidenmann‹. Kathryn atmete erleichtert auf: der Hof rund um das Wirtshaus war vom Schnee befreit und mit einer Mischung aus Salz und Erde bestreut, damit die Gäste nicht ausrutschten. Als ein junger Bursche auf sie zukam und nach ihrem Anliegen fragte, stellte sich Luberon in knappen Worten vor. Kathryn schaute sich derweil um. Der ›Weidenmann‹ war ein gutgehendes Wirtshaus in günstiger Lage direkt am Rande der Stadt. Die Außenmauern waren mit grauen Bruchsteinen verkleidet, das Pflaster im Hof war glatt und sauber verlegt, das frisch gestrichene Holzwerk an Stallungen und Außengebäuden zeugte von guter Pflege. Kathryn stieg angenehmer Küchenduft in die Nase. Sie blickte hoch und sah, daß die Fenster im obersten Stockwerk Schießscharten ähnelten. Im Erdgeschoß und im ersten Stock waren die Fensteröffnungen breit und mit bunten Butzenscheiben verglast. Der Bursche führte sie in die leere, weißgetünchte Küche, in der eine unheimliche Stille herrschte. Nur in dem kleinen Backofen neben der Feuerstelle, der Quelle des köstlichen Duftes, brannte ein Feuer. Tische und Gesimse waren so sauber, daß selbst Thomasina die blank gescheuerten Flächen gelobt hätte. Auf den Regalen an den Wänden glänzten Krüge, Töpfe, Schüsseln und Kannen.

»Ich habe ihnen gesagt, sie sollten nichts anrühren«, verkündete Luberon großspurig, als sie die Küche verließen und über den Sandsteinboden des Durchgangs in die große Gaststube traten. Hier drängten sich mehrere Menschen: der Schmied, Pferdeknechte, Diener in schmutziggelber Kleidung, sowie die Köche und das Küchenpersonal in fleckigen Schürzen. Luberon beachtete sie nicht weiter und ging auf die Gruppe zu, die in einer Fensternische um einen polierten, ovalen Tisch versammelt war. Als sie Luberon erblickten, verstummten alle und starrten den Schreiber an. Dann wanderten ihre abschätzenden Blicke zu Kathryn.

»Da seid Ihr ja endlich wieder!« sagte einer zu Luberon.

»Ja doch. Darf ich Euch Mistress Swinbrooke vorstellen, die Stadtärztin.«

»Wo ist der Leichenbeschauer?« fragte derselbe Mann.

»Er wird bald kommen«, erwiderte Kathryn. »Und wer seid Ihr, wenn ich fragen darf?«

»Tobias Smithler, Gastwirt.«

Kathryn musterte den spindeldürren Mann mit seiner sandroten Haarmähne. Smithlers Augen waren hart, er hatte eine Falkennase und einen dünnen Mund, der wie ein Schlitz von einem Ohr zum anderen reichte. Er war in dunkelblaues Barchent gekleidet und versuchte nicht, seine Feindseligkeit gegenüber Luberon und Kathryn zu verbergen. Luberon überging die schlechten Manieren des Gastwirtes und stellte den Rest der Gesellschaft vor: Smithlers Frau Blanche in einem schmucklosen, hochgeschlossenen Kleid aus flaschengrünem Stoff. Sie war eine zierliche Frau mit angenehmen Gesichtszügen, vollen

Lippen und fröhlichen Augen. Was für ein ungleiches Paar, dachte Kathryn. Ob der Gastwirt wohl die meiste Zeit damit beschäftigt war, dafür zu sorgen, daß die Gäste nicht die Gastfreundschaft des Wirtshauses auf die Probe stellten und eine Umarmung der Frau einforderten? Sogleich empfand Kathryn Gewissensbisse; Blanche versuchte einfach, die schlechten Manieren ihres Mannes auszugleichen. Sie wollte unbedingt einen guten Eindruck machen und war offensichtlich nervös, nestelte ständig an der Kordel um die schlanke Hüfte. Kathryn lächelte ihr aufmunternd zu, doch der ungehobelte Gemahl ließ sich nicht einfach übergehen.

»Was?« rief er, zeigte auf Kathryn und hielt kurz inne, als er in der Küche ein Geräusch hörte. »Was hat die hier zu suchen?«

»Das habe ich gerade erklärt«, erwiderte Luberon geduldig, richtete sich zu seiner vollen Größe auf und plusterte sich auf wie ein Täuberich.

»Ja, und ich habe die ganze Zeit gewartet«, fuhr Smithler ihn an. »Ich habe ein Wirtshaus zu führen, Master Schreiber. Tut mir leid, daß Erpingham tot ist, aber ich habe in der Küche zu tun.« Er warf der Runde wütende Blicke zu. »Die Zimmer müssen geputzt werden, und ich will, daß diese verdammte Leiche verschwindet!«

Kathryn stöhnte im stillen über die bornierte Halsstarrigkeit des Wirtes.

»Master Smithler«, hob sie an, »ich …« Ihr Gegenüber blickte über ihre Schulter. Plötzlich veränderte sich seine Miene.

»Ihr tut, verdammt nochmal, worum man Euch bittet!« ertönte eine Stimme hinter ihr.

Kathryn wirbelte herum. »Colum!«

Da stand der Ire, ungekämmt, unrasiert, eingemummt in seinen dicken braunen Militärmantel. Sie konnte verstehen, warum Smithler plötzlich vorsichtig geworden war: trotz seines schäbigen Äußeren strahlte Colum eine Autorität aus, die keinen Widerspruch duldete. Kathryn wäre ihm am liebsten um den Hals gefallen, doch Colums Blick und das kaum wahrnehmbare Kopfschütteln warnten sie, auch nur die Spur einer Gemütsregung zu zeigen. Statt dessen kam er auf sie zu und drückte ihr still den Arm.

»Master Luberon.« Er lächelte auf den Schreiber hinab, der Colums Eingreifen dankbar akzeptierte. »Ich war geschäftlich unterwegs.« Mit kurzem Seitenblick auf Kathryn fuhr er grinsend fort: »Eine kleinere Sache, die mich länger aufgehalten hat, als erwartet.« Er löste die Kordeln seines Mantels und warf ihn Smithler zu. »Und um Eurer Frage zuvorzukommen: ich bin Colum Murtagh, Sonderbeauftrager des Königs in Canterbury. Herr Wirt, hängt das da auf! Ich brauche einen Becher Wein und etwas zu essen. Dann will ich wissen, worum es hier eigentlich geht!«

Zwei

Während Colum sich von Smithler frisches Weißbrot, Käse und Speck auftragen ließ, stellte Luberon den Rest der Gesellschaft vor. Miles Standon war der königliche Sergeant, der Erpinghams Eskorte angeführt hatte; er trug Lederwams und Gamaschen, seine Haare waren so kurz geschnitten, daß Kathryn ihn im ersten Moment für kahl hielt. Standon hatte den verdrossenen Blick eines Soldaten, der Mord und Totschlag von berufs wegen kannte. Er wußte sehr wohl, daß man ihm die Verantwortung für den Mord an Erpingham in die Schuhe schieben und ihn zur Rechenschaft ziehen würde. Er deutete mit einer Handbewegung auf das andere Ende der Gaststube, wo der Rest seiner kleinen Eskorte saß. Kathryn warf einen Blick über die Schulter zu ihnen hinüber und versuchte, Colums verschmitztes Lächeln und sein heimliches Augenzwinkern zu übersehen.

»Nette Gesellschaft«, murmelte Colum.

Kathryn entging der Sarkasmus in seinen Worten nicht. Die Soldaten waren ergraute Veteranen, die aussahen, als würden sie das Häuschen einer Witwe nur so zum Spaß niederbrennen. Neben Standon saß Eudo Vavasour, eine graue Maus: graue Kleidung, graue Haare, graues Gesicht. Dazu ängstliche Augen und eine Nase, die immerzu zuckte. Kathryn mußte sich auf die Lippen beißen, um angesichts seiner Nervosität nicht zu schmunzeln. Der nächste in der Runde hatte nichts Komisches an sich: Sir Gervase Percy hielt demonstrativ Abstand von den anderen. Während Luberon ihn respektvoll vorstellte, versuchte Kathryn, Colums Blick auszuweichen. Am liebsten hätte sie den Iren angeschrien: »Wo wart Ihr so lange?« und »Warum habt Ihr uns so viele Sorgen bereitet?« Doch im stillen gelobte sie, sich diesen Dingen später zu widmen. Statt dessen musterte sie den Grandseigneur von eigenen Gnaden vor sich. Sir Ger-

692

vase war ein entfernter Verwandter der einflußreichen Familie Percy. Er hatte ein nußbraunes Gesicht, trug dunkelbraunen Barchent und ein feines Leinenhemd, sein Wams war aus reiner Wolle, und die Ringe an den Fingern mit kieselsteingroßen Juwelen besetzt. Er war ein beeindruckender Ritter, saß aufrecht und stützte sich auf den Knauf seines Schwertes. Hinter Percy saß ein schwarzgewandeter Priester, Vater Ealdred, ein stiller Mann mit blassem, asketischem Gesicht, und Kathryn fragte sich, was er hier in Canterbury, so weit entfernt von seiner Gemeinde, wohl zu tun haben mochte. Die letzten beiden Gäste waren ein verliebtes Paar. Alan de Murville war groß, dunkel und gutaussehend, ein Graf, dem saftige Weiden und fruchtbare Felder rund um Rochester gehörten. Margaret, seine Frau, hatte blondes Haar, eine gertenschlanke Figur und die weichen, sanften Augen eines scheuen Rehs.

Nachdem alle vorgestellt waren, räusperte sich Luberon und klopfte auf den Tisch.

»Ein Verbrechen ist begangen worden!« trompetete er. »Ein übler Verrat an unserem König, Edward IV., Gott segne ihn! Einer seiner Beamten, Sir Reginald Erpingham, wurde ermordet aufgefunden, und sein Geld, die Steuern, die der Krone gehören, wurden gestohlen. Der Schuldige muß sich in diesem Raum aufhalten.« Luberon legte eine wirkungsvolle Pause ein. »Ich frage nun Euch alle, appelliere an Eure Pflicht als Untertanen: wißt Ihr etwas über dieses furchtbare Verbrechen?«

Ein kurzes Wimmern von Vavasour war die einzige Antwort.

»Wenn dem so ist«, sagte Colum, erhob sich und kratzte sich die unrasierte Wange, »muß ich alle auffordern, hier zu bleiben, bis Mistress Swinbrooke und ich in dieser Sache eine zufriedenstellende Lösung gefunden haben.«

Der Ire blickte sich in dem geräumigen Schankraum um. Niemand wagte ihm zu widersprechen, obwohl der Wirt Kathryn giftige Blicke zuwarf. Die Diener, die an den Bierfässern und Weinfässern standen, begannen aufgeregt zu tuscheln.

»Wir haben zu tun!« jammerte einer von ihnen. »Wir können hier nicht den ganzen Tag rumstehen!«

Der Protest wurde lauter, und schließlich stimmten alle ein. Tobias Smithler trat, solcherart ermutigt, einen Schritt vor.

»Master Murtagh«, beharrte er, »ich habe ein Wirtshaus, eine Herberge zu betreiben. Meine Diener können doch sicher ihrer Arbeit nachgehen?«

»Gewiß doch.« Murtagh strahlte die Diener an. »Ihr könnt es halten, wie ihr wollt.« Er wandte sich an Luberon. »Master Simon, Ihr werdet die Diener aber anweisen, das Gelände nicht zu verlassen.« Er deutete auf den königlichen Sergeanten. »Master Standon, Eure Männer sollen alle Türen und anderen Eingänge bewachen.« Colum verzog das Gesicht und blinzelte Kathryn zu. »Mistress Swinbrooke, wir wollen uns die Leiche ansehen.«

Angeführt von dem mürrischen Smithler, gingen Kathryn und Colum Murtagh zur Treppe. Da Luberon in einigem Abstand vor ihnen herwatschelte, ergriff Kathryn die Gelegenheit, packte Colum am Ärmel und zog ihn zurück.

»Wo habt Ihr gesteckt, in Gottes Namen? Wir haben uns alle die größten Sorgen gemacht!«

Colum kratzte sich das schwarze, lockige Haar und schmunzelte.

»Ihr habt mich vermißt, Kathryn?« flüsterte er. »Habe ich Euch wirklich so gefehlt?«

»Ihr habt uns allen gefehlt.«

Obwohl Colum zum Umfallen müde war und sich in seiner schäbigen Aufmachung nicht gerade wohl fühlte, saß ihm der Schalk im Nacken. Er zuckte die Achseln, beugte sich zu Kathryn hinunter und flüsterte ihr ins Ohr.

»Tja, Mistress Swinbrooke, wenn Ihr mir nicht sagt, daß ich Euch wirklich gefehlt habe, sage ich nicht, wo ich gewesen bin. Nur der Herr allein weiß« – er zog den Umhang fester um sich – »wie viele verlockende Ablenkungen an der Straße nach Canterbury lauern!«

Als Antwort trat Kathryn ihn einmal fest vor das Schienbein und folgte Smithler und Luberon durch die Tür der Gaststube auf den mit Platten ausgelegten Flur zur Treppe.

»Master Smithler«, rief Kathryn, deren Wangen nach dem

Wortwechsel mit Colum noch brannten, »auf welchem Stockwerk wohnte Sir Reginald?«

»Wir haben nur zwei Stock«, erwiderte der Wirt. »Sir Reginald wohnte im ersten, der zweite ist für Diener und Stallburschen reserviert.« Smithler hatte sich an das Treppengeländer gelehnt und schaute zu Colum hinunter, ohne Kathryn auch nur eines Blickes zu würdigen. »Diese Herberge ist wie alle größeren Stadthäuser quadratisch angelegt.« Er klopfte auf den Pfosten. »Es gibt aber nur eine Treppe. Auf jedem Stockwerk gehen Flure mit je vier Zimmern ab. Sir Reginald bewohnte immer das letzte Zimmer auf dem rechten Korridor.« Smithler zuckte die Schultern. »Wir nennen es das Spukzimmer.«

»Wieso?« wollte Luberon wissen.

Smithler schaute zu den geschwärzten Balken hinauf. »Dies ist ein altes Wirtshaus. Es war schon eine Herberge, lange bevor Becket in seiner Kathedrale ermordet wurde: drei –, vierhundert Jahre alt, obwohl es zur Zeit König Johanns nach der großen Feuersbrunst, die über Worthgate hinwegbrauste, renoviert worden ist.«

»Und was hat es mit den Geistern auf sich?« hakte Colum nach, den solche Geschichten stets interessierten. »Warum spukt es in dem Zimmer?«

»Da soll mal ein Mord geschehen sein«, erwiderte Smithler. »Vor langer Zeit.« Ein angestrengtes Lächeln huschte über seine Lippen. »Ein Priester war mit einer hochwohlgeborenen Dame durchgebrannt. Sie bereute es und wollte plötzlich ins Kloster gehen. Er soll sie in einem Wutanfall umgebracht und dann das Weite gesucht haben.« Smithler hob die Augenbrauen. »Ich weiß nicht, ob das stimmt. Manche Gäste behaupten, Erscheinungen zu sehen und jemanden weinen zu hören, aber ich habe noch nie dergleichen mitbekommen.«

»Sir Reginald schon!« warf hinter ihnen eine barsche Stimme ein.

Kathryn wandte sich um. Da stand Sir Gervase gestützt auf sein Schwert. Er pochte mit der Spitze auf den Steinboden. »Sir Reginald hat in der Nacht, bevor er starb, einen Geist gesehen. Das hat er gesagt.«

»Ach, redet doch keinen Unsinn!« erwiderte Smithler. »Sir Reginald hatte wahrscheinlich zuviel getrunken, was für andere in diesem Wirtshaus durchaus auch zutrifft!«

Der Alte ließ sich dadurch nicht beirren und schüttelte trotzig den Kopf. »Haltet Eure Zunge im Zaum! Vor zwei Nächten wachte Sir Reginald schreiend auf. Ich weiß das, weil er an meine Tür gepocht und mich geweckt hat. Er war schweißgebadet und weiß wie sein Nachthemd. Ich mußte ihn in mein Zimmer holen und ihn beruhigen. Er war außer sich.«

»Was hat er denn angeblich gesehen?« fragte Luberon.

»Einen Geist: eine Frau in weißem Leichenhemd mit blassem Gesicht und roten Augen.« Sir Gervase schüttelte den Kopf. »Sir Reginald war voller Angst. Er hatte sich übergeben, am Mund klebten noch Reste, und als ich ihn in sein Zimmer brachte, roch es dort säuerlich.«

»Stimmt, Sir Reginald war krank«, unterbrach Smithler ihn. »Der Knecht, der sein Nachtgeschirr ausleeren mußte, hat sich über den Dreck beklagt.«

»Und gestern?« fragte Kathryn.

Nun genoß es Sir Gervase offensichtlich, im Mittelpunkt des Interesses zu stehen.

»Beim Frühstück sah Erpingham ein bißchen blaß aus.« Er zuckte die Achseln. »Wegen des Schnees waren wir alle eingesperrt. Beim Mittagessen langte er wieder ordentlich zu, ohne zu den Latrinen rennen zu müssen. Den Geist erwähnte er nicht mehr. Sir Reginald«, schloß Gervase, »war nicht gerade ein angenehmer Zeitgenosse. Ich war vor ihm auf der Hut und habe die Sache auf sich beruhen lassen.«

»Genug davon«, schaltete Colum sich ein. »Sir Reginalds Krankheit, ob geistiger oder körperlicher Art, kann warten. Herr Wirt, wir wollen die Leiche sehen.«

Smithler führte sie die steile Treppe hinauf, die zwischen zwei großen Holzpfosten endete. Die Flure, die nach links und rechts führten, waren nicht weiter erwähnenswert: die Wände waren weißgetüncht, das Holzwerk schwarz gestrichen. Kathryn schaute die Korridore hinunter, an denen jeweils vier Zimmer lagen. Jeder Raum hatte eine große, schwere eisenbeschlagene Tür. Smithler führte sie nach rechts. Im letzten Zimmer, in dem Sir Reginald gewohnt hatte, herrschte wüstes Durcheinander. Der Fußboden war aufgemeißelt, und die Tür, deren Lederangeln zerstört waren, hing schräg. Colum half Smithler, sie zur Seite zu schieben, und sie traten ein. Im Zimmer hing ein säuerlicher Geruch. Kathryn überlief es eiskalt. Schon lange hatte sie in der Nähe einer Leiche nicht mehr ein derart grausiges Entsetzen empfunden. Tobias entzündete ein Binsenlicht an der Wand, dann eine Kerze auf dem Tisch. Kathryn sah Colum und Luberon an, daß auch ihnen unbehaglich zumute war, obwohl das Zimmer nicht außergewöhnlich war. Der Raum war quadratisch, die Decke hatte ein Rippenmuster, die schwarzen Balken hoben sich deutlich von dem weißen Putz ab. Die Wände waren gekalkt und mit Segeltuch oder Leinen geschmückt. Die Binsen auf dem Holzfußboden waren sauber, trocken und mit frischen Kräutern bestreut. In einer Ecke stand ein Schrank, und am Fußende des großen Himmelbetts eine Holzkommode. Daneben lagen zwei Lederkiepen oder Satteltaschen, deren Schnallen geöffnet waren. Die Deckel waren zurückgeklappt und gaben den Blick auf Steine frei.

»Darin waren die Steuergelder?« fragte Kathryn.

Smithler zuckte die Achseln. »Das hat Standon zumindest gesagt.«

»Und das stimmt auch.« Der königliche Sergeant drängte sich unaufgefordert in den Raum. Hinter ihm stand die Wirtin. Ihr hübsches Gesicht war voller Anspannung und Angst. Colum hatte bereits den Mund geöffnet und wollte Standon befehlen, den Raum zu verlassen, da erhaschte er Kathryns warnenden Blick.

»Also gut, schauen wir ihn uns an!« sagte Colum mißmutig und deutete auf die Bettvorhänge.

Luberon schlug sie zurück. Da lag Sir Reginald Erpingham unter einem Bettlaken. Kathryn hob es vorsichtig an und schaute den toten Steuereintreiber an: ein kleiner, untersetzter Mann, Kahlkopf, fleischiges Gesicht, die Augen fest geschlossen, die Lider mit zwei Pennies beschwert. Kathryn beugte sich hinunter,

697

schnüffelte am Mund und befühlte die Hände des Mannes, die kalt und starr waren.

»Wann wurde er aufgefunden?« fragte sie.

»Heute morgen in der Früh«, antwortete Smithler.

»Und wann habt Ihr Euch gestern abend zurückgezogen?« Kathryn ließ eine Hand unter das Nachthemd des Toten gleiten und drückte auf Brust und Bauch.

»Etwa um acht.«

Kathryn schüttelte den Kopf. »Er ist seit Stunden tot«, murmelte sie. »Das Fleisch fühlt sich wächsern an, Gelenke und Muskeln werden bereits steif.« Sie schaute näher hin. »Colum, schlagt die Bettvorhänge zurück. Master Standon, öffnet das Fenster. Nein, halt!« Sie trat ans Fenster. »Wenn ich es recht bedenke, mache ich es lieber selbst.«

Vorsichtig hob Kathryn den Riegel der Fensterflügel und öffnete sie nach innen. Sorgfältig untersuchte sie die Verriegelung der Klappläden, die sie anschließend nach außen aufdrückte. Dabei schob sie den Schnee vom Fensterbrett, der in den darunterliegenden Hof fiel.

Colum trat hinter sie. »Was ist, Kathryn?«

»Ich rede nicht mehr mit Euch, Ire«, flüsterte sie. »Ihr schuldet mir eine Erklärung.« Sie wandte sich um. »Ich glaube, Erpingham wurde ermordet«, verkündete sie. »Ich will nur prüfen, ob das Fenster gewaltsam geöffnet wurde.«

Der Wirt verstand rasch, worauf Kathryn hinauswollte.

»Mistress Swinbrooke, das Fenster war seit mindestens einer Woche nicht mehr offen.«

»Das sehe ich«, erwiderte Kathryn, trat wieder ans Bett und schaute auf die Leiche hinunter, die grausig aussah in dem fahlen Licht, das nun durch das geöffnete Fenster fiel. Die Ärztin hob das schwere Nachthemd und betrachtete das grauweiße Fleisch, die stark geschrumpelten Hoden und die wabbelige Brust, den Bauch und die Oberschenkel.

»Nicht gerade ein hübscher Anblick«, murmelte Standon.

Alle versammelten sich um das Bett. Kathryns Blick fiel auf einen kleinen Weinkelch, der auf dem Tisch stand. Sie nahm ihn und roch daran. Er enthielt nur ein paar Tropfen Wein, und der Geruch war normal. Kathryn tauchte vorsichtig einen Finger hinein und leckte daran.

»War das klug?« fragte Colum leise.

»Ja, es ist nur Wein.« Sie sah zu Smithler hinüber. »Der Steuereintreiber hat diesen Kelch gestern abend mit aufs Zimmer genommen?«

»Ja, wir haben nichts angerührt. Master Luberon hat das ausdrücklich angeordnet.«

Nun griff Luberon nach dem Weinkelch; er schwenkte ihn und bemerkte die dünne Schicht auf der Flüssigkeit und den Schmutz im Zinngefäß.

»Ja, das ist der Kelch, den ich gesehen habe, als ich heute morgen hier war«, verkündete er. »Und der Wein steht schon lange darin. Was ist, Mistress Swinbrooke?«

Kathryn roch noch einmal an dem leicht fleckigen Mund des Toten, hob die Augenlider und fuhr mit einer Hand über den angeschwollenen Bauch.

»Colum, bringt doch bitte eine Kerze her.«

Der Ire gehorchte.

»Noch näher!« drängte sie ihn. »Ans Gesicht!«

Colum tat, wie ihm geheißen, und holte tief Luft, als er die blaßroten Flecken sah, die wie Schorf auf den Wangen des Mannes lagen. Auch Hals, Brust und Bauch des Mannes waren damit übersät.

»Was ist das?«

»Sir Reginald Erpingham«, erwiderte Kathryn, die sich auf die Bettkante gesetzt hatte, »ist weder einem Anfall noch einem Schlag erlegen, noch ist er eines natürlichen Todes gestorben. Er ist einem der gewöhnlichsten und bösartigsten Gifte erlegen. Die Lateiner nennen es Belladonna, im Volksmund heißt es Tollkirsche.« Sie zeigte auf die gerötete Haut und schob dann mühelos einen Finger zwischen die Lippen des Mannes. »Alle Anzeichen sprechen dafür. Zum einen riecht er aus dem Mund. Tollkirsche ist ein großes, winterhartes Kraut und wächst im Wald, im Gestrüpp und an jeder Hecke. Die scharlachrote Glockenblume ist harmlos, aber Blätter und Wurzeln enthalten ein tödliches Gift. Erst wenn der Tod eingetreten ist, werden die Symptome sichtbar: der Bauch ist leicht angeschwollen, die Haut ist stellenweise gerötet, vor allem im Gesicht und am Hals, und fühlt sich wächsern an. Lippen und Mund des Toten sind trocken wie Sand, und die Pupillen bleiben geweitet.«

Sie erhob sich und deckte die Leiche sorgfältig wieder zu. »Sir Erpingham wurde vergiftet. Der Tod dürfte sehr rasch eingetreten sein.« Sie zuckte die Schultern. »Wahrscheinlich innerhalb einer halben Stunde.«

»Hätte er das denn nicht geahnt?« fragte Colum. »Und sich dagegen gewehrt oder um Hilfe gerufen?«

Kathryn schüttelte den Kopf. »Nein, die Symptome ähneln einem plötzlichen Anfall.«

Sie blickte sich im Zimmer um. Außer dem geöffneten Fenster und den Satteltaschen schien alles an seinem Ort zu sein. Von dem kleinen Feuer, das im Kamin gebrannt hatte, war nur ein Häufchen weißer Asche übriggeblieben. In einer Ecke lag die Kleidung des Toten in einem unordentlichen Haufen: Wams, Uniformrock, Hose und Kriegsgürtel. Kathryn zeigte darauf.

»Haben die Sachen heute morgen auch schon so gelegen?«

»Oh ja«, erwiderte Standon. »Warum?«

Kathryn deutete auf einen Haken an der Wand. »Ich habe mich nur gewundert. Warum hat er sie nicht aufgehängt?«

Standon murmelte etwas von dem liederlichen Bastard, der Erpingham gewesen sei, was Kathryn zu überhören beschloß. Sie durchquerte das Zimmer und betrachtete den Kleiderstapel.

»Wie hat man Erpingham gefunden?« fragte Colum.

»Nun, ich bin heute morgen heraufgekommen«, antwortete Standon. »Ich habe mehrmals angeklopft. Da wußte ich, daß etwas nicht stimmte, und habe nach Smithler gerufen, der meinte« – Standon seufzte laut – »ich sollte mich zum Teufel scheren, er hätte in der Küche zu tun. Er hat Vavasour und einigen meiner Soldaten erlaubt, ein Beil zu benutzen, und wir haben die Tür sauber aus den Angeln geschlagen.«

Kathryn untersuchte die Tür sorgfältig. Sie tippte auf den Schlüssel.

»Und der steckte noch im Schloß?«

»Ja«, erwiderte Standon. »Vavasour und ich haben es beide überprüft; die Tür war auch verriegelt.«

Nun kam auch Colum mit großen Schritten herüber und sah sich die Riegel an. Erst vor wenigen Monaten hatte eine Tür in der Burg von Canterbury so ausgesehen, als wäre sie von innen verriegelt, dabei war sie in Wahrheit einfach von außen abgeschlossen gewesen. Aber diesmal gab es keinen Zweifel: Riegel und Schlösser waren abgerissen, das Metall verbogen. Das Holz war sowohl an der Tür selbst als auch im Rahmen gesplittert, und das Schloß war aufgebogen.

»Diese Tür ist tatsächlich gewaltsam geöffnet worden«, sagte er. »Und?« Der Ire zeigte auf die Leiche. »Was habt Ihr noch entdeckt?«

Standon zuckte die Achseln. »Was Ihr seht. Das Fenster war gesichert. Das Feuer verloschen.«

Colum stellte sich auf die Türschwelle und schaute neugierig nach oben.

»Der ist schief«, rief er und trat hinaus in den Flur. Als er wieder ins Zimmer kam, fragte er: »Alle Türbalken sind leicht schief. Wie kommt das?«

»Es ist ein altes Gebäude«, antwortete Smithler. »Die Grundmauern sind stabil, aber Holz arbeitet.« Er lächelte schmal. »Deshalb quietscht auch jede Tür in den Lederscharnieren.«

Kathryn hatte sich inzwischen wieder den Satteltaschen zugewandt.

»Die hier standen offen?« fragte sie.

»Nein«, antwortete Standon. »Die Taschen waren verschlossen, aber als wir sie öffneten, fanden wir nur noch Steine und Felsbrocken.«

»Wieviel war denn drin?« fragte Colum.

»Ich weiß nicht«, stammelte der Soldat und wurde kreidebleich. »Aber Vavasour hat etwas von zweihundertfünfzig Pfund Sterling in harter Münze gemurmelt.«

Colum pfiff durch die Zähne und warf Kathryn einen vielsagenden Blick zu.

»Der König wird toben«, murmelte Standon. »Wenn es Münzgeld war, ist der Marktwert wahrscheinlich erheblich höher, vielleicht an die vierhundert Pfund.«

»Und wo ist es eingesammelt worden?« Colum ließ nicht locker.

»In den Ortschaften zwischen Rochester und Canterbury, bis die Straßen unpassierbar wurden«, sagte Standon. Mit starrem Blick auf Kathryn fügte er hinzu: »Und bevor Ihr es aussprecht, Mistress, ich weiß, was Ihr denkt.«

»Und das wäre?« fragte sie mit unschuldigem Augenaufschlag.

Der Soldat schlug die Augen nieder und nestelte nervös an seinem Gürtel. »Wir können nicht beweisen, daß das Silber überhaupt noch da drin war, als Erpingham ermordet wurde oder als er hier im Wirtshaus eintraf.«

»Ja«, sagte Kathryn leise, »daran habe ich gedacht.«

»Also«, sagte Colum, ging zu den Satteltaschen und trat mit der Stiefelspitze dagegen. »Ich glaube, es war noch da, als Erpingham sich gestern abend zurückgezogen hat. Er brachte einen Becher Wein mit, der, wie wir jetzt wissen, kein Gift enthielt. Er hat die Tür abgeschlossen und die Riegel vorgeschoben; die Satteltaschen, so können wir nur vermuten, waren sicher, Fensterläden und Fenster fest geschlossen. Am Morgen jedoch, als man Erpingham fand, war er vergiftet. Weder an der Tür noch an den Fenstern sind irgendwelche Spuren zu entdecken, und im Zimmer befindet sich kein Gift. Trotzdem ist Erpingham tot und die Steuergelder des Königs sind verschwunden.« Colum zuckte die Achseln. »Das läßt nur einen Schluß zu: in der Nacht ist jemand durch einen Geheimgang ins Zimmer eingedrungen, hat Erpingham vergiftet und ist wieder verschwunden.«

»Aber das ist unmöglich«, entgegnete Standon. »Nach dem Essen habe ich auf dem Flur geschlafen. Mistress Smithler hat mich mit Matratze und Decke versorgt. Ich habe immer in der Nähe von Sir Reginalds Zimmer geschlafen. Außerdem quiet-

702

schen diese Türen beim Öffnen, wie der Wirt schon sagte. Weder ich noch Sir Gervase, der im Zimmer nebenan schlief, haben irgendwas gehört.«

»Und Geheimgänge gibt es auch nicht«, schaltete sich Smithler ein. »Das kann ich Euch versichern, Master Murtagh.« Er zuckte die Achseln. »Wenn Ihr wollt, könnt Ihr ja selbst nachsehen.«

Kathryn verschränkte die Arme und schaute sich in dem Zimmer um. Warum wirkte es so erdrückend, so unheimlich? Welche Gefahr, welche Bedrohung lauerte hier? Sie erinnerte sich der Worte ihres Vaters, des Arztes Swinbrooke, der nun unter den Platten von St. Mildred ruhte. »Habe keine Angst vor den Toten, Kathryn. Was du auch siehst, hörst, fühlst – die Toten sind bei Gott. Wenn schon, dann fürchte dich vor den Lebenden.« Kathryn atmete tief ein.

»Master Simon«, sagte sie und wandte sich an Luberon, der ebenfalls beklommen von einem Fuß auf den anderen trat. »Man hat Euch heute morgen hergerufen?«

Der kleine Schreiber nickte. »Ja, Standon hat umgehend einen Boten ins Rathaus geschickt.«

»Und ich habe Wache gestanden, bis er kam«, sagte der Sergeant. »Der Wirt und die anderen sind hereingekommen, aber nichts wurde angerührt.«

Kathryn schaute den kleinen Schreiber an.

»Stimmt das, Master Simon?«

Luberon nickte.

»Wenn dem so ist«, fuhr Kathryn fort, »dann wollen wir wieder in den Schankraum gehen. Master Smithler«, sie lächelte versöhnlich, »ich bin durch Kälte und Schnee gegangen. Meine Füße sind eiskalt, mein Magen leer. Ich wäre für eine warme Mahlzeit dankbar.«

»Und wer bezahlt?« fragte Smithler barsch.

»Ich«, erwiderte Luberon. »Stellt alles, was hier im Zusammenhang mit der Angelegenheit des Königs verzehrt wird, dem Rathaus mit einer Quittung in Rechnung. Was noch, Mistress Swinbrooke?«

703

»Nach dem Essen, bei dem die anderen uns vielleicht Gesellschaft leisten, möchte ich mit allen Gästen sprechen. Seid Ihr einverstanden, Master Murtagh?«

Der Ire, der sich auf das Bett gesetzt hatte und gegen seine Müdigkeit ankämpfte, zuckte zusammen.

»Gewiß. Nun laßt uns einen Augenblick allein.«

Kathryn wartete, bis alle den Raum verlassen hatten.

»Eine schöne Bescherung«, murmelte Colum. Er stand auf und zog das Tuch über der Leiche zurecht. »Kathryn, das hier ist kein Fall für das Rathaus, sondern eine Angelegenheit des Königs. Er erwartet eine Antwort von mir, er will, daß ich Erpinghams Mörder fasse und vor allem sein Geld wiederbeschaffe.«

»Und ich erwarte eine Antwort von Euch«, sagte Kathryn, drehte sich um und schaute ihm in die Augen. »Ire, Ihr wart mehr als einen Tag überfällig. Ihr verlaßt uns und fahrt quer durch Kent. Ein Schneesturm bricht los, und Ihr verschwindet. Dann kommt Ihr zurück, als hättet Ihr mit den Enten auf dem Stour gespielt.«

Colum grinste und hatte seinen Spaß an Kathryns funkelnden Augen und ihren geröteten Wangen. Er betrachtete ihr schwarzes Haar mit den leicht ergrauten Schläfen, das unter ihrer Haube hervorschaute. Dazu ihren wachsamen Blick, den angespannten Körper, das hübsche Kinn gehoben und die Arme verschränkt.

»Also habt Ihr mich doch vermißt, Kathryn?«

»Wenn Ihr das noch einmal sagt«, erwiderte sie, »nehme ich den nächstbesten Gegenstand – und diesmal treffe ich Euch, Ire!«

Colum war im Begriff, sie weiter zu necken, bemerkte aber rechtzeitig ihren warnenden Blick. Normalerweise friedfertig und heiter, hatte Kathryn trotzdem ein aufbrausendes Temperament und eine scharfe Zunge, die ihresgleichen suchte. Er trat auf sie zu und nahm ihre Hände.

»Nun beruhigt Euch, Kathryn, und hört mir zu. Ich habe Chilham verlassen.«

Kathryn zog ihre Hände zurück. »Das dachte ich mir.«

»An einer Kreuzung vor dem Ort ist plötzlich Frenland, der

Pferdeknecht, der mich begleitet hat, vom Wagen gestiegen und weggerannt«, fuhr Colum fort.

Kathryn blieb vor Staunen der Mund offen stehen.

»Soll das heißen, er kletterte einfach so vom Wagen und verschwand mitten in einer tief verschneiten Landschaft?«

Colum nickte. »Ich kann es mir nicht erklären, Kathryn«, er schüttelte den Kopf. »Entweder hat der Mann den Verstand verloren oder er ist in Panik geraten. Das habe ich schon häufig erlebt: vor sieben Jahren, während der Schlacht bei Towton, gab es im königlichen Heer Soldaten, die mehr Angst vor dem Schneesturm als vor dem Feind hatten.«

»Aber Ihr habt doch gesagt, daß man sich auf den Mann verlassen konnte?«

»Wie Chaucer schon sagt«, erwiderte Colum, »›Ich sah fürwahr den Wahnsinn wüten bis zur Raserei‹. Nichts ist unmöglich.«

»›Nur spärlich ist Euer Verstand‹«, gab Kathryn prompt zurück.

»Wer hat denn das gesagt?« wollte Colum wissen.

»Lest Euren Chaucer«, antwortete Kathryn. »Die Erzählung des Kaufmanns. Colum, Ihr habt einen Eurer Männer verloren, man wird Fragen stellen. Ich erinnere mich an Frenland, ein kleiner, schwarzhaariger Mann; hat er draußen in Kingsmead nicht eine Frau?«

Colum nickte. »Ich muß noch mit ihr sprechen.«

»Und was geschah dann?« fragte Kathryn.

»Ich fuhr mit dem Karren weiter«, erwiderte Colum. »Es wurde dunkel, der Schneesturm nahm zu, und rings um mich herum hörte ich das Geheul der wilden Hunde. Weiß der Himmel, wie ich es geschafft habe, und der Herr segne die tapferen Pferde. Ich kam an ein Gehöft, wo ich die Nacht verbrachte. Der Bauer war ein ehrlicher Mann. Ich habe ein kräftiges Pferd gemietet und mich auf den Rückweg gemacht. Ich bin gar nicht erst nach Kingsmead geritten, sondern gleich in die Ottemelle Lane. Thomasina hat mir von Luberons Besuch berichtet, vom Mord an der Frau des Malers und von dieser traurigen Besche-

705

rung hier.« Er schaute zur Leiche hinüber, dann lächelte er Kathryn an. »Wir sind selten allein miteinander, nicht wahr, Mistress Swinbrooke?«

»Ja.« Kathryn trat auf ihn zu, nahm seine Hände und schaute ihm in die müden Augen. »Thomasina hatte recht«, sagte sie und berührte seine stoppeligen Wangen. »Traue nie einem glattzüngigen irischen Sumpfnomaden. Ich bin froh, daß Ihr wieder da seid, Colum, ich habe mich zu Tode geängstigt.« Als sie seine Hand losließ, zwickte sie ihn kurz.

»Fragt mich nicht, Colum, ob Ihr mir gefehlt habt oder nicht. Ihr kennt meine Lage: ich bin mit Alexander Wyville verheiratet, auch wenn er Gott-weiß-wo steckt! Nun, damit kann ich leben.« Sie blinzelte dem Iren zu. »Aber wenn Euch etwas zustieße, Sumpfnomade«, – Kathryn legte eine Hand auf die Brust – »würde hier drinnen etwas sterben und nie wieder zum Leben erwachen.«

Colum war versucht nachzuhaken, plötzlich stand Luberon im Türrahmen.

»Alle warten unten, Mistress Kathryn. Mistress Smithler hat etwas Leckeres gekocht.« Er trat an der zerstörten Tür vorbei in den Raum. »Geht es nur mir so?« fragte er. »Oder hat dieses Zimmer tatsächlich etwas an sich? Wie eine Grabstätte, eine Art Todeshauch.« Er zeigte auf Colum. »Spürt Ihr es denn nicht, Ire?«

Colum verzog das Gesicht. »Anfang des Jahres«, erwiderte er, »war ich dabei, als der König bei Tewkesbury gesiegt hat. An einer Furt über den Severn stapelten sich die Gefallenen der Lancastertreuen hüfthoch. Damals habe ich den Tod gerochen und geschmeckt.«

»Wartet!« Kathryn durchquerte das Zimmer und zeigte auf die Wand. »Seht, hier ist ein Gemälde, schon ziemlich verblaßt.«

Die beiden Männer traten neben Kathryn und sahen zu, wie ihre Finger die undeutlichen Konturen eines Gemäldes nachzeichnete.

»Das ist schon vor langer Zeit entstanden«, erklärte Kathryn. »In Rot, Schwarz und Grün. Es sind zwei Gestalten. Seht, hier sind die Umrisse eines knienden Priesters, und hier sieht man die Haube und das Kleid einer Frau.« Sie zeigte auf eine dunkle Gestalt mit Ziegenkopf und schwarzen Hörnern.

»Teufel noch eins«, sagte Colum. »Vielleicht habt Ihr recht, Master Luberon.« Er schob die Binsen zur Seite und klopfte mit den Füßen den Boden ab. »Vielleicht ist das hier ein Höllenzimmer. Wenn es sein muß, nehme ich hier alles auseinander, um hinter das Geheimnis zu kommen.« Er trat gegen die Satteltaschen voller Steine. »Auf Messen und Märkten habe ich schon die geschicktesten Betrüger gesehen, einen Mann in einem verschlossenen Raum umzubringen und seinen Schatz durch Steine zu ersetzen, ohne die geringste Spur des Verrats zu hinterlassen, bedarf der Kunst des Teufels.« Colum trat ans Fenster und blickte hinaus. »Dem Himmel sei Dank, daß ich es nicht sofort dem König berichten muß.« Heftig schloß er das Fenster. »Aber es liegt Tauwetter in der Luft.«

»Wie kommt Ihr darauf?« fragte Kathryn.

Colum zwinkerte ihr zu und tippte sich vielsagend an die Nase. Verlegen wandte Luberon den Blick ab; er war ein wenig eifersüchtig. Er mochte den Iren, Mistress Swinbrooke indes himmelte er geradezu an. Luberon dachte an ihren Satz über eine gute Frau. Ich kenne sie schon, dachte Luberon wehmütig und schaute Kathryn aus traurigen Augen an, aber der Herrgott im Himmel weiß, daß ich es ihr niemals sagen kann.

»Wir wollen gehen«, murmelte Kathryn, »Master Smithler soll keine allzu großen finanziellen Einbußen erleiden.«

Sie traten hinaus auf den Flur, wo der Lärm aus dem Schankraum zu ihnen drang. Kathryns Blick fiel auf die abgedeckten Holzbottiche, die auf dem Gang standen.

»Für den Fall, daß es brennt«, erklärte Luberon ihr, der ihrem Blick gefolgt war. Er reckte die Brust vor und zog die Schultern zurück. »Die Vorschriften der Stadt verlangen in jeder Herberge mindestens drei Wassereimer auf jedem Flur.«

Colum klopfte ihm auf den Rücken. »Kommt, Master Luberon, mein Magen meint, man hätte mir die Kehle durchgeschnitten!«

Sie gingen hinunter in die Gaststube. Smithlers Diener und Knechte servierten ein duftendes Gericht in Zinnschüsseln, dazu frisches Weißbrot in Servietten. Als sie ihre Plätze neben dem prasselnden Feuer einnahmen, wurden sie von den anderen Gästen kaum beachtet. Kathryn nahm ihren Hornlöffel und kostete von dem Gericht; Colum machte sich heißhungrig über seine Portion her.

»Schmeckt 's?« Blanche Smithler trat zu ihnen. Sie wirkte unsicher und wischte nervös die Hände an der schneeweißen Schürze ab, die sie um die schlanke Taille gebunden hatte.

Kathryn schaute auf. »Es ist köstlich. Hasenpfeffer?«

»Ja«, erwiderte Blanche. »Der alte Raston, einer unserer Stallknechte, fängt so ziemlich jeden Hasen. Ich brate das Fleisch an, bis es braun ist, zerteile es und koche es dann zusammen mit Zwiebeln, Rotwein, Ingwer, Pfeffer, Salz und einer Prise Nelken. Eine Spezialität des Hauses, vor allem im Winter.«

Sie entfernte sich. Kathryn aß weiter und versuchte, sich das Rezept zu merken. Nach dem Essen servierte ihnen ein Knecht Wein, der mit Zimt, Ingwer und einer Prise Zucker gewürzt war. Colum leckte sich die Lippen und lehnte sich zurück.

»Wohlan«, murmelte er. »Das Verhör zu Raub, Mord und Verrat kann beginnen.«

Drei

Colum rief die Gäste herbei, alle setzten sich im Halbkreis um die Feuerstelle und schlürften den Würzwein, den Blanche Smithler servierte. Der Wirt schimpfte, er habe Besseres zu tun, aber Colum funkelte ihn zornig an und machte ihm klar, daß er seine Fragen entweder hier an Ort und Stelle oder in einer Zelle im Rathaus beantworten werde. Luberon saß mit gewichtiger Miene in der Mitte des Halbkreises. Er war überglücklich, daß Kathryn und der Ire ihn ins Vertrauen gezogen hatten. Kathryn saß an einem Ende des Halbkreises, Colum stand mit dem Rücken zur Feuerstelle vor den Gästen.

»Zuerst möchte ich klarstellen«, begann Colum, »daß ich der Sonderbeauftragte des Königs in Canterbury bin. Master Simon Luberon kann das bestätigen. Mistress Swinbrooke ist die Stadtärztin. Sie ist für die Leichenschau zuständig und steht mir bei jeder Untersuchung oder Befragung, die ich durchzuführen gedenke, zur Seite. Wir haben es hier mit einem Fall von Verrat zu tun.«

Sir Gervase blieb der Mund offenstehen. »Welchen Beweis«, stammelte er und sprang auf, »welchen Beweis habt Ihr dafür?«

»Setzt Euch, Sir!« fuhr Colum ihn an. »Der Mord an einem Beamten und der Raub königlicher Steuern ist Verrat. Fest steht, daß Sir Erpingham an einer starken Dosis der hochgiftigen Tollkirsche starb. Heute ist Freitag, der zwanzigste Dezember, das Fest der Heiligen Adelaide. Wann hat es zu schneien begonnen?«

»Montag abend«, meldete sich Vater Ealdred.

»Und wann kam Sir Reginald?«

»Auch am Montag«, antwortete der Priester. »Man sah dem Himmel an, daß es schneien würde.«

»Wann sind die anderen eingetroffen?«

Lautes Stimmengewirr war die Antwort. Colum hob eine Hand. »Darauf komme ich später zurück. Fest steht jedoch, daß alle Anwesenden am Mittwoch abend hier waren?«

Die Gäste stimmten zu.

»Und nichts Außergewöhnliches geschah?«

»Ich habe Euch doch schon gesagt«, trompetete Sir Gervase, »daß Sir Reginald Mittwoch nacht völlig verstört aufwachte. Der Ärmste war schweißgebadet und zitterte wie eine Jungfrau.«

»Ach ja.« Colum rückte ein Stück vom Feuer ab und setzte sich auf einen Steinsockel am Rand des Kamins. »Sir Gervase, schildert mir das doch bitte in allen Einzelheiten.«

»Oh, es muß lange nach Mitternacht gewesen sein. Ich habe einen leichten Schlaf.« Der alte Ritter warf einen wütenden Blick in die Runde, die blauen Augen weit aufgerissen, den weißen Schnurrbart gesträubt. »Das kommt von den vielen Jahren im Feld, Schwert neben dem Bett. Alte Gewohnheiten legt man nicht so leicht ab.«

Kathryn verbiß sich ein Lächeln. Lady Margaret hatte nicht so viel Erfolg und kicherte leise.

»Jedenfalls«, fuhr Sir Gervase fort, »war ich gleich auf den Beinen. Reginald kreischte wie ein junges Mädchen. Ich renne auf den Flur, und da steht Erpingham im Nachthemd, zitternd wie Espenlaub. Ich nehme ihn mit in mein Zimmer, setze ihn auf einen Stuhl und gebe ihm einen ordentlichen Schluck von meinem Rotwein.« Sir Gervase fuhr sich über den Schnurrbart. »Der Mann sagt, er habe eine Erscheinung gesehen, eine Frau ganz in Weiß mit grünlichem Gesicht und schwarzen Augen, die wie Kohlen glühten; oder so ähnlich. Sie habe am Fußende seines Bettes gestanden und ihn angestarrt.«

Kathryn betrachtete den alten Mann neugierig und ließ den Blick dann über die Gäste wandern. Ihr war unbehaglich zumute. Alle saßen auffallend ruhig und selbstsicher auf ihren Plätzen; sie schienen es für unvorstellbar zu halten, daß sich einer von ihnen des Verrats schuldig gemacht hatte und eines schrecklichen Todes sterben würde. Dieser alte Ritter schilderte ein Erlebnis, als glaubte er selbst daran. Aber wie hatte Erpingham einen Geist sehen können?

»Sir Gervase.« Kathryn erhob sich und streckte die müden Muskeln. »Sir Gervase, tut mir leid, wenn ich Euch unterbreche, aber seid Ihr Euch ganz sicher?«

»Natürlich«, erwiderte er. »Ich bin schließlich kein gemeiner Lügner. Ich bin Ritter einer Grafschaft. Auch ich habe im Auftrage des Königs gearbeitet. Ich war mit Talbot in Frankreich, kann die verdammten Franzmänner nicht ausstehen, Laffen allesamt. Ich habe Dinge gesehen, Mistress Swinbrooke, die Euch das Blut in den Adern gefrieren lassen würden. Im übrigen« – er zeigte auf Standon, der mit der Schnalle seines Schwertgurtes spielte – »fragt ihn, er war dabei.«

Kathryn wandte sich dem Sergeanten zu.

»Es stimmt«, antwortete der Soldat. »Ich schlief am Fuße der Treppe. Ich hörte den Schrei, und dann wurden Türen geöffnet.« Er zuckte mit den Schultern. »Die sind nicht zu überhören, sie quietschen entsetzlich. Jedenfalls bin ich nach oben gerannt. Erpingham war bei Sir Gervase. Er war schweißgebadet, leichenblaß und keuchte. Man hätte meinen können, er wäre geschwommen.«

»Ich habe den Lärm auch gehört«, sagte Smithler. »Unser Zimmer liegt am Ende des Gangs.« Er warf einen Blick auf die de Murvilles. »Habt Ihr es auch gehört?«

Das Ehepaar nickte. Kathryn lächelte den alten Ritter an.

»Fahrt bitte fort, Sir Gervase.«

»Jedenfalls habe ich Erpingham beruhigt, und er hat den Rotwein getrunken. Ich habe ihm gesagt, das Licht hätte ihm einen Streich gespielt. Oder es war vielleicht etwas am Essen. Dann habe ich ihm ein Handtuch geliehen, mit dem er sich abtrocknen konnte, und ihn wieder in sein Zimmer gebracht.«

»Ich bin auch mitgegangen«, fügte Standon hinzu.

»Und?« fragte Colum.

»Da war nichts außer einem säuerlichen Gestank: sein Nachttopf war randvoll, wißt Ihr, als hätte er sich übergeben oder Durchfall gehabt.«

»Das haben Eure Diener am nächsten Morgen vorgefunden?«
fragte Kathryn den Wirt.

»Ja, nachdem unsere Gäste heruntergekommen waren, um ihr
nächtliches Fasten zu brechen, leerten die Knechte das Nachtgeschirr. Einer von ihnen sagte, das Zimmer hätte gestunken wie
eine Jauchegrube.«

Kathryn nickte und starrte in die Flammen.

»Mistress Swinbrooke«, fragte Colum, »woran denkt Ihr?«

»Ich bin Ärztin«, antwortete sie. »Ich beschäftige mich mit
Krankheiten und Heilmitteln, mit dem Ungleichgewicht der
Körpersäfte. Dennoch stimme ich Sir Gervase zu: irgend etwas
hat Erpingham in dieser Nacht Angst eingejagt, ihn an den
Rand des Wahnsinns getrieben, so daß er die Kontrolle über
Darm, Blase und Magen verlor.« Sie schaute den grauen klei-
nen Beamten an. »Master Vavasour, hatte Euer Herr an dem
Abend, bevor er von dieser Vision heimgesucht wurde, viel ge-
trunken?«

»Oh nein«, piepste der kleine Mann und ähnelte mit der
zuckenden Nase und den vorstehenden Zähnen mehr denn je einem ängstlichen Hasen. Kathryn war sich sicher, daß auch seine
Ohren gezuckt hätten, wenn das möglich gewesen wäre.

»Oh nein«, wiederholte Vavasour. »Master Erpingham mochte Wein, aber er trank wenig, höchstens zwei oder drei Kelche.
Das stimmt doch, Standon, oder?«

»Ja«, bestätigte der Sergeant. »Und gegessen hat er dasselbe
wie wir. Gebratene Gans, zart und schmackhaft in einer Petersi-
liensoße zubereitet.«

»Und am nächsten Tag?« fragte Kathryn. »Der Tag, an dem er
starb?«

»Tja, morgens schien er sich ein wenig zu schämen.« Sir Gervase hatte sich offenbar zum Sprecher der Gäste gemacht. »Er
war noch etwas zittrig und nahm nur Brot und gewässerten
Wein zu sich, aber mittags war er wieder ganz der Alte.«

»Was heißt das?« forschte Kathryn nach.

An dieser Stelle verließ den alten Ritter die Selbstsicherheit.

»Nun?« fragte sie.

»Das kann ich beantworten, Mistress Swinbrooke«, meldete sich Vater Ealdred zu Wort. »Genaugenommen war Sir Reginald Erpingham nicht gerade ein Mann, auf dessen Gesellschaft man gesteigerten Wert legt. Schließlich war er Steuereintreiber.«

Seine Antwort ließ die anderen leise auflachen.

»Das war der Heilige Matthäus ebenfalls«, erwiderte Kathryn. »Was für ein Mann also war Sir Reginald?«

»Er war ein grausamer, herzloser Bastard«, sagte Blanche Smithler sichtlich erregt. Die hübschen Gesichtszüge waren zu einer starren, bleichen Maske verzerrt. Unwirsch schüttelte sie die Hand ab, die ihr Mann ihr warnend auf den Arm gelegt hatte. »Er kam oft hierher. Er pflegte zu prahlen, wie er einer alten Frau noch das letzte Hemd ausziehen oder Bauern in Angst und Schrecken versetzen konnte. Ständig grapschte er den Mädchen an den Hintern oder die Brüste. Ja, was das Trinken angeht, war er abstinent, aber er liebte das Essen und war nicht besonders sauber, was die Körperpflege angeht. Er gab mit seinem großen Haus in Maidstone an und redete ständig von dem Herrenhaus in der Nähe von Dover, auf das er rechnete.«

Kathryn sah Vavasour an. »Gewiß seid Ihr mit dieser Darstellung nicht einverstanden, Sir?«

Der Schreiber öffnete den Mund zur Antwort, wandte sich dann jedoch mit heftig zuckender Nase ab.

»Die gute Frau sagt die Wahrheit«, bestätigte Standon und schaute Colum an. »Ich bin Berufssoldat wie Ihr, Ire.« Er lächelte bitter. »Wenn ich auch in den letzten Kriegen für das Haus Lancaster gekämpft habe. Ich war bei diesem Bastard von Falconbridge, als er versuchte, den Tower zu erobern.«

Colum nickte verständnisvoll.

»Nun, Ihr wißt, wie es ausging«, fuhr Standon fort. »Falconbridge kostete es den Kopf. Ich habe wie viele andere auch die Seiten gewechselt und einen Kontrakt mit dem Sheriff von Kent geschlossen. Meine Kameraden und ich dienten als Erpinghams Wache; und zwar seit dem Michaelistag, als er seine Reise durch die Grafschaft begann.«

»Und weiter?« fragte Colum.

»Ich habe im Krieg gekämpft«, sagte Standon, »ich habe Stroh-
dächer in Brand gesetzt, habe auch – der Herr möge mir verzeihen – so manchen getötet!« Standon blinzelte, sein Gesicht verlor ein wenig an Härte. »Ich war nicht immer so. In meiner
Jugend wollte ich Ritter werden.« Zornig blickte er um sich.
»Aber es ist immer dasselbe, man wird, was man ist, und nicht,
was man sein will!«

Es wurde still im Schankraum, als dieser hartgesottene Soldat
sein Herz ausschüttete. Standon fuhr sich mit der Hand über die
Augen.

»Erpingham war ein Bastard. Er hatte ein Herz aus Stein.«

»Hatte er Familie?« fragte Kathryn.

»Eine Frau«, piepste Vavasour. »Er hatte eine Frau, aber die
Ärmste starb bei der Geburt eines Kindes. Er mochte Hunde«,
fügte der Schreiber hinzu, als wäre es das einzig Positive, was er
über seinen verstorbenen Herrn zu berichten wußte.

»War er ehrlich?« fragte Colum.

Vavasour sah so verängstigt aus, als würde er im nächsten Moment aufspringen und fortlaufen.

»Nun?« fragte der Ire.

»Ihr wißt ja, wie es ist«, sagte Vavasour zaghaft.

»Tja«, sagte Colum. »Zeigt mir einen ehrlichen Steuereintreiber, und ich zeige Euch einen Iren, der fliegen kann.«

»Er selbst hielt sich für ehrlich«, fügte Standon hinzu.
»Schließlich hat jeder das Recht, sich bei dem Sheriff oder dem
König zu beschweren.«

»Ach ja?« Colum grinste nur.

Kathryn zog ihren Stuhl ein Stück vor. »Master Smithler, dieser Geist, dieses Spukzimmer – hat Erpingham immer dort gewohnt?«

»Das habe ich Euch doch schon gesagt.«

»Und das Gemälde, das an der Wand verblaßt ist? Es zeigt einen Teufel, einen jungen Mann und eine Frau.«

»Ach, da gibt es viele Geschichten«, schaltete sich Blanche
Smithler ein. »Sie stiften nur Verwirrung, aber offensichtlich ist

dort einmal eine junge Frau umgebracht worden oder spurlos verschwunden.«

»Stimmt es denn, daß es darin spukt?« fragte Kathryn.

»Leute, die dort übernachtet haben«, erwiderte Smithler, »sprachen von einem unbehaglichen Gefühl, von Geräuschen in der Nacht.« Er hob die Schultern. »Aber wer hat keine schlechten Träume!«

Luberon meldete sich zu Wort. »Wenn das Wirtshaus so alt ist, wie Ihr behauptet, und wenn hier ein Verbrechen begangen wurde, dann dürfte es in den Annalen der Stadt verzeichnet sein. Master Murtagh, ich werde sie für Euch überprüfen.«

»Hat jemals eine Teufelsaustreibung stattgefunden?« fragte Vater Ealdred. »Ist der Raum mit Weihwasser und Salz gesegnet worden?«

»Dazu ist es jetzt zu spät«, murmelte Sir Gervase.

»Und es gibt keine geheimen Zugänge?« fragte Kathryn. Sie wandte sich an den Wirt und überging den Einwand des alten Ritters.

»Das habe ich doch schon gesagt«, fuhr er sie an. »Seht selbst nach.«

»Oh, das werden wir vielleicht sogar tun«, erwiderte Colum. »Und ich muß Euch bitten, Eure Zunge im Zaum zu halten.«

Der Wirt schaute zur Seite und hustete über die Schulter.

»Was war an den Tagen, bevor Erpingham starb?« fuhr Colum fort und versuchte, eine Katze zu ignorieren, die sich angeschlichen hatte, um zwischen den Binsen nach einem Happen Fett zu suchen.

»Nun ja«, sagte Sir Gervase, »da wir wegen des Schnees nicht abreisen konnten, haben wir gegessen und getrunken. Der Wirt hat gut an uns verdient.«

»Stimmt, aber ich habe Euch auch gut bedient.«

»Also gut«, fuhr Colum fort. »Ihr seid spät aufgestanden, habt gegessen und getrunken …«

»Master Murtagh.« Lady Margaret richtete sich auf und rückte mit einer zierlichen Handbewegung die Haube auf ihrem glänzenden Haar gerade. Sie musterte ihn mit kühlem Blick und

715

Schmollmund; Kathryn warf sie einen spöttischen Seitenblick zu. Offenbar gefiel es ihr, mit diesem rauhbeinigen, dunkelhäutigen Iren zu flirten.

»Gnädigste, ich warte«, sagte Colum.

»Ich wollte nur sagen«, gurrte sie hastig, »daß wir Blindekuh gespielt oder alte Geschichten erzählt oder gewürfelt haben. Wer lesen kann, hat gelesen; Bücher, Master Murtagh, falls Ihr wißt, was das ist?«

»Oder vielleicht geschrieben?« unterbrach Kathryn sie. »Mit Federn, wenn Ihr wißt, was ich meine?«

Mit einem Ruck lehnte sich Lady Margaret zurück und sah ihren Gemahl herausfordernd an.

»Wir hatten Langeweile«, erklärte Lord Alan. »Wir beteten, der Schneesturm möge aufhören, damit wir die Reise fortsetzen konnten.«

»Was geschah an dem Abend, als Erpingham starb?« fragte Colum.

Der alte Ritter klopfte mit dem Schwert auf den Boden und blickte finster in die Runde. »Das kann ich Euch sagen. Wir haben alle hier zu Abend gegessen: Rehkeule, in sämiger Soße gekocht, und im Sud geröstetes Gemüse. Dann hat der Wirt ein kleines Faß von seinem besten Rotwein aufgemacht.« Er gestikulierte mit beiden Armen. »Wir haben einen Festschmaus veranstaltet.«

»Und wann ist Sir Reginald gegangen?«

»Irgendwann zwischen der siebten und achten Stunde«, sagte Vavasour. »Er sagte, er sei müde. Er hat seinen Weinbecher genommen und ist in sein Zimmer hinauf.«

»Wo waren die anderen zu diesem Zeitpunkt?« fragte Kathryn.

»Oh, wir sind noch hier unten geblieben. Master Smithler war unser Gastgeber. Seine gute Frau hat die Köche und Knechte in der Küche beaufsichtigt.«

»Und keiner ging zu Sir Reginald hinauf?«

»Nein«, ertönte es im Chor.

»Nun denn.« Kathryn erhob sich. Das Feuer strahlte inzwischen große Hitze aus, und Colum fielen beinahe die Augen zu.

716

»Sir Reginald hat also seinen Kelch genommen.« Kathryn nahm den Kelch, den sie aus Erpinghams Zimmer mitgebracht hatte. »Es war dieser hier. Er geht in sein Zimmer und verschließt und verriegelt die Tür. Er trinkt den Wein. Am nächsten Morgen wird er tot aufgefunden, vergiftet, und die Steuern, die er eingetrieben hat, sind verschwunden.« Kathryn rollte den Kelch zwischen den Handflächen. »Das läßt eine ganze Reihe von Schlüssen zu. Helft uns also.« Sie tippte Colum zart auf die Schulter, denn sie befürchtete, er würde einschlafen. »Erstens, Sir Reginald könnte bei Tisch vergiftet worden sein.«

»Unmöglich!« erwiderte Standon. »Ich habe neben ihm gesessen. Wir haben dasselbe zu uns genommen.«

Kathryn seufzte. »Was ist mit dem Wein?«

»Wegen des unfreundlichen Wetters und weil meine Gäste so gut bezahlt haben«, erwiderte Smithler, »habe ich ein Fäßchen Wein aufgemacht, den besten aus der Gascogne. Jeder hat mindestens einen Kelch getrunken.

»Und Erpingham?« fragte Kathryn.

»Na ja, er sagte, er sei müde; er hat seinen mit raufgenommen.«

»Hätte der vergiftet werden können, bevor der Steuereintreiber aufstand?« fragte Colum und reckte sich.

»Das bezweifle ich«, sagte Vavasour.

»Warum, Master Schreiber?« fragte Kathryn.

Der kleine Mann rümpfte die Nase und kratzte sich gedankenverloren. »Also, der Wirt hat uns allen einen Kelch voll gegeben. Ich mag Rotwein nicht besonders: Sir Reginald hat mir einen Probierschluck aus seinem Kelch angeboten.«

»War er denn so freundlich?« fragte Kathryn.

»Oh nein.« Vavasour schüttelte den Kopf. »Er trank auch von meinem Wein. Was ich sagen will, ist, daß Erpinghams Kelch, meiner und der von Master Standon durcheinander gerieten.« Er schlug sich vor die Brust, die Augen weit aufgerissen. »Der Herr sei mein Zeuge«, sagte er. »Ich habe Sir Reginalds Wein nicht vergiftet, aber meines Wissens auch kein anderer«, seine Stimme wurde noch piepsiger. »Ein Mörder hätte unmöglich wissen

717

können, welchen Kelch er vergiften sollte, weil die Gäste sich nach der üppigen Mahlzeit reckten und streckten und ihre Kelche hin und her schoben.«

»Also.« Kathryn ging auf die Treppe zu, Erpinghams Kelch noch immer in der Hand. »Sir Reginald hat Euch eine Gute Nacht gewünscht?«

Vavasour nickte.

»Und er ist nach oben gegangen?«

Erneut zustimmendes Nicken. Kathryn wandte sich lächelnd an den alten Ritter.

»Sir Gervase, vielleicht könnt Ihr und Master Luberon mich begleiten?«

Kathryn und Luberon folgten dem alten Ritter die steile Treppe zum ersten Stock hinauf. Vor dem Zimmer, das Sir Gervase bewohnte, blieben sie stehen.

»Bitte«, sagte Kathryn freundlich, »zeigt mir doch, wie die Türen ächzen und stöhnen.«

Nur zu gern tat Sir Gervase ihr den Gefallen. Er zog den Schlüssel aus seiner Geldtasche, schloß auf und drückte leicht gegen die Tür.

»Das ist nicht sonderlich laut«, murmelte Kathryn.

Sir Gervase grinste schelmisch. »Aha, aber hört Euch das an.«

Er drückte die Tür weiter auf, und Kathryn zuckte zusammen bei dem durchdringenden Quietschen der Lederscharniere. Der alte Ritter schloß die Tür wieder und derselbe Lärm entstand. Kathryn ließ die Schultern sinken. »Du lieber Himmel! Ich gebe Euch recht, Sir Gervase. Diese Geräusche würden sogar Tote aufwecken!«

Sie gingen wieder hinunter zu dem Iren.

»Habt Ihr das gehört, Colum?«

Er kratzte sich den Kopf und grinste. »Wie der Schrei einer Todesfee.«

Kathryn trat wieder zu den anderen, die ihr gespannt entgegensahen, und stellte den Kelch auf den Sims über dem Kamin.

»Wir haben also eine Gruppe von Leuten, die sich im Wirtshaus ›Zum Weidenmann‹ aufhalten. Zwei Abende zuvor hatte

718

der Steuereintreiber, Sir Reginald Erpingham, einen Alptraum, der ihn derart erschreckte, daß er Sir Gervase im angrenzenden Zimmer aufweckte. Gestern abend nahmen alle Gäste an einem festlichen Abendessen teil, das Mistress Blanche vorzüglich zubereitet hatte. Danach öffnete der Wirt ein Fäßchen Rotwein.« Kathryn hielt kurz inne. »Den übereinstimmenden Aussagen zufolge hat Sir Reginald seinen Kelch genommen und ist in sein Zimmer gegangen. Nun ...«

Kathryn fuhr sich über die Lippen. »Als Ärztin könnte ich einen heiligen Eid darauf schwören, daß Erpingham absichtlich und hinterhältig mit einer Dosis Tollkirsche vergiftet wurde. Wir haben aber festgestellt, daß Sir Reginalds Essen nicht vergiftet war, ebensowenig wie sein Wein – es sei denn, unter uns wären zwei oder drei notorische Lügner. Ergo, wie die Gelehrten sich ausdrücken würden«, sagte sie und schenkte Luberon ein Lächeln, »muß jemand noch spät in der Nacht Sir Reginald besucht und ihn vergiftet haben. Er oder sie hat anschließend das Gift spurlos beseitigt und außerdem das Geld aus den Satteltaschen durch Steine ersetzt. Trotzdem wissen wir«, sagte Kathryn mit einer ratlosen Geste, »daß niemand durch das Fenster herein- oder herausgeklettert ist. Es gibt keinen Geheimgang, und Erpinghams Tür war von innen verschlossen und verriegelt.«

»Das kann ich bestätigen«, sagte Standon. »Als ich die Tür aufbrach, steckte der Schlüssel noch im Schloß, die Riegel waren vorgeschoben, und im Zimmer gab es keine Spuren von Gewalt.« Er schaute bestätigungsheischend zu Vavasour hinüber.

Sir Gervase, der offenkundig Kathryns Ratlosigkeit genoß, ergriff das Wort. »Niemand hat in der vergangenen Nacht das Zimmer betreten. Ich lag in meinem Zimmer bis lange nach Mitternacht wach, und ich habe draußen kein Geräusch gehört. Auch Erpinghams Tür hat nicht gequietscht.« Der alte Mann zwirbelte seinen Schnurrbart. »Ich habe überhaupt nichts gehört. Es herrschte Grabesstille.« Er lachte bitter. »Jetzt verstehe ich auch, warum.«

719

»Seid Ihr dessen sicher?« fragte Colum.

»So sicher wie das Amen in der Kirche«, trompetete der alte Ritter.

»Auch das kann ich bezeugen«, sagte Standon. »Zugegeben, ich war unten an der Treppe, aber ich habe weder Unruhe noch Krach gehört.«

»Das kann nicht sein.« Colum stand auf, er war grau vor Erschöpfung. »Wie kann ein Mann in einem verschlossenen, verriegelten Zimmer vergiftet und seines Geldes beraubt werden, ohne daß es eine Spur gewaltsamen Eindringens gibt oder einen Hinweis darauf, wie der Mörder wieder entkam?«

Kathryn starrte in die verschlossenen Mienen der Anwesenden; sie hoffte, wenigstens eine Andeutung von Schuldgefühl zu entdecken. Die Blicke aller waren jedoch eher erwartungsvoll auf sie gerichtet, als wäre dies eine Art Spiel oder Scharade.

»Mistress Swinbrooke«, sagte Luberon, der gern helfen wollte. »Könnte das Gift auf andere Weise verabreicht worden sein? Durch eine schmutzige Serviette oder ein Bettlaken?«

Kathryn schüttelte den Kopf. »Nein, ich habe das Zimmer sorgfältig untersucht.«

Sie drehte den anderen den Rücken zu und schaute in die Flammen, um ihre Ratlosigkeit zu verbergen. Sie warf Colum, der ähnlich mutlos schien, einen kurzen Blick zu, und Mitleid erfaßte sie. Die Angelegenheit auf sich beruhen zu lassen, das Ganze zum Rätsel zu erklären und wieder in die Ottemelle Lane zurückzukehren, war verlockend. Doch nach Weihnachten würden Untersuchungsbeamte des Königs kommen, oder, noch schlimmer, die königlichen Richter. Sie würden wissen wollen, was Colum unternommen hatte und warum die königlichen Steuern so einfach gestohlen werden konnten.

»Kann es sein«, fragte sich Luberon, »daß das Gift in Nahrungsmitteln oder Getränken war, die sich bereits vorher in Sir Reginalds Zimmer befanden?«

»Das glaube ich nicht«, sagte Vavasour. »Erstens fanden wir, als wir heute morgen den Raum betraten, keine Spur von Essen oder Trinken außer dem Kelch, der ja nicht vergiftet war.«

»Woher wissen wir denn«, fragte Vater Ealdred, »ob Sir Reginald nicht schon vor dem Abendessen etwas gegessen hat?«

»Wie lange hat das Festmahl gedauert?« fragte Kathryn.

»Ungefähr eineinhalb Stunden«, erwiderte Vater Ealdred.

»Tollkirsche wirkt schnell«, erklärte Kathryn. »Das dauert nicht länger als zwanzig Minuten.«

»Und ich war bei Sir Reginald.« Vavasour sprang auf. Er hatte einen knöchrigen Zeigefinger hoch erhoben, als könnte er sich plötzlich an etwas erinnern. »Ich war vor dem Essen in seinem Zimmer. Wir haben die Steuergelder überprüft, und die Satteltaschen waren voll. Ich habe nicht gesehen, daß Sir Reginald etwas gegessen oder getrunken hätte.«

»Und alle haben an dem Mahl teilgenommen?« fragte Colum.

»Aber ja«, erwiderte Sir Gervase. »Keiner hat den Raum verlassen außer dem Wirt und seiner Frau, die hin und wieder aufstanden, um die Knechte und Diener in der Küche zu beaufsichtigen.«

Kathryn warf dem Wirt einen Blick zu. »Master Smithler, wir haben Eure Zeit und die Eurer Gäste lange genug in Anspruch genommen. Trotzdem müssen Master Murtagh und ich alle noch einzeln befragen. Können wir uns dort hinsetzen?« Sie deutete auf den Fensterplatz, wo vorher die Gäste gesessen hatten.

Smithler zuckte die Achseln. »Wenn 's denn sein muß, und wenn 's eine Sache der Krone ist, muß es wohl sein.«

Kathryn lächelte in die Runde. »Es tut mir leid, über Eure Zeit verfügen zu müssen, aber das Wetter ist so unfreundlich, daß ohnehin niemand reisen kann.«

»Das wird auch nicht geschehen«, sagte Colum nachdrücklich. »Ab heute darf kein Gast dieses Wirtshauses Canterbury verlassen, es sei denn, er will eine Strafe riskieren.« Er hob eine Hand, um den Tumult zu beschwichtigen. »Ihr seid ab sofort Gäste des Königs, ob Ihr wollt oder nicht. Die üblichen Forderungen können an die Staatskasse gerichtet werden: ehrlich ausgegebenes Geld wird ehrlich zurückerstattet.« Er warf einen Blick aus dem Fenster. »Was kein großer Verlust ist, wie die werte Ärztin gesagt hat; das Wetter ist unfreundlich, und die Wege sind vereist.« Er tippte warnend auf seinen Schwertgriff. »Auf keinen Fall darf irgend jemand abreisen.«

Colum wirkte mit seiner dunklen, unheimlichen Stimme derart bedrohlich, daß niemand zu protestieren wagte. Blanche Smithler füllte die Kelche mit Wein. Kathryn und Colum setzten sich in die Fensternische. Sie waren froh, der brüllenden Hitze der Feuerstelle entronnen zu sein.

»Colum, Ihr seht müde aus«, murmelte Kathryn.

»Ich glaube, ich könnte durchschlafen bis zum Jüngsten Tag«, seufzte der Ire und nippte an dem dampfenden Kelch. »Das Ganze ist ein Rätsel, das sich der Teufel persönlich ausgedacht hat.«

Kathryn schaute zu den Gästen hinüber, die die Köpfe zusammengesteckt hatten und leise miteinander redeten.

»Einer von ihnen ist ein Mörder«, flüsterte sie. »Einer, zwei, oder vielleicht auch alle.« Sie schloß die Augen und dachte an die graue, von roten Flecken übersäte Leiche, die in jenem schrecklichen Zimmer steif unter den Laken lag. »Wenn ich nur nicht so müde wäre ...« begann sie.

»Dann würdet Ihr ...?« neckte Colum sie.

»Ich weiß nicht.« Kathryn seufzte. »Mir ist unbehaglich, Ire.« Sie strich ihr Kleid glatt. »Es läßt sich nur schwer fassen. Wie das Spiel, bei dem man etwas Schlüpfriges aus dem Wasser holen will. Man hat die Augen verbunden und plantscht wie wild im Wasser herum, bekommt es aber nicht zu packen.«

Kathryn schaute durch die Butzenscheiben auf den Schneeteppich, der den Weg vor dem Wirtshaustor und die angrenzenden Felder bedeckte.

»Es gibt eine Verbindung«, fuhr Kathryn fort und hielt das Gesicht vom Schankraum abgewandt. »Eine Art Verschwörung unter den Gästen. Findet Ihr es nicht seltsam, Colum, wie gut alle diesen Erpingham zu kennen scheinen? Und doch läßt keiner ein gutes Haar an ihm, obwohl er hinterrücks ermordet wurde.«

Colum berührte sacht ihr Knie. »Kathryn, meint Ihr nicht, wir sollten Luberon herüberbitten? Er macht ein Gesicht wie drei Tage Regenwetter.«

Kathryn wandte sich um und winkte den kleinen Schreiber lächelnd zu sich. Luberon saß abseits von den Gästen und bedachte beide mit einem vorwurfsvollen Blick. Die Art und Weise, wie er nun rasch und erfreut auf sie zuwatschelte, erinnerte Kathryn an einen jungen Hund, den sie einmal besessen hatte. Er zog einen Stuhl heran und setzte sich neben Kathryn, die über ihm in der Fensternische thronte.

»Was ist Eure Meinung, klügster aller Schreiber?« neckte ihn Kathryn.

»Man hat Euch heute morgen ins Wirtshaus gerufen«, sagte Colum. »Habt Ihr das Zimmer gesehen?«

»Jawohl«, erwiderte Luberon. »Standon stand davor Wache. Mistress Swinbrooke, eins kann ich Euch versichern: ich habe den Raum sehr sorgfältig untersucht. Als ich mit Euch zurückkehrte, war alles unverändert.«

»Gut«, erwiderte Kathryn. »Auch ich weiß, daß der Weinrest schon geraume Zeit in Erpinghams Kelch stand: eine Staubschicht hatte sich gebildet.«

»Was ist mit dem Gespenst?« fragte Colum.

»Ein Fantasiegebilde«, erwiderte Kathryn. »Sir Reginald war kein Engel, aber auch in der Seele eines Menschen, der ein Herz aus Stein hat, lauern Gespenster. Vielleicht war es ein Schuldgefühl oder ein Alptraum aus seiner Vergangenheit. Master Luberon«, sie warf dem Schreiber einen Blick zu, »alle Gäste scheinen Erpingham zu kennen und zu hassen.«

»Nun ja, er war schließlich Steuereintreiber«, überlegte Luberon. »Zeigt mir einen Steuereintreiber, der beliebt ist, Mistress Swinbrooke, und ich werde das gestohlene Geld aus eigener Tasche ersetzen. Vergeßt nicht, sie sind alle in Kent geboren und Erpingham ebenfalls. Sie dürften ihn gut kennen.«

»Nun denn, wir wollen anfangen«, sagte Colum.

»Moment noch!« warnte Kathryn. »Sind wir sicher, was das Zimmer angeht? Simon hat doch gerade gesagt, daß alle Gäste aus Kent stammen und regelmäßig hierher kommen.« Sie fuhr zusammen, als plötzlich unter den Bodendielen der Fensternische eine Ratte hervorschoß, über die Binsen huschte und in der dunklen Ecke neben der Feuerstelle verschwand.

»Ich habe die Absicht, jeden Stein umzudrehen«, sagte Colum. »Ich werde das Zimmer von oben bis unten absuchen. Wenn es einen Geheimgang gibt, werde ich ihn finden.«

»Das Gespenst?« unterbrach Luberon ihn. »War es vielleicht ein von Menschenhand gefertigtes? Ein Versuch, Erpingham zu Tode zu erschrecken?«

»Im Augenblick«, antwortete Kathryn, »wollen wir uns mit den Lebenden beschäftigen.« Sie hob die Stimme. »Sir Gervase, würdet Ihr uns bitte Gesellschaft leisten?«

Der alte Ritter, sein lächerliches Schwert in einer abgewetzten Scheide vor sich her tragend, marschierte entschlossen herüber und bedeutete Smithler mit einem Fingerschnippen, er möge einen Stuhl bringen. Der Wirt tat wie geheißen, stellte den Hocker geräuschvoll hin und stapfte davon. Der alte Ritter, das Schwert am Kreuzgriff wie einen Amtsstab haltend, ließ sich vorsichtig nieder.

»Sir Gervase«, begann Kathryn und trat Colum sacht auf den Fuß, um ihn wachzuhalten. »Warum haltet Ihr Euch hier im ›Weidenmann‹ auf? Euch gehören Ländereien …?«

»Bei Islip«, schnarrte Sir Gervase. »Ein mit einem Wassergraben umgebenes Herrenhaus, Scheunen, Gutshöfe, Felder und Weideland.«

»Warum also seid Ihr nach Canterbury gekommen.« fragte Kathryn.

»Um vor den Gebeinen des Heiligen Märtyrers zu beten!« trompetete Sir Gervase. Er beugte sich vor und senkte die Stimme. »Ich gehöre zu denen, wißt Ihr.«

»Zu wem?« fragte Colum.

»Zu den Mördern«, flüsterte Sir Gervase verschwörerisch.

»Von Erpingham?«

»Seid doch nicht albern, Mann!« Sir Gervase klopfte mit dem Schwert auf den Boden. »Ich bin Nachkomme eines jener Ritter, die Becket ermordet haben. Meine Mutter war eine de Broc, wißt Ihr, Beckets ärgste Feinde. Deshalb gehe ich jedes Jahr um die Weihnachtszeit, die Zeit, in der der Heilige Thomas ermordet wurde, auf meine kleine Pilgerreise. Ich wohne im ›Weidenmann‹; Smithler kann mich nicht ausstehen, und ich ihn genauso wenig, aber es ist ein gutes Wirtshaus. Die Betten sind sauber, die Flöhe verbannt, und die Ratten wissen, wo sie hingehören. Nicht wie in Frankreich. Herr, Mistress, ich kann Euch da Sachen erzählen …«

»Ja, schon gut«, unterbrach Kathryn taktvoll. »Und Ihr kanntet Sir Reginald?«

Die freundliche Miene des alten Ritters verhärtete sich, er verzog den Mund und knurrte: »Ihn gekannt? Ja, und ob! Und wißt Ihr was, Mistress? Ich bin froh, froh, daß der gottlose Bastard tot ist!«

Vier

Von der Gehässigkeit in der Stimme des alten Mannes überrascht, fragte Colum: »Soll das heißen, Ihr habt Erpingham den Tod gewünscht?«

»Dreht mir nicht das Wort im Mund herum, Ire«, knurrte Sir Gervase und pochte heftig mit dem Schwert auf den Boden. »Ich sage nur: ich bin froh, daß er bekommen hat, was er verdient, sowohl in diesem als auch im nächsten Leben.«

»Warum?« fragte Colum.

»Er war hart wie Granit und eiskalt. Er fürchtete weder Tod noch Teufel. Außerdem war er ein Dieb.«

»Könnt Ihr das beweisen?« fragte Kathryn.

Sir Gervase wandte den Blick ab. »Was so geredet wird.«

Kathryn berührte sanft die Hand des alten Mannes.

»Ihr seid weise und klug, Sir Gervase«, schmeichelte sie ihm. »Ihr wißt noch mehr, oder?«

Der Alte lächelte, denn Kathryns Anteilnahme empfand er als Kompliment.

»Der Mann war ein Wüstling. Der Herr erbarme sich der armen Witwen, die ihre Abgabe oder Steuer nicht zahlen konnten. In dem Fall pflegte Erpingham sie sich in Naturalien zu holen. Er ergötzte sich daran, hübsche, wehrlose Frauen zu quälen und zu erpressen.«

»Hat er dann die Steuer für sie bezahlt?« wollte Kathryn wissen.

»Ich habe noch keinen verarmten Steuereintreiber erlebt«, erwiderte Sir Gervase.

»Warum habt Ihr ihm das nicht öffentlich vorgeworfen?« fragte sie.

»Erpingham war Rechtsgelehrter, hat bei der Advokateninnung gelernt. Kennt Ihr die Geschichte, Mistress Swinbrooke?«

Kathryn schüttelte den Kopf.

»Einmal hat der Teufel gesehen, wie ein Rechtsgelehrter vor einem Stall eine Schlange erschlug; der Teufel grinste, denn es erinnerte ihn daran, wie Kain seinen Bruder Abel erschlug.«

»Habt Ihr etwas gegen Rechtsgelehrte?« fragte Colum.

»Und ob, ich mag keine Rechtsgelehrten, und Erpingham habe ich gehaßt. Hätte ich Beweise gehabt, dann hätte ich mich beim Anwalt der Krone in Westminster beschwert.«

»Ja, aber trotzdem habt Ihr ihn getröstet, als er seinen Alptraum hatte?«

»Oh, ich habe ihm einen Kelch Rotwein gegeben«, erwiderte Percy. Er beugte sich vor und fügte haßerfüllt hinzu: »Aber ihn leiden zu sehen, habe ich genossen.«

»Und sein Tod?« hakte Colum nach.

Sir Gervase hielt sein Schwert in die Höhe. »Ich schwöre es, bei allem, was mir heilig ist: ich habe ihm zwar den Tod gewünscht, aber sein Blut klebt nicht an meinen Händen!«

Kathryn nahm eine Bewegung im Schankraum wahr: aus den Augenwinkeln sah sie, daß Vavasour die Treppe hinaufschlich und wußte plötzlich, was fehlte.

»Master Vavasour«, rief sie. »Geht bitte nicht nach oben!«

Der kleine Schreiber ließ die Schultern hängen und schlurfte mit niedergeschlagener Miene zurück. Colum war der warnende Unterton in Kathryns Worten nicht entgangen. Er stand auf und trat zu den Gästen.

»Keiner verläßt den Raum!« befahl er und warf einen Blick über die Schulter. »Master Luberon, seid so gut und bewacht das Zimmer.«

Colum ging wieder zur Fensternische.

»Braucht Ihr mich noch?« fragte der alte Ritter und lächelte Kathryn um Entschuldigung heischend an. »Mistress Swinbrooke, verzeiht meine schlechten Manieren, meinen Mangel an Nächstenliebe und meine Herzlosigkeit, aber ich konnte den Anblick dieses Steuereintreibers einfach nicht ertragen!«

»Hattet Ihr geschäftlich mit ihm zu tun?« fragte Kathryn.

Sir Gervase hob ruckartig den Kopf. »Du lieber Himmel, nein, wo denkt Ihr hin! Mit Leuten wie Erpingham hatten meine

Gutsverwalter und Aufseher zu tun, aber sie hielten mich über den Dorfklatsch auf dem laufenden.«

»Und in der Nacht, als Erpingham starb?«

»Mistress, ich habe Euch alles gesagt, was ich weiß. Keiner kam auch nur in die Nähe von Erpinghams Zimmer.«

Kathryn bedankte sich bei ihm und bat Vavasour und Standon zu sich; der alte Ritter kehrte offenbar erleichtert zu den anderen zurück. Der Schreiber übernahm Luberons Stuhl. Standon setzte sich neben ihn.

»Wohin wolltet Ihr denn vorhin, Master Vavasour?« fragte Kathryn, die Liebenswürdigkeit in Person.

Der kleine Mann beschäftigte sich intensiv mit einem Fleck auf seiner abgetragenen Hose.

»Mistress Swinbrooke hat Euch etwas gefragt«, insistierte Colum.

»Ich habe Euch gefragt«, fuhr Kathryn fort und sah, wie Vavasour sich vor Verlegenheit wand, »weil etwas fehlt, nicht wahr?« Sie beugte sich vor. Vavasour schaute hoch, leckte sich die schmalen Lippen und versuchte, seine Panik zu unterdrücken. Anfangs hatte ihm der dunkelhäutige Ire mit dem verschleierten Blick und dem wuscheligen Haarschopf Angst gemacht. Vavasour hatte lange genug unter Soldaten gelebt und wußte, wann er einen Berufsmörder vor sich hatte. Noch mehr Furcht flößte ihm jedoch die Ärztin ein. Die klaren grauen Augen, die weiche Haut und das freundliche Gesicht konnten nicht darüber hinwegtäuschen, daß sie über einen messerscharfen Verstand verfügte.

»Ich weiß, warum Ihr hinaufgehen wolltet«, sagte Kathryn. »Und ich werde es Euch sagen, Master Vavasour. Da ist Sir Reginald Erpingham Ritter der Grafschaft, Rechtsgelehrter, Steuereintreiber –, ein Mann von Wohlstand und Einfluß. Aber abgesehen von der Kleidung, die er am Leibe trug, und den Satteltaschen, die das Silber des Königs enthielten, hatte er bestimmt noch mehr bei sich. Gewiß war er auf seinen Reisen mehr Komfort und Luxus gewöhnt, oder? Wo ist die Parfümdose, die er sich vor die Nase zu halten pflegte, wenn er mit einem schwitzenden Aufseher oder schmutzstarrenden Gutsverwalter zu verhandeln hatte? Wo ist die Kleidung zum Wechseln, wo sind seine Stiefel, seine private Barschaft und die Dokumente? Wir haben nur die Sachen gesehen, die Erpingham an dem Abend trug, als er starb!« Sie drückte Colums Handgelenk. »Master Murtagh, seid doch so gut und holt die Sachen des Toten aus seinem Zimmer, vor allem den Gürtel und die Geldtasche.«

Colum ging. Kathryn schaute, leise vor sich hin summend, aus dem Fenster. Zum ersten Mal, seit sie dieses bedrückende Wirtshaus betreten hatte, spürte sie einen Anflug von Zufriedenheit: dieselbe innige Freude, die sie empfand, wenn sie einen Patienten behandelte und die Ursache für eine rätselhafte Erkrankung entdeckte. Mit polternden Schritten kam Colum die Treppe herunter; über der einen Schulter trug er die Satteltaschen, über der anderen Erpinghams Kleider.

»Master Luberon schickt Euch seine Empfehlungen«, sagte er lächelnd zu Kathryn, »und bittet Euch, es kurz zu machen. Ich habe ihn gebeten, nach einer versteckten Tür oder einem Geheimgang zu suchen.«

Colum breitete die Kleidungsstücke vor Kathryn aus. Sie hob das feine Leinenhemd hoch, das mit Wollstoff gefütterte Lederwams, ein Paar gepolsterte Reithandschuhe und eine Hose aus dickem Wollstoff. Tief unten in einem hohen Reitstiefel fand Kathryn Sir Reginalds Gürtel und Geldtasche. Aus dem zweiten Stiefel zog sie ein Waliser Messer in einer reich verzierten Scheide. Kathryn untersuchte das Gürtelfutter, öffnete die Schnalle der Geldtasche und holte ein paar Münzen und drei große, mit einem Zwirnsfaden zusammengehaltene Schlüssel hervor. Diese hielt sie hoch.

»So, so«, murmelte sie. »Wollt Ihr mir bitte sagen, Master Vavasour, warum die so wichtig sind, daß Ihr Euch ins Zimmer Eures verstorbenen Herrn schleichen wolltet, um sie zu holen?«

Vavasour zitterte jetzt vor Angst; selbst das schüttere Haar schien sich zu sträuben. Er öffnete den Mund, schloß ihn wieder, schluckte und blinzelte so heftig, daß Kathryn in jeder anderen Situation laut aufgelacht hätte.

»Davon weiß ich nichts«, grummelte Standon und scharrte mit den Stiefeln.

»Nein, aber Master Vavasour«, erklärte Kathryn. »Um Himmels willen, Mann, seid doch nicht so ängstlich! Ihr wolltet diese Schlüssel an Euch nehmen. Warum? Oder soll ich es Euch sagen? Ich vermute, Sir Reginald hat hier in Canterbury ein Haus gemietet. Wenn er in die Stadt kam, wohnte er manchmal dort, oder? Hatte dort Kleidung zum Wechseln, ein paar Wertgegenstände und weiß der Himmel was noch? Habe ich recht, Master Vavasour?«

Vavasour nickte.

»Daraus ergibt sich eine andere Frage«, fuhr Kathryn fort. »Oder vielmehr zwei. Erstens, wenn Sir Reginald ein Haus in Canterbury besaß, warum übernachtete er dann hier? Zweitens, was wolltet Ihr, Master Vavasour, mit den Schlüsseln anfangen?«

»Was Ihr sagt, stimmt«, murmelte Standon. »Wir sind am Montag in Canterbury angekommen. Ich bekam den Befehl, mit meiner Eskorte hierzubleiben; Sir Reginald und Vavasour verschwanden für kurze Zeit und kamen dann zurück.« Er schnippte mit den Fingern. »Stimmt, Erpinghams eigene Satteltasche fehlt.«

»So, so«, sagte Colum und lächelte Vavasour an. »Was haben wir denn da? Waren die Satteltaschen des Königs schon mit Steinen statt Steuergeldern gefüllt, noch ehe Sir Reginald im ›Weidenmann‹ abstieg?« Er beugte sich vor und klopfte dem kleinen Mann auf die Schulter. »Was wird hier gespielt?«

»Master Murtagh«, sagte Standon und hob beschwichtigend beide Hände. Kathryn schaute Vavasour mitleidig an. Er sah inzwischen aus, als würde er im nächsten Augenblick vor Schreck tot umfallen.

»Master Murtagh«, wiederholte Standon, »ich kann Euch zwar nicht sagen, was Sir Reginald oder Vavasour gemacht haben nach unserer Ankunft, aber die Satteltaschen mit den Steuergeldern blieben in meiner Obhut.«

»Woher wollt Ihr wissen, daß das Geld darin war?«

»Ich bat Sir Reginald, sie zu öffnen, ehe er fortging«, erwiderte Standon. Der Sergeant mit den harten Gesichtszügen räusperte sich. »Ich bin nicht dumm, Ire. Ich will mein Leben nicht auf dem Schafott beenden, weil ich verdächtigt werde, die königlichen Steuern geraubt zu haben.«

»Master Vavasour«, hakte Kathryn nach. »Bis jetzt habt Ihr noch kein Verbrechen begangen. Wenn Ihr die Wahrheit sagt, habt Ihr nichts zu befürchten.«

Der Schreiber schaute sie unverwandt an und seiner Furcht zum Trotz sah Kathryn in den Augen des kleinen Mannes auch eine Spur Berechnung. Du bist nicht so ängstlich, wie du tust, schloß sie daraus; du bist einer von denen, die nach außen hin zittern, darunter aber durchaus kühl sind.

»Sir Reginald besitzt in der Tat ein Haus«, erklärte Vavasour. »Ein kleines, gut gesichertes und kostbar eingerichtetes Wohnhaus in der St. Alphage 's Lane.«

»Wozu benutzte er es?« fragte Kathryn.

»Wie Ihr schon sagtet, Mistress, hat Sir Reginald Wirtshäusern und Wirten nie so recht getraut. Manchmal wohnte er in seinem Haus oder benutzte es, um wertvolle Dinge aufzubewahren.«

»Warum ist er also hierher gekommen?« fragte Colum.

Vavasour zuckte nervös die knochigen Achseln. »Das habe ich ihn auch gefragt. Erpingham behauptete, das Essen schmecke ihm, und er genieße die Gastfreundschaft und die Gesellschaft.«

Du lügst, dachte Kathryn. »Hört zu.« Sie streckte sich, um die Verkrampfungen im Rücken zu lockern. »Wir haben über Euren verstorbenen Herrn, möge er in Frieden ruhen, wenig Gutes vernommen.«

»Sir Reginald war sehr genau«, erwiderte Vavasour. »Er war erfahren und spürte rücksichtslos alles auf, was dem König zustand. Daraus kann man ihm keinen Vorwurf machen. Er hatte Feinde, aber …«

»Aber nur wenige Freunde«, beendete Kathryn den Satz.

»Er freundete sich mit niemandem an«, warf Standon ein. »Er war kalt und hart, wenn es darum ging, die Forderungen der Krone zu vertreten.«

»Und in der Nacht, als er starb?« hakte Kathryn nach. »Stimmt das, was Ihr uns erzählt habt?«

»Erpingham hat mit uns gegessen und getrunken«, sagte der Sergeant. »Dann hat er sich zur Ruhe begeben. Ich sah sonst niemanden in sein Zimmer hinaufgehen. Ich stehe nicht in Master Vavasours Schuld, aber ich kann bezeugen, daß er die Wahrheit gesagt hat: die Weinkelche wurden vertauscht, und nichts Unrechtes geschah mit ihnen.«

»Sagt mir«, unterbrach Colum, »hat Euer Herr regelmäßig unter Alpträumen gelitten?«

»Er schlief wie ein Kind«, erwiderte Vavasour.

»Und was hat in jener Nacht seinen Schlaf gestört?« fragte Kathryn.

»Wenn ich das wüßte, Mistress, würde ich es Euch ebenso erzählen wie alles andere.«

Kathryn dankte ihnen und entließ sie. Als nächstes waren die de Murvilles an der Reihe. Sie setzten sich und hielten sich bei den Händen. Lord Alan war eine angenehme Erscheinung: das frische Gesicht Kathryn zugewandt, schaute er sie aufrichtig an, während er mit leiser Stimme und einem Anflug von Selbstironie sprach. Lady Margaret war höflich, wenn auch ziemlich verwöhnt; sie hatte das hübsche Gesicht in Falten gelegt und schien gelangweilt und gleichgültig gegenüber den Geschehnissen.

»Müssen wir wirklich hierbleiben?« nörgelte sie.

»Ja, das müßt Ihr wohl«, äffte Colum sie nach. Er beugte sich vor und fügte, noch ehe Lord Alan seine Worte als Beleidigung auffassen konnte, hinzu: »Glaubt mir, einen Beamten des Königs zu töten ist eine Sache. Einen königlichen Steuereintreiber zu ermorden und obendrein die Gelder der Krone zu rauben, ist eine andere. Meine Auftraggeber in London würden ohne zu zögern alle Beteiligten ergreifen und in den Tower sperren, bis eine zufriedenstellende Lösung gefunden ist.«

»Warum seid Ihr hier?« fragte Kathryn ohne Umschweife.

»Wir sind auf der Rückreise von Dover«, antwortete Lord Alan. »Der Vater meiner Gemahlin ist Kommandant der dortigen Festung. Wir haben uns einer kleinen Pilgergruppe angeschlossen und sind wegen des schlechten Wetters nach Canterbury abgebogen.«

»Habt Ihr zuvor schon einmal hier gewohnt?«

»Auf unseren Reisen nach Dover, ja.«

»Kanntet Ihr Sir Reginald?«

»Er war Steuereintreiber in dieser Grafschaft«, sagte Lord Alan.

»Bedauerlicherweise fielen wir in seine Zuständigkeiten.«

»Hattet Ihr geschäftlich mit ihm zu tun?«

»Nach Möglichkeit nicht!« fauchte Lady Margaret. »Er mag ein Ritter gewesen sein, aber er hatte schlechte Manieren. Er wußte nicht, wie man eine Dame behandelt.«

»Habt Ihr das am eigenen Leib erfahren?« fragte Kathryn.

Lady Margaret errötete und wandte den Blick ab.

»Wir kannten ihn kaum«, erklärte Lord Alan. »Als wir ihm hier begegneten, hielten wir uns von ihm fern. Meine Gemahlin und ich haben ihm kein einziges Mal Beachtung geschenkt.« Er lächelte müde. »Das hat allerdings nichts genützt. Erpingham genoß es offensichtlich, Unbehagen zu verbreiten.«

»Und was wißt Ihr von seinem Tod?«

Der junge Mann fuhr mit dem Finger den Hemdkragen entlang. »Bei Tisch hielten wir großen Abstand. Gestern abend ging er zu Bett. Kurz darauf zogen auch wir uns zurück. Bis Standon heute morgen in aller Frühe an unsere Tür klopfte, haben wir nichts gehört.«

Nachdem die de Murvilles aufgestanden waren und um Erlaubnis gebeten hatten, sich in ihr Zimmer zurückziehen zu dürfen, kam Tobias mit seiner Frau in die Fensternische. Mistress Smithler hatte ein freundliches Lächeln aufgesetzt; ihr Mann indes schaute mißmutig wie immer.

»Erhalte ich eine Entschädigung für das alles hier?« knurrte er.

»Alle Forderungen sind an die Staatskasse oder ans Rathaus zu richten«, wiederholte Colum.

»Mochtet Ihr Sir Reginald?« fragte Kathryn.

»Ja, ich mochte ihn«, erwiderte Tobias trotzig. »Er kam oft hierher. Er war ein guter Gast, aß üppig, bestellte viele Mahlzeiten und verlangte nach den besten Ställen für seine Pferde. Natürlich mochte ich ihn, verdammt nochmal!« Er schüttelte die warnende Hand seiner Frau ab. »Erpingham hat immer seine Rechnungen bezahlt, außer der jetzigen, und wer zahlt die, he?«

»Warum war er hier?« forschte Kathryn.

»Wir habe ihn gut versorgt.«

»Aus keinem anderen Grund?«

»Wenn es einen gab«, entgegnete Tobias, »dann hat er ihn uns nicht genannt.«

»Wußtet Ihr etwas über ihn?«

»Er war Steuereintreiber«, sagte Blanche Smithler. »Er war nicht sehr beliebt, aber sein Geldbeutel war prall gefüllt. Wir hatten mit ihm eigentlich nichts zu tun: unsere Abgaben werden von den Stadtbütteln eingetrieben.«

»Hat er sich mit irgend jemand länger unterhalten?« fragte Colum. »Außer mit Vavasour oder Standon?«

»Er hatte ein ausgiebiges Gespräch mit Vater Ealdred.«

»Wann war das?«

»Gestern nachmittag.«

»Über etwas Bestimmtes?« fragte Kathryn.

»Sie saßen in einer Ecke, wo niemand sie hören konnte.«

»Und Ihr habt nie mit ihm gesprochen?« fragte Colum.

»Nur wenig«, sagte Smithler. »Wir mochten sein Geld.«

»Und als er seinen Alptraum hatte?«

»Er hat uns aufgeschreckt«, bemerkte Blanche. »Aber Sir Gervase schien alles unter Kontrolle zu haben, also haben wir es dabei belassen.«

»Und beim Abendessen, bevor er starb?«

»Wir haben unseren Gästen bei Tisch Gesellschaft geleistet«, erwiderte der Wirt. »Wir sind gute Gastgeber. Meine Gemahlin war in der Küche beschäftigt und ist hin und her gerannt; die Köche und Knechte müssen genau überwacht werden, sonst sind die Soßen verdorben, und das Fleisch ist schlecht gebraten. Ach«, der Wirt räusperte sich, »bevor Ihr fragt: Sir Reginald hat immer dasselbe Zimmer verlangt. Der Himmel mag wissen, warum! Ich sage Euch eins, Master Murtagh, meine Frau und ich wissen nichts über seinen Tod. Uns geht es nur um Gewinn und sonst nichts.«

Sie erhoben sich; Tobias ging davon. Seine Frau folgte ihm, wandte sich um und lächelte Kathryn über die Schulter hinweg an, als bäte sie um Vergebung für die schlechten Manieren ihres Gemahls.

»Wenn ich mich recht an meinen Chaucer erinnere«, murmelte Colum, »dann würde Master Tobias Smithler einen wunderbaren Arzt abgeben.«

Kathryn tippte ihm sanft auf das Handgelenk. »Vorsicht, Ire, Ihr habt noch etwas gutzumachen.« Sie lächelte. »Ihr seht abgespannt aus.«

»Tja.« Colum reckte sich. »Wir reden noch mit dem Priester, und dann gehen wir ... Oder, wie Chaucers Knappe sagt, ›Es ist genug, daß ein jeglicher Tag seine eigene Plage habe‹.«

»Tut mir leid, Colum, aber wir müssen noch zu Blunts Haus.«

»Hat das nicht Zeit?«

»Das bezweifle ich. Master Luberon hat sehr gedrängt.«

Colum wollte schon protestieren, da trat Vater Ealdred zu ihnen und nahm Platz. Kathryn betrachtete den Priester eingehend: ein glattes Gesicht, sauber geschnittene Tonsur, freundliche Augen, aber auf der Hut.

»›Die letzten‹ werden die ersten sein, und die ersten werden die letzten sein‹«, zitierte der Priester aus den Psalmen.

»Tut mir leid, wenn wir Euch warten ließen«, sagte Kathryn, die den stillen Vorwurf durchaus mitbekommen hatte. »Aber in dieser Angelegenheit ist es besser, jeden einzeln zu befragen.«

Der Priester vollführte mit der Hand eine Geste, als erteile er Kathryns Beleidigung die Absolution.

»Warum seid Ihr in Canterbury? Und warum wohnt Ihr im ›Weidenmann‹?« fragte Colum ohne Überleitung.

»Ich bin Gemeindepfarrer von St. Swithin in Meopham«, begann Ealdred. »Das ist eine geschäftige, blühende Gemeinde. Ich wollte den Schrein besuchen und für meine Pfarrei etwas einkaufen: Pergament, Tinte, neue Federn sowie Vorräte für Weihnachten.«

735

»Kommt Ihr oft nach Canterbury?«

»Einmal im Vierteljahr: ich komme erst wieder in der Passionswoche hierher und dann zur Mittsommernachtszeit.«

»Wann wart Ihr das letzte Mal hier?«

»Kurz vor Michaeli.«

»Und Ihr wohnt immer im ›Weidenmann‹?« fragte Colum. »Ihr habt doch gewiß Freunde unter den Priestern in Canterbury, die Euch gern aufnehmen würden.«

Ealdred lachte nervös. »Ich ziehe es vor, hier zu wohnen.«

»Ihr wirkt bedrückt, Vater«, bemerkte Kathryn. »Habt Ihr Sir Reginald gekannt?«

»Er hat in meiner Gemeinde Steuern eingetrieben.«

»Aber habt Ihr ihn gut gekannt? Schließlich haben ein paar Gäste behauptet, Ihr hättet Euch angeregt mit ihm unterhalten.«

Ealdred schaute verärgert über die Schulter.

»Vater.« Kathryn zog ihn sanft am Ärmel. »Wir können hier nicht bis zum Sankt Nimmerleinstag sitzen und plaudern: Erpinghams Tod ist eine dringliche Angelegenheit.«

Der Priester hustete.

»Ich habe versucht, ihm die Beichte abzunehmen«, flüsterte er. »Sir Reginald war ein durch und durch böser Mensch, Mistress Swinbrooke. Er hatte ein unangenehmes Auftreten und war wahrlich keine Augenweide. Er fürchtete weder Himmel noch Hölle.«

»Und dennoch kanntet Ihr ihn kaum?« fragte Kathryn.

»Mistress, die Wahrheit ist: Erpingham war ein harter Mann. Die anderen haben es Euch gewiß erzählt: keine Witwe war vor ihm sicher. Er war der geborene Wüstling. In meinem Beichtstuhl habe ich die Geschichten meiner Gemeindemitglieder gehört. Als ich ihn hier traf, habe ich ihn gebeten, sich zu ändern. Ich habe ihn vor dem Jüngsten Gericht und vor dem Fegefeuer gewarnt.«

»Und was hat Erpingham geantwortet?«

»Er hat nur gelacht.«

»Ging er in die Kirche?« fragte Kathryn.

»Wenn, dann ist es mir nicht bekannt. Als Steuereintreiber

hielt er sich oft tagelang in meiner Gemeinde auf, aber nicht ein einziges Mal hat Sir Reginald die Tür des Gotteshauses verdunkelt.« Ealdred senkte die Stimme zum Flüsterton. »Ich glaube, er war ein Hexenmeister.«

»Ein Hexer?« fragte Colum.

»Hexer, Zauberer, Magier. In meinem Dorf lebt eine Frau; sie kam zu mir, um eine schreckliche Sünde zu beichten. Sir Reginald hatte sie mißbraucht und in seiner Leidenschaft erklärt, daß er weder Christus noch seine Kirche fürchte und nur den dunklen Mächten der Lüfte vertraue.«

»Glaubt Ihr das?« fragte Kathryn. »Warum sollte ein Steuereintreiber einer Frau, die er vergewaltigte, so etwas sagen?«

»Isolda ist eine junge Witwe«, erwiderte Ealdred vorsichtig. »Erpingham kam zu ihr und sagte, er wolle die für sie festgelegte Steuer vergessen, wenn sie ihm zu Willen wäre. Sie hat zwei Kinder; ihr Mann ist im letzten Krieg umgekommen, und deshalb war sie einverstanden. Am darauffolgenden Abend schickte sie die Kinder zu Nachbarn, und Erpingham kam wieder.« Der Priester hielt inne und schob die Hände in die weiten Ärmel seines Gewandes. »Den Rest könnt Ihr Euch denken«, murmelte er. »An eins aber erinnert sich Isolda genau: in ihrem Schlafzimmer hängt ein Kruzifix. Erpingham bestand darauf, daß sie es zur Wand drehte, dann verstreute er ein helles Pulver und murmelte eine Zauberformel. Isolda fragte ihn nach dem Grund, und Erpingham sagte es ihr.«

»Waren Vavasour oder Standon in irgendeiner Weise daran beteiligt?« fragte Colum.

Der Priester schüttelte den Kopf. »Standon ist so, wie er aussieht: ein Soldat mit hartem Gesicht, der seine Pflicht erfüllt. Vavasour ...« Der Priester verstummte und verzog das Gesicht. »Er ist Erpinghams Schatten. Ein kleines Wiesel. Man soll weder über Lebende noch über Tote urteilen, aber Erpingham und Vavasour haben sich fabelhaft ergänzt. Ich glaube, Sir Reginald hat seinem Schreiber gegenüber mit seinen Eroberungen geprahlt.«

»Habt Ihr mit Sir Reginald über Isolda gesprochen?« fragte Kathryn.

»Nein, ich habe mich allgemein geäußert. Sir Reginald war ein rachsüchtiger Mann, und die arme Frau hätte leiden müssen.« Der Priester strahlte zufrieden. »Nun werde ich ihr gute Kunde bringen. Der Herr möge mir verzeihen, aber ich bin froh, daß Erpingham tot ist!«

»Glaubt Ihr an Gespenster, Vater?« wechselte Kathryn das Thema.

»Ich glaube an das, was Apostel Paulus gesagt hat, Mistress Swinbrooke: der Teufel geht um wie ein brüllender Löwe und sucht, was er verschlingen kann. Ihr meint Erpinghams Alptraum? Ich sage, es war ein Fingerzeig Gottes.«

»Und Ihr wißt nichts über seinen Tod?«

»Nein, Mistress, nichts.« Ealdred schob seinen Stuhl zurück. »Kann ich nun gehen? Ich muß die Messe abhalten.«

Kathryn fragte sich, welcher Art die Beziehung zwischen dem Priester und Isolda wohl war, sagte aber nichts. Ealdred stand auf und wandte sich zum Gehen, setzte sich jedoch plötzlich wieder.

»Mistress Swinbrooke, gewiß versteht Ihr, was ich gesagt habe? Gerade Ihr.«

»Warum sagt Ihr das, Vater?«

»Ich habe von Euch gehört, Mistress. Ihr habt einen guten Ruf in der Stadt. Vater Cuthbert im Hospiz für die Armen Priester lobt Euch in den höchsten Tönen.«

Kathryn errötete bei dem Kompliment.

»Ihr seid Witwe, nicht wahr? Ihr könnt doch gewiß mit der armen Isolda fühlen? Euer Gemahl«, beeilte sich der Priester fortzufahren, »Alexander Wyville, ging doch mit den Lancastertreuen fort, um bei Barnet zu kämpfen?«

Kathryn schaute an dem Priester vorbei und beobachtete die Katze, die sich in der Kaminecke sorgfältig putzte. Alexander Wyville, dachte sie, der Frauenschänder, der Trunkenbold. Sie blickte den Priester wieder an.

»Ich bin eigentlich keine Witwe. Vater Cuthbert hat Euch gewiß erzählt, daß ich nicht weiß, ob mein Gemahl noch lebt oder nicht.«

»Verzeiht«, sagte Ealdred.

»Warum, Vater? Mir tut es nicht leid.«

Ealdred sah Wut in Kathryns Augen aufblitzen und entfernte sich rasch.

»Ihr habt ein loses Mundwerk, Mistress Swinbrooke«, murmelte Colum. »Der arme Kerl wollte nur Euer Mitgefühl.«

»Ire«, erwiderte Kathryn, »er hat mein Mitgefühl, aber mein Gemahl Alexander Wyville hat es nicht.«

»Ihr werdet gewiß bald schon etwas über seinen Verbleib erfahren.«

Kathryn erhob sich und schaute aus dem Fenster.

»Colum, ich kann nur wiederholen, was ich Euch schon hundertmal gesagt habe: ich habe Alexander Wyville geheiratet, und dann stellte sich heraus, daß er ein trunksüchtiger Schläger war, der mich verließ, um sein Glück im Lager der Lancastertreuen zu suchen. Wenn er tot ist, möge der Herr ihm gnädig sein. Aber wenn er lebt und zurückkehrt, werde ich das Kirchengericht anrufen und um eine Annullierung meiner Ehe ersuchen.«

Colum seufzte; jedesmal, wenn der Name Wyville fiel, geriet Kathryn außer sich.

»Na schön.« Er stand auf. »Fürs erste sind wir hier fertig.«

Sie riefen nach Luberon, und als der Schreiber, froh, dem einsamen, düsteren Raum entkommen zu sein, die Treppe herunterkam, holte Colum die Gäste zusammen.

»Ihr dürft diesen Ort nicht verlassen, bevor die Angelegenheit nicht abgeschlossen ist.«

»Und die Leiche?« fragte Smithler.

»Laßt sie in Laken einhüllen und einsargen und in eine Kirche in der Stadt bringen«, erwiderte Colum.

»In die Heiligkreuzkirche«, schaltete Luberon sich ein. »Leichen dieser Art werden stets dort begraben. Wenn späterhin jemand Anspruch darauf erhebt, kann er das tun.«

Colum und Kathryn wickelten sich fest in ihre Umhänge und folgten Luberon hinaus auf den Hof, während Tobias Smithler lautstark die Tür hinter ihnen zuschlug.

»Ein hübsches Dilemma«, murmelte Luberon und blickte zum

Himmel empor: die Wolkendecke riß auf, und die Sonne schickte ihr mattes Licht zur Erde. »Doch wir sollten dankbar sein: immerhin hat es aufgehört zu schneien.«

»Es fängt an zu tauen«, bemerkte Colum fröhlich. »Ich habe es Euch gesagt, Kathryn, gegen Abend steht Canterbury unter Wasser.«

Kathryn blickte zu dem Fenster hinauf, hinter dem Erpinghams Leiche lag.

»Ja, ja«, erwiderte sie, »aber werden wir dann auch klüger sein, was die Ereignisse betrifft? Was meint Ihr, Ire?«

»›Was ist ein Heller wert, der in zwölf Teile geteilt wird?‹« erwiderte Colum, Chaucer zitierend.

»Oh Gott«, stöhnte Kathryn, »kommt mir jetzt nicht mit Euren abgedroschenen Weisheiten!«

Colum deutete auf das Wirtshaus. »Ein Mann wurde ermordet«, fuhr er leise fort. »Er geht mit einem Kelch Wein in sein Zimmer. Tür und Fensterläden sind fest verschlossen. Keiner besucht ihn, und auch er verläßt das Zimmer nicht mehr. Trotzdem ist er am nächsten Morgen ermordet, und das Silber der Krone ist verschwunden.«

»Wo es wohl sein mag?« ließ sich Luberon vernehmen. »Ich meine, die Steuern?«

Colum gestikulierte hilflos. »Hier kann man jede Münze des Königreiches verstecken.« Mit einer Kopfbewegung deutete er auf das Wirtshaus. »Entweder einer lügt oder alle.«

»Was mir verdächtig vorkommt«, erklärte Kathryn, »ist ihr abgrundtiefer Haß gegenüber Erpingham; es ist doch kein Zufall, daß alle in diesem Wirtshaus waren, als er starb.«

»Wir wollen es für eine Weile ruhen lassen«, schlug Colum vor. »Mistress Kathryn, ich friere, habe Hunger und brauche ein paar Stunden Schlaf.«

»Wir müssen noch zu Blunts Haus«, erklärte Luberon in scharfem Ton.

Colum stöhnte; er war zu Tode erschöpft. Im fahlen Licht des frühen Mittags sah er grau aus, und unter seinen Augen lagen dunkle Schatten. Auch Kathryn verspürte wenig Neigung, schon wieder Befragungen anstellen und sich der erschreckenden Erfahrung makabrer Morde widmen zu müssen.

»Master Luberon«, beharrte sie. »Ihr müßt uns entschuldigen. Geht zu Erpinghams Haus in der St. Alphage's Lane. Sorgt dafür, daß die Türen versiegelt werden, bis wir es gemeinsam besichtigen können.«

»Und Blunt?« fragte Luberon hartnäckig. »Ich muß einen Bericht für die Ratsversammlung verfassen.«

Kathryn ergriff seine rundliche Hand und drückte sie herzhaft.

»Simon, Simon, die meisten Mitglieder der Ratsversammlung haben sich in ihre Häuser verkrochen und sitzen eingemummt vor prasselndem Feuer. Blunt wurde festgenommen, die Angelegenheit hat noch Zeit.« Sie lächelte. »Am Ende erkrankt uns der Königliche Sonderbeauftragte in Canterbury noch an Fieber, von seiner Ärztin ganz zu schweigen.«

Luberon nickte widerstrebend und begleitete sie mißmutig zurück zur Castle Row und nach Westgate hinauf. Dort verabschiedete er sich und stapfte in Richtung High Street davon. Leise brummte er vor sich hin, was es heiße, öffentliche Ämter zu bekleiden und seine Aufgaben pflichtgemäß zu erledigen.

Kathryn blickte ihm nach. Sehnsüchtig schaute sie die Hill Lane hinunter, Häuser und Läden waren noch immer fest verschlossen. Auf der Straße spielten ein paar Kinder, ihre Schreie hallten durch die kalte Luft.

»Und nun?« fragte Colum. »Ein warmes Feuer und gutes Essen?«

»Colum, kommt noch ein Stück mit mir.«

Der Ire stampfte trotzig auf den schmutzigen Schnee.

»Kathryn, entweder gehe ich nach Hause und schlafe, oder ich lege mich hier auf der Stelle nieder, bis eine arme gute Frau Erbarmen mit mir hat.«

Wehmütig schaute Kathryn auf den Turm von St. Mildred.

»Ich würde gern hineingehen«, sagte sie und deutete auf die Kirche. »Dort liegt mein Vater in der Gruft vor der Marienkapelle begraben.«

»Kathryn, das könnt Ihr auch ein andermal tun.«

741

»Nein, nein.« Sie schüttelte den Kopf. »Ich war vor zwei Tagen dort und habe Richard Blunt und seinen Sohn bei der Arbeit gesehen. Sie malten atemberaubende, farbenfrohe Szenen auf die Wände des Heiligtums. Die möchte ich mir noch einmal ansehen. Ich will wissen, wieso ein Mann, der solche Schönheit zu malen vermag, ein Gotteshaus verlassen, durch die Straßen von Canterbury laufen und kaltblütig seine Frau und zwei junge Männer umbringen kann.«

Colum biß sich auf die Lippe. Er kannte Kathryns Stimmungen: sie war stur und eigensinnig. Sie würde immer tun, was sie sich in den Kopf gesetzt hatte, und doch spürte er, wie ihm vor Kälte die Beine zitterten. Er ergriff ihre Hand, schob ihren Arm unter den seinen und schlug den Weg zur Ottemelle Lane ein.

»Hört zu«, sagte er, »füllt meinen Magen mit Thomasinas Köstlichkeiten. Laßt mich ein paar Stunden schlafen, und ich gehe mit Euch bis nach Byzanz!«

»Wer könnte ein solches Angebot ablehnen«, lächelte Kathryn.

Fünf

Vater Ealdred ging in sein Zimmer im ›Weidenmann‹. Er nahm ein kleines Fläschchen, in dem er Öl für die Sterbesakramente aufbewahrte, und ging zu dem Raum, in dem der Tote lag.

»Was habt Ihr vor, Vater?« fragte Standon, der am Türrahmen lehnte.

Ealdred warf einen Blick ins unheimliche Dunkel des Zimmers.

»Es ist so finster hier«, flüsterte er. »Sagt, Standon, glaubt Ihr, daß es in einem Haus oder einem Raum spuken kann?«

Standon zuckte gleichgültig die Achseln.

»Ich werde Sir Reginald Erpingham segnen«, erklärte Ealdred. »Er mag zwar ohne letzte Ölung gestorben sein, aber vielleicht schwebt seine Seele noch irgendwo zwischen Himmel und Erde und wartet auf ihr Urteil.«

»Wenn Ihr mich fragt«, grummelte Standon, »ist der Bastard schon längst in der Hölle und brutzelt über dem Feuer!«

Ealdred überhörte seine Worte und betrat den Raum. Er zog die Bettvorhänge zurück, schaute auf das Laken, unter dem Erpinghams Leiche lag und dachte an die Worte seines Bischofs: »Wir wissen nicht, was die Seele nach dem Tode macht. Wenn Herz und Blutkreislauf in den Adern zum Stillstand kommen, heißt das noch lange nicht, daß die Seele bereits zu ihrem Schöpfer zurückgekehrt ist.«

Ealdred zog das Laken zurück und kniete neben dem Bett nieder. Schuldbewußt dachte er an seine eigenen kleinen Geheimnisse. Er hatte dem Iren und Mistress Swinbrooke nicht die volle Wahrheit gesagt, und doch war er bereit, diesem bösen Menschen hier die Absolution zu erteilen. Ealdred schluckte heftig und flüsterte die Worte des Rituals: »Ich, Ealdred, Priester der Gemeinde von St. Swithin, erlöse dich dank der unendlichen Gnade, die uns Jesus Christus durch seinen Tod gewährte, in der

Stunde deines Todes und im Angesicht ewiger Verdammnis von deinen Sünden.«

Erpinghams bleiches, scharf geschnittenes Gesicht war zur Zimmerdecke gerichtet. Ealdred stand auf, öffnete das Fläschchen, das er bei sich hatte, und salbte, seinen Ekel unterdrückend, das graue Fleisch des Steuereintreibers: Augenbrauen, Mund, Ohren, Brust, Füße und Hände. Der Priester versuchte, die roten Flecken zu übersehen, die jetzt scharlachrot wurden.

»Zuviel!« flüsterte Ealdred. »Viel zuviel!«

»Was habt Ihr da gesagt, Vater?«

Der Priester wirbelte herum. Vavasour war auf leisen Sohlen ans Bett getreten. Mit seinen zusammengekniffenen Augen und den vorstehenden, gelben Schneidezähnen glich der kleine Schreiber eher einer hungrigen Ratte als einem verängstigten Kaninchen.

»Ich habe gerade die Sterbegebete gesprochen.«

Vavasour tippte dem Toten an den Knöchel. »Das wird ihm viel nützen«, sagte der Schreiber verächtlich. »Der alte Erpingham ist den Weg allen Fleisches gegangen. Und was für ein böser Bub das war, stimmt's, Standon?«

»Seid Ihr froh, daß er tot ist?« fragte Ealdred.

»Froh? Ich bin entzückt, obwohl es schade ist, daß dieser hochnäsige Ire und sein Flittchen mit dem Adlerblick die Schlüssel an sich genommen haben.«

»Hatte er denn so viel zu verbergen?« fragte Ealdred.

Vavasour ging um das Bett herum und kam so dicht, daß Ealdred seinen schlechten Atem riechen konnte.

»Nun kommt schon, Vater«, flüsterte er, »wir haben doch alle unsere kleinen Geheimnisse, oder etwa nicht? Ihr habt ihnen doch bestimmt die Geschichte von Isolda aufgetischt: auch ich könnte so einiges erzählen.« Vavasour setzte ein höhnisches Lächeln auf. »Ich könnte ihnen etwas über Euch erzählen. Warum Ihr und die anderen hier im ›Weidenmann‹ seid. Wer weiß?« Das Lächeln verschwand und machte einer verächtlichen Grimasse Platz. »Vielleicht könnte ich ihnen sogar sagen, wer den alten Erpingham umgebracht hat!«

»Was soll das heißen?« fragte Ealdred.

Vavasour betrachtete seine schmutzigen Fingernägel. »Sir Reginald hat mir beschrieben, wie laut Isolda geschrien hat, laut, sehr laut.«

Ealdred packte den Mann beim Wams.

»Nehmt Eure Hände weg, Vater!«

Der Priester stieß ihn von sich.

»Es ist noch nicht vorbei«, höhnte Vavasour.

»Was ist noch nicht vorbei?« Sir Gervase Percy, der Geräusche gehört hatte, stand jetzt im Türrahmen hinter ihnen. Vavasour setzte ein Unschuldslächeln auf.

»Oh, nichts ist vorbei, oder? Und mir könnt Ihr nichts vormachen, Sir Gervase. Ihr stampft hier herum wie ein altes Streitroß und klopft mit dem Schwert auf den Boden. Aber Ihr habt meinen Herrn gehaßt.«

»Stimmt, alle haben ihn gehaßt«, mischte Standon sich ein.

Vavasour trat unbeeindruckt auf den Sergeanten zu.

»Ja, auch Ihr, Standon. Habt Ihr dem Iren gesagt, wie Erpingham Steuern von Eurer Mutter einzutreiben pflegte?«

Der Soldat trat einen Schritt vor und stieß gegen die nicht eingehängte Tür. Vavasour wich rasch zurück und hob mahnend den Zeigefinger.

»Nicht doch, keine Gewalt. Wenn ich zu plaudern anfange, ist keiner von Euch sicher.« Mit großen Schritten verließ er den Raum und zwängte sich zwischen Standon und Percy hindurch. »Bedenkt stets«, rief er ihnen zu, »das Spiel ist noch nicht aus, denn zwischen Lipp' und Kelches Rand schwebt der dunklen Mächte Hand!«

Kathryn lag und schaute unverwandt zum reich bestickten Baldachin ihres Himmelbettes empor. Sie war mit Colum nach Hause gekommen, wo Thomasina die Dinge in die Hand genommen hatte. Das Haus war sauber und blitzte wie nagelneu. In der Küche duftete es nach gebratenem Huhn, und in dem kleinen Ofen neben der Feuerstelle wurde eine cremige Soße aus gemahlenen Mandeln, Gewürznelken, Pfefferkörnern, Ingwer, Zucker, Essig und Eigelb warmgehalten. Alle freuten sich, als sie Colum sahen. Aufgeregt auf und ab hüpfend, rief Wuf:

»Er ist wieder da! Er ist wieder da! Er ist wieder da!«

Agnes starrte den großen Iren, der die Wildnis von Kent bezähmt hatte, aus runden Augen an. Selbst Thomasina, das Gesicht von der Hitze des Feuers rot und verschwitzt, murmelte etwas von einem falschen Penny, der immer wieder aufkreuzte. Colum griff sie um die Taille, kitzelte sie und ließ nicht eher los, bis Thomasina lachend erklärte, auch sie sei froh, daß der Ire zurückgekehrt sei. Colum wollte nichts trinken: er verkündete, er sei erschöpft, und wenn Kathryn ihn nicht die Treppe hinaufgeschoben hätte, wäre er im Stehen in der Küche eingeschlafen. Auch Kathryn hatte sich hingelegt. Nun stützte sie sich auf einen Ellbogen und schaute zur Stundenkerze hinüber. Es war gegen vier Uhr nachmittags, und die Patienten, die Thomasina am Vormittag fortgeschickt hatte, dürften bald wiederkommen. Sie seufzte und schwang ihre Beine über die Bettkante, zog ein Paar weiche Schnürstiefel an und wusch sich Gesicht und Hände in einer Schüssel Rosenwasser. Sie trocknete sich sorgfältig mit einem weichen Wolltuch ab, steckte das Haar hoch und ging in die Küche hinunter.

Wuf kam sofort auf sie zu und hielt ein geschnitztes Stück Holz hoch.

»Habe ich selbst gemacht!« rief er. »Colum hat mir das Holz mitgebracht, und Thomasina hat mir die Werkzeuge gegeben!«

Gedankenverloren nickte Kathryn, dann betrachtete sie die Schnitzarbeit und sah, was das Findelkind gemacht hatte. Sie nahm es vorsichtig in die Hand und setzte sich auf die unterste Treppenstufe.

»Hast du das allein gemacht, Wuf?«

Der kleine Junge strahlte vor Freude, sein blasses Gesicht leuchtete von der Kinnspitze bis hinauf zum unordentlichen, blonden Haarschopf.

»Ja, natürlich! Als ich im Lager war, haben die Soldaten es mir beigebracht.«

Voller Bewunderung betrachtete Kathryn die Jagdszene, die

der Kleine geschnitzt hatte: ein Mann auf dem Pferd, halb im Sattel umgewandt, blies in ein Horn; vor ihm hetzte ein Windhund auf ein Gebüsch zu, in dem sich ein keck dreinschauender Fuchs verbarg. Kathryn schaute auf.

»Wie alt bist du, Wuf?«

»Jetzt bin ich fast sechs Monate hier«, überging Wuf ihre Frage. »Bin ich bald dein Sohn?«

Kathryn drückte ihn an sich und gab ihm einen Kuß auf die schmutzige Wange. »Du bist, was du sein willst, Wuf: mein Sohn, mein Bruder, mein Freund.«

»Kann ich dein Mann sein?« Schnell hielt sich Wuf eine Hand vor den Mund. »Oh, tut mir leid«, hauchte er. »Du hast schon zwei, oder?«

Kathryn warf den Kopf in den Nacken und lachte.

»Ich habe einen Mann, Wuf. Das habe ich dir doch schon einmal erklärt, und was ich dir nicht erklärt habe, hast du gewiß mitbekommen, weil du an der Küchentür gelauscht hast. Alexander Wyville ist in den Krieg gezogen und nicht wieder zurückgekehrt.«

»Ja, er ist ein gemeiner Bastard!«

»Wuf!«

»Na ja, das hat jedenfalls Thomasina dem Iren gesagt. Wenn Wyville zurückkommt, bringt der Ire ihn dann um?«

»Dich werde ich umbringen!« ertönte eine Stimme vom Treppenabsatz. Colum stand dort und rieb sich die verschlafenen Augen.

»Nein, das machst du nicht!« schrie Wuf und hüpfte. »Thomasina läßt dich nicht. Thomasina paßt schon auf.«

»Seht, was Wuf gemacht hat.« Kathryn versuchte, vom Thema abzulenken.

Colum kam die Treppe herunter und war verblüfft. »Es ist eine Miserikordie!« sagte er überrascht. »Wißt Ihr, so eine Schnitzerei am Chorgestühl.« Er schob sich zwischen Kathryn und der Wand hindurch und setzte sich auf die Treppe. »Wie alt bist du, Wuf?« wiederholte er Kathryns Frage.

»Oh, das wollte ich gerade sagen«, erwiderte Wuf. »Einer von

747

den Soldaten, bei denen ich war, hat geschätzt, daß ich gerade meinen elften Sommer hinter mir hätte. Er war Zimmermann. Er hat mir gezeigt, wie man so was macht. Er sagte, man müßte ein ...«

»... ein gutes Auge haben?« fragte Kathryn.

»Genau. Jedenfalls«, fuhr Wuf atemlos fort, »will ich es dir schenken, Kathryn. Gefällt es dir?«

Noch ehe sie sich bedanken konnte, war Wuf davongetänzelt und hatte Agnes im Vorbeigehen noch zugerufen, ob sie auch ein Geschenk wolle. Kathryn stand auf und strich ihr Kleid glatt.

»Ist Euch der Essensduft in die Nase gestiegen, Ire?«

»Wenn ich nicht bald etwas zu essen bekomme«, murmelte er, »werde ich Thomasina verspeisen!«

»Ein ganz schöner Brocken«, sagte Kathryn. »Aber zuerst muß ich mich um meine Patienten kümmern.«

Colum machte sich auf den Weg zur Küche, um einen Happen zu erbetteln, und Kathryn ging in den großen Raum an der Vorderfront des Hauses, den sie, so Gott wollte, schon bald in einen Laden verwandeln würde. Staunend schaute sie sich um. Colum hatte gute Arbeit geleistet: Der Ladentisch war aus frischem Holz, die Regale und kleinen Wandschränke exakt gearbeitet und sauber poliert. Sie hatte bei der Gewürzgilde um eine Lizenz nachgesucht, und sobald die Straßen wieder passierbar waren, würde die Lieferung, die sie in London bestellt hatte, ankommen. Kathryn flatterte vor Aufregung der Magen; sie würde nicht nur einheimische Kräuter und Pflanzen verkaufen, sondern auch fremde: Melisse, Ysop, Islandmoos, Zimt, Myrrhe und Aloe.

»Hoffentlich habe ich Erfolg«, flüsterte sie und schaute zum Kerzenrad empor, das an einem Flaschenzug unter den Dachbalken hing. Der Laden wäre eine zusätzliche Einnahmequelle. Vielleicht könnte sie die Gewinne vergrößern: sie würde sich ein eigenes Feld kaufen, einheimische Kräuter anbauen und könnte auf ihren Zwischenhändler verzichten. Kathryn lehnte sich an den Ladentisch und strich über das polierte Holz. Aber was würde dann geschehen? Sie hatte ihre Patienten und war Stadtärztin.

Wer sollte den Laden führen? Thomasina etwa? Oder Agnes? Colum? Kathryn lächelte bei der Vorstellung, der Ire würde sich eine Schürze umbinden. Binnen einen Monats hätte er alle vergiftet, dachte sie. Oder soll ich als Ärztin weitermachen?

»Na, träumt Ihr, Kathryn?« Thomasina stand im Türrahmen, die Hände bis zu den Ellenbogen mit Mehl bestäubt.

»Ich habe nur gerade über den Laden nachgedacht.«

Thomasina trat auf sie zu. »Es wird ein großer Erfolg«, sagte die alte Amme. »Daran denkt Ihr aber eigentlich nicht, oder? Ihr denkt an den Iren.«

Kathryn lächelte. »Nun, ja und nein. Ich war in dem Wirtshaus«, sagte Kathryn. »Ein scheußlicher Mord, Thomasina, in einem Alptraum von einem Zimmer. Der Himmel weiß, ob wir den Mörder finden. Und es geht um Geld, um königliche Steuern.«

Thomasina schnalzte nicht gerade damenhaft.

»Aber als ich hier im Laden stand«, fuhr Kathryn fort, »und Wufs Geplapper beim Spielen zuhörte, habe ich mich gefragt, ob ich diese unerquicklichen, finsteren Begegnungen mit Verbrechern eigentlich mag.«

»Und beim armen Blunt seid Ihr auch nicht gewesen?« fragte Thomasina.

»Nein, vielleicht gehen wir nach dem Essen, Thomasina, du könntest mir helfen.«

»Bei Blunt?«

»Nun, du kennst die Geschichte: Blunt kehrte nach Hause zurück, ermordete seine Frau und die beiden jungen Männer, die mit ihr schäkerten. Der eine versuchte, durch ein Fenster zu entkommen, aber Blunt hat ihn mit einem Pfeil getroffen; der Mann fiel auf die Straße, der Witwe Gumple direkt vor die Füße.«

»Ach du lieber Himmel!« stöhnte Thomasina. »Muß die denn unbedingt mit hineingezogen werden?«

»Thomasina, ich möchte nur, daß du sie fragst, was genau vorgefallen ist. Kannst du das für mich erledigen?«

Thomasina nickte. »Und was ist mit dem Iren, Mistress? Bleibt er den Winter über hier?«

Kathryn tippte Thomasina zart auf die Nase. »Jawohl, Thomasina, und so Gott will und wenn es nach mir geht, auch den nächsten Winter. Nun komm. Wenn ich mich nicht irre, sind unsere Patienten gekommen.«

Kathryn eilte aus dem Laden, und Thomasina folgte ihr, leise vor sich hin brummelnd. Aus ihrer Schreibkammer holte Kathryn ihr Herbarium und einen Korb voller Tiegel und ging zurück in die Küche.

Die Krankheiten waren zum Glück nicht schwerwiegend. Zwei, drei Kinder mit rauhem Hals, denen Kathryn eine Tinktur aus Majoran verschrieb. Mollyns der Müller klagte über Magenschmerzen.

»Zu viel Bier«, grummelte Thomasina.

»Halt den Mund!« brüllte der Müller sie an.

Kathryn beruhigte ihn: sie gab Mollyns einen Tee aus wildem Thymian und trug ihm auf, den eine Woche lang dreimal täglich zu trinken – nach dem Abendessen, morgens früh und mittags. Der Müller warf Thomasina einen finsteren Blick zu und stapfte zur Tür. Die anderen Patienten klagten hauptsächlich über Schnittwunden oder Prellungen. Da war Hagar, die Waschfrau, die auf dem Eis ausgerutscht war und sich Handgelenk und Arm verletzt hatte. Sie bedankte sich munter schnatternd für die Zaubernuß und ging. Als letzter kam Rawnose der Bettler an die Reihe, der meist draußen war und jedes Gerücht aufschnappte und weiter verbreitete. Nun hatte er an Zehen und Fingern entzündete Frostbeulen. Kathryn verabreichte ihm getrocknete, zerstoßene Blättchen der Schwarzpappel.

»Die Frostbeulen an den Fingern kann ich ja noch verstehen«, murmelte sie, »aber du hast gute Stiefel, Rawnose, und warme Beinkleider. Hier ist noch ein Paar.« Sie gab ihm eine alte Hose von Colum. »Aber wie hast du dir die Frostbeulen an den Zehen geholt?«

»Ich weiß nicht«, jammerte Rawnose, das arme, entstellte Gesicht noch blau vor Kälte. »Ich gehe ins Wirtshaus und bekomme den besten Platz neben der Feuerstelle, oft in der Herdecke. Dann nichts wie runter mit den Handschuhen, den Stiefeln und den Beinkleidern, und ich röste alles am Feuer.«

Kathryn drückte ihm das Kräuterpräparat in die Hand und rief, Agnes möge einen Becher gewärmten Würzwein bringen. Sie dachte an die Warnungen ihres Vaters vor Frostbeulen, und während Rawnose genüßlich den warmen Wein schlürfte, versuchte sich Kathryn genau zu erinnern.

»Stimmt etwas nicht damit?« fragte Rawnose und deutete mißtrauisch auf das kleine Glas, das Kathryn ihm gegeben hatte.

»Oh nein«, murmelte Kathryn. »Aber die Frostbeulen werden wiederkommen.«

Der Bettler hatte sich bereits in seine Lumpen gehüllt und war fast zur Tür hinaus, als Kathryn plötzlich die Worte des Vaters wieder einfielen.

»Nein, warte noch!« rief sie. »Rawnose, du hast gesagt, du gehst ins Wirtshaus und wärmst dir sofort Hände und Füße am Feuer?«

Der Bettler kratzte sich das Gesicht an der Stelle, an der einst die Nase gesessen hatte.

»Oh ja, Mistress, sie lassen mich immer durch.«

Kathryn drückte ihm eine Münze in die Hand. »Mach das in Zukunft nicht mehr. Wenn deine Hände sehr kalt sind, und du hältst sie ans Feuer, reißt die Haut auf und irgendein Saft im Blut gerinnt.« Sie schüttelte den Kopf. »Ich weiß auch nicht, warum.«

»Aber ich erfriere!« heulte er.

»Nun«, fuhr Kathryn fort, »versuch zuerst auf natürliche Weise wieder warm zu werden. Sorg dafür, daß Finger und Zehen erst ein paar Minuten einigermaßen trocken und warm sind, und die Frostbeulen werden nicht wiederkommen.«

Bewundernd und sprachlos schaute Rawnose die ach so weise Ärztin an.

»Seid Ihr sicher, Mistress?« Er ließ den Blick durch die Küche schweifen, und Kathryn ertappte ihn dabei, daß er sehnsüchtig auf den Tisch schaute.

»Hast du Hunger, Rawnose?«

Der Bettler leckte sich gierig die Lippen.

»Dann bleib doch zum Abendessen bei uns.«

Rawnose brauchte keine zweite Einladung. Er warf die Lumpen von sich und eilte wie ein Windhund zu einem Schemel am Feuer.

»Wasch dir erst mal deine dreckigen Hände!« bellte Thomasina.

Rawnose trottete in die Spülküche, wo Wuf und Agnes ihm halfen, die aufgesprungenen Hände zu baden. Colum kam die Treppe herunter.

»Auf, auf, gute Frau!« knurrte er Thomasina an. »Essen oder gegessen werden!«

Kathryn räumte die Tiegel und Bandagen fort, wusch sich die Hände und setzte sich auf ihren Platz Colum gegenüber. Thomasina und Agnes trugen auf. Kathryn sprach das Dankgebet, das sie recht schnell herunterleierte, weil Rawnoses Augen immer größer wurden beim Anblick von Weißbrot, duftendem Hühnereintopf und einer großen Platte Gemüse, das in einer kräftigen Soße gekocht war.

Thomasina und Agnes füllten die Teller; Rawnose und Colum aßen, als wäre dies ihre letzte Mahlzeit auf Erden. Wuf eiferte ihnen nach. Kathryn klopfte mit dem Hornlöffel auf den Tisch.

»Die Griechen haben gesagt, eine gute Verdauung sei die beste Medizin. Wuf, iß langsam.« Kathryn zwinkerte Colum zu. »Versuche, dem Beispiel der anderen zu folgen.«

Colum legte sein Messer hin. »Wir müssen Blunts Haus anschauen.«

»Der arme Mann«, schaltete Rawnose sich ein, den Mund voll Hühnerfleisch.

»Mund zu beim Essen!« fauchte Thomasina.

Rawnose gehorchte sofort.

»Was sagt denn die Gerüchteküche?« fragte Kathryn.

Rawnose räusperte sich und zuckte die Achseln. »Mai und Dezember sollten eben nicht heiraten: der alte Blunt war von Alisoun betört. Er hat den Rat seiner Freunde und seiner Haushälterin Emma Darryl in den Wind geschlagen.«

»Aber gleich zwei Männer mit Pfeil und Bogen umbringen«, zwitscherte Agnes.

»Er war ein meisterhafter Bogenschütze«, ging Thomasina dazwischen. »Ich habe Richard Blunt schon gekannt, als er noch ein junger Mann war. Er kam mit seinem geistesschwachen Sohn und der Haushälterin Emma aus der Grafschaft.« Sie warf Kathryn einen kurzen Blick zu. »Euer Vater mochte ihn gut leiden. Richard Blunt war damals eine fröhliche Seele und ein begnadeter Tänzer. Er ist immer mit den Schauspielern um den Maibaum getanzt, leichtfüßig und strahlend.« Sie senkte den Blick. Alle tot, dachte Thomasina, alle, die ihre Jugend begleitet hatten: ihre Ehemänner, ihre kleinen Kinder, ihre Freunde. Ins offene Grab hinabgesenkt, und jetzt auch noch Blunt mit seinem glücklichen Lachen, dieser geschickte Schütze, er würde wegen einer Hure hängen. Thomasina ließ den Kopf hängen. Tränen brannten in ihren Augen, doch dann schaute sie auf und sah, daß Wuf sie traurig betrachtete. Sie rutschte auf der Bank herum.

»Tut mir leid«, murmelte sie. »Manchmal verdrängt die Vergangenheit die Gegenwart. Der Herr stehe Richard Blunt bei! Sagt, Kathryn«, fügte Thomasina hinzu und wechselte rasch das Thema, »was hat es mit der Sache im ›Weidenmann‹ auf sich?«

»Davon habe ich auch läuten gehört«, grinste Rawnose. »Mausetot ist er, der alte Erpingham.«

»Was hältst du von den Smithlers?« fragte Colum.

Rawnose murmelte etwas Unverständliches vor sich hin, wandte sich jedoch wieder seinem Essen zu.

»Wormhair«, sagte Agnes, und ihr war anzusehen, daß es sich um etwas Wichtiges handeln mußte.

»Wormhair, dein Geliebter?« zog Wuf sie auf. »Ich habe ihn vor dem Altar von St. Mildred gesehen. Warum stehen ihm die Haare immer so ab?«

»Sch, Wuf«, sagte Kathryn. »Agnes, was wolltest du sagen?«

»Wormhair sagt, daß es im Wirtshaus spukt.«

»Das habe ich auch gehört«, erklärte Thomasina und wischte sich den Mund mit einer Serviette ab. »Was ist eigentlich dort passiert, Mistress?«

Kathryn, die sich bewußt war, daß auch Rawnose und Wuf die Ohren gespitzt hatten, beschrieb kurz Erpinghams Tod und die rätselhaften Begleitumstände.

»Es sind die Gespenster!« verkündete Rawnose.

Kathryn warf Colum einen Blick zu und verdrehte die Augen himmelwärts. Spätestens morgen, dachte sie, kennt ganz Canterbury die Geschichte.

Es klopfte an der Tür, und Agnes sprang auf, um zu öffnen. Die Aussicht auf einen weiteren Besucher gefiel Kathryn nicht gerade, daher war sie erleichtert, als Luberon durch den Korridor kam, einen kleinen Biberhut auf dem Kopf und die untere Gesichtshälfte fast vollständig hinter dem braunen Umhang versteckt. Er trat in die Küche, stampfte den Matsch von den Füßen und schüttelte Wassertropfen ab.

»Ich dachte, ich komme am besten vorbei«, erklärte er mit Blick auf das Huhn.

Auch er brauchte keine zweite Einladung. Im Handumdrehen hatte er den Umhang abgelegt und sich zwischen Thomasina und Agnes auf die Bank gezwängt. Fröhlich rieb er sich die Hände, als eine Schüssel mit köstlichem Hühnerfleisch vor ihn hingestellt wurde.

»Wir sollten ein Wirtshaus aufmachen«, bemerkte Colum trocken.

Luberon lächelte nur und nickte heftig.

»Ich bin nicht nur wegen Eures Essens hier«, sagte er, nachdem er ein paar Happen gegessen hatte. »Ich bringe auch Informationen mit. Es kann gut sein, daß es im Wirtshaus ›Zum Weidenmann‹ spukt«, fuhr Luberon klangvoll fort. »Im Jahre 1235, zur Zeit des verstorbenen Heinrich II., verliebte sich ein Priester in eine hübsche junge Frau aus der Stadt.« Er warf Kathryn einen verschmitzten Blick zu. »Um Eurer Frage zuvorzukommen der Priester hieß Erpingham. Louis de Erpingham. Er war Domherr der Kathedrale und hatte einen sehr üblen Ruf. Ein Gericht hat Louis einmal beschuldigt, sich mit Schwarzer Magie und anderen Teufelsriten zu befassen, aber es konnte nie bewiesen werden. Jedenfalls ...«

Luberon genoß es, im Mittelpunkt zu stehen. Vor allem Rawnose war ganz Ohr. Der Bettler konnte sein Glück kaum fassen: zuerst wurde er von Kathryn behandelt, dann bekam er neue

Beinkleider und ein herzhaftes Abendessen, und nun wurde er auch noch mit neuestem Klatsch versorgt, der ihn für mindestens eine Woche ernähren würde.

»Jedenfalls«, wiederholte Luberon, »hat sich Louis in diese junge Frau verliebt. Weiß der Himmel, was passiert ist, aber eines schönen Sommertages fand man sie auf dem Friedhof der Heiligkreuzkirche tot auf. Der Verdacht fiel sofort auf den Kanonikus Louis de Erpingham. Er versteckte sich und versuchte, verkleidet aus Canterbury zu fliehen. Nun müßt Ihr wissen, daß das Wirtshaus ›Zum Weidenmann‹ vor mehr als zweihundert Jahren noch weit außerhalb der Stadtmauern stand. Louis de Erpingham hat offenbar dort gewohnt und – ob er einem Anfall von Melancholie erlag oder aus Angst gefangen zu werden, ist nicht ganz klar – sich in demselben Raum aufgehängt, in dem unser Steuereintreiber ermordet wurde.«

»Stammte Sir Reginald aus dieser Familie?« fragte Colum.

»Schon möglich«, erwiderte Luberon. »Vielleicht fühlte er sich wegen der gruseligen Erinnerung an seinen Vorfahr zu dem Zimmer hingezogen. Wie auch immer, Berichte behaupten, daß es in den zweihundert Jahren seit dem Tode Louis Erpinghams hin und wieder, sowohl im Wirtshaus als auch in dem betreffenden Zimmer, gespukt haben soll. Seltsame Erscheinungen, nächtliche Geräusche, ekelhafte Gerüche, unheimliche Schreie; es heißt, das sei der Geist des erhängten Priesters. Der Ort wurde exorziert, aber im Laufe der Jahre blühten die Legenden geradezu.« Luberon nippte an seinem Weinbecher, den Thomasina großzügig gefüllt hatte, während sie fasziniert diesem saftigen Brocken Stadtgeschichte lauschte.

»So, so«, sagte Kathryn und lehnte sich zurück. »Ein Erpingham hat sich also vor über zweihundert Jahren im ›Weidenmann‹ erhängt. Und jetzt wird Sir Reginald im selben Zimmer vergiftet aufgefunden.«

»Meint Ihr, unser verstorbener Steuereintreiber hat von der Geschichte gewußt?« fragte Colum.

»Vielleicht«, sagte Kathryn. »Erpingham war ein finsterer Mann, aber er war auch ein erfahrener Schreiber und Rechtsgelehrter. Mag sein, daß er dieselben Schriften gelesen hat wie Master Luberon.«

»Und das Gespenst?« fragte Colum. »Nein, lacht mich nicht aus, Kathryn. Ich bin zwar Ire und mit Legenden über die Nichttoten, die Todesfeen, großgeworden«, Colum wandte den Blick ab, »aber manchmal sind die Geschichten ...«

»Was für Geschichten?« rief Wuf dazwischen.

»Ich lebte einmal in einem kleinen Dorf«, begann Colum, noch ehe Kathryn ihn bremsen konnte, »da gab es eine böse alte Frau. An einem Abend wie diesem, als draußen alles tief verschneit war, klopfte sie an unsere Haustür.«

»Das ist doch nichts Schlimmes«, sagte Wuf.

»Und ob. Weißt du, ich ging zu meinem Vater und sagte ihm, die alte Hexe sei da, und er bekam schreckliche Angst und wurde ganz bleich. Er rannte zur Tür und öffnete, aber die Alte war verschwunden.«

»Warum hatte er Angst?« fragte Kathryn neugierig.

»Weil die Frau an eben jenem Tag gestorben war«, antwortete Colum mit Grabesstimme. »Ich habe es ihm nicht geglaubt, weil ich sie leibhaftig vor mir gesehen hatte. Aber mein Vater deutete auf den jungfräulichen Schnee; Dämonen und Gespenster hinterlassen natürlich keine Fußstapfen.«

»Unsinn!« trompetete Thomasina.

»Ich weiß nicht«, sagte Colum. »Manchmal passieren solche Sachen eben. Egal, Master Luberon, was habt Ihr sonst noch herausgefunden?«

»Ich war an Sir Reginalds Haus in der St. Alphage's Lane.«

»Und?«

»Alles verschlossen, verriegelt und verrammelt: dort morgen früh einen Besuch zu machen, lohnt sich bestimmt.« Luberon nahm noch einen Schluck Wein. »Über Erpingham habe ich nichts weiter herausbekommen, über Master Blunt hingegen gab das Stadtarchiv sehr viel her. Offensichtlich hat er Lügen aufgetischt.«

»Welche zum Beispiel?« fragte Kathryn.

»Nun, es heißt doch, er sei verwitwet und mit seiner Haushälterin Emma Darryl und dem geistesgestörten Peter, seinem Sohn, aus Warwickshire gekommen.«

»Und?« drängte Kathryn.

»Nun ja, einer der Kerkermeister im Rathaus erzählte Blunt, als der ihn nach Neuigkeiten fragte, den Klatsch über Erpinghams Tod im ›Weidenmann‹. Als Blunt das hörte, begann er wie wahnsinnig zu lachen, hustete und prustete; der Kerkermeister dachte schon, er hätte einen Anfall und wollte wissen, was er denn so komisch fände. Da gestand Blunt überraschenderweise, daß er Master Erpingham gut gekannt hat.« Luberon schloß die Augen, um seine Gedanken zu sammeln; nach dem Weg durch den Schnee und dem herzhaften Mahl, das er gerade zu sich genommen hatte, war er müde und erschöpft. »Ja, so war's. Blunt erklärte, Erpingham habe vor Jahren versucht, ihn einen Kopf kürzer zu machen.«

»Ihn einen Kopf kürzer zu machen?« wiederholte Colum. »Aber das ist doch der Ausdruck für die Ermordung eines Gesetzlosen. Ja, Wuf, ich weiß, was du fragen willst, ein Gesetzloser wird auch Wolfskopf genannt, weil jeder ihn wie einen Wolf töten darf, wenn er ihn sieht.«

»Ich habe darüber nachgedacht«, fuhr Luberon fort. »Deshalb habe ich im Stadtarchiv nachgesehen und herausgefunden, daß Erpingham in jungen Jahren ein Beamter der Krone war, königlicher Jagdpfleger in Kent. Er hatte die besondere Aufgabe, Gesetzlose aufzuspüren und Blunt ganz besonders.«

Kathryn stützte das Kinn in beide Hände und schaute Colum an.

»Glaubt Ihr, daß alle diese Morde miteinander verbunden sind?« fragte sie.

Colum erhob sich und schob den Stuhl zurück. »Wie heißt es doch in Irland: alle Wege, und seien sie noch so verworren, führen schließlich ans Ziel.«

»Wie bitte?« rief Kathryn. »Kein Zitat aus Chaucer?«

»Ich kenne eins«, scherzte Colum zurück. »›Satan, der stets darauf aus ist, den Menschen zu täuschen.‹ Nun, mich hat er gewiß getäuscht. Los jetzt«, drängte er, »Master Luberon, Mistress

Kathryn, der Tag ist noch nicht zu Ende. Ihr wollt Blunts Haus einen Besuch abstatten, also laßt uns gehen.«

Kathryn holte ihren Umhang und zog gefütterte Stiefel an. Sie erteilte Thomasina Anweisungen und ermahnte Wuf, sich gut zu betragen. Dann ging sie mit Colum und Luberon hinaus in die dunkle, eiskalte Nacht. Colum, inzwischen ausgeruht und satt, war in Hochform. Er zeigte zum sternenklaren Himmel empor.

»Habe ich es Euch nicht gesagt«, rief er, »das Wetter ändert sich. Seht, Kathryn, morgen früh ist es wärmer und taut.«

»Gott sei Dank!« schnaufte Luberon. »Ein grauenhafter Fund ist gemeldet worden: irgendein armer Landstreicher ist letzte Nacht draußen bei Westgate betrunken oder müde in einen Graben gefallen. Man hat seine Leiche heute morgen entdeckt, aufrecht wie eine Eissäule stand sie da.« Luberon schob sich zwischen Kathryn und Colum. »Ich vermute, in Kingsmead sieht es noch nicht besser aus?«

Colum atmete aus und schaute dem weißen Atem in der eiskalten Nachtluft nach. »Nein, wir haben Vorräte eingelagert, und die Pferde stehen im Stall, aber die Arbeiten am Herrenhaus müssen noch warten.«

Am Ende der Ottemelle Lane bogen sie in die Steward Street. Es war stockdunkel. Nur an den Häusern der Kaufleute hingen Laternen aus Hornblende, und aus den Ritzen der Fensterläden drang ein wenig Licht. Irgendwo heulte ein Hund klagend den Wintermond an, und hungrige Katzen streunten herum und suchten zwischen dem gefrorenen Abfall vergeblich nach einem Happen. Die drei Wanderer kamen an einer Wirtshaustür vorbei, die einen Spaltbreit offenstand. Lärm, Gerüche und Gelächter wirkten draußen auf der kalten, menschenleeren Straße sonderbar. Kathryn und ihre Begleiter gingen weiter. Sie hatten Mühe, in sicherem Abstand von der Gosse, die in der Mitte der Straße verlief, festen Halt zu finden. Die Gosse selbst war zugefroren, doch das Eis zeigte an einigen Stellen bereits Risse. Schließlich gelangten sie in die Church Lane, und die Kuppel von St. Mildred kam in Sicht, erleuchtet von der großen Laterne, die in ihrem Turm hing.

»Blunt wohnt in einer Gasse am anderen Ende«, bemerkte Luberon. »Wir gehen heute abend nur dorthin«, erklärte Kathryn, vor Kälte schnatternd. »Ganz gleich, welche Geheimnisse Master Erpinghams verschwiegenes Haus auch hütet, sie müssen warten.«

Luberon blieb stehen und scharrte verlegen mit den Füßen. Kathryn klatschte in die behandschuhten Hände.

»Kommt, Simon, es ist zu kalt, um stehenzubleiben. Was ist?«

Der Schreiber räusperte sich. »Wir müssen nicht nur den Ort des Verbrechens besichtigen«, murmelte er, Kopf und Gesicht unter der Kapuze verborgen. »Aber Master Murtagh ist der Sonderbeauftragte des Königs, und Ihr seid die zuständige Ärztin. Ihr müßt Euch auch die Leichen ansehen.«

Kathryn schloß die Augen und stöhnte; Colum stieß einen lauten gälischen Fluch aus.

»Mein Gott, Luberon!« rief er. »Haben wir für heute nicht genug Leichen gesehen?«

Kathryn hakte sich bei Colum unter, dann bei Luberon.

»Wir werden sie uns ansehen«, sagte sie. »Ich nehme an, sie sollen morgen beigesetzt werden?«

Luberon nickte.

»Ist Euch zu Erpinghams Tod noch etwas eingefallen?« fragte er rasch. »Ich wollte Euch vorhin in der Küche nicht danach fragen.«

Kathryn warf einen Blick über die Mauern des eisigen Friedhofs von St. Mildred.

»Nein, der ist nach wie vor ein Rätsel. Aber eines sage ich Euch. Das Wirtshaus ›Zum Weidenmann‹ hat wirklich sehr viele Geheimnisse, und ich fürchte für alle, die dort wohnen!«

Sechs

Blunt bewohnte ein schmales Eckhaus in einer Gasse nahe den hoch aufragenden Türmen von St. Mildred. Kathryn zeigte auf die Gasse.

»Ein Opfer landete da unten. Ich frage mich nur, was Witwe Gumple zu dieser späten Stunde hier zu suchen hatte?« Sie blickte an der Hausfront empor. »Mein Vater hat mir sehr viel über die Geschichte der Stadt erzählt. Dieses Haus ist wahrscheinlich viele hundert Jahre alt, denn die Wohnstube liegt im ersten Stock, die Fenster gehen zur Seite.«

»Alles schön und gut, aber ich friere!« stöhnte Colum und hämmerte gegen die Tür.

Sie hörten Schritte, und eine heisere Frauenstimme fragte, wer draußen sei. Luberon erklärte es ihr; Ketten rasselten, Riegel wurden zurückgeschoben, und die Tür schwang auf. Die Frau, die vor ihnen stand, hielt einen Stock in der Hand. Ihre kleine, plumpe Gestalt war in einen schäbigen Umhang gehüllt, graues, wirres Haar fiel über die Schultern herab; aus einem strengen Gesicht mit Adlernase, schmalen Lippen und einem energischen Kinn schauten ihnen zwei wache Augen entgegen.

»Ihr seid Emma Darryl?« fragte Luberon.

»Natürlich!« erwiderte die Frau. »Und Ihr seid bestimmt Master Luberon. Wir sind uns schon einmal begegnet. Eure Gefährten sind der Beauftragte des Königs, der Ire Murtagh, und natürlich Mistress Swinbrooke.« Sie schenkte Kathryn ein mattes Lächeln. »Ihr erinnert Euch wahrscheinlich nicht mehr an mich, aber ich habe Euren Vater gekannt, er war ein guter Mann. Es tat mir leid, als ich von seinem Tod erfuhr.«

Kathryn dankte ihr.

»So kommt doch herein.«

Kathryn und ihre Begleiter folgten ihr. Die Diele war schlicht, roch aber frisch. Kathryn sah seltene Kräuter in den Töpfen an der Wand, als Emma sie über schmale, ausgetretene Stufen nach oben führte. Sie kamen auf einen kleinen Flur, dem sie nach rechts folgten bis zur Wohnstube. Emma bat sie hinein. Verblüfft sah Kathryn, wie geräumig das Zimmer war. Hinter der Fassade hätte sie etwas Derartiges nicht vermutet. Die Wohnstube war hübsch eingerichtet. An den Wänden hingen bunt bemalte Wandbehänge aus Leinen. In der großen Feuerstelle, deren Einfassung die Form einer Bischofsmitra hatte, prasselte ein munteres Fichtenholzfeuer. An der Wand gegenüber befand sich unter den verrammelten Fenstern eine große Nische mit gepolsterten Sitzen. Tische, Stühle und gepolsterte Schemel waren geschmackvoll über den Raum verteilt. An den Wänden standen große, eisenbeschlagene Kommoden. Im Eingang war der Fußboden mit sauberen trockenen Binsen und Kräutern bestreut. Im übrigen bestand der Fußboden aus poliertem Holz, auf dem dicke Wollteppiche lagen. Zwei Stühle standen am Feuer. Auf dem einen räkelte sich ein junger Mann, der mit leerem Blick in die Flammen starrte.

»Ja, hier geschah es«, erklärte Emma Darryl. »Komm, Peter, wir haben Gäste.«

Der junge Mann erhob sich etwas schwankend vom Stuhl und trottete auf sie zu. Er war untersetzt, und das ausdruckslose Gesicht wurde von einer rostbraunen Mähne umrahmt. Aus seinem Mundwinkel rann dünner Speichel über das Kinn, und die kindlichen Augen waren noch rot vom Weinen. Er murmelte einen Gruß, schüttelte ihnen die Hand und unternahm einen unbeholfenen Versuch, Kathryn die Hand zu küssen. Sie schenkte ihm ein Lächeln, als sie seinen matten Händedruck spürte. Eine kurze Verwirrung entstand, als Peter, vor sich hin brummelnd, noch mehr Stühle an die Feuerstelle rückte, und Emma ihnen aus der Küche am Ende des Flurs kleine Becher Würzwein brachte. Colum versuchte, sich mit Peter zu unterhalten, während Emma hin und her eilte und Kathryn das Zimmer genauer in Augenschein nahm. Sie senkte die Augenlider; die junge Alisoun hatte wohl da gesessen, wo sie, Kathryn, jetzt

761

saß, und hatte mit den beiden Männern geschäkert und gelacht. Dann war Richard Blunt zur Tür hereingekommen, den
Bogen schon gespannt. Kathryn hatte Meisterschützen in Akti-
on gesehen und wußte, wie schnell und zielsicher sie schießen
konnten. Alisoun und ein junger Mann, vielleicht vom Alkohol
benebelt, starben sofort; der zweite versuchte, das Fenster zu
erreichen und machte sich am Fensterflügel zu schaffen. Er öffnete ihn und stieß die Fensterläden auf. Ja, überlegte Kathryn,
dafür hatte er genug Zeit, aber als er auf die Fensterbank kletterte, war Blunt bereits da und schoß ihm direkt in den Rücken.
Der Tod war bei allen drei Opfern sofort eingetreten. Der Pfeil
eines Langbogens war mindestens einen Meter lang und mit einer Eisenspitze versehen; am Ende steckten Graugansfedern,
die eine sichere Flugbahn gewährleisteten. Der Pfeil erhielt
durch den Langbogen eine solche Wucht, daß er mühelos einen
Ritter in voller Rüstung durchbohren konnte. Colum wandte
sich Kathryn zu.

»Ihr macht Euch Gedanken wie immer, Kathryn?« Er lächelte. »Ja, so stelle ich es mir vor: Die drei Opfer waren betrunken
und saßen träge herum.« Er zeigte auf die Kerzen, die überall im
Raum verteilt waren. »Selbst für den schwächsten Schützen ist
es hell genug.«

Als Emma zurückkam, hielt er kurz inne; sie setzte sich neben
Peter und faltete die Hände im Schoß.

»Seid Ihr schon bei Master Blunt gewesen?« fragte Emma.

»Nein«, antwortete Kathryn, »tut mir leid, aber wir waren
durch den Tod Sir Reginald Erpinghams im Wirtshaus ›Zum
Weidenmann‹ verhindert. Habt Ihr davon gehört?«

Emma nickte.

»Habt Ihr Erpingham gekannt?«

»Nein.« Emmas Antwort war zu kurz, zu hastig, obwohl die
unbewegte Miene nichts verriet. »Soweit ich weiß, war er ein böser Mensch«, fuhr sie fort. »Und er hat sein Schicksal wahrscheinlich verdient, ganz im Gegensatz zu Master Blunt.«

»Wie lange kennt Ihr den Maler schon?« fragte Colum.

»Seit dreißig Jahren.«

Kathryn betrachtete die Frau. Sie wirkte schlicht und zurückhaltend, doch Kathryn spürte eine innere Stärke.

»Um Eurer Frage zuvorzukommen, Mistress Kathryn«, sagte Emma. »Ich habe Master Blunt gedient, weil er ein guter Mann ist. Er hat sich um mich gekümmert. Ich war ein Findelkind, wo hätte ich schon hingehen können? Außerdem war er ein begnadeter Maler. Er hätte Alisoun, diese Hure, nie heiraten dürfen.« Die letzten Worte stieß sie so böse hervor, daß Kathryn sofort klar wurde: selbst wenn Emma Darryl das Gegenteil behauptete, sie liebte Richard Blunt von ganzem Herzen.

Kathryn richtete sich auf und stellte den Weinbecher neben sich auf den Boden.

»Mistress Darryl, bevor wir fortfahren, will ich Euch sagen, was wir wissen. Master Blunt stammt nicht aus Warwickshire. Ich vermute, er ist hier in Kent geboren, irgendwo in der Nähe von Rochester. Begabt wie er war, hat er gewiß eine stürmische Jugend verlebt und in den Wäldern der Grafschaft Kent vielleicht ein bißchen gewildert. Das machte ihn zu einem Gesetzlosen, und er wurde, bevor er entweder seinen Namen änderte oder den König um Gnade bat, von einem königlichen Jagdpfleger mit Namen Reginald Erpingham gejagt. Dieser wurde später zum Ritter geschlagen und zum wichtigsten Steuereintreiber des Königs in dieser Grafschaft ernannt.« Kathryn hob kurz die Hände, als Emma den Mund aufmachte. »Nein, das hat Blunt bereits gestanden.«

Die Haushälterin lehnte sich auf ihrem Stuhl zurück und schaukelte leicht.

»Es stimmt«, seufzte sie. »Mein Herr heißt eigentlich Ralph Sockler, und er war früher ein Gesetzloser; er hat drei Hirsche des verstorbenen Königs getötet und Erpingham ganz schön an der Nase herumgeführt. Am Ende ist Blunt geflohen. Er trat in den Dienst des Grafen von Warwick und zog mit ihm.« Emma lachte auf und drückte die Hand des jungen Mannes. »Ich will reinen Tisch machen: Blunt war vor Alisoun nicht verheiratet, der Junge hier ist unser gemeinsames Kind.«

»Hat Blunt sich geweigert, Euch zu heiraten?« fragte Kathryn.

Die Haushälterin schüttelte den Kopf. »Nein, ich wollte ihn nicht heiraten. Warum einen Mann wegen einer leidenschaftlichen Nacht auf ewig an sich binden? Und alles aufgeben für ein Leben voller gegenseitiger Vorwürfe? Ich vermute, Blunt hat mich geliebt. Wir haben gute Zeiten verlebt. Wir waren auf dem letzten Schiff, das Calais verließ, nachdem der Krieg vorüber war. Wir haben uns in Canterbury niedergelassen und gedacht, die Vergangenheit hätte uns vergessen.«

»Und Erpingham?« fragte Colum.

»Letztes Jahr im Sommer hat er Blunt zufällig auf dem Buttermarkt getroffen und ihn sofort unter Druck gesetzt.« Emma hielt inne und betrachtete das Gesicht des jungen Mannes, aber Peter saß auf seinem Stuhl wie ein gehorsames Kind und verstand nicht, was vor sich ging.

»Hat Erpingham Master Blunt gedroht?«

»Ich glaube, es war mehr als das, Mistress Swinbrooke. Er kam oft hierher. Master Blunt hat ihn immer unter vier Augen empfangen; ich glaube, Sir Reginald schreckte nicht einmal vor Erpressung zurück.«

»Habt Ihr oder Euer Herr den Steuereintreiber im Wirtshaus ›Zum Weidenmann‹ aufgesucht?« fragte Colum.

Die Haushälterin verzog das Gesicht. »Nein, aber Erpingham hat uns dorthin bestellt. Er hat Blunt geschrieben, sein Kommen angekündigt, das Datum mitgeteilt und ihm empfohlen, seine Rechnung zu begleichen.«

»Mit anderen Worten, Schweigegeld zu zahlen?«

»Ja, aber Blunt hat sich geweigert, hinzugehen.«

Emma beugte sich vor und warf noch ein Holzscheit ins Feuer. »Ist es nicht seltsam«, murmelte sie wie zu sich selbst, »wie sich die Dinge entwickeln? Der arme Richard macht sich wegen Erpingham die größten Sorgen, und seine süße kleine Frau spielt die ganze Zeit mit jedem dahergelaufenen jungen Mann Ringelreihen.«

»Ihr wußtet davon?« fragte Kathryn.

»Jedermann in Canterbury wußte es, nur er nicht. Sie hatte Feuer in den Lenden, diese Alisoun. Sie hat Richard wegen seines Geldes geheiratet. Bevor sie auftauchte, hatte er viel Silber bei den Goldschmieden hinterlegt.«

»Und Master Blunt hatte keine Ahnung von Alisouns Tändeleien?« fragte Kathryn.

»Oh, vielleicht hat er einen Verdacht gehegt, aber er hat die Augen verschlossen und sich in seine geliebte Malerei vertieft.«

»Was geschah an dem Abend, als Alisoun starb?«

Die alte Haushälterin schaute in die Flammen und rieb sich die Schläfe.

»Ich weiß eigentlich nicht so recht«, murmelte sie. »Richard und Peter hatten ein Gemälde in St. Mildred beendet. Sie kamen erst spät nach Hause, weil sie erst noch in einer Schenke waren. Nein, nicht im ›Weidenmann‹, obwohl Blunt Erpinghams Drohungen nicht aus dem Kopf gingen. Es hatte angefangen zu schneien, und der Schnee blieb liegen, deshalb beeilte sich Blunt nach Hause zu kommen. Peter hat er zur Bäckerei geschickt, um nachzusehen, ob sie noch geöffnet hatte.« Sie warf einen Blick in die Runde. Tränen standen ihr in den Augen. »Ich wußte, was los war. Mein Zimmer liegt im oberen Stock, aber was hätte ich denn tun sollen? Hätte ich es dem Herrn gesagt, hätte er nur geantwortet, Alisoun sei jung und brauche vielleicht die Gesellschaft von Gleichaltrigen. Wenn ich dem Flittchen Vorhaltungen gemacht hätte …« Die Haushälterin schwieg und kratzte sich am Kopf. »Nun, sie hatte zwar ein hübsches Gesicht und einen süßen Mund, aber Alisoun konnte fluchen wie ein Soldat.« Emma hielt inne, um sich die Augen abzutupfen. »Sie drohte mir, daß ich entlassen würde, wenn ich Blunt etwas sagte.«

»Aber hätte er das denn getan?« fragte Kathryn.

»Alisoun hatte einen schönen, weichen und geschmeidigen Körper. Im Bett hätte sie jeden Mann überredet.«

»Fahrt fort«, bat Kathryn, sie sah den Schmerz in den Augen der Frau.

»Wir müssen es wissen«, flüsterte Kathryn. »Um Himmels willen, Mistress Darryl, in jener Nacht sind drei Menschen umgekommen.«

»Kommt Papa nach Hause?« ließ sich der junge Mann plötzlich mit dünner, schriller Stimme vernehmen. Mit großen Augen schaute er Kathryn an. »Wir haben das Gemälde noch nicht fertig. Ich bin froh, daß Alisoun fort ist. Sie hat mich immer ausgelacht und in den Arm gezwickt. Einmal hat sie mir sogar ein Bein gestellt, und ich bin die Treppe runtergefallen.« Der einfältige Junge starrte in die Runde. »Papa muß wiederkommen. Bald ist Weihnachten.«

»Still, mein Junge!« Emma streichelte ihm sanft die Hand und lächelte Kathryn entschuldigend an. »Heute Abend ist er etwas durcheinander. Ich glaube, er ahnt etwas: normalerweise geht es ihm besser.« Sie legte einen Arm schützend um die Schultern des jungen Mannes. Er wiegte sich im Sitzen vor und zurück, den Daumen fest im Mund.

»Es ging alles so schnell«, fuhr Emma nüchtern fort. »Master Blunt kam nach Hause; wegen des Schnees hatte er die Stiefel ausgezogen und kam leise die Treppe herauf. Er stieß die Tür auf und …« Sie biß sich auf die Lippe. »Richard ist ein freundlicher Mann, aber in seiner Jugend war er aufbrausend und obendrein ein meisterhafter Bogenschütze. Ich habe gesehen, wie er innerhalb von einer Minute mit sechs Pfeilen ins Ziel traf. Ich glaube kaum, daß Alisoun und ihre Gefährten viel gemerkt haben. Das erste, was ich mitbekam, war das Aufklappen der Fensterflügel und das Geschrei des jungen Mannes, der zu fliehen versuchte. Ich habe mir etwas übergezogen und bin hinuntergerannt.« Emma zuckte die Achseln. »Der Rest ist Euch bekannt.«

Kathryn betrachtete sie schweigend.

»Der Herr hat schrecklich ausgesehen«, fuhr Emma fort. »Er stand einfach da auf der Türschwelle, den Bogen in der Hand, den Köcher zu seinen Füßen. Alisoun lag mit offenem Mieder vor dem Feuer, ein Pfeil in ihrem Hals. Der zweite Pfeil hat den jungen Mann direkt ins Herz getroffen. Dann hörte ich den Lärm auf der Gasse. Peter kam nach Hause, und dann trafen die Büttel der Stadt ein.« Sie atmete tief. »Mehr habe ich nicht zu sagen.« Sie nahm den Arm von Peters Schultern und schlug leise schluchzend die Hände vors Gesicht.

Kathryn hockte sich neben sie und tätschelte ihr die Hand.

»Was hätten wir tun sollen?« Die Haushälterin schaute mit tränenüberströmtem Gesicht auf. »Was hätte ich tun sollen, Mistress?«

Kathryn schüttelte den Kopf. »Braucht Ihr irgend etwas?«

»Nein.« Emma wischte sich mit dem Handrücken über die Augen. »Geht zu meinem Herrn. Sagt ihm, es sei alles in Ordnung. Versucht ihn ein wenig zu trösten.«

Kurz darauf verließen sie das Haus. Colum war von dem, was er mit angehört hatte, sichtlich bedrückt; Luberon verbarg das Gesicht unter der Kapuze, doch Kathryn sah, daß er sich die Augen abtupfte. Colum blickte zum sternenklaren Himmel empor und führte Kathryn und Luberon vorsichtig von den Häusern fort und den Schneebrettern, die von den Dächern zu stürzen drohten.

»Der Herr sei ihnen allen gnädig!« flüsterte er und schaute auf Kathryn herab. »Was können wir tun?«

»Nichts«, erwiderte sie. »Er hat drei Menschen umgebracht. Auf Gottes weiter Flur gibt es nichts, was wir für Richard Blunt tun können.«

»Alisoun war ein durchtriebenes Weib«, fügte Luberon hinzu. »Der Herr schütze uns, es hätte jeden von uns treffen können. Aber kommt.«

Sie gingen um St. Mildred herum und betraten den verlassenen, vereisten Friedhof. Sie stolperten über den Pfad, der an windschiefen Kreuzen und zersprungenen Grabsteinen entlangführte. Es herrschte eisige Stille; nicht einmal eine Nachtschwalbe oder eine Eule auf Jagd durchbrach die Lautlosigkeit des Friedhofs, der unter einer Schneedecke begraben lag.

»Mir nach!« rief Luberon über die Schulter. »Ich habe diesen Pfad freilegen lassen.«

Er blieb stehen und deutete in die Finsternis. »Hier wird man sie beisetzen. Obwohl die Gräber nur flach sind, weil der Boden steinhart gefroren ist. Vielleicht können wir im Frühling tiefer graben …« Luberon verstummte und führte sie weiter.

Das Leichenhaus war ein kleines Backsteingebäude an der Friedhofsmauer, das man durch die Totentür im Seitenschiff der

767

Kirche gut erreichen konnte. Luberon blieb stehen und zog ein Zündholz hervor. Nach mehreren Versuchen gelang es ihm schließlich, die beiden Laternen aus Hornblende, die über dem Eingang hingen, anzuzünden. Eine davon reichte er Colum, schloß die Tür auf und ging voran. Nie zuvor war Kathryn in einem derart kalten und unfreundlichen Raum gewesen. Luberon zündete auch die Fackeln an, doch auch ihr Licht und der Duft von Weihrauch, der einem Rauchgefäß an der Wand entströmte, konnten Tod und Verwesung nicht überdecken. Drei Fichtenholzsärge standen nebeneinander auf einem langen Tisch. Luberon zog seinen Dolch und hob die Sargdeckel. Dann schlug er die schwarzen Leichentücher und die weißen Gazetücher darunter zurück und bedeutete Kathryn und Colum mit einer Handbewegung, näherzutreten. Kathryn starrte voller Entsetzen auf die drei jungen Leute. Wäre ihre Haut nicht grünlich-weiß und von wächserner Beschaffenheit gewesen, was im Licht der Fackeln noch grauenhafter wirkte, man hätte sie für Schlafende halten können. Kathryn berührte Alisouns Arm. Die junge Frau war zu Lebzeiten offenbar eine Schönheit gewesen; blonde Haare umrahmten wie glänzendes Gold ein hübsches, ovales Gesicht mit ebenmäßigen Zügen. Die jungen Männer waren wohlgenährt und kräftig. Kathryn bedauerte das grausame Schicksal, das diese drei jungen Menschen ebenso zerstört hatte wie das Leben von Richard Blunt.

»Die Einbalsamierer haben schon angefangen«, flüsterte Luberon. Er hüstelte verlegen. »Ich habe mich geirrt – die Leichen werden morgen nicht beigesetzt, sondern erst einmal ihren Verwandten übergeben. Trotzdem glaube ich, daß die Männer hier beerdigt werden, zumindest bis im Frühjahr die Straßen wieder passierbar sind.«

»Was ist?« zischte Colum Kathryn zu, die sich an den Leichen zu schaffen machte.

Trotz seines Militärdienstes hatte Colum Angst – die offenen Särge, die gräßlichen Leichen im flackernden Licht der Fackeln, die Grabesstille in diesem kalten Schuppen, und draußen nichts als weiße Lautlosigkeit. Der Ire dachte an Geschichten aus seiner Jugend und an die großen Begräbnisfeiern in den Dörfern um Dublin. Er erinnerte sich, daß die Alten geraunt hatten, die Toten würden nicht direkt zu Gott fahren, sondern im Schatten lauern, um traurig vom Land der Lebenden Abschied zu nehmen. Colum schaute in eine dunkle Ecke. Stand dort der Geist der schönen Alisoun? Er machte einen Satz und fluchte, als eine Ratte unter dem Tisch entlanghuschte und ins Freie rannte.

»Himmelherrgott!« fauchte er. »Was ist los?«

Kathryn betastete die Haut der Leichen. Sie hob die schweren Kleider, die Alisoun umhüllten, und ließ eine Hand sanft über den Bauch der toten Frau gleiten. Sie überhörte Colums Frage.

»Master Luberon, kann ich mir die Wunden ansehen?«

Totenbleich wich Luberon zurück und hielt sich den Magen.

»Macht was Ihr wollt«, erwiderte er rasch. »Ich glaube, die Nachtluft wird mir guttun.«

Colum hätte sich ihm angeschlossen, aber Kathryn hielt ihn am Handgelenk fest.

»Kommt, Ire«, murmelte Kathryn, »hier gibt es weder Geister noch Todesfeen. Helft mir, sie umzudrehen.«

Colum biß die Zähne zusammen, schloß die Augen halb und gehorchte. Im stillen dankte er Gott, daß er Handschuhe trug und die Leichen nicht auf der bloßen Haut spüren mußte. Kathryn indes blieb ungerührt.

»Unzweifelhaft Pfeilwunden«, kommentierte sie und zeigte auf die scharlachrot umrandete, klaffende Wunde in der Brust des jungen Mannes. »Aber wieviel Gewalt steckt hinter dem Schuß!«

»Ich habe einmal gesehen, wie ein Pfeil mitten durch einen Mann hindurchging«, sagte Colum. »Warum, Kathryn, stimmt etwas nicht damit?«

Kathryn zeigte auf das Loch in Alisouns Hals.

»Oh Gott, Colum, so schaut Euch das an!«

Colum betrachtete die Wunde. Sie war groß, das Fleisch kaum zerfetzt. »Blunt hat sie von vorn getroffen«, konstatierte er. »Vielleicht kam sie auf ihn zu?«

Kathryn drehte die Leichen mit Colums Hilfe wieder um und

zog die Gaze und die schwarzen Wolltücher zurecht. Dann schloß sie die Särge.

»Ich habe genug gesehen«, flüsterte sie. »Kommt Zeit, kommt Rat!«

Mit dieser rätselhaften Bemerkung trat sie vor die Tür, nahm Schnee in beide Hände und wusch sich sorgfältig.

»Ihr könnt die Lichter löschen, Simon«, rief sie. Ihre Stimme klang glockenhell über den trostlosen weißen Friedhof.

Luberon beeilte sich, ihrem Wunsch nachzukommen.

»Nun.« Kathryn trat zwischen den Schreiber und Colum und hakte sich bei ihnen unter. »Colum, als Leichenbeschauer des Königs könnt Ihr berichten, daß die drei in der Tat tot sind und ohne Zweifel ermordet wurden. Master Luberon, Ihr könnt die notwendigen Dokumente ergänzen.« Sie warf einen Blick auf die Eiben, deren schwarze Konturen im silbernen Mondlicht so wirkten als wären gräßliche Höllengestalten in der Winterkälte erstarrt.

»Kommt«, sagte sie. »Für heute abend habe ich genug von Gräbern und Friedhöfen.«

»Stimmte etwas nicht mit den Leichen?« fragte Colum, als sie durch das Friedhofstor hinausgingen.

»Kommt Zeit, kommt Rat«, sagte Kathryn noch einmal. »Aber was machen wir nun: gehen wir zu Bett oder sehen wir uns Sir Reginald Erpinghams geheimes Haus in der St. Alphage's Lane an?«

»Herrgott, wie spät ist es?« fragte Luberon und stampfte mit den Füßen, denn ihm war kalt.

»Weiß der Henker!« erwiderte Colum. »Alle Glocken schweigen.« Er schaute zu den Sternen. »Aber es ist schon lange dunkel. Ich schätze, es ist zwischen neun und zehn Uhr.«

»Laßt uns in die St. Alphage's Lane gehen«, drängte Kathryn. »Mich interessiert, was Erpingham dort aufbewahrt haben mag.«

»Welche Möglichkeiten bestehen denn?« fragte Luberon, während sie zurück zur Ottemelle Lane gingen. »Ich meine, was Erpinghams Tod angeht?«

Kathryn atmete hörbar aus und schaute den weißen Wolken

in der kalten Nachtluft nach. Wie Dampf aus einem Kochtopf, dachte sie. Warum ist das so? Sie erinnerte sich an den heftigen Streit, den ihr Vater mit seinen Kollegen darüber gehabt hatte, ob Krankheiten durch Atemluft übertragbar seien. Wenn ja, dachte Kathryn gedankenverloren, würde die kalte Nachtluft die Ansteckungsgefahr verringern oder verstärken?

Plötzlich rutschte Colum an einer eisglatten Stelle aus und alle drei konnten sich nur mit Mühe auf den Beinen halten. Sie lachten und scherzten, versanken aber in tiefes Schweigen, als sie an Kathryns Haus vorübergingen. Sobald sie jedoch bei St. Margaret's Street um die Ecke gebogen waren, begann Luberon wieder nach Erpingham zu fragen.

»Vieles ist mir noch nicht klar«, gab Kathryn offen zu. »Da ist ein Steuereintreiber, der dasselbe ißt und trinkt wie alle anderen. Er geht nach oben in sein Zimmer und nimmt einen Kelch mit unvergiftetem Wein mit. Der einzige, der es ihm kurz danach gleichtut, ist der alte Gervase. Später ziehen sich auch die anderen zurück, und Standon begibt sich auf seinen Wachposten am Fuße der Treppe. Am nächsten Morgen ist Erpingham tot. Nicht die geringste Spur von Gift, kein Hinweis auf einen Mörder, der zu ihm kam. Fenster und Zimmertür sind verschlossen und verriegelt. Wir wissen, daß niemand ihn mochte. Einige sind da sehr ehrlich – sie haben ihm den Tod gewünscht, aber es gibt keinerlei Beweise dafür, daß sie an diesem Mord beteiligt waren.«

»In dem Zimmer spukte es«, fügte Colum hinzu, den der Besuch im unheimlichen Leichenhaus nachhaltig beeindruckt hatte.

»Oh ja, ich weiß«, erwiderte Kathryn und schaute an den Häuserfronten zu beiden Seiten der Straße empor. »Erpingham war ein gottloser Mann, der allem Finsteren und Makabren zugetan war. Vielleicht war er sogar stolz darauf, daß einer seiner Vorfahren in jenem Zimmer gestorben ist. Trotzdem war Erpingham, wenn man dem alten Ritter glauben will, zu Tode erschrocken, als er seinen Alptraum hatte.«

Kathryn und ihre beiden Begleiter blieben stehen, als eine Gruppe aus der Hawk Lane trat. Kathryn zählte rasch fünf oder sechs verhüllte, zerlumpte Gestalten. Sie gingen langsam, trugen Stöcke, und ihr Anführer hielt eine dürftige Laterne in die Höhe.

»Habt Erbarmen!« jammerte er. »Oh, ihr guten Christen, habt Erbarmen!«

Colum griff nach seinem Schwertknauf. Die Gruppe kam auf sie zu. Kathryn stieg ein sonderbarer, saurer Geruch in die Nase. Als der Anführer nähertrat, schlug einer aus der Gruppe zwei hohle Stöcke aneinander, dem das Klingeln eines Glöckchens und der Ruf »Unrein! Unrein!« folgte.

»Bei den Titten von Maeve!« sagte Colum und packte sein Schwert. »Leprakranke!«

Luberon trippelte in einen Hauseingang.

Der Anführer der Leprakranken blieb vor Kathryn stehen und hob den Kopf. Kathryn stockte das Blut in den Adern. Mitleid und Angst zugleich überkamen sie. Das Gesicht des Mannes war vollkommen zerfressen: ein blutiger Fleck markierte die Stelle, an der die Nase gesessen hatte; ein Auge war durch eine Wucherung an der rechten Wange zugewachsen, und die schreckliche Krankheit hatte begonnen, sich in seinen Unterkiefer zu fressen. Der Mann streckte eine verstümmelte Hand vor.

»Wir frieren so«, röchelte er. »Um unseres lieben Herrn willen!«

Kathryn langte in ihren Geldbeutel; nach kurzem Zögern leerte sie den gesamten Inhalt in die Hände des Mannes.

»Geht wieder in die Hawk Lane«, sagte sie. »Ganz unten, auf der gegenüberliegenden Straßenseite, seht ihr ein großes Gebäude, das wie eine Kirche aussieht.« Sie hielt inne und schaute dem Mann in das gesunde Auge. »Klopft an, redet mit dem Priester dort, Vater Cuthbert. Hinter dem Hospiz gibt es eine Scheune. Sagt ihm, Mistress Swinbrooke habe euch geschickt.«

»Ja, und Colum Murtagh, der Beauftragte des Königs.« Der Ire, der sich seiner Furcht schämte, trat näher.

Der Leprakranke hob eine Hand, drehte sich um und führte seine entstellten Gefährten wieder in die Dunkelheit.

Luberon watschelte aus seinem Versteck.

»Tut mir leid, Mistress, wirklich, aber die jagen mir Angst ein.«

Kathryn drückte ihm den Arm. »Simon, auch ich hätte mich erschrocken, aber mein Vater hat mir beigebracht, daß Lepra nicht ansteckend ist, solange man nicht mit ihnen badet, ißt, trinkt und schläft.«

Sie stand an der Ecke der Hawk Lane und sah den dunklen Schatten nach, die in der Gasse zwischen den schiefen Häusern verschwanden. Das Klappern der Stöcke und das Klingeln des Silberglöckchens hallte unheimlich durch die eisige Stille. Kathryn regte sich nicht. Aus einem unerfindlichen Grund dachte sie an ihren verschwundenen Mann, Alexander Wyville. Was, wenn es ihm schlecht ginge oder er so krank wie diese Menschen wäre? Oder wenn er verkleidet herumreiste?

»Kommt, Kathryn!« drängte Colum.

Sie gingen auf der verlassenen Straße, vorbei an der Kirche von St. Margaret und überquerten den Seidenmarkt. Canterbury war wie eine Geisterstadt; selbst an der großen Schenke ›Zum Hoffnungstropfen‹ leuchtete nur gedämpftes Licht, und die Fensterläden waren geschlossen. Auf der Straße bewegte sich nichts außer streunenden Katzen, obwohl Kathryn hier und da in einem Hauseingang einen dunklen Schatten sah und an den Straßenecken Bettler oder Straßenräuber, die verzweifelt nach einem Geschäft Ausschau hielten. Sie kamen am Hetzpfahl für Bullen vorbei, der am Rande des Buttermarktes stand. Ein paar Reisende suchten Schutz vor der eisigen Kälte im Wirtshaus ›Zur Sonne‹, einer großen Schenke bei Christchurch Gate. Darüber ragten die erhabenen, mit Zinnen versehenen, viereckigen Türme der Kathedrale empor, als könnten sie den sternenübersäten Himmel berühren. Der Pranger und die Peitschpfähle vor Christchurch Gate waren leer.

»Die Gerichte arbeiten nicht«, sagte Luberon.

»Sie werden es bald wieder tun«, fügte Colum hinzu. »Wenn es wärmer wird. Morgen früh wird Tauwetter einsetzen, und dann Gnade Gott allen, die ein Loch im Dach haben.«

»Werden die Gäste im ›Weidenmann‹ bleiben?« fragte Kathryn.

»Oh ja«, erwiderte Colum. »Sie müssen.«

»Ich versuche mir gerade vorzustellen«, sinnierte Luberon, »was Erpingham wohl getan hat, als er in sein Zimmer kam. Wir wissen, daß er allein hinaufgegangen ist mit einem Weinkelch. Offenbar hat er die Tür verriegelt und verschlossen. Dann hat er sich ausgezogen, wahrscheinlich einen Schluck Wein getrunken. Was könnte er noch gemacht haben?«

Kathryn blieb stehen und packte Luberon am Handgelenk. »Oh, klügster aller Schreiber«, hauchte sie atemlos. »Natürlich! Aber dadurch wird das Rätsel nur noch größer!«

»Wodurch?« fragte Colum.

»Ire, was würdet Ihr tun, wenn Ihr ein Steuereintreiber wärt, und das Silber, das Ihr eingenommen hättet, befände sich in Satteltaschen in Eurem verschlossenen Zimmer? Nun wart Ihr unten und kommt zurück?«

»Ich würde die Satteltaschen überprüfen«, erwiderte Colum.

»Und wenn sie leer wären?« fuhr Kathryn fort. »Ihr würdet hinunterlaufen und Alarm schlagen. Demnach«, schloß Kathryn, »muß das Silber, als Erpingham sich an jenem Abend zurückzog, noch in den Satteltaschen gewesen sein; es sei denn, Erpingham war mit etwas anderem beschäftigt. Aber was könnte das gewesen sein?«

Diese Frage konnten ihre Gefährten nicht beantworten. Sie gingen an der mächtigen Kathedrale vorbei; nach der Turn Again Lane überquerten sie die Sun Street und bogen in die St. Alphage's Lane ein. Dort war es stockfinster, und Luberon hatte Schwierigkeiten, Erpinghams Haus wiederzufinden. Doch schließlich gelang es ihnen: ein schmales, zweistöckiges Gebäude, das zwischen den Häusern zu beiden Seiten eingezwängt schien. Luberon gab Kathryn die Schlüssel; sie öffnete die Haustür, und die Gruppe betrat die mit Steinplatten ausgelegte Diele. Colum strich ein Zündholz an, zündete ein Binsenlicht an und schaute sich nach Kerzen um. Nachdem er ein paar gefunden hatte, begannen sie ihre Suche.

Das Haus war sehr klein: eine Küche und ein kleines Empfangszimmer im Parterre, im ersten Stock eine leerstehende Bodenkammer neben einem üppig möblierten Schlafzimmer. Während sie noch weitere Kerzen anzündeten, bestaunten Kathryn und Colum Pracht und Reichtum von Erpinghams kleinem Refugium. Im Schlafzimmer hingen Wandteppiche, auf dem Boden lagen Läufer, und in jeder Ecke stand eine Kohlepfanne aus Kupfergold. An den Wänden waren Kerzenhalter aus Bronze befestigt. Das Bett war ebenfalls kostbar: Baldachin und Bettdecke des großen Himmelbettes waren aus Seide und hatten silberne Troddeln. Das große Kissen war mit Daunen gefüllt, der Bezug paßte zu den Bettlaken aus glattem, rotem, golddurchwirktem Seidenstoff. Unten in der Küche standen Bronzetöpfe und Zinnbecher ordentlich auf den Regalen. Neben einem kleinen Backofen hingen Fleischmesser, Kessel und Schöpflöffel, gespült und poliert, an glänzenden Haken an der Wand. Im kleinen Empfangszimmer war es nicht anders: Holzpaneele an den Wänden, sogar oberhalb eines kleinen Kamins. In jeder Ecke stand ein gepolsterter Schemel; auf dem Boden lagen Wollteppiche. Ein polierter, ovaler Tisch, um den Stühle mit hohen Lehnen standen, nahm die Mitte des Raumes ein.

»Ein kleines Liebesnest«, erklärte Colum. »Bei einflußreichen Adligen oder königlichen Beamten habe ich dergleichen schon gesehen. Erpingham muß ein wohlhabender Mann gewesen sein, um dieses Haus für derart unregelmäßige Besuche zu unterhalten. Ich wette, er war den Damen der Stadt wohlbekannt, oder jeder anderen Frau, die ihm in die gierigen Hände fiel.«

»Unter dem Tisch steht eine Truhe«, rief Luberon, ging in die Hocke und zeigte darauf.

Colum zog sie hervor. Sie war etwa zwei Meter lang, mit Metall beschlagen und mit Eisenbändern verstärkt. Sie hatte drei Schlösser, doch die Schlüssel, die Kathryn bei sich hatte, paßten nicht. Colum ging in die Küche und kam mit einem Hammer zurück. Mit groben Schlägen schlug er die Schlösser entzwei und klappte den Deckel auf. Ein süßer, angenehmer Duft erfüllte den Raum. Kathryn nahm einen Beutel mit Kräutern aus der Truhe, ein kleines, in Kalbsleder gebundenes Buch und Pergament. Sie schlug das Buch auf. Wegen der leuchtenden Farben hielt sie es zunächst für ein Stundenbuch, doch dann betrachtete sie die Gemälde genauer und lächelte. Sie reichte es Colum.

»Kein Gebetbuch«, murmelte sie. »Jede Seite zeigt eine hübsche junge Frau in allen möglichen Stellungen – nackt, wie der Herrgott sie schuf.«

Colum riß ihr das Büchlein förmlich aus der Hand; Kathryn begann, die Pergamentstücke zu untersuchen. Sie griff noch einmal in die Truhe.

»Ah, da ist noch etwas!«

Kathryn zog kleine Beutel heraus, den gelblichen Schädel eines Hundes, ein Kreuz, auf das eine vertrocknete Fledermaus mit dem Kopf nach unten genagelt war, die Wurzel einer Alraune und Wachsbällchen. Kathryn betrachtete diese Werkzeuge der Schwarzen Magie mit Abscheu und warf sie in die leere Truhe.

»Laßt uns gehen«, sagte sie, betrachtete die Pergamente und steckte sie dann in die Tasche.

Colum und Luberon waren einverstanden. Sie machten noch einen Rundgang durch das Haus, konnten jedoch weder eine zweite Truhe noch ein Geheimzimmer entdecken. Luberon versprach, am nächsten Morgen noch einmal herzukommen für eine zweite Durchsuchung. Kathryn nickte gedankenverloren. Sie hatte die Pergamente sorgfältig untersucht, vor allem die Zeichnung eines großen Weidenmannes, ähnlich dem Bild auf dem Schild des Wirtshauses, in dem Erpingham gestorben war. Ein Riese aus Zweigen und Ästen und in deren Gewirr mehrere Initialen, die Kathryn sofort wiedererkannt hatte.

Sieben

Am nächsten Morgen erwachte Kathryn erst spät, und sie lachte, als sie aus dem Bett stieg und die Fensterläden öffnete.

»Ein Ire hat immer recht!«

Die Sonne schien, und starkes Tauwetter hatte eingesetzt. Auf den Dächern der gegenüberliegenden Häuser in der Ottemelle Lane rutschte der Schnee bereits auf die Dachrinnen zu, und Kathryn hörte auch vom Giebel ihres eigenen Hauses Wasser tropfen. Sie öffnete die Fensterflügel, atmete die eiskalte Luft ein und lauschte. Unter dem Fenster rumpelten Karren vorbei, und laute Rufe erschallten. Die Stadt würde mit großer Geschäftigkeit die verlorene Zeit aufholen. Die Sonne hatte den Morgendunst bereits vertrieben, und Kathryn vernahm das Geläut der Kathedrale, das zur Morgenmesse rief. In der klaren Morgenluft übertönten sie sogar das Rattern der Karren, das Peitschenknallen und das Geschrei der Händler. Kathryn fröstelte, schloß das Fenster, wusch sich rasch und zog sich an. Sie zündete die Stundenkerze an und schnitt sie sorgfältig mit einem Messer bis zum zehnten roten Ring herunter. Die Glocken der Kathedrale hatten die zehnte Stunde verkündet. Kathryn tupfte etwas von ihrer kostbaren Salbe auf Hals und Handgelenke, schlug die Decke zurück und zog das Bett ab: Thomasina würde das gute Wetter ausnutzen und das Bettzeug waschen.

»Kathryn! Kathryn!« Wuf hüpfte draußen im Flur herum.

Sie öffnete die Tür, und der kleine Junge hielt ihr eine Holzscheibe unter die Nase.

»Ich habe sie selbst geschnitzt!« verkündete er stolz. »Damit kann ich auf dem Eis spielen!«

Kathryn strich ihm zerstreut über den Kopf und wünschte Agnes einen Guten Morgen; die Magd trug bereits ein Bündel

Bettwäsche zum kleinen Waschhaus, das im hinteren Teil des Gartens stand.

In der Küche war Thomasina damit beschäftigt, einen großen Topf Haferschleim zu kochen. Die alte Amme richtete sich auf und schaute Kathryn streng an. »Ihr seid gestern abend spät nach Hause gekommen!«

Kathryn lächelte. »Das gehört zum Geschäft einer Leichenbeschauerin, Thomasina!« Sie schaute zu dem frischgebackenen Brot hoch, das in einem Korb unter der Decke hing, vor naschhaften Mäusen geschützt. »Das riecht aber gut.«

»Lenkt nicht vom Thema ab!« fuhr Thomasina sie an. »Was habt Ihr mit dem verdammten Iren getrieben?«

Kathryn trat neben sie. »Er hat mich vergewaltigt, Thomasina«, flüsterte sie. »Mich in eine dunkle Gasse gezogen und grausam geschändet.«

Thomasina streckte ihr die Zunge heraus. »Belügt mich nicht!« Sie drehte sich um und rührte in der Hafergrütze. »Aber Ihr habt schon als kleines Kind viel Fantasie gehabt.«

Kathryn schnitt eine Grimasse und setzte sich an den Tisch. Nach dem Besuch von Erpinghams Haus war sie mit Colum zurückgekehrt. Sie hatten nicht über ihren Fund gesprochen, weil Colum einen seiner plötzlichen Stimmungsumschwünge hatte. Nach einem Blick in den sternenklaren Himmel hatte er begonnen, von seinen jugendlichen Streifzügen durch Irland zu erzählen.

»Der Himmel dort ist sehr klar. Ich bin immer hinausgegangen und habe gesungen. Es soll Glück bringen, wenn man zu den Sternen singt: die Urahnen behaupten, wenn sich die Sterne bewegen und die Planeten, sei der Himmel voller Musik.«

Ohne Kathryns Antwort abzuwarten, hatte Colum ein sehnsüchtiges, bittersüßes gälisches Lied angestimmt. Kathryn lächelte vor sich hin.

»Hier ist Eure Hafergrütze!« Thomasina donnerte die Schüssel vor Kathryn auf den Tisch. »Und Eure Milch, und da steht der Honig. Und wenn Ihr da sitzen wollt wie die Katze, die Sahne stibitzt hat, soll mir das recht sein!« Thomasina wandte sich ab und ging fort, als hätte sie einen Ladestock verschluckt.

Kathryn goß Milch in die Schüssel, nahm einen Löffel Honig und begann, sie langsam zu schlürfen.

»Hier ist Euer Bier.« Thomasina ließ einen Krug gewässerten Bieres über den Tisch schlittern.

Kathryn legte den Hornlöffel beiseite.

»Komm her, Thomasina.«

Die alte Amme kam zögernd näher, und Kathryn ergriff ihre Hand.

»Wir sind nach Hause gegangen«, erklärte Kathryn. »Unter sternenklarem Himmel. Colum hat mir etwas vorgesungen. Thomasina, willst du uns daraus einen Vorwurf machen? Mord, Eifersuchtsdrama, und mitten in der Nacht noch Leichenschau! Und ständig das Rätsel um Erpingham im Kopf!«

Thomasinas Miene wurde freundlicher. »Seid nur vorsichtig«, bat sie. »Soll ich immer noch zu Witwe Gumple gehen?«

»Nein«, erwiderte Kathryn.

Thomasina wandte sich ab, schloß die Augen und murmelte ein Dankgebet. Sie verachtete Witwe Gumple von ganzem Herzen. Diese war in ihren Augen nicht nur arrogant und scheinheilig; Thomasina hatte ihr auch vor Monaten ein Geständnis abgerungen. Die Erpresserbriefe an Kathryn, in denen es um das Verschwinden von Alexander Wyville ging und ihre Herrin verhöhnt wurde, stammten aus der Feder der Witwe. Thomasina schmunzelte: die Briefe kamen nicht mehr, obwohl noch immer keine Menschenseele wußte, wo Alexander Wyville sich aufhielt.

»Wie ging es den Blunts?« fragte Thomasina.

»Emma Darryl ist eine starke Frau«, sagte Kathryn und nahm wieder ihren Löffel zur Hand. »Peter befindet sich noch in einer Art Trance. Colum und ich wollen heute im Laufe des Tages zu Richard gehen.«

Thomasina rührte in dem Topf mit Hafergrütze. Während sie zusah, wie der Brei allmählich sämig wurde, hing sie ihren Gedanken nach. Alles verändert sich, dachte Thomasina. Seit der Ire aufgetaucht war, hatte Kathryn sich gewandelt: sie trat energischer und selbstbewußter auf als früher. Murtagh hatte ihr neuen Lebensmut gegeben: Kathryn hatte ihre scharfe Beobachtungsgabe und ihren Verstand benutzt, um einigen Mördern das Handwerk zu legen. Nach ihrem Erfolg in der Burg Anfang des Jahres hatte sogar der König einen Beutel voll Gold und einen persönlichen Dankesbrief an seine ›liebe und hochverehrte Ärztin Kathryn Swinbrooke, wohnhaft in der Ottemelle Lane‹ geschickt. Trotzdem hatte die Tragödie im Hause Blunt Thomasinas Sinn für die Vergänglichkeit und die Wechselwirkungen des Lebens geschärft. Sie hatte immer eine Schwäche für den Maler mit seinen flinken Augen und dem fröhlichen Lachen gehabt. Nun würde er am Galgen auf dem Buttermarkt hängen. Sein Körper würde sich winden und zucken, während ihm das Seil den Atem abschnürte. Eine vage Idee nahm in ihrem Kopf allmählich Gestalt an.

»Kann ich mitkommen?« fragte sie über die Schulter.

»Wohin?« Frisch rasiert und mit zerzaustem Haar betrat Colum die Küche.

»Ins Rathaus.« Thomasina drehte sich um. »Mistress, ich würde Master Blunt gern meine Aufwartung machen.«

Kathryn schaute ihrer Amme in das rote, rundliche Gesicht und sah den fest zusammengekniffenen Mund und das trotzig vorgeschobene Kinn.

»Das ist eigentlich nicht nötig ...« begann Colum.

»Natürlich kannst du«, sagte Kathryn rasch, »sobald ich meine Patienten verarztet habe, die gleich kommen werden.«

Thomasina bedankte sich. Im Nu war sie wieder bester Laune und neckte den Iren: er sei nichts als ein Müßiggänger und Tunichtgut, der seine Zeit damit verbrachte, sich nach braven Christinnen zu verzehren. Sie reichte Colum Hafergrütze und stellte Brot und Butter auf den Tisch.

»Müßt Ihr nicht in Kingsmead einmal nach dem rechten sehen?« fragte Kathryn.

Colum schlürfte an seinem Löffel und lächelte träge.

»Holbech ist ja da«, antwortete er und meinte seinen Feldwebel. »Er hat ein Auge auf alles. Dem König sind seine Steuern und die Aufklärung von Erpinghams Tod bestimmt wichtiger. Ihr habt gestern abend etwas entdeckt, nicht wahr, Kathryn?«

Kathryn legte den Löffel beiseite und ging in ihre Schreibkammer. Sie holte die Pergamentstücke, die sie in Erpinghams Haus gefunden hatte, und breitete sie zwischen sich und Colum auf dem Tisch aus.

»Das ist der Weidenmann.« Kathryn zeigte auf die unbeholfene Zeichnung eines Riesen aus geflochtenen Zweigen. »Wenn ich mich recht an die Geschichten meines Vaters erinnere, war der Weidenmann ein riesiger Käfig aus Zweigen, der die Form eines menschlichen Körpers hatte. Die Urbevölkerung, diejenigen, die hier lebten, bevor die Römer kamen, pflegten ihre Gefangenen in den Weidenmann zu stecken und ihn dann anzuzünden als Opfer für die Götter.«

»Ja, ja.« Colum drehte das Pergament um. »Ich habe ähnliche Geschichten in Irland gehört.« Er schaute Kathryn an. »Und?«

»Nun, die Zeichnung stellt das Wirtshaus dar. Auf dem Schild, das draußen vor der Tür hängt, befindet sich ein ähnliches Bild von einem Weidenmann. Es ist besser ausgeführt, aber das spielt keine Rolle. Wichtig ist …« Kathryn zeigte auf die kleinen freien Felder, in denen Initialen eingetragen waren. »Was seht Ihr hier?«

Colum betrachtete die Zeichnung gründlich. »Tja, in diesem Quadrat stehen die Buchstaben G.P« Er warf Kathryn einen fragenden Blick zu. »Sir Gervase Percy etwa?«

»Weiter«, beharrte Kathryn.

»A.M.«

»Alan de Murville«, erwiderte Kathryn.

»Natürlich«, sagte Colum verblüfft. »Die Initialen aller Gäste sind hier eingezeichnet.«

»Und schaut Euch das Datum an, das in römischen Ziffern zwischen den Beinen des Weidenmannes steht.«

Colum stieß einen Pfiff aus. »Der sechzehnte Dezember.«

»Das beweist«, fuhr Kathryn fort, »daß es kein Zufall war, daß Erpingham und die anderen Gäste nicht zur gleichen Zeit im ›Weidenmann‹ ankamen.«

Colum tippte auf die anderen Pergamentstücke. »Und was ist mit denen?«

»Nicht viel«, sagte Kathryn und tupfte sich den Mund mit einer Serviette ab. »Berechnungen, Zahlen, obwohl auch hier wieder die Anfangsbuchstaben auftauchen: G.P., A.M., sogar die von Vater Ealdred.«

»Kann es sein«, fragte Colum, »daß wir gestern unsere Zeit verschwendet haben? Woher wollen wir wissen, ob nicht alle Gäste Erpinghams Tod geplant haben? Ob nicht einer für den anderen zeugt?«

»Das wissen wir nicht!« Kathryn hielt inne, als es an der Tür klopfte. »Aber damit werden wir uns später befassen, denn da kommen meine ersten Patienten.«

Die Hilfesuchenden kamen in Scharen. Die beiden alten Jungfern, Eleanor und Maude, beklagten sich über Gliederreißen. Kathryn verabreichte ihnen schwarzbeerige Zaunrübe. Anschließend kam Bryan der Glöckner und hielt sich den Bauch.

»Ich habe Durchfall«, stöhnte er. »Mistress, es ist so furchtbar!«

Kathryn tastete sanft seinen dicklichen Bauch ab und suchte nach einem Knoten oder einer Verhärtung, fand aber nichts.

»Was habt Ihr gegessen?«

»Frisches Brot«, erwiderte Bryan, »und unverdorbenes Fleisch.«

Kathryn lächelte ihn an. »Und was habt Ihr getrunken?«

Der Glöckner errötete. Kathryn trug ihm auf, mit frisch gebrautem Bier vorsichtig zu sein, und gab ihm einen Auszug aus Kalmuswurzeln. »Schüttet das in sauberes, klares Wasser«, wies Kathryn ihn an. »Laßt es mindestens eine halbe Stunde neben dem Feuer stehen, und nehmt täglich zwei- oder dreimal vor den Mahlzeiten einen Eßlöffel voll. Und«, rief sie dem Glöckner nach, der sich die kleine Phiole geschnappt hatte und pfeilschnell zur Tür eilte, »trinkt mindestens eine Woche kein Bier!«

Der letzte Patient war Wynken der Nachtwächter. Er war ein großer, stämmiger Mann in mittleren Jahren und polterte ungeschickt ins Haus, den Kopf leicht zur Seite geneigt. Thomasina, die ein Auge auf den ernsten Gesetzeshüter geworfen hatte, flatterte bekümmert um ihn herum.

»Was fehlt Euch?« fragte Kathryn.

»Ich habe einen Fleck!« bellte Wynken. »Einen Fleck am Hals.
Könnt Ihr mir eine Salbe geben, Mistress? Damit ich ihn einrei-
ben kann?«

»Setzt Euch«, befahl Kathryn. »Und nehmt den Umhang ab.«
Als Wynken protestieren wollte, fuhr sie fort: »Wie soll ich etwas behandeln, das ich nicht gesehen habe?«

Der Nachtwächter gehorchte. Kathryn zog den schmutzigen
Hemdkragen zurück und warf Thomasina einen vielsagenden
Blick zu, als sie die böse rote Schwellung sah, die etwa eine
Handbreit unterhalb der Nackenpartie des Nachtwächters saß.

»Das ist kein Fleck, mein lieber Wynken«, erklärte sie, »das
nennt man Karbunkel.« Kathryn berührte es leicht, und Wynken
jaulte auf.

»Na, dann schmiert doch etwas Salbe drauf.«

»Tja, ich könnte es auch mit Feenwasser segnen«, konterte
Kathryn. »Aber Ihr wollt doch, daß ich es behandle?«

»Oh ja, bitte«, jammerte der Nachtwächter. »Um der Liebe
Christi willen!«

Kathryn hielt inne, weil es an der Tür klopfte. Als sie Luberons
Stimme von der Haustür her hörte, wandte sie sich lächelnd wieder ihrem Patienten zu. »So, Wynken«, sagte sie, »was ich jetzt
mache, wird mir mehr weh tun als Euch. Thomasina, bring mir
eine Kerze, zwei Nadeln und mein kleines, scharfes Messer.«

Wynken, der durch die Worte aufgeschreckt war, wollte die
Flucht ergreifen.

»Ihr bleibt sitzen«, befahl Kathryn und drückte ihn energisch
auf den Stuhl zurück.

Thomasina brachte Nadeln und Messer, eine Schüssel heißes
Wasser und eine kleine Rolle Verbandszeug. Kathryn prüfte, ob
Nadeln und Messer sauber waren und fuhr langsam damit durch
die Kerzenflamme. Wynken sah ihr über die Schulter hinweg zu
und stöhnte hin und wieder auf, wenn der Kragen die Beule berührte.

»Oh Gott, Mistress, was habt Ihr vor?«

Kathryn lächelte. »Ich weiß auch nicht warum, aber mein Vater, der Herr habe ihn selig, hat mir immer gesagt, Feuer sei die

783

beste Reinigung. Und jetzt, Wynken, beugt den Kopf nach vorn und betet zu Gott.«

Kathryn begann leise über das Wetter zu reden, dann fragte sie, warum Wynken, der in der Gemeinde als aufrechter Witwer galt, noch keine zweite Frau gefunden habe? Kathryn schaute bei dieser Frage schelmisch zu Thomasina hinüber und schmunzelte. Sobald Wynken sich entspannte, hörte sie auf, die Haut in der Umgebung der Entzündung zu betasten und öffnete den Karbunkel mit einem sauberen Schnitt. Sie preßte den Eiter heraus und säuberte die Wunde sorgfältig, bevor sie eine kleine Kompresse aus getrocknetem Moos auflegte. Wynken heulte, und Thomasina fuhr ihn an, er solle den Mund halten. Sowie Kathryn mit dem Verbinden fertig war, lächelte der Nachtwächter erleichtert. Er zahlte seine Münze und wanderte zur Tür hinaus, ein lautes Lob der Heilerin auf den Lippen.

Kathryn wusch sich sorgfältig die Hände, brachte Phiolen und Verbandszeug in ihre Schreibkammer und ging wieder in die Küche zu Luberon und Colum. Der Ire schaute besorgt und reichte Luberon ein Stück Segeltuch.

»Was ist los?« fragte Kathryn.

»Frenland«, erwiderte Colum. »Erinnert Ihr Euch an den Mann, mit dem ich Vorräte eingekauft habe?« Er nahm Luberon den Beutel ab und schob ihn über den Tisch.

Kathryn öffnete ihn und rümpfte die Nase bei dem Gestank, der ihr entgegenschlug. Sie zog die zerfetzten, blutigen Überreste eines Umhangs heraus und schob sie schnell wieder in den Beutel. »Ist das Frenlands?«

Colum nickte. »Holbech hat Reiter ausgeschickt, um die Vorräte zu holen, die ich auf dem Gehöft gelassen hatte. Es liegt in der Nähe der Wegkreuzung, an der Frenland mich verlassen hat. Ein Stück weiter fanden sie das hier. Master Luberon meint, das sieht so aus, als wäre Frenland von wilden Hunden angegriffen und schlimm zugerichtet worden.« Er zuckte die Achseln. »Vielleicht sogar getötet.«

»Wer hat Euch die Sachen gebracht, Simon?« wollte Kathryn wissen.

Der kleine Schreiber schaute auf seine Hände, sichtlich um die richtigen Worte ringend.

»Frenlands Frau kam ins Rathaus und brachte das mit.« Er warf Colum einen schiefen Blick zu. »Sie hat alle möglichen Anschuldigungen gegen Euch vorgebracht.«

Colum stöhnte und stützte das Kinn in eine Hand.

»Sie hat ein essigsaures Gesicht«, murmelte Colum, »und eine spitze Zunge. Was behauptet sie denn, Simon?«

»Ihr hättet Frenland im Stich gelassen, wäret in Panik geraten oder hättet sonstwas mit ihm gemacht ...« Luberon verstummte.

»Was zum Beispiel?« fragte Kathryn scharf.

Luberon rutschte auf seinem Stuhl herum. »Nun ja«, murmelte er, »sie behauptet, Colum hätte ihn vielleicht sogar umgebracht.«

»Unsinn!« erklärte Kathryn.

Luberon schaute Colum an. »Ihr solltet zu ihr gehen, Ire, und mit ihr reden.«

Kathryn nahm den Beutel vom Tisch und schob ihn in eine Ecke neben der Feuerstelle.

»Nein, Colum, das tut Ihr nicht! Wir haben im Rathaus zu tun.« Sie blickte ihn scharf an. »In Blunts Haus ist etwas Furchtbares geschehen, aber nicht so, wie uns beschrieben wurde. Mistress Frenland muß eben warten.«

Kathryn bat Thomasina, die Umhänge zu holen und alles zu richten, was sie mitnehmen wollten.

»Was ist dieser Frenland für ein Mensch?« fuhr Kathryn fort.

Colum hob die Schultern. »Ein guter Mann, eine Frohnatur. Er hat im letzten Krieg bei Lord Hastings gedient: seine Frau ist ein alter Drachen, und Frenland versteht etwas von Pferden.«

»Worüber habt Ihr gesprochen?« fragte Kathryn. »Ich meine unterwegs, als Ihr die Vorräte holen wolltet!«

Colum zog ein langes Gesicht. »Wir haben uns über Canterbury unterhalten, über die Stallungen.« Verlegen scharrte er mit den Füßen.

»Worüber noch?« fragte Kathryn.

»Gerüchte über Euren Gatten.« Colum hob eine Hand. »Um

785

Himmels willen, Kathryn, das war doch nicht schlimm!« Er kratzte sich am Kopf. »›Ich bete zu Gott, möge das Leben all jener Männer, die sich nicht unter die Fuchtel ihrer Frau begeben, nur ein kurzes sein.‹« Colum grinste. »So spricht die Frau aus Bath. Frenland war der lebende Beweis dafür.«

Kathryn schüttelte den Kopf. »Ja, und lauten nicht die letzten Worte der Frau aus Bath: ›Und wer das Geld im Säckel läßt, dem schicke Gott alsbald die Pest.‹« Sie wies auf den Beutel am Boden. »Ich werde mich um Mistress Frenland kümmern, wenn wir wieder da sind.«

Hinter Kathryns Rücken zwinkerte Colum Luberon zu. Wenn er es recht bedachte, so war er über die Anschuldigungen, die Mistress Frenland gegen ihn vorbrachte, nicht sonderlich erbost. Sie hatte keinerlei Beweise, und der Mann war verschwunden, ohne nur zu fragen. Colum war mehr von Kathryns aufschäumender Wut und Entschlossenheit fasziniert. In der Regel war sie heiter und etwas spöttisch; wie brüsk sie die Anschuldigungen gegen ihn zurückwies, tat ihm wohl. Luberon und Colum folgten ihr aus dem Haus. Sogleich rutschte er auf dem Eis aus und schlug der Länge nach hin.

»Bei Mogglins Schwanz!« fluchte er und rappelte sich wieder auf, rieb seinen Arm und klopfte sich das schmutzige Eis vom Umhang. Kathryn trat zu ihm. »Colum?«

»Nichts«, sagte er. »Außer meinem Stolz ist nichts verletzt.«

»Ich wollte Euch noch sagen«, gestand Luberon, »daß der Schnee zwar schmilzt, das Eis aber gefährlich glatt ist.«

Der Schreiber behielt recht. Ottemelle Lane und alle anderen Straßen waren vereist. Das hatte jedoch viele Menschen nicht davon abgehalten, auf den Markt zu strömen, wo die Stände, Buden und Läden gute Geschäfte machten. Doch hier und da rutschte jemand aus und fiel hin. Thomasina kam mit kleinen, vorsichtigen Schritten hinter ihnen her. Plötzlich blieb sie stehen, lehnte sich an eine Hauswand und hielt sich die Seiten vor Lachen: Schreiber Goldere, der in seinen engen Beinlingen und hochhackigen Stiefeln einherstolzierte, das lockige Haar geschniegelt und onduliert, fiel unsanft auf sein Hinterteil und hauchte mit spitzem

786

Mund ein verblüfftes: »Oh!« Seine schicke Fußbekleidung machte es ihm nahezu unmöglich, wieder auf die Beine zu kommen.

Auch die Mistkarren waren unterwegs und versuchten, die hart gefrorenen Abfallberge, die überall im Weg lagen, abzutransportieren. Zwei Büttel aus der St. Margaret's Street hatten die zugefrorene Abflußrinne in der Mitte der Straße aufgehackt: der Gestank von dem erstarrten Unrat, der dort lag, war so durchdringend, daß die Passanten sich Nase und Mund zuhalten mußten. Ein Schwein, das unter einem Schneehaufen erfroren war, wurde freigeschaufelt. Mit kurzen Stöcken oder Messern bewaffnete Bettler machten sich daran, Fleischstücke aus dem gefrorenen Kadaver zu schneiden. Auf dem Buttermarkt füllten die Büttel den Stock mit jenen Missetätern, die während des starken Frosts nach der Sperrstunde noch unterwegs gewesen waren oder kleinere Verbrechen begangen hatten. Ein Taschendieb, der zum zweiten Mal erwischt worden war, wurde mit den Ohren an die Kreuzlatte eines Pfostens genagelt. Einem Fälscher, der zum dritten Mal angeklagt war, brandmarkte der Henker der Stadt die Wange mit einem glühenden Eisen – eine bleibende Erinnerung an seine Taten –, und er schrie so laut, daß er alle Rufe des Marktplatzes übertönte. Eine fluchende und spuckende Hure hatte man über einen Karren gebeugt, um ihr das schmutziggraue Hinterteil auszupeitschen. Zwei Fleischer standen am Kreuz. Man hatte ihnen das verdorbene Fleisch, das sie verkauft hatten, vor den Mund und um den Hals gebunden. Straßenkinder und Bettler, die nach der Einsamkeit der vergangenen Tage auf Schabernack aus waren, versammelten sich bei den Missetätern und bewarfen sie mit Schneebällen und stinkendem Unrat. Bauern aus der Umgebung kamen mit schweren Schritten in die Stadt. Sie schoben Schubkarren vor sich her oder trugen schwere Lasten auf dem gebeugten Rücken. Sie wollten rasch ihre Waren verkaufen und etwas Geld verdienen, ehe der Schnee zurückkam. Ein Liedverkäufer probte auf den Stufen eines Wirtshauses einen neuen Lobgesang, während ein dunkler Reisender in auffallend bunten Lumpen auf den Stufen von St. Andrew stand und von seinen Reisen ins Gelobte Land erzählte.

Kathryn und ihre beiden Begleiter gingen die High Street entlang, blieben kurz vor der Schenke ›Zum Hoffnungstropfen‹ stehen, um einem Leichenzug Platz zu machen, der sich den Weg zur Kirche St. Helen bahnte. Der Leichenkarren war vollgestopft mit Särgen, einfachen Kisten aus Fichtenholz, die teilweise nicht richtig zugenagelt waren. Ein Passant erzählte Kathryn, die Leichen seien die einer ganzen Familie, die in ihrem Haus erfroren war.

Auf den Treppen im Rathaus herrschte dichtes Gedränge. Kaufleute, Rechtsgelehrte und Stadtverordnete lechzten förmlich danach, Neuigkeiten auszutauschen und zum Alltag überzugehen. Als Colum vorüberging, traten sie zur Seite und verbeugten sich respektvoll. Obwohl der Zorn des Königs auf die Stadt, die das Haus Lancaster unterstützt hatte, inzwischen nicht mehr so loderte, war Colum als Repräsentant der Krone in Canterbury wohlbekannt, geachtet und sogar gefürchtet. Ein Amtsdiener führte sie einen Korridor hinunter und über eine steile Treppe in den Keller zu den Kerkerzellen. Hier gab es weder Licht noch Wärme, weder prasselndes Feuer noch glühende Kohlebecken, und Kathryn zitterte in der feuchten Kälte. Sie warf Thomasina über die Schulter einen prüfenden Blick zu. In der Regel kommentierte die alte Amme alles, was sie sah, doch diesmal war sie – abgesehen von ihrem Gelächter, als Goldere auf dem Eis ausrutschte – auffallend schweigsam und verschlossen.

»Ihr wollt zu Blunt?« Der eingemummte Kerkermeister trat aus der Dunkelheit und rasselte mit den Schlüsseln. Er verbeugte sich ehrerbietig vor Colum, grinste einfältig und entblößte gelbe Zähne. »Ich habe Euch nicht gesehen, Herr, und die Damen auch nicht.«

»Zeig uns, in welcher Zelle Blunt sitzt«, herrschte Colum ihn an.

Der Kerkermeister gab ihnen ein Zeichen, und sie folgten ihm in die Dunkelheit. Nur über einer Zellentür flackerte eine einsame Fackel. Der Kerkermeister öffnete und winkte sie in den schmalen, übelriechenden Raum. Kathryn spürte die nassen Binsen unter den Füßen, und der Gestank, der ihr entgegenschlug, ließ sie nach Luft schnappen. Ratten huschten durch die

Dunkelheit. Plötzlich entdeckte Kathryn eine zusammengesunkene Gestalt, die in einer Ecke kauerte. Ketten rasselten, als sie sich bewegte. Der Kerkermeister brachte eine Kerze und befestigte sie auf einem Eisendorn in der Wand.

»Ich warte lieber draußen«, murmelte Luberon.

Thomasina lehnte sich an die Wand und beobachtete Kathryn, die auf die Gestalt zuging und sich vor sie hockte.

»Master Blunt«, flüsterte sie, »ich bin Kathryn Swinbrooke; Ihr wolltet mich sprechen.«

Der Gefangene hob den Kopf. Kathryn wurde von Mitleid übermannt. Blunt hatte sich so verändert, daß sie ihn nicht wiedererkannt hätte: Haare und Bart waren verfilzt und schmutzig, das Gesicht sah bleich aus im flackernden Licht der Kerze und auf den hervorstehenden Wangenknochen hatten sich Fieberbläschen gebildet.

»Ihr seid also doch noch gekommen«, krächzte der Mann. Mit einer schwachen Handbewegung deutete er auf die Zelle. »Nicht gerade komfortabel hier, Mistress Swinbrooke.« Blunt starrte in die Dunkelheit. »Und wer ist noch da?«

»Master Murtagh, der Beauftragte des Königs in Canterbury.«

»Ich habe von Euch gehört, Ire.« Blunts schmales Gesicht verzog sich zu einem Lächeln. »Und wenn Kathryn Swinbrooke hier ist, dann kann Thomasina nicht weit sein, flink wie sie ist!«

Ein unterdrücktes Schluchzen war die Antwort.

»Weine nicht«, sagte Blunt leise. Dann begann er zu husten, und der geschundene Körper wurde von Krämpfen geschüttelt.

Kathryn beobachtete ihn aufmerksam und sah, daß sich der Speichel auf Blunts Lippen rot verfärbte.

»Colum«, zischte sie, »habt Erbarmen und bittet um einen Schluck Wein für ihn!«

»Ich habe etwas mitgebracht«, sagte Thomasina.

Sie reichte Kathryn einen kleinen Weinschlauch, den diese Blunt in die Hände drückte.

»Trinkt«, drängte sie ihn.

Blunt, kreidebleich und mit Tränen in den Augen, zog den Stöpsel heraus, hielt den Weinschlauch hoch und ließ sich den

Strahl in den Mund laufen, was einen erneuten Hustenreiz auslöste. Erschöpft sank Blunt gegen die Wand.

»Ihr wart bei Emma und dem Jungen?«

Kathryn nickte. »Warum wolltet Ihr mich sehen, Richard? Ich
kenne Euch kaum, aber Euer Anblick schmerzt mich, und mein
Vater wäre entsetzt gewesen, hätte er miterlebt, in welch erbarmungswürdigem Zustand Ihr seid.«

»Ich habe es selbst verschuldet«, erwiderte Blunt und trank
gierig einen zweiten Schluck aus dem Weinschlauch. »Jetzt bin
ich ein alter Mann, Mistress Kathryn. Aber mein Handwerk habe
ich immer verstanden. Von Jahr zu Jahr wurden meine Geldbeutel praller. Dann habe ich Alisoun kennengelernt.« Blunt wollte
sich bequemer hinsetzen, aber die Eisenmanschetten um seine
Hand- und Fußgelenke, die mit Ketten an einem Ring in der
Wand befestigt waren, hinderten ihn.

»Und Ihr habt sie und die beiden jungen Männer umgebracht?« fragte Kathryn.

Blunt beugte sich zu Kathryn vor, die nicht mit der Wimper
zuckte, als ihr der üble Körpergeruch und schlechte Atem entgegenschlug.

»Ich habe von Euch gehört, Kathryn. Es heißt, Ihr seid die beste Ärztin in der Stadt. Ich wußte, daß man Euch beauftragen
würde, die Leichen zu untersuchen. Ich bitte Euch, habt Erbarmen und rührt nicht an dem äußeren Schein. Wollt ihr jedoch
die Wahrheit erfahren, dann schaut im Heiligtum von St. Mildred nach – ja dort!« Er packte ihr Handgelenk. Bevor er weitersprechen konnte, wurde er von einem neuen Hustenanfall geschüttelt. Als er den Kopf hob, bemerkte Kathryn den blutigen
Speichel in seinen Mundwinkeln. »Bitte«, flüsterte er, »Ihr
kennt doch das klassische Sprichwort: ›Quieta non movere‹.«

»Schlafende Hunde soll man nicht wecken«, erwiderte Kathryn.

Thomasina, die hinter ihr stand, begann leise zu schluchzen.
Blunt hob den Kopf und warf einen Blick über Kathryns Schulter.

»Weine nicht um mich, Thomasina. Meine Tage sind gezählt,
und ich habe weiß Gott die Sonne auf meinem Gesicht gespürt.
Ich wurde mit der Liebe einer guten Frau beschenkt und habe

790

viele Wände bemalt. Geht und schaut Euch die Kirchen von Rochester, Gravesend und Dover an. In meinen Gemälden werde ich überleben, wenn andere längst vergessen sind.«

»Können wir etwas für Euch tun?« fragte Kathryn.

Blunt schüttelte den Kopf. »Sagt Emma und Peter, daß ich sie liebe. Sie sollen nicht zur Verhandlung kommen. So einsam wie ich geboren wurde, will ich auch sterben.« Noch einmal packte er Kathryns Handgelenk. »Aber ich kenne Euch, Mistress Swinbrooke – um der Liebe unseres Herrn willen, weckt keine schlafenden Hunde auf!«

Kathryn erhob sich. »Habt Ihr Sir Reginald Erpingham gekannt?« fragte sie.

Nun lächelte Blunt. »Und ob! Er war ein hartherziger, grausamer, seelenloser Teufel. Ich sterbe als glücklicher Mann, denn ich weiß, daß Erpingham bekommen hat, was er verdient. Wißt Ihr, daß er mich aufforderte, zum ›Weidenmann‹ zu kommen, damit ich meine Rechnungen begleiche?« Blunt räusperte sich und spuckte auf den schwarzen, glitschigen Boden. »Tja, nun hat Gott meine Rechnungen mit ihm beglichen, nicht wahr? Erpingham war ein Erpresser. Er war dumm und hat den Tod verdient. Wenn ich ins Wirtshaus gegangen wäre, hätte ich ihn wahrscheinlich auch umgebracht.«

»Wollt Ihr damit sagen, daß diejenigen, die hingingen, die Schuld an seinem Tod tragen?« fragte Kathryn.

»Einer von ihnen gewiß«, bestätigte Blunt. »Aber das mag der liebe Herrgott wissen. Das müßt Ihr herausfinden! Vor Jahren war Erpingham hinter mir her, nicht weil ich ein Wilddieb war, sondern weil ich mich geweigert hatte, Schweigegeld zu zahlen wie die anderen.«

»Aber über seinen Tod wißt Ihr nichts?«

Blunt schüttelte den Kopf. »Der Herr sei mit ihm, ich weiß von nichts.«

»Ich habe dir etwas mitgebracht«, ließ sich Thomasina vernehmen. Sie trat aus dem Schatten und drückte Blunt ein kleines, in Leinen eingeschlagenes Päckchen in die gefesselten Hände. »Etwas Brot, Käse und Dörrfleisch.«

»Danke.« Blunt lächelte Kathryn an. »Und nun geht, bitte!«

Colum hämmerte gegen die Tür, und der Kerkermeister ließ sie in den schlecht beleuchteten Gang hinaustreten.

»Was sollte das alles heißen?« flüsterte Colum.

Kathryn schüttelte nur den Kopf. »Nicht jetzt, Colum. Wir müssen uns die Gemälde in St. Mildred anschauen: ich möchte, daß Blunt es mir persönlich sagt.«

»Habt Ihr irgend etwas erfahren?« fragte Luberon, als sie das Rathaus verließen.

Auf der Treppe drehte Kathryn sich um und sah die beiden an. Sie tippte Colum vor die Brust.

»Ihr seid der Beauftragte des Königs, Ire. Ihr, Simon, seid der Stadtschreiber. Vielleicht ist es vorläufig das Beste, wenn ich meine Gedanken für mich behalte. Aber eines kann ich Euch sagen. Blunt ist ein sterbender Mann.« Sie warf Thomasina, die blaß und traurig abseits stand, einen Blick zu. »Du hast es doch selbst gesehen, nicht wahr?«

Thomasina nickte.

»Wenn er hustet, spuckt er klumpiges Blut«, fuhr Kathryn fort. »Seine Lungen verfaulen.«

»Wird er wirklich sterben?« fragte Luberon und lächelte dann verlegen. »Ich meine, er wird keine wochenlangen Verhandlungen durchstehen? Die Stadtrichter werden seinen Fall einfach ans nächste Assisengericht verweisen.«

Kathryn deutete auf die High Street, wo Kinder dicke Scheite hinter sich herzogen – Holz, das nur an den Abenden vor Weihnachten verbrannt wurde.

»Ich bin Ärztin«, antwortete sie, »und es würde mich wundern, wenn Blunt am ersten Weihnachtstag noch lebte. Kommt, biegen wir hier ab! Ich möchte mich in St. Mildred umsehen.«

Kathryn wollte die Sache jetzt nicht weiter bereden. Sie bahnten sich ihren Weg durch das nachmittägliche Gedränge und eilten an den Hausierern, Händlern und Kesselflickern vorbei, die an allen Ecken herumlungerten. In St. Mildred trat Kathryn schnurstracks vor den Altar, beugte das Knie, zündete die beiden großen Bienenwachskerzen auf dem Tisch im Heiligtum an und ging in die Apsis, um das Gewölbe hinter dem Altar zu betrachten. Thomasina sank traurig auf einen Stuhl, während Colum und Luberon Kathryn Kerzen hielten, damit sie sich die Bilder genau besehen konnte, die Blunt in den vergangenen zwölf Monaten gemalt hatte. Das eine war ein Bestiarium, das einen Phoenix, einen Pelikan und eine Eule darstellte, die von Elstern bedrängt wurden, sogar eine Seejungfrau war zu erkennen. Das zweite handelte von Jesus Christus, der, nackt bis auf ein Lendentuch, seine zwölf Wunden zeigte. Daneben waren die Tierkreiszeichen gemalt. Das größte Gemälde stellte die Heiligen Drei Könige dar. Sie waren prächtig gekleidet, und einer trug einen Falken auf dem Handgelenk. Vor ihnen standen drei grauenhafte Skelette. Kathryn bewunderte die leuchtenden Farben und das Geschick des Künstlers. Die Bilder sprachen ebenso wortreich wie eine Predigt über die ewigen Wahrheiten, die Vergänglichkeit des Lebens und die Unmittelbarkeit des Todes. Das letzte Gemälde indes, das, an dem Blunt gearbeitet hatte, ehe es zu der tödlichen Begegnung mit Alisoun kam, zog Kathryns Aufmerksamkeit auf sich. Es war eine Szene aus dem Alten Testament, in der Abraham Gott seinen Sohn Isaac opfert. Der Junge liegt gefesselt auf dem Altar, und Abraham blickt zum Engel empor, welcher versucht, ihn von seinem Vorhaben abzubringen und die Hand mit dem Dolch darin festhält.

»Haltet die Kerzen näher heran«, drängte sie.

Colum und Luberon gehorchten, und Kathryn sah noch angestrengter hin. Kein Zweifel, die Züge Abrahams glichen denen des alten Mannes in der grauenhaften Zelle im Rathaus. Dann schaute sie sich die Hand Abrahams an und sah, daß der Dolch auf seine eigene Brust zielte und nicht auf seinen Sohn. Kathryn berührte vorsichtig das Bild und lächelte Colum traurig an.

»Ich habe genug gesehen«, flüsterte sie. »Ich kenne die Wahrheit.«

Acht

Es dämmerte bereits, als Kathryn und Colum sich auf den Heimweg machten. Zur gleichen Zeit stand Vavasour, der Schreiber des Steuereintreibers, an seinem Fenster und starrte hinaus. Kathryn hätte den kleinen Schreiber kaum wiedererkannt: keine Spur mehr von nervös zuckender Nase oder fahrigen Gesten. Stocksteif und mit versteinerter Miene schaute er unverwandt in die Dunkelheit. Hin und wieder rieb er sich die Augen oder lächelte verstohlen, als freute er sich insgeheim über einen Witz.

»Wer nur genug Geduld hat, wird reichlich belohnt«, flüsterte Vavasour vor sich hin und steckte die Daumen in den breiten Ledergürtel, den er um die schmale Taille trug. Erpingham hatte das Zeitliche gesegnet – bei Gott nicht zu früh, soviel stand für Vavasour fest. Nun würde er nicht mehr auf Erpinghams Befehle warten müssen wie ein Köter, dem man hin und wieder ein Stückchen Fleisch oder trockenes Brot hinwirft. Vavasour kaute auf den Lippen herum. »Auch wenn der Braten aufgegessen ist, bleibt noch genügend Soße«, murmelte er.

Die scharfsinnige Swinbrooke, überlegte Vavasour, hatte bestimmt das verschwiegene Haus in der St. Alphage's Lane aufgespürt, aber Erpingham besaß noch andere Verstecke in der Grafschaft. Vavasour hatte die feste Absicht, sie im Laufe der Zeit selbst zu nutzen. Oh, natürlich würde Erpingham ihm fehlen! Der verruchte alte Knochen hatte Vavasour vorzüglich mit seinen amourösen Streifzügen unterhalten, hatte ihm von den hochtrabenden Witwen erzählt, die ihn lieber im Bett befriedigten als ihre Zahlungen zu leisten. Erpingham, mit seinen Geldreserven bei den Bankiers, hatte sich seine verbotenen Umtriebe ein Vermögen kosten lassen. Vavasour dachte an die Nacht, in der Erpingham von Alpträumen heimgesucht wurde. Der Steuereintreiber hatte sich stets seiner bösen Vorfahren und seiner

Verbindung zu diesem besonderen Zimmer im ›Weidenmann‹ gerühmt. Nun hatte Erpingham für seine Dummheit bezahlt. Wer hielt sich auch in einem Wirtshaus inmitten seiner Feinde auf! Der Mord an ihm war allen ein Rätsel, aber er, Vavasour, konnte beweisen, wie alles abgelaufen war. Schadenfroh rieb er sich die Hände.

»Zwischen Lipp' und Kelches Rand schwebt der dunklen Mächte Hand«, flüsterte Vavasour, und das würde er schon bald unter Beweis stellen.

Der kleine Schreiber schaute auf die Stundenkerze, die ruhig auf dem Tisch brannte. Die Flamme hatte bereits den siebzehnten roten Kreis erreicht: es war fünf Uhr nachmittags, die Zeit, die in der Botschaft genannt war. Um fünf Uhr sollte Vavasour die große Wiese gegenüber dem Wirtshaus überqueren und dann den Fußspuren im Schnee folgen, die ihn hügelabwärts ins Tal unterhalb der Wiese führen würden. Dort sollte Vavasour seinen Anteil an den vielen hundert Pfund erhalten, die aus den Satteltaschen des Steuereintreibers gestohlen worden waren. Der Schreiber setzte sich auf die Bettkante und zog sich die Stiefel über die spindeldürren Beine.

»Warum an diesem einsamen Ort?« murrte er.

Zur Vorsicht legte er seinen Schwertgürtel um, an dem Schwert und Dolch in Ringen steckten. Zusätzlich nahm er die kleine Armbrust mit und steckte fünf Pfeile in seinen Gürtel. Vavasour war nicht dumm: er wollte gewappnet sein. Im übrigen sollte dort eine Laterne brennen. Vavasour warf sich den Umhang über und verbarg die Armbrust darunter. Dann verließ er das Zimmer.

»Geht Ihr aus?« fragte ein Diener, als er die Treppe herunterkam.

»Nur zu einem kurzen Spaziergang«, sagte Vavasour mit geheimnisvollem Lächeln.

»Es ist kalt und ungemütlich«, sagte Tobias Smithler, der an den Weinfässern stand und einen Krug füllte.

Vavasour warf einen Blick durch den Schankraum. Nur der alte Ritter Sir Gervase Percy hielt sich dort auf. Er saß an der Feuerstelle und wärmte sich die Füße; mit zusammengekniffenen Augen blickte er Vavasour an.

»Entfernt Euch nicht zu weit«, warnte er ihn. »Ihr habt gehört, was der Ire gesagt hat. Wir sollen alle hierbleiben, bis die Sache aufgeklärt ist.«

Vavasour zwang sich zu einem Lächeln.

»Was ist denn nun mit der Leiche von Sir Reginald?« fragte der Wirt.

»Sie wurde ins Leichenhaus der Burg gebracht«, erwiderte Vavasour, die Hand auf der Türklinke. »Erpinghams Seele ist bei Gott, und sein Körper wird verrotten. Was will man machen?«

Er ging zur Tür hinaus und schlug sie hinter sich zu. Er überquerte das vereiste Pflaster im Hof. Unter dem Torbogen blieb er stehen. Dichter, weißer Nebel lag über der Landschaft und hüllte den Weg und die Bäume zu beiden Seiten ein. Vavasour überquerte den Weg und sprang erschrocken zur Seite, als aus der Dunkelheit eine Gestalt auftauchte.

»Was zum …?« Vavasours Hand schloß sich um die Armbrust.

»Ich bin's nur, Herr.«

Vavasour atmete erleichtert auf, als er Raston erkannte, einen alten Diener aus dem Wirtshaus. Der Mann hatte offensichtlich ein schlechtes Gewissen, denn er hielt eine Hand unter seinem wollenen Umhang verborgen. Gewildert hat er, dachte Vavasour – daher also beziehen Master und Mistress Smithler ihr frisches Fleisch. Vavasour ging weiter; er würde es sich merken, wie Sir Reginald zu sagen pflegte. Dieses Wissen war allemal eine freie Mahlzeit wert – andererseits wäre vielleicht ein Stelldichein mit Mistress Smithler auch nicht zu verachten! Vavasour spürte die Erregung in seinen Lenden. Appetitlich genug war sie ja – oder, wie sein Herr zu sagen pflegte, eine träge Schönheit mit langem, blondem Haar. Vavasour fragte sich, ob sie ihm willig wäre. Reginald hatte immer behauptet, sie sei zu haben.

»Wenn Ihr genug bietet, gibt sich jedes Weib mit Freuden hin«, hatte der Steuereintreiber immer geprahlt, wenn er in gehobener Stimmung war. Vavasour öffnete das Tor zur Wiese.

Nun, bald hätte er jede Menge Gold und Silber – genug, um sich alle Wünsche zu erfüllen. Aber vorerst mußte er durch den knie-hohen Schnee stapfen. Gutgläubig folgte er den Fußspuren vor ihm. Nach einigen Metern blieb Vavasour plötzlich stehen. Son-derbar! Wieso lag der Treffpunkt in der Talsohle? Vavasour biß sich auf die Lippen. Nun, er zumindest würde seinen Teil der Abmachung einhalten. Aber wenn er vom Hügel aus unten im Tal keine Laterne sähe, würde er ins Wirtshaus zurückkehren, eine üppige Mahlzeit zu sich nehmen und dann sofort den Iren aufsuchen und sich als Kronzeuge anbieten. Der Schreiber zö-gerte. Sollte er das wirklich tun? Irgendwo in der Dunkelheit heulte eine wütende Füchsin den Vollmond an, und eine Eule, die vergeblich an den Rainen nach Beute jagte, schrie kläglich.

Auch ich bin ein Jäger, dachte Vavasour, nur ich werde nicht mit leeren Händen dastehen! Er stapfte weiter. Seine Stiefel wa-ren gut, aus feinstem Leder, aber der Schnee war so tief, daß er Vavasour in die Stiefel drang, und er schüttelte sich, als er die weiße Nässe an den Beinen spürte. Am liebsten wäre er umge-kehrt. Plötzlich hörte er ein Geräusch hinter sich und drehte sich so ruckartig um, daß er beinahe gestolpert und gestürzt wäre. Folgte ihm jemand?

»Ist da wer?«

Doch er sah nur das endlose Weiß und die Lichter des Wirts-hauses in der Ferne. Schließlich erreichte Vavasour den Hügel-kamm. Er klopfte sich den Schnee vom Umhang und schaute ins Tal hinunter, das im fahlen Mondlicht silbrig schimmerte. Er strengte seine Augen an, um die Dunkelheit und die Nebelschwa-den zu durchdringen. Schließlich erblickte er den schwachen Schein einer Laterne – ein gespenstisches Licht, dachte Vavasour, aber er beschloß, weiterzugehen. Leise in sich hineinlachend folgte er den Spuren im Schnee. Sie führten ihn auf das Laternen-licht zu, das ihn immer schneller vorwärtstrieb, je heller es wur-de. Als ihn wieder Zweifel beschlichen, tröstete Vavasour sich mit dem Gedanken, wie klug es doch war, sich im Freien zu tref-fen, weit weg von forschenden Augen und fragenden Blicken. Er wünschte nichts sehnlicher, als daß alles schon vorbei wäre. Wie viel hatte Sir Reginald gescheffelt? Gewiß viele hundert Pfund! Ein veritables Vermögen! Er, Vavasour, könnte einen anderen Namen annehmen und ein Herrenhaus an der Grenze nach Wales kaufen! Oder inmitten der saftig grünen Felder von Devon und Grundbesitzer werden! Als er am Fuße des Hügels ankam, blieb Vavasour stehen und schaute zur Laterne hin.

»Ich komme«, rief er. »Ich habe mich zwar gefragt, wieso Ihr mich ausgerechnet hier treffen wolltet, aber hier bin ich.« Vavasour kniff die Augen zusammen, denn er konnte den genauen Standpunkt der Laterne nicht ausmachen. Er seufzte und stapfte weiter. »Ich will mehr als die Hälfte!« rief er. »Sagen wir zwei Drittel?« Plötzlich blieb er wie angewurzelt stehen, sein Herzschlag stockte. Der Boden unter seinen Füßen gab nach. »Oh Gott!« Vavasour lief weiter, doch das Eis brach, und er sank bis zur Hüfte ins eiskalte Wasser.

»Hilfe!«

Die Laterne schien sich zu bewegen.

»Oh Gott, so helft mir doch!«

Das Gewicht von Schwertgürtel und Armbrust zog ihn nach unten, und Vavasour sank unerbittlich immer tiefer. Er schlug um sich, aber der Umhang war zu schwer. Vavasour hatte das Gefühl, als würde ihm der Kopf nach hinten gezogen. Die Kälte war qualvoll. Er machte eine letzte Anstrengung, aber das Wasser zog ihn nach unten. Vavasours Augen fielen zu, und er wurde bewußtlos.

Aufgeschreckt durch die fremdartigen Geräusche, schrie die junge Eule noch einmal auf, ehe sie in den Schutz der dunklen Bäume flog.

Am nächsten Morgen stand Kathryn früh auf und spielte eine Weile draußen im Garten mit Wuf, der sich ein neues Spiel ausgedacht hatte. Er hatte kleine Holzstöckchen auf den zugefrorenen Karpfenteich gestellt, die er mit seiner selbstgeschnitzten, polierten Holzscheibe zu treffen versuchte. Kathryn freute sich, daß das Tauwetter anhielt: der Himmel war blau, und die Morgensonne hatte bereits Kraft.

»Meinen Kräuterbeeten tut das viele Tauwasser gut«, bemerkte sie, während sie durch den Garten blickte. »Im Frühling werden wir eine gute Ernte haben. Dann gibt es viel zu tun, Wuf, die Kräuter wollen gepflückt und getrocknet werden.«

»Das kann ich gut«, sagte der kleine Junge.

»Ja, natürlich kannst du das«, rief Thomasina, die in der Küchentür stand. »Aber jetzt kommt ihr beiden erst einmal rein und eßt etwas.«

Kathryn schnitt eine Grimasse und schaute Wuf an. »Ich glaube, wir gehorchen ihr lieber.«

Drinnen gesellte sich Agnes zu ihnen an den Tisch. Sie aßen eine Schüssel Hafergrütze mit heißer Milch, gewürzt mit Muskatnuß. Danach stellte Thomasina eine Platte kleiner Weißbrote auf den Tisch, eine Schale Butter und Marmelade aus saftigen Johannisbeeren, die sie in diesem Jahr eingekocht hatte. Agnes saß still und mit blassem Gesicht da und hörte nicht einmal auf Wufs munteres Geplapper.

»Was ist los, meine Kleine?« fragte Thomasina.

Die junge Magd hob das Gesicht. In den hellblauen Augen standen Tränen. »Ach, es ist wegen Wormhair«, erklärte sie. Wormhair war ihre große Liebe.

Er diente unter der Woche als Lehrling bei einem Tuchmacher, und an Sonntagen war er der ungeschickteste Meßdiener von St. Mildred.

Kathryn erschrak und fragte sich, was vorgefallen war. Agnes war so etwas wie eine Ersatztochter oder jüngere Schwester für sie, ein Findelkind, das ihr Vater einst mit nach Hause gebracht hatte. Agnes hatte immer darauf bestanden, zu arbeiten, und konnte tagelang schmollen, wenn Kathryn versuchte, sie daran zu hindern. Obwohl sonst ein vernünftiges Mädchen, hatte sie eine unsterbliche Leidenschaft für Wormhair entwickelt. Ungeachtet seines spitzbübischen Gesichts und der verfilzten, struppigen Haare sah Agnes ihn stets als ihren Lanzelot.

»Geht es ihm nicht gut?« fragte Kathryn.

»Nun ja, er ist …« Agnes fuhr sich mit der Zunge über die Lippen. »Als Ihr gestern Abend nicht da wart, Mistress, stand

Wormhair auf einmal mit Schmerzen und Bauchkrämpfen vor der Tür. Ich weiß, daß heute morgen keine Patienten kommen, aber ...«

»Mistress Kathryn gibt samstags keine Arznei aus«, posaunte Thomasina.

»Aber ich habe ihm trotzdem gesagt, daß er kommen kann«, fuhr Agnes hastig fort. Als es dann plötzlich laut an der Tür klopfte, sprang sie auf. »Ich glaube, da ist er schon.«

Aber es war Luberon, der mit großen Schritten in die Küche trat und sich vergnügt den tropfnassen Schnee vom Umhang klopfte, ohne auf Thomasinas Aufschrei zu achten.

»Im ›Weidenmann‹ hat es einen erneuten Todesfall gegeben«, verkündete er wichtigtuerisch. »Vavasour, der Dummkopf, ging auf der großen Wiese spazieren, lief den Hügel hinab und wollte wohl den kleinen Teich unten im Tal überqueren, weiß der Himmel, warum.«

Luberon nahm Platz und schenkte Thomasina ein einschmeichelndes Lächeln. »Bitte eine Schüssel Eurer Hafergrütze für mich, oh himmlischstes aller Geschöpfe.«

Thomasina, die den Schreiber mit dem rundlichen Gesicht insgeheim mochte, nahm eine warme Schüssel von der Feuerstelle, stellte sie vor ihn hin und schob ihm den Milchkrug und die Töpfe mit Honig und Muskatnuß zu.

»Was um alles in der Welt hatte er dort verloren?« Colum trat in die Küche. Er hatte einen Steigbügel in der Hand, den er repariert hatte. Luberon räusperte sich. »Ich sagte Todesfall, aber auch hier könnte es sich durchaus wieder um einen Mord handeln. Der alte Raston, einer der Diener und wahrscheinlich ein Wilderer, traf Vavasour, als dieser den Weg überquerte. Raston ging ins Wirtshaus und berichtete den Smithlers, was er gesehen hatte. Sie reagierten verdutzt. Jedenfalls war Rastons Neugier geweckt, und er beschloß, Vavasour zu folgen. Als er oben auf dem Hügel ankam, sah er, daß Vavasour am Rande des Tümpels stehenblieb und dann hinübergehen wollte. Etwas an der Sache ist jedoch sonderbar: Raston ist sicher, daß jemand mit einer Laterne in der Hand auf Vavasour wartete.«

800

»Eine Laterne!« rief Colum aus.

»Nun ja, nur so konnte Raston erkennen, was vor sich ging.« Luberon streute sich Muskatnuß über die Hafergrütze. »Und dann geschah es. Raston hörte, wie das Eis brach. Er sah, daß Vavasour um sich schlug, aber er war zu alt und der Pfuhl zu weit entfernt, als daß er ihm hätte helfen können. Raston eilte den Hügel hinunter, aber als er den Teichrand erreichte, war Vavasour verschwunden, das Licht ebenfalls.«

Luberon schaute Kathryn an. »Das ist alles, was ich weiß. Der Junge, den Smithlers zu mir schickten, hat berichtet, sein Herr wolle den Pfuhl nach Vavasours Leiche absuchen lassen.« Ein dünnes Lächeln umspielte Luberons Lippen. »Es geht bereits die Mär über Gespenster um: der Fluch des Weidenmannes habe Vavasour in den Tod gelockt.« Der Schreiber schnaubte verächtlich. »Wir müssen wohl oder übel wieder hinaus.«

»Das hatten wir ohnehin vor. Ich habe den Gästen noch einige Fragen zu stellen«, erklärte Kathryn. Dann erhob sie sich und trat an die Feuerstelle, neben der die Überreste von Frenlands Umhang lagen.

»Ich möchte Euch um einen Gefallen bitten, Simon.« Sie zwinkerte Colum rasch zu, verließ die Küche, holte die abgegriffene Pergamentlandkarte ihres Vaters aus ihrer Schreibkammer und reichte sie Luberon. »Die Straßen sind inzwischen passierbar«, sagte sie. »Niemand kennt sich in Kent und auf seinen vielen Nebenstraßen besser aus als Ihr, Simon. Laßt Euch von Colum die Wegkreuzung sagen, wo Frenland verschwand, und dorthin geht!« Kathryn lächelte Luberon an. »Bitte, erkundigt Euch in den Gehöften und Dörfern am Wegesrand. Vielleicht ist dort etwas über Frenlands Tod bekannt.«

»Aber ich wollte …« hob Colum an, verstummte aber, als Kathryn ihm einen warnenden Blick zuwarf.

»Master Murtagh«, sagte sie mit gespielter Feierlichkeit. »Ihr seid Sonderbeauftragter der Krone in Canterbury. Der königliche Steuereintreiber wurde ermordet, und möglicherweise hat seinen Schreiber dasselbe Schicksal ereilt. Eure Pflicht ist es, zum ›Weidenmann‹ zu gehen.«

Luberon, der die Gesetze und ihre Bestimmungen kannte, nickte weise. Kathryn lehnte sich über den Tisch und ergriff seine fleischige Hand. »Simon, bitte, erledigt das für mich und helft mit, Colum von diesen bösartigen Gerüchten reinzuwaschen.«

»Ich brauche eine Eskorte«, erklärte der kleine Schreiber.

»Colum wird dafür sorgen«, erwiderte Kathryn. »Außerdem wird er Euch einen Brief an Holbech mitgeben.«

»Aber ich muß Euch doch auch noch wegen Blunt befragen«, entgegnete Luberon.

»Wenn Ihr zurückkommt«, versprach Kathryn. Sie gab Colum ein Zeichen. »Mein Gott, Ire, seid nicht so schwerfällig!«

Kathryn eilte wieder in ihre Schreibkammer und nahm ein Stück Pergament zur Hand, eine Feder und ein Tintenfaß aus Horn und schrieb eine Vollmacht, die Luberon mit nach Kingsmead nehmen sollte. Dann rief sie Colum zu sich, schmolz ein wenig rotes Wachs und drückte das Siegel seines Ringes hinein. Colum setzte mühsam seine Unterschrift unter den Brief.

»Warum so eilig, gute Frau?« fragte er verärgert.

Kathryn stellte sich auf die Zehenspitzen und küßte ihn auf beide Wangen.

»Sagt nicht ›gute Frau‹ zu mir, Ire. Tut einfach, was man Euch sagt. Master Luberon wird nach Kingsmead gehen und diesen Brief Holbech zeigen. Er hat die Landkarte meines Vaters bei sich, die er auf keinen Fall verlieren darf. Vielleicht findet er ja heraus, was Frenland zugestoßen ist.«

Colum schaute sie eindringlich an. »Wenn ich noch einmal ›gute Frau‹ zu Euch sage, würdet Ihr mich dann noch einmal küssen?«

Kathryn schlug ihm spielerisch auf die Finger. »Ich möchte Luberon aus dem Weg haben«, sagte sie. »Ich will nicht über die Morde im Hause Blunt ausgefragt werden.«

»Warum?«

»Wartet noch ein Weilchen«, sagte Kathryn, »dann werde ich es Euch erklären.«

»Aber warum schickt Ihr ihn zu einem fruchtlosen Unterfangen los?«

»Oh, es ist kein vergeblicher Gang«, erwiderte Kathryn. »Heute früh habe ich Frenlands Umhang noch einmal untersucht. Ich war ziemlich verblüfft, denn ich entdeckte Lederteilchen.«

Colum sah sie stirnrunzelnd an.

»Denkt doch mal nach«, sagte Kathryn lächelnd.

»Ich will keine falschen Hoffnungen wecken, aber um Himmels willen, Colum, so gut ich Luberon auch leiden mag, gebt ihm den Auftrag und schickt ihn fort!«

Colum schlenderte wieder in die Küche. Kathryn hörte, wie er Luberon schmeichelte und ihm versicherte, er sei in dieser Angelegenheit sein vertrauenswürdigster und fähigster Stellvertreter.

»Honig rapseln kannst du gut, Ire«, flüsterte Kathryn vor sich hin.

»Thomasina!«

Die alte Amme watschelte herein, die Kittelärmel bis über die Ellenbogen hochgekrempelt, die stämmigen Unterarme und Hände mit Mehl bedeckt.

»Thomasina, du weißt, daß Blunt sterben wird.«

»Jawohl, so wie der gehustet hat!«

»Ja ja, der Husten«, wiederholte Kathryn. »Hör zu, Thomasina. Sorg dafür, daß Agnes auf Wuf aufpaßt. Und versuche herauszufinden, welcher Arzt Blunt behandelt hat. Geh hin und befrage ihn. Sag ihm, du kämst in meinem Auftrag.« Kathryn schaute nachdenklich auf ihre Finger. »Aber Thomasina, verrate niemandem, was du erfährst.«

Kurze Zeit darauf verließen Kathryn und Colum gemeinsam das Haus. Sie eilten die Wistraet hinunter zur Gemeinde St. Mary of the Castle, dann weiter durch eine Gasse zum ›Weidenmann‹. Kathryn beantwortete Colum keine einzige Frage, hieß ihn jedoch achtzugeben, wo er hintrete, denn sie sei immerhin im Auftrag des Königs unterwegs und könne sich nicht um einen Beauftragten des Königs kümmern, wenn er sich ein Handgelenk verstauche oder den Arm aufschlüge. Als sie in die Schankstube traten, brachten Tobias Smithler und ein paar Diener gerade Vavasours wasserdurchtränkte Leiche herein.

»Noch ein Todesfall, Mistress Swinbrooke«, rief der Wirt ihr entgegen. »Wo sollen wir die Leiche hinlegen?«

Kathryn deutete auf einen Tisch. Smithler machte Anstalten zu widersprechen.

»Du lieber Himmel, Mann!« polterte Colum los. »Es dauert ja nicht lange.«

Smithler nickte den Dienern zu, die Vavasour auf den Tisch legten. Kathryn hatte schon viele Leichen gesehen, aber diese hier war besonders garstig. Vavasour war zugleich ertrunken und erfroren. Das schüttere Haar stand ihm wie Eiszapfen vom Kopf, und das Gesicht war weißblau verfärbt und zu einer grausigen Maske erstarrt, die Vavasours gräßlichen Todeskampf widerspiegelte. Kathryn durchsuchte die Leiche schnell und fachmännisch.

»Wonach sucht Ihr?« tönte Sir Gervase.

»Ich suche nach einer Verletzung«, erwiderte Kathryn. Sie bedeutete Colum, die Leiche umzudrehen. »Aber ich kann keine finden. Dieser Mann ist ertrunken.«

»Ein Unfall?« fragte Smithler.

Kathryn blickte auf das entstellte Gesicht hinunter. »Was um alles in der Welt hatte Vavasour auf einem zugefrorenen Teich zu suchen?«

Die de Murvilles schüttelten fassungslos den Kopf.

»Ich kann ja verstehen, wenn einer hinausgehen will, um Luft zu schnappen, aber warum muß er dann in einer solchen Nacht mitten im Winter über die große Wiese spazieren? Und warum läuft er durch fast meterhohen Schnee, um einen zugefrorenen Tümpel zu überqueren?«

»Er wußte vielleicht nicht, daß da einer war.« Raston, der Wilderer mit dem verhutzelten Gesicht, zwängte sich zwischen den anderen hindurch. »Er wurde in den Tod gelockt, Mistress! Ich habe die Laterne gesehen, die in der Dunkelheit geschwenkt wurde. Vavasour ging darauf zu. Ich hörte, daß er etwas rief, als würde er jemanden begrüßen. Dann ging er über den Teich. Der Rest ist Euch bekannt.«

»Wir wollen uns die Stelle ansehen«, schlug Colum vor und

klopfte dem alten Wilderer auf die Schulter. »Und ich wäre Euch sehr verbunden, Master Raston, wenn Ihr mitkommen und uns genau sagen würdet, was Ihr gesehen habt.« Colum schaute die Gäste an. »Die anderen können auch gern mitkommen. Wenn es jedoch stimmt, was Master Raston sagt, dann handelt es sich hier nicht um einen Unfall, sondern um einen blutigen Mord. Hat einer von Euch Vavasours Zimmer durchsucht?«

»Nein.« Smithler schüttelte den Kopf. »Ich wollte niemanden in die Nähe lassen, ehe Master Luberon hier war. Wo ist er übrigens?«

»Er hat mit anderen Dingen zu tun«, bemerkte Kathryn. »Aber kommt, wir wollen uns die große Wiese anschauen.«

Ihre Worte schlugen ein wie ein Todesurteil. Die Diener begannen miteinander zu tuscheln. Die Gäste, das Ehepaar de Murville, Vater Ealdred und sogar der hartgesottene Sergeant Standon warfen sich verzweifelte Blicke zu.

»Master Standon«, rief Kathryn, »ich wäre Euch dankbar, wenn Ihr hierbleiben und die Zimmer von Erpingham und Vavasour bewachen könntet.«

»Das hat wenig Sinn«, sagte Blanche Smithler. »Das Zimmer von Sir Reginald ist saubergemacht worden. Und für jedes Zimmer gibt es nur einen Schlüssel.« Sie zeigte auf Vavasours Geldbeutel.

Kathryn öffnete die schlammbedeckte Tasche. Sie enthielt ein paar Münzen und einen langen, rostigen Eisenschlüssel. Die Münzen gab sie dem Wirt.

»Die behaltet Ihr am besten«, sagte sie, »und wenn Ihr nichts dagegen habt, werde ich den Schlüssel vorläufig an mich nehmen.«

Angeführt von Raston verließen sie das Wirtshaus, überquerten den Zufahrtsweg und betraten die große Wiese. Der Gang durch den Schnee bereitete keine Schwierigkeiten mehr, weil die Männer, die im Tümpel nach Vavasours Leiche gesucht hatten, bereits eine Spur ausgetreten hatten. Trotzdem nahm Kathryn den Schnee zu beiden Seiten des Trampelpfads genau in Augenschein.

»Haltet Ihr Ausschau nach weiteren Fußstapfen?« flüsterte Colum ihr zu, als er neben sie trat. Er blieb stehen, kniff die Augen zusammen und legte schützend eine Hand darüber, da ihn die Sonne blendete. »Ich kann nichts sehen«, murmelte er. »Ein paar Vogelspuren.« Er zeigte nach rechts. »Und einige Fuchsspuren, aber sonst nichts.«

Sie erklommen den kleinen Hügel, blieben auf dem Kamm stehen und blickten zum Teich hinunter. Bei Tageslicht konnte Kathryn erkennen, daß es einer dieser kleinen, aber heimtückischen Tümpel war, deren Überquerung im Winter so gefährlich war. Er lag am Fuße des Hügels. Zu drei Seiten erstreckte sich Weideland. Das gegenüberliegende Ufer stieg steil wie ein Wall zum nächsten Hügel an.

»Ich verstehe das nicht«, murmelte Kathryn, während sie zum Tümpel hinuntergingen. »Raston hat doch gesagt, er habe noch eine zweite Person mit einer Laterne auf dem Pfuhl gesehen, aber mir ist nicht klar, wie das möglich war.«

»Der Mörder hätte in Vavasours Fußstapfen zurückgehen können.«

»Unmöglich«, erwiderte Kathryn. »Raston hat das Licht gesehen und wie Vavasour über den Teich darauf zuging, aber dann verschwanden sowohl der Schreiber als auch das Licht, was zwei Schlüsse zuläßt. Erstens, die Person, die Vavasour dort getroffen hat, ist ebenfalls ertrunken, als das Eis brach. Oder zweitens, derjenige oder diejenige hat den Teich auf einem anderen Weg verlassen. Dann allerdings müßten Spuren zu erkennen sein.«

Als sie am Rand des Teiches standen, schaute Kathryn auf das schwarze, eiskalte Wasser und erinnerte sich, daß ihr Vater sie stets vor derartigen Stellen gewarnt hatte. Sie warf Smithler, der hinter ihr stand, einen Blick über die Schulter zu.

»Was meint Ihr, wie tief ist der Teich?«

»Zehn, zwölf Fuß, Mistress.«

Kathryn deutete aufs andere Ufer. »Und wie breit?«

»Etwa sechzig Schritte.«

»Raston«, fragte sie, »seid Ihr Euch dessen, was Ihr gestern abend gesehen habt, ganz sicher?«

»Vor Gott und allen Engeln schwöre ich Euch, Mistress, ich habe die Laterne gesehen.« Raston wies über das schimmernde, schwarze Wasser des Teiches. »Es war neblig, und deshalb wirkte das Licht so unheimlich, aber es war bestimmt eine Laterne.«

»Was meint Ihr mit unheimlich?« fragte Colum.

»Nun ja, es war wie ein Licht draußen auf hoher See. Oder wie die Sonne, wenn sie durch dicke Wolken scheint. Wie eine goldene Flamme flackerte das Licht. Es muß eine ziemlich schwere Laterne gewesen sein.«

»Und sie war auf dem Tümpel?« hakte Kathryn nach. »Nicht am Ufer oder oben auf dem Wall?«

Der alte Wilddieb schüttelte den Kopf. »Nein, Mistress, ich hatte keinen Tropfen Alkohol getrunken! Vavasour muß ein paar Schritte vor der Laterne gewesen sein, als das Eis brach und er ins Wasser fiel.« Raston kratzte sich die unrasierte Wange. »Er hat geschrien wie ein Kaninchen in der Schlinge.«

Colum schritt am Teichrand entlang, drehte sich um und schaute auf die Gruppe zurück. Alle Gäste waren mitgekommen, sogar die elegante Lady de Murville, aber außer Kathryn traute er nur Raston.

Colum machte ihm ein Zeichen. »Geht Ihr mal dort herum, ich gehe auf dieser Seite um den Teich.«

»Wonach suchen wir denn?« rief Raston.

»Fußspuren, irgend etwas, das darauf hinweisen könnte, daß jemand den Teich von einem anderen Punkt aus überquert hat. Hat Vavasour an der Stelle den Teich betreten, wo jetzt Mistress Kathryn steht?«

Der alte Diener nickte.

»Und Ihr, Master Smithler, als Ihr den armen Vavasour herausgefischt habt?«

»Wir haben hier gestanden«, antwortete der Wirt. »Wir benutzten Stöcke und Seile mit Haken. Es war nicht schwer. Vavasour schwamm an der Oberfläche.«

»Habt Ihr sonst noch etwas gefunden, die Laterne oder eine Spur desjenigen, der sie gehalten hat?«

»Nein.« Smithler schüttelte den Kopf. »Die Laterne ist bestimmt versunken und steckt auf dem Grund in Schlamm und Moder.«

Colum nickte und schnippte mit den Fingern, um Raston anzuzeigen, er solle weitergehen. Kathryn beobachtete die beiden. Alle waren verstummt; nur das heisere Krächzen von Krähen ertönte hin und wieder aus einem nahen Unterholz. Schließlich hatten Colum und Raston den Wall am anderen Ufer erreicht.

»Habt Ihr etwas gesehen?« fragte Colum.

Raston schüttelte den Kopf. »Nicht die Spur, Herr! Alles weiß wie frisch gefallener Schnee. Ein paar Fuchsspuren, ein Hase, vielleicht ein Dachs.«

»Sonst nichts?« wiederholte Colum.

Wieder schüttelte der alte Diener den Kopf, stapfte vorsichtig zurück und gesellte sich zu Kathryn und den anderen. Colum erklomm das steile Ufer und trat ganz nah an den Rand. Dann ging auch er langsam zurück.

»Nichts«, sagte er und schüttelte den Kopf. »Keine Spur, weder am Teichrand noch auf dem Wall. So etwas habe ich noch nicht erlebt. Natürlich kenne ich Geschichten über Irrlichter oder über Kundschafter, die den Feind absichtlich im Nebel über Marschland führen, aber das hier ist mir ein Rätsel. Jemand hat diesen Teich betreten und Vavasour in den Tod gelockt, ohne eine einzige Spur zu hinterlassen.«

»Ich sag 's noch einmal«, brummte der alte Raston, »ich habe die Laterne gesehen, und ich habe gesehen, wie Vavasour ertrunken ist. Aber sonst war niemand auf dem Teich zu sehen.«

Kathryn warf dem Wirt und seinen Gästen einen kurzen Blick zu.

»Als Vavasour aus dem Haus ging, wo waren da alle?«

»Ich war im Schankraum«, sagte Sir Gervase. »Und der Wirt und seine Frau auch.«

»Und Ihr, Vater Ealdred?«

»Er war bei uns«, sagte Alan de Murville. »Er kann für uns zeugen und wir für ihn. Wir haben gehört, daß Vavasour aus dem Haus ging, und uns gefragt, was er bei der Kälte da draußen vorhatte.«

»Und Standon?«

»Er war im Stall«, erwiderte Raston, »und hat dort mit seinen Soldaten gewürfelt, die die Pferde füttern sollten.«

»Ihr habt Vavasour auf dem Weg nach draußen getroffen?« fragte Kathryn.

»Oh ja«, bestätigte der alte Diener. »Ich war unterwegs, um frisches Fleisch zu besorgen.«

»Ihr kamt nicht von der Wiese?« fragte Kathryn.

Der Alte lachte bitter. »Im Winter fängt man auf verschneiten Weiden keine Kaninchen, Mistress. Ich war in einem Unterholz und habe meine Schlingen in den Büschen ausgelegt.«

»Müssen wir hier noch länger herumstehen?« meldete sich Lady Margaret de Murville ungeduldig zu Wort. »Mistress Swinbrooke, meine Füße sind die reinsten Eisblöcke.« Sie blickte sich auf der schneebedeckten Weide um. »Ich habe nie an Gespenster geglaubt. Oder daran, daß die Rache Gottes derart handfeste Formen annimmt.« Die Adlige schauderte und zog ihren hermelinbesetzten Umhang fest um sich. »Aber jetzt glaube ich daran.« Sie drehte sich um und machte sich auf den Rückweg.

Die anderen schlossen sich ihr an. Colum hakte sich bei Kathryn unter.

»Was meint Ihr?« fragte er.

»Gar nichts, Colum. Der alte Raston sagt gewiß die Wahrheit. Warum sollte Vavasour im Dunkeln durch Eiseskälte laufen, wenn er nicht jemanden treffen wollte, der mit Sir Reginalds Tod zu tun hatte?«

»Oder Vavasours Komplize war?«

»Vielleicht«, erwiderte Kathryn. »Auf jeden Fall wurde Vavasour in den Tod gelockt.« Sie strich sich die Haare aus dem Gesicht und rieb sich die Wangen, um sie zu wärmen. »Aber wer ihn umgebracht hat, ist ein Rätsel: niemand hat das Wirtshaus verlassen, und keiner kam zurück.«

»Und was ist mit Raston?« fragte Colum.

»Nein.« Kathryn schüttelte den Kopf. »Er ist ein einfaches Gemüt. Er hätte uns nicht mitteilen müssen, was er gesehen hat. Wir stehen vor zwei Problemen, Colum, oder sollte ich eher sagen, vor drei? Warum ist Vavasour nach draußen gegangen? Wen hoffte er zu treffen? Und womit hat ihn diese Person auf den Teich gelockt?«

»Jemand, der die Gegend gut kannte?«

Raston, der vor ihnen herstapfte, warf einen Blick über die Schulter.

»Alles in Ordnung?« fragte er.

Oben auf dem Hügel blieben die anderen Gäste stehen.

»Wer von Euch kannte den Teich?« fragte Kathryn.

Zustimmendes Raunen von allen Seiten.

»Ich glaube, wir alle«, fügte Alan de Murville hinzu. »Im Sommer kann man dort wunderbar spazierengehen. Aber Vavasour hat den Teich anscheinend völlig vergessen.«

Kathryn lächelte ihnen dankbar zu, und sie zogen weiter.

»Lady de Murville mag recht haben«, murmelte Kathryn. »Vielleicht war es wirklich ein scheußliches Gespenst!«

Neun

Kathryn, Colum und die Gäste zogen ihre Umhänge aus und wärmten sich am prasselnden Feuer im Schankraum. Dem wütenden Gemahl an ihrer Seite zum Trotz tischte Blanche Smithler noch einmal eine kleine Stärkung auf, warmen Würzwein und eine Platte Gebäck.

»Ihr könnt die Diener hinausschicken«, erklärte Kathryn. »Was ich zu sagen habe, ist nicht für ihre Ohren bestimmt.«

»Das Ganze kostet mich eine Stange Geld«, nörgelte Smithler.

»Haltet den Mund!« fuhr Colum ihn an. »Das Tauwetter wird anhalten, und der König hat die Absicht, sich während der offiziellen Weihnachtsfeierlichkeiten in Westminster aufzuhalten. Dabei wird ihm ein Bericht über die Ereignisse vorgelegt, die sich hier zugetragen haben, und Ihr könnt mir glauben, Master Smithler, wenn diese Angelegenheit dann nicht zur Zufriedenheit gelöst ist, wird der König andere herschicken.« Er trat auf den Wirt zu, der die Hände nervös an der Schürze abwischte. »Seid Ihr dem Gefolgsmann des Königs schon einmal begegnet? Dem mächtigen und cholerischen Grafen Richard von Gloucester?«

»Dem Bruder des Königs?« fragte Smithler.

»Ja, seinem Bruder. Er wird mit seinen Soldaten herkommen. Und das kann ich Euch versichern: Gloucester ist nicht gerade feinfühlig, wenn es darum geht, die Ansprüche seines Bruders geltend zu machen. Deshalb rate ich Euch allen, endlich die Wahrheit zu sagen.«

»Was soll das heißen?« erregte sich Sir Gervase und erhob sich halb von seinem Stuhl, während Smithler hastig das Feld räumte.

»Bisher habe ich nur Lügen gehört«, entgegnete Kathryn. »Ihr, Sir Gervase, Lord und Lady de Murville, Vater Ealdred, Ihr alle habt uns Lügen aufgetischt. Ihr habt behauptet, Ihr wärt im ›Weidenmann‹ gewesen, weil Ihr hierhin und dorthin unterwegs wart.«

Die Gäste schauten sie mit schuldbewußten Mienen an. Lady de Murville wurde aschfahl.

»Ihr seid hierhergekommen«, fuhr Kathryn fort, »weil Erpingham Euch dazu aufgefordert hat, nicht wahr?« Sie zog die Pergamentstücke aus ihrer Tasche, die sie in Erpinghams Haus in der St. Alphage's Lane gefunden hatte. »Hier habe ich die Zeichnung des Weidenmannes; zwischen den Zweigen stehen ganz bestimmte Initialen, Eure Initialen nämlich, und daneben ein Datum Anfang dieser Woche. Auf den anderen Zettelchen wurden neben jedem Namen rätselhafte Zahlenspiele angestellt.« Kathryn legte ihren Umhang über die Stuhllehne. »Und nun beantwortet Ihr entweder meine Fragen, oder Master Murtagh wird Euch vorladen, damit Ihr vor der Sternkammer in Westminster aussagen könnt.«

»Es ist nicht …« hob Vater Ealdred an, verstummte aber, als Sir Gervase aufsprang.

»Laßt uns die Wahrheit sagen«, verkündete der alte Ritter. »Wir haben Unrecht getan, Mistress Swinbrooke.« Sir Gervase trat ans Feuer, um sich die Hände zu wärmen. »Sir Reginald war ein böser Mensch, und er war ein Erpresser. Die Ernte war nicht gut ausgefallen, und der Bürgerkrieg zwischen den Häusern York und Lancaster hat entsetzlichen Schaden angerichtet. Jetzt ist der König zu seinem Recht gekommen, und Männer wie Erpingham bereisen die Grafschaften und sammeln die Gelder für den König ein: rückständige Steuern oder eine Neuveranlagung von Besitz.« Er hielt inne, als Standon die Treppe herunterkam, sich einen Stuhl heranzog und sich neben Vater Ealdred setzte. »Fragt Standon. Erpingham war der ruchloseste von allen, die in königlichem Auftrag unterwegs sind. Er spielte ein hinterhältiges Spiel, und ich gehörte zu den Opfern. Er kam auf mein Gut und fragte nach meinem Verwalter, um die Steuer festzusetzen. Zunächst gab sich Erpingham mildtätig wie ein barmherziger Bettelmönch.«

Sir Gervase hielt inne und stützte sich mit einer Hand am Kaminsims ab. Plötzlich sah er steinalt aus, und trotz des Feuerscheins hatte sein Gesicht eine kalte, graue Farbe angenommen. »Nehmen wir einmal an, Ihr wärt vierzig Pfund pro Jahr wert«, fuhr er fort. »Dann pflegte Erpingham zu sagen: ›Nein, wir wollen es bei dreißig belassen.‹«

»Und festgelegt wurden dreißig Pfund?« fragte Kathryn.

»Gewiß. Erpingham ging fort, und alle waren begeistert.«

Sir Gervase schürzte die schmalen Lippen. »Aber dann kam der Bastard zurück. Er kannte sich gut mit Zahlen aus. Er behauptete, wir hätten ihm bei seinem ersten Besuch keine ehrliche Antwort gegeben, aber er sei bereit, dies für einen gewissen Betrag in Silber zu übersehen und die erste Festlegung zu akzeptieren.«

»Ihr hättet aber doch den Sheriff oder den Kronrat anrufen können?« warf Colum ein.

Gervase lachte bitter. »Und was hätte ich vorbringen sollen? Etwa, daß der Steuereintreiber unsere Steuerschuld zu niedrig festgelegt habe und uns jetzt erpreßte?« Er schüttelte den Kopf. »Wie hätten wir es beweisen sollen? Erpingham hat immer sichergestellt, daß keine Zeugen zugegen waren, und wie Ihr wißt, hätte er behauptet, er habe nur niedergeschrieben, was man ihm gesagt hat.«

Vater Ealdred ergriff das Wort. »Seht Ihr denn nicht, wie abgrundtief schlecht Erpingham war? Hätten wir Einspruch erhoben, dann hätte dieser Schurke uns beschuldigt, ihn beim ersten Mal in die Irre geführt zu haben, und als er ein zweites Mal zu einer gründlicheren Untersuchung zurückkam, hätten wir Widerstand geleistet.«

»Er war wie eine Spinne«, sagte de Murville. »War man einmal in seinem Netz gefangen, gab es keinen Ausweg mehr. Man wurde Teil seines Spiels, das er meisterhaft beherrschte.« Lord Alan breitete die Arme aus. »Wir hatten die Wahl zwischen Kugel und Strick. Hätten wir protestiert, dann hätten die Herren vom königlichen Schatzamt in London eine gründliche Neueinschätzung durchgeführt. Verhielten wir uns ruhig, war unsere Steuer niedrig, aber das Erpressungsgeld für Erpingham hoch.«

813

Kathryn warf Colum einen Blick zu. Er stieß einen Seufzer aus und wischte sich Krümel vom Schoß.

»Es ist hinlänglich bekannt«, erklärte der Ire, »daß Steuereintreiber in die eigene Kasse wirtschaften und in der Regel einen geringen Prozentsatz von dem, was sie eintreiben, für sich behalten. Die Krone drückt dabei ein Auge zu, oder, wie die Rechtsgelehrten zu sagen pflegen, nimmt angesichts des großen Nutzens ein kleines Übel in Kauf. Nach den Schilderungen von Sir Gervase und den anderen, war Erpinghams Habgier unersättlich, und er befriedigte sie, indem er seine Opfer erpreßte.«

»Es war noch schlimmer«, unterbrach Vater Ealdred ihn. »Erpingham war der geborene Wüstling. Ich glaube, in Wirklichkeit hat er Frauen gehaßt. Mal erpreßte er Geld, mal …« seine Stimme schwankte, »Gefälligkeiten.« Er spielte mit einer Quaste an seiner Robe. »Was hätten wir tun sollen?« flüsterte er. »Master Murtagh, Ihr seid ein Beamter der Krone. Was hätte eine arme Witwe denn machen sollen? Zugeben, daß sie eine Nacht mit Sir Reginald verbracht hat? Oder Sir Gervase, hätte er gestehen sollen, daß er an einem Betrug beteiligt war und dann Beschwerde einlegen, weil er erpreßt wurde?« Der Priester lachte plötzlich auf. »Stellt Euch doch vor, wie Sir Reginald mit dem jammernden kleinen Diener Vavasour an seiner Seite vor der Sternkammer aufgetreten wäre! Er hätte nachgewiesen, wie er sich für die Krone abrackerte, hätte vorgerechnet, wieviel Silber er für die Staatskasse eingetrieben hatte, und sich darüber beklagt, daß man ihm nun sein ehrliches Bemühen streitig machte.«

»Er hat uns getäuscht mit seinem süßen Gesäusel«, sagte Alan de Murville. »Wir alle sind in die Falle gegangen, die Vater Ealdred beschrieben hat.« Verlegen wandte er den Blick ab und ergriff eine Hand seiner Frau. Mit der anderen bedeckte sie die Augen.

»Was soll das heißen?« fragte Kathryn.

»Mit der Zeit begann er, gewisse Vorschläge zu unterbreiten«, erklärte Lord Alan trotzig. »Hinsichtlich einer Liebesnacht mit Lady Margaret.« Der junge Lord hielt inne und mühte sich, ruhig zu atmen. »Ich hätte ihn umbringen können!« fuhr er dann heiser fort. »Wie er da in meiner Eingangshalle mit diesem Stück Hundescheiße an seiner Seite stand und so unterwürfig tat! Dabei hat er jede Sekunde unserer Demütigung ausgekostet.«

»Warum seid Ihr dann hierher gekommen?« fragte Kathryn.

»Oh, Sir Reginald gefielen solche Spielchen«, sagte Sir Gervase und nahm wieder Platz. »Er wollte hier Zahltag abhalten, Mistress Swinbrooke. Wir kamen hierher, um unsere Schulden zu bezahlen. Uns blieb ja nichts anderes übrig, als nach Erpinghams Pfeife zu tanzen.« Er wandte den Blick ab und schaute auf die de Murvilles. »Vielleicht hatte er auch noch anderes im Sinn. Auf jeden Fall haben wir uns alle hier versammelt. Niemand hätte gewagt, sich zu widersetzen: nach vierundzwanzig Stunden hätten wir unser Silber übergeben und wären wieder unseres Wegs gezogen. Erpingham sammelte seine Schweigegelder nie während seiner offiziellen Geschäftsreise ein.« Der alte Ritter grinste hämisch. »Eine schlaue Strategie für seine Verteidigung, falls einmal etwas schiefgehen sollte. Nur, diesmal kam wirklich etwas dazwischen: der Schneesturm. Wir saßen hier fest, und Erpingham wurde ermordet.«

Colum sah den königlichen Sergeanten an. »Wart Ihr an diesen Vorgängen beteiligt?«

Der Soldat kratzte sich im Gesicht. »Ich, ich …« stammelte er verängstigt, »ich habe Euch gesagt, was ich von Sir Erpingham halte. Stimmt, ich fand es seltsam, daß Menschen, von denen er Steuern eintrieb, in dieses Wirtshaus kamen, aber meine Aufgabe bestand darin, Sir Reginald zu beschützen, und was noch wichtiger war, die Steuergelder, die er bei sich hatte. Ich hatte keine Ahnung, welches Spiel Sir Erpingham trieb.«

»Lügt nicht!« knurrte Vater Ealdred.

Standon fuhr mit der Hand an sein Messer.

»Was soll das?« Colum trat zwischen die beiden. Standon funkelte Vater Ealdred über die Schulter des Iren hinweg wütend an.

»Nun kommt schon, Mann«, drängte Colum ihn, »worauf spielt der Priester an?«

»Darauf, wie Erpingham die Steuern von meiner Mutter eintrieb«, sagte Standon zähneknirschend. »Vavasour lästerte darüber, doch es stimmte nicht. Aber ...« – seine Hand schnellte nach vorn – »unser Priester hier weiß alles über Gift. Ich habe gesehen, wie er Erpinghams Leiche untersuchte und dabei flüsterte: ›Er hat zuviel bekommen! Viel zuviel!‹«

»Stimmt das, Vater?« fragte Kathryn.

»Ja«, seufzte Ealdred laut. »Zu meiner Unehre muß ich gestehen, daß ich mich ein wenig mit Heilmitteln und der Verwendung von Kräutern auskenne: Erpinghams Leiche war derart mit Flecken übersät, daß mir klar war: er mußte eine Menge Gift geschluckt haben.«

Kathryn nickte und flüsterte Colum etwas ins Ohr, ehe sie sich an den Wirt wandte.

»Ich wäre Euch sehr verbunden, mein Herr, wenn Ihr dafür sorgen könntet, daß Erpinghams Zimmer geöffnet wird. Würdet Ihr Master Murtagh hinaufführen? Ihr braucht Hammer, Meißel und andere Werkzeuge.«

»Wofür denn das schon wieder?« fragte der Wirt.

»Wir haben herausgefunden«, sagte Kathryn, »warum Erpingham sich hier aufhielt. Wir haben Verständnis dafür, wenn diese guten Leute ihren verruchten Steuereintreiber aus tiefstem Herzen verabscheuten, aber sein Tod bleibt nach wie vor rätselhaft. Um ehrlich zu sein, mein Herr, ich möchte, daß Erpinghams Zimmer sorgfältig durchsucht wird. Master Murtagh wird das übernehmen.« Sie reichte Colum den Schlüssel, den sie aus Vavasours Tasche genommen hatte. »Und durchsucht das Zimmer des verstorbenen Schreibers ebenfalls.« Sie warf einen Blick in die Runde. »Ach übrigens, wo ist denn seine Leiche?«

»Während wir draußen waren«, antwortete Smithler, »haben die Diener sie in ein Nebengebäude gebracht. Das hier ist eine Gaststube, Mistress Swinbrooke – die Leiche hat gestunken!«

Colum ging die Treppe zum ersten Stock hinauf, Smithler folgte ihm.

»Master Standon«, fragte Kathryn. »Vielleicht seid Ihr so gut und helft Master Murtagh.«

Der Sergeant eilte von dannen, offensichtlich erleichtert, der

Nervosität und Angst der anderen Gäste entronnen zu sein. Kathryn wartete, bis er den Raum verlassen hatte.

»Seid Ihr Euch bewußt«, begann sie leise, »daß aufgrund dessen, was Ihr mir berichtet habt, gegen jeden einzelnen von Euch Anklage wegen des Mordes an Sir Reginald und seinem Schreiber Vavasour erhoben werden kann, von der Hinterziehung königlicher Steuergelder ganz zu schweigen? Ihr hattet sowohl ein Motiv als auch die Mittel, Euch allen kommt Sir Reginalds Tod mehr als gelegen. Könnt Ihr Euch vorstellen, was die königlichen Richter dazu sagen werden, wenn sie erst beginnen, ihre eigenen Nachforschungen anzustellen?« Sie wandte sich an den bleichen Ealdred. »Ihr habt eine Witwe aus Eurem Dorf erwähnt, Vater, die von Sir Reginald mißbraucht wurde. Wie steht Ihr zu der Frau?«

Der Priester sah sie mit versteinerter Miene an.

»Und Ihr, Sir Gervase, ein kluger Rechtsgelehrter kommt vielleicht zu dem Schluß, daß Ihr nicht Sir Reginalds Opfer, sondern in Wahrheit sein Komplize wart.« Sie wandte sich an die de Murvilles. »Das gleiche könnte man auch von Euch behaupten.« Kathryn gewahrte den besorgten Blick von Blanche Smithler, aber sie fuhr erbarmungslos fort: »Ihr wart zusammen mit Sir Reginald in diesem Wirtshaus, und die Richter werden fragen, ob Ihr und Euer Gemahl seine Komplizen wart.«

»Aber das ist nicht wahr!« Lady Margaret rutschte auf die Stuhlkante, die Hände fest im Schoß verkrampft, das Gesicht kreidebleich. »Erpingham war eine Natter, eine bösartige Kreatur.«

»Deshalb habt Ihr ihn gehaßt?« fragte Kathryn.

Lady Margarets Augen funkelten wütend.

»Ich habe ihn verachtet!« stieß sie hervor. »Ich habe ihn gehaßt! Und um ehrlich zu sein, ich bin froh, daß er tot ist!«

»Wenn Ihr das vor dem Gericht wiederholt«, entgegnete Kathryn, »wird Euch nicht einmal Euer Stand schützen. Nun, einer von Euch hat Sir Reginald umgebracht.«

Kathryn hielt inne, als sie das Klopfen und Krachen über ihren Köpfen hörte. Der dann plötzlich eintretenden Stille folgten überraschte Ausrufe. Standon kam die Treppe heruntergelaufen.

»Mistress Swinbrooke, Mistress Swinbrooke«, keuchte er. »Kommt schnell!«

»Was ist denn los?«

»Wir haben die Bodendielen unter Erpinghams Bett angehoben. Wir haben – nun, schaut am besten selbst, was wir gefunden haben.«

Kathryn eilte die Treppe hinauf und über den Flur zu Erpinghams Zimmer. Die anderen folgten ihr. Die Tür war wieder eingehängt worden, aber im Innern herrschte wüstes Durcheinander. Dielenbretter waren herausgerissen, Staubwolken hingen in der Luft, und an der Stelle, wo das Bett gestanden hatte, klaffte ein Spalt im Boden. Die Dielenbretter lagen aufgestapelt daneben.

»Standon, macht ein Fenster auf!« befahl Colum, der an dem Spalt saß. Der Sergeant gehorchte dienstbeflissen.

»Kommt her, Frau Ärztin!« neckte Colum sie.

Kathryn trat neben ihn und sah im Staub unter den Dielenbrettern einen menschlichen Schädel und Knochen.

»Grundgütiger Himmel!«

Kathryn kniete neben Colum nieder und förderte die Gebeine zutage. Sie waren grauweiß und demnach schon alt.

»Noch ein Mordopfer?« fragte Colum.

»Zu alt«, erwiderte Kathryn und betrachtete den Schädel: der Unterkiefer fehlte, und die Zähne waren nur noch schwarze Stummel. Vorsichtig drehte sie den Schädel um und untersuchte das Innere. »Bringt mir eine Kerze.«

Smithler reichte ihr eine. Kathryn hielt sie so, daß sie das Innere des Schädels gut sehen konnte. Die Oberseite war rötlich angelaufen. Anschließend prüfte sie die einzelnen Knochen noch einmal. Nachdem sie den Ärmel ihres Gewandes hochgekrempelt hatte, beugte sie sich über die Luftkammer unter den Bodendielen und tastete so lange darin herum, bis ihre Hand auf weitere trockene Knochen stieß.

»Igitt!« Smithler wandte sich angeekelt ab, als Kathryn die Überreste einer Skeletthand herauszog und behutsam auf dem Boden ausbreitete.

»Wie lange liegen die Gebeine schon hier?« fragte Colum.

Kathryn tippte auf die dünne Schädeldecke. »Jahrelang schon, vielleicht sogar Jahrhunderte. Die Knochen sind noch unversehrt, weil sie in der Luftkammer lagen.«

»Ist hier jemand beerdigt worden?« fragte Colum.

Kathryn schüttelte den Kopf. »Das bezweifle ich. Die Gebeine wurden wahrscheinlich hier versteckt. Es sind die Werkzeuge eines Schwarzen Magiers: der Schädel gehörte einem Verbrecher, der am Galgen erhängt wurde. Wenn das Opfer stranguliert wird, platzen Blutgefäße im Gehirn und hinterlassen Flecken im Innern der Schädeldecke. Die Hand« – sie tippte leicht daran – »ist das, was die Hexenmeister ein Alraun-Amulett nennen. Man trennt sie von einem Erhängten ab, konserviert sie sorgfältig, und wenn man die Dämonen anrufen will, muß man eine Kerze aus menschlichem Fett zwischen die Finger stellen.«

»Und wessen Gebeine sind es?« fragte Colum.

Kathryn wischte Staub und Spinnweben von einem Knochen.

»Ich vermute, sie gehörten dem Schwarzen Magier, der in diesem Raum Selbstmord beging: Erpinghams Vorfahr, aber es könnte ebensogut ein anderer gewesen sein.«

»Sie haben die Alpträume verursacht«, verkündete Sir Gervase von der Türschwelle. »Versteht Ihr nicht, Mistress? Erpingham hat tatsächlich einen Geist oder ein Wesen aus der Hölle gesehen.«

»Unsinn«, erwiderte Kathryn. »Dieser Raum mag zwar eine böse Geschichte und eine unheimliche Ausstrahlung haben, aber für die Fantasien, die Erpingham im Schlafe quälten, gibt es eine natürliche Erklärung: möglicherweise waren gallige Körpersäfte oder dergleichen schuld.« Sie erhob sich und schüttelte sich den Staub vom Kleid. »Habt Ihr sonst noch etwas entdeckt?« fragte sie.

»Nein.«

Colum bedeutete Standon mit einer Handbewegung, die Dielenbretter wieder auszulegen, während Kathryn zum Bett hinüberging und sich auf die Kante setzte.

»Bitte, verlaßt jetzt alle den Raum«, bat sie unvermittelt. »Colum, steckt den Schlüssel von innen in die Tür. Ich will allein sein wie Erpingham.«

Der Ire schaute sie verblüfft an, gehorchte aber. Die Gäste traten bedrückt und voller Angst vor den zu erwartenden Anschuldigungen in den Gang hinaus. Kathryn folgte ihnen zur Tür.

»So, wenn ich recht verstanden habe«, begann sie, »kam Sir Reginald hier herauf und brachte einen Kelch Wein mit.« Sie lächelte und nahm Sir Gervase den Kelch aus den knotigen Fingern. »Dann verschloß er die Tür.«

»Ja«, erwiderte Standon. »So war es.«

»Niemand kam hinter Sir Reginald die Treppe herauf?«

»Doch, ich«, meldete sich Sir Gervase zu Wort. »Aber ich bin sofort in mein Zimmer gegangen.« Er schaute den Sergeanten vorwurfsvoll an. »Ihr habt mich doch gesehen. Ihr seid nach mir die Treppe heraufgekommen, dessen bin ich mir sicher!«

»Ja, ja, das stimmt«, erwiderte Standon. »Ich wollte meinen Wachtposten für die Nacht beziehen.«

Kathryn sah den Sergeanten eindringlich an.

»Ihr verbergt doch etwas, oder?« fragte sie ihn scharf. »Ihr habt uns bisher verschwiegen, daß Ihr die Treppe hinaufgegangen seid.«

Standon trat verlegen von einem Fuß auf den anderen; nervös fuhr er mit den Fingern am verschwitzten Kragen seines Uniformrocks entlang und kratzte sich einen Pickel am Hals.

»Wart Ihr bei Sir Reginald?« fragte Kathryn.

»Ja«, gab Standon zu, »aber ...«

»Warum habt Ihr uns das nicht gesagt?« fuhr Colum ihn an.

Unruhig blinzelte der Sergeant mit den kleinen, rot umrandeten Augen. »Ich hatte Angst«, erwiderte er. »Könnt Ihr denn nicht verstehen, ich war der letzte, der mit Sir Reginald sprach.«

»Was ist geschehen?« fragte Kathryn.

»Ich ging hinter Sir Gervase die Treppe hinauf.« Der Sergeant zeigte auf seine Stiefel. »Die sind aus weichem Leder, und er konnte mich nicht hören. Ich wollte sichergehen, daß nach dem Alptraum der vergangenen Nacht alles ein Ordnung war. Ich habe an seine Tür geklopft und gefragt: ›Sir Reginald, ist alles in Ordnung?‹ Er antwortete: ›Ja, ja, nun geht schon.‹«

»Das habe ich nicht gehört«, posaunte Sir Gervase.

»Na ja, ich habe auch nicht laut gesprochen«, entgegnete Standon. »Meine Stiefel sind weich, und vor allem hat Sir Reginald die Tür nicht aufgemacht.«

»Seid Ihr sicher, daß er allein war?« fragte Kathryn.

Standon zuckte die Achseln. »Gewiß. Alle anderen außer Sir Gervase waren unten.«

»Und dann?« fragte Kathryn.

»Ich bin wieder in den Schankraum hinuntergegangen und habe noch etwas Wein getrunken. Die anderen gingen bald zu Bett, und im ganzen Wirtshaus kehrte Ruhe ein. Das war alles.«

»Fein«, erklärte Kathryn. »Colum und ihr anderen, entschuldigt mich einen Moment.«

Sie trat wieder in Erpinghams Zimmer und schloß die Tür hinter sich. Beim Quietschen der Scharniere fuhr sie zusammen. Sie drehte den Schlüssel im Schloß herum und schob oben und unten den Riegel vor. Sie waren neu, die alten hatte man ersetzt, nachdem die Tür aufgebrochen worden war. Kathryn schauderte, als sie sich in dem düsteren Raum umblickte. Zornig trat sie gegen die auf dem Boden verstreuten Knochen und den Schädel.

»Ist alles in Ordnung?« rief Colum draußen auf dem Gang.

»Ja, ja.« Kathryn lächelte bei dem Gedanken, daß sie genau Sir Reginalds Worte wiederholte. Sie setzte sich auf die Bettkante. »Was würde ich an seiner Stelle tun?« murmelte sie. »Ich habe meinen Wein mitgenommen, also stelle ich ihn ab.« Kathryn stand auf, ging um das Bett herum und stellte den Kelch auf den Tisch. »Die Tür ist verschlossen und verriegelt. Das Fenster ist zu, die Fensterläden ebenfalls. Es gibt keinen geheimen Eingang, kein Gift oder Betäubungsmittel im Raum. Ich ziehe mich aus und werfe die Kleidungsstücke auf den Boden.« Kathryn betrachtete den Haken an der Wand und kratzte sich die Wange. »Warum hat er das wohl getan? Warum hat er die Sachen nicht aufgehängt? Vielleicht weil er müde war? Ich halte inne, weil Standon an die Tür klopft.« Kathryn rieb sich die Hände. »Natürlich überprüfe ich die Satteltaschen. Oder nicht? Sie sind zugeschnallt.« Kathryn blickte zu den Deckenbalken empor und seufzte laut. »Mysteriös! Wie wurde Erpingham vergiftet, und wie wurden die Beutel mit den Münzen aus seinem Zimmer entfernt?«

Kathryn trat wieder an die Tür, schob die Riegel zurück und schloß auf. Als ihr Blick auf Colum fiel, verzog sie das Gesicht.

»Keine Gespenster, aber jede Menge Rätsel. Kommt, jetzt wollen wir uns Master Vavasours Zimmer ansehen.«

Colum schloß die nächste Zimmertür auf, und sie traten ein. Als erstes ging er ans Fenster und öffnete es, um mehr Licht hereinzulassen. Das Zimmer war kleiner als Erpinghams, aber bequem eingerichtet mit Himmelbett, Stuhl, Schemel, Tisch und einer Truhe für Kleidungsstücke am Fuß des Bettes. Kathryn öffnete sie und wühlte in Vavasours Habseligkeiten: Kleidung zum Wechseln, eine Schachtel mit Schreibutensilien, ein paar Rollen Pergament, ein Dolch in einer abgenutzten Scheide, aber nichts Ungewöhnliches. Colum schob das Bett zur Seite. Sogleich schoß Standon vor, um die Silberstücke aufzuheben, die dort lagen.

»Sieht aus, als hätte Vavasour mit seinem Geld um sich geworfen!?« sagte Kathryn.

»Hier liegt noch eine Münze«, rief Lady Margaret und hob sie auf.

»Und hier!« Tobias Smithler fuhr mit dem Fuß unter die Binsen neben der Tür.

Standon betrachtete die Münzen neugierig.

»Sie gehören zu den Steuergeldern!« rief er.

»Wieso seid Ihr Euch so sicher?« fragte Colum.

»Sie sind frisch geprägt«, versicherte Standon ihm. »Sir Reginald hat sie bei einem Kaufmann eingetrieben, der kürzlich aus London hergezogen ist. Seht her, Master Murtagh!«

Colum prüfte die Münzen. Das Silber war von ausgezeichneter Qualität, anders als die minderwertige Währung, die vor kurzem während des Bürgerkrieges in Umlauf war.

»Hat Standon recht?« fragte Kathryn.

»Oh ja«, antwortete der Ire. »Wie Ihr wißt, hat der König die letzten Armeen des Hauses Lancaster Anfang Mai besiegt. Erst gegen Ende Juli begann die Münzstätte im Tower wieder zum ersten Mal seit vielen Jahren mit der Prägung neuer Geldstücke. Mit dem Erlös aus seiner Kriegsbeute hatte der König bei den Genuesen ungemünztes Silber gekauft.« Colum warf eine Münze in die Luft und fing sie mit einer Hand wieder auf. »Ich war verantwortlich dafür, daß ein Teil dieses Silbers sicher nach London transportiert wurde.«

»Ich habe diese Münzen nie bei Vavasour gesehen«, sagte Standon aufgeregt. »Er muß sie von den Steuergeldern gestohlen haben.«

»Stimmt das?« fragte Kathryn den Wirt. »Haben Vavasour oder Sir Reginald mit diesen Münzen bezahlt?«

Smithler prüfte das Geldstück, das er in der Hand hielt. »Nein«, sagte er. »Ich sehe diese frisch geprägte Münze zum ersten Mal. Es ist der neue Schilling des Königs.«

Colum forderte alle Anwesenden auf, ihm die Münzen zu überreichen.

»Der König wird nicht erbaut sein«, erklärte er, »wenn er nur diesen winzigen Bruchteil seiner Steuern bekommt.« Er steckte das Silber in die Tasche. Als er Standons verwunderten Blick auffing, fügte er hinzu: »Macht Euch keine Sorgen, Mann. Sie werden ihren Weg in die Staatskasse finden.«

Dann veranlaßte Colum eine genaue Durchsuchung des Raumes. Am Kopfende des Bettes fand man noch eine Münze, mehr nicht.

»Wie lange soll diese Untersuchung denn noch dauern?« jammerte Sir Gervase, als sie sich alle wieder im Schankraum versammelten.

»Wie lang ist der Strang des Henkers?« gab Kathryn schroff zurück.

Sie wandte sich zur Treppe um. Irgend etwas an Vavasours Zimmer war sonderbar gewesen. Aber was?

»Kathryn?« Colum berührte sanft ihren Arm.

»Wir alle werden zu unrecht verdächtigt«, beklagte sich Vater Ealdred. »In Vavasours Zimmer wurden die Münzen gefunden, aber er ist tot.«

»Und?« fragte Kathryn.

Der Priester mit dem hageren Gesicht erwiderte: »Es liegt doch auf der Hand, daß Vavasour sich aus Sir Erpinghams Satteltaschen bedient hat. Sonst hätte man doch die Münzen nicht gefunden, oder?«

»Woher wollt Ihr wissen, ob sie nicht jemand dort ausgelegt hat?« fragte Colum.

»Unmöglich!« schnaubte Smithler verächtlich. »Der einzige, der einen Schlüssel zu dem Raum hatte, war Vavasour. Ich bin nie da drinnen gewesen. Und wie ist es mit den anderen?«

Die anderen verneinten seine Frage im Chor.

»Es stimmt«, murmelte Colum.

Kathryn setzte sich auf einen Stuhl. »Ihr glaubt also, Vavasour habe einen Komplizen gehabt. Aber wie sie das Geld gestohlen haben, bleibt genauso ein Rätsel wie der Mord an Sir Erpingham. Wie es aussieht, haben Vavasour und sein Komplize sich nach der Tat gestritten. Wenn das der Fall ist«, fuhr sie fort, »warum ist dann Vavasour, nachdem er seinen Anteil eingesteckt hatte, mitten in der Nacht über eine eisige, schneebedeckte Weide gelaufen, um seinen Komplizen zu treffen? Warum? Euren Worten zufolge wurden die gestohlenen Münzen geteilt, sonst hätte man in Vavasours Zimmer keine gefunden.« Sie schüttelte den Kopf. »Das ergibt keinen Sinn. Ich kann mir nicht vorstellen, daß Vavasour, nachdem er Mord, Verrat und Diebstahl begangen hat, so leichtsinnig wäre, den Beweis für seine Verbrechen im Zimmer zu verstreuen.« Sie zuckte die Achseln, als alle schwiegen. »Ich bin überzeugt, das Geld wurde dorthin gelegt. Seid Ihr sicher, Master Smithler, daß es keinen Zweitschlüssel für das Zimmer gibt?«

Der Wirt hob verzweifelt die Hände. »Mistress Swinbrooke, Ihr lebt schon seit vielen Jahren in Canterbury. Ihr kennt doch Forquil den Schlosser? Er wohnt nicht weit von Euch an der Ecke zur Jewry Lane.«

»Ja, ich kenne ihn«, antwortete Kathryn.

»Geht hin und fragt ihn. Letztes Jahr hat er neue Schlösser für alle Zimmer hier im Wirtshaus angefertigt. Ich habe darauf bestanden, daß er stabile und sichere einbaut. Forquil sagte, er könne für jedes Schloß nur einen Schlüssel herstellen, da der Mechanismus so kompliziert und empfindlich sei.«

»Das stimmt«, sagte Vater Ealdred. »Mistress Swinbrooke, das ist inzwischen in vielen Wirtshäusern so üblich. Wenn ein zweiter Schlüssel oder ein Generalschlüssel existiert, fällt der Verdacht im Falle eines Diebstahls immer zuerst auf den Wirt und seine Diener.«

Kathryn warf Colum einen verzweifelten Blick zu. Noch ehe Vater Ealdred sich eingemischt hatte, wußte sie, daß der Wirt die Wahrheit sagte. Da von Jahr zu Jahr mehr Pilger nach Canterbury strömten, wollten die Wirte ihren Gästen versichern können, daß alle Habseligkeiten, die sie in ihren Zimmern zurückließen, in Sicherheit waren.

»Und wie werden die Zimmer saubergehalten?« fragte Colum. »Wie wird das Bettzeug gewechselt?«

»Das machen wir immer in Anwesenheit der Gäste«, erklärte Blanche Smithler. »Fragt die Mägde. Du lieber Himmel, Master Murtagh, wir haben schon genug Probleme. Da können wir gut darauf verzichten, des Diebstahls bezichtigt zu werden, vor allem, wenn wir nicht beweisen können, ob ein Gast falsche Behauptungen aufstellt oder nicht.«

»Demnach geht niemand in die Nähe der Zimmer, wenn die Gäste nicht da sind?« beharrte Colum.

»Außer zum Wechseln des Wassers in den Feuereimern so gut wie nie«, erwiderte Blanche Smithler hastig.

Kathryn schaute auf ihre Hände. Wir können das Rätsel wohl nicht lösen, dachte sie; alles blieb unerklärlich: sogar wie die Silbermünzen in Vavasours Zimmer gekommen waren. Der Schlüssel steckte in seiner Tasche, deshalb konnte niemand es betreten haben. Sie seufzte. Sie wagte nicht, Colum zu sagen, er müsse wohl dem Kronrat in Westminster von ihrer gescheiterten Untersuchung berichten. Sie schloß die Augen und dachte an Erpingham und an Vavasours Zimmer.

»Wer soll Vavasour beerdigen?« meldete sich Smithler zu Wort. »Ich kann seine Leiche nicht ewig draußen im Stall liegen lassen.«

»Schafft sie in die Burg«, ordnete Colum an. »Er kann neben seinem Herrn beigesetzt werden.«

»Sagt mir noch eines.« Kathryn erhob sich von ihrem Stuhl. »Hat Vavasour nach unserem letzten Besuch hier etwas Merkwürdiges oder Unziemliches geäußert oder getan?«

»Er hat sich abseits gehalten«, antwortete de Murville, »was nicht weiter schwierig war. Da wir seinen Herrn verabscheuten, lag uns auch wenig an der Gesellschaft seines Dieners.«

Kathryn sah Standon an.

»Und Ihr?«

»Vavasour hat nur wenig gesprochen«, erwiderte der Sergeant. »Wenn er den Mund aufmachte, erging er sich vornehmlich in Sprichwörtern. In der Art wie ›Mit einem kleinen Kniff zur rechten Zeit kommt man meistens ziemlich weit‹. Das hat er einmal zu mir gesagt, als ich ihm auf der Treppe begegnete. Ein paarmal, als ich ihn nach Erpinghams Tod befragte, lächelte er geheimnisvoll und zitierte das alte Sprichwort ›Zwischen Lipp' und Kelches Rand schwebt der dunklen Mächte Hand‹«

»Aber erläutert hat er es nicht?«

Standon schüttelte den Kopf.

Colum und Kathryn brachen auf. Der Ire wiederholte seine Anweisung, daß niemand den »Weidenmann« verlassen dürfe, ehe seine Untersuchungen beendet waren. Er trug Smithler auf, die Knochen, die sie gefunden hatten, zu verbrennen. Als sie im Freien waren und den gepflasterten Hof überquerten, nahm Colum Kathryn bei der Hand.

»Es gibt keine Lösung, oder?« fragte er.

Kathryn warf einen Blick über die Schulter auf die hell erleuchteten Fenster des Wirtshauses.

»Nein«, antwortete sie. »Diesmal kann es durchaus sein, daß der Mörder ungeschoren davonkommt.«

Zehn

Nachdem sie in die Ottemelle Lane zurückgekehrt waren, verbrachten Kathryn und Colum den Rest des Samstags mit dem Versuch, den Folgen des Tauwetters beizukommen. Der Gartenweg stand unter Wasser. Über der kleinen Bodenkammer, die Kathryn als Lagerraum benutzte, entdeckten sie ein Loch im Dach, und im Wasserfaß schwammen schmutzige Eisbrocken, die vom roten Ziegeldach herabgefallen waren. Colum lamentierte bereits, er müsse nach Kingsmead, um nachzusehen, ob Luberon schon wieder zurückgekehrt war. Kathryn kam kaum dazu, über das, was sie im »Weidenmann« erfahren hatte, nachzudenken. Aber immer wieder ging ihr Blunt durch den Kopf und sie fragte sich, wie sie Colum und Luberon beibringen sollte, welchen Verdacht sie in seinem Fall hegte.

Wormhair kam vorbei und fragte nach Kathryn. Er saß wie ein Häuflein Elend in der Küche, hielt sich noch immer den Bauch und jammerte lauthals, sein letztes Stündchen habe geschlagen.

»Wenn du stirbst«, rief Wuf, »dann bekomme ich das Holzschild, das du am letzten Michaelistag geschnitzt hast! Und außerdem kann ich dann Agnes heiraten!«

Die junge Magd war derart gekränkt, daß Kathryn Wuf aus der Küche scheuchte und Wormhair mit in ihre Schreibkammer nahm. Sorgfältig untersuchte sie den jungen Mann.

»Nun«, erklärte sie ernst, betastete seinen Bauch und hörte ihn mit Hilfe eines kleinen Zinkrohres ab, »zunächst die gute Nachricht, Wormhair, du wirst nicht sterben, zumindest noch nicht so bald.«

Wormhair blickte sie stumm aus klaren, blauen Augen an, die in seinem schmalen, bleichen Gesicht noch größer und runder wirkten.

»Aber die Schmerzen?« murmelte er.

»Hast du Durchfall?« fragte Kathryn.

Wormhair nickte.

»Und deine Hoden sind sehr weich?«

Klägliches Stöhnen war die Antwort.

»Tja«, fuhr Kathryn energisch fort, »das kommt davon, wenn man verdorbenes Fleisch ißt. Du kannst deinem Lehrherrn ausrichten, er soll seinen Lehrlingen besser zu essen geben. Hör mir gut zu: Erstens, iß nie etwas, das verdächtig riecht. Zweitens, wasch dir oft die Hände. Ich weiß nicht warum, aber mein Vater hat mir immer beigebracht, daß schmutzige Hände die Körpersäfte stören. Ich gebe dir jetzt einen Kolben Zuckerwasser mit. Oh ja, und iß bitte vor Montagmorgen nichts mehr.«

Wormhair blieb der Mund offenstehen.

»Das meine ich ernst«, beharrte Kathryn. »Sonst verschlimmert sich dein Zustand noch.«

»Und die Arznei?« fragte Wormhair erwartungsvoll.

»Warte hier.« Kathryn ging in den Laden und kam mit einer kleinen Phiole zurück. »Das ist Beifuß«, erklärte sie ihm, »den man überall am Wegesrand findet. Vermische ein paar Tropfen mit Wasser und laß es so lange stehen, wie du für fünf Avegebete brauchst. Nimm es morgens, mittags und vor dem Schlafengehen ein. Ich verspreche dir, morgen um diese Zeit geht es dir schon wieder viel besser.«

»Mir geht es jetzt schon besser«, erwiderte Wormhair.

Kathryn lächelte. »Und achte nicht auf Wuf. Er redet, wie ihm der Schnabel gewachsen ist. Er meint es nicht so.«

Kathryn kehrte in die Küche zurück. Colum verschwand in seinem Zimmer, auch Wormhair verabschiedete sich schnell, weil er das Heiligtum für die Morgenmesse herrichten mußte. Eine Stunde später nahm Kathryn im Kreise ihrer Mitbewohner das Abendessen ein. Sie redeten wenig, denn alle waren müde. Nachdem die anderen schlafen gegangen waren, saß sie nachdenklich auf der Bettkante und zog sich langsam aus. Plötzlich lachte sie leise vor sich hin. In den letzten Tagen hatte sie sehr viel mit Colum gearbeitet; sie gingen so vertraut miteinander um, als wären sie seit Jahren ein Ehepaar.

Sie spürte, daß sich der Ire Sorgen machte: Frenlands Verschwinden, die bitteren Anschuldigungen seiner Frau und die Erkenntnis, daß er dem König über den ungeklärten Mord an Erpingham und die verschwundenen Steuergelder Bericht erstatten mußte, belasteten ihn. Kathryn zog sich ein Nachthemd über, löschte die Kerzen und blieb noch eine Zeitlang in den hoch aufgeschichteten Decken sitzen. Sie dachte über Erpingham nach. Auf welche Weise war er ermordet worden, und wie konnten die Steuergelder aus seinem Zimmer gestohlen werden? Warum war Vavasour über die verschneite Weide gelaufen, um den zugefrorenen Tümpel zu überqueren? Und vor allem: was war ihr im Zimmer des toten Schreibers aufgefallen? Kathryn legte sich hin und zog die Decken über den Kopf. Sie hörte Thomasina die Treppe heraufkommen und wie üblich mit Colum scherzen, der gerade aus seinem Zimmer trat.

»Gute Nacht, oh süßeste und pummeligste aller Frauen!« rief der Ire ihr zu.

»Euch auch eine Gute Nacht, oh König aller Lügenbolde!« frotzelte Thomasina.

Kathryn schlief ein. Deutlich stand ihr das Bild der willensstarken, tränenüberströmten Emma Darryl vor Augen.

Als sie am nächsten Morgen nach einer unruhigen Nacht aufwachte, verspürte sie leichtes Kopfweh. Trotzdem weckte sie alle anderen im Hause auf, damit sie rechtzeitig zur Frühmesse in St. Mildred kamen. Über die vereisten Straßen machten sie sich dann auf den Weg. Während der Messe blinzelte Wormhair immer wieder verstohlen zu Agnes hinüber, die schüchtern den Kopf senkte. Kathryn freute sich, daß es dem jungen Mann anscheinend wieder besser ging. Vater Cuthbert mahnte seine Gemeinde mit donnernden Worten, sich gebührend auf die Geburt Christi zu Weihnachten vorzubereiten. Wie Kathryn selbst, schauten viele traurig auf die unfertigen Gemälde hinter dem Altar, aber Vater Cuthbert erwähnte die Todesfälle im Hause Blunt mit keinem Wort. Statt dessen redete er seiner Gemeinde ins Gewissen, ihre Sünden zu beichten und Nächstenliebe zu üben.

829

Colum verbarg das Gesicht hinter vorgehaltener Hand, als der alte, ehrwürdige Priester einen vielsagenden Blick auf Witwe Gumple warf, die auf einem kleinen Schemel vor den Altarstufen saß und wieder einmal in ihrer lächerlichen Haartracht erschienen war, die wie ein Horn in die Luft stand. Als Witwe Gumple kurz darauf beim Opfergang mit ihrem Kopfputz an der Statue der Heiligen Mildred hängenblieb und diese gefährlich auf ihrem Sockel ins Schwanken geriet, stimmte Kathryn in das allgemeine Gelächter ein. Die Gumple versuchte sich zu befreien, doch das verschlimmerte ihre Lage nur. Das Gelächter schwoll an, als Wormhair nach vorn eilte, sein Messer unter dem Meßgewand hervorzog und die gute Witwe kurzerhand mit einem beherzten Schnitt befreite.

Die Messe endete fröhlicher, als Vater Cuthbert recht war. Kathryn und Colum blieben noch eine Weile bei ihm auf dem Kirchhof stehen. Er bat Kathryn, im Hospiz für Arme Priester vorbeizuschauen und fragte nach ihren Plänen für das Weihnachtsfest. Der alte Priester blinzelte und hüstelte ununterbrochen.

»Was ist los, Vater?« fragte Kathryn. Sie ergriff seine von dicken Adern durchzogene Hand. »Ihr sagt mir immer, daß Ihr mich von Kindesbeinen an kennt; das heißt aber auch, daß ich Euch ebenso gut kenne.«

»Es dreht sich nicht um Euch, Kathryn«, stammelte der alte Priester und schaute zu dem braungebrannten Iren hoch. »Ich hätte gern mit Master Murtagh unter vier Augen gesprochen.«

Colum warf einen Blick über den Friedhof: Wuf und andere Kinder rannten lärmend einen Abhang neben dem großen Holztor zum Friedhof hinab. Agnes war in ein Gespräch mit Wormhair vertieft, und Thomasina zog mit einer Gruppe anderer Frauen in epischer Breite über die Tücken von Witwe Gumples Kopfputz her. Colum lächelte. »Das können wir ebensogut hier erledigen, Vater. Was Ihr mir auch sagen wollt, könnt Ihr im Beisein von Mistress Swinbrooke vorbringen.«

Kathryn verbarg ihre Nervosität. Wollte der Priester den Iren nach ihrem Privatleben fragen? Sie hatte Thomasina gegenüber schon oft erwähnt, daß sich die Leute sicher darüber wunderten, warum Colum in ihrem Haus aus und ein ging, aber niemand hatte das Recht, daraus gewisse Schlüsse zu ziehen.

»Nun, es geht um zwei Dinge. Erstens, können wir Weihnachten für die Krippe etwas Stroh und einen Futtertrog bekommen? Ich habe von den Bauarbeiten draußen in Kingsmead gehört. Vielleicht …?«

»Aber gewiß«, unterbrach Colum ihn. »Alles, was Ihr braucht, Ihr müßt es nur sagen, Vater. Und zweitens?«

Vater Cuthbert senkte die Stimme. »Mir ist aufgefallen, daß Ihr nie das heilige Abendmahl nehmt.«

Kathryn stockte der Atem: Colum trat zwar vor den Altar, aber nur für den Segen; er nahm weder Brot noch Wein an.

»Es tut mir leid, wenn ich Euch fragen muß«, stammelte Vater Cuthbert, »aber, aber … ich bin Gott gegenüber für die mir anvertrauten Seelen verantwortlich.« Er schenkte Kathryn ein schwaches Lächeln. »Vor allem für die Seele einer jungen Frau, deren Wohl mir mehr als alles andere am Herzen liegt.«

Colum wandte den Blick ab und schaute in das gräßliche Antlitz eines Wasserspeiers, der über der Kirchentür eingemeißelt war. Er betrachtete den Schnee, der von einem der Mauervorsprünge sanft herunterrieselte.

»Meine Vergangenheit ist von Gewalt geprägt, Vater«, sagte Colum langsam.

»Ja, ich weiß«, rief der Priester. »Es heißt, Ihr habt Menschenleben auf dem Gewissen. Der Grund, warum ich frage, ist folgender: vor dem Schneesturm war ich in London. Ich habe mich in Blackfriars aufgehalten, und die Leute dort kannten Euch. Sie sagten mir, daß Eure eigenen Landsleute Euch für einen Verräter halten.«

»Als ich jung war, Vater, und außerhalb von Dublin lebte, schloß ich mich einer Gruppe Rebellen und Gesetzloser an, die sich die Hunde von Ulster nannten. Den Namen hatten sie einer der zahlreichen irischen Legenden entnommen.« Colum fuhr mit einer Hand unter den Umhang und strich gedankenverloren über den Knauf seines Dolches. »Der langen Rede kurzer Sinn, Vater, ich wurde zusammen mit anderen von den Engländern gefangengenommen. Alle endeten auf dem Schafott, nur ich wurde begnadigt, weil ich noch ein Grünschnabel war. Hin und wieder schicken die Hunde von Ulster Mörder aus, die mich umbringen sollen.« Colum verzog das Gesicht. »Bis jetzt hatte ich Glück, ich habe alle getötet.«

»Aber das war Notwehr«, beharrte Vater Cuthbert. »Das ist keine Sünde.«

»Es gibt da noch etwas«, murmelte Colum.

»Ich will nicht in Euch dringen«, erwiderte Vater Cuthbert, »aber ...« Er warf Kathryn einen raschen Seitenblick zu, die reglos neben ihnen stand. Ein vager Verdacht keimte in ihr auf. Plötzlich fröstelte ihr, und sie wußte, daß es nicht am kühlen Wintermorgen lag.

»Wart Ihr je verheiratet, Master Murtagh?« Vater Cuthbert sprach hastig.

»Ja«, stieß Colum hervor.

Ein eiskalter Schauer überlief Kathryn, und ihr wurde schwindlig.

»Master Murtagh.« Der Priester berührte das Handgelenk des Iren. »Wenn Ihr wollt, können wir unsere Unterhaltung woanders fortsetzen.«

»Ja, ich war verheiratet«, wiederholte Colum langsam. »Mit einem walisischen Mädchen. Wir hatten einen Sohn.« Colum hielt inne. »Vor zehn Jahren, im Jahre 1461, Vater, war ich mit Lord Edward bei Mortimer's Cross im Westen des Landes. Eine Lancastertruppe landete in Südwales, um die Besitztümer Lord Edwards zu plündern. Sie griffen das Dorf an, in dem meine Frau und unser Kind wohnten. Als ich zurückkam, war mein Gehöft nur noch eine rauchende Ruine. An einem Morgen wie diesem habe ich meine Frau und meinen Sohn in der kalten, harten Erde begraben, und damals habe ich Gott mit jedem Atemzug verflucht.« Er schaute den Priester an. »Deshalb nehme ich nicht am Abendmahl teil.« Die Gesichtszüge des Iren verhärteten sich. »Ich besuche die Messe, wie es das Kirchengesetz vorschreibt, aber ich nehme die heiligen Sakramente erst zu mir, wenn der Haß in meinem Herzen verloschen ist.« Er

832

schaute dem Priester offen ins freundliche Gesicht und klopfte ihm sanft auf die Schulter. »Und macht Euch keine Sorgen, Vater. Es war Euer gutes Recht, mich zu fragen. Ich habe es nicht als Beleidigung empfunden und hoffe, Euch nicht verletzt zu haben.« Er hakte sich bei Kathryn unter. »Und Ihr habt mein Wort, Vater. Dieses Jahr sollt Ihr zu Weihnachten eine so schöne Krippe haben wie noch nie!«

Vater Cuthbert segnete beide und entfernte sich. Kathryn und Colum verließen den Kirchhof durch das Tor. Thomasina sah Kathryn an, daß sie innerlich erregt war. Deshalb rief sie Wuf und Agnes zu sich und ging mit ihnen in gemessenem Abstand hinter den beiden her.

»Warum habt Ihr mir das nicht erzählt?« fragte Kathryn leise und wandte ihr Gesicht Colum zu. »Ihr müßt noch sehr jung gewesen sein.«

»Ja, und ein großer Romantiker.« Colum drückte ihre Hand. »Ich spreche nie darüber, Kathryn. Es gibt in eines Menschen Seele bestimmte Räume, die am besten verschlossen bleiben. Ich habe das Mädchen geliebt, und sie hat mich geliebt. Auf ein solches Unglück war ich nicht gefaßt. Ich war mit Lord Edward im walisischen Grenzgebiet. In den Midlands und im Norden stand eine Lancasterarmee. Die Bretonen landeten von See her und marschierten durch Südwales, brandschatzten und plünderten. Wir holten sie bei Mortimer's Cross ein paar Meilen nördlich von Hereford ein.« Colums Stimme wurde hart. »Wir haben den Kampf gewonnen. Nur wenige Bretonen wurden gefangengenommen. Auch ich hatte teil an Mord und Totschlag«, fügte er hinzu. »Aber ein Mord erzeugt den nächsten.«

»Haltet Ihr deshalb die Truhe in Eurem Zimmer verschlossen?« fragte Kathryn.

»Erinnerungen.« Colum drückte ihre Hand. »Bruchstücke eines früheren Lebens.« Colum blieb stehen und sah sie mit zusammengekniffenen Augen an. »Nun wißt Ihr, daß ich ein schrecklicher Mensch bin.« Er näherte sich ihrem Gesicht. »Ein verruchtes, bösartiges Ungeheuer, ein Mädchenschänder!«

»Gebt acht, Ire!« rief Thomasina und kam näher.

Kathryn war für die Unterbrechung ebenso dankbar wie Colum, der sogleich einen Vers über Thomasinas flinken Gang
dichtete:

»Wie Candace in des Knappen Worten,
schwebt Thomasina allerorten!«

Das Geplänkel der beiden rauschte an Kathryns Ohren vorbei.
Wieder ein Mosaikteilchen aus dem vielschichtigen Bild des Iren,
dachte sie. Er verbarg seinen Schmerz hinter dem fröhlichen
Wortgefecht mit Thomasina: er lächelte und plauderte, aber seine Muskeln waren angespannt. Kathryn schwor sich insgeheim,
Colums verstorbene Frau nie wieder zu erwähnen, es sei denn
auf seinen ausdrücklichen Wunsch. Sobald sie zu Hause ankamen, wurden alle Gedankengänge unterbrochen. Thomasina lief
in die Küche und verkündete lauthals: »Ein Schwein in Kümmel-
soße zu braten, ist eine Kunst, die man am besten mir überläßt!«
Kathryn begab sich in ihre Schreibkammer, während Colum,
der weiteren Fragen aus dem Weg gehen wollte, in den Garten
trat, um Wuf beim Spielen zuzuschauen. Kathryn dachte weiter
über den Iren nach. Hütete er noch mehr Geheimnisse? Die
Neugier, die an ihr nagte, machte sie verlegen. Stand es ihr denn
zu, über andere zu urteilen? Schließlich hatte sie selbst Geheimnisse, die sie, da sie ein öffentliches Amt bekleidete, hätte aufdecken müssen. Sie ging wieder in die Küche und schaute in den
Garten hinaus. Wuf stand neben dem Karpfenteich, ließ seine
polierte Holzscheibe über das Eis schlittern und versuchte, die
Holzstöckchen zu treffen.
»Sei vorsichtig, Wuf«, warnte Kathryn ihn. »Colum, gebt acht
auf ihn, das Eis schmilzt, und das Wasser ist so kalt, daß man auf
der Stelle erfriert!«
Sie schaute zu, wie Wuf unter Colums wachsamem Blick wei-
terspielte. Plötzlich trat ihr das Bild Vavasours auf dem zugefrorenen Teich vor Augen. Dabei kam ihr ein Gedanke.
»Nein!« flüsterte Kathryn. »Das kann nicht sein!«
Sie trat hinaus in den Garten, wandte sich jedoch rasch wie-

834

der um, als laut und ausdauernd an der Tür geklopft wurde. Agnes öffnete, und Luberon schritt mit roten Wangen und glänzenden Augen durch den Flur auf Kathryn zu, als wäre er der Erzbischof persönlich.

»Mistress Swinbrooke, ich grüße Euch. Wo ist Master Murtagh?« Der kleine Mann bebte förmlich vor Erregung.

»Was wollt Ihr?« fragte Thomasina schelmisch. »Wie alle Männer riecht Ihr einen guten Braten schon von weitem!«

Luberon reichte Agnes seinen Umhang und rieb sich genießerisch die Hände. Er schloß die Augen und sog den Duft des Schweinebratens ein. »Oh, Thomasina, Ihr werdet doch einen armen Mann nicht fortschicken? Die beste Köchin in Canterbury hat doch gewiß einen Happen für den armen Luberon übrig?«

Thomasina wandte sich errötend ab. Angezogen durch den Lärm, trat Colum in die Küche.

»Ihr habt Frenland aufgespürt, stimmt's?« fragte Kathryn.

Luberon fielen beinahe die Augen aus dem Kopf. »Wie kommt Ihr darauf?«

Kathryn lächelte und lud ihn ein, am Tisch Platz zu nehmen. Agnes teilte bereits die Teller aus.

»Kommt, Simon, leistet uns beim Abendessen Gesellschaft. Colum«, Kathryn winkte den Iren ans Kopfende des Tischs.

Colum nahm Platz und schaute Kathryn spöttisch an. »Wollt Ihr damit sagen, Ihr hättet gewußt, daß Frenland nicht tot war?«

»Aber gewiß«, lachte Kathryn. »Erstens: wilde Hunde können zwar gefährlich sein, aber nicht in dem Maße. Sie jagen ein Kind oder ein verwundetes Tier, aber keinen ausgewachsenen Mann. Zweitens hatte Frenland nicht weit zu gehen. Der Landkarte zufolge führte die Straße, auf der er floh, auf eine Reihe von Dörfern und Weilern zu. Drittens fiel mir ein, daß er Euch über Alexander Wyville ausgefragt hat. Ich glaube, das brachte ihn auf den Gedanken.«

»Welchen?« fragte Colum.

»Na, von einem zänkischen Weib fortzulaufen.« Kathryn lachte siegessicher. »Frenland hat eine andere, nicht wahr, Simon?«

»Ja, ja. Eine Witwe mit rosigen Wangen und munteren Augen.« Luberon hob die Stimme. »So eine wie Ihr, Thomasina.«

»Hütet Eure Zunge!« warnte ihn die Köchin lachend.

»Schließlich«, schloß Kathryn, »habe ich mir den blutdurchtränkten, zerrissenen Umhang angesehen. Ich entdeckte Lederfetzen daran, die von einem Weinschlauch hätten stammen können. Frenland hat nun einen solchen Lederschlauch mit Tierblut gefüllt, das man ohne weiteres in jedem Schlachthaus erhält, dann seinen Mantel mit Blut getränkt und sich aus dem Staub gemacht. An den zerrissenen Überresten seines Umhangs hingen noch Fetzen des Lederbehälters.«

Sie nahm den Becher Würzwein, den Thomasina auf den Tisch gestellt hatte, und reichte ihn Luberon. Der kleine Schreiber seufzte und nahm genüßlich einen Schluck.

»Als ich Frenland fand«, erklärte er, »habe ich ihm von den Anschuldigungen seiner Frau erzählt.« Luberon grinste. »Nun, das ist eine Sache, die nur die beiden, oder besser, die drei angeht.«

Colum lehnte sich auf seinem Stuhl zurück und lachte. »Heiliger Himmel, wie kompliziert das Leben doch sein kann!« Er klopfte Luberon auf den Arm.

Kathryn betrachtete den Schreiber, der jetzt gedankenverloren auf den Lederbeutel starrte, den er mitgebracht hatte. »Es gibt aber noch etwas, nicht wahr, Simon?«

Luberon stellte den Becher auf den Tisch. »Blunt ist tot«, bemerkte er mit leiser Stimme.

Kathryn wirbelte herum, denn Thomasina hatte einen Teller fallenlassen, der auf den Steinen der Feuerstelle in Scherben sprang.

»Er starb letzte Nacht«, fuhr Luberon fort. »Er ist einfach eingeschlafen. Als die Wächter kamen, um ihn zu wecken, lehnte er an der Zellenwand und hatte die Augen geschlossen. Ich war schon bei Emma Darryl.« Er blickte über die Schulter zu Thomasina. »Ach, übrigens«, fügte er hinzu, »der Gefangene hat die Sachen, die Ihr ihm mitgebracht habt, nicht angerührt.« Er öffnete den Lederbeutel und zog ein kleines Leinenbündel heraus.

Kathryn nahm es an sich und öffnete es vorsichtig. Brot und Käse waren inzwischen ungenießbar, aber das kleine Beutelchen mit Pulver, das Thomasina hineingeschmuggelt hatte, war noch fest zugebunden. Kathryn nahm ein Messer, durchtrennte die Kordel und roch daran.

»Baldrian!« rief sie.

»Ich weiß«, erwiderte Thomasina und trat an den Tisch. »Nicht so viel, daß er daran sterben konnte, Mistress, aber genug, ihn zu betäuben. Ich weiß auch, woran er gestorben ist. Ich war bei Blunts früherem Arzt.« Sie lächelte Kathryn an. »Ihr kennt ihn, es ist Roger Chaddedon. Er läßt Euch grüßen und hofft, Euch während der Feiertage zu sehen.«

Kathryn errötete. Chaddedon war ein Witwer, der sehr zu Colums Ärger jede Gelegenheit wahrnahm, Kathryn seine Zuneigung zu zeigen.

»Was hat er gesagt?« fragte Kathryn und wich Colums Blick aus.

»Er hat Blunt an Allerseelen gesehen und sorgfältig untersucht. Er hatte im günstigsten Fall noch ein paar Wochen zu leben. Seine Lungen waren zersetzt, er hustete schwarzes Blut. Chaddedon ist der Meinung, die Ursache für Blunts Krankheit seien Farben und andere schädliche Substanzen, die der Maler in all den Jahren verwendet hat. Tut mir leid wegen des Baldrians, Mistress, aber ich finde, keiner sollte bei vollem Bewußtsein gehängt werden, schon gar nicht Blunt.«

Kathryn wandte sich an Luberon. »Und Ihr habt es Emma Darryl mitgeteilt?«

»Ja.«

»Was hat sie gesagt?«

»Nicht viel. Sie hat vieldeutig gelächelt und dann etwas Sonderbares gesagt: ›Ihr müßt jetzt gehen, weil ich das Essen vorbereiten will.‹«

Kathryn zuckte zusammen, und ein kalter Schauer lief ihr über den Rücken.

»Thomasina, dein Braten ist noch nicht gar. Colum, Luberon, schnell, holt Eure Umhänge!«

»Was ist denn los?« fragte Colum.

»Wir müssen zu Emma Darryl!« fuhr Kathryn ihn an und erhob sich. Colum hielt sie am Arm fest. »Warum?«

Kathryn holte tief Luft und schaute Luberon an.

»Weil Blunt weder Alisoun noch ihre beiden Galane umgebracht hat!«

»Das ist doch lächerlich!« sagte der Ire. »Wir haben doch die Pfeilwunden gesehen. Blunt war nach eigenem Bekunden ein Meisterschütze.«

Kathryn schüttelte den Kopf, während sie sich den Umhang überzog.

»Mistress Swinbrooke, was behauptet Ihr da?« Luberon stand auf, trank seinen Weinbecher leer und suchte nach seinem Umhang. Agnes und Wuf standen im Kücheneingang, die Augen weit aufgerissen und die Ohren erwartungsvoll gespitzt.

»Ich erkläre es Euch unterwegs«, murmelte Kathryn.

Kurz darauf verließen sie das Haus und eilten durch die Ottemelle Lane. Außer streunenden Hunden, einem Bettler hier und da und einer Hure mit roter Perücke, die verzweifelt nach Kunden Ausschau hielt, lagen die Straßen verlassen da. Die Sonne stand schon tief. Es war kälter geworden, und der Schnee hatte sich in schmutziges Eis verwandelt. Nachdem sie die Church Lane überquert hatten, verlangsamte Kathryn ihren Schritt.

»Colum.« Sie ergriff den Arm des Iren, um das Gleichgewicht nicht zu verlieren. »Blunt war ein Meisterschütze, aber er konnte nicht mehr gut sehen, und er hatte einen schrecklichen Husten. Wie hätte er denn einen Bogen spannen, zielen und drei Pfeile so rasch hintereinander abschießen sollen? Mein Gott«, fuhr sie fort, »Alisoun und ihre beiden Freier Nicholas und Absolon hätten ihn schon von weitem gehört.«

»Aber die Pfeilwunden?« fragte Luberon und trat an ihre Seite.

»Ja, die Pfeilwunden«, sagte Kathryn. »Sie waren sehr tief. Ich sage Euch, was passiert ist«, fuhr sie fort und eilte weiter. »Blunt kam nach Hause und stellte fest, daß Alisoun und ihre beiden Bewunderer vergiftet worden waren. Er wollte Emma Darryl schützen. Er nahm seinen Bogen und schoß einen Pfeil in jede Leiche, und damit es überzeugender wirkte, öffnete er ein Fenster und wartete wahrscheinlich, bis jemand wie Witwe Gumple vorbeikam, der er Nicholas' Leiche vor die Füße werfen konnte.«

»Und das alles wollt Ihr aus den Pfeilwunden schließen?« fragte Colum.

»Ja, denn sie waren viel zu tief, und vergeßt nicht, wie dunkel es in dem Zimmer bei Blunt war. Ein junger Mann, ein geübter Schütze, wäre in der Lage gewesen, drei tödliche Pfeile abzuschießen. Vielleicht hätte sogar Blunt es noch geschafft, wenn er gesund gewesen wäre. Aber er war von Hustenanfällen geplagt, und sein Augenlicht ließ nach.«

»Warum habt Ihr uns das nicht gleich gesagt?« fragte Colum vorwurfsvoll.

Kathryn blieb stehen und schaute zu den langen Eiszapfen hinauf, die vom Portal des großen Hauses herabhingen.

»Wie denn?« fragte sie leise. »Als ich Blunt in seiner Gefängniszelle besuchte, lag er bereits im Sterben. Deshalb hat er mich gebeten, zu ihm zu kommen. Er war nicht dumm. Er wußte, daß man mich bitten würde, die Leichen zu untersuchen. Nun, das Licht im Leichenhaus war zwar dürftig, aber etwas an der Haut der Leichen, ihre Aufgedunsenheit und die leichte Verfärbung, machten mich stutzig.« Sie schüttelte die Wassertropfen von ihrem Umhang. »Die Pfeile saßen so tief, waren so exakt getroffen, daß nur ein Meisterschütze sie auf sehr kurze Entfernung hätte abschießen können. Der Mann, den wir im Kerker des Rathauses antrafen, der ständig blinzelte und von Hustenanfällen geschüttelt wurde, hätte auf größere Entfernung niemals so genau zielen können.« Kathryn fuhr sich mit der Zunge über die Lippen. »Deshalb kam ich zu dem Schluß, daß Emma alle drei umgebracht hatte, ehe Blunt nach Hause kam.«

»Und jetzt wollt Ihr sie stellen?«

Kathryn schüttelte den Kopf. »Nein, ich will Peter retten. Herr hilf uns, ich hoffe, ich komme nicht zu spät!«

Sie nahmen eine Abkürzung durch eine Gasse zu Blunts Haus. Kathryn, der vor Aufregung ganz übel war, hämmerte mit zitternden Händen gegen die Tür. Mit einem Seufzer der Erleichterung vernahm sie feste Schritte und hörte, daß die Riegel zurückgeschoben wurden. Die Tür ging auf, und Peter stand lächelnd vor ihnen.

»Peter«, rief Kathryn und stieß ihn zur Seite. »Ist alles in Ordnung mit dir?«

»Ich habe Hunger«, antwortete der junge Mann. »Und Emma hätte längst aufstehen und das Essen richten sollen, aber sie schläft noch fest.«

Kathryn schob sich an ihm vorbei und lief die Treppe zum zweiten Stock hinauf; Colum und Luberon polterten hinter ihr her. Sie sah, daß eine Tür nur angelehnt war, und betrat das Zimmer. Emma Darryl lag auf ihrem Bett, die Arme an den Seiten, die Augen blicklos auf den Baldachin gerichtet. Kathryn setzte sich und ergriff die Hand der Frau. Sie spürte einen Anflug von Wärme, aber weder am Handgelenk noch am Hals einen Pulsschlag. Sie preßte ein Ohr auf das dicke Wollkleid, konnte aber keinen Herzschlag hören. Kathryn schaute sich suchend im Zimmer um; Colum und Luberon standen reglos in der Tür. Sie zeigte auf einen Silberteller, der auf einer eisenbeschlagenen Truhe stand.

»Colum, bringt mir den bitte, schnell!«

Colum reichte ihn ihr. Kathryn polierte den Silberteller mit dem Ärmel und hielt ihn so nahe wie möglich an die Lippen der Frau. Dann nahm sie ihn fort und bekreuzigte sich.

»Tot?« fragte Colum.

»Ja, der Herr sei mit ihr. Master Luberon, bitte sorgt dafür, daß Peter unten bleibt.«

Luberon ging auf den Flur hinaus. Kathryn hörte ihn leise auf Peter einreden; dann kam er wieder ins Zimmer und schloß die Tür. Kathryn blickte Murtagh an.

»Wir alle haben unsere Geheimnisse, nicht wahr, Ire?«

Colum erinnerte sich an seine Unterhaltung mit Vater Cuthbert und nickte kaum merklich.

»Und Ihr, Master Luberon, kennt meine. Ich frage mich beständig, ob mein Mann wirklich tot ist oder eines Tages zurückkehrt.« Kathryn streichelte zärtlich die Hand der Toten. »Nun, auch Emma Darryl hatte ihre Geheimnisse.« Kathryn ließ Colum nicht aus den Augen. »Sie liebte Richard Blunt mit verzehrender Leidenschaft. Sie hatten ein gemeinsames Kind, einen Jungen namens Peter, aber sie haben nie geheiratet. Blunt, so wollen wir ihn nennen, auch wenn es nicht sein Geburtsname war, hatte drei große Gaben. Zum einen war er ein meisterhafter Schütze, zweitens ein begnadeter Maler, und drittens hatte er seine treue Emma. Sie begleitete ihn, wohin er auch ging.« Kathryn blickte sich in dem gemütlichen Zimmer um und wappnete sich innerlich gegen das Ergreifende an dieser Tragödie.

»Nun wurde Blunt krank, es fing mit einem einfachen Husten an, der sich jedoch verschlimmerte, je länger er die schädlichen Dämpfe der Materialien einatmete, die er für seine Gemälde in St. Mildred und anderswo verwendete. Sein Leben näherte sich bereits dem Ende, als er Alisoun kennenlernte, eine echte Romanze zwischen Jung und Alt. Das Ganze wäre vielleicht ruhig und friedlich abgelaufen, wenn Alisoun nicht die Hure gespielt und damit Blunts Siechtum beschleunigt hätte. Emma Darryl sah, was geschah, und hat im stillen gebrütet.« Kathryn schaute auf das Gesicht der Toten hinab, das jetzt so friedlich aussah. »Emma hatte vor Alisoun Angst, die eine Bedrohung für sie und, noch schmerzhafter, für Peter darstellte. Ihre größte Sorge war, daß Blunt sterben und Alisoun als seine Frau alles erben würde. Man hätte Emma und Peter vor die Tür gesetzt, wo ihnen nichts anderes übriggeblieben wäre als zu betteln.«

»Demnach hat Emma Alisoun ermordet?«

»Ja. Ich bezweifle, ob Emma wirklich die Absicht hatte, auch die beiden jungen Männer umzubringen. Doch Ihr könnt Euch die Szene sicher vorstellen. Blunt war in St. Mildred und Alisoun hier im Hause, während Emma, die treue Haushälterin, ein tödliches Gebräu zubereitete.« Kathryn nahm den Weinbecher vom Tisch neben dem Bett, roch daran und rümpfte die Nase, so stark war der Geruch, der ihr entgegenschlug. »Ich vermute, Emma verwendete das, was die Lateiner Amanita virosa nennen, einen giftigen Ständerpilz. Der Hut ist eiförmig, seidig weiß und glatt, in der Mitte fuchsrot gefärbt.«

Kathryn trug den Weinbecher durchs Zimmer und kippte die restliche Flüssigkeit ins Nachtgeschirr.

»Es ist ein tödliches Gift, aber mit einem starken Rotwein gemischt, ist es nicht herauszuschmecken. In der Mordnacht ging Emma zu Bett, während Alisoun zwei Besucher empfing und mit Wein bewirtete. Vielleicht saß Emma in diesem Zimmer hier und lauschte ihrem Gelächter. Sie war inzwischen abgestumpft; der Haß auf Alisoun hatte alle anderen Gefühlsregungen vertrieben. Dann kehrte Blunt zurück und entdeckte die drei Leichen.«

»Und er nahm die Schuld auf sich?« unterbrach Luberon sie.

»Oh ja. Peter hat man wahrscheinlich in sein Zimmer geschickt, während Blunt das Schauspiel mit Pfeil und Bogen aufführte. Wahrscheinlich hat er Emma auseinandergesetzt, daß er ohnehin bald sterben werde. Sie mußte bleiben und auf Peter aufpassen.«

»Und Emma war damit einverstanden?«

»Vielleicht widerstrebend; darum hat Blunt mit mir reden wollen – er wollte sichergehen, daß er sich nicht umsonst geopfert hatte.« Kathryn trat ans Fenster und schaute über die vereisten Dächer. »Sobald ich ihn in der Zelle im Rathaus sah, wußte ich, daß etwas nicht stimmte. Ebenso erging es mir, als ich sein Bild in St. Mildred betrachtete, auf dem Abraham seinen Sohn Isaac opfert. Ist Euch aufgefallen, daß das Messer nach innen gerichtet war? Abraham wollte lieber sich selbst als seinen Sohn opfern. Blunt hat dabei an sich gedacht.«

»Aber das hat er doch vor den Morden gemalt, oder?« fragte Luberon.

Kathryn warf ihm einen Blick über die Schulter zu. »Ich frage mich«, sagte sie, »ob Blunt wußte, daß die Morde geschehen würden? Oder war es die Arbeit an dem Gemälde, die ihn seinen eigenen Tod voraussehen ließ?« Kathryn deutete auf das Bett. »Wie auch immer, nach Blunts Tod sah Emma keinen Grund mehr zu leben. Vielleicht hat die Ärmste auch geahnt, daß wir die Wahrheit herausgefunden haben, und sich deshalb das Leben genommen.« Kathryn drehte sich um und lehnte sich ans Fensterbrett. »Als Simon erzählte, wie sie auf die Todesnachricht reagiert hatte, war mir klar, daß sie ihren Tod plante. Ich habe nur gebetet, daß sie Peter verschont. Jedenfalls ist es vorbei«, schloß Kathryn. »Simon, bitte bringt Peter zu Vater Cuthbert ins Hospiz für Arme Priester. Erklärt ihm, was geschehen ist, und dann kommt wieder hierher und versiegelt das Haus.«

Luberon war einverstanden. Kathryn hörte, wie er die Treppe hinunterging und mit Peter sprach, dann fiel die Haustür hinter den beiden ins Schloß. Kathryn trat zu Colum und ergriff seine Hände.

»Die Vergangenheit kann entsetzlich sein«, sagte sie zärtlich. »Sie ist wie ein Schatten, der uns zuweilen wie mit dunklen Schwingen umfängt. Aber wir dürfen das nicht zulassen.«

Colum beugte sich zu ihr hinab und küßte sie sanft auf den Mund. Kathryn errötete und trat einen Schritt zurück.

»Ein Geheimnis weniger«, sagte sie und zeigte auf das Bett.

»Und die Sache im ›Weidenmann‹?« fragte Colum.

Kathryn holte tief Luft, wandte sich rasch ab und ging zur Tür. Die Hand auf der Türklinke, drehte sie sich zu Colum um.

»Der Herr ist mein Zeuge, Ire, ich weiß es nicht. Ich weiß nur, daß es Geheimnisse gibt, die nie gelöst werden.«

Elf

Sie kehrten nach Hause zurück, wo Thomasina mit dem Essen auf sie wartete. Kathryn aß schweigend. Der Tod Blunts und seiner Haushälterin hatte sie zutiefst getroffen. Im stillen nahm sie sich fest vor, Vater Cuthbert aufzusuchen, um sicherzustellen, daß Peter gut versorgt war und daß der Besitz und die Gelder, die der arme Tropf erbte, richtig verwandt wurden. Colum aß hastig und ging anschließend in sein Zimmer. Er war enttäuscht, daß Kathryn es offenbar vorzog, ihren eigenen Gedanken nachzuhängen, verscheuchte jedoch seinen Unmut und setzte statt dessen im stillen einen Brief an das königliche Schatzamt in London auf, in dem er über die Morde an Erpingham und Vavasour berichtete.

Draußen wurde es bereits dunkel, doch Wuf wollte unbedingt noch im Garten spielen, und Kathryn erlaubte es ihm zerstreut. Während Thomasina und Agnes den Tisch abräumten, zog Kathryn sich in ihre Schreibkammer zurück. Sie zündete eine Laterne und ein paar Kerzen an, legte Pergament und Feder bereit und begann aufzuschreiben, was sie über den Mord an Erpingham und über Vavasours rätselhaften Tod im zugefrorenen Teich erfahren hatte und welchen Verdacht sie hegte. Kathryn knabberte an der Feder. Was war ihr nur in Vavasours Zimmer aufgefallen? Wuf kreischte im Garten vor Vergnügen, und Kathryn beschloß nachzuschauen, was ihm so viel Freude bereitete. Sie nahm die Laterne und ging hinaus. Wuf hockte am Rand des kleinen Karpfenteiches und ließ seine polierte Holzscheibe unermüdlich über das Eis schlittern, rannte um den Teich herum und hob sie wieder auf. Es war ein ungefährliches Spiel, und Kathryn schaute ihm eine Zeitlang zu.

Wuf rief ihr zu: »Das Eis kracht bald!«

Kathryn lächelte und ging zu ihm. Schwungvoll stieß Wuf die

Scheibe über das Eis, das durch das Tauwetter natürlich brüchig geworden war und unter der wirbelnden Holzscheibe knackte und krachte. Kathryn stellte die Laterne am Rand des Teiches ab, damit Wuf besser sehen konnte.

»Irgendwann, irgendwann bricht das Eis!« krähte Wuf.

»Wuf!« rief Thomasina aus der Küche, »komm rein und hilf uns!«

Der Kleine schaute Kathryn an.

»Geh schon, Wuf!«

Sie nahm ihn an die Hand und führte ihn zur Küchentür. Wuf sauste hinein. Als Kathryn sich umwandte, um die Laterne zu holen, blieb sie wie angewurzelt stehen. Sie sah das Licht und die Holzscheibe, und ihr Herz tat einen Sprung.

»Natürlich!« hauchte sie. »Das erklärt alles!«

Kathryn schaute unverwandt auf die Laterne. Vavasours Tod war ein Rätsel gewesen. Alle hatten sich im Wirtshaus aufgehalten, und doch mußte auf dem Teich jemand auf Erpinghams Schreiber gewartet haben. Aber warum war derjenige nicht genau wie Vavasour im eisigen Wasser ertrunken? Vorsichtig schritt sie über den Gartenweg, nahm Laterne und Holzscheibe an sich und eilte, ohne auf Thomasinas fragenden Blick oder Wufs Gebettel wegen seines Spielzeugs zu achten, wieder in ihre Schreibkammer. Dort nahm sie die Feder zur Hand, entwarf rasch eine grobe Skizze von der großen Wiese und machte an der Stelle, an der Raston das flackernde Licht gesehen hatte, das Vavasour auf den Teich lockte, ein Kreuz. Kathryn legte die Feder ab, lehnte sich zurück und legte die Finger aneinander.

»Wenn es auf diese Weise geschah«, sagte sie zu sich, »dann lautet die nächste Frage, wer hatte Mittel und Wege, eine solche Falle zu stellen?«

Sie nahm die Liste der im ›Weidenmann‹ anwesenden Personen zur Hand. »Es gibt nur eine Lösung. Aber wie soll sie Erpinghams Tod erklären?« Sie dachte an den grauenhaften Schädel und die Knochen, die man unter den Dielenbrettern entdeckt hatte: auf welche Weise hatten sie Erpinghams Alptraum verursacht? Kathryn nahm den alten, abgegriffenen Folianten ihres

Vaters vom Regal, in dem alle bekannten Gifte aufgeführt waren. Die einzelnen Eintragungen waren zu unterschiedlichen Zeitpunkten gemacht worden, und Kathryn fand die Anmerkungen über den giftigen Nachtschatten erst nach sorgfältiger Prüfung der verblaßten Schrift. Sie lächelte traurig, als sie las, was dort stand.

»Ein großes Kraut«, hatte ihr Vater geschrieben, »das winterfest ist und weit verzweigte Stengel hat. Die herabhängenden Blüten sind purpurrot, zuweilen aber auch schmutzigviolett oder violettgrün. Die Früchte, schwarz glänzende Beeren, sind eine große Gefahr für Kinder und Unkundige. Die Arznei wird entweder aus frischen oder aus getrockneten Blättern oder Wurzeln destilliert, obwohl alle Teile des Krautes giftig sind. Trotzdem ist es sehr nützlich, will man die schlechten Säfte des Magens lösen. Aber schon kleinere Mengen können zu ernsthaften Vergiftungen führen.«

Kathryn beendete ihre Lektüre und war schon im Begriff, das dicke Buch zu schließen, als sie noch eine nahezu unleserliche Randbemerkung entdeckte. Sie zog die Laterne näher heran, aber trotzdem konnte sie das Gekritzel nicht entziffern. Kathryn entnahm daraufhin einem kleinen Kasten ein Vergrößerungsglas, setzte sich wieder vor das Buch und untersuchte die krakeligen Schriftzüge. Ihr Vater hatte in Kürzeln geschrieben, die es Kathryn jedoch mit vor Aufregung hochrotem Kopf zu entziffern gelang. Sie legte die Lupe auf den Tisch und lehnte sich zurück, schloß den Wälzer und klatschte in die Hände.

»Danke«, flüsterte sie; diese einfache Randnotiz verhalf ihr vielleicht zur Lösung des Rätsels. »Du weißt nicht so viel, wie du glaubst, Swinbrooke«, murmelte Kathryn. »Vielleicht ist es an der Zeit, alle Aufzeichnungen des Vaters noch einmal durchzulesen.«

Kathryn schloß die Augen und versuchte, sich an alle Einzelheiten im Zusammenhang mit Erpinghams Tod zu erinnern: der Steuereintreiber hatte das gleiche gegessen und getrunken wie alle anderen Gäste. Er hatte seinen Weinkelch mit ins Zimmer genommen und die Tür verschlossen und verriegelt. Außer

Standon, der sich vergewissern wollte, ob seinem Herrn nichts fehlte, war niemand hinaufgegangen.

»Ob Erpingham die eingetriebenen Gelder nachgezählt hat?« fragte sich Kathryn leise und schlug die Augen wieder auf. »Seine Kleidungsstücke lagen auf dem Boden verstreut. In seinem Zimmer wurde kein Gift gefunden. Wie war das nur möglich?«

Kathryn hatte bereits einen Verdacht, wer der Mörder sein könnte, aber wie wurde das Verbrechen begangen? Sie schloß noch einmal die Augen, Vavasour, sein Zimmer, die Münzen auf dem Boden.

»Kathryn?«

Sie fuhr zusammen. Colum stand im Türrahmen und schaute sie fragend an.

»Ihr seid ein Leisetreter, Ire.«

Colum setzte sich auf einen Schemel neben Kathryns Schreibtisch. »Ihr habt etwas herausgefunden, stimmt's?« fragte er rasch, denn Kathryns rote Wangen und die leuchtenden Augen entgingen ihm nicht. Er nahm ihre Hand und drückte sie. »Ich wußte es, oh klügste aller Ärztinnen.«

Kathryn antwortete mit Bedacht. »Ich weiß vielleicht, wie Vavasour gestorben ist. Er wurde in den Tod gelockt, aber im Augenblick ist das nicht so wichtig.«

»Sondern?«

»Die Einzelheiten im Zusammenhang mit Erpinghams Tod.« Sie tippte auf den Wälzer ihres Vaters. »Ich habe gerade herausgefunden, daß es zwei verschiedene Versuche gegeben hat, ihn umzubringen.«

»Zwei!« rief Colum aus.

»Oh ja. Ich habe nachgelesen, was mein Vater über Gifte aufgezeichnet hat. Giftiger Nachtschatten ist allgemein bekannt. Er führt sehr rasch zum Tode: zunächst fällt das Opfer in tiefen Schlaf, dann haucht es still sein Leben aus.« Noch einmal tippte Kathryn auf den Wälzer. »Aber nur ein paar Körnchen Nachtschatten haben eine andere Wirkung: sie töten nicht, sondern lösen Wahnvorstellungen aus, Delirium und Alpträume.«

»Also wurde Erpingham das Gift zweimal verabreicht?«

»Ja. Überlegt Euch einmal: da schläft dieser gottlose Mann in einem Zimmer, in dem der Legende zufolge einer seiner Vorfahren, ein Teufelsanbeter, gestorben ist. Das hat Erpinghams Fantasie bestimmt sehr beschäftigt. Am Abend bevor er starb, verabreichte man ihm ein paar Körnchen giftigen Nachtschatten, nicht genug, um ihn zu töten, aber bestimmt ausreichend für einen schrecklichen Alptraum. Erinnert Ihr Euch, wie Sir Gervase uns sein Aussehen beschrieb? Rotes Gesicht, verschwitzt, Übelkeit, zitternde Gliedmaßen? Nun, genau so wirken sich ein paar Körnchen des todbringenden Nachtschattens aus.« Kathryn hielt inne. »Ich glaube, als Erpingham zu Bett ging, begann das Gift zu wirken. Unser Steuereintreiber versank in ein leichtes Delirium. Als er dann aufwachte, war er nicht in der Lage, zwischen Traumgebilden und den durch das Gift erzeugten Wahnvorstellungen zu unterscheiden. Jedenfalls stand er auf. Er war erregt und nervös und ging ins Nachbarzimmer hinüber. Gervase gab ihm etwas Wein zu trinken. Erpingham wurde übel – ob vor oder nach seinem Besuch bei Percy, spielt keine Rolle. Wichtig ist, daß er auf diese Weise die giftigen Säfte aus dem Körper spülte.« Kathryn seufzte. »Am darauffolgenden Abend hatte Erpingham weniger Glück: diesmal erkannte der Mörder seinen Fehler und erhöhte die Dosis. Erpingham stirbt, und unser Rätsel ist perfekt.«

»Aber wer war es?« fragte Colum. »Wie und warum?«

»Um das herauszufinden«, verkündete Kathryn, »benötige ich alle, die in diesem Hause wohnen. Colum, bevor ich jemanden anschuldige, möchte ich prüfen, ob mir derselbe Trick gelingt wie dem Mörder.« Sie beugte sich vor und streichelte dem Iren sanft über die Wange. »Bittet Thomasina, Agnes und Wuf in die Küche. Sagt Thomasina, sie möge drei von unseren Zinnbechern vom Regal holen. Ihr wißt schon, die wir immer benutzen.«

Colum öffnete den Mund, um weitere Fragen zu stellen.

»Nun macht schon«, drängte Kathryn ihn. »Wenn ich recht habe, können wir noch vor Einbruch der Dunkelheit zum ›Weidenmann‹ gehen und dem Mörder eine Falle stellen.«

Es bedurfte keiner weiteren Aufforderung: Colum eilte in den

Flur und rief Thomasina und die anderen. Sie versammelten sich um den Küchentisch: Thomasina sichtlich gespannt, und Wuf und Agnes ließen sich nur zu gern von ihren häuslichen Pflichten fortlocken. Kathryn setzte sich auf ihren Stuhl.

»Und nun, Thomasina«, begann sie, »schenke uns doch bitte Wein ein.«

Thomasina nahm den Krug und tat wie geheißen.

»Behalte einen Becher für dich«, drängte Kathryn.

»Einen gibst du Colum und den dritten mir.« Kathryn nippte an ihrem Wein. »Was ist«, scherzte sie, »wollt ihr nicht auf meine Gesundheit anstoßen?«

Colum hob erstaunt die Augenbrauen, schaute Thomasina an, und dann tranken sie. Kathryn sagte kein Wort, sondern nahm nur hin und wieder einen Schluck aus ihrem Becher.

»Jetzt spielt Ihr wieder die Geheimnisvolle!« rief Thomasina vorwurfsvoll. Kathryn lächelte. »Thomasina, ich habe eine Aufgabe für dich. Nimm deinen Weinbecher mit in mein Zimmer und schneide die Stundenkerze zurecht.«

»Die Stundenkerze zurechtschneiden?« entgegnete Thomasina. »Was um alles in der Welt ist in Euch gefahren, Mistress? Ihr benehmt Euch wie ein Flattergeist!«

»Thomasina, bitte tu genau, was ich dir sage.«

Schnaufend nahm die Amme ein scharfes Messer in die eine Hand, den Weinbecher in die andere, ging mißmutig über den Flur und stieg die Treppe hinauf.

»Was machen wir denn?« fragte Wuf mit leuchtenden Augen. »Bekommen Agnes und ich auch ein bißchen Wein?«

»Nein«, fuhr Kathryn ihn an. »Bleibt ruhig sitzen und habt Geduld.« Sie beugte sich vor und tippte dem kleinen Jungen auf die Nase. »Aber morgen, Wuf, nehme ich dich mit zum Bäcker und kaufe dir das größte Marzipanstück, das er in seinem Laden hat. Dir auch, Agnes«, fügte Kathryn hastig hinzu, als sie die Enttäuschung auf dem Gesicht des Mädchens sah.

»Und was ist mit mir?« fragte Colum.

Kathryn setzte eine ernste Miene auf. »Oh ja, Ihr sollt auch Euer Marzipan bekommen.«

»Ich schneide jetzt die verflixte Kerze zurecht!« rief Thomasina ungeduldig aus dem Schlafzimmer. »Soll ich denn ewig hier oben bleiben, Mistress?«

Kathryn lächelte, nahm ihr Weinglas in die Hand und legte den Finger an die Lippen, um den anderen zu bedeuten, sich ruhig zu verhalten. Dann ging sie schnell über den Flur und die Treppe hinauf.

»Was hat das alles zu bedeuten?« flüsterte Agnes Colum zu.

»Ich weiß nicht«, erwiderte Colum, »aber wir werden es schon erfahren.«

Kurz darauf kam Kathryn wieder in die Küche, Thomasina, die noch immer vor sich hin brummte, im Schlepptau.

»Was sollte das Ganze, Mistress?« nörgelte Thomasina und setzte sich. »Ihr wißt doch genau, daß ich jeden Morgen als erstes die Kerzen zurechtschneide!«

»Trink deinen Wein«, drängte Kathryn sie.

Thomasina nippte an ihrem Becher.

»Ist es dein Wein?«

Thomasina betrachtete den Becher. »Selbstverständlich.«

»Nein«, verbesserte Kathryn sie. »Sieh dir den Becher genau an, Thomasina. An der einen Seite ist eine kleine Delle, wahrscheinlich, weil Wuf ihn hat fallenlassen.«

Thomasina untersuchte den Becher. »Ja, ja, ich sehe sie.«

»Tja, diesen Becher hatte ich, ehe ich nach oben ging. Ich bin in mein Schlafzimmer gegangen, wo Du deinen Becher auf den Tisch gestellt hattest, nicht wahr?«

»Nun ja, gewiß, weil …«

»Ich habe deinen Becher einfach mit meinem vertauscht«, erklärte Kathryn. »Hätte ich Gift in meinen geschüttet, wärst du jetzt wahrscheinlich auf dem Weg in den Himmel.«

»Oh, Gott bewahre!« gluckste Thomasina. »Ihr macht mir Angst und Bange!«

»Hat es sich so im ›Weidenmann‹ abgespielt?« fragte Colum.

»Schon möglich«, erwiderte Kathryn. »Aber wir müssen noch ein anderes kleines Spiel probieren.« Sie schaute die kleine Magd an. »Agnes, kannst du zählen?«

»Oh ja«, erwiderte das Mädchen. »Bis vierzig kann ich an den Fingern abzählen, aber für höhere Zahlen brauche ich ein Schachbrett.«

»Gut!« verkündete Kathryn. »Dann stell' dich an den Fuß der Treppe, setz dich auf einen Hocker und sage mir, wer nach oben geht und wie oft.«

»Kann ich das machen?« rief Wuf; dann wurde er ernst. »Aber ich kann nur bis zehn zählen!«

»Du kannst uns helfen«, tröstete Kathryn ihn.

Agnes folgte Kathryns Anweisung, und die anderen begannen, treppauf, treppab zu laufen, wobei Thomasina vor sich hin brummte, sie habe weiß Gott Wichtigeres zu tun.

»Und denk' daran, Agnes«, sagte Kathryn, »ich will von dir nur wissen, wer wie oft die Treppe hinaufgeht.«

Wuf, dem das Spiel Spaß machte, sprang wie ein Dilldopp über die Stufen. Thomasina bewegte sich behäbig auf und ab, Colum verstand die Welt nicht mehr, und Kathryn vergewisserte sich, daß Agnes zählte. Kurz darauf trat Kathryn zu Agnes und bedeutete ihr aufzuhören.

»Wie oft bin ich hinaufgegangen? Wie oft? Wie oft?« fragte Wuf und tänzelte vor Agnes herum.

Agnes schloß die Augen. »Wuf ist, glaube ich, sechsmal hinaufgegangen, nein siebenmal. Master Murtagh fünfmal; Ihr, Mistress, zweimal. Thomasina zweimal oder dreimal?«

»Gut!« rief Kathryn. »Und wie oft sind wir heruntergekommen?«

Agnes riß die Augen auf. »Aber danach habt Ihr mich doch gar nicht gefragt!« jammerte sie. »Ihr habt gesagt, ich sollte zählen, wie oft alle die Treppe raufgehen.«

»Und wo ist Thomasina jetzt?« fragte Kathryn.

»Ich bin oben an der Treppe«, rief Thomasina. »Da, wo ich stehenbleiben sollte, Mistress!«

»Kathryn!« rief Colum, der sich offenbar nur mit Mühe beherrschte. »Was soll das alles?«

»Ein einfaches Spiel, Ire. Agnes war so darauf eingestellt, nur zu zählen, wer die Treppe hinaufging, daß sie nicht zählte, wer herunterkam. Erinnert Ihr Euch, wir haben den Gästen im ›Weidenmann‹ dieselbe Frage gestellt. Auf, Colum, holt Euren und meinen Umhang! Oh, am besten nehmt Ihr auch Euren Schwertgürtel mit. Agnes, du gehst zum Wirtshaus an der Ecke.« Sie reichte der Magd eine Münze. »Gib die einem Schankgehilfen und bitte ihn, schnell zum Rathaus zu laufen und Master Luberon auszurichten, daß wir ihn im ›Weidenmann‹ erwarten.« Kathryn lächelte Thomasina an und klopfte ihr auf die Schulter. »Ich verspreche dir, wenn wir zurückkommen, werde ich alles erklären.«

Auf dem Weg zum »Weidenmann« teilte Kathryn dem Iren mit, zu welchen Schlußfolgerungen sie gekommen war und wie sie diese zu beweisen gedachte. Als sie eintrafen, war der Schankraum leer, die Gäste hatten sich in ihre Zimmer zurückgezogen.

»Oh, nicht schon wieder!« stöhnte Tobias Smithler, als Colum und Kathryn zur Tür hereinkamen. »Mistress Swinbrooke, ich muß schließlich mein Geld verdienen.«

»Tja«, sagte Kathryn, »aber die Richter des Königs, ganz zu schweigen von unserem Herrgott, sehen das anders.«

Der Wirt warf ihr einen schrägen Blick zu.

»Ich möchte, daß alle Gäste herunterkommen!« schaltete Colum sich ein. »Euren Diener Raston benötigen wir ebenfalls. Sobald alle hier versammelt sind, werden die Türen des Wirtshauses abgeschlossen, die Diener in ihre Quartiere geschickt und die Schlüssel bekomme ich.«

Smithler war im Begriff zu widersprechen, aber Colum zog den Dolch und bohrte ihn in die Tischplatte.

»Ich bin der Beauftragte des Königs«, drohte der Ire in einem Ton, bei dem selbst Kathryn zusammenfuhr. »Und Ihr, mein Herr, werdet genau das tun, was ich Euch befehle!« Colum zeigte auf die Frau des Wirtes. »Und Ihr, Mistress Blanche, bringt uns Wein.«

Colum schob zwei Tische aneinander und stellte an jeder Seite Stühle auf. Als die Gäste eilig herunterkamen, wies der Ire Kathryn den Platz am Kopfende an.

»Ich setze mich neben Euch.« Colum zog den Dolch aus der Tischplatte und setzte sich auf einen Schemel. Den Dolch ließ er in seinen Stiefelschaft gleiten.

»Grundgütiger Himmel!« posaunte Sir Gervase. »Wird uns denn keine Sekunde Ruhe vergönnt?« Er drohte dem Iren mit erhobenem knochigem Finger. »Und wenn Ihr ein vom Herrgott ausgeschickter Engel wärt – morgen früh, wenn das Tauwetter anhält, reise ich ab. Ihr wißt, wo mein Herrenhaus ist. Dahin könnt Ihr Eure Büttel schicken, um mich festzunehmen.«

Zustimmendes Gemurmel der anderen folgte Sir Gervases Worten.

Colum starrte den alten Ritter mit ausdrucksloser Miene an, worauf dieser verlegen einen tiefen Schluck aus seinem Weinkelch nahm.

»Wir müssen wirklich abreisen«, sagte Lady de Murville. »Master Murtagh, Mistress Swinbrooke, nicht alle Rätsel auf Erden können gelöst werden. Ich bin ebenso unschuldig wie mein Gemahl. Wir haben kein Verbrechen begangen. Bald ist Weihnachten. Die Straßen sind kaum passierbar …« Sie verstummte.

»Ich werde Euch nicht aufhalten«, verkündete Kathryn.

Sie hielt inne, als Raston mit schweren Schritten den Raum betrat. Er schenkte Kathryn ein Lächeln, wobei er seine Zahnlücken entblößte, und setzte sich ihr gegenüber an den Tisch. Colum streckte Smithler die Hand hin. »Herr Wirt, Eure Schlüssel!«

Smithler warf sie ärgerlich quer über den Tisch, und Colum legte sie neben sich auf den Boden.

»Mistress Swinbrooke«, murmelte der Ire. »Jetzt sind alle bereit zu hören, was Ihr zu sagen habt.«

»Vavasour«, begann Kathryn. »Der arme alte Vavasour, Erpinghams Schreiber. Ihr erinnert Euch doch noch, daß er über die Wiese ging, um jemanden zu treffen? Er lief den Hügel hinunter, angezogen von dem Licht, das im Nebel aufleuchtete und ihn auf den Teich lockte. Das Eis brach, und er ertrank.«

»Ja, das stimmt«, bestätigte Raston. »Ich habe es schließlich mit eigenen Augen gesehen.« Der alte Wilderer warf zornige

Blicke um sich für den Fall, daß jemand wagen sollte, ihm zu widersprechen.

»Nun, dann werdet Ihr Euch bestimmt auch daran erinnern«, fuhr Kathryn fort, »daß es uns ein Rätsel war, wer dort auf ihn wartete, weil alle im Wirtshaus waren, als Vavasour das Haus verließ. Und zweitens: wenn das Eis unter Vavasours Füßen brach, warum ertrank dann nicht auch sein Mörder? Drittens haben wir keine einzige Fußspur im Schnee gefunden, die von dem Mörder hätte stammen können.« Sie schaute die Frau des Wirtes an. »Mistress Blanche, ich hätte gern eine große Metallplatte. Sie muß dünn und biegsam sein.«

Die Frau des Wirtes starrte sie wortlos an.

»Bitte«, beharrte Kathryn, »tut, was ich Euch sage.«

Die Frau eilte hinaus und kam mit einer großen Platte zurück. Kathryn untersuchte die Oberfläche und ließ die Finger über das glatte Metall gleiten.

»Sir«, rief sie Sir Gervase zu. »Fangt sie auf!«

Der alte Ritter erschrak.

»Nein«, lachte Kathryn, »ich werde die Platte nicht werfen, sondern nur über den Tisch zu Euch hin stoßen.«

Vater Ealdred, der an der Nahtstelle der beiden Tische saß, schob sie dichter zusammen. Kathryn stieß die Platte mit Schwung über den Tisch zu Sir Gervase hin, der sie geschickt auffing.

»Nun«, forderte Kathryn ihn auf, »schiebt sie mir wieder zurück.«

Der alte Ritter folgte, und die Platte schepperte über den Tisch zu Kathryn zurück.

»Und was beweist das?« fragte Lord de Murville.

»Ich weiß«, sagte Raston. »Als ich noch jung war, bin ich immer an den Stour hinuntergegangen, wenn er zugefroren war, und habe dasselbe Spiel mit dem polierten Schienbein eines Ochsen gespielt.«

»So ist es«, sagte Kathryn und atmete tief ein, »und genau das geschah in der Nacht, als der arme Vavasour starb.«

»Was?« fragte Vater Ealdred. »Mistress Swinbrooke, ich kann Euren Gedankenwindungen nicht folgen.«

Kathryn nahm eine Laterne vom Regal und stellte sie auf die Platte.

»Vater, jemand hat eine Laterne und eine große Platte genommen, eine ähnliche wie diese hier, hat damit die große Wiese überquert, die Laterne angezündet, sie auf die Platte gestellt und auf den Teich hinausgeschoben.« Kathryn stieß die Platte an. »Ich vermute, daß der Mörder eine Schale mit halbhohem Rand benutzte, um zu verhindern, daß die Laterne herausrutschte. Jedenfalls stellte er die leuchtende Laterne in die Schale und stieß sie mit einem Stock auf den zugefrorenen Teich. Den Stock hat der Mörder dann wieder mit zum ›Weidenmann‹ genommen.«

»Aber das ist doch lächerlich!« fuhr Standon sie an.

Kathryn betrachtete das unrasierte Gesicht des Soldaten. »Warum?« fragte sie.

»Nun, erstens hätte man die Person doch gesehen.«

»Nein«, unterbrach Kathryn ihn. »In einer dunklen, frostigen Nacht konnte man leicht mit einer Laterne am Gürtel, einem Zünder in der Tasche und einer Bronzeplatte oder Schale unter dem Umhang hinausschlüpfen.«

Der Sergeant machte ein langes Gesicht und nickte.

»Aber Raston oder Vavasour hätten doch sehen müssen, daß die Laterne von niemandem gehalten wurde?« wandte Vater Ealdred ein.

»Wirklich?« schaltete sich Colum ein. »Es war kalt in der Nacht und neblig. Bedenkt, Raston und Vavasour standen auf dem Hügelkamm und schauten ins Tal. Habt Ihr je eine brennende Laterne im nächtlichen Dunst gesehen? Selbst bei Mondschein ist ihr Licht so trüb, so daß es schwierig ist, überhaupt auszumachen, wo sie sich befindet.«

»Das stimmt«, meldete sich Raston zu Wort. Schuldbewußt blickte er um sich. »Als ich noch jung war, nun ja, da haben wir am Medway ein bißchen geschmuggelt. Der beste Schutz war immer der Nebel. Sogar bei Mondschein konnte man ohne Bedenken eine Laterne anzünden.«

»Ja.« Kathryn schob die Platte von sich. »Und ich habe Geschichten gehört, in denen Gesetzlose ihre Opfer oder Verfolger mit Laternen in die Irre führten.«

»Dasselbe passiert im Sommer«, erklärte Colum. »Da erscheinen seltsame Lichter über dem Marschland und den Sümpfen. Man nennt sie Irrlichter.«

»Soweit, so gut«, kommentierte Vater Ealdred, »aber die Spuren desjenigen, der zum Teich hinunterging, wurden nicht gefunden.«

»Sagt mir, Vater«, antwortete Kathryn, »wenn Ihr über eine schneebedeckte Weide gehen und anschließend zurückkehren wolltet, ohne allzu viele Spuren zu hinterlassen, wie würdet Ihr das anfangen?«

Der Priester überlegte. »Tja, das ist klar. Ich würde versuchen, meine eigenen Fußspuren zurückzuverfolgen.«

»Gewiß«, erwiderte Kathryn. »Warum auch nicht? Sie weisen Euch den Weg, erleichtern Euch die Rückkehr und verwirren zugleich jeden neugierigen Sucher.«

Der Priester nickte.

»Dann laßt mich Euch eine zweite Frage stellen«, fuhr Kathryn fort. »Wenn Ihr ein schneebedecktes Feld überqueren wolltet und sähet die Fußspuren eines anderen, was würdet Ihr dann tun?«

»Nun, es wäre leichter, den Spuren zu folgen.«

»Und genau das hat Vavasour getan.« Kathryn lächelte den alten Diener an. »Rastons Augenzeugenbericht über Vavasours Tod hat dem Mörder im Grunde gute Dienste geleistet.«

»Inwiefern?« rief der alte Mann.

»Es ist nicht Eure Schuld«, sagte Kathryn. »Doch am nächsten Morgen verließen ein paar Leute im ersten Morgenlicht dieses Wirtshaus, um den Teich nach Vavasour abzusuchen. Auf ihrem Weg dorthin haben sie alle Spuren, die Vavasour selbst oder sein Mörder hinterlassen hatten, verwischt.« Kathryn sah Tobias Smithler an. »Habe ich recht, Herr Wirt?« Smithler starrte sie nur wortlos an. Er war bleich geworden, und auf seinem Gesicht bildeten sich Schweißperlen.

Kathryn sah ihm fest in die Augen.

856

»Zu diesen Schlußfolgerungen bin ich gekommen«, erklärte sie, »als ich einen kleinen Jungen dabei beobachtete, wie er mit einem polierten Holzstück auf einem zugefrorenen Karpfenteich spielte. Dieser kleine Junge, Master Smithler, hat Euch überführt.«

Der Wirt öffnete den Mund, um zu antworten, doch das Wort blieb ihm im Halse stecken.

»Ich habe mir simple Fragen gestellt«, fuhr Kathryn fort. »Wer hat die große Wiese gekannt?« Sie hob die Hand. »Oh, die anderen Gäste auch, aber Ihr, Smithler, kennt sie am besten. Ihr wißt, wo die Wiese aufhört und wo der Teich anfängt. Zweitens, wer konnte sich leicht eine blanke Schale und eine schwere Laterne besorgen? Wer außer dem Wirt dieses Wirtshauses? Drittens, wer hatte ein Interesse daran, am nächsten Morgen die Fußspuren auf der Wiese zu verwischen? Ich bin sicher, Ihr wart derjenige, der die Durchsuchung des Teiches nach Vavasours Leiche angeordnet hat, damit möglichst viel Beweismaterial auf der großen Wiese vernichtet wird.« Kathryn biß sich auf die Lippe. »Eines hat mich stutzig gemacht, Master Smithler. Ihr seid nicht gerade ein besonders mitfühlender Mensch, und doch habt Ihr Himmel und Hölle in Bewegung gesetzt, um den Teich nach der Leiche dieses allseits verachteten Schreibers abzusuchen.«

»Stimmt«, rief der alte Raston heiser. »Smithler hat die Sache in die Hand genommen. Er war beim ersten Morgenlicht schon auf den Beinen. Ich muß schon zugeben, ich war überrascht.« Er blickte seinen Herrn verächtlich an. »Zum ersten Mal habe ich erlebt, daß Ihr Euch um jemanden sorgt!«

»Und so hat es sich abgespielt, Master Wirt«, faßte Kathryn zusammen. »Kurz bevor Vavasour Euer Wirtshaus verließ, seid Ihr selbst mit einer blanken Schüssel und einer Laterne hinunter zum Teich gegangen. Mit Hilfe eines Stockes habt Ihr die Laterne wie ein Leuchtfeuer aufs Eis geschoben, das natürlich eine hinterhältige Falle für den ahnungslosen Vavasour war. Deshalb waren keine Fußspuren am Ufer vorhanden: Ihr habt das Licht mit dem Stock über das Eis geschoben, kehrtgemacht und seid auf Euren eigenen Fußspuren zum Wirtshaus zurückgegangen.

Es war eine dunkle, frostige Nacht. Niemand bemerkte Eure Abwesenheit. Raston war unterwegs auf Jagd. Alle anderen hielten sich in ihren Zimmern auf.«

»Aber woher wußte Vavasour, wann er das Haus verlassen sollte?« fragte Lord Alan. »Und konnte die Laterne nicht ausgehen?«

»Der Zeitpunkt war vorher vereinbart worden«, antwortete Kathryn und zeigte auf die flackernde Stundenkerze neben der Feuerstelle. »Im übrigen besitzen die Smithlers wie alle besseren Bürger Hornlaternen, die eine ganze Nacht hindurch brennen. Und Raston – er traf rein zufällig auf den glücklosen Vavasour.«

Sir Gervase meldete sich zu Wort. »Aber ich war im Schankraum, als Vavasour ging. Smithler war auch hier. Hätte Vavasour das nicht verwundern müssen?« Der alte Ritter schlug auf die Tischplatte. »Und was ist mit den Münzen, die in Vavasours Zimmer entdeckt wurden, he? Wie könnt Ihr Euch das erklären?«

»Oh, das ist einfach«, erwiderte Kathryn. »Aber ich will Eure Fragen der Reihe nach beantworten. Wißt Ihr, als Vavasour den Schankraum verließ und zum Teich hinunterging, hat er nicht erwartet, Master Smithler dort zu treffen, sondern seine Gemahlin, Blanche.«

Alle Augen wandten sich der Frau des Wirtes zu, die lautlos die Lippen bewegte; Kathryns Enthüllungen hatten sie offenbar so schockiert, daß sie kurz vor einer Ohnmacht war.

»Mistress Smithler.« Kathryn sprach lauter. »Lady Margaret, bitte, gebt ihr etwas Wein.«

Die Adlige erhob sich, trat hinter die Wirtin und rüttelte sie sanft an der Schulter. Blanche blinzelte, griff wie eine Schlafwandlerin nach dem Weinkelch und trank einen winzigen Schluck.

»Ich hätte – ich hätte nicht gedacht, daß es jemand herausbekommen würde«, stammelte sie.

»Halt den Mund!« brüllte ihr Mann und lenkte so die Aufmerksamkeit wieder auf sich. Smithler warf Kathryn einen haßerfüllten Blick zu. »Ihr habt für das, was Ihr da behauptet, keinerlei Beweise. Jeder hier im Raum hätte tun können, was ihr beschrieben habt.«

»Ach wirklich?« fragte Colum. »Sollen wir fragen, wer eine Laterne und eine Platte aus Messing oder Zinn besitzt? Oder soll ich Eure Diener zusammentrommeln und ihnen auftragen, das Wirtshaus sorgfältig zu durchsuchen? Bestimmt würde eine Spülmagd feststellen, daß etwas fehlt.«

Der Wirt wandte den Blick ab.

»Aber die Münzen?« beharrte Vater Ealdred.

»Ach ja, die Münzen«, antwortete Kathryn. »Vavasour hat diese Münzen nie in Händen gehabt.«

»Nun, der Wirt hätte sie nicht dorthin legen können«, meldete sich Standon zu Wort. »Nur Vavasour hatte den Schlüssel zu seinem Zimmer.«

»Die Münzen wurden unter der Tür hindurch gerollt«, sagte Kathryn. »Als Ablenkungsmanöver! Wißt Ihr, wenn wir nur eine Münze gefunden hätten, dann hätte ich annehmen können, daß Vavasour in der Eile, seine unrechtmäßige Beute zu verstecken, eine Münze zu Boden fiel, ohne daß er es merkte. Aber sagt, Standon, was würdet Ihr tun, wenn Ihr gestohlenes Geld in Eurem Zimmer hättet?«

Der Soldat zog ein langes Gesicht. »Ich würde die Tür abschließen«, erwiderte er, »und das Bett als Tisch benutzen.«

»Natürlich«, stimmte Kathryn ihm zu. »Allein um sicherzugehen, daß nichts herunterfällt, was Euch verraten könnte. Und ausgerechnet Vavasour, der durchtriebene Schreiber, der Pfennigfuchser, soll gleich mehrere Münzen im ganzen Zimmer verstreut haben? Einige lagen neben der Feuerstelle, ein paar unter den Binsen, und Ihr, Master Smithler, habt eine an der Wand neben der Tür aufgehoben, wo nur wenige Binsen liegen. Hätte Vavasour das gestohlene Geld wohl neben der Tür deponiert? Und selbst wenn, so hätte er es gewiß gehört, wenn eine Münze klirrend auf den Holzboden fiel. Meine einzige Erklärung dafür ist, daß die Münzen alle wahllos unter der Tür hindurch geworfen wurden, jede in eine andere Richtung. Eine unüberlegte Hand-

859

lung«, schloß Kathryn. »Eine Verzweiflungstat, um den Verdacht auf Vavasour zu lenken.«

»Du Idiot!« Blanche Smithler war wieder zu sich gekommen; sie krallte die Hände in die Tischkante und funkelte ihren Mann böse an. Sie zeigte mit dem Finger auf Kathryn, sah sie aber nicht an. »Du arroganter Hanswurst!« zischte Blanche. »Ich habe dir gesagt, du sollst die Finger davon lassen, aber nein, unbelehrbar wie immer!«

»Und Erpingham?« unterbrach Lord Alan die Wirtin. »Mistress Swinbrooke, das, was Ihr über Vavasour gesagt habt, leuchtet mir ein, aber der Tod des Steuereintreibers ist immer noch ein Rätsel!«

Zwölf

»Widmen wir uns zunächst dem Abend, an dem Sir Reginald Erpingham seinen Alptraum hatte«, begann Kathryn. »Sir Gervase, welchen Eindruck hattet Ihr von ihm?«

»Er war nervös, erregt, das Gesicht war rot angelaufen. Ich glaube, er hatte gewürgt.«

»Kann mir einer von Euch sagen, was Erpingham an diesem Abend gegessen oder getrunken hatte«, fragte Kathryn.

»Ja«, antwortete Standon. »Er bestellte sich im Schankraum einen Becher Wein und nahm ihn mit nach oben, genau wie an dem Abend, als er starb.«

»Der Becher enthielt Gift«, erklärte Kathryn. »Ein paar Körnchen giftigen Nachtschatten. Keine tödliche Dosis zwar, aber genug, um in seiner schlechten Seele Wahnvorstellungen auszulösen.«

»Wollt Ihr damit sagen, das Gift war schuld an seinen Alpträumen?« fragte Lady Margaret. »Also hatten sie nichts mit dem Schädel oder den Knochen zu tun, die unter den Dielenbrettern entdeckt wurden?«

»Oh nein. Die sind nichts als ein paar tote Gebeine, Spielzeug eines längst verstorbenen Hexenmeisters. Am Morgen nach Sir Reginalds Alptraum war sein Körper von allen schlechten Säften gereinigt und gegen Nachmittag war er allen Zeugenaussagen zufolge wieder der alte Bösewicht. Er freute sich diebisch, im Kreise seiner Opfer zu weilen. Die Opfer wart Ihr – Menschen, die in seine Fänge geraten waren.« Die meisten Gäste wandten beschämt den Blick ab. »An dem Abend, als der Steuereintreiber starb, wurde ein Festmahl zubereitet. Sir Reginald langte kräftig zu und zog sich dann zurück. Er nahm einen Becher Wein mit nach oben und strebte freudig erregt seinem Zimmer zu. Denn er wußte, was Ihr nicht wußtet: Blanche Smithler wartete in seinem Zimmer auf ihn.«

Kathryn hielt inne und warf der Wirtin einen Blick zu. Blaß, aber etwas gefaßter, schaute Blanche Smithler sie mit versteinerter Miene an.

»Oh ja«, bekräftigte Kathryn. »Warum suchte Sir Reginald wohl ausgerechnet dieses Wirtshaus auf? Warum hat er seine Opfer hierher bestellt? Warum nicht an einen anderen Ort?« Kathryn hustete. »Sicher, im ›Weidenmann‹ gibt es gut zu essen, würziges Bier, süße Weine, aber das haben auch andere Wirtshäuser dieser Stadt zu bieten. Sir Reginald kam zu einem ganz bestimmten Zweck hierher. Da er ein geborener Wüstling war, hatte er ein Auge auf Mistress Smithler geworfen. Er hoffte, das Angenehme mit dem Nützlichen verbinden zu können, und wollte Blanche Smithler verführen, während er mit seinen ruchlosen Erpressungen seine Habgier stillte. Erpingham stolzierte mit schweren Säcken voll Silbermünzen hier herein und geiferte vor Verlangen. Er wollte Mistress Blanche umwerben, mit ihr liebäugeln und sie sich dann grapschen. Sie würde seinen Appetit schon befriedigen. Schließlich war er Sir Reginald, der stets bekam, was er wollte, und warum sollte irgendein dahergelaufener Wirt einem so zahlkräftigen Kunden wie ihm nicht willfährig sein? Doch die Smithlers hatten sich vorgenommen, ihn umzubringen. Nun, ich vermute, Blanche hat Sir Reginald gereizt und nach einer günstigen Gelegenheit Ausschau gehalten. Der Zeitpunkt schien gekommen, als die Gäste und der Wirt, der so tat, als ahne er nichts von der unheiligen Affäre, beim Festmahl saßen und sich angeregt unterhielten. Blanche erklärte sich einverstanden, Erpingham kurz nach dem Essen zu treffen, sobald sie mit Kochen und der Aufsicht in der Küche fertig wäre. Natürlich wollte sie ihren Ruf wahren und nicht gesehen werden. Daher bat sie Erpingham, ihr seinen Zimmerschlüssel auszuhändigen.«

»Nein, nein!« widersprach Standon. »Alle waren hier unten. Mistress Smithler arbeitete in der Küche!«

»Ja, das hat sie zunächst auch. Das mußte sie ja. Aber als ich Euch bat, Euch an die Ereignisse dieses Abends zu erinnern, fragte ich ausdrücklich danach, wer nach Erpingham die Treppe hinaufging. Ich habe nicht danach gefragt, wer vor ihm hinaufging oder wer herunterkam, nachdem er den Schankraum verlassen hatte.«

»Aber die Steuergelder?« fragte Lord Alan. »War Erpingham denn nicht auf der Hut vor einem Dieb?«

»Am besten hört Ihr Mistress Swinbrooke einfach zu«, sagte Colum. »Dann werdet Ihr schon sehen, daß sie recht behält. Und ich versichere Euch, sobald sie mit ihrer Schilderung am Ende ist, werde ich dieses Wirtshaus auf den Kopf stellen, Brett für Brett und Stein für Stein, bis ich die Steuergelder gefunden habe.« Der Ire kaute auf den Lippen und sah die Smithlers an. »Denn ich habe keinen Zweifel«, fuhr Colum fort, »daß die gestohlenen Gelder hier versteckt wurden. Ich bin sicher, daß mein Gastgeber irgendwo einen verborgenen Schrank oder ein stilles Kämmerchen hat. Für ihn wäre es ein Kinderspiel gewesen, die frisch geprägten Münzen loszuwerden – ein Wirt muß Vorräte und Proviant einkaufen, reist durch die Grafschaft und hat genügend Gelegenheiten, Geld auszugeben. Wenn erst etwas Zeit ins Land gezogen wäre, wer hätte die Spur dann noch zurückverfolgen wollen?«

Plötzlich stieß Blanche Smithler ihren Stuhl zurück. Colum schnippte Standon mit den Fingern.

»Bewacht sie!« befahl er, und der Sergeant sprang zu der Wirtin hin.

»In der Nacht, als Erpingham starb«, sagte Kathryn, »wart Ihr im Schankraum versammelt und habt gegessen und getrunken. Ihr hattet keinen Grund, besonders aufmerksam zu sein oder Verdacht zu schöpfen, wenn jemand die Treppe hinaufging. Das machte die Sache so einfach. Blanche Smithler ging in der Küche ein und aus, aber zur verabredeten Zeit sollte sie einen frischen Wassereimer auf den Flur hinauftragen. Bedenkt, der Steuereintreiber war krank gewesen, sein Zimmer und das Nachtgeschirr mußten ausgewaschen und der Eimer wieder gefüllt werden.«

»Richtig«, unterbrach Raston sie. »Tagsüber hat sich eine der Mägde bitter über den Dreck beklagt.«

»Mistress Smithler brachte den Eimer also nach oben«, erklär-

863

te Kathryn. »Sie hatte ja Erpinghams Schlüssel, und damit öffnete sie die Tür.«

»Hat sie denn nicht gequietscht?« fragte Vater Ealdred.

»Nein«, erwiderte Kathryn. »Wenn man sie nicht weit auf-
reißt, geben die Türen auf dem Flur kein Geräusch von sich.
Mistress Smithler betritt das Zimmer, aber der Eimer in ihrer
Hand enthält kein Wasser, sondern Steine. Sie leert rasch die Satteltaschen des Steuereintreibers und steckt die Steine hinein.
Das Geld legt sie in den Eimer, der, Ihr erinnert Euch, einen
Deckel hat und wahrscheinlich mit einem Leinentuch ausge-
schlagen ist, damit die Münzen nicht klimpern. Dann läßt sie
diesen Eimer entweder gleich hinter der Tür stehen oder draußen auf dem Flur; schließlich wird niemand außer Erpingham
dort vorbeikommen. Mistress Smithler hat indes auch einen
Kelch Wein aus dem neuen Faß, das ihr Mann angestochen hat,
mitgebracht. Dieser Kelch enthält jedoch eine tödliche Dosis
Nachtschatten.« Kathryn hob beide Hände, um Sir Gervase
Schweigen zu gebieten.

»Nun verläßt Erpingham den Tisch. Er hat das gute Essen und
den starken Wein genossen und freut sich auf ein Techtelmech-
tel mit der hübschen Frau des Wirts. Er geht nach oben und
klopft an die Tür. Mistress Smithler macht ihm auf, und er geht
hinein. Sie umarmen sich. Erpingham kommt in Fahrt. Dann er-
findet Blanche irgendeine Entschuldigung. Eine dringende
Pflicht ruft, oder ihr Gemahl will sie noch sprechen, aber sie versichert Erpingham, daß sie zurückkommt. In seiner Erregung
hat Erpingham den Kelch auf den Tisch gestellt, und da er trunken ist vor Verlangen, merkt er nicht, daß Mistress Smithler die
beiden Kelche vertauscht hat. Den Kelch mit dem nicht vergifteten Wein und den Eimer nimmt sie mit hinaus und huscht über
den Flur um die Ecke in ihr eigenes Zimmer. Dort versteckt sie
den Eimer, nimmt einen ähnlichen, stellt ihn auf den Flur und
geht wieder hinunter.«

»Ihr anderen«, fügte Colum hinzu, »trankt derweil Euren
Wein. Master Smithler hat Euch wahrscheinlich bis zur Rückkehr seiner Frau gut unterhalten.«

»Es dauerte nicht lange«, vermutete Kathryn. »Ich nehme an, kaum zehn Minuten, nachdem Sir Erpingham sich vom Tisch erhoben hatte, war Mistress Smithler wieder bei ihren Gästen.«

»Also Mistress«, sagte Sir Gervase, »was Ihr sagt, leuchtet mir ein. Aber hätte Erpingham nicht seine Gelder überprüft?«

»Oh, das war in der Tat ein Risiko«, antwortete Kathryn. »Aber selbst wenn er es getan hätte, wie hätte er es Mistress Smithler zur Last legen sollen? Nein, wir müssen die Dinge mit den Augen des Toten betrachten. Er ist dort in seinem Zimmer, leicht angesäuselt und voller Begierde. Er wartet ungeduldig auf die Rückkehr von Mistress Smithler. Er zieht sich aus, wirft die Kleider auf den Boden und zieht das Nachthemd über. Vielleicht wirft er einen kurzen Blick auf die Satteltaschen, die aber sind schwer, und die Schnallen zu. Er verschwendet kaum einen weiteren Gedanken daran, das einzige, woran er denkt, ist Mistress Smithler.« Kathryn hielt inne und trank einen Schluck Wein. Sie lächelte Lord Alan an. »Sagt mir, Herr, wenn Ihr in einer ähnlichen Situation wärt, und ich betone wenn, und Ihr hättet einen Kelch Wein vor Euch stehen, was würdet Ihr tun?«

Der Adlige grinste. »Ich würde ihn hinunterstürzen.«

»So ist es«, sagte Kathryn. »Und genau das hat Erpingham gemacht, nicht wissend, daß er den Tod trank. Falls ihm leicht übel war, wird er es auf das Essen, den Wein und die starke Erregung geschoben haben. Standon kam an die Tür, aber Erpingham schickte ihn fort.« Kathryn strich über das Tischtuch. »Kurz darauf wurde ihm dann wirklich übel und er legte sich aufs Bett.« Sie zuckte die Achseln. »Der todbringende Nachtschatten begann zu wirken.« Sie seufzte. »Der Rest ist Euch bekannt. Am nächsten Morgen ist Standon nach oben gegangen. Natürlich konnte er Erpingham nicht wecken, so daß er die Tür aufbrechen mußte.«

»Aber der Weinkelch!« rief Vater Ealdred. »Der Wein in dem Kelch, der in Erpinghams Zimmer stand, war nicht vergiftet!«

Kathryn hob zu einer Antwort an, wurde jedoch von heftigem Pochen an der Tür unterbrochen.

»Keiner verläßt den Raum!« befahl Colum.

Er ging durch den Flur, vorbei an der Küche, wo die verängstigten Diener beisammensaßen. Für Colum stand fest, daß sie mit angehört hatten, was nebenan gesprochen wurde. Er öffnete die Wirtshaustür. Draußen stand Luberon mit Bütteln der Stadt. Das grelle Licht ihrer Laternen blendete Colum im ersten Moment. Dann lächelte er und bat sie hinein.

»Master Luberon, Ihr kommt zur rechten Zeit.«

Luberon schob die Kapuze zurück und hielt Colum am Arm fest. »Hat Mistress Swinbrooke den Mörder überführt?«

Colum warf den Kopf in gespielter Überraschung zurück. »Wie kommt Ihr denn darauf, Master Simon?«

»Sie hat ihn!« Luberon, der die Handschuhe noch nicht ausgezogen hatte, schlug die Hände zusammen. »Ich wußte es in dem Augenblick, als ich ihre Nachricht erhielt.« Er schob Colum vor sich her durch den Korridor. »Wer ist es? Wer ist es?«

»Sch!« Colum hob die Hand und überreichte dem Büttel die Schlüssel. »Schließt ab und bewacht den Eingang!« befahl er. »Die anderen bleiben am Eingang zum Schankraum stehen.« Er bat Luberon, mit ihm zu kommen. »Die Smithlers«, flüsterte Colum.

Luberon blieb stehen. »Das ist doch nicht möglich!« rief er. »Das kann doch nicht wahr sein!«

»Warum nicht?«

Während Luberon die Schnallen an seinem Umhang öffnete, blähte er die Backen und blies die Luft aus.

»Diesmal habe ich mich auf eigene Faust ein wenig umgehört«, sagte er mit schuldbewußtem Lächeln.

»Die Stadt ist ruhig, deshalb schickte ich ein paar Herolde in die Apotheken der Stadt, die hin und wieder schädliche Substanzen oder Schlafmittel verkaufen. Einer unserer Gäste hier hat etwas gekauft, nur ein paar Körnchen.«

»Wer?« fragte Colum.

Luberon reichte ihm ein Stück Pergament. »Das gebt Ihr am besten Mistress Kathryn.«

Colum und Luberon gingen in den Schankraum. Luberon zog sich einen Stuhl heran und setzte sich neben Kathryn. Colum flüsterte Kathryn etwas zu und reichte ihr das Stück Pergament, das ihm der Schreiber gegeben hatte. Kathryn betrachtete den Namen und blinzelte verwirrt.

»Was ist mit dem Wein?« fragte Ealdred, ohne auf Luberons Anwesenheit zu achten. »Der Wein in dem Kelch, der an dem Morgen nach seinem Tod aus Erpinghams Zimmer geholt wurde, war nicht vergiftet.«

»Ja, ja, das stimmt« antwortete Kathryn zerstreut. »Master Luberon, so ein Zufall, daß Ihr hier seid, Ihr wurdet doch an dem Morgen, als man Erpingham tot auffand, zum ›Weidenmann‹ gerufen?«

»Oh ja, ja!«

»Und Ihr, Standon, habt Wache gestanden?«

Der Sergeant nickte.

»Und der Wirt hat das Zimmer des Toten betreten?«

»Ja. Er kam herein, um sich die Leiche anzuschauen wie alle anderen auch. Ach!« schnaubte der Soldat verächtlich. »Ich weiß, was Ihr sagen wollt, Mistress.«

»Smithler hatte einen Kelch unter seinem Umhang oder in der Tasche«, erklärte Kathryn. »Einen zweiten Kelch, der dem in Erpinghams Zimmer zum Verwechseln ähnlich war, mit ein paar Tropfen Wein. Er vertauschte die Kelche heimlich, und das Rätsel war perfekt.«

»Aber warum mußte Vavasour sterben?« fragte Luberon.

»Nun«, sagte Kathryn lächelnd. »Wie viele Schreiber war er verschlagen und neugierig. Er witterte, daß etwas in der Luft lag. Als ich bei meinem ersten Besuch hier alle Gäste befragte, brachte ich den Weinkelch mit, der in Erpinghams Zimmer gewesen war. Vavasour hatte scharfe Augen. Er hatte an jenem Abend wohl neben seinem Herrn gesessen und den Unterschied vielleicht bemerkt, einen Sprung, eine Kerbe im Kelch oder am Stiel. Deshalb begann er, die Puzzlestückchen zusammenzufügen. Bedenkt, Vavasour kannte die Schwäche seines Herrn für Frauen. Vavasour gelangte zu denselben Schlußfolgerungen wie ich, daher seine oft zitierte Bemerkung ›Zwischen Lipp' und Kelches Rand schwebt der dunklen Mächte Hand‹. Mit diesem Zitat wollte Vavasour andeuten, daß er den Tausch der Kelche bemerkt hatte. Und die einzigen, die das getan haben konnten, waren die Smithlers.« Kathryn zeigte auf Blanche. »Ihr habt ein hübsches Gesicht, Mistress, trotz Eurer Kaltschnäuzigkeit. Vavasour hätte sich an ein anderes Sprichwort erinnern sollen: ›Der äußere Schein trügt‹, aber er ist darauf hereingefallen und hat somit einen verhängnisvollen Fehler begangen.«

Kathryn spielte mit ihrem Weinkelch. Sie warf der Person, deren Name auf Luberons Pergamentstück stand, einen scharfen Blick zu und gestand sich ein, daß ihr ein Denkfehler unterlaufen war. Sie hoffte nur, nicht noch weiteren Irrtümern erlegen zu sein.

»Vavasour hat sich Mistress Smithler genähert«, fuhr Kathryn fort.

»Natürlich hat sie ihm die Verängstigte vorgespielt und ihm erklärt, sie könne ihn nicht im Wirtshaus treffen. Also wurde das folgenschwere Treffen auf dem Teich inszeniert. Vavasour hat nicht erkannt, daß er in eine Falle lief. Als er das Wirtshaus verließ, hat er sicher geprüft, wer noch dort war, und festgestellt, daß Tobias Smithler im Schankraum zu tun hatte. Also ging er hinaus, um Blanche Smithler zu treffen. Der Schreiber Erpinghams war geldgierig und vertraute darauf, daß die Wirtin leicht zu erpressen sei. Vavasour hoffte, so auf schnellem Wege zu Geld zu kommen. Er wollte die Hälfte, vielleicht sogar mehr, der gestohlenen Steuergelder fordern. Schließlich war Erpingham tot, und Vavasour wußte, daß damit auch seine eigene Einnahmequelle versiegt war. Doch am Ende haben die Smithlers auch ihn umgebracht und in einem Augenblick der Panik die Münzen unter der Tür hindurchgerollt, um Vavasour zu belasten.«

»Was Vavasour nicht wußte«, schaltete Colum sich ein, »ist, daß Tobias Smithler vielleicht eine halbe Stunde vor ihm die Laterne zum Teich hinuntergebracht und die Falle gestellt hatte.«

»Gleichzeitig konnten die beiden sicher sein«, überlegte Raston laut, »daß ich, der einzige, der in dieser Nacht unterwegs war, nicht in die Nähe des Teiches kommen würde.«

»Aus schierer Geldgier«, erklärte Kathryn, »wäre Vavasour sonstwohin gegangen, und da er nicht von hier war, bedachte er weder den Teich noch das Tauwetter.«

»Scharfäugige Hexe, du!« zischte Blanche Smithler Kathryn an und sah dann mit einem verächtlichen Schnauben zu ihrem zerknirscht dasitzenden Gatten hin. »Es war meine Idee«, fuhr sie fort. »Erpingham kam hierher, weil er mich haben wollte. Einmal zog er mich in den Stall und ging mir unter die Röcke. Sein Gestank war mir zuwider, doch er wurde von Mal zu Mal zudringlicher. Er war ein ruchloser, böser Mensch. Er hat seinen Tod verdient.« Sie wollte aufstehen, aber Standon drückte sie wieder auf den Stuhl.

»Ihr habt einen scharfen Verstand«, höhnte die Wirtin, »aber eines Tages, Mistress, werdet Ihr Euch ins eigene Fleisch schneiden. Übrigens, in zwei Punkten irrt Ihr. Erstens habe ich Erpingham in der Nacht, als dieser ekelhafte Bastard seinen Alptraum hatte, nichts in den Wein getan. Ich kenne mich mit Gift nämlich ebenso gut aus wie Ihr, meine Verehrteste. Wenn ich Erpingham hätte umbringen wollen, hätte ich es getan.«

»Und die zweite Sache?« fragte Colum.

Blanche Smithler zeigte auf ihren Gemahl. »Er glaubt, wir sind erledigt, aber ich weiß es besser. Wen kümmert es schon, wenn ein ruchloser Steuereintreiber seinen gerechten Lohn bekommt? Wer wird ihm oder dem armen Teufel Vavasour schon nachweinen? Die königliche Schatzkammer in London vielleicht?«

»Ihr spielt auf die Steuergelder an, nicht wahr?« fragte Colum leise.

»Oh ja«, schnaubte sie. »Die wertvollen Steuern des Königs, die viel mehr wert sind, als Ihr glaubt, Ire. Diese frisch geprägten Münzen! Auf dem Goldmarkt wird ein hoher Preis für sie geboten. Nun ...« Sie stützte die Arme auf den Tisch.

Colum hob die Hand und bat um Ruhe.

»Die anderen können den Raum verlassen«, befahl er. »Wartet in Euren Zimmern, bis wir hier fertig sind. Auch Ihr, Master Standon. Luberons Büttel sorgen für unsere Sicherheit.«

Die Gäste waren heilfroh. Sie schoben geräuschvoll die Stühle zurück und verließen fluchtartig den Schankraum.

»Was soll das werden, Ire?« flüsterte Kathryn.

»Sie wird um ihr Leben feilschen – und ich glaube, wir werden es annehmen müssen.«

Nachdem sich der Schankraum geleert hatte, forderte Colum die Smithlers mit einer Handbewegung auf, zu reden.

»Nun, was ist mit den Geldern?«

»Ihr könnt das Wirtshaus in Stücke reißen«, erklärte Blanche, »Brett für Brett, Stein für Stein, wie Ihr so schön gesagt habt. Nun, tut das. Ich versichere Euch, Ire, ich werde vielleicht gehängt, und meine Leiche und die meines Gemahls werden an einer einsamen Wegkreuzung am Galgen baumeln, aber die königlichen Steuern wird niemand finden. Und was wollt Ihr dann machen, Ire? Was wollt Ihr oder Euer Jammerlappen von Schreiber dem goldgelockten Edward mitteilen?«

Tobias Smithler hob den Kopf und grinste seine Frau schief an, die kerzengerade auf ihrem Stuhl saß, rote Flecken des Zorns auf dem blassen, hübschen Gesicht.

»Ihr wißt genau, was ich meine, Ire. Die königlichen Steuern als Gegenleistung für unser Leben und die Freiheit. Oh, ich weiß, daß wir Verräter sind. All unser Hab und Gut wird konfisziert und fällt in den Besitz des Königs. Also, was haben wir der Krone schon genommen? Einen korrupten Steuereintreiber, einen elenden Schreiber? Und wenn der König sein Geld bekommt und die Gewinne aus diesem Wirtshaus, was hat er dann verloren, he?«

Kathryn schauderte angesichts des kalten, berechnenden Angebots.

»Ihr habt zwei Menschen umgebracht«, erwiderte Kathryn. »Erpingham mag verrucht gewesen sein und Vavasour korrupt, aber über Leben und Tod entscheidet nur Gott. Ihr hattet kein Recht, ihm aus lauter Gier ins Handwerk zu pfuschen.«

»Ach, haltet doch den Mund!« fuhr Blanche sie an. »Ihr als Ärztin könnt die Nase wohl hoch tragen, Ihr mit Eurer Rechtschaffenheit!«

»Ich bin weder eingebildet noch besonders rechtschaffen«, entgegnete Kathryn, »aber eben auch keine Mörderin.«

Blanche breitete die Arme aus. »Dann soll das königliche Gericht sein Urteil fällen. Ire, legt mich in Ketten, schickt uns nach Newgate in London, und stellt uns vor die richterlichen Schranken. Zwei weitere Menschen werden sterben, aber wo sind die Gelder des Königs, he?«

Colum ergriff Kathryns Arm und beugte sich zu ihr hinüber. Luberon rückte näher heran, um mitzuhören.

»Sie ist ein ruchloses Weib«, murmelte Colum. »Aber was sie sagt, stimmt. Sie haben das Geld versteckt, und der König wird außer sich sein. Weiß der Himmel, was dann geschieht. Jeder in diesem Wirtshaus könnte zur Rechenschaft gezogen werden, und das schließt auch uns nicht aus. Andererseits können die Herren der Schatzkammer auch einfach behaupten, da keine Steuern eingingen, wären auch keine eingetrieben worden, und die Menschen in diesem Teil des Landes müssen doppelt bezahlen.«

»Werden sie begnadigt?« flüsterte Kathryn.

»Oh nein.« Colum warf einen Blick auf Blanche Smithler. »Gute Frau, ich gebe Euch mein Wort als Beauftragter des Königs.« Er zog ein Kreuz aus dem Kragen, das er an einer Kordel um den Hals trug. »Ich schwöre, daß Ihr am Leben bleibt, wenn Ihr die Steuern zurückgebt.«

»Für wie lange?« fragte Tobias Smithler.

»Ich feilsche nicht mit Mördern«, erwiderte Colum, das Kreuz noch immer in Händen haltend. »Schafft das Geld hierher. In der Küche sind Waagen. Master Luberon wird es abwiegen und überprüfen, ob noch alles da ist.«

»Und dann?«

»Ihr werdet so fortgehen, wie Ihr seid«, erwiderte Colum, »und in der Kirche St. Mary in Queningate um Asyl bitten. Dort könnt Ihr Euch vierzig Tage unbehelligt aufhalten. Wenn die Staatskasse dann befindet, daß die Steuerabgaben bis auf den letzten Penny stimmen, dürft Ihr gegen Ende Januar die Kirche verlassen und nach Dover reisen. Ihr werdet nichts mitnehmen, keine Bediensteten, keinen Besitz; nur ein Kreuz wird man Euch mitgeben. Auf direktestem Weg begebt Ihr Euch zum königlichen Hafen von Dover und unterstellt Euch dort der Gnade eines beliebigen Kapitäns. Dann werdet Ihr England verlassen und dürft nie wieder ein der Rechtsprechung der Krone unterliegendes Gebiet betreten, sonst droht Euch der Strang!«

Blanche Smithler verlor ihre Härte. »Ihr seid ein roher Mann, Ire.«

»Ich finde, Ihr könnt von großem Glück sagen«, entgegnete Colum. »Und jetzt lehne ich mich zurück und zähle bis hundert. Wenn die Steuergelder bis dahin nicht hergebracht sind, werdet Ihr hängen. Mistress Smithler, Ihr bleibt hier, Euer Gemahl wird schon finden, wonach wir alle suchen.«

Der Wirt sprang förmlich von seinem Stuhl und rannte die Treppen hinauf.

»Müssen wir unser Wort halten?« flüsterte Luberon.

Colum blickte zu den schwarzen Deckenbalken empor. »Das Wirtshaus steht hier seit vielen Jahrhunderten. Weiß der Himmel, wie viele geheimen Schränke und Fächer es gibt.« Er schaute den Schreiber traurig an. »Der König wird hocherfreut sein. Erpingham und Vavasour waren korrupt: er wird ihr Eigentum einziehen. Außerdem bekommt er seine Steuern, ganz zu schweigen von einem gemütlichen Wirtshaus.«

»Ihr zählt ja gar nicht, Ire?« fragte Blanche Smithler.

Colum breitete die Arme aus und grinste. »Gott bewahre! Bei Zahlen über fünfzig schwindelt mir. Aber ich bin sicher, Euer Gatte hat schon verstanden!«

Von der Treppe her kam ein polterndes Geräusch, und kurz darauf trat Smithler keuchend in den Raum. Er trug zwei sperrige Säcke und schleuderte sie auf den Tisch.

Colum schnippte mit den Fingern nach einem Büttel.

»Ihr und drei Eurer Leute bringt den Wirt und seine Frau nach Queningate. Sie dürfen einen Umhang und geeignetes Schuhwerk anziehen.«

»Und etwas zu essen?« jammerte Smithler.

»Alles, was Ihr auf die Schnelle aus der Vorratskammer besorgen könnt«, war Colums Antwort.

Kathryn saß schweigend da und beobachtete die Gefangenen, die von den Bütteln in die Mitte genommen wurden. Sie verschwanden in der Küche und kamen mit einem kleinen Leinenbündel wieder zurück. Die Büttel blieben am Fuß der Treppe stehen, während die Smithlers noch einmal ihr Zimmer im ersten Stockwerk aufsuchten. Als sie wieder herunterkamen, wurden sie hastig zur Tür geschoben. Plötzlich drehte sich Blanche Smithler um. Kathryn erschrak zu Tode, als sie den blanken Haß in den dunklen Augen der Wirtin sah.

»Ich gehe!« krächzte Blanche. »Ich gehe zu dieser Kirche und in vierzig Tagen lasse ich Canterbury hinter mir!« Sie zielte mit dem Finger auf Kathryn. »Aber vergeßt mich nicht, Swinbrooke, denn das schwöre ich bei Gott, ich werde Euch nie vergessen!«

Die Büttel zogen sie durch den Korridor mit sich fort, und dann schlug die Wirtshaustür hinter ihnen zu. Kathryn schaute auf die Geldsäcke.

»Zwei Männer sind dafür gestorben«, murmelte sie. Sie blickte Luberon an. »Nun, Simon, Ihr seid der Stadtschreiber. Ich vermute, Ihr werdet die Münzen wiegen, zählen und im Geldschrank des Rathauses verwahren. Wenn die Straßen passierbar sind, können sie nach London gebracht werden, ihren rechtmäßigen Bestimmungsort.«

Luberon leckte sich die Lippen, nahm die schweren Säcke an sich und stapfte in die Küche. Kathryn starrte in das verlöschende Feuer. Sie erhob sich und nahm ein Holzscheit von dem Stoß neben der Feuerstelle, warf es in die Glut und wärmte sich die Hände. Colum trat hinter sie. Er faßte sie bei den Schultern und küßte sie zart in den Nacken.

»Ärztin, das habt Ihr gut gemacht.«

Kathryn warf ihm über die Schulter einen Blick zu. »›Somit endet der dritte Teil, der vierte und letzte folgt sogleich‹, wie es in der Erzählung des Ritters so schön heißt.«

»Was meint Ihr damit, Kathryn?« Colum drehte sie zu sich um und schaute ihr in die tränennassen Augen.

»Kathryn, was ist los?«

Sie schauderte. »Ich weiß nicht.« Sie biß sich auf die Lippe.

»Der Herr sei mit uns, Colum, habt Ihr den Haß in den Augen der Frau gesehen?«

Der Ire zuckte die Achseln. »Ein ruchloses, vom Leben enttäuschtes Weib.«

»Nein.« Kathryn schüttelte den Kopf und warf einen Blick durch den düsteren Schankraum. »Ich habe Blanche Smithler nicht zum letzten Mal gesehen.«

»Leeres Geschwätz«, schimpfte Colum. »Sie kann von Glück sagen, wenn sie lebend in Dover ankommt.« Er nahm Kathryns kalte Hände in die seinen und drückte sie. »Außerdem habt Ihr ja mich.«

Kathryn neigte leicht den Kopf und lauschte Luberon, der in der Küche fröhlich vor sich hinträllernd die Münzen zählte.

»Ist alles da, Simon?«

»Oh ja«, rief er zurück. »Wie Master Murtagh zu zitieren beliebt ›Avaritia radix malorum: die Liebe zum Geld ist die Wurzel allen Übels.‹ Für das hier könnte selbst ich zum Mörder werden!«

»Das glaube ich nicht!« erwiderte Kathryn.

Luberon trällerte weiter. Kathryn schenkte Colum ein Lächeln und trat wieder ans Feuer.

»Wir sind noch nicht fertig.« Sie rollte das Stück Pergament auf, das sie in der Hand hielt. »Wir müssen noch mit Vater Ealdred sprechen. Bitte, Colum, holt ihn herunter. Ich werde es Euch dann erklären.«

Der Ire verließ den Raum und kam kurz darauf mit dem Priester wieder. Kathryn warf das Pergament ins Feuer und wandte sich dem Priester zu. »Vater, ich will rasch zur Sache kommen. Hattet Ihr die Absicht, Sir Erpingham umzubringen? Hat Standon Euch deshalb murmeln gehört ›Er hat zuviel bekommen! Viel zuviel‹?«

Ealdred erbleichte. »Nein, ich wollte ihn nicht töten, das schwöre ich vor Gott, Mistress«, flüsterte er. »Ich bin zwar kein Heiler wie Ihr, aber in meiner Gemeinde gelte ich als Kräuterkundiger. Nach Erpinghams Besuch kochte ich vor Wut. Ich war seiner Boshaftigkeit überdrüssig, konnte nicht mehr mit ansehen, wie er arme Frauen mißbrauchte.« Er fuhr sich mit dem Finger am Hemdkragen entlang. »Ich haßte Erpingham. Ich wollte ihn nicht umbringen, aber als ich durch die Stadt ging, kam ich an einer Apotheke vorbei und kaufte eine kleine Dosis Nachtschatten. Am Abend bevor er den Alptraum hatte, reichte Smithler mir Erpinghams Weinkelch, und ich warf ein paar Körnchen hinein. Wenn es wirklich meine Absicht gewesen wäre, hätte ich ihn umbringen können, aber ich wollte ihm lediglich einen Denkzettel verpassen. Ich dachte, die Alpträume, die er bekäme, würden ihm eine Warnung sein. Ich hatte ihn immer wieder beiseite genommen und angefleht, doch er lachte mich nur aus. Deshalb war es mir ein Vergnügen, als ich hörte, welche Angst er gehabt hatte. Ich wollte später mit ihm reden und behaupten, es sei ein Fingerzeig Gottes gewesen.« Er lächelte Kathryn zaghaft an. »Aber offenbar hat unser gnädiger Herrgott mir die Sache aus der Hand genommen.« Der Priester trat einen Schritt auf Kathryn zu. »Ich wollte nicht, daß Erpingham starb«, flehte er, »gestraft werden, ja, das sollte er.«

Kathryn nahm ihren Umhang vom Schemel, legte ihn um und lächelte den Priester an.

»Nun, Vater, es ist vorbei. Der Gerechtigkeit des Herrn und des Königs ist genüge getan. Sir Reginald Erpingham wird nie wieder in Euer Dorf kommen und Mitglieder Eurer Gemeinde belästigen oder mißbrauchen.«

Sie trat in den Korridor, Colum folgte ihr.

»Herr! Herr!« Raston kam hinter ihnen hergelaufen. »Was wird denn nun aus dem Wirtshaus?«

»Nun, Master Raston«, erwiderte Colum, »bis der König eine Entscheidung trifft, könnt Ihr es führen.« Er drückte dem alten Mann die Hand. »Und seid vorsichtig, wenn Ihr in diesen kalten, dunklen Nächten wildert. Ich werde den Dienst, den Ihr uns erwiesen habt, erwähnen. Ihr müßt also noch ein wenig am Leben bleiben, um in den Genuß Eurer Belohnung zu kommen.«

Sie verabschiedeten sich von Luberon. Als sie in die frostkalte Nacht hinaustraten, hüllten sie sich fest in ihre Umhänge ein. Colum hakte sich bei Kathryn unter. Als sie außer Hörweite des

Wirtshauses waren und durch die Gasse schritten, die in die Stadtmitte führte, blieb Kathryn stehen und schaute in den sternenklaren Nachthimmel empor.

»Was meint Ihr, Ire? Gibt es vor Weihnachten noch Schnee?«

Colum grinste. »In Irland haben wir eine Bauernregel: Fällt vor Weihnachten Schnee, sagt der Winter lange nicht ade. Was auch kommen mag, Kathryn, wir wollen die Feiertage genießen.«

»Wohl nicht halb so viel wie Wuf sein Marzipan morgen«, murmelte Kathryn.

»Tja«, seufzte Colum. »Er ist ein guter Kerl. Er kann mit mir nach Kingsmead kommen.« Er warf Kathryn einen raschen Blick zu. »Ihr habt Eure Sache gut gemacht.«

»Vielleicht«, erwiderte sie. »Aber hätte das alles vermieden werden können? Wenn Alisoun Blunt eine gute, ehrenhafte Frau gewesen wäre? Wären die Smithlers nicht so habgierig und Erpingham nicht so verrucht gewesen?«

»Um mit dem Ablaßkrämer zu reden«, erwiderte Colum, »›Der Teufel sie in verruchtem Zustand fand. Sie zu verderben, gab Gott ihm freie Hand.‹«

Kathryn lachte, hakte sich bei ihm unter und ging weiter.

»Mir ist gerade eingefallen, Ire, was ich Euch zu Weihnachten schenke.«

»Und das wäre?«

Kathryn lächelte verschmitzt. »Etwas, das Euch hilft, weiter als fünfzig zu zählen!«

Anmerkungen der Autorin

Die Verabreichung halluzinogener Drogen war im Mittelalter durchaus gebräuchlich, und für die sonderbare Wirkung von Nachtschatten und anderen Kräutertinkturen finden sich zahlreiche Belege. Viele Autoren sind sich heute darüber einig, daß die Visionen sogenannter Hexen mit der Verwendung dieser Mittel in Verbindung standen. So ist das englische Wort für Meuchelmörder, ›assassin‹, von den ›Assassinen‹ abgeleitet, einem Orden der Ismailiten, der unter Einfluß von Haschischgenuß seine Ziele u.a. durch Mordanschläge durchzusetzen suchte.

Steuereintreiber waren – zumindest im mittelalterlichen England – verhaßt. Mit ihren rüden Praktiken mußte sich das Parlament fortwährend auseinandersetzen. Hin und wieder wurden sie sowohl physisch als auch verbal angegriffen, und während der Bauernaufstände vor allem des 15. und 16. Jahrhunderts waren ihre Raubzüge ein konstanter Faktor.

Ein Wort noch über die Dialoge und die Charaktere. Moderne Begriffe und Redewendungen trennen uns vom 15. Jahrhundert. Bei Durchsicht der Briefe von Margaret Paston (gestorben im Jahre 1484) wurde jedoch deutlich, daß Emotionen in ähnlicher Weise wie heutzutage zum Ausdruck gebracht wurden. Margaret Paston habe ich mir für die Figur der Kathryn Swinbrooke zum Vorbild genommen – fleißig und zielstrebig ging sie einer Beschäftigung nach. Frauen wie Margaret Paston waren beispielhaft in ihrer Schicklichkeit zu einer Zeit, in der emotionale Entgleisungen und sexuelle Freizügigkeit zur öffentlichen und privaten Ächtung einer Frau führen konnten. Die ritterliche Sprache der Minne mag in unseren modernen Ohren angenehm klingen; für die Frauen des 15. Jahrhunderts bedeutete sie jedoch eine willkommene Abwechslung vom grausamen Kampf gegen Krieg, Seuchen, Aberglaube und plötzlichen Tod.

Quellenverzeichnis

DIE HEILERIN VON CANTERBURY/*A Shrine Of Murders*
Copyright © P. C. Doherty, 1993
Copyright © der deutschen Ausgabe 1994 by Vito von Eichborn
GmbH & Co.Verlag KG, Frankfurt/Main
Aus dem Eglischen von Marion Balkenhol
(Der Titel erschien bereits in der Allgemeinen Reihe mit der
Band-Nr. 01/9738.)

DIE HEILERIN VON CANTERBURY SUCHT DAS AUGE
GOTTES/*The Eye Of God*
Copyright © 1994 by Celia L. Grace
Copyright © für die deutsche Ausgabe by Vito von Eichborn
GmbH & Co. Verlag KG, Frankfurt/Main
Aus dem Englischen von Marion Balkenhol
(Der Titel erschien bereits in der Allgemeinen Reihe mit der
Band-Nr. 01/10078.)

DIE HEILERIN VON CANTERBURY UND DAS BUCH DES
HEXERS/*The Book Of Shadows*
Copyright © 1996 by P. C. Doherty
Copyright © für die deutsche Ausgabe 1997 by Vito von Eich-
born GmbH & Co. Verlag KG, Frankfurt/Main
Aus dem Englischen von Marion Balkenhol
(Der Titel erschien bereits in der Allgemeinen Reihe mit der
Band-Nr. 01/10944.)

DIE HEILERIN VON CANTERBURY UND DER BECHER
DES TODES/*The Merchant Of Death*
Copyright © für die deutsche Ausgabe 1996 by Vito von Eich-
born GmbH & Co. Verlag KG, Frankfurt/Main
Aus dem Englischen von Marion Balkenhol
(Der Titel erschien bereits in der Allgemeinen Reihe mit der
Band-Nr. 01/10643.)

Zwei Engel für Silvanus

Malachy Hyde
Wisse, dass du sterblich bist
Roman
400 Seiten • geb. mit SU
€ 22,90 (D) • sFr 42,–
ISBN 3-8218-0940-X

Eigentlich möchte Silvanus Rhodius nur das süße Leben genießen und seinen etwas zu voluminösen Körper in den Thermen Pergamons entschlacken. Doch während sein Förderer Marcus Antonius in Ägypten um Cleopatra buhlt, nutzen die Parther Roms Schwäche und wagen Überfälle auf die wohlhabenden Siedlungen an der kleinasiatischen Küste. Vertriebene strömen in die Stadt Pergamon, und Silvanus Rhodius hat als Beauftragter Roms alle Hände voll zu tun, um die Konflikte zwischen Einheimischen und Flüchtlingen nicht eskalieren zu lassen. Als die grausam verstümmelte Leiche einer jungen Frau aufgefunden wird, wird der Täter unter den Fremden vermutet. Silvanus Rhodius hat Zweifel – aber erst der Mut und das Geschick seiner ehemaligen Geliebten Illicia und ihrer Freundin Laelia führen ihn auf die richtige Spur ...

Kaiserstraße 66
60329 Frankfurt
Telefon: 069/25 60 03-0
Fax: 069/25 60 03-30
www.eichborn.de
Wir schicken Ihnen gern ein Verlagsverzeichnis.